Les ressources numériques
de votre manuel papier en accès direct

Pour apprendre et s'entraîner efficacement, en classe comme à la maison

Accédez rapidement et facilement aux ressources numériques de votre manuel grâce aux mini-liens et aux QR-codes, ou en vous rendant directement sur le site de la collection.

Retrouvez également ces ressources dans le manuel numérique !

Quelles ressources numériques se trouvent dans le manuel ?

- Des vidéos et des audios
- Des podcasts de révision
- Des cartes interactives et des schémas animés

Pour y accéder, c'est très simple

Recopier le mini-lien*
Dans votre navigateur, saisissez le mini-lien hachette-clic.
Vous accédez directement à la ressource !

Flasher le QR-code
Avec l'appareil photo de votre smartphone ou votre tablette, flashez le QR-code présent près de la ressource.
Vous y accéderez immédiatement !

Le regard de l'experte

Aller sur le site de la collection
Dans votre navigateur, saisissez l'adresse du site de la collection pour accéder à toutes les ressources numériques du manuel :

https:// lycee.hachette-education.com/hg-scpo/24-tle

* Afin de respecter au mieux les principes de protection des données personnelles, certains liens vers des sites internet ne figurent pas dans le manuel des élèves. Ils sont cependant proposés dans la licence enseignant du manuel numérique.

Sommaire

HISTOIRE-GÉOGRAPHIE GÉOPOLITIQUE & SCIENCES POLITIQUES

Tle SPÉCIALITÉ

ACQUÉRIR DES CLÉS DE COMPRÉHENSION DU MONDE CONTEMPORAIN

Directeurs d'ouvrage

Franciane Allaire
Lycée Albert-Châtelet, Douai (59)

Anne Gasnier
Lycée Marguerite-Yourcenar, Le Mans (72)

Fanny Maillo-Viel
Cité scolaire Jacques Decour, Paris (75)

Henri Simonneau
Lycée Bellevue, Albi (81)

Auteurs

Pascal Boniface
Directeur de l'Institut de relations internationales et stratégiques (IRIS)

Christian Birebent
Lycée Couperin, Fontainebleau (77)

Valérie Bodineau
INSPE de l'académie de Nantes (44)

Riselaine Chapel
Lycée Carcouët, Nantes (44)

Christophe Counil
Lycée Marguerite-Yourcenar, Le Mans (72)

Julien Dochez
Académie de Lille

Géraldine Féaux
Lycée Robert-Garnier, La Ferté-Bernard (72)

Thomas Gangneux
Lycée Descartes, Tours (37)

Matthieu Gosse
Université Gustave-Eiffel Paris (75)

Nicolas Marichez
Lycée Anatole-France, Lillers (62)

Michaël Navarro
INSPE de l'académie de Lyon (69)

Julien Picollier
Lycée Berthollet, Annecy (74)

Stéphane Vautier
Académie de Normandie

Paul Vo-Ha
Université de Paris 1 (75)

hachette
ÉDUCATION

Maquette intérieure : Valérie Langlois
Maquette de couverture : Guylaine Moi
Mise en page : Valérie Langlois
Iconographie : Sophie Suberbere
Cartographie et infographie : AFDEC
Fabrication : Miren Zapirain
Édition : Philippe Decaux, Juliette Caussé
Assistante éditoriale : Rose Leridon

L'éditeur et les auteurs de ce manuel ont une pensée à la mémoire de Michaël Navarro qui les a accompagnés durant de nombreuses années en tant qu'auteur et co-directeur d'ouvrages.

Hachette Éducation s'engage pour la préservation de l'environnement

Depuis plusieurs années, nous mettons en place des **solutions innovantes et écoresponsables**, en concertation avec nos fournisseurs, **pour limiter notre empreinte carbone et diminuer l'utilisation du plastique**, en suivant **5 grands objectifs** :

1. **Optimiser les formats** la pagination et le grammage du papier ;
2. Utiliser du **papier certifié suivant l'un des 2 schémas de certification internationale, PEFC ou FSC** ;
3. **Supprimer peu à peu le pelliculage plastique** de nos couvertures ;
4. **Imprimer** nos ouvrages **en France ou en Europe** ;
5. Recycler 100% des ouvrages invendus.

PAPIER CERTIFIÉ

www.hachette-education.com

58, rue Jean Bleuzen, 92178 Vanves CEDEX
ISBN : 978-2-0172-5709-7
(ISBN à utiliser pour toute commande de l'ouvrage.)

Dépôt légal : Mai 2025 – Édition : 02 – 29/3040/9 – Achevé d'imprimer en Avril 2025 en Italie par Vincenzo Bona S.p.A.

Sommaire

Sommaire

THÈME 3 Histoire et mémoires

Sommaire

THÈME 4 Identifier, protéger et valoriser le patrimoine : enjeux géopolitiques 266

Sommaire

THÈME 5 L'environnement, entre exploitation et protection : un enjeu planétaire

We are not
On the same boat
We'll be dead
UPTO
MYNECK
in the
COP26
WAS
COP OUT
PEOPLE
NOT

Sommaire

THÈME 6

L'enjeu de la connaissance

Méthode BAC Dissertation

Durée de l'épreuve 2 h

étape 1 Analyser le sujet et trouver une problématique
➥ Méthode p. 88-89 10 mn

1. Identifier les notions clés.

2. Délimiter les bornes spatiales et chronologiques du sujet.
– Quelle échelle ? (monde / continent / État / ville…)
– Quelle période ? Pourquoi ce bornage chronologique ?

Le sujet porte sur l'un des axes ou sur l'objet de travail conclusif du thème.

Définir avec précision la notion et ce qu'elle englobe.

Les États-Unis et la question d'une gouvernance mondiale environnementale aujourd'hui

En quoi ce pays est-il particulièrement important à étudier sur cette question ?

Le sujet interroge le plus souvent sur la situation actuelle. Pourquoi sera-t-il cependant nécessaire de recourir à des connaissances historiques pour expliquer la politique américaine sur ce sujet ?

3. Comprendre les enjeux de la problématique : que faut-il démontrer ?

Problématique possible : quel rapport les États-Unis d'Amérique entretiennent-ils de nos jours avec les autres puissances mondiales sur le sujet de la gestion des problèmes environnementaux ?

étape 2 Préparer la dissertation
15 mn

4. Organiser ses idées. ➥ Méthode p. 168
- ✔ En les plaçant dans les grandes parties d'un plan (deux ou trois parties).
- ✔ En les hiérarchisant : idée générale, argument, exemple.

Organisez votre plan au brouillon sous forme visuelle : carte mentale, tableau…

Exemple 1 :

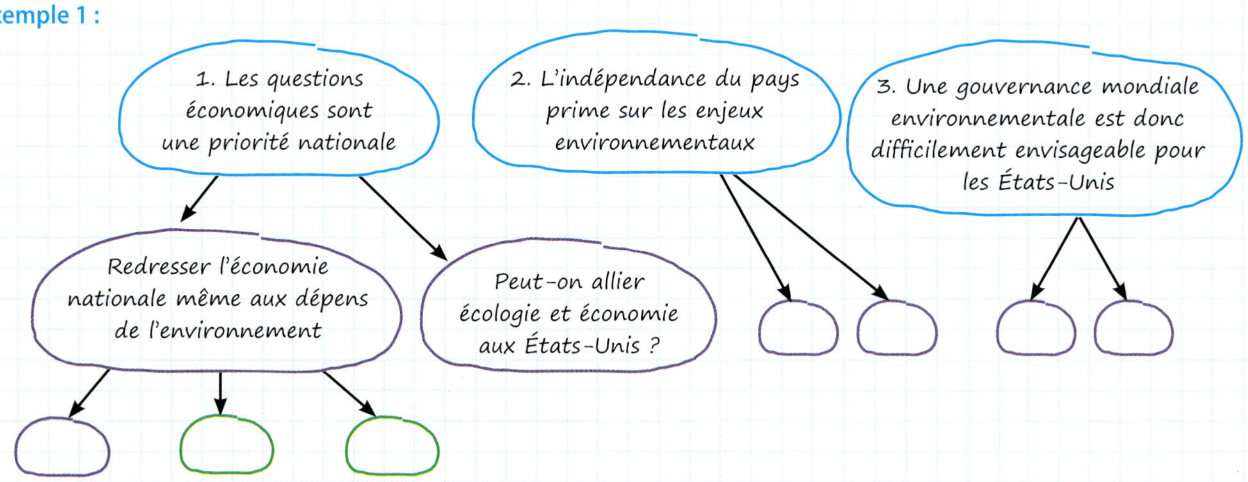

Exemple 2 :

Partie 1 : Les questions économiques sont une priorité nationale A. Redresser l'économie nationale même aux dépens de l'environnement B. …	Partie 2 : A. … B. …	Partie 3 : A. … B. …

étape 3 Rédiger la dissertation

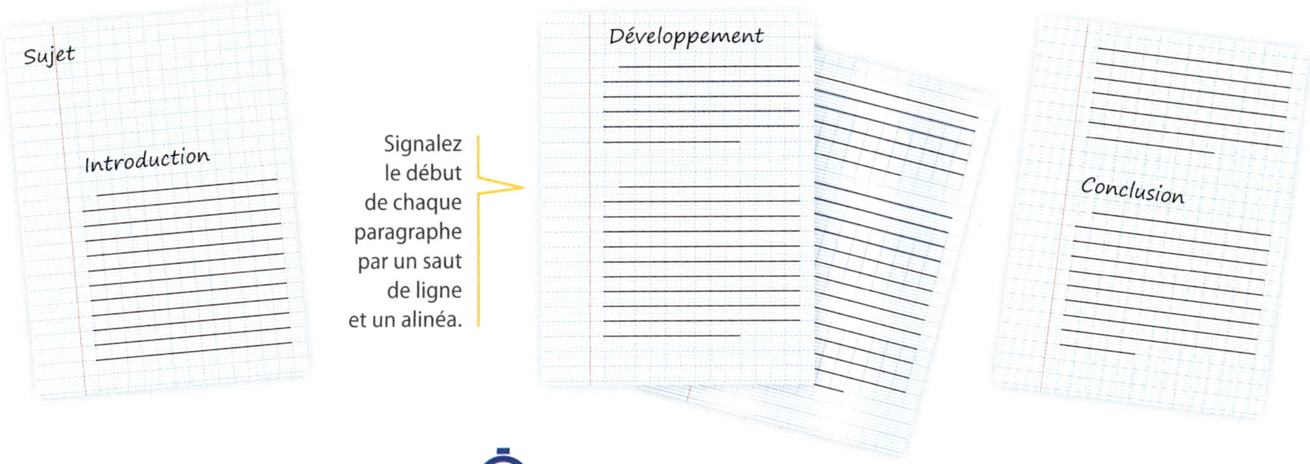

5. Rédiger l'introduction. ➡ Méthode p. 412 (5 mn)

- Amorcer la dissertation avec une phrase d'accroche en partant d'un événement, d'un fait d'actualité, d'un chiffre clé ou d'une citation.
- Définir le sujet et en dégager les enjeux.
- Formuler la problématique qui doit couvrir l'ensemble du sujet.
- Annoncer le plan suivi.

6. Rédiger les parties de la dissertation. ➡ Méthode p. 335 (1h15)

- Rédiger en suivant l'organisation mise en place dans l'étape 2 de la méthode.
- Utiliser des connaissances et des exemples précis : toute idée développée doit s'appuyer sur un fait, un exemple qui l'éclaire.
- Soigner les liaisons entre les parties, pour montrer la cohérence de votre démonstration.
- La réalisation d'une illustration en appui du propos (croquis, schéma, etc.) apportera une valorisation de la note ; un fond de carte pourra être fourni si cela est adapté au sujet. La réalisation de cette production graphique n'a aucun caractère obligatoire, et son absence ne peut aucunement pénaliser le candidat. ➡ Méthode p. 486

Exemple pour illustrer l'exploitation des ressources naturelles aux États-Unis

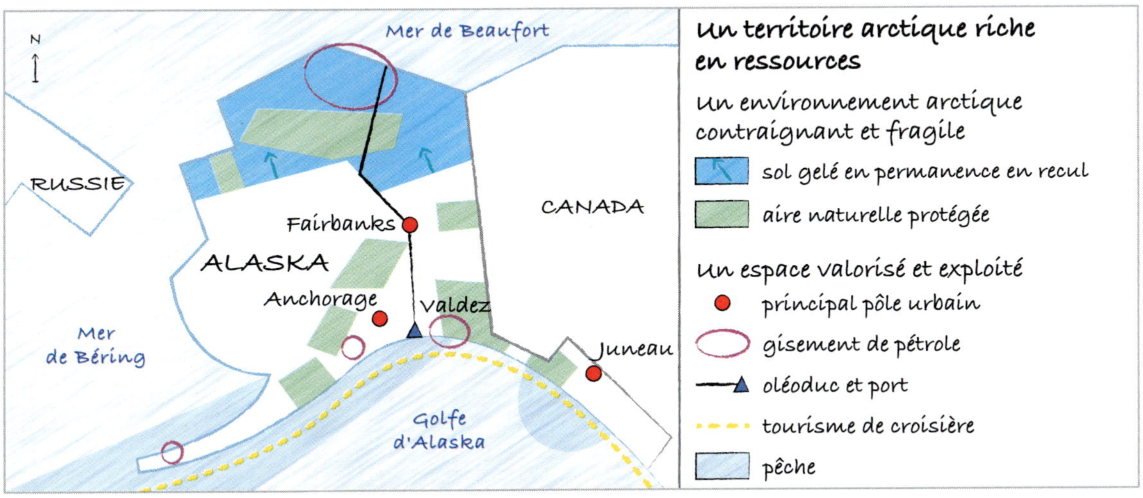

7. Rédiger la conclusion. ➡ Méthode p. 489 (5 mn)

- Rappeler l'apport de chaque partie à la réponse de la problématique.
- Formuler une réponse finale à la problématique.
- Proposer une ouverture en lien avec le sujet à travers un thème proche, une autre période ou un autre espace.

8. Relire attentivement la dissertation pour éviter les fautes d'orthographe. (10 mn)

GRILLE D'ÉVALUATION, p. 22-23

Méthode BAC — Étude critique de document(s)

Durée de l'épreuve 2 h

Vous devez, en spécialité, réaliser l'étude critique d'un ou deux documents.
Celle-ci comporte :
- un titre, qui indique le thème général du document ou des documents ;
- une consigne qui précise ce qu'il faut étudier.

Le sujet porte sur les jalons.

étape 1 Préparer l'étude de document(s) (40 mn)

1. Lire et comprendre le sujet et la consigne. ➥ Méthode p. 93
- Lire attentivement le sujet et repérer les mots-clés de celui-ci.
- Analyser la consigne pour comprendre la démarche à adopter : le plus souvent, la consigne fournit les grandes lignes de l'étude critique de document(s).

2. Prendre connaissance du ou des documents.
- Identifier le(s) document(s) de manière précise : nature, auteur, date, source, cadre spatial ou contexte historique, idée principale développée.
- Lire attentivement et plusieurs fois le(s) document(s).

3. Prélever les informations du (des) document(s) et les confronter aux connaissances personnelles sur le sujet.
- Surligner les notions-clés, les arguments principaux, les exemples importants et définir l'idée principale du (des) document(s) en utilisant des couleurs différentes.
- Lister sur la feuille les idées principales évoquées, avec les notions, dates, lieux principaux, personnages… Ne noter que quelques mots à chaque fois, il ne faut pas rédiger au brouillon pour maîtriser son temps.
- Mentionner les limites du (des) document(s) proposé(s) : aspects non évoqués, parti pris de l'auteur…

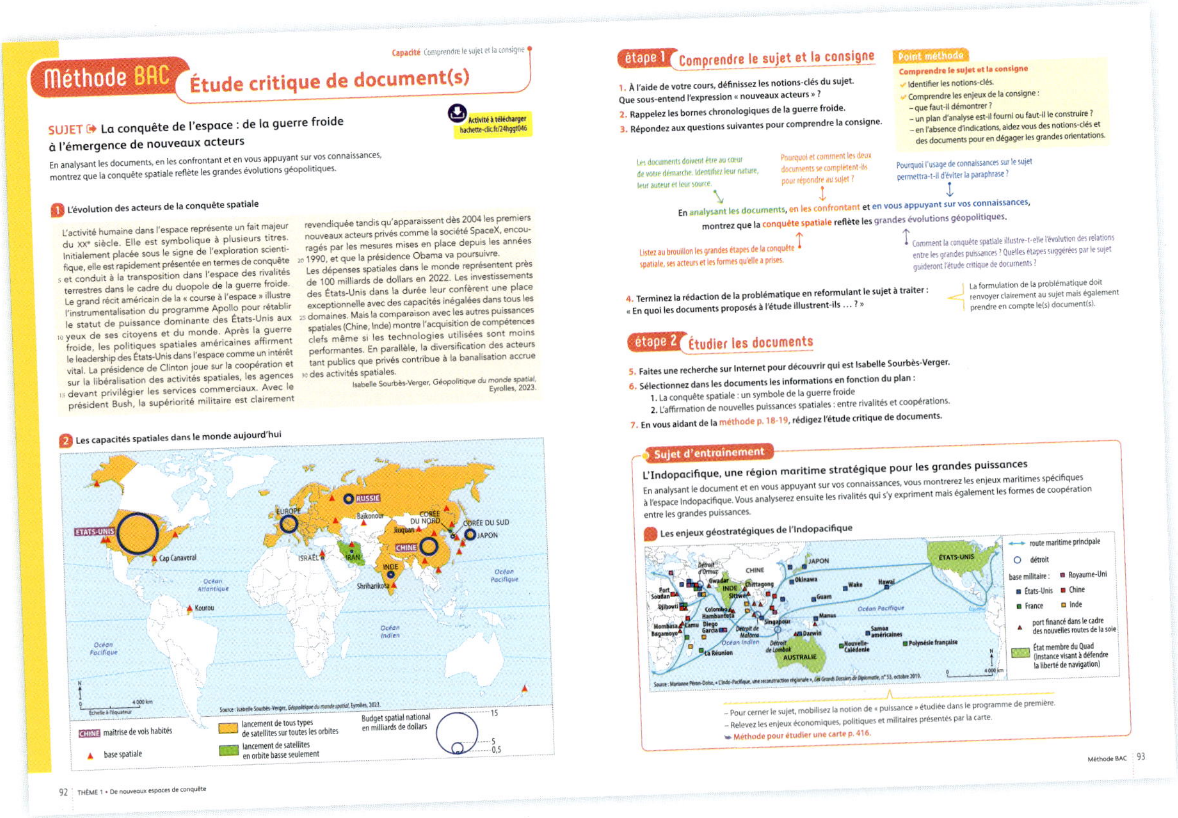
Capacité Comprendre le sujet et la consigne

Méthode BAC — Étude critique de document(s)

Activité à télécharger hachette-clic.fr/24hggt046

SUJET ➥ La conquête de l'espace : de la guerre froide à l'émergence de nouveaux acteurs

En analysant les documents, en les confrontant et en vous appuyant sur vos connaissances, montrez que la conquête spatiale reflète les grandes évolutions géopolitiques.

1 L'évolution des acteurs de la conquête spatiale

L'activité humaine dans l'espace représente un fait majeur du XXe siècle. Elle est symbolique à plusieurs titres. Initialement placée sous le signe de l'exploration scientifique, elle est rapidement présentée en termes de conquête et conduit à la transposition dans l'espace des rivalités terrestres dans le cadre du duopole de la guerre froide. Le grand récit américain de la « course à l'espace » illustre l'instrumentalisation du programme Apollo pour rétablir le statut de puissance dominante des États-Unis aux yeux de ses citoyens et du monde. Après la guerre froide, les politiques spatiales américaines affirment le leadership des États-Unis dans l'espace comme un intérêt vital. La présidence de Clinton joue sur la coopération et sur la libéralisation des activités spatiales, les agences devant privilégier les services commerciaux. Avec le président Bush, la supériorité militaire est clairement revendiquée tandis qu'apparaissent dès 2004 les premiers nouveaux acteurs privés comme la société SpaceX, encouragés par les mesures mises en place depuis les années 1990, et que la présidence Obama va poursuivre.
Les dépenses spatiales dans le monde représentent près de 100 milliards de dollars en 2022. Les investissements des États-Unis dans la durée leur confèrent une place exceptionnelle avec des capacités inégalées dans tous les domaines. Mais la comparaison avec les autres puissances spatiales (Chine, Inde) montre l'acquisition de compétences clefs même si les technologies utilisées sont moins performantes. En parallèle, la diversification des acteurs tant publics que privés contribue à la banalisation accrue des activités spatiales.

Isabelle Sourbès-Verger, *Géopolitique du monde spatial*, Eyrolles, 2023.

2 Les capacités spatiales dans le monde aujourd'hui

Source : Isabelle Sourbès-Verger, *Géopolitique du monde spatial*, Eyrolles, 2023.

92 THÈME 1 • De nouveaux espaces de conquête

étape 1 Comprendre le sujet et la consigne

1. À l'aide de votre cours, définissez les notions-clés du sujet. Que sous-entend l'expression « nouveaux acteurs » ?
2. Rappelez les bornes chronologiques de la guerre froide.
3. Répondez aux questions suivantes pour comprendre la consigne.

Point méthode
Comprendre le sujet et la consigne
- Identifier les notions-clés.
- Comprendre les enjeux de la consigne :
  - que faut-il démontrer ?
  - un plan d'analyse est-il fourni ou faut-il le construire ?
  - en l'absence d'indications, aidez vous des notions-clés et des documents pour en dégager les grandes orientations.

Les documents doivent être au cœur de votre démarche. Identifiez leur nature, leur auteur et leur source.
Pourquoi et comment les deux documents se complètent-ils pour répondre au sujet ?
Pourquoi l'usage de connaissances sur le sujet permettra-t-il d'éviter la paraphrase ?

En analysant les documents, en les confrontant et en vous appuyant sur vos connaissances, montrez que la conquête spatiale reflète les grandes évolutions géopolitiques.

Listez au brouillon les grandes étapes de la conquête spatiale, ses acteurs et les formes qu'elle a prises.
Comment la conquête spatiale illustre-t-elle l'évolution des relations entre les grandes puissances ? Quelles étapes suggérées par le sujet guideront l'étude critique de documents ?

4. Terminez la rédaction de la problématique en reformulant le sujet à traiter : « En quoi les documents proposés à l'étude illustrent-ils … ? »

La formulation de la problématique doit renvoyer clairement au sujet mais également prendre en compte le(s) document(s).

étape 2 Étudier les documents

5. Faites une recherche sur Internet pour découvrir qui est Isabelle Sourbès-Verger.
6. Sélectionnez dans les documents les informations en fonction du plan :
   1. La conquête spatiale : un symbole de la guerre froide
   2. L'affirmation de nouvelles puissances spatiales : entre rivalités et coopérations.
7. En vous aidant de la méthode p. 18-19, rédigez l'étude critique de documents.

Sujet d'entraînement

L'Indopacifique, une région maritime stratégique pour les grandes puissances

En analysant le document et en vous appuyant sur vos connaissances, vous montrerez les enjeux maritimes spécifiques à l'espace Indopacifique. Vous analyserez ensuite les rivalités qui s'y expriment mais également les formes de coopération entre les grandes puissances.

Les enjeux géostratégiques de l'Indopacifique

Source : Marianne Péron-Doise, « L'Indo-Pacifique, une reconstruction régionale », *Les Grands Dossiers de Diplomatie*, n° 53, octobre 2019.

– Pour cerner le sujet, mobilisez la notion de « puissance » étudiée dans le programme de première.
– Relevez les enjeux économiques, politiques et militaires présentés par la carte.
➥ Méthode pour étudier une carte p. 416.

Méthode BAC 93

étape 2 Rédiger l'étude de documents (1h20)

4. Rédiger l'introduction. ➥ Méthode p. 261

✔ L'introduction doit présenter le(s) document(s) de manière précise et poser la problématique sous-entendue par le sujet.

5. Rédiger le développement en plusieurs parties.

✔ Penser à s'appuyer sur le texte en citant entre guillemets le passage commenté ou à bien décrire tout document iconographique. S'appuyer sur son cours et sur les pages du manuel consacrées au thème étudié pour argumenter, justifier, voire critiquer le(s) document(s).

Pour mobiliser vos connaissances, pensez à utiliser les pages « Révision » en fin de thème, notamment le schéma fléché.

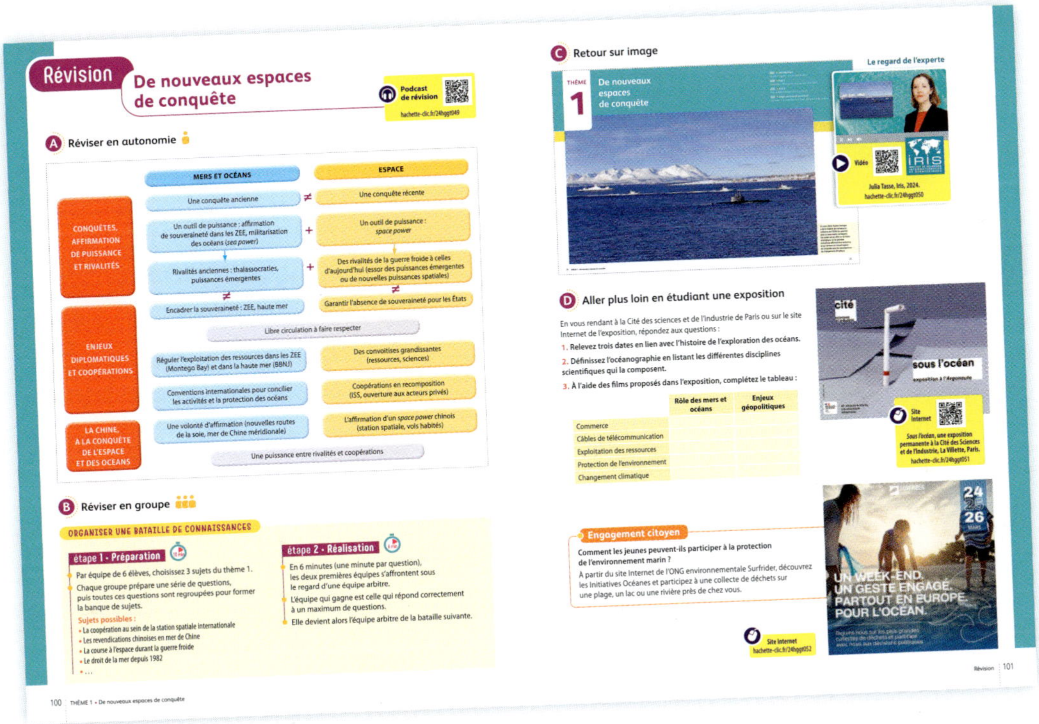

6. Rédiger la conclusion. ➥ Méthode p. 93

✔ La conclusion doit répondre au sujet posé et dresser un bilan. Si on ne l'a pas fait auparavant, il faut présenter ici les limites du (des) document(s) étudié(s).

7. Soigner la présentation. ➥ Méthode p. 96-97

✔ Il est essentiel de faire attention à l'orthographe, à la grammaire, au niveau de langue utilisé ; il faut donc toujours relire sa copie avant de la rendre.

✔ Il faut également prendre soin de la mise en forme, en commençant un nouveau paragraphe pour chaque idée, par exemple comme ceci :

N'oubliez pas de signaler les citations dans vos paragraphes par des guillemets.

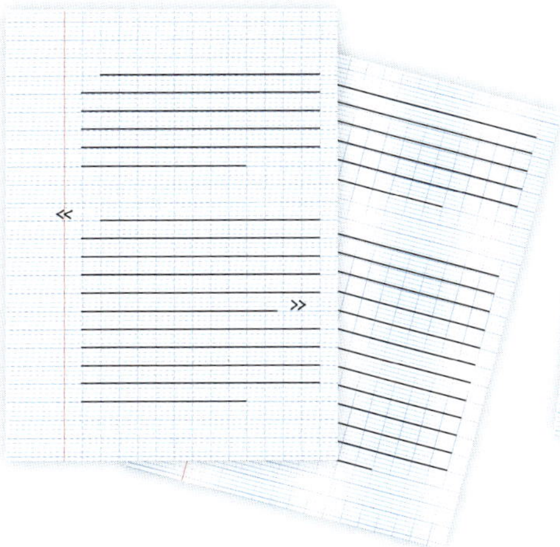

GRILLE D'ÉVALUATION, p. 22-23

Méthode BAC Grand oral

Durée de l'épreuve 20 mn

En Terminale, le jour du Grand oral, vous devez réaliser une présentation orale à partir d'un travail de recherches.
Vous devez y montrer votre capacité à prendre la parole en public de façon claire et convaincante et mettre les savoirs acquis durant les deux années de la spécialité, au service d'une argumentation.

étape 1 Choisir et construire sa question ➥ Méthode p. 98-99

Cette étape doit être menée sérieusement et avec l'aide de votre enseignant car elle conditionnera la qualité et l'efficacité de votre préparation.

étape 2 Se documenter et sélectionner des informations ➥ Méthode p. 174 à 177

- Délimiter le sujet et identifier les mots-clés ;
- Répertorier et consulter des sources fiables : sites institutionnels, sites des grands organismes internationaux, presse écrite, presse spécialisée… ;
- Vérifier l'identité et la neutralité de l'auteur ;
- Réaliser des fiches de lecture.

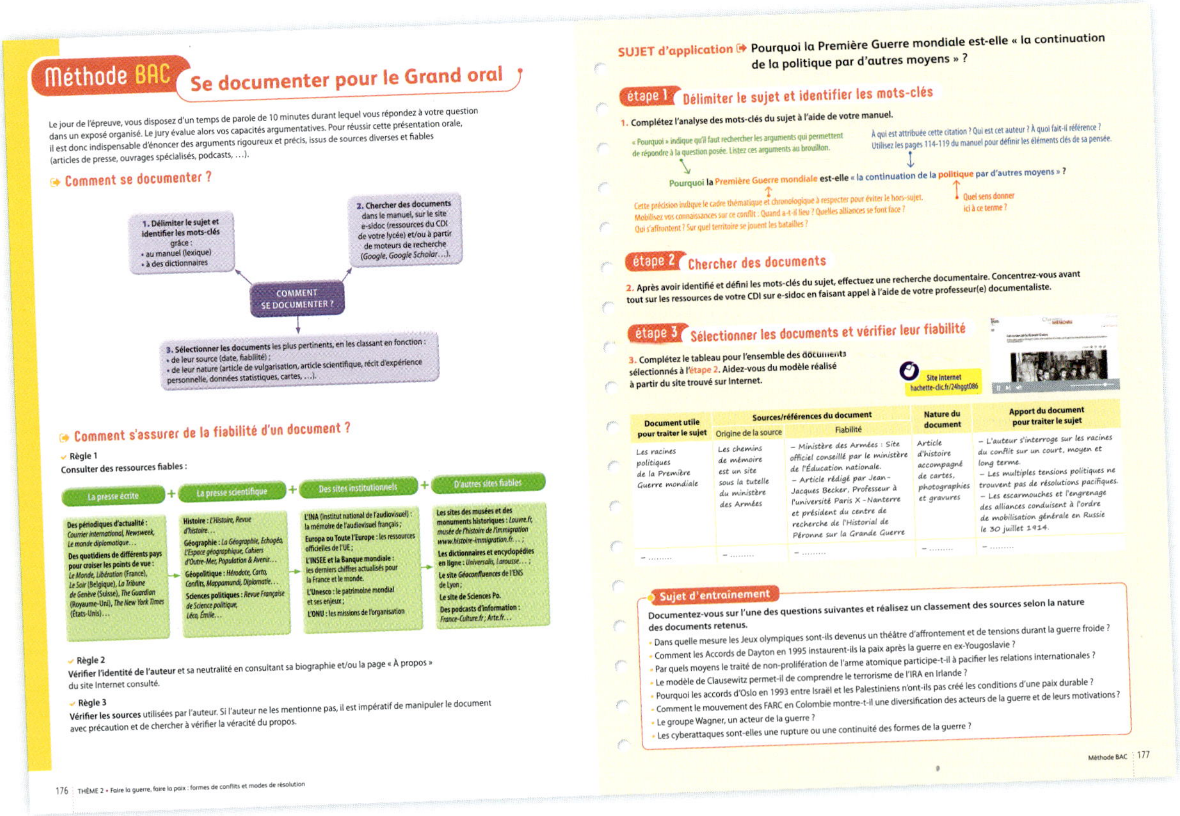

Méthode BAC Se documenter pour le Grand oral

Le jour de l'épreuve, vous disposez d'un temps de parole de 10 minutes durant lequel vous répondez à votre question dans un exposé organisé. Le jury évalue alors vos capacités argumentatives. Pour réussir cette présentation orale, il est donc indispensable d'énoncer des arguments rigoureux et précis, issus de sources diverses et fiables (articles de presse, ouvrages spécialisés, podcasts, …).

Comment se documenter ?

Comment s'assurer de la fiabilité d'un document ?

Règle 1
Consulter des ressources fiables :

La presse écrite	La presse scientifique	Des sites institutionnels	D'autres sites fiables
Des périodiques d'actualité : *Courrier international, Newsweek, Le monde diplomatique*… Des quotidiens de différents pays pour croiser les points de vue : *Le Monde, Libération* (France), *Le Soir* (Belgique), *La Tribune de Genève* (Suisse), *The Guardian* (Royaume-Uni), *The New York Times* (États-Unis)…	Histoire : *L'Histoire, Revue d'histoire*… Géographie : *La Géographie, Echogéo, L'Espace géographique, Cahiers d'Outre-Mer, Population & Avenir*… Géopolitique : *Hérodote, Carto, Conflits, Mappamundi, Diplomatie*… Sciences politiques : *Revue Française de Science politique, Léco, Émile*…	L'INA (institut national de l'audiovisuel) : la mémoire de l'audiovisuel français ; Europa ou Toute l'Europe : les ressources officielles de l'UE ; L'INSEE et la Banque mondiale : les derniers chiffres actualisés pour la France et le monde. L'Unesco : le patrimoine mondial et ses enjeux ; L'ONU : les missions de l'organisation	Les sites des musées et des monuments historiques : *Louvre.fr, musée de l'histoire de l'immigration www.histoire-immigration.fr*… ; Les dictionnaires et encyclopédies en ligne : *Universalis, Larousse*… ; Le site *Géoconfluences* de l'ENS de Lyon ; Le site de Sciences Po. Des podcasts d'information : *France-Culture.fr ; Arte.fr*…

Règle 2
Vérifier l'identité de l'auteur et sa neutralité en consultant sa biographie et/ou la page « À propos » du site Internet consulté.

Règle 3
Vérifier les sources utilisées par l'auteur. Si l'auteur ne les mentionne pas, il est impératif de manipuler le document avec précaution et de chercher à vérifier la véracité du propos.

176 THÈME 2 • Faire la guerre, faire la paix : formes de conflits et modes de résolution

SUJET d'application ➥ Pourquoi la Première Guerre mondiale est-elle « la continuation de la politique par d'autres moyens » ?

étape 1 Délimiter le sujet et identifier les mots-clés

1. Complétez l'analyse des mots-clés du sujet à l'aide de votre manuel.

étape 2 Chercher des documents

2. Après avoir identifié et défini les mots-clés du sujet, effectuez une recherche documentaire. Concentrez-vous avant tout sur les ressources de votre CDI sur e-sidoc en faisant appel à l'aide de votre professeur(e) documentaliste.

étape 3 Sélectionner les documents et vérifier leur fiabilité

3. Complétez le tableau pour l'ensemble des documents sélectionnés à l'étape 2. Aidez-vous du modèle réalisé à partir du site trouvé sur Internet.

Site Internet hachette-clic.fr/24hggt086

Document utile pour traiter le sujet	Sources/références du document		Nature du document	Apport du document pour traiter le sujet
	Origine de la source	Fiabilité		
Les racines politiques de la Première Guerre mondiale	Les chemins de mémoire est un site sous la tutelle du ministère des Armées	– Ministère des Armées : Site officiel conseillé par le ministère de l'Éducation nationale. – Article rédigé par Jean-Jacques Becker, Professeur à l'université Paris X-Nanterre et président du centre de recherche de l'Historial de Péronne sur la Grande Guerre	Article d'histoire accompagné de cartes, photographies et gravures	– L'auteur s'interroge sur les racines du conflit sur un court, moyen et long terme. – Les multiples tensions politiques ne trouvent pas de résolutions pacifiques. – Les escarmouches et l'engrenage des alliances conduisent à l'ordre de mobilisation générale en Russie le 30 juillet 1914.
– ………	– ………	– ………	– ………	– ………

Sujet d'entraînement

Documentez-vous sur l'une des questions suivantes et réalisez un classement des sources selon la nature des documents retenus.
- Dans quelle mesure les Jeux olympiques sont-ils devenus un théâtre d'affrontement et de tensions durant la guerre froide ?
- Comment les Accords de Dayton en 1995 instaurent-ils la paix après la guerre en ex-Yougoslavie ?
- Par quels moyens le traité de non-prolifération de l'arme atomique participe-t-il à pacifier les relations internationales ?
- Le modèle de Clausewitz permet-il de comprendre le terrorisme de l'IRA en Irlande ?
- Pourquoi les accords d'Oslo en 1993 entre Israël et les Palestiniens n'ont-ils pas créé les conditions d'une paix durable ?
- Comment le mouvement des FARC en Colombie montre-t-il une diversification des acteurs de la guerre et de leurs motivations ?
- Le groupe Wagner, un acteur de la guerre ?
- Les cyberattaques sont-elles une rupture ou une continuité des formes de la guerre ?

Méthode BAC 177

étape 3 Construire son plan ➥ Méthode p. 262

- S'interroger sur les différents types de plans possibles ;
- Construire et structurer son plan en regroupant les idées par thème ;
- Rédiger l'introduction et la conclusion.

étape 4 Préparer son support ➥ Méthode p. 418

étape 5 Se préparer à prendre la parole le jour J ➥ Méthode p. 496 à 499

1. Mémoriser son oral en trouvant la technique la plus efficace.

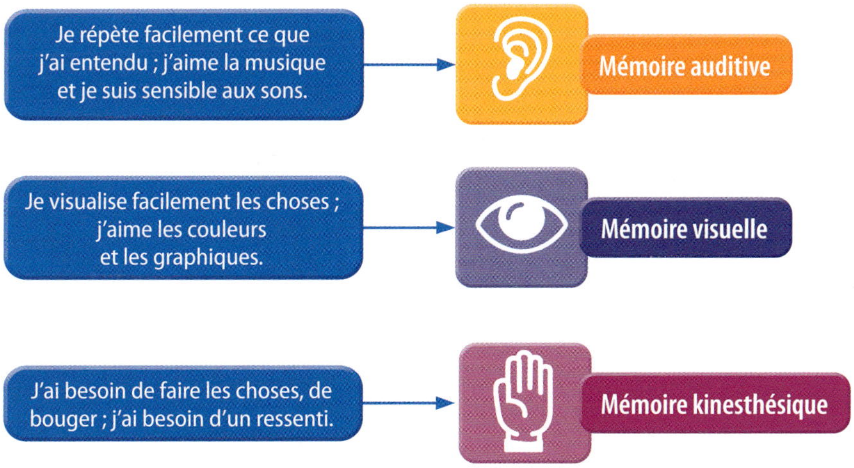

2. S'entraîner à prendre la parole.

	À adopter	À éviter
La posture	Tenez-vous droit, les pieds ancrés dans le sol.	Ne vous balancez pas de gauche à droite. Ne gardez pas les mains dans les poches.
Le regard et les expressions du visage	Regardez le jury pour entrer en contact avec lui et souriez.	Ne regardez pas vos chaussures ou la fenêtre. Ne restez pas le regard posé sur vos notes.
Les gestes	– Levez le pouce, l'index et le majeur en annonçant « il y a trois idées à retenir » ; – Si vous comparez deux propositions, utilisez la main gauche pour parler d'une proposition et la main droite pour parler d'une autre proposition.	Évitez les gestes parasites liés au stress (jouer avec ses bijoux, craquer ses doigts…) et les tics de langage (« ben… », « du coup… », « en fait… »).

➤ GRILLE D'ÉVALUATION, p. 22-23

Grilles d'évaluation

Dissertation

Capacités évaluées	Très insuffisant	Insuffisant
Posséder et mobiliser des connaissances (connaître, se repérer, contextualiser)	Pas d'exemples ; uniquement une suite de propos sans notions pertinentes ; repères spatiaux et chronologiques non maîtrisés.	Peu d'exemples ; pas de notions ou notions non maîtrisées ; quelques références spatiales et chronologiques.
Construire un plan (structurer le propos)	Pas d'organisation en parties ; pas d'introduction ni de conclusion.	Organisation en parties ne permettant pas une saisie globale du sujet.
Adopter une démarche réflexive et argumentée	Pas de réflexion personnelle ; organisation incohérente du propos ; copie en grande partie hors-sujet ; présence de nombreux contresens.	Peu de réflexion personnelle ou réflexion inaboutie ne permettant pas de traiter l'intégralité du sujet ; récitation du cours peu adaptée au sujet ou partiellement erronée.
Maîtriser la langue et formaliser sa pensée par écrit	Copie difficilement compréhensible ; de nombreuses maladresses d'expression nuisent à la réflexion d'ensemble.	Copie à la syntaxe hasardeuse ; expression écrite maladroite mais qui ne nuit pas à l'intelligibilité de la copie.

Étude critique de document(s)

Capacités évaluées	Très insuffisant	Insuffisant
Contextualiser	Les documents ne sont pas contextualisés ; aucune information exacte autre que celles figurant dans les documents ; paraphrase du/des document(s).	Connaissance approximative du contexte global ; pas d'informations extérieures au(x) document(s) ou informations inexactes ; des éléments de paraphrase.
Comprendre	Incompréhension de la consigne ou du/des document(s) ; de nombreux contresens et/ou des éléments hors sujet.	Compréhension partielle de la consigne, ou du/des document(s) ; présence de contre-sens.
Confronter (dans le cas de deux documents)	Non exploitation du/des document(s).	Pas de confrontation.
Avoir une approche critique du/des document(s)	Pas de mention de la source ; non prise en compte du/des document(s).	Le candidat a des difficultés à exercer un regard critique à partir des sources.
Employer les notions et exploiter les outils spécifiques aux disciplines	Pas de notions ou notions non pertinentes.	Maîtrise inégale des notions utilisées.
Construire une argumentation	Pas de construction de plan.	Construction partielle d'un plan ; l'organisation du devoir ne facilite pas l'analyse du/des document(s).
Maîtriser la langue et formaliser sa pensée par écrit	Copie difficilement compréhensible.	Copie à la syntaxe hasardeuse.

Grand oral

Capacités évaluées	Très insuffisant	Insuffisant
Qualité orale de l'épreuve	Difficilement audible sur l'ensemble de la prestation ; le candidat ne parvient pas à capter l'attention.	La voix devient plus audible et intelligible au fil de l'épreuve mais demeure monocorde ; vocabulaire limité ou approximatif.
Qualité de la prise de parole en continu	Énoncés courts, ponctués de pauses et de faux démarrages, ou énoncés longs à la syntaxe mal maîtrisée.	Discours assez clair mais vocabulaire limité et énoncés schématiques.
Qualité des connaissances	Connaissances imprécises ; incapacité à répondre aux questions même avec une aide et des relances.	Connaissances réelles mais difficulté à les mobiliser en situation à l'occasion des questions du jury.
Qualité de l'interaction	Réponses courtes ou rares ; la communication repose principalement sur l'évaluateur.	L'entretien permet une amorce d'échange ; l'interaction reste limitée.
Qualité et construction de l'argumentation	Pas de compréhension du sujet ; discours non argumenté et décousu.	Début de démonstration mais raisonnement lacunaire ; discours insuffisamment structuré.

Exemple d'échelle descriptive d'évaluation

Satisfaisant	Très satisfaisant
Exemples en lien avec le sujet nourrissant le propos ; présence de notions attendues dans le traitement du sujet ; notions et exemples bien articulés ; les connaissances sont placées dans un contexte à la fois chronologique et spatial.	Notions et exemples particulièrement variés, détaillés et maîtrisés ; bonne articulation des notions et des exemples ; prise en compte de la spécificité des quatre disciplines de l'HGGSP (approche multiscalaire, références historiques riches et précises, …).
Organisation en parties offrant une saisie globale du sujet ; présence d'une introduction et d'une conclusion.	Plan offrant une saisie totale du sujet ; la structure est très équilibrée au regard du temps imparti ; forte cohérence des parties connectées entre elles par des transitions ; introduction et conclusion riches.
Présence d'une problématique explicite et pertinente ; présence de phrases témoignant d'une réflexion personnelle au-delà de la restitution du cours ; notions agencées les unes par rapport aux autres.	Problématique dépassant la reformulation du sujet et suivie comme fil directeur ; réflexion soutenue et originale ; notions combinées pour servir une argumentation d'ensemble.
Langue correcte et assurant la compréhension du propos.	Langue riche et soutenue.

Exemple d'échelle descriptive d'évaluation

Satisfaisant	Très satisfaisant
Connaissance du contexte global dans lequel s'inscrit(vent) le(s) document(s) ; des connaissances personnelles mises en rapport avec le(s) document(s) ; la démonstration prend appui sur le(s) document(s).	Connaissance du contexte global mobilisée pour l'étude du/des document(s) ; mise en rapport soutenue des connaissances personnelles et des informations du/des document(s) ; saisie globale de l'apport du/des document(s) à la compréhension de son contexte.
Compréhension correcte de la consigne ; compréhension correcte des principales informations livrées par le(s) document(s).	Compréhension fine du/des document(s) ; capacité à saisir l'implicite.
Mise en rapport des documents pour dégager une évolution, confronter des points de vue, …	La confrontation des documents intègre et nourrit l'approche critique.
Source et nature du/des document(s) prises en compte dans l'analyse ; intérêt et limites du/des document(s) explicité(s).	Prise de distance avec le(s) document(s) ; capacité à apporter une nuance ; la source et la nature du/des document(s) nourrissent explicitement l'approche critique.
Présence des notions attendues qui s'insèrent dans la démonstration.	Organisation de l'étude critique à partir des notions précisément définies ; richesse des concepts.
Présence d'une problématique explicite ; parties ayant une cohérence et témoignant d'une démarche méthodique ; une organisation équilibrée entre les parties.	Problématique dépassant la reformulation du sujet ; construction cohérente permettant de répondre pleinement à la consigne.
Langue correcte et assurant la compréhension du propos.	Langue riche et soutenue.

Exemple d'échelle descriptive d'évaluation

Satisfaisant	Très satisfaisant
Quelques variations dans l'utilisation de la voix ; prise de parole affirmée ; le candidat utilise un lexique adapté et parvient à susciter l'intérêt.	La voix soutient efficacement le discours ; qualités prosodiques marquées (débit, fluidité, variations et nuances pertinentes, etc.) ; le candidat est pleinement engagé dans sa parole ; il utilise un vocabulaire riche et précis.
Discours articulé et pertinent ; énoncés bien construits.	Discours fluide, efficace, tirant pleinement profit du temps et développant ses propositions.
Connaissances précises ; une capacité à les mobiliser en réponses aux questions du jury avec éventuellement quelques relances.	Connaissances maîtrisées ; les réponses aux questions du jury témoignent d'une capacité à mobiliser ses connaissances à bon escient et à les exposer clairement.
Répond, contribue, réagit ; se reprend en reformulant et en s'aidant des propositions du jury.	S'engage dans sa parole, réagit de façon pertinente ; prend l'initiative dans l'échange ; exploite judicieusement les éléments fournis par la situation d'interaction.
Démonstration construite et appuyée sur des arguments précis et pertinents.	Maîtrise des enjeux du sujet ; capacité à conduire et exprimer une argumentation personnelle, bien construite et raisonnée.

THÈME

1

De nouveaux espaces de conquête

Gros plan sur le thème 1

Lecture d'image
hachette-clic.fr/24hggt001

En mars 2023, l'océan Arctique a été le théâtre de manœuvres militaires de l'OTAN (au premier plan un sous-marin norvégien). Cet océan est en effet un territoire stratégique, où les grandes puissances affirment leur présence, et qui devient un nouvel espace de conquête avec les conséquences du changement climatique.

Repères

Des limites océaniques et spatiales toujours repoussées

1 Les grandes étapes de l'exploration océanique

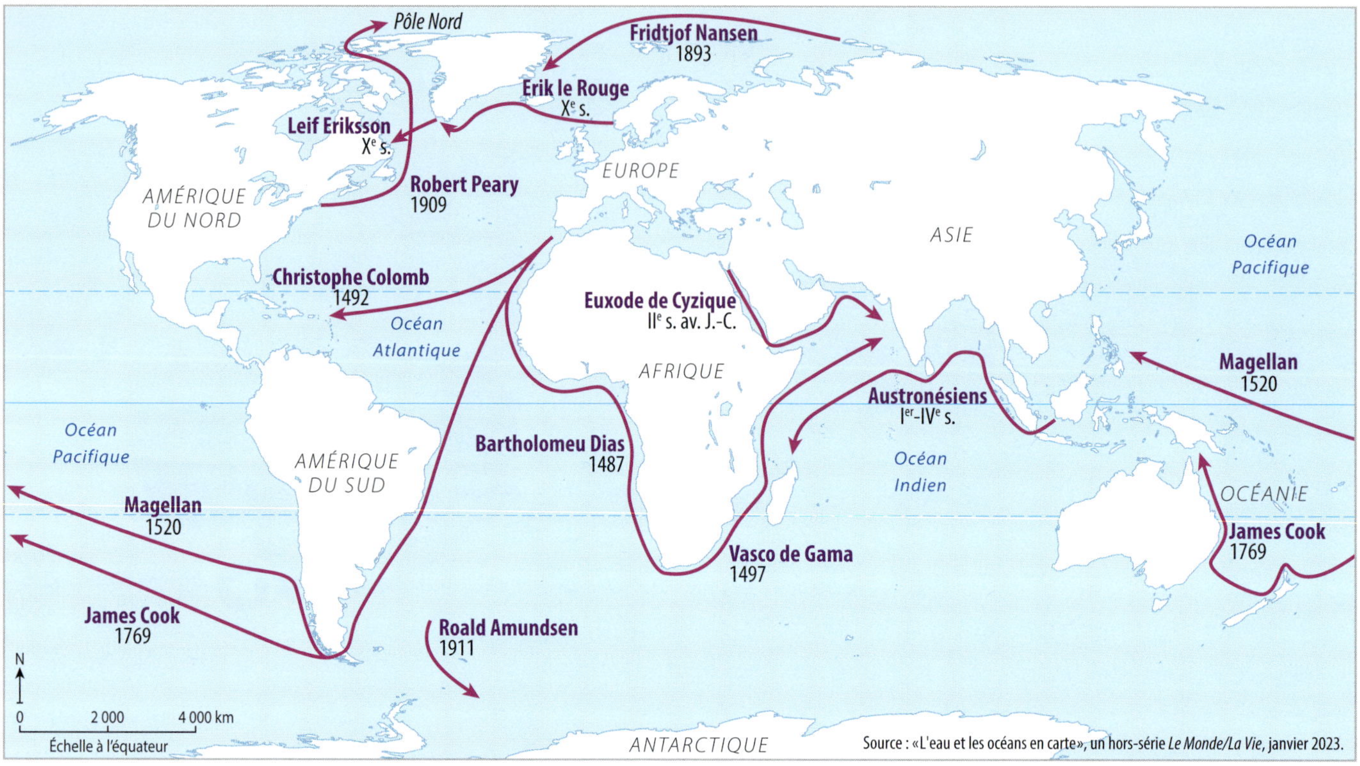

Source : « L'eau et les océans en carte », un hors-série *Le Monde/La Vie*, janvier 2023.

2 La cartographie des grands fonds : une avancée récente de l'océanographie[1]

1. Étude scientifique des mers et océans centrée sur la cartographie des fonds marins, la connaissance des courants marins et de la biodiversité.

Les fonds marins sont constitués de reliefs comme les fosses océaniques, les monts sous-marins, les zones de fracture. L'océanographie moderne est née des travaux de scientifiques européens depuis l'expédition britannique du *Challenger* (1873-1876). Mais ce n'est qu'un siècle plus tard que la première carte des fonds océaniques est réalisée.

1950 – 1960 – 1970 – 1980 – 1990 – 2000 – 2010 – 2020

- 1957 : Spoutnik, premier satellite envoyé dans l'espace
- 12 avril 1961 : Y. Gagarine, premier humain en orbite
- 21 juillet 1969 : N. Armstrong premier homme sur la Lune
- 20 février 1986 : Mise en orbite du premier élément de la station soviétique Mir
- 1998 : Début de la construction de la station spatiale internationale ISS
- 2022 : Début de la mission lunaire américaine Artémis

- 1960 : Exploration de la fosse des Mariannes (11 000 m)
- 1971 : Traité sur le fond des mers (interdiction de placer des armes nucléaires)
- 1979 : Découverte de sources d'eau chaude dans les profondeurs océaniques
- 2007 : Drapeau russe planté au fond de l'océan Arctique
- 2018-2019 : La *Five Deeps Expedition* atteint les points les plus profonds des cinq océans

3 Des frontières spatiales sans cesse repoussées

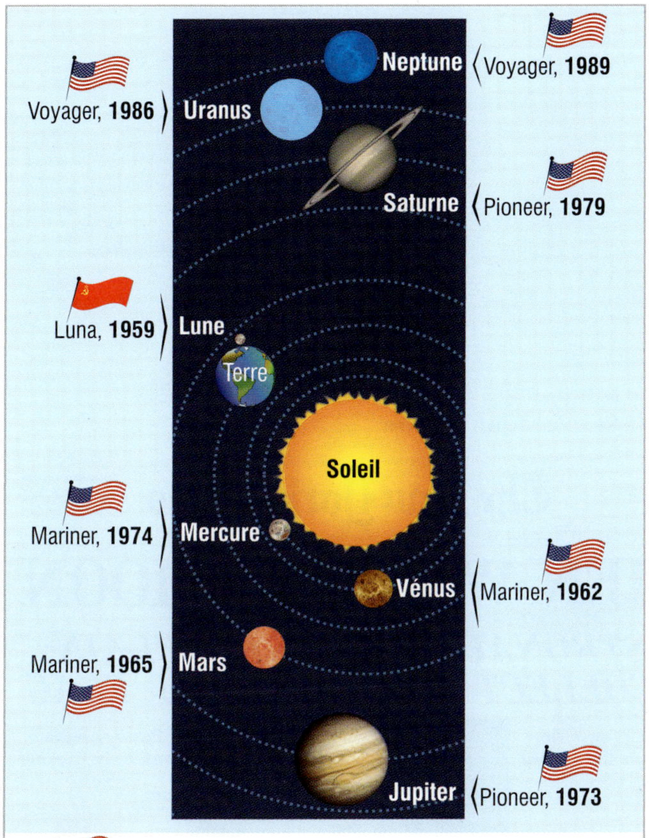

Pioneer, 1979 : date du premier survol ou atterrissage de sonde

Source : Isabelle Sourbes-Verger, *Géopolitique du monde spatial*, Eyrolles, 2023.

4 Les abysses[1] et les astéroïdes : de nouvelles frontières à exploiter

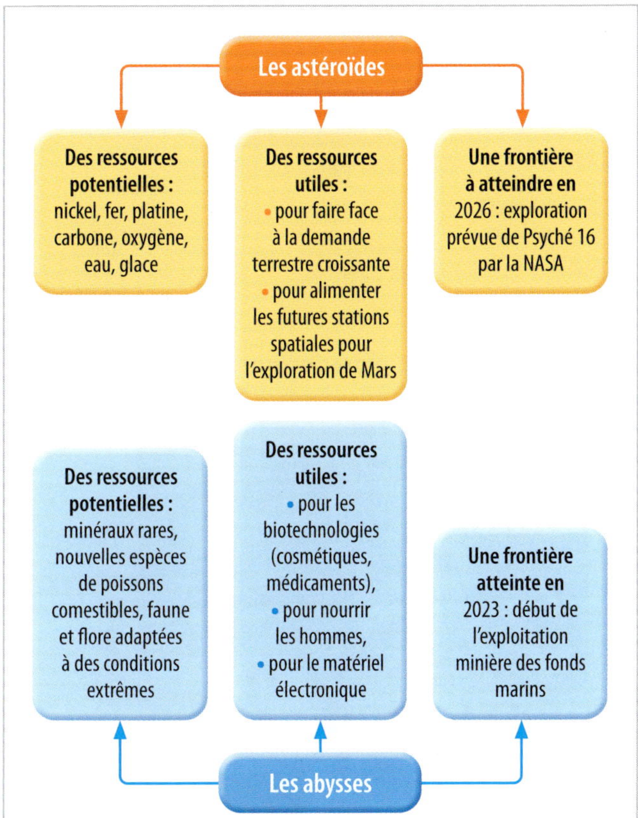

1. Ensemble des zones géographiques très profondes commençant entre 3 000 et 4 000 m de profondeur, qui se caractérisent par une absence totale de lumière, un grand froid et de très fortes pressions.

Notion

Nouvelle frontière : idée de repousser les limites des connaissances sur de nouveaux terrains d'expérimentation géographiques et scientifiques (espace, mers et océans, cerveau humain, cyber-espace…) au service du développement des sociétés.

Ne pas confondre

Atmosphère : enveloppe gazeuse entourant certains astres.

≠

Espace (extra-atmosphérique) : région de l'Univers située au-delà de la partie de l'atmosphère terrestre où la densité de l'air permet l'équilibre des aéronefs. On admet généralement que sa limite inférieure se situe aux environs de 100 km au-dessus du niveau de la mer.

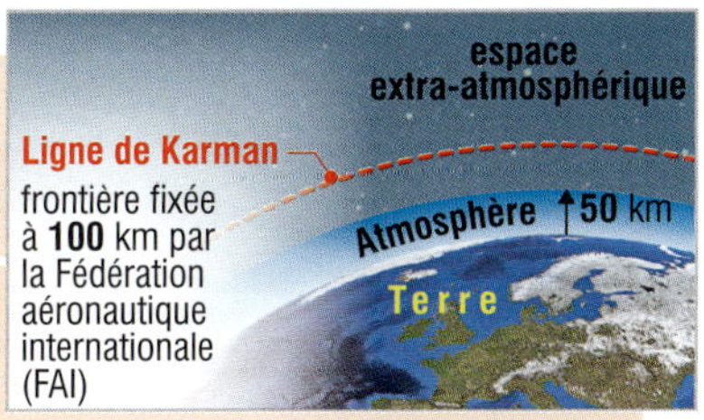

POUR COMPRENDRE

1. Longtemps limitée par les progrès technologiques, l'exploration des océans et de l'espace est passée de la surface des océans et de l'observation du ciel aux grandes profondeurs océaniques et à l'espace à partir des années 1950.

> Comment la maîtrise et la connaissance des océans et de l'espace a-t-elle été rendue possible ? Distinguez les grandes étapes de leur exploration. (doc. 1, 2 et 3)

> Montrez que les océans et l'espace ont sans cesse été des nouvelles frontières de l'humanité. (doc. 1 à 4)

2. Dès lors, un nouveau potentiel de ressources apparaît. Les océans et l'espace sont devenus de nouvelles frontières à explorer et à exploiter.

> Pourquoi les océans et l'espace sont-ils aujourd'hui des réservoirs de ressources ? (doc. 4)

Focus ① La Lune, terrain d'expérimentation de la conquête de l'espace

Distante de 384 400 km de la Terre, la Lune en est l'unique satellite et fascine les hommes depuis des siècles. De l'envoi des premières sondes en 1959 à l'alunissage de l'Inde en 2023, elle reste une priorité pour les grandes agences spatiales.

▸ Pourquoi la Lune constitue-t-elle le terrain privilégié de la conquête spatiale ?

1950 – 1960 – 1970 – 1980 – 1990 – 2000 – 2010 – 2020

- **1959- 1976** Programme soviétique Luna
- **1961- 1975** Programme américain Apollo
- **14 septembre 1959** Atterrissage de la sonde soviétique Luna 2 sur la Lune
- **21 juillet 1969** N. Armstrong et B. Aldrin marchent sur la Lune
- **14 décembre 1972** E. Cernan et H. Schmitt sont les derniers astronautes à marcher sur la Lune
- **2010** Chang'e 4 (sonde chinoise) se pose sur la face cachée de la Lune
- **2023** 1er alunissage indien
- **2024** 1er alunissage japonais
- **2025** Artemis III (NASA) Prochain alunissage habité programmé

1 Les débuts de l'exploration lunaire

Après six échecs, la sonde soviétique Luna 2 est le premier objet fabriqué par l'homme à atteindre la Lune le 14 septembre 1959. Ce succès, célébré par des timbres commémoratifs, consacre la domination de l'URSS dans l'exploration de l'environnement lunaire.

2 Le programme Apollo, une étape majeure de l'exploration lunaire

"All the News That's Fit to Print"

The New York Times

LATE CITY EDITION

NEW YORK, MONDAY, JULY 21, 1969 — 10 CENTS

MEN WALK ON MOON

ASTRONAUTS LAND ON PLAIN; COLLECT ROCKS, PLANT FLAG

Voice From Moon: 'Eagle Has Landed'

A Powdery Surface Is Closely Explored

VOYAGE TO THE MOON

Outre les premiers pas de l'homme sur la Lune le 21 juillet 1969, le programme spatial américain Apollo perfectionne les connaissances scientifiques grâce aux roches lunaires rapportées sur Terre et aux données collectées par les instruments scientifiques.

3 Les roches lunaires, un outil de la connaissance spatiale

Les 150 milliards de dollars actuels investis dans le programme Apollo n'ont pas été perdus pour la science. 382 kilos de roche lunaire ont été rapatriés dans les laboratoires terrestres et les instruments installés sur la Lune ont envoyé des mesures des années durant. Les premières missions se sont contentées du strict minimum, à l'image d'Armstrong le 20 juillet 1969. L'astronaute se penche et ramasse quelques graviers, n'importe où, n'importe lesquels, juste pour avoir de quoi mettre sous le microscope au cas où un problème soudain obligerait les astronautes à rentrer sur Terre en urgence. En plus, les scientifiques avaient demandé qu'on emmène seulement les expériences capables de produire des résultats en dix minutes, toujours en cas d'abandon précoce de la sortie lunaire. Finalement, Aldrin et Armstrong ont installé un sismographe, une bannière chargée de capter l'énergie du vent solaire et un réflecteur capable de mesurer la distance Terre-Lune avec une précision inédite. Grâce aux bannières, on connaît la composition du vent solaire. Grâce aux réflecteurs, on sait que la Lune s'éloigne de 3,8 centimètres par an. Grâce aux sismomètres, on a découvert que des tremblements de terre secouent la Lune, pourtant dépourvue de plaques tectoniques. Mission après mission, les sorties extravéhiculaires se sont allongées, les expériences scientifiques sont devenues plus complexes et complètes. Les roches d'Apollo ont ouvert la voie à des études sur la structure, la composition et l'origine de la Lune.

Camille Gévaudan, « Apollo, des échantillons de géant pour l'humanité », *Libération*, 12 juillet 2019.

4 Les nouveaux projets d'exploration lunaire

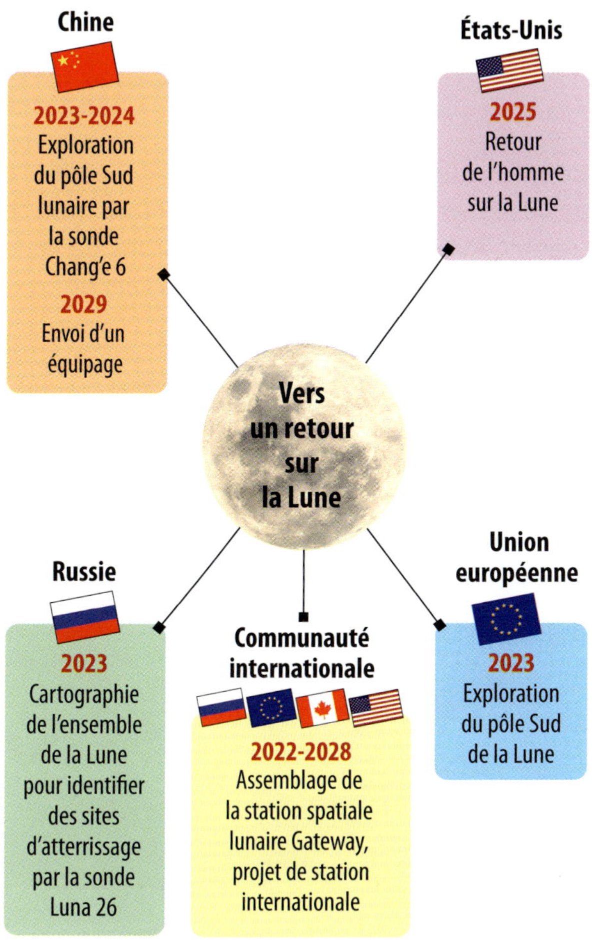

5 Les objectifs de l'exploration lunaire

La Lune redevient un objet géopolitique de première place et cristallise les rivalités spatiales sino-américaines. Ces deux puissances se retrouvent dans une nouvelle course à l'espace, qui est pensée au-delà de la Lune : la Chine comme les États-Unis ambitionnent la construction d'une base sur le pôle Sud de la Lune, espace stratégique en lien avec de potentielles expéditions sur Mars, et Pékin projette de lancer des missions d'exploration vers Neptune et Uranus en 2035 et 2040. Au-delà des intérêts politiques, le sol lunaire constitue une réserve de ressources valorisables comme un ensemble de terres rares et une quantité non négligeable d'hélium 3, un gaz non radioactif qui pourrait servir de combustible pour de futures centrales nucléaires. L'intérêt actuel pour la Lune est également caractérisé par la présence d'entreprises privées intéressées par son exploration, comme Blue Origin, Rocket Lab, Virgin Galactic, ou l'entreprise israélienne SpaceIL. Les missions à l'œuvre sont alors financées par des fonds privés (à l'instar d'une mission lunaire menée par SpaceIL et SpaceX), ou bien réalisées pour le compte d'États ou d'agences spatiales nationales. C'est le cas de la compagnie américaine SpaceX, chargée par la NASA du transport des astronautes jusqu'à la station spatiale internationale depuis 2020 et choisie pour développer l'atterrisseur en charge du transport des astronautes jusqu'à la surface de la Lune.

Marie Vernin, « Exploration de la Lune : le retour d'une compétition géopolitique », *Géoconfluences*, 15 mai 2023.

ACTIVITÉ ORAL

1. Par quels moyens s'effectue l'exploration de la Lune entre 1959 et 1969 ? Quels en sont les objectifs ? **(doc. 1, 2 et 3)**

2. Pourquoi peut-on parler depuis les années 2010 d'un retour sur la Lune ? **(doc. 4)**

3. Montrez que l'exploration lunaire a des objectifs multiples répondant aux ambitions de différents acteurs. **(doc. 4 et 5)**

Bilan

À l'aide des réponses aux questions, vous présenterez un exposé oral évoquant les moyens et les étapes de l'exploration lunaire, ses difficultés et ses réussites, sans oublier les enjeux géopolitiques passés et présents de cette exploration.

Pour aller plus loin

À partir de l'article de Claudie Haigneré et de la vidéo d'accompagnement, préparez un exposé oral répondant au sujet **« Pourquoi l'exploration de la Lune est-elle une compétition géopolitique entre différents acteurs ? »**

Site Internet
Viser la lune, une étape incontournable avant Mars !
hachette-clic.fr/24hggt002

Focus 2 Explorer l'océan : de la croyance à la connaissance scientifique

L'exploration des mers et océans a connu une révolution au XVe siècle. Auparavant, la connaissance des espaces maritimes était réduite au monde méditerranéen et empreinte de croyances en des monstres marins. Avec les grandes explorations de la Renaissance et les innovations techniques, l'espace océanique s'élargit et devient au XIXe siècle un objet de connaissance scientifique.

▸ Comment est-on passé d'une vision fantastique des océans à leur connaissance scientifique ?

1 La croyance en l'existence de monstres marins

Sébastien Münster, *Cosmographie*, 1556, BNF, Paris.

Au XVIe siècle, dans sa *Cosmographie*, le moine allemand Sébastien Münster localise l'existence de monstres marins dans l'océan au nord de l'Europe, région encore inexplorée par les Chrétiens d'Occident.

2 L'invention de nouveaux instruments de navigation

Jacques de Vaulx, *Les Premières Œuvres : Fabrication et usage du nocturlabe*, 1583, BNF, Paris.

Dans cet ouvrage, le navigateur Jacques de Vaulx dessine et explique l'usage de nouveaux instruments de navigation. Le nocturlabe (ici représenté) détermine l'heure la nuit tandis que l'astrolabe mesure la hauteur des astres permettant de déduire la latitude d'un lieu.

3 Les débuts de l'océanographie

La parole de l'océanographe

Si les premières études concernant des organismes marins remontent à l'Antiquité avec les observations d'Aristote et de Pline l'Ancien, la connaissance des milieux maritimes reste fortement tributaire des progrès de la navigation et ne prend réellement son essor qu'à partir du XVIIIe siècle. Les observations des navigateurs, savants et naturalistes lors des premières grandes missions d'exploration, telles celles menées par Alexandre von Humboldt en Amérique du Sud (1799-1804) ou par Charles Darwin à bord du *Beagle* (1831-1836), permettent une meilleure connaissance des courants et de la faune pélagique, mais les grands fonds marins restent longtemps mystérieux. À partir du milieu du XIXe siècle, les progrès scientifiques et techniques s'accélèrent et rendent possible et nécessaire l'exploration en eaux profondes. C'est l'ambitieuse mission dévolue au *HMS Challenger*, un ancien navire de guerre britannique que la *Royal Society of London* a transformé entièrement en bâtiment scientifique. De 1872 à 1876, la corvette sillonne presque toutes les mers du globe et son équipage scientifique, dirigé par le naturaliste écossais Charles Wyville Thomson, multiplie les sondages, prélèvements et analyses. Près de 5 000 espèces marines sont ainsi identifiées et une première cartographie des fonds océaniques voit le jour, révélant des reliefs encore insoupçonnés comme la dorsale atlantique et la fosse des Mariannes. Les résultats de l'expédition, présentés à partir de 1877, ont un immense retentissement et marquent la naissance de l'océanographie moderne.

Serge Planes, « Les débuts de l'océanographie : les expéditions d'Albert Ier de Monaco », Université PSL (Paris Sciences & Lettres), 2023.

Vocabulaire

Océanographie : étude scientifique des mers et océans, centrée sur la cartographie des fonds marins, la connaissance des courants marins et de la biodiversité.

ACTIVITÉ

Complétez l'organigramme.

- Les océans, des objets de mythes
- ↓
- Une révolution dans l'exploration des océans (XVe-XIXe siècles)
- ↓
- Les débuts de l'océanographie moderne

Bilan

À partir de cette étude et de vos connaissances, construisez une frise chronologique de l'Antiquité au XIXe siècle montrant le passage des croyances et mythes liés aux océans à leur connaissance scientifique.

FOCUS 3 Océan et espace : de nouvelles frontières à exploiter ?

À l'heure où l'exploitation des ressources minières de la Terre semble atteindre ses limites, les **abysses** et l'espace extra-atmosphérique apparaissent comme un nouvel eldorado pour alimenter la transition énergétique, soulevant des questions géopolitiques.

Dans quelle mesure peut-on s'approprier les ressources de ces nouvelles frontières ?

1 Les abysses et le domaine spatial, les dernières frontières ?

Enjeux	Exemples de retombées existantes ou possibles
Scientifiques	
• Connaissance du relief sous-marin, sismologie, volcanologie ;	• Tracé des câbles sous-marins, prévision des séismes ;
• Étude d'une faune et flore adaptée à l'absence de lumière, aux hautes pressions et températures extrêmes ;	• Biotechnologies : cosmétique (crème à bronzer, lessive, etc.) ;
• Étude du milieu océanique : courants, évolution des températures.	• Prévision climatique à long terme.
• Étude des sols et sous-sols lunaires et martiens.	• Connaissance de l'histoire du système solaire (origine de la Lune) ;
	• Prouver que la production d'eau, d'oxygène ou encore d'hydrogène sur la Lune est possible.
Économiques	
• Exploration des ressources halieutiques ;	• Nouvelles espèces de poissons comestibles par la pêche profonde (empereur) ;
• Pose de câbles sous-marins ;	• Minéraux rares des abysses utilisés dans l'informatique, l'électronique, etc.
• Exploration des ressources minérales abyssales.	
• Exploration des ressources minérales spatiales ;	• Abondantes ressources en fer (Mars), nickel, or (astéroïde Psyché) pour la fabrication d'acier, de verre, de plastiques et de céramiques ;
• Exploration du gaz ;	• Produire une énergie abondante et propre (hélium-3, Lune) ;
• Exploration des nutriments du sol martien.	• Développement d'une agriculture martienne par apport d'eau (glace à faible profondeur) et d'engrais azotés.

2 Les grands enjeux de l'exploitation des abysses

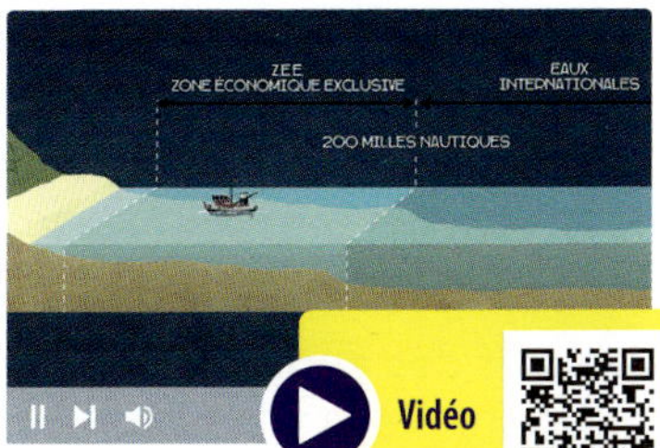

Vidéo

ARTE Décryptage, juin 2023
hachette-clic.fr/24hggt003

Vocabulaire

Abysses : ensemble des zones géographiques très profondes commençant entre 3 000 et 4 000 mètres de profondeur, qui se caractérisent par une absence totale de lumière, un grand froid et de très fortes pressions.

3 S'approprier les ressources spatiales

Peut-on s'approprier les ressources spatiales ? Clé de voûte du droit spatial international, le traité de l'espace de 1967 est ambigu à ce sujet : si son article 2 dispose qu'aucun corps céleste « ne peut faire l'objet d'appropriation nationale par proclamation de souveraineté, ni par voie d'utilisation ou d'occupation, ni par aucun autre moyen », il ne dit rien, en revanche, des ressources qui pourraient en être tirées. Le contexte a changé, et il est devenu urgent de trancher cette question. Le Comité des Nations Unies sur les utilisations pacifiques de l'espace extra-atmosphérique s'en est saisi officiellement en 2022, mais les négociations ont peu de chance d'aboutir, notamment du fait de l'opposition de la Russie. Tout cela importe finalement peu aux États-Unis, qui ont choisi d'avancer plus vite et de façon unilatérale. Dès 2015, le Space Act autorise l'exploitation des ressources spatiales à des fins commerciales, et donc leur appropriation. En 2020, les accords Artemis, signés entre les États-Unis et huit autres pays, étendent cette interprétation (tout en évitant le terme d'« appropriation »), et y ajoutent la notion de « zone de sécurité » – laquelle permet, sinon une appropriation *de facto*, au moins une occupation exclusive, voire militaire. À ce jour 24 pays ont signé ces accords. En réalité, le véritable enjeu n'est pas celui de l'appropriation, mais de ses modalités (attribution, répartition, taxation, contrôles, etc.).

Commission Prospective du Sénat, 2024.

ACTIVITÉ

1. Pourquoi le potentiel des ressources des fonds marins et de l'espace extra-atmosphérique constitue-t-il de nouvelles frontières ? **(doc. 1 et 2)**

2. En quoi leur exploitation soulève-t-elle des débats ? **(doc. 2 et 3)**

Bilan ORAL

À l'aide des documents et de vos connaissances, organisez un débat sur le sujet : « **Doit-on exploiter et s'approprier les ressources des abysses et de l'extra-atmosphérique ?** »

Leçon 1 Océan et espace : quelles spécificités ?

Comment la connaissance et la conquête des océans et de l'espace ont-elles sans cesse repoussé leurs frontières ?

A Une maîtrise des océans en constante évolution

- **Dès l'Antiquité, les auteurs s'intéressent aux océans mais les connaissances restent longtemps empreintes de croyances** et réduites au pourtour méditerranéen. L'exploration des océans connaît une révolution au XVe siècle avec les Grandes Découvertes et les progrès techniques (astrolabe, nocturlabe). L'expédition du *HMS Challenger* (1872-1876) marque les débuts de l'océanographie moderne. Ces études sont poursuivies par les États (Institut océanographique de Paris créé en 1906, Institut australien des sciences marines en 1972) et mises en réseau par l'Unesco (1960). L'océanographie devient une mégascience.
- **À partir des années 1950, l'exploration des abysses prend un tour nouveau grâce aux progrès techniques** mais les exploits (D. Walsh et J. Piccard dans le Pacifique, 1960) sont freinés pendant la guerre froide, les grandes puissances préférant se concentrer sur la découverte spatiale. Au XXIe siècle, l'exploration reprend, servant la connaissance scientifique et des intérêts géopolitiques. Pourtant, seule une dizaine de sous-marins sont capables de descendre à plus de 3 000 mètres de profondeur.
- **La connaissance et la maîtrise des océans permettent l'affirmation des puissances.** Après une longue période de supériorité britannique (XIXe siècle), la hiérarchie des puissances maritimes est dominée par les États-Unis (première marine de guerre, première ZEE). Pourtant, la puissance maritime américaine doit faire face à l'ascendance de la Chine : la maîtrise des océans est devenue un enjeu de la puissance chinoise sur la scène mondiale.

B Une connaissance de l'espace relativement récente

- **Longtemps limitée à son observation empirique, la connaissance de l'espace s'améliore dès le XVIIe siècle grâce aux progrès scientifiques** (télescope de Newton, 1672). La mise au point des fusées V2 par l'armée allemande (1944-1945) est à l'origine des premières technologies de lanceurs dans l'espace développées dès les années 1950.
- **La guerre froide permet une accélération de l'exploration spatiale avec la course à l'espace.** L'URSS envoie le premier satellite en orbite, le Spoutnik, en 1957, puis le premier homme dans l'espace, Youri Gagarine, en 1961, permettant les premières photographies exactes de la Terre. Les Américains atteignent la Lune le 21 juillet 1969 et en rapportent des roches. Dans la période 1970-1980, l'envoi de sondes et de stations orbitales habitées fait progresser la connaissance de l'espace et de la formation des planètes.
- **Aujourd'hui, si les puissances établies dominent l'espace, d'autres se lancent dans la course.** Les États-Unis restent l'hyperpuissance spatiale (40 milliards de dollars par an pour le programme spatial civil et militaire) alors que les vaisseaux russes Soyouz sont le seul moyen d'acheminer les astronautes de 2011 à 2020. En parallèle s'opère une démocratisation de l'espace : soixante pays ont une agence spatiale. Certains lancent des programmes ambitieux (Inde, Chine).

1 Une conquête au service de l'affirmation des États-Unis pendant la guerre froide

Le 21 juillet 1969, l'astronaute Neil Armstrong plante le drapeau américain dans le sol lunaire. Les États-Unis signent alors un exploit technologique majeur qui consacre leur supériorité mondiale.

Vocabulaire

Abysses : ensemble des zones océaniques très profondes, commençant entre 3 000 et 4 000 mètres de profondeur, qui se caractérisent par une absence totale de lumière, un grand froid, et de très fortes pressions.

Mégascience : science nécessitant de lourds investissements financiers, des équipes scientifiques nombreuses, des instruments et des laboratoires de grandes dimensions.

Océanographie : étude scientifique des mers et océans, centrée sur la cartographie des fonds marins, la connaissance des courants marins et de la biodiversité.

ZEE (Zone économique exclusive) : espace marin large de 200 milles nautiques (370 km) dans lequel l'État côtier dispose de droits exclusifs sur l'exploration et l'exploitation des ressources.

C L'océan et l'espace : de nouvelles frontières convoitées à explorer

- **Les océans apparaissent comme une nouvelle frontière à dépasser pour que l'humanité subvienne à ses besoins.** Selon l'ONU, le monde connaîtra un pic démographique à 9,7 milliards de personnes en 2050. Dès lors, les océans constituent un réservoir potentiel de ressources (sables marins, terres rares) et d'énergies (éoliennes, hydroliennes, solaires). Dans ce but, les connaissances progressent avec l'océanographie par satellites et l'exploration des abysses.
- **L'espace constitue aussi un enjeu stratégique pour l'avenir de la Terre.** Réservoir potentiel de ressources gazières (hélium 3) et minières (platine), d'eau et d'énergies solaires, l'espace attire les puissances établies et émergentes (projet d'une centrale solaire chinoise en orbite pour 2050). La question de l'exploitation des ressources spatiales alimente les tensions géopolitiques. Les satellites sont aussi la principale source d'information de l'état de la planète, en particulier sur le changement climatique (prévisions météorologiques, contrôle du niveau des mers, gestion des risques naturels).
- **De nouveaux acteurs contribuent à une meilleure connaissance de l'océan et de l'espace.** Des ONG (Greenpeace) explorent les océans et se posent en lanceurs d'alerte sur les effets du changement climatique. Des entreprises privées exploitent les océans (le groupe danois Vestas dans l'éolien *offshore*). L'espace devient aussi un terrain de conquête pour les entreprises qui y envoient déjà des touristes. Elles souhaitent abaisser le coût de l'accès à l'espace (SpaceX, Blue Origin) et créer une station spatiale privée (Axiom).

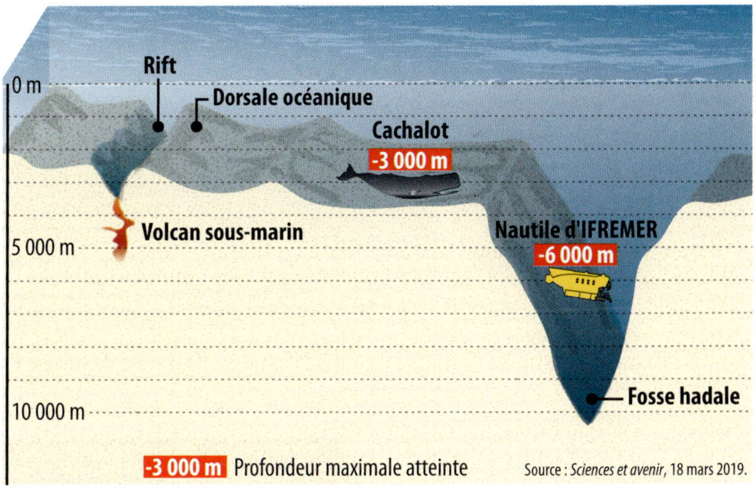

2 Les limites de la conquête des profondeurs

Situées de -6 000 à -11 000 mètres, les zones les plus profondes restent à découvrir.

Schéma interactif
hachette-clic.fr/24hggt004

SCHÉMA BILAN

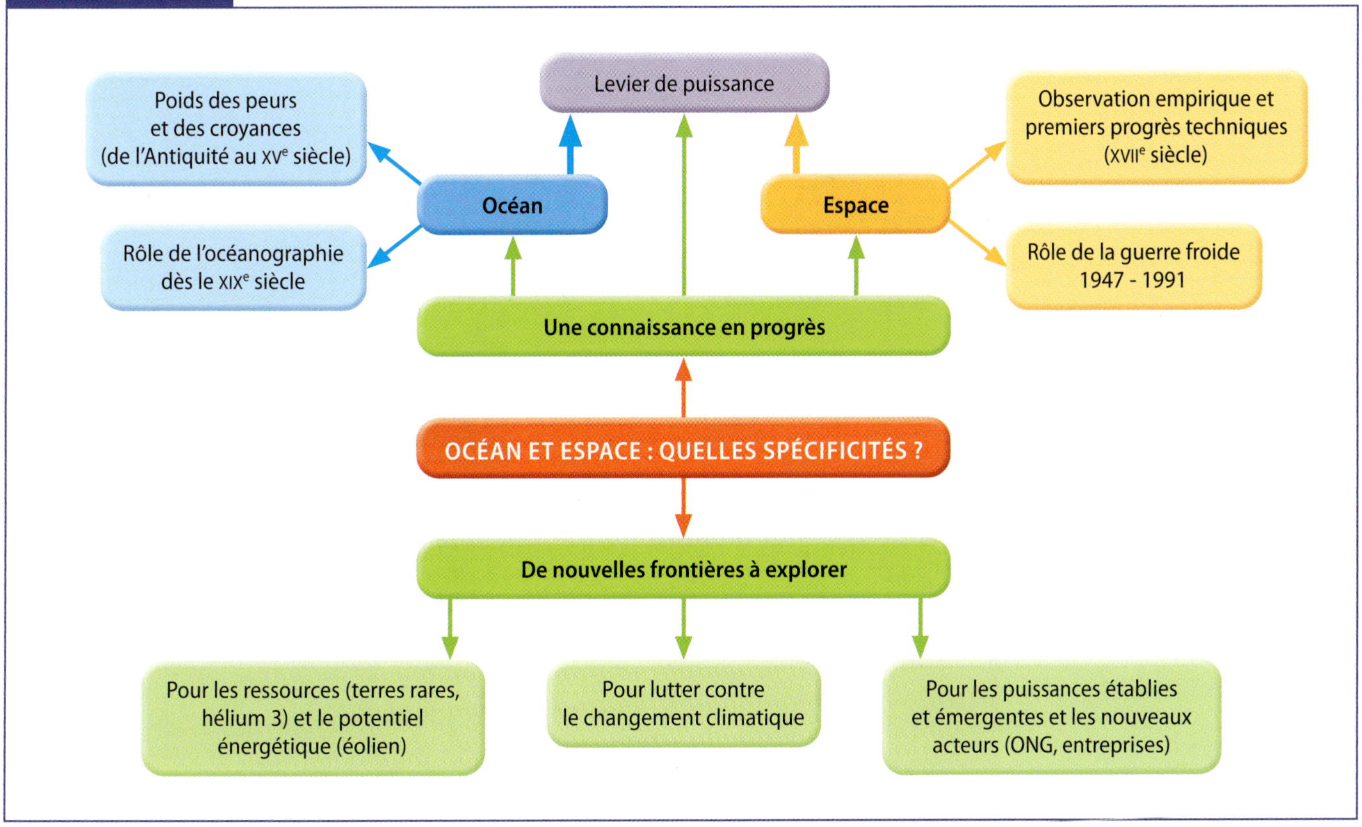

AXE 1

Conquêtes, affirmations de puissance et rivalités

Comment la conquête des océans et de l'espace a-t-elle stimulé les rivalités entre les puissances ?

Le premier homme en orbite, Youri Gagarine 1

Affiche commémorative du premier vol habité.

Traduction : « Vive le premier cosmonaute soviétique Youri Alekseïevitch Gagarine ! ».

Le 12 avril 1961, Youri Gagarine devient le premier homme à voyager dans l'espace. Cette prouesse technologique renforce la rivalité qui se joue entre les Américains et les Soviétiques durant la guerre froide. Elle inaugure également les ambitions des puissances pour la conquête spatiale.

1950 – 1960 – 1970 – 1980 – 1990 – 2000 – 2010 – 2020 – 2030

- **1957** Spoutnik, premier satellite en orbite
- **1961** Y. Gagarine, premier humain en orbite
- **1969** N. Armstrong premier homme à marcher sur la lune
- **2003** Premier vol spatial habité chinois
- **2013** Premier alunissage chinois
- **2019** Première mise en orbite d'un vaisseau habité par une société privée
- Date prévue du retour sur la Lune : **2025**, États-Unis, **2029**, Chine

- USS *Nautilus*, premier sous-marin nucléaire **1958**
- Traité interdisant l'implantation d'armes de destruction massive au fond des océans ainsi que dans leur sous-sol **1971**
- Programme américain Liberté de navigation **1979**
- Premier essai d'un missile mer-sol depuis un sous-marin par la Chine **1988**
- Premier essai d'un missile mer-sol depuis un sous-marin par l'Inde **2012**

2 L'affirmation de la puissance maritime des États-Unis

Afin de maintenir leur rang de grande puissance maritime, les États-Unis ont entrepris de renouveler une partie de leurs porte-avions. L'USS *Gerald R. Ford* a effectué sa première mission en 2022 dans les océans Atlantique et Arctique. En 2023, il se déploie à nouveau dans la zone arctique, au plus près de la zone de conflit entre la Russie et l'Ukraine. Les porte-avions restent les piliers du déploiement planétaire des forces navales.

QUESTIONS

1. Expliquez les permanences et les mutations des acteurs de la conquête spatiale. **(doc. 1 et frise)**

2. Montrez qu'au lendemain de la Seconde Guerre mondiale, les États-Unis se sont assignés un rôle de contrôle des océans. **(doc. 2 et frise)**

3. Pourquoi les océans et l'espace sont-ils des territoires d'affirmation de puissance ? **(doc. 1, 2 et frise)**

p. 36 **> JALON ①**
Les enjeux géopolitiques d'une conquête : la course à l'espace des années 1950 à l'arrivée de nouveaux acteurs

p. 44 **> JALON ②**
Affirmer sa puissance à partir des mers et des océans : la dissuasion nucléaire et les forces de projection maritimes

JALON 1 Les enjeux géopolitiques d'une conquête : la course à l'espace des années 1950 à l'arrivée de nouveaux acteurs

Repères

L'espace, terrain d'affirmations de puissance et de rivalités

1955 – 1960 – 1965 – 1970 – 1975 – 1980 – 2015 – 2020

- **1957** Spoutnik (URSS), premier satellite envoyé dans l'espace
- **1959** Premier alunissage de la sonde Luna 2 (URSS)
- **1969** N. Armstrong (États-Unis), premier homme à marcher sur la Lune
- **1970** Envoi du premier satellite chinois dans l'espace
- **1973** Lancement du programme européen Ariane
- **1975** Mission Apollo-Soyouz, première collaboration américano-soviétique
- **1975** Premier satellite indien en orbite
- **2018** Premier envoi d'astronautes sur la station spatiale internationale par une société privée
- **2020** Premier vol spatial habité opéré par une entreprise privée

1 La présence humaine dans l'espace

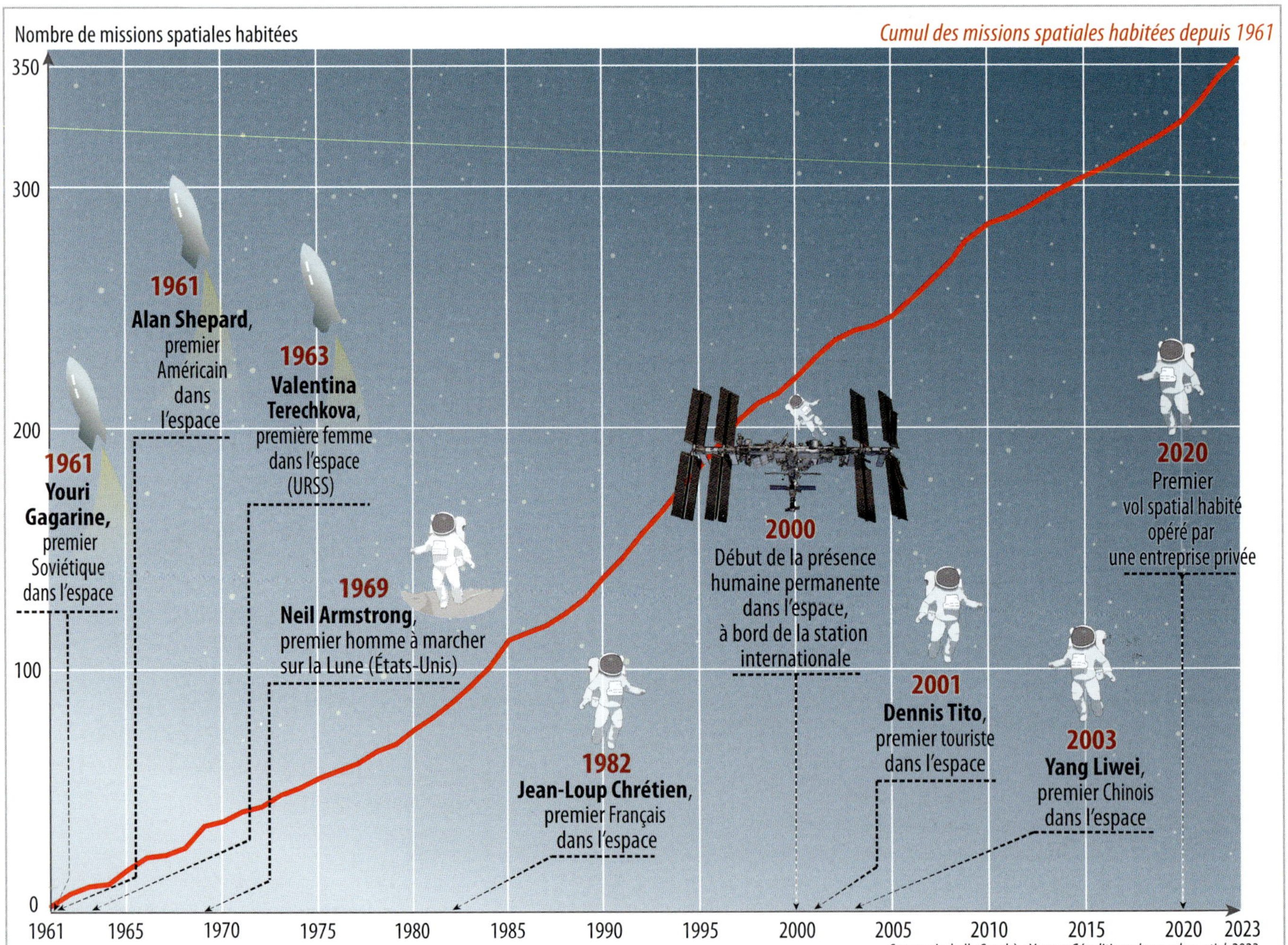

Source : Isabelle Sourbès-Verger, *Géopolitique du monde spatial*, 2023.

Notion

Course à l'espace : compétition à laquelle se sont livrés les États-Unis et l'Union soviétique entre 1957 et 1975 dans différents domaines de l'exploration spatiale (envoi de satellites en orbite, envoi d'astronautes sur la Lune…).

Ne pas confondre

New Space : terme désignant l'arrivée de nouveaux entrepreneurs privés, souvent issus de l'économie numérique, pour développer des technologies spatiales.

≠

Old Space : terme désignant les États et les institutions publiques comme la NASA en tant que pionniers de la conquête spatiale.

2 Puissance économique et conquête spatiale

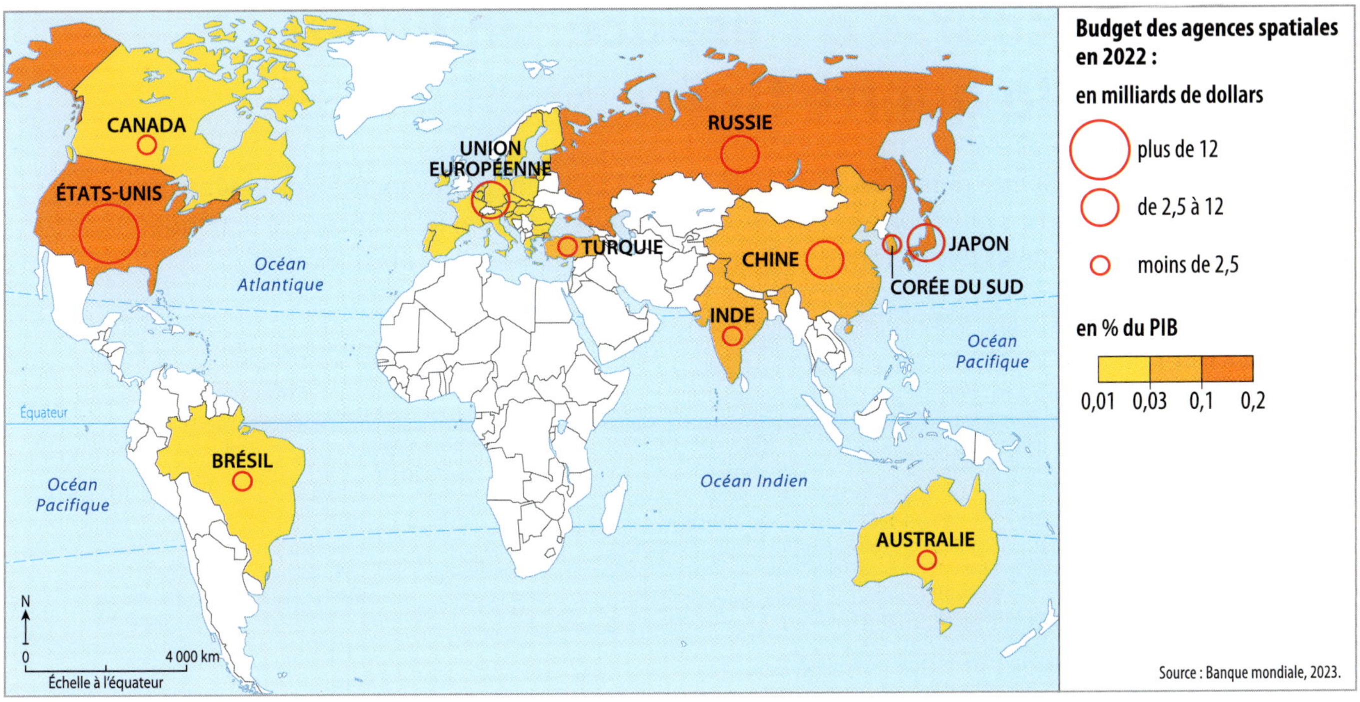

Source : Banque mondiale, 2023.

3 Des acteurs spatiaux de plus en plus nombreux

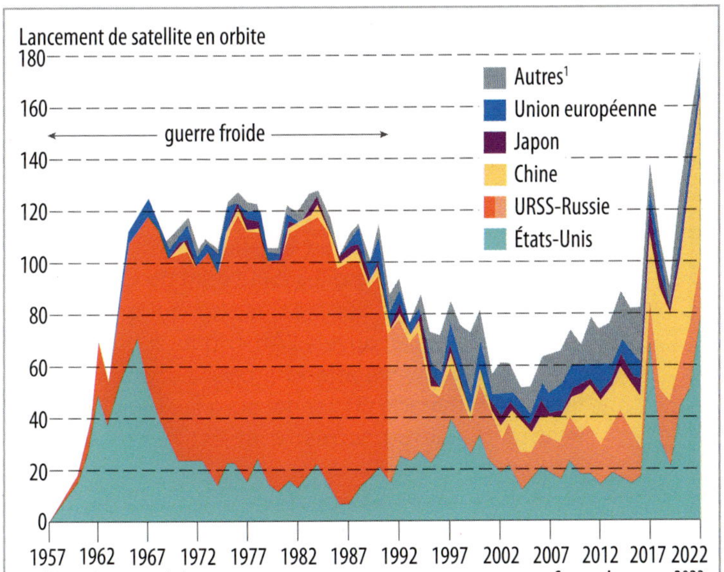

1. Y compris acteurs privés

Source : Aerospace, 2023.

4 L'essor du *New Space*

Entreprise	Date de création	Nombre d'employés, en 2021	Principale activité
SpaceX (*Elon Musk*)	2002	9 500	• Construction et commercialisation de lanceurs • Transport vers la Station spatiale internationale (ISS)
Blue Origin (*Jeff Bezos*)	2000	3 500	• Construction de lanceurs et d'atterrisseurs pour déposer les astronautes à la surface de la Lune
LandSpace	2015	170	• Construction de micro-lanceurs pour placer en orbite des satellites
Arianespace (*Entrepreneur privé*)	1980	308	• Lancement de satellites et des lanceurs Soyouz

POUR COMPRENDRE

1. L'espace fascine les hommes depuis des siècles. Le rêve de conquête prend vie aux lendemains de la Seconde Guerre mondiale grâce aux innovations technologiques. Durant la guerre froide, seuls les États-Unis et l'URSS partent à l'assaut de l'espace. La course à l'espace se joue par l'envoi des premiers satellites et des premiers hommes dans l'espace. À partir des années 1970, de nouveaux États entrent dans cette course. La conquête spatiale est devenue un marqueur de la puissance et du rayonnement international des États.

> Comment la puissance spatiale d'un État se mesure-t-elle ? (doc. 1 et 2)

2. Depuis 2000, l'exploration spatiale fait rêver un nombre croissant d'acteurs, notamment les acteurs privés du *New Space* qui s'affirment et voient l'espace comme un nouvel eldorado pour renforcer la puissance de leur entreprise. Ils révolutionnent la conquête spatiale en offrant la possibilité d'y envoyer des satellites à un prix attractif et en jouant sur l'innovation de leurs produits. Devenu lieu d'affirmation de la puissance, l'espace devient aussi le terrain d'expression de multiples rivalités.

> À l'aide de la frise et des documents 3 et 4, montrez l'évolution des acteurs de la conquête spatiale. Quelles rivalités peuvent apparaître ?

Étude 1 La course à l'espace, un enjeu de la guerre froide

Au sortir de la Seconde Guerre mondiale, États-Unis et URSS profitent des avancées des ingénieurs allemands pour se lancer dans une course à l'espace. L'exploration spatiale et les avancées scientifiques deviennent un moyen pour les deux Grands d'affirmer leur supériorité et leur puissance.

➤ Pourquoi la guerre froide accélère-t-elle la conquête de l'espace ?

1945 – 1950 – 1955 – 1960 – 1965 – 1970 – 1975 – 1980 – 1985 – 1990 – 1995

- **1947-1953** Début de la guerre froide
- **1954-1962** Coexistence pacifique
- **1962-1975** Détente
- **1975-1985** Guerre fraîche
- **1985-1991** Fin de la guerre froide

Légende :
- ● Avancée spatiale américaine
- ● Avancée spatiale soviétique
- ● Collaboration américano-soviétique

- **1957** (soviétique) Spoutnik, premier satellite artificiel
- **1961** (soviétique) Y. Gagarine, premier vol spatial habité
- **1962** (américaine) Premier satellite de communication
- **1969** (américaine) N. Armstrong, premier homme sur la Lune
- **1975** (collaboration) Première mission spatiale conjointe
- **1986** (soviétique) Mise en orbite de la station soviétique MIR
- **1992** (collaboration) Signature du programme de coopération spatiale Shuttle-Mir

1 La course à l'espace durant la guerre froide

Traduction : « Quand la réalité dépasse la fiction... Les hommes extraordinaires, les machines incroyables, le travail d'équipe formidable qui ont donné une nouvelle dimension à l'univers ! »

La société cinématographique américaine célèbre les exploits soviétiques et américains dans l'espace (poster de la fin des années 1950).

2 L'espace, un objet de propagande

Chers camarades ! Chers amis !
Citoyens du monde entier !

C'est avec une grande joie et une grande fierté que je m'adresse à vous : pour la première fois dans l'Histoire, un homme de la planète nommée la Terre, un homme soviétique, à bord d'un vaisseau construit par les efforts des savants, ouvriers, techniciens et ingénieurs soviétiques, s'est envolé dans l'espace et il a fait le premier voyage, sans précédent, vers les étoiles. Si le nom de Christophe Colomb vit dans les siècles, lui qui a traversé l'Atlantique et découvert l'Amérique, à quel avenir pouvons-nous nous attendre pour notre admirable héros, le camarade Gagarine, qui a fait dans l'espace le tour du globe terrestre et est rentré sain et sauf sur la Terre ? Ce vol a fait voir une fois de plus au monde entier les possibilités illimitées du génie d'un peuple libre. La conquête de l'Espace que nous avons entreprise est un brillant jalon dans l'évolution de l'humanité. Cet exploit immortel, cette réalisation éminente vivra dans les siècles comme la plus grande réalisation de l'humanité.

Discours prononcé par Nikita Khrouchtchev, dirigeant de l'URSS, lors d'une cérémonie au retour de Youri Gagarine sur Terre, Moscou, 14 avril 1961.

Vocabulaire

Détente : nom donné à la période 1962-1975 pendant laquelle les tensions entre les États-Unis et l'URSS s'apaisent, permettant un rapprochement dans différents domaines (militaire, commercial, etc.).

Satellite : engin construit par l'homme, transporté dans l'espace par une fusée, et placé en orbite autour d'un astre, en particulier de la Terre.

3 L'évolution du nombre d'envoi de satellites en orbite

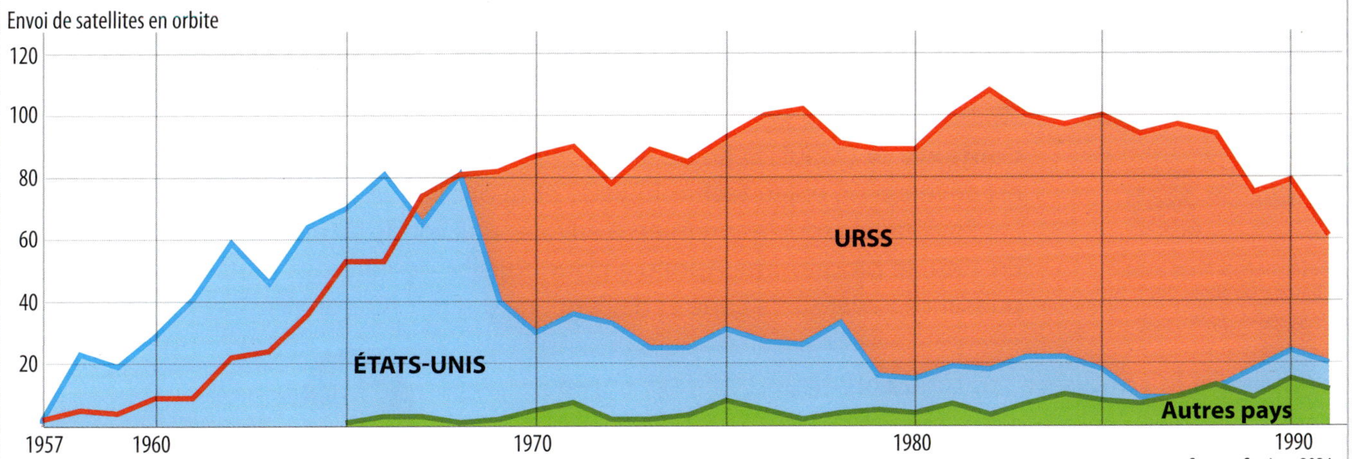

Source : Statista, 2024.

4 Explorer l'espace, une compétition de la guerre froide

La parole du spécialiste

La guerre froide est une guerre de propagande. Chaque puissance souhaite être devant l'autre, que ce soit aux Jeux olympiques ou dans la conquête spatiale. Lorsque Vostok et Mercury, les premiers programmes spatiaux habités soviétique et américain, s'achèvent, les Soviétiques dominent : premier objet spatial, premier homme dans l'espace… À jamais le premier astronaute de l'humanité est soviétique. Une cuisante défaite pour les Américains. Les succès soviétiques entraînent une réaction du président américain John F. Kennedy, qui cherche un moyen de prendre la place de leader dans la conquête spatiale. C'est ainsi que naît le défi lunaire. Dans un discours célèbre prononcé à Washington le 25 mai 1961, il demande au Congrès et au pays tout entier de soutenir un ambitieux défi politique et scientifique. L'effort financier demandé est considérable et l'échéance de dix années semble irréaliste tant les défis technologiques sont nombreux. Huit ans plus tard, Neil Armstrong et Buzz Aldrin foulaient le sol lunaire. La conquête spatiale a montré qu'elle pouvait, occasionnellement, porter un projet de paix. En 1972, les États-Unis et l'Union soviétique signent un accord afin de réaliser un rendez-vous spatial entre leurs vaisseaux respectifs, Apollo et Soyouz. Le 15 juillet 1975, les vaisseaux américain et soviétique décollent à sept heures trente d'intervalle et s'amarrent deux jours plus tard dans l'espace. Trois heures après la jonction en orbite, le sas est ouvert : l'Américain Stafford et le Soviétique Leonov échangent une poignée de main retransmise en direct dans le monde entier. Aux yeux du monde entier, ces signes d'amitié sont un signal de détente majeur.

D'après Jean-François Clervoy, « La conquête spatiale, de la guerre froide à la coopération internationale », *Inflexions*, n° 43, 2020.

5 Le programme Apollo-Soyouz

En 1975, la conquête spatiale participe à la Détente avec cette mission commune entre États-Unis et URSS regroupe trois Américains (en combinaisons rouges) et deux Soviétiques (en combinaisons vertes).

ACTIVITÉ ORAL

À l'aide des documents, préparez en groupe une présentation orale pour répondre au sujet : « **La course à l'espace, un enjeu de la guerre froide** ».

1. Montrez comment s'exprime la rivalité entre les États-Unis et l'URSS dans l'espace. **(doc. 2 et 3)**

2. Expliquez pourquoi la conquête spatiale est devenue un outil de propagande pendant la guerre froide. **(doc. 1, 2 et 4)**

3. Montrez que la conquête spatiale participe ensuite à la Détente. **(doc. 4 et 5)**

4. Répartissez-vous les différents points à aborder : qui dit quoi ? Quel temps de parole pour chacun ?

5. Prévoyez une introduction avec une accroche pertinente pour intéresser et captiver d'emblée le public.

Veillez à parler distinctement et pas trop rapidement afin de ne pas perdre l'attention de l'auditoire.

Vers le BAC Dissertation

À l'aide des documents, rédigez un paragraphe de dissertation pour illustrer le sujet : « **La conquête de l'espace de 1957 à nos jours : rivalités et coopérations** ».

Veillez à insérer dans votre paragraphe les termes : *course à l'espace, rivalités, propagande, Détente et coopération.*

Étude 2 GRAND FORMAT

La conquête spatiale, une compétition géopolitique

Vidéo
We Choose to go to the Moon, Destination orbite, 2019.
hachette-clic.fr/24hggt005

Contexte ➔ Depuis la fin de la Seconde Guerre mondiale, la conquête de l'espace est devenue un enjeu technologique et géopolitique entre les États-Unis et l'URSS. Les Soviétiques sont les premiers à envoyer une sonde en orbite, le Spoutnik, en 1957. En 1961, le programme Apollo a pour objectif de faire des États-Unis la première puissance à aller sur la Lune et devient une des priorités du président Kennedy.

➤ Pourquoi la conquête spatiale constitue-t-elle un enjeu géopolitique majeur entre les États-Unis et l'URSS dans le contexte de la guerre froide ?

John Fitzgerald Kennedy (1917-1963)
Président des États-Unis à partir de 1961, il joue un rôle majeur dans les ambitions spatiales américaines en dépit de son court mandat (il est assassiné en 1963).

Le discours de John Fitzgerald Kennedy

1 « We choose to go to the Moon » (« Nous choisissons d'aller sur la Lune »)

Ceux qui nous précédèrent s'assurèrent que ce pays puisse chevaucher les premières vagues des révolutions industrielles, les premières vagues des inventions modernes et la première vague de l'énergie nucléaire, et cette génération n'a pas l'intention de sombrer dans les remous de l'âge de l'espace naissant. Nous avons l'intention d'y participer – nous avons l'intention d'en être les guides. Car les yeux du monde sont dorénavant tournés vers l'espace, vers la Lune et les planètes au-delà, et nous avons fait vœu de ne pas voir cet espace gouverné par l'étendard hostile de la conquête, mais par la bannière de la liberté et de la paix. Nous avons fait vœu de ne pas le voir rempli d'armes de destruction de masse, mais d'outils de connaissance et de compréhension. Cependant les vœux de cette nation ne peuvent être accomplis que si nous sommes premiers et, par conséquent, nous avons bien l'intention de l'être. Pour faire bref, notre primauté scientifique et industrielle, nos espoirs de paix et de sécurité, nos obligations envers nous-mêmes autant qu'envers nos prochains, tout cela exige de nous cet effort, afin de résoudre ces mystères, de les résoudre pour le bien de tous les hommes, et de devenir la première parmi les nations voyageant dans l'espace. […]

Il n'y a ni querelle, ni préjudice, ni conflit national dans l'espace pour l'instant. Sa conquête mérite le meilleur de toute l'humanité, et ses opportunités de coopération pacifique pourraient bien ne jamais se représenter. […]

Nous choisissons d'aller sur la Lune, et de faire d'autres choses encore, non parce que cela est facile, mais bien parce que cela est difficile, parce que ce but nous servira à organiser et à mesurer le meilleur de nos énergies et de nos capacités, parce que ce défi est celui que nous voulons accepter, celui que nous refusons de retarder, et celui que nous avons l'intention de remporter ; et les autres aussi. C'est pour ces raisons que je considère la décision prise l'an dernier de faire passer nos efforts spatiaux à la vitesse supérieure comme l'une des plus importantes de mon mandat à la présidence. […]

Lors de ces derniers 19 mois, pas moins de 45 satellites ont circulé autour de la Terre. Près de 40 d'entre eux furent « fabriqués aux États-Unis d'Amérique », et étaient bien plus sophistiqués, transmettaient bien plus de connaissances aux peuples du monde, que ceux de l'Union soviétique.

Le vaisseau spatial Mariner actuellement en route vers Vénus est le plus compliqué des instruments de l'histoire de l'espace.

Les satellites de positionnement aident nos navires à sécuriser leurs trajets. Les satellites Tiros nous ont transmis des alertes sans équivalent sur les ouragans et les tempêtes, et feront de même pour les feux de forêt et les icebergs. Nous avons connu des échecs, mais les autres aussi, même s'ils refusent de l'admettre. Et qu'ils évitent d'en faire étalage.

Ce qui est sûr, c'est que nous sommes dominés, et que nous serons dominés encore quelque temps en ce qui concerne les vols habités. Mais nous n'avons pas l'intention de rester derrière, et dans cette décade, nous rattraperons le retard et continuerons à avancer. […]

Durant les cinq prochaines années, l'Administration nationale aéronautique et spatiale (la NASA) s'attend à doubler ici le nombre de scientifiques et d'ingénieurs, à augmenter ses dépenses de salaires et d'équipements à 60 millions de dollars par an ; à investir environ 200 millions de dollars dans des usines et des laboratoires ; et à diriger ou à contracter pour de nouveaux efforts spatiaux plus d'un milliard de dollars, à partir de ce centre, dans cette ville.

[…] Il y a de nombreuses années, le grand explorateur britannique George Mallory, qui mourut sur le Mont Everest, s'entendit demander pourquoi il voulait le grimper. Il répondit : « parce qu'il est là ». Eh bien, l'espace est là, et nous allons le grimper, et les étoiles et les planètes sont là, et de nouveaux espoirs, de nouvelles connaissances, la paix sont là. C'est pourquoi, avant de nous embarquer, nous demandons la bénédiction de Dieu dans cette aventure, la plus hasardeuse, dangereuse et grande aventure vers laquelle l'homme ait jamais navigué.

Merci.

John Fitzgerald Kennedy à l'université de Houston (Texas), 12 sept. 1962.

Mise en perspective

1950 — 1960 — 1970 — 1980

- 1957 : Spoutnik, premier satellite dans l'espace
- 1958 : création de la NASA
- 1961 : Youri Gagarine, premier homme dans l'espace
- 12 septembre 1962 : discours « *We choose to go to the Moon* » (J. F. Kennedy)
- 1965 : premier survol de Mars par la sonde Mariner
- 1969 : Apollo 9, premier pas de l'Homme sur la Lune
- 1971 : Saliout-1, première station spatiale habitée
- 1973 : premier survol de Jupiter par la sonde Pioneer

2 Les lancements spatiaux, une compétition féroce entre États-Unis et URSS

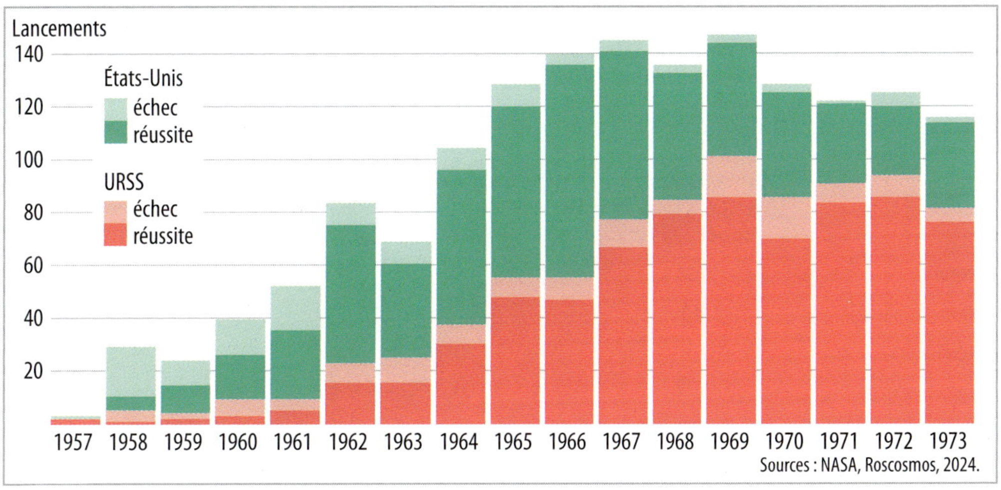

Sources : NASA, Roscosmos, 2024.

3 Les enjeux géopolitiques de l'exploration de l'espace

La parole de l'astrophysicien

Le discours médiatique dominant consiste à faire une transposition du passé au présent, avec une nouvelle « course à la Lune » entre les États-Unis et la puissance géopolitique ascendante : la Chine. Autrement dit, à imaginer un retour aux années glorieuses du programme Apollo. Mais cette vision est beaucoup trop simpliste, et néglige l'immense importance stratégique et économique qu'ont pris les activités spatiales au cours du demi-siècle passé. Désormais, la puissance militaire d'un pays dépend de manière critique des moyens spatiaux, et à cet égard, les États-Unis occupent une position de domination presque totale, que la Chine est encore bien loin d'approcher. Par ailleurs, les applications pratiques des satellites commerciaux jouent un rôle essentiel dans l'économie mondiale, et de nombreux pays ont développé des industries spatiales performantes, compétitives par rapport à celle des États-Unis […] Les rivalités spatiales ne sont donc plus, en 2020, une lutte d'image entre deux puissances s'affrontant pour la domination du monde, et considérant que les exploits spatiaux sont le meilleur moyen de démontrer leur supériorité technique et donc militaire (espace et missiles ont été, et sont toujours, étroitement liés). Il s'agit, pour des pays de plus en plus nombreux, de tirer le meilleur parti, sur les plans stratégiques et économiques, de l'énorme potentiel des activités spatiales.

L'exploration du système solaire, avec des robots et des hommes, reste un outil de rayonnement important, et donc d'influence géopolitique, pour les grandes puissances, mais ce n'est qu'un aspect des compétitions spatiales aujourd'hui, qui sont souvent, pour la science et l'exploration du cosmos, des « coopétitions » (c'est-à-dire à la fois des compétitions et des coopérations) entre les grandes agences spatiales.

Alain Dupas, « Une nouvelle "course à l'espace" », *Diplomatie*, 2020.

ACTIVITÉ

Préparer l'analyse du discours en se documentant

1. Au moment où John Fitzgerald Kennedy prononce ce discours, quelles sont les avancées technologiques récentes concernant l'espace ? **(doc. 2)**

2. Pourquoi, l'URSS est présentée comme un concurrent des États-Unis ? **(doc. 1 et 2)**

Présentez le contexte géopolitique qui oppose les deux grandes puissances.

Analyser le discours

3. Pourquoi selon Kennedy, les États-Unis doivent-ils être les premiers dans la course à l'espace ? **(doc. 1)**

4. Présentez les moyens dont se dotent les États-Unis pour parvenir à leurs objectifs. **(doc. 1)**

Porter un regard critique sur le discours

5. À l'aide du **document 2**, montrez que l'affirmation de Kennedy, « les vœux de cette nation ne peuvent être accomplis que si nous sommes premiers et, par conséquent, nous avons bien l'intention de l'être », doit être nuancée.

6. Montrez que ce discours est influencé par le contexte de rivalité de la guerre froide et de défense du modèle américain. **(doc. 1)**

7. Expliquez pourquoi la conquête spatiale est encore aujourd'hui un enjeu de puissance. **(doc. 3)**

Montrez que la rivalité des années 1960 a laissé place à de nouvelles formes d'utilisation de l'espace, avec de nouvelles puissances spatiales.

Étude 3 Les puissances émergentes et leur programme dans l'espace

La maîtrise des technologies et des activités spatiales est devenue un élément déterminant de la puissance d'un État. À ce titre, les puissances émergentes souhaitent plus que jamais intégrer le cercle restreint des nations spatiales afin d'affirmer leur nouveau statut international.

Comment les pays émergents font-ils de l'espace le terrain de projection de leur puissance ?

1 Les efforts spatiaux des pays émergents

	Lancements de satellites réussis depuis 2010	**Vols habités réalisés depuis 2010** (hors station spatiale internationale)	**Astronautes envoyés dans l'espace**	**Main-d'œuvre dans l'agence spatiale nationale, en milliers**
Chine	294	8	18	100
Inde	40	1	2	16,7
Brésil	0	0	2	4,7
États-Unis	317	24	355	18
Russie	319	17	132	170,5
Union européenne	76	0	75	2,2

Sources : AEB, Administration spatiale nationale chinoise, ESA, ISRO, NASA, Roscosmos, 2024.

2 Les ambitions spatiales de la Chine et de l'Inde

Le programme spatial chinois prend forme dès 2013 avec Xi Jinping. La Chine a les compétences et les moyens financiers pour rivaliser avec les grandes puissances spatiales. Les Chinois ont l'ambition d'aller sur Mars depuis l'envoi en 2021 d'un petit robot d'exploration sur la planète rouge. Le pays a aussi de grandes ambitions pour la Lune avec un projet de station de recherche lunaire et d'une base lunaire habitée. La course est donc lancée avec les Américains pour savoir qui sera le premier à envoyer un homme sur la Lune depuis les missions *Apollo*. Côté chinois, l'échéance a été fixée à 2029 date à laquelle deux astronautes chinois devraient fouler le sol de la Lune.

Depuis 2014 et le lancement d'un orbiteur autour de Mars, l'Inde a réussi là ou d'autres ont échoué. Cette mission a donné des ailes au programme spatial indien car l'Inde est alors devenue le 4e pays à réussir une mise en orbite autour de Mars. Son orbiteur a pris des images impressionnantes de la planète rouge qui servent aujourd'hui de références dans le domaine. En plus, la mission a été réalisée pour 1/10e du coût d'une mission similaire de la NASA américaine. L'agence spatiale indienne (ISRO) prévoit d'envoyer un nouveau robot roulant vers la Lune dès août 2023[1]. Les Indiens veulent ensuite aller plus loin dans l'espace ; ils visent maintenant Vénus, une planète peu explorée à cause des gaz toxiques et agressifs qui composent son atmosphère.

D'après « Conquête spatiale : un pari sur l'avenir pour la Chine et l'Inde », *Radio France*, 19 juin 2023.

1. Le 24 août 2023, l'Inde a fait alunir avec succès sa fusée entrant alors dans le club très fermé des pays ayant réussi un alunissage.

3 Une conquête spatiale source de rivalités

Source : P*Gurus* (média indien), 16 février 2017.

Traduction – L'Indien dit : « Pas seulement Mars. On peut vous projeter jusque dans les étoiles ! » ;
– Sur la vitrine du café : « Club des élites spatiales » ;
– Sur la pancarte suspendue : « Vaches et Indiens interdits » ;
– Sur le journal au sol : « Record mondial, l'Inde a lancé 104 satellites ».

ACTIVITÉ

1. Comment les pays émergents cherchent-ils à s'affirmer dans la conquête spatiale ? **(doc. 1 et 2)**
2. Identifiez les faiblesses des efforts spatiaux des pays émergents. **(doc. 1)**
3. Montrez que l'arrivée des pays émergents dans la conquête spatiale est source de tensions et rivalités. **(doc. 2 et 3)**

Pour aller plus loin

Identifiez les atouts et faiblesses de chaque puissance pour s'affirmer dans la compétition spatiale internationale.

Vidéo
Comprendre le monde
« Vers des guerres dans l'espace ? »
P. Boniface. 2021.
hachette-clic.fr/24hggt006

Étude 4 L'espace, nouveau terrain de conquête des grandes entreprises

Les États ne sont plus les seuls à investir dans le secteur spatial. Aujourd'hui, ce sont de nombreuses entreprises privées, américaines pour la plupart, regroupées sous le terme de *New Space*, qui mettent en œuvre tous les moyens pour conquérir l'espace.

Comment les entrepreneurs privés renouvellent-ils la conquête spatiale ?

1 L'essor du *New Space*

La parole de la géographe

L'expression *New Space* est apparue au milieu des années 2010. Sans être jamais précisément définie, elle rend compte de l'entrée dans le monde spatial d'entrepreneurs issus du secteur numérique. Ceux-ci affichent une philosophie qui privilégie l'innovation, le risque et la baisse des coûts via des lanceurs réutilisables et la production en grande série de satellites. Ce modèle est volontiers présenté comme une nouvelle ère dans la mise en valeur du milieu spatial par des investisseurs ambitieux et novateurs, en rupture avec l'hégémonie et la lourdeur des agences spatiales. Pour ses défenseurs, il représente le futur des activités spatiales et renvoie aussi à l'imaginaire du pionnier de la nouvelle frontière. La réalité est plus complexe [...]. Le *New Space* se compose de sociétés très différentes mais ayant toute une culture commune de start-up. Les plus importantes se singularisent par leur volonté d'autonomie par rapport aux acteurs étatiques. Des dirigeants comme Jeff Bezos (Blue Origin) et Elon Musk (SpaceX) affichent leurs ambitions, de la desserte de la Lune, voire du voyage martien, au tourisme spatial, en passant par le développement de constellations destinées à une diffusion mondiale d'Internet à très haut débit. Leur plan de développement intègre un soutien de l'État important sous forme de préfinancement et d'achat de services[1]. La présence accrue d'acteurs privés ne représente toutefois qu'une facette de l'activité spatiale. À l'échelle mondiale, les États tiennent toujours la première place et sont officiellement responsables, en droit international, des activités dans l'espace.

Isabelle Sourbès-Verger, *Géopolitique du monde spatial*, 2023.

1. Depuis 2020, les astronautes sont envoyés vers la station Spatiale internationale par les navettes de SpaceX tandis que Blue Origin a remporté en 2023 un contrat de la Nasa pour construire une navette destinée à effectuer des voyages habités vers la Lune.

2 La place du *New Space* dans la conquête spatiale

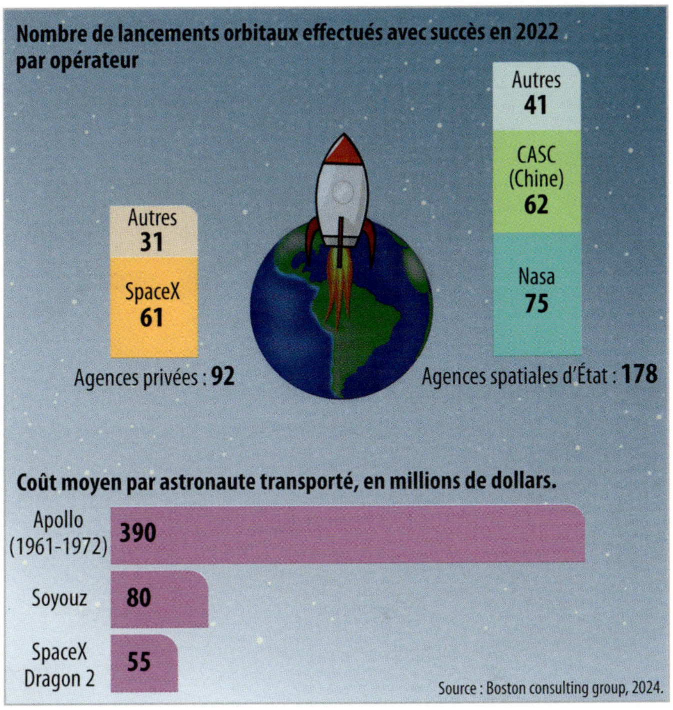

ACTIVITÉ

Complétez la carte mentale.

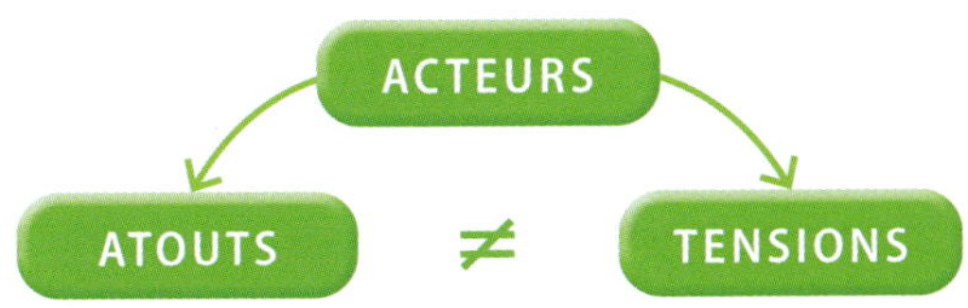

Vocabulaire

New Space : terme désignant l'arrivée de nouveaux entrepreneurs privés, souvent issus de l'économie numérique, pour développer des technologies spatiales, en opposition au *Old Space* (États et institutions publiques comme la NASA).

Vers le BAC Étude critique de document

À l'aide du **document 1**, présentez le *New space*.

➡ Méthode p. 94

Repères

Affirmer sa puissance à partir des mers et des océans

1 Les puissances maritimes de l'Antiquité au XIXe siècle

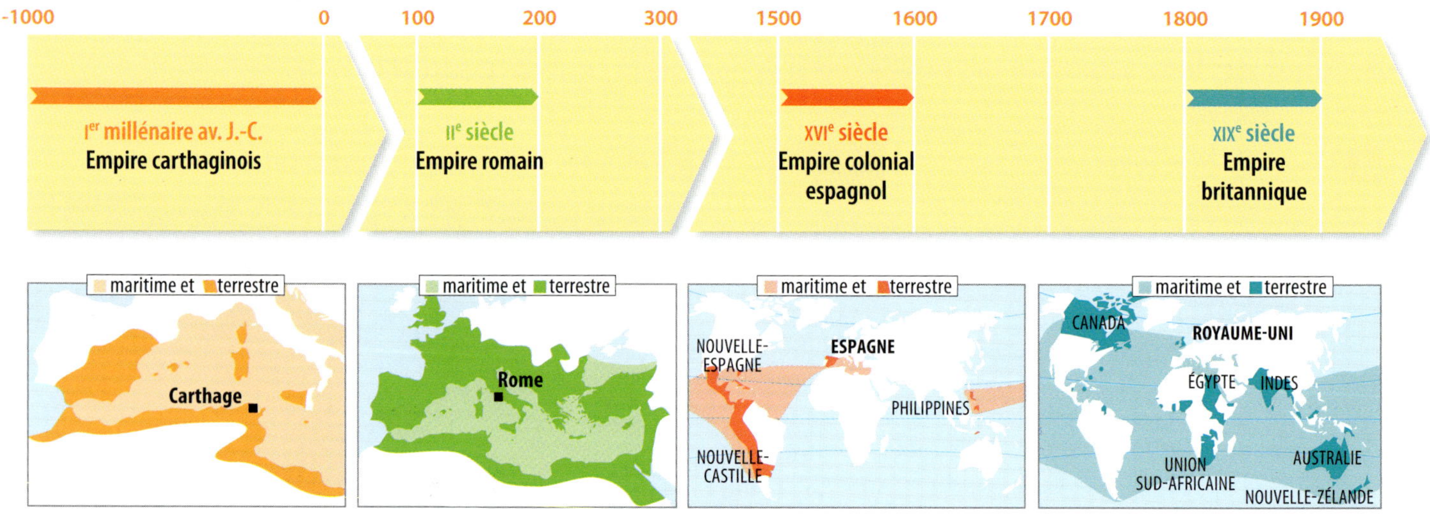

2 Les puissances maritimes aujourd'hui

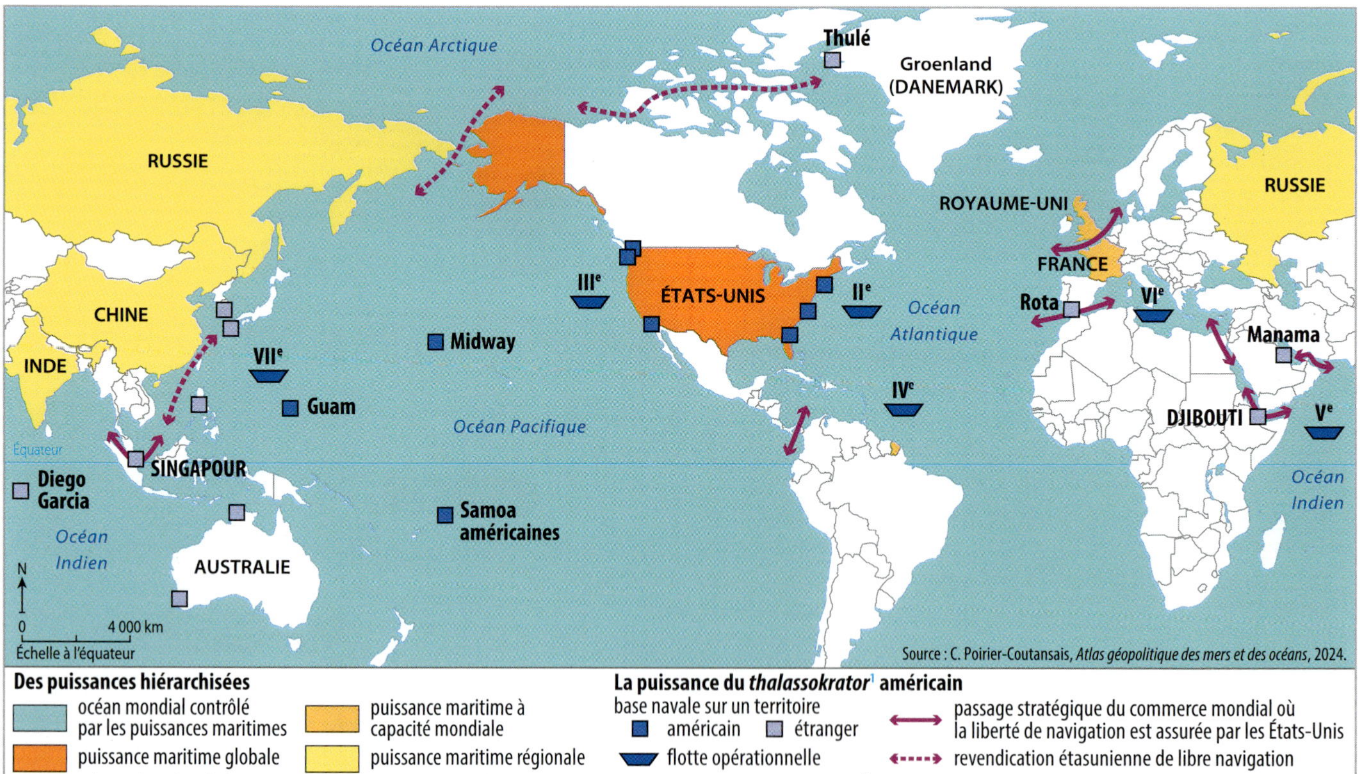

1. *Thalassokrator* (« maître de la mer ») : expression employée par l'historien Pierre Royer pour qualifier la capacité des États-Unis à entretenir une maîtrise permanente de tous les océans.

Carte interactive
hachette-clic.fr/24hggt007

Ne pas confondre

Sous-marin nucléaire lanceur d'engins (SNLE) : sous-marin équipé de missiles balistiques à charge nucléaire. Il est destiné à la seule dissuasion nucléaire.

≠

Sous-marin nucléaire d'attaque (SNA) : sous-marin qui n'est pas armé de charge nucléaire (seule la propulsion est nucléaire). Il est destiné à des missions de protection, de renseignement et de projection de puissance.

3 Les forces navales dans le monde : frapper la terre depuis la mer

Source : *The Military Balance*, 2024.

4 La composition des forces navales de la dissuasion nucléaire

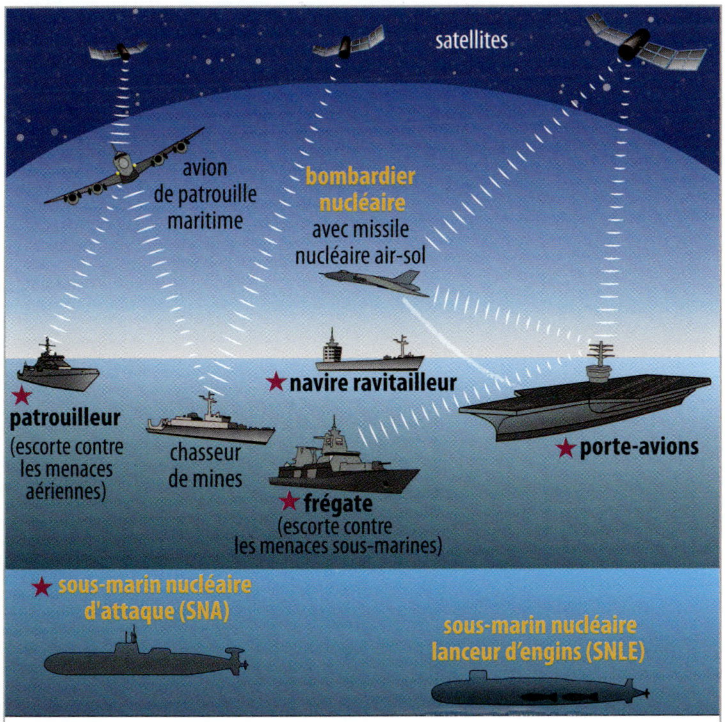

★ élément composant un groupe aéronaval

Source : Marine nationale française, 2024.

Notion

Dissuasion nucléaire : capacité à faire peur à l'ennemi en se fondant sur le recours à l'arme nucléaire. La crainte de destructions massives dissuade ainsi l'ennemi d'agresser un pays doté d'armes nucléaires.

POUR COMPRENDRE

1. Depuis la seconde moitié du XXe siècle, les menaces sur et dans les océans sont des enjeux forts pour les grandes puissances navales traditionnelles (États-Unis, Royaume-Uni, France). Les défis sont triples : faire face à la recomposition de la dissuasion nucléaire, notamment sous-marine ; composer avec l'émergence de puissances navales régionales qui bousculent la géopolitique traditionnelle et enfin assurer la liberté de navigation sur toutes les mers du globe.

> Comment la maîtrise des mers a-t-elle évolué depuis l'Antiquité ? Pourquoi les enjeux géopolitiques maritimes majeurs se concentrent-ils aujourd'hui dans l'océan Pacifique ? (doc. 1, 2 et 3)

2. Si les SNA jouent un rôle essentiel dans le contrôle des espaces maritimes, les SNLE incarnent la puissance de frappe nucléaire d'un État. Leur propulsion nucléaire assure à ces sous-marins discrétion et longue portée d'action. Armés de missiles nucléaires, les SNLE escortent un groupe aéronaval et sont donc, avec les porte-avions, l'une des pièces centrales de la projection de puissance.

> Expliquez comment la projection de puissance d'un État s'organise à partir d'un groupe aéronaval. Sur ce critère, quelles sont les trois premières puissances navales mondiales ? (doc. 3 et 4)

Étude 1 La dissuasion nucléaire et les océans

La dissuasion nucléaire est la forme ultime de la prévention, composée des forces nucléaires sous-marines et aériennes. Les océans jouent un rôle décisif dans la **projection de puissance**.

Pourquoi la dissuasion nucléaire est-elle dépendante de la mer ?

1950 – 1960 – 1970 – 1980 – 1990 – 2000 – 2010 – 2020

1945-1968 La prolifération nucléaire

1965-2024 Entre contrôle et recomposition

- **1945** Première et unique utilisation de l'arme atomique (États-Unis au Japon)
- **1960** Premier essai d'un missile mer-sol depuis un sous-marin (États-Unis et Royaume-Uni)
- **1968** Traité sur la non-prolifération des armes nucléaires (TNP)
- **1971** Traité interdisant les armes nucléaires au fond des mers et des océans
- Premier essai d'un missile mer-sol depuis un sous-marin par la France
- **1988** Premier essai d'un missile mer-sol depuis un sous-marin par la Chine
- **1991** Traité de réduction des armes stratégiques
- **2012** Premier essai d'un missile mer-sol depuis un sous-marin par l'Inde

1 La dissuasion nucléaire sous-marine pendant la guerre froide

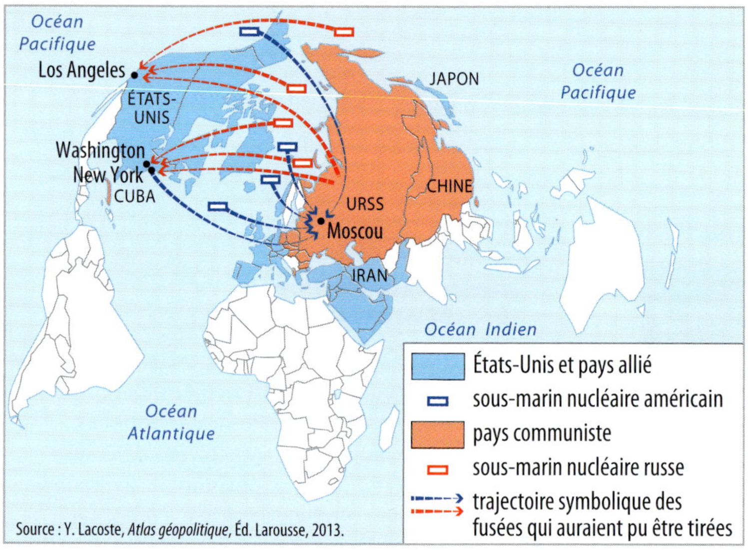

Source : Y. Lacoste, *Atlas géopolitique*, Éd. Larousse, 2013.

2 Les missions d'un sous-marin nucléaire lanceur d'engin, l'exemple du Triomphant (France)

Vidéo

À bord du sous-marin Le Triomphant, JT TF1, juillet 2022.

hachette-clic.fr/24hggt008

Vocabulaire

Projection de puissance : intervention militaire d'un État en dehors de ses frontières.

3 Les sous-marins, au cœur de la composante océanique de la dissuasion nucléaire

La parole des géopolitologues

Les années 1960 sont une période charnière avec la mise en service par les États-Unis du premier sous-marin nucléaire lanceur d'engin (SNLE) en 1960, c'est-à-dire propulsé à l'énergie nucléaire et équipé d'un système de missiles balistiques. Le développement consécutif de SNLE par l'URSS, le Royaume-Uni et la France généralise la dissuasion nucléaire et met en place un équilibre de la terreur. La crainte de destruction mutuelle, matérialisée par l'usage de la bombe nucléaire en 1945 et rendue possible par la présence permanente à la mer d'un ou plusieurs SNLE en mesure de répliquer à toute attaque sur un État par le tir de missiles à têtes nucléaires, limite les confrontations directes. Mais, dans le contexte de la guerre froide, une course aux abysses s'engage, avec bientôt plusieurs dizaines de SNLE dans chaque camp et davantage encore de sous-marins nucléaires d'attaque (SNA). La portée des missiles à charge nucléaire se fait de plus en plus grande, permettant d'atteindre le territoire de l'adversaire depuis ses propres eaux. Se mettent alors en place des bastions, c'est-à-dire des espaces maritimes très surveillés pour permettre la présence de SNLE. La course aux sous-marins se densifie jusqu'à la fin de la guerre froide. Depuis, la géopolitique de la dissuasion est passée d'une bipolarité à une multipolarité, avec la multiplication des mises à l'eau de sous-marins d'attaque par diverses nations. Les rivalités actuelles, moins frontales que lors de la guerre froide, s'accompagnent cependant d'investissements[1] colossaux pour des programmes militaires sous-marins de la Chine, de l'Inde, mais aussi, concernant les sous-marins d'attaque, du Japon, du Brésil ou encore de l'Australie. Les profondeurs sont devenues, et vont rester, un lieu stratégique pour la projection de la puissance et, paradoxalement, pour son équilibre.

Julia Tasse et Sébastien Abis, *Géopolitique de la mer*, Eyrolles, 2022.

1. Actuellement, les puissances nucléaires sont toutes engagées dans des programmes de renouvellement (2015-2030) de leurs SNLE.

4 La dissuasion nucléaire océanique aux mains de quelques puissances

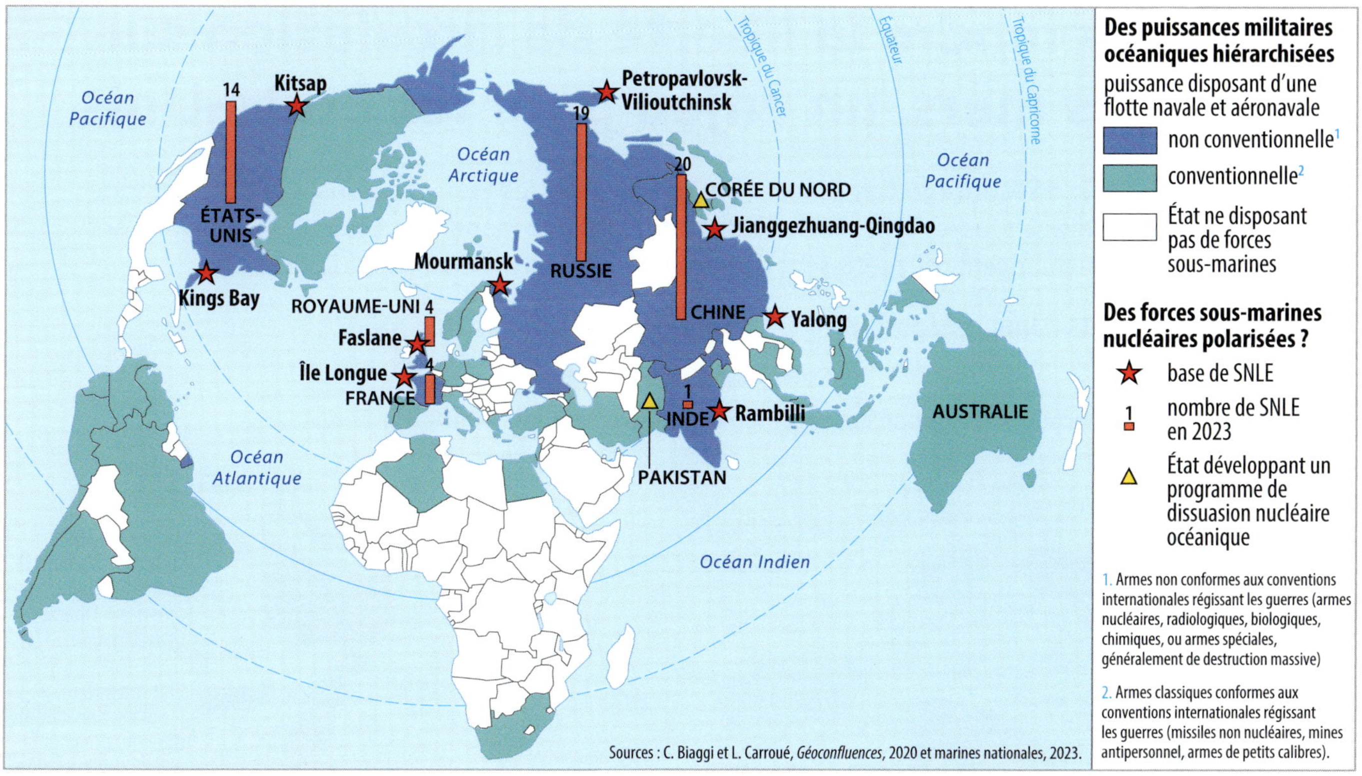

Sources : C. Biaggi et L. Carroué, *Géoconfluences*, 2020 et marines nationales, 2023.

Carte interactive
hachette-clic.fr/24hggt009

5 L'océan, un vecteur de la défense des États-Unis

La parole des politologues

À son arrivée à la Maison blanche en 2009, le Président Obama avait affiché l'objectif d'œuvrer pour le désarmement nucléaire complet (« *global zero* »). Néanmoins, son administration s'est engagée à maintenir des capacités de dissuasion nucléaire fortes et crédibles, ce qui fut logiquement confirmé sous la présidence Trump. Les États-Unis continuent donc d'entretenir une triade stratégique (terre-mer-air). Par ailleurs, l'arsenal nucléaire est indispensable à la crédibilité de la garantie de sécurité donnée aux alliés, en Europe et en Asie Indopacifique. La nouvelle stratégie *Avantage at Sea* de 2020 présente des éléments de continuité mais aussi de rupture par rapport à la stratégie de 2015. Elle met l'accent sur la compétition avec la Chine, la nécessité de contrer son « comportement nocif » au niveau planétaire et de renforcer la dissuasion dans la région Indo-Pacifique. Dans ce contexte, la modernisation de la composante océanique de la dissuasion reste la priorité absolue. Le maintien du nombre de grands porte-avions reste indispensable mais, en raison de la vulnérabilité critique qu'ils représentent face aux armes chinoises, ils ne sont plus envisagés nécessairement comme primo-intervenants dans un conflit. Le renforcement de la flotte de SNA demeure la pièce essentielle de la stratégie. Surtout, la flotte doit être hybride en intensifiant par exemple l'usage des drones.

D'après Philippe Gros, Nicole Vilboux et Didier Gros, « Observatoire de la politique de défense américaine. La posture de défense en 2022 », *Fondation pour la recherche Stratégique*, décembre 2022.

ACTIVITÉ

Complétez le tableau pour répondre à la question :
« Pourquoi la dissuasion nucléaire est-elle dépendante de la mer ? »

	Analyse de J. Tasse et S. Abis **(doc. 3)**	Analyse de P. Gros, N. Vilboux et D. Gros **(doc. 5)**	Documents complémentaires **(doc. 1, 2, 4 et p. 44-45)**
Permanences de la composante océanique de la dissuasion nucléaire			
Mutations de la composante océanique de la dissuasion nucléaire			

Vers le BAC Dissertation

À l'aide des documents, expliquez le théorème de l'amiral français Raoul Castex : « L'influence d'une puissance de la mer dans les grandes crises de ce monde est fonction de la force aéroterrestre qu'elle est capable de déployer, et l'influence d'une puissance de terre se mesure aux mêmes moments à la force aéronavale qu'elle peut jeter dans la balance. » (R. Castex, *Théories stratégiques*, 1929).

Étude 2 Défendre la liberté de circulation sur les mers, un enjeu pour les États-Unis

En 1982, la **convention de Montego Bay** établit l'obligation pour les États d'autoriser le libre passage sur leurs eaux territoriales à tous les types de navires tant qu'ils sont inoffensifs. Les États-Unis, qui n'ont pourtant pas signé cette convention, ne cessent d'affirmer leur attachement à cette liberté.

▶ Comment les États-Unis renforcent-ils leur rôle de gendarmes des mers ?

1 Le contrôle de la liberté de navigation sur l'océan mondial par les États-Unis

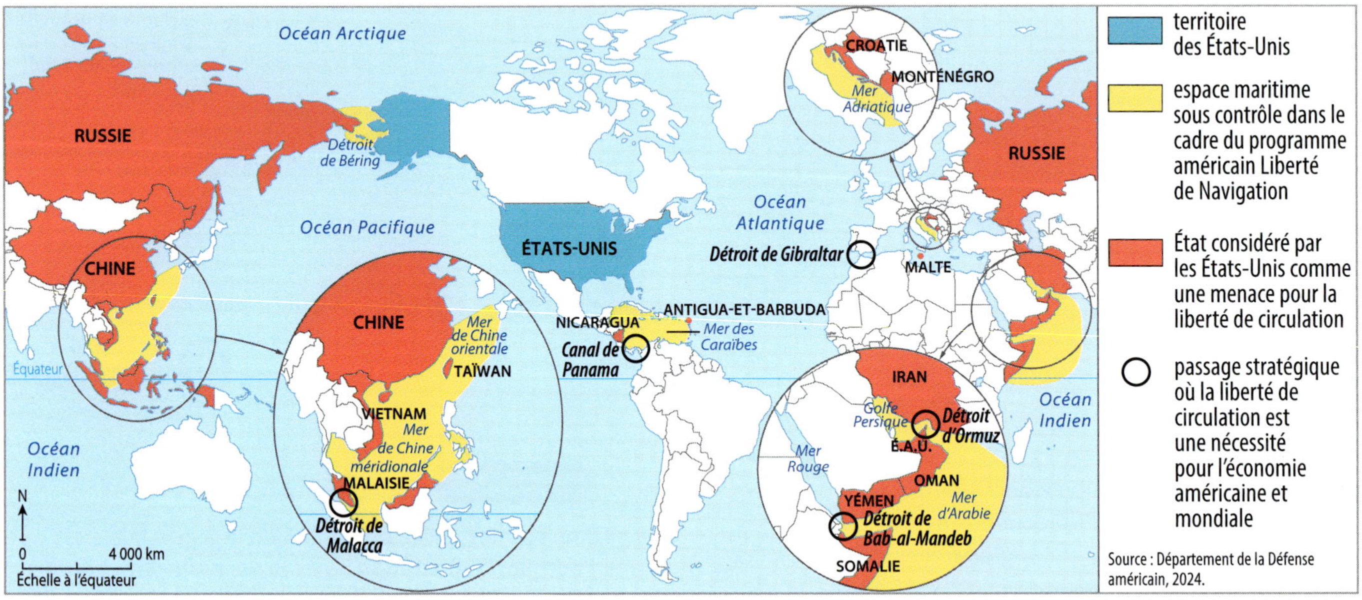

Carte interactive
hachette-clic.fr/24hggt010

2 La liberté de navigation, une idéologie ancienne pour les États-Unis

Après l'indépendance, l'une des premières missions de l'US Navy[1] était de défendre les navires commerciaux américains dans l'océan Atlantique et la mer Méditerranée contre les pirates. Puis, les États-Unis sont entrés en guerre en 1812[2], en partie pour défendre le droit de ses citoyens à commercer sur les mers. Un siècle plus tard, en 1918, le président W. Wilson a désigné « la liberté absolue de la navigation sur les mers » comme l'un des principes universels pour lesquels les États-Unis et d'autres nations ont combattu pendant la Première Guerre mondiale. De même, avant la Seconde Guerre mondiale, le président F. Roosevelt a déclaré que nos forces militaires avaient le « devoir de maintenir la politique américaine de la liberté des mers », tandis que R. Reagan a dit en 1983 que les États-Unis « ne pourront accepter des actes unilatéraux d'autres États visant à limiter les droits et libertés de la communauté internationale en matière de navigation et de survol ». Dans ce but, les États-Unis « exerceront et feront valoir leurs droits, leurs libertés et leurs utilisations de la mer à l'échelle mondiale d'une manière compatible avec l'équilibre des intérêts » reflétés dans le droit de la Convention sur la mer. Aujourd'hui, les États-Unis expriment leur résistance aux demandes maritimes excessives des États à travers le programme de Liberté de navigation.

Rapport annuel 2018 sur la liberté de navigation, département américain de la Défense, mars 2019.

1. Nom de la marine de guerre états-unienne. 2. Contre l'Empire britannique.

Vocabulaire

Convention des Nations Unies sur le droit de la Mer (CNUMD), dite convention de Montego Bay : Convention des Nations Unies signée en 1982 codifiant la liberté de circulation et l'appropriation des ressources dans les ZEE.

ACTIVITÉ

1. Quels espaces maritimes sont concernés par les opérations de liberté de navigation menées par les États-Unis en 2022 ? **(doc. 1)** Pourquoi d'après vous ?
2. Comment le Département de la Défense américain justifie-t-il ces actions ? **(doc. 2)**

Pour aller plus loin

Cherchez dans la presse française et étrangère des réactions d'États face au passage des navires américains le long de leurs littoraux.

JALON 2

Étude 3 L'affirmation des puissances maritimes émergentes

Si les États-Unis et la Chine sont les deux premières puissances maritimes mondiales, elles sont de plus en plus concurrencées par des puissances dites émergentes ou réémergentes, telles l'Inde et la Russie.

Comment les pays émergents s'affirment-ils dans les mers et océans ?

1 Les forces de projection de puissance

	Inde	Russie	Chine	États-Unis
Nombre de **soldats** dans **la marine militaire** et rang mondial (2022)	69 050 – 7e	150 000 – 3e	260 000 – 2e	346 500 – 1er
Nombre de **navires militaires** et rang mondial (2022)	428 – 6e	824 – 3e	1 572 – 1er	1 139 – 2e
Nombre d'**ogives nucléaires** et rang mondial (2022)	164 – 7e	4 489 – 1er	410 – 3e	3 708 – 2e
Espace maritime d'intérêt supérieur	Océan Indien	Océan Arctique, mer Noire et mer Caspienne	Mers de Chine et voies maritimes des océans Indien et Pacifique	Océan mondial

Sources : SIPRI, 2023 et The Military Balance, 2024.

2 L'Inde, une puissance maritime ?

L'avis du politologue

Alors que l'*Indian Navy* était essentiellement considérée comme une marine côtière, celle-ci tend à rattraper son retard en se dotant d'un dispositif de première importance dans le domaine de l'aéronaval. Elle dispose désormais de deux porte-avions et peut déployer un groupe aéronaval en permanence sur ses deux façades maritimes. En revanche, elle ne peut aligner que deux SNLE. Face au grand projet chinois des Nouvelles Routes de la soie maritime, l'Inde redouble d'initiatives dans l'est de l'océan Indien, et notamment aux côtés d'une autre puissance maritime régionale : le Japon. En mai 2017, le Premier ministre indien et son homologue japonais ont lancé le Couloir de la croissance Asie Afrique (CCAA) qui doit relier la côte ouest de l'Inde à l'Afrique de l'Est. Le volet maritime de ce projet est évidemment primordial. Le but du consortium indo-japonais est de construire d'importantes infrastructures portuaires permettant de relier efficacement l'Inde à l'Afrique orientale. Ces stratégies d'influence ont poussé les deux géants asiatiques à renforcer leur puissance navale dans la région, ce qui crée des tensions. Si ces rivalités amènent également à une fragmentation de l'océan Indien, les pays concernés par cette confrontation peuvent espérer tirer profit à terme de cette rivalité.

D'après Emmanuel Lincot, « Chine - Inde : deux puissances maritimes en voie de rivalité », *www.chine-info.com*, 20 juin 2023.

3 L'affirmation de la puissance maritime de la Russie

En octobre 2013, avant les Jeux olympiques d'hiver de Sotchi, la Russie médiatise l'arrivée de la flamme olympique au pôle Nord à bord d'un brise-glace à propulsion nucléaire. Sous couvert de l'internationalisme olympique, la Russie réalise un tour de force géopolitique : affirmer au monde entier l'appropriation de l'océan Arctique, de son littoral au pôle Nord.

ACTIVITÉ

À l'aide des documents, complétez le tableau.

	Inde	Russie
Ambitions maritimes		
Moyens mis en œuvre		
Limites		

Vers le BAC Grand oral

Préparez un exposé de 3 minutes démontrant que l'Inde et la Russie sont des puissances maritimes émergentes.

Axe 1

Leçon 1 La conquête des océans et de l'espace, un enjeu géopolitique

➤ Quelles ont été les grandes étapes de la conquête des océans et de l'espace ?

A Une conquête ancienne des océans

De l'Antiquité au XIXe siècle, la conquête des océans est essentiellement coloniale et commerciale. D'abord tournées vers les littoraux, les puissances créent des comptoirs (fondation de Marseille vers 600 av. J.-C. par des marchands grecs, fondation du Cap en 1652 en Afrique du Sud par les Hollandais). La multiplication des échanges à partir du XVIe siècle (commerce des esclaves, flux de produits tropicaux) concrétise la conquête de l'Atlantique par les Européens.

Pour contrôler les circulations sur les mers et océans, des armées maritimes se développent. Au XVIe siècle, avec son Armada, l'Espagne contrôle la Méditerranée et des couloirs de circulation dans les océans Atlantique et Pacifique. La Royal Navy britannique, du XVIe siècle à 1914, consolide l'Empire des Indes et son économie de comptoirs (Hong Kong, Calcutta). Aujourd'hui, les puissances se positionnent sur les littoraux stratégiques : ainsi Djibouti, entre l'océan Indien et la Méditerranée, abrite cinq bases étrangères.

B Une conquête récente de l'espace

De l'Antiquité au XIXe siècle, l'espace est un rêve hors de portée. Faute de moyens techniques, la connaissance de l'espace est alors basée sur une observation empirique. Les voyages spatiaux n'existent que dans les légendes et sous la plume de romanciers (Alexandre Dumas, Jules Verne). La réalité ne prend vie qu'au début du XXe siècle, notamment grâce au physicien américain Robert H. Goddard qui fait décoller la première fusée en 1926. La mise au point des missiles V2 par l'Allemagne nazie en 1944 est à l'origine des missiles et lanceurs nucléaires qui ouvrent la voie de l'ère spatiale dès les années 1950.

La guerre froide repousse les limites de la conquête spatiale. Elle commence en 1957 avec l'envoi par l'URSS du premier satellite dans l'espace, le Spoutnik, puis l'envoi de sondes, soviétiques ou américaines (la Lune en 1959, Vénus en 1962, Mars en 1964, etc.). La conquête spatiale prend une nouvelle dimension avec le vol habité de Youri Gagarine en 1961. Neil Armstrong marche sur la Lune en 1969 et y plante le drapeau américain, symbole de la conquête lunaire par les États-Unis et de leur supériorité dans la course à l'espace. Dès lors, la conquête spatiale devient médiatique.

JALON 1 p. 36

C Au XXIe siècle, repousser les frontières

L'Arctique et les abysses font figure de nouvelles frontières océaniques. L'agence géologique américaine estime que 13 % du pétrole et 30 % du gaz naturel restant à découvrir sur Terre sont en Arctique. Les abysses renfermeraient trois fois plus de ressources minières que la surface terrestre. Dès lors, les symboles de conquête et d'appropriation se multiplient. En 2007, la Russie plante son drapeau sous le pôle Nord à 4 261 m de profondeur. En 2013, elle y fait passer la flamme olympique à bord d'un brise-glace à propulsion nucléaire.

Les années 2000 marquent un regain d'intérêt pour l'espace. Malgré de multiples inconnues (coût des missions, endurance psychologique des équipages), Mars fait figure de nouvelle frontière (envoi des premières missions habitées américaines pour 2025, projet européen d'un village lunaire, préalable à une mission martienne, en 2029). S'ajoute l'exploitation des ressources pour résoudre les problèmes énergétiques terrestres (gaz rares, ressources minières des astéroïdes). L'eau lunaire intéresse aussi pour ravitailler les stations spatiales.

1 La naissance de la géopolitique des océans

Retour du Nouveau Monde de sir Walter Raleigh, huile sur toile de Franck Bennett (1942).

La géopolitique des océans remonte à sir W. Raleigh (1552-1618), ici représenté avec la reine Élisabeth Ire : « Quiconque contrôle la mer contrôle le commerce ; quiconque contrôle le commerce mondial contrôle les richesses du monde, et conséquemment le monde en soi. »

2 Mars, la prochaine frontière

Le robot *Opportunity* roulait sur Mars depuis 2004. Il a officiellement été déclaré mort en février 2019 par la NASA, succombant à une tempête de sable.

Vocabulaire

Comptoir : cité commerciale ou coloniale littorale favorisant les échanges commerciaux entre une puissance dominante et une région associée ou soumise.

Axe 1

Leçon 2 L'affirmation des puissances dans les océans et l'espace

➤ Comment les puissances s'affirment-elles dans l'espace et les océans ?

A Océans et espace : des instruments de la puissance

Surveiller les océans et l'espace est un enjeu géopolitique. Les puissances développent la surveillance des lieux stratégiques du commerce maritime mondial (US Navy à Singapour, nouvelles routes de la soie chinoises) et des flux irréguliers (migratoires en Méditerranée, drogue dans le bassin Caraïbe). La Russie développe actuellement ses bases militaires arctiques afin de sécuriser ses exportations d'hydrocarbures. La surveillance depuis l'espace est tout aussi essentielle. Les satellites permettent le contrôle des activités **balistiques** sur Terre et des activités maritimes.

Les États cherchent aussi à mieux assurer leur souveraineté dans leur ZEE. L'objectif est double : garantir l'exploitation de leurs ressources et défendre leur territoire terrestre depuis la mer. En 2019, l'Italie se dote de trois nouveaux avions pour des missions de surveillance des trafics de drogue et des opérations de sauvetage. En 2023, la commission spécialisée de l'ONU a adopté cinq recommandations en réponse aux treize demandes d'extension de ZEE (Russie en Arctique, Namibie dans l'océan Atlantique).

Le *space power* est un nouveau moyen d'affirmer la puissance d'un État. À la fois enjeu d'image et corollaire de la puissance politique, économique ou culturelle, la doctrine américaine du *space power* fait de l'espace un atout tactique depuis la guerre du Golfe de 1990-1991 (satellites de télécommunication, de géolocalisation et d'observation). L'espace devient un théâtre d'opérations qui doit être contrôlé au même titre que les océans et l'espace aérien. La hausse des budgets de nombreux États (Chine, Inde) montre combien la maîtrise de l'espace renforce le prestige d'un pays.

Un soldat américain utilisant un système satellite en Afghanistan (2006)

B Vers une militarisation des océans et de l'espace

Dans les océans, le *sea power* s'affirme. Jusqu'à la fin de la Seconde Guerre mondiale, les marines de guerre avaient trois missions : la guerre d'escadre (l'action contre les flottes ennemies), la guerre de course (s'attaquer au commerce de l'ennemi) et l'action contre la terre (bombardements isolés depuis un navire). Aujourd'hui, la marine devient essentielle pour préparer une opération terrestre : présence dissuasive pendant la gestion diplomatique d'une crise, **embargo**, projection de troupes (guerre du Golfe, 1990) et dissuasion nucléaire.

JALON 2 p. 44

Avec la complexification des missions des marines de guerre, les moyens navals se recomposent depuis 1945. Les porte-avions, qui facilitent la projection des troupes à terre et les frappes aériennes à distance, sont devenus les navires centraux de la puissance. Six puissances en sont dotées (onze porte-avions pour les États-Unis, trois pour la Chine) et quatre sont en cours d'équipement (Turquie). Ils sont soutenus par 145 sous-marins nucléaires renforçant les puissances maritimes par la dissuasion nucléaire.

Les risques d'une militarisation de l'espace se précisent. Alors que le programme avorté d'Initiative de défense stratégique de Ronald Reagan en 1983 visait à protéger les États-Unis d'une attaque de missiles lancés depuis le sol, se développent aujourd'hui les lasers et missiles antisatellites (Russie et Chine depuis 2015) et les tentatives de brouillage de satellites (Corée du Nord, Iran). Certains États envisagent une armée pour dominer l'espace (Chine, États-Unis, France, Russie) et dissuader les attaques ennemies.

Vocabulaire

Balistique : relatif aux mouvements des projectiles, essentiellement des armes à feu.

Embargo : dans le domaine maritime, interdiction faite aux navires, généralement étrangers, de quitter ou de rejoindre un port sans autorisation.

***Sea power* (« pouvoir maritime ») :** expression américaine désignant la capacité des États-Unis à contrôler les mers par la puissance navale, le commerce océanique et l'industrie maritime. Par extension, elle est parfois utilisée pour d'autres États.

***Space power* (« pouvoir spatial ») :** capacité d'un État à se projeter dans l'espace pour satisfaire ses besoins en termes d'applications civiles (satellites de télécommunications) et/ou militaires (géolocalisation, envoi de missiles).

Axe 1

Leçon 3 Les rivalités de puissance dans les océans et l'espace

➤ Comment les rivalités de puissance dans les océans et l'espace s'expriment-elles ?

A Au XXe siècle, un enjeu des relations internationales

JALON 2 p. 44

Le rôle des océans a été décisif durant la Seconde Guerre mondiale et la guerre froide. La Seconde Guerre mondiale s'est jouée sur mer : convois de l'Atlantique (guerre de course), débarquements en Afrique du Nord, en Normandie et en Provence (capacité de projection), combats de la guerre du Pacifique (guerre d'escadre). La guerre froide s'est jouée, quant à elle, sur et sous les mers. Les océans sont devenus un théâtre stratégique dans les domaines de la dissuasion nucléaire et du renseignement : lancement du USS *Nautilus*, un sous-marin nucléaire, en 1958, premières opérations d'écoutes de câbles de communications militaires sous-marins en mer d'Okhotsk par le USS *Halibut* en 1972.

JALON 1 p. 36

Durant la guerre froide, l'espace est le théâtre de la rivalité américano-soviétique. L'avance soviétique est manifeste (Spoutnik en 1957, Youri Gagarine, premier homme en orbite en 1961, Valentina Terechkova, première femme dans l'espace en 1963). L'URSS détient alors tous les records (nombre de vols, nombre de sorties extravéhiculaires). Avec l'impulsion du président J. F. Kennedy et le programme Gemini, les États-Unis rattrapent leur retard à partir de 1966. Le premier vol autour de la Lune en 1968 et l'alunissage de Neil Armstrong en 1969 consacrent la suprématie spatiale américaine. L'URSS revient dans la course en créant la première station spatiale en 1971.

B Au XXIe siècle, le reflet du basculement géopolitique du monde

Héritage de l'histoire de la conquête océanique et spatiale, les puissances traditionnelles sont toujours dominantes. Dans le domaine maritime, les États-Unis sont toujours le thalassokrator, avec une marine globale présente sur tous les océans. La France et le Royaume-Uni sont des marines à capacité mondiale, pouvant intervenir sur tous les océans. Avec un satellite sur quatre en orbite, les États-Unis restent l'« hyperpuissance » spatiale, mais le club spatial s'élargit à une soixantaine d'États. L'Europe spatiale, constituée à partir de 1975, a le troisième budget mondial.

JALON 2 p. 44

Aujourd'hui des puissances émergentes s'affirment sur les océans et l'espace. Dans le domaine maritime, des puissances régionales se reconstruisent (Russie en Arctique et en mer Noire) et naissent (Chine en mer de Chine, Chine et Inde dans l'océan Indien). Ainsi, l'océan Indien est aujourd'hui le théâtre du développement de la marine indienne (5 bases navales) face à la présence d'acteurs majeurs comme les États-Unis (île de Diego Garcia), le Royaume-Uni, la Chine et la France. La conquête spatiale des pays émergents est liée à leurs ambitions internationales depuis les années 2000 (programmes lunaires indiens et chinois), mais aussi aux rivalités régionales (entre la Chine et le Pakistan).

Les entreprises privées deviennent les maîtres du *New Space* et les nouvelles actrices de la conquête spatiale. Souvent originaires des États-Unis et de l'économie numérique, elles cherchent à exploiter les richesses de l'espace. Elon Musk, dirigeant de SpaceX, souhaite envoyer des vaisseaux sur Mars et mettre en place des missions habitées en 2029 pour y établir des colonies. Planetary Ressources espère exploiter les ressources minières des astéroïdes. Face aux capacités financières de ces nouveaux acteurs, les anciennes puissances spatiales optent parfois pour la collaboration (la mission européenne *Earthcare* confiée à SpaceX en 2024).

1 L'armada alliée en Normandie en 1944

2 Le lanceur de SpaceX Falcon Heavy en 2008, au Kennedy Space Center (Floride)

Créée en 2002 par le milliardaire américain Elon Musk, la société SpaceX a réussi son premier lancement dans l'espace en 2008. En 2024, elle emploie plus de 9 500 salariés.

Vocabulaire

New Space : terme désignant l'arrivée de nouveaux entrepreneurs privés, souvent issus de l'économie numérique, pour développer des technologies spatiales, en opposition au *Old Space* (États et institutions publiques comme la NASA).

Thalassokrator (« maître de la mer ») : expression employée par l'historien Pierre Royer pour qualifier la capacité des États-Unis à entretenir une maîtrise permanente de tous les océans.

L'essentiel Axe 1 > Leçons 1 à 3

RÉVISER EN SE TESTANT

Exercices interactifs
hachette-clic.fr/24hggt011

SCHÉMA BILAN

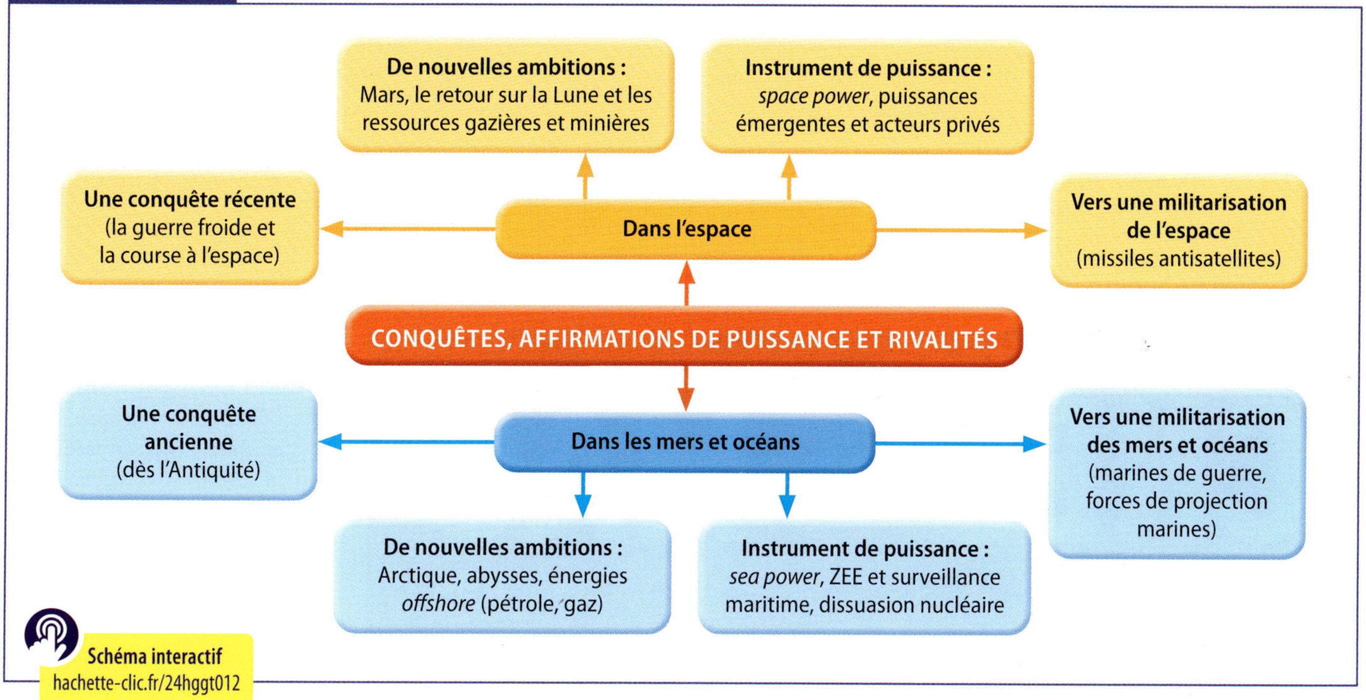

Schéma interactif
hachette-clic.fr/24hggt012

RÉVISER EN SE DOCUMENTANT

À voir

- *Abysses*, 2023 : une série internationale sur France TV, qui réactive la crainte des profondeurs, entre croyances et connaissances scientifiques.
- *Le Chant du loup*, de A. Baudry, 2019. Un thriller dans le monde de la dissuasion nucléaire et de la désinformation à bord d'un sous-marin nucléaire français.
- *First Man*, de D. Chazelle, 2018. Biopic sur l'astronaute Neil Armstrong.

À lire

- *La Grande Histoire vue de la mer*, de C. Buchet, éd. Le Cherche midi, 2017.
  Un livre alliant rigueur scientifique et accessibilité au grand public.
- *L'Aube est bleue sur Mars*, de Florence Hinckel, éd. Nathan, 2022.
  Roman de science-fiction alliant conquête spatiale et lutte pour protéger les océans.
- *Histoire de la conquête spatiale*, de J.-F. Clervoy et F. Lehot, éd. De Boek Supérieur, 2019.
  Une rétrospective de l'histoire spatiale de la guerre froide à nos jours.
- *La Conquête de l'espace*, de Régric, P.-E. Paulis et J. Martin, éd. Casterman, 2019.
  Une bande dessinée qui retrace la course à l'espace.

Sur le web

- Une sélection d'articles et vidéos sur la conquête spatiale sur le site de l'IRIS (Institut de relations internationales et stratégiques).
- Une sélection de podcasts sur la recherche de la puissance à travers les mers et océans, par France Culture.
- Une vidéo du site *Terra Bellum* (chaîne YouTube de géopolitique) sur la géopolitique des océans et les marines de guerre.
- Une sélection de podcasts sur la conquête spatiale, par France Culture.

Sites Internet
hachette-clic.fr/24hggt013
hachette-clic.fr/24hggt014
hachette-clic.fr/24hggt015
hachette-clic.fr/24hggt016

AXE 2

Enjeux diplomatiques et coopérations

Comment l'occupation par les hommes de nouveaux espaces hostiles mais stratégiques transforme-t-elle les rapports entre États ?

1 La coopération spatiale, une pratique réaffirmée

« **Coopération spatiale - ensemble on va plus loin**
Le spatial est au cœur de la relation historique et privilégiée qui lie la France et les États-Unis depuis plus de 60 ans.
La coopération entre le CNES – l'agence spatiale française – et la NASA sur de nombreux projets (exploration robotique, observation de la Terre…) constitue un outil puissant au service de notre diplomatie. »

Source : CNES, 2024.

Après la remise en cause des coopérations spatiales avec les Russes, provoquée par le déclenchement de la guerre en Ukraine (février 2022), l'agence spatiale française, le CNES, réaffirme ses ambitions de coopération avec de nombreux États étrangers, notamment les États-Unis.

2 La gestion des mers et océans au cœur des préoccupations de l'ONU

La conférence des Nations Unies pour les océans de 2017 a permis de lancer un nouveau cycle de négociations internationales. Il s'est achevé le 19 juin 2023 par l'adoption du Traité international de protection de la haute mer.

QUESTIONS

1. Quelles raisons motivent le développement de la coopération dans l'espace ? **(doc. 1)**

2. Pourquoi la protection des océans est-elle devenue une priorité de l'ONU ? **(doc. 2)**

3. Comment les **documents 1 et 2** mettent-ils en valeur la coopération et l'action diplomatique dans l'espace et sur les océans ?

p. 56 **> JALON ①**

Coopérer pour développer la recherche : la station spatiale internationale

p. 62 **> JALON ②**

Rivalités et coopérations dans le partage, l'exploitation et la préservation des ressources des mers et océans : de la création des zones économiques exclusives (Convention de Montego Bay) à la gestion commune de la biodiversité (conférence intergouvernementale sur la biodiversité marine, *BBNJ*

Repères

La station spatiale internationale (ISS), une coopération scientifique internationale

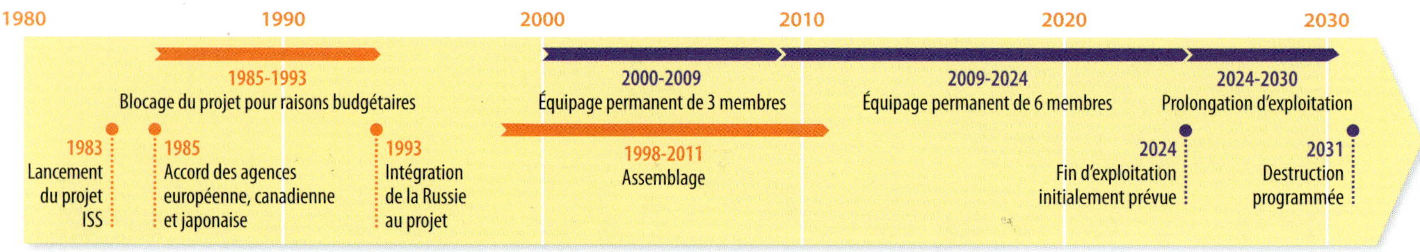

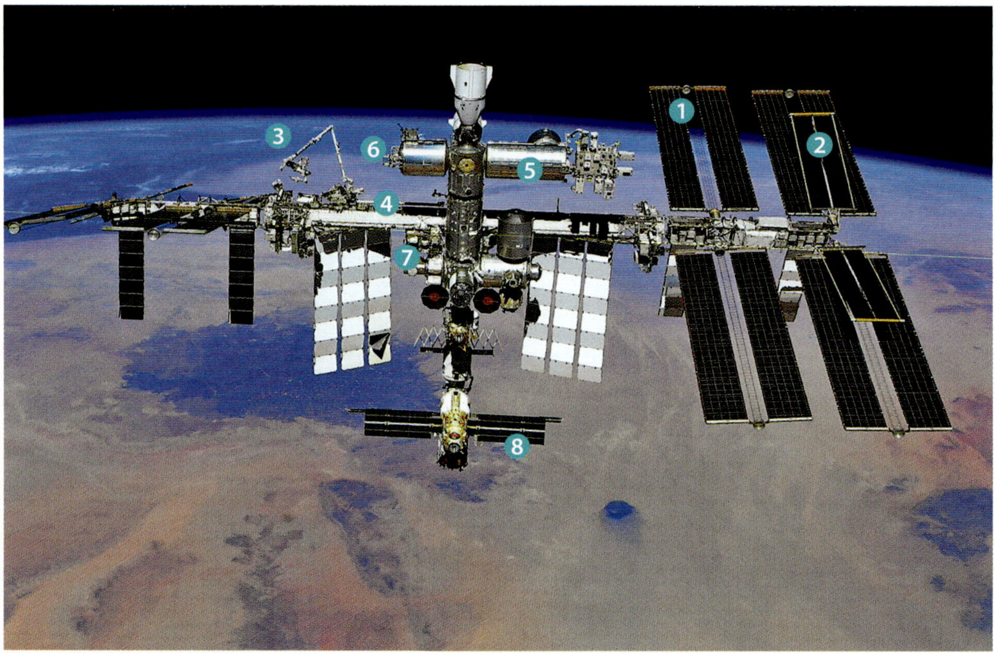

1 L'ISS, la station internationale habitée

1 Panneaux solaires alimentant la station en énergie

2 Nouveaux panneaux installés à partir de 2021 par des astronautes américains, japonais et français

3 Bras de manipulation canadien

4 Laboratoire américain Destiny

5 Laboratoire japonais Kibo

6 Laboratoire européen Colombus

7 Module de vie américain Tranquility

8 Modules russes (vie, expérimentation et moteurs de correction d'altitude)

2 Des astronautes de plus en plus nombreux dans l'ISS

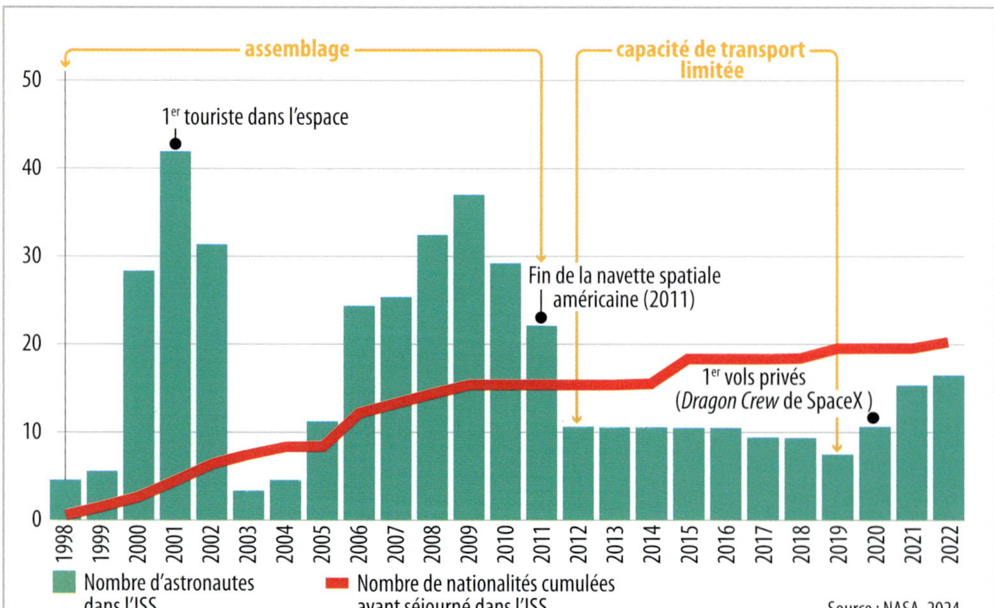

Source : NASA, 2024.

Notion

ISS (en anglais, *International Space Station*) : station spatiale internationale développée à la fin de la guerre froide par les États-Unis, avec l'aide de leurs alliés canadiens, européens et japonais et le savoir-faire de leur ancien ennemi russe.

3 Une coopération scientifique

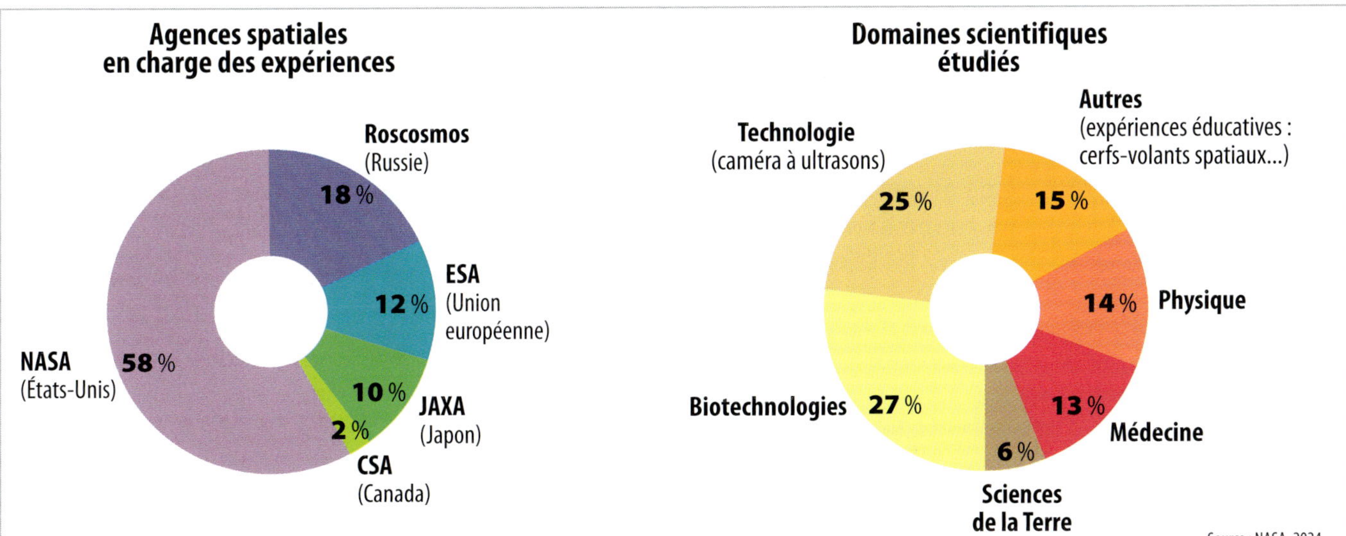

Source : NASA, 2024.

4 Une coopération entre puissances spatiales

Source : NASA, 2024.

Ne pas confondre

Station spatiale : structure en orbite autour de la Terre, voire d'un autre corps céleste, permettant à des hommes de vivre de façon prolongée dans l'espace.

≠

Agence spatiale : organisme qui coordonne les activités spatiales d'un pays ou d'un groupe de pays, comme la NASA pour les États-Unis.

POUR COMPRENDRE

1. Construite à partir de 1998 sous l'impulsion de la NASA, l'ISS incarne le contexte international d'après-guerre froide et les nouveaux objectifs pacifiques des relations interétatiques. Financée et gérée internationalement par cinq agences spatiales, cette structure importante tourne en orbite basse à 400 km de la Terre.
L'ISS représente ainsi l'exemple le plus abouti des coopérations spatiales.

> Quels États coopèrent à l'ISS et sous quelles formes ? (doc. 1, 2 et 4)

2. Depuis la fin de l'assemblage en 2011, les activités des six membres d'équipage permanent se partagent entre la maintenance de la station et la réalisation d'expériences en microgravité, c'est-à-dire dans un contexte où la gravité terrestre est quasiment nulle, notamment pour se préparer à la conquête d'espaces plus lointains.

> Quel est l'intérêt scientifique des expériences menées dans l'ISS ? Quelles puissances mènent ces expériences ? (doc. 2 et 3)

Étude 1 L'ISS, reflet du multilatéralisme dans un monde multipolaire

Née de la fin de la guerre froide et de la réconciliation des États-Unis et de la Russie, la station spatiale internationale ISS incarne une coopération poussée entre les puissances spatiales. Pourtant, les règles de gestion commune établies entre les États ne masquent pas les rivalités de puissance.

› Comment l'ISS reflète-t-elle le multilatéralisme ?

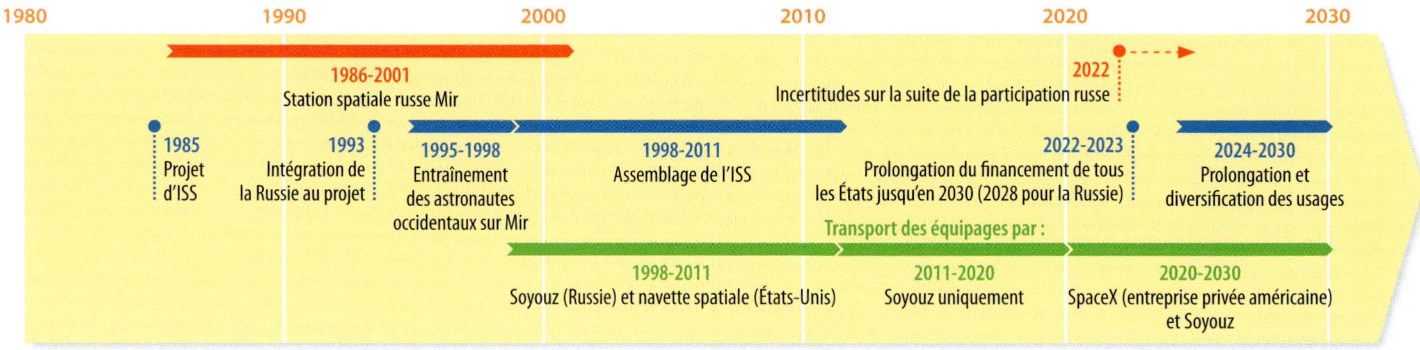

1 Un projet multilatéral

Marion Montaigne, *Dans la combi de Thomas Pesquet*, 2017.

2 L'ISS, symbole de la coopération spatiale

La parole de la géographe

L'ISS représente un cas de coopération technologique et scientifique d'une ampleur unique. Elle est le résultat d'un accord politique original porté par les États-Unis. Sur le plan symbolique, l'ISS est une coopération à rang égal entre les États-Unis et la Russie. Le recours à l'expérience soviétique se manifeste dans l'inclinaison à 51° de l'orbite, déterminée par la latitude de Baïkonour, la base historique devenue kazakhe. Cependant, le leadership est américain avec la contribution des partenaires initiaux de la NASA : le Canada, l'Europe et le Japon. Débutée en 1998, occupée à partir de 2000, l'ISS est considérée comme terminée en 2011. Les premiers modules de service sont ceux initialement prévus pour la station Cosmograd[1] qui devait succéder à Mir. Son coût de près de 150 milliards de dollars est principalement financé par les États-Unis, la participation européenne étant de l'ordre de 8 %.

Isabelle Sourbès-Verger, *Géopolitique du monde spatial*, Eyrolles, 2023.

1. Projet abandonné en raison de la dissolution de l'URSS.

3 L'équipage de l'ISS, reflet des équilibres mondiaux

Pays d'origine	États-Unis	Russie	Japon	Canada	Italie	France	Allemagne	Émirats arabes unis	Arabie saoudite	Autres
Participants aux vols habités (1998-2023) (dont commandants de l'ISS)	164 (25)	60 (23)	11 (2)	9 (1)	5 (2)	4 (1)	4 (1)	2	2	13 (2)
Date du premier vol vers l'ISS	1998	1998	2000	1999	2001	2001	2006	2019	2023	

Source : NASA, 2024.

4 Une coopération autour du transport des équipages

À la Cité des étoiles, près de Moscou, un équipage incluant le premier astronaute des Émirats arabes unis (1), un Russe (2) et une États-Unienne (3) s'entraîne en 2019 dans le simulateur Soyouz (4), sous le portrait de Gagarine (5).

La **capsule** Soyouz, pilotée par un Russe, est aujourd'hui concurrencée par le *Crew Dragon* de SpaceX dans le transport des équipages.

6 Vers des stations spatiales privées ? Le projet *Axiom Space Station*

Vidéo

Vulga-Space, juillet 2022.
hachette-clic.fr/24hggt017

5 Des coopérations limitées par des enjeux de puissance

En juillet 2022, le nouveau directeur de Roscosmos, l'agence spatiale russe, a annoncé que la Russie se retirerait de la station spatiale internationale après 2024[1]. « On disait que l'ISS était l'un des derniers endroits où les Russes et les Américains pouvaient encore se parler, mais la guerre en Ukraine a fini par créer des tensions dans la station », estime Xavier Pasco. Début juillet, la NASA a peu apprécié d'y voir ses trois occupants russes, déployer les drapeaux des « républiques autoproclamées » de Donetsk et de Lougansk. La belle idée d'une station orbitale à l'abri des remous politiques terrestres a sans doute vécu. « Depuis que, avec SpaceX, les Américains sont redevenus autonomes pour envoyer leurs équipages dans l'ISS et n'ont plus besoin d'emprunter les vaisseaux Soyouz, les Russes ont perdu l'argent que ces prestations leur rapportaient, analyse Isabelle Sourbès-Verger. Leur contribution à la station va donc leur coûter plus cher. Et en termes d'image politique, la Russie n'a pas d'intérêt à consacrer à l'ISS une part de son budget spatial, qui est déjà modeste. »

Le Monde, 28 juillet 2022.

1. Finalement, la Russie a annoncé en 2023 qu'elle poursuivrait son financement jusqu'en 2028.

7 Vers une multiplication des stations spatiales habitées

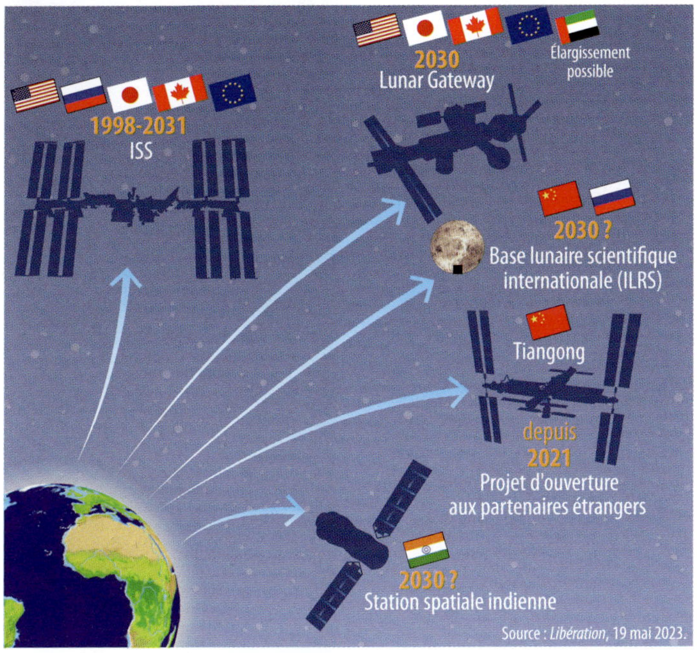

Source : *Libération*, 19 mai 2023.

Vocabulaire

Capsule : engin spatial contenant des hommes ou du ravitaillement, lancé à l'aide d'une fusée.

Multilatéralisme : mode de relations interétatiques visant à établir des règles communes.

ACTIVITÉ

Rédigez un paragraphe pour répondre au sujet : « **L'ISS, un reflet du multilatéralisme dans un monde multipolaire** ». Vous évoquerez :

- la supériorité des États-Unis et de la Russie héritée de la guerre froide ; **(doc. 1, 3 et 4)**
- la coopération internationale autour de l'ISS ; **(doc. 1, 2 et 4)**
- les défis de la coopération internationale à relever dans l'espace. **(doc. 3, 4, 5 et 7)**

Vers le BAC — Grand oral

À l'aide des documents, discutez la phrase : « **la belle idée d'une station orbitale à l'abri des remous politiques terrestres a sans doute vécu** ». **(doc. 5)**

Pour aller plus loin

Réalisez une fiche de lecture de l'émission de radio : « Guerre en Ukraine : la coopération spatiale entre Russes et Américains perdure ».

Podcast
RFI, 2023. Durée 5'58
hachette-clic.fr/24hggt018

Étude 2 GRAND FORMAT

L'ISS, un outil de puissance pour les États-Unis

Contexte Les États-Unis sont à l'origine de la station spatiale internationale : ils l'ont en grande partie conçue et ont financé environ 110 des 150 milliards de dollars nécessaires à sa fabrication et à son fonctionnement depuis 1998. Malgré son caractère international et l'accent mis sur la coopération, elle s'inscrit donc dans la stratégie des États-Unis pour rester la première puissance mondiale.

Comment la station spatiale internationale sert-elle la stratégie de puissance américaine ?

L'affiche de la NASA

1 Une affiche de la NASA pour l'expédition *Crew Dragon 2* emmenant une partie de l'équipage 65 sur l'ISS (avril-novembre 2021)

1 Capsule de transport d'équipage *Crew Dragon 2* de SpaceX.

2 Pendentif représentant la navette spatiale américaine (arrêtée en 2011).

3 Les astronautes : de gauche à droite, Thomas Pesquet, Akihido Hoshide, Megan McArthur et Shane Kimbrough.

Depuis 1999 et la première mission de la navette spatiale vers la station spatiale internationale, la NASA publie des affiches pour chaque vol habité américain vers la Station, ainsi que pour chaque équipage. Les premières présentaient notamment les opérations prévues (assemblage, expériences ...).

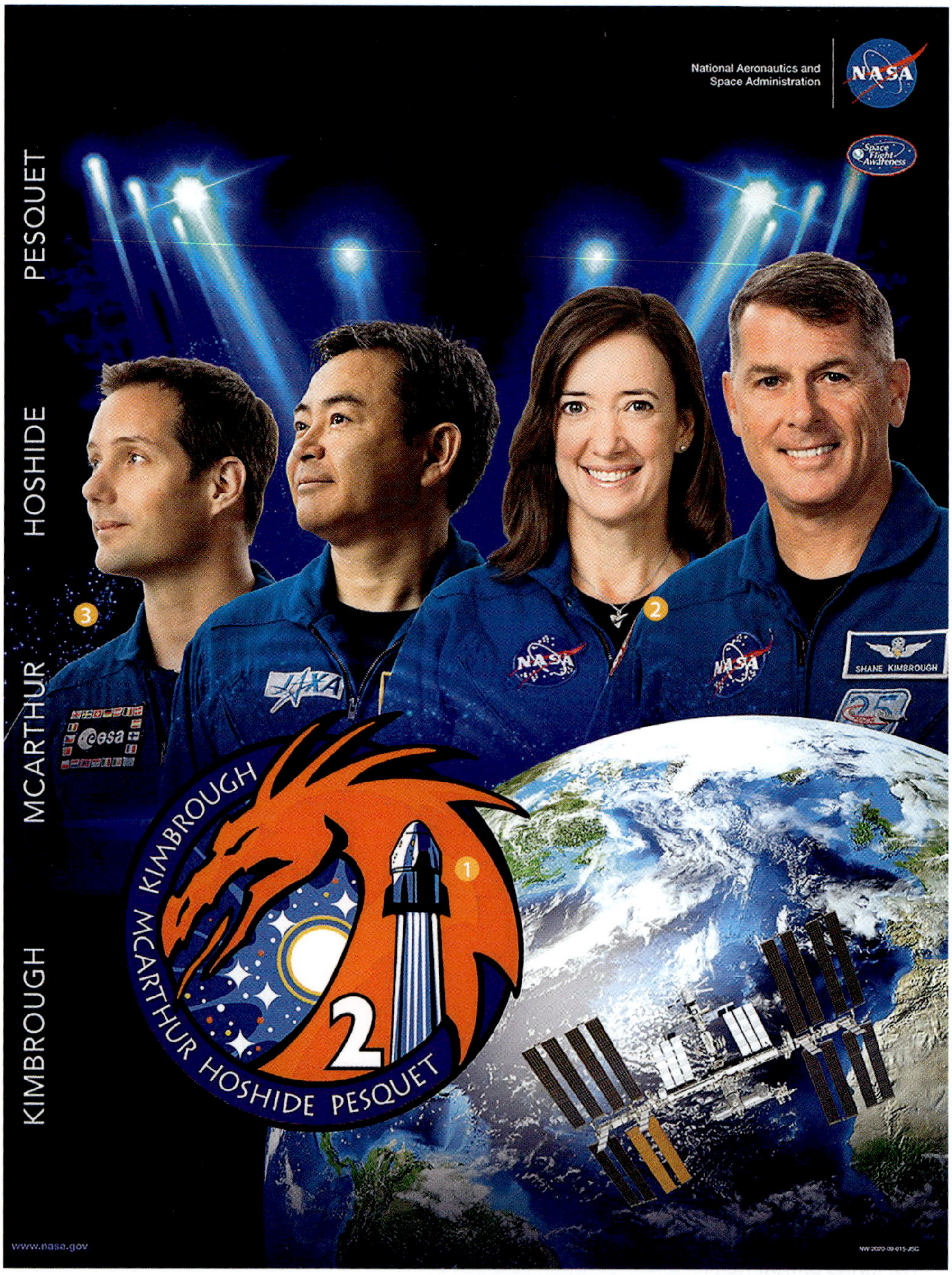

Mise en perspective

2 Le transport de matériel et d'équipages vers l'ISS, objet de compétition

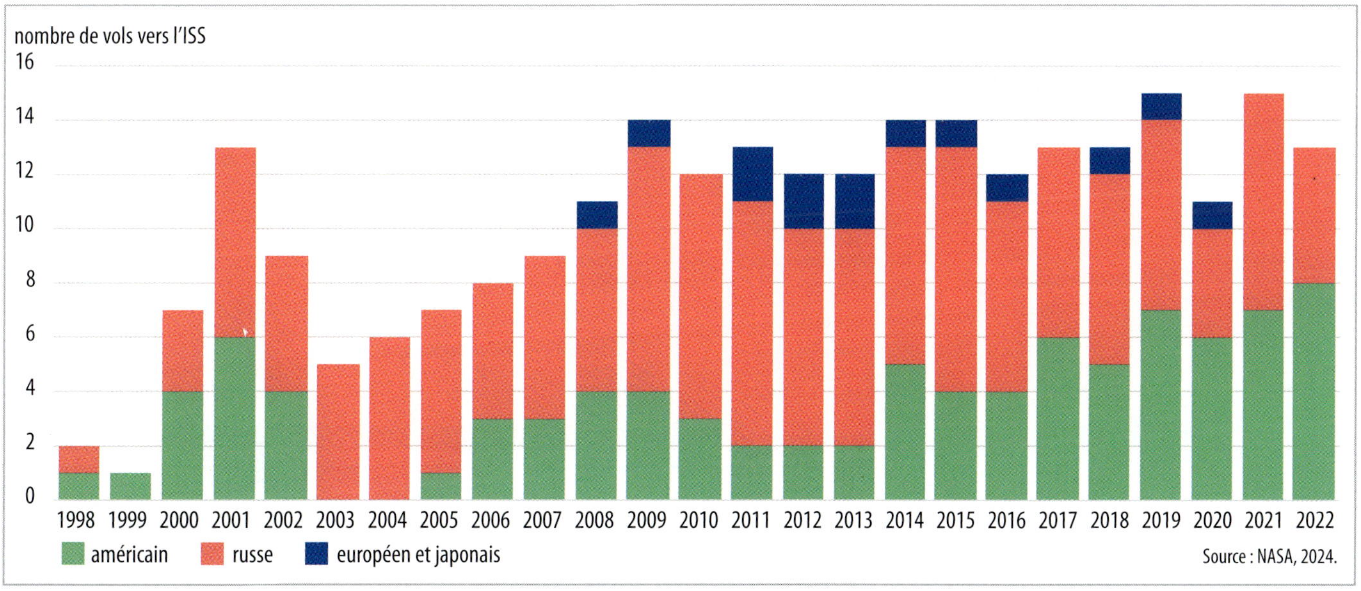

3 Une privatisation croissante de la gestion américaine de l'ISS

La NASA multiplie les initiatives en direction du secteur privé, bien au-delà du tourisme spatial, générant une privatisation accélérée des activités en orbite basse terrestre. En 2011, elle s'est retrouvée confrontée à la mise à la retraite des navettes spatiales et à l'abandon du programme Constellation, qui devait aboutir au développement sur fonds publics d'une nouvelle capsule habitée. Pour compenser cette perte brutale d'autonomie dans l'accès à l'espace, elle s'est tournée vers le privé, en signant des contrats en 2014 avec Boeing et SpaceX pour le développement des capsules *Starliner* et *Crew Dragon*. Tout en conservant un rôle de superviseur, elle est devenue cliente et non plus propriétaire des vaisseaux développés, achetant à ces entreprises des places pour ses astronautes. Depuis 2020, elle autorise en outre deux vols touristiques par an à destination de l'ISS, à condition que ceux-ci utilisent des véhicules américains et que la durée de séjour n'excède pas 14 jours. Grâce à cela, les entreprises spatiales privées élargissent désormais leur clientèle au-delà de la NASA et connaissent une demande accrue, créant davantage d'emplois bien rémunérés dans le pays. Pour la NASA, les programmes commerciaux où elle n'agit qu'en qualité de cliente lui permettent de consacrer plus de ressources à des opérations plus ambitieuses, en particulier les missions lunaires habitées Artemis et le retour robotisé d'échantillons martiens, tout en conservant pour ses astronautes un moyen d'accès à l'orbite terrestre. Ils représentent aussi une garantie d'avenir, alors que la station spatiale internationale approche de sa fin de vie.

D'après *Les Échos*, 9 avril 2022.

ACTIVITÉ

Préparer l'analyse du document en le décrivant

1. Relevez sur le **document 1** les éléments montrant que la NASA en est le commanditaire, et expliquez la nature et le rôle de cet organisme (« Ne pas confondre » p. 57 et doc. 3).

2. À l'aide du **document 4 p. 59** et du **document 3**, présentez la capsule *Crew Dragon 2* et expliquez la façon dont elle est représentée sur le **document 1**.

Analyser le document

3. Comment le **document 1** met-il en scène une coopération spatiale pacifique autour de l'ISS ?

Commentez la place donnée à la Terre sur cette affiche et la signification à lui apporter.

4. En vous aidant des **documents 1 et 3**, relevez les signes de la domination des États-Unis dans la station spatiale et expliquez-la en vous référant à l'axe 1 du thème.

Porter un regard critique sur le document

5. À l'aide des **documents 2 et 3**, montrez que le document témoigne d'une réaffirmation de la puissance américaine dans l'ISS grâce à *Crew Dragon 2*.

6. Quelle importance la NASA accorde-t-elle à l'ISS d'après le **document 1** ? Nuancez le propos en utilisant le **document 3** et justifiez votre réponse.

Aidez-vous des éléments de présentation du document 1 pour expliquer la différence de point de vue entre ces deux documents.

JALON 2 Rivalités et coopérations dans le partage, l'exploitation et la préservation des ressources des mers et des océans

Repères

L'exploitation et la préservation des ressources maritimes

1 La mise en place progressive du droit de la mer sous l'égide de l'ONU

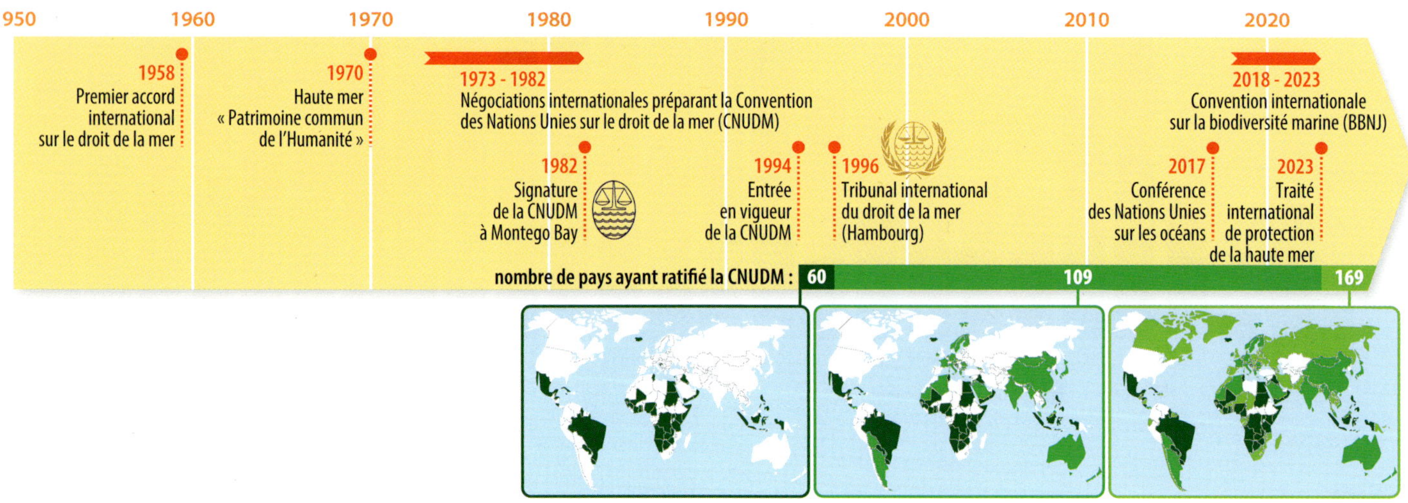

2 Une exploitation différenciée des ressources en fonction des espaces maritimes

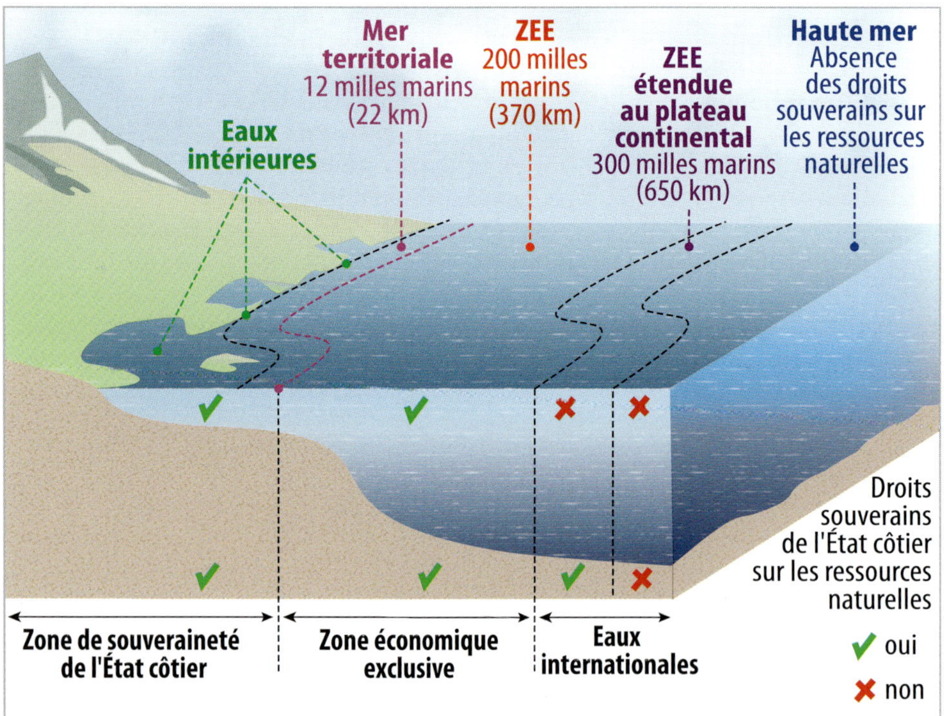

Sources : *Atlas : Atelier de cartographie de SciencesPo*, 2018, « L'eau et les océans en cartes », *Le Monde/La Vie*, Hors-série n° 41, Janvier 2023.

3 2023 : L'ONU adopte un traité pour protéger la haute mer

Activité à télécharger
hachette-clic.fr/24hggt020

Vidéo
France 24, mars 2023.
hachette-clic.fr/24hggt019

Notions

Souveraineté maritime : autorité exercée par un État côtier sur son domaine maritime (mer territoriale et ZEE) ; il est le seul à pouvoir y exploiter les ressources naturelles. Toutefois, ces espaces maritimes restent régis par le droit international notamment le droit de la mer.

ZEE (Zone économique exclusive) : espace marin large de 200 milles nautiques (370 km) dans lequel l'État côtier dispose de droits exclusifs sur l'exploration et l'exploitation des ressources.

Ne pas confondre

Droit maritime : droit privé (commercial) qui réglemente la navigation ainsi que les règles appliquées à bord des navires.

≠

Droit de la mer : droit public des espaces qui réglemente les relations interétatiques sur les espaces maritimes, et organise l'exercice des activités humaines sur la mer (pêche, recherche, ...).

4 Les principales ressources marines

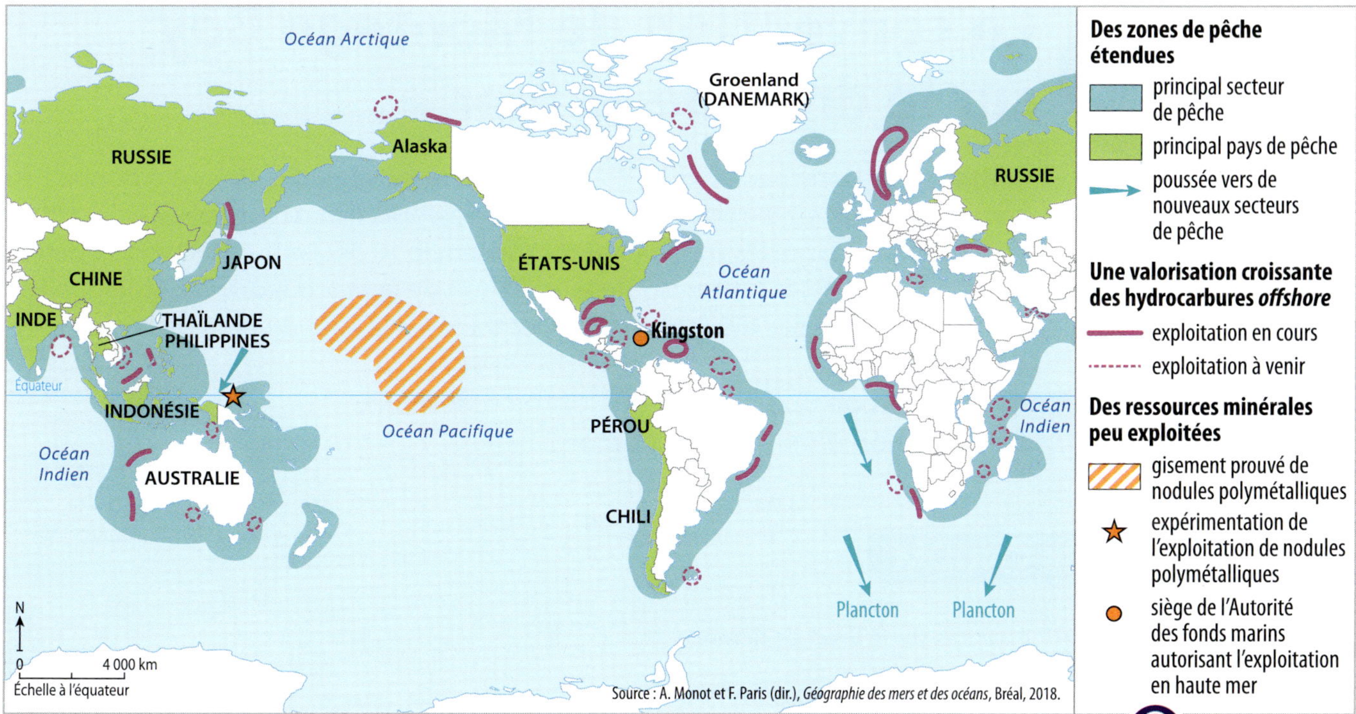

Source : A. Monot et F. Paris (dir.), *Géographie des mers et des océans*, Bréal, 2018.

Carte interactive
hachette-clic.fr/24hggt021

5 Une protection du milieu marin fragmentée

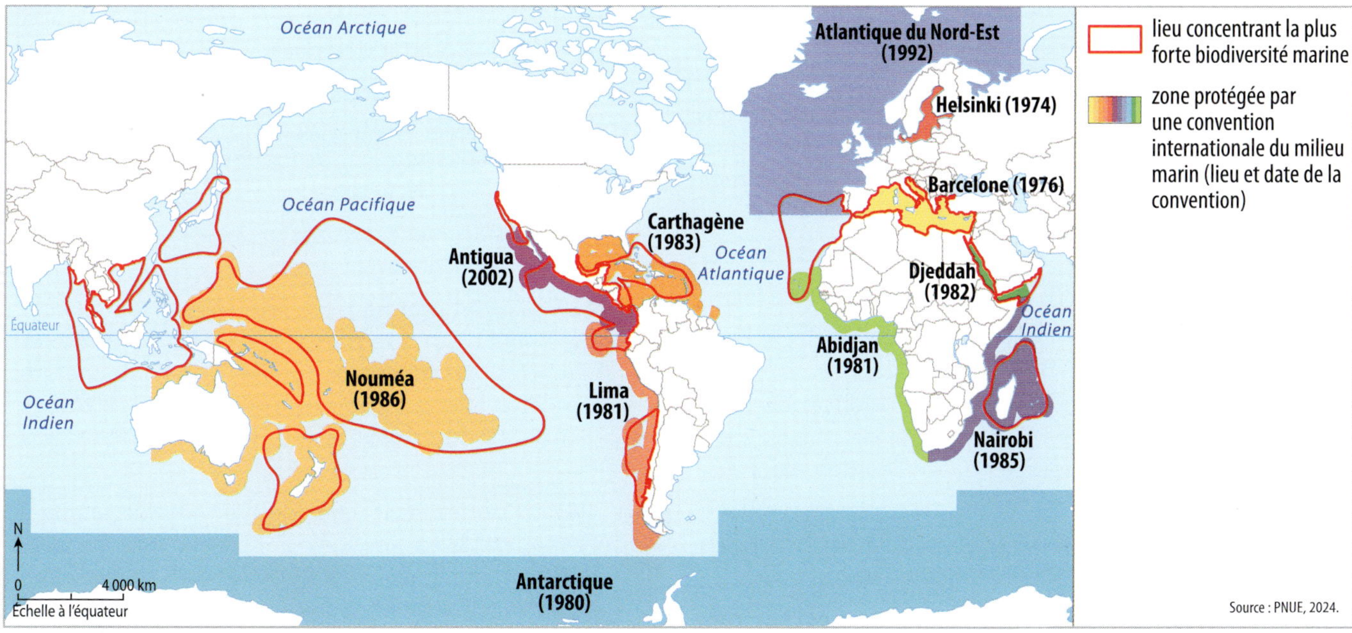

Source : PNUE, 2024.

POUR COMPRENDRE

1. Soucieux de répondre aux besoins croissants de leur population, les États ont progressivement fait des mers et des océans une priorité de leur développement pour s'accaparer les ressources marines. Depuis la Convention de Montego Bay en 1982, le tracé des ZEE est devenu une source de rivalités entre des États ayant la volonté d'étendre leur domaine maritime. La haute mer constitue également un enjeu important entraînant des tensions dans le partage et l'exploitation des ressources halieutiques et minérales.

> Identifiez les principales ressources des mers et océans. (doc. 1)

> Montrez comment les États cherchent à les accaparer. (doc. 1 et 4)

2. Les États ont progressivement mis en œuvre des mécanismes d'arbitrage de leurs rivalités maritimes et de coopération pour l'exploitation et la préservation des ressources des mers et des océans. Toutefois, cette coopération reste fragmentée et limitée alors que les mers et océans sont confrontés à l'urgence environnementale.

> Pourquoi la coopération entre les États est-elle devenue un enjeu majeur face au changement climatique ? Quelles formes prend-elle ? (doc. 2, 3 et 5)

Étude 1 GRAND FORMAT

La convention de Montego Bay sur le droit de la mer

Contexte ➔ La recherche d'un consensus sur le partage des océans a donné lieu à des négociations internationales dès les années 1930. Il faut toutefois attendre 1973 pour que l'ONU lance les travaux qui aboutissent le 10 décembre 1982 à la signature de la **Convention des Nations Unies sur le droit de la mer (CNUDM)** à Montego Bay (Jamaïque). Ratifié par 169 États en 2024, ce traité est la base du droit de la mer.

Pourquoi la Convention de Montego Bay est-elle une étape essentielle mais inachevée dans l'élaboration d'un droit de la mer ?

Les extraits de la CNUDM

1 La Convention des Nations Unies sur le droit de la mer

Les États parties à la convention [...] reconnaissant qu'il est souhaitable d'établir, compte tenu de la souveraineté de tous les États, un ordre juridique pour les mers et océans qui facilite les communications internationales et favorise leurs utilisations pacifiques, l'utilisation équitable et efficace de leurs ressources, la conservation de leurs ressources biologiques et l'étude, la protection et la préservation du milieu marin sont convenus de ce qui suit :

Art. 2 : La souveraineté de l'État côtier s'étend à une zone de mer adjacente désignée sous le nom de mer territoriale.

Art. 3 : Tout État a le droit de fixer la largeur de sa mer territoriale qui ne dépasse pas 12 milles marins.

Art. 17 : Les navires de tous les États jouissent du droit de passage inoffensif dans la mer territoriale.

Art. 56 : Dans la ZEE, l'État côtier a des droits souverains aux fins d'exploration et d'exploitation, de conservation et de gestion des ressources naturelles des eaux aux fonds marins.

Art. 57 : La ZEE ne s'étend pas au-delà de 200 milles marins.

Art. 58 : Dans la ZEE, tous les États jouissent des libertés de navigation et de pose des câbles et pipelines sous-marins.

Art. 76 : L'État côtier communique à la Commission des limites du plateau continental des informations sur les limites de son plateau continental, lorsque celui-ci s'étend au-delà de 200 milles marins.

Art. 77 : L'État côtier exerce des droits souverains sur le plateau continental aux fins de son exploration et de l'exploitation de ses ressources minérales[1].

Art. 78 : L'exercice par l'État côtier de ses droits sur le plateau continental ne doit pas porter atteinte à la navigation ou aux autres droits des autres États.

Art. 87 : La liberté de la haute mer comporte notamment les libertés de navigation, de poser des câbles et des pipelines sous-marins, de pêche et de recherche scientifique.

Art. 136 : La haute mer et ses ressources sont le patrimoine commun de l'humanité.

Art. 137 : Aucun État ne peut revendiquer ou exercer de souveraineté sur une partie de la haute mer ou de ses ressources. Les minéraux extraits de la haute mer ne peuvent être aliénés que conformément aux règles et procédures de l'Autorité internationale des fonds marins.

Art. 287 : Pour le règlement des différends relatifs à l'application de la convention, un État est libre de saisir le Tribunal international du droit de la mer, la Cour internationale de justice ou un tribunal arbitral spécifique.

Convention des Nations Unies sur le droit de la mer adoptée le 10 décembre 1982 à Montego Bay (Jamaïque).

1. L'État côtier n'y dispose pas de droit sur les ressources halieutiques.

Vidéo
Les espaces maritimes entre affrontements et coexistence, Lumni, septembre 2019.
hachette-clic.fr/24hggt022

Vocabulaire

Convention des Nations Unies sur le droit de la mer (CNUDM), dite convention de Montego Bay : Convention des Nations unies signée en 1982 codifiant la liberté de circulation et l'appropriation des ressources dans les ZEE.

Mise en perspective

2 La Convention de Montego Bay donne naissance à trois institutions internationales

OCÉANS & DROIT DE LA MER
NATIONS UNIES

Autorité internationale des fonds marins	Tribunal international du droit de la mer	Commission des limites du plateau continental
Création en 1994 Siège à Kingston (Jamaïque)	Création en 1996 Siège à Hambourg (Allemagne)	Création en 1996 Siège à New York (États-Unis)
Réglemente l'exploration et l'exploitation des ressources minérales des grands fonds marins de la haute mer en accordant des autorisations aux États et aux entreprises.	Juge les différends relatifs à l'interprétation ou à l'application de la CNUDM.	Se prononce sur les demandes des États côtiers qui souhaitent étendre leur plateau continental au-delà des 200 milles marins.

3 Deux points de vue sur le bilan de la Convention de Montego Bay 40 ans après

a) La CNUDM constitue le meilleur outil de droit international que la mer ait connu. Malgré cela, de nombreuses critiques sont émises sur ses insuffisances. Mais, si elle rencontre parfois des échecs, ce n'est pas en raison de dispositions inopérantes mais plutôt en raison de la non-application, par certains États, de leurs obligations internationales. Si des évolutions sont aujourd'hui nécessaires, c'est sans doute dans la dimension environnementale qu'elles sont les plus pertinentes. La CNUDM avait constitué un net progrès en faveur de la protection de l'environnement marin en visant principalement les situations liées à la pollution accidentelle ou volontaire. Il est désormais nécessaire de faire rentrer pleinement Montego Bay dans le XXIe siècle afin qu'elle soit en mesure de répondre aux graves menaces pesant sur les océans. C'est là tout l'enjeu des négociations de la *BBNJ*[1] sur la protection de la haute mer.

Fondation Méditerranéenne d'études stratégiques, décembre 2022.

b) Malgré des États réfractaires, comme les États-Unis qui refusent de signer le texte pour ne pas se fermer d'opportunités commerciales ou stratégiques, la CNUDM a ouvert une course à la délimitation des espaces maritimes qui aboutit à un phénomène de territorialisation des mers et océans mené par des États soucieux de projeter leur souveraineté terrestre sur la mer. Les querelles frontalières sont alors transposées aux espaces maritimes. C'est le cas notamment en mer de Chine, où plusieurs archipels sont revendiqués par plusieurs pays pour agrandir leur ZEE. La généralisation des litiges entre États s'accompagne logiquement d'un vaste mouvement de réarmement naval qui annonce l'entrée dans une période de turbulence où le droit de la mer est contesté par la force.

Ministère français des Armées, décembre 2022.

1. cycle de réunions de l'ONU visant à assurer la protection de la biodiversité en haute-mer.

ACTIVITÉ

Préparer l'étude du texte en se documentant

1. Pourquoi l'ONU joue-t-elle un rôle essentiel dans l'instauration d'un droit de la mer ?

2. Montrez que l'élaboration et la mise en œuvre de la Convention des Nations Unies sur le droit de la mer ont nécessité beaucoup de temps. **(chronologie p. 62)**

Analyser le texte

3. Quels objectifs fixe l'ONU en élaborant la CNUDM ? **(doc. 1)**

4. Complétez le tableau pour comprendre le fonctionnement des différents espaces maritimes définis par la CNUDM. **(doc. 1)**

	Mer territoriale	ZEE	Haute mer
Limites par rapport au littoral de l'État côtier	… milles	… milles	Au-delà de … milles
Droit de l'État côtier			
Droit des autres États			

Pour compléter le tableau, aidez-vous du **document 2 p. 62**.

5. Pourquoi la CNUDM marque-t-elle un progrès important dans l'élaboration du droit de la mer ? **(doc. 1 et 2)**

Expliquez, notamment, la phrase soulignée dans le **document 3**.

Porter un regard critique sur le texte

6. Montrez que l'application de la CNUDM rencontre des limites. **(doc. 3)**

7. Comment l'ONU cherche-t-elle à dépasser ces limites pour protéger davantage les océans ? **(doc. 3 et doc. 3 p. 66)**

Étude 2 Concilier exploitation des ressources et préservation de la biodiversité

Pollution, surexploitation, acidification, les maux dont souffrent les océans sont de plus en plus importants. Face à ce constat, de nombreux acteurs mettent en œuvre, à toutes les échelles, des mesures visant à concilier l'exploitation des ressources marines et la protection de la biodiversité.

La coopération internationale est-elle un moyen efficace pour concilier l'exploitation des ressources et la préservation de la biodiversité à toutes les échelles ?

1 À l'échelle mondiale : l'ONU un acteur majeur

1972	La Conférence sur l'environnement souligne l'importance vitale pour l'humanité des mers et de tous les organismes vivant dans les océans.
1974	Le programme de protection pour les mers régionales décline à l'échelle régionale les actions de préservation du milieu marin. (doc. 5 p. 57)
1982	La Convention de Montego Bay accorde aux « États le droit souverain d'exploiter leurs ressources naturelles avec l'obligation de protéger et de préserver le milieu marin ».
1992	La Convention sur la diversité biologique du Sommet de la Terre de Rio consacre un chapitre entier à la protection des océans et des mers.
1995	L'ONU adopte le programme mondial d'action pour la protection du milieu marin contre la pollution due aux activités terrestres.
2018 à 2023	La Conférence intergouvernementale sur la biodiversité marine (*BBNJ*) prépare un outil juridique de protection de la biodiversité marine.
2023	L'ONU adopte le traité sur « la conservation et l'utilisation durable de la diversité biologique marine des zones ne relevant pas de la juridiction nationale »

Source : ONU, 2024.

2 À l'échelle régionale, une coopération interétatique pour concilier activités humaines et biodiversité

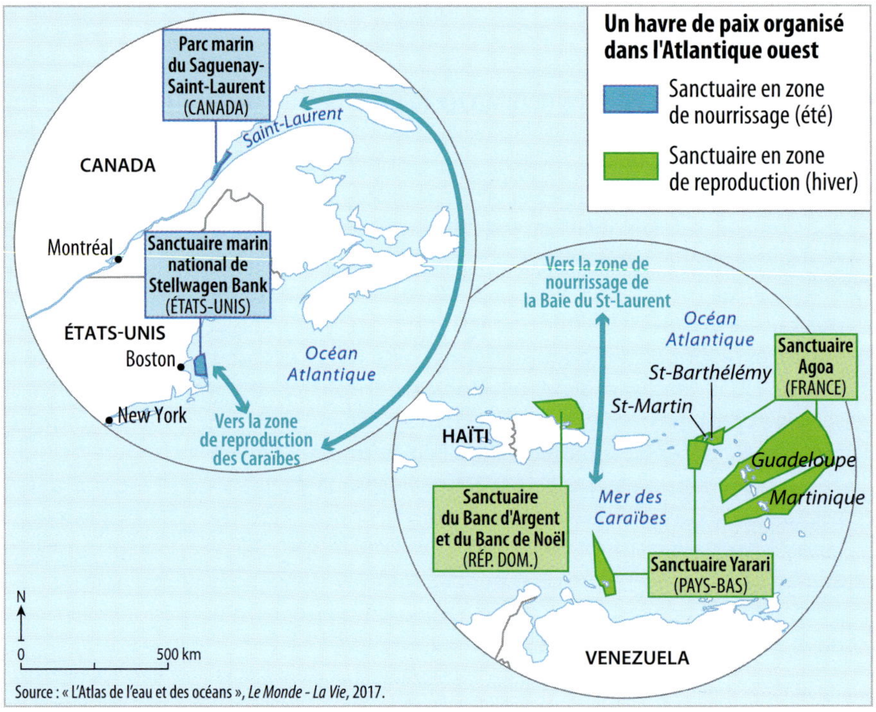

La protection des mammifères marins de l'Atlantique donne lieu à un partenariat régional entre plusieurs États dont la France, le Canada et les États-Unis.

3 L'ONU adopte le premier traité pour protéger la haute mer

Après quatre années de négociations, les États membres de l'ONU ont adopté le premier traité international pour protéger la haute mer, un accord « historique » pour contrecarrer les menaces qui pèsent sur l'océan. Outil phare du traité : la création d'aires marines protégées dans les eaux internationales. Aujourd'hui, environ 1 % seulement de la haute mer fait l'objet de mesures de conservation. Avec ce nouveau texte, les États se donnent les moyens d'atteindre les objectifs de la Cop 15 de protection de 30 % des océans d'ici 2030.
Le traité introduit aussi l'obligation de réaliser des études d'impact sur l'environnement des activités envisagées en haute mer. Le texte n'en dresse pas de liste, mais cela pourrait aller de la pêche au transport, en passant par de potentielles activités controversées comme l'exploitation minière sous-marine ou la géo-ingénierie visant à limiter le réchauffement.
Les pays en développement qui n'ont pas les moyens de financer de coûteuses expéditions et recherches se sont battus pour obtenir le principe d'un partage « équitable » des ressources marines génétiques, que ce soit l'accès aux données scientifiques ou une part des bénéfices anticipés de la commercialisation de ces ressources, dont entreprises pharmaceutiques ou cosmétiques espèrent tirer des molécules miracles.
Sans surprise, la Russie a pris ses « distances » du traité dès son adoption, jugeant certains éléments du texte « totalement inacceptables »[1].

France 24, 20 juin 2023.

1. À la fin de l'année 2023, 84 parties se sont engagées à ratifier le traité. 60 ratifications sont nécessaires pour permettre l'entrée en vigueur du traité en juin 2025.

4 À l'échelle locale, des formes de coopération réussies : l'exemple de la mer d'Iroise

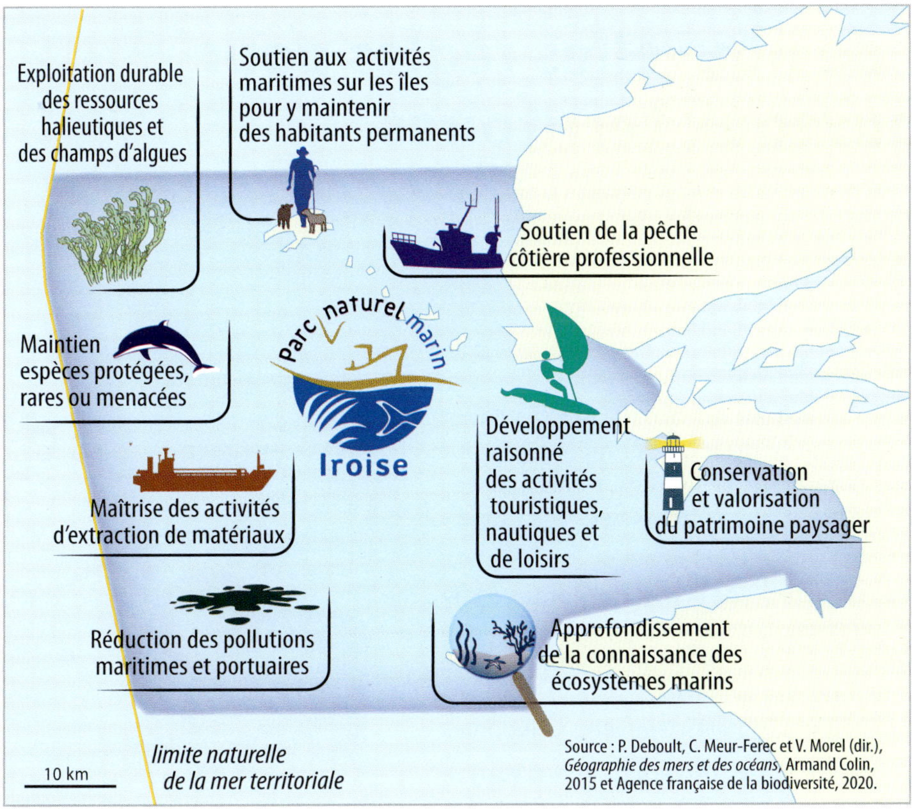

Source : P. Deboult, C. Meur-Ferec et V. Morel (dir.), *Géographie des mers et des océans*, Armand Colin, 2015 et Agence française de la biodiversité, 2020.

Vocabulaire

BBNJ (en français, Conférence intergouvernementale sur la biodiversité marine des zones ne relevant pas de la juridiction nationale) : cycle de réunions de l'ONU visant à assurer la protection de la biodiversité en haute-mer.

Ressource maritime génétique : ressource liée au potentiel génétique des organismes vivants présentant un intérêt pour l'élaboration de traitements médicaux.

5 Des rivalités entre protection et valorisation

Après des années de concertation, le gouvernement australien a décidé de tripler la surface du parc marin de l'île Macquarie situé à 1 500 km au Sud de la Tasmanie. L'île classée au patrimoine mondial de l'Unesco en 1997 abrite jusqu'à 100 000 phoques et environ 4 millions de manchots. C'est aussi un lieu de reproduction important pour plusieurs espèces d'oiseaux de mer vulnérables. D'une superficie de 475 465 km², cette aire maritime protégée sera complètement fermée à l'exploitation minière et à la pêche. Cette annonce a déclenché l'indignation des pêcheurs qui décrivent la proposition d'agrandissement du parc comme « une attaque contre l'une des pêcheries les plus durables et les mieux gérées au monde ». Selon la société chargée d'évaluer l'impact économique de cette extension, 60 communautés côtières seront affectées, 36 000 emplois perdus et 70 à 80 entreprises opérant des chalutiers obligés de déménager. Un fonds d'aide de 100 millions de dollars australiens sera mis en place pour venir en aide aux entreprises touchées.

Le Marin, 5 juin 2023.

ACTIVITÉ

Complétez le tableau.

De nouveaux outils mis en œuvre	À l'échelle mondiale (doc. 1 et 3)	À l'échelle régionale (doc. 2, 4 et 5)	À l'échelle locale (doc. 4 et 5)
Quels sont les outils juridiques mis en œuvre ?			
Qui sont les acteurs qui interviennent ?			
Dans quels buts favorisent-ils la coopération ?			
Comment sont-ils confrontés à des rivalités freinant leur mise en œuvre ?			

Vers le BAC – Dissertation

À l'aide du tableau complété dans l'activité, rédigez un paragraphe de dissertation montrant la volonté et les limites de la coopération pour préserver les ressources.

Site Internet
hachette-clic.fr/24hggt023

Pour aller plus loin

- Suivez les actions de l'ONU pour promouvoir la protection et la gestion durable des milieux côtiers et marins à travers le site Internet du programme de l'ONU pour le développement.

Axe 2

Leçon 1

Un défi diplomatique : créer de nouvelles règles pour de nouveaux territoires

Dans quels buts la mise en valeur des océans et de l'espace oblige-t-elle les États à créer de nouvelles règles juridiques ?

A Organiser la souveraineté des États

- **Les premières bases du droit de la mer remontent au XIXe siècle** mais il faut attendre la première conférence de l'ONU sur le droit de la mer (1958) pour qu'un accord international définisse la méthode de délimitation des espaces maritimes nationaux. En 1970, l'ONU fait de la haute mer (deux tiers de la superficie des océans) un « patrimoine mondial ».
- **En 1982, la convention des Nations unies sur le droit de la mer de Montego Bay crée les ZEE**, étape majeure dans la territorialisation des océans. Les États côtiers ont aujourd'hui la possibilité d'étendre leur ZEE s'ils peuvent démontrer que leur territoire terrestre se prolonge sur le fond des océans. En 2015, la France a ainsi agrandi son emprise maritime de 579 000 km^2 (Antilles, Nouvelle-Calédonie).
- **Dès 1967, l'ONU établit l'absence de propriété et de souveraineté de l'espace** (Traité sur l'espace). Le traité sur la Lune de 1979 encadré par l'ONU, bien que non ratifié par les puissances spatiales, considère les objets célestes comme « patrimoine commun de l'humanité ».

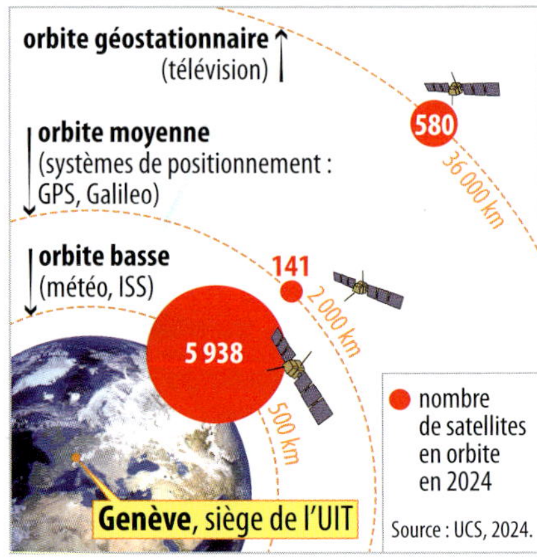

Les orbites, une ressource à gérer

B Garantir la libre circulation

- **Le droit de la mer garantit la libre circulation des navires.** Chaque État doit accorder aux navires, y compris militaires, un droit de passage dans les eaux placées sous sa souveraineté. Ce passage ne doit pas menacer la sécurité ou enfreindre les lois de l'État côtier qui a le pouvoir d'exercer des droits de police pour lutter contre les flux irréguliers (marchandises, migrations). La liberté de poser des câbles et des **conduites** y est également assurée.
- **La circulation dans l'espace est libre et ouverte à tous.** L'accord de l'ONU sur le sauvetage des **astronautes** de 1968 leur garantit une assistance dans l'espace et au retour sur Terre quelle que soit leur nationalité. Quant aux satellites, ils peuvent survoler tous les territoires, à condition d'être immatriculés : l'Union internationale des télécommunications (UIT) garantit l'accès aux **orbites** à tous les États.

C Encadrer l'exploitation des ressources

- **Les ressources des océans aiguisent les appétits des États et des entreprises.** JALON 2 p. 56 La convention de Montego Bay accorde à l'État propriétaire d'une ZEE des droits souverains d'exploitation de toutes les ressources naturelles, des eaux, des fonds marins et des sous-sols. En haute mer, les ressources sont considérées comme « patrimoine commun de l'humanité » et leur exploitation est encadrée. Ainsi, l'Autorité internationale des fonds marins de l'ONU est chargée de réguler leur exploitation.
- **Dans l'espace, l'exploitation des ressources est plus floue.** Le traité de non-appropriation de 1967 limite au domaine scientifique l'exploitation des échantillons spatiaux. Cependant, les accords Artemis sur la Lune (États-Unis, 2020), signés par 24 États, tendent à dissocier exploitation et appropriation, sur le modèle de la haute mer. Des lois nationales s'élaborent sur le modèle du ***Space Act*** des États-Unis de 2015 (Émirats arabes unis en 2020, Japon en 2021).

Vocabulaire

Astronaute : être humain qui voyage au-delà de l'atmosphère terrestre (il reçoit un nom différent selon les cultures : spationaute pour la France, cosmonaute pour l'URSS/Russie, taïkonaute pour la Chine).

Conduite : assemblage de tuyaux permettant le transport de matières premières ou énergétiques (aqueduc transportant l'eau, oléoduc transportant le pétrole, etc.).

Orbite : trajectoire dessinée par les satellites autour de la Terre.

***Space Act* :** loi américaine de 2015, première au monde à ouvrir la possibilité de prospecter et d'exploiter les ressources minières des corps célestes.

Axe 2

Leçon 2 Une coopération en construction dans l'espace et les océans

➤ Comment les coopérations internationales se développent-elles sur les océans et dans l'espace ?

A Une coopération, reflet des relations internationales

- **Les coopérations en mer se sont longtemps limitées aux questions sécuritaires.** L'Angleterre a ainsi assumé tout au long du XIXe siècle le coût de la police des mers, avec l'accord tacite des autres États impuissants dans le domaine. Durant la Première Guerre mondiale, les navires de l'Entente naviguent en convois pour faire face aux attaques allemandes.
- **Les coopérations spatiales reflètent la logique des blocs durant la guerre froide :** JALON 1 p. 56 l'URSS et les États-Unis coopèrent avec leurs alliés respectifs. La Détente se traduit par une collaboration dans la mission Apollo-Soyouz (1975). Avec la fin de la guerre froide, pour exploiter l'avance de l'URSS dans les stations spatiales, les États-Unis intègrent la Russie au projet d'ISS.

B Des coopérations pour réguler les activités en mer

- **La coopération internationale visant à sécuriser les routes maritimes est souvent la plus efficace.** En Asie du Sud-Est, la piraterie a baissé de 57 % depuis 2014 grâce à l'action commune des pays riverains de la mer de Chine. En revanche, elle a progressé de 72 % en Afrique de l'Ouest du fait, notamment, de la faiblesse de la coopération régionale.
- **La valorisation des ressources maritimes appelle aussi à des règles communes.** JALON 2 p. 62 Si la pêche est libre en haute mer, une convention de 1995 lutte contre la surexploitation par la promotion d'une pêche responsable (quotas par espèces, contrôles coordonnés). Depuis 1994, l'Autorité internationale des fonds marins organise l'exploration et l'exploitation des minerais sous-marins des eaux internationales.
- **La collaboration dans la protection de l'environnement maritime est encore limitée.** Face aux atteintes environnementales, des aires marines protégées sont gérées internationalement en haute mer, comme la Convention Ospar dans l'Atlantique par 15 États européens. À l'échelle mondiale, la *BBNJ* a permis l'adoption en 2023, du premier traité international de protection de la biodiversité marine en haute mer.

C Des coopérations spatiales en reconfiguration

- **Les coopérations spatiales se renforcent**, permettant l'accès à l'espace à de nouveaux États : l'Arabie Saoudite a envoyé ses premiers astronautes dans l'ISS en 2023. Pour les puissances spatiales, le recours aux savoir-faire étrangers limite le coût et la durée des programmes, c'est pourquoi les sondes américaines et chinoises recourent aux appareils de mesure français.
- **Ces coopérations se diversifient en même temps que les acteurs.** JALON 1 p. 50 Les partenariats entre les 22 États qui participent à l'ESA depuis 1975 ont fait de l'Europe un leader des lancements de satellites. De nouvelles collaborations émergent avec les entreprises spatiales privées, comme SpaceX et Boeing, qui assurent pour la NASA les transports vers l'ISS.
- **L'ISS symbolise les coopérations pacifiques et scientifiques.** Les États-Unis, la Russie, l'ESA, le Japon et le Canada l'exploitent en commun, même si son financement reste majoritairement américain. Malgré des tensions, la Russie doit y coopérer jusqu'en 2028, en assurant des transports et maintenant son altitude.

Les aires marines protégées en 2024

Vocabulaire

BBNJ *(en français, Conférence intergouvernementale sur la biodiversité marine des zones ne relevant pas de la juridiction nationale)* : cycle de réunions de l'ONU visant à assurer la protection de la biodiversité en haute-mer.

ESA (en français, Agence spatiale européenne) : agence distincte de l'Union européenne chargée de l'étude et des usages civils de l'espace. Elle regroupe 22 pays européens.

ISS (en anglais, *International Space Station*) : station spatiale internationale développée à la fin de la guerre froide par les États-Unis, avec l'aide de leurs alliés canadiens, européens et japonais et le savoir-faire de leur ancien ennemi russe.

NASA : agence spatiale américaine.

Axe 2

Leçon 3 Les limites de la coopération dans l'espace et les océans

Pourquoi la coopération dans les océans et dans l'espace doit-elle se renforcer ?

A Des intérêts nationaux encore prioritaires

JALON 2 p. 62

- **Dans les océans, la défense des intérêts économiques et stratégiques des puissances reste prioritaire** aux dépens de l'intérêt général. La coopération n'est réellement efficace que lorsque les intérêts des grandes puissances sont menacés (lutte contre la piraterie). Malgré le volontarisme affiché par l'ONU, certains États continuent à soutenir des pratiques peu respectueuses de la biodiversité, comme la pêche électrique pratiquée par les Pays-Bas.
- **Dans l'espace, les États souhaitent garder le contrôle de données sensibles.** La réglementation ITAR interdit le transfert de technologies américaines vers la Chine, l'excluant de toute coopération spatiale avec les États-Unis et les États utilisateurs de technologies américaines. Au sein de l'ESA, les projets de surveillance de l'espace (satellites, débris spatiaux, etc.) sont bloqués, car certains États membres craignent que l'on dévoile des informations stratégiques sur leurs propres satellites nationaux de défense.

Nombre de débris spatiaux supérieurs à 10 cm, en orbite basse

B L'urgence du changement global

- **Les océans sont au cœur du changement global :** acidification des océans, surpêche, pollutions ou espèces invasives (algues vertes, méduses). La mer possède pourtant le potentiel pour répondre aux besoins de l'humanité. Réserve de nourriture, d'eau, de minerais, les océans constituent également un potentiel énergétique (EMR) et génétique (médicaments, aliments) encore peu exploité.
- **Dans ce contexte, la coopération scientifique est une priorité.** Ainsi, les travaux du GIEC cherchent à mieux comprendre les interactions entre les activités humaines et les océans car ces derniers sont à la fois témoins (élévation du niveau de la mer) et régulateurs (stockage de CO_2) du changement climatique. Les ONG comme Greenpeace ou Sea shepherd mobilisent l'opinion publique contre les pratiques destructrices.
- **Pour lutter contre le changement climatique, coopérations spatiale et maritime deviennent dépendantes :** le satellite franco-américain SWOT, lancé en 2022, mesure la profondeur des océans et leurs courants avec une précision inédite, pour affiner les modèles climatiques et anticiper l'évolution des littoraux.

C Les lacunes de la gouvernance

JALON 2 p. 56

- **L'appropriation territoriale des mers par les États suscite de nombreuses tensions.** Si des accords de délimitation ont été conclus, notamment devant la CIJ, des contentieux persistent. Ainsi, le refus de la CIJ de statuer sur la demande bolivienne d'accès à la mer a ravivé les tensions avec le Chili (2018).
- **Les programmes de préservation de la biodiversité marine sont encore limités.** Pour y remédier, l'ONU multiplie les initiatives : Conférence mondiale sur les océans (2017), traité international sur la protection de la haute mer (2023). Toutefois, l'émergence d'une réelle gouvernance mondiale des océans reste encore incertaine.
- **Dans l'espace, la sécurité des satellites stratégiques n'est plus garantie** face à la prolifération des débris spatiaux et à la militarisation de l'espace. La diplomatie internationale échoue à créer des règles communes. De son côté, la France interdit depuis 2021 aux acteurs spatiaux de générer des débris, par une loi qui pourrait s'étendre aux autres pays de l'UE.

Vocabulaire

Changement global : changement multiforme des milieux (changement climatique, urbanisation généralisée, déforestation) par l'action des sociétés.

CIJ (Cour internationale de justice) : organe judiciaire de l'ONU chargé d'arbitrer les litiges entre les États. Elle siège à La Haye.

Débris spatiaux : ensemble des vieux satellites inactifs et des pièces issues des objets spatiaux qui demeurent en orbite.

EMR (énergies marines renouvelables) : technologies permettant de produire de l'électricité à partir du milieu marin (vents, courants marins …).

GIEC (Groupe d'experts intergouvernemental sur l'évolution du climat) : organisme intergouvernemental créé par l'ONU pour étudier les effets du changement climatique.

L'essentiel Axe 2 > Leçons 1 à 3

RÉVISER EN SE TESTANT

Exercices interactifs
hachette-clic.fr/24hggt024

SCHÉMA BILAN

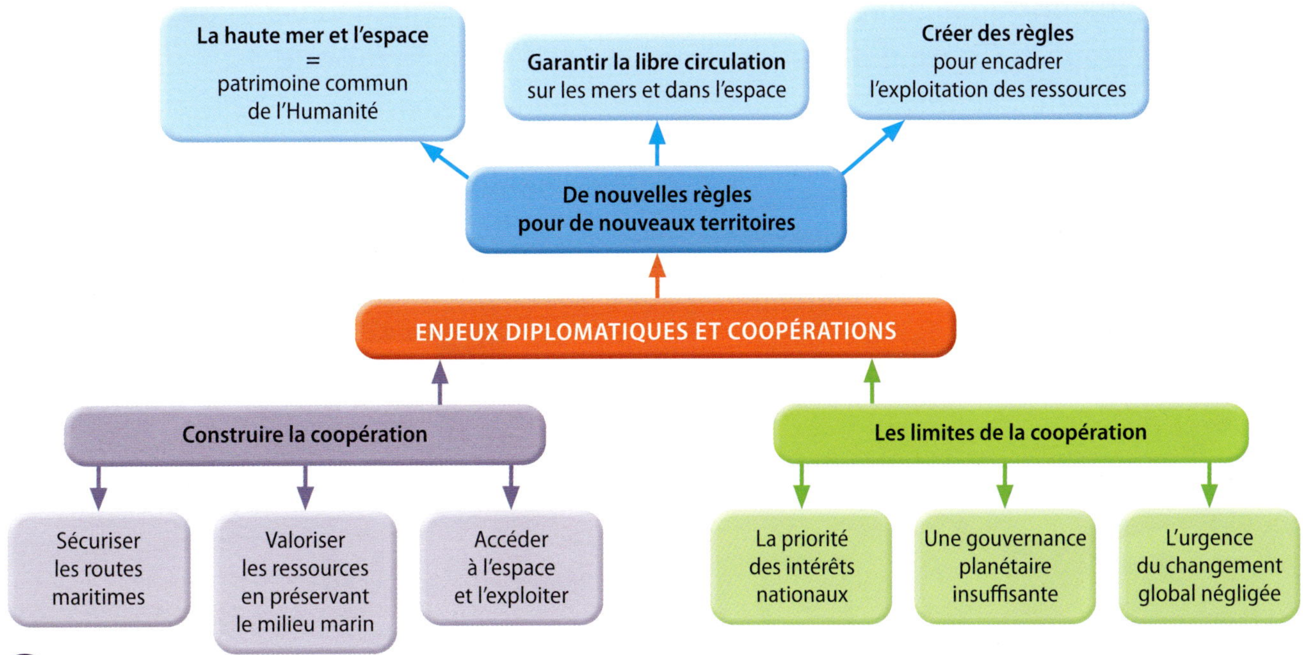

Schéma interactif
hachette-clic.fr/24hggt025

RÉVISER EN SE DOCUMENTANT

À voir

- *Planète océan*, de Y. Arthus-Bertrand et M. Pitiot, 2012 : film documentaire qui nous entraîne dans le sillage des missions scientifiques Tara.
- *L'Odyssée*, de J. Salle, 2016 : biopic retraçant la vie de l'explorateur et océanographe français Jacques-Yves Cousteau.
- *Dans les yeux de Thomas Pesquet et autres aventures spatiales*, collectif, 2022 : ensemble de programmes courts autour du documentaire tourné par Thomas Pesquet sur son quotidien lors de sa mission dans l'ISS en 2021.
- *Le défi*, de Klim Chipenko, 2023 : premier long métrage de fiction tourné dans l'ISS, en 2021, par un cinéaste russe.
- *SWOT, Surface Water and Ocean Topography* : une coopération franco-américaine dans l'espace pour mieux mesurer les phénomènes océaniques et hydrologiques.

Vidéo
Bande annonce du film, Francetvinfo.fr, avril 2022.
hachette-clic.fr/24hggt026

Vidéo
CNES, 2022
Durée 1'53
hachette-clic.fr/24hggt027

Sur le web

- Site de l'ONU, rubrique « Les océans et le droit de la mer ».
- Site sur la politique spatiale de la France et de l'Europe.
- Site de l'Agence spatiale européenne.
- Site de la fondation Tara océans.
- Site de l'Autorité internationale des fonds marins.

Sites Internet
hachette-clic.fr/24hggt028
hachette-clic.fr/24hggt029
hachette-clic.fr/24hggt030
hachette-clic.fr/24hggt031
hachette-clic.fr/24hggt032

OBJET DE TRAVAIL CONCLUSIF

La Chine : à la conquête de l'espace, des mers et des océans

➤ Comment la conquête des mers, des océans et de l'espace est-elle devenue un moyen pour la Chine d'affirmer sa puissance dans le monde ?

1 Campagne du gouvernement chinois pour soutenir le programme spatial

Affiche pour une exposition sur l'espace dans une rue de Shanghai en 2007.

Traduction du texte principal : « S'envoler dans l'espace ».

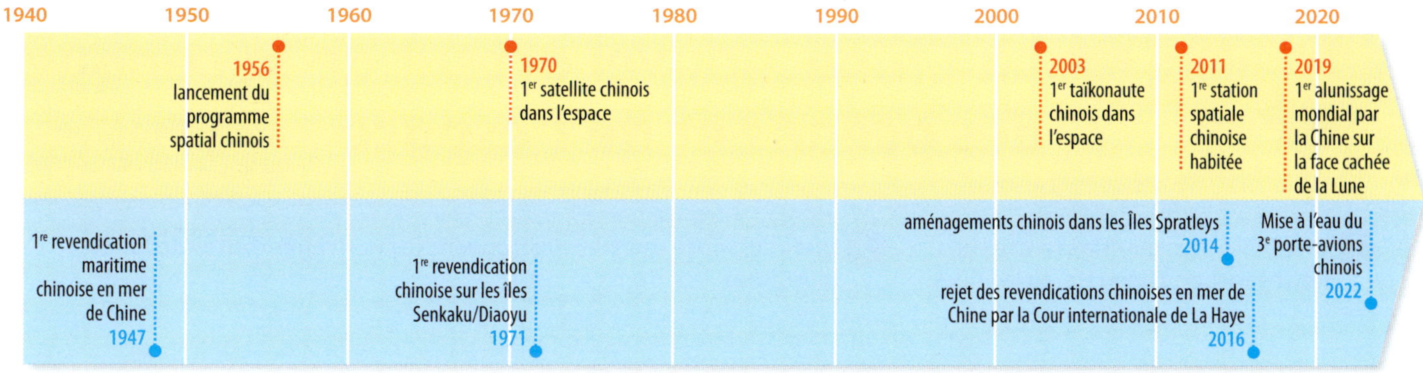

2 **Campagne du gouvernement chinois pour défendre la conquête d'îles en mer de Chine**

Affiche dans une rue de Weifang en 2016.

Traduction : « La mer du Sud, notre magnifique territoire bleu, jamais nous ne céderons un centimètre du territoire de la Chine ! »
Depuis quelques années, la Chine aménage des îlots en mer de Chine méridionale qu'elle appelle « mer du Sud ».

QUESTIONS

1. Dans quel but ces affiches sont-elles utilisées ? **(doc. 1 et 2)**

2. Quels moyens sont mobilisés pour appuyer le propos de ces affiches ? **(doc. 1 et 2)**

p. 74 **> JALON ①**
Une volonté politique d'affirmation (discours, investissements, appropriations, …)

p. 80 **> JALON ②**
Des enjeux économiques et géopolitiques considérables pour la Chine et le reste du monde

Repères

La Chine, nouvel acteur de la conquête des océans et de l'espace

1 Une puissance maritime ancienne : les voyages de Zheng He, au XVe siècle

▲ port

— route principale

Source : Igor Gauquelin, *La Chine maritime et navale : les aventures de Zheng He*, Asialyst.com, 1er octobre 2019.

2 Une puissance maritime retrouvée : les nouvelles routes de la soie maritimes

— route maritime

■ base navale

○ étape commerciale protégée pour les approvisionnements et exportations chinoises

3 La mer de Chine médiridionale, une appropriation contestée

revendication de la Chine depuis 1947 («ligne en neuf traits»)

limite des ZEE fixée par la Cour permanente d'arbitrage en 2016

○ île contestée

Source : Cyrille Poirier-Coutansais, *Atlas géopolitique des mers et des océans*, Éditions du Rocher, 2024.

Zheng He

(1371-1433)

Explorateur chinois du XVe siècle, Zheng He a effectué sept voyages jusqu'au Moyen-Orient et en Afrique de l'Est. Sa figure est aujourd'hui utilisée par le régime pour symboliser la puissance maritime chinoise. En 2017, Xi Jinping le décrit comme un « pionnier » et « un émissaire de l'amitié » lors de son discours de présentation des nouvelles routes de la soie qui empruntent les mêmes voies que Zheng He.

4 Une nouvelle puissance spatiale

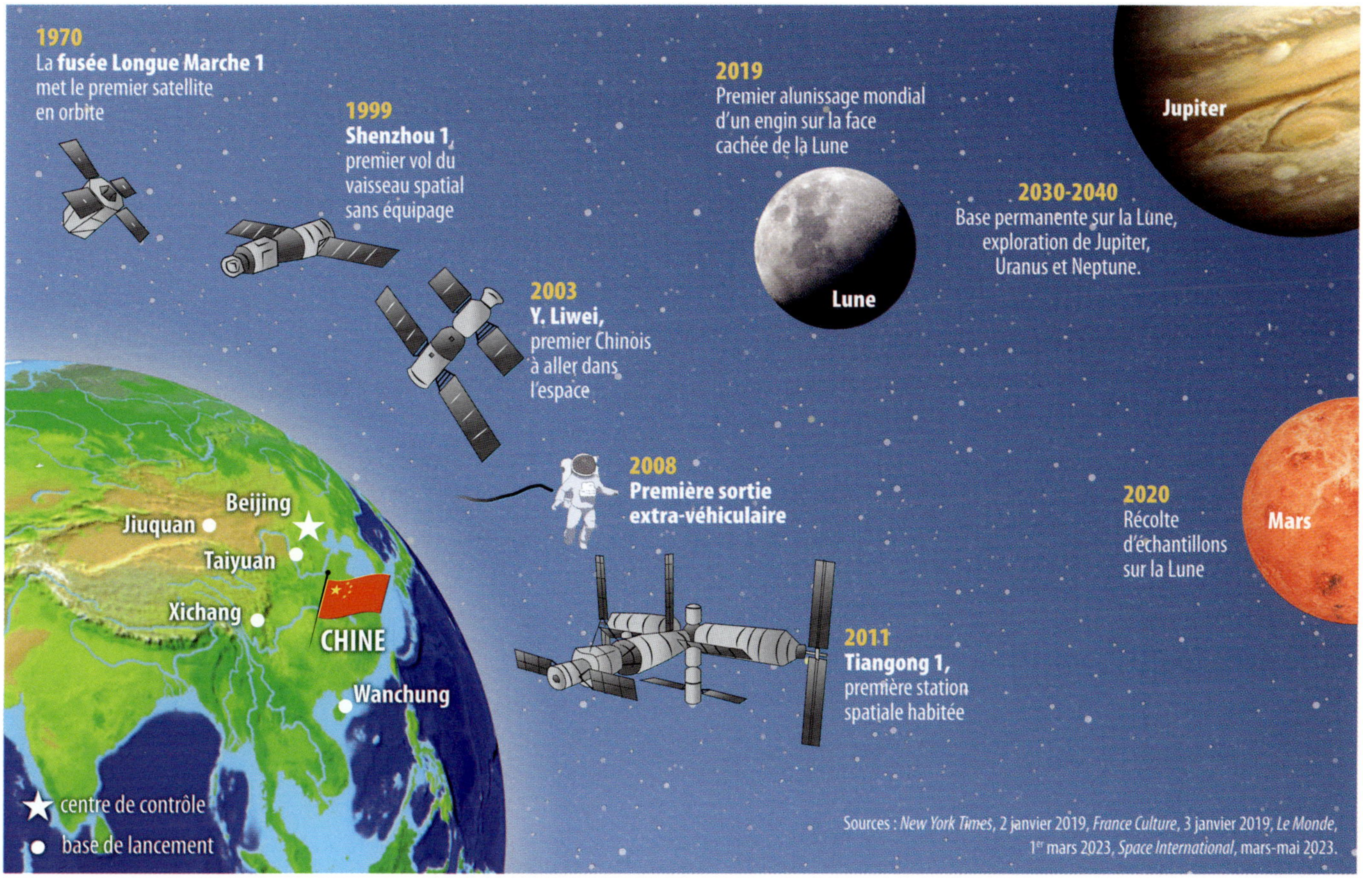

Sources : *New York Times*, 2 janvier 2019, *France Culture*, 3 janvier 2019, *Le Monde*, 1er mars 2023, *Space International*, mars-mai 2023.

Ne pas confondre

Nouvelles routes de la soie : programme chinois dévoilé en 2013 visant à développer les infrastructures de transport entre la Chine, l'Europe et l'Afrique grâce à des partenariats avec les États traversés. Il vise notamment à sécuriser l'approvisionnement énergétique chinois, faciliter ses exportations et renforcer son influence.

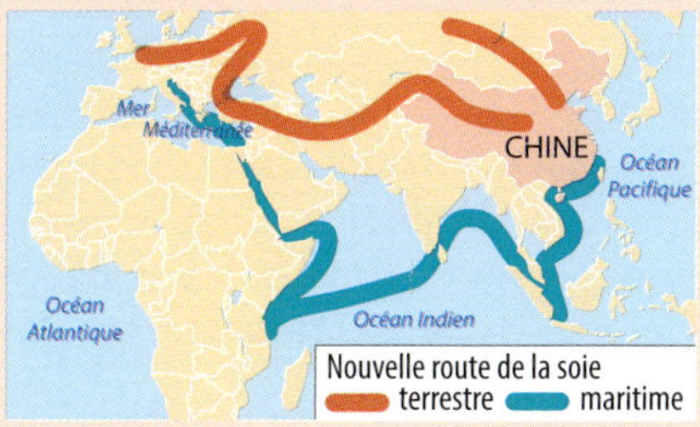

≠

Collier de perles : expression américaine utilisée dès 2004 par le Département de la Défense pour désigner le réseau chinois d'installations et de partenariats militaires et commerciaux le long de ses principales voies d'approvisionnement maritimes.

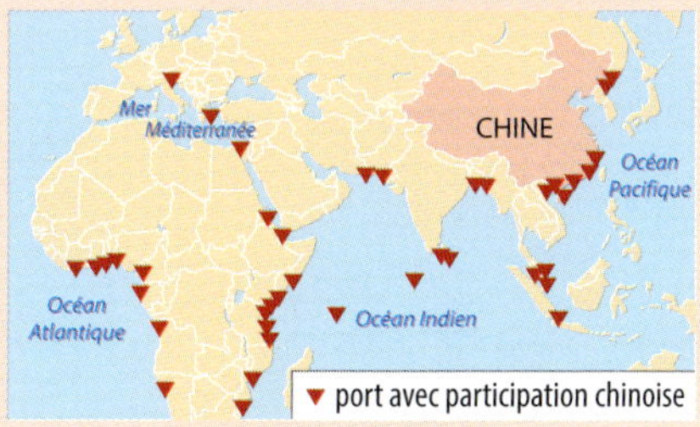

≠

Grande muraille de sable : expression utilisée à partir de 2015 par le commandant de la flotte Pacifique de l'armée américaine pour désigner la poldérisation menée par la Chine en mer de Chine méridionale.

Notion

« Rêve chinois » : slogan et politique développés en Chine depuis 2013 par le président Xi Jinping. Il repose sur la mise en valeur de la grandeur chinoise. Le « rêve chinois » est notamment un moteur de la stratégie d'affirmation de la puissance de la Chine sur les espaces maritimes et dans l'espace.

POUR COMPRENDRE

La Chine mène une politique de conquête et de maîtrise des mers, des océans et de l'espace extra-atmosphérique. Cette politique d'affirmation sur ces nouveaux espaces n'est pas récente mais elle s'est accélérée depuis une trentaine d'années.

> **Pourquoi, selon vous, le gouvernement chinois remet-il en lumière la figure de Zheng He ? Montrez que la politique maritime chinoise vise aussi à étendre la domination chinoise sur la mer de Chine.** (doc. 1, 2 et 3)

> **Le « rêve chinois » de Xi Jinping vise, notamment, à faire de la Chine la première puissance spatiale d'ici 2045. Montrez que le programme spatial chinois est ancien mais qu'il connaît une accélération en vue d'atteindre cet objectif.** (doc. 4)

Étude 1 PROJET EXPOSÉ Une volonté politique d'affirmation de la Chine dans les océans et l'espace

Depuis sa création en 1949, la Chine affiche des ambitions internationales. Freinée par des difficultés intérieures et extérieures jusqu'aux années 1980, elle élabore depuis une véritable politique de conquête des océans et de l'espace qui sont désormais considérés comme des territoires de projection de la puissance chinoise.

➤ Comment la Chine construit-elle sa stratégie d'affirmation de puissance sur les nouveaux espaces de conquête ?

1940 – 1950 – 1960 – 1970 – 1980 – 1990 – 2000 – 2010 – 2020

- **1949** Naissance de la République populaire de Chine
- **1956** Lancement du programme spatial chinois
- **1970** 1er satellite chinois
- **1974** La Chine chasse le Vietnam des îles Paracels
- **2003** 1er taïkonaute chinois dans l'espace
- **2011** 1re station spatiale chinoise
- **2013** « Rêve chinois » de Xi Jinping
- **2016** Refus de la Cour permanente d'arbitrage international de reconnaître les revendications de la Chine en mer de Chine
- **2021** fin de l'assemblage de la station spatiale chinoise
- **2022** Mise à l'eau du 3e porte-avions chinois

A L'évolution de l'affirmation chinoise dans les océans et l'espace

1 Une affirmation progressive

Affirmer…	… son idéologie = des discours	… son pragmatisme = des investissements	… sa capacité d'agir = des appropriations
… Sa souveraineté (1956-1986)	• réaffirmation de la « ligne en neuf traits » (1947) • 1958 : la mer de Chine est nommée « mer territoriale » • 1970 : « l'Orient est rouge », nom du 1er satellite chinois	1956 : lancement du programme spatial chinois	Revendication de souveraineté en mer de Chine mais capacité d'agir limitée par la faiblesse de la marine
… Ses outils de puissance (1986-2013)	1986 : « programme 863 » qui prévoit des vols habités et la construction d'une station spatiale	Hausse des investissements dans la conquête spatiale et dans l'équipement de la marine	• 1999 : envoi du 1er vaisseau spatial chinois sans équipage • 2008 : elle devient la 2e marine mondiale • 2011 : 1re station spatiale chinoise
… Ses ambitions de première puissance mondiale (depuis 2013)	• 2013 : « rêve chinois » ; « nouvelles routes de la soie » • 2017 : « Zheng He, pionnier et émissaire de l'amitié », biographie p. 66	Lourds investissements permis par l'émergence économique : infrastructures portuaires extérieures, programme lunaire, …	• poldérisation d'îlots en mer de Chine ; tourisme patriotique dans les îles revendiquées par la Chine. • convoitise des ressources lunaires

2 Déclaration du gouvernement chinois sur la « mer territoriale chinoise » (1958)

Le gouvernement de la République populaire de Chine déclare ce qui suit :

1. La largeur de la mer territoriale de la République populaire de Chine est de 12 milles marins. Cette stipulation s'applique à tous les territoires de la République populaire de Chine, y compris la partie continentale de la Chine et ses îles côtières, ainsi que Taiwan et ses îles environnantes, et toutes les autres îles appartenant à la Chine qui sont séparées de la partie continentale de la Chine et de ces îles côtières par la haute mer. […]

4. […] Les régions de Taiwan et de Penghu sont toujours occupées par les États-Unis avec des forces armées. C'est un empiétement illégal sur l'intégrité territoriale et la souveraineté de la République populaire de Chine. Taiwan, Penghu et les autres régions concernées restent à récupérer, et le gouvernement de la République populaire de Chine a le droit de récupérer ces régions par tout moyen adéquat à un moment approprié. Cela relève des affaires intérieures de la Chine et ne souffre aucune ingérence étrangère.

3 La stratégie chinoise en mer de Chine (1949-2013)

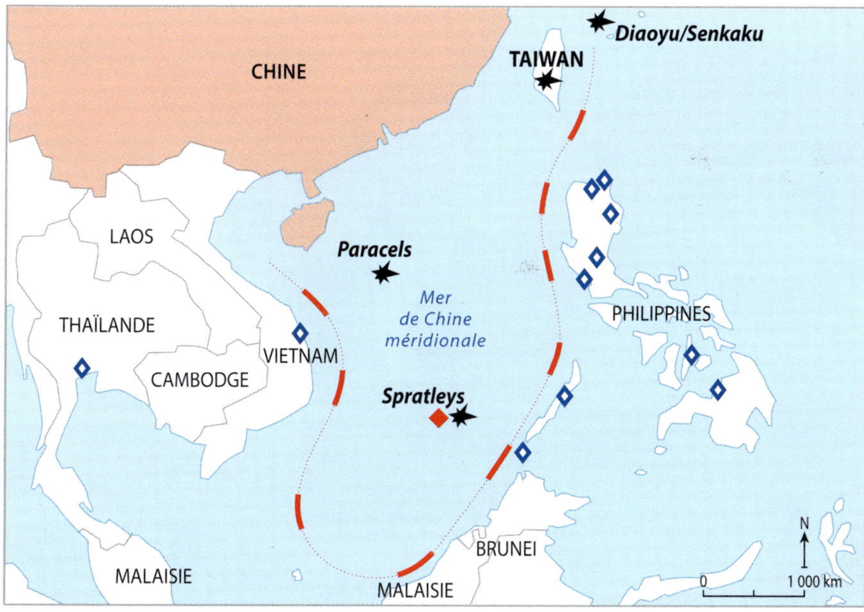

Sources : H. Eudeline, « L'extraordinaire essor de la puissance navale chinoise », *Revue Défense militaire*, 2018 et B. Courmont, *Géopolitique des mondes asiatiques*, Eyrolles, 2023.

4 Le programme spatial chinois, au cœur des discours de propagande

Affiche de propagande restaurée, *SynthWave*1950, 1994.
Traduction : « Nous aimons la science ».

5 L'affirmation de la politique spatiale chinoise dans les années 2000

La parole du géopolitologue

La Chine a procédé à son premier vol spatial habité en 2003, rejoignant ainsi les États-Unis et la Russie parmi les rares puissances qui peuvent envoyer des humains dans l'espace et les faire revenir. Le lancement de la capsule Shenzhou, avec à son bord le premier taïkonaute chinois, fut un événement politiquement autant que scientifiquement important. Au-delà de l'intérêt scientifique certain, il apparaît clairement que la Chine a fait le choix de l'autonomie stratégique, et s'en donne les moyens. Qu'on en juge par l'exemple des satellites de géolocalisation : au début des années 2000, la Chine a pris un « ticket » dans le programme européen Galileo, destiné à fournir une alternative au GPS américain. Les retards pris par le programme européen ont poussé la Chine à lancer son propre système de géolocalisation. Et comme elle n'est handicapée ni par le manque de fonds, ni par les processus de décision, son système baptisé « Beidou » est devenu opérationnel avant Galileo. La Chine a également décidé de créer sa propre station spatiale après s'être vue refuser par les Américains la participation à la station internationale, l'ISS. Et en 2007, la Chine a testé son premier missile antisatellite, capable de détruire, à partir de la Terre, un satellite en orbite, relançant, de fait, la course aux armements dans l'espace. Le premier satellite chinois mis en orbite en 1970 pouvait simplement diffuser une chanson intitulée « L'Orient est rouge ». La Chine a fait du chemin dans l'espace depuis.

Pierre Haski, *Géopolitique de la Chine*, Eyrolles, 2018.

ACTIVITÉ

1. En vous appuyant sur la **frise**, justifiez le découpage chronologique proposé dans le **document 1**.

2. Relevez dans les **documents 2 et 4** les éléments de discours qui affirment la souveraineté chinoise. Expliquez ces discours en les replaçant dans le contexte international du droit de la mer et de la conquête spatiale. **(Axes 1 et 2)**

3. Comment les ambitions d'affirmation de la puissance chinoise se traduisent-elles sur les océans et dans l'espace ? **(doc. 3 et 5)**

Vers le BAC – Étude critique de document

Présentez et analysez la position du gouvernement chinois sur la mer de Chine en 1958. **(doc. 2)**

Pensez à contextualiser ce document dans le cadre international de la guerre froide et de la naissance d'un droit de la mer international. Veillez à porter un regard critique sur le document en relevant les éléments de propagande.

B L'accélération de l'affirmation maritime et spatiale chinoise depuis 2013

6 Océans et espace, au fondement du « rêve chinois » de Xi Jinping

Le gouvernement chinois propose à la vente en ligne ce poster reprenant les grands thèmes du rêve chinois (2013).

Xi Jinping

Né en 1953

Il est secrétaire général du Parti communiste chinois depuis 2012 et président de la République populaire de Chine depuis 2013. Il est réélu pour un nouveau mandat en 2018. Sa présidence est marquée par la volonté de restaurer la grandeur de la Chine.

7 Le discours de Xi Jinping…

… sur les océans

« De nature stratégique, le projet « nouvelles routes de la soie » s'inscrit dans la logique d'une politique de puissance où la dimension économique occupe une place centrale ». (octobre 2013).

« Nous devons travailler dur pour développer l'économie maritime et la recherche scientifique maritime, qui constituent une partie très importante de notre stratégie pour construire une nation forte ». (11 juillet 2020).

… sur l'espace

« La construction d'une station spatiale chinoise ouvre de nouveaux horizons dans l'utilisation pacifique de l'espace. Vous êtes les représentants de ces innombrables travailleurs qui se battent pour le développement de l'industrie aérospatiale chinoise. »

Discours prononcé à Ryad, 9 décembre 2022.

« La Chine est prête à travailler avec les pays du Golfe dans les domaines de la télédétection et des communications par satellite, de l'utilisation de l'espace et des infrastructures aérospatiales. Les deux parties pourraient former des astronautes ensemble, et la Chine accueillir les astronautes du Golfe dans sa station spatiale pour des missions conjointes. »

Propos adressé à des taïkonautes chinois, 23 juin 2021.

8 L'océan et l'espace, de nouveaux espaces de conquête

	Les principaux programmes spatiaux en 2023 (en 2013)			Les principales flottes de guerre en 2023 (en 2013)		
	Nombre de satellites militaires en orbite	Astronautes envoyés dans l'espace	Main-d'œuvre dans le secteur spatial, en milliers	Effectifs	Navires de combat	Porte-avions
Chine	207 (0)	18 (11)	100	260 000	1 572	3 (1)
Inde	25 (0)	1 (1)	16	69 000	428	2 (1)
Russie	89 (5)	125 (109)	238	150 000	824	1 (1)
États-Unis	144 (63)	371 (329)	17	346 500	1 139	11 (12)

Sources : Dewesoft, 2024, ESA, 2024 et ministère des Armées des différents États, 2024.

ACTIVITÉ

Conseiller du secrétaire général de l'ONU, vous devez préparer une synthèse sur le « rêve spatial » et les ambitions maritimes de la Chine depuis 2013.

Organisez vos idées en montrant que l'affirmation de la puissance chinoise s'appuie sur des discours (doc. 6 et 7), mais également des actions concrètes (doc. 6, 7 et 8).

Vers le BAC Dissertation

Choisissez l'une des citations du **document 7** et faites-en l'étude critique (contextualisation, analyse du discours de propagande, …).

PROJET Réaliser un exposé en 180 secondes

Capacité S'exprimer à l'oral pour rendre compte d'une évolution

MISSION ➪ À partir de vos réponses aux questions pages 77 et 78 et de vos recherches personnelles, réalisez un exposé en 180 secondes présentant un exemple de l'affirmation de la politique chinoise dans l'océan ou dans l'espace.

étape 1 Préparer l'exposé

Vous pouvez vous appuyer sur des sites chinois, mais en veillant à porter un regard critique.

Site Internet
hachette-clic.fr/24hggt033

1. Choisissez un exemple de l'affirmation de la politique chinoise dans l'océan ou dans l'espace, illustré par les documents pages 77 à 78 ou dans la liste suivante :

- *La ligne des neuf traits et son usage géopolitique*
- *1956 : lancement du programme spatial chinois*
- *La poldérisation des îlots en mer de Chine*
- *La figure de Zheng He dans la propagande chinoise*
- *La médiatisation des taïkonautes chinois*
- *Les projets lunaires de la Chine*

2. Recherchez, pour chaque sujet, les informations suivantes en prenant des notes :

La volonté d'affirmation de la Chine dans les océans/dans l'espace : l'exemple de	
Forme de l'affirmation chinoise (discours, moyens mis en œuvre, acteurs)	....
Contexte national et/ou international	....
Résultats	....
Limites de l'affirmation de la Chine	....

Ici, il est particulièrement utile de citer vos sources au fur et à mesure de votre exposé pour être crédible.

3. Rédigez chaque partie en présentant des arguments illustrés par des exemples concrets. Rédigez ensuite une courte conclusion.

étape 2 Réaliser et présenter l'exposé

Entraînez-vous ! C'est en réalisant plusieurs fois votre exposé que vous le maîtriserez vraiment et que vous parviendrez à tenir le temps imposé.

4. Lisez votre texte à voix haute et chronométrez-vous. Il faudra certainement ajuster la rédaction en coupant ou allongeant certaines de vos phrases pour respecter le temps.

5. Filmez votre passage à l'oral et déposez-le sur l'ENT de l'établissement réservé à la classe. Cela vous permettra d'évaluer votre travail par rapport à celui des autres élèves de la classe.

étape 3 Mettre en commun les informations

6. Par groupe de 3 élèves, réalisez une synthèse sur la volonté politique d'affirmation de la Chine dans les océans et l'espace : vous listerez au moins trois points communs et trois différences entre ces différents exemples.

Appuyez-vous sur ce tableau pour réaliser la synthèse.

Points communs	Différences
– Moyens de l'affirmation : ... – Contexte : ... – ...	– Acteurs concernés : ... – Résultats : ... – ...

Étude 1 Les routes maritimes de la soie, un enjeu géopolitique mondial ?

Lorsqu'en 2013, Xi Jinping lance son « rêve chinois », il en précise les modalités concrètes. L'une d'elles repose sur la constitution de **nouvelles routes de la soie** destinées à sécuriser les approvisionnements et exportations de l'économie chinoise, tout en bâtissant un solide réseau d'alliances.

› Pourquoi les nouvelles routes de la soie font-elles des océans un enjeu géopolitique majeur pour la Chine et le reste du monde ?

1 L'Aukus, une collaboration contre l'influence chinoise dans l'Indopacifique

Face à ce que les Américains dénoncent comme un expansionnisme chinois, les puissances occidentales s'organisent. L'Aukus, créée en 2021, réunit notamment le Royaume-Uni, l'Australie et les États-Unis dans le cadre d'un accord de coopération militaire. La Chine a condamné cet accord, accusant les Occidentaux d'alimenter la course à l'armement.

2 Un outil au service d'une puissance globale

Vidéo

Les nouvelles routes de la soie, Lumni, avril 2020.

hachette-clic.fr/24hggt034

3 Un outil limité de la puissance de la Chine ?

La parole des géographes

Les nouvelles routes de la soie ont de profondes conséquences géopolitiques. En redessinant la carte des relations commerciales, en favorisant des relations économiques et politiques plus étroites entre la Chine et ses partenaires, en diffusant les normes industrielles chinoises, en bâtissant des liens plus directs entre la Chine et ses voisins à travers ports, routes, voies ferrées, câbles de télécommunication, réseaux Internet, Pékin exerce un pouvoir d'attraction, pas irrésistible, mais réel sur son voisinage proche mais aussi plus lointain. De ce constat, on ne peut tirer aucune conclusion quant au caractère inéluctable et prémédité d'un plan de domination chinoise à travers les nouvelles routes de la soie, quand bien même la Chine ne cache pas qu'elle aspire à devenir la première puissance mondiale à l'horizon 2049. En effet, les nouvelles routes de la soie sont l'objet de critiques en interne en Chine, de la part de ceux qui se plaignent d'un trop faible retour sur investissement, tout autant que sur la scène internationale, chez ceux qui craignent un « hégémon chinois » ainsi que chez ceux qui s'inquiètent des déséquilibres politiques régionaux provoqués par ces investissements massifs. Ainsi, l'outil des nouvelles routes de la soie n'est pas forcément l'instrument du « rêve chinois », même s'il peut contribuer à asseoir le rayonnement et l'influence de la Chine.

Frédéric Lasserre, Barthélémy Courmont et Éric Mottet, « Les nouvelles routes de la soie : une nouvelle forme de coopération multipolaire ? », *Géoconfluences*, juin 2023.

4 Une montée des rivalités dans l'océan Indien : le contre-projet indien

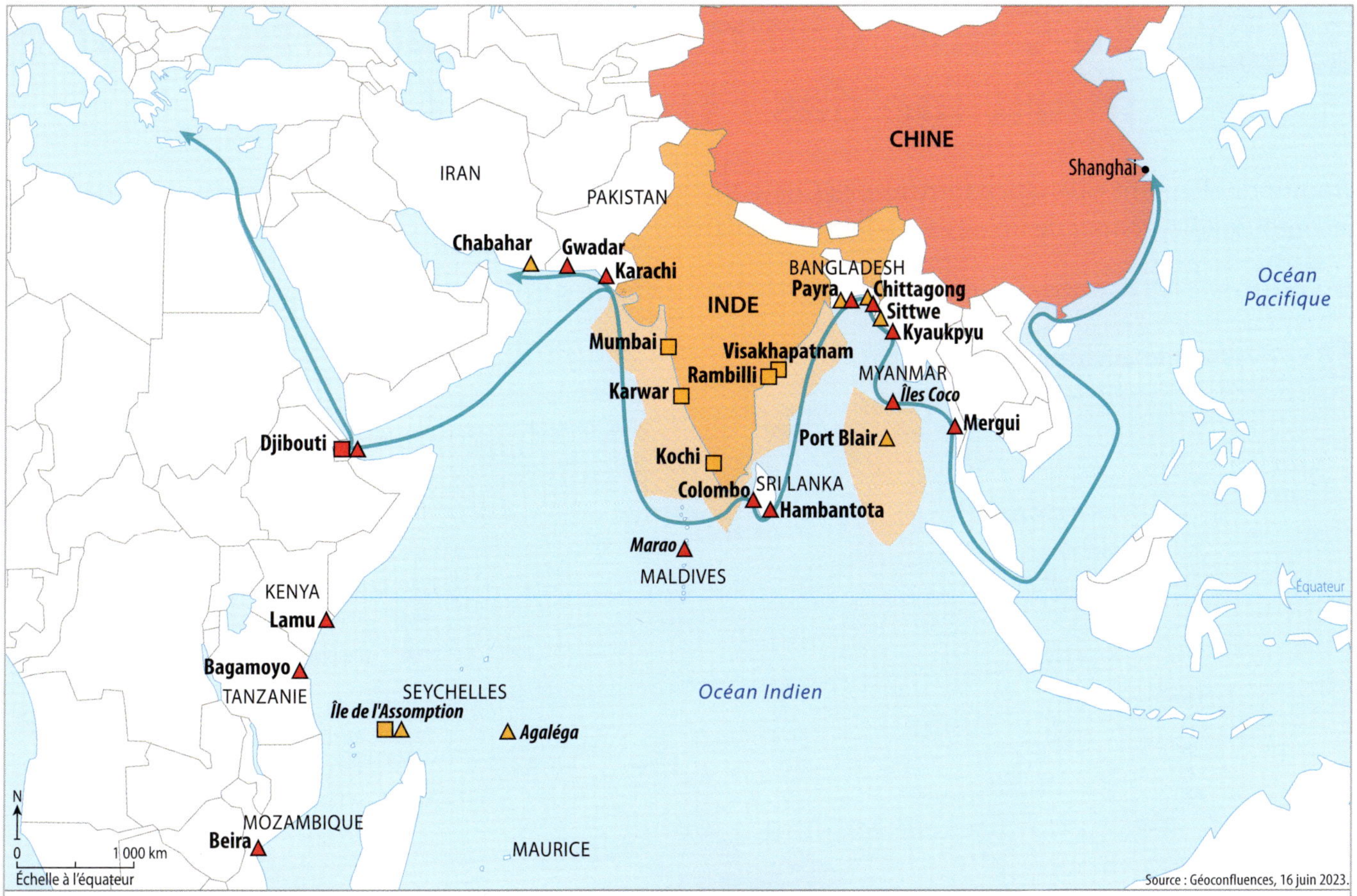

La montée en puissance de la Chine

- nouvelle route de la soie maritime
- port construit ou en projet où la Chine dispose de facilités d'attache (achat, location, partenariat)
- base militaire

La reconquête par l'Inde de l'océan Indien

- ZEE indienne
- port construit ou en projet où l'Inde dispose de facilités d'attache (investissements, partenariat)
- base militaire existante ou en projet

Carte interactive
hachette-clic.fr/24hggt035

ACTIVITÉ

Complétez le tableau pour répondre au sujet : « **Les nouvelles routes maritimes de la soie, un enjeu majeur pour la Chine et le reste du monde.** »

	Pour la Chine	Pour le reste du monde
Du point de vue économique (doc. 2 et 3)		
Du point de vue financier (doc. 1, 3 et 4)		
Du point de vue géopolitique (doc. 1, 2, 3 et 4)		

Vocabulaire

Nouvelles routes de la soie (en anglais *Obor : One belt, one road*) : programme chinois dévoilé en 2013 visant à développer les infrastructures de transport entre la Chine, l'Europe et l'Afrique grâce à des partenariats avec les États traversés. Il vise notamment à sécuriser l'approvisionnement énergétique chinois, faciliter ses exportations et renforcer son influence.

Vers le BAC — Grand oral

Préparez un exposé oral de 3 minutes pour commenter la citation extraite du **document 3** : « **L'outil des nouvelles routes de la soie n'est pas forcément l'instrument du "rêve chinois" même s'il peut contribuer à asseoir le rayonnement et l'influence de la Chine.** »

Étude 2 La Chine, une menace pour la supériorité maritime des États-Unis ?

Traditionnellement puissance terrestre, la Chine s'affirme de plus en plus comme une puissance maritime incontournable, en mer de Chine et au-delà depuis 2013.

➤ Comment les océans deviennent-ils le théâtre de la compétition entre les États-Unis et la Chine ?

1 La rivalité sino-américaine sur les océans

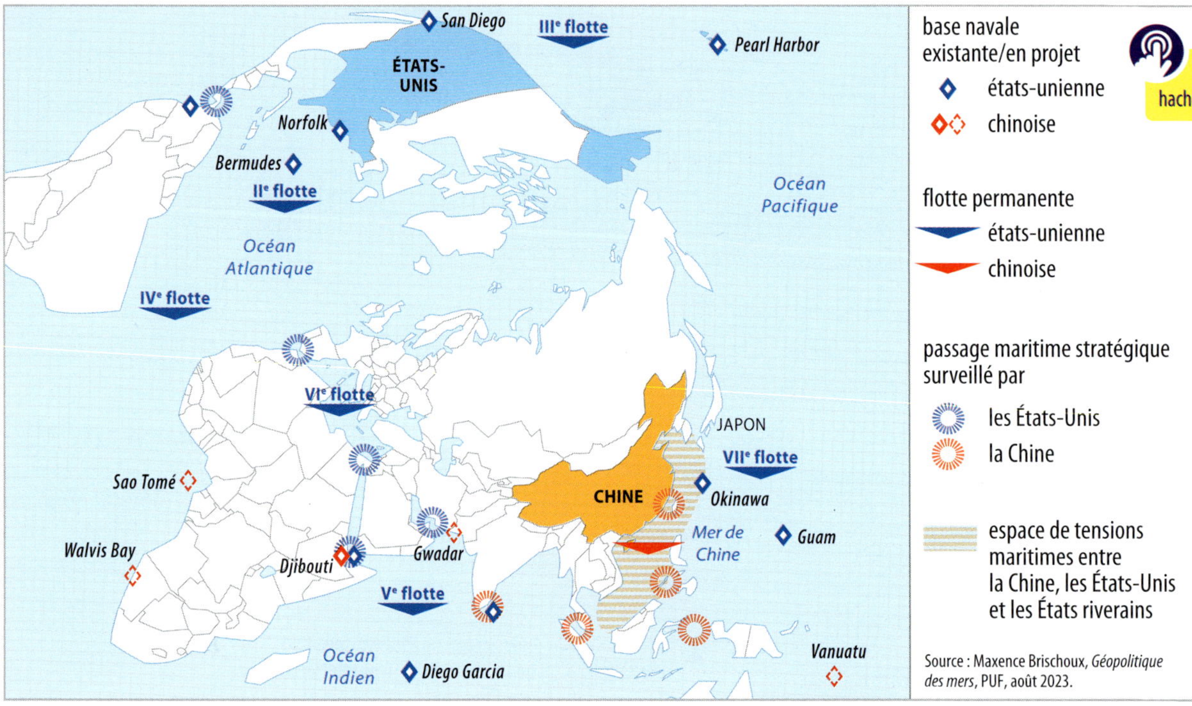

Carte interactive hachette-clic.fr/24hggt036

2 La rivalité maritime sino-américaine : vers le « piège de Thucydide » ?

La parole des géopolitologues

La projection de la puissance sur la mer s'illustre par l'augmentation des flottes des principales puissances maritimes que sont les États-Unis et la Chine, respectivement 192 et 146 bâtiments. C'est là l'expression maritime d'un duel sino-américain où les États-Unis, tout en se focalisant sur la zone indopacifique[1], cherchent à maintenir leur position de leader global. La Chine, de son côté, renoue avec son passé maritime avec la nouvelle route de la soie, de Shanghai, plus grand port au monde, jusqu'en Méditerranée, en passant par le « collier de perles » de l'océan Indien et la côte est africaine. La Chine monte en puissance sur tous les fronts maritimes, la pêche (numéro un), les câbles sous-marins, mais aussi la recherche et l'innovation. Pour évoquer cette rivalité entre les États-Unis et la Chine, Graham Allison, géopolitologue américain, a évoqué le piège de Thucydide : le conflit entre Sparte et Athènes était devenu inévitable à partir du moment où la première ne supportait pas la montée en puissance de sa rivale. Le piège de Thucydide correspond à une situation où la puissance dominante numéro un n'accepte pas de se voir rattrapée par la puissance numéro deux. Aujourd'hui, la question est de savoir si ce schéma peut s'appliquer aux relations sino-américaines. En effet, il ne s'agit plus de savoir SI la Chine va dépasser les États-Unis, mais QUAND elle le fera.

Anne Sénéquier et Pascal Boniface, *La géopolitique tout simplement*, Eyrolles, 2023.

1. L'Indopacifique est devenu le centre de gravité du monde, qui concentre la moitié du PIB et de la population mondiale.

Vers le BAC Étude critique de documents

À l'aide des **documents 1 et 2**, montrez que l'affirmation de sa puissance dans les océans devient un enjeu géopolitique majeur pour la Chine et le reste du monde.

Pour apporter un regard critique sur les documents, montrez par quels moyens graphiques la carte oppose la puissance chinoise à la puissance états-unienne.

Pour aller plus loin

Rédigez une fiche de lecture à partir du documentaire vidéo : **« Chine-États-Unis, tensions dans le Pacifique expliquées »**.

Vidéo

Le monde en cartes, juin 2023.
hachette-clic.fr/24hggt037

JALON 2

Étude 3 La Lune, des ressources au service de l'économie chinoise ?

Alors que les États-Unis et l'Inde se tournent vers Mars, la Chine développe des programmes d'exploration lunaire. En janvier 2019, *Chang'e 4* se pose sur la face cachée de la Lune, une première mondiale qui affirme l'ambition chinoise de conquérir la Lune et d'exploiter ses ressources.

➤ Pourquoi la Lune est-elle un nouvel enjeu pour la Chine ?

1 La Lune, principal objectif du programme spatial chinois

Dessin de R. de Matos, paru dans *Expresso*, 29 août 2020.

2 La Lune, un nouvel espace riche en ressources pour la Chine

« Explorer le vaste cosmos, développer l'industrie spatiale et faire de la Chine une puissance spatiale est notre rêve éternel », a déclaré Xi Jinping dans l'introduction du Livre blanc sur le programme spatial chinois publié en janvier, qui indique que la Chine prévoit de lancer une mission lunaire robotisée vers 2025. La Chine pourrait être en mesure d'envoyer des astronautes sur la Lune pour la première fois d'ici 2030, a déclaré Ye Peijian, concepteur en chef de la première sonde lunaire chinoise.

Contrairement à la Terre, la Lune pourrait contenir de grandes quantités d'hélium 3, un isotope potentiellement utile comme alternative à l'uranium pour les centrales nucléaires car il n'est pas radioactif. En 2019, les médias d'État chinois ont déclaré que la Lune était « parfois considérée comme le golfe Persique du système solaire », les experts estimant que 5 000 tonnes de charbon pourraient être remplacées par environ trois cuillères à soupe d'hélium 3.

Bien qu'il n'y ait pas encore de preuve que l'hélium 3 puisse faire ce que ses promoteurs prétendent, les chercheurs chinois recherchent déjà cet élément dans les roches lunaires rapportées sur Terre le 16 décembre 2020 par l'une des missions lunaires chinoises (*Chang'e 5*). La Lune pourrait également s'avérer une source précieuse d'eau, extraite de la glace des pôles lunaires, ce qui permettrait d'alimenter une future base lunaire mais aussi de fabriquer du carburant de fusée susceptible d'alimenter des missions vers Mars et d'autres endroits du système solaire (comme Jupiter).

Bruce Einhorn, « Chine – États-Unis : la course pour gagner des milliards grâce à l'exploitation des minéraux de la Lune », *Bloomberg*, 17 mai 2022.

3 La Lune, un moyen d'affirmer la maîtrise scientifique chinoise

Vidéo

H. Lisoir, La Chine découvre un cristal inconnu sur la Lune. Des nouvelles des étoiles n°263, septembre 2022.
hachette-clic.fr/24hggt038

ACTIVITÉ

1. D'après les **documents 2 et 3**, quels sont les objectifs de la Chine sur la Lune ?

2. Présentez le **document 1**.
En relevant des éléments précis, expliquez le point de vue du dessinateur sur les missions lunaires chinoises. Justifiez le choix du dessinateur à l'aide d'informations prélevées dans le **document 2**.

Vers le BAC Dissertation

À partir du sujet de dissertation **« La conquête spatiale, un enjeu idéologique et de puissance »**, rédigez un paragraphe afin de montrer que la conquête de la Lune est un enjeu de puissance économique pour la Chine.

OTC

Leçon 1 La conquête de l'espace et des mers : un enjeu d'affirmation de puissance pour la Chine

▸ Pourquoi l'espace, les mers et les océans sont-ils des espaces stratégiques pour la Chine ?

A L'affirmation progressive de la puissance chinoise

JALON 1 p. 76

Entre 1956 et 1986, les océans et l'espace deviennent des facteurs d'affirmation de la souveraineté chinoise. Sur les mers, la Chine avait publié dès 1947 une carte de la mer de Chine méridionale où « la ligne en neuf traits » indique la portion sur laquelle la Chine revendique sa souveraineté. Elle est réaffirmée dès 1958 avec la « Déclaration du gouvernement concernant la mer territoriale » qui inclut Taïwan et de nombreux archipels. Créé en 1956 avec l'aide de l'URSS, le programme spatial chinois prend rapidement son indépendance. En 1970, la Chine lance son premier satellite.

De 1986 à 2013, la Chine s'appuie sur de nouveaux vecteurs d'affirmation de puissance. Dans le domaine maritime, la Chine investit dès 1986 pour développer sa flotte militaire. En parallèle, les premières appropriations débutent avec, par exemple, la création d'une station météorologique dans les îles Spratleys en 1988. Les combats qui en résultent provoquent la mort de 68 soldats vietnamiens. Dans le domaine spatial, Deng Xiaoping lance le programme « 863 » prévoyant des vols habités et la construction d'une station spatiale. En 1993, une agence spatiale est créée qui fait de la Chine la 3e puissance capable d'envoyer des hommes dans l'espace (Yang Liwei en 2003).

Depuis 2013, la Chine affirme sa puissance à l'échelle mondiale à travers le « rêve chinois ». Instauré par Xi Jinping à son arrivée au pouvoir en 2013, ce programme politique, porté par le nationalisme, vise à faire de la Chine une grande puissance mondiale. La maîtrise des mers et des océans devient un enjeu essentiel, notamment en mer de Chine méridionale où chaque intervention chinoise est justifiée comme la défense de ses « intérêts vitaux ». Mais la Chine cherche aussi à devenir un véritable « empire céleste ». Le « rêve spatial » de Xi Jinping fait de l'espace une nouvelle frontière pour la Chine et vise le rang de première puissance spatiale mondiale d'ici 2045. Océans et espace doivent permettre à la Chine d'affirmer sa puissance militaire mais également scientifique par la réalisation de premières mondiales.

B Des espaces convoités par la Chine

JALON 2 p. 80

La maîtrise de l'espace et des océans doit permettre à la Chine de sécuriser ses approvisionnements. Les principaux couloirs maritimes mondiaux longent les mers qui bordent la Chine avec un tiers du commerce mondial. Ils fournissent notamment le pays en pétrole mais exportent aussi les produits manufacturés fabriqués dans « l'usine du monde ». Les nouvelles routes de la soie visent à sécuriser le transport dans des zones sensibles à cause de la piraterie (détroit de Malacca) ou des tensions entre les États. Les approvisionnements concernent aussi les flux numériques véhiculés par les nombreux câbles sous-marins qui relient la Chine au reste du monde. Dans l'espace, les satellites (données de localisation, militaires, télécommunications) deviennent de plus en plus indispensables pour un territoire aussi vaste que la Chine. Le pays développe des constellations de satellites et son propre système de navigation et de positionnement appelé Beidou : il permet de déterminer une position comme le font déjà les systèmes américains (GPS) et européen (Galileo).

1 Vers une militarisation de l'espace

Dessin de presse de CAM, publié en 2013.

La destruction par la Chine de deux de ses satellites météorologiques dans l'espace inquiète. En effet, cet événement atteste de sa volonté de développer sa puissance militaire spatiale.

Les ressources des océans sont très convoitées par la Chine. Le pays est le premier producteur et exportateur de poisson de la planète. Les eaux riches en ressources halieutiques de la mer de Chine méridionale sont particulièrement prisées mais les pêcheurs chinois sont également très nombreux le long des côtes africaines et sud-américaines. Premier consommateur mondial de poisson, la Chine rachète des droits de pêche à d'autres États (Madagascar, Île Maurice) pour satisfaire la demande croissante de sa population. Pour approvisionner son économie, elle exploite les minerais et hydrocarbures : le gisement de Pinghu est par exemple relié à Shanghai par un oléoduc de 300 km. Elle s'intéresse aussi à des ressources plus lointaines comme celles de l'Arctique, au point de faire partie des membres observateurs du Conseil de l'Arctique depuis 2013.

JALON 2 p. 80

Les ressources potentielles de l'espace sont au cœur du programme spatial chinois. Face à l'épuisement progressif des ressources terrestres, la Chine compte sur les ressources potentielles de la Lune pour alimenter son économie (titane, hélium-3). De plus, la Chine ambitionne de fabriquer des centrales solaires orbitales qui pourraient s'avérer très rentables en interceptant des rayons 35 à 70 % plus puissants que sur Terre. Ces centrales pourraient être construites à partir de matériaux lunaires, ce qui coûterait bien moins cher que de transporter des matériaux depuis la Terre : le coût de fabrication de cette énergie solaire passerait alors de 250 dollars le kilo contre 50 000 dollars sur Terre.

C Des moyens déployés pour mener les conquêtes

JALON 1 p. 76

Pour marquer sa présence, la Chine met en avant sa montée en puissance militaire. Depuis les années 2000, et surtout 2010, elle développe des bases navales jusque dans l'océan Indien et déploie sa marine de guerre, notamment ses sous-marins, le long de ses principales routes d'approvisionnement. D'après un rapport du 2022 du Pentagone qui dénonce le collier de perles chinois, elle serait désormais la première marine mondiale (en nombre de bâtiments). L'inauguration de la base de Djibouti en 2016 et la construction de nouveaux porte-avions (elle en possède actuellement 3, le quatrième est prévu pour 2025 et deux autres pour 2035) en sont des illustrations. Cette force militaire est aussi utilisée dans l'espace. La Chine procède par exemple à des tests, comme la destruction depuis le sol chinois d'un de ses satellites en orbite en 2007, pour afficher sa capacité à faire face à une menace.

Sur les mers, la Chine mène des opérations d'appropriations territoriales. Se référant à la carte dite de la « ligne en 9 traits », la Chine revendique l'extension de sa ZEE qui lui garantirait l'accès aux ressources. Déboutée par la justice internationale en 2016, elle s'approprie illégalement des territoires revendiqués par d'autres États comme le Vietnam ou la Malaisie. Les travaux titanesques de la Grande muraille de sable agrandissent et aménagent les récifs convoités (pistes d'atterrissage, installations portuaires) comme à Misechief Reef dans les Spratleys ou Woody Island dans les Paracels. Enfin, depuis quelques années, on assiste à l'essor d'un tourisme patriotique sur ces îlots où les Chinois viennent de plus en plus nombreux. Depuis 2013, des circuits de croisières dans les Paracels (appelés Xisha par les Chinois) sont organisés depuis l'île chinoise d'Hainan.

Dans l'espace, la Chine multiplie les coups d'éclat et tente des premières mondiales. Elle affiche ainsi sa capacité à rivaliser avec les États-Unis ou l'Union européenne. L'alunissage de *Chang'e 4* sur la face cachée de la Lune en 2019 est une première mondiale qui installe définitivement la Chine parmi les grandes puissances spatiales. En 2020, elle rapporte 1,731 kg d'échantillons lunaires qui lui permettent de s'affirmer comme puissance scientifique et diplomatique. Ainsi, en avril 2023, elle offre 1,5 gramme de matière lunaire au président de la France lors de son voyage en Chine. Ces exploits se multiplient grâce à un budget en augmentation : 16,8 milliards de dollars en 2021, le deuxième au monde derrière celui de la NASA (23,3 milliards).

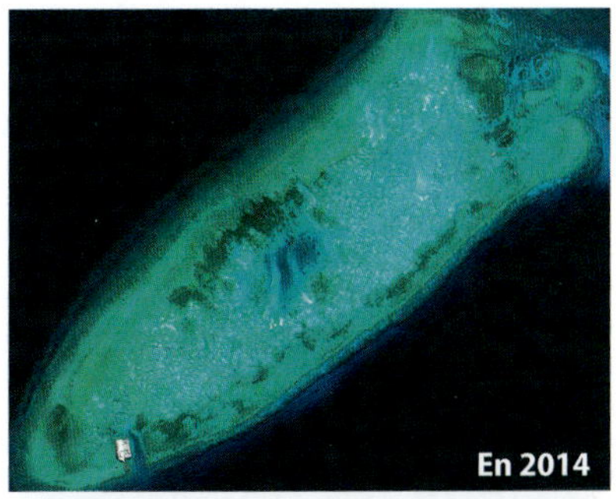

2 La poldérisation de l'atoll de Fiery Cross Reef dans les Spratleys

Vocabulaire

Collier de perles : expression américaine utilisée dès 2004 par le Département de la Défense pour désigner le réseau chinois d'installations et de partenariats militaires et commerciaux le long de ses principales voies d'approvisionnement maritimes.

Grande muraille de sable : expression utilisée à partir de 2015 par le commandant de la flotte Pacifique de l'armée américaine pour désigner la poldérisation menée par la Chine en mer de Chine méridionale.

Nationalisme : doctrine politique fondée sur la prédominance de l'intérêt national par rapport aux autres nations de communauté internationale.

Nouvelles routes de la soie (en anglais *Obor : One belt, one road*) : programme chinois dévoilé en 2013 visant à développer les infrastructures de transport entre la Chine, l'Europe et l'Afrique grâce à des partenariats entre les États traversés. Il vise notamment à sécuriser l'approvisionnement énergétique chinois, faciliter ses exportations et renforcer son influence.

Poldérisation : action de gagner des terres sur la mer.

OTC

Leçon 2 La Chine entre rivalités et nouveaux défis dans l'espace et sur les mers

➤ Comment la maîtrise de l'espace, des mers et des océans permet-elle à la Chine de devenir une puissance globale ?

A Gérer les tensions

- **Même si la Chine a signé la convention de Montego Bay, elle peine à en respecter les termes,** notamment pour le tracé de la ZEE. Les mers de Chine méridionale et orientale sont donc le principal théâtre des tensions, notamment autour des archipels. La Chine se dispute celui des Spratleys avec cinq autres États riverains, celui des Paracels avec deux autres, et l'archipel Senkaku/Diaoyu avec le Japon. Mais la Chine est aussi accusée d'*ocean grabbing*, par exemple le long des côtes sud-américaines.

JALON 2 p. 80

- **Dans l'espace, les récentes réussites chinoises accentuent les tensions avec les États-Unis.** Deux mois après l'alunissage sur la face cachée de la Lune d'un engin chinois, les États-Unis ont annoncé un retour sur la Lune en 2025, avançant le calendrier de la NASA de quatre ans.

B Dominer la compétition économique

- **La Chine renforce sa maîtrise des mers à travers sa puissance commerciale.** La flotte commerciale chinoise représente désormais 18 % du trafic de conteneurs mondial. Cosco, 4e armateur mondial a ainsi obtenu en 2016 l'exploitation d'une partie du port de marchandises du Pirée en Grèce et d'un terminal du port d'Hambourg en 2021.
- **La Chine s'affirme également comme une puissance économique spatiale.** Le gouvernement encourage le développement de nouvelles entreprises privées. Ainsi, *iSpace*, *Galactic Energy*, *LandSpace* et *OneSpace* font partie des dizaines de start-up chinoises qui se développent depuis 2010, et se spécialisent dans le lancement et la mise en orbite de satellites.
- **La Chine développe le couloir d'information spatial des nouvelles routes de la soie depuis 2016.** Il a pour objectif de fournir des services spatiaux (gestion des transports, agriculture, eau) aux pays traversés par les nouvelles routes de la soie (Pakistan, Nigeria, Algérie). Ces routes de la soie spatiales participent au programme *Made in China 2025* qui vise à renforcer l'influence de la Chine dans les nouvelles technologies.

C S'engager dans une coopération internationale

- **La sécurité de la navigation est une priorité pour la Chine.** En novembre 2002, l'ASEAN et la Chine s'engagent à coopérer par l'échange d'informations, la prévention mais aussi l'élimination de la piraterie. La Chine s'appuie d'ailleurs sur ces accords pour justifier le déploiement de sa flotte dans ces mers et jusque dans l'océan Indien.
- **La Chine coopère également dans la protection environnementale des zones maritimes.** Elle participe notamment au Partenariat pour la gestion environnementale des mers d'Asie du Sud-Est, qui vise à lutter contre la pollution par les navires ou celle résultat de l'immersion des déchets. Néanmoins, les tensions régionales (Taïwan, Japon) limitent ces efforts de coopération.

JALON 2 p. 80

- **L'espace est finalement le domaine le plus propice à la coopération.** La Chine et la France coopèrent depuis 1997 autour de programmes spatiaux, notamment pour étudier les océans. Depuis novembre 2022, la station spatiale chinoise *Tiangong-2* est en orbite et vise à devenir le centre de recherche permanent dans l'espace, en remplacement de l'ISS dont la fin est prévue pour 2028. Bien qu'aucun astronaute étranger ne soit encore monté à bord, 9 projets impliquant 17 pays y sont menés et encadrés par la Chine et le bureau des affaires spatiales des Nations Unies (UNOOSA).

La maîtrise des mers par la Chine, vue par un journal américain

Source : Ingram Pinn, Financial Times, 16 mai 2019.

Face à la supériorité militaire des États-Unis sur les océans, la Chine investit dans des infrastructures portuaires (nouvelles routes de la soie) et dans le déploiement militaire.

Vocabulaire

ASEAN (Association des nations de l'Asie de Sud-Est) : organisation politique, économique et culturelle fondée en 1967 et regroupant 10 États d'Asie du Sud-Est : Brunei, la Birmanie, le Cambodge, l'Indonésie, le Laos, la Malaisie, les Philippines, Singapour, la Thaïlande et le Vietnam.

Couloir d'information spatial des nouvelles routes de la soie (BRISIC ou *Belt and Road Initiative Space Information Corridor*) : programme développé depuis 2016 au sein des Nouvelles routes de la soie. Il a pour objectif de renforcer l'autonomie et l'influence de la Chine dans les nouvelles technologies et de fournir des services d'information spatiale aux pays traversés par les nouvelles routes de la soie à partir des programmes nationaux chinois.

***Ocean grabbing* (accaparement de l'océan) :** pêche industrielle pratiquée par des flottes étrangères de manière parfois illégale dans des pays en développement. Cet accaparement met en péril la pêche artisanale locale et, par extension, le mode de vie et les moyens de subsistance de nombreuses communautés. Cette pratique est dénoncée par des ONG auprès de l'ONU.

L'essentiel OTC > Leçons 1 et 2

RÉVISER EN SE TESTANT

Exercices interactifs

hachette-clic.fr/24hggt039

SCHÉMA BILAN

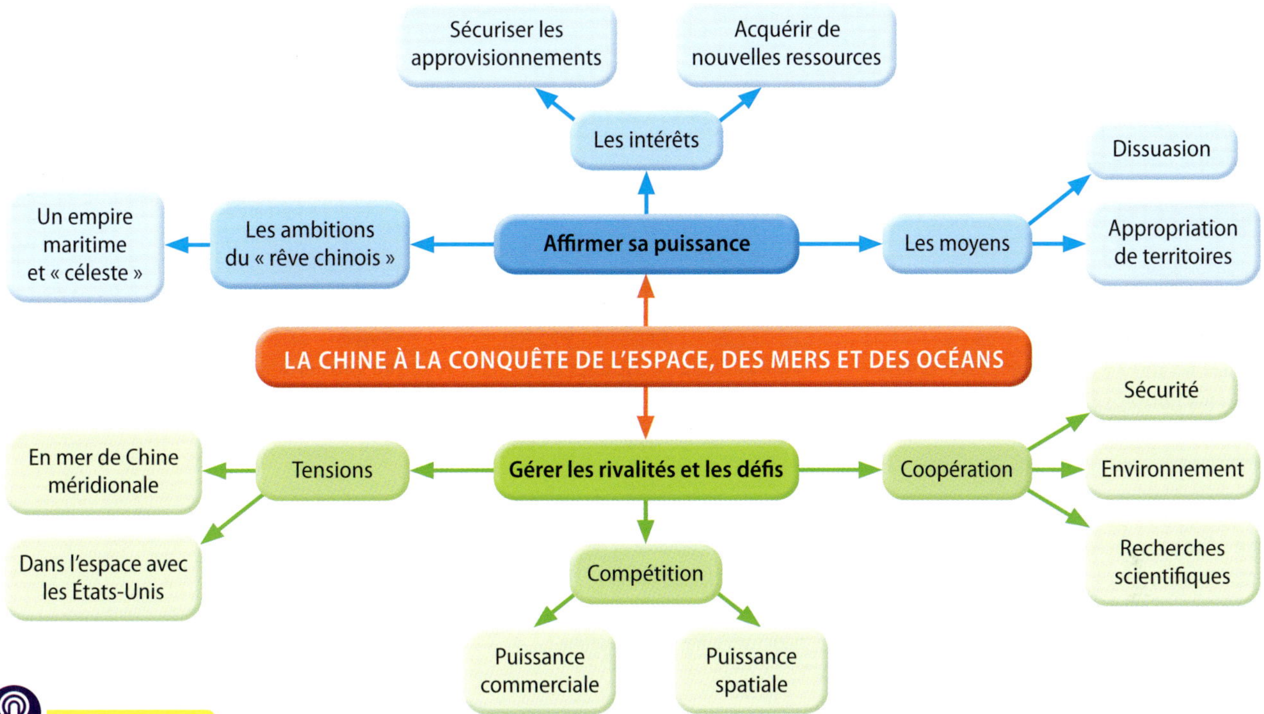

Schéma interactif
hachette-clic.fr/24hggt040

RÉVISER EN SE DOCUMENTANT

À voir

- *Le Dessous des cartes :*
  « Mer de Chine : bataille navale ? », 2019.
  « Chine : la mer, la puissance et le (non) droit », 2022.
- *The wandering Earth*, de Frant Gwo, 2019 : une adaptation du roman de Liu Cixin. Film de science-fiction chinois où un gouvernement mondial lance un projet pour faire sortir la Terre du système solaire.
- *Voyage vers la Lune*, de Glen Keane et John Karhs, 2020 : un film d'animation sino-américain dans lequel une fillette qui croit à la légende de la déesse Chang'e construit une fusée et tente d'aller sur la Lune. Le film a obtenu l'Oscar du meilleur film d'animation en 2021.

À lire

- « Chine / USA : vers la guerre spatiale ? », *Space International*, n°1, mars-mai 2023.
- *Géopolitique des mondes asiatiques*, de Barthélémy Courmont, Eyrolles, 2023.

Sur le web

- Site du *think tank* « Asia Maritime Transparency Initiative ».
- Site de l'Administration spatiale nationale chinoise (CNSA).
- « La stratégie sous-marine de la Chine en carte », un article de F. Fattori, D. Papin et X. Laborde, *Le Monde*, 13 mai 2023.

Sites Internet
hachette-clic.fr/24hggt041
hachette-clic.fr/24hggt042
hachette-clic.fr/24hggt043

Méthode BAC Dissertation

Activité à télécharger
hachette-clic.fr/24hggt044

SUJET La conquête de l'espace, un outil d'affirmation des puissances ?

étape 1 Analyser le sujet

1. Complétez l'analyse du sujet ci-dessous à l'aide de votre cours et du manuel.

Point méthode

Analyser le sujet

- **Recopier intégralement le sujet** au milieu d'une feuille de brouillon.
- **Entourer les mots-clés** du sujet et les définir.
- **Définir les bornes spatio-temporelles** (cadre géographique et limites chronologiques) en vous appuyant sur les précisions données dans le sujet ou sur vos connaissances.
- **Noter les exemples** vus en cours ou dans vos lectures personnelles pour illustrer le propos.
- **Trouver ce que l'on veut que vous étudiiez.** Cela permettra d'établir la problématique.

Définition : il s'agit de l'action de se rendre maître de quelque chose, en l'occurrence ici l'espace, au prix d'efforts importants (financiers, technologiques, …). Elle permet la domination de l'objet convoité.
Idées et exemples associés : progrès techniques, héritage des fusées V2, compétition des États-Unis et de l'URSS dans la guerre froide, projet d'installation sur la Lune, envoi de sondes vers Uranus et Neptune, …

La conquête de l'espace, un outil d'affirmation des puissances ?

Définition : …
Idées et exemples associés : …

Définition : …
Idées et exemples associés : …

Définition : …
Idées et exemples associés : …

2. Le sujet proposé ne suggère ni cadre géographique, ni limites chronologiques.
Délimitez les bornes spatio-temporelles du sujet.

étape 2 Préparer la dissertation au brouillon

3. Pourquoi la problématique suivante permet-elle de couvrir l'ensemble du sujet ?

Comment les États utilisent-ils la conquête spatiale pour affirmer leur puissance ?

Une bonne problématique ne se contente pas de reformuler le sujet : elle doit montrer que vous avez su dégager ses enjeux forts. C'est une question complexe à partir de laquelle vous allez ensuite développer une réflexion.

4. En suivant la structure proposée p. 90-91, construisez le plan de chaque partie de la dissertation (introduction, grandes parties, conclusion).

Sujet d'entraînement

L'espace : terrain de conquête, d'affirmation de puissance et de coopération internationale

Pour analyser ce sujet, aidez-vous des cours p. 50 à 52 et p. 68 à 70.
Dans quelle mesure la problématique « *Pourquoi l'espace est-il un nouveau territoire stratégique ?* » permet-elle de répondre au sujet ?

SUJET La Chine sur les mers et océans : affirmation de puissance, enjeux politiques et économiques

étape 1 Élaborer une problématique

1. Répondez aux questions suivantes pour dégager les enjeux soulevés par le sujet.

Expliquez le choix de la Chine pour illustrer l'affirmation des puissances sur les océans.

Les enjeux correspondent à ce qu'un acteur (ici la Chine) peut gagner ou perdre dans une situation donnée. Citez d'autres enjeux soulevés par la puissance chinoise.

La Chine dépend étroitement des flux maritimes de la mondialisation pour produire et pour vendre ses productions sur le marché mondial. Pourquoi ? Quels sont les autres enjeux économiques chinois liés aux océans ?

La Chine sur les océans : affirmation de puissance, enjeux politiques et économiques

Pourquoi la maîtrise des océans est-elle un instrument de puissance ?

Par quels moyens les océans deviennent-ils des espaces de l'affirmation de la puissance des États ?

Sur quels mers et océans la présence chinoise est-elle observable ? De quelle manière ? Dans quels objectifs ?

2. Délimitez les bornes spatio-temporelles du sujet.

3. Parmi les problématiques suivantes, choisissez celle qui semble convenir le mieux au sujet et justifiez votre choix.

Proposition 1 : *Comment la Chine affirme-t-elle sa puissance sur les mers et océans ?*
Proposition 2 : *Comment les mers et océans deviennent-ils des enjeux pour la puissance économique et politique de la Chine sur la scène mondiale ?*
Proposition 3 : *Quels sont les enjeux économiques et politiques de la puissance maritime chinoise ?*

Pour sélectionner la problématique qui convient, procédez par élimination.

Point méthode

Élaborer une problématique

- **La problématique doit couvrir l'ensemble du sujet.**
- **Elle soulève une question** qui sera le fil conducteur de la dissertation.
- **Elle peut reprendre sous une forme interrogative** les termes du sujet, ou bien formuler une question avec d'autres termes.
- **La problématique doit soulever un problème**, parfois un paradoxe, et induit une démonstration logique.

étape 2 Construire et rédiger la dissertation

4. Rédigez l'introduction en intégrant la problématique sélectionnée dans la question 3.

5. Rédigez le développement en suivant le plan suivant :

1. Des espaces stratégiques pour la puissance économique chinoise
2. Des espaces stratégiques pour la puissance politique de la Chine
3. Des limites à la puissance maritime de la Chine

6. Rédigez une conclusion qui montre l'apport de chaque partie à la réponse à la problématique, puis ouvrez le sujet sur une autre thématique.

Il est possible d'ouvrir la conclusion sur une autre puissance maritime émergente (l'Inde, par exemple) ou sur un autre territoire d'affirmation de puissance (l'espace, par exemple).

Méthode BAC Dissertation

Capacité Comprendre l'organisation d'une dissertation

Activité à télécharger
hachette-clic.fr/24hggt045

SUJET ➪ Les espaces maritimes, objets de rivalités et de coopérations

étape 1 Analyser le sujet

Recopiez le sujet au brouillon et identifiez les notions-clés en les entourant.

1. Répondez aux questions suivantes pour dégager les enjeux soulevés par le sujet.

des acteurs	des dates	des lieux / espaces	des critères	des causes	des déroulements / processus	des conséquences	des notions
qui ?	quand ? quel contexte ?	où ? quelles échelles ?	quels points communs ? spécificités ?	pourquoi ?	comment ? quelles dynamiques ?	quelles conséquences ?	quel vocabulaire important en lien avec le sujet ?

2. Comment la problématique ci-dessous reformule-t-elle le sujet tout en l'enrichissant ? Pourquoi convient-elle pour répondre au sujet ?

Comment l'affirmation des puissances sur les océans conduit-elle à des rivalités tout en permettant certaines formes de coopérations ?

étape 2 Comprendre l'organisation d'une dissertation

3. Identifiez les choix faits pour amorcer et définir les enjeux du sujet dans les deux premiers paragraphes de l'introduction. D'autres choix d'amorce étaient-ils possibles ? ➡ Méthode p. 412

En mars 2023, les États membres de l'ONU sont parvenus à un accord sur la protection de la haute mer. Cet événement prouve à la fois les avancées en termes de coopération sur les espaces maritimes, mais également les rivalités en jeu puisqu'il a fallu quinze ans pour parvenir à cet accord.

Les mers et océans offrent aux États des possibilités d'affirmation et de développement, étroitement liées à des appétits de richesse et de puissance, qui ont pour effet d'accroître les rivalités. Mais en parallèle, l'appropriation et l'usage de ces espaces maritimes appellent une gestion concertée et la définition d'un cadre légal pour les explorer, exploiter et protéger.

Comment l'affirmation des puissances sur les océans conduit-elle à des rivalités tout en permettant certaines formes de coopérations ?

Il s'agira d'abord de montrer que les mers et océans sont des territoires d'affirmation des puissances, ce qui conduit inévitablement à différents types de rivalités, mais, qu'en parallèle, des formes de coopérations apparaissent.

Commencez l'introduction par une amorce.

Définissez les termes du sujet et ses enjeux.

Annoncez la problématique (elle doit couvrir l'ensemble du sujet et constituer le fil directeur de la dissertation).

Annoncez le plan adopté dans la dissertation.

4. Sur le modèle proposé pour les deux premières parties, rédigez la 3e partie de la dissertation en vous aidant du plan détaillé proposé. ➡ Méthode p. 335

<u>En premier lieu</u>, les mers et les océans apparaissent de plus en plus comme des territoires d'affirmation de puissances rivales.

<u>D'abord</u>, la conquête des océans constitue un enjeu de rivalités anciennes qui s'accentuent à l'époque contemporaine. De l'Antiquité au XIXe siècle, la conquête des océans coloniale et commerciale a nécessité le développement d'armées maritimes. À partir du XVIe siècle, les puissances impériales se dotent de marines armées, comme la Royal Navy britannique, pour contrôler les échanges vers les territoires colonisés. Cette supériorité maritime assure d'ailleurs au Royaume-Uni une puissance dominante de l'économie mondiale jusqu'à la fin du XIXe siècle. Aujourd'hui encore les puissances rivalisent dans la conquête des territoires maritimes non maîtrisés. Par exemple, en 2007, la Russie a planté son drapeau sous le pôle Nord à 4 261 m de profondeur et la Chine a fait de même en 2010 en mer de Chine.

Commencez chaque partie par une phrase d'introduction en indiquant le contenu.

Organisez chaque partie en paragraphes. Chaque paragraphe doit s'appuyer sur un argument. Il doit être expliqué et illustré d'exemples.

La maîtrise des océans devient en effet un enjeu géopolitique de premier plan. D'abord, Les États cherchent à assurer leur souveraineté dans leur Zone économique exclusive. L'objectif est de garantir l'exploitation de leurs ressources et de défendre leur territoire terrestre depuis la mer à l'image des bases russes dans l'océan Arctique. Mais la surveillance des océans devient également un enjeu géopolitique pour contrôler les lieux stratégiques du commerce maritime mondial et/ou surveiller les flux irréguliers. Ainsi, en raison de sa situation dans la Corne d'Afrique, à la jonction entre le golfe d'Aden et la mer Rouge, Djibouti devient un lieu stratégique du commerce maritime mondial et est à ce titre surveillé par les États-Unis, le Royaume-Uni, la France et la Chine.

En conséquence, cette affirmation croissante des puissances dans les mers et océans conduit à leur militarisation. Les marines deviennent en effet essentielles pour préparer les opérations terrestres. Elles permettent par exemple une présence dissuasive pendant la gestion diplomatique d'une crise, un embargo, ou une projection des troupes comme lors de la guerre du Golfe en 1990. Elle est aussi déterminante dans la dissuasion nucléaire. Les marines se recomposent donc depuis 1945 pour accroître la puissance des armées. Les porte-avions, par exemple, facilitent la projection des troupes à terre et les frappes aériennes à distance. Six puissances en sont dotées, dont les États-Unis ou la France.

Ainsi, les mers et les océans s'affirment de plus en plus comme des territoires de manifestation de la puissance, ce qui explique les tensions qui se cristallisent dans les espaces maritimes.

Utilisez des mots de liaison pour faire progresser la démonstration.

Terminez chaque partie par une petite phrase de conclusion qui apporte une réponse partielle à la problématique et marque la transition avec la partie suivante.

Sautez une ou deux lignes entre chaque partie.

De fait, les puissances trouvent dans les espaces maritimes des territoires de rivalités qui reflètent l'évolution des relations internationales.

En effet, au XXe siècle, les espaces maritimes constituent un enjeu des relations internationales. Durant la Seconde Guerre mondiale, le rôle des océans a été décisif, tant pour l'approvisionnement de l'effort de guerre en provenance des États-Unis que des combats (bataille de l'Atlantique ou du Pacifique). Les débarquements en Afrique du Nord, en Sicile ou en Normandie font d'ailleurs basculer le sort de la guerre. De même, la guerre froide s'est aussi jouée sur les mers et océans du globe. En effet, avec l'apparition des premiers sous-marins SNLE dans les années 1960, les mers et océans s'affirment comme des territoires stratégiques pour la dissuasion nucléaire et le renseignement. C'est ainsi que le projet Jennifer, aussi nommé Azorian, mobilise de lourds moyens financiers et techniques de la part de la CIA pour récupérer l'épave d'un sous-marin de la marine soviétique coulé dans le Pacifique.

Au XXIe siècle, les océans reflètent le basculement géopolitique du monde. En effet, si les puissances maritimes traditionnelles sont toujours dominantes, de nouveaux acteurs s'imposent progressivement. Ainsi la thalassocratie des États-Unis en fait une puissance maritime présente sur toutes les mers et océans du globe. Héritage de son histoire et de son déploiement à la suite de la Seconde Guerre mondiale et durant la guerre froide, la marine américaine est la seule à pouvoir intervenir rapidement sur tous les espaces de la planète en raison de ses flottes permanentes. Pourtant, aujourd'hui, les puissances émergentes s'affirment à leur tour sur les océans. Ainsi, la Chine et l'Inde y projettent leur puissance, particulièrement l'océan Indien dont elles se disputent âprement le contrôle.

Plan détaillé de la partie 3

Partie 3 : Les espaces maritimes, des lieux de coopération

- Un défi diplomatique : créer de nouvelles règles sur les océans
- Une coopération en construction
- Les limites de la coopération dans les océans

5. Repérez dans le premier paragraphe de la conclusion les références à chacune des trois parties de la dissertation.

Ainsi, les océans sont des territoires d'affirmation des puissances et enjeux de rivalités anciennes exacerbées conduisant inévitablement à leur militarisation croissante. Dès lors, les tensions se multiplient sur les océans. S'ils ont joué un rôle décisif dans les grands conflits du XXe siècle, ils reflètent aujourd'hui le basculement géopolitique du monde, entre maintien des puissances traditionnelles et affirmation des pays émergents. Alors, face à ces rivalités, la nécessité de créer de nouvelles règles s'impose conduisant à l'apparition de formes timides de coopérations sur les territoires maritimes.

En définitive, l'affirmation des puissances sur les océans entraîne donc des rivalités sans pour autant empêcher certaines formes de coopérations.

Or, si ce paradoxe est valable pour les océans, il est intéressant de se demander s'il est aussi observable dans l'autre espace de conquête des puissances : l'espace.

Rappelez les apports de chaque partie à la problématique.

Donnez une réponse définitive, qui reste cependant nuancée.

Terminez par une ouverture (facultatif).

Méthode BAC Étude critique de document(s)

SUJET ➜ La conquête de l'espace : de la guerre froide à l'émergence de nouveaux acteurs

Activité à télécharger
hachette-clic.fr/24hggt046

En analysant les documents, en les confrontant et en vous appuyant sur vos connaissances, montrez que la conquête spatiale reflète les grandes évolutions géopolitiques.

1 L'évolution des acteurs de la conquête spatiale

L'activité humaine dans l'espace représente un fait majeur du XXe siècle. Elle est symbolique à plusieurs titres. Initialement placée sous le signe de l'exploration scientifique, elle est rapidement présentée en termes de conquête et conduit à la transposition dans l'espace des rivalités terrestres dans le cadre du duopole de la guerre froide. Le grand récit américain de la « course à l'espace » illustre l'instrumentalisation du programme Apollo pour rétablir le statut de puissance dominante des États-Unis aux yeux de ses citoyens et du monde. Après la guerre froide, les politiques spatiales américaines affirment le leadership des États-Unis dans l'espace comme un intérêt vital. La présidence de Clinton joue sur la coopération et sur la libéralisation des activités spatiales, les agences devant privilégier les services commerciaux. Avec le président Bush, la supériorité militaire est clairement revendiquée tandis qu'apparaissent dès 2004 les premiers nouveaux acteurs privés comme la société SpaceX, encouragés par les mesures mises en place depuis les années 1990, et que la présidence Obama va poursuivre.
Les dépenses spatiales dans le monde représentent près de 100 milliards de dollars en 2022. Les investissements des États-Unis dans la durée leur confèrent une place exceptionnelle avec des capacités inégalées dans tous les domaines. Mais la comparaison avec les autres puissances spatiales (Chine, Inde) montre l'acquisition de compétences clefs même si les technologies utilisées sont moins performantes. En parallèle, la diversification des acteurs tant publics que privés contribue à la banalisation accrue des activités spatiales.

Isabelle Sourbès-Verger, *Géopolitique du monde spatial*, Eyrolles, 2023.

2 Les capacités spatiales dans le monde aujourd'hui

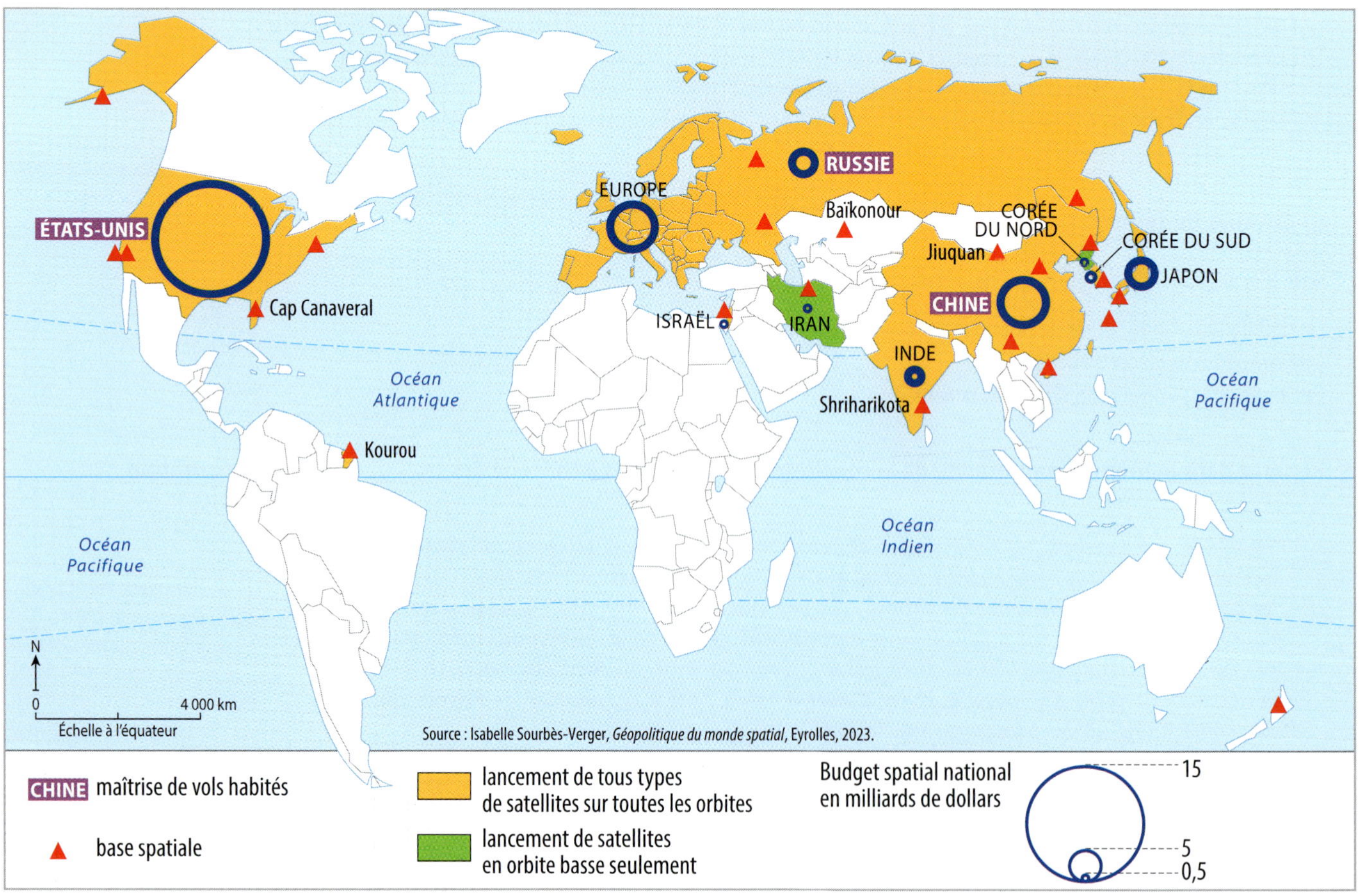

étape 1 Comprendre le sujet et la consigne

1. **À l'aide de votre cours, définissez les notions-clés du sujet. Que sous-entend l'expression « nouveaux acteurs » ?**

2. **Rappelez les bornes chronologiques de la guerre froide.**

3. **Répondez aux questions suivantes pour comprendre la consigne.**

Point méthode

Comprendre le sujet et la consigne

✓ Identifier les notions-clés.

✓ Comprendre les enjeux de la consigne :
- que faut-il démontrer ?
- un plan d'analyse est-il fourni ou faut-il le construire ?
- en l'absence d'indications, aidez vous des notions-clés et des documents pour en dégager les grandes orientations.

Les documents doivent être au cœur de votre démarche. Identifiez leur nature, leur auteur et leur source.

Pourquoi et comment les deux documents se complètent-ils pour répondre au sujet ?

Pourquoi l'usage de connaissances sur le sujet permettra-t-il d'éviter la paraphrase ?

En analysant les documents, en les confrontant et en vous appuyant sur vos connaissances, montrez que la conquête spatiale reflète les grandes évolutions géopolitiques.

Listez au brouillon les grandes étapes de la conquête spatiale, ses acteurs et les formes qu'elle a prises.

Comment la conquête spatiale illustre-t-elle l'évolution des relations entre les grandes puissances ? Quelles étapes suggérées par le sujet guideront l'étude critique de documents ?

4. **Terminez la rédaction de la problématique en reformulant le sujet à traiter : « En quoi les documents proposés à l'étude illustrent-ils … ? »**

La formulation de la problématique doit renvoyer clairement au sujet mais également prendre en compte le(s) document(s).

étape 2 Étudier les documents

5. **Faites une recherche sur Internet pour découvrir qui est Isabelle Sourbès-Verger.**

6. **Sélectionnez dans les documents les informations en fonction du plan :**

1. La conquête spatiale : un symbole de la guerre froide
2. L'affirmation de nouvelles puissances spatiales : entre rivalités et coopérations.

7. **En vous aidant de la méthode p. 18-19, rédigez l'étude critique de documents.**

Sujet d'entraînement

L'Indopacifique, une région maritime stratégique pour les grandes puissances

En analysant le document et en vous appuyant sur vos connaissances, vous montrerez les enjeux maritimes spécifiques à l'espace Indopacifique. Vous analyserez ensuite les rivalités qui s'y expriment mais également les formes de coopération entre les grandes puissances.

Les enjeux géostratégiques de l'Indopacifique

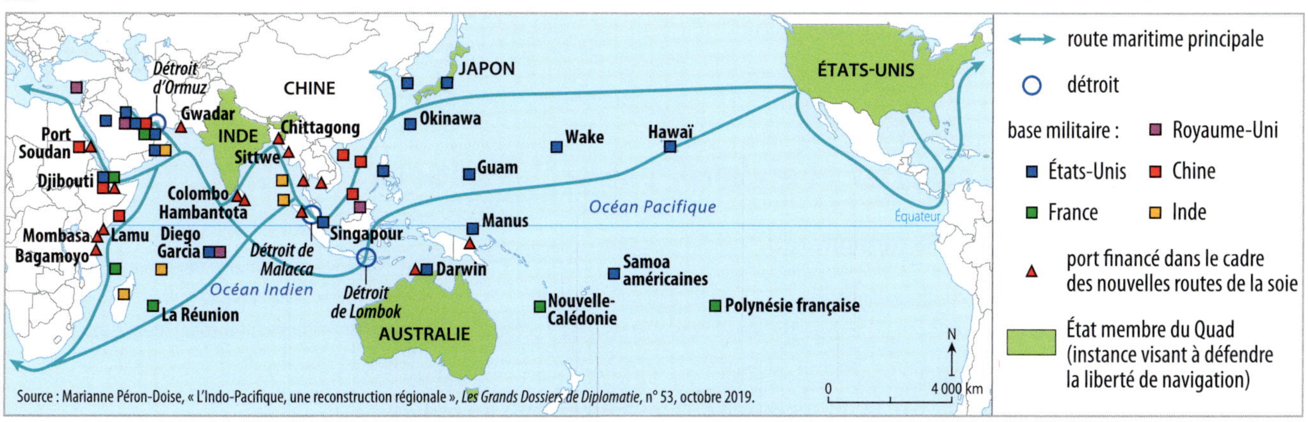

Source : Marianne Péron-Doise, « L'Indo-Pacifique, une reconstruction régionale », *Les Grands Dossiers de Diplomatie*, n° 53, octobre 2019.

– Pour cerner le sujet, mobilisez la notion de « puissance » étudiée dans le programme de première.
– Relevez les enjeux économiques, politiques et militaires présentés par la carte.

➥ Méthode pour étudier une carte p. 416.

Capacité Élaborer une problématique

Méthode BAC Étude critique de document(s)

SUJET ➪ L'exploitation et la préservation des ressources dans les océans

Activité à télécharger
hachette-clic.fr/24hggt047

En analysant les documents, en les confrontant et en vous appuyant sur vos connaissances, montrez que les ressources de la haute mer sont l'objet de rivalités et de coopérations.

1 Une exploitation des océans qui inquiète

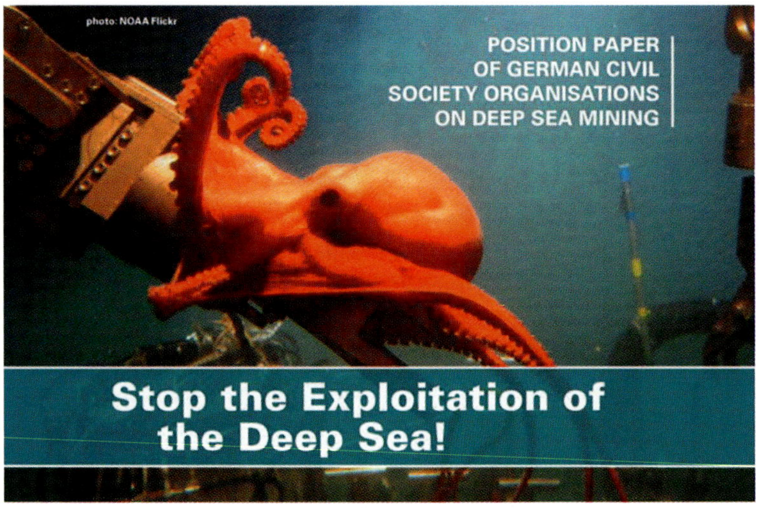

Au nom du principe de précaution, plusieurs ONG comme sur cette affiche en Allemagne, demandent un moratoire concernant les exploitations minières sous-marines.

2 Le Traité international de protection de la haute mer (*BBNJ*) en 2023

Les océans sont l'un des principaux réservoirs de la biodiversité dans le monde, ce sont des puits de carbone essentiels à la régulation du climat et donc indispensables dans notre lutte contre le dérèglement climatique. Ils constituent plus de 90 % de l'espace habitable sur la planète et abritent quelque 250 000 espèces connues ainsi que de nombreuses espèces encore inconnues. Quelques mois après l'adoption d'un accord visant à protéger 30 % des terres et 30 % des mers d'ici à 2030, l'adoption d'un traité sur la conservation et l'utilisation durable de la biodiversité marine en haute-mer est une étape clé pour protéger l'océan et sa biodiversité et permettre un juste partage de ses ressources. Ce traité a vocation à élaborer un instrument international juridiquement contraignant afin de renforcer la gouvernance de la haute mer et d'établir les outils nécessaires à une protection effective de l'océan et à une utilisation durable de ses ressources. Il ouvre la voie à des avancées essentielles et inédites : la création d'aires marines protégées en haute mer ; des obligations pour les États d'évaluer l'impact environnemental des nouvelles activités qu'ils projettent en haute mer ; un partage juste et équitable des bénéfices de découvertes faites dans les océans, et qui pourraient être déterminantes pour les sciences, les technologies ou la médecine ; le renforcement des capacités des États en développement en matière de recherche scientifique et d'aptitude à assurer une bonne gouvernance des aires marines.

Ministère de la Transition écologique et de la Cohésion des territoires, 2024.

étape 1 Comprendre le sujet et élaborer une problématique

1. Complétez l'analyse du sujet et de la consigne.

Pourquoi est-il difficile de concilier exploitation et préservation des ressources ?

Listez les différents types de ressources offertes par les océans.

Rappelez le cadre juridique de l'exploitation des ressources dans la haute mer et dans les autres territoires composant les océans.

L'exploitation et la préservation des ressources dans les océans

En analysant les documents, en les confrontant et en vous appuyant sur vos connaissances, montrez que les ressources de la haute mer sont l'objet de rivalités et de coopérations.

Citez deux exemples de rivalités opposant des acteurs sur la question des ressources dans les océans.

Quels acteurs encouragent la coopération dans les océans ? Pour quelles raisons est-elle un enjeu majeur ?

Point méthode

Élaborer une problématique

- Élaborer une problématique qui couvre l'ensemble du sujet traité dans les documents.
- Formuler la problématique en y intégrant le(s) documen(s). Par exemple : « En quoi le(s) document(s) proposé(s) à l'étude illustre(nt)-il(s) …

2. Choisissez parmi les problématiques celle(s) qui répond(ent) le mieux au sujet.

Proposition 1 : *En quoi la coopération internationale est-elle un moyen efficace de concilier l'exploitation des ressources et la préservation de la biodiversité à toutes les échelles ?*
Proposition 2 : *Comment la coopération internationale tente-t-elle de mettre fin aux rivalités dans les océans en favorisant une gestion durable des ressources dans la haute mer ?*
Proposition 3 : *En quoi les documents illustrent-ils les formes de rivalités et de coopérations dans les océans ?*
Proposition 4 : *En quoi le Traité international de protection de la haute mer constitue-t-il une avancée majeure dans la coopération dans les océans ?*
Proposition 5 : *Comment les documents montrent-ils les formes de rivalités dans les océans ?*
Proposition 6 : *Quels enjeux l'exploitation et la préservation des océans soulèvent-elles ?*

Choisissez une problématique qui couvre l'ensemble des enjeux soulevés par le sujet.

étape 2 Rédiger l'étude critique de documents

3. Rédigez une introduction à l'étude critique de documents en les replaçant dans leur contexte.

Terminez l'introduction en énonçant la problématique

4. À l'aide des documents et de vos connaissances, rédigez l'étude en suivant le plan :

1. Des rivalités dans l'exploitation des ressources
2. Une coopération indispensable pour préserver les ressources

5. Terminez l'étude critique de documents en montrant les atouts et les limites de ces documents pour traiter l'intégralité du sujet. ➥ Méthode p. 415

Sujet d'entraînement

La Chine à la conquête des mers et de l'espace

En analysant les documents, en les confrontant et en vous appuyant sur vos connaissances, montrez que la politique d'affirmation de la Chine dans l'espace, sur les mers et les océans soulève des enjeux économiques et géopolitiques considérables.

1 L'océan et l'espace, de nouveaux espaces de conquête pour la Chine

	Les principaux programmes spatiaux en 2023 (en 2013)			Les principales flottes de guerre en 2023 (en 2013)		
	Nombre de satellites militaires en orbite	Astronautes envoyés dans l'espace	Main-d'œuvre dans le secteur spatial, en milliers	Effectifs	Navires de combat	Porte-avions
Chine	207 (0)	18 (11)	100	260 000	1 572	3 (1)
Inde	25 (0)	1 (1)	16	69 000	428	2 (1)
Russie	89 (5)	125 (109)	238	150 000	824	1 (1)
États-Unis	144 (63)	371 (329)	17	346 500	1 139	11 (12)

Sources : Dewesoft, 2024, ESA, 2024 et ministère des Armées des différents États, 2024.

2 Une nouvelle version de la ligne en 9 traits

Deng Coy Miel, 1er mars 2019.
Traduction : « La Chine rajuste sa ligne à 9 traits ».

Utilisez le document 2, p. 83 pour expliquer l'intérêt croissant de la Chine pour la Lune.

Méthode BAC Étude critique de document(s)

SUJET ➔ L'espace, un outil d'affirmation de la puissance chinoise

Activité à télécharger
hachette-clic.fr/24hggt048

En analysant les documents, en les confrontant et en vous appuyant sur vos connaissances, montrez les formes et les limites de l'affirmation chinoise dans l'espace.

1 Les ambitions spatiales de la Chine

En 2021, la Chine a mis en orbite le premier module de sa station spatiale Tiangong ou « Palais céleste ». Elle prévoit d'ajouter d'autres modules, tels que le laboratoire scientifique de Mengtian, d'ici la fin de l'année. L'année prochaine, elle lancera un télescope spatial, appelé Xuntian. Il volera à proximité de la station spatiale et s'y amarrera pour l'entretien et le ravitaillement. Tiangong disposera de ses propres systèmes d'alimentation, de propulsion, de survie et de quartiers d'habitation.

La Chine est en effet le troisième pays de l'histoire à envoyer des astronautes dans l'espace et à construire une station spatiale, après l'Union soviétique (aujourd'hui la Russie) et les États-Unis.

Pékin nourrit d'ailleurs de grandes ambitions pour Tiangong et espère qu'elle remplacera la station spatiale internationale (ISS), dont l'exploitation doit cesser en 2031. Mais les ambitions de la Chine ne s'arrêtent pas là. D'ici 2025, elle souhaite échantillonner des astéroïdes proches de la Terre, et d'ici 2030, avoir placé ses premiers astronautes sur la lune et envoyé des sondes pour collecter des échantillons sur Mars et Jupiter.

En réalité, l'histoire spatiale de la Chine est ancienne : elle a mis son premier satellite en orbite en 1970 et a lancé plus de 200 fusées au cours des dix dernières années. Le média d'État chinois Xinhua affirme qu'au moins 300 000 personnes ont travaillé sur les projets spatiaux de la Chine, soit près de 18 fois plus que le nombre de personnes travaillant actuellement pour la NASA. L'Administration spatiale nationale chinoise, créée en 2003, dépend de l'État mais en 2016, la Chine a ouvert son industrie spatiale aux entreprises privées.

Mais il y a eu des revers. En 2021, une partie d'une fusée chinoise a quitté son orbite et s'est écrasée dans l'océan Atlantique et deux lancements ont échoué en 2020. De plus, derrière les objectifs affichés par le gouvernement chinois de développer la technologie spatiale à des fins civiles (télécommunications, gestion du trafic aérien, navigation, etc.), beaucoup des satellites chinois servent également à des fins militaires. Ils peuvent aider la Chine à espionner les puissances rivales et à guider les missiles à longue portée. Pour le professeur Sa'id Mosteshar, directeur de l'Institute of Space Law and Policy de l'université de Londres, le programme spatial chinois est davantage motivé par le désir de la nation asiatique d'impressionner le reste du monde.

Wanyuan Song et Jana Tauschinski, *BBC News*, 7 juin 2022.

2 Une vue du « Lapin de jade » prise par la sonde Chang'e III, sur la Lune, le 15 décembre 2013

Comprendre l'organisation d'une étude critique de documents

1. **Identifiez les éléments mis en avant pour présenter le document.**

Les deux documents proposés à l'étude se complètent pour présenter la présence de la Chine dans l'espace. Le premier est un article du célèbre média britannique BBC où les journalistes Wanyuan Song et Jana Tauschinski dressent un état des lieux argumenté de la place de la Chine dans la conquête spatiale. Ce texte, écrit en 2022, fait l'état d'une puissance chinoise croissante depuis quelques décennies, comme le montre la photographie du robot chinois sur la lune en 2013.

Comment les documents montrent-ils l'affirmation croissante de la puissance chinoise dans l'espace et ses limites ? Pour répondre à cette question, il s'agira d'abord de présenter l'affirmation tardive de la Chine dans la course à l'espace, puis les multiples moyens mis au service de ses ambitions spatiales, même si des limites persistent.

Présentez le document.

Annoncez la problématique.

Annoncez le plan.

2. **Sur le modèle de la rédaction de la première partie de l'étude critique de documents, rédigez les deux autres parties en vous aidant du plan détaillé proposé.** ➥ Méthode p. 343

La Chine s'est affirmée tardivement dans l'espace. En effet, la conquête de l'espace a commencé sans la Chine qui n'en était alors que spectatrice. L'article de presse (doc. 1) rappelle que « La Chine est en effet le troisième pays de l'histoire à envoyer des astronautes dans l'espace après l'Union soviétique (aujourd'hui la Russie) et les États-Unis ». Dans le contexte de la guerre froide, les deux grandes puissances se mènent en effet une bataille dans l'espace et acquièrent alors une forte avance sur le reste du monde. Cette compétition est dans un premier temps dominée par l'URSS (Spoutnik en 1957, Gagarine en 1961) avant que les États-Unis marquent un coup d'éclat avec la marche du premier homme sur la Lune en 1969.

Pourtant, face aux deux Grands, Mao Zedong affiche les ambitions spatiales de la Chine dès 1956. La Chine commence alors la construction d'une base de lancement spatial à Jiuquan, dans le désert de Gobi, dès 1958. C'est d'ailleurs de ce site que sont toujours propulsés dans l'espace les lanceurs de satellites Longue Marche, et qu'est parti le robot Lapin de Jade en 2013 (doc. 2). Des efforts financiers et technologiques considérables sont alors engagés pour faire entrer la Chine dans le club restreint des puissances spatiales même s'ils sont freinés par la rupture des relations avec l'URSS dans les années 1960. Cette politique aboutit à la « mise de son premier satellite en orbite en 1970 » (doc. 1). La conquête spatiale est réactivée par Xi Jinping à partir de 2013 et constitue un des programmes de son « rêve chinois ». C'est ainsi qu'un premier robot, le Lapin de Jade, allunit en 2013 et fait de la Chine la 3e puissance spatiale à réussir cette prouesse.
Le pari de Xi Jinping de faire de la Chine la première puissance spatiale en 2045 est lancé.

Commencez chaque partie par une phrase d'introduction en indiquant le contenu.

Chaque paragraphe doit s'appuyer sur un argument prélevé dans le document à citer entre guillemets lorsqu'il s'agit d'un texte.

Terminez chaque partie par une phrase de conclusion.

Plan détaillé des parties 2 et 3

Partie 2 : De multiples moyens pour des ambitions multiformes

- Des moyens pour devenir une superpuissance de l'espace
- Des moyens technologiques au service de la puissance économique de la Chine
- Des documents qui ne permettent pas de montrer tous les aspects de la puissance spatiale chinoise (regard critique)

Partie 3 : Des limites à la puissance chinoise dans l'espace

- Des limites technologiques
- Les limites géopolitiques non évoquées dans les documents (regard critique)

3. **Repérez dans la conclusion les références à chacune des trois parties de l'étude.**

Ainsi, les deux documents proposés à l'étude ont permis de montrer l'affirmation croissante de la Chine dans l'espace. En effet, si Pékin a amorcé sa conquête spatiale tardivement, elle recouvre aujourd'hui des formes variées et a pour objectif de consolider la puissance du pays même si des limites persistent.

Néanmoins, les documents, pourtant riches en informations, occultent un certain nombre de points qu'un regard critique a pu mettre en évidence.

Rappelez les apports de chaque partie à la problématique.

Montrez l'apport du document pour le traitement du sujet.

Méthode BAC

Choisir et construire sa question pour le Grand oral

Le jour de l'épreuve, vous êtes interrogé(e) sur l'une des deux questions préparées au cours de l'année. Ces questions doivent mettre en lumière un des grands enjeux du programme de la classe de Première et/ou de Terminale. En dix minutes, vous devrez expliquer pourquoi vous avez choisi de préparer cette question, puis la développer et y répondre.

Qu'est-ce qu'une question pour le Grand oral ?

La question doit…

- **… s'inscrire dans le programme d'HGGSP** d'HGGSP de Première et/ou de Terminale
- **… intéresser (et vous intéresser)**
  - par son thème
  - par ses enjeux
  - par les acteurs concernés
  - par son lien avec un fait d'actualité
  - parce que c'est un sujet de débat
- **… être réalisable en 10 minutes**
  Le sujet ne doit pas être trop vaste (vous ne feriez alors que le survoler), ni trop fermé (vous risqueriez alors de ne pas tenir le temps de parole)
- **… être, dans l'idéal, en lien avec votre projet de poursuite d'études**

Pour votre Grand oral, vous devrez élaborer deux questions portant sur les deux enseignements de spécialité pris isolément, ou abordés de manière transversale.

Comment choisir et formuler une question ?

Si je choisis d'étudier…	Je dois m'interroger sur…	Je peux commencer ma question par…
Un acteur (individuel ou collectif)	– son rôle précis dans un événement – son influence dans la société – ses responsabilités – ses décisions et/ou actions – (…)	***Quel rôle joue*** l'ONU dans l'exploration et le contrôle des mers et océans ? ***Dans quelle mesure les décisions et actions*** de Xi Jinping sont-elles stratégiques pour l'influence mondiale de la Chine ? ***Quels furent le rôle et l'influence*** de John Fitzgerald Kennedy dans la conquête spatiale ?
Un espace, un territoire	– les tensions et enjeux qui se jouent dans cet espace – les acteurs qui s'affrontent pour s'approprier ce territoire les aménagements de ce territoire et leurs évolutions	***En quoi*** la mer de Chine est-elle révélatrice des tensions maritimes contemporaines ? ***Comment*** les puissances émergentes s'approprient-elles les océans ? ***Comment*** le *New Space* fait-il de l'espace un territoire d'affirmation de la puissance ?
Un événement	– sa nature – son contexte (historique et spatial) – ses causes et ses conséquences (à court, moyen et long terme) – les acteurs impliqués	***Que se passe-t-il*** le 21 juillet 1969 ? ***Comment*** la conquête de l'océan Pacifique a-t-elle été menée ? ***Quelles sont les conséquences*** de la création de l'ISS ?
Une notion	– sa définition – les débats qu'elle suscite – les différents points de vue des scientifiques	***Comment le concept*** du « rêve chinois » a-t-il évolué ? ***Comment*** la course à l'espace a-t-elle influencé l'exploration spatiale ? ***En quoi la pensée*** de sir W. Raleigh est-elle prophétique ?
Une question socialement ou politiquement vive	– les différents points de vue qui existent et s'affrontent à l'échelle nationale et/ou internationale – les effets sociaux et politiques de cette question	***Comment peut-on expliquer*** l'intérêt des États pour la conquête des océans depuis l'époque moderne ? ***Dans quelle mesure*** la dissuasion nucléaire a-t-elle modifié les rapports de force depuis la guerre froide ? ***Faut-il réglementer*** la conquête spatiale ?

N'hésitez pas à solliciter l'aide de votre professeur pour élaborer et valider votre question. Ce sera la garantie d'une question répondant aux attentes du Grand oral.

SUJET d'application ➪ L'évolution de la place des femmes dans la conquête spatiale depuis Valentina Terechkova, première femme astronaute en 1963

étape 1 Vérifier que le sujet est conforme aux attentes d'une question de Grand oral

1. Le sujet peut-il vous intéresser et intéresser le jury ? Justifiez votre réponse.
2. En quoi le sujet s'inscrit-il dans le programme d'HGGSP de Première et/ou de Terminale ?
3. Est-il possible d'apporter une réponse au sujet en 10 minutes ?

étape 2 Identifier les éléments à étudier

4. Complétez le tableau pour identifier les éléments possibles à étudier en lien avec votre sujet.
Aidez-vous des pages 34 à 53 de votre manuel.

Un acteur	Un espace	Un événement	Une notion / Un concept	Une question vive
– Les États-Unis – ………	– ……… – ………	– 1963, Valentina Terechkova devient la première femme à aller dans l'espace – ………	– La course à l'espace – La conquête spatiale	– La place des femmes dans la conquête spatiale

étape 3 Formuler une question

5. Proposez une question de Grand oral pour chaque élément noté dans le tableau. Soumettez ces questions à votre enseignant.

Exemples :
– Quel rôle jouent les États-Unis dans l'affirmation de la place des femmes dans la conquête spatiale ?
– En quoi la course à l'espace permet-elle aux femmes de participer à la conquête spatiale ?

étape 4 Mener une recherche documentaire

6. À l'aide de la méthode p. 176, réalisez votre recherche documentaire.

Sujet d'entraînement

Choisissez un des sujets suivants, identifiez pourquoi le sujet conviendrait pour le Grand oral puis élaborez une question.

- La marine française, un vecteur de puissance ;
- Explorer l'Arctique ;
- L'Union européenne et la pêche ;
- Les batailles navales de la Seconde Guerre mondiale ;
- Les fonds marins et leurs ressources ;
- La piraterie ;
- L'exploration des abysses ;
- La pollution des mers et océans ;
- Le rôle stratégique du canal de Suez ;
- Le rôle du canal de Panama ;
- Les tensions autour du détroit d'Ormuz.
- L'espace, un réservoir de ressources ;
- Elon Musk et la conquête spatiale ;
- L'ISS : un élément de pacification des relations internationales ;
- L'Inde, une puissance spatiale ;
- Le tourisme spatial ;
- Le rôle des satellites pour la puissance des États ;
- Les débris spatiaux ;
- La conquête de Mars au cinéma ;
- La conquête spatiale au cinéma.

Révision

De nouveaux espaces de conquête

Podcast de révision
hachette-clic.fr/24hggt049

A Réviser en autonomie

	MERS ET OCÉANS		ESPACE
CONQUÊTES, AFFIRMATION DE PUISSANCE ET RIVALITÉS	Une conquête ancienne	≠	Une conquête récente
	Un outil de puissance : affirmation de souveraineté dans les ZEE, militarisation des océans (*sea power*)	+	Un outil de puissance : *space power*
	↓		↓
	Rivalités anciennes : thalassocraties, puissances émergentes	+	Des rivalités de la guerre froide à celles d'aujourd'hui (essor des puissances émergentes ou de nouvelles puissances spatiales)
	≠		≠
ENJEUX DIPLOMATIQUES ET COOPÉRATIONS	Encadrer la souveraineté : ZEE, haute mer		Garantir l'absence de souveraineté pour les États
	Libre circulation à faire respecter		
	Réguler l'exploitation des ressources dans les ZEE (Montego Bay) et dans la haute mer (BBNJ)		Des convoitises grandissantes (ressources, sciences)
	Conventions internationales pour concilier les activités et la protection des océans		Coopérations en recomposition (ISS, ouverture aux acteurs privés)
LA CHINE, À LA CONQUÊTE DE L'ESPACE ET DES OCÉANS	Une volonté d'affirmation (nouvelles routes de la soie, mer de Chine méridionale)		L'affirmation d'un *space power* chinois (station spatiale, vols habités)
	Une puissance entre rivalités et coopérations		

B Réviser en groupe

ORGANISER UNE BATAILLE DE CONNAISSANCES

étape 1 • Préparation (10 min)

- Par équipe de 6 élèves, choisissez 3 sujets du thème 1.
- Chaque groupe prépare une série de questions, puis toutes ces questions sont regroupées pour former la banque de sujets.

Sujets possibles :
- La coopération au sein de la station spatiale internationale
- Les revendications chinoises en mer de Chine
- La course à l'espace durant la guerre froide
- Le droit de la mer depuis 1982
- …

étape 2 • Réalisation (6 min)

- En 6 minutes (une minute par question), les deux premières équipes s'affrontent sous le regard d'une équipe arbitre.
- L'équipe qui gagne est celle qui répond correctement à un maximum de questions.
- Elle devient alors l'équipe arbitre de la bataille suivante.

C Retour sur image

Le regard de l'experte

Vidéo

Julia Tasse, Iris, 2024.
hachette-clic.fr/24hggt050

D Aller plus loin en étudiant une exposition

En vous rendant à la Cité des sciences et de l'industrie de Paris ou sur le site Internet de l'exposition, répondez aux questions :

1. **Relevez trois dates en lien avec l'histoire de l'exploration des océans.**

2. **Définissez l'océanographie en listant les différentes disciplines scientifiques qui la composent.**

3. **À l'aide des films proposés dans l'exposition, complétez le tableau :**

	Rôle des mers et océans	Enjeux géopolitiques
Commerce		
Câbles de télécommunication		
Exploitation des ressources		
Protection de l'environnement		
Changement climatique		

Site Internet

Sous l'océan, une exposition permanente à la Cité des Sciences et de l'industrie, La Villette, Paris.
hachette-clic.fr/24hggt051

Engagement citoyen

Comment les jeunes peuvent-ils participer à la protection de l'environnement marin ?

À partir du site Internet de l'ONG environnementale Surfrider, découvrez les Initiatives Océanes et participez à une collecte de déchets sur une plage, un lac ou une rivière près de chez vous.

Site Internet
hachette-clic.fr/24hggt052

THÈME

2

Faire la guerre, faire la paix : formes de conflits et modes de résolution

Gros plan sur le thème 2

Lecture d'image
hachette-clic.fr/24hggt053

Le 21 mai 2022, un jeune garçon ukrainien regarde les chars d'assaut russes capturés par l'armée ukrainienne et exposés dans les rues de Kiev. (Reuters)

Repères

Assurer la paix dans un monde en guerre

1 Le monde en guerre en 2024

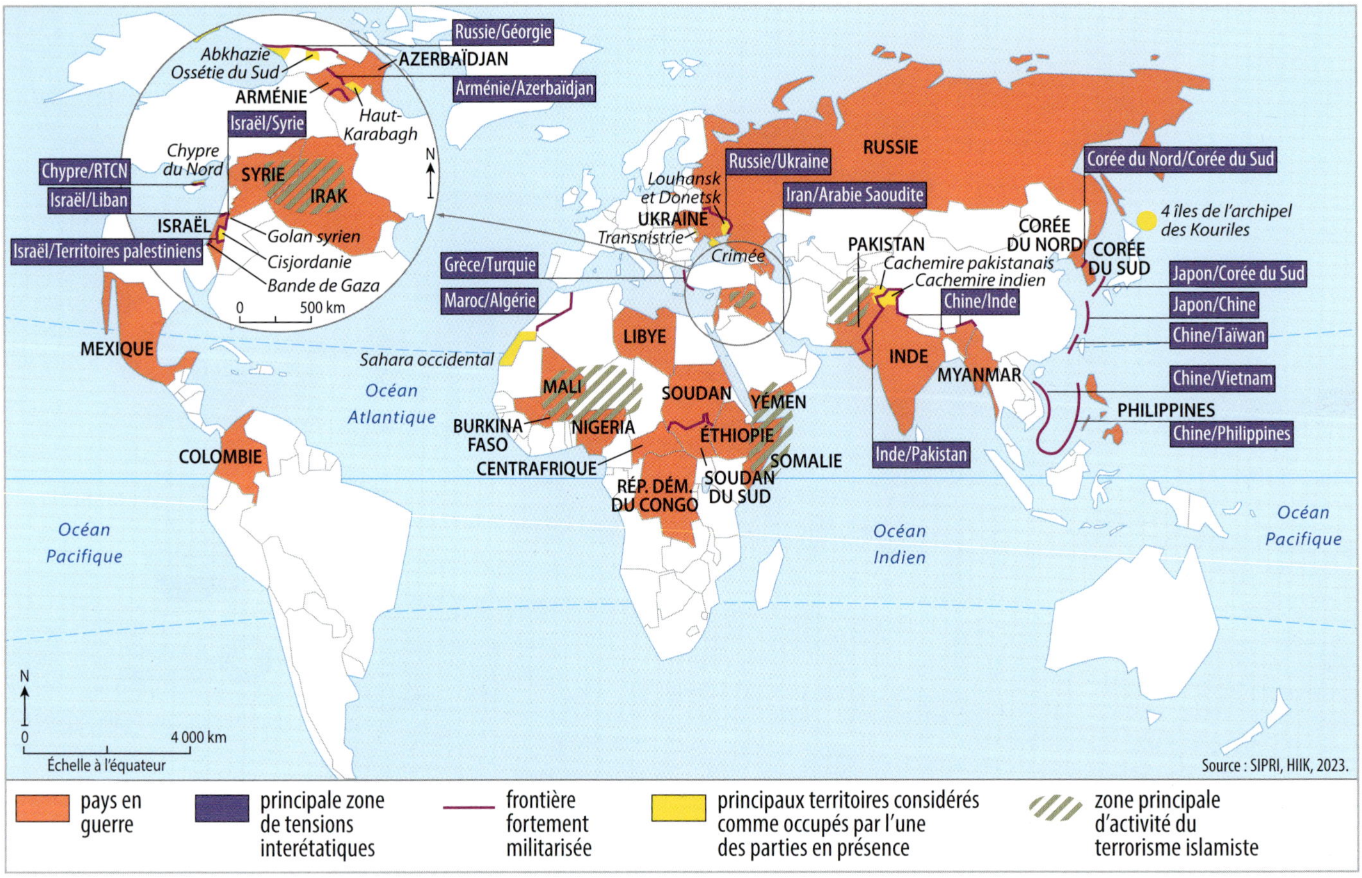

2 Les acteurs de la guerre et de la paix

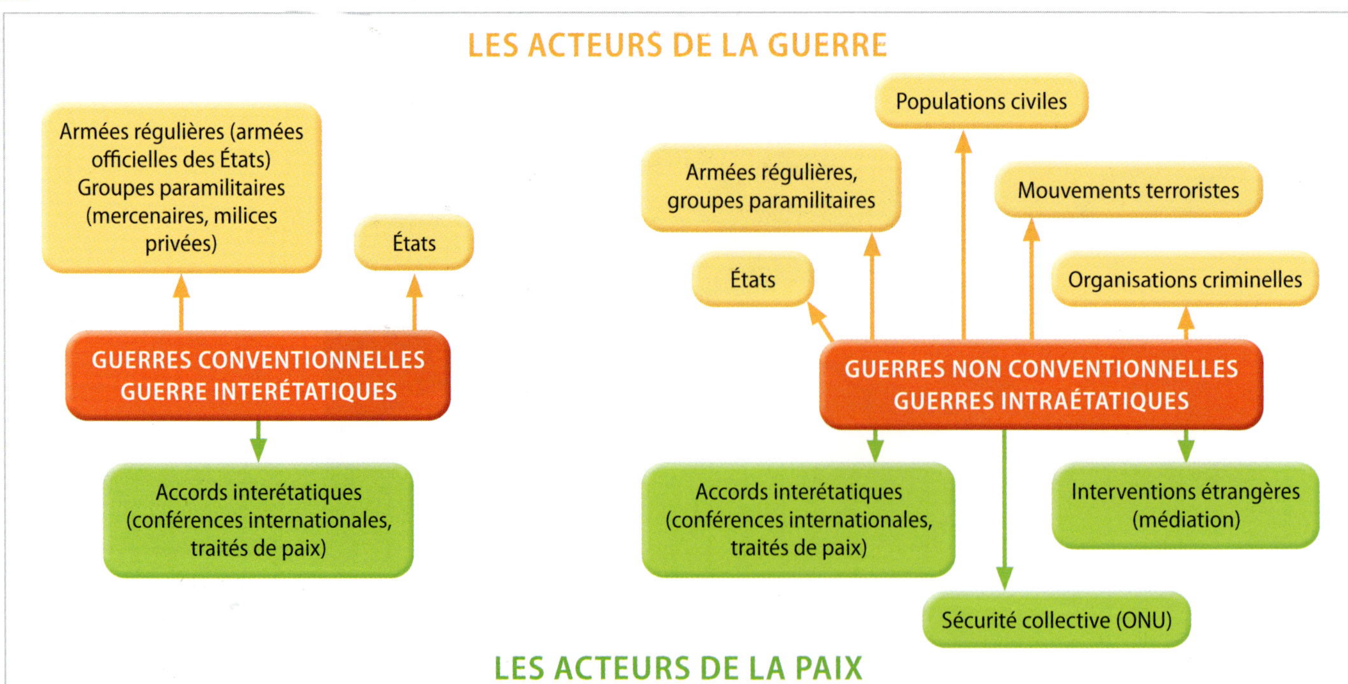

3 L'évolution du nombre de conflits et de victimes depuis 1946

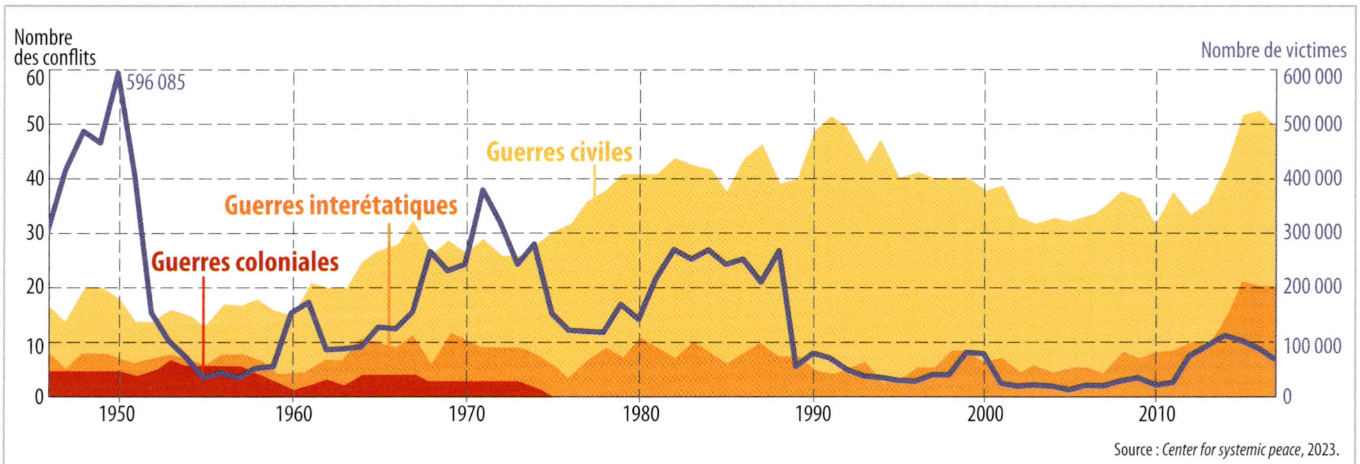

Source : *Center for systemic peace*, 2023.

4 Les dynamiques de la guerre et de la paix

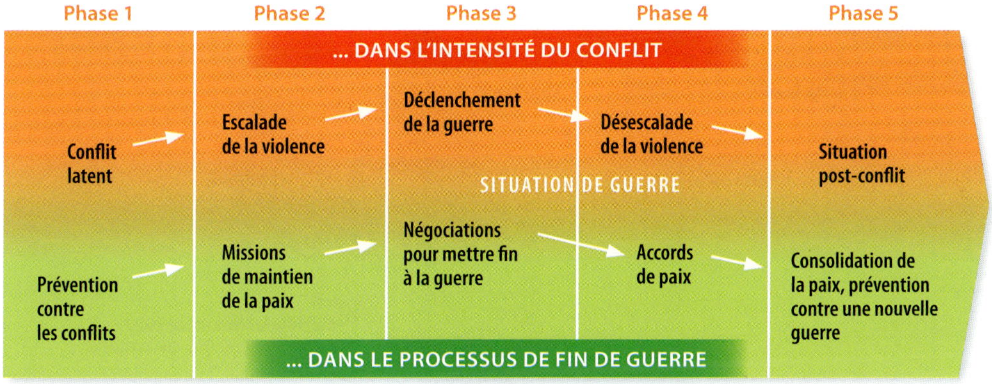

Notions

Conflit : situation de tension, de contestation ou d'opposition, qu'elle soit politique, économique ou sociale, entre différents groupes ou États qui n'aboutit pas forcément à la lutte armée.

Guerre : situation d'opposition violente, armée, entre différents groupes ou États.

Paix : absence de violence et de tension entre différents groupes ou États. Une paix durable passe également par des conditions socio-économiques acceptables et une situation politique stable.

5 Le drapeau de l'ONU, un symbole pour la Paix

La couronnes de laurier, initialement prévue en 1945, a été remplacée par une couronne d'oliviers, pour symboliser la paix.

Ne pas confondre

Guerre interétatique : situation de guerre entre plusieurs États souverains.

≠

Guerre civile (ou intraétatique) : situation de guerre à l'intérieur d'un État, soit entre les groupes dirigeants et des groupes rebelles, soit entre deux ou plusieurs groupes qui s'affrontent au sein du même État.

Guerre conventionnelle : affrontement de groupes armés utilisant des armes et des tactiques classiques, comme l'infanterie, l'artillerie, des chars d'assaut ou des avions de chasse. Elles sont le fait de deux armées régulières.

≠

Guerre non conventionnelle : affrontement de groupes armés utilisant des armes et des tactiques non traditionnelles, comme la guérilla, les armes chimiques, la cyberguerre… Elles sont souvent le fait de groupes armés paramilitaires ou terroristes.

POUR COMPRENDRE

1. Un grand nombre d'États sont aujourd'hui en guerre, qu'elle soit interétatique ou civile. Cette situation est en constante évolution, au gré des tensions ou des rapprochements géopolitiques.

> Montrez que la guerre est aujourd'hui la réalité de nombreux pays, mais qu'elle est également en constante évolution. (doc. 1 et 3)

2. Le processus de paix dépend en grande partie de la nature de la guerre et de ses belligérants. Il peut parfois mobiliser un grand nombre d'acteurs.

> Quels sont les différents acteurs impliqués dans le processus de paix et quelles sont les modalités de ce processus ? (doc. 2 et 4)

FOCUS 1 Russie-Ukraine, une guerre interétatique aux portes de l'Europe

Le 24 février 2022, la Russie envahit l'Ukraine. Les relations entre les deux pays s'étaient déjà détériorées depuis l'annexion de la Crimée par la Russie en mars 2014 et la guerre civile dans le Donbass, entre le gouvernement ukrainien et les sécessionnistes pro-russes. L'invasion a été dénoncée par l'ONU, mais le processus de paix dans ce conflit interétatique est très complexe.

➤ Pourquoi la guerre entre la Russie et l'Ukraine rend-elle difficile un retour à la paix ?

1 La situation de la guerre au printemps 2024

Un conflit ancien
- zone tenue par les séparatistes pro-russes depuis 2014 (Donbass)
- région annexée par la Russie en 2014
- base navale russe

Un conflit meurtrier qui s'enlise
- territoire ukrainien non envahi par la Russie
- territoire ukrainien envahi par la Russie puis repris par l'armée ukrainienne
- territoire occupé par l'armée russe

- principale bataille meurtrière
- infrastructure stratégique menacée et/ou détruite

2 Le retour d'une guerre interétatique en Europe

UNE GUERRE INTERÉTATIQUE

Les objectifs de la guerre en Ukraine

Ukraine	Russie
• Lutte pour le maintien de l'intégrité territoriale de l'Ukraine	• Faire de l'Ukraine un État soumis à la Russie et une zone tampon avec l'OTAN

Les motivations de la guerre

Ukraine	Russie
• Lutte pour l'indépendance du pays • Rapprochement de l'Occident	• Lutte contre le gouvernement ukrainien considéré comme « nazi » • Lutte contre l'Occident

Les moyens employés

Ukraine	Russie
• Armée régulière • Bombardements d'artillerie • Mobilisation de la population en âge de combattre • Drones • Soutien des alliés occidentaux	• Armée régulière • Bombardements d'artillerie • Groupes paramilitaires (groupe Wagner…) • Drones

Les victimes de la guerre

Ukraine	Russie
• Les soldats engagés sur le front • Les populations civiles de l'ensemble du pays	• Les soldats engagés sur le front • Les populations des frontières avec l'Ukraine

3 Une guerre qui s'annonce longue

L'aveu est rare de la part d'un officier de haut rang. Auditionné le 12 juillet par la commission de la défense et des forces armées de l'Assemblée nationale, le général Jacques Langlade de Montgros a mis en garde : la guerre en Ukraine « se prolongera en 2024, voire en 2025 », a expliqué le responsable de la direction française du renseignement militaire, peu optimiste sur le succès de la contre-offensive lancée par Kiev. « Ce conflit est une guerre d'usure s'inscrivant résolument dans le temps long », a assuré le haut gradé, évoquant « deux boxeurs sur un ring s'épuisant coup après coup, sans que l'on sache lequel s'effondrera en premier ». [...]

(La progression des forces ukrainiennes à l'été 2023), plus modeste qu'espérée s'explique par plusieurs facteurs. Le premier tient à la préparation des Russes. À la différence des contre-offensives menées avec succès à l'automne 2022 dans les régions de Kharkiv et de Kherson, les forces de Moscou ont eu, cette fois, le temps de se préparer aux assauts ukrainiens. D'immenses lignes de fortifications ont été érigées, notamment dans le sud du pays. [...]

La difficulté tient notamment au nombre de mines qui entravent la progression ukrainienne. Les Russes en ont posé partout, sans compter celles laissées par les Ukrainiens depuis 2014. Au total, quelque 170 000 kilomètres carrés seraient aujourd'hui minés, près de deux fois la surface du Portugal. « L'Ukraine est aujourd'hui le pays le plus miné au monde », s'est alarmé le ministre de la Défense, Oleksii Reznikov, dans un article publié le 13 août par le quotidien britannique *The Guardian*, affirmant que ses troupes trouvent « jusqu'à cinq mines par mètre carré dans certaines parties du front ». [...]

« Ukraine, le spectre d'une guerre longue s'installe », *Le Monde*, 17 août 2023.

4 Une invasion dénoncée mais des sanctions prises uniquement par les pays occidentaux

Vote de la résolution de l'ONU du 23 février 2023 : « La Russie doit cesser immédiatement de recourir à la force contre l'Ukraine »

- oui (141 pays)
- abstention (32 pays)
- non (7 pays)
- absent le jour du vote (13 pays)

CHINE membre permanent du Conseil de sécurité disposant du droit de veto

pays ayant pris des sanctions politiques ou économiques contre la Russie

Source : ONU, 2023.

5 Des nouveaux intermédiaires pour un monde en guerre

Le 6 août 2023, des représentants de plus de 40 pays se réunissent à Djeddah (Arabie Saoudite) en présence de Volodymyr Zelensky, le président de l'Ukraine. Les pourparlers ont pour enjeu la progression vers une fin pacifique de la guerre russo-ukrainienne.

ACTIVITÉ ORAL

En trois minutes, expliquez les enjeux de la guerre en Ukraine et les difficultés des modes de résolution du conflit.

Aide

Appuyez vous sur le plan suivant :

1. La guerre en Ukraine, une guerre interétatique opposant deux pays et leurs alliés. **(doc. 1 et 2)**

2. Une guerre d'usure qui dure. **(doc. 3)**

3. Une communauté internationale incapable de mettre fin à la guerre. **(doc. 4 et 5)**

Bilan

À partir du cas ukrainien, montrez les caractéristiques d'une guerre interétatique et des processus de paix.

	Territoires	Moyens	Acteurs	Freins
Guerre				
Processus de paix				

Focus 2 Le Soudan dans la spirale de la guerre civile

En 2019, Omar el-Bechir, président au pouvoir au Soudan depuis 1989, est renversé par un coup d'État de l'armée. Deux militaires, Abdel Fatah Al-Buhrane et Mohamed Hamdan Dogolo, dit « Hemetti », font alors alliance pour permettre une transition démocratique. Cependant, depuis avril 2023, les deux hommes s'opposent dans une véritable guerre civile, risquant de déstabiliser la région.

➤ Comment la guerre civile engendre-t-elle un cycle de violence difficile à contenir ?

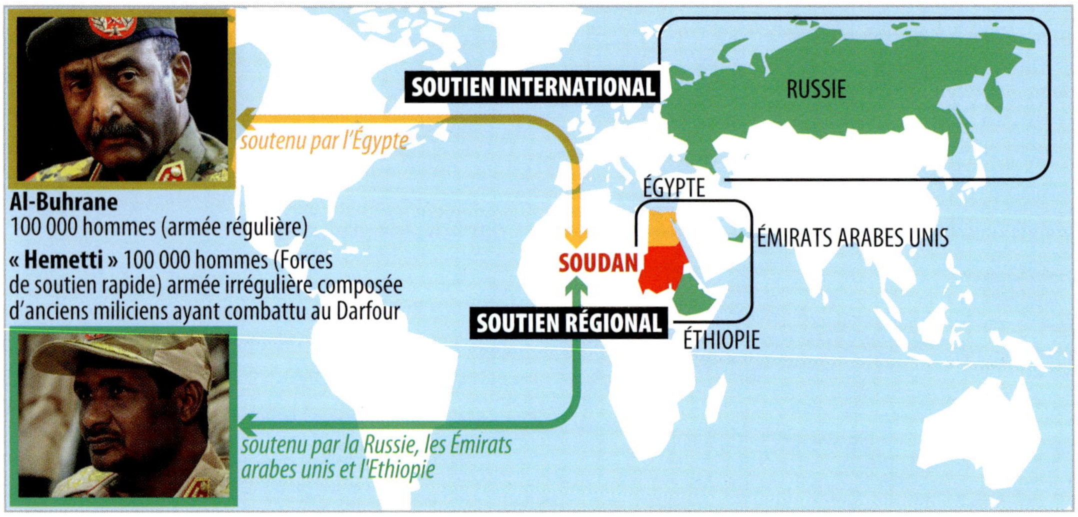

1 Une guerre civile qui dépasse les frontières du pays

La guerre civile au Soudan pousse Al-Buhrane et Hemetti à chercher des soutiens auprès des pays voisins mais également des soutiens internationaux comme la Russie, qui possède le droit de veto au Conseil de Sécurité de l'ONU.

Source : *Diplomatie*, septembre-octobre 2023.

2 L'échec de toutes les négociations de paix

Depuis le début des hostilités entre les Forces armées soudanaises (FAS) et les Forces de soutien rapide (FSR), toutes les tentatives de médiation internationale ont échoué. Les sommets s'enchaînent sans qu'aucune solution négociée ni cessez-le-feu durable ne se dessinent. En trois mois, le conflit a fait plus de 3 000 morts civils et déplacé plus de 3 millions de personnes, selon l'Organisation internationale pour les migrations (OIM).

Constatant qu'aucun des engagements pris par les deux parties pour mettre en place des corridors humanitaires n'avait été respecté, les États-Unis ont annoncée, la suspension des pourparlers de Jeddah, débutés deux mois plus tôt en Arabie Saoudite. Face à cette impasse, l'Union africaine (UA) a alors élaboré un « plan pour la désescalade au Soudan », incluant des hommes politiques et des représentants issus de la société civile soudanaise susceptibles d'incarner une troisième voie. Sa feuille de route n'a cependant débouché sur aucun mécanisme concret de résolution de crise.

Dans l'intervalle, l'IGAD[1] a repris la main sur le dossier soudanais, tentant en vain d'organiser un tête-à-tête entre les deux généraux ennemis. L'organisation a également envisagé le déploiement d'une force d'interposition est-africaine au Soudan pour faciliter l'acheminement de l'aide humanitaire et la protection des civils.

« La compétition entre ces différentes initiatives est un problème. Il est urgent de créer un mécanisme de négociation unique. Pour le moment, l'agitation régionale ne fait qu'empirer la situation, chacune des deux armées pouvant se prévaloir de soutenir une médiation concurrente », estime Kholood Khair, la fondatrice du cercle de réflexion Confluence Advisory.

« Au Soudan, les médiations échouent et la crainte de régionalisation du conflit augmente», *Le Monde*, 14 juillet 2023.

1. Autorité intergouvernementale pour le développement qui réunit les dirigeants de la Corne de l'Afrique

ACTIVITÉ

À l'aide des documents proposés, complétez le schéma.

Une guerre civile
- Qui sont les acteurs principaux de la guerre ? …
- Qui sont les victimes ? …
- Quelle est l'ampleur de la guerre ? …
- À quelles difficultés sont confrontées les tentatives de résolution ? …

Bilan

À l'aide des documents, montrez les difficultés du processus de paix dans un conflit intraétatique.

Focus 3 La lutte contre le narcotrafic, une véritable guerre au Mexique

La guerre de la drogue au Mexique est un conflit armé dans lequel les **cartels de la drogue** s'opposent au gouvernement. Depuis 2006, l'armée mexicaine est impliquée. Selon certains analystes, cette guerre a fait 50 000 à 100 000 morts entre 2006 et 2012. Depuis 2019, ce nombre est estimé à 30 000 par an.

➤ Pourquoi la lutte contre les trafics de drogue peut-elle être qualifiée de véritable « guerre » ?

1 Un pays ravagé par les guerres des cartels

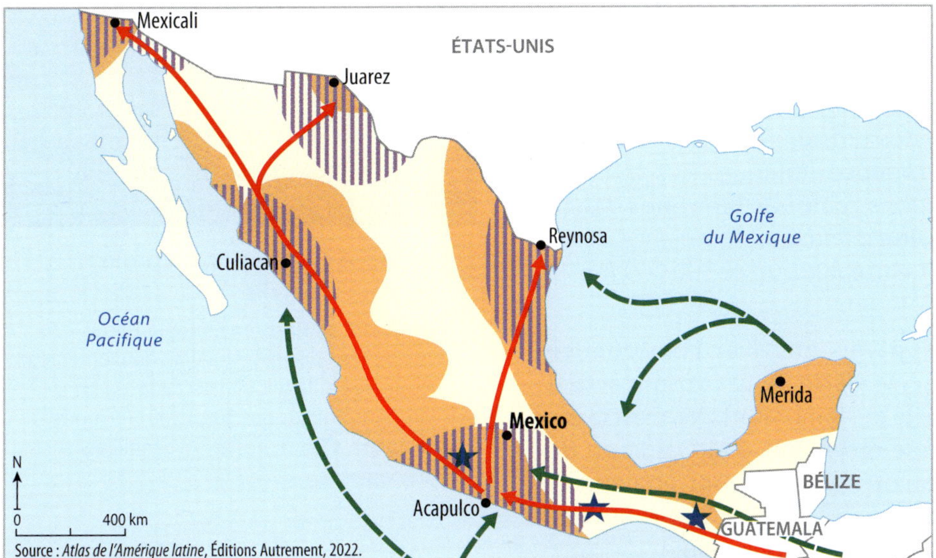

Source : *Atlas de l'Amérique latine*, Éditions Autrement, 2022.

Un conflit ancien
- un pays dominé par les cartels de la drogue
- route terrestre de la drogue
- réseau de la cocaïne venant de Colombie ou du Venezuela

Les régions en proie à une véritable guerre
- région où le taux d'homicide par habitant est le plus élevé
- région où s'organisent des milices d'autodéfense citoyenne

2 Le fentanyl, objet de tensions entre les États-Unis et le Mexique

Dessin de Dario, Mexique, 2023.

Face au développement du trafic de fentanyl aux États-Unis, des sénateurs républicains américains ont proposé de recourir à la force armée contre les cartels mexicains au Mexique ce qui a tendu les relations entre les deux pays.

Vocabulaire

Cartel de la drogue : organisation criminelle avec pour principal objectif de promouvoir et de contrôler les opérations de trafic de drogues.

3 L'échec des autorités à lutter efficacement contre les cartels

Ces vingt dernières années, le pays a assisté à une hausse de la violence ainsi qu'à sa banalisation. Apparemment, aucune politique publique n'a réussi à restaurer la paix dans notre pays. Mais alors, pourquoi les stratégies aussi bien répressives que préventives ont-elles échoué ?

Le modèle offensif mis en place par Felipe Calderón entre 2006 et 2012 promettait de ne laisser aucun crime et acte de violence impuni et d'employer la force pour traquer et punir les criminels. Cette politique de guerre frontale n'a pas vraiment été une réussite. L'État a commencé à mettre en place sa politique de tolérance zéro sans disposer d'éléments suffisants, sans préparation et sans budget, il ne bénéficiait pas du soutien de la société civile et était aux prises avec un grave problème de corruption au sein même de ses institutions. Il n'est donc pas étonnant que le taux d'homicide volontaire ait grimpé en flèche et soit passé de 11 pour 100 000 habitants en 2006 à 18 en 2012. L'autre approche, la stratégie préventive, est davantage centrée sur les causes qui engendrent la violence, et elle est censée reconstruire le tissu social, grâce à des approches différentes afin de tuer dans l'œuf la criminalité, mais aussi grâce à une application plus rapide de la loi. Quatre ans après la mise en place de la politique préventive du gouvernement Amlo, le succès n'est pas vraiment au rendez-vous. Bien au contraire.

El universel (quotidien mexicain), *Courrier international*, 17 décembre 2022.

ACTIVITÉ

Reproduisez le schéma de la page 108 et complétez-le en l'appliquant à la guerre contre les cartels de drogue au Mexique.

Bilan

À l'aide des documents, montrez les difficultés du processus de paix dans un conflit impliquant des groupes criminels.

Introduction

Leçon 1 Formes de conflits et tentatives de paix dans le monde actuel

La diversité des formes des guerres rend-elle les processus de paix de plus en plus complexes ?

A Des formes de guerres variées

Depuis la fin de la Seconde Guerre mondiale, les guerres interétatiques sont moins nombreuses. La mise en place d'organisation de **sécurité collective** comme l'Organisation des Nations unies (ONU) a permis d'encourager le dialogue entre les nations. Pourtant, l'invasion de l'Ukraine par la Russie en février 2022 nous rappelle que les relations entre États sont encore aujourd'hui l'objet de nombreux conflits.

Les guerres civiles se sont au contraire multipliées, qu'il s'agisse des guerres de décolonisation ou des tensions survenues depuis les indépendances entre différents groupes ethniques. Les volontés sécessionnistes de certaines régions, comme l'indépendance du Soudan du Sud en 2011, peuvent être d'une grande violence. Ainsi, en Éthiopie, la guerre au Tigré a fait entre 300 000 et 500 000 morts entre 2020 et 2022.

Des formes inédites de conflits apparaissent avec l'émergence de nouveaux acteurs. Apparu au XVIIIe siècle, le terrorisme actuel est devenu une menace pour la stabilité de nombreux pays. C'est le cas des nombreux groupes armés qui se réclament d'Al-Qaïda ou de Daech. En Amérique latine, les narcotrafiquants sont également suffisamment puissants pour tenir tête à des États et à leurs armées régulières, comme au Mexique, en Équateur ou en Colombie.

1 Le Tigré, une région en proie à la guerre civile

La guerre au Tigré (en Éthiopie, entre 2020 et 2022) a opposé l'armée du gouvernement éthiopien et la population de la région du Tigré. En plus des 300 à 500 000 morts, la guerre a fait des dizaines de milliers de déplacés.

B Des populations de plus en plus impliquées dans les conflits

Les soldats des armées régulières sont proportionnellement de moins en moins nombreux comparés aux victimes civiles. Les armées se sont professionnalisées et les grandes offensives militaires sont de plus en plus soutenues par l'artillerie et des attaques aériennes. Ainsi, l'opération « Tempête du Désert », visant à libérer le Koweït de l'invasion irakienne en 1991, a fait moins de 300 morts sur le million d'hommes engagé du côté de la coalition.

Cependant, l'augmentation des guerres civiles rend la frontière entre combattants et civils de plus en plus fine. Dans les pays touchés par ces types de conflits, les combattants sont pour la plupart des groupes armés paramilitaires, voire des civils engagés dans le conflit. En février 2023, l'Unicef estimait que plus de 300 000 enfants soldats combattaient dans le monde, principalement en Afrique, notamment en Somalie ou en République démocratique du Congo.

Les victimes sont majoritairement des civils car les armes ont changé. Dans de nombreux conflits, les populations sont à la fois les cibles et les victimes d'armes non conventionnelles. Ainsi, le régime syrien a fait usage d'**armes chimiques** durant la guerre civile, depuis 2011. De plus, en 2021, un rapport de l'ONU estime que plus de 20 personnes sont victimes des mines anti personnelles chaque jour dans le monde. En Ukraine, le peuple est également une cible comme lors du massacre de Boutcha commis entre les 27 février et 31 mars 2022.

Vocabulaire

Arme chimique : produit chimique, introduit dans des munitions, utilisé pour provoquer la mort ou d'autres dommages par son action toxique.

Paix durable : doctrine développée par l'ONU considérant que la paix ne peut être solide qu'à partir du moment où quatre éléments sont rassemblés : la capacité de l'État à assurer la sécurité et l'ordre public, le respect des droits de l'Homme, la démocratie et le développement économique et social.

Sécurité collective : notion selon laquelle des États concluent un accord considérant que la sécurité de l'un d'entre eux est l'affaire de tous les autres. Ils répondent alors collectivement aux atteintes et aux menaces d'atteinte à la paix.

C Des processus de paix rendus plus complexes

Depuis 1945, l'ONU joue un rôle central dans le processus de maintien de la paix selon le principe de la défense de la sécurité collective. Cependant, elle ne peut pas agir dans tous les conflits. Ainsi, si l'un des membres permanents du Conseil de sécurité (États-Unis, Chine, Russie, France et Royaume-Uni) est directement impliqué, il peut poser son veto à toute résolution contraignante. Cela a été le cas durant l'intervention américaine en Irak en 2003 ou plus récemment dans la guerre qui oppose la Russie à l'Ukraine.

Mais les processus de paix passent aussi par un travail de médiation des grandes puissances ou des puissances régionales. Ainsi, dans les années 1990, les États-Unis ont joué un rôle important dans la signature des accords d'Oslo entre Israël et l'Autorité palestinienne en 1993. Plus récemment, en 2018, l'Arabie Saoudite a joué un rôle de pivot dans les accords de paix entre l'Éthiopie et l'Érythrée.

Cependant, construire une paix durable, est un processus long. C'est sans doute dans la mise en place des conditions d'une paix durable que l'ONU est la plus efficace. Elle reste présente dans de nombreuses régions qui ont connu des conflits. Elle a ainsi accompagné l'accession à l'indépendance au Timor oriental ou au Soudan du Sud. Par le biais notamment des Casques bleus, elle cherche à faire respecter les droits de l'Homme, à créer des institutions politiques stables et démocratiques et à permettre un développement économique et social.

2 La présence des Casques bleus en Haïti

La mission des Casques bleus en Haïti (2004-2017) visait à stabiliser le pays miné par les violences internes et la pauvreté. Elle n'a cependant par réussi à améliorer la situation du pays d'un point de vue économique, social et politique.

Schéma interactif
hachette-clic.fr/24hggt054

SCHÉMA BILAN

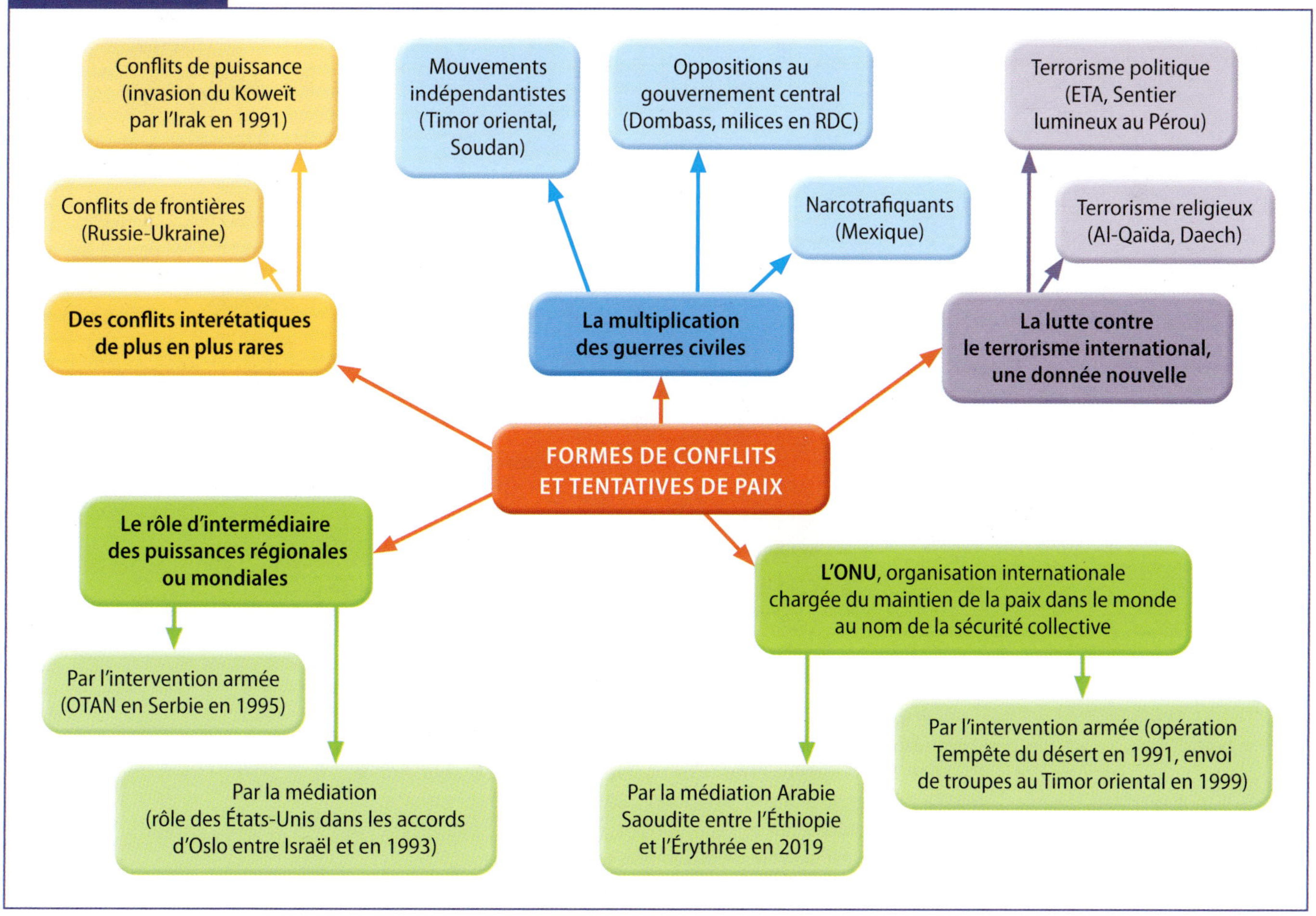

AXE 1

La dimension politique de la guerre : des conflits interétatiques aux enjeux transnationaux

› **Comment le passage des guerres interétatiques à des conflits globaux a-t-il transformé les enjeux de la guerre ?**

1 La bataille d'Austerlitz, le 2 décembre 1805

François Gérard, *La bataille d'Austerlitz*, 1810, Musée national du château de Versailles, huile sur toile, 510 x 958 cm.

La bataille d'Austerlitz, dite aussi « des Trois empereurs » est la plus célèbre des victoires napoléoniennes. Alors qu'une coalition entre le Royaume-Uni, la Russie et l'Autriche menace la France, la Grande Armée de Napoléon Ier fait capituler l'armée autrichienne à Ulm le 20 octobre 1805, puis les troupes russes à Austerlitz le 2 décembre. Sur le tableau, Napoléon, sur son cheval blanc, reçoit les drapeaux et canons pris à l'ennemi et le prince Repnine, à gauche, est entouré de prisonniers russes.

1750 | 1800 | 1850 | 1900 | 1950 | 2000

- **1756-1763** Guerre de Sept Ans
- **1792-1815** Guerres révolutionnaires puis napoléoniennes
- **1832** Publication de *De la guerre*, de Carl von Clausewitz
- **1987** Fondation d'Al-Qaïda
- **2001** Attentats du 11-Septembre aux États-Unis
- **2006** Création de Daech
- **2014-2019** « Califat » autoproclamé en Irak et en Syrie

2 Des combattants du Mouvement national de libération de l'Azawad (MNLA), le 28 août 2022 à Kidal

Le mouvement national de libération de l'Azawad est une organisation politique et militaire majoritairement touarègue, dont l'objectif est l'indépendance de l'Azawad, territoire au Nord du Mali. Le groupe armé, qu'il faut distinguer des groupes islamistes de la région comme le Groupe de Soutien à l'Islam et aux Musulmans, est en situation de lutte ouverte avec le pouvoir de Bamako.

QUESTIONS

1. Comment le peintre montre-t-il que les guerres napoléoniennes sont des guerres entre nations ? **(doc. 1)**

2. Montrez que les guerres irrégulières sont aujourd'hui devenues communes avec le développement des guerres civiles. **(doc. 2)**

p. 114 **> JALON ①**
La guerre, « continuation de la politique par d'autres moyens » (Clausewitz) : de la guerre de Sept Ans aux guerres napoléoniennes

p. 120 **> JALON ②**
Le modèle de Clausewitz à l'épreuve des « guerres irrégulières » : d'Al-Qaïda à Daech

JALON 1 La guerre, « continuation de la politique par d'autres moyens » (Clausewitz) : de la guerre de Sept Ans aux guerres napoléoniennes

Repères

Carl von Clausewitz et la théorie de la guerre moderne

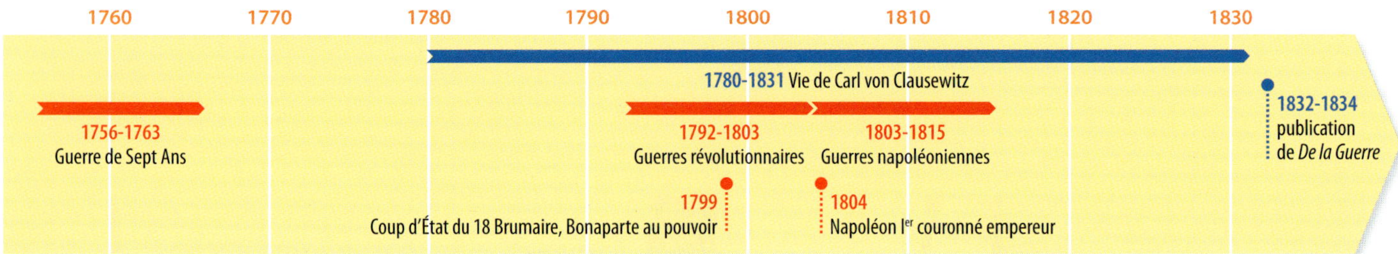

1 La théorie de la guerre selon Clausewitz

DÉFINITION

Pour Carl von Clausewitz, la guerre est : « un acte de violence dont l'objectif est de contraindre l'adversaire à exécuter notre volonté ».

UNE THÉORIE, DEUX NOTIONS COMPLÉMENTAIRES

La guerre absolue

- Théoriquement, l'objectif de la guerre est l'**anéantissement de l'adversaire**, avec un **usage illimité de la force**.
- **La fin de la guerre** intervient quand l'un des belligérants a détruit son adversaire.

La guerre réelle

- Dans la réalité, la guerre n'est pas absolue, **il n'est pas nécessaire d'anéantir l'ennemi.** La guerre n'est pas le fait que des militaires, elle est également soumise aux décisions politiques : « **La guerre est la continuation de la politique par d'autres moyens** ».
- **La guerre prend fin** quand les belligérants ont intérêt à la fin des combats, même si aucune armée n'a terrassé l'autre. Il faut alors **négocier** en fonction du rapport de force.

EN PRATIQUE, DIFFÉRENTES FAÇONS DE FAIRE LA GUERRE

La guerre régulière : le rapport de force entre armées

- La recherche de la bataille décisive
- « La destruction directe des forces armées doit primer partout et passer avant toute autre considération. »

La guerre irrégulière : les autres moyens de faire la guerre

- La « **petite guerre** » (guérilla)
- La maîtrise de l'information, « le brouillard de guerre[1] ».

La dimension politique :

- Savoir négocier au bon moment pour défendre ses intérêts, en fonction des rapports de force.

1. Terme utilisé pour décrire l'absence ou le flou des informations concernant les opérations militaires. Cela désigne, selon Clausewitz, l'incertitude des belligérants quant à leurs propres capacités, celle des adversaires, la position des forces de l'ennemi et ses objectifs.

Carl von Clausewitz
(1780-1831)

Carl von Clausewitz est né dans une famille de la classe moyenne. Son père avait servi durant la guerre de Sept Ans. À l'âge de 13 ans, Clausewitz s'engage dans un régiment d'infanterie prussien. Il participe aux campagnes contre Napoléon. En 1812, suite à la conquête de la Prusse par les troupes de Napoléon, il refuse de collaborer militairement avec les Français et rejoint l'armée russe. Il participe à la bataille de Waterloo le 18 juin 1815. Son traité, *De la Guerre*, est publié après sa mort par sa femme. L'ouvrage, inachevé, reste sous forme de notes, mais devient un classique de la stratégie moderne. Dans cet ouvrage, il confronte la théorie de la guerre à la pratique et développe plusieurs idées restées célèbres jusqu'à aujourd'hui.

Ne pas confondre

Guerre absolue : théorie de Clausewitz considérant que l'objectif de la guerre est l'anéantissement de l'adversaire grâce à un usage illimité de la force. C'est une définition absolue de la guerre mais qui reste purement théorique.

≠

Guerre réelle : concept développé par Clausewitz qui considère que celui qui mène la guerre peut utiliser de nombreux leviers, comme la puissance militaire mais aussi la négociation, la maîtrise de l'information. La fin de la guerre n'est pas tant l'anéantissement de l'adversaire que le moment où, en fonction du rapport de force, les belligérants ont intérêt à ce que la guerre cesse.

Notions

Guerre régulière : guerre encadrée par le droit de la guerre, c'est-à-dire l'ensemble des lois et des pratiques qui encadrent la guerre (protection des civils et des prisonniers de guerre…). Elle ne fonctionne que dans le cadre d'une guerre interétatique.

Guerre irrégulière : guerre marquée par des pratiques qui ne font pas partie du droit de la guerre : guerres civiles, guérilla, terrorisme, de même que toutes les pratiques non conventionnelles de la guerre (cyberattaques, utilisation d'armes chimiques…).

2 La guerre de Sept Ans[1] (1756-1763), le modèle clausewitzien de la guerre réelle

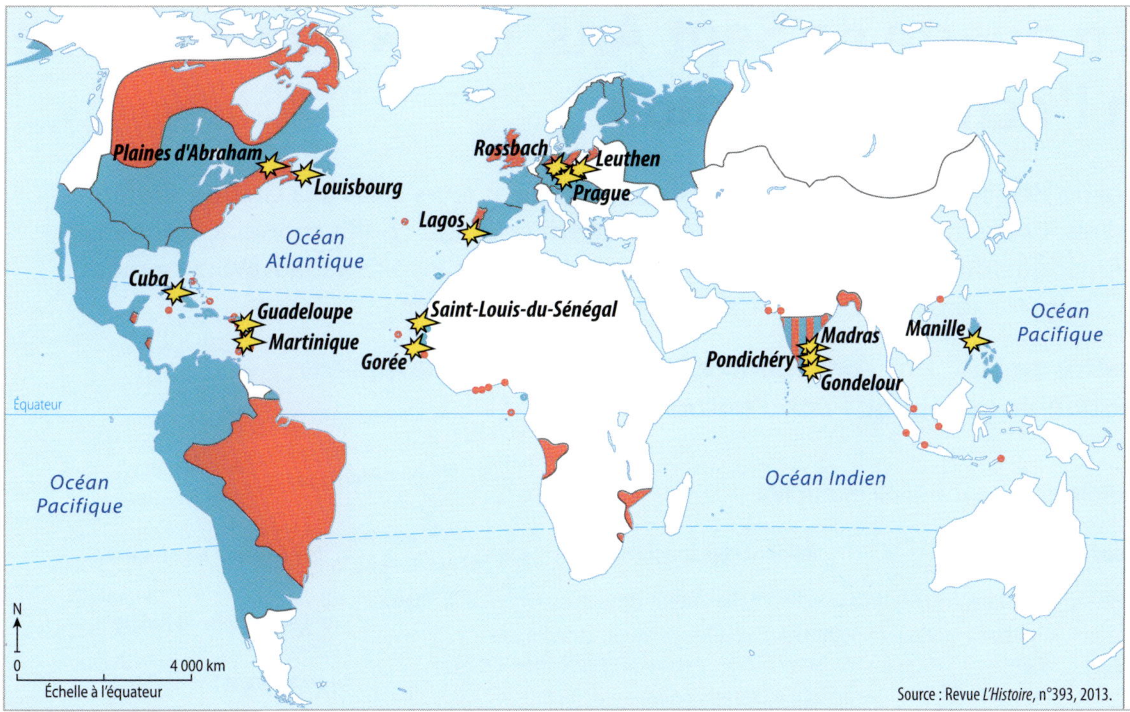

Source : Revue *L'Histoire*, n°393, 2013.

- Grande-Bretagne, Prusse, Portugal et leurs alliés
- France, Espagne, Autriche, Russie et leurs alliés
- grandes batailles de la guerre de Sept Ans

1. La guerre de Sept Ans est avant tout une guerre entre puissances. Les armées s'affrontent surtout sur le champ de bataille.

3 Les guerres napoléoniennes, entre guerres régulières et « petite guerre »

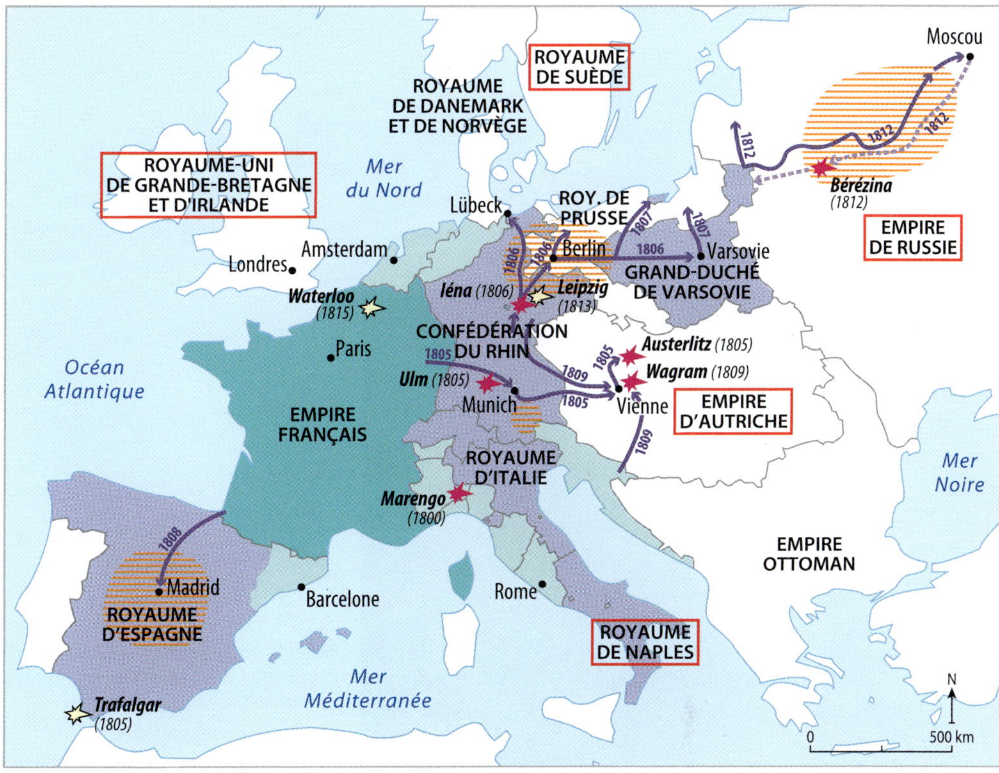

1. Un empire français en plein expansion

- la France à la prise du pouvoir de Napoléon Bonaparte en 1800
- acquisitions territoriales françaises
- État gouverné par un proche de Napoléon Ier

2. Un empire en guerre

- État coalisé contre la France en 1805 mené par le Royaume-Uni
- principale campagne militaire
- retraite de l'armée française
- victoire française
- défaite française
- Zone de guérilla

Source : Romuald Belzacq, Frédéric Miotto, Marie-Sophie Putfin, *Atlas historique de la France*, Éd. Gisserot, 2019.

Carte interactive
hachette-clic.fr/24hggt055

POUR COMPRENDRE

1. Carl von Clausewitz, dans *De la Guerre*, conceptualise la notion de « guerre ». Il en analyse les différents aspects, à la fois dans sa théorie, mais aussi dans sa pratique la plus concrète.

> Montrez comment le modèle clausewitzien de la guerre ne prend pas seulement en considération l'affrontement entre deux armées. (doc. 1)

2. Clausewitz prend dans son ouvrage des exemples tirés de son époque. Il s'inspire notamment de la guerre de Sept Ans et des guerres napoléoniennes.

> Montrez que la guerre de Sept Ans et les guerres napoléoniennes entrent toutes les deux dans les différents modèles de guerre que présente Clausewitz. (doc. 1, 2 et 3)

Étude 1

La guerre de Sept Ans, une « guerre réelle » à l'échelle mondiale

En 1756 éclate la guerre de Sept Ans opposant la France, l'Autriche et leurs alliés à la Grande-Bretagne, la Prusse et leurs alliés. Cette guerre, parfois qualifiée de premier grand conflit mondial, donne lieu à des combats en Amérique du Nord, en Europe et même en Inde. Elle inspire à Clausewitz sa théorie de la « guerre réelle », qui caractérise les conflits de son époque.

Comment la guerre de Sept Ans correspond-elle au modèle clausewitzien de « la continuation de la politique par d'autres moyens » ?

1 Une guerre mondiale animée d'enjeux multiples

Régions d'affrontement	Raisons des tensions	Principaux adversaires
Europe	• Tensions entre la Prusse et l'Autriche autour de la possession de la Silésie. • Tensions face à la constitution de l'alliance anglo-prussienne (janvier 1756) et franco-autrichienne contre la Prusse (mai 1756). • Inquiétude de la Russie face au développement de la Prusse.	France, Autriche et Russie contre Grande-Bretagne et Prusse
Amérique du Nord	• Tensions entre Français et Britanniques sur les possessions en Amérique, notamment dans les Treize colonies britanniques, au Canada et en Louisiane.	France contre Grande-Bretagne
Inde	• Tensions entre les compagnies commerciales françaises et britanniques pour le contrôle des routes commerciales vers l'Inde. • Volonté des princes indiens de réduire la domination étrangère dans la région.	France contre Grande-Bretagne

2 La guerre navale, symbole de l'objectif d'anéantissement de l'adversaire

Richard Wright, *La Bataille de la baie de Quiberon, 21 novembre 1759 : le jour d'après*, National Maritime Museum, Londres, 1760, 63 x 76 cm.

La guerre navale est sans aucun doute celle qui correspond le mieux à la guerre absolue selon Clausewitz. La guerre navale fait peu de prisonniers, et les navires capturés sont souvent détruits. Ici, lors de la bataille de Quiberon, le 20 novembre 1759, la flotte française affronte les navires britanniques. À l'issue des combats et avant de fuir, la France perd 6 navires (sur les 21 engagés) et près de 2 500 hommes. Les Britanniques, en revanche, gagnent le contrôle des mers jusqu'à la fin de la guerre.

3 La guerre de Sept Ans, « continuation de la politique par d'autres moyens »

La guerre n'exige pas toujours que l'on se batte jusqu'à l'anéantissement de l'un des deux camps. Dans une conjoncture de motifs et de tensions très faibles, on peut imaginer qu'une probabilité légère, à peine perceptible, suffise pour pousser à capituler celui auquel elle est défavorable. Or, si l'autre camp en est à l'avance persuadé, il est naturel qu'il concentre tout son effort sur la réalisation de cette probabilité, sans même chercher à emprunter le détour d'une défaite complète de l'ennemi. L'évaluation de l'énergie déjà dépensée et de celle qu'il faudra encore déployer pèse d'un poids encore supérieur sur la décision de conclure la paix. Comme la guerre n'est pas un acte de fureur aveugle, mais un acte dominé par la fin politique, la valeur de cette fin politique doit décider de l'ampleur des sacrifices aux prix desquels nous voulons l'acquérir. Cela ne vaut pas seulement pour leur étendue, mais aussi pour leur durée. Donc, dès que la dépense d'énergie devient trop importante pour être équilibrée par la valeur de la fin politique, cette dernière doit être abandonnée et la paix doit s'ensuivre. […] Durant la guerre de Sept Ans, Frédéric le Grand n'aurait jamais été en mesure de défaire la monarchie autrichienne ; et eût-il cherché à le faire, à la manière d'un Charles XII[1], qu'il serait allé immanquablement à sa perte. Mais lorsqu'une sage économie de ses forces, et le talent avec lequel il sut les employer, eut montré pendant sept ans aux puissances liguées contre lui que leur dépense de force excédait largement leurs prévisions initiales, elles conclurent la paix.

Carl von Clausewitz, *De la guerre*, livre I, chapitre 2, trad. N. Wauquet, 2006.

1. Charles XII (1682-1718), roi de Suède, est resté célèbre pour avoir été un grand chef de guerre.

4 Frédéric II, la victoire par l'usure

La parole des historiennes

À plusieurs reprises, alors que la situation semble désespérée, Frédéric II est sauvé par les hésitations et les maladresses de ses adversaires. Les Russes envahissent la Prusse orientale et entrent au Brandebourg. Ils sont arrêtés à Zorndorf, le 25 août 1758, lors d'une bataille meurtrière. Cette victoire n'est qu'un répit pour Frédéric II, les Russes et les Autrichiens faisant leur jonction et lui infligeant une cuisante défaite à Künersdorf le 12 août 1759. Mais une nouvelle division des alliés joue en faveur de Frédéric II. Les Autrichiens laissent les Russes en Prusse orientale sur la Saxe et la Silésie, ce qui laisse Frédéric II reconstituer une partie de ses forces. […]
En 1761, une nouvelle offensive est menée par les Russes et les Autrichiens alors que les ressources de la Prusse s'épuisent. Un changement dynastique sauve une nouvelle fois le roi de Prusse du désastre. En janvier 1762, la tsarine Élisabeth Ire décède, laissant le trône à Pierre III, souverain d'origine allemande et grand admirateur de Frédéric II. Le nouveau tsar décide d'arrêter la guerre ; il signe la paix avec la Prusse le 5 mai 1762 et rend à son ancien adversaire la Prusse orientale. Un mois plus tard, il s'allie avec lui, lui fournissant 20 000 hommes. […] La Suède, isolée, abandonne aussi le combat et restitue la Poméranie à la Prusse. […] En novembre 1762, Marie-Thérèse d'Autriche, affaiblie et isolée, est prête à négocier la paix avec la Prusse.

Anne Conchon et Frédérique Leferme-Falguière, *Le XVIIIe siècle*, Hachette, 2007.

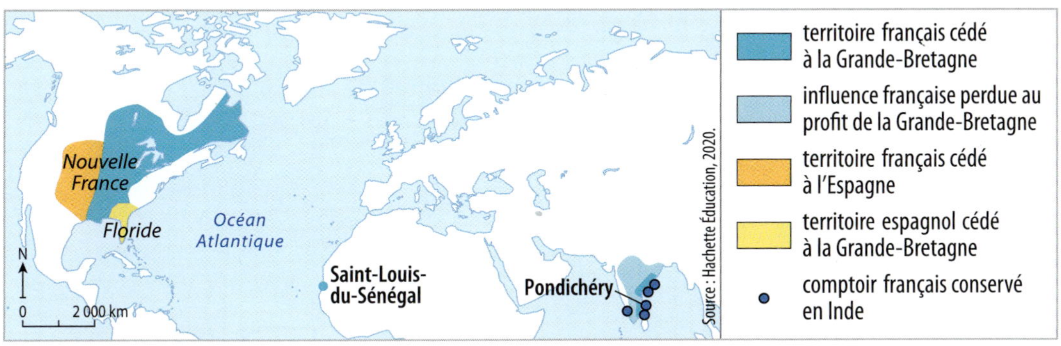

5 Les conséquences géopolitiques de la guerre de Sept Ans

ACTIVITÉ

À l'aide des documents, complétez le schéma pour expliquer les différents aspects de la guerre réelle selon Clausewitz.

La guerre de Sept Ans, l'illustration d'une guerre réelle

- **Des objectifs politiques (doc. 1 et 5)** ...
- **Une guerre régulière (doc. 2 et 4)** ...
- **Prendre en compte les intérêts et les rapports de force (doc. 3 et 4)** ...

Vers le BAC — Dissertation

À l'aide des documents, expliquez pourquoi la guerre de Sept Ans correspond à la célèbre formule de Carl von Clausewitz : « **La guerre est la continuation de la politique par d'autres moyens** ».

Aide

Rédigez votre réponse à partir de trois axes :

1. Les objectifs politiques des différents belligérants **(doc. 1)**
2. L'évolution du rapport de force entre les différents belligérants **(doc. 2 à 4)**
3. La conclusion de la guerre **(doc. 4 et 5)**

Étude 2 GRAND FORMAT

Napoléon face à la résistance des peuples : la « petite guerre »

Contexte ➡ Dans *De la guerre*, Carl von Clausewitz évoque une forme de guerre particulière, la « petite guerre » ou **guérilla**, c'est-à-dire la participation des civils à des combats pour harceler une armée occupante. Il prend à cet égard l'exemple de la résistance des Espagnols face à l'occupation des troupes napoléoniennes en 1808. Francisco de Goya, peintre espagnol, a réalisé une peinture restée célèbre, *Tres de Mayo*, dans laquelle il évoque le soulèvement des Madrilènes le 3 mai 1808 et l'écrasement de la révolte par les Français.

Comment le tableau *Tres de Mayo* illustre-t-il le rôle des civils dans les guerres napoléoniennes ?

Le tableau de Francisco de Goya

1 ***Tres de Mayo*** **: la répression des Madrilènes par les troupes de Napoléon**

Francisco de Goya, *Tres de Mayo*, Musée National du Prado, Madrid, 1814, 268 x 347 cm.

Le 2 mai 1808, alors que le roi d'Espagne Charles IV abdique en faveur de Joseph Bonaparte, le frère de Napoléon, les Madrilènes se soulèvent et prennent les armes contre les troupes françaises entrées dans la ville. La guérilla est réprimée dans le sang.

1 Au fond de la scène, la ville de Madrid 2 Insurgés espagnols sur le point d'être fusillés 3 Soldats français

Mise en perspective

2 *Dos de Mayo*, l'autre aspect de la guérilla espagnole

Francisco de Goya, *Dos de Mayo*, Musée du Prado, Madrid, 1814, 268 x 374 cm.

Dans *Dos de Mayo*, Francisco de Goya représente les combats entre les Madrilènes et les troupes françaises, soutenues par les cavaliers égyptiens de la garde impériale (mamelouks), le 2 mai 1808.

3 Clausewitz et les enseignements de la guerre napoléonienne

Tous les moyens traditionnels ont été bousculés par la fortune et l'audace de Bonaparte, et des États de premier ordre furent anéantis presque d'un seul coup. Les Espagnols ont montré par leur combat opiniâtre ce que l'armement de la nation et les moyens insurrectionnels à grande échelle étaient capables de faire en dépit de leur faiblesse et de leur porosité à petite échelle. En outre, la Prusse a montré en 1813 que des efforts soudains peuvent sextupler les forces ordinaires d'une armée par l'intervention de la milice et que celle-ci est aussi efficace à l'extérieur qu'à l'intérieur du pays. Tous ces événements ont indiqué la part colossale du cœur et des sentiments d'une nation dans la puissance de l'État, de la guerre et de ses forces armées.

Carl von Clausewitz, *De la guerre*, livre III, chapitre XVII, trad. N. Wauquet, 2006.

Vocabulaire

Guérilla : terme utilisé pour décrire des formes de combats de petits groupes de combattants, pratiquant une guerre de harcèlement, d'embuscades, de coups de main, dans des territoires occupés par l'adversaire.

ACTIVITÉ

Préparer l'analyse du tableau en s'interrogeant

1. Quel est le contexte du soulèvement des Madrilènes en 1808 ? — Vous pouvez consulter le doc. 3 p. 115.

2. Pourquoi Francisco de Goya a-t-il choisi cet événement comme sujet de sa peinture ?

Analyser le tableau

3. Décrivez les groupes de personnages. Analysez leur disposition dans la mise en scène. (doc. 1) — Soulignez ceux qui sont mis en avant et ceux qui en revanche sont dans l'ombre ou de dos.

4. Quelles sont les différentes attitudes des civils face aux soldats ? (doc. 1)

5. Montrez que ce tableau représente autant le soulèvement des populations civiles que la répression française. (doc. 1)

Porter un regard critique sur le tableau

6. Quelle nuance *Dos de Mayo* apporte-t-il à la présentation de la « petite guerre » dans *Tres de Mayo* ? (doc. 1 et 2)

7. Comment le soulèvement espagnol conduit-il Carl von Clausewitz à compléter sa théorie de la guerre ? (doc. 3) — Comparez ce que la « petite guerre » apporte à la définition de la guerre réelle élaborée par Clausewitz à partir de l'exemple de la guerre de Sept Ans (p. 116-117)

Repères

Le terrorisme, une nouvelle forme de guerre ?

1 Le terrorisme, une forme ancienne de guerre irrégulière

TERRORISME
Apparition du terme à la fin du XVIIIe siècle durant la Révolution française

Terrorisme idéologique et révolutionnaire
- Anarchistes à la fin du XIXe siècle
- Extrême-gauche dans les années 1970-1980

Terrorisme nationaliste
- IRA en Irlande au XXe siècle
- ETA dans le Pays basque espagnol à la fin du XXe siècle
- OLP en Palestine entre 1964 et 1988
- PKK en Turquie

Terrorisme identitaire
- Ku Klux Klan aux États-Unis
- Loups gris turcs dans les années 1970
- Al Qaida depuis les années 1980
- Daech depuis les années 2010

2 Les attentats d'Al-Qaïda depuis 1992 : une stratégie globale

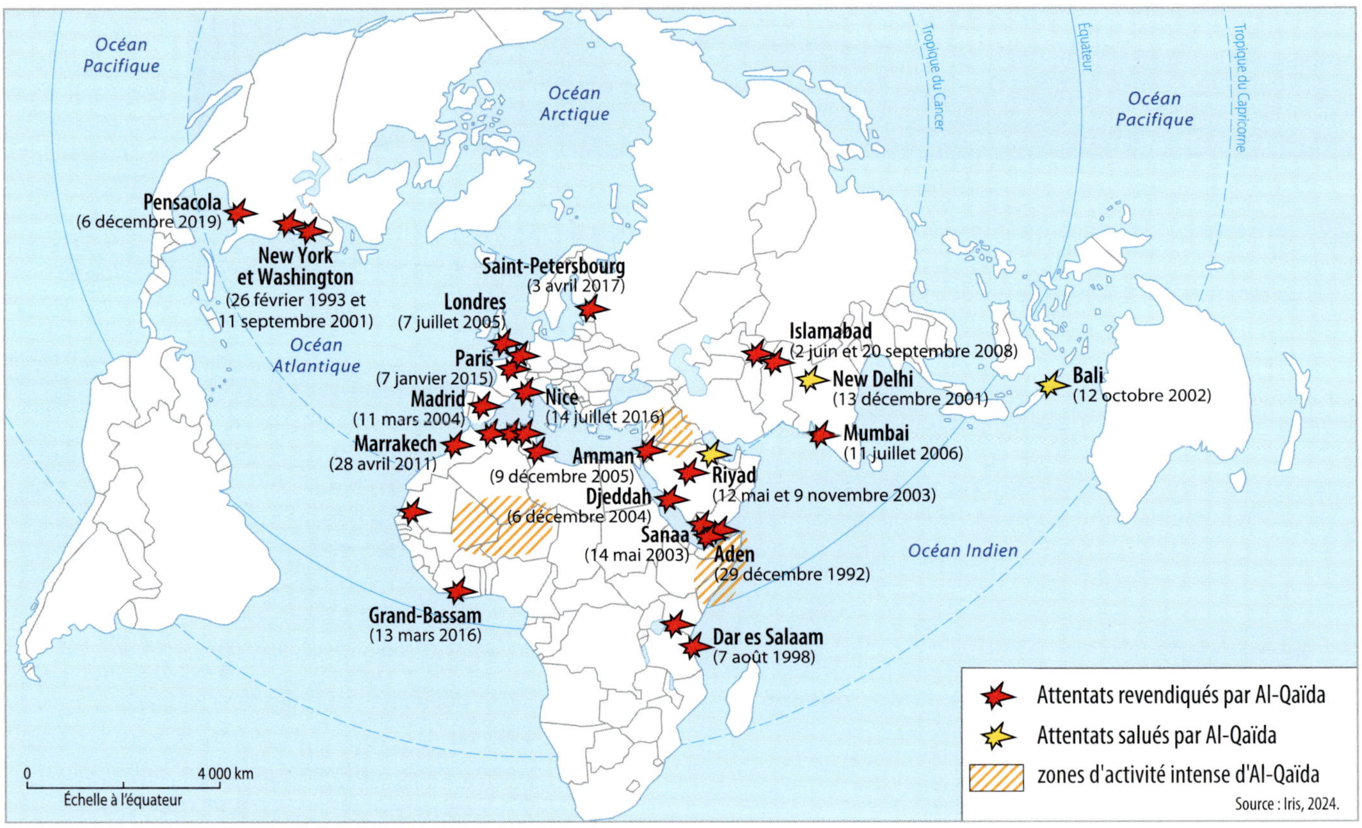

Ne pas confondre

Islamique : adjectif qui se rapporte à l'islam en tant que religion. Il est le synonyme de l'adjectif « musulman ».

≠

Islamisme : doctrine politique qui fait de la charia, la loi islamique, l'unique source du droit et du fonctionnement de la société dans l'objectif d'instaurer un État musulman régi par les autorités religieuses. Un islamiste est une personne qui défend cette doctrine politique.

1985 1990 1995 2000 2005 2010 2015 2020

- **1988** création d'Al-Qaïda
- **1993** attentat à New York
- **1998** attentats devant les ambassades américaines de Nairobi et Dar es Salaam
- **2001** attentats du 11 septembre à New York et Washington
- **2005** attentats à Bali
- **2007** attentat à Casablanca
- **2010** Création du groupe djihadiste « État islamique d'Irak »
- **2011** Début de la guerre civile en Syrie
- **2011** Exécution d'Oussama ben Laden par les forces spéciales américaines
- **2014** Proclamation du « califat »
- **2015** Attentats à Paris, contre *Charlie Hebdo* et l'Hyper Cacher (janvier)
- **2015** Attentats de Paris revendiqués par Daech (novembre)
- **2019** Fin du « califat » en Irak et en Syrie

● Al-Qaïda
● Daech

3 Al-Qaïda et Daech, deux logiques différentes

	Al-Qaïda	Daech
Figure historique	 Oussama ben Laden (1957-2011)	 Abou Bakr al-Baghdadi (1971-2019)
Fondement idéologique	Sunnisme, salafisme, djihadisme	Sunnisme, salafisme, djihadisme
Contexte de naissance	Invasion de l'Afghanistan par les Soviétiques (1979)	Invasion de l'Irak par les États-Unis (2003)
Stratégie militaire	Attentats terroristes, guérilla	Attentats terroristes, guérilla, conquête territoriale
Objectifs	Soulèvement de la population musulmane contre les non-musulmans à l'échelle mondiale	Création d'un califat islamiste

Notions

Califat : territoire sous l'autorité d'un calife, dont le titre est fondé par les successeurs du prophète Mahomet. Le calife détient les pouvoirs politiques et religieux.

Djihadisme : idéologie politique et religieuse, islamiste, qui prône l'utilisation de la violence pour développer l'islam ou lutter contre ses adversaires désignés.

Salafisme : courant fondamentaliste de l'islam, qui prône un retour à la religion pure des anciens en recourant à une lecture littérale des sources.

Sunnisme : branche majoritaire de l'islam (90 % des musulmans), qui interprète l'islam uniquement en fonction des actes du prophète Mahomet et de la tradition.

4 Les zones d'influence d'Al-Qaïda et de Daech en 2024

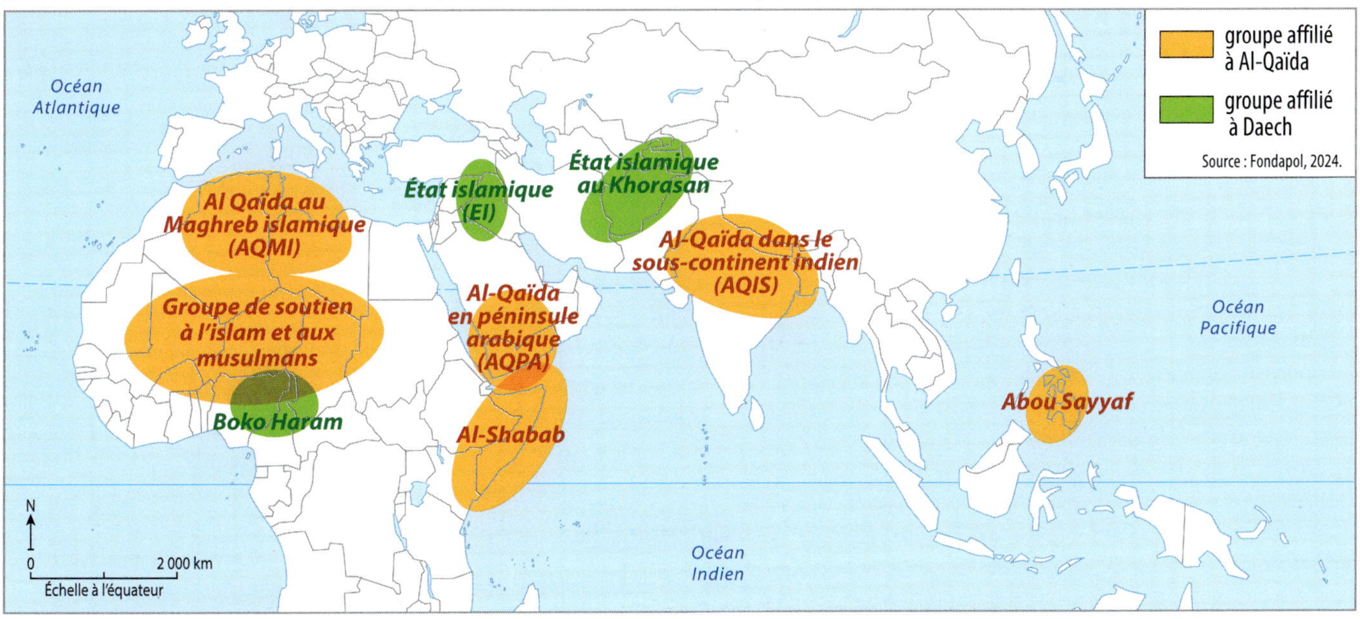

POUR COMPRENDRE

1. Le terrorisme n'est pas un phénomène nouveau. Il a pris une ampleur considérable depuis les années 1990. Le terrorisme islamiste, à travers Al-Qaïda et Daech, est devenu un phénomène global.
> **Précisez quelles sont les régions d'action privilégiées d'Al-Qaïda et de Daech.** (doc. 2 et 4)

2. Al-Qaïda et Daech, s'ils se revendiquent tous les deux de l'islamisme radical et du terrorisme, ont des points communs mais également des logiques différentes.
> **À l'aide des documents 1 et 3, caractérisez ces deux organisations terroristes et soulignez leurs différences.**

Étude 1 Al-Qaïda, une stratégie globale

Prônant le djihad, Oussama ben Laden crée Al-Qaïda en 1988 et adopte une stratégie de terrorisme global, notamment en Amérique du Nord et en Europe, avec des attentats spectaculaires tels ceux du 11 septembre. Cependant, depuis sa mort, les attentats se concentrent dans les territoires musulmans.

➤ Comment Al-Qaïda envisage-t-il un terrorisme global, dans différentes régions du monde ?

Oussama ben Laden
(1957-2011)

Oussama ben Laden est un djihadiste né dans une famille proche de la famille royale saoudienne. Il participe dans les années 1980 à la guerre en Afghanistan contre l'invasion soviétique, puis en 1988 fonde Al-Qaïda. Il reste pendant près de 25 ans à la tête de l'organisation terroriste et revendique la responsabilité de très nombreux attentats. Il est tué le 2 mai 2011 par les forces spéciales américaines.

1 La revendication des attentats du 11 septembre par Al-Qaïda

Un porte-parole du réseau Al-Qaïda a revendiqué les attentats du 11 septembre aux États-Unis, dans un enregistrement vidéo inédit diffusé hier par la télévision satellitaire arabe MBC. « Nous avons pu frapper la tête d'impiété sur son propre sol », a déclaré Souleiman Abou Ghaïth dans cette vidéo « dont l'enregistrement a apparemment commencé en décembre », selon la MBC. « Dieu nous a demandé de terroriser les mécréants, et nous avons terrorisé les mécréants », poursuit le porte-parole. C'est la première fois qu'Al-Qaïda revendique explicitement ces attentats. Sur cette même cassette, ben Laden se félicite des dégâts infligés à l'économie américaine par les attentats du 11 septembre : « Les pertes sur le marché de Wall Street ont atteint 11 % », se réjouit-il. Abou Ghaïth, d'origine koweïtienne, s'était manifesté la première fois comme porte-parole d'Al-Qaïda le 7 octobre 2001. Il était alors apparu au côté de ben Laden dans un enregistrement vidéo diffusé par la chaîne Al-Jazira, puis à trois reprises dans de nouveaux enregistrements appelant les musulmans à s'attaquer aux États-Unis.

« Al-Qaïda revendique les attentats du 11 septembre », *Le Parisien*, 18 avril 2002.

2 La présence d'Al-Qaïda en terres musulmanes depuis 2011

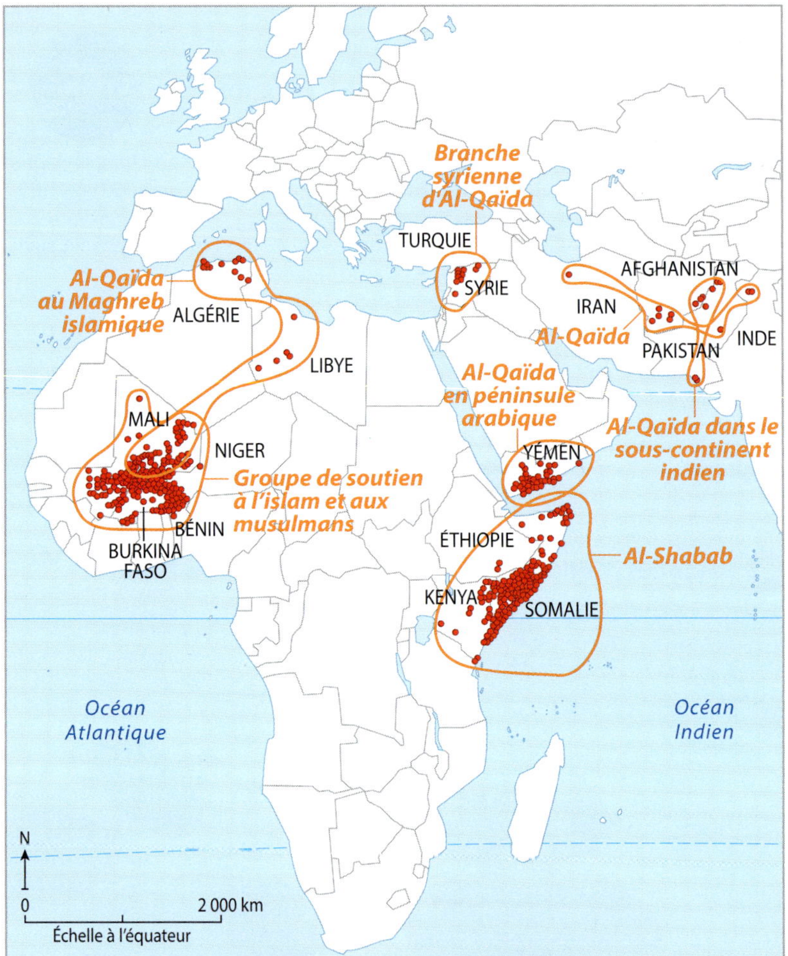

• attaque terroriste d'un groupe se revendiquant d'Al-Qaïda ayant fait au moins un mort entre le 1er août 2017 et le 1er août 2022

Source : *Le Monde*, 4 août 2022.

ACTIVITÉ

À l'aide des documents, complétez le schéma.

Al-Qaïda
- **Les régions privilégiées** …
- **Les cibles visées** …
- **Le mode opératoire** …

Vers le BAC Étude critique de document

Confrontez le **doc. 1 p. 122** et le **doc. 2 p. 123** pour comparer les objectifs d'Al-Qaïda et de Daech.

Étude 2 Daech, un nouveau visage du terrorisme ?

Daech est un groupe terroriste islamiste né en 2006 de la volonté de recréer un État islamiste en Irak, et de recréer le « califat » au Moyen-Orient. Il est dirigé par Abou Bakr al-Baghdadi, en Irak et en Syrie, jusqu'à sa mort en 2019. C'est la première création d'un pseudo-État né du terrorisme islamique.

➤ Comment le groupe Daech cherche-t-il à imposer une nouvelle forme de terrorisme ?

1 La progressive disparition de Daech en Irak et en Syrie

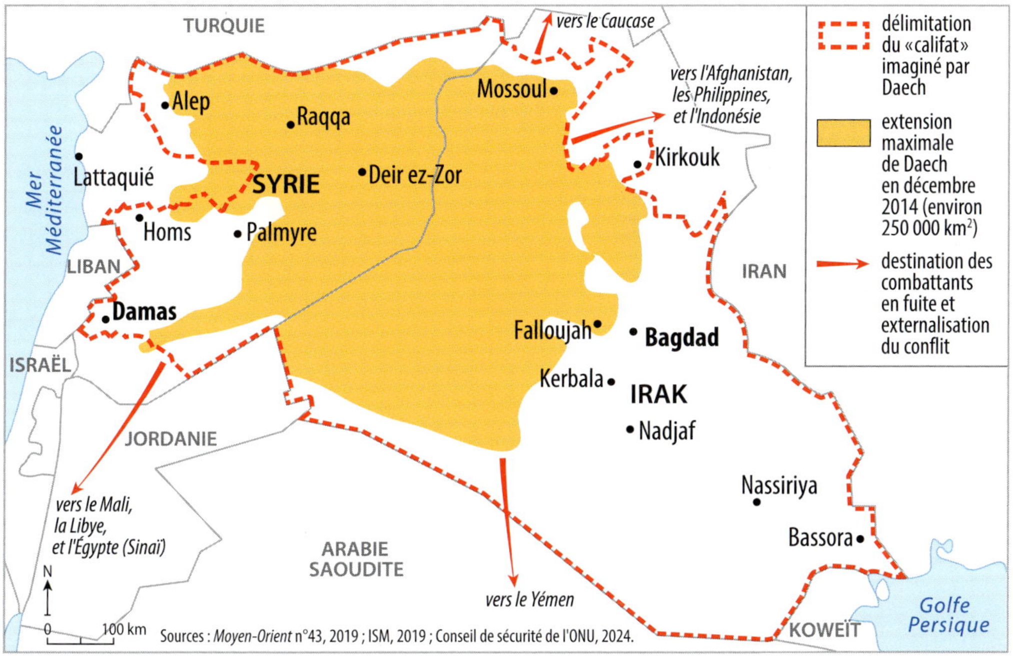

Sources : *Moyen-Orient* n°43, 2019 ; ISM, 2019 ; Conseil de sécurité de l'ONU, 2024.

Abou Bakr al-Baghdadi (1971-2019)

Membre d'Al-Qaïda en Irak après le début de la guerre d'Irak en 2003, il est arrêté une première fois par l'armée américaine en 2004. Il devient en 2010 le chef du groupe terroriste État islamique d'Irak, qui rompt avec Al-Qaïda. Il est proclamé « calife » par Daech le 29 juin 2014. À partir de cette date, il dirige le territoire contrôlé par Daech. Il est tué par l'armée américaine le 27 octobre 2019.

2 La revendication des attentats du 13 novembre 2015 par Daech

Dans une attaque bénie dont Allah a facilité les causes, un groupe de croyants des soldats du Califat, qu'Allah lui donne puissance et victoire, a pris pour cible la capitale des abominations et de la perversion, celle qui porte la bannière de la croix en Europe, Paris. […]
Huit frères portant des ceintures d'explosifs et des fusils d'assaut ont pris pour cible des endroits choisis minutieusement à l'avance au cœur de la capitale française, le Stade de France lors du match des deux pays croisés la France et l'Allemagne […], le Bataclan ainsi que d'autres cibles. […]
La France et ceux qui suivent sa voie doivent savoir qu'ils restent les principales cibles de l'État islamique. […] Cette attaque n'est que le début de la tempête.

Publication sur Twitter sur le 14 novembre 2013, au lendemain des attaques à Paris qui ont fait 130 morts.

3 Daech reste une menace malgré la disparition du califat

Le groupe terroriste Daech continue d'exploiter les fragilités locales et les tensions intercommunautaires, notamment en Irak, en Syrie et dans certaines parties du continent africain, notamment dans le recrutement de terroristes. Deuxièmement, Daech, a maintenu sa capacité à mener des opérations dans diverses régions, notamment dans certaines parties d'Afrique. Troisièmement, la génération de revenus et la collecte de fonds sont devenues essentielles pour Daech, notamment par l'extorsion, le pillage, la contrebande et les enlèvements contre rançon. « Nous avons constaté une utilisation accrue des moyens déployés pour collecter des fonds via les réseaux sociaux et les plates-formes de jeux, tandis que les services par téléphone portable continuent d'être les principaux moyens de transfert d'argent », a observé le responsable de l'ONU dans la lutte contre le terrorisme. Enfin, l'accès de Daech aux armes conventionnelles et improvisées, y compris et les technologies de l'information et de la communication continue de contribuer à la menace terroriste.

ONU Info, 9 février 2023.

ACTIVITÉ

Reproduisez le schéma p. 122 et complétez-le à l'aide des documents.

Étude 3 Le terrorisme islamiste remet-il en cause le modèle de Clausewitz ?

Véritables traumatismes pour l'Occident, les attentats du 11 septembre 2001 ont montré que Al-Qaïda et les organisations terroristes pouvaient attaquer le cœur d'une grande puissance comme les États-Unis. Ces attentats marquent aussi un tournant dans la conception de la lutte internationale contre le terrorisme.

› Comment l'émergence du terrorisme islamiste a-t-elle changé la façon de faire la guerre ?

1 Les attentats du 11 septembre, une déclaration de guerre ?

Couverture du *Nouvel Observateur*, 13 septembre 2001.

Les attentats du 11 septembre désignent le détournement de quatre avions de ligne vers des cibles hautement symboliques aux États-Unis : les deux tours jumelles du World Trade Center à New York et le Pentagone en Virginie. Le quatrième avion n'a pas atteint son but, la Maison blanche. Le bilan estimé est de 2 977 morts, ainsi que les 19 terroristes.

2 La réplique américaine : la « guerre contre le terrorisme »

Le 11 septembre, les ennemis de la liberté ont commis un acte de guerre contre notre pays. Les Américains ont connu des guerres, mais depuis cent trente-six ans, ces guerres ont toujours eu lieu à l'étranger, à l'exception d'un certain dimanche 1941[1]. Les Américains ont subi des pertes humaines causées par la guerre, mais non pas dans le centre d'une grande ville par un matin calme. Les Américains ont connu des attaques surprises, mais jamais auparavant contre des milliers de civils. Tout cela nous est arrivé en un seul jour, et la nuit est tombée sur un monde différent, un monde où la liberté elle-même fait l'objet d'une attaque. […]

Notre guerre contre le terrorisme commence par Al-Qaïda mais elle ne se termine pas là. Elle ne se terminera que lorsque chaque groupe terroriste capable de frapper à l'échelle mondiale aura été repéré, arrêté et vaincu. […]

Nous consacrerons toutes les ressources à notre disposition – tous les moyens diplomatiques, tous les outils du renseignement, tous les instruments des forces de l'ordre, toutes les influences financières et toute arme nécessaire de guerre – à la dislocation et à la défaite du réseau terroriste mondial. […]

Chaque pays, dans chaque région, doit maintenant prendre une décision. Ou bien vous êtes avec nous, ou bien vous êtes avec les terroristes. À partir de maintenant, tout pays qui continue d'abriter ou de soutenir le terrorisme sera considéré par les États-Unis comme un régime hostile. […]

Cette lutte n'est cependant pas celle de la seule Amérique. Et son enjeu n'est pas seulement la liberté de l'Amérique. Cette lutte est celle du monde entier. C'est une lutte de civilisation. C'est la lutte de tous ceux qui croient au progrès et au pluralisme, à la tolérance et à la liberté.

Discours de George W. Bush, président des États-Unis, 20 septembre 2001.

1. Référence à l'attaque japonaise sur Pearl Harbor le 7 décembre 1941.

3 L'enlisement de la guerre en Afghanistan et en Irak

Dessin de presse, publié dans *Businesslive*, 13 septembre 2021.

À la suite des attentats du 11 septembre, les États-Unis interviennent en Afghanistan en 2001 pour faire tomber le régime des Talibans, puis en 2003 en Irak, en accusant Saddam Hussein de soutenir le terrorisme. Les États-Unis ont quitté l'Irak en 2011 et l'Afghanistan en 2021.

4 Les transformations des modes opératoires d'Al-Qaïda

La parole du politologue

Après des années 2002-2003 où, de Bali à Mombassa, des cibles étrangères avaient été visées par des activistes dépêchés par Al-Qaïda, puis après les attaques du 16 mai 2003 à Casablanca où toutes les victimes étaient marocaines et musulmanes, l'année 2004 s'ouvrit par une sorte de *remake* sur le sol européen du 11-Septembre : le 11 mars à Madrid, quatre trains de banlieue qui se dirigeaient vers la station d'Atocha sautèrent quasi simultanément. [...]

Si l'attaque de Madrid s'inscrivait explicitement dans la stratégie du djihad contre « l'ennemi lointain » et pouvait se targuer de succès après le retrait espagnol de Mésopotamie [Irak], l'assassinat du vidéaste hollandais Theo van Gogh à Amsterdam le 2 novembre suivant participait déjà d'une autre logique. La victime avait été poignardée par un jeune d'origine marocaine pour avoir « blasphémé » par son clip Soumission, qui dénonçait la condition des femmes dans l'islam en projetant les versets coraniques incriminés sur des chairs féminines nues. Le meurtrier n'avait pas été formé à dessein par Al-Qaïda : socialisé dans le milieu djihadiste néerlandais, il était passé à l'acte selon un processus inconnu après avoir été mis en condition par le formatage doctrinal qui lui était inculqué. Ce schéma de la « punition du blasphémateur » fera florès ensuite à l'occasion de la campagne lancée contre les caricatures du Prophète (publiées en septembre 2005 par un quotidien danois en réaction à l'affaire Van Gogh) et finalement lors du massacre de la rédaction de *Charlie Hebdo* par les frères Kouachi à Paris le 7 janvier 2015.

Gilles Kepel, *Sortir du chaos. Les crises en Méditerranée et au Moyen-Orient*, Gallimard, 2018.

5 Le soutien aux terroristes dans le monde arabe

Le 6 mai 2011, quelques jours après l'annonce de la mort d'Oussama ben Laden au Pakistan, des centaines de manifestants se réunissent devant l'ambassade des États-Unis au Caire.

ACTIVITÉ

1. Quelles sont les modes d'action des terroristes ? **(doc. 1 et 4)**
2. Comment s'organise la lutte contre les groupes terroristes ? **(doc. 2 et 3)**
3. Quelle place jouent les civils dans cette nouvelle forme de guerre ? **(doc. 4 et 5)**

Les cibles	Les moyens d'action	Les justifications des attaques	L'organisation du combat contre les groupes terroristes

Vers le BAC — Dissertation

À l'aide des documents, rédigez un paragraphe de la dissertation : « **Les nouvelles façons de faire la guerre** ».

Aide

Vous pouvez organiser votre paragraphe autour de deux arguments :
1. Une guerre sans front ni armée
2. Le rôle central des civils dans le terrorisme

Axe 1

Leçon 1 « La guerre, continuation de la politique par d'autres moyens »

➤ Comment l'analyse de Clausewitz met-elle la politique au cœur des conflits ?

A La transformation de la guerre à l'époque moderne

Au Moyen Âge, la guerre est aux mains d'un groupe de combattants, la noblesse, qui forme aussi l'élite politique du royaume. Ainsi, le roi ne maîtrise pas totalement sa puissance militaire. Il n'existe pas avant l'extrême fin du Moyen Âge d'armée permanente, et les souverains sont dépendants des princes et des grands seigneurs, qui défendent aussi leurs intérêts.

À partir de la fin du Moyen Âge et de la Renaissance, la construction des États modernes amène à une transformation majeure de la place des armées. Elles sont désormais permanentes, nombreuses et obéissent directement au roi. Les rois sont les chefs des armées et utilisent la force pour mettre en place leur politique, notamment extérieure.

Au Moyen Âge, des guerres entre seigneurs

Bataille de Grandson (Suisse, 1476), *Chronique de Diebolt Schilling*, XVe siècle.

B Le poids de la politique dans les guerres modernes

Carl von Clausewitz, dans *De la guerre*, souligne que la force pure n'est pas le seul élément à prendre en compte dans le déroulement d'une campagne militaire. C'est la distinction qu'il fait entre « guerre absolue » et « guerre réelle ». Un élément fondamental à prendre en compte est l'objectif final du combat et les moyens que le **belligérant** (qu'il attaque ou qu'il défende) est prêt à mettre en œuvre pour y arriver. Il prend notamment pour exemple la guerre de Sept Ans.

Ainsi, à l'époque moderne, rares ont été les guerres qui ont mené à la destruction totale de l'adversaire (sinon la disparition de la Pologne en 1795 entre les appétits russes, autrichiens et prussiens). Comme il le montre dans le contexte de la guerre de Sept Ans, le plus souvent, les souverains, affaiblis par une guerre coûteuse, décident de négocier afin de faire valoir leurs intérêts, en position de force ou de faiblesse selon qu'ils sont vainqueurs ou vaincus : des indemnités de guerre sont versées ou des territoires sont conquis, mais l'adversaire est rarement annihilé.

C La guerre de Sept Ans, l'exemple d'une « guerre réelle »

JALON 1 p. 114

Pour Clausewitz, la guerre de Sept Ans, à laquelle son père a participé dans les rangs de la Prusse, représente une illustration de ses théories. Il souligne que les alliances sont conclues en fonction d'intérêts politiques. Ainsi, les deux alliances se font en fonction des inimitiés : Russie et Autriche s'inquiètent du développement de la Prusse, alliée de l'Angleterre, principal concurrent de la France en Amérique du Nord et en Inde. Mais les alliances peuvent se renverser.

La place du politique dans la guerre est essentielle : ainsi, le « miracle de la maison de Brandebourg » consiste en la mort de la tsarine Élisabeth Ire le 25 décembre 1761, à qui lui succède Pierre III, prussophile. Une des premières décisions du nouveau souverain est d'évacuer tous les territoires conquis sur la Prusse et de signer un traité de paix. Si Pierre III est renversé quelques mois plus tard, la Prusse est désormais en position de force.

Clausewitz souligne alors que l'intérêt des belligérants n'est plus de s'enfoncer dans une guerre toujours plus longue, qui pour la guerre de Sept Ans se déroule sur plusieurs continents. C'est là l'importance de la dimension politique de la guerre. L'objectif n'est pas d'annihiler son adversaire, mais de défendre au mieux ses intérêts personnels.

Vocabulaire

Belligérant : acteur qui prend part à une guerre.

Axe 1

Leçon 2

Des guerres modernes qui sortent du champ de bataille

Comment les civils deviennent-ils des acteurs de premier plan de la guerre ?

A Armées nationales et « petites guerres », deux révolutions dans la pensée de Clausewitz

JALON 1 p. 114

Pour Clausewitz, les guerres napoléoniennes marquent un tournant dans les guerres modernes. Napoléon Bonaparte a su mobiliser une armée qui a compté à son maximum plus de 650 000 hommes. Ce qui fait la particularité de l'armée napoléonienne selon Clausewitz, c'est qu'elle combat non pas pour un souverain, mais pour des idéaux, à savoir la défense des idées de la Révolution française et la fin de l'Ancien Régime.

Mais Clausewitz souligne que les campagnes napoléoniennes ont aussi suscité un grand nombre d'insurrections dans les pays occupés. Ainsi, en 1808, Madrid se soulève contre l'armée française stationnée dans la capitale espagnole. Francisco de Goya immortalise cette insurrection dans *Dos de Mayo* et *Tres de Mayo*. De même, en 1813, la Prusse et de nombreux États allemands se sont soulevés, soutenus par une population qui vit mal l'occupation française.

B Les guerres d'indépendance, une nouvelle forme de radicalité

Au XIXe siècle, les guerres d'indépendance, que ce soit en Amérique ou en Europe, changent la conception de la guerre. En effet, les guerres ne sont plus entre États, mais à l'intérieur d'un État, entre la puissance au pouvoir et une partie de la population qui revendique l'indépendance. Ainsi, les insurgés créent une nouvelle forme d'armée, organisée non pas autour des cadres traditionnels mais de civils mobilisés dans un but bien précis.

Les guerres d'indépendance de la seconde moitié du XXe siècle suivent cette organisation. Si les indépendantistes peuvent se constituer en une force armée, leur puissance tient aussi en la capacité de mobiliser les civils, y compris les femmes et les enfants, comme au Viêtnam, entre 1955 et 1975. De plus, les mouvements d'indépendance cherchent souvent à mobiliser l'opinion publique internationale afin de défendre la légitimité de leur action. C'est le cas de l'Algérie entre 1954 et 1962.

C Guerres de masse et guerres totales

Les deux conflits mondiaux sont des guerres nationales. La Première Guerre mondiale est une guerre entre États-nations qui placent la défense de la nation comme objectif suprême de la guerre. Ainsi, en France, en 1914, la Première Guerre mondiale est d'abord appelée « la guerre du droit » par certains écrivains comme Émile Hinzelin. C'est donc une guerre totale où l'ensemble de la société est engagé dans le conflit, sur le front comme à l'arrière.

La Seconde Guerre mondiale est aussi une guerre entre États, mais dans laquelle la dimension idéologique est importante. C'est autant une guerre de militaires qu'une guerre entre civils. D'ailleurs, plusieurs historiens (Ernst Nolte, Enzo Traverso) utilisent pour la période 1914-1945 l'expression de « guerre civile européenne » pour expliquer l'ampleur des violences envers l'ensemble de la population.

Le massacre de Chios, 1822

Eugène Delacroix, *Scènes de massacres de Scio*, 1824.

Eugène Delacroix peint en 1824 une représentation des massacres de Chios en soulignant l'oppression ottomane sur la civilisation grecque lors de la guerre d'indépendance grecque contre l'Empire ottoman.

Vocabulaire

Guerre de masse : guerre qui mobilise une part importante de la population dans les combats.

Guerre totale : conflit armé qui mobilise toutes les ressources disponibles d'un État, sa population, l'économie, la politique et la culture.

Insurrection : soulèvement d'une partie de la population pour renverser le pouvoir en place.

Axe 1

Leçon 3 L'émergence d'enjeux transnationaux

➤ Comment les nouvelles formes de la guerre impliquent-elles des enjeux qui dépassent le cadre des États ?

A Des conflits aux enjeux globaux

Depuis la fin de la Seconde Guerre mondiale, le nombre de conflits entre États est en baisse importante, grâce notamment à l'ONU et au rôle des grandes puissances pour résoudre ces tensions. En revanche, les tensions globales et les guerres civiles sont en forte augmentation. En effet, durant la guerre froide, les guerres civiles opposant les partisans du communisme et ceux du bloc de l'Ouest sont nombreuses : en Chine jusqu'en 1949 ou en Angola de 1975 à 2002.

Avec le développement de la bombe atomique, aux mains des Américains comme des Soviétiques, se met en place un « équilibre de la terreur » qui empêche tout conflit direct entre les deux puissances. Une des conséquences de cette nouvelle donne géopolitique est la dimension globale des conflits, dans un contexte de guerre froide, mais aussi la partition de certains pays en fonction de leur idéologie. C'est le cas de la Corée jusqu'à aujourd'hui, mais aussi du Vietnam entre 1954 et 1975 ou de l'Allemagne entre 1949 et 1990.

L'utilisation des nouvelles technologies dans les conflits

Un soldat ukrainien de la 28e brigade lance un drone sur la ligne de front près de Bakhmout, en Ukraine, le dimanche 20 août 2023.

B Multiplication des guerres civiles et retour de la guerre interétatique

La fin de la guerre froide marque un renouveau des guerres civiles et des tensions nationales : dès 1991, la Yougoslavie implose pour donner naissance à de nouveaux États, mais donne lieu aussi à de très violents combats entre communautés. Ainsi, le terme d'« épuration ethnique » a été utilisé pour évoquer les crimes visant à faire disparaître par les assassinats ou des déplacements de population des communautés de territoires contestés.

L'invasion de l'Ukraine par la Russie en 2022 illustre moins le retour du modèle de Clausewitz que le développement de guerres hydrides, qui utilisent à la fois la puissance militaire, les techniques de guerre irrégulières, la cyberguerre, mais aussi d'autres outils non conventionnels tels que la désinformation, que Clausewitz qualifiait de « brouillard de guerre ».

C Le terrorisme international, nouveau facteur de violence

Le terme de « guerre irrégulière » s'est progressivement imposé pour caractériser les guerres contemporaines dans lesquels les États ne sont pas les seuls acteurs engagés. La guerre irrégulière est à la fois une guerre « sans front » et une guerre « sans frontière ». Elle n'oppose plus des armées régulières entre elles et il n'existe plus de respect du traditionnel droit de la guerre, qui protège prisonniers et civils.

Depuis de nombreuses décennies, le terrorisme est un mode d'action utilisé par des groupes armés pour accentuer la pression sur les adversaires : c'est le cas de l'IRA en Irlande du Nord, d'ETA dans le Pays basque ou de groupes armés palestiniens comme le Hamas contre Israël. Ce mode d'action dépasse le cadre traditionnel de la guerre mais la théorie de Clausewitz s'y applique : il s'agit ici d'utiliser la violence dans un but politique. D'ailleurs, tous ces mouvements sont l'émanation d'un parti politique.

JALON 2 p. 120

En revanche, ces dernières années, le terrorisme islamiste qui s'incarne à travers Al-Qaïda ou Daech est de nature différente. Selon des modes opératoires différents, les deux groupes et ceux qui y sont affiliés veulent l'instauration de régimes islamistes dans le monde musulman, mais la négociation politique disparaît au profit de la multiplication d'attentats à l'échelle planétaire.

Vocabulaire

Brouillard de guerre : absence ou flou des informations concernant les ressources ou les intentions de l'adversaire.

Cyberguerre : attaque électronique contre des systèmes d'information pour les utiliser comme moyen de propagande ou paralyser les activités de l'adversaire.

Guerre hydride : stratégie militaire qui allie des opérations de guerre conventionnelle, de guerre irrégulière, de cyberguerre et d'autres outils non conventionnels tels que la désinformation.

L'essentiel Axe 1 > Leçons 1 à 3

RÉVISER EN SE TESTANT

Exercices interactifs

hachette-clic.fr/24hggt056

SCHÉMA BILAN

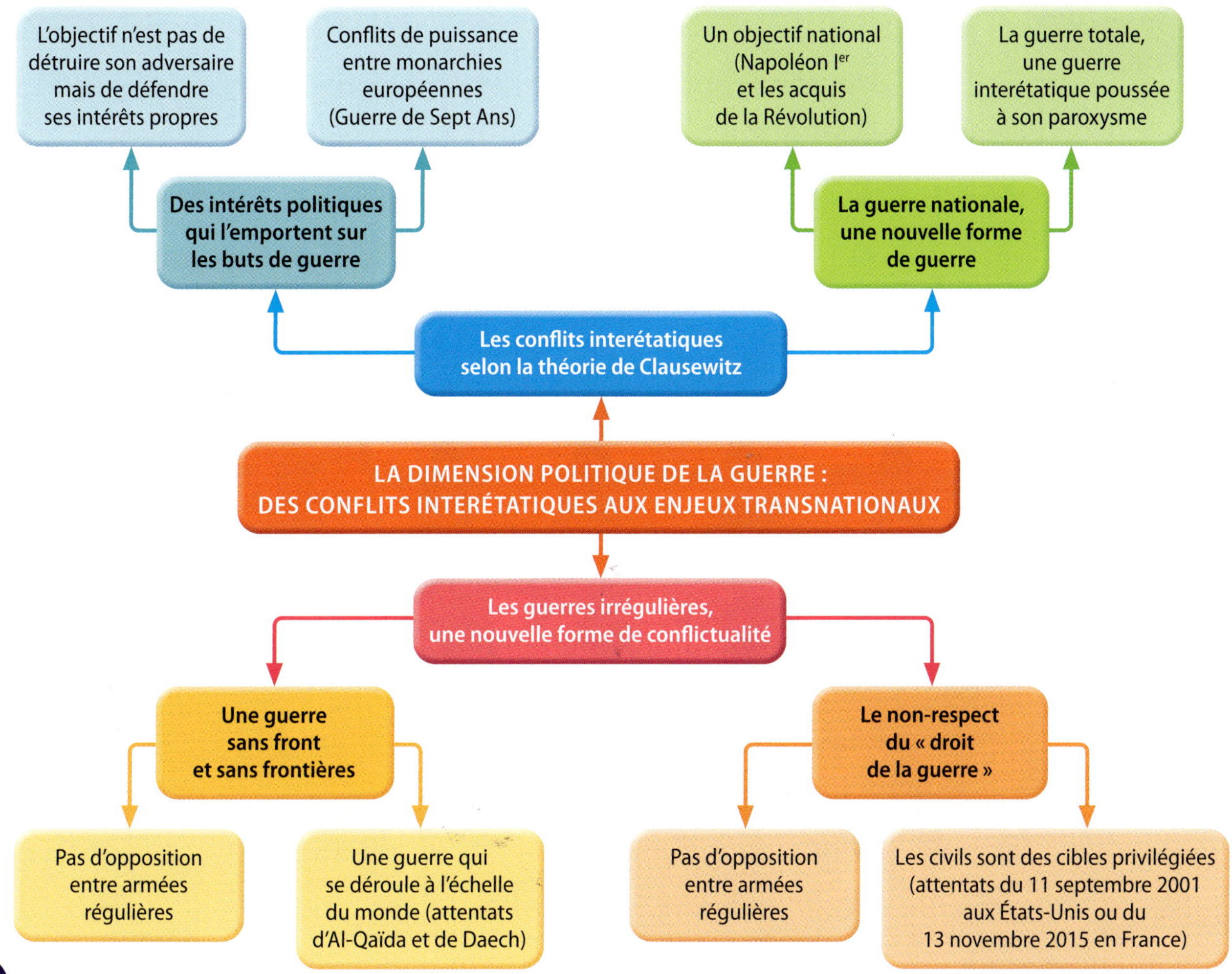

Schéma interactif
hachette-clic.fr/24hggt057

RÉVISER EN SE DOCUMENTANT

À voir

- *Barry Lindon*, de Stanley Kubrick, 1975 : pour une analyse de scènes de bataille se déroulant pendant la guerre de Sept Ans.
- *Zero Dark Thirty*, de Kathryn Bigelow, 2012 : un film sur la traque d'Oussama ben Laden par la CIA, qui mène à son assassinat le 2 mai 2011.

À lire

- *Sortir du chaos*, de Gilles Kepel, Éd. Gallimard, 2018 : une analyse du développement du terrorisme islamiste depuis 1979.
- *La Guerre de l'information*, de David Colon, 2023 : une réflexion sur la place de l'information dans la guerre contemporaine depuis les années 1990.

Sur le web

Site Internet
hachette-clic.fr/24hggt058

- Le musée-mémorial du terrorisme, qui ouvrira à Suresnes en 2027, propose déjà sur son site des ressources et des réflexions sur la place du terrorisme dans nos sociétés contemporaines.

AXE 2

Le défi de la construction de la paix

Comment réussir à imposer une paix durable dans un monde aux multiples conflictualités ?

1 Conclure la paix, un processus complexe

Le représentant du gouvernement éthiopien, Redwan Hussein, et le chef de la délégation tigréenne, Getachew Reda, signent à Pretoria, en Afrique du Sud, le 2 novembre 2022, des accords de paix. Ces accords mettent fin à la guerre civile qui durait depuis deux ans entre le gouvernement éthiopien et la province du Tigré. Ils ont bénéficié de la médiation d'Olusegun Obasanjo, ancien président nigérian aujourd'hui Haut représentant de l'Union Africaine dans l'Est de l'Afrique.

1600 – 1650 – 1950 – 2000

- **1618-1648** Guerre de Trente Ans
- **1648** Traités de Westphalie
- **1945** Création de l'ONU
- **1997-2006** Mandats de Kofi Annan comme secrétaire général de l'ONU
- **2001** Attentats du 11 Septembre aux États-Unis
- **2003** Invasion de l'Irak par la coalition dirigée par les États-Unis

2 Kofi Annan et l'ONU reçoivent le prix Nobel de la paix

En décembre 2001, Kofi Annan reçoit le prix Nobel de la paix, conjointement avec l'ONU, pour leur action commune en faveur de la paix et de la justice dans le monde. Le comité Nobel a notamment souligné que le secrétaire général de l'ONU « a été en pointe pour insuffler une nouvelle vie à l'organisation » en relevant de nouveaux défis comme la lutte contre le terrorisme international.

QUESTIONS

1. Comment cette photographie illustre-t-elle le processus de négociation et de conclusion de la paix ? **(doc. 1)**
2. Dans quelle mesure la remise du prix Nobel à Kofi Annan est-elle un symbole fort pour le rôle de l'ONU dans le monde ? **(doc. 2)**
3. Pourquoi Kofi Annan est-il un personnage central de la paix dans le monde entre 1997 et 2006 ? **(doc. 2)**

p. 132 **> JALON ①**
Faire la paix par les traités : les traités de Westphalie (1648)

p. 138 **> JALON ②**
Faire la paix par la sécurité collective : les actions de l'ONU sous les mandats de Kofi Annan (1997-2006)

JALON 1 Faire la paix par les traités : les traités de Westphalie (1648)

Repères

Les traités de Westphalie, premier congrès de paix européen

1610 – 1620 – 1630 – 1640 – 1650

- **1618** Début de la révolte protestante en Bohême et de la guerre de Trente Ans
- **1620** Victoire catholique de la Montagne-Blanche
- **1625-1629** Intervention du Danemark aux côtés des protestants
- **1635** Intervention de la France aux côtés des protestants
- **1643** Début des négociations de paix
- **30 janvier 1648** Paix de Münster entre les Provinces-Unies et l'Espagne
- **24 octobre 1648** Paix de Westphalie avec les traités de Münster et d'Osnabrück

1 Sortir de la Guerre de Trente Ans

Une guerre qui divise l'Europe
- limite du Saint-Empire dirigé par Ferdinand III de Habsbourg
- Habsbourg et leurs alliés catholiques
- protestants et leurs alliés

De multiples affrontements
- victoire impériale
- victoire protestante

Le retour à la paix et ses conséquences
- lieu de la négociation
- conquêtes protestantes
- conquêtes catholiques

Source : *L'Histoire* n°454, décembre 2018.

2 Un conflit, une paix, trois traités

Un conflit européen

Guerre de Trente Ans (1618-1648) qui oppose les puissances européennes dans le conflit entre le Saint-Empire romain germanique et les princes protestants allemands

Trois traités de paix

- **Paix de Münster**[1] (30 janvier 1648) entre les Pays-Bas protestants et l'Espagne
- **Traité de Münster** (24 octobre 1648) entre le Saint-Empire romain germanique et la France et ses alliés
- **Traité d'Osnabrück** (24 octobre 1648) entre le Saint-Empire romain germanique et la Suède

1. le conflit, opposant l'Espagne aux Pays-Bas révoltés, avait commencé dès 1568, donnant lieu à la guerre de 80 ans.

3 Les principaux acteurs du congrès et leurs revendications

Négociations de la paix de Westphalie

- **Provinces-Unies (Pays-Bas)** : Obtenir leur indépendance face à l'Espagne
- **France** : • Affaiblir les Habsbourg • Obtenir des territoires à l'est de la France
- **Espagne** : Lutter contre l'indépendance des Provinces-Unies
- **Suède** : Obtenir la Poméranie
- **Saint-Empire romain germanique** : • Lutter contre les princes protestants de l'Empire • Affaiblir la France et la Suède
- **Princes protestants de l'Empire** : • Étendre des libertés religieuses • Retrouver leurs biens confisqués par l'Empereur
- **Papauté** : • Réconcilier les puissances catholiques • Lutter contre le développement du protestantisme

4 Les conséquences de la paix

Conséquences territoriales	Conséquences religieuses	Conséquences politiques
• La Suisse et les Provinces-Unies obtiennent leur indépendance. • La France, la Suède et le Brandebourg obtiennent de nouveaux territoires.	• Les traités ne s'intéressent qu'aux conséquences civiles des clivages religieux : restitutions des biens ecclésiastiques à la demandes des protestants. • Extension des libertés religieuses : les sujets peuvent être d'une autre religion que leurs princes instaurant alors une mixité religieuse.	• Les États allemands reçoivent la suprématie territoriale : autorité complète sur leur territoire et possibilité de conclure des traités avec des princes étrangers s'ils ne sont pas dirigés contre l'empereur ou le Saint-Empire. • Les princes, vassaux de l'empereur, restent investis par lui et soumis à sa justice.

Notion

Traité de paix : document officiel proclamant la fin d'une guerre et contenant souvent les conditions de la paix entre les différents belligérants.

Ne pas confondre

Royaume : État souverain dirigé par un roi ou une reine.

≠

Empire : territoire dirigé par un souverain, l'empereur, pouvant imposer son autorité sur plusieurs territoires, dont des royaumes. C'est le cas du Saint-Empire romain germanique.

POUR COMPRENDRE

1. La guerre de Trente Ans est une suite de conflits armés qui ont lieu en Europe de 1618 à 1648. Né d'un soulèvement des protestants tchèques contre l'empereur Habsbourg catholique, le conflit a embrasé l'Europe pour devenir à la fois un combat entre catholiques et protestants mais aussi entre l'empereur germanique et ses puissances rivales.

> Montrez les difficultés à envisager un traité de paix réunissant tous les belligérants. (doc. 1 à 3)

2. La paix de Westphalie signée en 1648 est le premier grand congrès diplomatique international dans lequel on reconnaît la souveraineté de chaque État, base de nouvelles relations internationales en Europe.

> Comment la paix de Westphalie cherche-t-elle à instaurer un nouvel équilibre des puissances ? (doc. 3 et 4)

Étude 1 GRAND FORMAT

Signer et jurer la paix de Westphalie

Contexte Les traités de Westphalie de 1648 sont signés dans deux villes distinctes de la région de Westphalie : à Münster sont réunis l'empereur du Saint-Empire, les Provinces-Unies, l'Espagne et la France, et à Osnabrück l'empereur du Saint-Empire et la Suède. La signature de ces traités donne lieu à l'une des plus grandes conférences diplomatiques de l'époque moderne, où des centaines de représentants négocient la paix à l'échelle européenne.

Pourquoi le moment de la signature du traité est-il décisif dans l'application de la paix ?

Le tableau de Gerard Ter Boch

1 La ratification de la paix de Münster

Gerard Ter Borch, *La ratification du traité de Münster 15 juin 1648*, Rijksmuseum, Amsterdam, huile sur cuivre, 1648, 45 x 58 cm.

Ce tableau représente la ratification de la paix de Münster entre les Espagnols et les protestants des Pays-Bas à l'hôtel de ville de Münster, le 15 mai 1648. Ce traité donne naissance à un nouvel État, les Provinces-Unies qui se battent pour leur indépendance depuis 80 ans. Le peintre qui assiste en personne à l'événement, représente le moment essentiel du serment, durant lequel les personnes présentes (ici au nombre de 77) jurent de respecter la paix.

1 La délégation des protestants des Pays-Bas, vêtue de noir, lève la main en signe de serment en lisant le traité.
2 Deux Espagnols lisent le traité en jurant sur la Bible catholique.
3 Documents officiels du traité.

Mise en perspective

2 Les freins aux négociations

Le comte d'Avaux, ambassadeur français à Münster, critique l'absence de maîtrise des langues étrangères de Monsieur Servien, qui représente la France.

« Monsieur Servien [...] fait aussi injure à l'université de Paris et a tant d'aversion pour la langue latine qu'il traite avec mépris ceux qui l'enseignent et ceux qui la savent. En cet endroit Madame, je me sens obligé de vous dire très véritablement qu'elle n'est pas pourtant à mépriser [...] et il est hors de doute que sans parler latin ou allemand, il est impossible de bien servir le roi en Allemagne, ni dans tout le Nord.

Lettre du comte d'Avaux à la Reine, dans *Lettres de Messieurs d'Avaux et Servien, ambassadeurs pour le Roy de France en Allemagne*, Münster, 18 août 1644.

François Ogier, aumônier du comte d'Avaux, évoque la complexité des négociations, notamment en raison des faibles pouvoirs délégués par l'empereur à ses représentants.

« Messieurs les Impériaux, qui avaient toujours refusé de communiquer leurs pouvoirs, l'ont fait et ils ont reçu ceux des Suédois, sur lequel toutefois, encore qu'ils l'approuvent et n'y trouvent rien à redire, ils ne veulent pas donner de réponse avant qu'ils n'aient envoyé à Vienne et su le sentiment de leur maître. Voilà d'étranges plénipotentiaires qui n'ont aucune puissance, et qui n'ont pas la possibilité d'approuver un pouvoir auquel ils ne trouvent rien à redire. »

F. Ogier, *Journal du Congrès de Münster*, Plon, 1893.

3 Réunir le plus grand nombre pour imposer la paix

La parole de l'historien

L'un des négociateurs français à Münster, Abel Servien, voit le congrès comme « une espèce de concile politique où presque toutes les nations de l'Europe auront des députés », ce qui montre que la notion même de « congrès » se cherche encore et que la référence spontanée reste le concile universel sous l'égide de l'Église. Après les conciles qui ont marqué la chrétienté jusqu'au XVIe siècle, l'Europe entrerait dans le temps des congrès, destinés à rétablir la paix après un long conflit. Et une telle réunion marque d'abord les esprits, parce que presque tous les États européens, même les plus modestes, y participent : seuls le Roi d'Angleterre, le Tsar de Moscovie et le Grand Seigneur ottoman n'ont pas envoyé de représentants.
Les malheurs de cette guerre de Trente ans ont fait naître le désir de limiter les conflits par un « droit des gens », un droit international qui s'imposerait à tous les belligérants. Un idéal de paix s'ébauche. Parce que le chevalier héroïque a laissé la place au mercenaire pillard, l'image de l'homme de guerre est ternie par les cruautés de ces affrontements et tout l'ordre social en ressort comme ébranlé.

L. Bély, « Le paradigme « westphalien » au miroir de l'Histoire », *Annuaire français de relations internationales*, 2009.

Vocabulaire

Concile : assemblée des évêques de l'Église catholique.

Plénipotentiaire : diplomate qui possède les pleins pouvoirs pour négocier.

Ratification : étape qui suit la signature d'un traité durant laquelle les différents acteurs s'engagent à en respecter les clauses. Dès lors, le traité entre en vigueur.

ACTIVITÉ

Préparer l'analyse du tableau en s'interrogeant

1. Dans quel contexte la paix de Münster est-elle signée ? **(doc. 1)**

Vous pouvez consulter la page repère p. 132.

2. Pourquoi Gerard Ter Borch a-t-il souhaité immortaliser ce moment précis ? **(doc. 1)**

Analyser le tableau

3. Décrivez les rituels qui rendent la cérémonie officielle. **(doc. 1)**
4. Pourquoi est-il important que la cérémonie de ratification soit publique et devant une assemblée nombreuse ? **(doc. 1 et 3)**
5. Pourquoi le traité de Westphalie peut-il être qualifié de premier grand congrès européen de la paix ? **(doc. 1 et 3)**

Porter un regard critique sur le tableau

6. Comment les **documents 2 et 3** nuancent-ils la présentation des conditions de négociation de la paix représentées par Gérard Ter Borch dans son tableau ?
7. Montrez que les diplomates professionnels prennent une place considérable dans les relations internationales au XVIIe siècle. **(doc. 2 et 3)**

Pour aller plus loin

À l'aide de la vidéo *Le Congrès de Vienne (novembre 1814-juin 1815)* réalisée par la Fondation Napoléon en 2019, montrez que le Congrès de Vienne cherche également à mettre fin à la guerre tout en créant un nouvel ordre européen.

Vidéo
hachette-clic.fr/24hggt060

Étude 2 Mettre en œuvre la paix dans une Europe en guerre

La signature d'un accord de paix ne préjuge en rien de son application. En effet, il faut tout d'abord avoir la capacité de faire respecter cet accord auprès de toutes les parties impliquées. Ensuite, il faut mettre en place un climat de paix, en empêchant notamment les hommes de guerre de continuer les violences.

Comment réussir à imposer la paix en Europe après trente ans de violences ?

1 Faire cesser les violences, un défi

Cette gravure représente avec beaucoup d'ironie le contexte tendu de la signature de la paix et l'omniprésence de la guerre, ici lors des négociations de départ des troupes de Nuremberg.

1 Un paysan laboure avec une lame d'épée en guise de charrue.
2 L'enseigne de l'auberge est un étendard d'armée.
3 Des femmes se servent d'armes pour rincer leur lessive.
4 Des casques servent de plats pour la cuisine.
5 Les poulets sont rôtis sur un feu attisé par des armes.
6 Des hommes négocient le départ des troupes de Nuremberg.

Les Fruits de la paix, gravure allemande, 1648-1649.

2 Assurer le pardon mutuel

Il y aura d'une part et d'autre, un état d'oubli perpétuel, une amnistie, et un pardon de tout ce qui a été commis depuis le début de ces troubles, peu importe dans quel endroit ou de quelle façon ces hostilités ont été commises ; de telle façon que personne, sous aucun prétexte quelconque, ne commettra des actes d'hostilité, entretiendra l'inimitié ou provoquera des troubles aux autres.
Tout ce qui s'est passé d'un côté et de l'autre, aussi bien avant que pendant la guerre, en paroles, écrits et actions outrageantes, en violences, hostilités, dommages et dépenses, sans aucun respect pour les personnes ou les choses, sera aboli de telle sorte que tout ce qui pourrait être exigé ou prétendu par l'un et l'autre à ce sujet sera enseveli dans un oubli éternel.

Article 2 du traité de Münster, 24 octobre 1648.

3 La publication de la paix, une étape essentielle

« Messager parti le 25 du mois des vendanges (octobre) de l'année 1648 ». Gravure sur bois colorée, XVIIe siècle.

La paix de Westphalie a été signée le 24 octobre 1648. Pour être appliquée et respectée, elle doit être publiée, c'est-à-dire criée publiquement, dans tous les États concernés. Il est donc important que la nouvelle se diffuse au plus vite.

4 Réconcilier les belligérants pour mettre fin aux tensions

Gravure anonyme, sans lieu ni date, d'après Joachim von Sandrart, eau-forte et burin, 305 x 394 mm, Bibliothèque de l'Institut national d'histoire de l'art.

Afin de sceller la réconciliation entre les différents belligérants, Charles Gustave, héritier de la couronne de Suède, organise à Nuremberg, à l'automne 1649, un gigantesque banquet. Les trente années de guerre sont représentées par trente sortes de fleurs et de fruits.

5 Imposer un nouvel ordre européen et les bases d'un droit international

La parole du politologue

L'ordre qu'on a pris l'habitude d'appeler westphalien en Europe a imposé, à partir de la fin du XVIIe siècle, sa logique. Nouvel ordre politique, qui consiste en principe à instituer le concept de frontière : les États y sont souverains à l'intérieur. C'est inédit car durant le conflit le principe de souveraineté ne s'appliquait pas aux hommes. L'empereur ne disait pas qu'il menait une guerre contre une entité, mais plutôt qu'il combattait des sujets rebelles, lesquels clamaient résister contre des injustices et user d'un droit de résistance. Leur usage de la violence est une application de ce droit, ou une demande de retour à l'ordre.

Avec le système « westphalien », c'est un ordre binaire qui s'installe. Il n'y a que deux situations possibles : soit la guerre, soit la paix, pas d'état intermédiaire. On peut passer de la guerre à la paix, et l'inverse ; et le passage est acté par des déclarations de guerre et de paix : des actes légaux.

Je crois que cet état des choses est venu à sa fin [...] À travers la guerre des drones, les Américains frappent au Pakistan, en Somalie, au Yémen, alors qu'ils n'ont pas déclaré la guerre à ces pays. À l'inverse, le terrorisme est un défi dont les pays victimes ne savent pas s'ils doivent choisir le prisme de la guerre ou celui de la criminalité pour réagir. En 2015, après les attentats qui ont fait une centaine de morts à Paris, le président Hollande a délibérément employé le terme de « guerre », une guerre unilatérale et jamais déclarée. Des représailles militaires, des frappes sont menées en Syrie, alors que le problème, pour les villes européennes, c'est le terrorisme qui peut frapper n'importe où. Dans ce cas aussi c'est une situation où l'on ne sait pas exactement si la population connaît un état de paix ou de guerre.

H. Münckler, « Cette guerre aide à comprendre le monde actuel », *L'Histoire*, décembre 2018.

Vocabulaire

Amnistie : décision qui met fin à toutes les poursuites juridiques contre une personne.

Souveraineté : capacité d'un État d'être autonome et reconnu comme tel par les autres États.

ACTIVITÉ ORAL

Préparez une présentation orale de 10 minutes pour définir la paix telle qu'elle est perçue à l'époque des traités de Westphalie. Pour vous aider, répondez aux questions :

1. Expliquez pourquoi l'amnistie est essentielle à la paix en Europe en 1648. **(doc. 1 et 2)**

2. Montrez quelles sont les étapes essentielles du retour à la paix après la signature des traités de Westphalie. **(doc. 2 à 4)**

3. Pourquoi la souveraineté des États sort-elle renforcée des traités de Westphalie et participe-t-elle à la construction d'un ordre européen ? **(doc. 5)**

Vers le BAC Dissertation

À l'aide des documents, rédigez un paragraphe de la dissertation : « **Pourquoi la construction de la paix constitue-t-elle un défi et se confronte-t-elle à de multiples difficultés depuis la signature des traités de Westphalie ?** »

1. Comment mettre fin aux combats après trente ans de guerre ? **(doc. 1 à 3)**

2. Comment construire un nouvel ordre européen garant de la paix ? **(doc. 4 et 5)**

Vous pouvez organiser votre propos en répondant aux questions.

Repères

Kofi Annan, un artisan de la paix à la tête de l'ONU

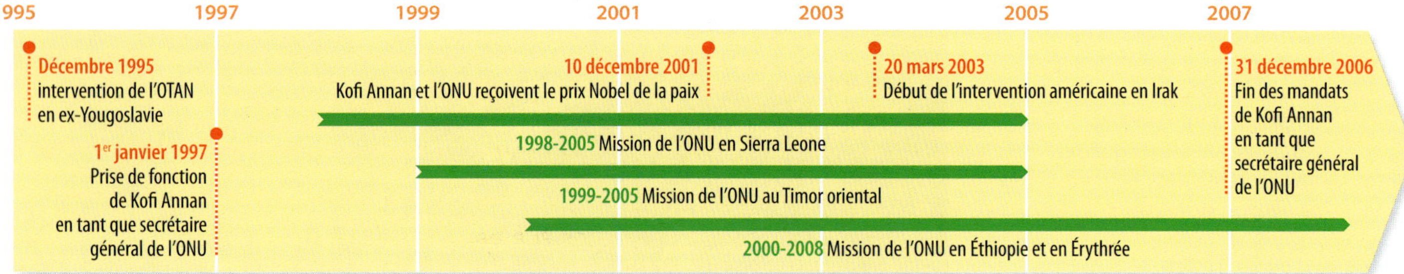

1 Les actions de l'ONU sous les mandats de Kofi Annan

Carte interactive
hachette-clic.fr/24hggt061

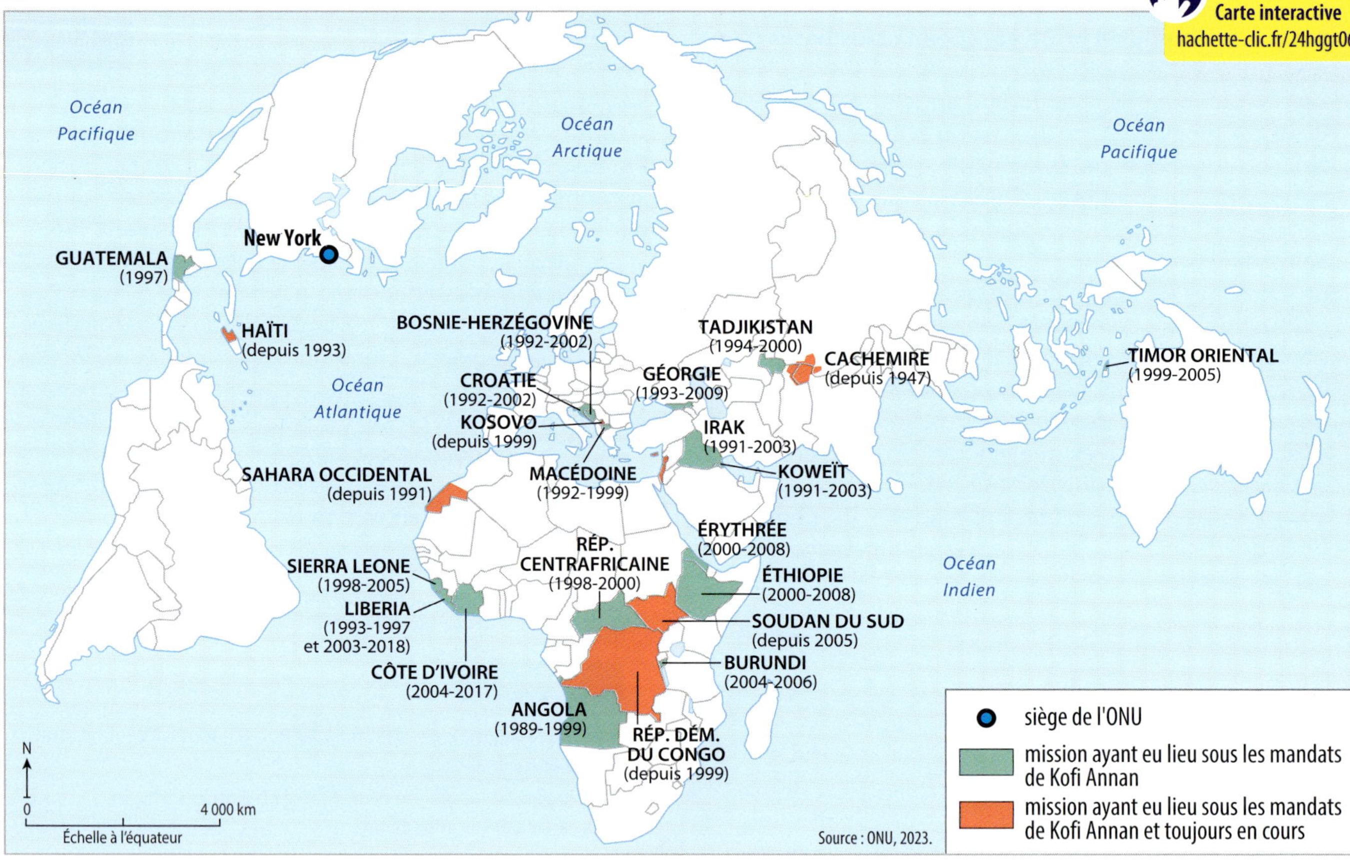

2 Le nombre d'opérations de maintien de la paix de l'ONU

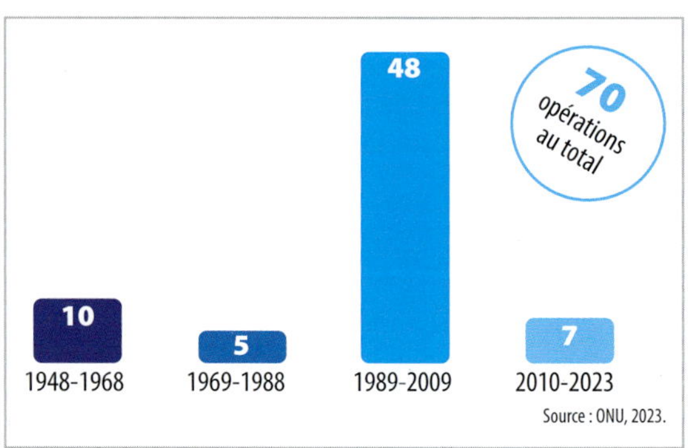

Kofi Annan

(1938-2018)

Kofi Annan est un diplomate ghanéen. Il commence à travailler en 1962 pour l'Organisation mondiale de la santé (OMS), puis dans divers organes de l'ONU. Il devient sous-secrétaire général de l'ONU en 1993 puis secrétaire général du 1er janvier 1997 au 31 décembre 2006. Durant son mandat, il doit notamment gérer l'intervention américaine en Irak en 2003. Il reçoit en 2001 le prix Nobel de la paix.

Vidéo
Kofi Annan, un acteur de la paix dans le monde. Le Monde Afrique, 2018.
hachette-clic.fr/24hggt062

Activité à télécharger
hachette-clic.fr/24hggt063

3 L'augmentation du nombre de Casques bleus sous les mandats de Kofi Annan

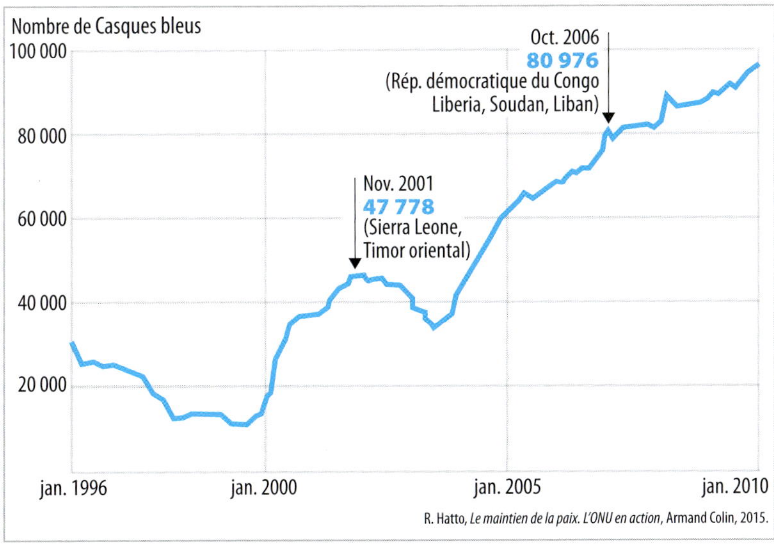

R. Hatto, *Le maintien de la paix. L'ONU en action*, Armand Colin, 2015.

4 Kofi Annan à la tête d'une organisation internationale complexe

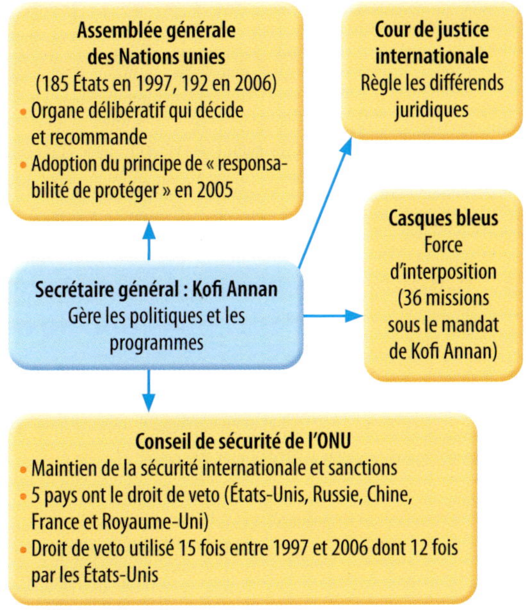

5 Évolutions et tentatives de réforme par Kofi Annan

Kofi Annan, secrétaire général de l'ONU

Deux mandats : 1997-2001 et 2001-2006

Des objectifs	Des réussites	Des échecs
Renforcer l'action de ses prédécesseurs Lier politique de développement et défense de la paix	✓ Adoption du principe de la « responsabilité de protéger » en 2005 ✓ Adoption des Objectifs du Millénaire pour le développement (OMD)	✓ Échoue à faire adopter un principe de droit d'ingérence (obligation faite à un État de veiller au droit humanitaire)
Accroître les moyens de l'ONU Mener des opérations d'urgence pour maintenir la paix	✓ Multiplication par 5 du nombre de Casques bleus entre 1998 et 2006 ✓ Nombreuses opérations de maintien de la paix Ex : Éthiopie, Sierra Leone, Timor oriental	✓ Ne parvient pas à empêcher l'intervention des États-Unis en Irak (unilatéralisme)
De nouvelles orientations Réformer les institutions de l'ONU	✓ Création de la Cour Pénale Internationale (CPI) en 1998	✓ Échoue à élargir le Conseil de Sécurité de l'ONU à de nouveaux membres ✓ Refus des États-Unis, de la Russie, de la Chine ou de l'Inde d'adhérer à la CPI

Source : ONU, 2024.

Notions

Responsabilité de protéger : principe reconnu par l'ONU en 2005 selon lequel la communauté internationale a le droit d'intervenir dans un pays en cas de défaillance d'un État à protéger sa propre population.

Sécurité collective : notion selon laquelle des États concluent un accord considérant que la sécurité de l'un d'entre eux est l'affaire de tous les autres. Ils répondent alors collectivement aux atteintes et aux menaces d'atteinte à la paix.

Ne pas confondre

Multilatéralisme : mode de relations interétatiques visant à établir des règles communes en matière de sécurité collective. Il implique l'adhésion à un projet politique commun fondé sur le respect d'un système de valeurs partagées. Par exemple la Cour Pénale Internationale créée en 1998 par l'ONU est une forme de multilatéralisme juridique.

≠

Unilatéralisme : attitude d'un pays qui agit sans chercher à obtenir l'assentiment ou la coopération des autres. Par exemple, l'invasion de l'Irak par les États-Unis en 2003 contre l'avis de l'ONU est une marque d'unilatéralisme.

POUR COMPRENDRE

1. Depuis 1945, l'ONU a pour mission d'assurer le maintien de la paix selon le principe de la sécurité collective. Elle réunit presque la totalité des États du monde et peut intervenir en cas de danger pour la paix.

> Montrez que durant les deux mandats de Kofi Annan, l'action de l'ONU est centrée sur le maintien de la paix. (doc. 1 et 2)

2. L'Organisation des Nations unies défend le multilatéralisme dans le principe du respect de la sécurité collective. Malgré les difficultés, le projet de Kofi Annan est d'étendre cette forme de coopération entre les États pour assurer la paix dans le monde.

> En quoi les conditions de maintien de la paix soutenues par l'ONU diffèrent-elles de celles nées des traités de Westphalie ? (doc. 4 et 5)

Vous pouvez vous appuyer sur les pages 132 et 133 pour comparer avec les traités de Westphalie.

Étude 1 L'ONU, pour le multilatéralisme dans le règlement des conflits

Sous les mandats de Kofi Annan, les interventions de l'ONU sont nombreuses, notamment en Afrique. Si elles répondent à des logiques différentes, le principe commun est l'imposition de la paix par la sécurité collective. Or, le multilatéralisme est confronté à la réticence de certaines puissances.

Pourquoi les réformes de Kofi Annan en faveur du multilatéralisme rencontrent-elles l'opposition de certaines puissances ?

1 La responsabilité de protéger, un élargissement de l'action de l'ONU en faveur de la paix

C'est à chaque État qu'il incombe de protéger ses populations du génocide, des crimes de guerre, du nettoyage ethnique et des crimes contre l'humanité. Cette responsabilité consiste notamment dans la prévention de ces crimes, y compris l'incitation à les commettre, par les moyens nécessaires et appropriés. Nous l'acceptons et agirons de manière à nous y conformer. La communauté internationale devrait, si nécessaire, encourager et aider les États à s'acquitter de cette responsabilité et aider l'Organisation des Nations unies à mettre en place un dispositif d'alerte rapide.

Il incombe également à la communauté internationale, dans le cadre de l'Organisation des Nations unies, de mettre en œuvre les moyens diplomatiques, humanitaires et autres moyens pacifiques appropriés, conformément aux Chapitres VI et VIII de la Charte, afin d'aider à protéger les populations du génocide, des crimes de guerre, du nettoyage ethnique et des crimes contre l'humanité.

Document final du Sommet mondial de l'ONU en 2005.

2 La mobilisation des Casques bleus pour mettre fin aux combats

Véhicule blindé de transport de troupes de la Mission des Nations unies en Éthiopie et en Érythrée patrouillant au bord de la frontière entre les deux pays. En 1993, l'Érythrée (ancienne colonie italienne puis britannique annexée par l'Éthiopie en 1962) a déclaré son indépendance, mais les conflits avec l'Éthiopie sont restés nombreux. En 1998 éclate une nouvelle guerre entre les deux pays. La Mission des Nations unies en Éthiopie et en Érythrée a été créée en juin 2000 pour faire respecter les accords de paix. Elle a pris fin en juin 2008.

3 L'achèvement de la mission de l'ONU au Sierra Leone

La Sierra Leone a connu une guerre civile entre 1991 et 2002. La Mission des Nations unies en Sierra Leone avait pour objectif de permettre une transition vers la paix.

« La Mission des Nations unies en Sierra Leone (MINUSIL) aura achevé avec succès son mandat le 31 décembre 2005. La mission a été en mesure de surmonter de nombreux défis d'ordres politique et militaire afin de devenir une opération de maintien de la paix efficace, qui quitte une Sierra Leone dont la situation est bien meilleure aujourd'hui qu'elle ne l'était il y a cinq ans », affirme le secrétaire général dans un message transmis aujourd'hui par son porte-parole. Parmi les nombreux succès de la mission, rappelle Kofi Annan, il importe de souligner le désarmement, la démobilisation et la réintégration de quelque 75 000 ex-combattants ; le rôle central joué dans la préparation et la tenue des élections de 2002 et 2004 ; l'assistance cruciale apportée à la sécurité et la formation dispensée à ce secteur ; le soutien à la Commission vérité et réconciliation[1] ; l'assistance au gouvernement dans la prise de contrôle et la gestion des mines de diamants ; et enfin la protection apportée au Tribunal spécial pour la Sierra Leone.

« Le peuple de la Sierra Leone, assisté par la communauté internationale, a engagé le pays sur le chemin de la reconstruction économique. Cependant beaucoup reste à faire », insiste le secrétaire général.

« L'Organisation des Nations unies restera active dans le pays, en assistant le gouvernement et le peuple sierraléonais à trouver des solutions aux causes profondes du conflit et à développer le potentiel du pays ».

ONU, 2005.

1. Créée en 1999 à la fin du conflit, cette commission mise en place dans le cadre d'une justice transitionnelle doit permettre de panser les plaies de la guerre, dans un but de réconciliation.

4 Les limites d'une justice mondiale

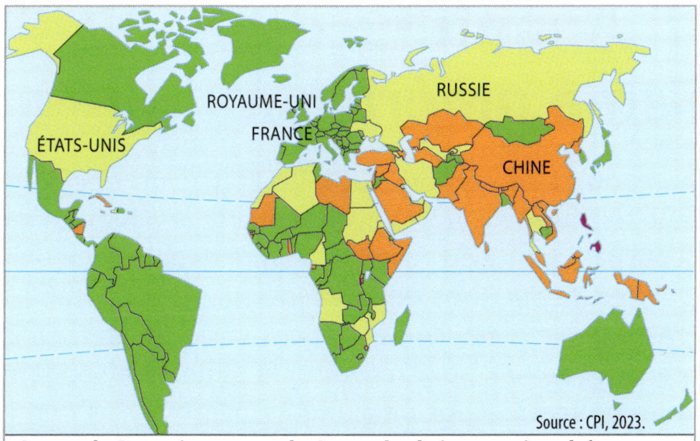

Statut de Rome instaurant la Cour pénale internationale[1]

- État l'ayant signé et ratifié
- État l'ayant signé mais pas ratifié
- État ne l'ayant ni signé, ni ratifié
- État s'étant retiré

1. La Cour Pénale Internationale a été créée en 2002. Aujourd'hui, seuls 123 pays ont signé et ratifié son adhésion.

6 Kofi Annan, un bilan en demi-teinte

Gado, *Courrier international*, 22 décembre 2006.

Kofi Annan secrétaire général des Nations unies de 1997 à 2006 tend à son successeur, Ban Ki-Moon, un panneau sur lequel est écrit : ❶ « Plus jamais ça ». ❷ « Pétrole contre nourriture » : programme controversé des Nations unies pour répondre aux besoins des Irakiens touchés par les sanctions économiques contre l'Irak après la première guerre du Golfe. Ce programme a été entaché de nombreux scandales de corruption.

5 La responsabilité de protéger, un élargissement de l'action de l'ONU en faveur de la paix

À la fin du mois d'octobre 2008, dans la province du Nord-Kivu, à la frontière du Rwanda et de la République démocratique du Congo (RDC), un seigneur de la guerre du nom de Laurent Nkunda a en quelques semaines défait l'armée congolaise, provoqué une crise humanitaire, commis des violations des droits de l'Homme, démontré l'inefficacité complète des 17 000 Casques bleus de la MONUC et mis échec et mat le processus de paix sponsorisé par la communauté internationale dans la région depuis 2002. […]

Contrairement à une opinion très répandue, l'est congolais n'est pas victime d'un manque d'intérêt de la communauté internationale car celle-ci n'a pas lésiné sur les moyens pour promouvoir la paix dans une des régions les plus violentes de la planète. L'ONU y a déployé sa plus grande mission de maintien de la paix, ce pays, avec le Soudan et l'Afghanistan, est l'un des points de concentration des ONG internationales dans le monde. […]

Loin d'aboutir à des accords de paix durables, les nombreux parrains du processus de paix et la multiplication des forums de dialogue ont fini par former un véritable labyrinthe international où diplomatie officielle et diplomatie officieuse s'entrecroisent, où la rivalité entre les institutions, les États et les ego diplomatiques est de règle et où le système décisionnel international devient opaque. Pas moins de trois médiateurs (un pour l'ONU, un pour l'UA (Union africaine) et un pour la Communauté de développement d'Afrique australe) sont mandatés pour résoudre la crise du Nord-Kivu, sans compter les émissaires secrets et les envoyés spéciaux déjà désignés.

Thierry Vircoulon, « Congo-RDC : l'échec des faiseurs de paix », *Libération*, 6 février 2009.

Vocabulaire

Casques bleus : force militaire de l'ONU, dont la fonction est soit l'interposition dans un conflit ouvert, soit le maintien de la paix.

ACTIVITÉ

1. Comment Kofi Annan envisage-t-il le rôle de l'ONU en cas de menace de guerre ? **(doc. 1 et 2)**

2. Montrez la diversité des missions que l'ONU peut mener afin d'assurer une paix stable. **(doc. 2 et 3)**

3. Quelles sont les limites de l'action de l'ONU dans sa volonté d'assurer la paix et la justice dans le monde ? **(doc. 4, 5 et 6)**

Vers le BAC Grand oral

Préparez un exposé de 5 minutes présentant les défis relevés par Kofi Annan durant son mandat pour encourager la paix dans le monde.

Pour aller plus loin

À partir du site de l'ONU, sélectionnez dans le moteur de recherche une des missions de l'ONU sous le mandat de Kofi Annan et rédigez une fiche bilan de l'une de ces interventions de l'ONU (objectif, moyens et résultats).

Quelles sont aujourd'hui les principales actions de l'ONU dans les processus de maintien de la paix ?

Site Internet
hachette-clic.fr/24hggt064

Étude 2 GRAND FORMAT

L'ONU de Kofi Annan face à l'unilatéralisme américain

Contexte ➡ Après les attentats du 11 septembre 2001, les États-Unis décident de mener une « guerre contre le terrorisme ». Après avoir renversé les Talibans en Afghanistan en 2001, ils attaquent l'Irak, accusé de posséder des armes de destruction massive et de ne pas respecter les inspections de leurs installations militaires. Après de nombreux débats à l'Assemblée générale des Nations unies, les États-Unis décident unilatéralement d'intervenir en Irak pour renverser le régime de Saddam Hussein. Cette décision provoque une vive réaction de plusieurs membres du Conseil de Sécurité, dont la France, et du Secrétaire général, Kofi Annan.

Comment l'intervention militaire américaine en Irak menace-t-elle le multilatéralisme prôné par Kofi Annan ?

Dominique de Villepin

Né en 1953

Né en 1953, il est ministre des Affaires Étrangères entre 2002 et 2004, puis ministre de l'Intérieur entre 2004 et 2005. Le président Jacques Chirac le nomme Premier ministre en 2005. Il reste à cette fonction jusqu'à la fin du mandat du Président, en 2007.

Le discours de Dominique de Villepin

1 Défendre le choix du multilatéralisme face à l'unilatéralisme états-unien

« Vous savez le prix que la France attache, depuis l'origine de la crise iraquienne, à l'unité du Conseil de Sécurité. Cette unité repose aujourd'hui sur deux éléments essentiels […] : le choix du désarmement par la voie des inspections et, en cas d'échec de cette stratégie, l'examen par le Conseil de Sécurité de toutes les options, y compris celle du recours à la force. […] La question qui se pose aujourd'hui est simple : considérons-nous en conscience que le désarmement par les missions d'inspection est désormais une voie sans issue ? Ou bien, estimons-nous que les possibilités en matière d'inspection offertes par la résolution 1441 n'ont pas encore été toutes explorées ?

En réponse à cette question, la France a deux convictions : la première, c'est que l'option des inspections n'a pas été conduite jusqu'à son terme et peut apporter une réponse efficace à l'impératif du désarmement de l'Irak ; la deuxième, c'est qu'un usage de la force serait si lourd de conséquences pour les hommes, pour la région et pour la stabilité internationale qu'il ne saurait être envisagé qu'en dernière extrémité. […]

Alors oui, j'entends bien les critiques. […] Il y a ceux qui croient que la poursuite du processus d'inspection serait une sorte de manœuvre de retardement visant à empêcher une intervention militaire. Cela pose naturellement la question du temps imparti à l'Irak. Nous sommes là au centre des débats. Il y va de notre crédibilité et de notre esprit de responsabilité. Ayons le courage de mettre les choses à plat.

Il y a deux options :

L'option de la guerre peut apparaître *a priori* la plus rapide. Mais n'oublions pas qu'après avoir gagné la guerre, il faut construire la paix. Et ne nous voilons pas la face : cela sera long et difficile, car il faudra préserver l'unité de l'Irak, rétablir de manière durable la stabilité dans un pays et une région durement affectée par l'intrusion de la force.

Face à de telles perspectives, il y a l'alternative offerte par les inspections, qui permet d'avancer de jour en jour dans la voie d'un désarmement efficace et pacifique de l'Irak.

Personne ne peut donc affirmer aujourd'hui que le chemin de la guerre sera plus court que celui des inspections. Personne ne peut affirmer non plus qu'il pourrait déboucher sur un monde plus sûr, plus juste et plus stable. […]

L'autorité de notre action repose aujourd'hui sur l'unité de la communauté internationale. Une intervention militaire prématurée remettrait en cause cette unité, ce qui lui enlèverait sa légitimité et, dans la durée, son efficacité. Une telle intervention pourrait avoir des conséquences incalculables pour la stabilité de cette région meurtrie et fragile. Elle renforcerait le sentiment d'injustice, aggraverait les tensions et risquerait d'ouvrir la voie à d'autres conflits. […] En tout état de cause, dans une telle éventualité, c'est bien l'unité de la communauté internationale qui serait la garantie de son efficacité. De même, ce sont bien les Nations unies qui resteront demain, quoi qu'il arrive, au cœur de la paix à construire. […]

Dans ce temple des Nations unies, nous sommes les gardiens d'un idéal, nous sommes les gardiens d'une conscience. La lourde responsabilité et l'immense honneur qui sont les nôtres doivent nous conduire à donner la priorité au désarmement dans la paix.

Discours de Dominique de Villepin au Conseil de Sécurité des Nations unies, 14 février 2003.

Mise en perspective

2 Soutiens et opposants à l'intervention américaine en Irak

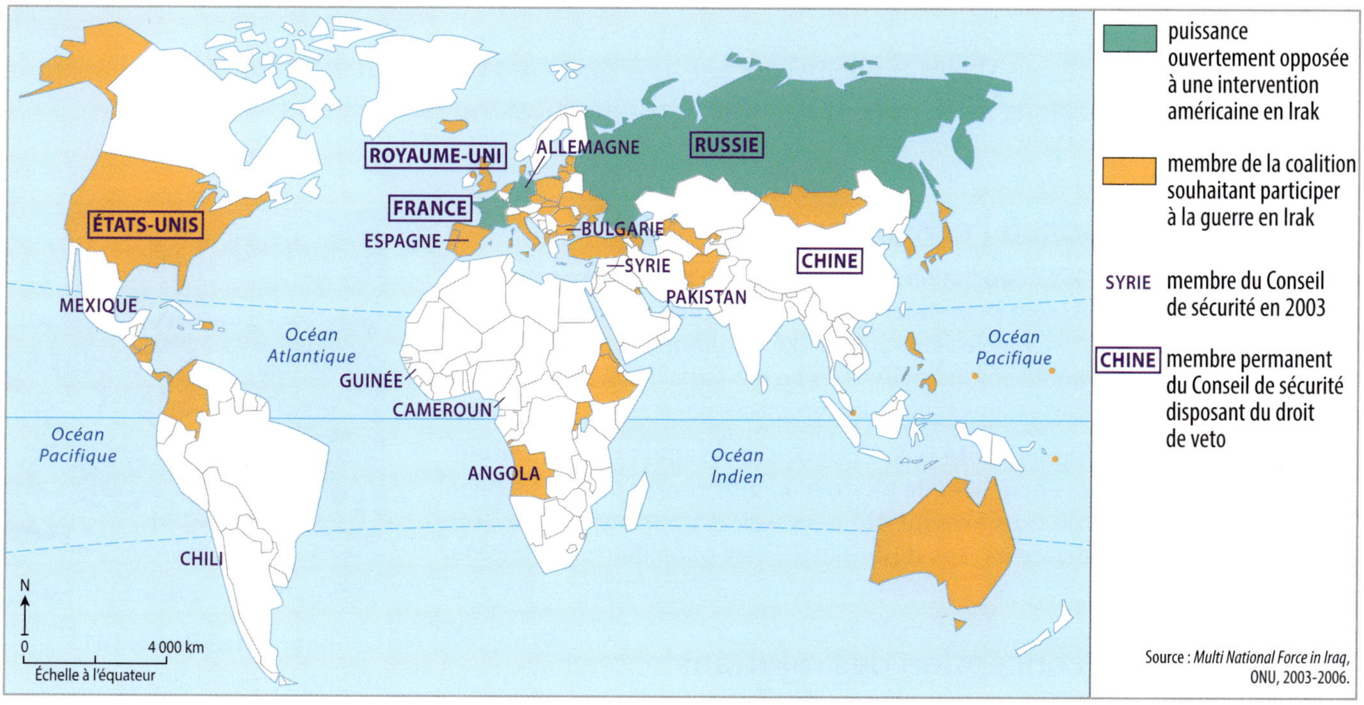

Source : *Multi National Force in Iraq*, ONU, 2003-2006.

3 Kofi Annan face à l'échec du multilatéralisme onusien

Le secrétaire général des Nations unies n'a eu aucune hésitation face au journaliste de la BBC qui lui demandait s'il jugeait l'entrée en guerre contre l'Irak illégale. « Oui, si vous voulez. J'ai signalé qu'elle n'était pas conforme à la Charte de l'ONU de notre point de vue et qu'elle était donc illégale de ce point de vue », a-t-il expliqué. « Je suis l'un de ceux qui croient qu'il aurait dû y avoir une deuxième résolution du Conseil de sécurité pour donner le feu vert à l'invasion de l'Irak par les États-Unis » a également ajouté Kofi Annan. La Charte des Nations unies autorise en effet les États à faire usage de la force armée mais avec l'accord du Conseil dans le but de faire respecter les règles ou les résolutions de l'organisation internationale. (...) Or, dans le cas de l'Irak en 2003, les États-Unis ont abandonné l'idée d'obtenir l'aval du Conseil de sécurité dès lors qu'il était clair qu'une résolution allant dans ce sens n'avait aucune chance d'aboutir à cause notamment de la position de la troïka européenne – France, Allemagne et Russie –, Paris ayant également menacé d'utiliser son droit de veto.

M. Daoudi, « La guerre en Irak "illégale" pour Kofi Annan », rfi.fr, 16 septembre 2004.

Vocabulaire

Résolution : texte officiel adopté par un des organes de l'ONU.

ACTIVITÉ

Préparer l'analyse du discours en se documentant

1. Qui est Dominique de Villepin ?
2. Dans quel contexte (date, lieu) Dominique de Villepin prononce-t-il ce discours ? (Frise p. 132)

Analyser le discours

3. Quels sont les arguments de Dominique de Villepin pour s'opposer à l'intervention de l'ONU en Irak ? (doc. 1)
4. Pourquoi la position américaine menace-t-elle le multilatéralisme défendu par Kofi Annan ? (doc. 1) — Définissez d'abord le multilatéralisme pour montrer que la décision américaine le remet en cause.
5. Commentez la phrase suivante : « Dans ce temple des Nations unies, nous sommes les gardiens d'un idéal ». (doc. 1)

Porter un regard critique sur le discours

6. Quelles sont les différentes positions sur l'attitude à adopter face à l'Irak ? (doc. 2)
7. Pourquoi Kofi Annan considère-t-il l'intervention américaine en Irak illégale ? (doc. 3)
8. Expliquez dans quelle mesure l'invasion de l'Irak a fragilisé la position de l'ONU dans la gestion des conflits. (doc. 1 à 3)

Pour aller plus loin

À l'aide de la vidéo, réalisez un compte-rendu du documentaire d'Arte sur le discours de Dominique de Villepin.

Vidéo
« Dominique de Villepin, non à la guerre en Irak ». Arte, 2018.
hachette-clic.fr/24hggt065

Axe 2

Leçon 1 Le traité de paix au centre du système westphalien

Comment les traités de Westphalie instaurent-ils à partir du milieu du XVIIe siècle de nouvelles conditions de la paix et des relations internationales ?

A Envisager la paix à l'échelle européenne

JALON 1 p. 132

- **À l'époque moderne, les négociations qui mènent à la signature des traités de Westphalie (1648) sont la première expérience d'une conférence internationale.** Ampleur pour le règlement d'un conflit européen. L'Europe sort alors d'une guerre de trente ans qui pousse les pays à négocier la paix. Les discussions sont longues car les souverains sont remplacés par leurs représentants.
- **La négociation de chaque traité passe par des messagers qui sillonnent l'Europe :** il faut 10 jours pour aller de Münster à Paris, et près d'un mois pour atteindre Madrid. Ainsi, trois ans ont été nécessaires pour que la paix soit signée entre les négociateurs. Les diplomates sont par ailleurs en voie de professionnalisation.

B Une nouvelle conception des relations internationales

- **Un des enjeux de la conclusion de la paix reste son application effective.** À l'issue d'une guerre, les souverains ont souvent beaucoup de mal à empêcher les soldats, démobilisés, de piller le territoire ou de perpétrer des violences. C'est pourquoi les États mettent en place des armées permanentes. Leur rôle est à la fois de participer aux guerres mais également d'assurer l'ordre en temps de paix.
- **La prise en compte de l'ensemble des belligérants est indispensable afin d'assurer une paix acceptable pour tous.** Ainsi, durant le congrès de Vienne en 1815 (doc. 1), à la suite des guerres révolutionnaires et impériales, si Napoléon est absent, les Français sont tout de même représentés afin d'envisager l'après-guerre.

JALON 1 p. 132

- **Au XVIIe siècle se développe en Europe une forme de droit international.** Le principe de souveraineté donne aux États le monopole de la déclaration de la guerre et de la conclusion de la paix. C'est ce qu'on appelle « l'ordre westphalien ». Le traité de Westphalie impose également le principe juridique de pardon mutuel afin que les violences commises pendant la guerre ne conduisent à de nouvelles tensions.

C Peut-on mettre fin à une guerre sans traité de paix ?

- **Toutes les guerres ne s'achèvent pas par un traité de paix.** Par exemple, en 1945, devant la disparition de l'Allemagne nazie, aucun traité de paix n'a pu être signé. De même, dans de nombreuses guerres civiles, le conflit ne se termine pas par un traité mais par l'arrêt des combats ou la destruction d'un des adversaires.
- **En l'absence de traité, certains conflits sont toujours officiellement en cours.** C'est le cas du conflit entre les deux Corée. Si la signature de l'armistice de Panmunjeom en 1953 a mis fin aux combats, les tensions se poursuivent comme le montre la militarisation de la frontière entre les deux pays.
- **Enfin, les traités de paix peuvent créer de nouvelles tensions.** C'est le cas par exemple du traité de Versailles, signé au lendemain de la Première Guerre mondiale. De nombreux contemporains considèrent que l'exclusion de l'Allemagne des négociations et les conditions extrêmement dures imposées aux vaincus portent en elles-mêmes les germes d'une nouvelle guerre.

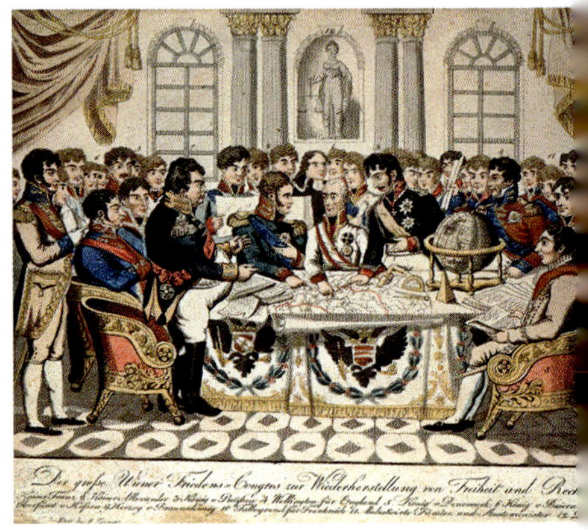

Le Congrès de Vienne, 1815

« Le grand congrès de Vienne pour la restauration de la paix et du droit en Europe », eau-forte, Musée de la ville de Vienne, 1815.

Le Congrès de Vienne réunit les représentants diplomatiques des grandes puissances européennes pour régler le sort des territoires repris à Napoléon.

Vocabulaire

Armistice : arrêt des combats.

Diplomate : personne désignée par un État pour mener des discussions ou des négociations avec un ou plusieurs États ou avec des organisations internationales.

Souveraineté : capacité d'un État à être autonome et reconnu comme tel par les autres États.

Leçon 2 Faire la paix par la sécurité collective depuis la Première Guerre mondiale

➤ Comment les États tentent-ils d'imposer la paix par la sécurité collective au XXe siècle ?

A La SDN, première expérience d'une institution internationale

- **Depuis la seconde moitié du XIXe siècle, l'idée de sécurité collective se développe.** Créée en 1919 à l'initiative de Woodrow Wilson, la Société des Nations (SDN) est la première institution internationale qui vise à établir la paix de façon multilatérale : règlement des différends entre États, défense du pacifisme.
- **Cependant, la SDN connaît des faiblesses.** Si la mise en place de référendums permet de régler certains conflits territoriaux, la SDN ne possède pas d'armée et ne parvient pas à mettre fin à l'intervention italienne en Éthiopie en 1935 ou à l'expansion territoriale de l'Allemagne nazie dans les années 1930.

B L'ONU, la principale organisation de maintien de la paix depuis 1945

- **L'Organisation des Nations unies est créée en 1945.** Elle compte 193 membres aujourd'hui. Elle est organisée autour d'une Assemblée générale, dans laquelle chaque État possède une voix, et d'un Conseil de Sécurité dans lequel cinq États possèdent le droit de veto. Elle est dotée d'une armée de maintien de la paix, les Casques bleus.
- **Durant la guerre froide, l'ONU ne peut pas pleinement effectuer ses missions à cause du droit de veto utilisé par l'URSS et les États-Unis.** Mais depuis 1991, elle prend une place de plus en plus importante dans la résolution des conflits, comme au Koweït en 1991 ou dans des missions d'interposition (en ex-Yougoslavie ou en Afrique). Cependant, l'invasion russe de l'Ukraine en 2022 rappelle qu'elle est fragilisée quand un des membres permanents du Conseil de Sécurité est engagé dans un conflit (doc. 2).
- **Durant ses deux mandats à la tête de l'ONU (1997-2006), Kofi Annan cherche à poursuivre les évolutions de ses prédécesseurs et à apporter des réformes.** Il augmente le nombre de Casques bleus et fait adopter le principe de « responsabilité de protéger », qui permet d'intervenir au Soudan. La Cour pénale internationale est créée en 1998. Mais Kofi Annan doit aussi faire face à une remise en cause du multilatéralisme, notamment au moment de l'invasion de l'Irak par les États-Unis en 2003.

JALON 2 p. 138

C L'arbitrage des grandes puissances

- **Cependant, l'existence de l'ONU n'empêche pas l'arbitrage des grandes puissances.** En effet, les États-Unis, la Russie ou l'Union européenne pèsent de tout leur poids sur les conflits dans lesquels ils ne sont pas engagés. Ainsi, en 1979, le président américain Jimmy Carter réunit le Premier ministre israélien Menahem Begin et le président égyptien Anouar el-Sadate pour la signature du premier traité de paix entre Israël et un pays arabe.
- **Cette intermédiation permet souvent d'accélérer un processus de paix engagé mais fragile.** Ainsi, en septembre 2018, le roi d'Arabie Saoudite Salman ben Abdelaziz Al Saoud a servi d'intermédiaire dans la signature du traité de paix entre l'Éthiopie et l'Érythrée. Il a proposé sa médiation entre la Russie et l'Ukraine en août 2023. Ces puissances peuvent ainsi se porter caution pour chacune des parties des engagements de chacun.

Volodymyr Zelensky devant le Conseil de Sécurité de l'ONU

Le 5 avril 2022, Volodymyr Zelensky, président urkrainien, s'exprime par visioconférence devant le Conseil de Sécurité de l'ONU pour dénoncer l'invasion russe de son pays quelques semaines plus tôt.

Vocabulaire

Droit de veto à l'ONU : capacité pour un pays de refuser une résolution de l'ONU par sa seule opposition. Elle est réservée aux cinq membres permanents du Conseil de sécurité (Chine, États-Unis, France, Royaume-Uni et Russie).

Pacifisme : courant de pensée qui préconise la recherche de la paix internationale par la négociation, le désarmement et la non-violence.

Référendum : vote qui permet à des citoyens d'approuver ou de rejeter une mesure proposée par le gouvernement ou une organisation internationale comme la SDN.

Responsabilité de protéger : principe reconnu par l'ONU en 2005 selon lequel la communauté internationale a le droit d'intervenir dans un pays en cas de défaillance d'un État à protéger sa propre population.

Axe 2

Leçon 3 Envisager une paix durable

Comment envisager une paix à long terme pour des pays qui sortent de la guerre ?

A Construire la paix au-delà de l'arrêt des combats, une des missions de l'ONU

JALON 2 p. 138

- **Signer un accord de paix n'est pas suffisant pour ramener le calme.** Johan Galtung, géopolitologue, distingue la paix négative (simple cessation des combats) de la paix positive, qui instaure au-delà de l'arrêt des combats les conditions d'un développement économique et social harmonieux.
- **Il faut souvent accompagner la paix pour qu'elle s'installe de façon durable.** Par exemple, lors de l'indépendance du Timor oriental en 2002, l'ONU a mis en place des structures administratives permettant la construction de ce jeune État (formation des fonctionnaires, construction d'infrastructures).
- **Les Casques bleus, force armée de l'ONU, restent souvent sur place des années après la résolution du conflit afin que les tensions ayant mené à la guerre ne reprennent pas.** La consolidation de la paix post conflit et la prévention de la reprise du conflit sont des missions essentielles de l'action de l'ONU.

B Le développement socio-économique de la population, une condition de la paix

JALON 2 p. 138

- **Une paix durable n'est envisageable que si les conditions d'un développement social et économique sont réunies.** Ainsi, d'autres institutions interviennent comme l'Organisation mondiale de la santé (OMS), l'UNICEF ou d'autres organisations non gouvernementales (ONG). L'UNICEF intervient dans des pays en guerre (Yémen, Soudan du Sud ou Syrie), mais également auprès des réfugiés du Bangladesh ou du Myanmar.
- **Cependant, la fin du conflit ne signifie pas toujours la fin des tensions.** Ainsi, l'intervention américaine en Irak en 2003 s'est conclue par une désorganisation totale du pays et le développement de groupes terroristes dans la région. De même, en 2021, après vingt ans de présence en Afghanistan, les États-Unis quittent le pays devant l'avancée des Talibans qui reprennent le pouvoir.

C Des freins persistants à une paix durable

- **Un des problèmes les plus importants aujourd'hui dans le processus de paix est l'absence d'interlocuteurs pour mettre fin aux combats.** Dans les conflits qui opposent des États à des groupes terroristes, comme Al-Qaïda ou Daech, les négociations sont rendues impossibles car les interlocuteurs ne souhaitent pas négocier. Bertrand Badie, géopolitologue, parle de « fin de l'ordre westphalien ».
- **De même, certains conflits engagent de nombreux acteurs aux intérêts divergents, qui rendent toute résolution du conflit complexe.** Ainsi, en Syrie, de nombreux acteurs s'affrontent depuis 2011 : des États, des communautés (comme les Kurdes) ou des groupes terroristes tels Daech ou le Front Al-Nosra. Le processus de paix est dans l'impasse face à l'incapacité des différents acteurs de négocier.
- **Les conséquences des guerres civiles** (déplacements de population, misère, famines, etc.) ne permettent pas d'envisager la pacification de ces régions sur le long terme, ce qui crée une forme de défiance des populations contre les gouvernements et les membres de la communauté internationale.

L'intervention de l'UNICEF dans les zones de guerre

Un agent de l'UNICEF intervient en février 2023 à Alep, en Syrie, pour détecter des signes de malnutrition chez les enfants.

Vocabulaire

Paix durable : doctrine développée par l'ONU considérant que la paix ne peut être solide qu'à partir du moment où quatre éléments sont rassemblés : la capacité de l'État à assurer la sécurité et l'ordre public, le respect des droits de l'Homme, la démocratie et le développement économique et social.

Unicef (Fonds des Nations unies pour l'enfance) : agence de l'ONU unies consacrée à l'amélioration et à la promotion de la condition des enfants.

L'essentiel Axe 2 > Leçons 1 à 3

RÉVISER EN SE TESTANT

Exercices interactifs

hachette-clic.fr/24hggt066

SCHÉMA BILAN

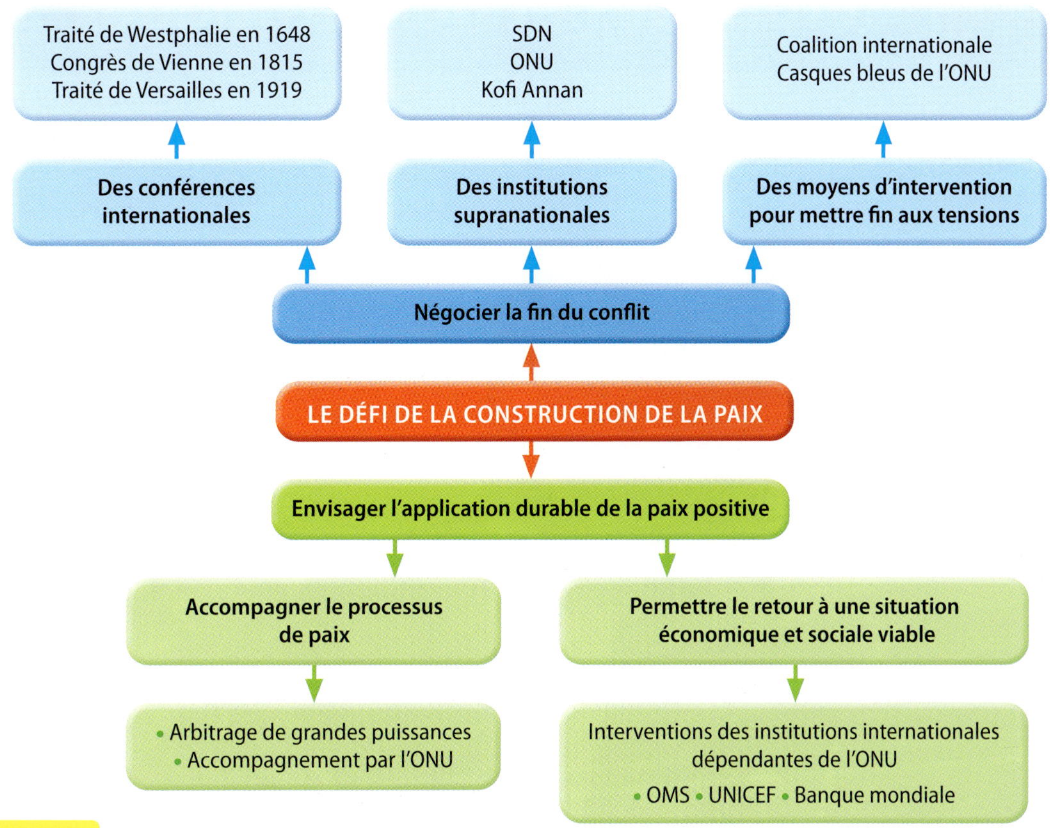

Schéma interactif
hachette-clic.fr/24hggt067

RÉVISER EN SE DOCUMENTANT

À voir

- Guillaume de Fontenay, *Sympathie pour le diable*, 2019.
  Film de guerre suivant les Casques bleus et les forces de l'ONU présentes à Sarajevo, en Bosnie-Herzégovine, en 1992.

À lire

- Karim Lebhour et Aude Massot, *Une saison à l'ONU*, 2022.
- Benoit Durieux, Jean-Baptiste Jeangène Vilmer et Frédéric Ramel, *Dictionnaire de la guerre et de la paix*, 2017.
- Chloé Maurel, *Une brève histoire de l'ONU au fil de ses dirigeants*, éditions du Croquant, 2017.

Sur le web

Site Internet
hachette-clic.fr/24hggt068

- Le site de l'ONU sur ses actions de maintien de la paix dans le monde, avec les différentes missions en cours.

OBJET DE TRAVAIL CONCLUSIF

Le Moyen-Orient : conflits régionaux et tentatives de paix impliquant des acteurs internationaux (étatiques et non-étatiques)

Pourquoi une paix durable peine-t-elle à s'imposer au Moyen-Orient ?

1 La poignée de main historique entre Yitzhak Rabin et Yasser Arafat, le 13 septembre 1993

Cette rencontre historique a eu lieu à la Maison Blanche, à Washington, en présence de Bill Clinton, président des États-Unis. Cette poignée de main vient sceller les accords d'Oslo, qui mettent en place un processus de paix entre Israël et la Palestine.

1950 | 1960 | 1970 | 1980 | 1990 | 2000 | 2010 | 2020

- **14 mai 1948** Proclamation de la création d'Israël
- **Octobre-novembre 1956** Crise de Suez
- **Juin 1967** Guerre des Six Jours
- **Octobre 1973** Guerre du Kippour / Guerre du Ramadan
- **1990-1991** Première guerre du Golfe
- **1993-1995** Accords d'Oslo
- **2003** Seconde guerre du Golfe
- **2011** Départ des soldats américains d'Irak
- **Octobre 2023** Attaque du Hamas sur Israël et opération militaire israélienne dans la bande de Gaza

2 **Le Yémen, une guerre civile qui dure depuis 2014**

Parade militaire des combattants rebelles houthistes à Sanaa (capitale du Yémen) le 31 mars 2022. La guerre civile entre le gouvernement central, soutenu par l'Arabie Saoudite, et les rebelles soutenus par l'Iran dure depuis 2014. Cette guerre a fait plusieurs millions de déplacés et a provoqué une des plus importantes famines de ces dernières décennies.

QUESTIONS

1. Que symbolise cette poignée de main entre Yitzhak Rabin et Yasser Arafat **(doc. 1)**

2. Quelles sont les conséquences de la guerre civile au Yémen sur la société yéménite ? **(doc. 2)**

3. Montrez le poids des puissances extérieures dans la conduite de la guerre au Moyen-Orient et sa résolution. **(doc. 1 et 2)**

p. 150 **> JALON ①**

Du conflit israélo-arabe au conflit israélo-palestinien : les tentatives de résolution, de la création de l'État d'Israël à nos jours

p. 156 **> JALON ②**

Les deux guerres du Golfe (1991 et 2003) et leurs prolongements : d'une guerre interétatique à un conflit asymétrique

JALON 1 Du conflit israélo-arabe au conflit israélo-palestinien : les tentatives de résolution, de la création de l'État d'Israël à nos jours

Repères

De 1948 à aujourd'hui : des décennies de tensions

1950 – 1960 – 1970 – 1980 – 1990 – 2000 – 2010 – 2020

1948-1979 du conflit israélo-arabe au conflit israélo-palestinien : la volonté d'un règlement par la confrontation

- **14 mai 1948** proclamation de l'indépendance d'Israël ; premier conflit israélo-arabe
- **Octobre-novembre 1956** Crise de Suez, conflit israélo-égyptien
- **Juin 1967** Guerre des Six Jours
- **Octobre 1973** Guerre du Kippour ou du Ramadan
- **Septembre 1978** Accords de Camp David

1979-2000 le conflit israélo-palestinien : un conflit national aux retombées internationales autour de la question d'un État palestinien

- **Décembre 1987** Début de la première Intifada
- **1993-1995** Accords d'Oslo

2000 à nos jours des tentatives de paix dans l'impasse

- **2000-2005** Seconde Intifada
- **2005** Retrait des colonies de la bande de Gaza
- **2007** Prise du pouvoir par le Hamas à Gaza
- **2014** Gel des négociations de paix entre Israël et l'Autorité palestinienne
- **7 octobre 2023** attaque du Hamas contre Israël et opération militaire israélienne dans la bande de Gaza

1 La Palestine sous mandat britannique (1923-1948)

Un territoire hérité de la Palestine ottomane
- territoire densément peuplé par les arabes palestiniens
- ville arabe abritant une ancienne communauté juive
- siège des autorités britanniques en charge du mandat confié par l'ONU en 1920

Une forte immigration juive issue du sionisme
- région peuplée par les populations juives (achat de terres, immigration ...)
- immigration juive depuis la fin du XIXe siècle

Source : P. Blanc et J-P Chagnollaud, *Atlas du Moyen-Orient. Aux racines de la violence*, 2023.

Notions

Colonie : communauté de citoyens israéliens établie depuis la guerre des Six Jours en 1967 dans les territoires occupés. Selon le droit international, elles sont illégales.

Ligne verte : ligne d'armistice établie en 1949 entre Israël et la Jordanie à l'issue de la première guerre israélo-arabe.

Sionisme : doctrine politique fondée par Theodor Herzl ayant pour objet l'implantation d'un foyer national juif en Palestine passant par la migration des Juifs vers la Palestine ottomane puis mandataire. Après 1948, les principaux partis politiques israéliens (Parti travailliste, Likoud…) se réclament tous du sionisme, mais leurs lectures divergent en fonction de leurs opinions politiques. Ainsi, le sionisme ne signifie pas systématiquement refus d'un État palestinien.

2 Du plan de partage de l'ONU en 1947 aux lendemains du premier conflit israélo-arabe en 1949

Le plan de partage proposé par l'ONU en 1947
- État juif prévu par l'ONU
- État palestinien prévu par l'ONU
- autre État arabe
- statut international de Jérusalem

La situation au lendemain de la première guerre israélo-arabe en 1949
- Israël et ses conquêtes
- annexion par l'Égypte et la Jordanie
- Jérusalem partagée entre Israël et Jordanie
- ligne verte (suite à l'armistice de 1949)

Carte interactive hachette-clic.fr/24hggt069

3 Les conséquences de la guerre des Six Jours (1967)

- Israël
- territoire occupé par Israël
- territoire occupé puis restitué (1974, 1982)
- pays arabe
- Jérusalem réunifiée sous autorité israélienne

Source (doc. 2 et 3) : P. Blanc et J.-P. Chagnollaud, *Atlas du Moyen-Orient. Aux racines de la violence*, 2023.

Carte interactive hachette-clic.fr/24hggt070

4 Les conflits israélo-arabes

	1er conflit israélo-arabe (1948-1949)	Guerre des six jours (1967)	Guerre du Kippour ou guerre du Ramadan (1973)	Intervention au Liban (Paix en Galilée, 1982)
Initiative de l'offensive	Coalition des États arabes voisins.	Déclenchée par Israël en réaction aux mouvements de troupes de pays arabes.	Coalition de pays arabes dirigée par l'Égypte et la Syrie.	Invasion du Sud-Liban par Israël pour combattre les bases arrières palestiniennes.
Conséquences	• Victoire d'Israël (contrôle 77 % du territoire) ; • Gaza et la Cisjordanie sont annexés par l'Égypte et la Jordanie ; • Les Palestiniens doivent quitter leur territoire (700 000 réfugiés).	• Occupation du Sinaï (Égypte) et du Golan (Syrie) ; • Résolution de Khartoum : les pays arabes refusent toute négociation avec Israël.	• Retrait en 1974 des Israéliens du Sinaï ; • Embargo sur le pétrole pour les alliés d'Israël (premier choc pétrolier) ; • Début des négociations entre Israël et Égypte en 1977.	• Évacuation des combattants palestiniens du Liban ; • Massacre par les milices chrétiennes libanaises, des camps palestiniens de Sabra et Chatila occupés par Israël.

5 D'un conflit israélo-arabe à un conflit israélo-palestinien

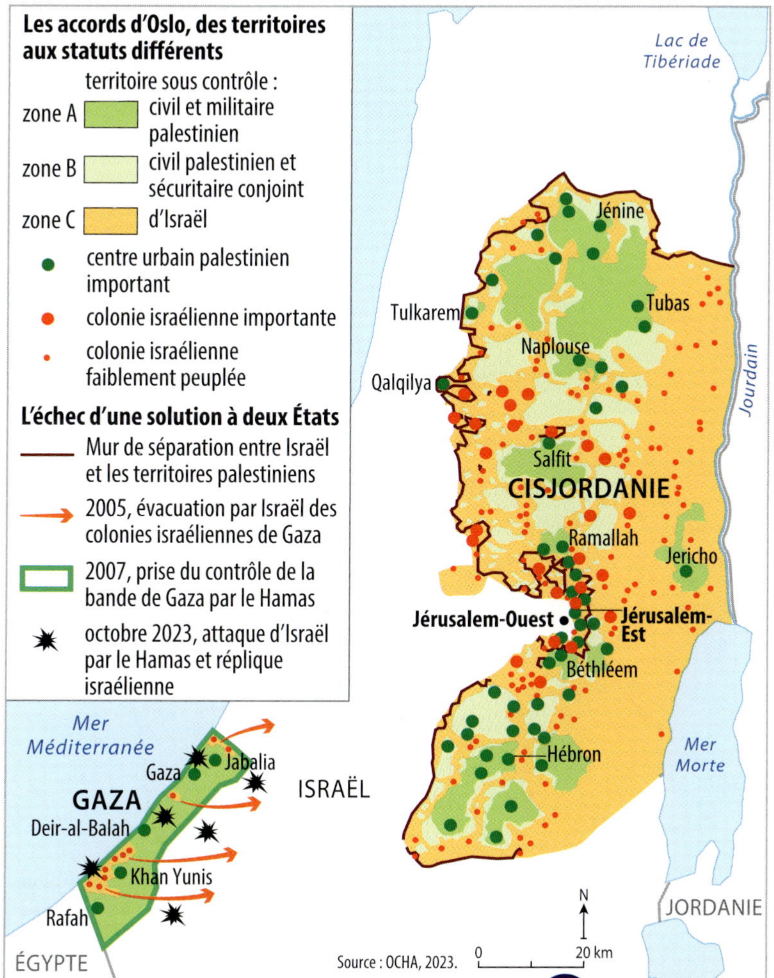

Carte interactive
hachette-clic.fr/24hggt071

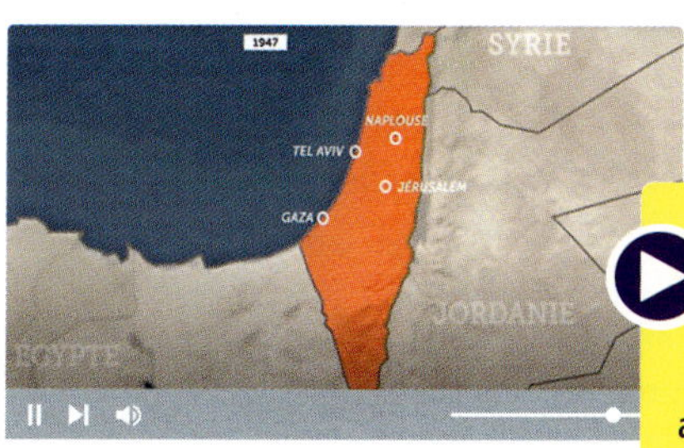

Vidéo

Israël-Palestine, aux sources du conflit, Lumni, mai 2021.
hachette-clic.fr/24hggt072

Ne pas confondre

Autorité palestinienne : nom de l'institution gouvernementale qui administre les habitants arabes de Cisjordanie et de la bande de Gaza dans les zones A et B de Palestine définies par les accords d'Oslo. Elle a un président et une assemblée élue au suffrage universel, une police (mais pas d'armée) et des représentants dans plusieurs pays. Depuis 2007, elle n'a plus le contrôle de la bande de Gaza dirigée par le Hamas.

≠

État de Palestine : État souverain qui n'est reconnu que par 136 États dans le monde (ni par Israël ni par les États-Unis). Depuis 2012, il est admis à l'ONU en tant qu'État observateur non-membre.

POUR COMPRENDRE

1. Les relations entre Israël et la Palestine ont connu de multiples épisodes violents, que ce soit à la suite de la constitution de l'État d'Israël en 1948 ou des nombreuses guerres israélo-arabes qui se sont succédé. (voir la vidéo)

> Quelles ont été les conséquences des épisodes conflictuels sur l'évolution de l'État israélien et des populations palestiniennes de 1948 à 1973 ? (doc. 1 à 4)

> Montrez que les relations entre Israël et les États arabes voisins ont été conflictuelles. (doc. 3 à 4)

2. Les accords d'Oslo en 1995 ont permis la définition de plusieurs statuts territoriaux au sein de la Cisjordanie et de la bande de Gaza. Ils ont également permis la définition d'une Autorité palestinienne qui représente la Palestine à l'échelle mondiale.

> Montrez que les accords d'Oslo n'ont pas réussi à imposer une paix durable. (doc. 5)

Étude 1 Israël face aux États arabes de 1948 à nos jours

Le 14 mai 1948, David Ben Gourion proclame l'indépendance de l'État d'Israël dans un contexte de tensions entre Juifs et Arabes dans la région. Cette proclamation entraîne l'attaque conjointe des États arabes voisins : Liban, Syrie, Égypte, Jordanie, Irak. Cette première guerre israélo-arabe inaugure une série de quatre conflits interétatiques sur trois décennies et structure durablement le conflit israélo-palestinien.

➤ Pourquoi la succession de guerres entre Israël et les États arabes voisins souligne-t-elle la difficulté de l'instauration d'une paix durable ?

David Ben Gourion (1886-1973)

Né en Pologne, David Ben Gourion émigre en Palestine en 1906. Il proclame l'indépendance de l'État d'Israël en 1948 avant d'en devenir le Premier ministre.

1 David Ben Gourion proclame l'indépendance d'Israël le 14 mai 1948

Nous, membres du Conseil national représentant le peuple juif du pays d'Israël et le mouvement sioniste mondial, réunis aujourd'hui, jour de l'expiration du mandat britannique, en assemblée solennelle, et en vertu des droits naturels et historiques du peuple juif, ainsi que de la résolution de l'Assemblée générale des Nations unies, proclamons la fondation de l'État juif dans le pays d'Israël, qui portera le nom d'État d'Israël.

Discours de proclamation de l'indépendance d'Israël, David Ben Gourion, 14 mai 1948.

David Ben Gourion (debout), proclame l'indépendance d'Israël sous un portrait de Theodor Herzl (1860-1904), fondateur du sionisme.

2 Le premier conflit israélo-arabe

Carte interactive
hachette-clic.fr/24hggt073

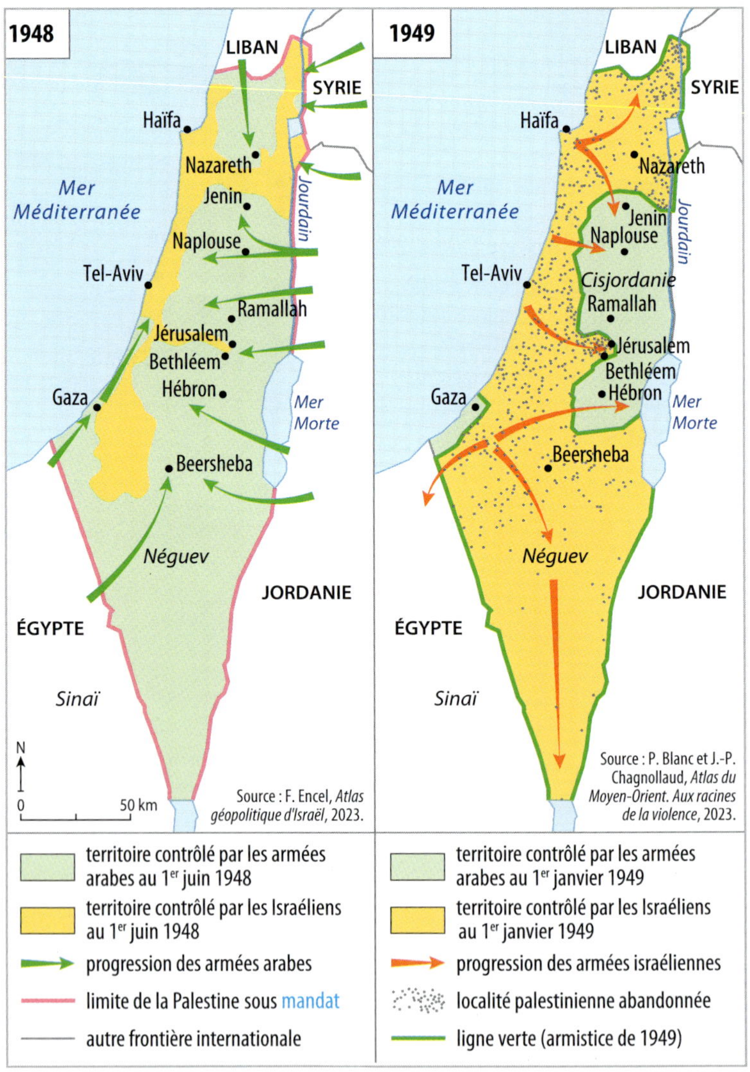

Au lendemain de la déclaration d'indépendance, les armées des pays arabes voisins attaquent et font reculer les forces armées du nouvel État israélien. Entre juin 1948 et janvier 1949, les armées israéliennes prennent le dessus sur les armées arabes. Les pertes de territoires entraînent l'expulsion de plus de 700 000 Palestiniens qui se réfugient dans les territoires voisins.

3 La résolution 242 du Conseil de sécurité de l'ONU au lendemain de la guerre des Six Jours[1]

« Le Conseil de sécurité, exprimant l'inquiétude que continue de lui causer la grave situation au Moyen-Orient ; Soulignant l'inadmissibilité de l'acquisition de territoire par la guerre et la nécessité d'œuvrer pour une paix juste et durable permettant à chaque État de la région de vivre en sécurité ; [...]

1. Affirme que l'accomplissement des principes de la Charte exige l'instauration d'une paix juste et durable au Moyen-Orient qui devrait comprendre l'application des deux principes suivants :

– Retrait des forces armées israéliennes des territoires occupés lors du récent conflit ;

– Cessation de toutes assertions de belligérance ou de tous états de belligérance et respect et reconnaissance de la souveraineté, de l'intégrité territoriale et de l'indépendance politique de chaque État de la région et leur droit de vivre en paix à l'intérieur de frontières sûres et reconnues à l'abri de menaces ou d'actes de force.

2. Affirme en outre la nécessité :

– De garantir la liberté de navigation sur les voies d'eau internationales de la région ;

– De réaliser un juste règlement du problème des réfugiés ;

– De garantir l'inviolabilité territoriale et l'indépendance politique de chaque État de la région, par des mesures comprenant la création de zones démilitarisées.

Résolution 242 du Conseil de sécurité de l'ONU, 22 novembre 1967.

1. Au lendemain de la Guerre des Six Jours, les armées arabes ont subi des défaites spectaculaires.

4 Anouar el-Sadate, Jimmy Carter et Menahem Begin signant le traité de paix en 1979

Le traité de paix, issu des accords de Camp David, prévoit la reconnaissance mutuelle d'Israël et de l'Égypte, ainsi que l'évacuation du Sinaï par Israël. L'initiative de Sadate est très impopulaire dans le monde arabe (notamment en Syrie et Jordanie). Cependant, cette paix négociée avec l'Égypte met un terme à la série des conflits armés entre Israël et les armées des États arabes.

Anouar el-Sadate (1918-1981)

Président de la République d'Égypte de 1970 à 1981. Il lance son pays dans la guerre du Kippour en 1973 afin de reprendre le désert du Sinaï. À partir de 1977, il initie un processus de paix avec Israël conclu par un traité en 1979.

5 La lente et inégale reconnaissance d'Israël par les États arabes depuis 1979

signature d'accords de normalisation — Liens de coopération officieux

2020 date de la signature

Source : AFP, 2020.

Vocabulaire

Mandat : autorité sur un territoire confiée à un État par une institution internationale (SDN puis ONU après 1945).

ACTIVITÉ

À l'aide des documents, remplissez le schéma :

- **Nature des tensions**
  - 1948 : ...
  - 1967 : ...
  - 1973 : ...
- **Les conflits entre Israël et les pays arabes voisins de 1948 à la fin des annees 1970**
- **Interventions d'acteurs extérieurs ...**
- **Des avancées dans la résolution des conflits ...**

Vous pouvez utiliser les pages Repères p. 150-151

Vers le BAC — Étude critique de document

À l'aide des **documents 3 et 5**, vous expliquerez quels sont les différents acteurs des négociations de paix entre Israël et les pays arabes et présenterez l'avancée du processus depuis 1967.

Étude 2 L'impasse de la résolution du conflit israélo-palestinien

À partir des années 1980, les tensions entre Israël et les États arabes sont moindres. Cependant, elles augmentent avec des acteurs politiques issus des territoires palestiniens, notamment dès 1987 avec l'insurrection du peuple palestinien et l'action de l'**OLP** et du **Hamas**.

Quelles sont les dynamiques qui empêchent la résolution du conflit entre populations israéliennes et palestiniennes ?

1 Les Palestiniens après la guerre de 1948-1949

Les Palestiniens, un peuple sans État

Une Palestine morcelée
- Abandon de localités palestiniennes ;
- Départ forcé de 700 000 Palestiniens vers les pays arabes voisins (la « **Nakba** ») ;
- Maintien d'une communauté arabe en Israël.

Une organisation politique interne qui se fragmente
- **OLP (Organisation de Libération de la Palestine)** créée en 1964 et formée de plusieurs groupes dont le principal est le **Fatah**, parti nationaliste créé en 1959 ;
- **Hamas**, parti islamiste créé en 1987.

Un soutien inégal des États arabes voisins
- **1971 :** tensions entre l'OLP et la Jordanie (Septembre noir)
- **1976 :** membre de la Ligue Arabe
- **1982 :** l'OLP quitte le Liban
- **2012 :** la Palestine obtient le statut d'observateur à l'ONU

2 De l'intifada à l'offensive diplomatique de l'OLP

La parole des historiens

Le 9 décembre 1987, un camion israélien percute un taxi palestinien dans la bande de Gaza et fait quatre morts. La rumeur se répand qu'il s'agirait en fait d'un attentat perpétré par des colons israéliens. Des émeutes populaires éclatent dans les jours suivants et se propagent à la Cisjordanie. C'est le début de l'intifada (soulèvement) ou encore de la « guerre des pierres ». Les insurgés se font connaître par des jets de pierres contre la présence israélienne. [...]

L'intifada s'organise autour de comités populaires, professionnels ou locaux chargés de mettre en œuvre les [actions]: grèves, boycott des marchandises israéliennes, refus de payer les taxes israéliennes. Le soulèvement fait en moyenne un mort palestinien par jour. Environ 15 000 Arabes sont emprisonnés. [...] Le 22 décembre 1987, la résolution 605 du Conseil de sécurité [...] déplore « les politiques et pratiques d'Israël qui violent les droits du peuple palestinien dans les territoires occupés ». Alors que l'image d'Israël est ternie par le soulèvement palestinien, l'OLP déclenche une formidable offensive diplomatique. [...] L'intifada rehausse le prestige de l'OLP dans le monde arabe. [...] L'organisation redevient un interlocuteur privilégié des régimes en place. Bénéficiant donc d'un fort soutien régional, Arafat décide de mettre en œuvre sa politique de modération. Le 14 septembre 1988, devant le Parlement européen, il réitère son engagement à ne pas avoir recours au terrorisme et son acceptation de la légalité internationale. C'est une reconnaissance implicite des résolutions onusiennes. Il affirme être prêt à une coexistence avec Israël.

Vincent Cloarec et Henri Laurens, *Le Moyen-Orient au 20e siècle*, Éditions Armand Colin, 2000.

3 L'intifada, la « guerre des pierres »

L'Intifada est essentiellement le fait d'une jeune génération de Palestiniens protestant contre l'occupation des territoires par Israël. La photographie, prise à Ramallah (Cisjordanie) le 28 février 1988, montre de jeunes Palestiniens jetant des pierres sur des soldats israéliens en contrebas.

Vocabulaire

Hamas : mouvement islamiste et nationaliste palestinien constitué d'une branche politique et d'une branche armée, créé en 1987, et qui a pris le contrôle de la bande de Gaza en 2007.

Intifada : soulèvement débuté en 1987, au cours duquel de nombreux Palestiniens, principalement des jeunes, affrontent les forces armées israéliennes au cours de violentes émeutes.

Nakba : « catastrophe » en arabe. Désigne pour les Palestiniens le déplacement des populations arabes lié à la création de l'État d'Israël en 1948.

OLP (Organisation de libération de la Palestine) : fondée en 1964 et pratiquant la lutte armée et le terrorisme contre Israël. En 1988, l'OLP reconnaît le droit d'Israël à vivre « en paix et en sécurité » et déclare « renoncer totalement » au terrorisme.

4 L'impasse du processus de paix israélo-palestinien depuis les accords d'Oslo

Accords d'Oslo (1993)

→ **Début de l'autonomie palestinienne dans les territoires occupés avec la mise en place d'une Autorité palestinienne dirigée par Yasser Arafat**

→ **Des négociations qui doivent se poursuivre dans un long processus de paix. Accords d'Oslo II en septembre 1995**

Conséquence : radicalisation dans les deux camps des opposants aux accords d'Oslo

Des extrémistes palestiniens reprochent à l'OLP de négocier avec les Israéliens ou de ne pas obtenir la reconnaissance totale d'un État palestinien :
- Reprise de l'intifada en 2000
- Multiplication des attentats
- Affaiblissement de l'autorité de Yasser Arafat
- Prise du pouvoir du Hamas à Gaza en 2007

Des extrémistes israéliens reprochent au gouvernement de trop céder aux Palestiniens :
- Assassinat du Premier ministre Yitzakh Rabin le 4 novembre 1995 par un extrémiste religieux juif
- Influence grandissante de partis politiques opposés à la constitution d'un État palestinien
- Poursuite de la colonisation

Israël reprend la stratégie de « défense préventive » :
- Construction d'un mur de séparation le long de la ligne verte depuis 2002
- Opérations militaires dans les territoires occupés : « plomb durci » (2008-2009), « pilier de défense » (2012) et « Bordure protectrice » (2014)

→ **Gel des négociations de paix**
Reprise de la guerre : attaque du Hamas sur Israël et réplique israélienne dans la bande de Gaza le 7 octobre 2023

Yasser Arafat
(1929-2004)

Dirigeant de l'OLP dès les années 1960, Yasser Arafat négocie les accords d'Oslo (1993-1995) avec Yitzhak Rabin. À la suite de ces accords, il devient le premier président de l'Autorité nationale palestinienne jusqu'à sa mort en 2004.

5 La population des colonies de 1972 à aujourd'hui

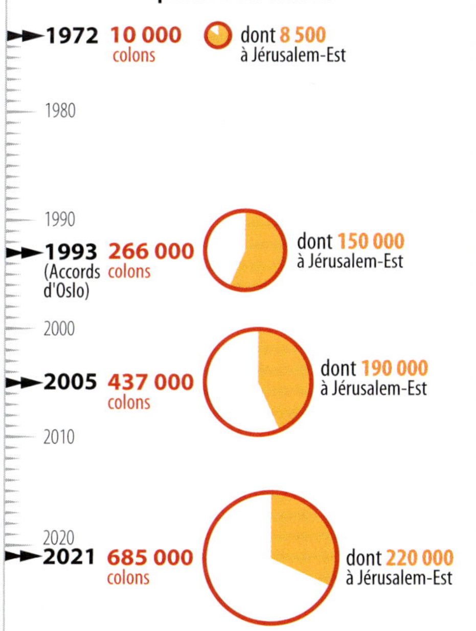

Sources : B'T' Selem, Bureau israélien des statistiques, 2021.

6 Les enjeux de la solution à deux États

La parole des géopolitologues

Selon le géopolitologue Frédéric Encel, spécialiste du Proche-Orient, pour aboutir, la solution à deux États doit répondre à trois conditions : *« la démilitarisation du Hamas, la réappropriation par les autorités palestiniennes de la bande de Gaza et le changement de gouvernement en Israël »*. L'État Israël est gouverné par une coalition d'élus de droite et d'extrême droite refusant l'idée d'un État palestinien.
Pour Alain Gresh, le principal problème à régler est la colonisation de la Cisjordanie et Jérusalem-Est par Israël. 250 000 juifs vivaient dans les colonies sur des territoires occupés à la sortie des accords d'Oslo, ils sont plus de 700 000 aujourd'hui. *« Que la communauté internationale parle de cette solution, oui, mais rien n'est fait pour arrêter cette colonisation »*.
Le territoire palestinien s'est indéniablement réduit depuis les accords d'Oslo de 1993, encore plus par rapport au tracé proposé de 1967. La sociologue Sylvaine Bulle explique qu'en cas de nouvel accord qui « prendra plus d'une décennie » en raison du contexte actuel, *« ce n'est pas sûr qu'Israël revienne sur la solution de 1993 » avec presque « 30 % du territoire palestinien colonisé en plus depuis 1967 »*.

« Conflit Israélo-Palestinien : qu'est-ce que la solution à deux États ? », *TV5 Monde*, 5 novembre 2023.

ACTIVITÉ

1. Quelles sont les origines et les formes de tensions entre l'État d'Israël et les populations palestiniennes ? **(doc. 1 à 3)**

2. Quelles sont les principales décisions prises lors des accords d'Oslo ? **(doc. 4)**

3. Montrez les limites du processus de paix initié par les accords d'Oslo. **(doc. 4 à 6)**

Vous pouvez vous aider des pages Repères p. 150-151.

Vers le BAC Dissertation

En vous appuyant sur les documents, rédigez un paragraphe consacré aux relations israélo-palestiniennes pour nourrir la dissertation : « **Les tensions en Israël, les pays arabes voisins et les Palestiniens : formes de conflits et tentatives de résolution** ».

JALON 2 Les deux guerres du Golfe (1991 et 2003) et leurs prolongements : d'une guerre interétatique à un conflit asymétrique

Repères

L'Irak, un pays au cœur des tensions du Moyen-Orient

1990 – 1995 – 2000 – 2005 – 2010

- **2 août 1990** Invasion du Koweït par l'Irak
- **17 janvier 1991** Début de l'opération « Tempête du désert », bombardements aériens
- **28 février 1991** L'Irak accepte les résolutions de l'ONU et évacue le Koweït
- **11 septembre 2001** Attentats menés par Al-Qaïda sur le territoire états-unien
- **20 mars 2003** Début de l'opération « Liberté irakienne » (« *Iraqi freedom* »)
- **Mi-avril 2003** Chute du régime de Saddam Hussein
- **2006** naissance d'Al-Qaïda en Irak
- **Décembre 2011** Retrait des troupes américaines d'Irak
- **2014** Proclamation du califat de Daech

1 L'Irak, un pays multiconfessionnel

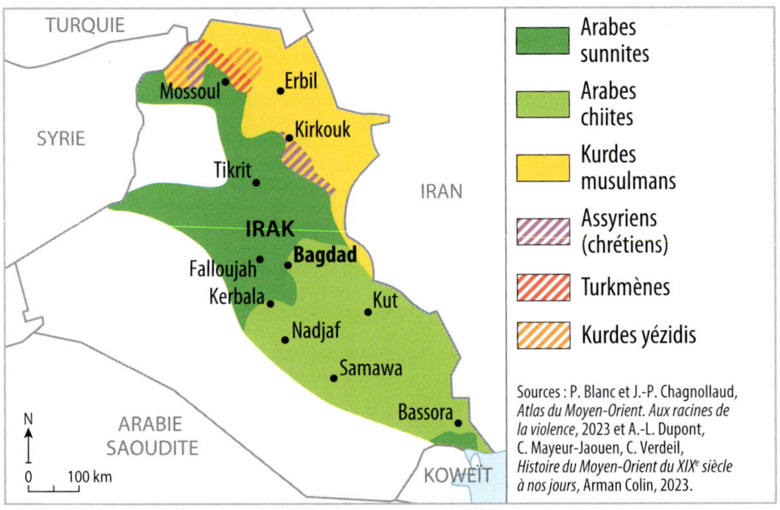

Sources : P. Blanc et J.-P. Chagnollaud, *Atlas du Moyen-Orient. Aux racines de la violence*, 2023 et A.-L. Dupont, C. Mayeur-Jaouen, C. Verdeil, *Histoire du Moyen-Orient du XIXe siècle à nos jours*, Arman Colin, 2023.

Saddam Hussein (1937-2006)

Président à la tête du régime autoritaire irakien de 1979 à l'invasion irakienne, en 2003. Il envahit le Koweït en 1990 puis subit une défaite en 1991. Il perd le pouvoir à la suite de l'invasion américaine de 2003. Il est exécuté par les nouvelles autorités irakiennes en 2006.

Notion

Coalition : réunion momentanée (de puissances, de partis ou de personnes) dans la poursuite d'un intérêt commun.

2 La première guerre du Golfe, une coalition face à l'Irak

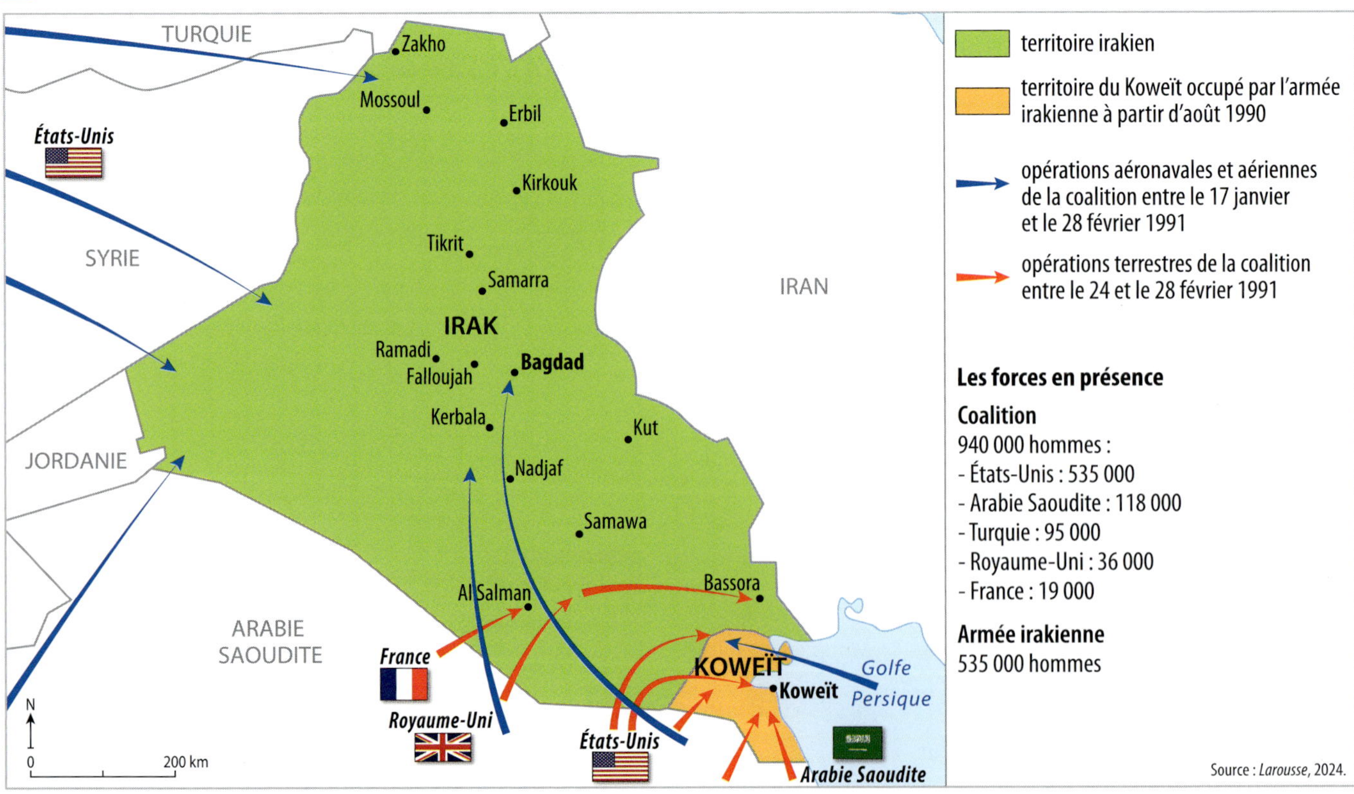

Source : *Larousse*, 2024.

3 Les deux guerres du Golfe, des enjeux différents

	Première guerre du Golfe (1991)	Deuxième guerre du Golfe (2003)
Origine du conflit	Invasion du Koweït par l'Irak	Les États-Unis accusent l'Irak de posséder des armes de destruction massive malgré les interdictions de l'ONU
Composition de la coalition contre l'Irak	• Coalition sous mandat de l'ONU • Coalition de 35 États sous la direction des États-Unis	• Coalition organisée par les États-Unis et soutenue par une cinquantaine d'États • Cependant, plusieurs États se sont élevés contre cette intervention, comme la France ou l'Allemagne
Résolution du conflit	• Évacuation du Koweït par l'Irak • Création d'une zone démilitarisée entre l'Irak et le Koweït • Zone de sécurité au nord de l'Irak afin de protéger les populations kurdes	• Renversement du régime de Saddam Hussein • Occupation de l'Irak par la coalition internationale

5 Le bilan humain de dix ans d'occupation américaine en Irak

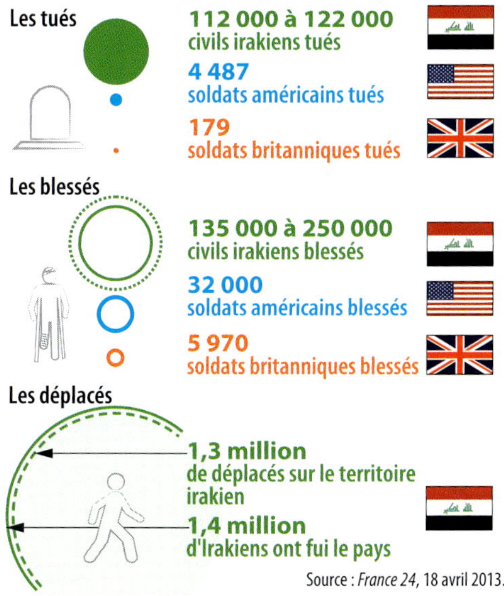

Source : *France 24*, 18 avril 2013.

4 L'occupation de l'Irak entre 2003 et 2011

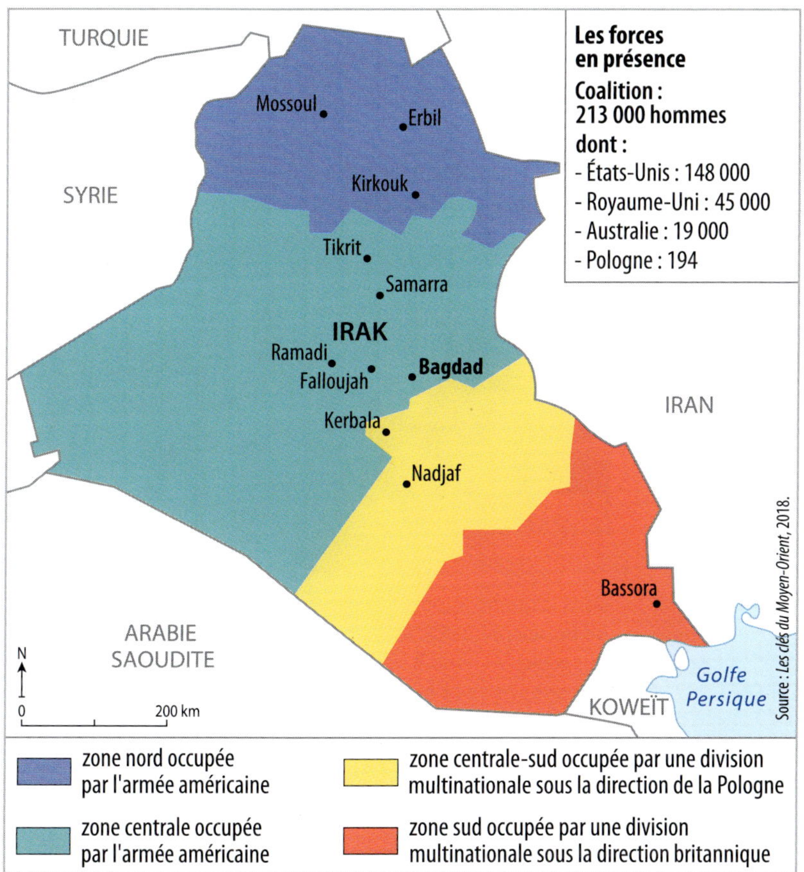

Ne pas confondre

Invasion : action de pénétrer dans un pays souverain dans le but d'en prendre le contrôle ou d'agir politiquement ou militairement sur le pays. Ainsi, la première guerre d'Irak a consisté en une invasion du Koweït et de l'Irak par la coalition afin de libérer le Koweït de l'invasion irakienne.

≠

Occupation : action de s'établir durablement dans un pays souverain pour influencer l'évolution de ce pays. Ainsi, la seconde guerre du Golfe a amené à une occupation de l'Irak pendant près d'une dizaine d'années afin d'assurer la transition politique après le renversement de Saddam Hussein.

POUR COMPRENDRE

1. L'Irak a connu deux guerres sur son territoire. En 1991 comme en 2003, l'armée américaine, à la tête d'une coalition, a combattu les troupes irakiennes de Saddam Hussein. Mais les enjeux de la première et de la seconde guerre du Golfe sont différents.

> Quelles sont les causes de la guerre de 1991 et de celle de 2003 ? (doc. 2 à 4)

Vous pouvez vous aider des pages 158-159 pour comprendre les enjeux de la seconde guerre du Golfe.

2. La seconde guerre du Golfe a conduit au renversement de Saddam Hussein et à l'occupation de l'Irak pendant une dizaine d'années par les troupes de la coalition. Néanmoins, ce conflit a de lourdes conséquences.

> Quelles ont été les conséquences humaines de l'occupation de l'Irak par l'armée américaine ? (doc. 4 et 5)

Pour aller plus loin

À l'aide de ces deux vidéos, soulignez les points communs et les profondes différences entre la première et la seconde guerre du Golfe : causes, type de guerre, conséquences…

Vidéo
Première guerre du Golfe, le 2 août 1990. Lumni, novembre 2021.
hachette-clic.fr/24hggt074

Vidéo
Seconde guerre du Golfe, le 20 mars 2003. Lumni, décembre 2021.
hachette-clic.fr/24hggt075

Étude 1

PROJET ENTRETIEN D'EXPERT

Les deux guerres du Golfe : d'une guerre interétatique à l'émergence de Daech

L'Irak connaît depuis les années 1980 une succession de guerres sur son territoire. Après la guerre Iran-Irak de 1980 à 1988, les première et seconde guerre du Golfe entre 1990 et 2011 avec les interventions de la coalition, l'instabilité politique a favorisé l'émergence d'un terrorisme islamiste et à la désagrégation de l'État irakien.

Comment les deux guerres du Golfe soulignent-elles la difficulté à imposer la paix dans un pays déstabilisé par les interventions extérieures ?

juin 1990 – juil. – août – sept. – oct. – nov. – déc. – janv. 1991 – fév. – mars – 2003 – 2010

- **2 août 1990** Invasion du Koweït par l'Irak ; condamnation par l'ONU (résolution 660)
- **29 novembre 1990** L'ONU fixe un ultimatum à l'Irak (résolution 678)
- **17 janvier 1991** Début de l'opération « Tempête du désert », bombardements aériens
- **24 février 1991** Début de l'offensive terrestre
- **28 février 1991** L'Irak accepte les résolutions de l'ONU et évacue le Koweït
- **19 mars 2003** Début de l'intervention américaine en Irak
- **15 mai 2003** Les États-Unis annoncent la fin de la guerre
- **Décembre 2011** Retrait des derniers soldats américains d'Irak

A D'une guerre interétatique à un conflit asymétrique

1 L'ONU, un acteur central de la première guerre du Golfe

Notant qu'en dépit de tous les efforts déployés par les Nations unies l'Irak refuse de s'acquitter de son obligation d'appliquer la résolution 660[1] et les résolutions ultérieures susvisées, défiant ouvertement le Conseil,

Ayant à l'esprit les devoirs et les responsabilités que la charte des Nations unies lui assigne pour ce qui est de veiller au maintien et à la préservation de la paix et de la sécurité internationales,

Résolu à faire pleinement respecter ses décisions,

Agissant en application du chapitre VII[2] de la charte des Nations unies,

1. Le Conseil exige que l'Irak se conforme pleinement à la résolution 660 (1990) et à toutes les résolutions pertinentes ultérieures et, sans revenir sur aucune de ses décisions, décide de lui accorder une période de grâce pour lui laisser une dernière chance de la faire,

2. Autorise les États membres qui coopèrent avec le gouvernement du Koweït, si au 15 janvier 1991 l'Irak n'a pas pleinement appliqué les résolutions susmentionnées conformément au paragraphe 1 ci-dessus, à user de tous les moyens nécessaires pour faire respecter et appliquer la résolution 660 (1990) du Conseil de sécurité et toutes les résolutions pertinentes ultérieures, ainsi que pour rétablir la paix et la sécurité internationales dans la région,

3. Demande à tous les États d'apporter l'appui voulu aux mesures envisagées au paragraphe 2 de la présente résolution.

« Résolution 678 » du Conseil de sécurité de l'ONU, 29 novembre 1990.

1. Résolution prise lors de l'invasion irakienne du Koweït en août 1990 et ordonnant aux troupes irakiennes de quitter le territoire koweïtien.
2. Chapitre concernant les actions en cas de menace contre la paix.

2 La première guerre du Golfe : une victoire rapide de la coalition

Dans la guerre interétatique qu'est la première guerre du Golfe, les bombardements aériens de la coalition détruisent l'essentiel des véhicules blindés irakiens. Couplée à l'efficacité de l'offensive terrestre (24 au 28 février 1991), la reddition de dizaines de milliers de soldats irakiens est rapide.

3 Le refus de l'ONU d'intervenir en Irak lors de la deuxième guerre du Golfe

Le 5 février 2003, devant le conseil de Sécurité des Nations unies, le secrétaire d'État américain Colin Powell brandit une fiole remplie d'anthrax (une arme bactériologique) prétendument originaire d'Irak afin de démontrer la nécessité d'intervenir dans le pays. Le Conseil de Sécurité refuse pourtant de voter une résolution permettant d'intervenir en Irak au nom de l'ONU.

4 George Bush légitime l'invasion de l'Irak

Mes chers concitoyens, nous voici arrivés aux tout derniers jours de décision concernant les évènements d'Irak. Pendant plus de dix ans, les États-Unis et d'autres pays ont fait des efforts patients et honorables pour désarmer le régime irakien en évitant la guerre. Ce régime avait pris l'engagement, comme condition à la fin de la guerre du Golfe persique en 1991, de déclarer et de détruire toutes ses armes de destruction massive.

Depuis, le monde s'est livré à douze années de diplomaties. Nous avons adopté plus d'une douzaine de résolutions au Conseil de sécurité des Nations unies. Nous avons envoyé des dizaines d'inspecteurs en armement de l'ONU afin de vérifier le désarmement de l'Irak. Notre bonne foi n'a pas été payée en retour. [...]

Les États-Unis d'Amérique ont l'autorité souveraine d'utiliser la force afin de garantir leur propre sûreté nationale. C'est à moi qu'appartient cette responsabilité, en tant que commandant en chef. [...]

Les États-Unis, avec d'autres pays, œuvreront à promouvoir la liberté et la paix dans cette région. Nous n'atteindrons pas notre objectif en un jour. Il faudra du temps. [...] Les nations libres ont le devoir de défendre leurs peuples en s'unifiant contre la violence. Et ce soir, comme ils l'ont fait auparavant, l'Amérique et ses alliés acceptent cette responsabilité.

Discours de George Bush à la nation américaine, le 17 mars 2003.

5 Une confrontation déséquilibrée

La parole de l'historien

Le 20 mars 2003, après avoir envoyé un ultimatum à Saddam Hussein lui enjoignant de quitter l'Irak. George W. Bush déclenche l'opération « Liberté irakienne » : 6 divisions (dont une britannique) déployées au Koweït, suréquipées en armes ultramodernes et regroupant 160 000 soldats (quatre fois moins qu'en 1991), affrontent 23 divisions irakiennes [...] qui totalisent théoriquement 500 000 soldats et 2 000 chars. Cette fois, l'armée américaine a changé de stratégie et opté pour une campagne militaire la plus courte et percutante possible. La progression des troupes au sol s'effectue en parallèle de raids de forces spéciales et d'une campagne aérienne visant à désorganiser l'armée irakienne. En cinq semaines d'âpres combats, la coalition dirigée par les États-Unis remonte depuis la frontière koweïtienne le long des fleuves du Tigre et de l'Euphrate et s'empare de Bagdad, déboulonnant symboliquement la statue de Saddam Hussein. Elle est appuyée au nord par des Kurdes [...]. Ses pertes sont minimes (192 morts et un millier de blessés) et elle peut se targuer d'une victoire éclatante. [...]. Côté irakien, les pertes ne seront jamais connues avec précision (entre 10 000 et 45 000 morts).

Pierre Razoux, « Les deux guerres du Golfe », EHNE, 2023.

6 La deuxième guerre du Golfe : une guerre qui s'enlise

En novembre 2004, des militaires américains progressent lentement contre la guérilla urbaine à Falloujah. Si le renversement de l'État irakien s'est fait rapidement, la pacification de l'Irak est beaucoup plus longue.

ACTIVITÉ

À l'aide des documents, complétez le tableau pour comparer les deux guerres du Golfe.

	Première guerre du Golfe	Deuxième guerre du Golfe
Causes **(doc. 1, 3 et 4)**		
Rôle de l'ONU **(doc. 1 et 4)**		
Forces en présence **(doc. 2 et 5)**		
Durée et conditions des combats **(doc. 2, 5 et 6)**		
Bilan **(doc. 5 et doc. 5 p. 157)**		

Vers le BAC Dissertation

Choisissez une information contenue dans les documents (citation, date ou chiffre-clé) pour rédiger l'amorce d'une dissertation dont le sujet est : « **Les conflits au Moyen-Orient depuis la fin de la guerre froide.** »

B Deux guerres à l'origine de la déstabilisation régionale

7 Deux guerres aux conséquences entremêlées

Première guerre du Golfe (à partir de 1991)

- Pays ravagé (infrastructures détruites) ;
- Insécurité alimentaire (embargo, programme « pétrole contre nourriture ») ;
- Maintien de Saddam Hussein au pouvoir (violente répression contre les Chiites et les Kurdes, prestige renforcé dans le monde arabe).

↓

Seconde guerre du Golfe (à partir de 2003)

- Capture de Saddam Hussein ;
- Occupation par les États-Unis et leurs alliés (Chiites privilégiés, montée de l'hostilité sunnite marginalisée).

↓

- Guerre civile ;
- Montée en puissance de Daech.

Source : J.-P. Filiu, *Histoire du Moyen-Orient*, Points Histoire, 2023.

8 La première guerre du golfe, une occasion manquée pour un « nouvel ordre mondial »

La parole du géopolitologue

On se souvient souvent de la guerre du Golfe comme d'une « bonne guerre », un conflit de haute technologie qui a atteint ses objectifs rapidement et proprement. Pourtant, de nouvelles preuves, provenant d'archives, font la lumière sur les retombées prolongées de la guerre et remettent en question ce récit soigné. Cette guerre a contribué à créer une crise humanitaire aiguë en Irak, et les États-Unis se sont efforcés de trouver un moyen de contenir un Saddam Hussein toujours récalcitrant tout en soulageant les souffrances d'Irakiens innocents. Si, à court terme, la guerre a semblé être un triomphe, sa fin a causé des dommages irréparables aux intérêts américains au fil des ans. En effet, les retombées de la guerre du Golfe ont presque immédiatement divisé la communauté internationale, mis au défi le leadership américain et clairement endommagé le travail des hommes d'État et des diplomates dans leurs efforts pour construire un système international libéral de l'après-guerre froide. En ce sens, la guerre a généré des coûts politiques considérables. Elle était loin d'être le conflit propre et décisif que décrivent les récits américains.

Samuel Helfont, *Conflits*, 24 mars 2021.

9 Les conséquences de la guerre civile en Irak : la montée de Daech

Source : Adam Zyglis, *The Buffalo News*, 17 juin 2014.

Vocabulaire

« Nouvel ordre mondial » : concept géopolitique qui décrit la situation internationale au lendemain de la guerre froide, dans laquelle l'ONU est l'institution responsable de la sécurité collective et les États-Unis jouent le rôle de « gendarme du monde ».

ACTIVITÉ

1. Justifiez l'affirmation suivante : « La seconde guerre du Golfe trouve ses origines dans la première. » (doc. 7)
2. Montrez que les deux guerres du Golfe ont eu des répercussions à l'échelle régionale comme à l'échelle mondiale. (doc. 7, 8 et 9)

Vers le BAC Étude critique de document

En utilisant vos connaissances, étudiez le dessin de presse (doc. 9).

Appuyez-vous sur la méthode p. 339

PROJET Rédiger un entretien d'expert

MISSION ➪ À partir de vos réponses aux questions posées p. 159 et p. 160, rédigez un entretien d'expert sur le sujet : « Comment les guerres en Irak sont-elles devenues des conflits aux dimensions planétaires ? ».

étape 1 Préparer l'entretien

1. Analysez le sujet à l'aide des réponses apportées aux questions pages 159 et 160.

2. Répartissez la classe en groupe de trois élèves. Chaque groupe prend en charge la préparation d'un sujet permettant de répondre à la question « **Comment les guerres en Irak sont-elles devenues des conflits aux dimensions planétaires ?** »

Voici des exemples de sujets possibles :

- *Quelles sont les conséquences politiques, économiques et sociales de la première guerre du Golfe ?*
- *Peut-on qualifier la première guerre du Golfe de « guerre modèle » ?*
- *Comment la seconde guerre du Golfe a-t-elle participé à la montée de Daech ?*
- *Quel rôle l'ONU a-t-elle joué dans les deux guerres du Golfe ?*
- *Pourquoi les États-Unis interviennent-ils en Irak en 1990 et en 2003 ?*
- *Quel a été le rôle de la France dans les deux guerres du Golfe ?*

Lors des recherches sur Internet, ne sélectionnez que des sites dont les sources sont validées par un spécialiste de la question. Exemple : site de l'IRIS (Institut de Relations internationales et stratégiques), revue Conflits, …

3. Par groupe, sélectionnez dans les documents p. 158 à 160 les informations utiles pour répondre à votre sujet. Complétez vos recherches en consultant des ouvrages au CDI ou en utilisant un moteur de recherche sur Internet.

Vidéo

L'analyse de Didier Billion, politologue chercheur à l'Iris.

hachette-clic.fr/24hggt076

4. Chaque groupe prend connaissance de l'intitulé des autres sujets et prépare trois questions à poser lors de l'entretien.

Exemples pour le sujet : quelles sont les conséquences politiques, économiques et sociales de la première guerre du Golfe ?

- *La première guerre du Golfe a-t-elle eu des conséquences sur le marché pétrolier mondial ?*
- *Pourquoi le régime politique irakien reste-t-il en place après la première guerre du Golfe ?*
- *Comment la société irakienne a-t-elle fait face à l'embargo imposé après la première guerre du Golfe ?*

étape 2 Réaliser l'entretien d'expert

Pour poser des questions pertinentes, soyez attentifs aux réponses afin de ne pas interroger l'expert sur un aspect déjà évoqué dans une réponse précédente. N'hésitez pas à compléter la liste des questions élaborées dans la question 4 pour rebondir sur le propos de l'expert.

5. Constituez de nouveaux groupes avec trois élèves-experts différents

6. Tour à tour, chaque élève-expert du groupe répond aux questions de ses deux camarades.

7. En autonomie, rédigez un paragraphe résumant les grandes conclusions de l'entretien.

OTC

Leçon 1

Une région stratégique au cœur des enjeux de puissance

Quels sont les facteurs expliquant l'importance géostratégique du Moyen-Orient à l'échelle mondiale ?

A Une région au cœur des échanges mondiaux

- **Le Moyen-Orient occupe une position stratégique à l'échelle du monde.** Au milieu du XXe siècle, la région est, pour l'Empire britannique, une zone intermédiaire entre l'Europe et l'Inde, colonie britannique. L'expression même de « Moyen-Orient » évoque cette situation intermédiaire entre l'Europe et l'Asie. Depuis les années 1980, qui ont vu l'accélération et l'intensification des échanges maritimes dans le processus de la mondialisation, les passages stratégiques du Moyen-Orient (notamment le canal de Suez) sont traversés par la voie maritime la plus fréquentée au monde reliant la Chine à l'Europe.
- **Cette situation géographique au cœur des flux les plus intenses de la mondialisation** est un premier facteur d'intérêt de la part des puissances internationales pour lesquelles le passage des navires de commerce dans la région est vital.

B Des ressources pétrolières gigantesques

- **Les ressources en hydrocarbures du Moyen-Orient sont également d'une grande importance stratégique** pour les puissances internationales. Des pays du Moyen-Orient détiennent la moitié des réserves mondiales connues de pétrole et sont actuellement parmi les premiers producteurs de pétrole au monde : Arabie Saoudite, Iran, Irak, Émirats arabes unis, Koweït.
- **En 1973 (guerre de Kippour/guerre du Ramadan) et 1979 (Révolution iranienne), des troubles survenus dans la région ont occasionné des** « chocs pétroliers » qui ont précipité de nombreux pays développés dans la crise économique. Le pétrole étant vital pour le fonctionnement des sociétés des pays développés, les puissances internationales surveillent la région et tentent d'y maintenir une stabilité politique. Dans le Golfe arabo-persique, le détroit d'Ormuz séparant l'Iran de l'Arabie Saoudite est une artère vitale pour l'approvisionnement du monde en pétrole. Celui-ci est particulièrement surveillé.

C Le berceau des trois grandes religions monothéistes

- **Enfin, la région contient également des lieux saints dont le poids symbolique est fort.** On trouve au Moyen-Orient les lieux les plus saints des religions du livre (judaïsme, christianisme, islam) : Jérusalem (pour les trois religions), La Mecque (pour l'islam). Ces lieux saints sont la destination de pèlerinages et leur contrôle est un enjeu géopolitique. L'espace urbain de la vieille ville de Jérusalem est un espace restreint qui concentrent l'esplanade des mosquées (Dôme du rocher, mosquée al-Aqsa), le Saint-Sépulcre (tombeau de Jésus-Christ) et le mur des Lamentations. Israël occupe Jérusalem-Est qui contient la vieille ville de Jérusalem.
- **Israël et Jérusalem sont depuis le début du XXe siècle un enjeu géopolitique majeur** avec la déclaration Balfour (1917), dans laquelle le gouvernement britannique soutient le projet sioniste de construction d'un État juif en Palestine. Cependant, le conflit israélo-palestinien n'est pas un conflit religieux, mais territorial et politique.

JALON 1 p. 150

Jérusalem, une ville religieuse

Le Mur des Lamentations (au premier plan), lieu saint du judaïsme, et le dôme du Rocher.

Vocabulaire

« Chocs pétroliers » : soudaine augmentation des prix du pétrole en 1973 et 1979 liée à des événements géopolitiques (guerre de Kippour en 1973 et révolution en Iran en 1979).

Lieu saint : dans une religion, lieu ou ville qui jouit d'un statut particulier, d'une grande religiosité.

OTC

Leçon 2 De multiples conflits régionaux entre 1945 et 1991

Comment entre 1945 et 1991 les conflits régionaux se multiplient dans un contexte de guerre froide ?

A De multiples tensions entre États

Les conflits armés de la période courant de 1948 à la décennie 1990 sont essentiellement des conflits interétatiques : ce sont les armées régulières des États qui s'affrontent. On peut ainsi citer le conflit israélo-arabe à propos des territoires israélo-palestiniens (1948-1979), la guerre Iran-Irak (1980-1988) et la guerre du Golfe (1990-1991).

Si les conflits opposent toujours, au moins dans un premier temps, les acteurs régionaux, l'implication des acteurs internationaux est systématique mais peut varier dans ses modalités. Elle peut consister dans le vote de résolutions au Conseil de sécurité de l'ONU afin de faire respecter divers principes fondateurs du **droit international**, particulièrement la **souveraineté** des États sur leurs territoires. L'implication des puissances étrangères se fait par le biais d'un processus de paix, comme entre l'Égypte et Israël en 1978, ou par une intervention armée, comme ce fut le cas dans la première guerre du Golfe.

Une armée irakienne dépassée par la force de la coalition

Photographie de la « *Highway of Death* », où les véhicules irakiens qui se replient sont bombardés par les troupes de la coalition.

B Des États déstabilisés par des tensions

JALON 1 p. 150

La création de l'État d'Israël en 1948 pose le problème de la souveraineté de la population palestinienne arabe. Si jusqu'à la fin des années 1970, les conflits se font plutôt avec les États arabes voisins, les tensions internes se multiplient dans les années 1980 avec notamment la première **intifada**.

Cependant, de nombreux États de la région connaissent également des tensions internes. Le Liban ou la Jordanie sont par exemple impactés par l'arrivée de réfugiés palestiniens. Au Liban, pays multiconfessionnel, l'équilibre entre les communautés est fragile et peut mener à des violences, comme en 1982. Enfin, l'Iran connaît en 1979 une révolution violente qui amène l'ayatollah Khomeiny au pouvoir.

C La première guerre du Golfe : l'Irak contre la coalition internationale

La guerre du Golfe (1990-1991) est un exemple type de conflit interétatique impliquant des acteurs régionaux et internationaux. L'Irak de Saddam Hussein envahit le territoire du Koweït en août 1990. L'invasion condamnée par la communauté internationale donne lieu à des résolutions du Conseil de sécurité de l'ONU demandant au pouvoir irakien d'évacuer le Koweït.

Une large coalition de 35 pays dirigée par les États-Unis attaque l'armée irakienne. Les lourdes pertes subies par les armées irakiennes lors des opérations de janvier et février 1991 contraignent l'Irak à évacuer le Koweït. La guerre du Golfe voit donc la résolution d'un conflit interétatique régional (Irak-Koweït) par l'intervention d'une coalition majoritairement composée d'armées extérieures à la région sous mandat du Conseil de sécurité des Nations unies.

Vocabulaire

Droit international : ensemble de règles et de lois qui définissent les relations entre États ou mises en place par des organisations internationales, telles l'ONU.

Intifada : soulèvement débuté en 1987, au cours duquel de nombreux Palestiniens, principalement des jeunes, affrontent les forces armées israéliennes au cours de violentes émeutes.

Souveraineté : capacité d'un État d'être autonome et reconnu comme tel par les autres États.

OTC

Leçon 3 Depuis 1990, des guerres asymétriques de plus en plus complexes

Comment la multiplicité des acteurs dans les conflits contemporains rend-elle difficile leur résolution ?

A Des guerres civiles dans l'impasse

JALON 1 p. 150

Depuis la première intifada, et malgré les accords d'Oslo en 1995, le processus de paix entre Israël et la Palestine est dans l'impasse. En effet, d'un côté, la colonisation israélienne attise les tensions en Palestine, et de l'autre, l'Autorité palestinienne est concurrencée par le **Hamas**, notamment depuis que celui-ci a pris le pouvoir à Gaza en 2007. La reprise de la guerre en octobre 2023 souligne la fragilité du processus de paix.

La vague de révolte appelée « printemps arabes », déclenchée en 2011, a eu des répercussions jusqu'au Moyen-Orient. Le Yémen connaît depuis 2014 une guerre civile entre le gouvernement central et la rébellion houthiste. Elle a donné lieu à une des famines les plus importantes de l'époque contemporaine. En Syrie, différents mouvements se sont révoltés contre le pouvoir de Bachar el-Assad. Cependant, après une guerre d'une extrême violence qui a vu se développer l'influence de Daech dans la région, le gouvernement est resté au pouvoir.

La Syrie ravagée par la guerre civile

La ville de Daraya en Syrie en 2022, détruite par dix ans de guerre civile.

B L'opposition entre puissances régionales

Dans la région, la montée en puissance de nouveaux États avive les tensions. C'est notamment le cas de l'Arabie Saoudite (**sunnite**) et de l'Iran (**chiite**). Ainsi, dans le conflit yéménite, les rebelles houthiste sont soutenus par l'Iran tandis que l'Arabie Saoudite est proche du gouvernement central. De même, en Syrie ou au Liban, l'influence iranienne est importante, par exemple au sein d'un groupe armé comme le **Hezbollah** libanais.

Mais les puissances extérieures exercent aussi leur influence dans la région. C'est le cas de la Russie, qui reste un allié incontournable du régime de Bachar el-Assad. De même, les États-Unis continuent d'essayer de jouer leur rôle d'intermédiaire dans le conflit israélo-palestinien. Cependant, l'ONU montre ses limites en ne parvenant pas à pacifier la région.

C Le poids du terrorisme islamiste

JALON 2 p. 156

Depuis les années 1990, le terrorisme islamiste se développe dans la région. Mais c'est depuis les attentats du 11 septembre et l'invasion de l'Irak par les États-Unis qu'il prend son essor. Al-Qaïda participe à la guerre en Irak à partir de 2004 et Al-Qaïda dans la péninsule arabique (AQPA) est créé en 2009. En Irak, Abou Bakr al-Baghdadi proclame la création du « califat » en 2014 et parvient à imposer son autorité en profitant de la guerre en Irak et en Syrie.

Mais plus généralement, le terrorisme fait partie des modalités de la guerre dans la région. Les pays les plus touchés sont aussi les plus fragilisés par la guerre civile, comme l'Irak, la Syrie ou le Yémen. L'attaque du 7 octobre perpétrée par le Hamas contre Israël rappelle que le terrorisme est une composante de la guerre et des tensions dans la région et qu'il est difficile pour les États de le combattre.

Vocabulaire

Chiite : branche minoritaire de l'islam, présente principalement en Iran et au nord de l'Irak, organisée autour d'un clergé, qui estime que l'autorité dans l'islam doit être aux mains des descendants du prophète Mahomet.

Hamas : mouvement islamiste et nationaliste palestinien constitué d'une branche politique et d'une branche armée, créé en 1987, et qui a pris le contrôle de la bande de Gaza en 2006.

Hezbollah : parti politique et groupe paramilitaire islamiste chiite basé au Liban.

Sunnite : branche majoritaire de l'islam (elle représente 90 % des musulmans), qui interprète l'islam uniquement en fonction des actes du prophète Mahomet compilés dans les hadiths.

L'essentiel OTC > Leçons 1 à 3

RÉVISER EN SE TESTANT

Exercices interactifs

hachette-clic.fr/24hggt077

SCHÉMA BILAN

LE MOYEN-ORIENT : CONFLITS RÉGIONAUX ET TENTATIVES DE PAIX

- **Du conflit israélo-arabe au conflit israélo-palestinien**
  - **Les conflits israélo-arabes**
    - La première guerre israélo-arabe (1948-1949)
    - Crise de Suez (1956)
    - Guerre des Six Jours (1967)
    - Guerre de Kippour (1973)
  - **Les conflits israélo-palestiniens**
    - Intifada
    - Accords d'Oslo
    - Le gel du processus de paix et la reprise de la guerre (2023)
- **Les autres dynamiques de tensions**
  - Les guerres civiles qui succèdent aux printemps arabes (Syrie, Yémen…)
  - Les rivalités entre puissances régionales (Iran et Arabie Saoudite), au Yémen comme en Syrie
  - Le développement du terrorisme islamiste dans la région (Al-Qaïda et Daech)
- **Les deux guerres du Golfe (1991 et 2003)**
  - **La première guerre du Golfe : la libération du Koweït**
    - Mandat de l'ONU et organisation de la coalition internationale
    - Opération « Tempête du désert » et mesures de rétorsion contre l'Irak
  - **La deuxième guerre du Golfe : le renversement de Saddam Hussein**
    - Intervention américaine (soutenue par d'autres pays) sans mandat de l'ONU
    - Renversement du régime de Saddam Hussein et présence américaine en Irak de 2003 à 2011

Schéma interactif
hachette-clic.fr/24hggt078

RÉVISER EN SE DOCUMENTANT

À voir

- *Démineurs*, de Kathryn Bigelow, 2009 : Oscar du meilleur film en 2009, suit l'unité de déminage de l'armée américaine à Bagdad.

À lire

- *Histoire de Jérusalem*, de Vincent Lemire et Christophe Gaultier, Les Arènes BD, 2022.
- *Histoire du Moyen-Orient du XIXe siècle à nos jours*, de Anne-Laure Dupont, Catherine Mayeur-Jaouen et Chantal Verdeil, Éd. Armand Colin, 2023. Une synthèse récente sur la question.

Sur le web

- Site *Les Clés du Moyen Orient* : avec de nombreux articles de qualité entièrement consacré à la compréhension de la région

Site Internet
hachette-clic.fr/24hggt079

Capacités Mobiliser des connaissances - Définir les notions et les illustrer par des exemples

Méthode BAC Dissertation

Activité à télécharger
hachette-clic.fr/24hggt080

SUJET Les nouvelles formes de conflits et leur résolution depuis la fin du XXe siècle

étape 1 Préparer la dissertation

1. Mobilisez vos connaissances pour analyser le sujet.

En quoi les formes de conflit de la fin du XXe siècle diffèrent-elles de celles qui précèdent ?

Utilisez les pages 104-105 pour définir ce terme.

Les nouvelles formes de conflits et leur résolution depuis la fin du XXe siècle

« et » invite à établir les liens de causes à effets entre l'originalité des conflits du la fin du XXe siècle et leurs modes de résolution : quels peuvent être ces liens ?

Listez les trois formes majeures de résolution d'un conflit.

À quelles dates et événements cela correspond-il ?

Problématique suggérée :

Comment l'apparition de nouvelles formes de conflits depuis la fin du XXe siècle conduit-elle à remettre en question les moyens traditionnels de retour à la paix ?

2. Complétez la 2e colonne du tableau en associant les notions aux parties de la dissertation et en les définissant.

Guerre interétatique ; acteurs non étatiques ; sécurité collective ; droit de la guerre ; guerre idéologique ; nationalisme ; acteurs transnationaux ; traité de paix ; guerre réelle ; massacres de masse ; conflit socio-économique ; guerre irrégulière ; guerre intraétatique ; guerre absolue ; guerre asymétrique ; médiation des puissances.

Parties du plan	Notions (définition)	Exemples illustrant les notions
Partie 1 – Depuis la fin du XXe siècle, les conflits s'éloignent du modèle de Clausewitz	– guerres interétatiques : guerres menées entre deux États ; – …	– la guerre en Ukraine à la suite de l'attaque de la Russie en 2022 ;
Partie 2 – Des modes de résolution qui ne permettent pas toujours d'instaurer la paix		

Utilisez le lexique et votre cours pour définir les notions.

3. Complétez la 3e colonne du tableau en illustrant chaque notion par des exemples.

Pensez à mobiliser les exemples étudiés en classe : *guerre en Ukraine, Daech, Première guerre du Golfe, …*

Point méthode

Mobiliser des connaissances

- **Utiliser le cours** (notions clés, études, fiche de révision).
- **Utiliser le manuel** (lexique, cours, documents).
- **Utiliser la culture personnelle** (notamment des faits d'actualité).

Point méthode

Définir les notions et les illustrer par des exemples

Définir la notion :

– en utilisant le cours, le lexique du manuel, un dictionnaire spécialisé au CDI ou un site spécialisé (*Hérodote* pour des notions d'histoire, *Géoconfluences* pour des notions de géographie, …).

Illustrer la notion par des exemples :

– en utilisant le cours, les pages Jalons du manuel, des recherches personnelles ;
– en variant les exemples (changer d'échelle, de période, de lieu, d'acteur, …) ;
– en modulant l'approfondissement des exemples : certains peuvent être exposés en détail, d'autres ne servent qu'à illustrer le propos.

étape 2 Rédiger la dissertation

4. Terminez la rédaction de l'introduction. ➡ Méthode p. 412

Avec la fin de la guerre froide en 1991, l'espoir d'une paix durable renaît dans le monde. En effet, à la fin du XXe siècle, la chute des dictatures en Amérique latine, la fin de nombreux conflits périphériques ou encore la libération du Koweït par une coalition internationale approuvée par l'ONU témoignent de la volonté des États de faire progresser la paix dans le monde. Cependant, ...
....

5. Sur le modèle proposé pour le premier paragraphe, terminez la rédaction de la dissertation. ➡ Méthode p. 16-17

Partie 1 – Depuis la fin du XXe siècle, les conflits s'éloignent du modèle de Clausewitz

A – De nouveaux facteurs de conflits

Depuis la fin du XXe siècle, les conflits s'éloignent du modèle de Clausewitz.
Tout d'abord, de nouveaux facteurs de conflits apparaissent. Majoritaires du temps de Clausewitz, les guerres interétatiques sont de moins en moins fréquentes depuis 1991. Les guerres frontalières sont devenues rares et limitées aux seuls acteurs militaires comme dans la guerre du Cenepa entre le Pérou et l'Équateur en 1995. Néanmoins, la guerre en Ukraine, à la suite de l'invasion par la Russie en 2022, est en rupture de cette tendance. De plus, en contre-pied du modèle de Clausewitz, la fin de la guerre froide marque le retour du nationalisme et des massacres de masse. Par exemple, dès 1991, la Yougoslavie implose pour donner naissance à de nouveaux États, mais donne lieu aussi à de très violents combats entre communautés. Mais la fin du XXe siècle voit aussi le développement de guerres idéologiques et des conflits socio-économiques : les mouvements d'Al-Qaïda et de Daech réclament l'instauration de régimes islamistes dans le monde. Ils font disparaître la négociation politique au profit d'attentats à l'échelle planétaire. Par ailleurs, le changement climatique augmente le risque de guerre (Darfour depuis 2003, Syrie dans les années 2010).

B – De nouveaux acteurs dans les conflits ....

C – Les « guerres irrégulières », de nouvelles formes de conflits ....

Transition : Depuis la fin du XXe siècle, le monde assiste au recul des conflits interétatiques et au développement des conflits intraétatiques, irréguliers et asymétriques, s'éloignant ainsi du modèle de Clausewitz et nécessitant de repenser les modalités de retour à la paix.

Partie 2 – Des modes de résolution qui ne permettent pas toujours d'instaurer la paix

A – Depuis la fin du XXe siècle, les acteurs internationaux ont moins recours aux traités de paix qu'auparavant ....

B – La fin de la guerre froide marque le renouveau de l'ONU ....

C – L'interventionnisme des grandes puissances reste actif dans le retour à la paix ....

> Pour éviter les hors-sujet, relisez régulièrement le sujet et la problématique et interrogez-vous sur la pertinence d'une information dans le cadre de la question.

6. Recomposez l'ordre des parties de la conclusion donnés en désordre ci-dessous. ➡ Méthode p. 489

- En définitive, le XXIe siècle semble marqué par la fin du modèle clausewitzien de la guerre et par l'incapacité de la communauté internationale à mettre en œuvre des modalités de résolution des conflits efficaces et acceptées par tous.
- Dans ce contexte, les traités de paix sont une alternative peu utilisée tandis que le renouveau de l'ONU ou l'interventionnisme des grandes puissances constituent des possibilités d'action parfois plus efficaces.
- Pourtant, l'invasion de l'Ukraine par la Russie en 2022 semble contredire cette tendance observée depuis la fin du XXe siècle.
- Ainsi, la fin de la guerre froide est marquée par la disparition des conflits interétatiques au profit des conflits intraétatiques, irréguliers et asymétriques alimentés par divers facteurs et mettant en scène de nouveaux et nombreux acteurs qui ne respectent pas le droit de la guerre.

Sujet d'entraînement

Faire la guerre et la paix à l'heure du terrorisme

> Montrez comment le développement de mouvements terroristes à l'échelle internationale transforme la façon de faire la guerre et de conclure la paix.

Méthode BAC

Dissertation

Capacité Choisir un type de plan et le construire

Activité à télécharger
hachette-clic.fr/24hggt081

SUJET ➪ Comment construire la paix au début du XXIe siècle ?

étape 1 Analyser le sujet et choisir un type de plan

1. À l'aide de la méthode p. 88, analysez le sujet (définissez les termes, les bornes chronologiques) et élaborez une problématique.

Ici, il s'agit de définir les modalités de la construction de la paix depuis les deux dernières décennies.

Point méthode

Choisir le type de plan

En histoire-géographie, géopolitique ou sciences politiques, il existe trois principales possibilités :

- **Plan thématique :** le sujet est traité en fonction des thèmes qu'il recouvre ; il peut parfois être dialectique en confrontant une double approche. *Exemple* : Réussites et limites du rôle de l'ONU.
- **Plan chronologique :** particulièrement adapté dans les sujets d'histoire où il s'agit d'étudier l'évolution d'une situation ou d'un processus. *Exemple* : Évolution du rôle de l'ONU depuis 1945.
- **Plan par échelle :** le sujet est traité à l'échelle mondiale, échelle régionale puis échelle locale (ou inversement). *Exemple* : Le Moyen-Orient : des conflits régionaux à la résonance mondiale.

2. Complétez les deux propositions suivantes et associez-les au type de plan concerné.

Proposition 1 : On peut envisager de traiter le sujet en fonction du processus de paix, depuis la prise de contact entre les belligérants pour envisager la fin du conflit, la signature d'un traité de paix, puis…
Proposition 2 : On peut envisager de traiter le sujet en présentant différentes manières de terminer une guerre : vouloir imposer la paix par l'intervention armée, imposer la médiation de la communauté internationale ou…

étape 2 Construire le plan de la dissertation

3. Complétez chacune des parties du plan.

Partie 1 : Envisager la fin du conflit
A. C'est tout d'abord l'évolution militaire du conflit qui détermine l'issue. Ainsi, l'opération « liberté en Irak » de 2003 consacre la supériorité de l'alliance américaine face aux armées de Saddam Hussein.
B. Cela peut aussi être …………………
Partie 2 : Signer le traité de paix
A. Le traité de paix est le moment qui consacre le passage de la guerre à la paix. C'est un moment extrêmement important du retour à une situation normale. Ainsi, …………………
B. …………………
Partie 3 : …
A. …………………
B. …………………

Point méthode

Construire le plan de la dissertation

- **Organiser les idées autour de deux ou trois parties**, qui se divisent chacune en deux ou trois paragraphes.
- **Organiser les idées en les hiérarchisant :** idée générale, argument, exemple.
- **Le plan doit répondre à la problématique.**

Veillez à utiliser des exemples variés pour illustrer votre propos.

étape 3 Rédiger la dissertation

4. À l'aide de la méthode p. 16-17, rédigez la dissertation en suivant le plan construit dans la question 3.

Présentez votre travail avec soin et clarté (un paragraphe par idée développée, saut de ligne, …).

SUJET ➜ Le Moyen-Orient, un foyer de conflit depuis la fin de la Seconde Guerre mondiale

étape 1 Analyser le sujet

1. À l'aide de la méthode p. 88, analysez le sujet (définissez les termes, les bornes chronologiques) et élaborez une problématique.

Ici, il faut essayer de comprendre pourquoi le Moyen-Orient est l'objet de tensions et de conflits depuis la fin de la Seconde Guerre mondiale.

étape 2 Construire un plan

Point méthode

Construire un plan chronologique

✔ Dans un plan chronologique, il faut trouver les ruptures temporelles qui permettent de comprendre le passage d'une période à l'autre.

✔ Les dates de rupture doivent être choisies avec soin et justifiées car elles donnent du sens à la démonstration.

2. Sélectionnez dans la liste suivante les différentes périodes qui pourraient structurer le plan.

- *les guerres en Irak et l'enjeu central du pétrole des années 1980 aux années 2000;*
- *les tensions des deux Grands au Moyen-Orient durant la guerre froide;*
- *les guerres entre Israël et les pays arabes voisins, de 1948 à la fin des années 1970;*
- *la question palestinienne de 1948 à nos jours;*
- *le nouvel enjeu du développement du terrorisme dans la région depuis le début des années 2010;*
- *les tensions entre les puissances du Moyen-Orient (Arabie Saoudite, Iran...) depuis les années 1990.*

3. Reconstituez le titre des parties et complétez le plan suivant en utilisant vos connaissances.

Replacez chacun de ces conflits dans leur contexte international et local.

Partie 1 : ...

A. L'enjeu de la création de l'État d'Israël : ancienneté du projet sioniste, situation aux lendemains de la Seconde Guerre mondiale, plan de partage de l'ONU et création de l'État d'Israël le 14 mai 1948, déclenchement de la première guerre israélo-arabe jusqu'au cessez-le-feu de l'été 1949.

B. L'intervention des grandes puissances dans les conflits israélo-arabes, dans un contexte de guerre froide ....

Partie 2 : ...

A. Ancienneté des intérêts pétroliers dans la région ....

B. Première guerre du Golfe ....

C. Deuxième guerre d'Irak ....

Partie 3 : ...

A. Les « printemps arabes » qui se développent à partir de la fin de l'année 2010 ont des conséquences importantes au Moyen-Orient ....

B. La guerre contre le « califat » autoproclamé de Daech est une nouvelle forme de conflit dans la région ....

étape 3 Rédiger la dissertation

4. À l'aide de la méthode p. 16-17, rédigez la dissertation en suivant le plan sélectionné dans la question 3.

Présentez votre travail avec soin et clarté (un paragraphe par idée développée, sautez des lignes...).

Capacité Construire un plan pour réponde à la consigne

Méthode BAC Étude critique de document(s)

SUJET ➪ La permanence de la guerre malgré les progrès de la paix

En analysant le document et en vous appuyant sur vos connaissances, vous expliquerez que l'espoir d'un monde en paix durable reste lointain.

Activité à télécharger
hachette-clic.fr/24hggt082

L'espoir d'un monde sans guerre fait rêver l'humanité depuis longtemps. En 1795, déjà, Kant avait publié son *Projet de paix perpétuelle*. Au XVIIIe siècle, certains estimaient que le développement des relations commerciales entre États conduirait à la fin de la guerre en imposant la paix par le commerce. Après la chute du mur de Berlin, l'illusion d'un monde sans guerre ressurgissait. Les Occidentaux ont pensé que le spectre de la guerre était définitivement éloigné. C'était une double erreur. Si l'Europe a été épargnée par les conflits, à l'exception d'une guerre entre la Turquie et la Grèce, deux membres de l'OTAN en 1974, les autres continents ont été secoués entre 1945 et 1990 par près de 160 conflits qui ont fait plus de 40 millions de morts. Et la guerre a repris pied, au début des années 1990, dans l'Europe balkanique. Pourtant, pour la première fois, la sécurité collective pensée par la charte des Nations unies était devenue une réalité avec la guerre du Golfe (1990-1991). Le déclenchement de la guerre était en effet légal et légitime : décidée par le Conseil de sécurité des Nations unies (CSNU) et déclarée à l'Irak, la guerre permit la libération du Koweït, alors annexé. On pouvait espérer que la charte des Nations unies soit enfin mise en œuvre pour une réelle sécurité collective. La guerre froide – qui l'en avait empêché – n'existait plus.
Aujourd'hui, les puissances émergentes contestent l'hégémonie américaine sous la coupe du Conseil de sécurité des Nations unies, dont la composition ne correspond plus à la situation contemporaine. Pour le rendre plus légitime, plus efficace, il aurait fallu l'élargir à cinq nouveaux membres permanents. Kofi Annan, ancien Secrétaire général, avait proposé en 2005 que le Japon, l'Inde, l'Afrique du Sud, le Brésil et l'Allemagne le rejoignent, mais Chinois et Américains refusèrent, ne souhaitant pas renforcer la légitimité et l'efficacité de l'organisation mondiale.
Aujourd'hui, les causes des conflits sont diverses : elles peuvent être territoriales, économiques, être l'effet d'une lutte pour l'accès à l'énergie, à l'eau, aux matières premières ou pour le contrôle des populations, des flux migratoires, être le fruit d'une escalade mal maîtrisée. Elles sont toujours prégnantes et ne sont pas près de disparaître. Le fait d'éviter le déclenchement de nouveaux conflits dépend non pas des évolutions technologiques ou économiques, mais des décisions politiques, des orientations prises par les gouvernements et les peuples.
La fin de la guerre froide n'a donc pas débouché sur un nouvel ordre mondial et la mise en place d'un véritable système de sécurité collective. Les rivalités nationales demeurent vives et sources de crises. Le développement de l'information et la prise de conscience de l'opinion les rendent plus insupportables qu'auparavant. Le 24 février 2022, les troupes russes se lançaient à l'assaut de l'Ukraine qui subissait des bombardements importants. Les pays occidentaux se disaient solidaires de l'Ukraine sans pour autant la défendre directement sur le plan militaire. Ils fournissaient du matériel militaire et décrétaient d'importantes sanctions contre la Russie. La guerre interétatique, que l'on croyait révolue, faisait un retour spectaculaire en Europe, alors que la plupart des conflits actuels sont des conflits intra-étatiques, des « guerres civiles ».

Pascal Boniface[1], *La géopolitique*, Eyrolles, 2022.

1. Pascal Boniface est directeur de l'Institut de relations internationales français.

étape 1 Préparer l'étude critique de document(s)

1. **En vous appuyant sur la** **méthode p. 93****, analysez le sujet puis la consigne et reformulez le sujet en une problématique qui intègre la notion de guerre et de paix.**

2. **Lisez attentivement le texte pour en dégager les idées principales.**

Par un surlignage en couleurs, repérez les paragraphes relatifs à la guerre et ceux qui évoquent les modes de résolution des conflits.

3. **Parmi les propositions suivantes, choisissez le plan qui répond le mieux au sujet.**

Proposition 1	Proposition 2	Proposition 3
1. L'espoir d'un monde sans guerre reste lointain 2. Le projet de sécurité collective porté par l'ONU a du mal à s'affirmer	1. Guerre et paix jusqu'en 1945 2. Guerre et paix depuis 1945	1. La guerre jusqu'au XXe siècle 2. La paix depuis le XXe siècle 3. Les mutations au XXIe siècle

Point méthode

Construire un plan pour répondre à la consigne

✔ **Si la consigne donne les grands thèmes à traiter, il faut les suivre :** ils constituent le plan de l'étude critique de document(s).

✔ **Si la consigne ne suggère pas le plan, il faut le construire :**
- en vous aidant des notions-clés contenues ou suggérées par le sujet ;
- en organisant ces notions en différents thèmes ;
- en réservant une place (soit tout au long de l'étude, soit dans une partie distincte) à la critique du (ou des) document(s).

étape 2 Rédiger l'étude critique de document(s)

4. Terminez l'introduction rédigée ci-dessous. ➡ Méthode p. 261

Le document proposé à l'étude est extrait d'un essai du géopolitologue Pascal Boniface intitulé La Géopolitique, publié en 2023, dans un contexte où les conflits se multiplient dans le monde, et resurgissent en Europe. Dans ce texte, l'auteur s'interroge sur l'état des conflits et de leur résolution dans le monde.

Comment le document explique-t-il que .... ?

Il s'agira d'abord de ....

5. Repérez dans le paragraphe rédigé les éléments provenant du texte et ceux issus d'informations extérieures au document ➡ Méthode p. 415

La construction de la paix par la sécurité collective est un projet ancien, ce que rappelle Pascal Boniface dans la phrase : « En 1795, déjà, Kant avait publié son Projet de paix perpétuelle ». En effet, dans cet ouvrage, le philosophe critique les traités vus comme des promesses éphémères, faute d'une instance permanente chargée de maintenir la paix en Europe, ce en quoi il apparaît comme avant-gardiste.

De même, Pascal Boniface rappelle les espoirs de bâtir « la paix par le commerce ». Il fait ici allusion à une des ambitions du président Woodrow Wilson dans ses 14 points : la promotion du libre-échange pour favoriser la paix qui est au fondement de la Société des Nations.

Il est important de placer les citations du texte entre guillemets.

6. Sur le modèle proposé dans la question 5, rédigez les autres paragraphes de l'étude critique de document. ➡ Méthode p. 415

7. Repérez les parties de la conclusion rédigée ci-dessous. ➡ Méthode p. 493

Ainsi, l'analyse de cet extrait de La Géopolitique de Pascal Boniface a permis de montrer que les guerres persistent malgré les efforts menés pour instaurer une sécurité collective. Pourtant, l'analyse du sujet ne serait vraiment complète qu'en présentant les nouvelles formes de conflictualité liées au terrorisme international et leurs impacts sur les modes de transition vers la paix.

Sujet d'entraînement

L'échec d'une paix durable en Irak

En analysant le document et en vous appuyant sur vos connaissances, montrez que vingt ans après l'invasion de l'Irak par les États-Unis et malgré le départ des derniers soldats américains, aucun signe d'une paix durable n'est visible.

Aucune cérémonie n'est prévue aujourd'hui en Irak, vingt ans après ce 20 mars 2003 où Américains et Britanniques lançaient l'invasion du pays. Vingt ans après, la démonstration est faite : cette guerre était une erreur quasiment sur toute la ligne et ses conséquences sont incalculables. Certes, un despote sanguinaire a été renversé. Saddam Hussein était devenu un tyran prompt à opprimer les Chiites et les Kurdes, jusqu'à recourir aux armes chimiques. Mais c'est bien le seul point positif de cette guerre. Vingt ans après cette offensive lancée par 150 000 soldats américains et 40 000 britanniques, le bilan est catastrophique. Commençons par l'Irak lui-même. Le pays a basculé dans le chaos. Et les premières victimes du conflit ont été les Irakiens eux-mêmes. Vingt ans d'instabilité ont coûté la vie à 200 000 civils irakiens. La revue *The Lancet* avance même le chiffre de 600 000 en comptant les victimes indirectes. La guerre civile de la fin des années 2000 appartient au passé, mais les rivalités entre milices confessionnelles déclenchent régulièrement des flambées de violence. Les structures étatiques de l'Irak ont volé en éclats, la corruption est omniprésente dans tous les services publics, l'eau potable manque, les coupures d'électricité peuvent atteindre 12 heures par jour. Un tiers des 40 millions d'Irakiens vivent sous le seuil de pauvreté alors que le pays possède les quatrièmes réserves mondiales de pétrole !

Jean-Marc Four, « L'invasion de l'Irak, vingt ans après : une erreur de A à Z », *France Inter*, 20 mars 2023.

Aidez-vous de la méthode p. 342 pour étudier le texte.

Méthode BAC Étude critique de document(s)

SUJET Le tournant des années 1970 dans les conflits israélo-arabes

Activité à télécharger
hachette-clic.fr/24hggt083

En analysant le document et en vous appuyant sur vos connaissances, vous montrerez en quoi ce discours rompt avec la politique menée par les États arabes envers Israël depuis 1948.

« J'ai décidé de venir vers vous l'esprit ouvert, le cœur ouvert, avec détermination, afin que nous puissions établir une paix permanente fondée sur la justice. […] Vous voulez vivre avec nous dans cette partie du monde et je vous le dis en toute sincérité : nous vous accueillons avec plaisir parmi nous, avec plaisir et en sécurité. Ce point en lui-même constitue un tournant historique et décisif, car nous avions coutume de vous rejeter, et nous avions nos raisons. […] Je vous dis, en vérité, que la paix ne sera réelle que si elle est fondée sur la justice et non sur l'occupation des terres d'autrui. Il n'est pas admissible que vous demandiez pour vous-mêmes ce que vous refusez aux autres. Franchement, dans l'esprit qui m'a poussé à venir aujourd'hui chez vous, je vous dis : vous devez abandonner une fois pour toutes vos rêves de conquêtes. […] Il y a de la terre arabe qu'Israël a occupée et qu'il continue à occuper par la force des armes. Nous insistons sur un retrait complet de ce territoire arabe, y compris Jérusalem arabe, Jérusalem où je suis venu comme dans une cité de paix, la cité qui a été et qui sera toujours l'incarnation vivante de la coexistence entre les fidèles des trois religions. […] Si vous avez trouvé la justification légale et morale de l'établissement d'une partie nationale sur un territoire qui n'était pas le vôtre, alors il vaut mieux que vous compreniez la détermination du peuple palestinien à établir son propre État, une fois de plus, dans sa patrie. […]

En conséquence, je vous le dis, mesdames et messieurs, qu'il serait illusoire de ne pas reconnaître le peuple palestinien et son droit à l'établissement de son propre État et son droit au retour. […]

Comme je vous l'ai dit, il ne peut y avoir de bonheur pour quiconque aux dépens de la misère d'autrui. »

Discours d'Anouar el Sadate (président égyptien) à la Knesset (Parlement israélien), 20 novembre 1977.

étape 1 Préparer l'étude critique de document(s)

1. **Faites une recherche (CDI, Internet) pour identifier l'auteur du texte (sa fonction, ses liens avec Israël). Pourquoi son point de vue sur les relations entre Israël et ses voisins est-il partisan ?**

Aidez-vous des cartes p. 150-151 pour comprendre les relations entre l'Égypte et Israël.

2. **Dans quel contexte ce discours a-t-il été prononcé ? Pourquoi peut-on parler de « tournant » ?**

3. **Complétez le tableau pour préparer l'analyse de document(s).**

	Informations provenant du document	Connaissances personnelles
1. L'analyse des relations israélo-arabes par Sadate	– Jérusalem, « incarnation vivante de la coexistence des trois religions ». – …	– Jérusalem est une ville trois fois sainte : pour le judaïsme (mur des Lamentations), le christianisme (Saint-Sépulcre) et l'islam (Dôme du Rocher). – …
2. Le discours de Sadate, tournant historique	– …	– …

Point méthode

Porter un regard critique sur la nature et la source du document (critique externe)

Même lorsque cela n'apparaît pas explicitement dans la consigne, l'étude de document(s) doit systématiquement dégager l'intérêt et les limites de(s) document(s).

✔ **Montrer que la nature et la source d'un (ou des) document(s) est authentique** et fiable en vous appuyant sur l'auteur et le contexte de sa création.

✔ **Étudier avec attention le paratexte,** c'est-à-dire les éléments tels que les titres, les notes de bas de page et les éléments biographiques de l'auteur, qui fournissent des indications précieuses sur le contexte de la réalisation du document.

étape 2 Rédiger l'étude critique de document(s)

4. **Terminez l'introduction en intégrant dans votre texte les éléments de réponses aux questions 1 et 2.**

En novembre 1977, devant la Knesset, parlement israélien, Anouar El Sadate prononce un discours qui marque un tournant historique dans les relations d'Israël et de ses voisins arabes. ....

..

5. **À l'aide de la méthode p. 18-19, rédigez les deux parties de l'étude critique de document(s) en vous appuyant sur le travail préparatoire mené à la question 3.**

6. **Repérez dans la conclusion les éléments qui attestent que les années 1970 marquent bien un tournant historique dans les relations israélo-arabes.**

Comme le demande la consigne, associez dans votre analyse des informations prélevées dans le discours et des connaissances personnelles pour les éclairer.

La voie diplomatique choisie par Sadate pour régler le problème entre l'Égypte et Israël est novatrice et le discours du président égyptien à la Knesset en est l'incarnation la plus symbolique. Mais, au-delà de ce discours d'ouverture, c'est le changement radical d'attitude de l'Égypte qui peut être considéré comme un tournant historique dans les relations entre Israël et ses voisins à la fin des années 1970.

Sujet d'entraînement

L'équilibre du monde selon Kofi Annan

En analysant ce document, vous montrerez comment Kofi Annan, à la fin de son mandat, envisage les relations internationales et le rôle de l'ONU.

Le bilan de Kofi Annan à la fin de son mandat

Voir la biographie de Kofi Annan, p. 138.

Il est facile de demander des comptes aux pays pauvres et faibles, qui dépendent de l'assistance étrangère. Quant aux États puissants, dont les actes sont lourds de conséquence pour les autres, ils ne peuvent être comptables de leurs actions que devant leur propre peuple, à travers leurs institutions nationales. Les peuples et les institutions de ces États puissants sont donc moralement tenus de prendre en compte, outre leurs intérêts nationaux, ceux du reste de la planète et aujourd'hui, plus particulièrement, les vues de ceux que nous appelons, dans le jargon de l'ONU, les acteurs non étatiques. Je veux parler des entreprises, des organismes de bienfaisance et des groupes de pression, des syndicats, des fondations philanthropiques, des universités et des centres de réflexion – c'est-à-dire de la myriade de groupes auxquels des personnes adhèrent volontairement pour réfléchir à l'état du monde ou essayer de le changer.

Aucun de ces groupes ne devrait être autorisé à se substituer à l'État ou au processus démocratique par lequel les citoyens choisissent leur gouvernement et décident de la politique à mener. Cependant, ils peuvent tous peser sur le processus politique, tant au niveau international qu'au niveau national. Les États qui seraient tentés de l'ignorer pratiqueraient la politique de l'autruche. [...]

Tels sont les quatre premiers enseignements. Permettez-moi de vous les rappeler brièvement.

Premièrement, nous sommes tous responsables de la sécurité des uns et des autres.

Deuxièmement, nous pouvons et nous devons mettre la prospérité du monde à la disposition de tous.

Troisièmement, la sécurité et la prospérité reposent sur le respect des droits humains et la primauté du droit.

Quatrièmement, dans leur action internationale, les États sont responsables les uns devant les autres, mais ils le sont aussi devant un large éventail d'acteurs non étatiques.

Le cinquième et dernier enseignement découle inévitablement des quatre précédents. Tous ces objectifs, nous ne pouvons les réaliser qu'en agissant ensemble dans le cadre du multilatéralisme et en tirant le meilleur parti de l'instrument unique que Harry Truman et ses contemporains nous ont légué : l'ONU.

Discours d'adieu à l'ONU de Kofi Annan, *Truman Presidential Museum & Library* (Independance, Missouri), 11 décembre 2006.

Montrez ce que dénonce ici Kofi Annan.

À quel État Kofi Annan pourrait-il ici faire référence ?

Méthode BAC

Sélectionner des informations pour le Grand oral

Le jour de l'épreuve, vous disposez d'un temps de parole de 10 minutes au cours duquel vous devez développer et répondre à la question préparée durant l'année grâce à des informations diverses. Ces informations sont indispensables : elles prouvent la solidité de vos connaissances et votre capacité à argumenter.

Qu'est-ce qu'une information ?

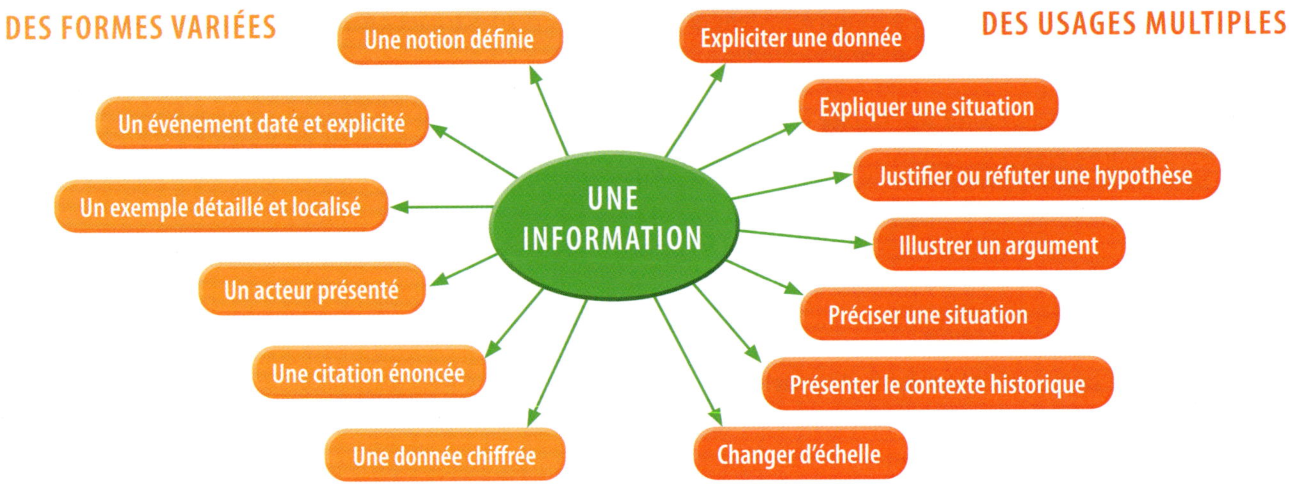

Quelle information rechercher ?

Je veux…	Le type d'information à chercher	La source à consulter
… définir et comprendre l'enjeu de la question	Une définition de la notion	Un dictionnaire spécialisé
… présenter le contexte	Une identification de la période, d'un point de vue politique et/ou économique	Un manuel d'histoire
… localiser le(s) fait(s) étudié(s)	Une description du lieu	Un atlas, un manuel de géographie, Google Earth
… justifier ou réfuter une hypothèse	Une démonstration scientifique	Un article de spécialiste(s)
… expliquer les enjeux, le rôle des acteurs et/ou les événements	Une description précise et argumentée	Un site Internet spécialisé, un article spécialisé
… illustrer le propos par un cas précis	Un exemple ou des données chiffrées	Un article de presse

Comment organiser des informations sélectionnées dans un document ?

Réaliser une fiche de lecture est un atout pour conserver les informations prélevées dans chaque document de votre bibliographie.

Fiche de lecture

Source	Quelle est-elle ? Est-elle fiable ?
Titre	Quel est-il ?
Auteur	Qui est-il ? Est-il spécialiste de la question ? Est-il touché personnellement par la thématique étudiée ?
Nature	De quel type de document s'agit-il ?
Date et contexte de rédaction ou de publication	Quand a été rédigé le document ? Ce document est-il rédigé ou publié en période de crise ? de guerre ? de stabilité politique ?

Les informations clés

- Les **arguments** indispensables pour comprendre le point de vue de l'auteur. Ils permettent de justifier ou de réfuter une hypothèse, d'expliquer le rôle d'un acteur… L'objectif n'est pas de faire un résumé.
- Des **chiffres-clés** pour illustrer une situation, la comparer à une autre…
- Les **notions/mots-clés** essentiels pour définir de façon pertinente votre question. Aidez-vous ici du lexique de votre manuel.
- Une **citation** pour amorcer votre sujet ou justifier une information.

SUJET d'application ➪ Pourquoi le traité de Versailles ne construit-il pas les conditions d'une paix durable ?

étape 1 Réaliser la recherche documentaire

1. Mobilisez des connaissances dans les pages 144 à 147.
2. Élargissez ensuite votre recherche documentaire, à l'aide de la méthode p. 176.

étape 2 Sélectionner les informations et les organiser

3. Écoutez le podcast et complétez la fiche de lecture.

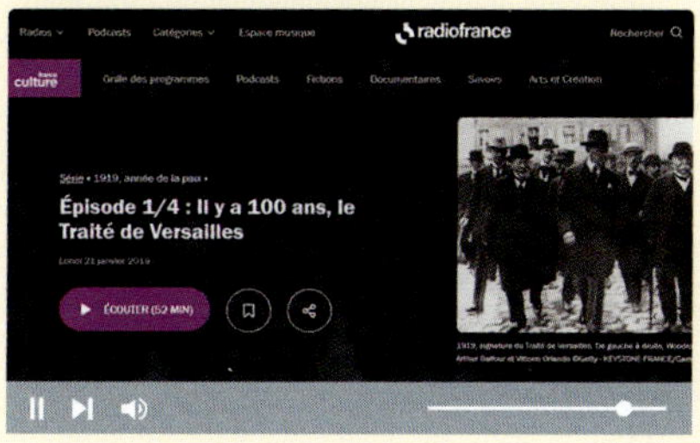

Podcast
France Culture, 2019.
hachette-clic.fr/24hggt084

Activité à télécharger
hachette-clic.fr/24hggt085

Fiche de lecture

Source	*France Culture*
Titre	*1919, année de la paix. Épisode 1/4 : Il y a 100 ans, le Traité de Versailles*
Auteur	...
Nature	...
Date et contexte de diffusion	*21 janvier 2019. Ce podcast est diffusé 100 ans après la signature du traité de Versailles.*

Les informations clés

- **Les arguments :**
  - *Méconnaissance par Wilson de la situation de l'Europe.*
  - ...

Reformulez les idées de l'auteur afin de vous approprier les connaissances.

- **Les chiffres-clés :**
  - ...
- **Les notions/mots-clés :**
  - *Diktat*
  - ...

Gagnez en efficacité en prenant des notes.

- **Une citation :** *« Le principal mérite de cet essai d'une pacification durable est d'avoir cherché, pour la première fois dans l'histoire, les points fermes d'un établissement de justice entre des peuples qui jusque-là n'avaient vécu que de violence », G. Clemenceau, 1929.*

Sujet d'entraînement

Choisissez l'une des questions suivantes puis cherchez des informations et réalisez des fiches de lecture.

- Comment les missions hybrides menées par l'ONU au Darfour œuvrent-elles pour instaurer la paix ?
- Pourquoi le traité de Francfort de 1871 n'a-t-il pas créé les conditions d'une paix durable ?
- Dans quelle mesure l'Organisation mondiale de la Santé participe-t-elle à restaurer la paix après un conflit ?
- Par quels moyens le traité de l'Élysée de 1963 a-t-il participé à la pacification des relations franco-allemandes ?
- Comment les traités de Yalta et de Potsdam instaurent-ils la paix en Europe après la Seconde Guerre mondiale ?
- Quels furent les apports et les failles du pacte Briand-Kellogg pour établir la paix en Europe ?
- Comment les Jeux olympiques participent-ils à la pacification des relations internationales ?

Méthode BAC Se documenter pour le Grand oral

Le jour de l'épreuve, vous disposez d'un temps de parole de 10 minutes durant lequel vous répondez à votre question dans un exposé organisé. Le jury évalue alors vos capacités argumentatives. Pour réussir cette présentation orale, il est donc indispensable d'énoncer des arguments rigoureux et précis, issus de sources diverses et fiables (articles de presse, ouvrages spécialisés, podcasts, …).

Comment se documenter ?

COMMENT SE DOCUMENTER ?

1. Délimiter le sujet et identifier les mots-clés grâce :
- au manuel (lexique)
- à des dictionnaires

2. Chercher des documents dans le manuel, sur le site e-sidoc (ressources du CDI de votre lycée) et/ou à partir de moteurs de recherche (*Google*, *Google Scholar*…).

3. Sélectionner les documents les plus pertinents, en les classant en fonction :
- de leur source (date, fiabilité) ;
- de leur nature (article de vulgarisation, article scientifique, récit d'expérience personnelle, données statistiques, cartes, …).

Comment s'assurer de la fiabilité d'un document ?

Règle 1

Consulter des ressources fiables :

La presse écrite + **La presse scientifique** + **Des sites institutionnels** + **D'autres sites fiables**

La presse écrite

Des périodiques d'actualité : *Courrier international*, *Newsweek*, *Le monde diplomatique*…

Des quotidiens de différents pays pour croiser les points de vue : *Le Monde*, *Libération* (France), *Le Soir* (Belgique), *La Tribune de Genève* (Suisse), *The Guardian* (Royaume-Uni), *The New York Times* (États-Unis)…

La presse scientifique

Histoire : *L'Histoire*, *Revue d'histoire*…

Géographie : *La Géographie*, *Echogéo*, *L'Espace géographique*, *Cahiers d'Outre-Mer*, *Population & Avenir*…

Géopolitique : *Hérodote*, *Carto*, *Conflits*, *Mappamundi*, *Diplomatie*…

Sciences politiques : *Revue Française de Science politique*, *Léco*, *Émile*…

Des sites institutionnels

L'INA (Institut national de l'audiovisuel) : la mémoire de l'audiovisuel français ;

Europa ou Toute l'Europe : les ressources officielles de l'UE ;

L'INSEE et la Banque mondiale : les derniers chiffres actualisés pour la France et le monde.

L'Unesco : le patrimoine mondial et ses enjeux ;

L'ONU : les missions de l'organisation

D'autres sites fiables

Les sites des musées et des monuments historiques : *Louvre.fr*, *musée de l'histoire de l'immigration www.histoire-immigration.fr*… ;

Les dictionnaires et encyclopédies en ligne : *Universalis*, *Larousse*… ;

Le site *Géoconfluences* de l'ENS de Lyon ;

Le site de Sciences Po.

Des podcasts d'information : *France-Culture.fr* ; *Arte.fr*…

Règle 2

Vérifier l'identité de l'auteur et sa neutralité en consultant sa biographie et/ou la page « À propos » du site Internet consulté.

Règle 3

Vérifier les sources utilisées par l'auteur. Si l'auteur ne les mentionne pas, il est impératif de manipuler le document avec précaution et de chercher à vérifier la véracité du propos.

SUJET d'application ➡ Pourquoi la Première Guerre mondiale est-elle « la continuation de la politique par d'autres moyens » ?

étape 1 Délimiter le sujet et identifier les mots-clés

1. Complétez l'analyse des mots-clés du sujet à l'aide de votre manuel.

« Pourquoi » indique qu'il faut rechercher les arguments qui permettent de répondre à la question posée. Listez ces arguments au brouillon.

À qui est attribuée cette citation ? Qui est cet auteur ? À quoi fait-il référence ? Utilisez les pages 114-119 du manuel pour définir les éléments clés de sa pensée.

Pourquoi la Première Guerre mondiale est-elle « la continuation de la politique par d'autres moyens » ?

Cette précision indique le cadre thématique et chronologique à respecter pour éviter le hors-sujet. Mobilisez vos connaissances sur ce conflit : Quand a-t-il lieu ? Quelles alliances se font face ? Qui s'affrontent ? Sur quel territoire se jouent les batailles ?

Quel sens donner ici à ce terme ?

étape 2 Chercher des documents

2. Après avoir identifié et défini les mots-clés du sujet, effectuez une recherche documentaire. Concentrez-vous avant tout sur les ressources de votre CDI sur e-sidoc en faisant appel à l'aide de votre professeur(e) documentaliste.

étape 3 Sélectionner les documents et vérifier leur fiabilité

3. Complétez le tableau pour l'ensemble des documents sélectionnés à l'étape 2. Aidez-vous du modèle réalisé à partir du site trouvé sur Internet.

Site Internet
hachette-clic.fr/24hggt086

Document utile pour traiter le sujet	Sources/références du document		Nature du document	Apport du document pour traiter le sujet
	Origine de la source	Fiabilité		
Les racines politiques de la Première Guerre mondiale	Les chemins de mémoire est un site sous la tutelle du ministère des Armées	– Ministère des Armées : Site officiel conseillé par le ministère de l'Éducation nationale. – Article rédigé par Jean-Jacques Becker, Professeur à l'université Paris X-Nanterre et président du centre de recherche de l'Historial de Péronne sur la Grande Guerre	Article d'histoire accompagné de cartes, photographies et gravures	– L'auteur s'interroge sur les racines du conflit sur un court, moyen et long terme. – Les multiples tensions politiques ne trouvent pas de résolutions pacifiques. – Les escarmouches et l'engrenage des alliances conduisent à l'ordre de mobilisation générale en Russie le 30 juillet 1914.
–	–	–	–	– ....

Sujet d'entraînement

Documentez-vous sur l'une des questions suivantes et réalisez un classement des sources selon la nature des documents retenus.

- Dans quelle mesure les Jeux olympiques sont-ils devenus un théâtre d'affrontement et de tensions durant la guerre froide ?
- Comment les Accords de Dayton en 1995 instaurent-ils la paix après la guerre en ex-Yougoslavie ?
- Par quels moyens le traité de non-prolifération de l'arme atomique participe-t-il à pacifier les relations internationales ?
- Le modèle de Clausewitz permet-il de comprendre le terrorisme de l'IRA en Irlande ?
- Pourquoi les accords d'Oslo en 1993 entre Israël et les Palestiniens n'ont-ils pas créé les conditions d'une paix durable ?
- Comment le mouvement des FARC en Colombie montre-t-il une diversification des acteurs de la guerre et de leurs motivations ?
- Le groupe Wagner, un acteur de la guerre ?
- Les cyberattaques sont-elles une rupture ou une continuité des formes de la guerre ?

Révision

Faire la guerre, faire la paix : formes de conflits et modes de résolution

Podcast de révision
hachette-clic.fr/24hggt087

A Réviser en autonomie

	ACTEURS DE LA GUERRE ET DE LA PAIX	ACTEURS ET MODES DE RÉSOLUTION
LA DIMENSION POLITIQUE DE LA GUERRE	Les États et les grandes puissances lors de la guerre de Sept Ans et les guerres napoléoniennes (modèle de la guerre selon Clausewitz) →	Traités de paix signés entre les puissances engagées dans le conflit
	Les groupes terroristes non étatiques (Al-Qaïda et Daech) →	Absence de traités de paix : retour à la paix par la victoire contre l'un des deux belligérants
LE DÉFI DE LA CONSTRUCTION DE LA PAIX	États et nations aspirant à l'indépendance (guerre de Trente ans) →	Sommets internationaux (traités de Westphalie)
	Populations aspirant à l'indépendance ou engagées dans des guerres civiles →	Médiations de l'ONU
LE MOYEN-ORIENT : CONFLITS RÉGIONAUX ET TENTATIVES DE PAIX	État israélien et Autorité palestinienne →	Médiations des organisations internationales et des grandes puissances
	Irak contre les États de la coalition (les deux guerres du Golfe) →	Interventions de la coalition Sanctions de l'ONU

B Réviser en groupe

RÉALISER DES DÉFIS - NOTIONS

Par équipe de trois, définissez un maximum de notions en deux minutes.

étape 1 • Préparation (10 min)

- En trio, listez les notions-clés du chapitre introductif, des axes et de l'objet de travail conclusif.
  Exemples : *Axe 1 : guerre conventionnelle, guerre asymétrique, guerre absolue, guerre réelle, …*
- Répartissez les notions-clés entre les membres du groupe. À l'aide du manuel et du cours, chacun définit les termes qui lui sont attribués.

étape 2 • Réalisation (2 min)

- Deux trios s'affrontent pendant deux minutes.
- Tour à tour, un élève interroge un membre du trio adverse chargé de définir la notion-clé énoncée.
- Le trio gagnant est celui qui définit le plus de notions en deux minutes.
- Le principe est répété jusqu'à ce que chaque trio soit passé.

C Retour sur image

Le regard de l'expert

Vidéo

Pascal Boniface, Iris, 2024.
hachette-clic.fr/24hggt088

D Aller plus loin en étudiant un web-documentaire

1. **Après avoir étudié ce web-documentaire sur la guerre en Ukraine, complétez le tableau.**

	Comment subissent-ils la guerre ?	Comment participent-ils à la guerre ?
Dmytro et Diana		
Myroslav		
Dyma, Lilia et Bogdan		
Sergiy		
Natasha		
« Skiff »		

Vidéo

La vie, sous le feu de la guerre, par V. Nguyen Hoang, 2023.
hachette-clic.fr/24hggt089

2. **Expliquez pourquoi la guerre en Ukraine peut être qualifiée de guerre hybride.**

Vous pouvez notamment vous appuyer sur le récit vidéo de « Skiff » pour montrer les différentes formes que prend la guerre en Ukraine.

Engagement citoyen

Comment les jeunes peuvent-ils devenir des agents de la paix dans le monde ?

À partir de l'onglet « Toutes les actualités », découvrez comment des jeunes de 15 à 20 ans s'engagent pour promouvoir la paix en Europe et dans le monde.

Vidéo

Le concours de la jeunesse au service de la paix.
hachette-clic.fr/24hggt090

THÈME

3

Histoire et mémoires

Gros plan sur le thème 3

Lecture d'image
hachette-clic.fr/24hggt091

La Longue marche vers la liberté est un monument dans la ville du Cap, en Afrique du Sud, rassemblant une centaine de statues d'hommes et de femmes qui ont marqué l'histoire du pays. Sur cette photographie, on voit notamment au premier plan Helen Joseph (1), militante anti-apartheid, et Rahima Moosa (2), deux organisatrices de la marche des femmes en 1956. Cette manifestation, rassemblant entre 10 000 et 20 000 femmes, fut une des protestations historiques contre le régime d'apartheid.

Repères

Les crimes de masse au XXe siècle, entre justice et mémoire

1 L'inégale reconnaissance des génocides à l'échelle mondiale

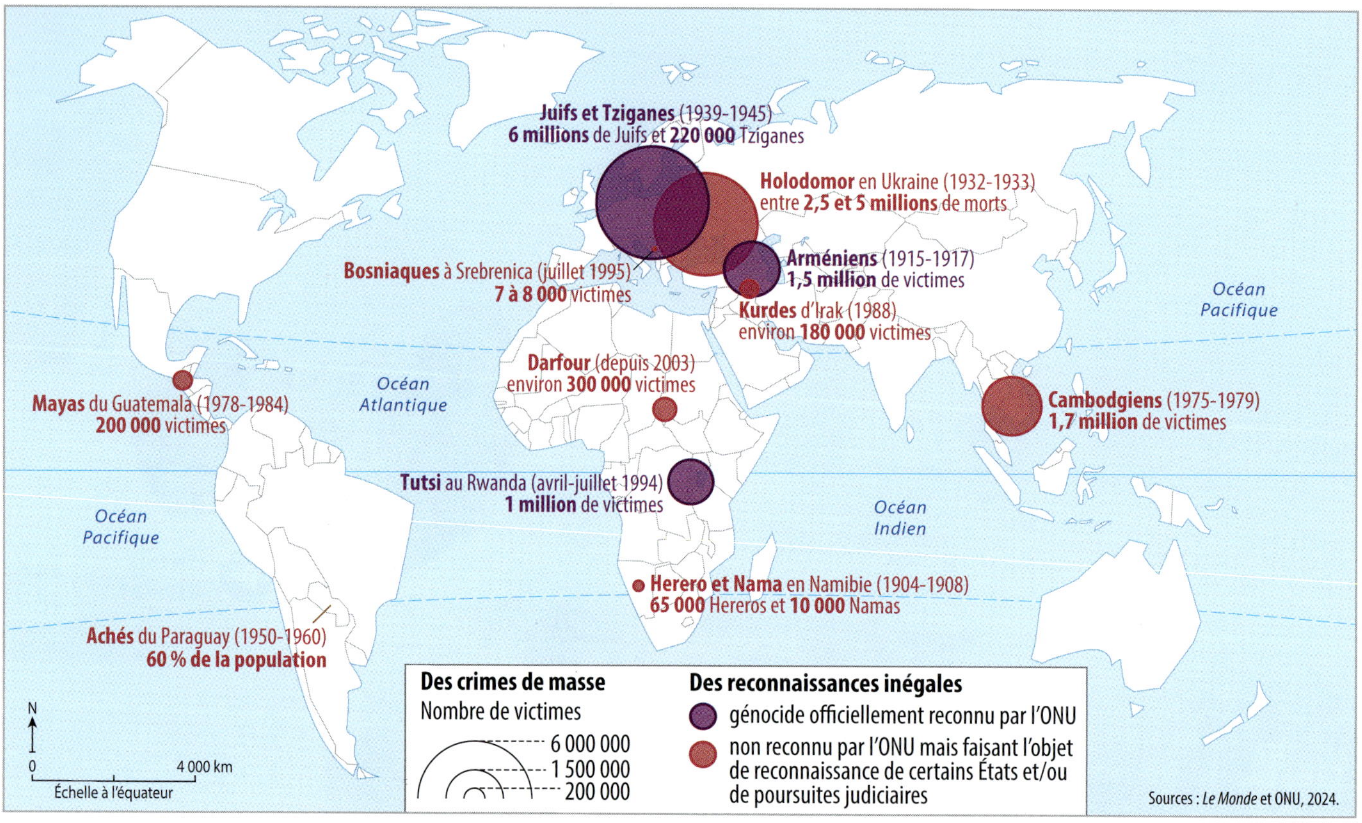

2 De la définition du crime à la mise en place de juridictions compétentes

LA DÉFINITION DES CRIMES DE MASSE
dans le contexte de la fin de la Seconde Guerre mondiale

Génocide
Raphaël Lemkin

« Par "génocide", nous entendons la destruction d'une nation ou d'un groupe ethnique, [...] un plan coordonné de différentes actions visant à la destruction de fondements essentiels de la vie de groupes nationaux, dans le but d'exterminer les groupes eux-mêmes. »

Axis Rule in Occupied Europe, 1944.

Crime contre l'Humanité
Hersch Lauterpacht

« Assassinat, extermination, réduction en esclavage, déportation et tout autre acte inhumain commis contre toute population civile, avant ou pendant la guerre, ou bien les persécutions pour des motifs raciaux ou religieux. »

Définition lors du procès de Nuremberg, 1945.

Convention pour la prévention et la répression du crime de génocide ONU, 1948.

DES INSTITUTIONS JURIDIQUES COMPÉTENTES

Tribunaux nationaux

Tribunaux pénaux Internationaux
- Pour l'ex-Yougoslavie (TPIY) (1993-2017)
- Pour le Rwanda (TPIR) (1994-2015)

La Cour pénale internationale créée en 2002

3 La Cour pénale internationale[1], une reconnaissance encore partielle

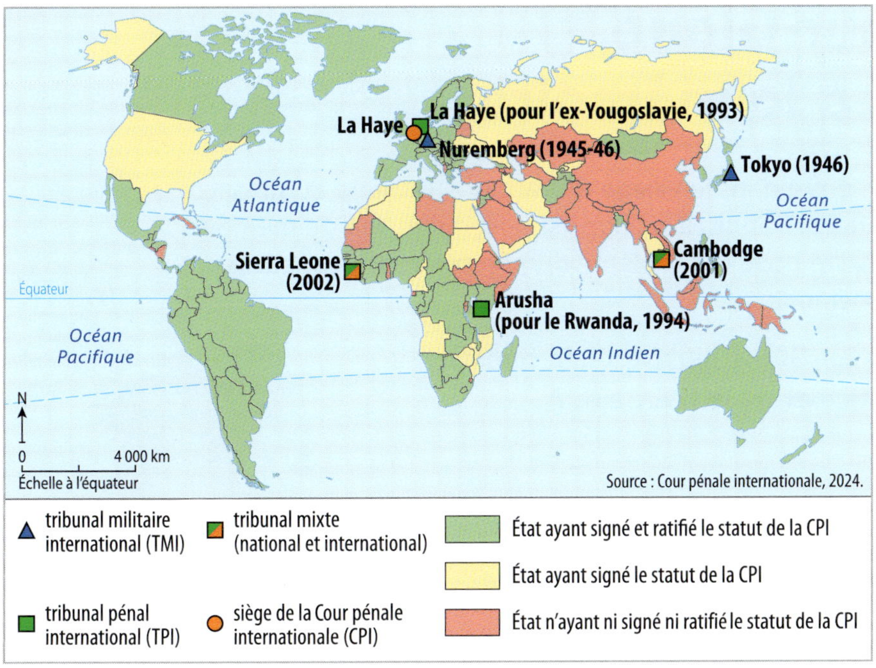

1. Juridiction pénale internationale permanente, et à vocation universelle, chargée de juger les personnes accusées de génocide et de crime contre l'humanité.

Ne pas confondre

Crime contre l'humanité : crime commis dans le cadre d'une attaque de grande ampleur visant des civils, quelle que soit leur nationalité, comprenant le meurtre, la torture, les violences sexuelles, l'esclavage, la persécution…

≠

Génocide : crime défini comme l'intention de détruire, en tout ou partie, un groupe national, ethnique ou religieux.

Histoire : science humaine qui se consacre à l'étude des événements du passé. Elle cherche à respecter une certaine objectivité par l'application d'une méthode scientifique, notamment dans la critique et le croisement des sources.

≠

Mémoire : vécu et représentation d'événements personnels par des individus ou des groupes. Elle est nécessairement subjective et participe à l'identité des individus et des groupes.

4 Distinguer histoire et mémoire

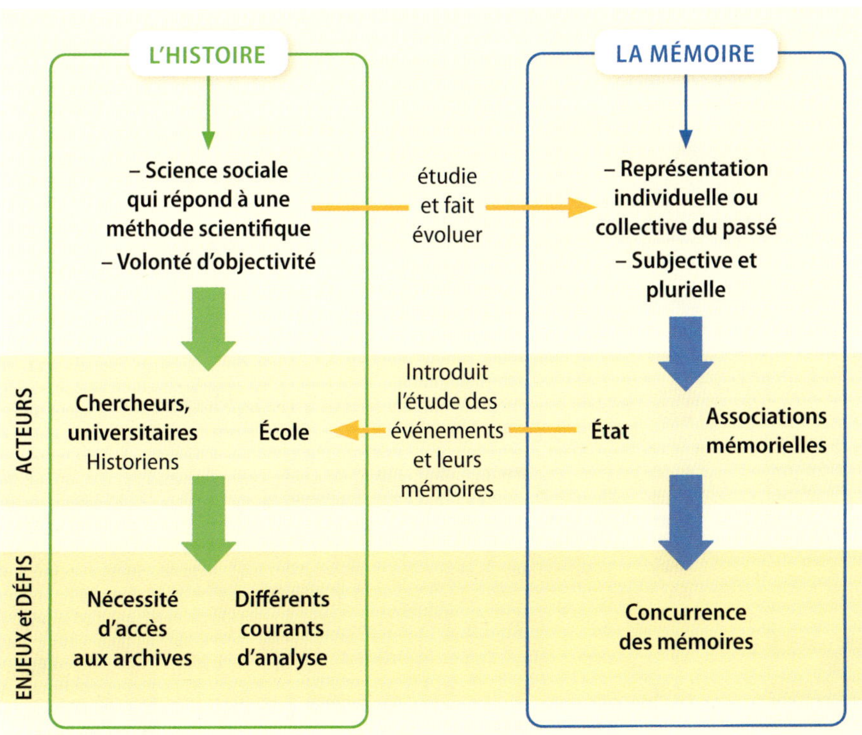

Notions

Travail de mémoire : obligation morale de se souvenir d'un événement historique tragique et de ses victimes, afin de faire en sorte qu'un événement de ce type ne se reproduise pas.

Mémoire collective : souvenir ou ensemble de souvenirs d'une expérience vécue et/ou mythifiée par un groupe faisant partie intégrante de l'identité.

POUR COMPRENDRE

1. Face aux crimes de masse perpétrés au XXe siècle, la nécessité d'une justice internationale s'est imposée peu à peu. De nouvelles institutions et de nouveaux chefs d'accusation sont donc apparus, même s'ils présentent des limites.

> Dans quel contexte les notions de « crime contre l'humanité » et de crime de « génocide » sont-elles apparues ? Qu'est-ce qui les distingue ? (doc. 1 à 3)

2. La mémoire et l'histoire s'intéressent au passé mais répondent à des logiques différentes. Si l'histoire s'appuie sur une démarche scientifique et des notions définies, la mémoire participe au deuil et à la reconstruction des communautés.

> Pourquoi la mémoire et l'histoire peuvent-elles se compléter dans le cadre des crimes de masse ? (doc. 4)

Focus ① Oradour-sur-Glane, du procès à la mémoire

Le 10 juin 1944, la **division SS** Das Reich entre dans le village d'Oradour-sur-Glane et massacre la population. 642 personnes sont exécutées. Depuis, le village est devenu un lieu de mémoire, conservé à l'état de ruine, mais ce massacre pose le problème du jugement des coupables et de la confrontation de la justice et de la mémoire.

▸ Comment le massacre d'Oradour-sur-Glane illustre-t-il la question de l'articulation difficile de la justice et de la mémoire ?

1 Le déroulement des massacres

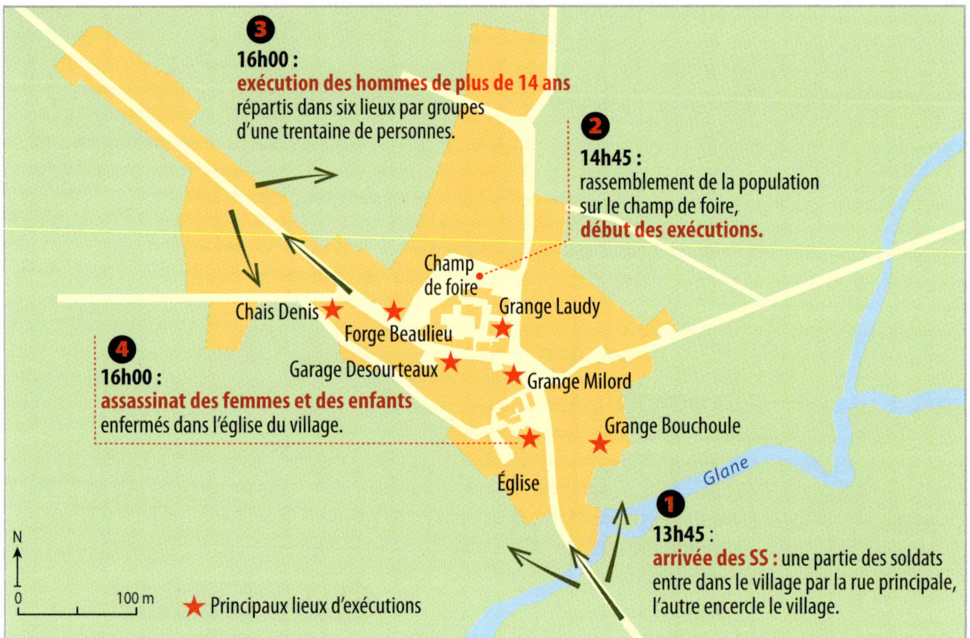

Source : J.-J. Fouché, *Oradour*, Liana Levi, Paris, 2001; G. Pauchou et P. Masfrand, *Oradour-sur-Glane, vision d'épouvante*, Lavauzelle Graphic, Limoges, 1992 ; P. Vickers, *La Division Das Reich de Montauban à la Normandie*, Lucien Souny, 2003.

6 juin 1944	Débarquement de Normandie
9 juin 1944	La division *Das Reich* arrive près de Limoges. Des civils sont pendus en représailles des actions des **maquisards** dans la région
10 juin 1944	Massacre d'Oradour-sur-Glane
12 janvier/ 14 février 1953	Procès d'Oradour-sur-Glane
20 février 1953	Loi amnistiant les Français de la division *Das Reich* condamnés

2 Un village figé dans le temps

Le village d'Oradour-sur-Glane, incendié le 10 juin 1944, est resté depuis en l'état, pour garder la mémoire de l'événement. Au centre de l'image, l'église incendiée dans laquelle des centaines de personnes sont mortes.

3 Le travail mémoriel du Centre de la Mémoire d'Oradour-sur-Glane

Le Centre de la mémoire d'Oradour-sur-Glane conserve la mémoire des événements et celle des habitants du village massacrés à travers des salles d'expositions permanentes et la conservation du site.

4 Les enjeux mémoriels et judiciaires du procès

La parole du juriste

Le procès des membres de la division Das Reich se tient au tribunal militaire de Bordeaux plus de huit ans après les faits. Loin du palais de justice, dans une caserne où l'on a installé une salle d'audience minuscule, 21 accusés comparaissent (7 Allemands et 14 Français[1]). Parmi eux, aucun responsable nazi. Les uns sont morts ; les autres se cachent dans les zones d'occupation de l'Allemagne.

Si l'instruction du procès de Bordeaux fut longue, c'est à cause d'un débat franco-français : fallait-il juger les Alsaciens incorporés de force qui ont pris part au massacre ? Le tribunal militaire a le mérite de cerner les responsabilités avec précision grâce aux témoignages des survivants et aux archives. Le verdict n'eut aucune indulgence : tous sont déclarés coupables, deux condamnés à mort et les autres à des peines plus ou moins lourdes selon leur degré de responsabilité. À peine ce verdict rendu, le parlement vote une loi d'amnistie pour les Alsaciens condamnés qui seront aussitôt libérés. Le procès de Bordeaux marque ainsi une césure : du fait de l'amnistie, non seulement il brise le travail de mémoire engagé en 1945 mais il installe dans le paysage national une concurrence des victimes. Alors qu'il aurait dû amener une paix dans la nation, il la plonge dans une guerre des mémoires.

Si on regarde les faits hors du prisme mémoriel, une question préalable se pose aujourd'hui : comment les qualifier ? Crime de guerre ? « Massacre génocidaire » ? À Oradour, la frontière devient floue. Le massacre d'Oradour – c'est peut-être pour cela qu'il reste unique dans la mémoire française – évoque les deux temps d'un acte d'extermination : la chambre à gaz par la présence de produits asphyxiants pour tuer les captifs de l'église ; le four crématoire par la volonté de mettre le feu au village entier. Or, en France, la parenté de tels crimes de guerre avec le crime contre l'humanité n'est pas reconnue juridiquement. Donc, outre sa paralysie par la loi, la justice est ici doublement limitée : non seulement, ses sanctions sont faussées en raison de la double appartenance des accusés au camp des coupables et à ceux des victimes ; mais les véritables victimes n'ont eu droit ni à une vraie justice, ni à réparation.

Denis Salas, « Voyage à Oradour-sur-Glane », *Les Cahiers de la justice*, 2013.

1. Ces Français, désignés sous l'expression de « Malgré-nous », sont des Alsaciens et des Mosellans incorporés de force dans l'armée allemande.

5 Oradour-sur-Glane, un enjeu mémoriel dans la France contemporaine

Le 10 juin 2017, le président de la République Emmanuel Macron tient un discours à Oradour-sur-Glane, notamment devant des lycéens.

Nous sommes ici pour pleurer les morts. Ils reposent derrière moi. Certains ont retrouvé leur caveau de famille, bien d'autres sont ensevelis dans l'anonymat du tombeau des martyrs. Cendres mêlées aux cendres, comme le jour de leur mort atroce, corps mêlés aux corps, mère enlaçant son enfant, père enlaçant son fils. Ce soir vous serez des témoins et vous serez devenus à votre tour des passeurs. Mais vous serez bien plus encore, car Oradour n'est pas seulement un drame de la guerre, ce n'est pas seulement une épouvantable tragédie. Le massacre d'Oradour c'est le triomphe de l'arbitraire, c'est la cruauté sans partage, c'est la pitié oubliée, c'est la piété bafouée. Oradour c'est la sauvagerie brutale, c'est l'appétit effréné du sang et de la mort. [...]

Les familles d'Oradour furent longues à pardonner comme le furent toutes les familles de suppliciés. La soif de réconciliation ne saurait être le premier mouvement des victimes. Il faut d'abord que justice soit faite, nous avons appris cela, parfois par l'échec. La justice progresse aussi par la mobilisation des consciences, elle est à hauteur d'homme ; et lorsqu'elle est rendue, la paix peut revenir. [...]

Mais nous savons bien que tout recommence et que tout peut recommencer. Et ce sera votre responsabilité à vous jeunes gens de toujours y veiller, parce que jamais vous n'oublierez, parce que nous savons bien en effet qu'à nos portes cela continue. Nous aimerions pouvoir dire que désormais cela se passe loin de chez nous ou que cela n'advient plus, mais le Rwanda ou la Yougoslavie hier, la Syrie aujourd'hui ne sont qu'à quelques heures d'avion.

Discours d'Emmanuel Macron à Oradour-sur-Glane, 10 juin 2017.

Vocabulaire

Division SS : organisation paramilitaire composée de membres du parti nazi.

Maquisard : résistant réfugié dans un maquis, région peu peuplée servant de base arrière à la résistance.

ACTIVITÉ

À l'aide des différents documents, complétez le schéma.

Le massacre d'Oradour-sur-Glane : une tragédie de la Seconde Guerre mondiale

- **Son histoire** (doc. 1 et 2) ...
- **Sa mémoire** (doc. 3 et 5) ...
- **Son procès** (doc. 4) ...

Bilan

Montrez que le massacre d'Oradour-sur-Glane souligne les enjeux parfois concurrentiels entre l'histoire et la mémoire mais également le rôle central de la justice.

FOCUS 2 L'esclavage, entre mémoire collective et reconnaissance d'un crime

Pendant longtemps, les pays responsables de l'**esclavage** et de la **traite** négrière n'ont pas considéré leur dimension criminelle. Elle est cependant un enjeu important d'histoire et de mémoire dans les sociétés contemporaines.

➤ Pourquoi la reconnaissance du crime contre l'humanité a-t-elle permis une meilleure construction de la mémoire de l'esclavage et de la traite ?

1 L'esclavage, un crime contre l'Humanité

Extrait de la loi française du 21 mai 2001 reconnaissant la traite et l'esclavage en tant que crime contre l'humanité

Article 1 : La République française reconnaît que la traite négrière transatlantique ainsi que la traite dans l'océan Indien d'une part, et l'esclavage d'autre part, perpétrés à partir du XVe siècle, aux Amériques et aux Caraïbes, dans l'océan Indien et en Europe contre les populations africaines, amérindiennes, malgaches et indiennes constituent un crime contre l'humanité.

Article 2 : Les programmes scolaires et les programmes de recherche en histoire et en sciences humaines accorderont à la traite négrière et à l'esclavage la place conséquente qu'ils méritent. La coopération qui permettra de mettre en articulation les archives écrites disponibles en Europe avec les sources orales et les connaissances archéologiques accumulées en Afrique, dans les Amériques, aux Caraïbes et dans tous les autres territoires ayant connu l'esclavage sera encouragée et favorisée.

Loi française du 21 mai 2001.

2 Différentes mémoires de l'esclavage

La mémoire publique de l'esclavage a émergé non seulement à Paris, mais surtout à Nantes, Bordeaux et La Rochelle, trois des plus grands ports esclavagistes français. En 1998, la France commémore le 150e anniversaire de l'abolition de l'esclavage. Pourtant, le rôle des personnes esclavisées[1] dans la résistance à l'esclavage et l'organisation des rébellions, comme la libération de Saint-Domingue donnant naissance à Haïti en 1804, est largement ignoré. […]
Le 21 mai 2001, la loi Taubira[2] est promulguée. Cette loi instaure, entre autres, en 2004, la création d'un Comité pour la mémoire et l'histoire de l'esclavage. Celui-ci propose de faire du 10 mai une « Journée nationale des mémoires de la traite et de l'esclavage et de leurs abolitions ». Cependant, au cours des années suivantes, certains territoires créent des fêtes et jours fériés qui correspondent aux commémorations historiques de l'abolition de l'esclavage en Guadeloupe, à La Réunion, en Guyane française et à Mayotte. Ces multiples commémorations reflètent la diversité des identités et des revendications portées par des acteurs sociaux dont les histoires s'inscrivent dans différentes régions de l'ancien empire français.
De même, des groupes de citoyens noirs français persistent à demander aux autorités gouvernementales la construction de mémoriaux et de musées traitant de l'esclavage et de l'implication de la France dans la traite atlantique.

Ana Lucia Araujo, « Mémoires de l'esclavage : une perspective mondiale », *Colonisations. Notre histoire*, coll. sous la direction de Pierre Singaravélou, Seuil, 2023.

1. Personne soumise à l'esclavage
2. Loi « tendant à la reconnaissance de la traite et de l'esclavage en tant que crime contre l'humanité ».

3 Mettre en avant les victimes de l'esclavage

La statue de Modeste Testas, esclave d'origine africaine vendue à des négociants bordelais possédant des plantations à Saint-Domingue (Haïti), a été érigée à Bordeaux en 2019. Elle est une des rares représentations de figures historiques de l'esclavage en France.

Vocabulaire

Esclavage : statut juridique privant un individu ou un groupe de toute liberté, en devenant la propriété d'un autre individu.

Traite : commerce d'êtres humains. La « traite négrière » correspond à la période entre le XVIe et le XIXe siècle durant laquelle les populations africaines ont été déportées en masse par des Européens vers le continent américain pour être réduites en esclavage.

ACTIVITÉ

1. Pourquoi la loi du 21 mai 2001 est-elle une étape importante dans la mémoire de la traite et de l'esclavage en France ? **(doc. 1)**

2. Pourquoi existe-t-il différentes mémoires de l'esclavage ? **(doc. 2 et 3)**

Bilan

Montrez que la loi du 21 mai 2001 a été une étape importante à la construction d'une mémoire collective de l'esclavage et de la traite en France.

Focus 3 La reconnaissance par l'Allemagne du génocide en Namibie

Entre 1904 et 1908, environ 80 % du peuple herero et 50 % du peuple nama vivant sur le territoire de l'actuelle Namibie ont été exterminés par les colons allemands, soit environ 65 000 Herero et 10 000 Nama. En 2021, l'Allemagne a officiellement reconnu sa responsabilité dans le génocide, mais l'accord signé avec la Namibie fait aujourd'hui l'objet d'une volonté de renégociations.

➤ Qu'implique la reconnaissance allemande du génocide des Nama et des Herero ?

1 Une mémoire du génocide toujours vivace en Namibie

Ce mémorial du génocide des Nama et des Herero a été érigé sur Shark Island, site d'un camp de concentration allemand dans lequel périrent de très nombreux Herero en raison des mauvaises conditions d'hygiène et du travail forcé.

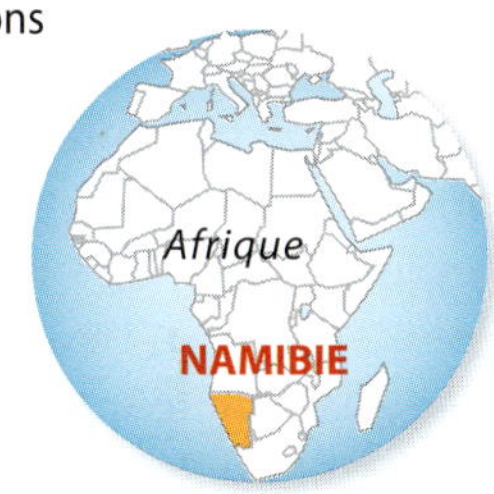

2 Une reconnaissance et des réparations

Les Nama et les Herero, peuples de Namibie, ont réclamé de participer directement et indépendamment du gouvernement namibien aux renégociations avec l'Allemagne de l'accord contesté sur le génocide conclu en 2021 entre les deux gouvernements. Cette demande fait suite à un rapport récent de rapporteurs des Nations unies soulignant le statut juridique particulier des deux peuples aux yeux du droit international et rappelant que les mécanismes visant à réparer les crimes coloniaux doivent être élaborés avec les peuples autochtones. « Nos demandes de réparations sont désormais entre les mains de l'ONU. Nous allons maintenant leur demander de veiller à ce que l'Allemagne respecte les obligations des Nations unies et des nations du monde », a déclaré le haut représentant des Herero, Mutjinde Katjiua, lors d'une conférence de presse dans la capitale namibienne Windhoek.

En mai 2021, après plus de cinq ans d'âpres négociations, l'Allemagne a reconnu avoir commis un « génocide » sur ce territoire qu'elle a colonisé entre 1884 et 1915 et promis une aide au développement de 1,1 milliard d'euros sur trente ans, qui doit profiter aux descendants des deux tribus. L'Allemagne a souligné que cette aide sera versée sur « une base volontaire » et que l'accord n'est pas comparable à des « réparations ». De nombreux Namibiens ont rejeté l'accord, estimant que les descendants des Herero et des Nama n'avaient pas suffisamment été impliqués dans les négociations. Le montant négocié a également été jugé « insultant » par les représentants des deux peuples, qui réclament le versement de réparations. La Namibie a annoncé en octobre 2022, sous pression de l'opposition, avoir demandé à l'Allemagne une renégociation.

« Herero et Nama réclament un siège aux renégociations sur le génocide avec l'Allemagne », *Le Monde*, 28 avril 2023.

ACTIVITÉ

1. Comment la mémoire du génocide des Herero et des Nama est-elle conservée en Namibie ? **(doc. 1 et 2)**

2. Pourquoi la reconnaissance du génocide par l'Allemagne est-elle une étape importante de la construction de la mémoire ? **(doc. 1 et 2)**

Vous pouvez consulter le doc. 1 p. 182 pour savoir si l'ONU reconnaît ce crime de masse comme un génocide.

3. Quelles sont les tensions autour des « réparations » votées par l'Allemagne ? **(doc. 2)**

Bilan

Montrez que dans le cas du génocide des Herero et des Nama, la reconnaissance du génocide est un enjeu essentiel des relations entre l'Allemagne et la Namibie.

Pour aller plus loin

Le génocide oublié
Une série de vidéos pour traiter du génocide des Herero et des Nama.

Vidéos
hachette-clic.fr/24hggt092

Introduction

Leçon 1 Histoire et mémoires, histoire et justice

Comment mémoire et histoire sont-elles complémentaires pour comprendre le passé ?

A Les liens complexes entre histoire et mémoire

- **L'histoire est une science humaine qui consiste à comprendre le passé à travers une méthodologie rigoureuse :** recherche de sources diverses, critique et analyse de celles-ci, proposition d'hypothèses. C'est cette démarche qui doit lui permettre d'atteindre une certaine objectivité sur le sujet étudié.
- **Dans une logique différente, la mémoire désigne la faculté pour un individu ou un groupe de se forger une représentation du passé forcément subjective car personnelle.** Le témoignage en est souvent la source principale. Son objectif est moins l'impartialité ou l'objectivité que la construction d'une identité à travers un passé commun.
- **Si histoire et mémoire doivent donc être distinguées, elles sont également liées.** Ainsi, le travail de mémoire est pris en compte par les historiens, mais ces derniers peuvent aussi permettre un indispensable travail de mémoire. En 1962, l'étude de la shoah est introduite dans les programmes scolaires en RFA, appuyée sur le travail des historiens, ce qui fait évoluer la mémoire de toute une génération. Il en est de même des travaux de Serge et Beate Klarsfeld sur la déportation des Juifs de France.

B De la mémoire aux mémoires

- **La mémoire, qu'elle soit individuelle ou collective, n'est pas la même selon les groupes.** Elle se définit en fonction de l'identité et de l'expérience de chacun. Mais des mémoires différentes peuvent rentrer en concurrence, voire en confrontation. De plus, la mémoire peut être déformée avec le temps, s'éloigner de l'histoire. Ainsi, il est évident que la mémoire de la Première Guerre mondiale n'est pas la même entre pays vainqueurs et pays vaincus, de même qu'elle n'est pas la même entre ceux qui ont connu les combats des tranchées et ceux qui n'y ont pas été confrontés. Certains lieux de mémoire peuvent également être chargés de différentes mémoires. Le camp de Rivesaltes, construit en 1935 près de Perpignan, a ainsi accueilli des Républicains espagnols qui ont fui la guerre civile, mais également pendant la Seconde Guerre mondiale des Juifs et des Tziganes.
- **À partir du moment où elle est encouragée par un État, on peut parler de « mémoire officielle ».** L'État peut en effet mettre en avant une mémoire commune qui répond à un objectif de glorification du passé ou de pacification des tensions à l'intérieur de la nation. Ainsi, le mémorial de l'abolition de l'esclavage a été inauguré en 2012 à Nantes, ancien port au cœur de la traite négrière.
- **L'État peut également adopter des « lois mémorielles », imposant un point de vue officiel sur un événement historique.** Ainsi, le négationnisme est puni par la loi en France depuis 1990, de même que l'État français a officiellement reconnu en 2001 le génocide arménien. Cette politique mémorielle peut s'accompagner de la construction de monuments ou de célébrations, comme ce fut le cas pour le centenaire de la Première Guerre mondiale.

1 Le mémorial aux Juifs assassinés d'Europe (Berlin) inauguré en 2005.

Vocabulaire

Crime de masse : concept forgé pour désigner la mise à mort massive de populations décidée par des organisations gouvernementales ou liées à un État.

Imprescribilité : terme qui, en droit, signifie qu'il n'y a pas de durée limite pour une action en justice et que toute personne peut être poursuivie pour ces crimes jusqu'à sa mort.

Loi mémorielle : loi affirmant le point de vue officiel d'un État sur un événement historique.

Négationnisme : déni de certains génocides ou crimes majeurs, malgré la présence de preuves flagrantes rapportées par les historiens. La définition a été forgée après le déni de la Shoah par certains intellectuels.

C Histoire, mémoire et justice

Aux lendemains de la Seconde Guerre mondiale, les crimes commis sont d'abord jugés par des tribunaux militaires qui attribuent les responsabilités et les peines. C'est dans ce contexte que Raphaël Lemkin développe la notion de « génocide ». Hersch Lauterpacht, juge au tribunal de Nuremberg, lui préfère celle de crime contre l'Humanité. Ces deux termes juridiques doivent répondre à la systématisation des crimes de masse durant la Seconde Guerre mondiale.

La notion de crime contre l'humanité a évolué depuis les procès de Nuremberg. Si on le définit en 1945 par l'assassinat, l'extermination, la réduction en esclavage, la déportation et la persécution commis dans un contexte de guerre, la création de la Cour pénale internationale en 2002 y a ajouté la torture, le viol, et les emprisonnements arbitraires.

Ces crimes étant reconnus comme imprescriptibles, ils peuvent parfois être jugés longtemps après les faits, ce qui implique pour les juges de bien comprendre le contexte d'une époque. C'est pourquoi ils peuvent faire appel à des historiens pour éclairer l'opinion publique et la justice. Robert O. Paxton, historien américain spécialiste du régime de Vichy, est ainsi appelé à témoigner en 1997 lors du procès de Maurice Papon, ancien secrétaire général de la Préfecture de Gironde de 1942 à 1944, poursuivi pour crimes contre l'humanité. Henry Rousso, cité à la requête de la défense, a refusé, estimant que l'historien n'est pas un témoin.

2 Emmanuel Macron se recueillant devant le mémorial du génocide arménien à Paris, le 24 avril 2021.

Schéma interactif
hachette-clic.fr/24hggt093

SCHÉMA BILAN

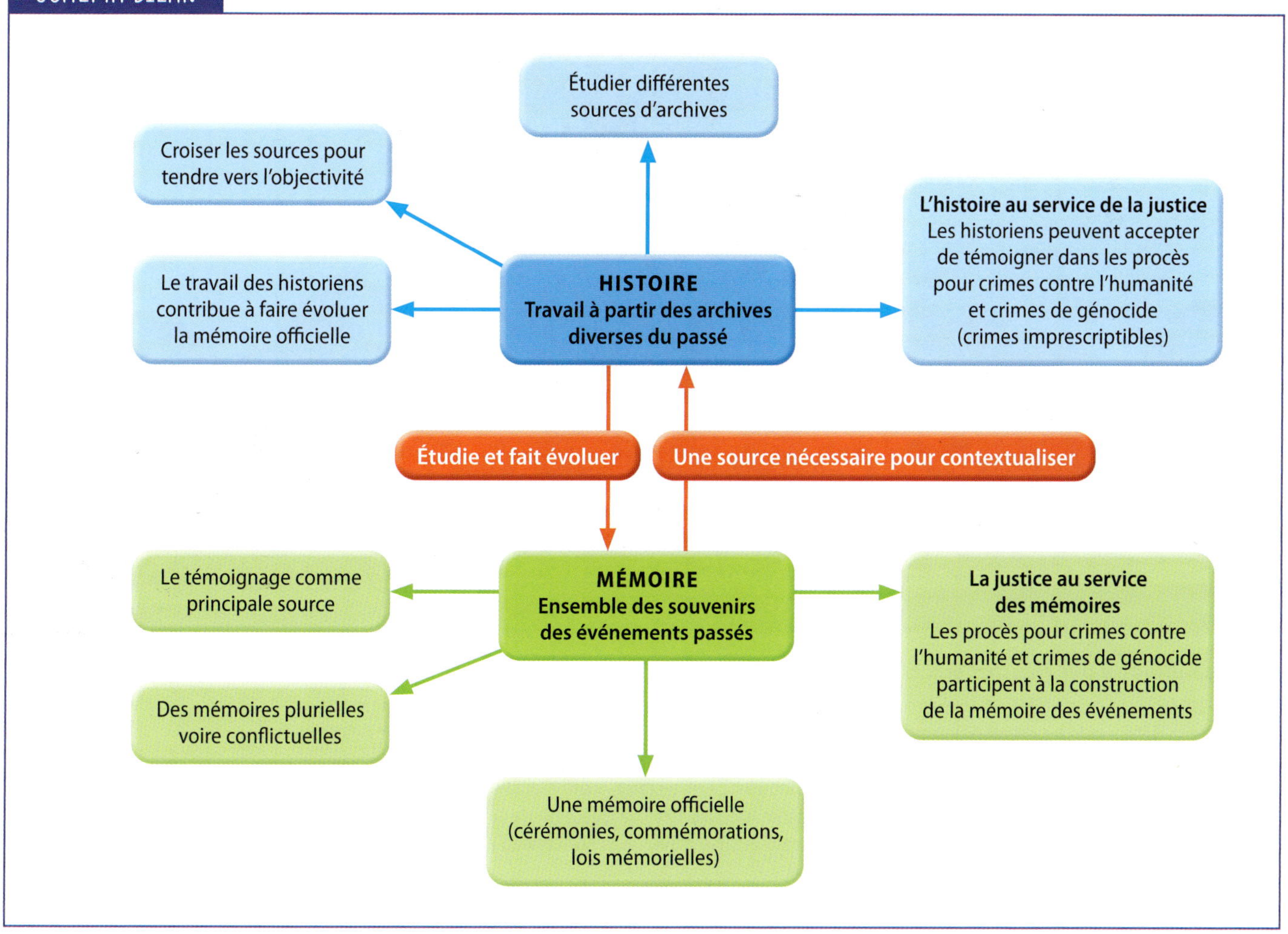

AXE 1

Histoire et mémoires des conflits

› Comment les conflits s'inscrivent-ils dans l'histoire et les mémoires des populations ?

1 La mémoire des guerres aux États-Unis

Le *US Marine Corps (USMC) War Memorial* est dédié aux soldats du Corps des Marines des États-Unis morts pour la défense de leur nation depuis 1775. Édifié près du cimetière militaire d'Arlington (Virginie), il reproduit la pose du drapeau américain au sommet du mont Suribachi, après la victoire de l'armée américaine sur les Japonais lors de la bataille d'Iwo Jima le 23 février 1945. Cette statue a été réalisée à partir d'une célèbre photographie de Joe Rosenthal prise lors de la bataille. Depuis 1945, la question de l'identité de plusieurs des soldats présents s'est posée et Joe Rosenthal a été accusé d'avoir mis en scène la pose du drapeau.

1900	1920	1940	1960	1980	2000	2020

- **1914-1918** Première Guerre mondiale
- **1920** Inhumation du soldat inconnu sous l'Arc de Triomphe
- **1939-1945** Seconde Guerre mondiale
- **1954-1962** Guerre d'Algérie
- **1963** Traité de l'Élysée : réconciliation franco-allemande
- **1999** Reconnaissance officielle de la « guerre » d'Algérie par la France
- **2021** Remise du rapport Stora sur la colonisation et la guerre d'Algérie

2 Le défilé de l'indépendance à la fin de la guerre d'Algérie

Carte postale représentant le défilé des troupes de l'Armée de libération nationale, boulevard Carnot, à Alger, en juillet 1962.

L'Algérie célèbre chaque 5 juillet l'accès à l'indépendance du pays. Si le général de Gaulle, président de la République française, a proclamé l'indépendance du pays le 3 juillet, les dirigeants algériens la célèbrent le 5 juillet, date anniversaire du début de la colonisation française de l'Algérie en 1830.

QUESTIONS

1. Comment la sculpture dominant l'*USMC War Memorial* cherche-t-elle à mettre en œuvre la mémoire des conflits ? **(doc. 1)**

2. Montrez que les militaires sont des acteurs centraux dans la mémoire des conflits du XXe siècle. **(doc. 1 et 2)**

p. 192 **> JALON ①**
Un débat historique et ses implications politiques : les causes de la Première Guerre mondiale

p. 198 **> JALON ②**
Mémoires et histoire d'un conflit : la guerre d'Algérie

Repères

Les causes de la Première Guerre mondiale, une question complexe

1 Les différentes causes de la Première Guerre mondiale

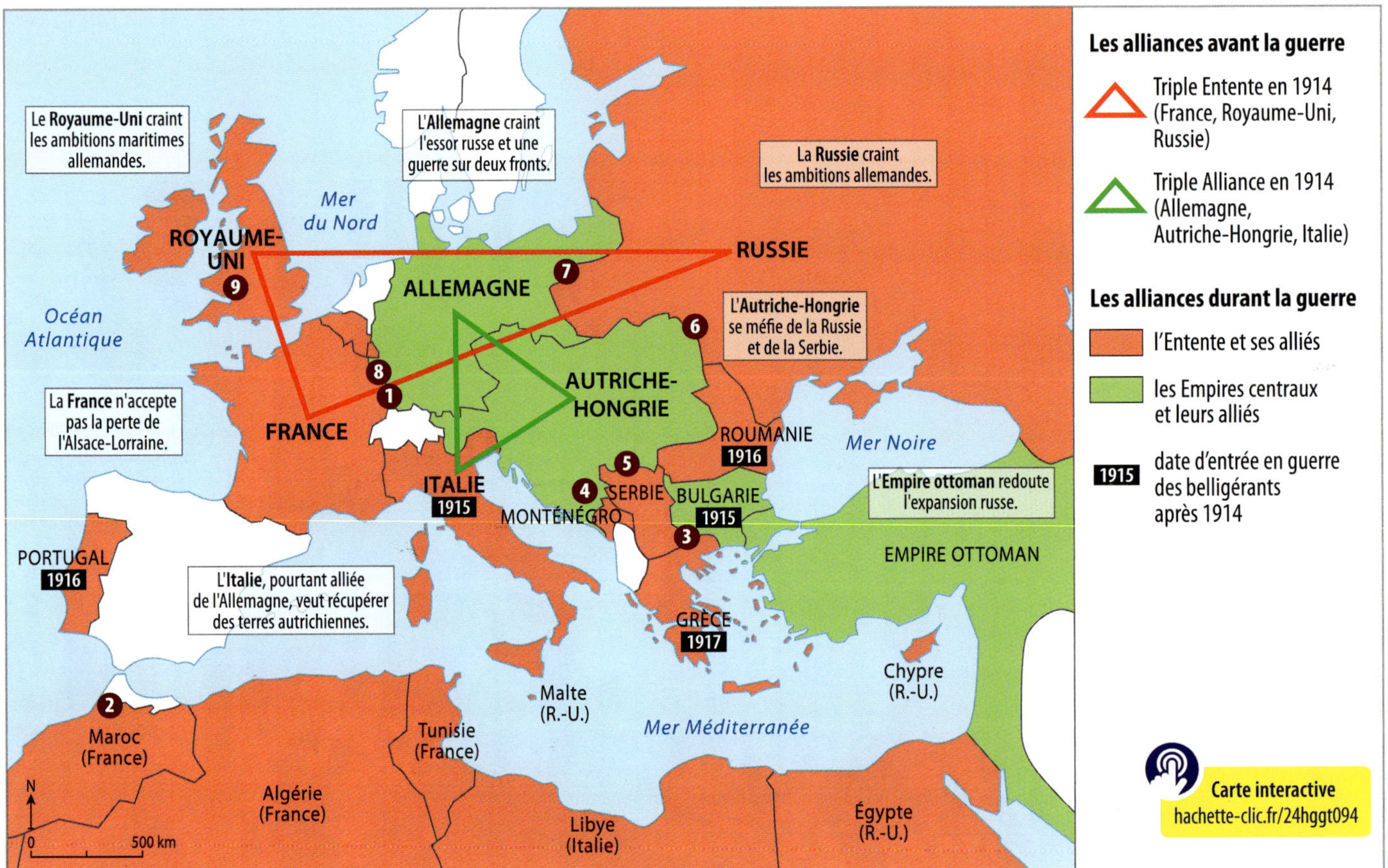

1900 – 1905 – 1910 – juillet 1914 – août 1914

Un contexte de montée en puissance des nationalismes

1 Depuis 1870
Conflits entre la France et l'Allemagne autour de l'Alsace-Moselle

2 1905-1911
Conflits coloniaux entre la France et l'Allemagne (crises marocaines)

3 1912-1913
Guerres balkaniques

Été 1914 : un enchaînement d'évènements

4 28 juin 1914
Assassinat de l'archiduc-héritier d'Autriche-Hongrie François-Ferdinand par un nationaliste serbe

5 28 juillet 1914
Déclaration de guerre de l'Autriche-Hongrie à la Serbie

6 29 juillet 1914
Mobilisation de la Russie contre l'Autriche-Hongrie

1er août 1914 7
L'Allemagne déclare la guerre à la Russie

3 août 1914 8
L'Allemagne déclare la guerre à la France

4 août 1914 9
Le Royaume-Uni déclare la guerre à l'Allemagne

Ne pas confondre

Causes de la guerre : ensemble des phénomènes qui ont pu être à l'origine des tensions menant à la guerre. Ainsi, pour la Première Guerre mondiale, de nombreuses raisons peuvent être invoquées, que ce soit le contexte international, la montée des nationalismes, la constitution des alliances ou l'assassinat de l'archiduc François-Ferdinand le 28 juin 1914.

≠

Responsabilité de la guerre : fait pour un pays de porter seul la charge d'avoir été à l'origine de la guerre, ce qui implique en droit des réparations pour les pays qui en ont été victimes. Ainsi, le traité de Versailles fait peser sur l'Allemagne la responsabilité du déclenchement de la guerre, ce qui l'oblige à payer de lourdes réparations aux belligérants.

Notion

Nationalisme : doctrine politique fondée sur la prédominance de l'intérêt national par rapport aux autres nations de communauté internationale.

2 L'Allemagne rendue responsable du déclenchement de la guerre

Le traité de Versailles, signé le 28 juin 1919 entre l'Allemagne et les pays vainqueurs, est un traité de paix qui évoque notamment la question de la responsabilité de l'Allemagne dans l'article 231.

ARTICLE 231 DU TRAITÉ DE VERSAILLES

« Les gouvernements alliés et associés déclarent et l'Allemagne reconnaît que l'Allemagne et ses alliés sont responsables, pour les avoir causés, de toutes les pertes et de tous les dommages subis par les gouvernements alliés et associés et leurs nationaux en conséquence de la guerre, qui leur a été imposée par l'agression de l'Allemagne et de ses alliés. »

Perception par les Alliés

- L'article 231 doit constituer le fondement juridique des réparations.
- Les Alliés veulent affaiblir la puissance de l'Allemagne afin qu'elle ne redevienne pas une puissance de premier plan au lendemain de la guerre.
- Les Alliés sont divisés sur le montant des réparations que l'Allemagne doit payer.

Perception par les Allemands

- L'article 231 fait reposer sur les seules épaules de l'Allemagne la responsabilité d'une guerre mondiale.
- L'Allemagne n'a pas été invitée aux négociations du traité de Versailles. Elle considère que le traité lui a été imposé et le qualifie de « *diktat* ».
- L'ensemble des partis politiques allemands rejettent le traité en mai 1919 mais la délégation allemande doit le signer sous la menace d'une reprise de la guerre.

3 Les enjeux historiques et mémoriels des causes de la Première Guerre mondiale

1914

Un enjeu stratégique en période de guerre

Arguments
- Pour la Triple Entente : lutte contre l'impérialisme allemand
- Pour la Triple Alliance : guerre de défense contre une tentative d'encerclement

1919

Un enjeu politique dans le contexte de l'entre-deux-guerres

Arguments
- Pour la France : justification de la demande de réparation imposée à l'Allemagne (traité de Versailles)
- Pour l'Allemagne : justification de la remise en cause du traité de Versailles (par la république de Weimar puis le Troisième Reich nazi)

Débats d'historiens
- Responsabilité des puissances centrales (Pierre Renouvin, 1925)
- Responsabilités partagées (Commission d'historiens allemands en 1919, Jules Isaac 1933)

1939-1945

Un enjeu géopolitique dans le cadre de la réconciliation franco-allemande

Contexte
- 1957 : traité de Rome, création de la CEE (Communauté économique européenne)
- 1963 : traité de l'Élysée, amitié franco-allemande
- 2014 : centenaire de la Première Guerre mondiale

Débats d'historiens
- Fritz Fischer, *Les buts de guerre de l'Allemagne impériale*, 1961 Dénonce la responsabilité de la montée du nationalisme et du militarisme en Allemagne
- Christopher Clark, *Les Somnambules*, 2012. Minore la responsabilité exclusive de l'Allemagne dans le déclenchement de la guerre
- Gert Krumeich, *Le Feu aux poudres*, 2013. Insiste sur le choix de l'Allemagne d'entrer en guerre pour défendre sa politique

POUR COMPRENDRE

1. L'origine de la Première Guerre mondiale est une question complexe qui a soulevé de nombreux débats depuis le début des hostilités. En effet, l'assassinat de François-Ferdinand n'est que le détonateur d'une situation déjà très conflictuelle. Les tensions sont déjà fortes entre la Triple-Alliance et la Triple-Entente depuis le début du XXe siècle.

> Expliquez pourquoi les différentes puissances s'accusent réciproquement d'être responsables de la guerre. (doc. 1 et 2)

2. Le traité de Versailles, en 1919, impose la responsabilité pleine et entière de l'Allemagne à travers l'article 231. Cette question de la responsabilité est autant un débat politique qu'un sujet de discussion entre historiens.

> Montrez comment l'évolution du contexte politique transforme la question de la responsabilité allemande. (doc. 3 et 4)

Étude 1 Les causes de la Première Guerre mondiale, un enjeu mémoriel et politique (1914-1939)

Les controverses autour des causes de la Grande Guerre commencent dès 1914. Elles impliquent les dirigeants, les militaires, les diplomates, l'opinion publique et les historiens. Tous sont mobilisés par la propagande pour valider les thèses des belligérants. Mais la recherche historique, dès l'entre-deux-guerres, contribue à modifier les perceptions de l'entrée en guerre.

Pourquoi les causes de la Grande Guerre font-elles l'objet de controverses pendant l'entre-deux-guerres ?

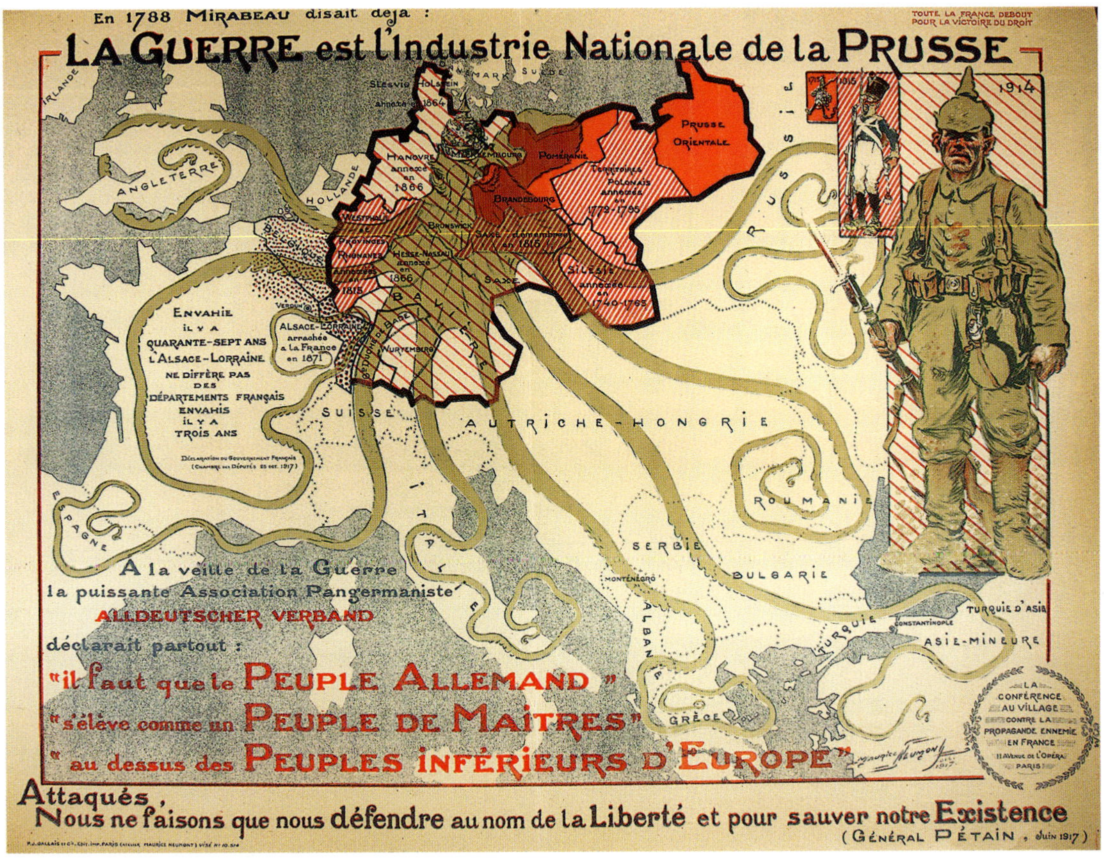

1 La propagande anti-allemande durant la guerre

Affiche patriotique française, 1917.

2 Les arguments en faveur de l'innocence allemande

Dans le contexte des négociations autour du traité de Versailles, une « commission d'Allemands indépendants », composée d'historiens adresse aux Alliés un rapport sur la question de la responsabilité allemande dans le déclenchement de la guerre.

Les soussignés sont d'avis que la question de la responsabilité de la guerre ne peut pas être décidée d'un seul côté, qui est à la fois juge et partie, mais que seule une Commission d'enquête, reconnue des deux côtés comme impartiale, qui aurait toutes les archives à sa disposition, et […] pourrait se permettre d'essayer de porter un jugement sur la part respective de responsabilité qui incombe à chaque Gouvernement dans le fait que la catastrophe redoutée de tous les peuples s'est déchaînée sur l'humanité. […] Bien que le risque de cette guerre ait été envisagé par elle, la guerre mondiale n'a pas été voulue par l'Allemagne. Pendant plus de quarante ans, le Gouvernement allemand, selon les propres termes du rapport de la Commission, a été le « champion de la paix ». […] Il en a été autrement en Russie. Les projets des milieux dirigeants panslavistes[1] ne pouvaient être réalisés que dans une guerre.

Rapport rédigé par une « Commission d'Allemands indépendants », composée de quatre historiens, adressé par Brockdorff-Rantzau à Georges Clemenceau (président du Conseil en France), le 28 mai 1919.

1. Volonté de rassembler dans un même État tous les peuples slaves sous l'autorité de la Russie.

3 La responsabilité allemande, une injustice et un *diktat*

Thomas Heine, *Simplicissimus* (hebdomadaire satirique allemand), 3 juin 1919.

Traduction : « Vous avez droit à l'autodétermination. Souhaitez-vous que vos poches soient vidées avant ou après votre mort ? » Les bourreaux sont le président des États-Unis Wilson, le président du Conseil français Clemenceau et le premier ministre britannique Lloyd George.

4 Des responsabilités partagées

La parole de l'historien

Peu enclin pour ma part à prononcer « le jugement de l'Histoire », je suis tenté de redire aujourd'hui ce que je disais hier : « L'Histoire n'est pas une Cour de cassation[1], mais un pauvre petit juge d'instruction, perpétuellement occupé à réviser ses dossiers et à recommencer ses enquêtes. » M'accusera-t-on de vouloir esquiver ce que les Allemands appellent la *Kriegsschuldfrage*, la brûlante question des « responsabilités » de la guerre ? Les thèses de la responsabilité unilatérale – qu'elles visent les Empires centraux, le groupe franco-russe ou la Triple Entente – paraissent insoutenables, débordées qu'elles sont par la réalité historique, c'est-à-dire l'ensemble des faits actuellement acquis à l'Histoire. Bon gré mal gré, avec la grande majorité des historiens, il faut consentir au partage (inégal) des responsabilités. [...] La stricte équité oblige à reconnaître que « l'Europe » n'a pas semblé très récalcitrante. Les Empires centraux lui ont offert délibérément la guerre ; elle l'a délibérément acceptée avec une promptitude dont l'adversaire même fut surpris. En dernière analyse, avouons-le : un pareil déchaînement ne se résume pas en une ligne (ou en une phrase). Mieux vaut donc s'abstenir de toute formule tranchante, et, pour un tel scrupule, accepter le risque (inévitable) de ne contenter ni les uns ni les autres.

Jules Isaac, *Un Débat historique. Le problème des origines de la Guerre*, Rieder, 1933.

1. Juridiction la plus élevée chargée de vérifier la conformité des décisions prises par les tribunaux.

5 Une communauté d'historiens divisée

	Pierre Renouvin (1893-1974)	Harry Elmer Barnes (1889-1968)	Jules Isaac (1877-1963)
Biographie	Historien, spécialiste des relations internationales. Ancien combattant, il perd son bras gauche durant la Première Guerre mondiale	Historien américain, qui durant la Première Guerre mondiale, a été un partisan de l'entrée en guerre des États-Unis contre la Triple Alliance.	Historien français, auteur d'un manuel scolaire très utilisé. Ancien combattant, il est blessé à Verdun.
Thèse	Les Empires centraux, et notamment l'Autriche, ont une responsabilité importante dans la guerre. Il évoque peu le rôle de la France dans le déclenchement de la guerre.	Son travail d'historien l'amène dans l'entre-deux-guerre à une position **révisionniste** : il estime que la France et la Russie sont plus responsables de l'entrée en guerre que l'Allemagne.	Il tient une position qui vise à partager les responsabilités entre les différents belligérants.

Vocabulaire

Diktat **:** mot allemand signifiant « chose imposée ». Ce terme est utilisé dès 1919 pour désigner le traité de Versailles que l'Allemagne n'a pas pu négocier. En Allemagne, il est dénoncé par toutes les forces politiques, de l'extrême droite aux pacifistes.

Révisionnisme : position qui tend à remettre en question ce qui est admis comme étant acquis.

ACTIVITÉ

1. Montrez que la question des causes de la guerre est importante pour les États adversaires durant le conflit et l'immédiat après-guerre. **(doc. 1 et 2)**

2. Montrez que l'Allemagne refuse d'assumer la responsabilité du conflit. **(doc. 2 et 3)**

3. À partir des **documents 4 et 5**, montrez que les historiens eux-mêmes ne sont pas d'accord au lendemain des deux conflits.

Vers le BAC — Dissertation

À l'aide des documents, rédigez un paragraphe de dissertation pour discuter la citation de l'historien français Pierre Nora : « **Si la mémoire divise, l'Histoire réunit** ».

Étude 2 GRAND FORMAT

Les débats sur l'origine de la Première Guerre mondiale chez les historiens : la controverse Fischer

Contexte La question des causes de la Première Guerre mondiale suscite toujours des débats chez les historiens. La thèse de la responsabilité partagée avait été évoquée dès l'entre-deux-guerres. Or, durant les années 1960, l'historien ouest-allemand Fritz Fischer scandalise en affirmant que l'impérialisme allemand a été responsable du conflit. Depuis, de nombreux ouvrages ont été publiés sur cette question, notamment à l'occasion du centenaire de la Grande Guerre, avec des approches diverses.

Comment la question des causes de la Première Guerre mondiale continue-t-elle de diviser les historiens ?

Fritz Fischer (1908-1999)

Professeur à l'Université de Hambourg, membre actif du parti nazi dans les années 1930 et pendant la guerre, il est pourtant à l'origine de controverses dans les années 1960 en soulignant a continuité d'une politique étrangère allemande expansionniste, à l'origine de la Première Guerre mondiale.

La thèse de Fischer

1 La thèse d'une Allemagne impérialiste

La parole de l'historien

Il est incontestable que dans ce heurt d'intérêts politiques et militaires, de ressentiments et d'idées qui atteignent leur maximum pendant la crise de juillet 1914, tous les gouvernements des pays européens engagés n'aient eu leur part de responsabilités au déclenchement de la guerre mondiale. [...]

Une fois de plus, il faut souligner que sous l'effet des tensions internationales de l'année 1914, provoquées partiellement par la politique d'expansion de l'Allemagne qui avait entraîné déjà trois crises graves en 1905-1906, 1908-1909 et 1911-1912, chaque guerre localisée en Europe à laquelle se trouverait mêlée une grande puissance devait presque inévitablement provoquer une conflagration générale. L'Allemagne, confiante dans sa supériorité militaire, ayant voulu, souhaité et appuyé la guerre austro-serbe, prit sciemment le risque d'un conflit militaire avec la France et la Russie. Le gouvernement allemand portait ainsi la part décisive de la responsabilité historique de la guerre mondiale. La tentative de l'Allemagne d'arrêter en dernière minute cette fatalité ne diminue pas sa part de responsabilités. Ce n'est d'ailleurs que la menace d'une intervention anglaise qui donna lieu aux démarches allemandes à Vienne : ces démarches furent tentées, sans grande conviction, trop tard et aussitôt annulées.

Les politiciens allemands et avec eux la propagande allemande pendant la guerre ainsi que l'historiographie allemande d'après-guerre – surtout après Versailles – soutinrent la thèse selon laquelle l'Allemagne fut contrainte de faire la guerre, ou au moins que la part de responsabilité allemande ne fut pas plus grande que celle des autres. [...]

Mais certains échanges de vue confidentiels entre les deux alliés et entre les responsables, en Allemagne, dévoilent la véritable responsabilité dans des déclarations dépourvues de sens propagandistes.

Lorsque, quelques semaines après l'ouverture des hostilités, lors de la Bataille de la Marne et des combats en Galicie, les Autrichiens se virent refuser l'aide allemande [...], le comte Tisza conseille à Berchtold de déclarer aux Allemands : « que nous avons décidé de faire la guerre après que le Kaiser[1] et le Chancelier eurent exprimé en termes nets qu'ils jugeaient le moment favorable et qu'ils salueraient avec joie notre ferme résolution. » [...]

On ne peut considérer isolément la politique allemande de juillet 1914. Elle n'apparaît sous son vrai jour que lorsqu'on la regarde comme un lien entre la politique d'expansion de l'Allemagne depuis les années 1890 et la politique des buts de guerre depuis août 1914.

Fritz Fischer, *Les Buts de guerre de l'Allemagne impériale 1914-1918*, éditions de Trévise, 1961 (trad. fr. 1970).

1. Empereur allemand

Mise en perspective

2 Les années 1960, un contexte de rapprochement de la France et de l'Allemagne

Le 8 juillet 1962, au pied de la cathédrale de Reims, brûlée par un bombardement allemand en septembre 1914, le chancelier d'Allemagne de l'Ouest Adenauer rencontre de Gaulle, président de la République française. L'année suivante est signé le traité de l'Élysée qui scelle l'amitié franco-allemande.

3 Les échos de la thèse de Fischer aujourd'hui

La parole de l'historien

À partir des années 1990, le travail de révision des thèses de Fischer est déjà largement entamé mais c'est la publication en 2012 de l'ouvrage de Christopher Clarke *Les Somnambules* qui relance la controverse publique en devenant un best-seller [...]. L'historien australien, qui se fonde sur une très bonne connaissance des archives diplomatiques en plusieurs langues, tend à minorer le rôle de l'Allemagne dans le déclenchement de la guerre.

Annika Mombauer, dans son livre publié en octobre 2014 sur la crise de juillet 1914 (*Die Julikrise. Europas Weg in den Ersten Weltkrieg*) contredit l'historien australien : « Les documents sur lesquels nous pouvons nous fonder montrent clairement que ces deux grandes puissances [l'Allemagne et l'Autriche-Hongrie] s'étaient attendues à une guerre, avant que les gouvernements des autres grandes puissances n'aient du tout pris conscience qu'ils se trouvaient à l'orée d'un conflit européen ». Gerd Krumeich, dans son livre, publié en novembre 2013, *Le Feu aux poudres*, insiste sur la responsabilité particulière de l'Allemagne [...]. On le voit, la question du déclenchement de la Première Guerre mondiale est un point de débat historique extrêmement complexe, qui nécessite une parfaite maîtrise des archives diplomatiques de plusieurs pays. Mais cette question est également une surface où se projettent des enjeux cruciaux pour la mémoire nationale allemande [...]. Une bonne partie des historiens considère ainsi, *a minima*, que l'Allemagne avait bien une responsabilité spécifique dans le déclenchement de la guerre car les milieux militaires, qui poussèrent vers le conflit, n'étaient pas suffisamment contrôlés par le pouvoir civil, à la différence de la situation dans d'autres pays européens.

Nicolas Patin, « Les causes de la Première Guerre mondiale », *Encyclopédie d'histoire numérique de l'Europe*, janvier 2023.

ACTIVITÉ

Préparer l'analyse du discours en se documentant

1. Faites une recherche biographique pour présenter Fritz Fischer.

2. Quelle est la thèse dominante dans l'origine de la Première Guerre mondiale lorsqu'il rédige son œuvre ?

Vous pouvez consulter les pages **Repères p. 192-193**

Analyser le texte

3. Identifiez les arguments de Fritz Fischer en faveur de la responsabilité particulière de l'Allemagne dans le déclenchement de la Première Guerre mondiale. **(doc. 1)**

4. Montrez que plus largement, Fritz Fischer considère que l'Allemagne est une menace pour la paix en Europe durant tout le début du XXe siècle. **(doc. 1)**

5. Pourquoi la thèse de Fischer apparaît-elle comme une rupture dans la mémoire collective allemande ? **(doc. 1)**

Vous pouvez également utiliser les pages **Repères p. 192-193** et le **doc. 2 p. 194**

Porter un regard critique sur le texte

6. Expliquez pourquoi la thèse de Fischer déclenche une controverse dans le contexte de rapprochement franco-allemand et de construction européenne. **(doc. 2)**

7. Expliquez que la question de la responsabilité de l'Allemagne n'a néanmoins pas totalement été remise en cause par une grande partie des historiens. **(doc. 3)**

Pour aller plus loin

Origines de la Première Guerre mondiale : enjeux d'un débat historiographique.

Vidéo

Stanislas Jeannesson, Université de Nantes, 2015. durée : 58'44
hachette-clic.fr/24hggt095

Dans cette conférence Stanislas Jeannesson, professeur d'histoire contemporaine, précise les différents points de vue historiographiques sur les responsabilités de la guerre. Dressez la liste de ces historiens et résumez en quelques lignes la position de chacun d'entre eux.

Repères La guerre d'Algérie et ses mémoires

1 L'Algérie en guerre

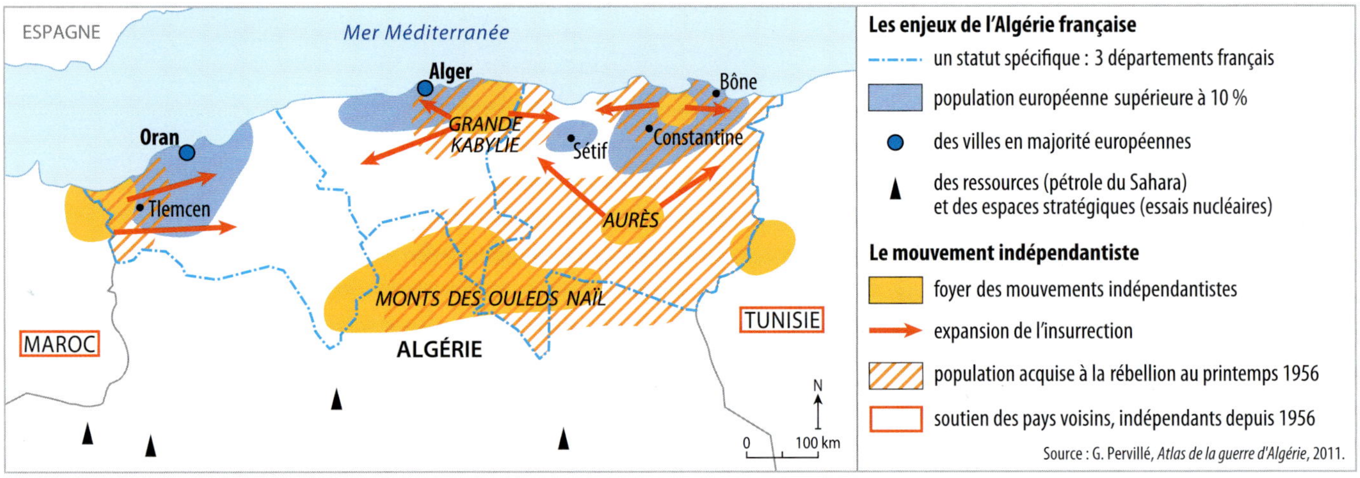

Source : G. Pervillé, *Atlas de la guerre d'Algérie*, 2011.

2 Les lieux de mémoire de la guerre d'Algérie

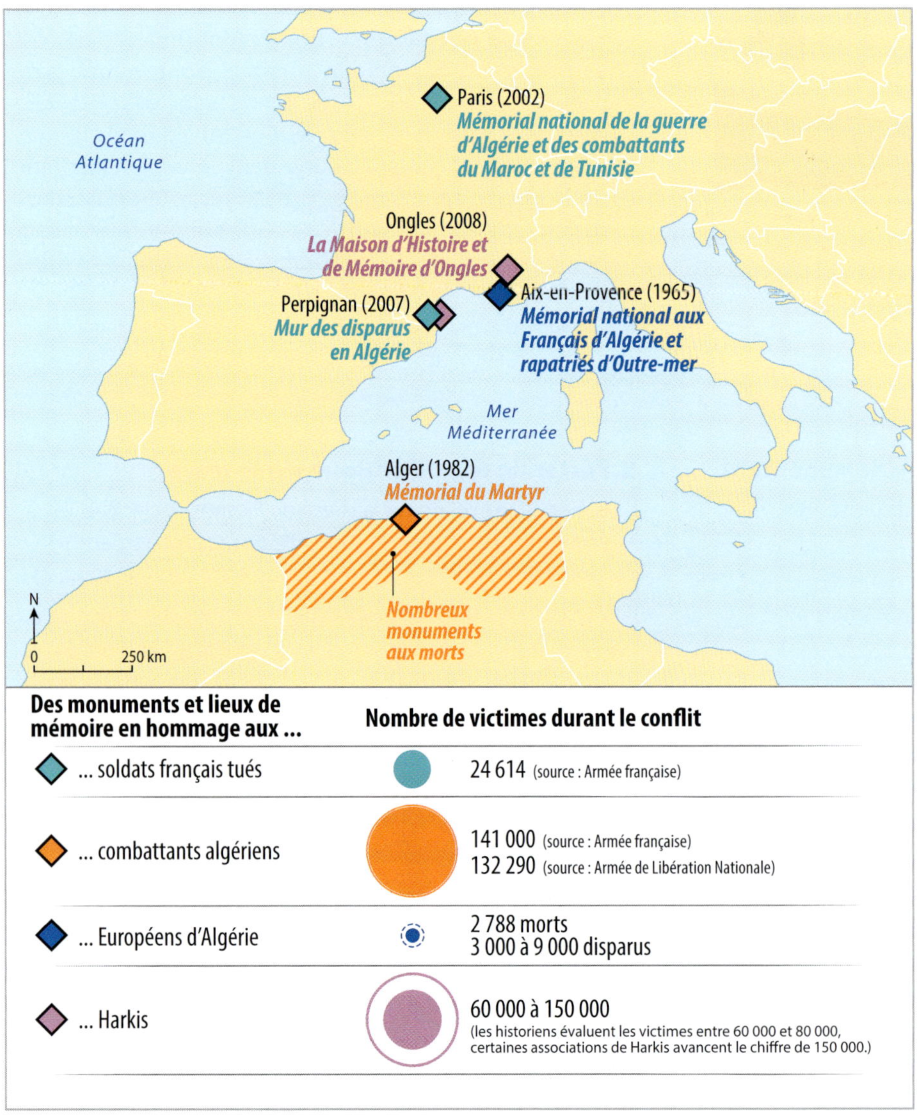

Notions

FLN (Front de libération nationale) : parti politique créé dans la clandestinité en octobre 1954 pour obtenir l'indépendance de l'Algérie. Il organise une armée : l'Armée de libération nationale (ALN).

« Guerre d'Algérie » : expression officielle des autorités françaises pour qualifier la période de conflit en Algérie entre 1954 et 1962 qui n'a été reconnue officiellement qu'en 1999, alors qu'elle était utilisée couramment par l'opinion publique française et en Algérie.

Ne pas confondre

Pieds-noirs : expression à l'origine péjorative utilisée par les Arabes pour désigner les Européens présents en Algérie. Elle est reprise par les Européens d'Algérie voulant manifester leur appartenance à cette terre. Beaucoup d'entre eux quittent l'Algérie après l'indépendance en 1962.

≠

Harkis : combattants recrutés pour renforcer les forces régulières de l'Armée française parmi les Algériens, notamment d'anciens rebelles. Ils jouent un rôle majeur dans les grandes opérations contre l'ALN en 1958-1959. Accusés de trahison par le FLN en 1962, ils subissent de violentes représailles et ne sont pas reconnus par l'État français.

3 Les différents rythmes de la mémoire de la guerre d'Algérie

Les mémoires de la guerre d'Algérie en France

1962-années 1980 : une guerre d'Algérie inégalement présente dans la production culturelle (littérature, films…)

1962-1968 : lois d'amnistie en faveur des combattants de la guerre

La bataille d'Alger, de Gillo Pontecorvo, 1970.
Avoir vingt ans dans les Aurès, de René Vautier, 1972.
(Films primés et très critiques envers la violence de la guerre d'Algérie dans l'armée).

Années 1980-années 2000 : le temps des controverses historiques

1983 : entrée de la guerre d'Algérie dans les programmes scolaires

La Gangrène et l'oubli, de Benjamin Stora, 1991.
(Premier grand livre d'un historien sur la mémoire de la guerre d'Algérie).

1999 : reconnaissance du terme de « guerre d'Algérie » à la place d'« opérations de maintien de l'ordre »

Depuis les années 2000 : une reconnaissance mémorielle de l'État français

La torture et l'armée pendant la guerre d'Algérie, de Raphaëlle Branche, 2001.

2002-2003 : lois mémorielles concernant les soldats engagés et les Harkis.

Charonne, 8 février 1962, d'Alain Dewerpe, 2006.

2012 : commémoration nationale en hommage à toutes les victimes de la guerre

Algérie 1962 : une histoire populaire, de Malika Rahal, 2022.
Les ratonnades d'Alger, de Sylvie Thénault, 2022.
(Des ouvrages d'historiens qui jettent un nouveau regard sur la guerre d'Algérie et ses violences).

Chronologie

1er novembre 1954 : « Toussaint Rouge », début de la guerre d'Algérie.

5 juillet 1962 : indépendance de l'Algérie. Exode des Pieds-noirs et des Harkis vers la France.

Avril 1975 : première visite d'un président français, Valéry Giscard d'Estaing, en Algérie.

1991-1993 : manifestations d'enfants de Harkis en France.

1992-2002 : « décennie noire », guerre civile en Algérie.

2006 : demande d'excuses officielles de la part du président Bouteflika à la France.

2021 : Rapport Stora sur la mémoire de la colonisation et de la guerre d'Algérie.

Les mémoires de la guerre d'Algérie en Algérie

1962-milieu des années 1970 : une célébration de l'indépendance

Peuple en marche, de Ahmed Rachedi, 1963.
Une si jeune paix, de Jacques Charby, 1965.
Décembre, de Hamina, de Mohammed Lakhdar-Hamina, 1973.
(Films qui célèbrent les combattants de l'indépendance algérienne).

Du milieu des années 1970 aux années 2000 : entre glorification de la guerre et confiscation de la mémoire par le FLN

Aux origines du FLN. Le populisme révolutionnaire en Algérie, de Mohammed Harbi, 1975.
Le FLN, mirage et réalité, de Mohammed Harbi, 1980.
Histoire du nationalisme algérien, de Mahfoud Kaddache, 1980.
(Trois ouvrages critiques sur la confiscation de la mémoire par le FLN).

Amar Laskri, *Les Portes du Silence*, 1987
(Un film soulignant l'héroïsme des combattants algériens).

Depuis les années 2000 : repenser la guerre d'Algérie

Ce que le jour doit à la nuit, de Yasmina Khadra, 2008.
(Un roman situé en Algérie entre 1930 et 1962).

Loubia Hamra, de Narimane Mari, 2013.
(Un documentaire qui retrace la guerre d'Algérie vécue par des enfants d'Alger en 2013).

Lettre d'historiens algériens au gouvernement pour le libre accès aux archives algériennes sur la guerre d'Algérie, 2021.

● les productions culturelles
● les travaux d'historien
● la reconnaissance de l'État

POUR COMPRENDRE

1. L'Algérie, province de l'Empire ottoman, est colonisée par la France à partir de 1830. Elle est devenue une colonie essentielle aux yeux de l'État français. Pourtant, dès les années 1950, une volonté d'indépendance s'y développe.

> Quels éléments montrent l'attachement et l'importance de l'Algérie pour le gouvernement français ? (doc. 1)

2. Les mémoires de la guerre d'Algérie ne sont pas les mêmes en France et en Algérie. De plus, elles évoluent dans le temps et ont connu, de 1962 à aujourd'hui, des inflexions notables, en particulier en France.

> Identifiez les différentes mémoires de la guerre d'Algérie et leur évolution. (doc. 2 et 3)

Étude 1 La guerre d'Algérie : des conflits de mémoires

La guerre d'Algérie s'est achevée en 1962. Pourtant, elle suscite encore aujourd'hui des passions et des incompréhensions mutuelles, malgré les travaux des historiens.

Comment la mémoire de la guerre d'Algérie illustre-t-elle la pluralité et l'évolution des mémoires des conflits ?

1 Une lente maturation de l'histoire et des mémoires de la guerre d'Algérie

La parole de l'historien

La guerre d'Algérie a longtemps été nommée en France par une périphrase « les événements d'Algérie » tandis que, de l'autre côté de la Méditerranée, les Algériens construisaient leur mémoire antagoniste de « la guerre d'indépendance ». Soixante ans après, l'Histoire est encore un champ en désordre, en bataille quelquefois. La séparation des deux pays [...] a produit de la douleur, un désir de vengeance et beaucoup d'oublis. Les mémoires sont composites en France : hontes enfouies de combats qui ne furent pas tous honorables, images d'une jeunesse perdue et d'une terre natale à laquelle on a été arraché. [...] En Algérie, cette guerre se nomme « révolution ». Elle est toujours célébrée comme l'acte fondateur d'une nation recouvrant ses droits de souveraineté, par une « guerre de libération ». [...] La commémoration, unanimiste, n'aborde pas les divisions internes du nationalisme algérien [...] ou les représailles cruelles contre les Harkis. [...] Du côté algérien, dans un long entretien publié dans *El Watan*, l'historien Mohammed Harbi s'exprime sur les tabous, liés aux conflits internes du nationalisme algérien, à l'histoire des juifs d'Algérie, aux Harkis et aux pieds noirs. [...] L'indépendance de l'Algérie, en France, sera suivie par une longue période d'abandon et de latence. Le travail universitaire, en ce domaine, restera en friche pendant plusieurs décennies. [...] En quelque sorte, l'absence d'histoire a été en partie comblée par des gardiens vigilants de la mémoire, qui interdisaient évidemment à tous les autres de prononcer la moindre parole. [...] En ce sens, plus la guerre d'Algérie s'éloigne, plus elle apparaît dans sa totalité complexe. Les soutenances de thèses de Raphaëlle Branche, Sylvie Thénault ou Tramor Quemeneur, sur la justice pendant la guerre d'Algérie[1], l'attitude de l'armée et la question de la torture ou des refus de guerre, ont marqué un tournant dans l'arrivée de jeunes générations pour la connaissance universitaire de cette séquence historique particulière.

Rapport de Benjamin Stora, *Les questions mémorielles portant sur la colonisation et la guerre d'Algérie*, 2021.

1. Ces thèses sont soutenues entre 1999 et 2007.

2 La vision de la guerre d'Algérie dans un manuel d'histoire algérien

Extrait du manuel de 4e publié par le ministère de l'Éducation nationale algérien (2006).

Traduction : « Cherche à travers ces photographies les principes : liberté – égalité – fraternité, les droits de l'homme et du citoyen, et la démocratie. »

3 Le travail des historiens en Algérie

La parole de l'historien

Les années 1970 et 1980 ont vu apparaître une première génération d'historiens algériens, que symbolisent trois grands noms (Mahfoud Kaddache, Belkacem Saadallah, Mohammed Harbi).

Les historiens algériens formés dans un cadre francophone continuent d'animer en Algérie une vie intellectuelle à travers des revues [...]. Mais leur influence dans le pays a été limitée depuis 1966 par l'arabisation de l'enseignement primaire et secondaire de l'histoire, puis par celle de l'enseignement supérieur qui fait peser le risque d'une marginalisation des recherches et des publications menées en français et d'une coupure entre enseignants francophones et arabophones alors que l'arabe est la langue officielle. [...] Mais le plus grave problème est la subordination de l'histoire à la politique dans un État encore récent qui doit son existence même à la Révolution algérienne.

Guy Pervillé, *Histoire iconoclaste de la guerre d'Algérie et de sa mémoire*, Éd. Vendémiaire, 2018.

4 La mémoire des victimes civiles de la guerre d'Algérie, le Mur des disparus à Perpignan

Le « Mur des disparus sans sépultures, Algérie 1954-1963 » a été inauguré à Perpignan en 2007. Sur ce monuments figurent le nom de 2 619 Français et Harkis disparus pendant la guerre. De nombreux historiens ont cependant regretté que le fait de ne mentionner que des victimes du FLN ne relance une guerre des mémoires entre partisans de l'Algérie française et indépendantistes.

5 Le défi de la mémoire de la guerre d'Algérie pour les autorités françaises

Emmanuel Macron a fait de la guerre d'Algérie un enjeu central de sa politique mémorielle. À l'occasion des 60 ans des accords d'Évian, le journal Le Monde *fait le bilan de cette politique.*

Plus d'un an après son élection, un premier geste lui permet de sonder un terrain qu'il sait miné. Le 13 septembre 2018, il reconnaît, « *au nom de la République française* », que Maurice Audin, mathématicien membre du Parti communiste algérien (PCA) disparu le 11 juin 1957, avait été « *torturé puis exécuté ou torturé à mort* » par des militaires français. Une avancée ponctuelle qu'il reste toutefois à inscrire dans une politique cohérente, une véritable méthodologie de la réconciliation mémorielle. Il se tourne alors vers l'historien Benjamin Stora, à qui il commande un rapport. L'idée est de l'éclairer sur des gestes susceptibles de contribuer – dixit la lettre de mission de l'Élysée – « *à l'apaisement et à la sérénité de ceux que [la guerre] a meurtris tant en France qu'en Algérie* ». […]

En France même, sept millions de personnes ont eu à connaître, personnellement ou à titre familial, des drames de la décolonisation en Algérie [pieds-noirs, immigrés, militaires, Harkis…]. Elles s'étaient jusque-là déchirées, diagnostique Benjamin Stora dans son rapport remis le 20 janvier 2021, dans « *une concurrence victimaire* » où chaque « *groupe de mémoire* » érigeait sa blessure comme « *supérieure à l'autre* ». L'heure est venue, écrit-il, de sortir de cet « *enfermement* », de cette « rumination du passé ». […]

Dans ce contexte, l'équipe de l'Élysée trace sa ligne : « *Non à la repentance, oui à la reconnaissance.* » Le maître mot est : « *reconnaître* ». C'est le mantra. Au fil de son calendrier commémoratif, Macron « *reconnaît au nom de la République* » toute une série d'assassinats, de crimes, d'injustices et de douleurs.

Frédéric Bobin, « Guerre d'Algérie : le kaléidoscope mémoriel d'Emmanuel Macron », *Le Monde*, 17 mars 2022.

ACTIVITÉ ORAL

Présentez une conférence où un historien algérien et un historien français confrontent leur travail sur la guerre d'Algérie.
Pour vous aider, complétez le tableau.

	en France	en Algérie
Les différentes mémoires		
L'évolution du travail de l'historien		
Les rapports de l'histoire au politique		

Vers le BAC Dissertation

À l'aide des documents, rédigez un paragraphe de la dissertation :
L'État, seul acteur de la construction des mémoires ?

Vous pouvez organiser votre paragraphe autour de ces deux idées
1. Le rôle de l'État dans la construction d'une mémoire nationale
2. Le poids des historiens et de l'opinion publique dans l'évolution de cette mémoire

Pour aller plus loin

Expliquez pourquoi cette vidéo évoque l'« apaisement des mémoires ».

Vidéo

***« Guerre d'Algérie, vers l'apaisement des mémoires »*. Décod'Actu, Lumni, 2022.**
hachette-clic.fr/24hggt096

Étude 2 Histoire et mémoire des exilés : les Harkis

Les accords d'Évian signés le 18 mars 1962 qui mettent fin à la guerre d'Algérie n'évoquaient pas le sort des 70 000 **suppléfifs** qui ont combattu aux côtés de l'armée française. Les violences à leur égard commencent dès la fin de la guerre. Une grande partie fuit alors en France, où ils sont dès lors considérés par l'État français comme des réfugiés.

➤ Quelle place les Harkis occupent-ils dans les mémoires de la guerre d'Algérie ?

1 De Gaulle et l'accueil des Harkis

« On ne peut pas accepter de replier[1] tous les musulmans qui viennent à déclarer qu'ils ne s'entendront pas avec leur gouvernement ! Le terme de rapatriés ne s'applique évidemment pas aux musulmans : ils ne retournent pas dans la terre de leurs pères ! Dans leur cas, il ne saurait s'agir que de réfugiés ! Mais on ne peut les recevoir en France comme tels, que s'ils couraient des dangers. »

Déclaration du général de Gaulle lors du Conseil des ministres du 25 juillet 1962.

1. Rapatrier

2 Manifestation de Harkis, Paris, 1991

Oubliés des autorités, vivant le plus souvent dans une grande pauvreté, les Harkis et leurs descendants manifestent à de nombreuses reprises à partir de 1976. En 2003, le président Jacques Chirac instaure une Journée nationale d'hommage aux Harkis et aux autres membres des formations supplétives, le 25 septembre. En 2016, François Hollande reconnaît « les responsabilités des gouvernements français dans l'abandon des Harkis, des massacres de ceux restés en Algérie ».

3 L'évolution de la mémoire des Harkis

La parole de l'historien

Parlant de ces supplétifs, l'historienne Fatima Besnaci évoque en 2012 « un piège de l'histoire qui s'est refermé sur eux » tandis que Jean-Charles Jauffret ajoute « au sujet des Harkis, c'est la grande honte de la Ve République d'avoir créé ces camps épouvantables, qu'on a cachés pour y placer des gens qui ont été d'anciens citoyens français ». Une première mémoire se constitue alors, largement fondée sur un malentendu : en effet, pendant longtemps, les Harkis sont confondus avec l'ensemble des rapatriés alors que les pieds noirs ne veulent en aucun cas leur être assimilés. Ils sont doublement rejetés, d'abord par leur pays natal qui les bannit à jamais comme traîtres. Ils le sont aussi par leur pays d'accueil qui les marginalise. Le traumatisme est tel que, face aux dénis officiels, la mémoire des premiers arrivants reste longtemps une « mémoire enfouie » (Mohamed Hamoumou) au plus profond des consciences familiales.

À l'orée des années 1970, cette mémoire se radicalise tant que l'on peut parler de « seconde mémoire des Harkis », celle de la génération née en France. Elle accélère la structuration du groupe qui acquiert ainsi une nouvelle visibilité, à mesure que l'État reconnaît une partie de ses erreurs. De jeunes associations mènent des actions spectaculaires pour se faire reconnaître. Il faut attendre un premier documentaire *Harkis, les fils de l'oubli* en 1993 puis un autre dix ans plus tard *Harkis : un traître mot* diffusé le 26 avril 2002 sur France 5 pour que leur destin tragique émerge dans l'espace médiatique. L'action médiatique perdure de nos jours avec les réseaux sociaux et reste le moyen d'expression privilégié d'une mémoire qui commence à mieux être étudiée. Tous espèrent une célébration qui reconnaîtrait la responsabilité de la France dans leurs massacres, ce qui n'arrivera que sous les présidences de Jacques Chirac et surtout François Hollande.

Rémi Dalisson, *La guerre d'Algérie, l'impossible commémoration*, Éd. A. Colin, 2018.

Vocabulaire

Harkis : combattants supplétifs de l'Armée française recrutés parmi les Algériens. Ils jouent un rôle majeur dans les grandes opérations contre l'ALN en 1958-1959. Accusés de trahison par le FLN en 1962, ils subissent de violentes représailles.

Supplétifs : combattants ne faisant pas partie des forces régulières françaises. Ils ne se limitent pas aux Harkis.

ACTIVITÉ

1. Quel a été le rôle des Harkis durant la guerre d'Algérie ? **(doc. 3)**
2. Expliquez leur situation à l'issue du conflit. **(doc. 2 et 3)**
3. Comment l'attitude de la France vis-à-vis des Harkis a-t-elle évolué depuis 1962 ? **(doc. 1 et 3)**

JALON 2

Étude 3 Histoire et mémoire en Algérie

Depuis l'indépendance, la mémoire de la guerre s'est focalisée en Algérie sur le rôle du FLN. Or, depuis 1962, il utilise la mémoire de la guerre pour justifier son maintien à la tête de l'État.

➤ Quelle est la place de la mémoire de la guerre dans la construction de l'Algérie contemporaine ?

1 Un mot d'ordre qui traverse le temps

1 Slogan du FLN sur les murs, dans la Casbah d'Alger après la signature des accords d'Evian en 1962.
2 Ce slogan est constamment utilisé par le FLN au pouvoir. Il est également repris contre le gouvernement du FLN lors de l'annonce de la volonté du président algérien Bouteflika de se présenter pour un 5e mandat en 2019.

2 Le difficile travail des historiens de la mémoire en Algérie

La parole de l'historien

Il y a actuellement une véritable inflation dans la publication de mémoires d'acteurs de la guerre de libération. Certains interprètent ce phénomène comme une ouverture, mais l'histoire réelle n'y trouve pas son compte. Des livres sur la guerre d'indépendance écrits à l'étranger par des acteurs des événements ont été longtemps interdits. Mon ouvrage, *Le FLN, mirages et réalités*, a été interdit pendant deux décennies, mais lors de sa publication, la direction du FLN a acheté trois cents exemplaires qu'elle a distribués à ses cadres. On ne peut pas dire aujourd'hui qu'il y a une censure ouverte, mais des pressions sont exercées sur des éditeurs pour prendre ou refuser tel ou tel ouvrage. […] Les contraintes d'accession aux sources sont nombreuses. Les archivistes de métier ont travaillé sous le contrôle strict des autorités politiques, certains d'entre eux ont été mis à la porte dans des conditions scandaleuses pour avoir voulu exercer leur métier, je citerai le cas de Badjadja. L'actuel directeur des archives n'est ni un homme de métier ni un historien, c'est un bureaucrate. Dans la question des archives, le pouvoir se sert de la carte nationaliste en jouant sur le contentieux avec la France. On défend le principe de l'autochtonie pour jeter le soupçon sur toutes les recherches entreprises par des non-Algériens.

Entretien avec Mohammed Harbi, réalisation Houda Ben Hamouda Robi Morder, *Matérieux pour l'histoire de notre temps*, février 2015.

Mohammed Harbi

Né en 1933

Militant du FLN et historien. Conseiller de Ben Bella, premier président algérien, il est arrêté en juin 1965 lors du coup d'État contre Ben Bella puis exilé en France. Son œuvre sur l'Algérie contemporaine est très importante : *Aux origines du FLN. Le populisme révolutionnaire en Algérie* (1975), *1954, La guerre commence en Algérie* (1984), *La Guerre d'Algérie* (2004) avec Benjamin Stora.

ACTIVITÉ

1. Montrez que la mémoire de la guerre d'Algérie reste très présente dans la société algérienne contemporaine. **(doc. 1 et 2)**

2. Quel lien tisse l'historien Mohammed Harbi entre mémoire de la guerre d'Algérie et la militarisation du pouvoir. **(doc. 2)**

Vers le BAC Grand oral

Préparez un oral de 3 minutes répondant au sujet « **Quelle place l'Algérie d'aujourd'hui accorde-t-elle à la guerre d'indépendance ?** »

Étude 4 GRAND FORMAT

Le 17 octobre 1961, un drame tardivement reconnu

Contexte ➔ L'année 1961 est marquée par le début des négociations entre le gouvernement français et le FLN, mais aussi par des violences contre les militants du FLN en France. Le 17 octobre, alors que la Fédération de France du FLN organise une manifestation pacifique, la répression est très violente. 12 000 hommes sont arrêtés, le bilan officiel fait état de 7 morts, mais il est beaucoup plus élevé. Ce drame, longtemps occulté, ne fait l'objet d'une reconnaissance officielle que tardivement.

➤ Quelle est la place des événements du 17 octobre 1961 dans la mémoire de la guerre d'Algérie en France ?

Une photographie devenue emblématique

1 Dénoncer les violences du 17 octobre 1961

Ce graffiti est peint sur le pont de Neuilly (Paris), quelques semaines après la répression du 17 octobre 1961. Avant d'être effacé par la police, il est photographié par Jean Texier pour *l'Humanité* (journal communiste favorable à l'indépendance algérienne). La photographie devient un symbole au moment où elle est publiée, lors de la commémoration des événements le 18 octobre 1985.

Vidéo

« Ici, on noie les Algériens » : la photo pour mémoire France Culture, 2019.
hachette-clic.fr/24hggt097

Mise en perspective

2 Les unes de journaux au lendemain de la répression du 17 octobre 1961

3 La tardive reconnaissance de la mémoire du 17 octobre 1961

La parole de l'historienne

L'ouverture des archives françaises, et en particulier celles de la préfecture de police, a permis effectivement de lever le voile à la fois sur le rôle des forces de l'ordre et du préfet Papon dans la répression des manifestations algériennes d'octobre 1961, mais également de mieux comprendre l'organisation de la Fédération de France du FLN. […] Les faits sont donc établis et la mémoire d'Octobre 1961 n'a jamais quitté la scène associative, artistique et documentaire. […] En 2001, les commémorations des 40 ans du 17 octobre 1961 suscitent une très forte mobilisation populaire et scientifique de dimension mondiale. […]
Les municipalités, au premier chef la ville de Paris sous la mandature de Bertrand Delanoë, ont devancé l'État dans la reconnaissance politique, officielle. En 2001, le maire de Paris inaugure, non sans mal, une plaque en l'honneur des victimes d'octobre 1961, sur le pont Saint-Michel. […]
Reste que ce retour de mémoire, récent, est encore fragile. La prise de parole du président François Hollande en 2012 suscite de nombreuses critiques à droite, et des déceptions à gauche. S'il déclare que « *la République reconnaît avec lucidité* » la répression « *sanglante* » et rend hommage à la « *mémoire des victimes* », le geste fort tant attendu des passeurs de témoins n'est pas venu. Une déception réitérée en 2021, après le communiqué du président Macron sur les « *crimes inexcusables* » du 17 octobre 1961. Soixante ans après, la parole présidentielle peine encore à exprimer la responsabilité de l'État dans ces « *crimes* ».

Linda Amari « 17 octobre 1961 (mémoire) », *Dictionnaire de la guerre d'Algérie*, sous la direction de Tramor Quemeneur, Ouanassa Siari Tengour et Sylvie Thénault, Bouquins, 2023.

ACTIVITÉ

Préparer l'analyse de la photographie

1. À l'aide d'une recherche, expliquez quel est le contexte politique en France au mois d'octobre 1961.

Expliquez où en sont les négociations entre le FLN et le gouvernement français au sujet de l'Algérie.

2. Faites une recherche pour expliquer ce qui se passe à Paris le 17 octobre 1961.

Analyser la photographie

3. Décrivez cette photographie. Qu'est-ce qui fait sa force ? **(doc. 1)**

4. Pourquoi cette photographie parle-t-elle plus de la mémoire de la répression que de la répression elle-même ? **(doc. 1 et 2)**

5. Quel contraste pouvez-vous observer entre le traitement de l'événement dans la presse et le graffiti peint quelques jours plus tard ? **(doc. 1 et 2)**

Porter un regard critique sur la photographie

6. À l'aide du **document 3**, justifiez l'affirmation suivante : « malgré l'existence de documents, les événements du 17 octobre 1961 sont longtemps restés sous silence de la part des autorités françaises ».

7. Décrivez le processus qui a poussé les autorités françaises à reconnaître les crimes du 17 octobre 1961 et ses limites. **(doc. 1 et 3)**

Pour aller plus loin

Rédigez une fiche de lecture à partir du webdocumentaire 17.10.1961.

Vidéo

17.10.61 : un webdocumentaire, produit par Agat Films, l'INA.fr, Politis et MRM Paris, 2011.

hachette-clic.fr/24hggt098

Axe 1

Leçon 1 Les mémoires en concurrence, facteurs de division

Comment les mémoires des conflits, quand elles rentrent en concurrence, peuvent-elles fragiliser les sociétés ?

A Des mémoires au cœur des tensions

- **Certains conflits trouvent leur origine dans les mémoires des guerres anciennes qui ont laissé des traces dans les sociétés.** En Europe de l'Est, la férocité des combats lors des guerres balkaniques (1912-1913) et des deux conflits mondiaux ont laissé de profondes blessures. Alors que la question des nationalités n'a jamais été réglée, les heurts et les violences ressurgissent à la faveur de la fin de la guerre froide et du déclenchement des guerres en ex-Yougoslavie dans les années 1990. La mémoire de la Seconde Guerre mondiale qui a vu s'opposer Serbes et Croates a été réactivée pour expliquer ou justifier les conflits entre les deux communautés. En Allemagne, au cours des années 1930, les références au premier conflit mondial sont nombreuses pour entretenir un esprit de revanche et justifier la politique d'expansion territoriale d'Adolf Hitler.

- **La fin des conflits ne correspond souvent pas à la fin des tensions mémorielles.** Ainsi l'armistice de 1918 et la paix de 1919 ne résolvent pas tous les problèmes. En effet, les tensions entre les sociétés européennes en deuil ne s'apaisent pas pour autant. La question de la responsabilité de la guerre, et donc des dédommagements pour les destructions, posée dès le début du conflit, aboutit au traité de Versailles qui est vécu comme une profonde injustice et un *Diktat* en Allemagne. Les traités de paix conclus avec l'Autriche, la Hongrie et l'Empire ottoman sont également sources de tensions. Dans ce climat, les efforts de rapprochements d'associations d'anciens combattants, qui rejoignent à partir de 1924-1925 les mouvements pacifistes modérés pour soutenir l'action de la Société des Nations (SDN), sont vains. De même, la démocratisation de l'Espagne après la mort de Francisco Franco en 1975 n'a pas pour autant permis de faire disparaître les tensions mémorielles autour de la guerre d'Espagne (1936-1939).

JALON 1 p. 192

- **L'expérience combattante peut être un facteur aggravant de la sensibilité des mémoires.** Comme l'a montré l'historien américain George L. Mosse (1918-1999), un phénomène de diffusion de la brutalité guerrière, appelée **brutalisation**, s'est répandu dans les sociétés des États vaincus (Allemagne, Hongrie) ou mécontents (Italie) après la Grande Guerre. Ce point de vue est discuté par d'autres historiens, mais peut expliquer l'acceptation relative des violences politiques en Italie et en Allemagne dans les années 1920 et 1930, en s'appuyant sur une mémoire douloureuse. Cela ne se vérifie pourtant pas en France ni au Royaume-Uni, États vainqueurs aux institutions démocratiques plus anciennes et plus solides, et bénéficiant d'une mémoire victorieuse du premier conflit mondial. La mémoire de la guerre peut également être exaltée pour mobiliser une population autour de nouveaux conflits. C'est un phénomène particulièrement visible aujourd'hui en Russie, autour de la mémoire de la Seconde Guerre mondiale, réactualisée dans le contexte de la guerre en Ukraine.

1 Berlin, 1924 : une manifestation d'anciens combattants allemands contre la guerre

Traduction des pancartes : « Plus jamais la guerre » et « Fédération nationale des mutilés et des rescapés de guerre, district du Nord ».

Georges Clemenceau (1841-1929)

Homme politique français, républicain et radical, il est président du Conseil de 1906 à 1909 puis de 1917 à 1920, au moment de la fin de la guerre et des discussions sur les responsabilités de l'Allemagne dans le conflit.

Vocabulaire

Brutalisation : concept forgé par l'historien états-unien Georges L. Mosse en 1990 désignant la banalisation de la violence après la Première Guerre mondiale qui tend à imprégner certaines sociétés, notamment en Allemagne, en Italie, en Hongrie.

B Des mémoires à l'origine de tensions

La perception des conflits est nécessairement différente selon les belligérants, car l'expérience de la guerre l'est également. À l'issue des conflits, vainqueurs et vaincus se construisent des mémoires divergentes. Pendant très longtemps, le régime franquiste en Espagne réprime de manière féroce les Républicains vaincus, exécutant plusieurs dizaines de milliers de personnes après 1939, et impose sa vision du conflit. En Algérie, la mémoire officielle de la guerre d'indépendance (héroïsation des combattants, mise en évidence des souffrances subies par les combattants de l'Armée de libération nationale) n'est pas la même que celle qui existe en France, où l'usage de la torture par l'armée est longtemps passé sous silence. Les différents acteurs du conflit, pourtant d'un même camp, peuvent également hériter une reconnaissance différente. C'est ainsi le cas des Harkis, supplétifs algériens qui ont combattu aux côtés de l'armée française et qui ont dû fuir l'Algérie après l'indépendance. Ce n'est que très tardivement qu'ils ont obtenu une reconnaissance de la part de l'État français.

JALON 2 p. 198

La mémoire de la guerre peut être instrumentalisée pour mobiliser les opinions publiques. Au cours des années 1920, avant son arrivée au pouvoir, Hitler valorise le souvenir des anciens combattants et se présente comme leur héritier. Il s'appuie sur le rejet unanime du Traité de Versailles. Il développe la thèse du « coup de poignard dans le dos » par ses opposants, responsables de la défaite et de la signature du traité. Ces manipulations de la mémoire lui permettent de gagner en audience auprès de la population.

Les mémoires sont un ferment de tensions entre États et/ou communautés. Pendant la Seconde Guerre mondiale, la résistance face à l'envahisseur nazi est divisée entre communistes et monarchistes en Grèce. Cette division se transforme en une longue guerre civile de 1946 à 1949, alors que la guerre froide commence. Après la défaite communiste, la mémoire de l'action de ces résistants antinazis est oubliée, voire attaquée, jusqu'à une reconnaissance officielle et tardive en 1982, après le retour de la démocratie. La mémoire du génocide arménien est un objet de tension entre la communauté arménienne et la Turquie depuis la Première Guerre mondiale, mais elle fait l'objet d'une reconnaissance progressive par la communauté internationale.

2 La reconnaissance du génocide arménien en France

L'État a reconnu le génocide arménien en 2001 et le commémore chaque 24 avril depuis 2019.

C Le rôle majeur des historiens

Le travail de l'historien des conflits est particulièrement difficile. Le chercheur a parfois été lui-même un acteur de la guerre, très souvent il appartient à une nation marquée par cette épreuve, et il peut être « utilisé » par les autorités pour défendre les positions de son pays. Ainsi en mai 1919, un rapport rédigé par une « Commission d'Allemands indépendants », comprenant quatre historiens, est adressé à Clemenceau pour contester l'idée d'une responsabilité allemande. L'historien est également dépendant de l'accès aux archives, certaines n'étant pas encore accessibles au moment où il travaille.

Le travail des historiens est primordial pour présenter les conflits de manière objective. Ils recherchent les informations, confrontent les sources et les points de vue, tout en soulignant les manques et les contradictions. Les analyses des historiens peuvent parfois créer des polémiques, comme la publication des *Buts de guerre de l'Allemagne impériale* de Fritz Fischer en 1961, qui remet en avant la question de la responsabilité de l'Allemagne dans le déclenchement de la Première Guerre mondiale. Le travail des historiens permet également de rendre public des réalités parfois étouffées. Ainsi, à propos de la guerre d'Algérie, Raphaëlle Branche met en évidence le fait que le recours à la torture par l'armée française n'a pas été marginal, mais qu'il s'est inscrit dans une politique destinée à conserver l'Algérie à tout prix.

JALON 1 p. 192

JALON 2 p. 198

Les historiens peuvent également faire l'histoire des mémoires. Ainsi, Henry Rousso a bien montré à propos du régime de Vichy en France que cette mémoire a connu plusieurs étapes : les lois d'amnistie au lendemain de la guerre mettent sous silence la collaboration de l'État français, tandis qu'un discours officiel s'impose, le **résistancialisme**. À partir des années 1970, on assiste à un « retour du refoulé » marqué par l'émergence de débats et de polémiques, avant d'observer depuis les années 1990 une multiplication des revendications mémorielles. Cela se traduit par la multiplication des commémorations.

Vocabulaire

Résistancialisme : terme et notion utilisés par l'historien Henry Rousso pour désigner le mythe d'une France massivement résistante pendant la guerre. Il est discuté par d'autres historiens.

Axe 1

Leçon 2 Les mémoires des conflits, facteurs de rapprochement et d'unité

➤ Comment la mémoire des conflits et leur compréhension peuvent-elles contribuer à consolider la paix ?

A Les mémoires, facteur de cohésion nationale

- **Au lendemain des conflits, une mémoire officielle peut émerger pour oublier des événements douloureux et surmonter les divisions dans un pays meurtri et affaibli.** Ainsi, après la Seconde Guerre mondiale, le discours officiel tend à gommer la collaboration française, afin de valoriser la résistance et construire un projet commun après-guerre.
- **Les conflits sont au fondement de la construction d'une mémoire pour les États récemment décolonisés.** En Algérie, le Front de libération nationale (FLN) occupe durablement le pouvoir et reste toujours très influent, en imposant un discours centré sur son action. Cette mémoire, qui gomme les oppositions et les tensions, fait l'objet d'une relecture par les historiens contemporains.

JALON 2 p. 198

B Le rapprochement des mémoires, un facteur de paix

- **La mémoire des souffrances endurées peut permettre de dépasser les haines anciennes qui déchirent les peuples.** Si de 1919 à 1939, les rapprochements entre les peuples furent des tentatives vaines qui n'empêchèrent pas la Seconde Guerre mondiale, les opinions publiques et les gouvernements utilisèrent après 1945 les symboles des destructions pour rétablir des relations apaisées. La France et l'Allemagne recourent ainsi aux souvenirs de la Grande Guerre pour sceller leur rapprochement à l'image de De Gaulle et d'Adenauer en 1962 devant la cathédrale de Reims, détruite par les Allemands pendant la Première Guerre mondiale, L'agenouillement de Willy Brandt devant le mémorial du ghetto de Varsovie (Pologne) en 1970 a contribué au rapprochement germano-polonais.
- **Les mémoires des conflits peuvent aussi conduire à des rapprochements institutionnels.** En Europe de l'Ouest, les destructions et les massacres de la Seconde Guerre mondiale conduisent à prendre conscience de la nécessité d'une unité. Un des objectifs de la construction européenne est de dépasser les oppositions nées durant les deux guerres mondiales. Le traité de l'Élysée en 1963 scelle l'amitié franco-allemande et voit la multiplication des échanges culturels entre les deux pays. En 2004, le chancelier Gerhardt Schröder commémore en Normandie le débarquement allié le 6 juin 1944. C'est la première fois qu'un chef d'État allemand y assiste.

C La compréhension des mémoires, un facteur d'apaisement

- **Les travaux des historiens peuvent exercer une influence sur les sociétés.** Grâce à un travail objectif et une méthode scientifique, ils permettent de comprendre le déroulement des faits replacés dans leur contexte et de mettre en évidence des événements oubliés ou cachés. Aujourd'hui, de nombreux travaux sur la période coloniale, l'esclavage ou la **décolonisation** visent à dépassionner le discours et à donner une perception plus objective de la réalité.
- **La culture joue aussi un rôle essentiel dans la diffusion des différentes mémoires et dans la compréhension mutuelle.** L'évolution du cinéma occidental en témoigne. Durant l'entre-deux-guerres il met en valeur la **colonisation**. Depuis plusieurs décennies, des films évoquent la place de la guerre dans la mémoire des sociétés, que ce soit à Hollywood ou dans les sociétés déchirées par la guerre civile comme en Afrique du Sud. Ainsi, en 1964, en plein apartheid, la résistance des colonisés est mise en avant dans un film comme *Zulu* de Cyril R. Endfield.

Une mémoire commune pour se rapprocher

Jacques Chirac (président de la République française) et Gerhardt Schröder (chancelier allemand) réunis pour la célébration du 60e anniversaire du débarquement de Normandie, au mémorial de Caen, le 6 juin 2004.

Vocabulaire

Colonisation : processus d'expansion territoriale qui se caractérise par l'occupation, la domination et l'exploitation d'un espace et de sa population.

Décolonisation : processus conduisant à l'indépendance d'une colonie.

L'essentiel Axe 1 > Leçons 1 et 2

RÉVISER EN SE TESTANT

Exercices interactifs

hachette-clic.fr/24hggt099

SCHÉMA BILAN

Schéma interactif
hachette-clic.fr/24hggt100

RÉVISER EN SE DOCUMENTANT

À voir

- *Verdun, visions d'histoire*, de L. Poirier, 1929 : le premier film qui retrace la bataille de Verdun avec la participation d'anciens combattants.
- *Le Chagrin et la Pitié*, de M. Ophüls, 1967 : la Seconde Guerre mondiale vue par ceux qui l'ont vécue, à partir du cas de la ville de Clermont-Ferrand. Ce film montre la grande diversité des expériences de la guerre.
- *Chronique des années de braise*, de M. Lakhdar-Hamina, 1975 : film algérien décrivant la montée des revendications indépendantistes entre 1939 et 1954.
- *Diên Biên Phu*, de P. Schoendoerffer, 1992 : la défaite de l'armée française à Diên Biên Phu en Indochine en 1954 reconstituée par un cinéaste, ancien combattant de cette guerre.
- *L'Ennemi intime*, de P. Rotman, 2002 : documentaire sur le comportement de l'armée française en Algérie pendant la guerre.
- *Les Harkis*, de P. Faucon, 2021 : au tournant des années 1960, alors que la guerre d'Algérie se prolonge, ce film suit le destin des supplétifs engagés auprès de l'armée française.

À lire

- *Les Somnambules*, de C. Clark, Éd. Flammarion, 2013 : un ouvrage qui interroge les raisons de l'aveuglement des États Européens au début du XXe siècle.
- *Le Feu aux poudres : Qui a déclenché la guerre en 1914 ?* de G. Krumeich, Éd. Belin, 2014 : un ouvrage important sur les causes de la Première Guerre mondiale, par un historien allemand.
- *Histoire dessinée de la guerre d'Algérie*, de B. Stora, et S. Vassant, Éd. Seuil, 2016 : un ouvrage accessible par l'un des chercheurs les plus réputés sur la question.
- *Histoire iconoclaste de la guerre d'Algérie et de sa mémoire*, de G. Pervillé, Éd. Vendémiaire, 2018 : une lecture nouvelle du conflit algérien.

Sur le web

Sites Internet
hachette-clic.fr/24hggt101
hachette-clic.fr/24hggt102

- Site de la BnF, Les essentiels. *La Grande Guerre* : une exposition de la BnF sur la Grande Guerre et ses mémoires mondiales
- Une exposition numérique sur la guerre d'Algérie

AXE 2

Histoire, mémoire et justice

» Comment la justice peut-elle répondre au besoin d'apaisement des mémoires au lendemain de violences de masse ?

1 La Cour pénale internationale, une autorité judiciaire compétente pour les crimes de masse

La Cour pénale internationale dont le siège est à La Haye, aux Pays-Bas, est une juridiction permanente à vocation universelle. Créée en 2002, elle est chargée de juger les personnes accusées de génocide, crime contre l'humanité, crime d'agression et crime de guerre.

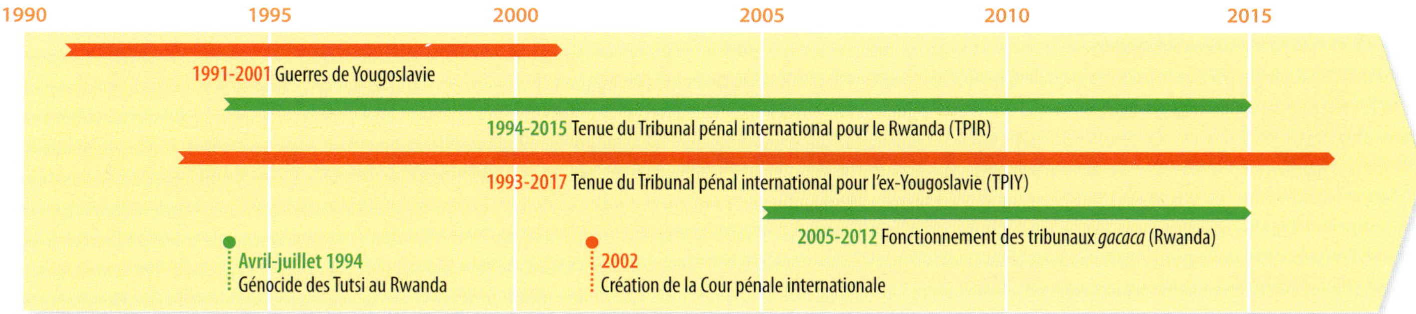

2 La mémoire d'un crime de masse : le massacre de Srebrenica en 1995

En juillet 2023 au Mémorial de Potocari en Bosnie, une femme se recueille devant la tombe d'un de ses proches, victime du massacre de Srebrenica. Le massacre des populations bosniaques musulmanes de Srebrenica est à ce jour le seul génocide reconnu en Europe depuis la Seconde Guerre mondiale.

QUESTIONS

1. Quel rôle peut jouer la Cour pénale internationale dans la mémoire de la guerre en ex-Yougoslavie ? **(doc. 1)**

2. Comment le cimetière de Potocari peut-il être un lieu de mémoire du génocide de Srebrenica et quel rôle joue-t-il dans la Bosnie-Herzégovine aujourd'hui ? **(doc. 2)**

p. 212 **> JALON ①**
La justice à l'échelle locale : les tribunaux *gacaca* face au génocide des Tutsi

p. 218 **> JALON ②**
La construction d'une justice pénale internationale face aux crimes de masse : le Tribunal pénal international pour l'ex-Yougoslavie (TPIY)

JALON 1 La justice à l'échelle locale : les tribunaux *gacaca* face au génocide des Tutsi

Repères

Le génocide des Tutsi au Rwanda : du crime aux procès

1960 – 1970 – 1980 – 1990 – 2000 – 2010 – 2020

- **1959-1964** Violences intercommunautaires
- **1962** Indépendance du Rwanda (colonie belge depuis 1916)
- **1973** Coup d'État de Juvénal Habyarimana
- **1973-1994** Juvénal Habyarimana (Hutu) au pouvoir
- **1990** Attaque du Front patriotique rwandais (FPR) composé d'exilés tutsi au Rwanda
- **1993** Accords d'Arusha entre FPR et gouvernement rwandais
- **6 avril 1994** Assassinat du président Habyarimana
- **Avril-juillet 1994** **Les « 100 jours » du génocide**
- **Novembre 1994-décembre 2015** Tenue du Tribunal pénal international pour le Rwanda (TPIR)
- **2005-2012** Tribunaux *gacaca*
- **2014** Premier procès en France d'un responsable du génocide
- **2021** Premier procès en Belgique d'un responsable du génocide

1 Un « génocide de proximité »

	Hutu	Tutsi
Origine	Termes utilisés par les colonisateurs belges pour caractériser les différents groupes sociaux au Rwanda. La distinction n'est ni ethnique ni religieuse. Depuis le génocide, leur utilisation est interdite dans l'administration.	
Des relations tendues nées de la colonisation belge	Les premières violences intercommunautaires ont éclaté au moment de l'indépendance (entre 1959 et 1964). Les Hutu accusent les Tutsi d'avoir collaboré avec le colonisateur belge dans le partage du pouvoir.	
Nombre en 1994	• entre 5,8 et 6 millions (80 à 85 % de la population) • 800 000 inculpés de crimes de génocide	• entre 1,2 et 1,4 million d'habitants (15 à 20 % de la population du Rwanda) • 1 million de victimes du génocide environ
Situation lors du génocide	Au pouvoir	Opposition (Front patriotique Rwandais)
Localisation	Hutu et Tutsi vivent ensemble, dans les mêmes régions et dans les mêmes villages. Il n'y a pas de localisation différente pour chacune des communautés.	
Conclusion	**Le génocide des Tutsi au Rwanda est un génocide de proximité.**	

2 Le génocide tutsi, cent jours de massacre

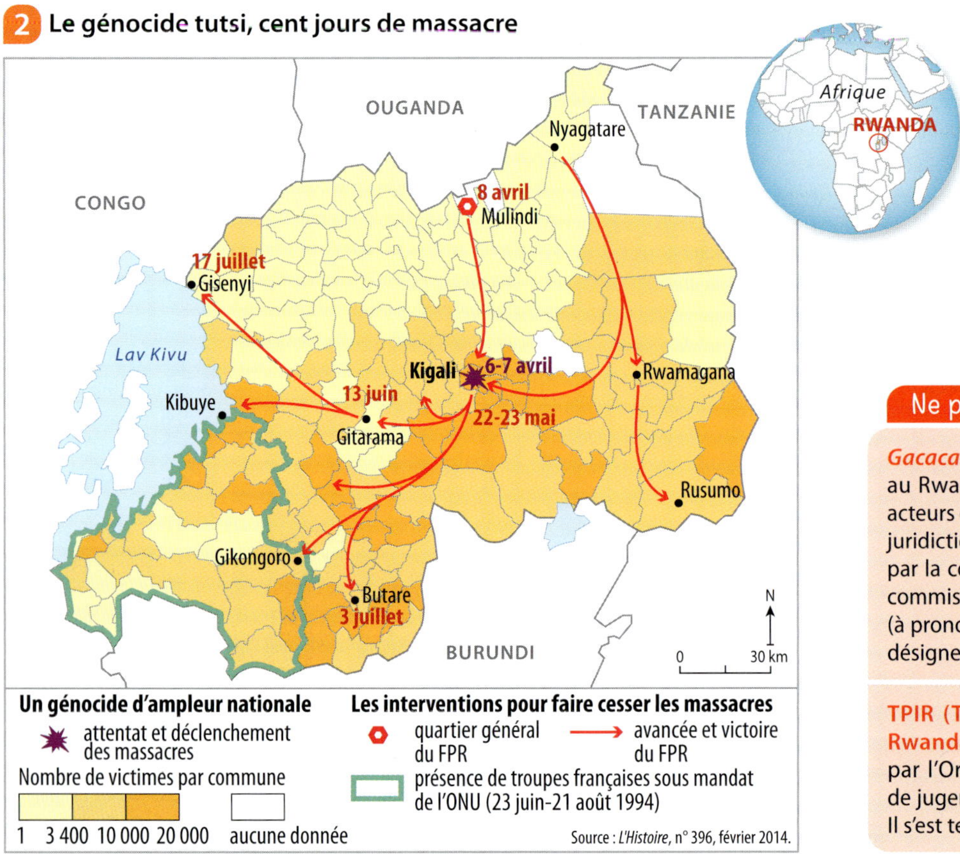

Source : *L'Histoire*, n° 396, février 2014.

Notion

Génocide de proximité : expression de l'historien Florent Piton, qui désigne un génocide commis par des membres d'une communauté au sein même de cette communauté, entre voisins voire membres d'une même famille.

Ne pas confondre

***Gacaca* :** cour de justice locale mise en place au Rwanda entre 2005 et 2012 pour juger les acteurs du génocide contre les Tutsi. L'idée de ces juridictions est que le procès soit pris en charge par la communauté villageoise pour des crimes commis dans cette même communauté. *Gacaca* (à prononcer *gatchatcha*) signifie « gazon » pour désigner cette justice « au ras du sol ».

≠

TPIR (Tribunal pénal international pour le Rwanda) : instance judiciaire mise en place par l'Organisation des Nations unies chargée de juger les responsables du génocide des Tutsi. Il s'est tenu à Arusha (Tanzanie) de 1994 à 2015.

3 La justice, une réponse au génocide

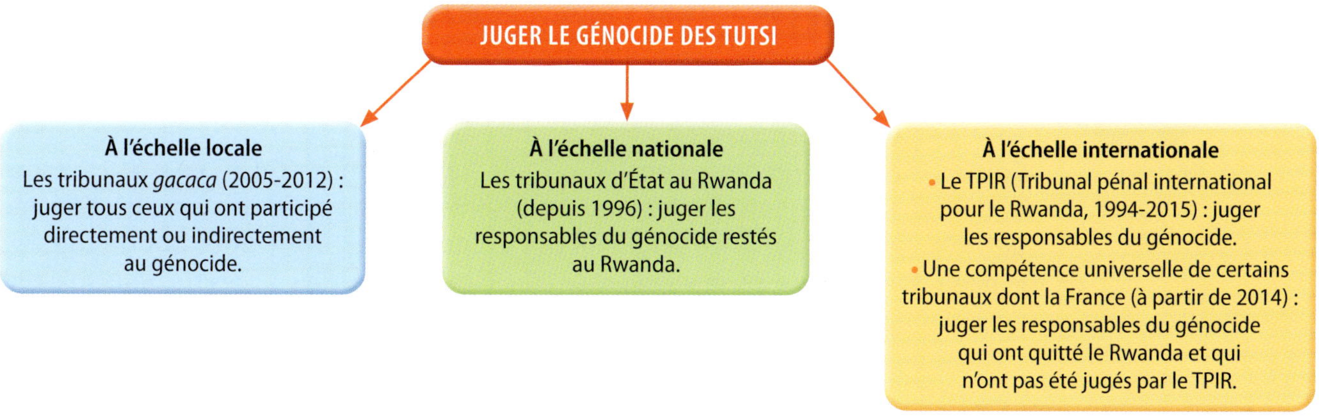

4 Les bilans des tribunaux

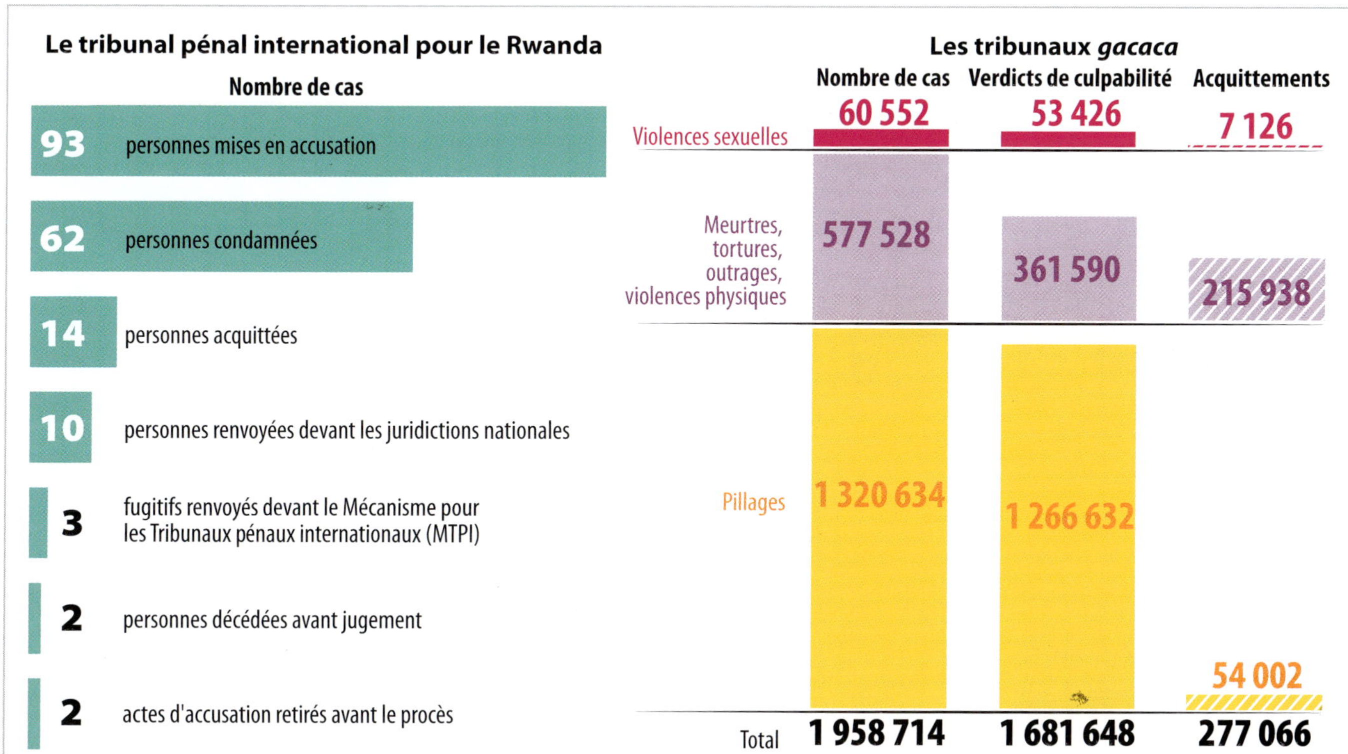

Sources : Florent Piton, *Le Génocide des Tutsi du Rwanda*, 2018 et TPIR, 2023.

POUR COMPRENDRE

1. Le génocide contre les Tutsi qui se déroule entre avril et juillet 1994 a des racines profondes, qui datent de l'époque coloniale et des premières années de l'indépendance. Cependant, l'assassinat du président rwandais Juvénal Habyarimana déchaîne la violence au Rwanda de façon inédite.

> Soulignez les spécificités du génocide des Tutsi. (doc. 1 et 2)

2. Le génocide marque une rupture profonde dans l'histoire rwandaise. Dès les lendemains du génocide, le Tribunal pénal international pour le Rwanda se met en place en Tanzanie pour en juger les responsables. Au Rwanda, ce sont les tribunaux *gacaca* qui visent à faire appliquer la justice dans un pays où une part importante de la population a participé aux violences.

> Expliquez pourquoi les différentes juridictions se complètent dans le processus judiciaire. (doc. 3 et 4)

Étude 1 GRAND FORMAT

Les tribunaux *gacaca*, une justice à l'échelle locale contre le génocide

Contexte ➡ Expérimentées en 2005 et généralisées en 2006, les cours *gacaca* sont des tribunaux villageois destinés aux jugements des crimes en lien avec le génocide de 1994. Cette expérience originale qui prend fin en 2012 a pour but de tourner la page du génocide et de vivre ensemble. Elle a donné lieu à près de deux millions de jugements, répartis entre 12 000 tribunaux.

Comment les tribunaux *gacaca* doivent-ils permettre de participer à la réconciliation dans un pays où victimes et bourreaux se côtoient au quotidien ?

1 Un procès *gacaca* au Rwanda

Les *gacaca* sont des formes de procès anciens au Rwanda, mobilisant la communauté villageoise et se faisant sur le « gazon » (sens de *gacaca*).

1. L'accusé est placé au centre de l'espace délimité du tribunal, sans avocat.
2. Face à lui, les juges portent une écharpe où il est inscrit « inyangamugayo » (les « intègres »). Non-professionnels, choisis par les membres de la communauté villageoise, ils ont été investis d'une autorité conférée par l'État rwandais.
3. Les témoins.
4. Les autres membres de la communauté villageoise.

Vidéo
Histoire du génocide des Tutsi au Rwanda
Hélène Dumas, chargée de recherches au CNRS, 2023.
hachette-clic.fr/24hggt103

Activité à télécharger
hachette-clic.fr/24hggt104

Mise en perspective

2 Les peines encourues dans les tribunaux *gacaca*

Types de crimes	Peines appliquées par les tribunaux classiques avant la création des *gacaca*	Peines appliquées par les tribunaux *gacaca* (à partir de 2007)
1. Organisateurs 2. Autorités (encadrement) 3. Violences sexuelles 4. Meurtriers de grand renom	Peine de mort	De 20 ans à la peine de mort (supprimée en 2008)
5. Tortures 6. Actes dégradants sur les cadavres	Qualification inexistante dans le Code pénal rwandais d'avant le génocide	De 20 ans à la perpétuité Possibilité de peines transformées pour moitié du temps en TIG en cas d'aveux, voire en sursis (un tiers du temps de la peine)
7. Homicides	De 7 ans à la perpétuité	De 28 ans à 19 ans Possibilité de peines transformées pour moitié du temps en TIG en cas d'aveux, voire en sursis (un tiers du temps de la peine)
8. Tentatives de meurtres	Peine du Code pénal en fonction	De 28 ans à 19 ans Possibilité de peines transformées pour moitié du temps en TIG en cas d'aveux, voire en sursis (un tiers du temps de la peine)
9. Violences sans intention de donner la mort	Peine du Code pénal en fonction avant le génocide	De 1 à 7 ans dont une partie en sursis et une partie en TIG
10. Pillages	Réparation ou arrangement à l'amiable	Réparation ou arrangement à l'amiable

Source : Florent Piton, *Le Génocide des Tutsi du Rwanda*, La Découverte, 2018.

3 Le difficile retour des condamnés au village

La parole de l'historienne

Sur les deux millions de procès, le taux de condamnation s'élève à 86 % au total. Mais ce qui est intéressant quand on regarde d'un peu plus près les chiffres, c'est que les personnes qui étaient accusées d'avoir participé directement aux massacres, qui rassemble près de 600 000 personnes, des exécutants directs du génocide, ont un taux d'acquittement beaucoup plus important, qui s'élève à 40 % […].

Il y avait à travers ce processus un objectif politique qui était très clair, c'est-à-dire de faire revivre les gens ensemble, et également de vider les prisons. […] L'objectif était de ramener les personnes qui avaient participé au génocide dans les communautés. Pour les rescapés, ça a été extrêmement difficile. Pour beaucoup de rescapés, c'était insupportable de voir les bourreaux revenir dans les communautés. […]

Il y avait peut-être beaucoup trop d'objectifs assignés aux *gacaca* – vérité, réconciliation, justice – mais du point de vue de l'écriture du génocide, les *gacaca* ont eu un apport considérable.

Hélène Dumas, *RFI*, 25 juin 2012.

Vocabulaire

Travail d'intérêt général (TIG) : possibilité pour un condamné d'effectuer une partie de sa peine sous la forme d'un travail bénéficiant à la communauté (entretien des routes, des terres, etc.).

ACTIVITÉ

Préparer l'analyse de la photographie en s'interrogeant

1. Pour quelle raison les tribunaux *gacaca* ont-ils été instaurés au lendemain du génocide ?

2. Combien de tribunaux *gacaca* ont été créés entre 2005 et 2012 ?

Analyser la photographie

3. Quels sont les différents acteurs des procès *gacaca* ? **(doc. 1)**

4. Pourquoi peut-on parler d'une justice « au ras du sol » ? **(doc. 1)**

5. Quelle est la particularité des tribunaux *gacaca* parmi les différents tribunaux chargés de condamnés les participants au génocide ? **(doc. 1 et 3)**

Vous pouvez consulter les documents p. 213.

Porter un regard critique sur la photographie

6. Montrez comment les tribunaux *gacaca* jouent un rôle de réconciliation au sein de la population rwandaise mais que ce processus a des limites. **(doc. 2 et 3)**

7. Quel lien peut-on établir entre la mise en place des tribunaux *gacaca* et la nécessité de construire une mémoire commune du génocide des Tutsi ? **(doc. 3)**

Étude 2 Mémoire, justice et réconciliation après la fermeture des tribunaux *gacaca*

Le processus judiciaire qui a suivi le génocide des Tutsi a visé à poursuivre et condamner les responsables des crimes, mais également à entamer un processus d'apaisement de la mémoire et de réconciliation nationale.

Comment concilier justice et mémoire au lendemain de la fermeture des tribunaux *gacaca* ?

1 Commémorer le génocide au Rwanda

Le 7 avril 2023, le président rwandais Paul Kagame (à gauche) et son épouse allument la « flamme du souvenir » qui brûle chaque année pendant les cent jours qu'a duré le génocide, d'avril à juillet.

2 Vivre ensemble après les *gacaca*

« L'esprit des *gacaca* était de se réconcilier », affirme Vénuste Karasira, qui a témoigné en tant que rescapé d'un massacre à Kigali, au cours duquel il a perdu une fille : « Le fait de parler aux tueurs m'a aidé dans mon processus d'apaisement. Ceux qui ont tué mon enfant et m'ont tiré dessus étaient mes voisins. Ils m'ont demandé pardon et j'ai accepté. Ils ont purgé leur peine de prison et, aujourd'hui, nous vivons les uns à côté des autres. »
Mais la restitution des biens [maisons, liquidités...] pillés ou détruits est rarement appliquée et reste un obstacle à la réconciliation. « Je ne suis pas satisfaite des *gacaca*, car ceux qui ont tué mon père et ma mère ont été libérés, déplore Yvonne Mukanubaha. Vaches, chèvres ou poules, ils n'ont rien payé de ce qu'ils ont volé à ma famille en 1994. » « Cette question du remboursement va prendre du temps, car elle doit être réglée individu par individu, analyse Assumpta Mugiraneza, historienne et sociologue. Bien souvent, elle n'aboutit pas : comment condamner des gens qui ont brûlé des maisons à les rembourser, alors que la plupart n'ont pas de quoi manger ? »
En vingt-cinq ans, le Rwanda est devenu l'un des pays les plus sûrs d'Afrique, même si le génocide des Tutsi reste omniprésent dans la société. Certains observateurs parlent de « miracle rwandais » tant les plaies sont encore vives. « Du côté des tueurs ou des victimes, chaque famille rwandaise a été touchée, rappelle le directeur de la Commission nationale de lutte contre le génocide. La réconciliation est un processus très lent et je préfère parler de cohabitation pacifique à l'échelle du pays. »

Pierre Lepidi, « Rwanda : les « *gacaca* », ces tribunaux populaires par lesquels le « miracle » est arrivé », *Le Monde*, 13 avril 2019.

3 Depuis la fin des *gacaca*, des procès moins médiatisés

Après la fermeture de la page *Gacaca*, des procès en rapport avec le génocide des Tutsi se poursuivent en vertu d'une nouvelle loi devant les tribunaux classiques rwandais. Ils passent cependant souvent inaperçus même lorsqu'ils mettent en cause des noms connus. [...]
Pourquoi ce manque d'intérêt aujourd'hui ? « Il y a, aujourd'hui, un manque de communication sur les procès de génocide. De plus, les audiences n'impliquent plus qu'un accusé alors qu'à l'époque *Gacaca*, l'on avait parfois de nombreuses affaires groupées impliquant parfois une vingtaine d'accusés. Cela devait absolument attirer des foules », observe un militant des droits de l'Homme ayant longtemps observé le déroulement des procès. Par ailleurs, ajoute Naphtal Ahishakiye, secrétaire exécutif d'Ibuka[1], de nombreux rescapés croient à tort que la clôture des *gacaca* signifie la fin des procès. Il annonce que son organisation s'emploie désormais à corriger ce défaut de communication.

Emmanuel Sehene Ruvugiro, « Après les *gacaca*, les procès passent souvent inaperçus », *justiceinfo.net*, 19 mars 2016.

1. « Ibuka - Mémoire et Justice », est une organisation non gouvernementale présente dans plusieurs pays, pour à la fois maintenir la mémoire du génocide et soutenir les rescapés.

ACTIVITÉ

1. Comment les tribunaux *gacaca* ont-ils permis la réconciliation de la société et la construction d'une mémoire collective ? **(doc. 1 et 2)**
2. Quelles sont les limites de ce processus judiciaire ? **(doc. 2 et 3)**
3. Discutez l'expression « miracle rwandais » pour évoquer la situation du Rwanda depuis le génocide.

Vers le BAC — Étude critique de document

En confrontant les **documents 2 et 3**, vous montrerez les objectifs et les limites de la justice à l'échelle locale.

Étude 3 Juger les criminels ayant échappé aux *gacaca* : les procès en France

Le Rwanda n'est pas le seul État compétent pour juger les crimes liés au génocide des Tutsi dans son pays. Avec la fermeture des tribunaux *gacaca* en 2012 et du TPIR en 2015, plusieurs États se sont déclarés en mesure de prononcer des jugements au titre de la « **compétence universelle** ». C'est le cas de la France.

Comment juger les crimes de génocide après la fin des tribunaux *gacaca* et la fermeture du TPIR ?

1 La mise en place d'une compétence universelle en France sur le génocide des Tutsi

En France, la première plainte date de 1995 et concerne le prêtre Wenceslas Munyeshyaka. La cour d'appel de Nîmes déclare alors que la France est incompétente pour juger un génocide commis en dehors du territoire par un étranger, contre des étrangers. Si la compétence universelle est finalement établie par une loi du 22 mars 1996, il faut attendre près de vingt ans pour que se déroule en France un premier procès. Cela s'explique tant par des raisons juridiques, judiciaires que politiques. [...]. En juin 2004, la France est même condamnée par la Cour européenne des droits de l'homme en raison de la lenteur d'instruction dans l'affaire Munyeshyaka[1]. [...]
Un pôle « génocide et crimes contre l'humanité » au Tribunal de grande instance de Paris voit le jour en 2012 et vise en grande partie à instruire les dossiers rwandais.

Rémi Korman, « Juger le génocide : le rôle de la compétence universelle », *Mémoires en jeu*, 10 juillet 2017.

1. D'abord jugé par le TPIR, Wenceslas Munyeshyaka a finalement bénéficié d'un non-lieu définitif en 2019 par un tribunal français.

2 Des procès, trente ans après les faits

L'ancien médecin rwandais Sosthène Munyemana a été condamné, par la cour d'assises de Paris à vingt-quatre ans de réclusion criminelle, avec une période de sûreté de huit ans, pour son implication dans le génocide des Tutsi en 1994.
À 68 ans, il a été reconnu coupable de génocide, crimes contre l'humanité, participation à une entente en vue de la préparation de ces crimes. Il devait être incarcéré dans la foulée. Ses avocats ont immédiatement annoncé leur intention de faire appel du verdict.
Le ministère public avait requis une peine de trente ans de réclusion criminelle à son encontre, estimant que la « *somme* » de ses choix dessinait « *les traits d'un génocidaire* ». Il était accusé d'avoir signé une motion de soutien au gouvernement qui a encouragé les tueries commises entre avril et juillet 1994. [...]
Son dossier était le plus ancien instruit en France sur des faits liés à ce génocide : ouverte en 1995 à la suite d'une plainte déposée à Bordeaux, l'information judiciaire a été transférée en 2001 à Paris. L'ordonnance de mise en accusation n'a été rendue qu'en 2018.
Six hommes ont déjà été condamnés en France pour leur participation au génocide des Tutsi, à des peines allant de quatorze ans de réclusion criminelle à la perpétuité.

« Génocide des Tutsi au Rwanda : l'ex-médecin Sosthène Munyemana condamné à Paris à vingt-quatre ans de réclusion criminelle », *Le Monde*, 20 décembre 2023.

3 Une procédure judiciaire lente

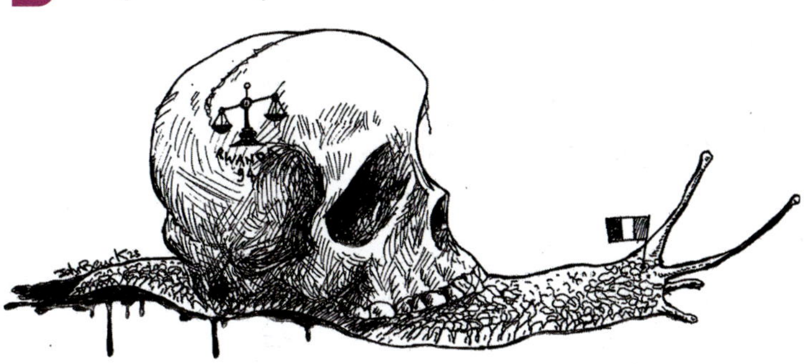

Dessin de J. Beurk paru dans *Billets d'Afrique* n° 329, juin 2023.

Vocabulaire

Compétence universelle : compétence exercée par un État qui poursuit les auteurs de certains crimes, quel que soit le lieu où le crime est commis, et sans égard à la nationalité des auteurs ou des victimes.

ACTIVITÉ ORAL

Organisez un débat où s'opposent ceux qui défendent l'intérêt du travail de la France dans la poursuite des *gacaca* **(doc. 1)** et ceux qui soulignent les limites du processus judiciaire français. **(doc. 2 et 3)**

Vers le BAC Dissertation

À l'aide des documents, rédigez un paragraphe de la dissertation : « **Juger les génocides et les crimes de masse, une justice uniquement internationale ?** »

JALON 2 La construction d'une justice pénale internationale face aux crimes de masse : le Tribunal pénal international pour l'ex-Yougoslavie (TPIY)

Repères

La guerre en ex-Yougoslavie et la réponse de la justice internationale

1990 – 1995 – 2000 – 2005 – 2010 – 2015

- **1989** Fin de la guerre froide
- **Septembre 1991** Indépendance de la Macédoine
- **Juin 1991** Indépendance de la Slovénie et de la Croatie
- **Mars 1992** Indépendance de la Bosnie-Herzégovine
- **Avril 1992-Décembre 1995** Guerre en Bosnie
- **Mai 1993** Création du Tribunal pénal international pour l'ex-Yougoslavie (TPIY)
- **Juillet 1995** Massacre de Srebrenica
- **Décembre 1995** Accords de paix de Dayton
- **2002-2006** Procès de Slobodan Milosevic, ex-président serbe
- **2008-2019** Procès de Radovan Karadzic, ancien président de la République serbe de Bosnie
- **2010** Création du Mécanisme des Tribunaux pénaux internationaux (MTPI)
- **Décembre 2017** Clôture du TPIY

1 Les principaux lieux de combats entre 1991 et 1995

Source : *L'Histoire* n°460, juin 2019.

Les revendications indépendantistes au lendemain de la guerre froide
- frontière de la Yougoslavie en 1990
- frontière des États sécessionnistes
- *1991* date d'indépendance
- sécession de la république serbe de Krajina (1990-1995)

Un éclatement de la Yougoslavie marqué par de multiples violences
- principal lieu de combats
- massacre de masse
- 15 000 estimation du nombre de victimes

Notions

Tribunal pénal international pour l'ex-Yougoslavie (TPIY) : instance judiciaire de l'ONU chargée de juger les auteurs de crimes de guerres commis pendant les conflits des années 1990 dans les Balkans. Il s'est tenu à La Haye (Pays-Bas) de 1993 à 2017.

Mécanisme pour les Tribunaux pénaux internationaux (MTPI) : organe créé par l'ONU pour poursuivre l'action des Tribunaux pénaux internationaux après leur fermeture.

2 La Bosnie-Herzégovine, d'une communauté multiethnique à la constitution d'un État fédéral

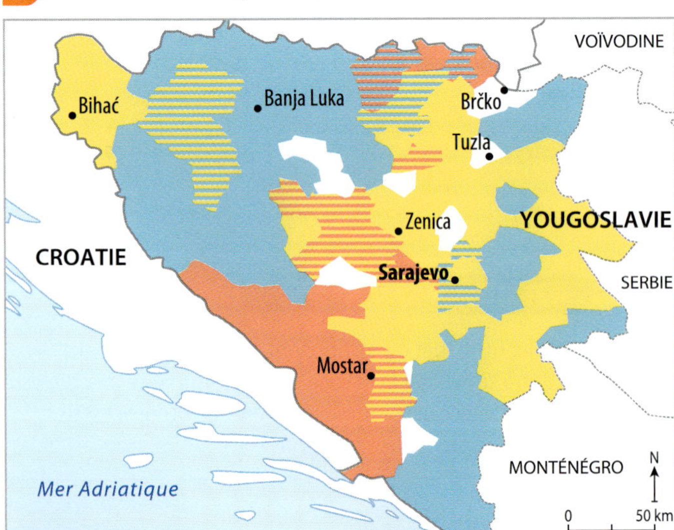

Situation en 1991
- Serbes > à 50 %
- Croates > à 50 %
- Bosniaques > à 50 %
- Serbes et Croates
- Serbes et Bosniaques
- Bosniaques et Croates
- Autres configurations

Source : L. Robin-Hunter, «Le nettoyage ethnique en Bosnie-Herzégovine : buts atteints ?», *Revue Géographique de l'Est*, 2005.

Situation en 1996
- ligne frontière inter-entités (IEBL)[1]
- Serbes > à 66 %
- Croates > à 66 %
- Bosniaques > à 66 %
- Bosniaques > à 50 %
- Bosniaques < à 50 %

1. Ligne séparant la République Serbe et la Fédération de Bosnie-Herzégovine dessinée lors des accords de Dayton en 1995.

Source : L. Robin-Hunter, «Le nettoyage ethnique en Bosnie-Herzégovine : buts atteints ?», *Revue Géographique de l'Est*, 2005.

Carte interactive
hachette-clic.fr/24hggt105

3 Le TPIY, une institution internationale pour juger des crimes en ex-Yougoslavie

4 TYPES DE CRIMES
- Génocide
- Crime contre l'humanité
- Violation des lois ou coutumes de la guerre
- Infraction grave aux Conventions de Genève

0 FUGITIF depuis juillet 2011

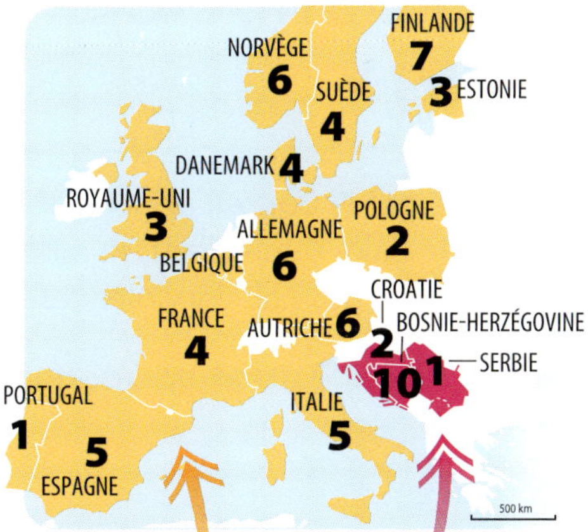

Peines exécutées dans 14 États

Personnes transférées dans les pays de l'ex-Yougoslavie pour y être jugées

Plus de...
4 650 TÉMOINS
10 800 JOURS DE PROCÈS
2,5 millions DE PAGES DE COMPTES RENDUS D'AUDIENCES

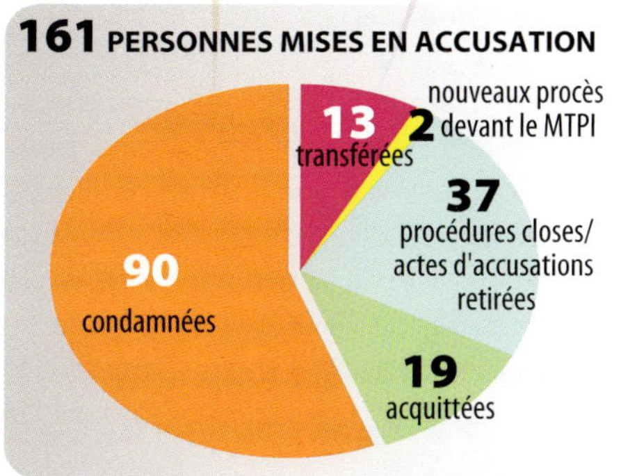

Source : Nations unies, Tribunal pénal international pour l'ex-Yougoslavie, 2024.

4 De nombreux accusés devant le TPIY

Condamnés

Ratko Mladic
Ancien chef militaire des Serbes de Bosnie
- Arrêté en mai 2011
- Condamné à perpétuité pour génocide, crimes de guerre et crimes contre l'humanité en 2017

Biljana Plavsic
Ancienne vice-présidente des Serbes de Bosnie
- Condamnée à 11 ans de prison en 2003 après avoir plaidé coupable

Radovan Karadzic
Ancien président des Serbes de Bosnie
- Arrêté en 2008
- Condamné à perpétuité pour génocide et 9 autres chefs d'inculpation en 2019

Vojislav Seselj
Leader extrémiste serbe
- Condamné en appel en 2018 à 10 ans de prison pour crimes contre l'humanité

Acquitté

Ante Gotovina
Ancien général croate
- Condamné en première instance à 24 ans de prison
- Acquitté en appel en 2012

Décédés avant d'être jugés

Slobodan Milosevic
Ancien président de la Serbie
- Décédé en prison en 2006 pendant son jugement pour génocide, crimes de guerre et crimes contre l'humanité

Alija Izetbegovic
Leader politique des Musulmans de Bosnie
- A fait l'objet d'une enquête pour crimes de guerre. Décédé en 2003

Franjo Tudjman
Ancien président de la Croatie
- Meurt en 1999 avant d'être inculpé de crimes de guerre par le TPIY

Zeljko Raznatovic, alias Arkan
Chef d'un des principaux groupes paramilitaires pro serbes
- Inculpé en 1997 pour crimes de guerre et crimes contre l'humanité. Tué en 2000 avant d'être jugé

Ne pas confondre

Crime de guerre : crime considéré comme une violation grave des Conventions de Genève sur le droit durant les conflits armés et le Statut de Rome de la Cour pénale internationale (CPI), comme l'assassinat intentionnel, l'attaque contre des civils, la torture…

≠

Crime contre l'humanité : attaque généralisée ou systématique contre des civils comme l'assassinat, la réduction en esclavage, la déportation, la torture, le viol…

POUR COMPRENDRE

1. La guerre en Yougoslavie éclate au lendemain de la guerre froide avec la montée en puissance des nationalismes. Les déclarations d'indépendance provoquent des massacres de population comme en Bosnie-Herzégovine, où les communautés sont mélangées.

> Quelles sont les conséquences de la guerre qui éclate en ex-Yougoslavie ? (doc. 1 et 2)

2. Dès 1993, devant la multiplication des crimes dans le pays, l'ONU met en place un Tribunal pénal international en ex-Yougoslavie. Le TPIY a la charge de poursuivre en justice les responsables des massacres perpétrés dans le pays.

> Présentez le bilan du TPIY. (doc. 3 et 4)

JALON 2 La construction d'une justice pénale internationale face aux crimes de masse : le Tribunal pénal international pour l'ex-Yougoslavie (TPIY)

Étude 1 Faire justice après un génocide : le rôle contesté du TPIY

Le Tribunal pénal international pour l'ex-Yougoslavie TPIY a été créé par le Conseil de sécurité de l'ONU en 1993 pour répondre aux crimes de masse qui avaient lieu dans le pays. Cependant, sa mise en place et ses verdicts ont soulevé beaucoup de contestation dans les pays touchés par ces violences.

➤ Comment le TPIY a-t-il échoué à mener le processus de réconciliation en Yougoslavie ?

1 Le contexte de la création du TPIY

La parole de l'historien

La création du TPIY ne résulte pas d'un projet longuement mûri, mais d'un concours de circonstances, voire d'un pis-aller face à l'incapacité internationale à mettre fin au conflit ouvert en Bosnie-Herzégovine. Au moment du vote de la résolution 827 du Conseil de sécurité des Nations unies créant le TPIY, le 25 mai 1993, les initiatives internationales visant à stopper le conflit s'enlisaient ; et le rapport du comité d'experts que dirigeait le rapporteur des Nations unies pour l'ex-Yougoslavie Tadeusz Mazowiecki, venait de confirmer l'ampleur des exactions et crimes commis par les différentes parties, notamment les Serbes... La création du TPIY fut donc une réponse au choc provoqué dans l'opinion publique par ces révélations, et au constat de l'impuissance de la diplomatie. En 2002, dans son témoignage au procès de l'ancienne dirigeante serbe de Bosnie Biljana Plavsic, l'ancienne secrétaire d'État américaine Madeleine Albright fit un aveu confondant : « Nous étions en train de faire quelque chose de nouveau, mais chacun pensait qu'il n'y aurait pas d'accusé, qu'il n'y aurait pas de procès, qu'il n'y aurait pas d'audience, qu'il n'y aurait pas de prononcé de sentence... » [...]

D'âpres batailles diplomatiques ont précédé la création du Tribunal : Russes et Américains, pour une fois d'accord, étaient partisans d'une juridiction d'exception, directement soumise au Conseil de sécurité, les Européens souhaitant un tribunal indépendant. La formule finale relève du compromis : le TPIY est un tribunal indépendant placé sous la responsabilité du Conseil de sécurité. Et il n'a jamais cessé d'être balloté par des pressions politiques contradictoires.

Jean-Arnault Dérens, « Le Tribunal pénal international pour l'ex-Yougoslavie : une faillite annoncée ? », *Politique étrangère*, n° 4, 2015.

2 Les compétences du TPIY

Le Tribunal a pour mission de traduire en justice les personnes présumées responsables de violations graves du droit international humanitaire commises sur le territoire de l'ex-Yougoslavie depuis 1991 et, ce faisant, de contribuer au rétablissement et au maintien de la paix dans la région. [...]

Le Tribunal international est habilité à poursuivre les personnes qui commettent ou donnent l'ordre de commettre des infractions graves aux Conventions de Genève du 12 août 1949, à savoir les actes suivants dirigés contre des personnes ou des biens protégés aux termes des dispositions de la Convention de Genève pertinente :
- l'homicide intentionnel ;
- la torture ou les traitements inhumains, y compris les expériences biologiques ;
- le fait de priver un prisonnier de guerre ou un civil de son droit d'être jugé régulièrement et impartialement ;
- l'expulsion ou le transfert illégal d'un civil ou sa détention illégale ;
- la prise de civils en otages. [...]

Tribunal pénal international pour l'ex-Yougoslavie, 2024.

3 Un tribunal d'exception pour des crimes d'une ampleur exceptionnelle

Dessin de Chappatte, dans *Le Temps*, Genève, juillet 2004.

Vocabulaire

Juridiction d'exception : juridiction qui n'est compétente que dans les cas strictement prévus par la loi dans le cadre d'un événement particulier.

4 Les tensions dans la population lors des procès du TPIY

a Manifestantes réclamant justice devant le TPIY à La Haye en 2017
Traduction : « Association des femmes de Podrinja » « Coupable de tout !!! »

b Manifestation de soutien à Radovan Karadzic en 2008
Le mot « Serbe » est inscrit sur son portrait.

5 Des criminels de guerre accueillis en héros

La parole de l'historien

Tous [les leaders nationalistes], après leur libération, ont été accueillis dans leurs pays comme des héros […]. Dario Kordic, […] ancien chef militaire des Croates de Bosnie-Herzégovine, condamné à 25 ans de prison en 2001 pour des crimes commis contre la population civile bosniaque, n'a d'ailleurs jamais été acquitté : il a été libéré, conformément à la pratique du TPIY, après avoir effectué les deux tiers de sa peine. Jamais la justice internationale n'a donc remis en cause la réalité des crimes commis ni la responsabilité personnelle de Dario Kordic, ce qui ne l'a pas empêché d'être accueilli comme un héros, tant par les autorités civiles que religieuses […]. Cette dangereuse glorification des criminels de guerre s'accompagne bien entendu toujours d'une remise en question des crimes commis, d'un révisionnisme historique fort équitablement partagé entre tous les pays de la région. Cet étonnant retournement de valeurs a été orchestré tant par les médias que par les gouvernements locaux.

Jean-Arnault Dérens, « Le Tribunal pénal international pour l'ex-Yougoslavie : une faillite annoncée ? », *Politique étrangère*, n° 4, 2015.

ACTIVITÉ ORAL

Organisez une joute verbale où l'un des élèves démontre les réussites du TPIY et l'autre ses limites.

Pour vous aider, organisez vos arguments dans le tableau ci-dessous.

	Capacité à mettre en place une juridiction reconnue à l'échelle internationale	Capacité à juger et à condamner les responsables des crimes causés en ex-Yougoslavie	Capacité à apaiser les mémoires du conflit par la justice
Réussites du TPIY			
Limites du TPIY			

Vers le BAC — Étude critique de document

À l'aide des **documents 1 et 2** et de vos connaissances, vous analyserez le rôle du TPIY dans la condamnation des crimes de génocide mais soulignerez également ses limites.

Pour aller plus loin

Site Internet
hachette-clic.fr/24hggt106

Le bilan du TPIY
À l'aide du récapitulatif des affaires jugées par le TPIY, vous rédigerez un article de presse sur le rôle du TPIY en vous appuyant sur des exemples précis.

Utilisez l'onglet « fiche informative » pour bénéficier des précisions sur des cas précis.

JALON 2 La construction d'une justice pénale internationale face aux crimes de masse : le Tribunal pénal international pour l'ex-Yougoslavie (TPIY)

Étude 2 La condamnation de Radovan Karadzic, un des responsables du génocide

Après avoir vécu dans la clandestinité pendant 13 ans en Serbie et protégé par les autorités serbes, Radovan Karadzic, l'ancien président de la République serbe de Bosnie de 1992 à 1996, est arrêté en 2008. Jugé devant le TPIY en 2019, il est condamné à la prison à perpétuité à la suite d'un très long procès.

Comment le procès de Radovan Karadzic illustre-t-il les réussites mais également les difficultés du TPIY à faire appliquer une justice internationale ?

1 L'acte d'accusation

Extrait de l'acte d'accusation de Radovan Karadzic :

Radovan Karadzic voit sa responsabilité pénale individuelle engagée pour avoir planifié, incité à commettre, ordonné, commis ou aidé et encouragé les crimes qui lui sont imputés dans le présent acte d'accusation. Par le terme « commettre », le procureur ne veut pas dire ici que l'accusé a matériellement commis les crimes qui sont mis à sa charge. Ce terme s'entend de la participation de l'accusé à une entreprise criminelle commune.

Radovan Karadzic et, à partir de mai 1992, Ratko Mladic, étaient les principaux participants à une entreprise criminelle commune qui a duré depuis octobre 1991 au moins et jusqu'au 30 novembre 1995. Cette entreprise avait pour objectif de chasser à jamais les musulmans et les Croates de Bosnie du territoire revendiqué par les Serbes de Bosnie. À différents moments de l'existence de l'entreprise criminelle commune, Radovan Karadzic et Ratko Mladic ont participé à trois autres entreprises criminelles communes ayant pour objectifs :

1) de répandre la terreur parmi la population civile de Sarajevo par une campagne de tirs isolés et de bombardements ;
2) d'éliminer les musulmans de Bosnie de Srebrenica ;
3) de prendre en otages des soldats de l'Organisation des Nations unies.

Tribunal pénal international pour l'ex-Yougoslavie, *verbatim* du procès Karadzic, Extrait de l'acte d'accusation, 27 février 2009.

Karadzic (à droite) aux côtés de Mladic (chef de l'armée serbe de Bosnie) en Bosnie-Herzégovine en avril 1995.

2 La condamnation à la prison à vie

Âgé de 75 ans, le criminel de guerre bosno-serbe Radovan Karadzic finira sa vie dans une prison du Royaume-Uni, ont annoncé mercredi 12 mai les autorités britanniques. […] Il avait été arrêté en 2008 après treize ans de clandestinité, avant d'être traduit devant le Tribunal pénal international pour l'ex-Yougoslavie (TPIY), à La Haye.

Condamné en première instance, en mars 2016, à quarante ans de prison par le TPIY, il a été condamné en appel en 2019 à la prison à vie par la justice internationale. Il a été déclaré responsable de persécutions, meurtres, viols, traitements inhumains ou transferts forcés, notamment lors du siège de près de quatre ans de Sarajevo (plus de 10 000 morts) et lors du massacre de l'enclave de Srebrenica en 1995 (8 000 hommes et garçons exécutés), le pire perpétré en Europe depuis la Seconde Guerre mondiale, et que la justice a qualifié de génocide. Il est également mis en cause dans le déplacement de populations sur des critères ethniques dans plusieurs autres villes du pays.

« Génocide en Bosnie : le criminel de guerre Radovan Karadzic purgera la fin de sa peine au Royaume-Uni », *AFP/Le Monde*, 12 mai 2021.

ACTIVITÉ

1. De quels chefs d'accusation Radovan Karadzic doit-il répondre devant le TPIY ? **(doc. 1)**

2. Quels sont les faits précis qui lui sont reprochés ? **(doc. 1 à 2)**

3. Malgré le verdict, quelles critiques peut-on émettre face à l'efficacité du TPIY à juger les criminels de guerre ? **(doc. 2)**

Vers le BAC Grand oral

À la manière d'un procureur du TPIY, rassemblez les éléments qui permettent de mettre en évidence la culpabilité de Radovan Karadzic. Caractérisez les crimes dont il est accusé et soulignez ses responsabilités.

JALON 2

Étude 3 Les mémoires du génocide aujourd'hui : le massacre de Srebrenica (1995)

Près de trente ans après les événements, et malgré l'action de la justice, le massacre de Srebrenica continue de diviser les communautés bosniaques et serbes. L'enjeu de la mémoire et de la commémoration en est d'autant plus important.

➤ Comment la mémoire du massacre de Srebrenica illustre-t-elle l'inaccomplissement du processus judiciaire ?

1 L'enjeu de l'histoire et de la mémoire à Srebrenica

« Le génocide de Srebrenica[1], au cours duquel 8 372 Bosniaques[2], principalement des hommes et des garçons, ont été brutalement tués, reste un chapitre sombre de l'histoire collective de l'Europe. Qu'un génocide ait été commis à Srebrenica n'est pas une question d'opinion, c'est un fait historique, légalement établi par le Tribunal pénal international pour l'ex-Yougoslavie, la Cour internationale de justice et les tribunaux nationaux. Malheureusement, de nombreuses personnes ignorent le génocide et certaines le nient même. C'est une insulte aux victimes et une menace sérieuse pour la justice et la paix dans la région. Cette culture du déni du génocide doit être éradiquée.

Les dirigeants politiques de la région portent principalement la responsabilité d'arrêter la spirale actuelle du négationnisme et de promouvoir une culture de la vérité, de l'empathie pour les victimes et de la réconciliation. [...] Les Mères de Srebrenica ont inlassablement entretenu la mémoire et réclamé justice au cours des 28 dernières années. Lors de leur visite au Conseil de l'Europe en 2019, elles ont appelé le Conseil de l'Europe et les Nations unies à instaurer une Journée internationale du souvenir officielle le 11 juillet. J'ai toujours soutenu de tout cœur l'appel des Mères. Je rends hommage à leurs efforts inlassables pour remplacer les graines de la haine par celles de la justice. Face au déni très répandu du génocide de Srebrenica, il est grand temps que la communauté internationale cesse de détourner le regard. L'instauration d'une journée de commémoration montrerait que la communauté internationale est du côté de la vérité et solidaire des survivants et des familles des victimes. [...] Il est grand temps de reconnaître officiellement le 11 juillet comme Journée internationale de commémoration des victimes du génocide de Srebrenica. »

Discours de Dunja Mijatovic, commissaire aux droits de l'Homme du Conseil de l'Europe, 10 juillet 2023.

1. Le massacre de Srebrenica a été perpétré par des militaires serbes de Bosnie.
2. Les Bosniaques représentent la communauté musulmane de Bosnie.

2 La mobilisation des populations pour la mémoire de Srebrenica

Manifestation à la mémoire des disparus de Srebrenica, en Bosnie en juillet 2021. Le déni du génocide de Srebrenica et autres crimes de guerre, ainsi que la glorification des criminels de guerre, sont passibles depuis 2021 de cinq ans de prison. Toutefois, personne n'a encore été poursuivi en justice, malgré « des dizaines » de plaintes déposées.

Vocabulaire

Négationnisme : déni de certains génocides ou crimes majeurs, malgré la présence de preuves flagrantes rapportées par les historiens. La définition a été forgée après le déni de la Shoah par certains intellectuels.

ACTIVITÉ

1. Pourquoi la question de la commémoration du génocide de Srebrenica est-elle un enjeu essentiel pour la communauté internationale et les musulmans de Bosnie ? **(doc. 1 et 2)**
2. Montrez comment la justice peut lutter contre le négationnisme. **(doc. 1)**
3. Quel peut être le rôle de la justice dans la construction de l'histoire et de la mémoire du génocide de Srebrenica ? **(doc. 1)**

Pour aller plus loin

Comment ce site issu des travaux du MTPI cherche-t-il à diffuser le souvenir du génocide de Srebrenica ?

Site Internet hachette-clic.fr/24hggt107

Axe 2

Leçon 1 Quelle justice pour les crimes de masse ?

Pourquoi les crimes de masse demandent-ils des processus judiciaires particuliers ?

A Des crimes hors du commun

La première particularité des crimes de masse est le nombre de victimes. Ainsi, face aux 5 à 6 millions de morts de la Shoah, du million de victimes lié au génocide des Tutsi, la question de la responsabilité des États mais aussi des individus se pose, quelque soit leur degré d'implication dans les massacres, quand des États ont orchestré les violences. De même, les lenteurs de procédure de la justice institutionnelle montrent souvent ses limites lorsqu'une partie importante de la population est impliquée, de près ou de loin, dans les massacres, comme c'est le cas au Rwanda.

Dans des États de droit, la justice individualise les peines en fonction de la responsabilité de chacun. Cependant, les crimes de masse, et notamment lorsqu'ils sont mis en œuvre par des États ou des responsables politiques, répondent à des logiques différentes. Comment juger de la culpabilité d'un individu lorsque les responsabilités sont indirectes ou que les acteurs agissent au nom d'une administration ou d'un État ?

Une prison au Rwanda après la fin du génocide

Les accusés sont tellement nombreux qu'il est nécessaire de mettre en place une justice beaucoup plus rapide et de proposer des peines qui n'obligent pas à l'incarcération pour les délits les moins graves.

B Des responsabilités multiples et collectives

La particularité des crimes de masse est qu'ils sont souvent perpétrés par des États : l'Empire ottoman pour le génocide arménien, l'Allemagne nazie pour la Shoah, l'État rwandais pour le génocide des Tutsi. Le rôle de l'État peut être très divers, depuis l'encouragement au crime, comme ce fut le cas au Rwanda, jusqu'à l'organisation systématique comme en Allemagne nazie.

De même, un des enjeux est le degré d'implication de la population. Lorsqu'un État donne ordre à ses citoyens ou à ses propres institutions, la question de la responsabilité des individus se pose. Il faut donc que la justice fasse la part des choses entre ce qui est du ressort de la contrainte et du libre choix des individus. Il faut également évaluer la responsabilité des chefs politiques et militaires. C'est un des enjeux du Tribunal pénal international pour l'ex-Yougoslavie (TPIY) et du Tribunal pénal international pour le Rwanda (TPIR).

C Définir les crimes

Un des premiers problèmes des juridictions confrontées aux crimes de masse a été la définition même des crimes. Ainsi, le tribunal de Nuremberg a défini pour la première fois le crime contre l'Humanité, précisé ensuite par le TPIY ou la Cour pénale internationale. De même, la qualification de génocide, concept introduit par Raphaël Lemkin durant la Seconde Guerre mondiale a fait l'objet d'une définition juridique précise, retenue notamment par les Tribunaux pénaux internationaux d'Arusha (TPIR) ou de La Haye (TPIY). Ces crimes sont **imprescriptibles** et les procès peuvent donc avoir lieu longtemps après les événements.

C'est la raison pour laquelle de nouvelles juridictions ont été mises en place pour juger ces crimes particuliers. En plus des Tribunaux pénaux internationaux créés à l'occasion d'une guerre en particulier, la CPI (Cour pénale internationale), créée en 2002, est le seul tribunal permanent chargé de sanctionner les crimes contre l'humanité, en-dehors des juridictions pénales nationales pour les États qui ont placé le crime contre l'humanité dans leur droit pénal. Mais pour certains crimes de masse comme au Cambodge, une **justice hybride** peut également être mise en place.

Vocabulaire

Imprescribilité : terme qui, en droit, signifie qu'il n'y a pas de durée limite pour une action en justice et que toute personne peut être poursuivie pour ces crimes jusqu'à sa mort.

Justice hybride : juge des crimes qui échappent à la compétence de la CPI. Ce sont des tribunaux spéciaux comme le Tribunal spécial pour le Sierra Leone (1996-2002), la Cour pénale spéciale en République centrafricaine (depuis 2015).

Axe 2

Leçon 2 Des tribunaux d'exception pour des crimes d'exception

➤ Pourquoi est-il nécessaire de créer des tribunaux d'exception ?

A Une justice à plusieurs étages

- **Une des particularités des crimes de masse est la mise en place de tribunaux spéciaux, dont la durée est limitée dans le temps.** Ce fut le cas du tribunal militaire de Nuremberg et celui de Tokyo, qui ont jugé les crimes de guerre et contre l'humanité commis durant la Seconde Guerre mondiale. Plus récemment, l'ONU a ainsi institué le TPIY et le TPIR, mais également le Tribunal spécial pour la Sierra Leone, actif de 2002 à 2013, chargé de juger les responsables de crimes de masse commis pendant la guerre civile dans le pays (1991-2002).

- JALON 1 p. 212 **La particularité des crimes explique la multiplicité des tribunaux compétents pour les juger.** Ainsi, en ce qui concerne le génocide des Tutsi au Rwanda, plusieurs juridictions ont été saisies : d'une part les tribunaux rwandais, la mise en place d'une procédure particulière, les *gacaca*, d'autre part également un tribunal international, dont le travail est poursuivi par le Mécanisme des Tribunaux pénaux internationaux, ainsi que les justices nationales, comme la France, qui jouissent d'une compétence universelle.

B Juger les principaux responsables

- JALON 2 p. 218 **Une des difficultés dans les procès pour crime de guerre ou crime contre l'humanité est que les responsables sont souvent des personnalités politiques et militaires parfois toujours en activité.** Ils peuvent être ainsi soutenus par une large partie de la population, si bien que rendre justice dans le pays même où les actes ont eu lieu est parfois impossible. C'est ainsi que le TPIY s'est installé à La Haye, aux Pays-Bas, mais a mis beaucoup de temps à présenter les responsables devant la justice, face à la réticence d'un pays comme la Serbie à extrader les suspects de crimes.

- **Rendre la justice dans un pays touché par des crimes de masse nécessite que le gouvernement soit neutre.** Au Cambodge, c'est seulement vingt ans après le génocide perpétré par les Khmers rouges (1975-1979) que les procès des responsables ont pu se tenir depuis 2009 avec l'aide de l'ONU. Au Rwanda, le nouveau gouvernement tutsi a tout fait pour garantir une justice rapide et impartiale, mais il s'est vite heurté au nombre impressionnant de présumés coupables.

C Juger les acteurs locaux

- **Des tribunaux locaux peuvent juger les acteurs locaux de ces violences :** parfois pour des crimes plus secondaires (pillages), parfois pour des crimes d'une grande sauvagerie (viols, assassinats de personnes désarmées, tortures). Au Rwanda, le choix a été fait de recourir à des cours de justice villageoises, les *gacaca*, où la justice est organisée et rendue par des citoyens, et où les victimes rescapées peuvent directement s'exprimer.

- **Ce mode de justice peut soulever des débats.** Dans les *gacaca*, les juges ne sont pas des professionnels et les témoins risquent de subir des pressions. Ces cours ont cependant permis, grâce à un cadre national bien défini et grâce à des procédures d'appel, de juger environ 900 000 personnes en quelques années seulement.

- **Cette forme de justice, appelée également justice transitionnelle, doit permettre d'assurer une forme de réconciliation.** Des commissions dites « vérité et réconciliation » existent dans de nombreux pays après des crimes qui ont divisé la société. Elles ont été instaurées en Afrique du Sud entre 1996 et 2003 à la suite de la fin de l'apartheid, mais également au Canada pour permettre de faire toute la lumière contre des crimes sur la population autochtone amérindienne.

Au Cambodge, la justice internationale à l'œuvre : Kang Kek Ieu, dit Douch, lors de son procès (2009-2012)

Il est directeur de la principale prison du Cambodge pendant la dictature des Khmers rouges (1975-1979). Environ 18 000 personnes ont été torturées et assassinées dans ce lieu. Il est condamné à la prison à vie en 2012 pour crime contre l'humanité par un tribunal à la fois cambodgien et international qui se tient au Cambodge.

Vocabulaire

Apartheid : régime de ségrégation systématique qui existait en Afrique du Sud jusqu'en 1991, entre les Blancs et les autres catégories raciales (Noirs, Asiatiques et « colored ») désignées par l'État.

Justice transitionnelle : ensemble de mécanismes qui visent à rétablir la justice et la concorde dans un État qui a connu une crise grave et des violations des droits de l'Homme.

Khmers rouges : groupe politique communiste qui a voulu faire disparaître toute une partie de la population pour imposer son idéologie au Cambodge (1975-1979).

Mécanisme pour les Tribunaux pénaux internationaux : organe créé par l'ONU pour poursuivre l'action des Tribunaux pénaux internationaux après leur fermeture.

Procédure d'appel : possibilité pour un condamné de faire revoir son jugement par d'autres juges.

Axe 2

Leçon 3 Justice, histoire et mémoires au lendemain de crimes de masse

➤ Comment l'histoire et la justice s'articulent-elles pour apaiser les conflits ?

A L'articulation d'une justice locale et d'une justice internationale pour apaiser les mémoires

- **Une relative rapidité pour rendre la justice est l'une des conditions de la pacification des sociétés,** car au quotidien victimes et bourreaux vivent dans les mêmes lieux. Les gouvernements n'ont alors que deux solutions : ou bien promulguer des lois d'amnistie qui ont le double inconvénient de donner l'impression que l'on nie la souffrance des victimes et que l'on donne l'impunité aux bourreaux, ou bien juger un maximum de responsables de ces crimes dans un minimum de temps.
- **Le rôle de la justice internationale est de ne pas laisser les principaux responsables impunis,** qu'ils soient restés sur le lieu de leurs crimes et protégés par la population, ou qu'ils soient en fuite dans un autre pays. Elle a aussi pour but d'éviter qu'ils ne cherchent à corrompre la justice de leur propre pays. Les tribunaux locaux, grâce à leurs connaissances plus fines des contextes et des acteurs, sont les mieux à même de juger les responsabilités des simples citoyens lorsqu'ils ont participé à ces événements.

B Vérité judiciaire, histoire et mémoire

- **Les tribunaux essaient de rendre compréhensibles des événements qui, par leur brutalité et leurs mécanismes, sont de véritables traumatismes collectifs :** viols systématiques, assassinats de civils et d'enfants en particulier, tortures, potentiellement dans une logique génocidaire ou de « nettoyage ethnique », comme en ex-Yougoslavie.
- **Les débats sont l'occasion de redonner une légitimité et une dignité aux victimes, d'entendre leurs douleurs, leurs difficultés à vivre après les crimes.** C'est aussi à cette occasion que l'on parvient parfois à identifier des responsables et reconstituer des événements. Cela permet à la mémoire de ces différents groupes sociaux de se construire et de s'apaiser, ce qui est indispensable à la pacification des relations sociales. C'est à ce moment que des lois mémorielles permettent de faire entrer la mémoire dans l'espace public.

C L'articulation entre justice et histoire dans le contexte des crimes de masse

- **La justice pose également quelques jalons pour la construction de l'histoire de ces tragiques événements.** L'historien peut obtenir de précieuses informations sur le déroulement des faits et sur l'élaboration du processus de violence, notamment en écoutant les témoins qui décrivent ce qu'ils ont vécu ou en recoupant les informations issues des enquêtes. Ces témoignages sont ainsi une source importante qui permet de comprendre le génocide des Tutsi de 1994 au Rwanda, ou de construire l'histoire des guerres de l'ex-Yougoslavie.
- **Les historiens sont également parfois conviés comme témoins pour replacer dans leur contexte des événements anciens et complexes.** C'est le cas d'Hélène Dumas, historienne spécialiste du génocide des Tutsi qui est conviée dans les procès de génocidaires réfugiés en France. Le rapport Duclert, publié en 2022, a permis également, par le travail d'historiens, de faire la lumière sur les responsabilités de la France dans le génocide des Tutsi, et d'apaiser les relations diplomatiques entre France et Rwanda.

Retracer l'histoire pour apaiser les mémoires

Le 9 avril 2021, l'historien Vincent Duclert remet au président rwandais Paul Kagame le rapport de sa commission de recherche sur les archives françaises relatives au génocide des Tutsi.

Vocabulaire

Loi d'amnistie : loi offrant, de manière rétroactive, l'amnistie à un groupe de personnes, généralement des militaires, paramilitaires ou chefs de faction, les exemptant de toute poursuite judiciaire quant aux crimes qu'ils ont commis

Pacification : fait de rétablir la paix après une période de conflits militaires.

L'essentiel Axe 2 > Leçons 1 à 3

RÉVISER EN SE TESTANT

Exercices interactifs

hachette-clic.fr/24hggt108

SCHÉMA BILAN

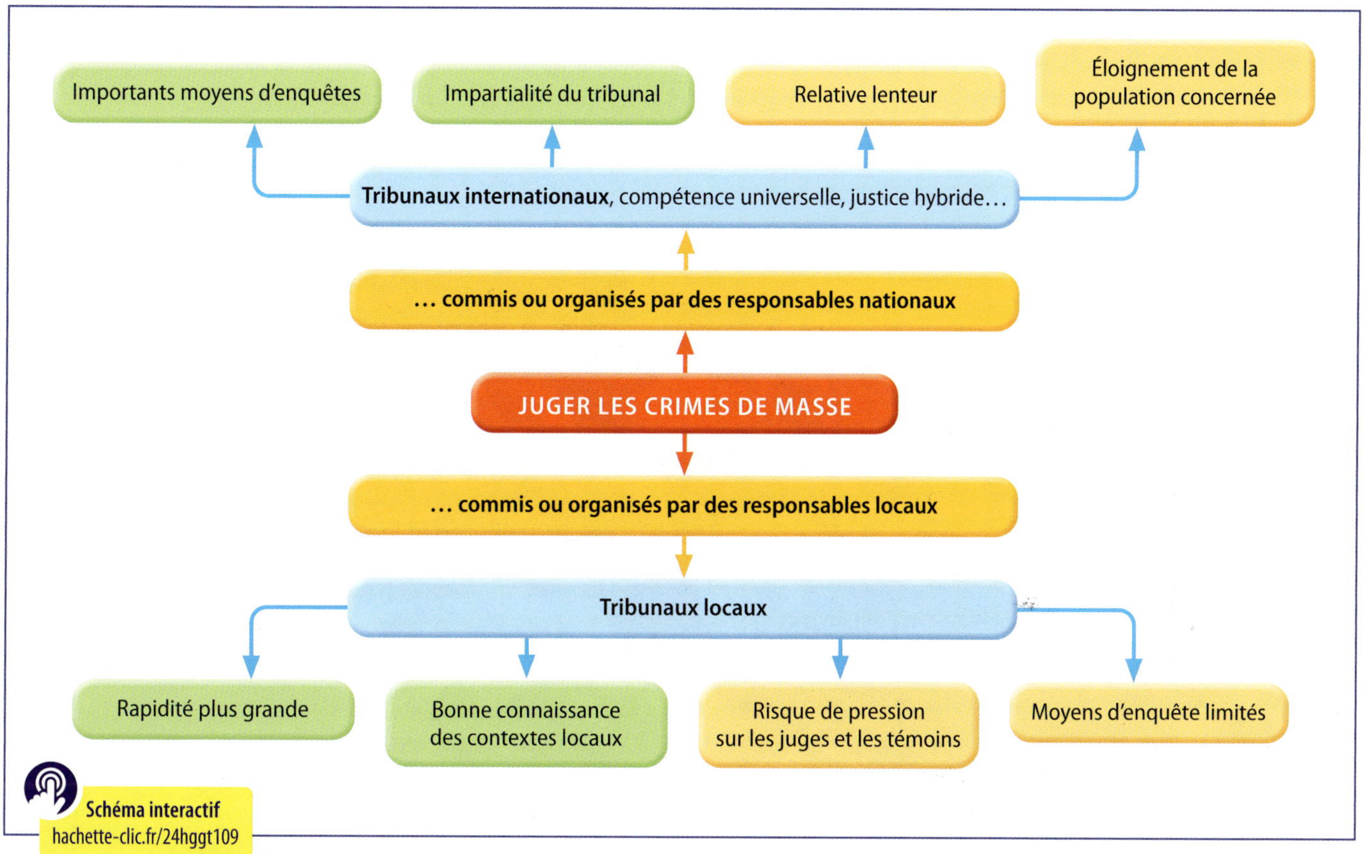

Schéma interactif
hachette-clic.fr/24hggt109

RÉVISER EN SE DOCUMENTANT

À voir

- *La Voix d'Aïda*, de J. Sbanic, 2020 : une traductrice auprès des Casques Bleus au cœur du génocide de Srebrenica.
- *Sympathie pour le diable*, de G. de Fontenay, 2019 : le siège de Sarajevo décrit au plus près des populations assiégées.
- *La liste de Carla*, de M. Schüpbach, 2007 : le combat d'une femme procureur au TPIY pour la justice.
- *Shooting Dogs*, de M. Caton-Jones, 2005 : fiction suivant deux Européens pris dans le genocide des Tutsi.
- *S21, la machine de mort khmère rouge*, de R. Panh, 2003 : reportage sur le principal camp de torture et d'exécution du régime khmer rouge.

À lire

- *Petit Pays*, de G. Faye, Grasset, 2016 : le drame des Tutsi vu par les yeux d'un enfant, adapté au cinéma par Éric Barbier en 2020.
- *Sans ciel, ni terre*, d'Hélène Dumas, Paris, La Découverte, 2020 : paroles d'enfants orphelins victimes du génocide des Tutsi (1994-2006).
- *Gorazde : la guerre en Bosnie orientale 1993-1995*, de J. Sacco, Rackam, 2004 : la guerre de Bosnie en bande dessinée.
- *Fax de Sarajevo, correspondance de guerre*, de J. Kubert, Vertige graphic, 1997 : une bande dessinée sur le drame de Sarajevo.

Sur le web

- La page du Mémorial de la Shoah consacrée au génocide des Tutsi
- Brève présentation du TPIY
- Srebrenica vu par le TPIY

Sites Internet
hachette-clic.fr/24hggt110
hachette-clic.fr/24hggt111
hachette-clic.fr/24hggt112

OBJET DE TRAVAIL CONCLUSIF

L'histoire et les mémoires du génocide des Juifs et des Tsiganes

Comment l'histoire du génocide des Juifs et du génocide des Tsiganes s'inscrit-elle dans la mémoire collective de la fin de la Seconde Guerre mondiale à aujourd'hui ?

1 Arrestation dans le ghetto de Varsovie, 1943

Cette photographie a été prise par un membre de la SS (police militarisée nazie) lors de la répression du soulèvement du ghetto de Varsovie (Pologne, avril 1943). Elle est utilisée comme pièce à charge lors du procès de Nuremberg (1945-1946). Dans les années 1980, elle devient l'une des images les plus célèbres de la Shoah au point d'en devenir le symbole. L'historien Tal Bruttmann remet en question la lecture des photographies prises par les nazis qui présentent les Juifs en vaincus. Il invite à observer l'arrière-plan où une fillette, malgré l'effroi, tire la langue en défi au photographe.

1950 — 1960 — 1970 — 1980 — 1990 — 2000 — 2010 — 2020

- **27 janvier 1945** « Libération » d'Auschwitz
- **1945-1946** Procès de Nuremberg
- **1947** Musée d'Auschwitz (Pologne)
- **1947** *Le Journal d'Anne Frank*
- **1953** Mémorial de Yad Vashem (Israël)
- **1956** *Nuit et Brouillard* d'Alain Resnais
- **1961** Procès d'Adolf Eichmann
- **1985** *Shoah* de Claude Lanzmann
- **1987** Procès de Klaus Barbie
- **1993** Musée-Mémorial de l'Holocauste de Washington D.C.
- **2005** Mémorial de la Shoah (France)
  Mémorial aux Juifs assassinés (Allemagne)
- **2012** Mémorial aux Sinti et Roms européens assassinés (Allemagne)
- **2015** Commémoration du 70e anniversaire de la découverte du camp d'Auschwitz-Birkenau

2 Mémorial dédié aux victimes juives de la Shoah à Budapest (Hongrie)

Conçu par Can Togay et Gyula Pauer et inauguré en 2005, ce mémorial est constitué de soixante paires de chaussures scellées. Il représente les Juifs et les Juives fusillés en 1944 sur les bord du Danube par le Parti des Croix fléchées, soutien de la politique nazie en Hongrie.

QUESTIONS

1. **Qui est l'auteur de cette photographie ? Dans quel but a-t-elle été prise ? Pourquoi son analyse est-elle difficile ? (doc. 1)**
2. **Comment le mémorial représente-t-il l'extermination des populations juives de Budapest ? Expliquez ce choix. (doc. 2)**
3. **Pourquoi peut-on dire que la mémoire de la Shoah s'est construite progressivement ? (frise, doc. 1 et 2)**

p. 230 > JALON ①
Lieux de mémoire du génocide des Juifs et des Tsiganes

p. 238 > JALON ②
Juger les crimes nazis après Nuremberg

p. 244 > JALON ③
Le génocide dans la littérature et le cinéma

Repères

L'évolution de l'histoire et des mémoires du génocide des Juifs et du génocide des Tsiganes

1945-1960 Entre « oubli » et difficile reconnaissance des victimes des génocides → 1960-1990 Affirmation et prise de conscience des génocides → 1990-2024 De l'« obsession mémorielle » au travail de mémoire

1945 – 1955 – 1965 – 1975 – 1985 – 1995 – 2005 – 2015 – 2024

Les lieux de mémoire des génocides
- 1947 Musée d'Auschwitz
- 1953 Mémorial de Yad Vashem, à Jérusalem
- 1964 Mémorial à Belzec
- 1970 Agenouillement de Willy Brandt devant le mémorial aux héros du ghetto de Varsovie
- 1993 Musée-Mémorial de l'Holocauste de Washington
- 2005 Mémorial de la Shoah, à Paris

Les procès des crimes nazis
- 1945-1946 Procès de Nuremberg
- 1946-1949 Les 12 procès de Nuremberg
- 1961 Procès d'Adolf Eichmann, (Jérusalem)
- 1987 Procès de Klaus Barbie (France)
- 1997-1998 Procès de Maurice Papon (France)
- 2022 Procès d'Irmgard Furchner à Itzehoe (Allemagne)

Les génocides dans la littérature et au cinéma
- 1947 *Si c'est un homme*, de Primo Lévi
- 1956 *Nuit et Brouillard*, film d'Alain Resnais
- 1978 *Holocauste*, série télévisée de Marvin Chomsky
- 1985 *Shoah*, film de Claude Lanzmann
- 1986 *Maus*, d'Art Spiegelman
- 1993 *La liste de Schindler*, film de Steven Spielberg
- 2006 *Les Bienveillantes*, de Jonathan Littell
- 2015 *Le Fils de Saul*, film de Laszlo Nemes

1 Les principaux lieux d'assassinat des populations juives et tsiganes pendant la Seconde Guerre mondiale

L'Europe sous domination nazie
- IIIe Reich
- pays occupé par le IIIe Reich
- pays allié ou proche du IIIe Reich
- pays opposé au IIIe Reich

Le système génocidaire nazi en Europe
- route de la déportation
- principaux ghettos
- principaux massacres des Einsatzgruppen[1]
- camp de concentration
- centre de mise à mort

1. « groupes d'intervention » composés de SS et de policiers chargés de fusiller les juifs.

Carte interactive hachette-clic.fr/24hggt113

Sources : Georges Bensoussan, *Atlas de la Shoah : la mise à mort des Juifs d'Europe*, Autrement, 2021 et *Mémorial de la Shoah*, 2024.

2 Histoire et mémoire des génocides

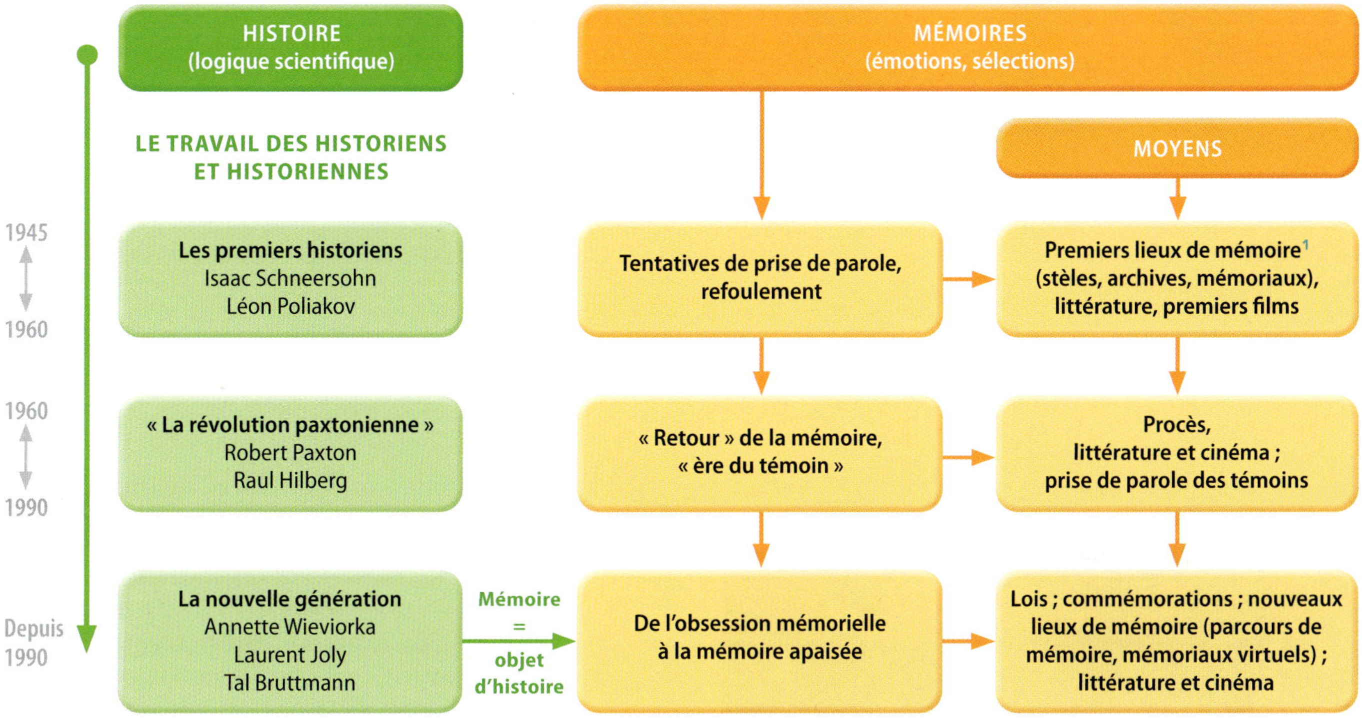

Source : Pierre Nora, *Les lieux de mémoire*, 1997 et Alexandre Bande, Pierre-Jérôme Biscarat et Olivier Lalieu, *Nouvelle histoire de la Shoah*, Marabout, 2023.

1. Selon l'historien Pierre Nora, « un lieu de mémoire dans tous les sens du mot va de l'objet le plus matériel et concret, éventuellement géographiquement situé, à l'objet le plus abstrait et intellectuellement construit ».

3 Bilan des victimes des génocides pendant la Seconde Guerre mondiale

Le génocide des Tsiganes	Entre 100 000 et 250 000 morts (34 % de la population tsigane d'Europe)
La Shoah	Entre 5,1 et 6 millions de morts (plus de 50 % de la population juive d'Europe)
ghettos et privations	800 000 morts
exécutions par les *Einsatzgruppen*	1, 3 million de morts
centres de mise à mort par le gaz	2, 7 millions de morts
camps de concentration	300 000 morts

Sources : Raoul Hilberg, *La destruction des Juifs d'Europe*, Fayard, 2006 et Ilsen About, « Génocide et persécutions des Roms et Sinti en Europe, 1933-1946 », *Nouvelle histoire de la Shoah*, Marabout, 2023.

Ne pas confondre

Camp de concentration : lieu de détention et de répression qui, dans un premier temps, vise les opposants politiques puis s'élargit à d'autres catégories : les « asociaux », les criminels, les témoins de Jéhovah, les homosexuels. Ils sont sous le contrôle des SS. Ils se trouvent en territoire allemand et se multiplient avec l'extension du Reich.

≠

Centre de mise à mort : site d'assassinats immédiats et systématique des populations juives et tsiganes. C'est l'historien Raul Hilberg qui propose l'expression « centre de mise à mort » qui « qualifie plus justement la nature de ces lieux destinés à l'assassinat. »

Notion

Shoah : terme qui signifie « catastrophe » en hébreu ancien. Employé dès 1942-1943 pour désigner l'assassinat de masse des Juifs, ce terme s'impose ensuite en France et dans une grande partie du monde occidental pour désigner le génocide des Juifs. Dans le monde anglo-saxon, c'est le terme Holocauste qui est utilisé pour désigner l'extermination des Juifs d'Europe par les nazis.

POUR COMPRENDRE

1. La Shoah commence à l'été 1941 lors de l'invasion de l'URSS par les nazis. Les Juifs sont assassinés par les *Einsatzgruppen* dans des fusillades de masse puis, progressivement, des centres de mise à mort sont créés en parallèle. Les Tsiganes sont également victimes de persécutions raciales puis sont fusillés ou déportés pour être assassinés.

> **Quelles sont les modalités de l'extermination des Juifs et des Tsiganes pendant la Seconde Guerre mondiale ? Quel en est le bilan ?** (doc. 1 et 3)

2. Longtemps ignorée, la spécificité du génocide des Juifs et du génocide des Tsiganes a progressivement émergé dans la mémoire collective.

> **Relevez les grandes étapes de l'émergence de la mémoire de la Shoah et du génocide des Tsiganes. Quels en sont les acteurs ?** (Frise, doc. 2)

Étude 1 Au lendemain de la guerre, quels lieux « mémorialiser » ?

La question de l'emplacement des lieux de mémoire de la Shoah et du génocide des Tsiganes se pose dès la fin de la guerre. De nombreux centres de mise à mort ont été détruits par les nazis et beaucoup se retrouvent intégrés au territoire soviétique à partir de 1945. L'enjeu est alors de garder une trace physique des millions de personnes assassinées.

➤ Comment la mémoire de la Shoah et du génocide des Tsiganes s'incarne-t-elle à travers des lieux de mémoire ?

1 Un des premiers lieux de mémoire : le monument de Minsk (Biélorussie)

En 1946, les survivants de Minsk érigent un monument là où 5 000 Juifs ont été fusillés le 2 mars 1942. Fait rare, en plus de la version russe, ils obtiennent l'autorisation d'écrire un texte en yiddish : « À la mémoire sacrée et éternelle de 5 000 Juifs assassinés par les ennemis mortels de l'humanité – les envahisseurs germano-fascistes. »

Marie Moutier-Bitan, « Les lieux de mémoire de la Shoah et du génocide des Roms », *EHNE*, 2021.

2 Le centre de mise à mort de Belzec, un site de fouilles archéologiques précoces

La parole de l'archéologue

Les premières fouilles sont conduites à Belzec dès 1945-1946, dans le cadre des investigations préalables au procès des bourreaux. Le 10 octobre 1945, une équipe de terrassiers ouvre neuf tranchées de 10 x 8 mètres et profondes de 8 mètres, où l'on constate la présence d'épaisses couches de cendres (3 mètres par endroits) et des restes carbonisés de nombreux corps humains. L'année suivante, de nouvelles fouilles confirment la destruction des installations du camp par les SS. En 1961, la création d'un mémorial sur une superficie de six hectares s'accompagne de quelques recherches archéologiques, mais aussi de l'érection de plusieurs monuments. Il fallut toutefois attendre 1997 pour qu'une nouvelle campagne de fouilles soit lancée à Belzec. Plus de 2000 carottages[1] de 6 mètres de profondeur, réalisés tous les 5 mètres dans toute l'emprise du camp, permettent alors de localiser 33 sépultures de masse ainsi qu'un épandage de fragments d'os broyés couvrant quelque 21 000 mètres carrés au sol. Toutefois la superficie exacte du camp n'est toujours pas connue en raison de l'arasement du sol, de la densité du couvert forestier, et de la construction d'une voie ferrée après-guerre. Un nouveau mémorial fut érigé à Belzec en juin 2004[2].

Vincent Carpentier, *Pour une archéologie de la Seconde Guerre mondiale*, La Découverte, 2022.

1. Forage d'exploration verticale.
2. En 1946, le monument de Belzec comprend l'inscription : « À la mémoire des victimes de la terreur hitlérienne 1942-1943 ». Il faut attendre 2004 pour que la spécificité des victimes soit précisée : 450000 Juifs ont été assassinés à Belzec entre mars et décembre 1942.

Vocabulaire

***Einsatzgruppen* :** « groupes d'intervention » composés de SS et de policiers qui, en arrière des troupes allemandes envahissant l'Europe de l'Est à partir de juin 1941, ont fusillé entre 500 000 et 800 000 juifs entre juin et décembre 1941.

3 L'absence de lieux de mémoire du génocide des Tsiganes

La parole de l'historien

Dans l'Union soviétique d'après-guerre, la reconnaissance des Roms en tant que groupe ethnique spécifique et qui, pour cette raison, a été la cible des persécutions nazies, fut très limitée. L'État a préféré intégrer les Roms à l'ensemble des victimes civiles, appelées « citoyens soviétiques pacifiques », et qui ont souffert pendant l'occupation du pays. Les Roms de Kiev, qui ont survécu au génocide, ont visité Babi Yar[1] après 1945. En raison du silence public et de l'absence de mémorial, la tragédie n'a été commémorée qu'au niveau familial. Les Roms avaient très peu de possibilités de mener leurs pratiques mémorielles en public. Les autorités n'ont pas considéré Babi Yar comme un lieu de mémoire et ont obligé tous les acteurs impliqués à suivre cette décision. Selon l'historien Michael Stewart, la situation de « se souvenir sans commémoration » était typique à l'époque pour les survivants roms du génocide dans toute l'Europe. Les survivants juifs ont pu organiser des commémorations dans des fosses communes, mais aussi dans des synagogues désertes, sur les sites des anciens ghettos et des cimetières dévastés. Les Roms, qui avaient principalement un mode de vie nomade avant la guerre, ne disposent d'aucun de ces éléments. Les charniers restants constituent le seul espace physique de commémoration du génocide des Roms.

Andrej Kotljarchuk, « Babi Yar et le génocide nazi des Roms : récits et pratiques mémorielles en Ukraine », *Cambridge University Press*, 30 avril 2023.

1. Babi Yar est un ravin à Kiev où 33 771 Juifs ont été assassinés par les *Einsatzgruppen* et leurs collaborateurs, les 29 et 30 septembre 1941. Dans les mois suivants, d'autres massacres y sont organisés faisant entre 100 000 et 150 000 morts Juifs, Tsiganes et Ukrainiens.

4 Des tensions autour de la préservation du site d'Auschwitz-Birkenau

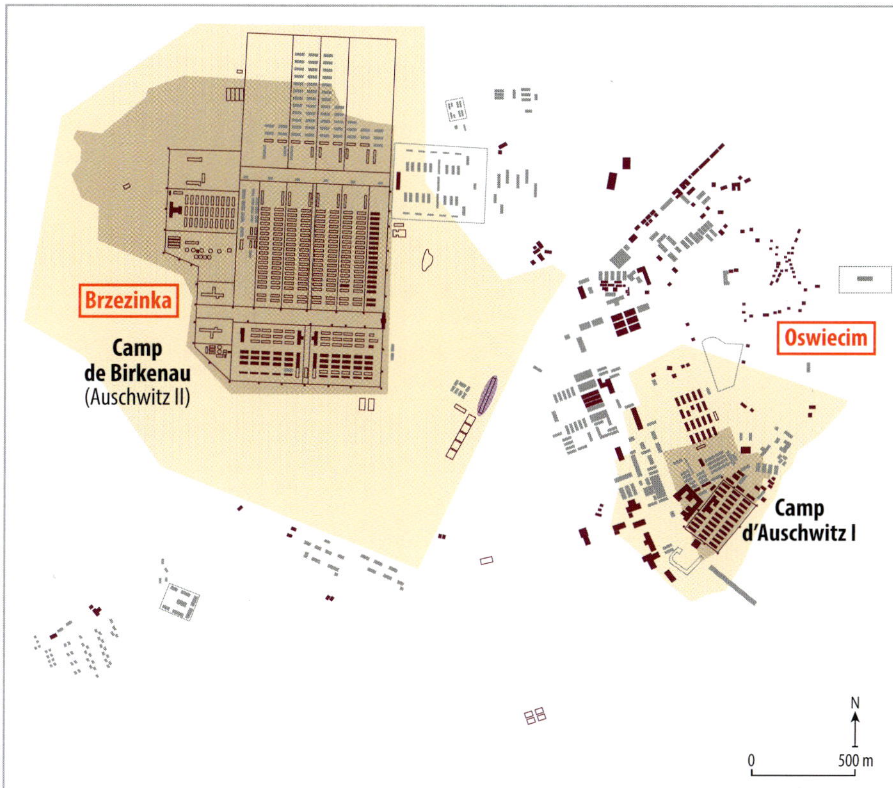

Un site partiellement préservé après la guerre
- structure des camps préservée
- structure des camps non préservée après la guerre

Un site protégé
- territoire classé dans le musée d'État en 1947
- Judenrampe réhabilitée en 2005 avec l'aide de la France[1]

Un site sous tension
- zone de « silence » fixée par l'UNESCO et destinée à empêcher les constructions inadaptées
- Oswiecim : tensions avec les municipalités : marche de soutien à la construction d'un centre commercial en face du site (1999), projet de construction d'une discothèque à proximité (2001)

1. réhabilitée grâce aux recherches de l'historien Serge Klarsfeld, la Judenrampe est utilisée jusqu'en mai 1944. C'est donc à cet endroit que sont arrivés la majorité des Juifs déportés d'Europe de l'Ouest.

Sources : Tal Bruttmann, *Auschwitz*, La Découverte, 2015, Jonathan Hayoun, *Sauver Auschwitz ?* 2017 et UNESCO, 2024.

ACTIVITÉ

À l'aide des documents, réalisez une carte mentale pour répondre à la citation de l'historienne Marie Moutier-Bitan « **Quels lieux mémorialiser ?** »

« Quels lieux mémorialiser ? » Marie Moutier-Bitan
- Les lieux choisis …
- Une œuvre de mémoire …
- Les défis …

Vers le BAC – Étude critique de document

En analysant les **documents 2 et 4,** en les confrontant et en vous appuyant sur vos connaissances, vous montrerez que la création de lieux de mémoire soulève de nombreux enjeux.

Vous pouvez organiser votre réponse en montrant que le premier enjeu est la préservation de sites partiellement ou totalement détruits. Ensuite, vous relèverez les tensions autour de ces lieux.

Étude 2 L'émergence de nouveaux lieux de mémoire

Depuis les années 1990, les lieux de mémoire de la Shoah évoluent sous l'effet de la persistance du négationnisme, de la disparition des derniers survivants ou des tensions politiques. C'est dans ce contexte que de nouveaux lieux de mémoire apparaissent, entraînant de nouveaux usages.

➤ Comment les enjeux mémoriels récents liés aux génocides influencent-ils l'évolution des lieux de mémoire ?

1 Les inaugurations des musées et mémoriaux de la Shoah depuis 1990

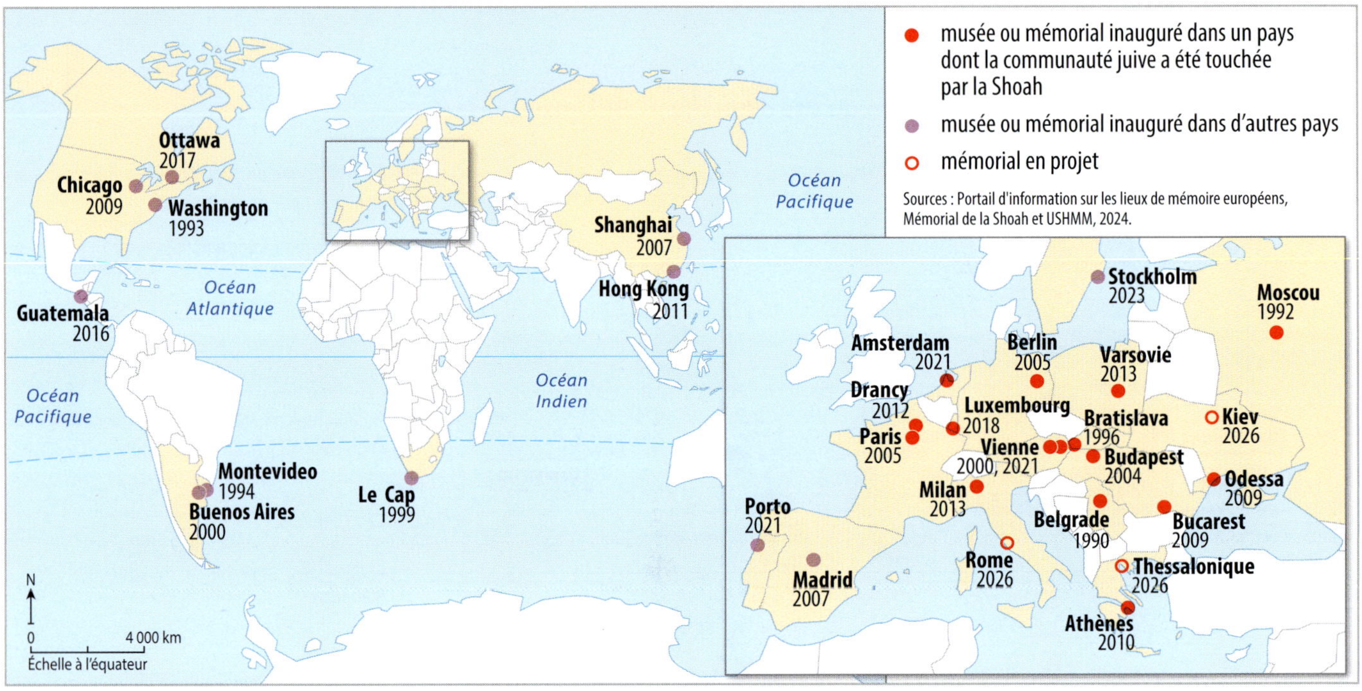

2 Discours d'Elie Wiesel[1] pour l'inauguration du Mémorial et Musée de l'Holocauste à Washington (États-Unis)

Monsieur le Président, permettez-moi de dire à quel point je suis reconnaissant au peuple américain, à ses dirigeants, à ses nombreux bienfaiteurs, et aux survivants – surtout aux survivants – de nous avoir aidés à faire avancer la cause du souvenir. Ce musée impressionnant n'aurait pas pu être construit sans votre compréhension et votre générosité, car à l'exception d'Israël, notre pays est le seul à avoir jugé bon de préserver la mémoire de l'Holocauste et à en avoir fait un impératif national.
Quelle a été ma vision ? Lorsque le président Carter m'a confié ce projet en 1978, on m'a demandé quelle était cette vision et j'ai écrit une phrase : « Pour les morts et les vivants, nous devons témoigner ». Car nous ne sommes pas seulement responsables de la mémoire des morts, nous sommes aussi responsables de ce que nous faisons de cette mémoire.
Or, un musée est un lieu, je crois, qui doit rassembler les gens, un lieu qui ne doit pas les séparer. Des gens qui viennent d'horizons différents, qui appartiennent à des sphères différentes, qui parlent des langues différentes, doivent se sentir unis dans la mémoire.

Elie Wiesel, *USHMM*, 22 avril 1993.

1. Elie Wiesel est un écrivain américain né en Roumanie. Survivant de la Shoah, il préconise au gouvernement américain du président Jimmy Carter d'établir un musée-mémorial de l'Holocauste à Washington. Il obtient le Prix Nobel de la paix en 1986.

Vocabulaire

Génocide des Roms et des Sinti (ou « Porajmos ») : assassinats des Roms et des Sinti par les nazis. Ils sont fusillés par les *Einsatzgruppen* ou déportés et assassinés dans les centres de mise à mort. La journée de commémoration de ce génocide est le 2 août, en mémoire de la liquidation du « camp des Tsiganes » à Birkenau. Les historiens estiment que ce génocide a fait entre 100 000 et 250 000 morts.

Roms et Sinti : Roms désigne les peuples tsiganes d'Europe centrale, orientale et scandinave, tandis que Sinti (ou Manouches) désigne ceux d'Europe occidentale et germanophone.

3 La reconnaissance tardive du génocide des Roms et des Sinti (Berlin)

Le Mémorial aux Sinti et aux Roms assassinés pendant le nazisme (Berlin). Réalisé par l'artiste israélien Dani Karavan et inauguré le 24 octobre 2012.

4 Des lieux de mémoire parfois récupérés à des fins politiques

La politique mémorielle du parti polonais « Droit et Justice » au pouvoir [jusqu'à fin 2023] est une tentative majeure de réécriture du passé. Nous savons aujourd'hui que la participation de Polonais à titre individuel dans certains crimes nazis était beaucoup plus grande que nous ne le savions il y a environ 15 ans. Donc quand le Premier ministre déclare que les 300 000 juifs polonais qui ont survécu, s'en sont tirés parce qu'ils avaient rencontré des Polonais, il fait un contresens obscène.

Le Musée de la mémoire des habitants des terres d'Oswiecim, consacré à l'aide apportée aux prisonniers d'Auschwitz par les habitants des alentours qui sera inauguré en 2022, s'inscrit dans la continuité de la politique mémorielle du gouvernement. Pourtant, l'idée est excellente : faire un travail de recherche sur comment coexister avec l'horreur. Mais au regard des antécédents politiques, il n'y a aucune raison de croire que ce musée sera dédié à une analyse objective des faits, mais plutôt qu'il sera une œuvre de propagande comme l'est par exemple le Musée de la famille Ulma dans la ville de Markowa : les Ulma [une famille polonaise assassinée par les Allemands pour avoir recueilli des juifs] sont de vrais héros, ils méritent une place dans la mémoire collective. Mais ce qu'on n'apprend pas dans le musée, c'est qu'ils ont été dénoncés par leurs voisins. Dans un musée des Justes, cela devrait être une partie fondamentale du récit, pour montrer l'ampleur des choix à faire, mais en Pologne c'est transformé en un discours de propagande qui insulte la mémoire des Justes. Un musée qui laisse perplexe fait son travail, pas celui qui impose un point de vue.

Entretien avec le journaliste Konstantin Gebert, *RFI*, 29 mai 2021.

5 L'essor des mémoriaux[1] virtuels de la Shoah et du génocide des Tsiganes

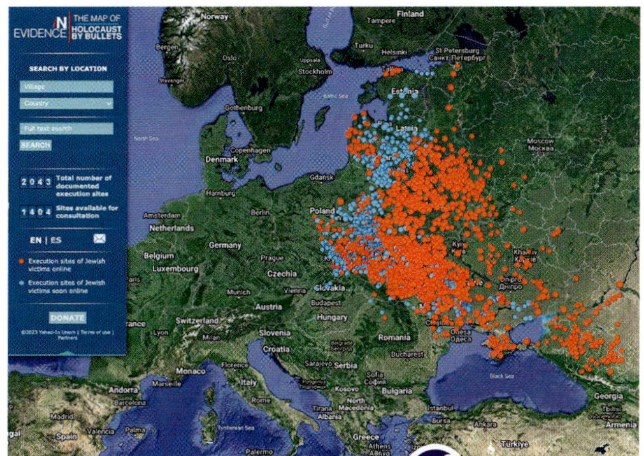

1. monument ou musée commémoratif d'un événement.

Site Internet Yahad in Unum, 2024. hachette-clic.fr/24hggt114

ACTIVITÉ

1. Dans quels endroits du monde les lieux de mémoire de la Shoah et du génocide des Tsiganes se développent-ils à partir des années 1990 ? (doc. 1, 2 et 3)
2. D'après Elie Wiesel, pourquoi est-il important de construire un musée à Washington ? (doc. 2) Relevez dans les pages 232 à 235 d'autres exemples de musées-mémoriaux.
3. D'après les documents 3, 4 et 5, quels sont les objectifs et les moyens mis en œuvre dans la création de nouveaux lieux de mémoire ?

Pour aller plus loin

Vidéo — Illinois Holocaust Museum, 2018. hachette-clic.fr/24hggt115

Vidéo — Museum of Jewish Heritage, 2017. hachette-clic.fr/24hggt116

À partir de ces deux vidéos, listez les moyens développés par les musées américains pour relever le défi de la disparition des derniers témoins de la Shoah.

Vers le BAC — Dissertation

À l'aide des documents, rédigez un paragraphe de dissertation sur la mémoire des génocides dans lequel vous montrerez l'évolution des lieux de mémoire du génocide des Tsiganes.

Étude 3 GRAND FORMAT Simone Veil et le Mémorial de la Shoah

Contexte Le 23 janvier 2005, Simone Veil inaugure le **Mur des Noms** du mémorial de la Shoah. Juive, déportée à l'âge de 15 ans à Auschwitz, elle a consacré une partie de sa carrière à la question de la transmission de la mémoire de Shoah. Le Mémorial de la Shoah, créé en 2005 à Paris, fait partie de ces lieux de mémoire et d'histoire.

Comment le Mémorial de la Shoah permet-il de concilier histoire et travail de mémoire ?

1960 – 1970 – 1980 – 1990 – 2000 – 2010 – 2020

- 1956 Mémorial du Martyr Juif inconnu à Paris
- 2000 Création de la Fondation pour la mémoire de la Shoah
- 2005 Inauguration du Mémorial de la Shoah
- 2006 Inauguration du Mur des Justes
- 2008 Inauguration du Mémorial de la Shoah à Toulouse
- 2012 Création du Mémorial de la Shoah à Drancy, sur le site du camp d'internement
- 2019 Rénovation et correction du Mur des Noms

Le discours de Simone Veil

Simone Veil (1927-2017)

Déportée à l'âge de 15 ans à Auschwitz-Birkenau, Simone Veil survit à la Shoah mais perd ses parents et son frère. Ministre de la Santé en 1974, elle défend le vote de la loi sur la légalisation de l'avortement. Elle est la première femme présidente du Parlement européen en 1979.

1 Simone Veil devant le Mur des Noms

Chers amis,

Permettez-moi, d'abord de vous remercier pour l'honneur que vous m'avez fait en me demandant de prendre la parole au nom de ceux dont les noms sont gravés ici. J'ai souhaité voir ce mur avant de parler devant vous. Je craignais en effet que, trop bouleversée, il ne me soit pas possible de m'exprimer. Car ces noms sont ceux de vos parents, grands-parents, vos enfants, frères et sœurs, comme pour moi, ceux de mes parents, de ma sœur et de mon frère, de mes oncle et tante et de leur petit garçon, de tous ceux que nous avons aimés et qui nous entouraient de leur amour, leur tendresse et leur amitié, avant d'être assassinés dans des conditions abominables. […]

Cette œuvre de mémoire s'inscrit aussi dans la lignée du travail qui a permis à Serge Klarsfeld de publier, dans le Mémorial de la Déportation des Juifs de France, en 1978, les listes et les convois de l'ensemble des Juifs déportés de France. Je n'oublie pas, pour ma part, l'émotion que j'ai alors ressentie. Le livre du Mémorial des Enfants, qui a rendu nom, adresse, et identité aux enfants déportés de France, publié en 1994 par Serge Klarsfeld et complété régulièrement depuis, a permis de montrer tous ces visages que l'on peut désormais découvrir dans l'exposition permanente du Mémorial de La Shoah où nous nous trouvons aujourd'hui. […]

Le temps n'est pas loin où disparaîtront les derniers témoins de cette époque maudite. Le temps viendra aussi où nos enfants et nos petits-enfants, qui nous ont souvent interrogés, disparaîtront à leur tour. Certes, nous espérons que nos descendants, longtemps encore, se souviendront. […]

Devant ce mur, passeront aussi des classes d'élèves, des jeunes dont beaucoup n'auront sans doute jamais entendu parler de la Shoah, à moins que l'école, comme elle le fait depuis quelques années, assume pleinement sa mission d'enseignement de l'histoire. En effet, la mémoire de la Shoah ne peut pas être seulement portée par les victimes et leurs descendants. Parce que la Shoah a été le mal absolu, elle doit continuer à interpeller, tout à la fois la mémoire collective et la conscience de chacun. Ainsi, chaque passant ou visiteur doit comprendre qu'en exterminant les Juifs, c'est l'Humanité tout entière qui a été assassinée à Auschwitz, Majdanek, Belzec, Buchenwald, Treblinka ou Sobibor.

Le Mur des Noms rend aux victimes de la Shoah une parcelle de l'identité qu'on leur a volée. Il leur confère la sépulture qu'ils n'ont pas eue, devant laquelle s'expriment la ferveur de notre recueillement et la fidélité de notre mémoire.

Discours de Simone Veil au Mémorial de la Shoah, 23 janvier 2005.

Simone Veil et Jacques Chirac devant le Mur des Noms en janvier 2005.

Mise en perspective

2 La genèse difficile du Mémorial de la Shoah

La parole de l'historienne

Les éléments qui composent le mémorial de la Shoah sont tout à la fois anciens et nouveaux, reflétant la continuité d'une histoire née de l'imagination fertile d'un visionnaire entreprenant et opiniâtre, Isaac Schneersohn. Aujourd'hui, le mémorial de la Shoah est bien un lieu de mémoire, au sens où l'entend Pierre Nora : « Unité significative, d'ordre matériel ou idéel, dont la volonté des hommes ou le travail du temps a fait un élément significatif d'une quelconque communauté. »

À l'origine, l'idée d'ériger un panthéon-musée, un tombeau du martyr juif inconnu en 1956 revient à Issac Schneersohn. Les dénominations sont fluctuantes, mais l'inspiration vient du culte français aux morts, et non du judaïsme qui ignore ce genre de pratiques. Il le pense comme devant regrouper dans le même bâtiment les cendres des morts des ghettos et des camps, « son » centre de documentation, une salle de conférence, une exposition permanente. Pourtant, cette idée de tombeau-mémorial ne suscite guère d'enthousiasme. Les oppositions furent nombreuses, et la polémique agita les communautés juives de France, de la diaspora, d'Israël, au nom de la tradition du souvenir par l'écrit. En 1953, une « loi sur le souvenir des héros et des martyrs » est même votée en Israël qui impartit au mémorial de Yad Vashem (Jérusalem) le monopole de la mémoire et de la commémoration. Malgré ces oppositions, le Mémorial devint très vite le lieu principal de la mémoire de la Shoah à Paris. Des cérémonies s'y déroulent, notamment celle dédiée à la mémoire de l'insurrection du ghetto de Varsovie, chaque 19 avril.

Annette Wieviorka, « Du Centre de documentation juive contemporaine au Mémorial de la Shoah », *Revue d'histoire de la Shoah*, 2004.

Vocabulaire

Justes ou « Justes parmi les Nations » : distinction civile créée et décernée par Israël aux personnes non juives ayant aidé les Juifs sous l'occupation nazie.

Mur des Noms : monument situé sur le parvis du Mémorial de la Shoah sur lequel sont gravés les noms de 76 000 Juifs dont 11 400 enfants déportés depuis la France.

3 Le Mémorial de la Shoah, un lieu de mémoire aux multiples fonctions

Fonction pédagogique

Salles d'exposition permanente ou temporaire du musée, conférences par des historiens.

Fonction scientifique

Documentation, archives en présentiel ou en ligne, base de travail pour les historiens.

Fonction mémorielle

Mur des Noms, crypte (cendres des martyrs), Mémorial des enfants, Mur des Justes.

ACTIVITÉ

Préparer l'analyse du discours en s'interrogeant

1. Effectuez une recherche pour présenter la vie de Simone Veil. (doc. 1)
2. Dans quel contexte Simone Veil prononce-t-elle son discours ? (doc. 1)

Analyser le discours

3. Pourquoi le Mur des Noms est-il important pour transmettre la mémoire de la Shoah ? Quelles raisons peuvent expliquer, selon vous, qu'il ait nécessité une rénovation en 2019 ? (doc. 1)
4. Classez les fonctions d'histoire et de mémoire du mémorial identifiées par Simone Veil. Comment se traduisent-elles dans le musée ? (doc. 1 et 3)
5. Expliquez la phrase : « La mémoire de la Shoah ne peut pas être seulement portée par les victimes et leurs descendants ». (doc. 1)

Porter un regard critique sur le discours

6. Montrez que la création du Mémorial de la Shoah est le fruit d'une longue réflexion sur la construction d'une mémoire et la nécessité du travail historique. (doc. 1 et 2)
7. Soulignez le fait qu'il existe différentes mémoires de la Shoah selon les pays. (doc. 1 et 2)

Pour aller plus loin

Comment le site de *Yad Vashem* perpétue-t-il la mémoire de la Shoah et celle des Justes ?

Site Internet
Yad Vashem, un institut sur la mémoire de la Shoah et des Justes.
hachette-clic.fr/24hggt117

Repères

Juger les crimes nazis après Nuremberg

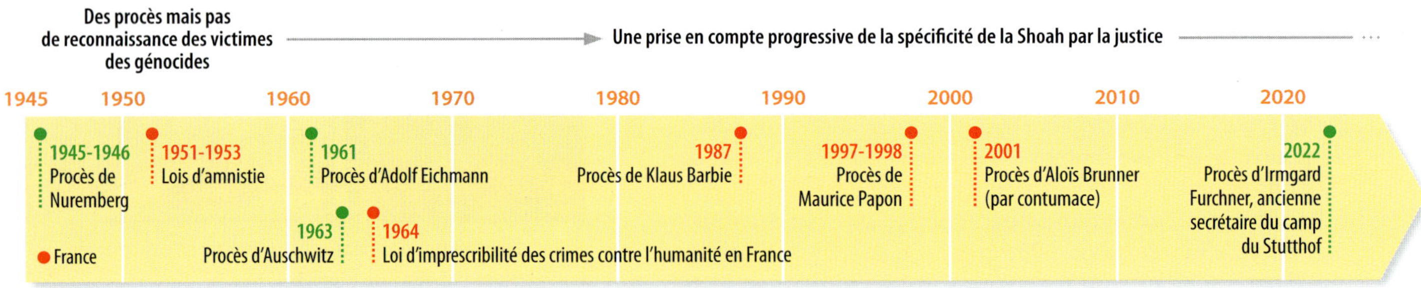

1 Le procès de Nuremberg (1945-1946)

	Tribunal militaire international de Nuremberg
Lieu / date	Palais de justice de Nuremberg / novembre 1945 à octobre 1946
Objectif	Établir la responsabilité de 24 dirigeants nazis pour les atrocités commises pendant la guerre
Composition	Juges américains, britanniques, français et soviétiques
Verdicts	• 12 condamnations à la pendaison • 7 condamnations à la prison • 3 acquittements (1 inapte à être jugé et 1 suicide en prison)

Source : T. Bruttmann, « Juger les crimes nazis après Nuremberg », *Encyclopédie d'histoire numérique de l'Europe*, 2021.

2 Les procès dans l'immédiate après-guerre dans les territoires allemands occupés (1945-1949)

	PROCÈS		CONDAMNATIONS
JUSTICE AMÉRICAINE		Procès dits « successeurs » à Nuremberg (12 procès) 1946-1948	
	Hauts responsables d'organisations nazies	Exemple : procès Oswald Pohl, responsable de la branche économique de la SS	4 condamnés à mort, 11 peines de prison et 3 acquittés
	Armée	Exemple : procès des *Einsatzgruppen*	14 condamnés à mort, 7 peines de prison
	Administration	Exemple : procès des médecins (1946-1947)	7 condamnés à mort, 9 peines de prison et 7 acquittés
	Entreprises	Exemple : procès Krupp	11 peines de prison et 1 acquitté
		Tribunal de Dachau (novembre 1945-août 1948)	
	Personnels des camps de concentration	Procès de Dachau	36 condamnés à mort, 4 peines de prison
	Personnels des camps de concentration	Procès de Mauthausen	58 condamnés à mort, 3 peines de prison
	Personnels des camps de concentration	Procès de Buchenwald	21 condamnés à mort, 10 peines de prison
JUSTICE BRITANNIQUE		Tribunal militaire à Lunebourg (1945-1946)	
	Procès de Belsen	Procès de Josef Kramer et de ses 44 subordonnés (septembre-novembre 1945)	11 condamnés à mort, 19 peines de prison, 14 acquittés
	Procès de Belsen	Personnels des camps de concentration (mais 1946)	4 condamnés à mort, 5 peines de prison, 1 acquitté
JUSTICE SOVIÉTIQUE		Tribunal national suprême (7 procès entre 1946 et 1948)	
	Procès de Varsovie	Procès de Rudolf Höss, commandant d'Auschwitz	Condamné à mort, pendu à Auschwitz le 16 avril 1947
	Procès d'Auschwitz à Cracovie	40 gardes et cadres du camp	23 condamnés à mort, 16 peines de prison et 1 acquitté

Sources : Tal Bruttmann, « Juger les crimes nazis après Nuremberg », *Encyclopédie d'histoire numérique de l'Europe*, 2021, « Irma Grese, la « hyène d'Auschwitz » », France Culture, 27 février 2023 et USHMM, 2024.

3 Le tournant du procès Eichmann en 1961

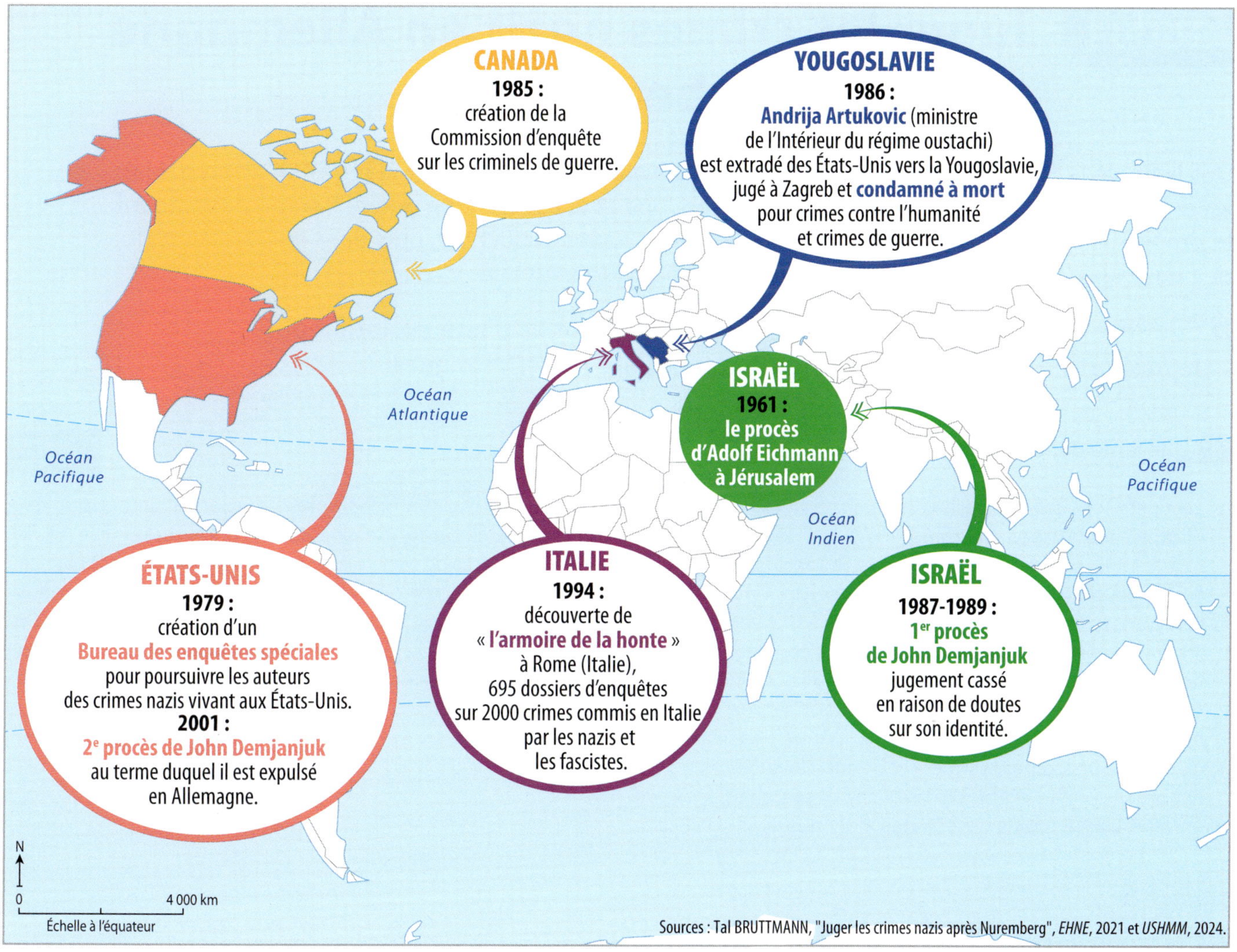

Sources : Tal BRUTTMANN, "Juger les crimes nazis après Nuremberg", *EHNE*, 2021 et *USHMM*, 2024.

Notions

Crime nazi : crime commis par les Nazis et ceux qui les ont aidés pendant la Seconde Guerre mondiale.

Dénazification : processus mis en place par les Alliés à la fin de la guerre pour éradiquer le nazisme dans l'ensemble de la société et dans les domaines judiciaire, politique, économique et culturel.

Ne pas confondre

RFA : République fédérale d'Allemagne créée le 23 mai 1949 sur un territoire regroupant les trois zones d'occupation américaine, française et britannique.

≠

RDA : République démocratique allemande créée le 7 octobre 1949 sur le territoire de la zone occupée par l'Armée rouge depuis la fin de la guerre.

POUR COMPRENDRE

1. L'idée de juger les Nazis et leurs complices pour leurs crimes naît pendant la guerre. Le Tribunal de Nuremberg (1945-1946) est la première étape mais de très nombreux autres procès ont lieu ensuite.

> Quelle est la principale différence entre le procès de Nuremberg et les autres procès de l'immédiat après-guerre ? (doc. 1 et 2)

> Quels sont les objectifs des nombreux procès organisés dans l'immédiat après-guerre ? (doc. 2)

2. En 1961, le procès d'Eichmann marque une rupture car c'est la première fois qu'un criminel nazi est jugé pour sa participation au génocide des Juifs et la Shoah est au cœur du procès. Les procès des nazis et de leurs collaborateurs se sont poursuivis jusqu'au début des années 2020.

> Montrez le changement d'échelle dans les jugements des crimes nazis entre 1945 et aujourd'hui. Justifiez votre réponse avec des exemples. (doc. 1, 2 et 3)

Étude 1 Juger les crimes nazis en Allemagne après Nuremberg

Dès la fin de la Seconde Guerre mondiale, les hauts dignitaires nazis sont jugés à Nuremberg. Mais les enjeux liés à la reconstruction politique de l'Europe et le contexte de guerre froide interrompent le processus de **dénazification**. Pourtant, dans les années 1960-1970, puis dans les années 2010, de nouveaux procès sont organisés en Allemagne pour juger les auteurs de crimes nazis.

› Comment, après Nuremberg, les procès témoignent-ils d'une évolution dans le rapport de la société allemande à la mémoire des crimes nazis ?

1 Une lente dénazification

La parole de l'historienne

Les instances créées par les Alliés (chambres de dénazification instaurées en mars 1946 par les Américains et en 1947 par les Français et les Britanniques) avaient à charge de classer la population selon cinq grandes catégories : les « principaux coupables » [...], les individus « compromis » [...], les individus « peu compromis » [...], les « suiveurs » [...] et les individus « exonérés » [...]. Or, selon l'expression désormais consacrée de Lutz Niethammer, les chambres de dénazification sont devenues une gigantesque « fabrique de suiveurs » [...]. D'après un bilan établi en 1949-1950, ces chambres ont en effet classé moins de 3 % des individus ayant comparu [...] dans les deux principales catégories de coupables, alors que la catégorie des « suiveurs » rassemble 51 % des cas traités en zone américaine, 45 % en zone française et 11 % en zone britannique (où près de 60 % des individus sont « exonérés »). Ainsi, la dénazification s'est transformée en un processus de réhabilitation qui facilite la réintégration des agents initialement évincés, en particulier dans les administrations.

Marie-Bénédicte Vincent, « De la dénazification à la réintégration des fonctionnaires, comment construire une éthique de la fonction publique en Allemagne de l'Ouest après 1945 ? », *Vingtième Siècle, Revue d'histoire*, n° 121, 2014.

2 Le procès de Francfort dit « procès d'Auschwitz », un événement en RFA (1963-1965)

Au second « procès d'Auschwitz », le procureur Fritz Bauer fait intervenir des historiens de l'Institut d'histoire contemporaine de Munich et de l'Université de Bonn. 211 survivants viennent témoigner.

3 Simon Wiesenthal, « chasseur de nazi »

Simon Wiesenthal est un survivant autrichien de la Shoah. Il a consacré sa vie à la collecte d'informations et à la recherche de criminels nazis.

Vidéo

« Impacts », Archives de Radio Canada, 22 juin 1985.
hachette-clic.fr/24hggt118

4 Justice et travail de mémoire

Juif, social-démocrate, le procureur Fritz Bauer a fui le nazisme et trouvé refuge au Danemark. De retour d'exil en 1949, Bauer est effaré par les non-dits de la société allemande et par le nombre d'anciens nazis en activité à des postes importants. Pour que naisse une véritable démocratie, il faut confronter l'Allemagne à son passé, telle est la conviction de Bauer. Lorsqu'un juif exilé en Argentine lui signale la présence du criminel nazi Adolf Eichmann à Buenos Aires, Bauer choisit pourtant de transmettre l'information au Mossad[1] plutôt qu'à une justice allemande infestée d'anciens sympathisants hitlériens. D'ailleurs, en août 1965, lorsque sera connu le verdict (plutôt clément) du procès de Francfort, où vingt-deux anciens SS étaient jugés, un procureur dépité aura ces mots, lourds de sens : *« Eichmann aurait été ravi d'être jugé en Allemagne. Il n'aurait écopé que de quelques années de prison ! »* Fritz Bauer veut que des nazis allemands soient jugés par des Allemands et pas seulement par des magistrats étrangers comme à Nuremberg, juste après la guerre. En janvier 1959, un journaliste lui remet les noms et grades de SS ayant, de plus ou moins près, participé aux massacres d'Auschwitz. Grâce à ce document, Bauer peut enfin demander que l'ensemble des cas de criminels de guerre allemands soit centralisé sous son autorité à Francfort.

Alain Constant, *Le Monde*, 17 mars 2019.

1. Services secrets israéliens.

Fritz Bauer
(1903-1968)

Juge et procureur allemand, il est arrêté par la Gestapo en 1935 en raison de ses idées politiques socialistes et de ses origines juives. Libéré, il s'exile au Danemark mais revient en Allemagne après la guerre. Il est à l'origine du procès de Francfort, dit procès « d'Auschwitz ».

Vocabulaire

Dénazification : processus mis en place par les Alliés à la fin de la guerre pour éradiquer le nazisme dans l'ensemble de la société et dans les domaines judiciaire, politique, économique et culturel.

5 Le procès de John Demjanjuk, un des derniers procès des crimes nazis

Dessin de Jeff Darcy, « Le « dernier jugement » de John Demjanjuk », cleveland.com, 2012.

Traduction : Je serai votre avocat lors de l'audience au sujet de votre expulsion dans l'au-delà.

Accusé de crimes de guerre et de crimes contre l'humanité, l'Ukrainien John Demjanjuk a été jugé trois fois : en 1988 en Israël où il est acquitté en raison de doutes sur son identité, en 2001 aux États-Unis pour avoir servi comme gardien dans différents camps. Après son expulsion des États-Unis, il est à nouveau jugé en Allemagne, en 2008, pour sa responsabilité dans la mort de plus de 29 000 personnes en tant que garde dans le centre de Sobibor.

ACTIVITÉ ORAL

Préparez un exposé de 5 minutes évoquant les enjeux de la justice des crimes nazis en Allemagne après Nuremberg. Pour vous aider, répondez aux questions.

1. Relevez les principales étapes de la dénazification en Allemagne après la guerre. **(doc. 1)**
2. Pourquoi Simon Wiesenthal déclare-t-il que les criminels nazis sont « les gagnants de la guerre froide » ? **(doc. 3)**
3. Montrez comment le procureur Fritz Bauer essaye de faire un travail d'histoire et de mémoire au procès de Francfort. **(doc. 2 et 4)**
4. D'après les **documents 4 et 5**, quel est l'intérêt de juger des criminels nazis dans les années 1980 ou 2000 ?

Vers le BAC Étude critique de document

En vous appuyant sur des éléments précis du **document 5**, vous expliquerez le point de vue du dessinateur sur les derniers procès des criminels nazis.

➥ **Méthode p. 339**

Étude 2 Le procès Eichmann en Israël en 1961, un tournant décisif

Le procès Eichmann se tient à Jérusalem en 1961. En examinant la responsabilité d'Adolf Eichmann dans l'élaboration de la « Solution finale », ce procès place la Shoah comme un événement spécifique au sein de la Seconde Guerre mondiale.

Pourquoi le procès Eichmann marque-t-il un tournant dans la compréhension de la Shoah ?

1 Le procès qui fait « entrer la Shoah dans l'histoire »

La parole de l'historienne

À travers un procès qui dura quatre mois, les témoignages et les documents produits par la défense et par l'accusation tentèrent de dessiner l'histoire du génocide. Ils porteront notamment sur la solitude absolue des Juifs abandonnés par les Alliés, et sur leur attitude face à l'extermination. Surtout – et c'est dire son importance – le procès Eichmann est l'événement qui fait entrer la Shoah dans l'histoire en le constituant en événement spécifique dans la Seconde Guerre mondiale, distinct des autres aspects de la criminalité nazie. Il marque un tournant irréversible dans l'émergence de la conscience collective du génocide, mais aussi dans les modalités de la présence de cette histoire. Nous vivons toujours dans l'ombre portée de ce procès. Toutes les « premières fois » s'y rassemblent. Pour la première fois, un procès se fixe comme objectif explicite de donner une leçon d'histoire ; pour la première fois apparaît le thème de la transmission ; pour la première fois, un procès est filmé en son intégralité pour la télévision qui en diffuse quotidiennement de larges extraits, aux États-Unis et en République fédérale d'Allemagne surtout ; pour la première fois, un historien, Salo Baron, professeur à l'Université Columbia, est cité à la barre des témoins pour tracer le contexte historique dans lequel les Israéliens souhaitent inscrire leur récit : l'histoire de communautés juives en diaspora. Enfin, le procès Eichmann marque l'avènement du témoin.

Annette Wieviorka, *Eichmann, De la traque au procès*, Archipoche, 2021.

Adolf Eichmann (1906-1962)

Officier SS, il coordonne à partir de 1941 les déportations des juifs d'Europe. Réfugié en Argentine, il est enlevé par les services secrets israéliens. Son procès se tient à Jérusalem en 1961. Il est condamné à la pendaison pour crime de guerre et crime contre l'humanité.

3 « L'avènement du témoin »

Vidéo
Yad Vashem
Français, 2016.
hachette-clic.fr/24hggt119

Georges Wellers, seul témoin français, décrit l'arrivée à Drancy des enfants du Vel' d'Hiv'.

2 Une importante médiatisation du procès

- 475 places accordées aux journalistes.
- Tous les jours, les minutes du procès sont distribuées en 4 langues (hébreu, allemand, anglais et français).
- La radio nationale, *la Voix d'Israël*, a le droit d'enregistrer la totalité de la procédure.
- Le procès est filmé par le réalisateur américain Leo Hurwitz.

Vocabulaire

« Solution finale à la question juive » : expression nazie désignant l'ensemble des politiques menées contre les Juifs avant de devenir une politique d'extermination systématique.

ACTIVITÉ

1. Pourquoi ce procès fait-il avancer la connaissance historique de la Shoah ? Appuyez-vous sur des exemples précis. **(doc. 1 et 3)**
2. Quels moyens renforcent la portée internationale du procès ? **(doc. 2)**
3. À l'aide du **document 3**, expliquez la dernière phrase du **document 1**.

JALON 2

Étude 3 Le procès Barbie en France en 1987

Le procès du « boucher de Lyon », Klaus Barbie, s'ouvre en 1987, soit environ 45 ans après les faits qui lui sont reprochés. Il marque un tournant dans la justice française puisque Barbie est le premier homme reconnu coupable de crime contre l'humanité pour son rôle dans la déportation de Juifs de France.

➤ Quels sont les enjeux historiques et mémoriels du procès de Klaus Barbie ?

Beate Klarsfeld

Née en 1939

Militante antinazie née en Allemagne, elle mène de nombreuses actions et campagnes dans les médias contre plusieurs personnalités ayant échappé à la condamnation dans l'après-guerre.

Serge Klarsfeld

Né en 1937

Historien et avocat, il milite contre l'impunité des anciens nazis, à travers un combat associatif, judiciaire et scientifique. Dans le *Mémorial de la déportation des Juifs de France* il répertorie les 75 500 juifs déportés de France.

1 Un procès rendu possible par l'imprescribilité des crimes contre l'humanité

Dans les mémoires qu'elle a écrits conjointement avec Serge, son mari, Beate revient sur les circonstances du procès de Klaus Barbie. Condamné à mort par contumace (en son absence) par le tribunal militaire de Lyon en 1954 pour son rôle dans la mort de Jean Moulin, Klaus Barbie s'est en effet enfui en Bolivie dont il obtient la nationalité en 1957. Protégé par le régime bolivien jusqu'en 1978, il est extradé vers la France en 1983.

« En août 1982, j'ai publiquement reproché à la justice française de ne pas avoir encore inculpé Barbie, dont la condamnation pour crimes de guerre en 1954 avait été prescrite en 1974. En se fondant sur la loi de 1964 sur l'imprescribilité des crimes contre l'humanité, il fallait au plus tôt que l'information ouverte contre lui prenne en compte les faits nouveaux que nous lui avions indiqués et qui n'avaient pas été retenus à charge contre lui dans son procès par contumace : le rapt des quarante-quatre enfants d'Izieu[1], la rafle de la rue Saint-Catherine et les déportés du convoi du 1er août 1944. Nous avions porté plainte contre Barbie et très précisément documenté ces faits nouveaux. Cette inculpation pour crimes contre l'humanité était nécessaire pour que la France puisse s'adresser à nouveau à la Bolivie. »

Beate et Serge Klarsfeld, *Mémoires*, 2015.

1. Arrestation de 51 personnes (dont 44 enfants) déportées à Auschwitz-Birkenau (une seule rescapée). L'ordre retrouvé par Serge Klarsfeld est la pièce maîtresse de l'accusation contre Barbie pour crimes contre l'humanité.

Vocabulaire

Imprescribilité : terme qui, en droit, signifie qu'il n'y a pas de durée limite pour une action en justice et que toute personne peut être poursuivie pour ces crimes jusqu'à sa mort.

2 Un verdict historique en France

Klaus Barbie : le verdict historique

Menottes aux mains, « le boucher de Lyon » a été amené à 16 h 45 dans le box des accusés. Les neuf jurés et les trois magistrats se sont retirés à 17 h 38 pour délibérer. Leur huis clos devait durer au moins six heures avant qu'ils ne rendent le verdict historique que tout le monde attendait : la perpétuité

Vêtu de son éternel complet couleur de muraille, l'ancien chef de la Gestapo de Lyon salue sa fille et son gendre, assis au premier rang, d'un signe de tête avant de serrer la main à son avocat, Me Vergès.

Il est 16 h 45, hier, au palais de justice de Lyon. Klaus Barbie vient d'être introduit dans le box des accusés.

« Vous vous levez, monsieur l'accusé », lui demande le président Cerdini. « Vous avez été tenu au courant du déroulement de votre procès. Les jurés vont se retirer. Auparavant, la faculté vous est donnée de vous exprimer. Avez-vous quelque chose à dire ? »

Faisant sensation, Barbie, pour la première fois, accepte de parler. En français. L'accent est rocailleux : « Oui, monsieur le Président, j'ai quelques mots à vous dire. Je n'ai pas commis le rapt d'Izieu. Je n'ai jamais eu le pouvoir de décider les déportations. J'ai combattu la Résistance, que je respecte, avec dureté. Mais c'était la guerre. Et, aujourd'hui, la guerre, c'est fini. »

Le résumé, en six phrases, des arguments développés tout au long du procès par ses avocats.

17 h 38. Les neuf jurés, qui n'ont manqué aucune journée du débat depuis le 11 mai, s'enferment avec le président Cerdini et ses deux assesseurs.

Ils commencent à répondre, une par une, aux 341 questions qui leur sont posées. Jusqu'à la dernière : « Existe-t-il des circonstances atténuantes en faveur de l'accusé ? »

Barbie est reconduit dans sa cellule du petit dépôt. On estime alors que le délibéré va durer près de six heures.

A minuit et demi, le verdict tombait : la perpétuité pour Klaus Barbie.

LE REPORTAGE DE NOTRE ENVOYÉ SPÉCIAL GERMAIN CHAMBOST PAGE 3

Affaire Gordji : cellule de crise

Le gouvernement français réaffirme sa détermination de voir Wahid Gordji se présenter devant la justice française

Jacques Chirac a réuni hier soir, à l'hôtel Matignon, les ministres concernés par « l'affaire Gordji », le numéro deux de l'am- […] les attentats terroristes de septembre 1986 à Paris. Au lendemain de la spectaculaire réapparition de M. Gordji à

Source : *Sud-Ouest*, 4 juillet 1987.

Le procès de Klaus Barbie le condamne à la prison à perpétuité. C'est le premier procès à être intégralement filmé en France. Il est suivi par 900 journalistes français et étrangers.

ACTIVITÉ

En binôme, discutez la citation d'Annette Wieviorka sur le procès Barbie : « Ce procès présente certaines similitudes (avec le procès Eichmann) notamment son extradition mais la similitude s'arrête là ».
Pour vous aider, complétez le tableau.

Les procès…	Eichmann, p. 242	Barbie, p. 243
Contexte (lieu, date)		
Acteurs (juges, témoins…)		
Accusations		
Verdict		
Rôle historique et mémoriel		

Étude 1 PROJET EXPOSITION Le génocide dans la littérature et le cinéma

Avant même la fin de la Seconde Guerre mondiale, la Shoah est racontée : témoignages écrits, romans, bandes-dessinées, films. La place de la Shoah et du génocide des Tsiganes dans la littérature et le cinéma et les débats que cela engendre permettent de comprendre l'évolution de cette mémoire dans la société.

Comment la littérature et le cinéma permettent-ils d'appréhender la réalité des génocides ?

La Shoah, un sujet déjà abordé pendant la guerre → Des génocides racontés dans la littérature surtout et peu au cinéma → Une spécificité qui émerge → Des livres et des films de plus en plus nombreux sur les génocides

1939 – 1945 – 1960 – 1970 – 1980 – 1990 – 2000 – 2010 – 2020

- 1943-1944 Écriture de *Je suis le dernier juif* par Chil Rajchman (publié en 2009) (livre)
- 1944 *La bête est morte !* bande dessinée de Calvo et Dancette (livre)
- 1944 *None shall escape*, d'André de Toth (film)
- 1947 *Si c'est un homme*, de Primo Lévi et *Journal* d'Anne Frank (livres)
- 1955 *La nuit*, d'Elie Wiesel (livre)
- 1956 *Nuit et Brouillard*, d'Alain Resnais (film)
- 1962 *Les bagages de sable*, d'Anna Langfus (prix Goncourt) (livre)
- 1985 *Shoah*, de Claude Lanzmann (film)
- 1986-1991 *Maus*, d'Art Spiegelman (livre)
- 1994 *La liste de Schindler*, de Steven Spielberg (7 Oscars) (film)
- 1998 *La Vie est belle*, de Roberto Benigni (film)
- 2009 *Les disparus*, de Daniel Mendelsohn (livre)
- 2015 *Le fils de Saul*, de Lazslo Nemes (Grand Prix du festival de Cannes et 1 Oscar) (film)
- 2023 *La zone d'intérêt*, de Jonathan Glazer (film)

● Livres ● Films

A La mémoire des génocides dans la littérature et le cinéma

1 La littérature, relai efficace du témoignage ?

Né en 1919 à Turin en Italie, Primo Lévi est déporté en février 1944 à Auschwitz-Birkenau. Il publie Si c'est un homme *en 1947 mais ce n'est que 10 ans après que le livre est mondialement reconnu. Il n'est publié en France qu'en 1961.*

Nous savons que les camps de Buna-Monowitz et de Birkenau n'accueillirent respectivement que quatre-vingt-seize hommes et vingt-neuf femmes de notre convoi et que deux jours plus tard il ne restait de tous les autres – plus de cinq cents – aucun survivant. Nous savons aussi que ce semblant de critère dans la discrimination entre ceux qui étaient reconnus aptes et ceux qui ne l'étaient pas ne fut pas toujours appliqué [...]. Ainsi mourut la petite Emilia, âgée de trois ans, tant était évidente aux yeux des Allemands la nécessité historique de mettre à mort les enfants des juifs. [...] Ainsi disparurent en un instant, par traîtrise, nos femmes, nos parents, nos enfants. Presque personne n'eut le temps de leur dire adieu. Nous les aperçûmes un moment encore, telle une masse sombre à l'autre bout du quai, puis nous ne vîmes plus rien.

Primo Lévi, *Si c'est un homme*, 1947. Édition Julliard, 1987. Traduit de l'italien par Martine Schruoffeneger.

2 Le succès mondial du *Journal d'Anne Frank*

Anne Frank (1929-1945)

Jeune fille juive d'origine allemande vivant à Amsterdam, elle se cache à partir de 1942 avec sa famille pour échapper aux persécutions nazies. Elle tient un journal qu'elle écrit en néerlandais et où elle décrit sa vie quotidienne. Anne Frank est arrêtée le 4 août 1944 avec toute sa famille. Après être passée par le camp d'Auschwitz, elle meurt du typhus au début de l'année 1945 dans le camp de Bergen-Belsen où elle avait été transférée par les Allemands en raison de l'avancée soviétique. Son *Journal* est publié en 1947.

3 L'écriture des descendants

Ceux qui étaient enfants pendant la Shoah

Ce sont les enfants cachés et ceux qui ont perdu des parents durant la Shoah. George Perec, Pierre Vidal-Naquet, Roman Polanski.

Exemple : dans le roman W ou le souvenir d'enfance, *Georges Perec croise une fiction et un récit autobiographique qui commence ainsi « je n'ai pas de souvenir d'enfance. »*

La deuxième génération, les écrivains nés après la guerre

Écrivains et cinéastes n'ayant pas assisté à la guerre mais à ses séquelles sur leurs parents.

Exemple : dans la bande dessinée Deuxième génération, *Michel Kichka retrace son enfance et le poids de l'absence de transmission de la mémoire de la Shoah dans sa famille.*

La troisième génération, les petits-enfants qui enquêtent sur leurs familles

Ces romans commencent aujourd'hui et remontent le temps pour comprendre qui étaient ces ancêtres assassinés : Daniel Mendelsohn, Ivan Jablonka, Anne Berest, Sara Del Giudice.

Au cinéma, des réalisateurs font des films sur la Shoah qui a touché leur famille, c'est le cas de Steven Spielberg.

Source : Anny Dayan Rosenman, *Les alphabets de la Shoah. Survivre, témoigner, écrire*, 2013.

4 L'impact des films sur le grand public

La parole de l'historien

S'interroger sur la présence du génocide des Juifs au cinéma revient, souvent, à se demander quelles productions ont marqué l'imaginaire collectif. Répondre à cette question conduit à identifier tout à la fois une chronologie et un corpus de films. Il est communément accepté que ce dernier s'ouvre avec une série télévisée américaine, *Holocauste* (Marvin Chomsky, 1978), qu'il se poursuit avec un documentaire, *Shoah* (Claude Lanzmann, 1985), et qu'il se conclut avec une production hollywoodienne, *La liste de Schindler* (Steven Spielberg, 1993). La série de 1978 est reconnue pour avoir retenu l'attention des spectateurs américains, qui ont été des millions à la regarder. Ces trois films sont très régulièrement cités, car ils constituent des marqueurs d'une histoire culturelle de la mémoire du génocide. Au même titre que des procès, des romans, des bandes dessinées, ils ont parfois devancé, d'autres fois accompagné la prise de conscience de la spécificité du génocide des Juifs. Il faut alors être attentif aux enjeux nationaux et ne pas présupposer une histoire mondialisée. En effet, en 1978, c'est aux États-Unis qu'*Holocauste* fait événement (il est ensuite seulement diffusé à travers le monde), tout comme c'est principalement en France en 1987 – lors de son premier passage à la télévision –, que *Shoah* participe d'une prise de conscience nationale. Il faut ajouter que les films marquants ne sont pas les mêmes en Israël, en Pologne, en Allemagne ou encore en Italie.

Rémy Besson, « Le génocide des Juifs au cinéma », *Encyclopédie d'histoire numérique de l'Europe*, 23 juin 2021.

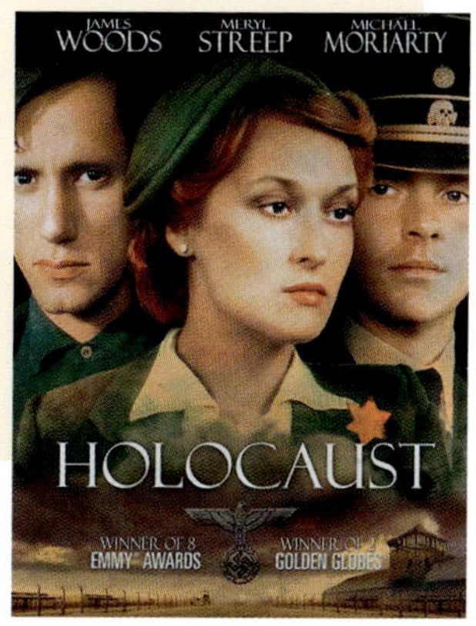

5 La bande-dessinée, outil d'expression et de transmission de la mémoire

Vidéo

Maus de Art Spiegelman, ARTE Book Club, ARTE
hachette-clic.fr/24hggt120

ACTIVITÉ

1. Montrez que la volonté de témoigner débute dès la guerre et que les rescapés poursuivent cet effort après le conflit. Comment ces témoignages sont-ils reçus par le grand public ? **(frise et doc. 1 et 2)**

2. Comparez les évolutions entre productions littéraires et cinématographiques. Comment participent-elles au travail de mémoire ? **(doc. 3 et 4)**

3. Pourquoi peut-on dire que la bande-dessinée *Maus* n'est pas seulement consacrée à l'histoire de la Shoah mais aussi à la transmission de sa mémoire ? **(doc. 5)**

Vers le BAC — Dissertation

En vous appuyant sur les documents et vos connaissances, rédigez un paragraphe de dissertation dans lequel vous montrerez que la mémoire de la Shoah a connu des évolutions dans la littérature.

B L'assassinat dans les chambres à gaz, une représentation impossible ?

6 Le refus catégorique de Claude Lanzmann

L'avis du réalisateur

Claude Lanzmann (1925-2018) est le réalisateur du documentaire Shoah *sorti en 1985. Ce film, qui ne compte aucune image d'archives, a été inscrit au registre de la Mémoire du monde de l'Unesco en 2023.*

Spielberg va se trouver confronté à un dilemme, il ne peut pas raconter l'histoire de Schindler[1] sans dire aussi ce qu'a été l'Holocauste. Même s'il montre les « actions » au sens allemand du terme, au moment de la déportation au ghetto de Cracovie, même s'il montre le chef du camp tirant sur les déportés, comment peut-il être juste par rapport à la normalité de la procédure de mort, de la machinerie de l'extermination ? Non, ça ne se passait pas comme cela pour tout le monde. L'Holocauste est d'abord unique en ceci qu'il édifie autour de lui, la limite à ne pas franchir parce qu'un certain absolu d'horreur est intransmissible : prétendre le faire, c'est se rendre coupable de la transgression[2] la plus grave. La fiction est une transgression, je pense profondément qu'il y a un interdit de la représentation. En voyant la *Liste de Schindler*, j'ai retrouvé ce que j'avais éprouvé en voyant le feuilleton *Holocauste*. Le feuilleton ou le film hollywoodien transgressent parce qu'ils « trivialisent[3] », abolissant ainsi le caractère unique de l'Holocauste. « Il n'y a pas une seconde d'archives dans *Shoah*, parce que ce n'est pas ma façon de travailler, de penser, et aussi parce qu'il n'en existe pas. Alors la question est ainsi posée : pour témoigner, est-ce qu'on invente une forme nouvelle ou est-ce qu'on reconstruit ? »

Claude Lanzmann, *Le Monde*, 3 mars 1994.

1. La *Liste de Schindler* est un film réalisé par Steven Spielberg sorti en France en mars 1993. Il raconte l'histoire d'un Allemand travaillant avec les nazis et ayant sauvé 1 200 juifs.
2. Action d'enfreindre une règle. 3. Rendre banal.

Claude Lanzmann (1925-2018)

Journaliste, écrivain et cinéaste, il est issu d'une famille juive d'Europe de l'Est et c'est un ancien résistant communiste français. Ayant grandi en dehors de la culture juive, il s'intéresse cependant à ses racines dans l'après-guerre. Il est le réalisateur d'un documentaire monumental (9 h 30 de film) sur la Shoah, dans lequel il prend le parti de n'utiliser aucune image d'archives.

7 La représentation des chambres à gaz au cinéma

Image 1 : *La liste de Schindler*, Steven Spielberg, 1994.
Au son de cris et de coups, des femmes nues entrent dans une pièce. Le spectateur observe leur terreur à travers l'œilleton et leur soulagement lorsque de l'eau sort des pommeaux de douche.

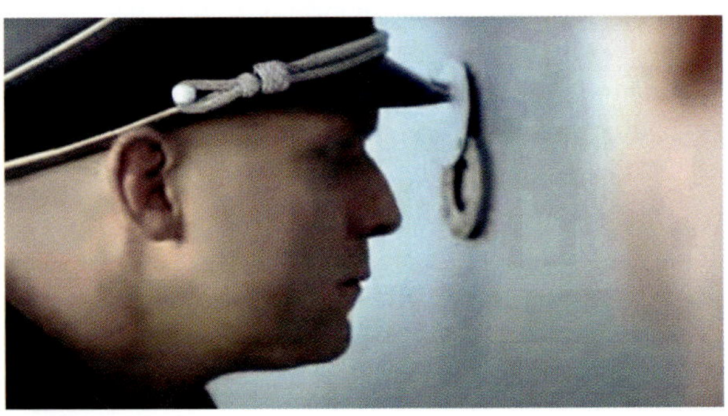

Image 2 : *Amen*, Costa Gavras, 2002.
À Belzec, un soldat sur le toit verse du Zyklon B par une trappe. Le personnage principal s'approche de l'œilleton, regarde et recule brusquement. L'intérieur n'est pas montré.

Image 3 : *Le fils de Saul*, Laszlo Nemes, 2015.
Saul, lui-même prisonnier juif, passe au milieu des déportés qui se déshabillent. Il les regarde entrer dans une pièce mais reste à l'extérieur. On entend des cris et des coups de plus en plus forts donnés sur la porte. Puis l'image se coupe.

ACTIVITÉ

1. Relevez les reproches adressés par Claude Lanzmann au film de Steven Spielberg. **(doc. 6)**
2. D'après Claude Lanzmann quels défis se posent aux réalisateurs de films sur la Shoah ? **(doc. 6 et 7)**
3. Quels procédés cinématographiques ont été utilisés par les cinéastes pour évoquer le génocide ? Selon vous, quel est le ressenti du spectateur ? **(doc. 7)**

Vers le BAC Grand oral

Organisez une joute verbale entre un réalisateur et un producteur de film qui s'opposent sur la manière de représenter la Shoah au cinéma.

PROJET Réaliser une exposition

Capacité Réaliser une présentation visuelle pour comprendre le rôle du cinéma et la littérature dans la représentation des génocides

MISSION ➜ À partir de vos réponses aux questions posées page 245 et page 246 et de vos recherches sur les films ou les livres proposés, réalisez un poster sur le sujet : « Peut-on représenter la Shoah au cinéma et dans la littérature ? »

étape 1 Préparer le poster

1. Analysez le sujet à l'aide des réponses apportées aux questions pages 245 et 246.

2. Répartissez la classe en groupe de trois élèves. Chaque groupe choisit un film ou un livre pour réaliser un poster. Il s'agit d'insister sur la critique et les éventuelles polémiques sur la représentation de la Shoah qui ont entouré la sortie de ce film ou de ce livre.

Voici des exemples de films :

- *Nuit et Brouillard*, d'Alain Resnay, 1956.
- *Holocauste*, de Marvin Chomsky, 1978. (mini-série en 4 épisodes)
- *La liste de Schindler*, de Steven Spielberg, 1993.
- *La vie est belle*, de Roberto Benigni, 1997.
- *Amen*, de Costa Gavras, 2002.
- *Le pianiste*, de Roman Polanski, 2002.
- *Le Labyrinthe du silence*, de Giulio Ricciarelli, 2014.
- *Le fils de Saul*, de Laszlo Nemes, 2016.
- *Le rapport Auschwitz*, de Peter Bebjak, 2021.
- *La Zone d'intérêt*, de Jonathan Glazer, 2023.

Consultez la liste des films disponibles sur la vidéothèque de l'établissement.

Voici des exemples de livres :

- *La mort est mon métier*, de Robert Merle, 1952.
- *Master Race*, de Bernard Krigstein et Al Feldstein, 1955.
- *L'histoire des trois Adolf*, d'Osamu Tezuka, 1984.
- *Les Bienveillantes*, de Jonathan Littell, 2006.
- *X-Men : Magneto Testament*, de Greg Pak, Marko Djudjevic, 2009.
- *Jan Karski*, de Yannick Haenel, 2009.
- *Le magicien d'Auschwitz*, de José Rodrigues dos Santos, 2021.

Consultez la liste des ouvrages disponibles au CDI de votre établissement.

3. Par groupe, formulez une problématique en guise de titre.

Voici des exemples de problématiques :

- *Nuit et Brouillard* d'Alain Resnais, un film qui occulte la responsabilité française dans la Shoah ?
- *La vie est belle* de Roberto Benigni, peut-on faire une fable sur la Shoah ?
- *Les Bienveillantes* de Jonathan Littell, pourquoi inventer la vie d'un bourreau ?

4. Par groupe, menez des recherches et sélectionnez des documents pour illustrer votre poster. Il comprendra au minimum l'affiche du film ou la couverture du livre, une image et un texte (article de journal, extrait d'essai scientifique, …).

5. Par groupe, rédigez une courte présentation orale de votre poster. Insistez sur les raisons de votre choix et les trois ou quatre grandes idées à retenir sur ce film ou sur ce livre.

Soignez la présentation de votre poster en variant les supports d'écriture, la nature des documents, …

étape 2 Présenter l'exposition

6. Disposez les posters dans la salle.

7. Chaque groupe de trois élèves présente à l'oral son poster devant le reste de la classe.

Les fiches de présentation des posters peuvent être assemblées pour constituer un livret de l'exposition.

OTC

Leçon 1 Une « première mémoire » entre affirmation et oubli (1941-1961)

Comment les mémoires de la Shoah et du génocide des Tsiganes émergent-elles après la guerre ?

A Une perception de la singularité de la Shoah dès la guerre

- **Pendant la guerre, les Juifs qui échappent aux massacres essayent de témoigner.** Emanuel Ringelblum coordonne la collecte d'archives dans le ghetto de Varsovie jusqu'à sa liquidation (1943). En France, Isaac Schneersohn crée le Centre de documentation juive contemporaine et des rescapés mettent leurs témoignages par écrit dès 1944.
- **Dès 1943, avec l'avancée de l'Armée rouge, des procès sont organisés.** Les membres des *Einsatzgruppen* et leurs collaborateurs sont jugés lors des procès de Karsnodar, Kharkov et Lublin. En France, avec la libération en 1944, l'**épuration** judiciaire se met en place à la demande de Charles de Gaulle. Des tribunaux spécifiques sont mis en place.
- **Le cinéma cherche à montrer l'horreur du génocide.** En 1944, le cinéaste André De Toth réalise *None shall escape*, le premier film de fiction qui évoque la Shoah. Lors de la « libération » des camps, des images sont prises comme à Bergen-Belsen où les Britanniques filment les corps, mais aussi les déclarations des membres de leurs troupes face à cette découverte.

JALON 3 p. 244

B Une reconnaissance limitée

- **Après la défaite du IIIe Reich, les Alliés tentent de poursuivre et de juger les criminels nazis.** Le procès de Nuremberg (1945-1946) est suivi par des dizaines d'autres procès qui visent l'armée, l'administration, les médecins et les responsables d'organisations nazies. Le personnel des camps est également jugé.
- **Cependant de nombreux criminels échappent à la justice.** Dès 1945, des spécialistes allemands en armement sont recrutés par les États-Unis (opération *Paperclip)* et l'URSS (opération *Osoaviakhim*). D'autres, comme Adolf Eichmann ou Klaus Barbie parviennent à s'enfuir via des réseaux d'exfiltration (les « *ratlines* »). En RFA, la **dénazification** est freinée par la nécessité de reconstruire le pays.
- **Dans l'immédiate après-guerre, de rares lieux de mémoire sont érigés.** À Minsk, en 1946, des survivants érigent un monument sur l'emplacement d'un site de fusillade (5 000 Juifs assassinés). En France, des cérémonies sont organisées dans les camps de Pithiviers et Beaune-la-Rolande mais la déportation reste associée à la résistance.

JALON 2 p. 238

JALON 1 p. 230

C Une lente prise de conscience

- **Dans un souci de reconstruction de la cohésion nationale, la spécificité des populations assassinées est gommée.** En France, on met en avant les rescapés politiques de la déportation tandis que les rescapés juifs sont peu écoutés. À Auschwitz, le musée mémorial met en avant la résistance polonaise. Mais il existe des exceptions. En 1948, un monument aux héros du ghetto est inauguré à Varsovie.
- **En parallèle, les témoignages des rescapés sont publiés.** En 1947, *Si c'est homme* de Primo Lévi sort dans l'indifférence alors que *le Journal* d'Anne Frank connaît un retentissement mondial. Le cinéma ne montre pas encore la spécificité du génocide. En 1956, dans *Nuit et Brouillard* d'Alain Resnais, le mot « juif » n'est prononcé qu'une fois et le film, censuré, est retiré de la sélection du festival de Cannes.
- **Grâce aux archives conservées pendant la guerre et aux fonds constitués pour les procès, les historiens travaillent sur le génocide.** Léon Poliakov publie le premier ouvrage qui lui est consacré : *Bréviaire de la haine. Le IIIe Reich et les Juifs* (1951). La première étude sur la rafle du Vel d'Hiv' écrite par Georges Wellers est éditée dès 1949. Il y montre son organisation, ses suites et les réactions de l'opinion, mais ces travaux restent confidentiels.

JALON 3 p. 244

***Nuit et Brouillard*, un documentaire censuré à sa sortie en 1956**

Dans *Nuit et Brouillard* d'Alain Resnais, cette image montre le camp de Pithiviers où les Juifs français étaient internés avant d'être déportés. En 1956 1, la censure de la IVe République exige que le gendarme français, reconnaissable à son képi, soit masqué. L'originale ne sera rétablie qu'en 1997 2.

Vocabulaire

Dénazification : processus mis en place par les Alliés à la fin de la guerre pour éradiquer le nazisme dans l'ensemble de la société allemande et dans les domaines judiciaire, politique, économique et culturel.

***Einsatzgruppen* :** « groupes d'intervention » composés de SS et de policiers qui, en arrière des troupes allemandes envahissant l'Europe de l'Est à partir de juin 1941, ont fusillé entre 500 000 et 800 000 juifs entre juin et décembre 1941.

Épuration : action de juger et d'éliminer d'une administration, d'une entreprise, d'un parti politique les personnes ayant collaboré avec les nazis.

OTC

Leçon 2 Une nouvelle dynamique mémorielle des années 1960 aux années 1980

Quelles conditions marquent une nouvelle étape dans le récit mémoriel ?

A La justice, élément essentiel pour construire la mémoire

JALON 2 p. 238

- **Le procès d'Adolf Eichmann à Jérusalem en Israël en 1961 est un tournant car pour la première fois la spécificité du génocide des Juifs est soulignée.** Le Premier Ministre David Ben Gourion le présente comme « le Nuremberg du peuple juif », le procureur Gideon Hausner veut en faire une leçon d'histoire et, surtout, 111 témoins déposent à la barre.
- **Ce procès est retransmis et suivi dans le monde entier, notamment en Allemagne où de nombreux autres procès ont lieu, dont celui d'Auschwitz à Francfort (1963-1965).** Les procès des gardes des centres de mise à mort (Treblinka, Sobibor) sont organisés mais les condamnations restent limitées. En 1970, la convention de l'ONU sur l'imprescribilité des crimes contre l'humanité est adoptée.
- **Ces procès marquent une volonté, en RFA, d'assumer le passé.** Le procureur Fritz Bauer veut en faire un enseignement pour les jeunes générations. Ce processus se concrétise lorsque le chancelier Willy Brandt, ancien résistant, s'agenouille le 7 décembre 1970 devant le mémorial aux héros du ghetto à Varsovie.

Willy Brandt, chancelier de RFA, à genoux devant le monument aux héros du ghetto à Varsovie (7 décembre 1970).

B Une meilleure connaissance des génocides ?

JALON 1 p. 230

- **En amont des procès, des fouilles archéologiques sont menées sur les sites des génocides.** Elles ont lieu dès la fin de la guerre à Treblinka et à Belzec, mais seulement à la fin des années 1970 à Chelmno où les salles de déshabillage et le couloir par lequel les juifs étaient conduits vers les camions sont identifiés.
- **Le travail des historiens participe aussi de cette dynamique.** En 1961, Raul Hilberg publie *La Destruction des Juifs d'Europe*, ouvrage majeur dans lequel il propose une estimation de 5 millions de victimes juives. En France, l'ouvrage de l'Américain Robert Paxton, *La France de Vichy*, publié en 1973, marque une rupture car il montre la participation active du régime de Vichy dans la déportation des Juifs.
- **Le génocide des Tsiganes est seulement reconnu dans les années 1980.** La diversité des persécutions (internement en France, exterminations ciblées des Roms et Sinti du Reich ou en Pologne) freine la compréhension de ce crime. En 1980, un groupe de Sinti débute une grève de la faim pour exiger la reconnaissance du génocide. C'est chose faite en 1982 en RFA et un mémorial est érigé à Birkenau.

Raul Hilberg (1926-2007)

Historien et politologue américain d'origine autrichienne, il fuit Vienne à l'âge de 13 ans pour échapper aux persécutions antisémites et se réfugie, seul, aux États-Unis. Son ouvrage *La Destruction des Juifs d'Europe*, publié en 1961, devient une référence historiographique qui démontre l'ensemble du processus du génocide perpétré à l'encontre des Juifs durant la Seconde Guerre mondiale.

C Une nouvelle compréhension des génocides

JALON 3 p. 244

- **Les années 1960-1970 sont marquées par un renouveau littéraire.** Des romans sur la Shoah sont publiés comme *Les Bagages de sable* d'Anna Langfus, prix Goncourt en 1962. Les œuvres de fiction questionnent la mémoire et sont souvent écrites par des auteurs qui étaient enfants pendant la guerre comme Georges Perec. En 1969, Marcel Gotlib raconte son quotidien d'enfant caché dans une bande-dessinée publiée dans la revue *Pilote*.
- **L'opinion publique joue un rôle important dans la reprise de la recherche des criminels nazis.** Serge et Beate Klarsfeld recherchent les nazis condamnés par **contumace** en France comme Klaus Barbie. Simon Wiesenthal fait de même en Allemagne et en Autriche. Ceux que l'on nomme alors « les chasseurs de nazis » influencent le cinéma hollywoodien : *Marathon Man* (1976) et *Ces garçons qui venaient du Brésil* (1978).
- **En 1978, le téléfilm *Holocauste* de Marvin Chomsky marque une nouvelle étape dans la construction de la mémoire.** Événement aux États-Unis, il est visionné par 100 millions de téléspectateurs, provoque de nombreuses polémiques et pousse le président Jimmy Carter à nommer une commission présidentielle sur l'étude du génocide présidée par Elie Wiesel.

Vocabulaire

Contumace : procès et condamnation dont la décision est prononcée en l'absence de la personne jugée.

OTC

Leçon 3 Les nouveaux enjeux mémoriels (depuis les années 1990)

Pourquoi la connaissance de la Shoah et du génocide des Tsiganes est-elle toujours considérée comme un enjeu pour les sociétés ?

A Reconnaître et commémorer les génocides

Les formes de reconnaissance des génocides se multiplient, suscitant parfois des tensions. La reconnaissance du rôle de l'État français dans la déportation est tardive, tous les prédécesseurs de Jacques Chirac (1995) s'étant refusé à le faire. En Pologne, la création d'une zone de préservation autour du site d'Auschwitz par l'Unesco est mal acceptée.

L'indemnisation des victimes fait partie du processus de reconnaissance. En 1998, les banques suisses s'engagent à restituer les fonds et œuvres d'art ayant appartenu à des Juifs. En France, les fonds en déshérence issus de la spoliation sont versés à la Fondation pour la Mémoire de la Shoah chargée de développer la recherche et de diffuser les connaissances sur les persécutions antisémites.

Des journées de commémoration sont instaurées. Si l'État d'Israël est précurseur avec l'instauration d'une journée de « l'Holocauste et de l'Héroïsme » en 1951, c'est en 2005 qu'une journée internationale dédiée à la mémoire des victimes de l'Holocauste est célébrée le 27 janvier sur décision de l'ONU. En 2015, le Parlement européen fait du 2 août la journée officielle de commémoration du génocide des Tsiganes.

B Lutter contre l'oubli et le négationnisme

Les États soutiennent la création de musées et de mémoriaux : musée-mémorial de l'Holocauste de Washington inauguré en 1993, Mémorial de la Shoah en 2005. À Berlin, le Mémorial aux Juifs assassinés d'Europe est construit en 2005 et le Mémorial aux Sinti et aux Roms est inauguré en 2012 par la chancelière Angela Merkel.

JALON 1 p. 230

La lutte contre l'oubli et le négationnisme devient un enjeu. Le négationnisme s'affirme dans les années 1970 avec Robert Faurisson en France ou David Irving en Angleterre. Plusieurs pays d'Europe se dotent alors d'une législation punissant l'expression publique du négationnisme comme la loi Gayssot (France) en 1990.

Les derniers procès sont le résultat du travail des historiens et des « chasseurs de nazis ». En France, quatre jugements pour crimes contre l'humanité ont lieu entre 1987 (Barbie) et 2001 (Aloïs Brunner par contumace). Des procès se tiennent aux États-Unis et en Allemagne qui soulèvent la question de l'âge des accusés devenus vieillards.

JALON 2 p. 238

C Transmettre les mémoires

Les historiens s'emparent aujourd'hui des questions de mémoire. Ainsi, Marcello Pezzetti a retrouvé l'emplacement de la première chambre à gaz de Birkenau tandis qu'Annette Wieviorka a étudié l'évolution de la mémoire d'Auschwitz. La recherche s'élargit à de nouvelles mémoires, comme celle des Justes grâce aux travaux de Jacques Semelin. Les historiens spécialistes du génocide des Roms et des Sinti sont aussi de plus en plus nombreux.

Les œuvres cinématographiques et littéraires sur les génocides participent à cette transmission. Les films sur la Shoah et le génocide des Tsiganes sont nombreux mais font parfois l'objet de polémiques (*La Liste de Schindler* de Steven Spielberg). Dans la littérature, des enquêtes dites de la « troisième génération » (*Histoire des grands-parents que je n'ai jamais eus* d'Ivan Jablonka), c'est-à-dire des petits-enfants de déportés, montrent une volonté de mieux connaître leurs origines.

JALON 3 p. 246

Face à la disparition des derniers témoins, des initiatives se multiplient pour que leurs paroles ne soient pas oubliées. Dès 1994, Steven Spielberg crée une fondation pour enregistrer un maximum de témoignages visuels de survivants. En France, l'INA et la Fondation pour la mémoire de la Shoah mettent en ligne 105 témoignages.

L'hommage de la Nation aux Justes de France

Sur recommandation de la Fondation pour la mémoire de la Shoah, le président Jacques Chirac fait entrer les Justes de France au Panthéon le 18 janvier 2007.

Vocabulaire

Spoliation : action de déposséder quelqu'un de ses biens.

Déshérence : absence d'héritiers pour recevoir une succession qui est donc conservée par l'État.

Négationnisme : déni de certains génocides ou crimes majeurs, malgré la présence de preuves flagrantes rapportées par les historiens. La définition a été forgée après le déni de la shoah par certains intellectuels.

Justes ou « Justes parmi les Nations » : plus haute distinction civile créée par l'État d'Israël et décernée aux personnes non juives ayant aidé les Juifs sous l'occupation nazie au péril de leur propre vie.

L'essentiel OTC > Leçons 1 à 3

RÉVISER EN SE TESTANT

Exercices interactifs

hachette-clic.fr/24hggt121

SCHÉMA BILAN

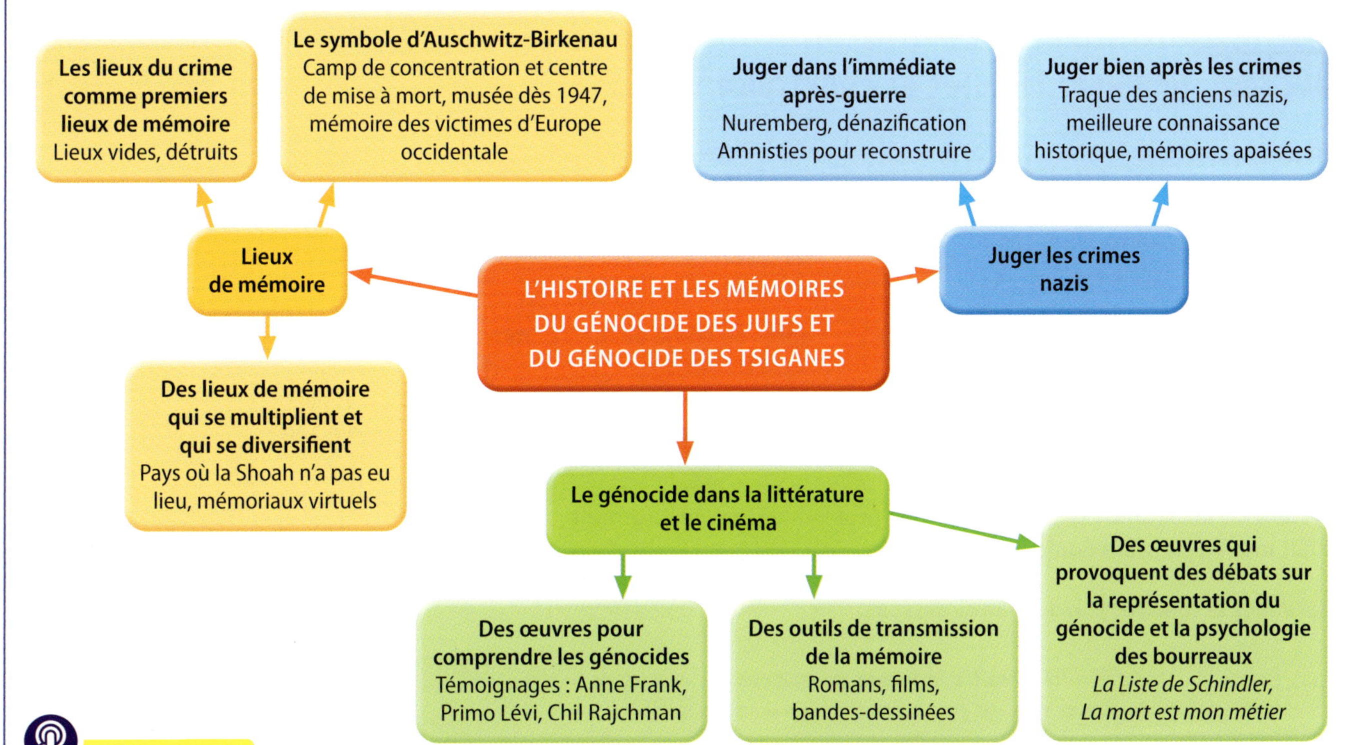

Schéma interactif
hachette-clic.fr/24hggt122

RÉVISER EN SE DOCUMENTANT

À voir

- *La petite prairie aux bouleaux*, de Marceline Loriden-Ivens, 2003 : une rescapée décide de retourner à Auschwitz-Birkenau.
- *Les secrets de mon père*, de Vera Belmont, 2022 : une adaptation de la bande-dessinée de Michel Kichka *Deuxième génération*.
- *Liberté*, de Tony Gatlif, 2009 : l'histoire de Taloche, personnage librement inspiré de Joseph Toloche interné à Montreuil-Bellay, libéré puis arrêté et déporté à Birkenau.

À lire

- *Nouvelle histoire de la Shoah*, d'A. Bande, P.-J. Biscarat et O. Lalieu, Éd. Marabout, 2023 : un ouvrage de synthèse qui rassemble des éléments factuels et des mises au point historiographiques.
- *Un album d'Auschwitz*, de T. Bruttmann, S. Hördler, C. Kreutzmüller, Éd. Seuil, 2023 : un travail d'enquête et d'analyse des images autour de l'album d'Auschwitz.
- *Batchalo*, de M. Le Galli et A. Betend, Éd. Delcourt, 2012 : l'histoire d'un groupe de Tsiganes qui fuit les persécutions entre la Tchécoslovaquie et l'Allemagne.

Sur le web

Sites Internet
hachette-clic.fr/24hggt123
hachette-clic.fr/24hggt124
hachette-clic.fr/24hggt125

- Exposition du mémorial de la Shoah « Shoah et bande dessinée » (2018).
- Encyclopédie multimédia de la Shoah sur le site de l'USHMM.
- « Grands entretiens, Mémoires de la Shoah », INA.

Méthode BAC Dissertation

Capacité Construire un plan argumentatif

Activité à télécharger
hachette-clic.fr/24hggt126

SUJET ➪ Réparer les sociétés après un crime de masse : moyens et enjeux

étape 1 Analyser le sujet et construire un plan

1. Répondez aux questions suivantes pour dégager les enjeux du sujet.

Réparer les sociétés après un **crime de masse** : **moyens** et **enjeux**

- Réparer les sociétés : Pourquoi le verbe « réparer » convient-il pour décrire le processus de réconciliation nécessaire après un crime de masse ?
- Crime de masse : Quels sont les trois principaux crimes de masse ? Apportez une définition précise pour chacun d'eux.
- Enjeux : Pour quelles raisons politiques et sociales un processus de réparation est-il nécessaire après un crime de masse ?
- Moyens : Listez au brouillon des moyens utilisés pour réparer les sociétés après ces traumatismes.

2. À l'aide de la méthode p. 89, élaborez une problématique qui reformule le sujet tout en y restant fidèle.

Utilisez la notion de « mémoires » qui inscrit pleinement ce sujet dans le thème travaillé.

3. Terminez la construction du plan ci-dessous.

Partie 1 : Une difficulté : rendre la justice dans le cas des crimes de masse
A. La spécificité des crimes de masse rend les réparations difficiles
B. Une tentation : oublier au plus vite

Partie 2 : Une nécessité pour juger des crimes exceptionnels : créer des tribunaux d'exception
A. L'élaboration d'une justice internationale
B. ....

Partie 3 : ....
A. ....
B. ....

Point méthode

Construire un plan argumentatif

✔ **Le plan argumentatif permet de traiter un sujet qui fait débat ou qui pose problème.** Ici, il s'agit de s'interroger sur les enjeux de la justice après les crimes de masse.

✔ Organiser les idées autour de deux ou trois parties, qu'il faut confronter parce qu'elles s'opposent.

✔ Dans chaque partie, organiser les idées en les hiérarchisant : idée générale, arguments, exemples.

étape 2 Rédiger la dissertation

4. Complétez la rédaction de l'introduction en élaborant la problématique formulée dans la question 2 et le plan complété dans la question 3. ➥ **Méthode p. 16-17**

En septembre 2022 s'est ouvert le procès de Félicien Kabuga, surnommé « l'argentier du génocide » des Tutsis au Rwanda pour son rôle dans le financement de la radio-télévision libre des Mille collines (RTLM) qui a tragiquement participé à encourager les assassinats.

Ce jugement tardif (près de 30 ans après les faits) souligne les difficultés pour juger les crimes de masse. Pourtant essentielles dans la réparation des sociétés et l'apaisement des mémoires, la reconnaissance des responsabilités des meurtriers et celle du statut de victimes sont des préalables à toute réconciliation. Elle peut passer par des moyens divers, comme la justice, mais aussi par des processus politiques.
Cependant, la nature même de ces crimes de masse rend ces démarches compliquées.
....

5. Rédigez la partie 1 à partir de la structure suivante et terminez-la par une transition.

Partie 1 : Une difficulté : rendre la justice dans le cas des crimes de masse

A. La spécificité des crimes de masse rend les réparations difficiles

Argument : Le nombre d'acteurs impliqués, tant du point de vue des victimes que des bourreaux, est hors du commun ce qui multiplie le nombre de procès pour individualiser les peines.

Exemple : Au Rwanda, lors du génocide des Tutsis, on compte entre 800 000 à 900 000 bourreaux pour 800 000 victimes.

Argument : Lors des procès, les accusés se déclarent presque systématiquement innocents.

Exemple : Au procès de Nuremberg, les accusés ont plaidé « *nicht schuldig* » (« non coupable »). Au Rwanda, de nombreux Hutu se sont réfugiés derrière les ordres reçus.

Argument : L'implication de l'État dans les génocides suppose une justice spéciale car l'État génocidaire ne peut se faire justice lui-même.

Exemple : Même si les nouvelles autorités serbes ont livré à la justice internationale les anciens dirigeants inculpés de génocide, la neutralité n'était pas suffisante pour assurer un procès local, en raison de l'opinion publique réticente à juger les siens.

B. Une tentation : oublier au plus vite

Argument : Dans un premier temps, l'oubli et l'amnistie peuvent apparaître comme un impératif à l'unité nationale.

Exemple : En Espagne, à la fin de la dictature franquiste, la loi d'amnistie de 1977, surnommée « pacte du silence », empêche de poursuivre les crimes commis durant la dictature de Franco.

Argument : La justice transitionnelle se substitue parfois aux poursuites pénales. Si elles offrent aux victimes une reconnaissance, elles se traduisent dans plus de la moitié des cas par des amnisties et n'offrent pas de réparations matérielles aux victimes.

Exemple : C'est le cas des commissions de vérité et réconciliation pratiquées dans les années 1980-1990 en Amérique latine ou en Afrique du Sud après le régime de l'Apartheid.

Transition : ....

Terminez la rédaction de la partie 1 par une transition en montrant que la spécificité des crimes de masse nécessite une justice d'exception.

6. Associez chaque argument de la partie 2 à l'exemple qui l'illustre, puis rédigez les parties 2 et 3 en vous aidant du travail mené dans la question 3. ➥ Méthode p. 335

Partie 2 – Une nécessité pour juger des crimes exceptionnels : créer des tribunaux d'exception

A. L'élaboration d'une justice internationale

Arguments

- Même si les tribunaux de Nuremberg et de Tokyo relèvent d'une justice militaire, ils ouvrent la voie à une justice pénale internationale dont le but est de sanctionner et prévenir les crimes de masse.
- Une Cour pénale internationale a été créée en 2002. Il s'agit d'une juridiction pénale universelle permanente chargée de se substituer aux juridictions nationales lorsqu'elles sont défaillantes.
- Les TPI sont parfois qualifiés de « justice des vainqueurs » et leur bilan est discuté.
- Dans un contexte de réveil des nationalismes à la fin de la guerre froide et d'impuissance de la communauté internationale à empêcher des crimes de masse, la justice pénale s'organise. Des tribunaux pénaux internationaux (TPI) sont mis en place.

Exemples

- Deux TPI sont décidés par résolution du Conseil de sécurité de l'ONU : le Tribunal pénal international pour l'ex-Yougoslavie (TPIY) créé en 1993, avant même la fin de la guerre et le Tribunal pénal international pour le Rwanda (TPIR) en 1994.
- La CPI peut poursuivre les criminels des 124 pays signataires mais des États importants en rejettent la légitimité (Chine, États-Unis, Russie). La CPI se révèle impuissante à traduire tous les criminels.
- De nouveaux concepts juridiques sont créés pour qualifier les crimes de masse : crime contre l'humanité, puis crime de génocide, imprescriptibilité des crimes contre l'humanité.
- Les limites sont nombreuses : lenteur des procédures (le TPIY a siégé pendant 20 ans), incompréhension de certains verdicts donnant lieu à des manifestations de protestation, utilisation de la tribune des TPI par les accusés pour proclamer leur innocence et dénoncer la « justice des vainqueurs ».

B. ....

7. Terminez la rédaction de la conclusion. ➥ Méthode p. 489

Ainsi, réconcilier les sociétés après les crimes de masse est un travail ardu. Leur spécificité rend les réparations difficiles et la tentation de l'oubli est grande. Pourtant, une justice d'exception se met en place pour ....
....

Méthode BAC Dissertation

Activité à télécharger
hachette-clic.fr/24hggt127

SUJET ➡ L'évolution de la mémoire du génocide des Juifs et du génocide des Tsiganes

étape 1 Préparer la dissertation

1. À l'aide de la méthode p. 82, analysez le sujet.

L'évolution de la mémoire du génocide des Juifs et et du génocide des Tsiganes

- L'évolution : Les bornes chronologiques ne sont pas précisées. Quelles sont-elles ?
- mémoire : En vous aidant de votre cours, définissez ce terme en le distinguant de l'histoire.
- génocide : Quelles sont les spécificités d'un génocide ?
- Juifs : Comment se nomme le génocide des Juifs durant la Seconde Guerre mondiale ? Quel en est le bilan ?
- Tsiganes : Quels sont les différents peuples désignés sous le nom de Tsiganes ? Où étaient-ils localisés durant la Seconde Guerre mondiale ?

Problématique suggérée :

Comment les mémoires du génocide des juifs et de celui des Tsiganes se sont-elles transmises d'une génération à l'autre depuis 1945 ?

2. Choisissez le plan qui convient le mieux pour traiter le sujet et justifiez votre choix.

Proposition 1
1. Les difficultés des mémoires de l'immédiat après-guerre (1945-1960)
2. Le réveil des mémoires (1970-1990)
3. Le travail de mémoire (depuis 1990)

Proposition 2
1. Les mémoires des Juifs
2. Les mémoires des Tsiganes

Proposition 3
1. L'évolution des mémoires des victimes
2. L'évolution des mémoires des bourreaux
3. L'évolution des mémoires de l'opinion publique

3. Associez chaque exemple à l'argument qui correspond.

Arguments	Exemples
Le témoignage, un vecteur de transmission de la mémoire	*Le Journal d'Anne Frank*
Un procès au retentissement international	Auschwitz, le plus vaste camp de concentration
La fiction pour transmettre la mémoire	Les centres de mise à mort de Belzec, Sobibor, Treblinka
Le temps du travail de mémoire	Le procès Eichmann en 1961
La censure au cinéma	La bande dessinée *Maus*
Les procès des principaux responsables du génocide	*Nuit et Brouillard* (1956)
Une mémoire qui s'appuie sur des lieux emblématiques de la Shoah	La reconnaissance de la responsabilité de l'État français par Jacques Chirac en 1995
Les conséquences de l'imprescriptibilité des crimes contre l'humanité	Le procès de Nuremberg
Des lieux aux traces effacées	Les procès des responsables français durant les années 1990

Point méthode

Sélectionner des exemples

✔ **Un exemple est un élément précis** qui sert à illustrer et à justifier l'argument énoncé. La présence d'exemples dans la dissertation est obligatoire : tout argument doit s'appuyer sur un exemple développé.

✔ **Un exemple peut prendre différentes formes :** événement daté, donnée chiffrée, action d'un acteur, choix politique, …
Il peut être rédigé ou cartographié.

4. **Organisez ces arguments dans un plan détaillé à partir du choix réalisé dans la question 2, puis complétez le plan par d'autres arguments et exemples fondés sur vos connaissances.**

Utilisez les exemples extraits des jalons sur les lieux, les procès, le cinéma et la littérature. (p. 228 à 251)

étape 2 Rédiger la dissertation

5. **À l'aide de la Méthode p. 412, repérez les grandes parties de l'introduction et terminez sa rédaction en annonçant le plan choisi dans la question 2.**

En janvier 2020, le Mur des Noms du Mémorial de la Shoah qui liste les Juifs de France déportés a été inauguré par le président de la République Emmanuel Macron. Le mur initial inauguré par Jacques Chirac en 2005 devait en effet être modifié en fonction des recherches et découvertes historiques effectuées depuis : certains noms avaient été mal orthographiés et ont donc été corrigés, d'autres noms furent retirés et certains ont été ajoutés. Alors même que l'action de graver les noms dans la pierre semble synonyme d'inscrire de manière intangible la mémoire des victimes de la Shoah, cette modification s'est imposée. En effet, le mur a évolué comme la mémoire qui évolue dans le temps, notamment en fonction de l'état des connaissances historiques. La mémoire est l'acte de se souvenir des faits du passé, et en conséquence, il faut parler « des » mémoires car elles sont individuelles, multiples et subjectives. Mais il existe aussi une mémoire collective, construite par la société et cette mémoire collective est susceptible d'évoluer en fonction des contingences politiques. Or, le génocide des Juifs et celui des Tsiganes pendant la Seconde Guerre mondiale a profondément marqué les sociétés européennes.

Comment les mémoires du génocide des Juifs et du génocide des Tsiganes se sont-elles transmises d'une génération à l'autre depuis 1945 ?

....

Pour présenter le plan, utilisez une formule indirecte, comme « dans un premier temps, il s'agira de ..., puis dans un second temps, ... avant de montrer que ... ».

6. **Dans le paragraphe ci-dessous, repérez grâce à un code couleur l'argument, les explications et le ou les exemples illustratifs.**

La littérature a contribué à la transmission de la mémoire des génocides, notamment grâce aux témoignages qu'elle relaie. Ainsi, dans son journal, Anne Frank s'adresse à une amie imaginaire et décrit sa vie quotidienne à Amsterdam, alors qu'elle se cache avec sa famille pour échapper aux persécutions nazies. Ce témoignage, écrit en néerlandais, a été publié pour la première fois aux Pays- Bas en 1947 à 3 000 exemplaires. Il paraît en 1950 en RFA et en France. Son succès est tel qu'il a été depuis traduit en 70 langues et vendu à plus de 30 millions d'exemplaires dans le monde.

7. **Sur le modèle ci-dessus, rédigez la dissertation en accordant une attention particulière à l'articulation des arguments et des exemples.** ➥ Méthode p. 335

8. **Terminez la rédaction de la conclusion.** ➥ Méthode p. 489

Ainsi, dans l'immédiat après-guerre (1945-1960), la mémoire des génocides peine à se mettre en place. En effet, si un début de justice apparaît avec les procès des principaux responsables du génocide, la priorité est donnée à la réconciliation nationale. ....

Sujet d'entraînement

La mémoire de la Première Guerre mondiale a-t-elle été facteur de paix ou facteur de guerre depuis 1918 ?

Faites un plan chronologique en distinguant deux ou trois périodes. Aidez-vous des documents p. 192 à 197.

Listez au brouillon les éléments qui font de cette mémoire un facteur de paix, d'une part, et un facteur de guerre, d'autre part.

Méthode BAC Dissertation

Capacité Sélectionner des arguments

Activité à télécharger
hachette-clic.fr/24hggt128

SUJET Comment l'histoire et la mémoire des conflits s'articulent-elles ?

étape 1 Analyser le sujet

1. Analysez le sujet (définitions, enjeux, bornes spatio-temporelles). ➡ Méthode p. 88

Lorsque les bornes spatio-temporelles d'un sujet ne sont pas précisées, il faut les considérer au sens large (échelle mondiale par exemple) et s'appuyer sur ses connaissances pour délimiter le sujet (depuis le début du XXe siècle par exemple).

2. Comment la problématique suivante reformule-t-elle le sujet tout en y restant fidèle ?

Les rapports entre histoire et mémoires des conflits sont-ils complémentaires ou contradictoires ?

étape 2 Sélectionner des arguments

3. Repérez dans la liste les arguments qui relèvent du sujet et justifiez votre choix.

- *faire porter la responsabilité du conflit à l'ennemi ;*
- *les débats autour de l'histoire des conflits font progresser la recherche historique ;*
- *un travail historique impossible ;*
- *les mémoires des conflits deviennent objets d'histoire ;*
- *la position des vainqueurs : imposer leur vision du conflit (rejet de la responsabilité sur l'ennemi vaincu, victoire héroïque) ;*
- *la mémoire de la défaite, un poids à porter ;*
- *manipuler les faits pour susciter la haine de l'ennemi ;*
- *l'accès élargi aux archives et la confrontation des sources permettent la construction de l'histoire ;*
- *les premiers travaux des historiens se heurtent aux mémoires vives et aux réticences politiques (mémoires officielles).*

Écartez toute information qui ne rentre pas pleinement dans le sujet.

Point méthode

Sélectionner des arguments

- **Chaque paragraphe de la dissertation doit s'appuyer sur un argument.** Il doit être expliqué et illustré d'exemples.
- **Un argument est une idée précise** qui permet de répondre au sujet et d'en démontrer un aspect concret. Il s'appuie sur les notions-clés du thème concerné.
- **L'argument doit être en lien avec le sujet** pour éviter les hors-sujets.

4. Classez les arguments dans le tableau, puis illustrez-les par des exemples. ➡ Méthode p. 254

Parties du plan	Arguments
1. Au cours des conflits : l'histoire et les mémoires manipulées.	– Faire porter la responsabilité du conflit à l'ennemi ; – ....
2. Aux lendemains des conflits, des visions concurrentes.	– ....
3. Avec le recul, une histoire en construction et une mémoire apaisée.	– ....

Les exemples peuvent être des faits, des personnages, des lieux, …

5. Rédigez la dissertation en suivant le plan construit dans la question 4. ➡ Méthode p. 16-17

Méthode BAC Étude critique de document(s)

Activité à télécharger
hachette-clic.fr/24hggt129

SUJET
Représenter l'extermination

En analysant le document et en vous appuyant sur vos connaissances, montrez comment cette œuvre participe à la construction de la mémoire du génocide des Juifs.

David Olère
(1902-1985)

David Olère est un peintre et sculpteur juif polonais. Installé à Paris, il est naturalisé français en 1937. Il est arrêté par la police française en 1943 et déporté à Auschwitz où il porte le matricule 106144. D'abord terrassier, il est ensuite membre des Sonderkommandos du Crématorium III de Birkenau, des unités de prisonniers chargées d'éliminer les cadavres du camp. Il est évacué du camp d'Auschwitz-Birkenau vers Buchenwald en Allemagne en 1945 et survit aux marches de la mort. Il témoigne dans l'après-guerre de cette expérience particulière à travers ses dessins et ses peintures.

David Olère, *Les Inaptes au travail*.
Huile sur toile, 131 x 162 cm, réalisée après 1945. Mémorial de l'Holocauste de Washington.

1. Lisez attentivement la consigne et faites le lien avec l'œuvre étudiée.

Deux mots importants ressortent : « représenter » et « mémoire ». Ils doivent être expliqués dans l'introduction et doivent guider votre regard sur l'œuvre.

Point méthode

Étudier un document iconographique

- **Décrire l'image : décor, personnages, objets, mise en scène, couleurs.**
- **Expliquer l'image en utilisant les connaissances extraites du cours.**
- **Porter un regard critique sur l'image :**
  - interpréter l'intention de l'auteur : informer, convaincre, émouvoir, provoquer, … ;
  - identifier les éléments que l'image ne présente pas alors qu'ils seraient utiles au sujet.

2. Identifiez l'œuvre en présentant sa nature, l'époque de sa réalisation, le contexte historique et son auteur.

3. Suivez les étapes du point méthode ci-dessus pour décrire, interpréter et porter un regard critique sur le document.

4. Rédigez l'étude critique de document en suivant le plan proposé.

1. Une représentation crue et symbolique de la mise à mort des Juifs
2. Une œuvre qui participe à la construction de la mémoire du génocide
3. Une œuvre qui ne suffit pas à traiter le sujet de la représentation de l'extermination dans l'art

Débutez votre étude critique de document(s) par une introduction (méthode p. 261) et terminez-la par une conclusion (méthode p. 493).

Capacité Maîtriser le contexte pour comprendre un document

Méthode BAC Étude critique de document(s)

SUJET ➪ L'histoire face au travail de mémoire à travers l'exemple des Harkis

Activité à télécharger
hachette-clic.fr/24hggt130

En analysant le document et en vous appuyant sur vos connaissances, vous expliquerez que l'histoire des Harkis de la guerre d'Algérie à nos jours est douloureuse et que cet exemple interroge sur les relations entre histoire et mémoires.

L'histoire des Harkis est grande et douloureuse. Elle est grande parce que c'est une histoire de soldats, une histoire d'honneur. Elle est douloureuse parce que c'est l'histoire de déchirures. Déchirure entre deux pays, déchirure avec votre terre natale, déchirure avec vos familles restées en Algérie, vos amis, vos langues, vos cultures et traditions, mais toujours déchirure entre Français. [...] Votre histoire, c'est la nôtre et elle est désormais bien établie. Elle a été dite, écrite par vous-mêmes, par les témoins, par les historiens, mais elle reste trop mal connue des Français. [...] J'assume pleinement que la France reconnaisse la multitude de ces mémoires et de ces destins avec cette guerre. Ces histoires sont parallèles. Elles sont parfois irréconciliables. Elles sont pour certaines incomparables les unes entre les autres. Il nous faut les assumer tous et reconnaître chacune pour pouvoir avancer et vivre ensemble. Je ne jugerai pas devant vous aujourd'hui le choix des dirigeants d'alors, ce n'est pas le rôle d'un président de la République. C'est le rôle des historiens et c'est leur rôle de pouvoir le faire librement. [...]

C'est pourquoi aujourd'hui, au nom de la France, je dis aux Harkis et à leurs enfants, à voix haute et solennelle, que la République a alors contracté à leur égard une dette. Aux combattants, je veux dire notre reconnaissance. Nous n'oublierons pas. Aux combattants abandonnés, à leurs familles qui ont subi les camps, la prison, le déni, je demande pardon, nous n'oublierons pas.

Il s'agit désormais de réparer autant qu'il est possible ces déchirures. Le souvenir des Harkis, l'honneur des Harkis doit être gravé dans la mémoire nationale. [...] C'est pourquoi le Gouvernement portera, avant la fin de l'année, un projet visant à inscrire dans le marbre de nos lois la reconnaissance et la réparation à l'égard des Harkis. Je m'y engage. Cette loi n'aura pas vocation à dire ce qu'est l'histoire ou la vérité, parce que je crois profondément que ce n'est pas le rôle d'une loi, c'est le travail des historiens. [...] Je ne veux pas non plus qu'on rentre dans une concurrence mémorielle sur ce sujet parce que je sais très bien ce que vont me dire les rapatriés, les appelés, nos militaires. Ce n'est pas à une loi de venir ici faire le lit de l'histoire, ce n'est pas ça le rôle d'une loi. Ce qui est vrai, c'est qu'il y a une singularité pour ce qui est des Harkis. C'est l'abandon militaire et c'est ensuite l'abandon et la maltraitance des familles sur notre sol. Ça, c'est une spécificité. Et donc, la reconnaissance de ces deux faits, qui sont des caractéristiques historiquement établies, qui sont des singularités de la question harki, doivent être mises dans cette loi.

Déclaration d'Emmanuel Macron, président de la République, sur les Harkis, à Paris le 20 septembre 2021.

étape 1 Préparer l'étude critique de document(s)

1. Présentez le document (nature, source, date). À l'aide de vos connaissances, replacez ce document dans son contexte historique.

Replacez ce document dans le contexte de la parution du rapport Stora.

Point méthode

Maîtriser le contexte pour comprendre un document

✔ Pour replacer un document dans son contexte, il est possible de s'appuyer sur :
- la date de réalisation du document ;
- la nature du document.

✔ La maîtrise du contexte permet de mieux comprendre le document :
- le cadre spatio-temporel peut être précisé ;
- les informations présentées dans le document peuvent être éclairées par le contexte (ici rapport Stora).

✔ La maîtrise du contexte peut aussi permettre de critiquer le document (prise de position, oubli d'informations, ...).

2. Sur le modèle proposé, utilisez vos connaissances sur l'évolution des mémoires de la guerre d'Algérie pour associer les informations et le contexte des mémoires.

Informations	Le contexte des mémoires
« Votre histoire est désormais bien établie. Elle a été dite, écrite par vous-mêmes, par les témoins, par les historiens ».	Grâce au travail des historiens, comme Benjamin Stora, l'histoire des Harkis est désormais bien connue. Pour y parvenir, les historiens ont pu travailler à partir des témoignages des Harkis qui ont raconté leur version de la guerre puis des évènements qui ont suivi l'indépendance. En France, les historiens ont eu accès aux documents concernant la guerre d'Algérie à partir de 1992. La décision récente d'ouvrir certaines archives plus tôt que prévu a rendu ce travail possible.
…	Emmanuel Macron évoque ici le choix de ses prédécesseurs, et notamment du général de Gaulle, d'abandonner les Harkis à leur sort.
« La reconnaissance de ces deux faits, qui sont des caractéristiques historiquement établies, qui sont des singularités de la question harki, doivent être mises dans cette loi. ».	…
…	Selon le président, la loi n'a pas vocation à dire l'Histoire car cela relève du travail des historiens et non du législateur. Cette prise en position s'inscrit en contre-exemple de la loi mémorielle du 23 février 2005, destinée à contenter la mémoire des seuls rapatriés qui affirmait les aspects positifs de la colonisation. Face à la polémique, cette loi avait été retirée.

3. Complétez le tableau pour organiser vos idées.

Problématique suggérée : En quoi ce document illustre-t-il la distinction entre histoire et mémoires à travers l'exemple des Harkis ?

	Informations prélevées dans le document	Connaissances (maîtrise du contexte pour comprendre le document)
1. L'histoire des Harkis de la guerre d'Algérie à aujourd'hui	– « une histoire de soldats » – « une histoire de déchirures » – …	– Les Harkis étaient des Algériens musulmans engagés aux côtés de l'Armée française pour combattre les indépendantistes dans le conflit. – … – …
2. L'exemple des Harkis, un témoignage des relations complexes entre histoire et mémoires	– … – …	– La mémoire de la Guerre d'Algérie en France n'est pas consensuelle mais au contraire les mémoires sont multiples car tout le monde n'a pas vécu la guerre de la même façon : Pieds-noirs, armée française, appelés du contingent, Algériens, Harkis.

étape 2 Rédiger l'étude critique de document(s)

4. Rédigez l'introduction de l'étude critique de document. ➥ Méthode p. 261

5. À l'aide du travail préparatoire des questions 2 et 3, terminez la rédaction de l'étude critique de document.

L'analyse du discours permet d'abord de s'intéresser à l'histoire des Harkis de la guerre d'Algérie à aujourd'hui. Cette histoire, douloureuse, est d'après Emmanuel Macron « une histoire de soldats ». En effet, les Harkis étaient des Algériens musulmans engagés aux côtés de l'Armée française pour combattre les indépendantistes dans le conflit colonial l'opposant de 1954 à 1962 aux indépendantistes (FLN). ……………………………………

Soignez les transitions entre les parties en utilisant des connecteurs logiques.

6. Reconstituez la conclusion en classant les phrases suivantes dans un ordre logique. ➥ Méthode p. 493

- *En outre, sur ce sujet, le président insiste sur la nécessité du travail des historiens pour établir la réalité des faits face à la pluralité des mémoires en France.*
- *Cela conduit Emmanuel Macron à faire un geste d'apaisement en proposant le vote d'une loi de reconnaissance et réparation.*
- *Pourtant, ce texte doit être replacé dans son contexte pour en mesurer à la fois l'originalité mais également les éléments de continuité dans le travail des historiens et de l'évolution des mémoires de la guerre d'Algérie.*
- *Finalement, ce discours montre que l'histoire des Harkis, supplétifs de l'armée française, fut douloureuse du fait de leur abandon par les autorités françaises.*

Méthode BAC Étude critique de document(s)

SUJET ➜ Le Tribunal pénal international de l'ex-Yougoslavie (TPIY), entre justice, histoire et mémoire

Activité à télécharger
hachette-clic.fr/24hggt131

En analysant les documents et en vous appuyant sur vos connaissances, vous montrerez, à travers l'exemple du procès de Slobodan Milosevic, que le TPIY a jugé les principaux coupables des crimes de masse en ex-Yougoslavie, tout en accompagnant le travail d'histoire mais qu'il n'est pas parvenu à forger une mémoire collective.

1 Un procès exemplaire

Les procédures engagées à l'encontre de Slobodan Milosevic marquent un tournant pour la justice internationale, et sont d'une importance capitale pour les peuples de l'ex-Yougoslavie ayant le plus souffert des crimes dont il était accusé. Le Tribunal a démontré que même les hautes fonctions occupées par un président ne lui permettaient plus de demander l'immunité et échapper aux poursuites judiciaires, et a montré qu'il n'était plus envisageable que des sociétés refusent d'admettre, pendant des décennies, le rôle joué par leurs plus hauts dirigeants dans la perpétration de crimes[1]. En effet, la multitude d'éléments de preuve présentés au procès Milosevic, dont la plupart n'avaient jamais été exposés, peut être considérée comme la plus grande réussite du Tribunal : cela fait partie de la mémoire collective accessible au public, et agissant comme une barrière contre toute tentative pernicieuse de modifier l'histoire.

Le 24 mai 1999, lorsque le Tribunal mit Slobodan Milosevic en accusation pour des crimes commis au Kosovo, alors qu'il était Président de la République Fédérale de Yougoslavie, il fut le premier chef d'État accusé de crime de guerre par un tribunal international. Les médias du monde entier portèrent leur attention sur le Tribunal le 29 juin 2001, le jour où Slobodan Milosevic fut transféré à La Haye pour y être détenu, quittant la République de Serbie où il avait été emprisonné durant une courte période, après avoir été accusé de détournement de fonds et d'abus de pouvoir. […] Le Bureau du Procureur présenta des éléments de preuve pour montrer que Milosevic était impliqué dans plusieurs douzaines de crimes perpétrés contre plusieurs milliers de victimes, dans trois pays différents et pour une période de presque dix ans. […] Des douzaines de victimes eurent la possibilité de faire entendre leurs histoires douloureuses et tragiques, enregistrées pour la postérité. De nombreux documents, cassettes vidéo et conversations téléphoniques interceptées, furent utilisés pour la première fois en audience lors de ce procès. Un certain nombre de documents étaient officiels et confidentiels et n'auraient peut-être jamais été rendus publics sans cette affaire.

Le procès a formellement pris fin le 14 mars 2006, à la mort de Slobodan Milosevic, décédé de cause naturelle le 11 mars 2006, durant sa détention au Quartier pénitentiaire du Tribunal, alors que les conclusions du procès devaient être rendues seulement quelques semaines plus tard.

La mort de Slobodan Milosevic n'a pas privé de justice les victimes des crimes dont il était accusé. L'Accusation a inculpé un certain nombre des coauteurs de ses crimes[2], qui l'avaient aidé à préparer et perpétrer ces exactions, à l'origine de tant de souffrances.

Site du Tribunal pénal international pour l'ex-Yougoslavie, 2024.

1. La responsabilité de Milosevic est par exemple avancée dans la mort de 10 000 personnes lors du siège de Sarajevo ou de 7 000 personnes à Srebrenica en Bosnie-Herzégovine.
2. Rodovan Karadzic, président des Serbes de Bosnie, et Ratko Mladic, général en charge du massacre de Srebrenica, ont été respectivement condamnés à perpétuité en 2016 et 2017.

2 Une mémoire divisée

À l'annonce de sa mort en 2006, des partisans de Slobodan Milosevic brandissent un portrait de l'ex-président yougoslave à Belgrade.

étape 1 Mettre en relation les documents et les connaissances personnelles

1. **Complétez le tableau pour préparer l'étude critique des documents.**

Plan suggéré par la consigne	Informations prélevées dans les documents	Connaissances personnelles
1 – Le procès d'un haut dirigeant (doc. 1)	– « le premier chef d'État accusé de crime de guerre par un tribunal international ». – …	– En effet, auparavant, comme au Tribunal de Nuremberg, aucun chef d'État n'a été inculpé puisque Hitler s'était suicidé et que seuls les crimes nazis y étaient jugés. – …
2 – Un procès entre mémoire et histoire (doc. 1)		
3 – Une mémoire collective divisée (doc. 1 et 2)		

Point méthode

Mettre en relation les documents et les connaissances personnelles

- Pour expliquer les documents ;
- Pour apporter d'autres exemples qui mettent les documents en perspective ;
- Pour éviter la paraphrase ;
- Pour dégager les limites des documents.

Pour contextualiser les documents, utilisez vos connaissances sur le TPIY et les circonstances de sa naissance.

étape 2 Rédiger l'étude critique de document(s)

Point méthode

Introduire l'étude critique de document(s)

- **Amorcer votre introduction** par une phrase telle que : « Le(s) document(s) proposés(s) à l'étude est(sont)… ».
- **Identifier le(s) document(s) :**
  - **S**ource : titre de l'ouvrage d'où est extrait un texte, musée où est conservée une œuvre d'art, … ;
  - **A**uteur : préciser son nom, mais surtout son statut (journaliste, homme politique, historien, …) et/ou son rôle (si c'est un personnage historique) ;
  - **N**ature : carte, graphique, photographie, texte (en précisant sa nature : article de journal, essai historique, discours…) ;
  - **D**ate (en la contextualisant) ;
  - **I**dée générale.
- **Énoncer une problématique** qui interroge l'intérêt du(des) document(s) pour répondre à la consigne. *Exemple :* En quoi ce document illustre-t-il ….. ?
- **Annoncer le plan.**

2. **Rédigez l'introduction de l'étude critique de document(s) en vous appuyant sur la méthode ci-dessus.**

3. **Rédigez la rédaction de l'étude critique de documents en vous aidant de la méthode p. 18-19.**

Sujet d'entraînement

La reconnaissance tardive du génocide des Roms et des Sinti

En analysant le document et en vous appuyant sur vos connaissances, montrez les difficultés de la reconnaissance du génocide des Roms et des Sinti.

Jusqu'aux années 1980, le génocide des Roms fut largement oublié des lieux de commémoration des victimes du nazisme, comme il l'a été dans la recherche historique. Concernant les lieux de mémoire, l'impulsion est donnée par des associations de survivants. En 1982, un mémorial est érigé à Aleksandrovka (Russie) à l'emplacement de la fosse commune où gisent environ 180 Roms fusillés en avril 1942, grâce à l'initiative d'une organisation culturelle rom. Néanmoins, l'inscription gravée – en russe – sur la stèle mentionne simplement « habitants civils d'Aleksandrovka », invisibilisant ainsi l'identité rom des victimes. Pour faire reconnaître le statut de victimes de la politique d'extermination nazie, les associations de survivants ou de descendants doivent redoubler d'efforts. Par exemple, en 1980, un groupe de Sinti entame une grève de la faim au mémorial du camp de concentration de Dachau. Le combat de ces associations permet aux lieux d'extermination des Roms de ne pas sombrer dans l'oubli. L'enjeu est majeur : nous disposons de peu d'archives à ce sujet et la mémoire orale, plus centrale que l'écrit dans la culture rom, menace de s'éteindre si des structures adaptées ne peuvent la recueillir et la transmettre aux futures générations.

Marie Moutier-Bitan, « Les lieux de mémoire de la Shoah et du génocide des Roms », Encyclopédie d'histoire numérique de l'Europe, 2021.

Méthode BAC

Structurer la réponse à la question du Grand oral

Pour être clair et compris par les membres du jury, votre Grand oral doit impérativement être organisé. L'élaboration d'un plan est donc indispensable pour s'assurer d'une présentation orale hiérarchisée et cohérente. La réalisation d'une introduction et d'une conclusion permet enfin de structurer l'ensemble de votre prestation.

Quels sont les différents types de plan possibles ?

	Plan chronologique	Plan multiscalaire ou analytique	Plan argumentatif ou dialectique	Plan thématique
Pistes possibles pour structurer les parties du plan	**1)** Avant **2)** Après	Approche multiscalaire : **1)** Échelle mondiale **2)** Échelle régionale **3)** Échelle locale Plan descriptif : **1)** Problèmes **2)** Causes **3)** Solutions	**1)** Thèse (exposé argumenté d'une idée) **2)** Antithèse (présentation d'idées opposées) OU **1)** Avantages **2)** Inconvénients / limites	**1)** Aspect 1 de la question **2)** Aspect 2 de la question **3)** Aspect 3 de la question
Avantages de ce type de plan	Montrer une évolution et des changements dans la durée.	Définir un phénomène précis à différentes échelles ou en insistant sur les causes et les conséquences.	Répondre à une question-problème.	Développer plusieurs points de vue.
Exemples de sujets	Dans quelle mesure le procès de Klaus Barbie constitue-t-il une rupture dans la mémoire de la Shoah en France ?	En quoi les procès de Moscou ont-ils modifié l'exercice du pouvoir par Staline ?	Faut-il filmer les procès des attentats de janvier 2015 ?	Comment le cinéma participe-t-il à la reconnaissance de la mémoire de la résistance ?

Comment construire et structurer un plan ?

ÉTAPE 1 → **Lister** au brouillon toutes les idées sur la question (acteurs, dates, notions, événements, lieux...).

ÉTAPE 2 → **Choisir le type de plan** adapté en associant les idées entre elles (par période chronologique, par échelle, par thème...).

ÉTAPE 3 → **Donner un titre** à chaque association d'idées pour former les parties du plan.

ÉTAPE 4 → **Organiser l'ordre des parties** (du plus évident au plus complexe, du local au mondial, du plus ancien au plus récent...).

ÉTAPE 5 → **Organiser chaque partie en 2 ou 3 paragraphes.** Chaque paragraphe doit s'organiser autour d'un argument explicité et illustré par un ou deux exemples.

ÉTAPE 6 **Utliser des connecteurs logiques** (c'est-à-dire ; de même ; bien que ; pour conclure...) pour créer des liens entre les parties et les paragraphes.

Comment organiser l'introduction et la conclusion ?

✔ **L'introduction se compose de 4 parties :**
- une accroche (un fait d'actualité, un chiffre précis, une citation d'un spécialiste…) ;
- une définition des termes de la question ;
- une explication concise de l'intérêt porté à la question ;
- un rappel de la question et une annonce de plan dynamique.

✔ **La conclusion se compose de 2 parties :**
- une réponse concise à la question ;
- une ouverture de sujet (sur un moment historique plus récent, sur un autre espace géographique…).

SUJET d'application ➪ **Comment le film *Le Labyrinthe du silence*, réalisé en 2014 par Giulio Ricciarelli, illustre-t-il l'évolution de la mémoire du génocide des Juifs et le rôle de la justice en Allemagne depuis 1945 ?**

étape 1 Lister au brouillon les idées

1. **À l'aide des** pages 228 à 251 **et de vos connaissances, complétez au brouillon la liste des idées (acteurs, dates, notions, événements, lieux...).**

- Le rôle des Alliés
- Le procès de Nuremberg
- Mémoire : ...
- Génocide + définition : ...
- D'avril 1961 au 31 mai 1962 : ...

étape 2 Choisir un type de plan et former des paragraphes

2. Parmi les trois plans proposés, lequel convient le mieux pour répondre à la question ? Justifiez votre choix.

Plan 1 :
1) La manière dont le film présente l'état de la mémoire de la Shoah en Allemagne en 1958
2) Le rôle des acteurs dans l'évolution de la mémoire et de la justice en Allemagne
3) Les conséquences du procès de Francfort sur l'histoire et les mémoires

Plan 2 :
1) La question de la mémoire dans Le Labyrinthe du silence
2) La question de la justice dans Le Labyrinthe du silence

Plan 3 :
1) La mémoire du génocide en 1945-1946
2) La mémoire du génocide après le procès Eichmann

3. Organisez les idées retenues à la question 1 dans le plan sélectionné, en les groupant en paragraphes.

4. Sur le modèle proposé ci-dessous, rédigez un paragraphe associant un argument à un ou deux exemples à développer pour l'expliquer et l'illustrer.

Dans les années 1950, l'Allemagne poursuit sa reconstruction alors que la dénazification, menée par les Alliés, est achevée depuis 1948. Les Allemands refoulent le souvenir du IIIe Reich et la mémoire de la déportation regroupe toutes les victimes du nazisme sous la seule et unique catégorie de « déportés ». La spécificité du génocide juif et des centres de mise à mort est gommée. Cet aspect est bien illustré dans le film Le Labyrinthe du silence. Dans l'une des scènes, le journaliste Gnielka questionne l'avocat et lui demande « Vous savez ce qu'était Auschwitz ? ». Le jeune avocat Radmann répond innocemment « Un camp de détention préventive ». Furieux, le journaliste s'écrie alors : « La plus grande catastrophe humaine de tous les temps est passée sous silence, comme si de rien n'était ».

l'argument

l'exemple

étape 3 Réaliser l'introduction et la conclusion

5. Rédigez une introduction à partir de l'une de ces amorces.

- Réalisée par Giulio Ricciarelli en 2014, l'intrigue de la fiction allemande *Le Labyrinthe du silence* relate la traque d'anciens SS par un jeune avocat, Johann Radmann, et un journaliste, Thomas Gnielka.
- En 1945-1946 s'est tenu un procès historique, le procès de Nuremberg, pour juger 22 hauts dignitaires nazis.
- Aujourd'hui, la mémoire du génocide juif est une mémoire reconnue. Les procès, mais aussi le cinéma, ont activement participé à cette reconnaissance.

6. Rédigez la conclusion en portant un intérêt particulier à l'ouverture du sujet (ouvrir sur un autre moment historique, un autre espace géographique, ...).

Sujet d'entraînement

Construisez un plan sur l'une de ces questions.

- Fallait-il faire des camps d'Auschwitz-Birkenau des musées ?
- Pourquoi la mémoire du franquisme est-elle source de tensions en Espagne ?
- Comment l'Arménie commémore-t-elle la mémoire du génocide arménien ?
- Le génocide des Tsiganes, une mémoire oubliée ?
- Pourquoi la mémoire de la guerre sino-japonaise empoisonne-t-elle encore les relations entre les deux pays ?
- Les procès Touvier (1994) et Papon (1998), des procès essentiels pour l'histoire ?
- Les procès de Tokyo ont-ils permis un apaisement des mémoires au Japon ?
- Comment le cinéma a-t-il participé à la reconnaissance de la mémoire des troupes indigènes lors des guerres mondiales ?

Révision Histoire et mémoires

Podcast de révision
hachette-clic.fr/24hggt132

A Réviser en autonomie

Histoire et mémoires

HISTOIRE ET MÉMOIRES DES CONFLITS

DES MÉMOIRES MULTIPLES ET CONTRADICTOIRES

L'histoire dépend de son contexte et de ses utilisateurs mais permet de faire converger les mémoires (mémoires des causes de la Première Guerre mondiale)

Les mémoires sont subjectives et peuvent être facteurs de tension ou d'apaisement (mémoires de la guerre d'Algérie) ; l'histoire se doit d'être objective

Histoire et justice

HISTOIRE, MÉMOIRE ET JUSTICE

La justice internationale s'inscrit dans un processus de construction qui remonte à la fin de la Seconde Guerre mondiale (procès de Nuremberg et de Tokyo)

Justice internationale (TPIY) et justice locale (procès *gacaca*) poursuivent les mêmes objectifs : établir les responsabilités des coupables, se garantir contre l'impunité, pacifier les sociétés

L'historien peut utiliser la justice comme source ; les historiens sont conviés comme témoins dans les procès

L'HISTOIRE ET LES MÉMOIRES DU GÉNOCIDE DES JUIFS ET DES TSIGANES

HISTOIRE ET MÉMOIRES

Mémoires traumatisées, en partie enfouies, d'où la nécessité d'un travail d'histoire pour les aider à émerger et à s'affirmer (Robert Paxton, Annette Wieviorka)

HISTOIRE ET JUSTICE

Lorsque les faits sont anciens comme dans le cadre des procès concernant le génocide des Juifs et des Tsiganes, le travail de l'historien s'avère incontournable pour rendre la justice (Serge Klarsfeld)

B Réviser en groupe

PARTICIPER À DES « EXPOSÉS SILENCIEUX »

étape 1 • Préparation (20 min)

- Constituez des équipes de 5 élèves.
- Chaque groupe prépare une synthèse autour d'un jalon du thème en regroupant les notes du cours et en menant des recherches complémentaires dans le manuel et au CDI.
- Chaque groupe recherche un document déclencheur de parole. Ce document doit permettre aux autres élèves de poser des questions qui éclaireront le sujet.

Sujets possibles
- Le débat dans l'entre-deux-guerres autour des causes de la Première Guerre mondiale
- Mémoires et histoire de la guerre d'Algérie en Algérie
- Les limites des tribunaux *gacaca*
- Les condamnés du TPIY

étape 2 • Réalisation (20 min)

- Composez de nouveaux groupes constitués d'un expert de chaque question.
- En 20 minutes (quatre minutes par question), les quatre élèves non spécialistes du sujet posent des questions à leur camarade expert à partir du document choisi.

Dans le cadre d'un « exposé silencieux », la prise de parole de l'élève expert du sujet se limite à la réponse aux questions.

- Lors des exposés chaque élève non spécialiste constitue une fiche de révision.

C Retour sur image

THÈME
3
Histoire et mémoires

> Introduction
Histoire et mémoires, histoire et justice
> Axe 1
Histoire et mémoires des conflits
> Axe 2
Histoire, mémoire et justice
> Objet de travail conclusif
L'histoire et les mémoires du génocide des Juifs et des Tsiganes

La Longue marche vers la liberté est un monument situé à Pretoria, la capitale de l'Afrique du Sud, rassemblant une centaine de statues d'hommes et de femmes qui ont marqué l'histoire du pays. Sur cette photographie, on voit notamment au premier plan Helen Joseph 1, militante anti-apartheid, et Rahima Moosa 2, deux organisatrices de la marche des femmes en 1956. Cette manifestation, rassemblant entre 10 000 et 20 000 femmes, fut une des protestations historiques contre le régime d'apartheid.

180

181

Le regard de l'experte

Vidéo

Caroline Roussy, Iris, 2024.
hachette-clic.fr/24hggt133

D Aller plus loin en étudiant un essai

1. **En empruntant un ouvrage d'histoire au CDI sur le thème histoire et mémoires, complétez la fiche de lecture :**

Présentation	Auteur(s) (Nom, prénom, spécialité) : Titre : Date et contexte de parution :
Organisation de l'essai	Plan choisi : Choix éditoriaux (place des illustrations, du texte) :
Apport sur la notion étudiée en classe	Rôle de l'historien : Évolution de la justice : Évolution des mémoires :
Synthèse	Apport de l'ouvrage résumé en quelques lignes : Citation intéressante à reprendre dans une dissertation :

2. **Au CDI, choisissez un livre présentant un des thèmes évoqués dans l'essai étudié précédemment et faites-en une analyse comparative.**

Site Internet
hachette-clic.fr/24hggt134

Engagement citoyen

Comment des lycéens peuvent-ils faire de leur espace vécu un lieu de mémoire ?

À partir du site Internet *Par Les Vivants* ou de l'application *Izi Travel*, découvrez les parcours sonores réalisés par des collégiens et des lycéens sur la vie de populations juives de leur commune.

THÈME 4

Identifier, protéger et valoriser le patrimoine : enjeux géopolitiques

Gros plan sur le thème 4

Lecture d'image
hachette-clic.fr/24hggt135

Ancienne basilique chrétienne médiévale, convertie en mosquée lors de la prise de Constantinople par les Ottomans en 1453, Sainte-Sophie (Istanbul, Turquie) devient un musée en 1934 sur décision du gouvernement de Mustafa Kemal. En 2020, le président turc Erdogan lui redonne une fonction religieuse, au service de l'islam, suscitant alors des critiques internationales.

Repères

Du patrimoine transmis aux générations futures à la patrimonialisation des traces du passé

1800 — 1850 — 1900 — 1950 — 2000

Depuis le XIXe siècle
- Patrimoine aristocratique
- Patrimoine religieux
- Beaux-Arts
- Vestige et site archéologiques
- Site naturel
- Artisanat populaire

Depuis les années 1960
- Patrimoine industriel ou productif
- Gastronomie et artisanat d'art
- Village, quartier ancien

Depuis les années 1990
- Architecture du XXe siècle
- Patrimoine immatériel

● 1830 France : création de l'inspection générale des monuments historiques

● 1872 États-Unis : création du parc de Yellowstone, premier parc national au monde

1964-1968 Égypte : sauvetage des temples d'Abou Simbel

● 1972 Convention du patrimoine mondial de l'Unesco

● 1992 Première Journée européenne du patrimoine

● 2003 Convention sur la sauvegarde du patrimoine culturel immatériel

● Premières politiques nationales de patrimonialisation
● Internationalisation de la patrimonialisation

1 Les acteurs de la patrimonialisation : l'exemple du pont du Gard

Ier siècle
Construction de l'aqueduc romain

ayant connu de multiples dégradations (destruction pour récupération de pierres de construction…)

ayant suscité un intérêt dès le XVIe siècle (financement d'opérations de restauration modifiant la construction initiale)

1840
Inscription sur la liste nationale des monuments historiques

1984
Candidature à la liste mondiale de l'Unesco

1985
Classement sur la liste du patrimoine mondial de l'Unesco comme « témoin du génie créateur humain »

2000
Travaux d'aménagement du site pour le protéger des flux de touristes financés par l'Unesco, l'Union européenne, l'État français et les collectivités territoriales en partenariat avec des associations de protection du patrimoine

Sources : Pont du Gard et patrimoine, 2024 et Unesco, 2024.

2 L'Unesco et le patrimoine mondial

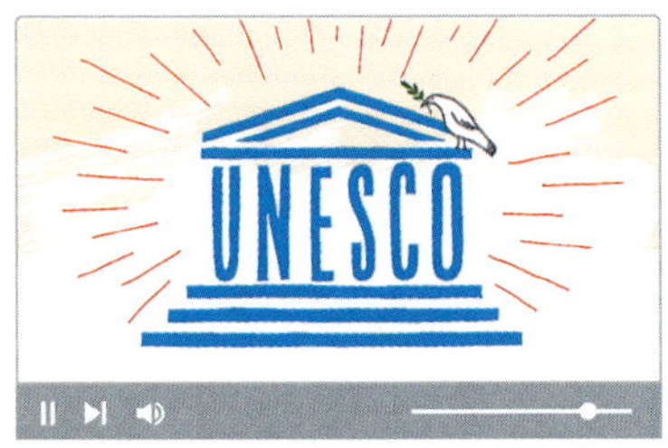

Vidéo
Unesco, 2019.
hachette-clic.fr/24hggt136

Activité à télécharger
hachette-clic.fr/24hggt137

Notions

Patrimoine : ensemble de biens et de pratiques représentatifs de l'histoire passée des sociétés, chargés d'une valeur symbolique suffisamment forte pour exiger sa transmission aux générations suivantes.

Unesco : Organisation des Nations unies pour l'éducation, la science et la culture, dont le siège est à Paris.

Ne pas confondre

Patrimoine matériel : ensemble de biens culturels et/ou naturels ayant une valeur exceptionnelle du point de vue de l'histoire, de l'art, de la science… (châteaux, églises, parcs naturels).

≠

Patrimoine immatériel : ensemble de pratiques et de savoirs hérités du passé et qu'une société s'efforce de faire vivre (traditions orales, arts du spectacle, savoir-faire artisanaux, cuisine…).

3 Le classement du patrimoine selon l'Unesco

	Nombre de sites ou de pratiques classés			Total en 2023	dont immatériels	Part mondiale, en %	
	Culturels	Naturels	Mixtes			En 2000	En 2023
Amérique latine et Caraïbes	100	38	8	146	90	13 %	13 %
Europe et Amérique du Nord	469	66	11	546	257	52 %	47 %
Asie et Pacifique	195	70	12	277	245	20 %	24 %
États arabes	82	5	3	90	69	8 %	8 %
Afrique	54	39	5	98	92	7 %	8 %
Total	**900**	**218**	**39**	**1157**	**753**	**100 %**	**100 %**

Source : Unesco, 2024.

4 La répartition spatiale du patrimoine de l'Unesco

Une concentration géographique

nombre de biens culturels et naturels inscrits au patrimoine mondial en 2023

1 – 4 – 10 – 20 – 58

aucun site inscrit

siège de l'Unesco

Un patrimoine fragilisé par les tensions et les conflits

Bien inscrit sur la liste du patrimoine mondial en péril

- bien naturel (parc national, réserve naturelle)
- bien culturel (site archéologique, centre historique)

Carte interactive
hachette-clic.fr/24hggt138

POUR COMPRENDRE

1. Dérivé du latin *patrimonium* (biens hérités du père), le patrimoine est d'abord une notion juridique désignant la transmission des biens acquis au sein d'une famille. Mais dès l'Antiquité, des biens acquièrent une dimension collective par leur représentation sacrée (reliques de saints, symboles royaux). Depuis le XIXe siècle, la notion s'élargit en englobant des sites naturels, des objets et des pratiques du quotidien.

> Comment la notion de patrimoine s'est-elle élargie au cours du XXe siècle ? (frise)

2. La patrimonialisation désigne le processus de reconnaissance de traces du passé qui en font un « bien commun », support d'une mémoire collective et exigeant sa conservation pour les générations futures. Cette « mise en patrimoine » suppose des choix opérés par des acteurs institutionnels ou privés, mais aussi une valorisation pour faire connaître et mettre en valeur ces traces du passé.

> Quels sont les acteurs institutionnels et privés qui participent à la définition du patrimoine ? (doc. 1 et 3)

> Montrez que l'Unesco joue un rôle majeur dans la reconnaissance internationale et la sauvegarde du patrimoine. (doc. 1, 2 et 4)

Focus 1 Angkor, un patrimoine mondial protégé par l'Unesco

Inscrit depuis 1992 sur la liste du patrimoine mondial, le site archéologique khmer d'Angkor fait l'objet d'une sauvegarde sous l'égide de l'Unesco et du gouvernement cambodgien. La protection et l'exploitation d'un patrimoine culturel d'une telle ampleur (400 km²) ont rendu nécessaire une gestion internationalisée, afin de le protéger tout en permettant son exploitation.

▸ Comment la reconnaissance mondiale du patrimoine d'Angkor permet-elle sa protection tout en assurant son attractivité ?

1 Des visiteurs toujours plus nombreux

Venus du monde entier, les touristes se massent pour admirer les merveilles des temples d'Angkor.

2 Les temples d'Angkor, une protection internationale

La parole de l'historienne

À la suite de la première guerre d'Indochine, la France perd tout pouvoir sur ses colonies indochinoises : le Cambodge est indépendant en 1953. Angkor devient le théâtre des représentations diplomatiques et le décor des films du prince Norodom Sihanouk de 1955 à 1969. Des archéologues, conservateurs, restaurateurs et chercheurs cambodgiens sont formés par l'Université royale des beaux-arts de Phnom Penh en partenariat avec l'EFEO (École française d'Extrême-Orient), invitée par le Prince à continuer ses chantiers et ses recherches à Angkor. La guerre civile balaie l'ensemble des efforts fournis. […] Les intellectuels qui ne sont pas parvenus à fuir sont systématiquement assassinés par le régime des Khmers rouges […] de 1975 à 1979. En 1992, Angkor est inscrit à la liste du patrimoine mondial de l'humanité de l'Unesco, ouvrant les travaux à l'ensemble des pays du monde. En vingt-cinq ans, dix-neuf pays et plus de soixante projets interviennent à Angkor, en partenariat avec l'Autorité nationale pour la protection du site et l'aménagement de la région d'Angkor (APSARA) et le suivi du Comité international de coordination (CIC). Beaucoup se concentrent sur la restauration des temples, confrontés aux nouveaux défis du tourisme de masse […]. La prospérité des chantiers et des programmes de recherches coïncide avec les liens diplomatiques et économiques tissés par le Cambodge à l'étranger.

Sophie Biard, « Angkor, l'archéologie au service de la diplomatie », *L'Asie en 1 000 mots*, Centre d'études asiatiques, université de Montréal, février 2019.

3 Une fréquentation internationale

Provenance géographique des visiteurs
en 2018, en %

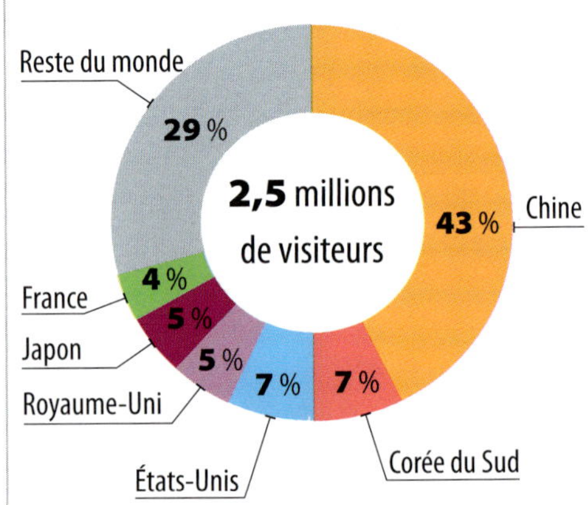

Depuis la pandémie de la Covid-19, la fréquentation du site a chuté à 600 000 personnes en 2023.

Source : Angkor Enterprise, 2024.

Vocabulaire

Patrimonialisation : processus de reconnaissance attribué à des traces du passé qui en font un « bien commun » support d'une mémoire collective, exigeant sa conservation pour les générations futures.

4 Un patrimoine moteur de développement

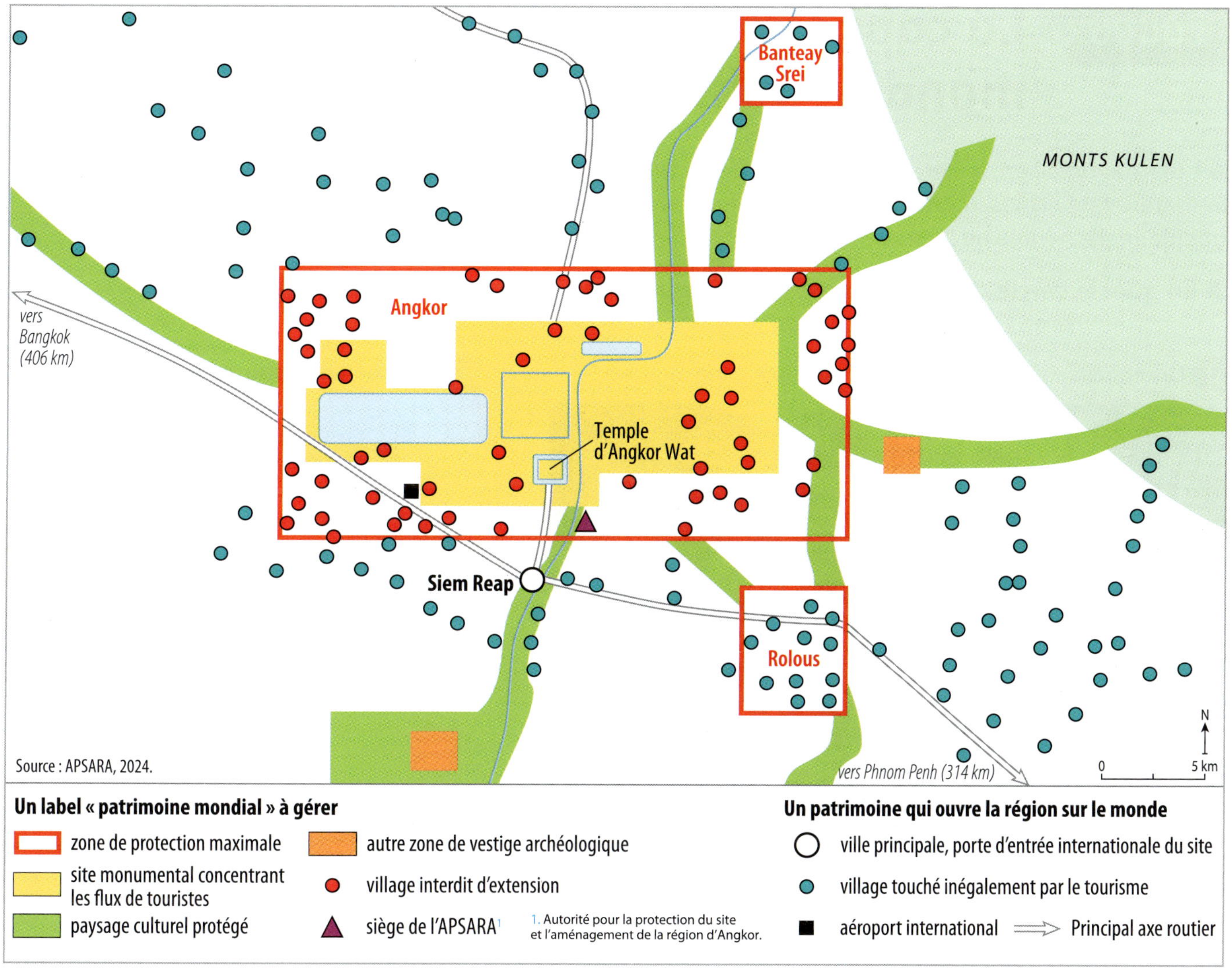

5 Les acteurs de la patrimonialisation du site d'Angkor

	Acteurs	Missions
1992	Unesco	Inscription sur la liste du patrimoine mondial
1993	Conférence intergouvernementale sur Angkor tenue à Tokyo et réunissant une trentaine de pays, l'Union européenne, la Banque mondiale et la Banque asiatique de développement	Création du Comité international de coordination pour la sauvegarde et le développement du site d'Angkor (CIC) coprésidé par la France et le Japon : – coordonne tous les projets nationaux ou internationaux de restauration et de conservation.
1995	État cambodgien	Création de l'Autorité pour la protection du site et l'aménagement de la région d'Angkor (APSARA) : – exécute les projets avec les partenaires internationaux (Unesco, Australie) ; – assure la protection, l'entretien et la mise en valeur du site et le développement touristique ; – lutte contre la déforestation et l'occupation illégale de terrains.

Source : Patrimondi, 2024.

ACTIVITÉ

Construisez une carte mentale pour répondre à la problématique : « **Comment l'internationalisation de la gestion du patrimoine d'Angkor permet-elle une plus grande protection du site, tout en assurant son attractivité touristique ?** »

Aide

Organisez les branches de votre carte mentale en suivant le plan suivant.

1. Les acteurs de la patrimonialisation. **(doc. 2 et 5)**

2. Les processus de patrimonialisation. **(doc. 2, 3 et 5)**

3. Les limites des politiques de gestion du site. **(doc. 1, 3 et 4)**

Bilan

Montrez le rôle de l'Unesco dans la protection du site d'Angkor.

Focus 2 La capoeira, un patrimoine mondial immatériel

Art martial brésilien, le cercle de capoeira est entré sur la liste du patrimoine mondial immatériel de l'Unesco en 2014. Ce classement assure une protection à cette pratique traditionnelle héritée de l'histoire du Brésil.

➤ En quoi le cercle de capoeira est-il un « patrimoine immatériel » pour l'Unesco ?

1 La capoeira, un art martial classé au patrimoine mondial

Dans l'art de la capoeira, les participants forment un cercle au centre duquel deux d'entre eux s'affrontent. Les capoeiristes autour du cercle accompagnent le combat avec des chants et des instruments de percussion.

2 Une pratique contemporaine aux racines anciennes

La capoeira est un art martial brésilien qui puise ses origines dans les danses et rituels des esclaves africains venus d'Angola arrivés en masse à partir de XVIe siècle au Brésil pour travailler dans les plantations. Sous sa forme dansée, chantée et inoffensive aux yeux des maîtres et des surveillants, la capoeira était en réalité une véritable préparation au combat. Elle deviendra au fil des siècles le symbole de tout un peuple opprimé luttant pour sa liberté. Après l'abolition de l'esclavage, la capoeira pratiquée clandestinement dans la rue par des bandes rivales qui s'affrontaient régulièrement reste mal vue par les autorités qui la considèrent comme dangereuse et l'interdisent. Reconnue en 1937 par le gouvernement brésilien pour sa valeur culturelle, éducative, créative et artistique, elle est à présent enseignée et pratiquée, non seulement dans les écoles et dans la rue, mais aussi dans les universités, les ateliers de théâtre et de danse contemporaine, les écoles de cirque et les centres de sport au Brésil, aux États-Unis, et depuis quelques années en Europe. La capoeira dans sa forme actuelle ne ressemble à aucune autre danse, ni à aucun autre art de combat. Elle est l'art de lutter dans la danse et de danser dans la lutte.

Site Internet de l'école de capoeira Bahia-Paris, 2024.

3 La notion de « patrimoine immatériel »

Création par l'Unesco : 2003

Définition : tradition ou expression vivante héritée de nos ancêtres et transmise à nos descendants.

Différentes formes :
- traditions orales (chants polyphoniques des Pygmées de République centrafricaine) ;
- arts du spectacle et/ou pratiques et évènements festifs (tango argentin) ;
- savoir-faire nécessaires à l'artisanat traditionnel (savoir-faire de la baguette artisanale française).

Source : Unesco, 2024.

Vocabulaire

Patrimoine immatériel : ensemble de pratiques et de savoirs hérités du passé et qu'une société s'efforce de faire vivre (traditions orales, arts du spectacle, savoir-faire artisanaux, cuisine…).

ACTIVITÉ

1. Quels sont les acteurs de la patrimonialisation du cercle de capoeira ? **(doc. 1 et 2)**

2. Pourquoi l'Unesco a-t-elle fait de la capoeira un « patrimoine immatériel de l'humanité » ? **(doc. 2 et 3)**

Bilan

En qualité de ministre de la Culture du Brésil, rédigez un argumentaire justifiant le maintien du cercle de capoeira sur la liste du patrimoine immatériel mondial.

Focus 3 Uluru, un « paysage culturel » du patrimoine mondial

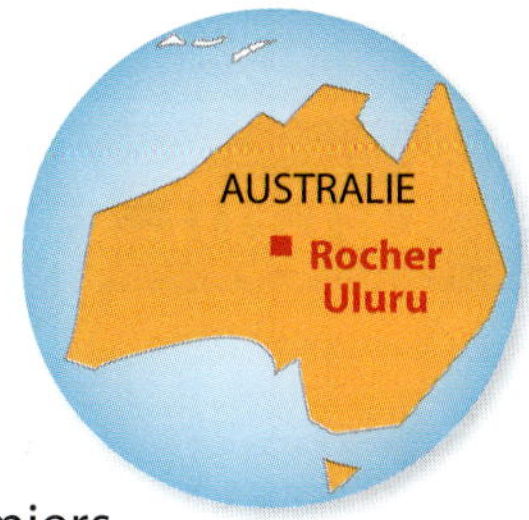

Lieu sacré pour les Aborigènes d'Australie, le parc national Uluru-Kata Tjuta est l'un des premiers sites classés « patrimoine et paysage culturel » en 1994. Les Aborigènes en ont interdit l'escalade depuis 2019 mais des espaces ont été aménagés pour l'accueil des 300 000 touristes annuels.

➤ Pourquoi le site australien d'Uluru est-il un « paysage culturel » pour l'Unesco ?

1 Les critères de classement d'Uluru en « paysage culturel »

L'immense monolithe d'Uluru et les dômes rocheux de Kata Tjuta, à l'ouest d'Uluru, font partie intégrante du système de croyances traditionnelles de l'une des plus anciennes sociétés humaines du monde. Ce Parc national est habité par les Aborigènes depuis des dizaines de milliers d'années et contient les preuves matérielles significatives d'une des plus anciennes cultures qui perdurent dans le monde. La loi ancestrale des Aborigènes est un parfait exemple de loi traditionnelle et de spiritualité qui illustre les relations entre les êtres humains, les plantes, les animaux et les caractéristiques physiques de la terre.

[Les critères retenus pour le classement d'Uluru en « paysage culturel » sont multiples :]

– Le paysage culturel du Parc national d'Uluru-Kata Tjuta est un exceptionnel reflet vivant de la chasse-cueillette et autres pratiques traditionnelles très anciennes du peuple aborigène, qui ont créé une relation intime entre les êtres humains et leur environnement.

– L'imposant monolithe d'Uluru et les multiples dômes rocheux de Kata Tjuta offrent un panorama d'une grandeur saisissante où les uns contrastent avec les autres, comme avec les plaines sableuses au relief plat qui les entourent. La beauté naturelle exceptionnelle du paysage du Parc revêt aussi une importance culturelle pour les Aborigènes.

– Les rochers d'Uluru et Kata Tjuta sont des exemples exceptionnels de phénomènes géochimiques et tectoniques. Ils reflètent l'âge et la nature relativement stable du continent australien.

La préservation de l'authenticité du bien est non seulement liée à ces sites physiques, mais encore aux processus d'interaction des Aborigènes avec leur environnement, et impose que les visiteurs comprennent et respectent ces traditions.

Unesco, 2024.

2 Le rocher Uluru dans le parc national Uluru-Kata Tjuta

3 La notion de « patrimoine et paysage culturel »

Création par l'Unesco : 1992

→ **Définition :** œuvre conjuguée de l'homme et de la nature.

→ **Trois formes principales :**
- paysages conçus par une société (châteaux de la Loire) ;
- paysages où les pratiques des sociétés se sont adaptées à l'environnement naturel (rizières étagées de Bali) ;
- paysages où l'élément naturel est le site de pratiques religieuses, artistiques ou culturelles des sociétés, mais où les traces matérielles sont inexistantes (rocher Uluru).

Source : Unesco, 2024.

Vocabulaire

Paysage culturel : paysage représentatif des relations d'une société avec son environnement, inscrites dans un temps long.

ACTIVITÉ

À l'aide des **documents p. 272 et 273**, complétez le tableau suivant :

	Le cercle de capoeira	Le rocher Uluru
Origines de la patrimonialisation		
Acteurs de la patrimonialisation		
En quoi ce patrimoine est-il représentatif…	… du patrimoine immatériel ?	… du paysage culturel ?
En quoi ce patrimoine est-il universel ?		

Bilan

À l'aide des documents, justifiez le classement du site d'Uluru dans la catégorie « paysage culturel ».

Introduction

Leçon 1

La construction et l'élargissement de la notion de patrimoine

Comment la notion de patrimoine a-t-elle évolué pour devenir un enjeu mondial ?

A Une lente construction sociale et politique

Le patrimoine est avant tout une notion juridique et individuelle. Il désigne la transmission de biens par héritage au sein d'une famille. Cependant, très tôt, le caractère sacré et politique de certains biens les inscrit dans un processus de transmission collective comme c'est le cas pour les *regalia*, les reliques des saints, les archives royales et religieuses. À la Renaissance, les premières collections artistiques ne concernent qu'une élite aristocratique qui accumule tableaux et sculptures pour montrer sa richesse et témoigner de son goût de l'art.

Dès l'époque moderne, les voyages et l'imprimerie contribuent à construire un nouveau regard sur les traces du passé. En Europe, le Grand Tour, les voyages des artistes et leur goût pour les ruines antiques d'Italie participent à l'invention du « monument historique ». Les premiers guides en Allemagne (1784), en France (1823) et en Angleterre (1853) sélectionnent ce qui doit être vu et participent à la patrimonialisation. Les guides de voyages de la maison britannique Murray (1836-1901) mettent en valeur les richesses touristiques de la Hollande, de la Belgique et de la région du Rhin, et proposent les premiers itinéraires pour les voyageurs.

La Révolution française constitue un tournant. La confiscation des biens du clergé en fait des biens nationaux et l'inventaire dressé en 1794 par l'État contribue à une prise de conscience européenne de leur valeur esthétique et historique, à protéger du « vandalisme révolutionnaire ». Au XIXe siècle, l'État français met en place des politiques de recensement et de conservation de monuments emblématiques.

B Une internationalisation et une démocratisation du patrimoine

Les destructions des guerres mondiales font de la sauvegarde du patrimoine une préoccupation internationale. Des ONG s'engagent dans la protection des patrimoines culturel et naturel. Le Conseil international des monuments et sites (ICOMOS), fondé en 1965, a pour mission la protection des monuments et des sites historiques dans le monde. L'Union internationale pour la conservation de la nature (UICN) est créée en 1948 à Fontainebleau.

À partir des années 1970, le terme de « patrimoine » s'impose dans les institutions internationales. En 1972, la Convention du « patrimoine mondial » par l'Unesco contribue à la mondialisation du patrimoine, faisant de la protection de la nature et des biens culturels un héritage commun de l'humanité. En 2023, 1 157 biens sont inscrits sur la liste du patrimoine mondial mais près de 50 % des sites sont en Amérique du Nord et en Europe.

À partir de la fin du XIXe siècle, les citoyens deviennent des acteurs de la patrimonialisation. Aux États-Unis, des associations se mobilisent pour préserver des bâtiments historiques (Hall de l'Indépendance à Philadelphie, maisons de George Washington et Thomas Jefferson). Au Royaume-Uni, le National Trust, fondé en 1894, rassemble 3,6 millions de membres et près de 55 000 bénévoles assurent les visites des 220 propriétés qui lui sont cédées, comme le manoir de Eastbury dans la banlieue de Londres. L'engouement du public a contribué à l'élargissement de la notion de patrimoine.

1 Rites initiatiques des jeunes garçons massaï (Kenya)

Inscrits par l'Unesco en 2018 sur la liste du patrimoine culturel immatériel nécessitant une sauvegarde urgente, les rites marquant le passage à l'âge adulte des jeunes garçons massaï sont considérés comme des traditions et « expressions vivantes » devant être sauvegardées.

Vocabulaire

Grand Tour : voyage destiné à faire l'éducation des jeunes aristocrates d'Europe entre le XVIIe siècle et le début du XIXe siècle.

Patrimonialisation : processus de reconnaissance attribué à des traces du passé qui en font un « bien commun » support d'une mémoire collective, exigeant sa conservation pour les générations futures.

***Regalia* :** ensemble des objets et symboles d'une royauté (vêtements, couronnes, sceptres, etc.).

C Une extension croissante du champ de la patrimonialisation

- **Des objets et des pratiques, marqueurs des cultures du quotidien, deviennent dignes d'intérêt.** L'Unesco, avec la Convention pour la sauvegarde du patrimoine culturel immatériel (2003), élargit la notion de « patrimoine mondial ». Près de 700 pratiques ou expressions culturelles sont patrimonialisées, dont le tango en 2009. Les techniques agraires ou industrielles (vignobles, mines, etc.) sont patrimonialisées et valorisées par leur mise en tourisme (écomusées, circuits).
- **La patrimonialisation s'étend à des paysages ruraux ou urbains.** Les premiers parcs nationaux sont institués aux États-Unis (Yellowstone en 1872 et Yosemite en 1890). En 1962, en France, la loi Malraux étend la notion de patrimoine à des quartiers historiques (le quartier du Marais à Paris ou le quartier du Vieux-Lyon). L'Unesco crée en 1992 une nouvelle catégorie, les paysages culturels.
- **Depuis les années 1980, le processus de patrimonialisation s'élargit à des sites plus récents.** En 1987, Brasília (capitale du Brésil), bâtie entre 1956 et 1960, est inscrite à l'Unesco. Il est de même en 2005 pour la ville du Havre, reconstruite après la Seconde Guerre mondiale. En 1999, la France crée un label « Patrimoine du XXe siècle » (appliqué au viaduc de Millau ou à la Grande-Motte).

2 La prison d'Alcatraz dans la baie de San Francisco

Fort et prison militaire devenue prison fédérale en 1934, popularisée par l'incarcération d'Al Capone, Alcatraz est fermée en 1963. Classée dès 1976 au registre national des sites historiques par l'État, sa patrimonialisation renforce sa valeur pour l'exploitation touristique (plus d'un million de visiteurs par an).

Schéma interactif
hachette-clic.fr/24hggt139

SCHÉMA BILAN

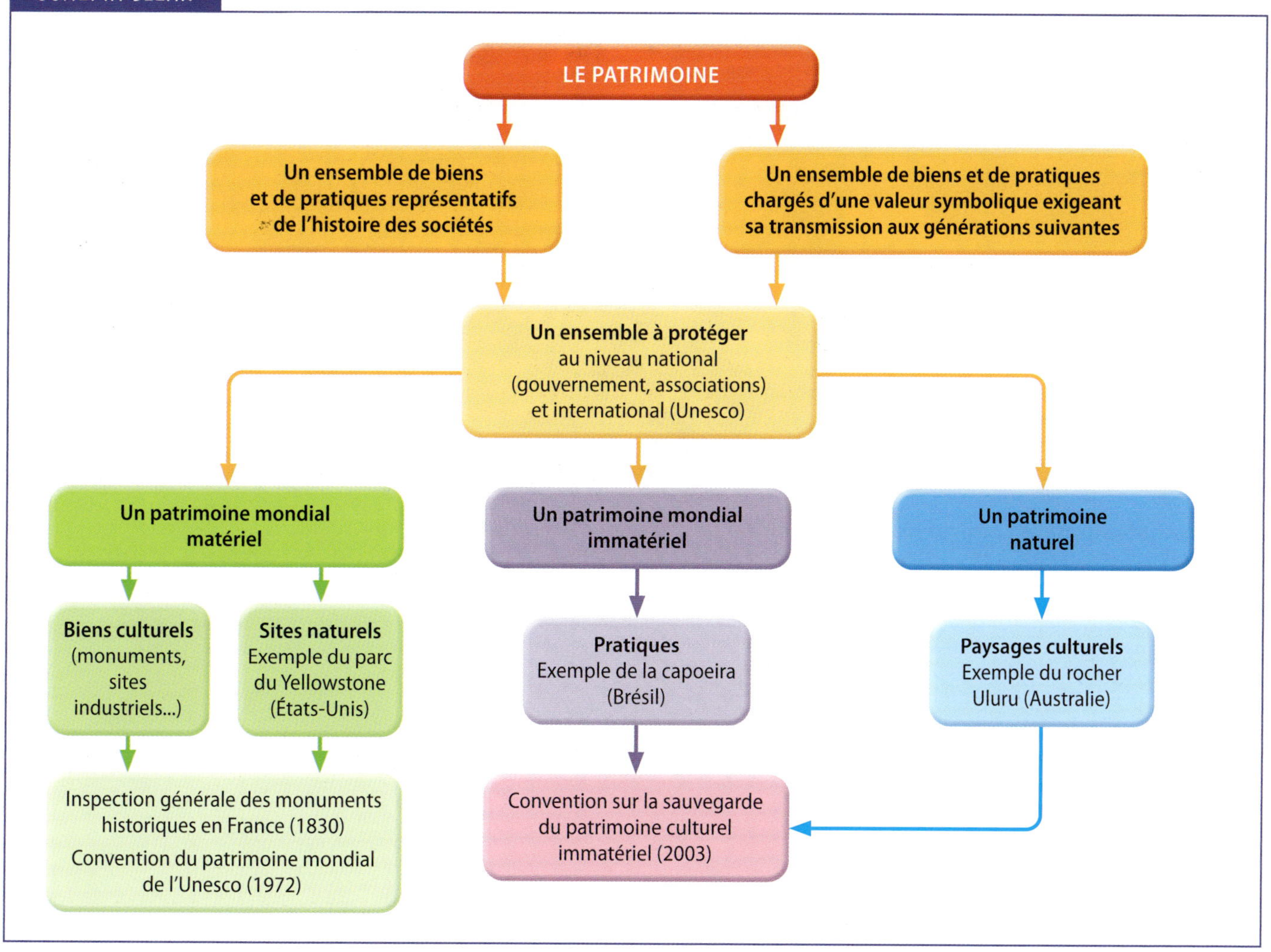

AXE 1

Usages sociaux et politiques du patrimoine

En quoi le patrimoine est-il devenu à la fois un enjeu géopolitique et un ciment des sociétés contemporaines ?

1 Les châteaux de la Loire en réalité augmentée : le château d'Amboise

Inscrit depuis 2000 au patrimoine mondial au titre de paysage culturel, le Val de Loire accueille chaque année plus de 2 millions de touristes. Depuis 2019, une tablette est prêtée gracieusement aux visiteurs du château d'Amboise pour un parcours immersif permettant de découvrir des bâtiments disparus ou de reconstituer le quotidien des rois de la Renaissance.

-450 · 1650 · 1800 · 1900 · 2000

- **442-438 av. J.-C.** Frise du Parthénon sculptée à Athènes
- **15 mai 1685** Première réception diplomatique au château de Versailles
- **1801-1804** Lord Elgin rapporte près de la moitié de la frise du Parthénon en Angleterre
- **1817** Achat des marbres des Panathénées par le British Museum
- **18 janvier 1871** Proclamation de l'Empire allemand dans la galerie des Glaces (Versailles)
- **30 janvier 1875** IIIe République adoptée à Versailles
- **28 janvier 1919** Traité de Versailles avec l'Allemagne
- **2009** Ouverture du nouveau musée de l'Acropole à Athènes

● Événements relatifs aux frises du Parthénon
● Événements relatifs au château de Versailles

2 Le président de la République s'adresse au Parlement réuni en Congrès à Versailles

Depuis la réforme constitutionnelle de 2008, l'ensemble des parlementaires français, députés et sénateurs, peuvent être réunis dans le cadre du Congrès sur demande du président de la République. Emmanuel Macron l'a ainsi fait en 2017, 2018 et en 2024.

QUESTIONS

1. Comment la réalité augmentée permet-elle de valoriser le patrimoine et d'accroître son accessibilité au plus grand nombre ? **(doc. 1)**
2. Émettez des hypothèses pour expliquer pourquoi la réunion du Congrès se fait à Versailles. **(doc. 2)**
3. Comment ces deux exemples montrent-ils que le patrimoine est l'objet d'usages sociaux et politiques ? **(doc. 1 et 2)**

p. 278 > JALON ①
Réaménager la mémoire. Les usages de Versailles de l'Empire à nos jours

p. 282 > JALON ②
Conflits de patrimoine. Les frises du Parthénon depuis le XIXe siècle

Étude 1 Versailles, un haut lieu de la diplomatie française et de la vie politique

Dès la mise en chantier du grand Versailles voulu par Louis XIV, le château a pour vocation de promouvoir la France aux yeux du monde. C'est à Versailles que sont reçus, avec tous les honneurs, les plus grands chefs d'État et que la diplomatie mondiale prend parfois ses quartiers. C'est enfin Versailles qui représente le mieux le rayonnement de la France à l'étranger.

➤ Pourquoi le château de Versailles continue-t-il d'être un haut lieu de la politique française depuis le XIXᵉ siècle ?

1650 — 1850 — 1900 — 1950 — 2000

- **15 mai 1685** Première réception diplomatique au château par Louis XIV
- **1837** Versailles devient un musée de l'histoire française
- **20-25 août 1855** Visite d'État de la reine Victoria
- **18 janvier 1871** Proclamation de l'Empire allemand
- **28 janvier 1919** Traité de Versailles avec l'Allemagne
- **1er mars 1969** De Gaulle reçoit le président américain Nixon
- **23 novembre 1976** Giscard d'Estaing reçoit le roi Hassan II du Maroc
- **2022** Sommet européen

1 Louis-Philippe fait de Versailles un musée en l'honneur de la grandeur de la France

La parole de l'historienne

Louis-Philippe a fait croire qu'il avait sauvé Versailles de la ruine. En réalité, si le château n'avait jamais été menacé de destruction, il trouva un emploi nouveau sous la monarchie de Juillet [1830-1848] : Louis-Philippe avait compris que le mythe était plus puissant que la réalité et que Versailles ne pouvait se justifier qu'en devenant un établissement culturel. Il en a fait un musée ouvert à tous, notion presque banale aujourd'hui, qui ne l'était pas alors pour la destination d'un monument historique. C'est vrai, Versailles était un lieu embarrassant depuis le départ de Louis XVI et de Marie-Antoinette, le 6 octobre 1789. À partir de la loi du 2 mars 1832, qui rattachait Versailles au domaine de la Couronne, les travaux pouvaient commencer. Travailleur acharné, le roi se mêla de tout pendant quinze ans ; il n'eut recours à aucun intermédiaire et l'architecte Frédéric Nepveu dut souvent se contenter d'appliquer les décisions royales. Dans ses œuvres comme dans sa décoration, le nouveau Versailles répondait à celui de Louis XIV, opposant la galerie des Batailles à la galerie des Glaces, les portraits royaux anciens vis-à-vis des effigies des princes, la conquête de la Franche-Comté face à la conquête de l'Algérie. Le roi chercha la correspondance dans le vocabulaire décoratif, les galeries en enfilade, les portes symétriques et les bas-lambris de marbre, les voûtes historiées jusque dans la chambre du Roi, point d'orgue de la visite où le touriste a remplacé le courtisan. Louis-Philippe avait le souci d'un enseignement qui valorisait le récit ; Versailles fut son outil de propagande.

Valérie Bajou, conservatrice en chef au musée national des châteaux de Versailles et de Trianon, « Versailles, un nouveau dessein », *Les Carnets de Versailles*, 19 novembre 2018.

2 La galerie des Glaces de Versailles, un enjeu dans l'adversité franco-allemande

a. 1871 : la proclamation du Second Empire allemand

Anton von Werner, *La Proclamation de l'Empire allemand*, 1885, musée Bismarck, Friedrichsruh.

Après la défaite française le 2 septembre 1870, le roi de Prusse victorieux est proclamé empereur d'Allemagne à Versailles. L'objectif affiché est clair : humilier la France et renforcer la grandeur de l'Allemagne unifiée.

b. 1919 : la signature du traité de Versailles

Les belligérants de la Première Guerre mondiale imposent leurs conditions à l'Allemagne vaincue : elle doit reconnaître sa responsabilité dans le déclenchement de la guerre et payer de lourdes réparations de guerre.

3 L'utilisation du château de Versailles par le président Emmanuel Macron

Type d'événement	Date	Acteurs principaux
Congrès du Parlement français	• 3 juillet 2017 • 9 juillet 2018 • 4 mars 2024	Sénateurs et députés, président de la République
Sommet de l'Union européenne (UE), pour soutenir l'Ukraine et relancer l'économie européenne	10 et 11 mars 2022	Président du Conseil européen, présidente de la Commission européenne et chefs d'État et de gouvernement de l'UE
Réception de chefs d'État étrangers	• 29 mai 2017 • 18 juillet 2022 • 20 septembre 2023	Vladimir Poutine (Russie) Mohammed Al Nahyan (Émirats arabes unis) Charles III (Royaume-Uni)
Sommet économique *Choose France*	Tous les ans depuis 2018 Lancé par Emmanuel Macron qui apporte son poids politique dans tous les échanges	Grands chefs d'entreprises internationales comme, en 2023, Robert Iger (Walt Disney Company), Elon Musk (Tesla) ou Yasir Al-Rumayyan (fonds public d'investissement d'Arabie saoudite)

4 Le Congrès de Versailles sous la Ve République

Le Congrès de Versailles

Qu'est-ce que c'est ?
Réunion des **2 chambres** Assemblée nationale + Sénat

Président du Congrès : le président de l'Assemblée nationale

Où ?
Dans la salle du Congrès du **château de Versailles**

Pourquoi ?
Voter une révision de la constitution ou approuver l'adhésion d'un pays à l'Union européenne, ou auditionner une déclaration du président de la République (depuis 2008)

Source : Sénat, 4 mars 2024.

5 Les visites présidentielles à Versailles

Vidéo
Les Kennedy à Versailles, Château de Versailles, 2021.
hachette-clic.fr/24hggt140

Vocabulaire

Congrès : réunion de l'ensemble des parlementaires français, députés et sénateurs, à Versailles pour adopter une réforme constitutionnelle ou écouter une déclaration présidentielle.

ACTIVITÉ ORAL

Présentez un exposé répondant à la problématique : « **Comment le château de Versailles, chef-d'œuvre du patrimoine français, est-il utilisé comme un lieu politique majeur des dirigeants de la France depuis le XVIIIe siècle ?** »

Aide

1. Montrez que le château est utilisé en temps de guerre à des fins diplomatiques. **(doc. 2 et 5)**

2. Pour quelles raisons les hommes politiques français utilisent-ils le château de Versailles en temps de paix ? **(doc. 1, 3 et 4)**

3. Quel paradoxe y a-t-il dans le fait d'utiliser Versailles comme symbole du pouvoir républicain ? **(doc. 1 et 4)**

Vers le BAC — Étude critique de document

Dans quelle mesure et par quels moyens le **document 2** montre-t-il la mise en scène importante utilisée à Versailles lors des actes internationaux ?

➥ **Méthode p. 257**

Analysez la mise en scène des deux images (place des personnages, décor…).

Étude 2 Versailles, une vitrine de la France

Le château de Versailles est d'abord un lieu politique incontournable, utilisé par les rois et les présidents pour développer le prestige de la France et marquer les esprits des invités prestigieux. Mais c'est aussi aujourd'hui un patrimoine largement mis en valeur à des fins touristiques, la renommée du château dépassant les frontières de la France et de l'Europe.

➤ Pourquoi le château de Versailles est-il un symbole de la France dans le monde ?

1 Une destination privilégiée des touristes

Chaque année, le château de Versailles accueille plus de 8 millions de touristes, dont 80 % viennent de l'étranger.

2 Un patrimoine historique qui profite du mécénat

	Action menée	Mécène
1924 et 1927	Réparation de la toiture du château et de l'ossature du Petit Trianon et de son hameau	John D. Rockefeller (USA)
2011	Acquisition du bureau de Marie-Antoinette	Entreprises LVMH et Sanofi-Aventis (France)
2021-2023	Restauration des fontaines des jardins du Trianon	Fondation Bru (Suisse)
2021	Restauration de la Maison de la Reine	Entreprise Christian Dior (France)
2022	Restauration de la pendule astronomique de Passemant	Entreprise Rolex (Suisse)
Tous les ans	Adoption d'un arbre, d'un banc ancien	N'importe quel visiteur ou internaute peut ainsi être mécène selon ses ressources

Sources : *L'Express*, 23 mars 2011 et Château de Versailles, 2024.

3 La marque Versailles : le luxe à la française

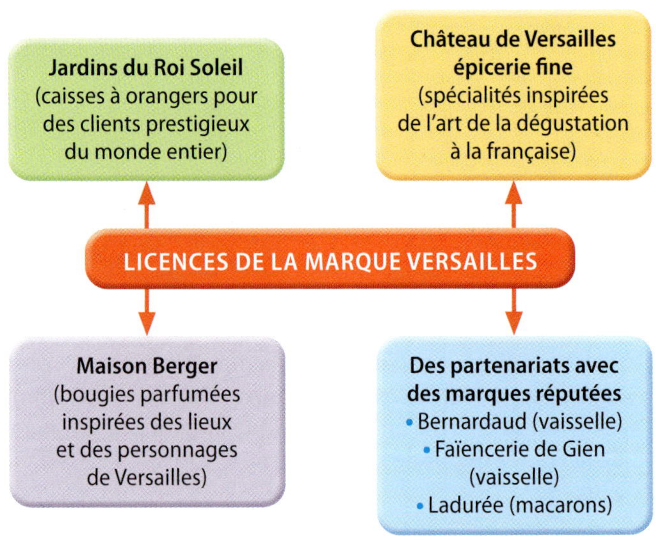

Pour financer l'entretien du château, Versailles a développé une marque associée à des licences décernées uniquement à des entreprises attachées aux traditions ancestrales de création (maîtres verriers, maîtres tailleurs...), pour des produits limités en nombre et reproduisant des objets historiques. Ils sont vendus, principalement à une clientèle étrangère, dans les boutiques du château ou dans les aéroports du monde entier.

4 La marque Dior, mécène de Versailles

La parole de l'historien

Dès 2013, la présidente de l'établissement, Catherine Pégard, a personnellement demandé l'aide de Bernard Arnault et de Sidney Toledano, l'ancien PDG de Dior, pour contribuer à la rénovation du Hameau de la Reine, ce paradis bucolique créé de toutes pièces pour Marie-Antoinette entre 1783 et 1787. La marque, dont le fondateur vouait un culte au style néo-Louis XIV et qui, en 2007, a fêté ses 60 ans dans l'Orangerie, a investi quelque 5,5 millions d'euros pour redonner à ce village d'opérette son lustre d'antan. Et permettre au public de visiter, pour la première fois depuis deux siècles, cette reproduction grandeur nature d'un petit village normand. Plus récemment, Christian Dior a de nouveau mis la main à la poche pour réhabiliter la Maison de la Reine, cette chaumière installée au centre du Hameau, qui servait de lieu de réception à la souveraine.

C'est aussi tout naturellement que Christian Dior met à profit le château et ses jardins comme cadres pour ses campagnes publicitaires, comme la série *Secret Garden*, tournée depuis 2012 au domaine, ou le célèbre spot mettant en scène l'actrice américaine Charlize Theron dans la galerie des Glaces [...]. Décidément, le château de Versailles, icône du luxe et de l'art de vivre à la française, est un lieu Dior par excellence.

« Le château de Versailles, l'écrin favori des marques de luxe », *Les Carnets du luxe*, 3 avril 2019.

5 Versailles, un lieu de tournage

Le cadre du château et du domaine de Versailles accueille de nombreux tournages de documentaires et de fictions.

En 2021, plus de 200 tournages ont été autorisés et la tendance est à la hausse. Les tournages ont rapporté 467 000 euros de recettes au château en 2021.

Des reportages et documentaires
- *L'Europe des merveilles*, Canal Plus, 2021.
- *La Guerre des trônes*, France 5, 2017-2022.

Des fictions
- *Emily in Paris*, saison 2, Netflix, 2021.
- *Marie-Antoinette*, saison 1, Canal Plus, 2022.

6 *Choose France* à Versailles : le château au service de l'économie française

Vidéo
Sommet « Choose France », France 24, 2023. Du début à 1 min.
hachette-clic.fr/24hggt141

Vocabulaire

Galerie des Glaces : large passage intérieur réalisé à Versailles par Jules Hardouin-Mansart de 1678 à 1684. Longue de 73 mètres et large de 13 mètres, la Galerie tient son nom des 357 glaces qui la décorent, un record absolu à l'époque. Elle est aujourd'hui l'emblème du château de Versailles.

Mécénat : action d'un acteur (personne, entreprise, fondation) qui finance et encourage le développement des arts et des sciences.

ACTIVITÉ

1. Quelle place le château de Versailles occupe-t-il dans l'imaginaire des touristes étrangers ? Émettez des hypothèses à l'aide des **documents 1, 3 et 5**.

2. Quels sont les avantages du mécénat pour les entreprises ? pour le château de Versailles ? **(doc. 2 et 4)**

3. Comment le nom de Versailles et le château lui-même sont-ils utilisés comme vitrine de la France ? **(doc. 3, 5 et 6)**

Vers le BAC — Grand oral

« En quoi Versailles est-il aujourd'hui une vitrine de la France ? »

Cherchez en autonomie des informations précises et vérifiées sur un de ces aspects :
- Versailles, un haut lieu culturel français.
- Versailles, une référence mondiale pour les entreprises et les clients.

Puis, en binôme, présentez tour à tour votre travail à l'oral et dressez un bilan commun des arguments avancés.

Étude 1 Les Panathénées, un patrimoine universel

C'est en profitant de l'alliance entre l'Empire ottoman et l'Angleterre que lord Elgin, ambassadeur britannique, récupère des pièces de l'Acropole d'Athènes. Il emporte en Angleterre plus de la moitié des frises du Parthénon (ou frise des **Panathénées**) entre 1801 et 1804. En 1817, elles sont achetées par le British Museum, qui refuse encore à ce jour de les restituer à la Grèce, malgré ses demandes répétées.

▶ Pourquoi, depuis le XIXe siècle, les frises du Parthénon sont-elles considérées comme un patrimoine universel ?

1800 – 1850 – 2000 – 2010 – 2020

- **1817** Achat des marbres des Panathénées par le British Museum
- **1834-1842** Othon de Grèce tente de racheter les marbres au Royaume-Uni
- **2009** Ouverture du nouveau musée de l'Acropole à Athènes
- **Janvier 2023** La ministre de la Culture britannique exclut un retour en Grèce des marbres sculptés du Parthénon

1 Les frises du Parthénon au Ve siècle av. J.-C., un décor central du temple

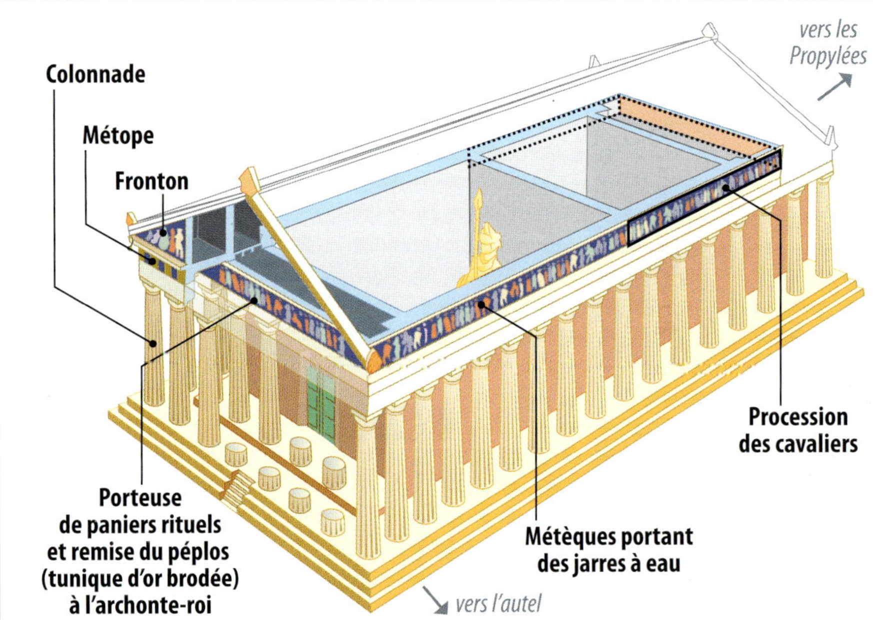

1. Partie située entre le chapiteau de la colonne et la corniche.
2. Ornement de la frise qui sépare les métopes. Il est composé de cannelures verticales.
3. Panneau architectural de forme rectangulaire décoré de motifs et placé sur une frise.

2 Un philhellénisme très développé en Europe à partir du XVIIIe siècle

La parole de l'historien

Pour les Européens, la Grèce n'était pas une contrée comme les autres. Elle était le lieu-origine, la matrice même de l'histoire des peuples d'Occident. Celle vers laquelle l'on se retournait volontiers chaque fois qu'on voulait interroger les commencements. Car, dès le milieu du XVIIIe siècle, Rome avait commencé à s'éclipser sous la célébration unanime des Grecs. La vague philhellène fut très puissante dans tous les pays à forte tradition classique. Le déploiement de l'esthétique néo-classique dans chacun des beaux-arts – peintures, dessins, créations architecturales –, ainsi que le développement des curiosités antiquaires – de celles du comte Caylus[1] jusqu'aux déprédations que firent subir lord Elgin et Lusieri aux marbres du Parthénon –, mirent partout le style grec à la mode, y familiarisant tous les habitants des grandes villes d'Europe et d'outre-Atlantique. Mais cette image d'une Grèce idéale vint également investir l'éducation, la littérature, […] l'histoire et la politique.

Hervé Mazurel, « Nous sommes tous des Grecs », *Monde(s)*, 2012.

1. Grand collectionneur d'antiquités et auteur français du XVIIIe siècle.

3 Les Anglais récupèrent les fragments des frises sur l'Acropole (1801)

Sir William Gell, *Dépose des sculptures du fronton du Parthénon par Elgin*, 1801.

Lord Elgin a chargé le peintre Lusieri de récupérer le maximum de dalles et de sculptures, dont toutes celles tombées à terre. Ici, des ouvriers décrochent des statues du fronton ou des dalles de la frise. Quelques années plus tard, Lusieri a avoué avoir saccagé le site en prélevant tout ce qu'il a pu.

4 La muséographie du British Museum au service de la frise des Panathénées

Le musée de Londres a travaillé avec sérieux et rigueur afin de créer un écrin spécifique pour la frise des Panathénées. Il considère aujourd'hui comme un acte créatif cette muséographie, faisant ainsi des Panathénées une pièce maîtresse du musée et une création artistique britannique. Plus de la moitié de la frise se trouve aujourd'hui conservée à Londres.

Dans le cadre de cette collection incomparable, les sculptures du Parthénon constituent une représentation importante de la culture de l'Athènes antique. Des millions de visiteurs du monde entier admirent chaque année la beauté des sculptures – gratuitement. Ils comprennent également comment la Grèce antique a influencé et a été influencée par les autres civilisations rencontrées. Le musée de l'Acropole permet d'apprécier les sculptures du Parthénon à Athènes dans le contexte de l'histoire grecque et athénienne antique. Cette exposition ne modifie pas l'opinion des administrateurs du British Museum selon laquelle les sculptures font partie du patrimoine commun de tous et transcendent les frontières culturelles. Les administrateurs restent convaincus que l'emplacement actuel des sculptures du Parthénon permet de raconter des histoires différentes et complémentaires sur les sculptures survivantes, soulignant leur importance pour la culture mondiale et affirmant l'héritage universel de la Grèce antique.

Site du British Museum, 2019.

Vocabulaire

Panathénées : frise réalisée au Ve siècle avant J.-C. Elle ornait le temple du Parthénon sur l'Acropole d'Athènes.

Philhellénisme : attachement à l'indépendance nationale de la Grèce au XIXe siècle face à l'Empire ottoman et, plus généralement, à la culture et au passé grecs.

ACTIVITÉ ORAL

Racontez, sous la forme d'un exposé, comment la plus grande partie des frises du Parthénon a pu se retrouver au British Museum depuis plus de 200 ans et pourquoi elles représentent aujourd'hui un exemple de patrimoine universel convoité.

Aide

1. Que sont les frises du Parthénon ? **(doc. 1)**
2. Expliquez les raisons et les conditions de l'arrivée des fragments des frises en Angleterre. **(doc. 2 et 3)**
3. D'après les arguments avancés, les Panathénées font-elles partie d'un patrimoine universel ou d'un patrimoine culturel grec ? Justifiez votre réponse. **(doc. 3 et 4)**

Vers le BAC Dissertation

Rédigez un paragraphe de la dissertation : « **Le patrimoine, entre héritage et construction.** » Expliquez pourquoi la possession de la frise des Panathénées par un État peut être perçue aujourd'hui comme un symbole de rivalités dans un patrimoine devenu mondial.

Étude 2 GRAND FORMAT

Les tensions géopolitiques autour de la restitution de la frise des Panathénées

Contexte Depuis son indépendance en 1830, la Grèce a toujours réclamé la restitution des marbres de la frise des Panathénées, conservés dans plusieurs musées européens. La moitié de la frise appartient au British Museum, qui a toujours refusé de la restituer. Dans les années 1980, Melina Mercouri, ministre grecque de la Culture, a activement milité pour sensibiliser les opinions publiques sur le sujet.

Melina Mercouri (1920-1994)

Devenue célèbre en Grèce et dans le monde entier pour sa carrière de chanteuse et d'actrice, Melina Mercouri a également exercé des responsabilités politiques en Grèce, en tant que députée puis ministre de la Culture.

Comment la question de la restitution de la frise des Panathénées reste-t-elle encore au cœur de tensions géopolitiques entre États européens ?

Le discours de Melina Mercouri

1 Pourquoi les marbres du British Museum doivent-ils être restitués à la Grèce ?

Pour les efforts qu'il accomplit afin d'apporter au peuple anglais la vérité sur la question, ma gratitude la plus profonde [va] au Comité britannique pour la restitution des Marbres du Parthénon. Car il s'agit bien des Marbres du Parthénon. Il n'existe pas de Marbres d'Elgin. Il y a un *David* de Michel-Ange. Il y a une *Vénus* de Léonard de Vinci. Il y a un *Hermès* de Praxitèle. Il y a un *Pêcheurs en mer* de Turner. Il n'y a pas de Marbres d'Elgin ! [...]

Mon gouvernement a demandé la restitution des Marbres du Parthénon. Il s'est vu opposer un refus. Mais qu'il soit bien établi que nous ne renoncerons jamais à notre requête. Permettez-moi d'énumérer les arguments qui sont constamment opposés contre la restitution et de les traiter un par un.

D'abord on nous dit que les Marbres ont été obtenus à la suite d'une transaction en règle. Je demande si la corruption de fonctionnaires peut être opposée à une « transaction en règle ». [...]

Un deuxième argument qui perdure, bien qu'il ait été réfuté avec irritation par les nombreux Anglais voyageant en Grèce à l'époque est que : « les Grecs ignorants, superstitieux, étaient indifférents à leur art et à leurs monuments. » [...] Nous considérons une telle accusation comme monstrueuse.

Argument numéro 3. Si les marbres sont restitués, cela créera un précédent qui pourrait mener au vidage des musées. Excusez-moi, mais c'est du boniment. Qui va demander et qui va obtenir le vidage des musées ? Permettez-moi de redire que nous considérons les musées de tous les pays comme un besoin social et culturel vital, qui doit être protégé. J'ai dit et répété que ce que nous réclamons, c'est une partie intégrante d'une structure qui a été mutilée. Dans le monde entier, le nom de notre pays est immédiatement associé au Parthénon. [...]

J'ai pris sur votre temps et je sais que le débat est ce qui saisira les consciences. Je voudrais espérer que ce débat soulève quelques questions. J'ai là une petite liste :

– Les marbres ont-ils été pris contre toute justice ? Et s'ils ont été pris contre toute justice, peut-il être juste qu'ils soient conservés ?

– S'il y avait justice à ce qu'ils soient pris, y a-t-il injustice à ce qu'ils soient rendus ?

– Quelle valeur peut-on accorder à l'argument selon lequel si Elgin n'avait pas emporté les Marbres, d'autres Anglais ou des Français l'auraient fait ?

– Est-il important que 95 % des Grecs n'aient jamais l'occasion de voir ce que la Grèce a créé de meilleur ?

– Est-il concevable qu'une Grèce libre ait autorisé l'enlèvement des Marbres ?

Vous devez comprendre ce que représentent pour nous les Marbres du Parthénon. Ils sont notre fierté. Ils sont nos sacrifices. Ils sont notre symbole d'excellence le plus noble. Ils sont notre contribution à la philosophie démocratique. Ils sont notre aspiration et notre nom. Ils sont l'essence même de notre grécité[1].

Nous sommes prêts à dire que nous déclarons l'entreprise d'Elgin tout entière sans rapport avec le présent. Nous disons au gouvernement britannique : vous avez conservé ces sculptures pendant presque deux siècles. Vous en avez pris soin autant que vous le pouviez, ce dont nous vous remercions. Mais maintenant, au nom de la justice et de la morale, s'il vous plaît, rendez-les nous. J'espère sincèrement qu'un tel geste de la part de la Grande-Bretagne honorera votre nom pour toujours. Je vous remercie.

Discours de Melina Mercouri devant l'Oxford Union Society, société de débats de la ville d'Oxford en Angleterre, 12 juin 1986, traduction par François Bayard. Source : Fondation Melina Mercouri.

1. Caractère de ce qui est propre à la Grèce, ce qui fonde sa culture.

Mise en perspective

2 La conservation et la restitution des marbres du Parthénon en Europe

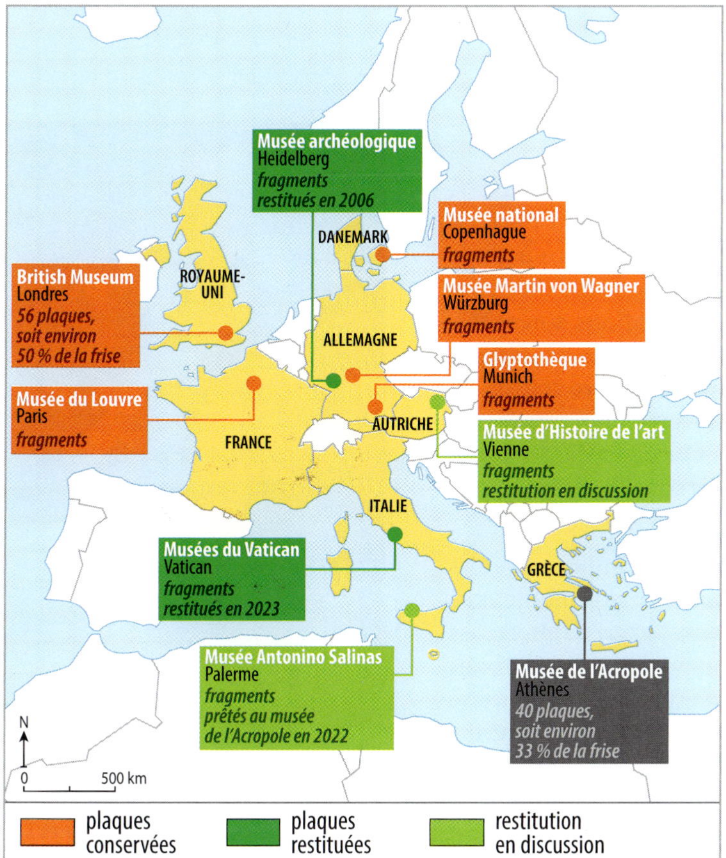

Sources : *La Croix*, 19 décembre 2022 et Musée de l'Acropole d'Athènes, 2024.

ACTIVITÉ

Préparer l'analyse du discours en se documentant

1. En 1986, quand Melina Mercouri prononce son discours, où les différents morceaux de la frise des Panathénées sont-ils conservés ? **(doc. 1 et 2)**

2. Pourquoi Melina Mercouri choisit-elle de prononcer son discours au Royaume-Uni ? **(doc. 1 et 2)**

Analyser le discours

3. Expliquez pourquoi Melina Mercouri insiste sur le fait qu'il n'existe pas de « Marbre d'Elgin ». **(doc. 1)**

4. Présentez les arguments que mobilise Melina Mercouri en faveur de la restitution des marbres à la Grèce. **(doc. 1)**

Listez les arguments en les classant par thèmes.

Mettre le discours en perspective

5. Présentez les arguments qu'oppose encore aujourd'hui le Royaume-Uni à la restitution des marbres du Parthénon au musée de l'Acropole. **(doc. 3)**

6. Expliquez pourquoi certains musées acceptent dorénavant de restituer leurs fragments de la frise des Panathénées au musée de l'Acropole d'Athènes. **(doc. 2 et 3)**

Développez l'idée de la « question de l'image » évoquée dans le document 3.

3 Un contentieux toujours vivace entre le Royaume-Uni et la Grèce

Les salles consacrées aux marbres du Parthénon restent un must du British Museum, institution londonienne aux 5 millions de visiteurs annuels. [...] Depuis qu'elle est devenue indépendante, en 1832, la Grèce a toujours contesté cette propriété et réclamé le retour des marbres, qu'elle considère comme une part inaliénable de son histoire. Leur place est à Athènes, arguent les autorités grecques, dans un magnifique musée construit au pied de l'Acropole spécialement pour les exposer et ouvert en 2009.

Jusqu'à présent, le British Museum a résisté à toutes les pressions, s'en tenant à sa version : les marbres lui appartiennent, leur prélèvement ayant été autorisé par l'administration ottomane. L'institution s'abrite aussi derrière une loi britannique, le *British Museum Act* de 1963, qui lui interdit de céder ses œuvres, sauf circonstances exceptionnelles. [...]. Arrivé à la tête du British Museum en octobre 2021, George Osborne, 51 ans, ancien ministre des Finances du Premier ministre conservateur David Cameron, a entamé des discussions sérieuses avec Athènes en 2022. [...] Le British Museum a « appelé publiquement à un nouveau partenariat du Parthénon avec la Grèce » et confirmé des discussions « avec tout le monde, y compris le gouvernement grec », tout en excluant « de démanteler [sa] superbe collection ». Le gouvernement britannique a exclu tout amendement du *British Museum Act*.

Athènes s'en tient, de son côté, à sa position : un prêt à long terme n'est pas satisfaisant, le pays veut récupérer la propriété des marbres. Les marbres du Parthénon constituent certes un cas particulier : leur propriété est contestée et bien des responsables de musée craignent qu'une restitution crée un précédent mettant en danger leurs collections. Mais les arguments juridiques deviennent difficiles à tenir quand la question de l'image se pose.

Cécile Ducourtieux, « Le British Museum sur la défensive dans le contentieux avec la Grèce sur les marbres du Parthénon », *Le Monde*, 17 février 2023.

Pour aller plus loin

1. Comment les Grecs se préparent-ils au retour de la frise sur le site du Parthénon ?

2. En quoi la question de la restitution des fragments de la frise ouvre-t-elle une réflexion plus globale sur le patrimoine mondial ?

Vidéo
Les marbres du Parthénon, un trésor disputé depuis des décennies, France Culture, 2023.
hachette-clic.fr/24hggt142

Axe 1

Leçon 1 Les usages sociaux du patrimoine

➤ Comment la fonction sociale du patrimoine s'est-elle renforcée ?

A Le patrimoine, un ciment social

Le patrimoine participe à la construction des identités collectives. Dans un contexte de mondialisation, les usages culturels s'uniformisent partout sur la planète (cinéma, musique, habitudes vestimentaires…). Face à cette tendance, les citoyens s'intéressent aussi de plus en plus aux traces du passé de leur territoire, dans un souci de transmission aux générations suivantes. Or, victimes de l'usure du temps, les **monuments** et objets anciens se dégradent. Les coutumes et pratiques locales, souvent basées sur une culture transmise oralement, sont menacées. Les fêtes locales ou les grands événements festifs permettent alors de les perpétuer : les carnavals des Caraïbes (Martinique, La Nouvelle-Orléans) ou d'Amérique latine (Rio de Janeiro) sont une vitrine pour les danses, chants, musiques et costumes traditionnels.

Conscients de ce « besoin social » (Guy Di Méo), les sociétés et les pouvoirs publics encouragent les actions de sensibilisation. L'éducation des plus jeunes se fait par différentes modalités : « classes patrimoines » en Italie ou France, écoles en langue régionale (écoles Diwan en Bretagne, écoles en langues autochtones dans le Grand Nord canadien)… Les Journées européennes du patrimoine accueillent chaque année 30 millions de visiteurs, tandis que les chantiers associatifs de bénévoles rencontrent également un grand succès (fouilles archéologiques en Égypte ou au Pérou, restauration de châteaux forts en France ou de temples en Indonésie).

La danse balinaise, un patrimoine immatériel

Les danses balinaises ont été inscrites sur la liste du patrimoine mondial de l'Unesco en 2015. Elles participent des traditions religieuses et sociales de la culture indonésienne.

B De nouveaux usages sociaux du patrimoine

La fréquentation des musées et monuments ne cesse d'augmenter. Le Louvre est le plus visité (près de 9 millions en 2023, 10 millions avant la pandémie de la Covid-19), suivi du musée national de Chine à Pékin et du British Museum de Londres. Le succès des expositions exceptionnelles ne se dément pas : celle sur Toutankhamon à Paris en 2019 a battu tous les records de fréquentation avec 1,4 millions de visiteurs. Cet engouement s'explique par le développement des visites individuelles grâce à une plus grande curiosité des citoyens, mais aussi par la volonté des responsables de collections de créer des événements pour susciter l'intérêt d'un nombre croissant de visiteurs.

Les outils numériques participent à la démocratisation du patrimoine. Sur place, des tablettes et logiciels de **réalité augmentée** accompagnent le visiteur en reconstituant l'intérieur des bâtiments à une époque donnée, dans une visite immersive (Colisée à Rome, street art dans les rues de Londres). Le patrimoine est aujourd'hui accessible à tous, depuis son domicile, grâce à sa numérisation. Des sites et des œuvres d'art jusque-là peu connus peuvent être découverts par les internautes (Cité interdite à Pékin, Machu Picchu au Pérou). Les ouvrages et les pièces d'art peuvent être examinés dans leurs moindres détails, dévoilant ainsi la richesse exceptionnelle du patrimoine et les qualités des artistes qui les ont créés.

Le patrimoine s'ouvre à des usages variés. L'historien étudie le patrimoine pour comprendre et expliquer le passé et les évolutions des sociétés, car il profite ainsi de sources riches et variées. L'urbaniste peut s'inspirer du travail des anciens, comme avec le plan hippodamien de l'Antiquité repris à Manhattan ou à Barcelone. Dans le contexte du changement climatique, les architectes réinvestissent des techniques traditionnelles d'isolation (constructions traditionnelles en chaume au Japon, couleurs blanches pour réfléchir la lumière des médinas arabes).

Vocabulaire

Monument : édifice choisi par une société pour constituer son patrimoine. Souvent ancien, il est perçu comme le témoin majeur du passé religieux, historique et politique d'une société.

Réalité augmentée : technique qui superpose à la réalité une représentation numérique.

Axe 1

Leçon 2 Les usages politiques du patrimoine

Comment le patrimoine peut-il servir le pouvoir politique ?

A Le patrimoine, un instrument de puissance

- **Le patrimoine est une vitrine du passé prestigieux d'un État ou d'une institution.** La Grande muraille de Chine, par exemple, rappelle l'ancienneté de la civilisation chinoise. Les monarchies européennes ont multiplié les statues, tableaux et châteaux à leur gloire (statue équestre de Henri IV ou Louis XIV, châteaux de la Loire). De même, les cathédrales et basiliques incarnent la puissance de l'Église jusqu'au XXe siècle en Europe. Les démocraties n'échappent pas à cette tentation : les statues monumentales du mont Rushmore réalisées entre 1927 et 1941 rendent hommage à quatre grands présidents des États-Unis. Aujourd'hui, certains éléments du patrimoine incarnent à eux seuls un pays (Parthénon pour la Grèce, tour Eiffel pour la France).
- **Le patrimoine a été instrumentalisé par les régimes politiques et/ou les idéologies.** Les régimes totalitaires européens de l'entre-deux-guerres ont réactivé les héritages de périodes glorieuses de leur histoire : Mussolini organisait les défilés des Chemises Noires au pied du Colisée ; Hitler programmait *La Chevauchée des Walkyries* de Wagner à la radio. L'URSS de Staline, et plus largement l'ensemble des régimes communistes d'Europe de l'Est, ont encouragé la création d'un nouveau type d'urbanisme et d'architecture, monumentale, qui constitue aujourd'hui un patrimoine hérité dont la réhabilitation est difficile. Si Ceausescu n'a pu concrétiser son rêve de démolir totalement l'architecture de Bucarest en Roumanie, son empreinte dans l'urbanisme est encore très grande. En 2020, en Turquie, le président Erdogan a redonné à Sainte-Sophie sa fonction de mosquée pour réaffirmer l'importance de l'islam.

Le mont Rushmore dans le Dakota du Sud (États-Unis)

Lieu sacré pour les Amérindiens, le mont Rushmore est un mémorial en l'honneur des présidents américains George Washington, Thomas Jefferson, Theodore Roosevelt et Abraham Lincoln (de gauche à droite). Sculptées dans la roche, ces sculptures de 18 mètres de haut attirent plus de deux millions de visiteurs par an.

B Un écrin pour les grandes manifestations politiques

- **Le siège du pouvoir politique d'un État est parfois choisi en fonction de sa valeur patrimoniale.** Ainsi, le complexe de Zhongnanhai à Pékin, hérité de l'époque impériale, abrite le siège du pouvoir central chinois. La construction du Kremlin où siège le gouvernement soviétique, puis russe, a été ordonnée par le prince Ivan le Grand au XVe siècle. En France, si le pouvoir exécutif siège dans le palais de l'Élysée, le Congrès se tient à Versailles. C'est donc dans ce lieu patrimonial prestigieux que les élus de la République adoptent une réforme constitutionnelle ou écoutent une déclaration présidentielle.
- **Le patrimoine sert à accueillir de grandes manifestations internationales où le pouvoir politique est mis en scène.** Le choix d'un site prestigieux est le signe de l'importance accordée à la rencontre et aux invités. Ainsi, le sommet du G7 de 1989 s'est tenu dans l'Arche de la Défense, inaugurée pour l'occasion, et placée sur l'axe historique, qui part du Louvre et passe par la place de la Concorde et les Champs-Élysées, pour aboutir à la Défense. Pour rivaliser avec l'accueil qu'Emmanuel Macron lui avait réservé en 2017 dans un restaurant étoilé de la tour Eiffel, le président Trump a organisé en 2018 la visite de la résidence Mount Vernon de George Washington.
- **En France, le château de Versailles incarne le rôle politique du patrimoine.** Outre l'accueil de l'élection des présidents des IIIe et IVe Républiques et des Congrès de la Ve République, son histoire est associée à de grands évènements de l'histoire européenne. Louis XIV y voit l'incarnation de son pouvoir absolu : la chambre du roi est au centre du château, tandis que la galerie centrale est tapissée de glaces, innovation qui impressionne les visiteurs européens. Au XIXe et au début du XXe siècles, le château de Versailles est le témoin de la rivalité franco-allemande (proclamation de l'empereur d'Allemagne en 1871 dans un souci d'humiliation, traité concluant la fin de la Première Guerre mondiale en 1919 dans un esprit de revanche). Depuis, le château de Versailles a abrité de nombreuses réceptions officielles. Charles de Gaulle y accueille les présidents américains John F. Kennedy en 1961 et Richard Nixon en 1969, François Mitterrand invite le dirigeant de l'URSS Mikhaïl Gorbatchev en 1985 et Emmanuel Macron y reçoit le président russe Vladimir Poutine en 2017.

JALON 1 p. 278

Vocabulaire

Congrès : réunion de l'ensemble des parlementaires français, députés et sénateurs, à Versailles pour adopter une réforme constitutionnelle ou écouter une déclaration présidentielle.

Réhabilitation : réaménagement d'un quartier par la restauration et la modernisation des bâtiments.

Axe 1

Leçon 3 Le patrimoine, source de conflits politiques et sociétaux

➤ Comment les usages politiques et sociaux du patrimoine conduisent-ils parfois à des conflits ?

A Des conflits de nature politique à toutes les échelles

- **La période coloniale s'est accompagnée d'une spoliation du patrimoine des territoires colonisés.** Des États africains réclament aujourd'hui le retour d'objets exposés dans les musées européens. Depuis les années 2010, un mouvement de restitution s'est mis en place : restitution de 20 bronzes au Nigeria par l'Allemagne en 2023, adoption d'une loi de restitution en Belgique en 2022 et en France en 2023. Mais tous les biens ne sont pas restitués. L'Égypte, par exemple, subit depuis 2003 le refus du British Museum de lui restituer la pierre de Rosette, à l'origine de la compréhension des hiéroglyphes.

- **Le conflit lié à la restitution des frises du Parthénon oppose la Grèce et le Royaume-Uni depuis le XIXe siècle.** Lors de la domination de la Grèce par l'Empire ottoman, le Britannique lord Elgin organise des fouilles à Athènes et fait transporter vers Londres une grande partie de la frise des Panathénées. Exposée au British Museum, elle fait l'objet de débats entre la Grèce et le Royaume-Uni. Depuis son indépendance en 1830, la première défend l'idée que la frise est un des rares témoignages de la vie politique et religieuse à Athènes et donc relève de la mémoire de la nation. *A contrario*, le Royaume-Uni refuse de restituer cette œuvre au nom de son universalité : la frise relève de la propriété de tous car elle fait partie du patrimoine mondial.

JALON 2 p. 282

- **À l'échelle nationale, le patrimoine peut également être au cœur de récupérations politiques qui font débat.** Ainsi, la statue équestre de Jeanne d'Arc à Paris est devenue le symbole nationaliste du Front national qui y organise des manifestations chaque 1er mai entre 1988 et 2015. Entre Israël et les Palestiniens, le patrimoine est un moyen de soutenir des revendications pour prouver l'ancienneté de leur implantation. Ainsi l'attribution par l'Unesco à la Palestine en 2017 de la mosquée d'Ibrahim, qu'Israël nomme le Tombeau des Patriarches, a provoqué des tensions entre les deux communautés de la ville d'Hébron en Cisjordanie.

Des statues royales d'Abomey rendues par la France au Bénin

À la suite de la demande du Bénin, le président Macron a décidé le 23 novembre 2018 de rendre 26 œuvres d'art, prises de guerre de l'armée française en 1892 et exposées au musée du quai Branly-Jacques Chirac. Le Bénin a d'ailleurs construit en 2021 un musée pour pouvoir les exposer.

B À l'échelle nationale, des conflits sociétaux

- **Certaines œuvres ou sites patrimoniaux divisent l'opinion publique.** Les contemporains peuvent parfois critiquer une nouvelle œuvre avant de la juger, avec le temps, fondamentale et patrimoniale. Une pétition contre la construction de la tour Eiffel a été signée par des intellectuels célèbres en 1887 (A. Dumas, G. de Maupassant). Le centre Georges-Pompidou en 1977 ou la pyramide du Louvre en 1989 ont également suscité de nombreuses critiques avant d'être adoptés par les Parisiens. À l'inverse, des œuvres anciennes peuvent heurter les mémoires : ainsi, certaines statues ont été déboulonnées car associées à l'esclavage (général Lee à Richmond en Virginie) ou à la colonisation (conquistador Belalcazar en Colombie).

- **Les modalités de restauration du patrimoine peuvent aussi opposer les citoyens.** Jusqu'au milieu du XXe siècle, la restauration du patrimoine n'était pas encadrée. C'est ainsi que l'architecte Eugène Viollet-le-Duc ajoute une flèche à la cathédrale Notre-Dame de Paris en 1860. La Charte de Venise adoptée en 1964 préconise « la restauration des monuments historiques dans leur dernier état connu ».

- **Le patrimoine fait aussi l'objet d'un commerce illicite.** Le pillage des sites historiques est ancien, comme le montrent les pillages de nécropoles dans l'Égypte antique. André Malraux lui-même, premier ministre de la Culture en France, a été condamné pour un vol dans un temple cambodgien en 1923. Aujourd'hui, le trafic d'œuvre d'art se poursuit, alimenté par des vols ou des pillages. À Berlin, alors que la vente de morceaux du mur est devenue illégale, des boutiques continuent par exemple à commercialiser des pièces de cet ouvrage historique.

Vocabulaire

Charte de Venise : ensemble de préconisations internationales adoptées en 1964 pour la préservation et la restauration du patrimoine.

Restauration : rétablissement d'un bien dans son état ancien ou dans sa forme première.

Spoliation : action de déposséder quelqu'un de ses biens.

L'essentiel Axe 1 > Leçons 1 à 3

RÉVISER EN SE TESTANT

Exercices interactifs

hachette-clic.fr/24hggt143

SCHÉMA BILAN

USAGES SOCIAUX ET POLITIQUES DU PATRIMOINE

- **Un patrimoine source de cohésion sociale**
  - **Source d'identité collective**
    - Fondée sur un passé commun (châteaux, églises, savoir-faire)
    - Des actions pour le perpétuer (fêtes traditionnelles, Journées européennes du patrimoine)
  - **Des usages qui évoluent**
    - Fréquentation des musées en hausse
    - Rôle croissant du numérique (réalité augmentée)
- **Un patrimoine au service du pouvoir politique**
  - **Vitrine du passé prestigieux…**
    - … au service d'un État (Grande muraille de Chine)
    - … au service d'une religion (cathédrales, mosquées)
    - … au service d'une idéologie (Colisée pour l'Italie fasciste)
  - **Un écrin pour l'accueil…**
    - … d'institutions politiques (Congrès à Versailles, Kremlin à Moscou)
    - … de rencontres diplomatiques (Versailles)
- **Un patrimoine source de tensions**
  - **Politiques**
    - Restitution des biens des territoires colonisés, frises du Parthénon, récupérations politiques
  - **Sociales**
    - Lors de la réalisation (tour Eiffel) ou de la restauration (Notre-Dame de Paris) de certains monuments

Schéma interactif
hachette-clic.fr/24hggt144

RÉVISER EN SE DOCUMENTANT

À voir

- *Jeanne du Barry*, de Maïwenn, 2023.
  Évocation de la vie à la cour de Versailles de la favorite du roi Louis XV.
- *Marie-Antoinette*, de Deborah Davis, 2022.
  Série tournée en partie dans le château de Versailles.
- *The first line*, de Coerte et John Voorhees, 2014.
  Deux avocats athéniens mènent un combat judiciaire pour le retour des frises du Parthénon à Athènes.

À lire

- « Conflits de patrimoine, les frises du Parthénon depuis le XIXe siècle », article de de Dominique Poulot, EHNE, 2021.
- *Ils ont fait la paix. Le traité de Versailles vu de France et d'ailleurs*, de Serge Bernstein, Les Arènes, 2019.
- *La Comtesse et le Parthénon*, de Susan Nagel, J.-C. Lattès, 2006.
  Biographie de l'épouse de lord Elgin présentant l'histoire de l'appropriation de la frise.

Sur le web

Sites Internet
hachette-clic.fr/24hggt145
hachette-clic.fr/24hggt146
hachette-clic.fr/24hggt147
hachette-clic.fr/24hggt148

- Un site pour voir Versailles en réalité augmentée.
- Un site pour voir en détail la frise du Parthénon.
- Une conférence sur les usages de Versailles.
- Une capsule vidéo sur le conflit du Parthénon.

AXE 2

Patrimoine, la préservation entre tensions et concurrences

Pourquoi la préservation du patrimoine peut-elle être à la fois source de développement local et de tensions ?

1 Le tourisme de masse à Dubrovnik en Croatie

Depuis 2012 et la diffusion de la série américaine *Game of Thrones*, la ville de Dubrovnik a enregistré une hausse continue de plus de 60 000 visiteurs par an. Aujourd'hui, avec plus de 4 millions de visiteurs par an, elle est victime du tourisme de masse, notamment des croisiéristes. Sous la pression de l'Unesco, la ville a limité son ouverture à 4 000 visiteurs par jour en 2019.

1950	1960	1970	1980	1990	2000	2010	2020

- **1947** Auschwitz I devient un musée national polonais
- **1971** Destruction des Halles Baltard à Paris
- **1987** Classement par l'Unesco de Venise et sa lagune
- **1988** Classement Unesco de Tombouctou et Djenné
- **1991** Classement Unesco des rives de la Seine et de Notre-Dame de Paris
- **Juillet 2012** Destruction des mausolées de Tombouctou par Aqmi
- **2015** Destruction partielle de Palmyre par Daech
- **15 avril 2019** Incendie de Notre-Dame de Paris

2 Paris, un urbanisme et une architecture exceptionnels protégés

Paris bénéficie d'un urbanisme homogène, issu notamment des travaux haussmanniens à la fin du XIXe siècle (grandes avenues bordées d'immeubles de taille standardisée visibles sur la photographie). Son architecture est également très riche (sur la photographie : arc de Triomphe de l'Étoile, Champs-Élysées). Ces atouts expliquent la forte attractivité de la ville visitée chaque année par plus de 26 millions de touristes (1er rang mondial) mais imposent des contraintes pour satisfaire les exigences d'une métropole économique de rang mondial (construction de quartiers d'affaires notamment).

QUESTIONS

1. Comment la préservation du patrimoine parisien se traduit-elle dans le paysage ? **(doc. 2)**
2. Pourquoi, selon vous, l'Unesco a-t-elle fait pression pour instaurer des quotas de visiteurs dans la ville de Dubrovnik ? **(doc. 1)**
3. Quels acteurs peuvent entrer en conflit pour concilier protection du patrimoine et développement économique ? **(doc. 1 et 2)**

p. 292 **> JALON ①**
Urbanisation, développement économique et préservation du patrimoine. Paris entre protection et nouvel urbanisme

p. 298 **> JALON ②**
La destruction, la protection et la restauration du patrimoine, enjeu géopolitique. La question patrimoniale au Mali

p. 304 **> JALON ③**
Le tourisme culturel, entre valorisation et protection. Venise, entre valorisation touristique et protection du patrimoine

Repères — Patrimoine et urbanisme à Paris

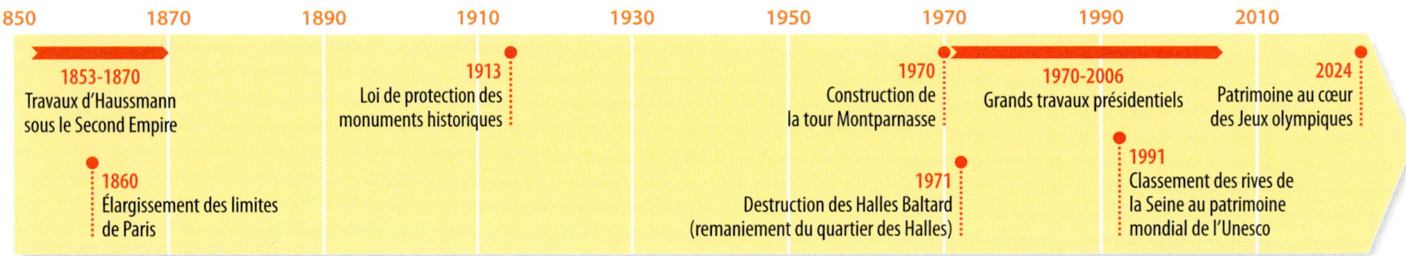

1 Une urbanisation ancienne

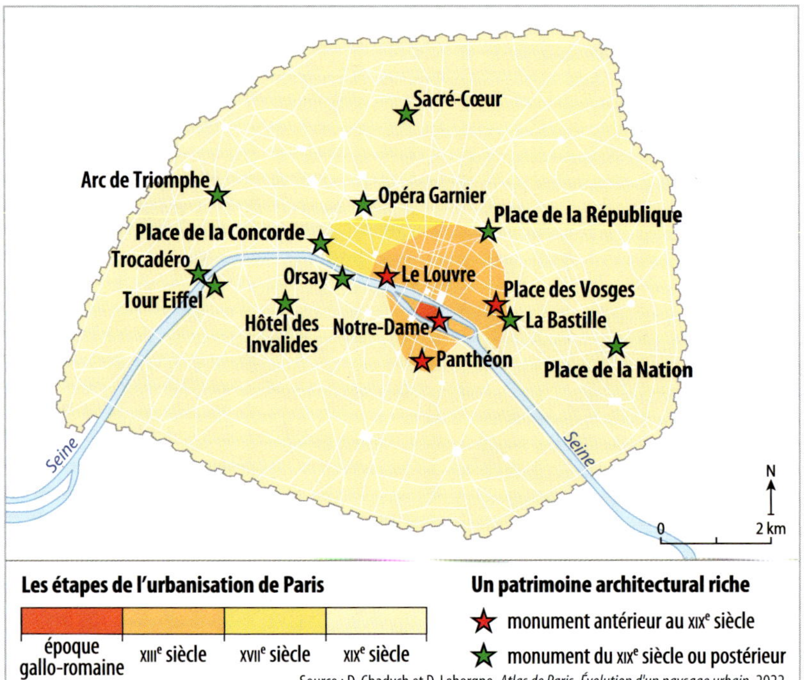

Source : D. Chadych et D. Leborgne, *Atlas de Paris, Évolution d'un paysage urbain*, 2022.

2 Les acteurs de la préservation du patrimoine parisien : l'exemple du budget du Louvre

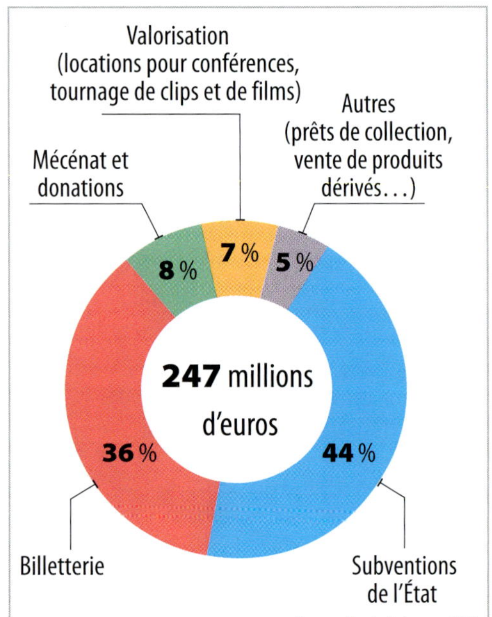

Source : Musée du Louvre, 2024.

3 Les cinq premiers sites culturels visités en 2022

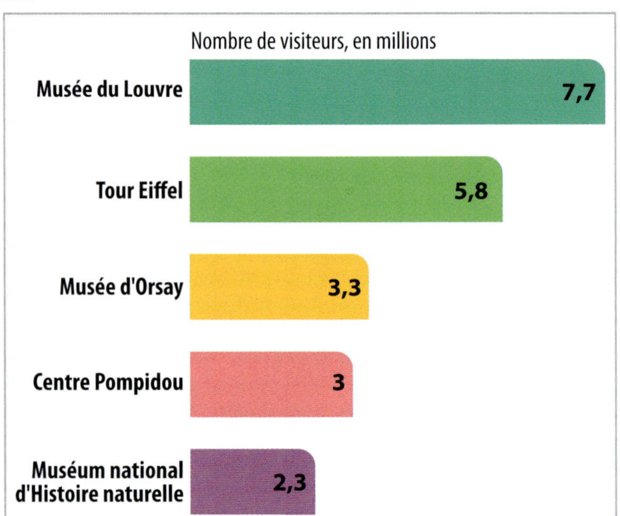

Source : Office de tourisme de Paris, 2024.

4 De nombreux projets d'aménagements

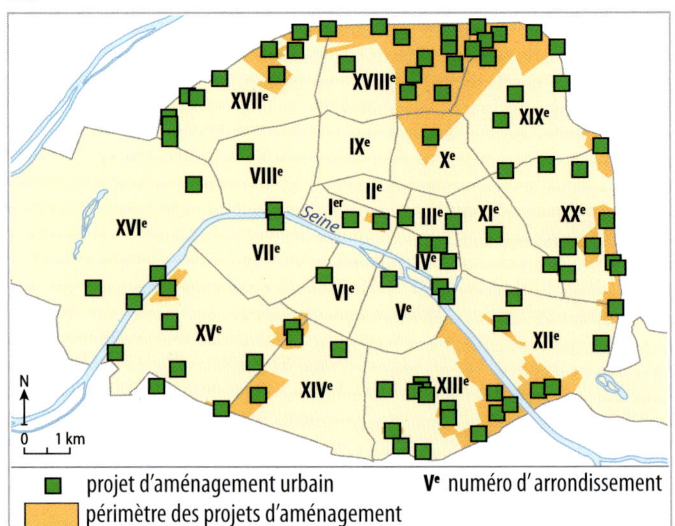

Source : D. Chadych et D. Leborgne, *Atlas de Paris, Évolution d'un paysage urbain*, 2022.

5 De nouveaux enjeux d'urbanisme

Carte interactive
hachette-clic.fr/24hggt149

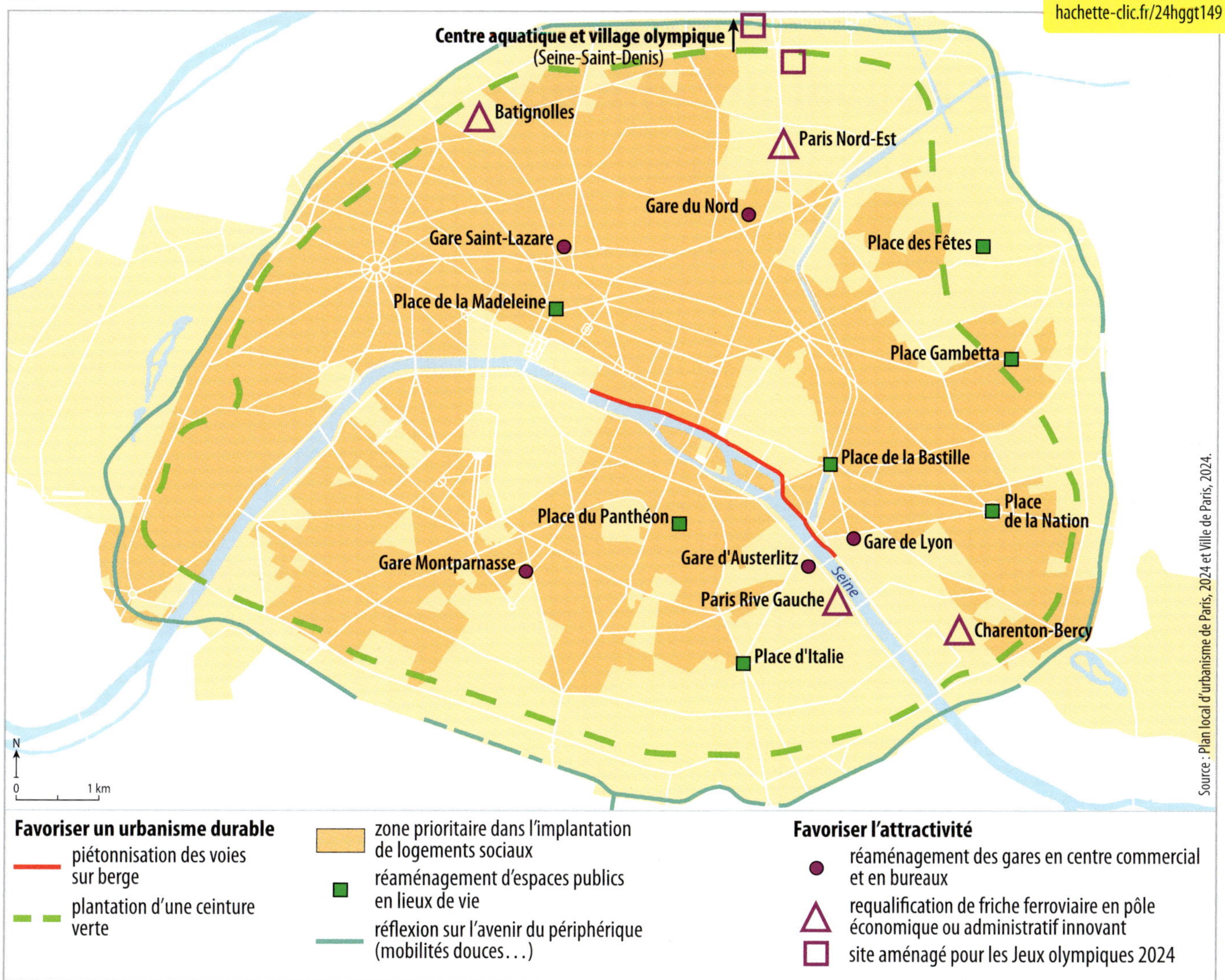

Ne pas confondre

Préservation : action de sauvegarder le patrimoine qui peut passer par des moyens variés (classement au patrimoine mondial, réhabilitation, limitation des nuisances comme le surtourisme).

≠

Valorisation : action de mettre en valeur le patrimoine pour en augmenter la valeur culturelle, sociale, économique ou politique.

Notion

Urbanisme : ensemble des arts et techniques permettant d'adapter l'espace urbain aux besoins de leurs habitants.

POUR COMPRENDRE

1. Paris développe depuis plusieurs décennies une politique de préservation de son patrimoine. En effet, la valorisation patrimoniale, la préservation d'un héritage architectural et urbain exceptionnel sont à l'origine d'une source de développement économique, notamment à travers l'activité touristique : les visiteurs du monde entier viennent chercher à Paris un patrimoine urbain unique par son histoire et sa relative homogénéité.

> Comment le patrimoine parisien est-il valorisé ? Par quels acteurs ? (doc. 1, 2 et 3)

2. Paris est également une grande métropole européenne et une ville de rayonnement planétaire. Pourtant, contrairement à ses rivales (Londres, New York, Tokyo) dont le centre-ville est hérissé de grands buildings contemporains, l'urbanisme de la capitale française est largement un héritage du XIXe siècle. L'enjeu est désormais pour la capitale de la France de porter des projets architecturaux et urbains innovants, capables de dynamiser les activités économiques sans compromettre l'identité unique de la ville.

> Montrez que les projets d'urbanisme en cours tentent de répondre à ces objectifs. Sont-ils compatibles avec la protection du patrimoine ? Justifiez votre réponse. (doc. 4 et 5)

Étude 1 Paris, entre ville musée et nouvel urbanisme

« Ville Lumière », Paris ne manque pas de surnoms vantant son urbanisme et son architecture uniques. La préservation de son patrimoine apparaît comme essentielle mais semble parfois s'opposer à sa modernisation.

Un nouvel urbanisme est-il possible pour concilier le développement économique de Paris et la préservation de son patrimoine exceptionnel ?

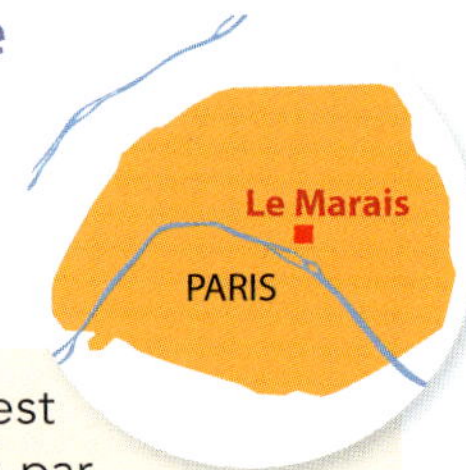

1 Une ville décor paralysée ?

En faisant de la protection du patrimoine l'alpha et l'oméga de la redynamisation des centres historiques, la muséification transforme la ville en décor. Le traumatisme de la destruction des Halles de Baltard contribue au revirement général et c'est dans la seconde partie des années 1970 que la ville se tourne avec un respect inédit vers son passé. Le mouvement peut être daté du choix de Valéry Giscard d'Estaing de conserver la gare d'Orsay que Georges Pompidou envisageait de remplacer par une tour. Aujourd'hui, le futur n'a plus la cote. L'obsession de préserver le passé, de le protéger contre les atteintes du présent aboutit logiquement à une vitrification de la ville. La construction de logements et plus largement de bâtiments neufs devient de moins en moins acceptable et par conséquent de plus en plus difficile. La muséification transforme des quartiers entiers en résidences touristiques par la grâce des sites de locations pour les particuliers comme Airbnb.

Franck Gintrand, *Chroniques d'architecture*, 14 mai 2019.

2 Le Marais, un quartier réhabilité

Situé en plein cœur de Paris, le Marais est un des très rares quartiers prisés aussi bien par les touristes que par les Parisiens. Quartier historique, il est riche de nombreux trésors patrimoniaux et est un témoin exceptionnel de l'architecture aristocratique des XVIIe et XVIIIe siècles. Or, à la fin du XVIIIe siècle, la Révolution française entraîne le départ des élites, contraints d'abandonner leurs hôtels particuliers. Ceux-ci sont alors récupérés par des artisans, ouvriers et marchands et le quartier s'industrialise. Le Marais se trouvant à l'écart des grands axes de circulation parisiens n'est que peu concerné par les transformations du baron Haussmann, ce qui lui permet de conserver son authenticité. Mais en conséquence, au début du XXe siècle, le quartier tombe en décrépitude et de nombreux bâtiments, y compris des hôtels particuliers, sont détruits. Ainsi, en 1964, André Malraux, ministre des Affaires culturelles, crée le tout premier secteur sauvegardé de France spécialement pour le Marais. Celui-ci vise à protéger le patrimoine historique et empêcher sa transformation irréversible. Le Marais est aujourd'hui un quartier cosmopolite qui accueille d'abondantes communautés, notamment la communauté juive, mais également homosexuelle depuis les années 1980. Les activités y sont aussi riches la nuit (bars) que de jour (boutiques, musées).

Site Internet du musée Picasso, 2024.

3 Le patrimoine, au cœur des Jeux olympiques de 2024

Image de synthèse créée pour promouvoir les Jeux olympiques de Paris en 2024.

Si la Seine accueille la cérémonie d'ouverture, de grands monuments parisiens servent de décor pour les épreuves sportives des Jeux olympiques de 2024 : compétitions d'escrime et de taekwondo au Grand Palais ; épreuves de BMX freestyle et de skateboard à la Concorde ; tir à l'arc, marathon et cyclisme aux Invalides.

4 Vers un nouvel urbanisme ?

Politique municipale	Objectifs	Actions	Exemple
Transport/mobilité	Lutter contre les émissions de gaz à effet de serre	– Limitation de la circulation automobile – Facilitation des mobilités douces	Zone apaisée dans le centre-ville interdite au trafic de transit (2024)
Logement	Lutter contre la **gentrification**	Opérations mixant logements sociaux et habitats conventionnels	Caserne des Minimes (Marais) réhabilitée en 70 logements sociaux
	Lutter contre la spécialisation des quartiers selon leur fonction (commerciale, bureaux, logements…)	Opérations mixant bureaux, logements et commerces	Construction de logements dans le quartier d'affaires de la Défense
Végétalisation	Créer des îlots de fraîcheur	Mise en place de forêts urbaines	Coulée verte : ancienne voie ferrée transformée en promenade arborée dans le XIIe arrondissement

Source : Mairie de Paris, 2024.

5 Bercy Village, un exemple de **muséalisation** conciliant attractivité économique et patrimonialisation

1. Anciens entrepôts vinicoles.
2. Voie ferrée rappelant le passé industriel.

Vocabulaire

Gentrification : afflux d'une population aisée dans un quartier auparavant populaire, à la suite d'opérations immobilières.

Muséalisation : action de mettre en valeur le patrimoine urbain comme dans un musée (éclairage nocturne, panneau explicatif…).

Muséification : action de transformer un lieu de vie, le plus souvent urbain, en musée.

ACTIVITÉ

Rédigez un paragraphe pour répondre au sujet : « **Comment Paris peut-elle concilier son développement économique et la préservation de son patrimoine exceptionnel ?** »

Pour cela, complétez le tableau en vous aidant de l'ensemble des documents proposés.

	Le développement de Paris s'appuie sur son patrimoine exceptionnel qu'il faut protéger	Un nouvel urbanisme est possible tout en préservant le patrimoine
… du point de vue des habitants		
… du point de vue des activités économiques		

Vers le BAC — Grand oral

En binôme, organisez une joute verbale dans laquelle l'un défend l'idée que le patrimoine est un fondement du développement économique de Paris et que la ville doit demeurer en l'état, tandis que l'autre affirme qu'il est possible de créer de nouvelles opérations d'urbanisme.

Organisez vos arguments grâce au tableau ci-contre.

Étude 2 L'urbanisme haussmannien, une source d'inspiration pour un nouvel urbanisme ?

Sous le Second Empire, Paris connaît de profondes mutations dans son architecture et son urbanisme. Les rues étroites de la ville médiévale sont remplacées par de larges artères et de nombreux aménagements sont mis en place pour moderniser la ville.

➤ Comment l'urbanisme haussmannien offre-t-il une forme de modernité renouvelée au XXIe siècle ?

Georges-Eugène Haussmann (1809-1891)

Homme politique nommé préfet de la Seine de 1853 à 1870, Georges-Eugène Haussmann est chargé par Napoléon III d'assainir et d'embellir Paris pour en faire une capitale moderne. De grandes avenues aérées sont percées, des immeubles réguliers sont construits, des parcs sont aménagés, etc.

1 Les Grands Boulevards sous le Second Empire

Créé en 1865, le Printemps est un des grands magasins inaugurés sous le Second Empire. Avec le Bon Marché et la Samaritaine, il introduit une nouvelle forme de commerce jugée plus moderne que les boutiques traditionnelles (libre circulation dans le magasin, soldes, campagnes publicitaires…). Plus largement, c'est l'ensemble du quartier qui est modernisé par Haussmann avec la percée des Grands Boulevards, facilitant ainsi la circulation.

2 L'urbanisme du Paris d'Haussmann, modèle pour la ville durable ?

Avec plus de 20000 habitants au km², Paris est la ville la plus dense d'Europe et figure dans le top 5 des villes les plus denses du monde. Mais cette caractéristique, loin d'être insupportable, est ressentie de façon positive. C'est là l'héritage du paysage urbain haussmannien qui imprègne encore fortement la capitale. Or, celui-ci ne se résume pas aux grandes percées : un vaste réseau secondaire, fin et ramifié, permet l'accès aux îlots et la circulation en leur sein. Ces multiples dessertes font de Paris l'une des villes d'Europe où l'on marche le plus : près de la moitié des déplacements dans la capitale s'effectuent à pied. Compacts, les îlots haussmanniens forment un agrégat d'immeubles mitoyens mais relativement étroits et peu profonds. L'étroitesse des plans favorise une double ou triple orientation des logements. Et permet ainsi un accès important à la ventilation et à la lumière naturelles. La hauteur sous plafond, de 3 mètres au minimum, accroît cette pénétration de la lumière. Ce sont des qualités de confort qui rendent acceptable la densité. D'un point de vue thermique, la mitoyenneté des bâtis joue un rôle naturel d'isolation.

Au fil du temps, ces bâtiments ont démontré leur capacité à s'adapter à d'importantes transformations, sans démolition ni reconstruction lourde. La taille des appartements a pu être réduite pour augmenter le nombre d'habitants. Des étages, voire des immeubles entiers, ont changé d'affectation : habitations à l'origine, devenues bureaux, puis de nouveaux logements.

Le modèle haussmannien est donc porteur d'un ensemble de caractéristiques qui rendent possibles plusieurs équilibres fondamentaux : entre mobilité de longues et courtes distances, entre densité et viabilité, entre flexibilité et résilience, entre homogénéité et diversité. Il est ainsi une source d'inspiration pertinente pour penser et concevoir la ville durable.

Laëtitia Van Eeckhout, « L'urbanisme du Paris d'Haussmann, modèle pour la ville durable ? » *Le Monde*, 1er février 2017.

ACTIVITÉ

1. Quelles sont les transformations apportées par Haussmann ? **(doc. 1)**
2. Pourquoi les travaux haussmanniens permettent-ils un développement économique de la ville au XIXe siècle ? **(doc. 1 et 2)** Selon vous, comment contribuent-ils au développement économique actuel ?
3. Pourquoi le modèle haussmannien peut-il inspirer un nouvel urbanisme plus durable ? **(doc. 2)**

Pour aller plus loin

- À l'aide de la vidéo, montrez que les travaux haussmanniens ont contribué au rayonnement économique mondial de la ville de Paris.

Vidéo
Paris, la révolution Haussmann, Le Dessous des cartes, Arte, 2016.
hachette-clic.fr/24hggt150

Étude 3 Pourquoi l'urbanisme vertical est-il limité à Paris ?

Alors que Paris ambitionne de rivaliser du point de vue économique avec les plus grandes villes mondiales, telles que New York, Londres ou Tokyo, le nombre de ses tours reste limité.

➤ Un nouvel urbanisme et une architecture moderne sont-ils possibles à Paris ?

1 Des tours reléguées en périphérie de la ville

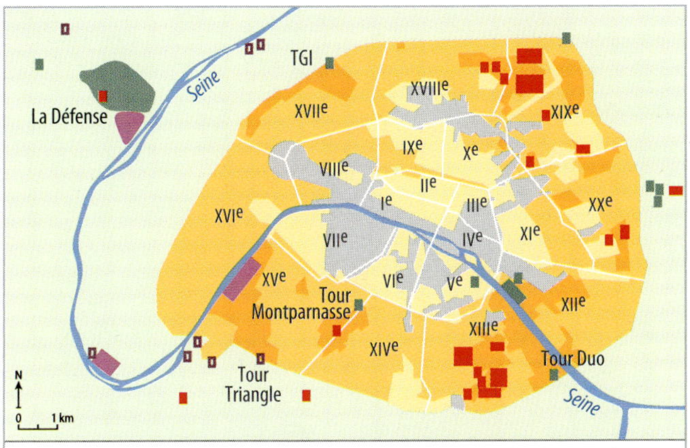

Un urbanisme vertical concentré
- tour d'habitation (isolée/en groupe)
- tour de bureaux (isolée/en groupe)
- ensemble mixte
- tour en construction ou en projet

Une législation de plus en plus contraignante
- construction interdite ou strictement limitée
- hauteur maximale en mètres[1] : 18 – 25 – 31 – 37

1. Selon le Plan local d'urbanisme adopté en 2023.

Sources : D. Chadych et D. Leborgne, *Atlas de Paris, Évolution d'un paysage urbain*, 2022 et Plan local d'urbanisme de Paris, 2023.

Carte interactive
hachette-clic.fr/24hggt151

2 Les réticences pour l'urbanisme vertical

L'urbanisme sur dalle et la tour Montparnasse ont provoqué un rejet des tours parmi les Parisiens. En 1977, le Conseil de Paris nouvellement élu entérine l'interdiction de construire au-dessus de 37 mètres prévue dans le projet de Plan d'occupation des sols (POS, devenu ensuite PLU ou Plan local d'urbanisme). Vingt-cinq ans plus tard, le maire de Paris Bertrand Delanoë remet le dossier des hauteurs à l'ordre du jour, voyant d'un bon œil la construction verticale de la ville. Les opposants défendent la préservation du tissu urbain parisien hérité d'Haussmann qui permet de voir le ciel, privilégiant plutôt l'optimisation du bâti existant pour loger les gens (surélévations ponctuelles, utilisation des logements vacants et transformation de bureaux vides) sans densifier davantage la ville la plus dense d'Europe. Lors de la révision du PLU lancée en 2001, Bertrand Delanoë commande une enquête d'opinion pour tester son idée. Résultat sans appel : 63 % des Parisiens sont opposés aux tours. Les projets sont donc remballés et le nouveau PLU voté en 2006 ne touche pas la limite des 37 mètres (11 étages). À partir de 2010, le Conseil de Paris lève les obstacles dans six quartiers, dont Masséna Bruneseau (XIIIe) avec la tour Duo (180 mètres de haut), Batignolles (XVIIe) lieu du TGI (200 mètres) ou porte de Versailles (XVe), où se construit la tour Triangle (180 mètres). Mais, en 2020, le rapport de force change. Fort de ses 23 élus, le groupe des écologistes devient incontournable pour disposer d'une majorité et réaffirme sa position historique : il faut revenir au plafond historique de 37 mètres (11 étages) maximum sans dépassement possible. Cette limite permet de concilier la nécessaire production de logements sociaux avec l'indispensable besoin de respiration des Parisiens.

Émile Meunier, conseiller dans le groupe écologiste de Paris, *Le Monde*, 5 juillet 2022.

ACTIVITÉ ORAL

Vous participez à un débat sur le thème : « **Faut-il construire des tours à Paris ?** »

1. Sélectionnez dans les documents les informations utiles et classez-les dans le tableau suivant.

	Pour	Contre
Les tours sont nécessaires pour que Paris tienne son rang dans la compétition avec les autres villes mondiales		
Les tours doivent être limitées ou interdites pour protéger le patrimoine parisien		

2. Complétez les arguments avec une recherche dans des articles de presse récents.

3. Pendant le débat, présentez vos arguments en les illustrant d'exemples précis, tout en respectant les règles d'écoute des interlocuteurs.

Vers le BAC Étude critique de document

À l'aide du **document 1**, présentez les enjeux de l'urbanisme vertical à Paris.

➡ **Méthode p. 416**

Repères

Patrimoine et tensions politiques au Mali

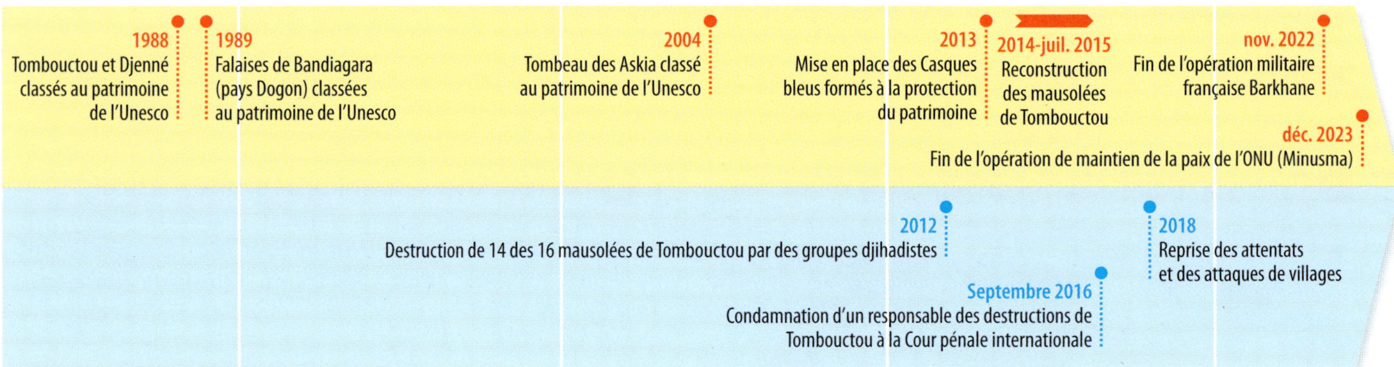

1 Un patrimoine architectural hérité de l'Empire du Mali

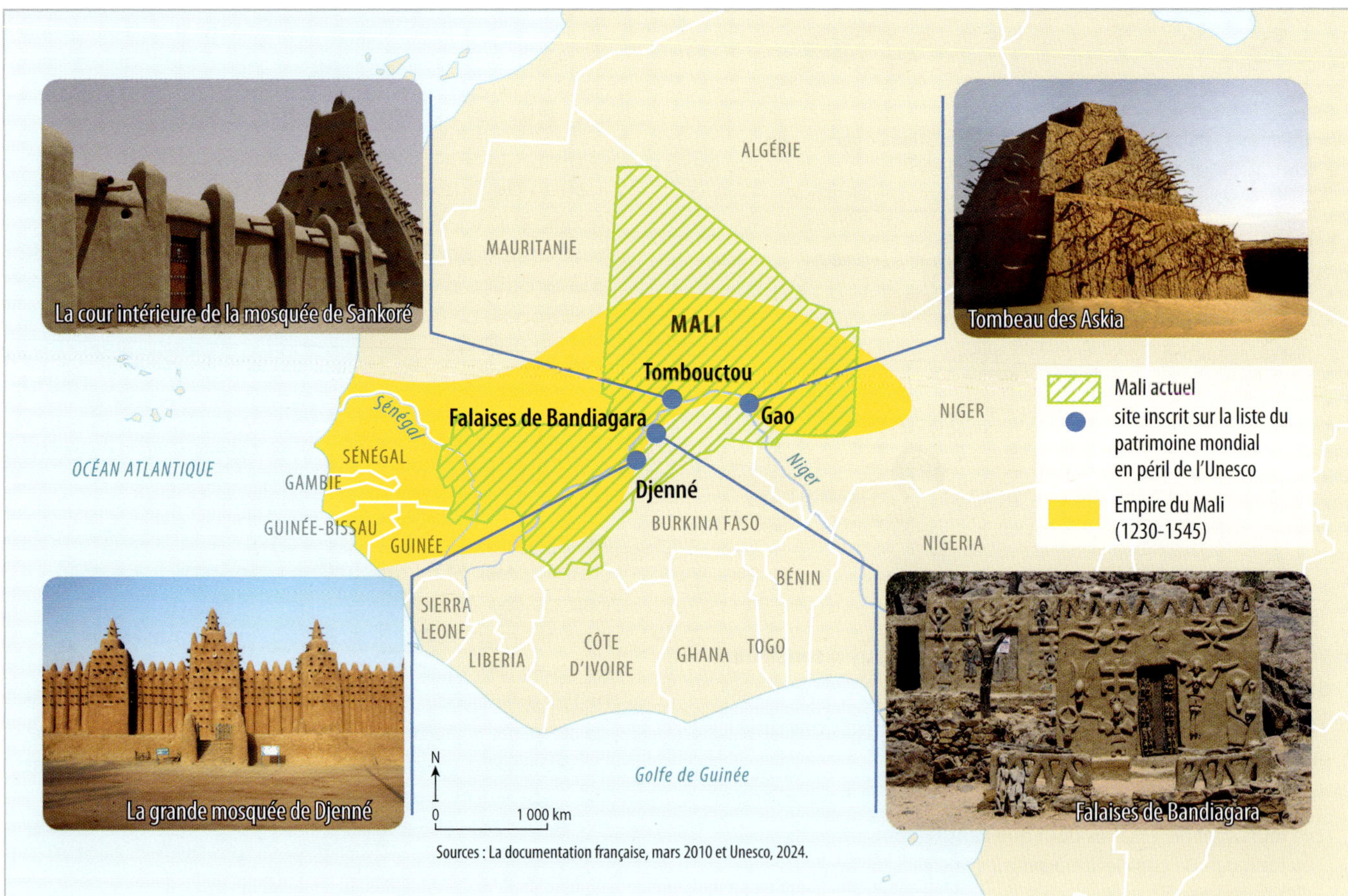

Sources : La documentation française, mars 2010 et Unesco, 2024.

Notion

Patrimoine mondial en péril : site naturel ou culturel que l'Unesco juge menacé et qui nécessite des actions de sauvegarde de grande ampleur. Les conflits armés, le surtourisme ou le changement climatique sont les principaux facteurs de menaces. 55 sites sont inscrits sur cette liste en 2024 dont 21 en Afrique.

2 Un pays multiculturel sous tensions

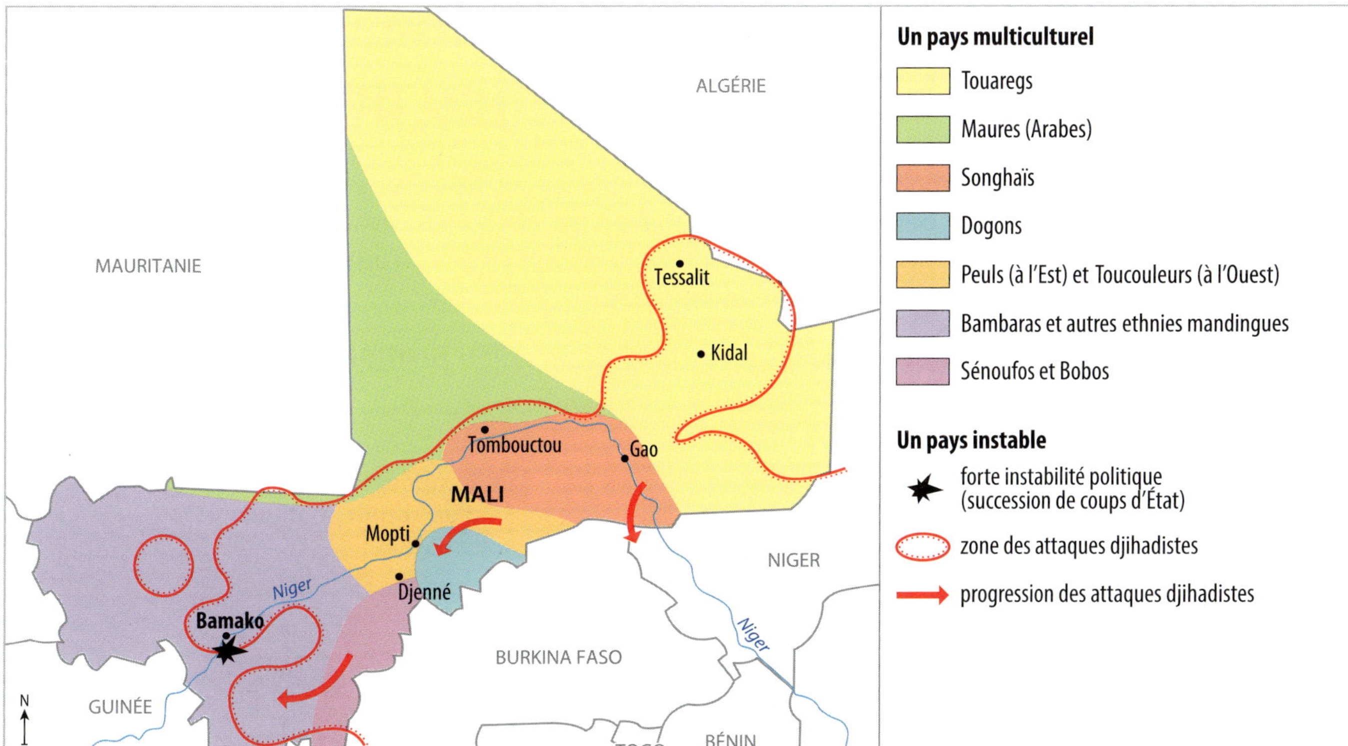

Source : *Carto*, février 2023.

Carte interactive
hachette-clic.fr/24hggt152

3 Le patrimoine immatériel du Mali classé en péril par l'Unesco

Date d'inscription par l'Unesco	Éléments classés	Facteurs de menaces
2009	Sanké mon, rite de pêche collective dans le Sanké	Ignorance de l'histoire et de l'importance de la tradition, diminution progressive de la participation au rite, dégradation de la mare Sanké (effets de l'urbanisation et de pluies insuffisantes)
2011	Société secrète des Kôrêdugaw, rite de sagesse du Mali	Diminution du nombre d'initiés en raison de la prédominance des modes de vie urbains parmi les jeunes ; pratiques de moins en moins régulières
2021	Pratiques et expressions culturelles liées au « M'bolon » (instrument de musique traditionnel)	Praticiens âgés, baisse d'intérêt des jeunes, exode rural, religions qui interdisent les rites et pratiques initiatiques (islam radical)

Source : Unesco, 2024.

Ne pas confondre

Empire du Mali : État africain médiéval fondé au XIIIe siècle par Soundiata Keita, qui connut son apogée au XIVe siècle avant son démembrement au début du XVIIe siècle. Il englobait des parties de plusieurs États actuels de l'Afrique de l'Ouest : Mali, Sénégal, Mauritanie… Sa capitale était Kangaba.

≠

État du Mali : État d'Afrique de l'Ouest né en 1960, dans le cadre de la décolonisation de l'Empire colonial français. Sa capitale est Bamako.

POUR COMPRENDRE

1. Le Mali a hérité d'un patrimoine matériel et immatériel exceptionnel provenant en partie du puissant Empire médiéval du Mali né au XIIe siècle. Fondé selon la légende par Soundiata Keita, il était un riche empire connecté aux réseaux commerciaux et culturels qui reliaient le nord du Sahara aux régions du Sud.

> **Quels éléments composent le patrimoine matériel et immatériel du Mali ? (doc. 1 et 3)**

2. Cependant, le Mali doit faire face à des défis sécuritaires depuis le coup d'État militaire de 2012 et l'occupation du pays par des groupes djihadistes. La stabilisation politique est d'autant plus difficile que le pays connaît un très faible développement : il est classé par l'ONU au 186e rang de l'IDH (Indice de développement humain) sur 191 pays.

> **Comment l'instabilité et les tensions politiques menacent-elles le patrimoine du Mali ? (doc. 2 et 3)**

> **Quels sont les autres facteurs de menaces ? (frise, doc. 2 et 3)**

Étude 1 Destruction et restauration de Tombouctou : un enjeu de pouvoir

En 2012, une coalition entre des rebelles Touaregs et les djihadistes liés à Al-Qaïda tente de conquérir le nord du Mali. La ville de Tombouctou tombe début avril. Ses habitants, son patrimoine classé au patrimoine de l'Unesco et ses manuscrits anciens sont pris pour cible. La forte médiatisation de ces destructions mobilise alors l'État malien et la communauté internationale.

➤ Comment le patrimoine de Tombouctou est-il devenu un enjeu politique et culturel au Mali ?

1 Tombouctou au cœur d'un conflit politique et culturel

Chapatte, *Le Temps*, 3 juillet 2012.

Vidéo
La destruction des mausolées de Tombouctou, France 2, 2012.
hachette-clic.fr/24hggt153

2 La reconstruction du patrimoine, un outil de paix

La réhabilitation des sites du patrimoine mondial à Tombouctou souligne l'intégration sans précédent de la conservation du patrimoine aux efforts de consolidation de la paix. Le succès de ce projet en cours s'explique en grande partie par la mobilisation des communautés locales qui mènent toutes les opérations de reconstruction. Ces communautés ont conservé leurs connaissances traditionnelles remontant à plusieurs siècles, ce qui a permis de reconstruire les 14 mausolées des saints et de réhabiliter les mosquées et les bibliothèques qui protègent les manuscrits anciens. Leur détermination et leur engagement constituent une réponse audacieuse à toutes les formes d'extrémisme. Cette coopération a démontré le potentiel unificateur du patrimoine et le rôle essentiel de sa conservation dans le rétablissement et le maintien de la sécurité et de la paix en période de crise. À cet égard, les résultats obtenus au Mali sont historiques. L'accent mis sur le patrimoine culturel est essentiel pour les efforts de réconciliation nationale.

Message de Mme Irina Bokova, directrice générale de l'Unesco lors des Journée du patrimoine mondial africain, 5 mai 2017.

3 Des acteurs mobilisés pour la reconstruction de Tombouctou

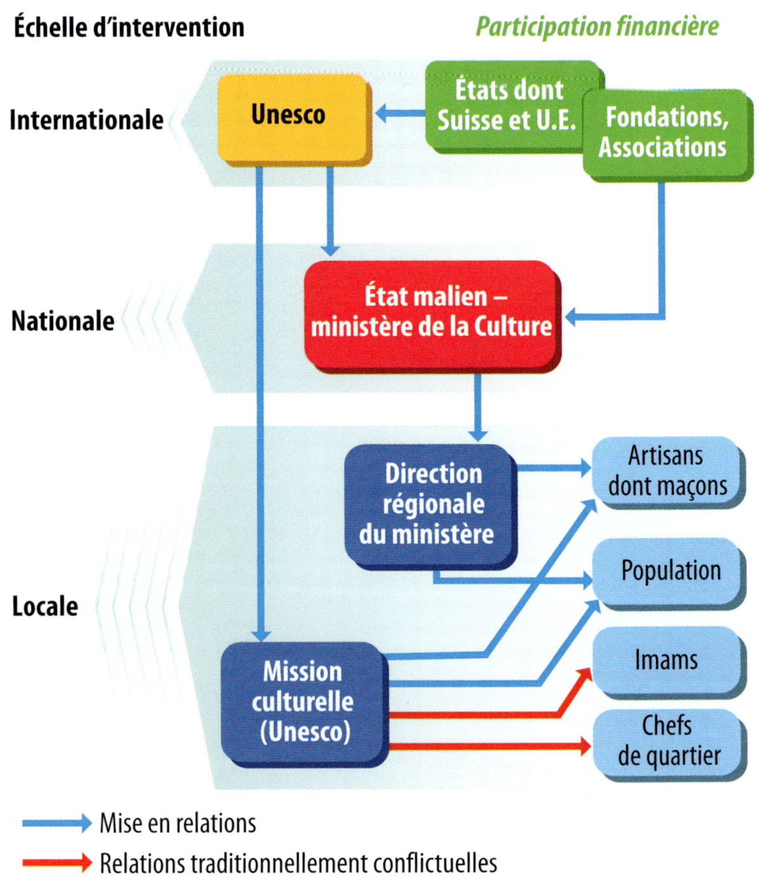

4 La réinstallation de la porte de la mosquée sacrée Sidi Yahia.

La reconstruction des mausolées et des mosquées a été faite à l'identique à partir des restes de murs, en consultant des photos et en interrogeant des anciens. Cette porte est considérée comme un symbole protecteur de la ville.

5 La destruction de biens culturels considérée comme un crime de guerre

Pour « avoir dirigé intentionnellement des attaques » contre des monuments classés au patrimoine mondial de l'humanité à Tombouctou, le djihadiste malien Al Faqi Al Mahdi a été condamné à neuf ans de prison par la Cour pénale internationale. « La sentence se voulait exemplaire, elle l'a été », écrit Journaldu Mali.com. Condamné le 27 septembre à neuf ans de prison par la Cour pénale internationale, Ahmad Al Faqi Al Mahdi est le premier accusé dans le cadre du conflit malien. C'est aussi la première fois que la destruction de biens culturels est considérée comme un crime de guerre. Le condamné, âgé d'environ 40 ans, avait rejoint les rangs d'Ansar Dine, l'un des groupes djihadistes liés à Al-Qaïda qui ont semé la terreur dans le nord du Mali en 2012. En tant que chef de la Hisbah, la brigade islamique des mœurs, « il aurait ordonné et participé à la destruction des mausolées à coups de pioche et de houe », rappelle le site malien. La procureure de la CPI a déclaré qu'il s'agit d'« un crime de guerre très grave et [que ceux qui commettent ce crime] seront tenus pour responsables ». Pour JournalduMali.com, même si « le procès laissera un goût amer aux ONG », puisque Al-Mahdi est le seul djihadiste à avoir comparu à La Haye pour une telle accusation, « la condamnation de ce terroriste repenti est une grande avancée pour la défense du patrimoine ».

« Destruction des mausolées de Tombouctou : une condamnation historique », *Courrier International*, le 28 septembre 2016.

ACTIVITÉ ORAL

1. En binôme, remplissez le tableau en reprenant les idées-clés des documents.

	Destruction (doc.1 et 5)	Restauration (doc. 2, 3 et 4)
Acteurs		
Patrimoine concerné		
Enjeux culturels et politiques		

2. À l'aide du tableau, réalisez une présentation orale de 5 minutes pour expliquer les enjeux politiques et culturels de la destruction et de la restauration du patrimoine de Tombouctou.

Vers le BAC Dissertation

À l'aide des documents, rédigez un paragraphe pour illustrer, grâce au cas du Mali, le sujet : « **Le patrimoine, objets de tensions géopolitiques.** »

Pour aller plus loin

Visionnez cette vidéo de Mathilde Leloup, spécialiste en science politique, et relevez le plan de cette mini-conférence. Résumez chaque partie en trois lignes.

Vidéo
La destruction du patrimoine malien, APHG, 2022.
hachette-clic.fr/24hggt154

Étude 2 La protection du patrimoine au Mali : un champ d'expérimentation

Les destructions de 2012 dans le nord du Mali ont souligné la vulnérabilité du patrimoine malien, mais aussi sa forte valeur symbolique et économique. Face aux tensions politiques et sociales actuelles, les formes de protection se renouvellent, impliquant des acteurs de plus en plus nombreux.

➤ Comment les tensions politiques obligent-elles les acteurs à renouveler leurs formes de protection du patrimoine malien ?

1 Des Casques bleus formés à la protection du patrimoine

Depuis 2013, les Casques bleus de la Minusma (Mission multidimensionnelle intégrée des Nations unies pour la stabilisation au Mali) remplissaient également une mission patrimoniale. Ils devaient à la fois sécuriser et soutenir les programmes de réhabilitation des monuments et des événements culturels. Cependant, la Minusma a quitté le Mali en 2024, laissant craindre de nouvelles dégradations.

2 La sauvegarde des manuscrits de Tombouctou

La parole de l'historien

Nous avons proposé de construire dans le village un petit bâtiment à l'intérieur duquel les habitants pourraient déposer des objets culturels de valeur en échange d'un microcrédit : l'importance du prêt ne serait pas déterminée par la valeur esthétique de l'objet, mais plutôt par sa valeur historique et culturelle. Ce microcrédit servirait à financer des activités génératrices de revenus. La première banque culturelle a vu le jour en 1997 à Fombori, les deux suivantes en 2003 à Dimbal et Kola, puis la dernière en 2007 à Dégnékoro. L'objet déposé reste la propriété de celui qui l'a déposé et nous l'accompagnons également par de la formation. Un musée classique reçoit des objets, mais n'accorde pas de crédit, tandis que les banques qui proposent du microcrédit n'acceptent pas d'objet culturel comme garantie. Désormais, les habitants ne vendent plus leurs objets précieux à vil prix, alors qu'ils vivent dans la pauvreté, et ne laissent plus leurs biens se détériorer à cause de la poussière, l'humidité ou la chaleur. Ce qui s'est passé en 2012 a été une alerte. Nous ciblons des zones où le patrimoine culturel est menacé, exposé au trafic illicite des biens culturels et au pillage de sites archéologiques. Installer des banques culturelles dans ces endroits sensibles permet d'informer les populations locales. Elles doivent veiller à ce que les biens culturels contribuent au développement économique et social au lieu d'être bradés. Avec les banques culturelles, nous allons organiser des expositions qui prônent davantage le dialogue, l'acceptation de l'autre et la paix.

Entretien avec Aldiouma Yattara, fondateur des banques culturelles au Mali, « Les banques culturelles sont les musées de nos villages », *Le Point*, 9 décembre 2015.

3 Un patrimoine immatériel valorisé par le tourisme : l'exemple de la culture dogon

Le patrimoine culturel dogon est mis en valeur tous les ans par un festival. Mais à cause des tensions sécuritaires, ce festival a été déplacé à Ogobagna près de Bamako, à plus de 500 km de son berceau natal.

4 La sensibilisation des jeunes à la protection de leur patrimoine

À Djenné, les habitants sont conviés à l'entretien de la grande mosquée tous les ans. Les liens communautaires sont ainsi entretenus et les plus jeunes sont initiés à la préservation de ce patrimoine en terre, particulièrement fragile.

5 La restitution des œuvres d'art par les États-Unis

Au Mali, le 8 décembre 2021, plus de 900 objets archéologiques et ethnographiques issus de pillage et de trafic illicites en provenance des États-Unis ont été officiellement rétrocédés aux autorités maliennes. Cette opération a été rendue possible grâce à un accord bilatéral entre les deux pays sur les restrictions et l'importation d'objets culturels signé en 1993. Sur 23 pays dans le monde, le Mali est le seul État d'Afrique subsaharienne à bénéficier de ce type d'accord avec les États-Unis.
Les œuvres qui ont été cédées au Mali par le gouvernement américain sont issues de pillages récents. Elles avaient été pillées sur des sites archéologiques et exportées illégalement vers les États-Unis. Pour la plupart, elles ont été saisies par les douanes américaines entre 2008 et 2011. Parmi elles, il se trouve des trésors. Sur les plus de 900 objets retournés figurent de grandes urnes funéraires, un vaisseau funéraire Dogon, une coupe cérémoniale unique, des haches en pierre, des poteries et des bracelets... Les retours seront difficiles pour les œuvres et les pièces qui se retrouvent aujourd'hui chez des particuliers à travers le monde. Mais pour ce qui est des œuvres cataloguées ou qui font partie des archives ou des collections des musées la question des restitutions se pose. « Notre patrimoine culturel ne doit pas rester prisonnier des musées d'autres pays. L'appel lancé en 1978 par Amadou-Mhtar M'Bow le directeur général de l'Unesco pour le retour des biens culturels d'Afrique doit être entendu. Ce ne sont pas que des mots pour nous », affirme le premier ministre malien. Dans son discours, il a également exhorté les autres pays à suivre l'exemple des États-Unis.

Lucile Wassermann et Kaourou Magassa, « Des œuvres d'art volées font leur retour en Irak et au Mali », *France Info*, 8 décembre 2021.

ACTIVITÉ

Rédigez un paragraphe d'une vingtaine de lignes pour montrer que **la protection du patrimoine malien passe à la fois par l'implication des populations locales et par des accords avec d'autres États.**

Aide

Vous adopterez le plan suivant :

1. Les formes de protection du patrimoine matériel et immatériel. **(doc. 1, 2, 3 et 4)**

2. L'influence du conflit de 2012 sur les formes de protection du patrimoine. **(doc. 1 et 3)**

3. Le rôle des autres États et ses limites. **(doc. 1 et 5)**

Vers le BAC — Étude critique de documents

Confrontez les **documents 1 et 5** pour montrer les formes et les limites de la coopération interétatique pour protéger le patrimoine du Mali.

Pour aller plus loin

Visionnez le reportage et rédigez un paragraphe pour présenter l'importance des manuscrits de Tombouctou, les formes de leur protection et leurs limites.

Vidéo

Mali : des experts pour les manuscrits de Tombouctou, TV5 Monde, 2021.
hachette-clic.fr/24hggt155

Repères

Patrimoine et surtourisme à Venise

1 Un patrimoine fruit d'un héritage historique

- **421** Fondation de Venise
- **828** Construction de la basilique Saint-Marc
- **XIII-XVe siècle** Âge d'or de Venise
- **1340** Construction du palais des Doges
- **1973** 1re loi de protection du paysage, du patrimoine historique, archéologique et artistique de la ville et de sa lagune
- **1987** Inscription sur la liste du patrimoine mondial de l'Unesco
- **2003-2020** Travaux pour l'édification des digues du projet Mose (lutte contre les crues et la montée des eaux)
- **2021** Menace de l'Unesco d'inscrire Venise au patrimoine en péril
- **2021** Interdiction des gros paquebots de croisière par la mairie
- **2024** Instauration d'une taxe pour les visiteurs

2 Venise, entre potentialités touristiques et menaces

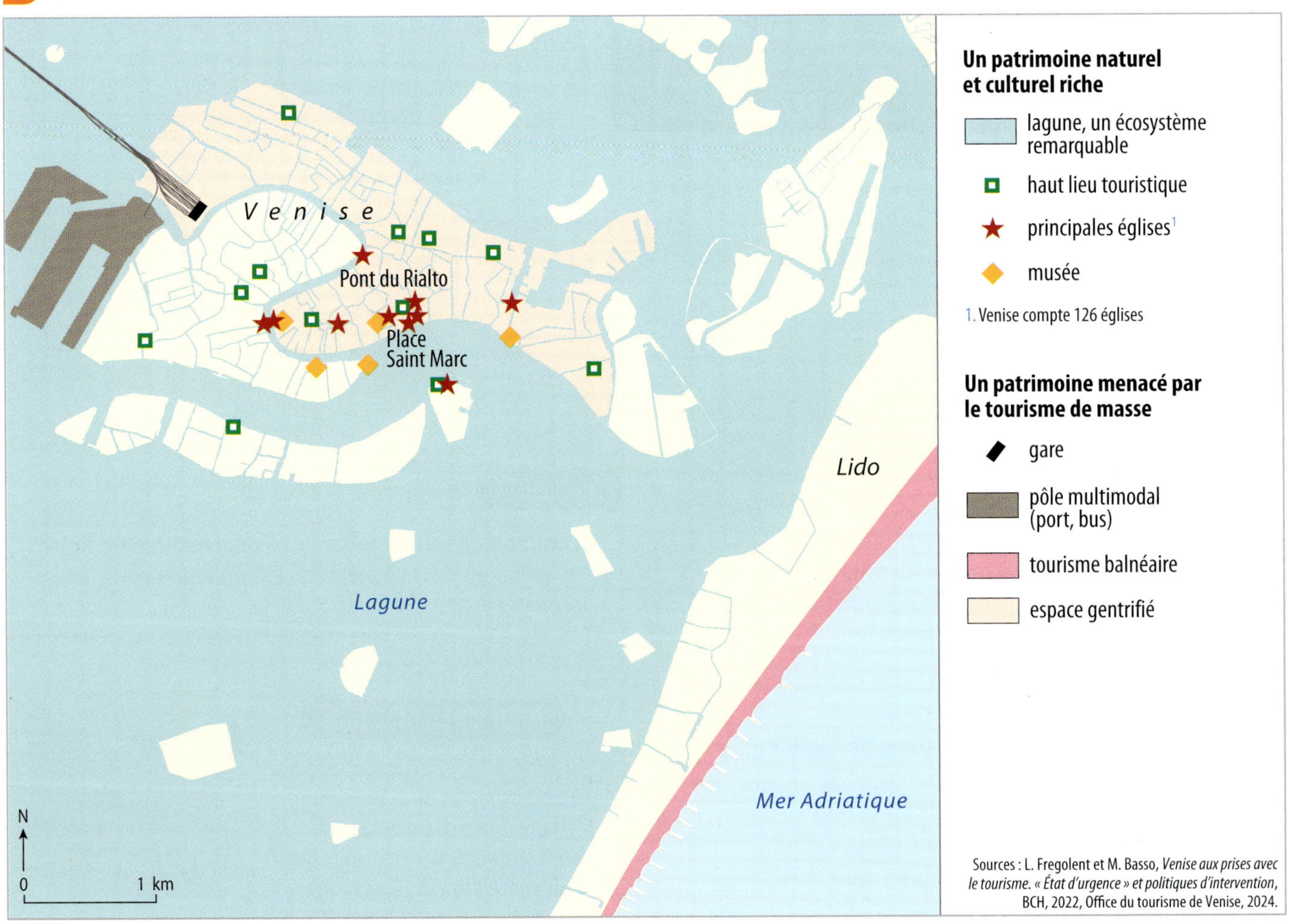

Sources : L. Fregolent et M. Basso, *Venise aux prises avec le tourisme. « État d'urgence » et politiques d'intervention*, BCH, 2022, Office du tourisme de Venise, 2024.

3 Des touristes venus du monde entier

Part des touristes en 2022

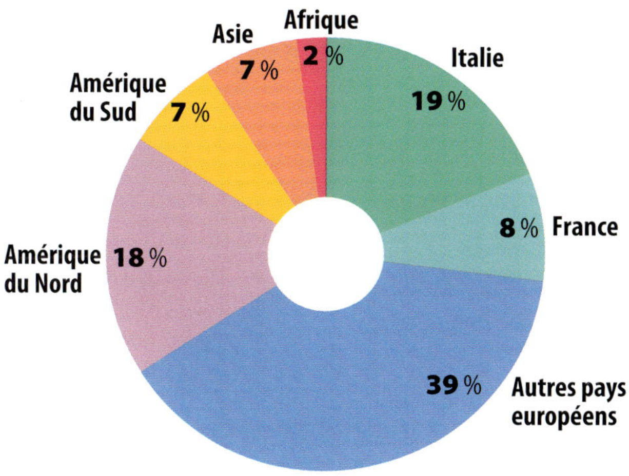

Source : Office du tourisme de Venise, 2024.

4 Vers un surtourisme à Venise ?

Évolution du nombre de touristes accueillis à Venise, en millions

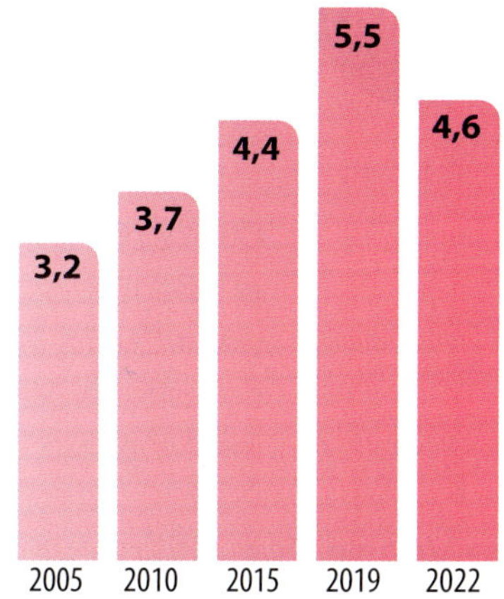

Évolution de la population vénitienne dans le centre historique, en milliers

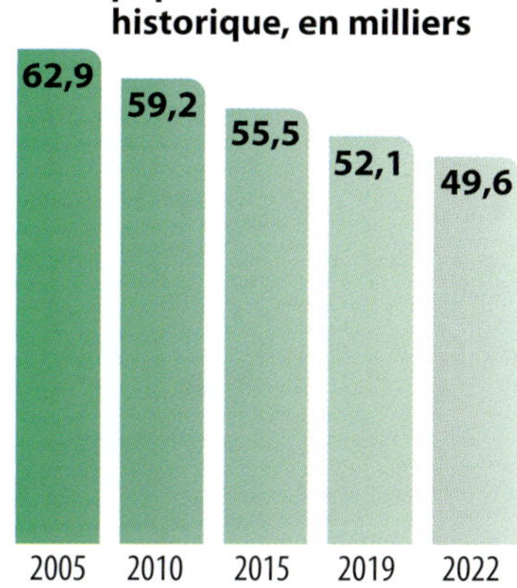

Source : Office de la statistique de la ville de Venise, 2024.

5 Les défis posés par le surtourisme

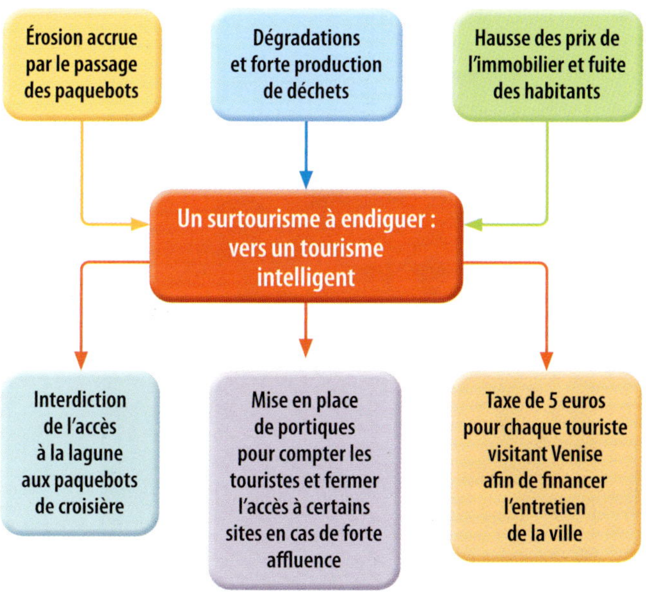

Notion

Surtourisme : processus qui se met en place lorsque la pression des visiteurs est telle qu'elle provoque des désagréments (pollutions sonores, visuelles, hausse des prix des logements…), entraînant le rejet du tourisme par les habitants du lieu visité.

Ne pas confondre

Disneylandisation : terme popularisé par la géographe Sylvie Brunel désignant la transformation des territoires et des sociétés locales pour répondre aux attentes des touristes.

≠

Muséalisation : action de mettre en valeur le patrimoine urbain comme dans un musée (éclairage nocturne, panneau explicatif…).

≠

Muséification : action de transformer un lieu de vie, le plus souvent urbain, en musée.

POUR COMPRENDRE

1. Le palais des Doges, le pont des Soupirs, la place Saint-Marc… autant de noms qui invitent les touristes à découvrir Venise et sa lagune. Bâtie sur 118 îlots, la ville jouit d'un patrimoine architectural, historique et culturel riche qui a longtemps été un marqueur de l'identité et de la fierté à la fois locale et nationale. La ville est classée au patrimoine mondial de l'Unesco depuis 1987. Ce patrimoine attire les touristes du monde entier.

> À l'aide des documents 2 et 3, justifiez l'affirmation suivante : « la richesse du patrimoine vénitien fait de la ville une destination plébiscitée par les touristes du monde entier. »

2. Cependant, si le tourisme est stratégique pour l'économie de Venise, il génère un surtourisme dont les habitants dénoncent les multiples méfaits. Ils craignent en effet la muséalisation de leur ville, voire sa disneylandisation puisque, vidée de ses habitants, elle devient un lieu d'attraction déconnecté de la vie locale. De plus, les atteintes à l'environnement provoquées par le tourisme menacent la ville et son patrimoine, obligeant les autorités à réagir.

> À l'aide des documents 1, 4 et 5, identifiez les méfaits du tourisme à Venise et les actions des autorités pour y remédier.

Étude 1 GRAND FORMAT

La fréquentation touristique menace-t-elle le patrimoine de Venise ?

Contexte Inscrites sur la liste du patrimoine mondial de l'Unesco en 1987, Venise et sa lagune sont un des hauts lieux du tourisme mondial. Désertée durant la pandémie de la Covid-19, la Sérénissime a rapidement renoué avec ses traditionnels flots de visiteurs. Véritable atout économique pour la ville, le tourisme semble cependant mettre en péril son patrimoine.

Quels défis Venise doit-elle relever pour valoriser son patrimoine sans le menacer ?

Le site Internet

1 La page d'accueil de l'article Venise du site Internet du ministère italien du Tourisme

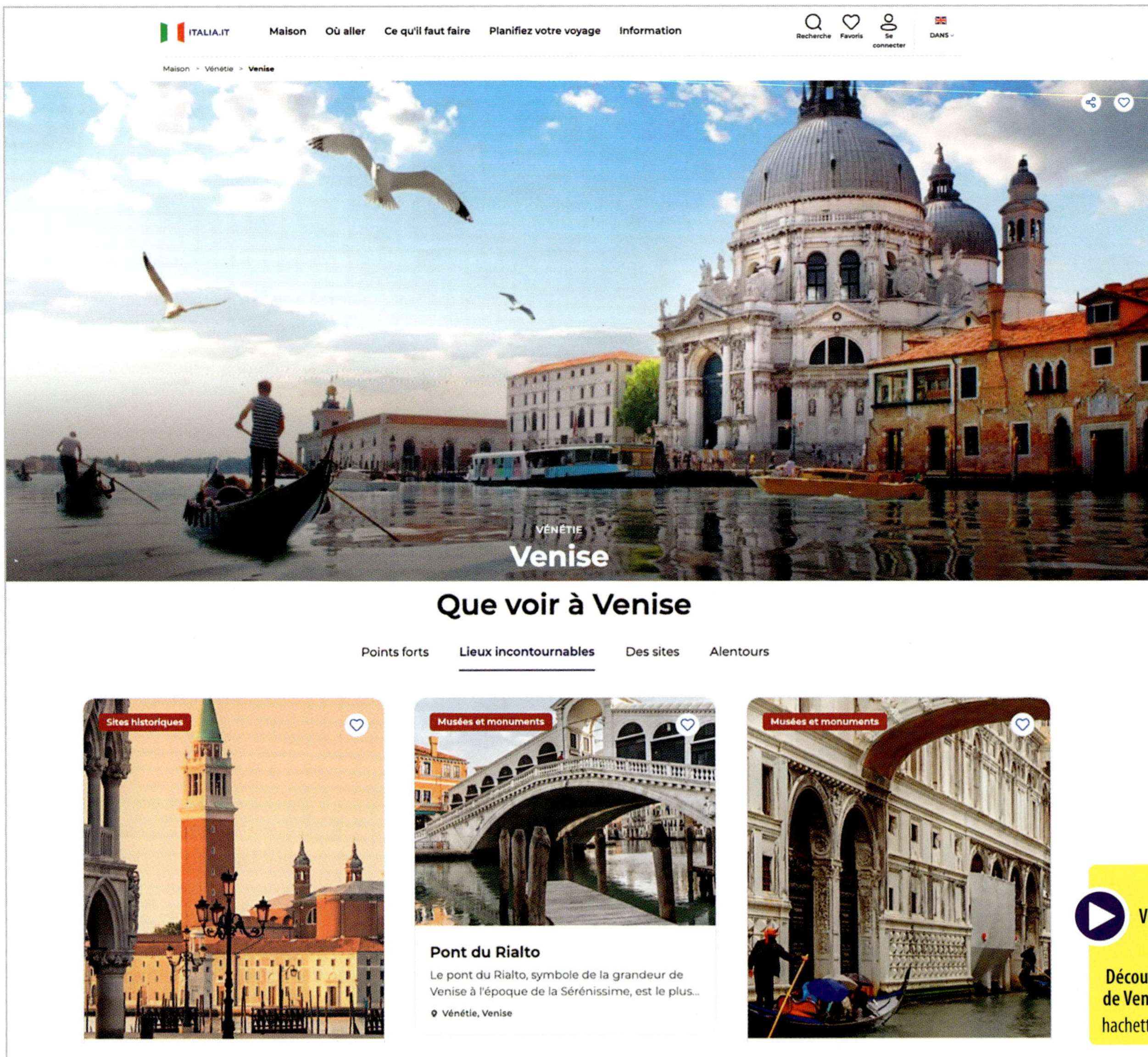

Vidéo
Découvrir le patrimoine de Venise, Unesco, 2023.
hachette-clic.fr/24hggt156

Grâce à son patrimoine architectural, historique et culturel riche et varié, Venise est passée de 3,7 millions de touristes accueillis en 2010 à 5,5 millions en 2019. L'État italien fait la promotion du tourisme dans la cité des Doges, avec une stratégie de marketing territorial.

Mise en perspective

2 Un tourisme essentiel pour l'activité de la ville

La parole des urbanistes

Connue dans le monde pour son histoire, son patrimoine architectural et sa situation géographique pittoresque dans la lagune, Venise se caractérise par une forte concentration d'attractions culturelles permanentes importantes (musées, institutions culturelles, monuments), une grande variété d'expositions temporaires et d'événements, ainsi qu'une multiplicité de services « annexes » (restaurants, commerces, structures d'hébergement, guides touristiques, etc.). Le tourisme de masse s'est imposé comme l'un des principaux piliers de l'économie de la ville. Avec des flux touristiques croissants, les débats publics ont reconnu les avantages économiques d'une industrie en plein essor[1], mais aussi les conséquences socio-spatiales affectant les habitants. Parmi elles, la dégradation des espaces publics et du patrimoine historique, artistique, culturel et architectural, la pression paysagère et environnementale, la transformation de l'offre commerciale et des services publics, l'augmentation des loyers et des prix des appartements et des maisons... Les comités, associations et groupes de citoyens impliqués dans diverses formes de mobilisation se sont multipliés, contribuant ainsi à l'émergence d'un réseau citoyen fortement engagé pour faire connaître, dénoncer et s'opposer aux processus de touristification[2].

D'après Laura Fregolent et Matteo Basso, *Venise aux prises avec le tourisme. « État d'urgence » et politiques d'intervention*, BCH, 2022.

1. Le tourisme a rapporté 1,6 milliard d'euros de bénéfices à la ville de Venise en 2022.
2. Processus de création d'un lieu ou de transformation d'un lieu ancien par et pour le tourisme.

3 Venise, une destination en proie au surtourisme

Photographie prise le long du Palais des Doges.

Menacée par le changement climatique et l'impact du surtourisme, Venise a été sur le point d'être inscrite sur la liste du patrimoine mondial en péril par l'Unesco. L'Unesco encourage le gouvernement italien à adopter des mesures pour préserver la ville et son patrimoine.

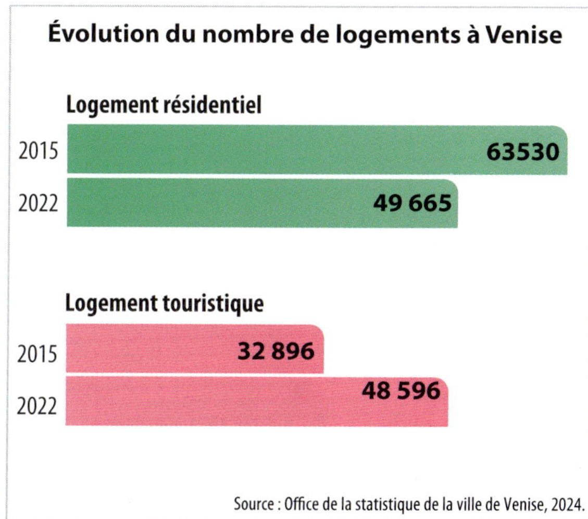

Vocabulaire

Marketing territorial : campagne de communication (affiches, presse institutionnelle, site Internet) visant à renforcer l'image d'un territoire.

ACTIVITÉ

Préparer l'analyse de l'image en s'interrogeant

1. Identifiez les différents attraits qui font de Venise un haut lieu du tourisme mondial. (doc. 1 et vidéo)
2. En vous aidant des documents des pages 304-305, mesurez l'évolution du tourisme à Venise.

Analyser l'image

3. Par qui et dans quels buts le site Internet (doc. 1) est-il produit ? De quelle manière le patrimoine de Venise y est-il présenté ?
4. Quels éléments du document 2 révèlent l'importance du tourisme pour la ville ?
5. Comment le marketing territorial (doc. 1) sert-il le développement du tourisme présenté dans le document 2 ?

Porter un regard critique sur l'image

6. Comment les documents 2 et 3 nuancent-ils l'image du patrimoine présentée sur la page d'accueil du site Internet ?
7. À l'aide des documents 2 et 3, expliquez les effets néfastes de la mise en tourisme du patrimoine vénitien.

N'hésitez pas à compléter votre réponse à l'aide du cours p. 312.

Étude 2 Réinventer le tourisme à Venise

L'érosion, la pollution, la disparition de l'artisanat local ou encore la fuite des Vénitiens sont perçues comme les conséquences néfastes du surtourisme. De nombreux acteurs se mobilisent pour parvenir à concilier tourisme, respect de l'environnement et préservation de la qualité de vie des habitants.

› Comment Venise agit-elle pour transformer son modèle touristique ?

1 De multiples actions portées par divers acteurs

L'Union européenne

Elle finance le projet *Tourism-Friendly Cities* qui vise à concilier la promotion du tourisme, la protection de l'environnement et le développement de l'économie locale.

L'État italien

Il a inscrit la protection de l'environnement dans sa Constitution. Il vote aussi des lois pour la protection du patrimoine (interdiction des paquebots dans la lagune) et finance les travaux pour sa restauration.

La mairie de Venise

Par la campagne *#EnjoyRespectVenezia*, la mairie incite les visiteurs au respect de l'environnement et de l'identité patrimoniale (ne pas jeter de détritus, goûter les produits locaux, visiter les boutiques des artisans…).
La mairie a également lancé le projet *Venise capitale mondiale de la durabilité* et met en place des portiques pour fermer des sites en cas de forte affluence.

Les professionnels du tourisme

Ils participent au projet *Venise capitale mondiale de la durabilité* et s'engagent à minimiser leur consommation d'énergie et d'eau.

Les Vénitiens

Ils créent des associations pour lutter contre les offres de locations saisonnières et la disparition des petits commerces et de l'artisanat vénitien.

2 Limiter l'accès à Venise

La municipalité commence en 2024 à mettre en vente des billets d'entrée de cinq euros aux touristes ne venant qu'une journée dans la Cité des Doges. Pendant 29 jours, sur une période allant du 25 avril au 14 juillet, la haute saison touristique, les touristes journaliers devront acheter ce billet pour entrer dans la ville. De nombreuses exemptions sont cependant prévues, notamment pour les moins de 14 ans ou les étudiants. Aucun nombre limite de visiteurs n'est prévu. Ce projet a pour objectif de dissuader les visiteurs à la journée qui contribuent à engorger la ville, célèbre pour ses ponts et ses canaux et qui fait partie depuis 1987 du patrimoine mondial de l'Unesco. « Venise est la première ville au monde à mettre en place ce système, qui pourra servir d'exemple pour d'autres villes fragiles [...] qui doivent être sauvegardées. Ce n'est pas une révolution mais le premier pas d'un système qui réglemente l'accès des visiteurs à la journée », avait expliqué le maire en précisant que l'objectif était « la qualité de la vie dans la ville ». En 2023, Venise avait échappé à l'inscription au patrimoine mondial en péril de l'Unesco. Les experts avaient en effet recommandé le classement « en péril » de Venise, menacée par un tourisme trop important et par le réchauffement climatique, du fait de mesures « insuffisantes » prises pour lutter contre la détérioration de ce site.

« Venise met en vente ses billets pour les touristes, une première mondiale », *Huffpost*, 16 janvier 2024.

3 Préserver le patrimoine artisanal local

Le quotidien romain *La Repubblica* a déploré l'image de « vitrine » que Venise donnait aux visiteurs avec ses masques de carnaval en plastique. Cette transformation mercantile de la ville est particulièrement mal vécue par les habitants, qui la subissent depuis des années. En conséquence de ce ras-le-bol généralisé, la municipalité a déclaré la guerre aux échoppes attirant les badauds avec de la marchandise de qualité médiocre. Durant les trois prochaines années, dans toutes les zones où l'on enregistre un grand trafic piéton et où l'on trouve des édifices protégés, il n'y aura plus d'autorisations pour ouvrir de nouveaux commerces qui vendent de la marchandise de basse qualité. D'autres mesures seront tout particulièrement appliquées dans le quartier historique de Saint-Marc, au profit des artisans locaux : il sera interdit d'ouvrir de nouveaux points de vente de masques et de souvenirs non artisanaux, des distributeurs automatiques, des laveries et même des épiceries qui vendent des boissons et des encas. Seuls les bouchers, poissonniers et magasins de fruits et légumes seront autorisés. La municipalité milite désormais pour un « tourisme durable » et une meilleure réglementation de cette industrie… dérangeante mais profitable.

« Venise s'apprête à se débarrasser des "commerces pour touristes" », Le Point.fr, 12 avril 2022.

4 Préserver l'identité vénitienne

Vidéo

Reportage, Euronews, 2023.
hachette-clic.fr/24hggt157

5 Des mesures contestées

Traduction : « Non au ticket d'entrée, Venise est une ville ».
De nombreux Vénitiens organisent des réunions publiques et des manifestations pour dénoncer des mesures mises en place par la mairie telle la taxe d'entrée ou, au contraire, l'absence de mesures notamment face à la multiplication des locations touristiques par des plateformes (Airbnb).

ACTIVITÉ

Rédigez un paragraphe argumenté pour répondre au sujet : « **Préserver son patrimoine et son environnement** »

Pour vous aider à organiser vos idées, complétez le tableau suivant :

Mesures adoptées	Acteurs mobilisés	Limites

Pour aller plus loin

Venise et son patrimoine sont menacés par la montée des eaux. Identifiez l'origine de cette menace et relevez les solutions mises en place pour sauver la ville des eaux.

Vidéo

Comment sauver Venise ?, Arte, 2023.
hachette-clic.fr/24hggt158

Vers le BAC Grand oral

À l'oral et en binôme, présentez une discussion sur le thème : « **Venise réinvente son tourisme pour assurer le respect de l'environnement et la préservation de la qualité de vie des habitants.** »

- Le premier élève incarne le maire de Venise et montre les actions entreprises pour préserver l'environnement et la qualité de vie des habitants.
- Le second représente la population vénitienne et dénonce les limites des actions de la mairie en matière de préservation de l'environnement et de la qualité de vie des habitants.

Axe 2

Leçon 1 Protection et valorisation du patrimoine

Comment les politiques de préservation du patrimoine transforment-elles les territoires ?

A Des politiques de préservation à toutes les échelles

Les pouvoirs publics sont les principaux acteurs de la préservation du patrimoine. Les institutions internationales comme l'Unesco soutiennent des projets de préservation à l'échelle mondiale (hauts lieux du royaume de Sabaa au Yémen, centre historique d'Odessa en 2023). Mais les acteurs nationaux et locaux sont aussi efficaces, y compris à l'échelle internationale : l'Agence française de développement et la ville de Lille, dans le cadre d'opérations de coopération décentralisée, œuvrent conjointement pour la préservation du patrimoine architectural de Saint-Louis au Sénégal.

À l'échelle nationale ou locale, les politiques patrimoniales prennent trois formes qui le plus souvent s'additionnent. Les subventions directes impliquent la mise en place d'un fonds ciblant une opération précise de restauration d'un monument ou d'un quartier (restauration du site de Luang Prabang par l'État laotien et l'Unesco depuis 1995, reconstruction de Notre-Dame de Paris après l'incendie en 2019). Des subventions indirectes, sous forme d'incitations fiscales (loi Malraux en France), de labellisation, accompagnent souvent les financements directs. Les politiques de régulation agissent en amont : liste de biens protégés, interdiction d'exportation, normes de conservation, lutte contre les trafics illicites. Ainsi, le financement et les lois de protection adoptées par le gouvernement irakien ont permis la labellisation Unesco des ruines de la ville de Babylone en 2019, assurant ainsi une protection du site à long terme.

Les acteurs privés jouent un rôle croissant dans la préservation du patrimoine. Les entreprises, par le biais de fondations, font de leur **mécénat** un outil de communication. La pratique est ancienne aux États-Unis où il n'existe pas de ministère de la Culture et où la recherche de financements, le *fundraising*, est devenue une spécialité universitaire depuis les années 1970. En France, il est plus récent mais progresse et le patrimoine représente le quart des dons (2e poste derrière les œuvres sociales). À travers des associations ou des opérations de **financement participatif**, les citoyens contribuent également à la préservation du patrimoine auquel ils sont attachés localement (patrimoine industriel, comme la préservation des hauts-fourneaux lorrains ou belges ; patrimoine religieux, comme les calvaires bretons ou les mausolées en Afrique du nord) ou mondialement (32 000 donateurs étrangers pour la restauration de Notre-Dame de Paris après l'incendie de 2019).

B La protection du patrimoine, vecteur de développement local

Le patrimoine peut être un outil de développement économique local.

JALON 2 p. 298

Par l'attractivité qu'il génère, le patrimoine devient alors un produit à valoriser dans une logique commerciale. Ainsi, le tourisme de mémoire en Normandie (plages du débarquement, musées relatifs à la Seconde Guerre mondiale) représente 30 % des visites dans la région et génère 44 % du chiffre d'affaires hôtelier et 6 % du PIB régional. Riche de son patrimoine architectural unique (forums et monuments antiques, places et églises de la Renaissance, musées), Rome attire chaque année près de 10 millions de touristes qui représentent la première source de revenus de la ville. Dans les pays en développement, il constitue souvent un facteur d'intégration à la mondialisation et de développement des

1 Le centre historique de Saint-Louis (Sénégal)

La préservation du centre historique de Saint-Louis (Sénégal) bénéficie de l'aide de l'Unesco, mais également d'aides de la part de l'Agence française de développement.

Vocabulaire

Financement participatif : mise en commun de capitaux pour soutenir un projet. Mis en œuvre hors des circuits traditionnels de financement, il s'opère le plus souvent par le biais d'une plateforme numérique et peut prendre la forme de don, prêt ou investissement en capital.

Gentrification : afflux d'une population aisée dans un quartier auparavant populaire, à la suite d'opérations immobilières.

Mécénat : action d'un acteur (personne, entreprise, fondation) qui finance et encourage le développement des arts et des sciences.

populations : ainsi l'île de Bali qui a misé sur le tourisme culturel (temples hindouistes, rizières patrimonialisées) a un IDH de 0,747 contre une moyenne nationale indonésienne de 0,713. Au Bélize, les temples mayas de Altun Ha ou de Lamanai motivent les escales des navires de croisière qui sillonnent le bassin caraïbe.

- **Pour favoriser son attractivité, le patrimoine peut faire l'objet de politique de marketing.** La labellisation internationale (Unesco) ou locale (« Les plus beaux villages de France » ou son équivalent japonais « Utsukushii Mura ») devient alors un enjeu économique majeur. L'Association des plus beaux villages du Québec enregistre une hausse de 10 à 50 % de la fréquentation touristique après labellisation. Les politiques de préservation peuvent aussi conduire à la mise en scène du patrimoine (chais de Bercy village à Paris, vieux quartier hanséatique de Bergen en Norvège) ou au gel de toute opération visant à le transformer (relégation de l'urbanisme vertical en périphérie pour préserver l'unité urbaine de Paris). Au Pays basque, seules les couleurs vertes et rouges sont autorisées dans les peintures extérieures des maisons (colombage, volets) pour accentuer l'unité du paysage régional. L'architecture y est ainsi mise en décor, comme dans le village d'Espelette où les guirlandes de piment ornent les façades en toutes saisons pour attirer les touristes, alors que cette pratique agricole traditionnelle est à l'origine seulement automnale.

JALON 1 p. 292

- **La préservation du patrimoine est aussi un vecteur de développement durable et d'identité.** Dès 2002, le sommet de la Terre de Johannesburg place la culture comme 4e pilier de la durabilité au même titre que l'économie, le développement social et l'environnement. Cet enjeu est réaffirmé dans les Objectifs de développement durable fixés par l'ONU en 2015. Les savoir-faire traditionnels en matière d'architecture et de techniques agricoles sont parfois une réponse aux enjeux globaux comme le changement climatique (habitat traditionnel adapté à la chaleur ou au froid, traditions agricoles et gastronomiques…). Ainsi, le modèle de la ville compacte (bastides médiévales méditerranéennes, médinas du monde arabe) est une réponse pour limiter l'étalement urbain et l'exposition aux fortes chaleurs.

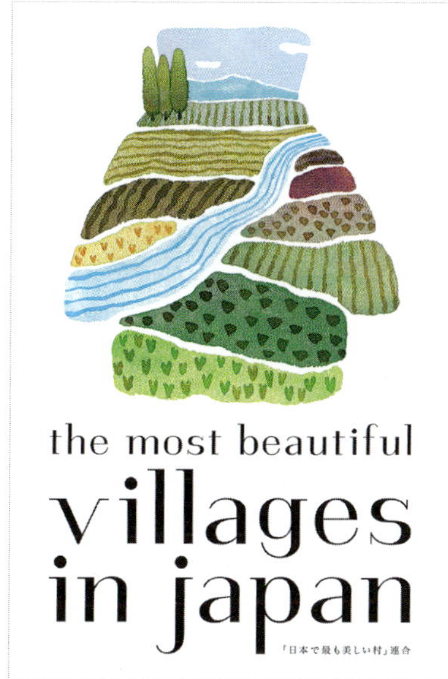

2 Le label des plus beaux villages japonais

Les labels touristiques sont un outil de promotion qui assurent une meilleure fréquentation aux sites qui les décrochent.

C La valorisation du patrimoine, à l'origine de mutations territoriales

- **La gestion du patrimoine est un outil de requalification urbaine.** En choisissant de sauvegarder un périmètre urbain ou au contraire de le détruire, les autorités locales déterminent l'évolution d'un territoire. Ainsi, la valorisation des quartiers portuaires de villes comme Baltimore, Londres ou Hambourg, traditionnellement populaires, les a modifiées du point de vue architectural (réhabilitation des entrepôts en lofts), social (**gentrification**) et fonctionnel (tertiarisation des activités). La transformation du ghetto new-yorkais afro-américain de Harlem a, par exemple, débuté par une valorisation architecturale des *brownstones* (maisons traditionnelles en grès rouge) et urbanistique (requalification de la 125e rue en artère commerçante et artistique), attirant alors une population plus favorisée que les populations originelles. Le Black et le Spanish Harlem abritent aujourd'hui majoritairement des populations Wasp (descendants des Anglo-Saxons).

- **La valorisation du patrimoine rural peut aussi contribuer à dynamiser certains territoires ruraux.** La mise en valeur de pratiques traditionnelles agricoles (champs de tabac dans la vallée Vinales à Cuba, rizières en Indonésie) ou récréatives (sources d'eau chaude au Japon, safari-photos dans les parcs nationaux africains) peut conduire à dynamiser ou redynamiser certaines campagnes isolées. De même, la mise en tourisme du patrimoine culturel de certaines sociétés (tribus massaï au Kenya, Aborigènes en Australie) peut conduire à désenclaver des territoires ruraux marginaux. Ainsi, les infrastructures créées pour l'accessibilité des chutes Victoria et des ruines médiévales du Grand Zimbabwe (aéroport, routes) profitent à la population locale : avant la crise sanitaire de la Covid-19, le tourisme représentait un peu plus de 7 % du PIB de la Zambie et du Zimbabwe.

3 La valorisation du patrimoine industriel du port de Baltimore (États-Unis)

La centrale électrique du port de Baltimore a été transformée en centre commercial (librairie, restauration). L'architecture extérieure et intérieure a préservé les éléments traditionnels du patrimoine industriel tout en le modernisant et l'adaptant à ses nouvelles fonctions.

Axe 2

Leçon 2 La valorisation du patrimoine, source de tensions et concurrences

Pourquoi la préservation du patrimoine peut-elle donner naissance à de multiples tensions ?

A Des concurrences nombreuses autour du patrimoine

- **Les concurrences autour de la valorisation du patrimoine peuvent conduire à des mobilisations plus ou moins fortes.** Ainsi, la restauration de l'habitat populaire (vieille ville de Bayonne ou de Shanghai, ghetto de Harlem) crée des tensions avec les résidents qui doivent quitter le quartier en raison de l'augmentation des loyers. Dans la province chinoise du Shanxi, le déplacement autoritaire de la population dans les années 2000 a conduit à un nettoyage par le vide pour la mise en tourisme des villes d'eau. En Europe, la vente des chapelles et églises par des collectivités locales qui ne peuvent plus les entretenir suscite localement des protestations.
- **Parfois, la valorisation du patrimoine peut apparaître comme une entrave au développement économique.** JALON 1 p. 292 Ainsi le label « Les plus beaux villages de France » n'est pas compatible avec le développement d'une zone industrielle ou commerciale sur le territoire communal. Dans les pays en développement, d'autres projets peuvent être jugés prioritaires (construction d'une école ou d'un hôpital) et retarder la protection de certains sites. À l'inverse, le patrimoine devient parfois un outil de lutte contre un projet économique ou d'infrastructure, comme les ruines archéologiques contre le tracé d'une autoroute ou d'un supermarché.
- **La préservation du patrimoine peut conduire à sa « disneylandisation ».** JALON 3 p. 304 Perçu d'abord comme créateur d'emplois et de retombées économiques, il est folklorisé et devient le théâtre d'un tourisme de masse dénoncé par les populations locales ou les archéologues : manifestations contre les bateaux de croisière à Venise, contre le projet d'aéroport près du Machu Pichu. Un risque de ville-musée émerge. Dans les villes en développement (Mumbai, Rio de Janeiro), un tourisme de bidonville, ou *Dark tourism*, apparaît et est dénoncé par de nombreuses ONG.

B Le patrimoine, enjeu géopolitique

- **Dans les territoires en guerre, le patrimoine peut être instrumentalisé.** JALON 2 p. 298 La destruction des bouddhas d'Afghanistan en 2001 par les talibans ou de la cité de Palmyre en 2015 par Daech a été médiatisée à des fins de propagande. L'Unesco a d'ailleurs établi une liste du patrimoine mondial en péril, notamment pour des raisons géopolitiques (mausolées de Tombouctou, vieille ville de Sanaa au Yémen). Jusqu'en 2014, les travaux de restauration de la ville italienne de Pompéi étaient en grande partie contrôlés par la mafia, générant des retards et des coûts importants. Pour maintenir l'activité touristique, certains États en proie à des menaces n'hésitent pas à encadrer militairement les visiteurs : ainsi, jusqu'en 2016, l'accès au site d'Abou Simbel en Égypte n'était possible que par convoi armé.
- **Le retour à la paix et la démocratie soulèvent aussi des interrogations** sur la reconnaissance patrimoniale : mausolée franquiste de Los Caidos en Espagne, œuvres artistiques réclamées par les peuples colonisés. À l'inverse, après 1945, l'emplacement des centres de mise à mort de Belzec ou Treblinka est longtemps resté méconnu car les nazis en avaient détruit les traces. Le site d'Auschwitz, quant à lui, devenait en 1947 un musée national polonais créé par un régime communiste désireux de mettre en avant le martyr polonais aux dépens de la mémoire de la Shoah.

Bouddha de Bamiyan détruit par les talibans en 2001 en Afghanistan

Détruits par les talibans en signe de rejet d'une culture profane non musulmane, les bouddhas constituaient trois statues monumentales témoignant de la richesse historique de l'Asie centrale.

Vocabulaire

Disneylandisation : terme popularisé par la géographe Sylvie Brunel, désignant la transformation des territoires et des sociétés locales pour répondre aux attentes des touristes.

L'essentiel Axe 2 > Leçons 1 et 2

RÉVISER EN SE TESTANT

Exercices interactifs

hachette-clic.fr/24hggt159

SCHÉMA BILAN

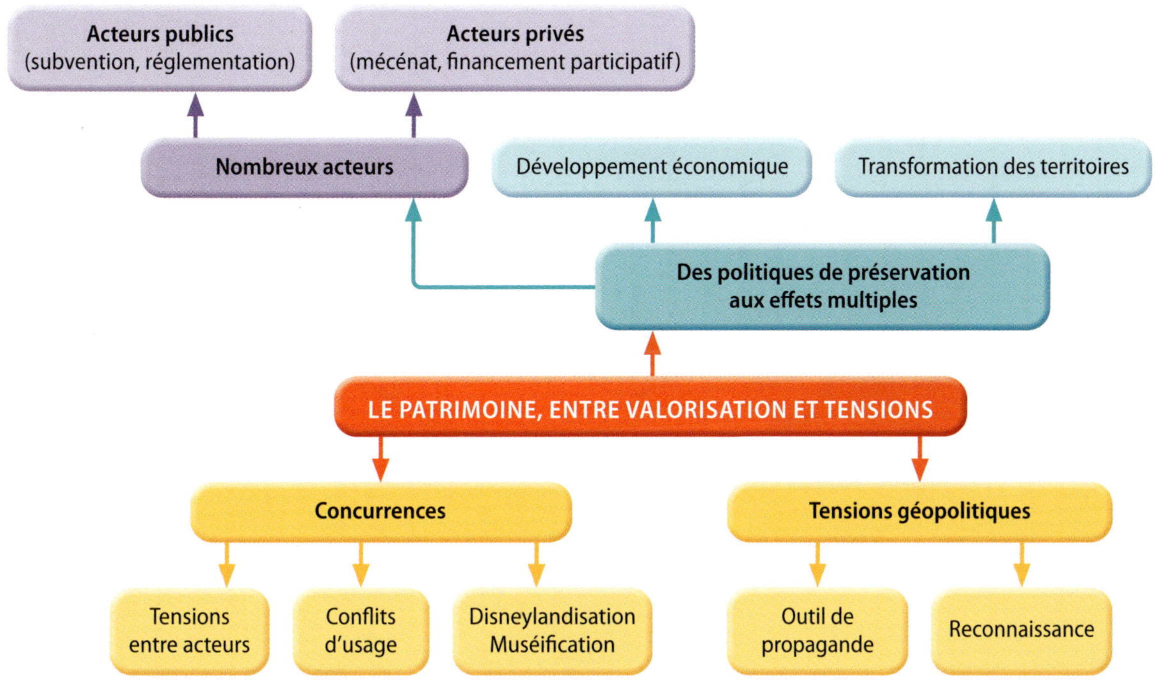

Schéma interactif
hachette-clic.fr/24hggt160

RÉVISER EN SE DOCUMENTANT

À voir

Site Internet
hachette-clic.fr/24hggt161

- *Eiffel*, de Martin Bourboulon, 2021.
  Biopic sur Gustave Eiffel et la construction de la tour Eiffel à la fin du XIXe siècle.
- « Patrimoine culturel et redynamisation des activités socio-économiques à Tombouctou », de l'Association internationale des maires francophones (AIMF), 2016.
  Documentaire montrant comment la préservation du patrimoine a été menée à Tombouctou.

À lire

- *Les Enquêtes du Commissaire Brunetti*, de Donna Leon, 1992-2023.
  Série de romans policiers mettant en scène le commissaire Brunetti dans le cadre d'intrigues se déroulant à Venise.
- *Une Maternité rouge*, de Christian Lax, Futuropolis, 2019.
  Cette bande dessinée raconte la mission d'un jeune Malien qui doit sauver une statuette de la destruction des djihadistes.
- « La formation des casques bleus à la protection des biens culturels au Mali, une révolution ? », article de Mathilde Leloup, *Cahiers d'histoire. Revue d'histoire critique*, n° 142, 2019.

Sur le web

- Site du centre du patrimoine de l'Unesco.
- Site du label « Les plus beaux villages de France ».
- Site du département urbanisme de la Ville de Paris.
- Site de l'Office de tourisme de Venise.

Sites Internet
hachette-clic.fr/24hggt162
hachette-clic.fr/24hggt163
hachette-clic.fr/24hggt164
hachette-clic.fr/24hggt165

OBJET DE TRAVAIL CONCLUSIF

La France et le patrimoine, des actions majeures de valorisation et de protection

Comment la France gère-t-elle un patrimoine important et diversifié ?

1 La pratique de la yole en Martinique

La Martinique bénéficie de deux biens classés sur la liste du patrimoine de l'Unesco. La pratique de la yole a en effet été consacrée en 2020 en tant que patrimoine immatériel. Ce label couvre l'ensemble des activités liées à cette embarcation traditionnelle (de la fabrication à la pratique). En 2023, ce sont la Montagne Pelée et les Pitons du Nord de l'île qui ont retenu l'attention de l'Unesco et profitent désormais de ce classement international.

1800 — 1850 — 1900 — 1950 — 2000

- **1790** Création des Archives nationales
- **1830** Création d'une Inspection générale des monuments historiques
- **1913** Loi relative à la protection et la conservation des monuments historiques
- **1959** Création du ministère de la Culture
- **1962** Loi Malraux sur la sauvegarde et la restauration du patrimoine urbain
- **1969** Loi relative à la création de parcs naturels nationaux
- **1984** Première Journée portes ouvertes dans les monuments historiques
- **1993** Loi sur la protection et la mise en valeur des paysages
- **2018** Premier loto du patrimoine

● Acteur de la sauvegarde du patrimoine
● Loi de protection et action de valorisation du patrimoine

2 Visite du palais de l'Élysée lors des Journées du patrimoine

Instaurée en 1984 par Jack Lang, ministre de la Culture, la « Journée portes ouvertes dans les monuments historiques » est un tel succès que de nombreux pays européens reprennent l'idée. Le palais de l'Élysée, siège de la présidence de la République française depuis la IIe République, est ouvert sur réservation uniquement lors des Journées du patrimoine. Il attire ainsi 20 000 visiteurs.

QUESTIONS

1. Comment les sites et pratiques de la Martinique illustrent-ils la variété du patrimoine de la France ? **(doc. 1)**
2. Montrez la diversité des actions de protection et de valorisation du patrimoine. **(doc. 1 et 2)**
3. Quels acteurs interviennent dans la protection et la valorisation du patrimoine ? **(doc. 1 et 2)**

p. 316 **> JALON ①**
La gestion du patrimoine français : évolutions d'une politique publique

p. 322 **> JALON ②**
La patrimonialisation, entre héritage culturel et reconversion : le bassin minier du Nord-Pas-de-Calais

p. 326 **> JALON ③**
Le patrimoine, facteur de rayonnement culturel de la France dans le monde et objet d'action diplomatique

Repères Une richesse patrimoniale valorisée

1900 – 1930 – 1960 – 1990 – 2020

- **1913** Loi relative à la protection et la conservation des monuments historiques
- **1930** Loi sur le patrimoine immatériel
- **1962** Loi Malraux sur la sauvegarde et la restauration du patrimoine urbain
- **1984** Création des Journées du patrimoine
- **1991** Création de l'Institut national du patrimoine
- **1996** Création de la Fondation du patrimoine
- **2010** Classement à l'Unesco du repas gastronomique des Français
- **2012** Classement du bassin minier du Nord-Pas-de-Calais par l'Unesco
- **2017** Création du loto du patrimoine

1 Un patrimoine culturel et naturel important

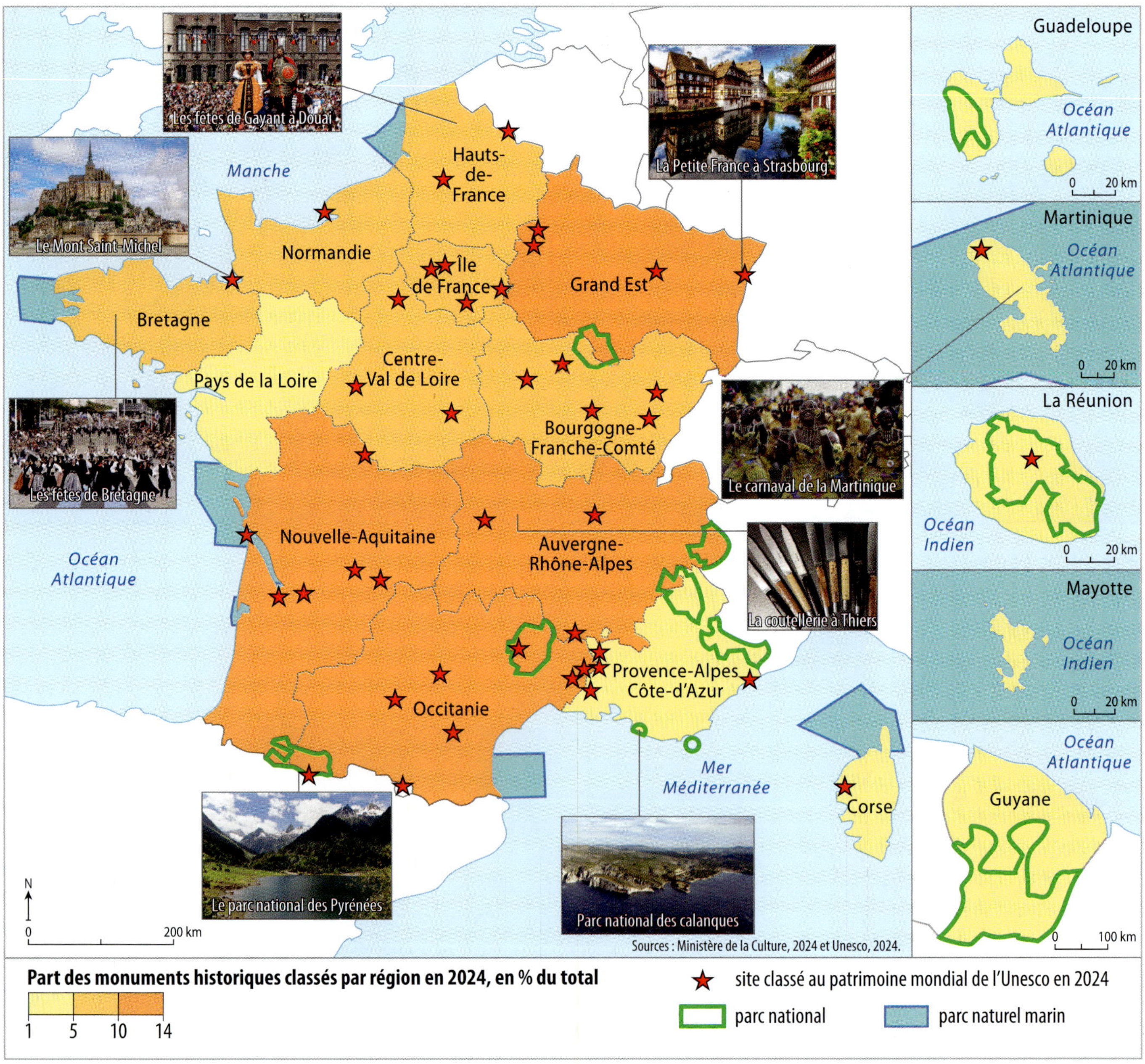

2 Une fréquentation du patrimoine polarisée

Fréquentation des monuments historiques[1],
en million de visiteurs (% du total)

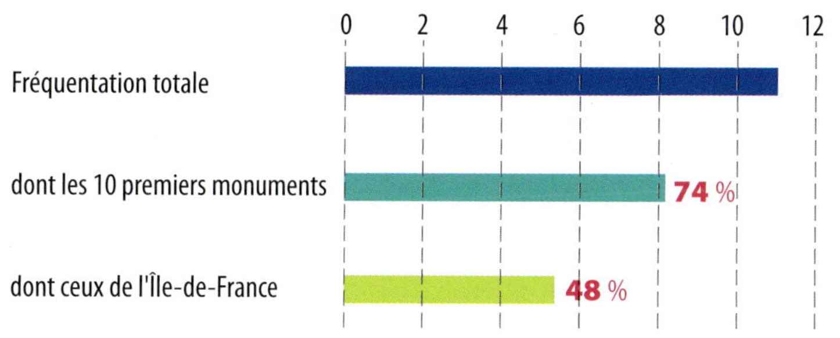

1. En 2018 (avant la pandémie de la Covid-19), la fréquentation des monuments historiques n'ayant pas retrouvé leur niveau d'avant la pandémie.

Source : ministère de la Culture, 2024.

3 La répartition de la propriété des monuments historiques

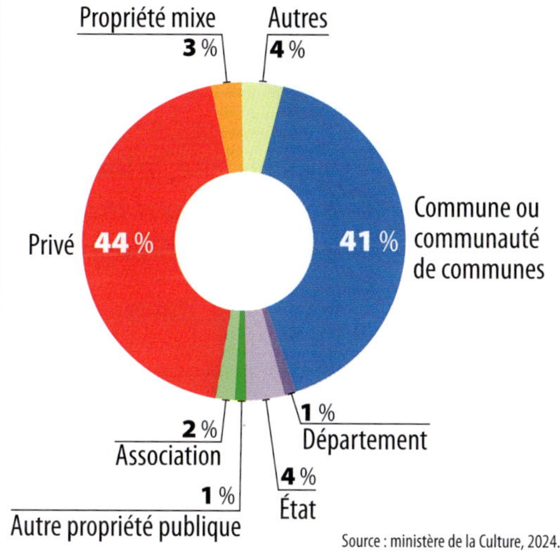

Source : ministère de la Culture, 2024.

4 Une politique publique aux multiples acteurs

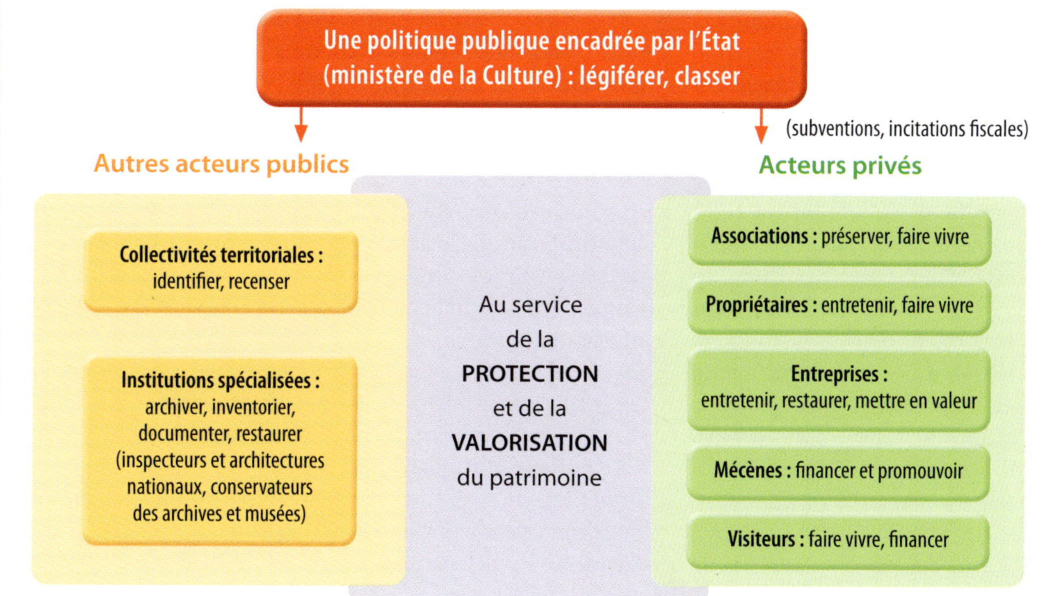

Notion

Politique publique : politique relevant de l'intervention de l'État ou d'un organisme public dans un domaine particulier (aménagement, protection, développement...).

POUR COMPRENDRE

1. La France bénéficie d'un patrimoine exceptionnel et fait partie des pays les plus distingués par l'Unesco dans son classement international. Outre les 52 biens reconnus par cet organisme international, le ministère de la Culture distingue un nombre de sites très importants : plus de 45 000 monuments sont ainsi répertoriés en qualité de « monuments historiques » et 20 parcs naturels.

> Comment le document 1 illustre-t-il la grande diversité du patrimoine français ?

2. Pour préserver et valoriser cette richesse, l'État français a mis en place une politique publique du patrimoine pour préserver, enrichir, mettre en valeur et enfin transmettre aux générations suivantes. Le patrimoine devient par ailleurs une composante importante des politiques d'aménagement des territoires et contribue à leur mise en valeur.

> Quels rôles l'État français joue-t-il dans la préservation et la valorisation du patrimoine ? (doc. 1, 2 et 4)

> Quels autres acteurs sont associés à la politique publique de gestion du patrimoine ? (doc. 3 et 4)

Ne pas confondre

Réhabilitation : réaménagement d'un quartier par la restauration et la modernisation des bâtiments.

≠

Rénovation : réaménagement d'un quartier par la destruction des bâtiments existants et la reconstruction de nouveaux.

Étude 1 PROJET FORUM L'évolution de la politique publique de gestion du patrimoine en France

Lors de la Révolution française, le **vandalisme** des sans-culottes qui s'en prennent aux symboles de la monarchie absolue constitue un choc pour les citoyens soucieux de préserver les richesses patrimoniales de la France. Au XXe siècle apparaît une politique publique de gestion du patrimoine qui n'a cessé de se renforcer.

Comment la politique publique du patrimoine a-t-elle évolué en France ?

A Le patrimoine, au cœur de politiques publiques

1 L'évolution des politiques publiques en France

La parole de l'historien

Suite au vandalisme de la Révolution française, la logique que le patrimoine exceptionnel doit être pris en charge par les autorités s'impose. En 1830, l'État crée alors un corps administratif chargé des « monuments historiques ». Mais à partir des années 1960, ce n'est plus l'aspect unique, ni même matériel d'un édifice ou d'un objet qui constitue le cœur de l'action publique, mais plutôt sa capacité à témoigner de l'authenticité d'un lieu, voire d'une communauté. Cette nouvelle conception émerge avec André Malraux, premier ministre des Affaires culturelles de 1959 à 1969, dont la politique patrimoniale repose essentiellement sur deux grandes actions : d'une part, l'adoption de la loi du 4 août 1962 sur les secteurs sauvegardés, dont l'objectif est de protéger les ensembles urbains historiques (dont celui du Marais dès 1964), alors que l'urbanisme promu par les pouvoirs publics afin de moderniser les villes menaçait les centres-villes et leur histoire ; d'autre part, l'inventaire général des monuments et des richesses artistiques qui vise à recenser, étudier et faire connaître (et non pas à protéger ni classer) l'ensemble des éléments patrimoniaux du pays, « *de la petite cuillère à la cathédrale* » – selon le mot d'André Malraux –, qui seraient typiques de l'histoire, de l'architecture et plus globalement de l'art de la France.

Les années 1980-1990 transforment le rôle de l'État qui doit désormais veiller à accompagner les collectivités territoriales et les citoyens dans la définition de ce qu'ils considèrent comme « leur » patrimoine. Cette nouvelle politique a pour conséquence une profonde ouverture du concept de patrimoine. À la suite du patrimoine ethnographique, émergent alors les patrimoines maritime, gastronomique, industriel ou technique. On parle alors de plus en plus des patrimoines au pluriel plutôt qu'au singulier pour signifier l'extension de cette notion, reconnue et appuyée par l'État.

En conséquence, on assiste à un deuxième boom du nombre de monuments historiques inscrits et classés (mais aussi, de manière corollaire, du nombre de musées les exposant). Cette approche perdure aujourd'hui même si elle est ponctuée de très vives critiques. Nombreux sont en effet ceux qui dénoncent une « hyperpatrimonialisation ».

D'après Fabien Van Geert, *Cahiers français* n°429, septembre-octobre 2022.

2 Notre-Dame de Paris, un exemple d'évolution de la gestion du patrimoine

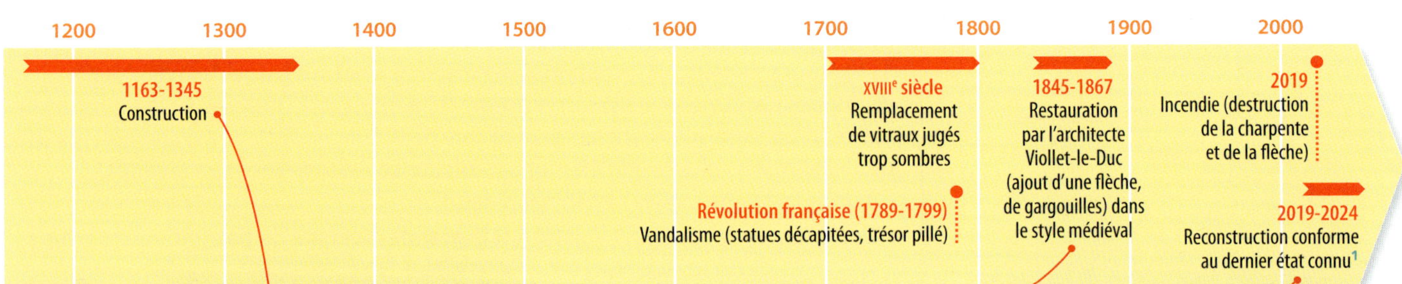

Source : A. Gady, *Notre-Dame de Paris, la fabrique d'un chef d'œuvre*, 2021.

1. Sur les principes de la Charte de Venise.

3 Une campagne de promotion du patrimoine

Caisse des dépôts, 2022.

4 Vers de nouvelles formes de financement

Vidéo
Un mécénat populaire pour le château de Pau, France 3, 2020.
hachette-clic.fr/24hggt166

En parallèle du loto du patrimoine, créé en 2017, qui a permis de restaurer près de 800 sites du patrimoine français, d'autres formes de financement innovantes apparaissent : vente de produits associés à un site prestigieux (Versailles, Chambord), « ticket mécène » proposé aux visiteurs de musées (Bordeaux, Roubaix), etc.

André Malraux
(1901-1976)

Écrivain et homme politique français, André Malraux fut le premier ministre chargé des Affaires culturelles en France. Il est notamment à l'initiative d'une loi de mise en valeur et de protection du patrimoine historique en 1962.

5 Les défis de la gestion du patrimoine aujourd'hui

	Actions mises en œuvre	Exemples	Risques et limites
Enjeux économiques et financiers	Transfert de propriété de l'État vers les collectivités territoriales	Château du Haut-Koenigsbourg, devenu en 2007 propriété du conseil départemental du Bas-Rhin	Report de la charge financière à un autre échelon administratif
	Radiation des listes des monuments classés	Près de 720 radiations depuis 1875	Tensions entre acteurs
	Vente	Entre 10 et 20 églises vendues par an	Privatisation / exportations à l'étranger
	Autres formes de financement	• Augmentation du prix d'accès au patrimoine • Privatisation de l'usage • Recours au mécénat et au financement participatif	Exclusion d'une partie de la population
Enjeux sociaux	Participation des citoyens à l'identification de leur patrimoine	Label « Les plus beaux villages de France »	Concurrence entre acteurs
	Réhabilitation des centres-villes anciens	Quartier du Panier à Marseille	Gentrification

Sources : F. Van Geert, *Cahiers français* n°429, septembre-octobre 2022 et Observatoire du patrimoine religieux, 2024.

ACTIVITÉ

1. À l'aide du **document 1**, construisez une frise chronologique en plaçant les principales dates ayant marqué l'histoire de la politique publique de la gestion du patrimoine en France. Indiquez-y les grandes tendances de cette politique (absence de protection, prise de conscience…).

2. Montrez que, si l'État pilote toujours la politique publique du patrimoine, d'autres acteurs jouent un rôle croissant. **(doc. 3 et 4)**

3. Quels sont les enjeux et les limites de la gestion du patrimoine français aujourd'hui ? **(doc. 2, 3 et 5)**

Vocabulaire

Hyperpatrimonialisation : expression péjorative désignant la multiplication abusive des labels et des biens patrimonialisés.

Vandalisme : détérioration d'un bien public ou privé sans motif légitime.

Vers le BAC — Dissertation

À l'aide des documents, rédigez un paragraphe montrant en quoi les années 1960 à 1980 représentent une période-clé dans la politique publique de gestion du patrimoine en France.

Utilisez la frise chronologique p. 316 et le document 1 pour identifier les événements-clés de cette période.

B La grotte de Lascaux : un exemple de politique publique

6 Des politiques publiques novatrices

-18 000/ -15 000	Réalisation des peintures de Lascaux
1940	Découverte de la grotte de Lascaux
1955	Premiers signes d'altérations (30 000 visiteurs par an)
1963	Fermeture de la grotte par André Malraux, ministre des Affaires culturelles
1979	Inscription au patrimoine mondial
1972-1983	Première réplique de la grotte (90 % des peintures de Lascaux), Lascaux II, ouverte à proximité de la grotte originelle
2003-2012	Deuxième réplique, cette fois itinérante (Lascaux III), avec le soutien de l'Union européenne, pour faire découvrir les richesses du site à travers le monde
2016	Ouverture du Centre international d'art pariétal (Lascaux IV) avec une réplique intégrale de la grotte

7 Le centre international d'art pariétal Lascaux IV

Face au coût de la construction de Lascaux IV, l'État, qui en a financé 6 %, s'est associé au département de la Dordogne (46 %), à la région Nouvelle-Aquitaine (23 %), à l'Union européenne (17 %) et à des mécènes (8 %).

8 Un patrimoine sous surveillance

La parole de la conservatrice du patrimoine

Interview de Muriel Mauriac, conservatrice de Lascaux à la DRAC (Direction régionale des affaires culturelles) de Bordeaux.

Que pensez-vous de la décision de Malraux de fermer Lascaux au public en avril 1963 ?

Pour le père de l'accès à la culture pour tous, imposer une telle décision a dû être très douloureux. Cette fermeture provisoire au public est devenue définitive, même s'il y avait alors un enjeu économique et touristique.

Alors comment se portent la grotte de Lascaux et ses peintures de 21 000 ans ?

La grotte est suivie en permanence par l'équipe sur place. Elle est relativement stable et les peintures sont toujours globalement magnifiques… Elle a retrouvé un certain équilibre, même s'il reste encore des zones de taches sombres sur les banquettes. On peut dire qu'elle est convalescente. Nous devons toujours rester prudents et modestes, il faut des années pour qu'elle se remette.

Qu'avez-vous appris des effets de la surfréquentation et des mauvais traitements ?

Rétrospectivement, on s'est rendu compte des erreurs commises. On croyait Lascaux immuable. Ces événements ont fait prendre conscience que les grottes sont vivantes, donc mortelles.

Quel est l'impact du réchauffement climatique sur la grotte ?

C'est notre préoccupation pour l'avenir. La moyenne annuelle de l'extérieur se répercute à l'intérieur. En une quinzaine d'années, la température moyenne – de 12,20 à 12,60°C – a augmenté : elle est aujourd'hui de 12,80 à 13,20°C. Chaque fois que quelqu'un entre dans la grotte, cela se voit tout de suite sur les écrans avec un pic de température. En conséquence, nous limitons nos entrées au maximum. Pas plus d'une fois par semaine ou tous les quinze jours.

Propos recueillis par Hervé Chassain, *Sud-Ouest*, 4 avril 2023.

Vocabulaire

Art pariétal : ensemble des œuvres d'art réalisées par des hommes sur des parois de grottes ou d'abris sous-roche.

ACTIVITÉ

1. Sélectionnez trois dates qui ont marqué l'histoire de la gestion de la grotte de Lascaux. Justifiez votre choix. **(doc. 6 et 8)**

2. Quels acteurs ont contribué à la protection et la valorisation de la grotte de Lascaux ? Par quels moyens ? **(doc. 6, 7 et 8)**

3. Quels sont enjeux et les limites de la protection et de la valorisation de ce patrimoine aujourd'hui ? **(doc. 7 et 8)**

Vers le BAC — Grand oral

À l'aide des documents, préparez un exposé de trois minutes illustrant les politiques publiques de gestion du patrimoine à travers l'exemple de celle de la grotte de Lascaux.

PROJET Organiser un forum collaboratif

Capacité S'exprimer à l'oral pour rendre compte de recherches documentaires

MISSION À partir de vos réponses aux questions pages 319 et 320, organisez un forum collaboratif sur le sujet suivant : « Comment la politique publique du patrimoine a-t-elle évolué en France ? »

étape 1 Préparer le forum

1. La classe est séparée en groupes de trois. Chaque trio prend en charge un bien patrimonial français qui fait l'objet d'une politique publique pour le présenter aux autres élèves de la classe. Vous pouvez vous appuyer sur la liste suivante ou consulter les sites Internet de référence.

- La Piscine de Roubaix
- Le château de Chambord
- Les fortifications de Briançon
- Les falaises d'Étretat
- Les pitons, cirques et remparts de l'île de la Réunion
- La dune du Pilat

Sites à consulter
hachette-clic.fr/24hggt167
hachette-clic.fr/24hggt168
hachette-clic.fr/24hggt169
hachette-clic.fr/24hggt170

2. Pour chaque bien, recherchez les informations suivantes en prenant des notes.

L'objectif n'est pas de préparer un exposé mais de collecter des informations pour renseigner vos camarades. Il est donc inutile de rédiger l'ensemble de vos réponses.

Patrimoine et politiques publiques en France : l'exemple de…	
Nom du bien	…
Localisation	…
Type de bien (rural, religieux, industriel) et date de la fondation	…
Évolution de la valorisation	…
Évolution de la protection	…
Acteurs actuels du financement	…
Enjeux et limites de la gestion	…

étape 2 Organiser le forum

Contrairement à un exposé où les élèves prennent la parole en continu, les groupes doivent ici répondre aux questions de leurs camarades.

3. Après la phase de recherche, les groupes sont répartis en deux équipes : les présentateurs et les informateurs. Grâce au tableau fourni et en posant des questions aux présentateurs, les informateurs collectent des renseignements sur trois biens patrimoniaux faisant l'objet d'une politique publique. Ils prennent en notes les réponses données.

4. Lors d'une autre séance, les rôles s'inversent.

étape 3 Réaliser une synthèse

5. Individuellement, réalisez une synthèse sur les formes et les freins de la gestion publique du patrimoine en France.

Appuyez-vous sur ce tableau pour réaliser la synthèse.

Points communs	Différences
- Formes de la valorisation *- Formes de la protection* *- Grandes évolutions*	*- Périodes* *- Types de biens* *- Acteurs concernés* *- Freins*

Étude 1 De la stigmatisation à la patrimonialisation du bassin minier du Nord-Pas-de-Calais

Pendant trois siècles le charbon a marqué l'économie, la société et les paysages du **bassin minier**. Quand les mines ferment, la tentation est grande d'éradiquer les friches, stigmates d'un passé douloureux.

Comment la valeur patrimoniale des anciens sites miniers a-t-elle été révélée ?

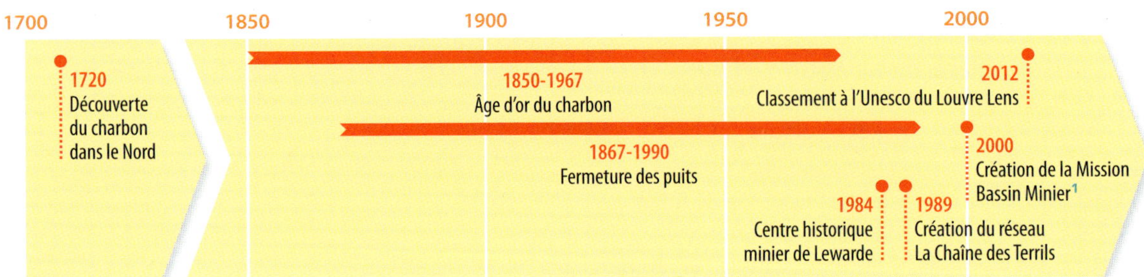

1. Mission Bassin Minier : organisme chargé de l'aménagement et du développement du bassin minier. Cogestionnaire avec l'État de l'inscription du bassin minier au patrimoine mondial.

1 Une patrimonialisation progressive et un changement de regard sur le territoire

La parole de la géographe

En 2012, le bassin minier du Nord-Pas-de-Calais suscite la curiosité : en plus de l'ouverture d'une antenne du Louvre à Lens, il est reconnu comme patrimoine mondial par l'Unesco quelques mois plus tôt. Les médias mettent alors ce territoire à la une de manière tout à fait inédite. Les expressions positives de « renouveau territorial » et de « renaissance » du bassin minier se multiplient et suscitent de nombreux espoirs de la part de la population locale. Depuis la fermeture des mines (entre les années 1970 et 1990), le bassin minier souffrait d'une image négative à cause de ses difficultés structurelles et de la permanence de certains stéréotypes. En outre, la fin de l'exploitation du charbon a laissé de nombreuses friches urbaines et d'anciens outils de production (carreaux de fosse et chevalements) en mauvais état par manque d'entretien. Rappelons que dans les années 1970-1980, il n'était pas question de conserver des bâtiments qui n'avaient plus d'utilité et les destructions ont été très nombreuses[1]. Un premier changement de regard sur l'héritage minier est lancé par la Direction régionale des affaires culturelles grâce à son inventaire en 1992. En 1998, la Conférence permanente pour le Bassin minier a permis de sensibiliser les acteurs locaux à un processus de patrimonialisation qui s'est progressivement confirmé jusqu'à l'inscription du territoire comme « paysage culturel vivant » par l'Unesco en 2012. Il est alors possible de parler d'inversion du stigmate : le patrimoine minier qui était perçu comme un handicap pour le territoire est aujourd'hui présenté comme un atout, notamment touristique.

Camille Mortelette, spécialiste du bassin minier, texte rédigé pour ce manuel, 2024.

1. Par exemple, certains terrils ont disparu car ils ont été utilisés pour construire des autoroutes.

2 Entre destruction et reconversion des traces du passé

La destruction d'un chevalement[1] à Fenain en 1979

1. Édifice construit au-dessus d'un puits permettant de faire descendre et monter les mineurs, le matériel et le minerai.
2. Colline artificielle construite avec les résidus de l'exploitation minière.

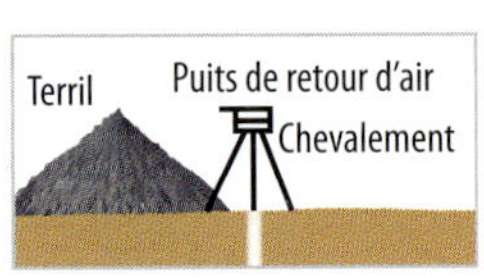

Une reconversion en rupture avec le passé : la base de Loisinord et sa piste de ski sur un ancien terril[2] (années 1990)

3 Les espaces patrimonialisés et reconvertis

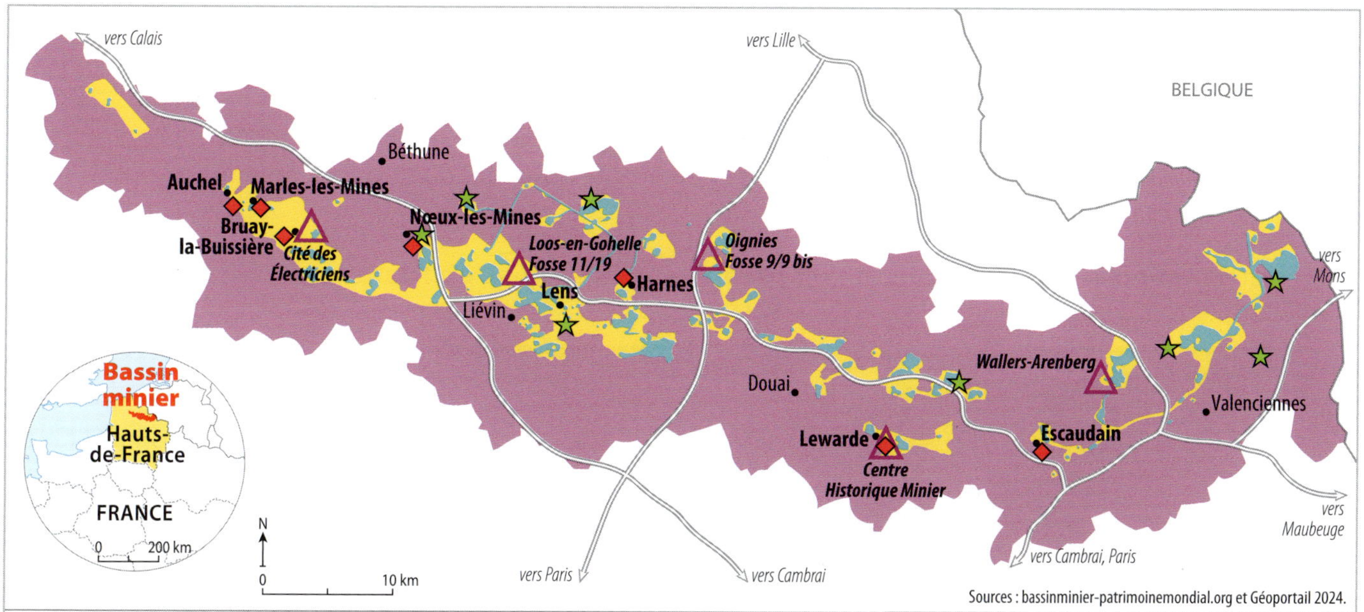

Sources : bassinminier-patrimoinemondial.org et Géoportail 2024.

Un processus de patrimonialisation en cours
- bassin minier du Nord-Pas-de-Calais
- périmètre inscrit au patrimoine mondial de l'Unesco au titre de « paysage culturel évolutif vivant » (fosses, terrils, chevalements, cités minières, gares, etc.)
- zone tampon[1]

Des pistes de reconversion pour faire vivre le patrimoine
- base de loisirs
- musée de la mine
- grand site de la mémoire accueillant des pôles économiques et culturels régionaux

1. Éléments non classés mais renforçant la cohérence paysagère (préservation des vues sur le patrimoine par exemple).

4 Acteurs et moyens de la reconversion de la fosse d'Arenberg

Arenberg est un site minier, emblème du patrimoine mondial de l'Unesco depuis 2012. Des années durant, la fosse d'Arenberg est l'un des fleurons de la Compagnie des mines d'Anzin, à deux pas de Valenciennes. Après sa fermeture en 1989, elle se cherche un nouvel avenir. C'est Claude Berri, cinéaste, qui souffle sa nouvelle vocation en y tournant en 1992 et 1993 l'adaptation de *Germinal*. Treize ans plus tard, après une importante reconversion, le site accueille Arenberg Creative Mine, un pôle d'excellence en images et médias numériques. Un lieu dédié à la réalisation audiovisuelle et aux enregistrements son notamment. Les cinéastes y trouvent un lieu privilégié pour les tournages.

Autour du Louvre Lens, site Internet de Pas-de-Calais Tourisme, 2024.

5 Le bassin minier, une mémoire ouvrière

Vidéo

Reportage, France 3, 2022. Du début à 4 min 12.
hachette-clic.fr/24hggt171

Vocabulaire

Bassin minier : région regroupant un grand nombre de mines.

Reconversion : changement d'usage en adaptant le site à de nouvelles fonctions.

ACTIVITÉ ORAL

Présentez un exposé pour répondre au sujet : « **Quelles sont les modalités de la patrimonialisation du bassin minier ?** »
Pour cela, utilisez l'ensemble des documents proposés et complétez le tableau.

Des biens jugés dignes d'intérêt	Des acteurs qui contribuent au changement de regard	Des mesures de patrimonialisation	Des exemples de reconversion
– Terrils – …	– Associations – …	– Monuments historiques – …	– Lieu de tournage – …

Vers le BAC Dissertation

Dans le cadre de la dissertation « **Les enjeux de la protection et de la valorisation du patrimoine en France** », rédigez un paragraphe présentant la patrimonialisation du bassin minier du Nord-Pas-de-Calais.

Étude 2 La mise en tourisme du bassin minier

La patrimonialisation des sites miniers a souvent pris la forme de musées (11 dans le bassin). D'abord pensés comme des lieux de mémoire, ils deviennent vite des outils du développement touristique et de la requalification du territoire.

› La patrimonialisation du bassin minier favorise-t-elle sa mise en tourisme ?

1 Un pôle touristique important : Leward

Ce centre historique minier attire aujourd'hui 150 000 visiteurs par an.

2 Une volonté d'attirer plus de touristes grâce au patrimoine

Le bassin minier, terre de misère sociale et de pollution industrielle ? Il est temps de dépasser ces projections désormais dépassées. L'ancien territoire minier dispose de cartes maîtresses, insuffisamment valorisées : des sites de mémoire tels la fosse 11-19 de Loos-en-Gohelle ou la fosse 9-9 bis d'Oignies, les chevalements de Wallers-Arenberg, le centre de Lewarde, entre autres. Et un ensemble inscrit depuis 2012 au patrimoine mondial de l'Unesco, gage de visibilité mondiale à côté des pyramides d'Égypte ou de la Grande Muraille de Chine. Mais la traduction n'est pas encore éclatante en termes d'infrastructures touristiques. Le Louvre-Lens, avec ses 450 000 visiteurs[1], est devenu un lieu phare du bassin minier mais il tarde à produire l'équivalent de « l'effet Guggenheim[2] » qui a permis de régénérer l'économie de Bilbao. Néanmoins, signe encourageant, une résidence hôtelière 4 étoiles va ouvrir en face du musée, aux lieu et place d'anciens logements miniers. Le territoire peut aussi s'appuyer sur le plan de renouveau du bassin minier pour lequel l'État a fléché 100 millions d'euros.

D'après « Les 6 grands défis de la région », *Eco121* (magazine économique des Hauts-de-France), 27 juin 2018.

1. 571 000 entrées en 2022.
2. Musée d'art moderne de Bilbao (Espagne) ouvert en 1997 qui a réussi à donner une nouvelle image de la ville alors marquée par un profond déclin de son industrie lourde.

Le musée Louvre-Lens et son parc

ACTIVITÉ

1. Dans quelle mesure le musée de Lewarde participe-t-il au dynamisme économique régional ? **(doc. 1 et 2)**
2. Comment un patrimoine peut-il permettre de changer l'image d'une région ? **(doc. 2)**
3. Quels ont été les effets de l'ouverture du musée Louvre-Lens ? **(doc. 2)**

Pour aller plus loin

Vous devez organiser une journée de découverte du bassin minier pour des lycéens étrangers. Après une visite du Louvre-Lens, vous proposerez un parcours d'une demi-journée permettant d'aborder le patrimoine minier dans toute sa diversité en justifiant vos choix. Construisez un circuit en vous aidant du **document 3 p. 323** et du site Internet de la Mission Bassin Minier Nord-Pas-de-Calais (rubrique « Connaître » en particulier).

Site Internet
hachette-clic.fr/24hggt172

JALON 2

Étude 3 Faire renaître le patrimoine minier : le cas de la Cité des Électriciens

Jadis lieux de vie, les **cités minières**, meurtries par la crise dès les années 1970, sont souvent devenues des friches marginalisées. La reconnaissance de la valeur patrimoniale de la Cité des Électriciens, la plus ancienne cité minière de France, redonne vie à ce territoire et aux **corons**.

› Pourquoi la patrimonialisation de la Cité des Électriciens contribue-t-elle à la renaissance du territoire ?

1 La Cité des Électriciens

1. Centre d'interprétation sur l'habitat minier.
2. Maisons de mineurs transformées en gîtes ou maisons d'artistes.
3. Potagers, jardins partagés.
4. Corons réhabilités (logements sociaux).
5. Ville de Bruay-la-Buissière.

2 La Cité des Électriciens, un nouveau quartier dynamique sur une friche minière

Construite entre 1856 et 1861 par la Compagnie des mines de Bruay pour loger les mineurs et leurs familles, la Cité des Électriciens est inscrite aux monuments historiques depuis 2009. La cité minière, la plus ancienne du Pas-de-Calais, appartient au bassin minier du nord de la France, un territoire inscrit depuis 2012 sur la liste du patrimoine mondial de l'Unesco en tant que paysage culturel évolutif vivant.

Sauvée de la destruction, la cité a fait l'objet, entre 2014 et 2019, d'une réhabilitation exemplaire qui a su conserver son architecture du quotidien, la mettre en valeur et l'inscrire dans le XXIe siècle grâce à un emblématique bâtiment revêtu de tuiles rouges vernissées.

Si la Cité des Électriciens accueille aujourd'hui des artistes en résidence, [et] propose des gîtes [...] aux visiteurs de passage, elle est avant tout garante de la mémoire des familles de mineurs qui l'ont façonnée génération après génération. Les bâtiments eux-mêmes, mais aussi les jardins potagers et les carins participent de cette histoire, que chacun pourra approfondir grâce au centre d'interprétation du paysage, de l'urbanisme et de l'habitat minier.

Isabelle Mauchin et Philippe Prost, *La Cité des Électriciens*, 2021.

Vocabulaire

Cité minière : ensemble d'habitations conçues pour accueillir les mineurs. Il en existe de multiples formes : corons, cités-jardins, etc.

Coron : quartier de maisons ouvrières dans les sites miniers.

Vers le BAC Étude critique de documents

Analysez les **documents 1 et 2** pour répondre au sujet : « **Comment le patrimoine a-t-il permis de faire renaître ce territoire en friche ?** »

Aide

Répondez aux questions suivantes :

1. Quelles traces du passé minier ont été conservées et intégrées dans ce projet ? Comment se manifeste leur patrimonialisation ? **(doc. 1)**
2. Quels acteurs participent à la reconversion de ce patrimoine ? Comment évitent-ils le risque d'une muséification du patrimoine ? **(doc. 2)**
3. Pourquoi le patrimoine devient-il un atout pour ce territoire ? **(doc. 2)**

Étude 1 Le repas gastronomique, un outil pour le rayonnement de la France

La gastronomie et le partage d'un repas sont des éléments essentiels du patrimoine et de l'identité française. En 2010, l'Unesco célèbre cet art de vivre en inscrivant le repas gastronomique des Français au patrimoine culturel immatériel de l'humanité.

➤ Comment la reconnaissance du repas gastronomique des Français par l'Unesco participe-t-elle au rayonnement culturel de la France ?

1 Le repas gastronomique des Français, un patrimoine immatériel pour l'Unesco

En 2003, les États membres de l'Unesco adoptent la Convention pour la sauvegarde du patrimoine culturel immatériel, ou patrimoine vivant, constitué de traditions, savoir-faire, pratiques sociales ou événements festifs. C'est à ce titre que le repas gastronomique français, pratique sociale coutumière destinée à célébrer les moments les plus importants de la vie des individus (naissances, mariages, anniversaires...), a été inscrit au patrimoine de l'Unesco. Parmi ses composantes importantes figurent l'achat de bons produits, de préférence locaux, ou la décoration de la table. Le repas se doit de commencer par un apéritif et se terminer par un digestif, avec entre les deux au moins quatre plats (une entrée, du poisson et/ou de la viande avec des légumes, du fromage et un dessert). Le repas gastronomique resserre le cercle familial et amical et renforce les liens sociaux. Ce n'est donc pas la reconnaissance de spécialités régionales, telles que le cassoulet ou la bouillabaisse, mais l'héritage commun des plaisirs de la table que partagent les Français. Ce n'est pas non plus un label commercial, mais l'engagement à respecter un véritable art de vivre qui se manifeste lors des repas festifs. C'est enfin un engagement à faire vivre un aspect essentiel de la culture et du patrimoine des Français par la transmission aux générations futures.

D'après l'Unesco, *Le repas gastronomique des Français*, 2024.

2 Une pratique culturelle ancienne

Albert Fourié, *Repas de noces à Yport*, huile sur toile, 1886, musée des Beaux-Arts de Rouen, 257 × 356,5 cm.

Construit à partir de pratiques héritées de la société de cour du Moyen Âge et des fêtes de famille paysannes ou bourgeoises du XIXe siècle, le repas gastronomique constitue un élément du patrimoine culturel et de l'identité pour 95 % des Français. Son contenu s'adapte selon les circonstances, les traditions régionales, les cultures familiales ou encore selon les convictions religieuses.

3 Le repas gastronomique, un facteur de l'attractivité touristique en France

L'État et de nombreuses régions développent la gastrodiplomatie pour stimuler leur attractivité, comme ici en Champagne, au château des Crayères à Reims.

Vidéo
Le repas gastronomique des Français, Unesco, 2010.
hachette-clic.fr/24hggt173

4 L'opération Goût de France/Good France, un atout pour la France

Opération annuelle lancée en 2015 par Laurent Fabius, ministre des Affaires étrangères et du Développement international

Objectifs	Exemples d'actions
Promouvoir le repas gastronomique des Français à travers le monde	Organisation de dîners d'exception dans 150 ambassades françaises réparties sur les cinq continents
Valoriser les traditions culinaires françaises et les produits des terroirs	Obligation de cuisiner des produits locaux de qualité et des recettes traditionnelles françaises dans les 1500 restaurants participant à l'opération à travers le monde
Renforcer le tourisme gastronomique	Mise en lumière chaque année d'une région (Centre-Val de Loire en 2021) et/ou d'une tradition (les arts de la table à la française en 2023)
Encourager les métiers de la restauration et de l'hôtellerie	Association des écoles hôtelières et des étudiants aux dîners organisés
S'engager dans une gastronomie durable	Soutien des ONG à l'opération comme l'ONG No More Plastic

Source : B. Lauriaux et K. Stengel, *Le Modèle culinaire français*, Presses universitaires François Rabelais, 2021.

Vocabulaire

Gastrodiplomatie : promotion de la gastronomie par un État ou une collectivité territoriale pour renforcer son dynamisme économique (tourisme, vente de produits agroalimentaires) et son rayonnement culturel.

Repas gastronomique des Français : pratique sociale destinée à célébrer les moments les plus importants de la vie des individus et des groupes (naissances, mariages, anniversaires…) en pratiquant, pour l'occasion, l'art du « bien manger » et du « bien boire ».

5 Le repas gastronomique, un patrimoine menacé ?

La parole de l'historienne

Assiste-t-on à un recul du repas gastronomique chez les Français ?

Le repas gastronomique est un modèle inscrit dans l'histoire du repas « à la française », mais il reste occasionnel. On le retrouve dans les grandes fêtes, les mariages, les retrouvailles. Il demeure aussi un modèle de référence dans les réceptions d'État car il participe à l'image et au rayonnement culturel de la France. Tel qu'il a été inscrit à l'Unesco, il ne fait donc pas référence au repas quotidien, car, depuis les années 1970-80, l'américanisation des pratiques, la destructuration et l'individualisation des repas, la moindre importance accordée au protocole du service, ont remis en question le repas quotidien culinairement et esthétiquement élaboré, convivial et familial.

La reconnaissance du repas gastronomique des Français par l'Unesco est-elle une assurance face à la concurrence d'autres gastronomies ?

Au-delà des bénéfices qu'en tirent les chefs étoilés, l'inscription n'a pas apporté de réponse à la concurrence gastronomique internationale. Aucune mesure de sauvegarde n'a été prise pour soutenir les filières de production attachées à la qualité et à l'accessibilité de notre modèle patrimonial pour le plus grand nombre : les petits producteurs agricoles, les cuisiniers adeptes du fait maison, les artisans subissent la concurrence féroce de l'agro-industrie. La baguette a été classée à l'Unesco, mais combien de boulangers ont fermé depuis ? En termes d'équipements culturels, pas grand-chose n'a été fait non plus. La France n'a même pas de musée de la Gastronomie !

Julia Csergo, spécialiste de l'histoire de la gastronomie, interview réalisé pour ce manuel, 22 septembre 2023.

ACTIVITÉ ORAL

Présentez un exposé de trois à cinq minutes répondant à la question suivante : « **Pourquoi peut-on considérer le repas gastronomique à la française comme un outil au service du rayonnement culturel et de l'attractivité touristique de la France ?** »

Aide

1. Pourquoi considère-t-on le repas gastronomique comme un élément structurant de l'identité et de la culture françaises ? **(doc. 1 et 2)**

2. Montrez comment ce patrimoine immatériel participe au rayonnement de la France dans le monde et à l'attractivité des régions françaises. Quels sont les acteurs impliqués ? **(doc. 3 et 4)**

3. À l'aide du **document 5** expliquez pourquoi le repas gastronomique des Français est menacé malgré son inscription au patrimoine de l'Unesco.

Vers le BAC — Étude critique de documents

En analysant les **documents 3 et 4**, en les confrontant et en vous appuyant sur vos connaissances, vous montrerez que le repas gastronomique à la française s'affirme comme un facteur du rayonnement de la France.

Pour aller plus loin

Identifiez les différents enjeux géopolitiques de l'alimentation et de la gastronomie analysés par le géographe Pierre Raffard et illustrez les d'un exemple précis.

Vidéo

Géopolitique de l'alimentation et de la gastronomie, France 24, 2021.
hachette-clic.fr/24hggt174

Étude 2 Le repas gastronomique, un outil de la diplomatie française

Le repas diplomatique fait partie de la tradition française. Il a pour but de signer un traité, manifester sa puissance ou apaiser des tensions. L'histoire de la diplomatie française est marquée par ces grands repas gastronomiques, reflets des rapports entre les puissances.

➤ Dans quelle mesure le repas gastronomique participe-t-il à la diplomatie française ?

1 Une tradition ancienne dans les relations diplomatiques

La parole du géographe

L'histoire des relations internationales s'est construite autour de repas qui ont marqué les esprits tant par la magnificence des plats proposés que par les alliances politiques et diplomatiques qui s'y (dé)nouèrent. La table est un théâtre où se met en scène la grandeur réelle et symbolique d'un État et où s'expriment jeux de pouvoirs, victoires flamboyantes ou défaites cuisantes. Si cuisine et gastronomie sont parties intégrantes du protocole diplomatique depuis des millénaires, ce n'est qu'à l'occasion du Congrès de Vienne[1] qu'elles acquièrent un rôle stratégique. Talleyrand est convaincu que le partage de l'Europe se jouera autant dans l'intimité des salons privés que lors des séances plénières. Il décide donc de s'adjoindre les services de cuisiniers qui font de la table de la délégation française l'un des lieux les plus courus de la capitale autrichienne. Autour de la table, les informations s'échangent, une intimité se noue entre rivaux. L'action de Talleyrand marquera profondément une diplomatie internationale qui comprendra le rôle politique et symbolique de la table et fera ainsi sienne la maxime du diplomate français selon laquelle « le meilleur auxiliaire d'un diplomate, c'est bien son cuisinier ». Le recours à la diplomatie culinaire se renforce au fil du temps. Dîners d'État et réceptions en l'honneur d'un pays partenaire ou en phase de le devenir demeurent des événements à part entière du calendrier diplomatique.

D'après Pierre Raffard, « *Soft power* et gastrodiplomatie : la cuisine comme arme de séduction massive », dans *Les Grands dossiers de Diplomatie*, n°74, juin-juillet 2023.

1. Conférence des puissances européennes en 1814-1815 pour déterminer les frontières et établir un nouvel ordre pacifique après l'abdication de Napoléon.

2 Un repas pour masquer les tensions diplomatiques

Le 1er juin 1961, alors que les tensions diplomatiques sont fortes entre les États-Unis et la France, Charles et Yvonne de Gaulle convient le président américain John F. Kennedy et son épouse au palais de l'Élysée pour un dîner. Impressionnés par leur séjour en France, les Kennedy se mobilisent pour encourager les mécènes américains à financer la restauration de Versailles.

3 Un repas pour incarner la grandeur de la France

Le 13 juillet 2017, les présidents Emmanuel Macron et Donald Trump, accompagnés de leurs épouses, ont dégusté un repas cuisiné par le chef étoilé Alain Ducasse au restaurant Jules Verne, au deuxième étage de la tour Eiffel.

4 Les repas à l'Élysée, reflets des enjeux diplomatiques

Le locataire de l'Élysée, quelle que soit son étiquette politique, n'a jamais manqué de faire de la cuisine, comme de la cave, la vitrine d'un savoir-faire réputé. Une marque de puissance. Chaque repas officiel induit un travail important. Laurent Stefanini était chef du protocole de l'Élysée entre 2010 et 2016. Chargé de préparer les venues des personnalités du monde entier, il devait se renseigner sur les allergies, les interdits alimentaires, religieux par exemple. Il faut aussi connaître les péchés mignons des convives. Chaque fois, c'est la même obsession : assurer la qualité du savoir-faire à la française. Les grands événements politiques, autour d'une table et de ses vins, ont permis à la France de rayonner partout. Au risque de l'incident, comme lors de la venue en France du président iranien, Hassan Rohani, en novembre 2015. Devant le refus de la présidence française d'abandonner tout service de vins lors du déjeuner officiel prévu, celui-ci a tout simplement été annulé, la partie iranienne refusant de participer à un repas où de l'alcool serait servi. Ceux qui officient dans les cuisines de l'Élysée insistent sur un point : les repas sont surtout un moment de travail. Les convives sont là pour voir le président et ses invités, leur parler.

Rémi Barroux, « La table présidentielle, un enjeu politique », *Le Monde*, 26 mars 2022.

Vocabulaire

Diplomatie culinaire : utilisation des repas à des fins diplomatiques pour apaiser les tensions, négocier et/ou conclure des partenariats.

ACTIVITÉ

1. Quels sont les formes et les objectifs de la diplomatie culinaire de la France ? **(doc. 1, 2 et 3)**

2. À l'aide des **documents 1 et 4**, montrez en quoi la diplomatie culinaire reflète les rapports de force entre la France et les autres puissances.

Vers le BAC — Grand oral

À l'aide des documents, préparez un oral pour répondre à la question suivante : « **En quoi la phrase de Talleyrand à Napoléon, " Donnez-moi de bons cuisiniers, je vous ferai de bons traités ", est-elle devenue une référence de la diplomatie française ?** »

Pour aller plus loin

Réalisez une fiche de lecture sur l'un des grands repas gastronomiques présentés dans l'ouvrage *À la table des diplomates* de Laurent Stéfanini (Folio, 2016). Montrez quels étaient les objectifs diplomatiques de ce repas et analysez-en les résultats.

OTC

Leçon 1 Conserver et protéger le patrimoine

Comment les politiques de gestion du patrimoine en France contribuent-elles à sa protection et à sa valorisation ?

A L'État, garant de la conservation du patrimoine

- **À partir de 1830, l'État identifie et classe les biens à sauvegarder.** Avec la création de l'Inspection générale des monuments historiques, Prosper Mérimée, inspecteur général de 1834 à 1870, fait dresser la liste de monuments dont la restauration est prioritaire. Il confie ainsi la restauration de la cité de Carcassonne et du Mont-Saint-Michel à l'architecte Eugène Viollet-le-Duc.
- **Des institutions sont créées pour former des professionnels du patrimoine.** L'École des Chartes, fondée en 1821, forme les conservateurs des Archives. L'École du Louvre, instituée en 1882, et l'Institut national du patrimoine (1991) forment les conservateurs des musées et les techniciens de la restauration du patrimoine. Le corps des Architectes des bâtiments de France, créé en 1946, assure la coordination des restaurations du bâtiment.
- **L'État distingue les entreprises sauvegardant des savoir-faire patrimonialisés.** Le label « Entreprise du patrimoine vivant » donne une visibilité aux métiers d'arts préservant des savoir-faire traditionnels. Des entreprises comme Hermès (maroquinerie), Baccarat (verrerie) ou valorisant des terroirs et des spécialités (porcelaine de Limoges, dentelles d'Alençon…) en bénéficient.

Prosper Mérimée (1803-1870)

Écrivain et historien français, Prosper Mérimée est à l'origine de la construction du service des Monuments Historiques. C'est à son initiative qu'Eugène Viollet-le-Duc se voit confier la restauration de monuments majeurs tels que le Mont-Saint-Michel, la cathédrale Notre-Dame de Paris, ou la cité de Carcassonne.

B Des lois assurent la protection du patrimoine

- **La loi de 1913 constitue un tournant dans la conservation du patrimoine.** Ce texte novateur pose une limite inédite au droit de propriété. La loi permet de classer d'office un bien immobilier public ou privé dont la conservation présente un intérêt national artistique ou historique. Les biens classés témoignent de l'inaliénabilité et de l'imprescriptibilité du patrimoine.
- **La loi du 2 mai 1930 protège des éléments du patrimoine culturel immatériel.** JALON 1 p. 316 Elle étend la protection à des sites naturels, à dimension historique (champs de bataille de la Première Guerre mondiale) ou pittoresque (forêt de Brocéliande). Cependant, il faut attendre la création des parcs nationaux (1960) pour que la protection de la nature soit envisagée au-delà d'un intérêt culturel ou paysager.
- **À partir de 1962, la notion de patrimoine est étendue au cœur historique urbain.** La loi sur les secteurs sauvegardés et la restauration immobilière (loi Malraux) a permis de restaurer le bâti ancien des centres-villes comme Sarlat, La Rochelle, Pézenas, le quartier du Marais à Paris ou le Vieux-Lyon.

C Des acteurs de plus en plus nombreux

- **Depuis les années 1980, les lois de décentralisation associent les collectivités territoriales à la gestion du patrimoine.** JALON 1 p. 316 La propriété de nombreux monuments historiques a été transférée aux départements. Depuis 2004, l'inventaire du patrimoine urbain comme rural, immobilier comme mobilier, est une compétence de la région.
- **De nombreuses associations soutenues par des bénévoles participent à la protection du patrimoine.** Ainsi, dès 1882, le Club alpin français contribue à la loi relative à la restauration et la conservation des terrains de montagne.
- **Le mécénat constitue un moyen de financer la sauvegarde du patrimoine.** La Fondation du patrimoine, créée en 1996, finance la sauvegarde d'un patrimoine local très divers (chapelle, fontaine, lavoir, moulin…). Des entreprises financent la restauration de sites prestigieux (le Hameau de la Reine à Versailles par Dior).

Vocabulaire

Imprescriptibilité : se dit de ce qui ne peut être supprimé dans le temps. Ici, impossibilité de s'approprier un bien du domaine public pour une utilisation privée prolongée.

Inaliénabilité : impossibilité de céder un bien appartenant au domaine public.

Mécénat : action d'un acteur (personne, entreprise, fondation) qui finance et encourage le développement des arts et des sciences.

OTC

Leçon 2 Valoriser et rendre visible le patrimoine

Comment permettre à tous d'accéder à un patrimoine de plus en plus protégé et valorisé ?

A Rendre visible le patrimoine pour le protéger

- **Des labels attribués par le ministère de la Culture offrent une visibilité à des sites culturels ou naturels.** Créé en 1985, le label regroupant le réseau des 190 « Villes ou Pays d'art et d'histoire » permet de bénéficier de subventions et de l'aide d'experts du patrimoine en échange d'une politique de sauvegarde et d'accueil du public. Des logos et une signalisation renforcent l'attractivité des sites patrimoniaux. Dès 1954, les monuments historiques sont signalés sur les panneaux routiers.
- **Des territoires valorisent leur patrimoine par la mise en place de circuits de visites.** La mise en réseau des châteaux de la Loire a contribué à l'inscription du Val de Loire sur la liste du patrimoine mondial de l'Unesco. Les routes des vins valorisent les terroirs de Bourgogne, de Champagne ou du Bordelais.

B Sensibiliser le public pour le valoriser

- **La mise en place des Journées du patrimoine en France a eu un retentissement international.** En 1984, la création par le ministère de la Culture des « Journées portes ouvertes des monuments historiques » a été reprise dans une cinquantaine de pays. En 1992, le Conseil de l'Europe a institué des « Journées européennes du patrimoine ».
- **De nouveaux modes de financement font appel aux citoyens.** En 2018, le ministère de la Culture, la Fondation du patrimoine et la Française des jeux ont signé un partenariat pour financer des opérations de sauvegarde de monuments. Un loto du patrimoine a été lancé à l'occasion des Journées du patrimoine.
- **Des émissions de télévision permettent de faire connaître le patrimoine français.** Ces émissions connaissent un succès certain dont témoigne leur longévité : *Chefs-d'œuvre en péril* (1962-1992), *Des racines et des ailes* (depuis 1997). Cependant, elles sont surtout polarisées sur des « patrimoines nobles » (châteaux, cathédrales, abbayes, monuments nationaux).

C Mettre en animation le patrimoine en déclin

- **La muséification de friches est l'occasion d'une réappropriation de la mémoire de lieux.** Une ancienne usine textile, à Roubaix, est devenue un musée consacré à la mémoire de l'industrie textile. Aux Antilles, des bâtiments d'exploitations sucrières ont été restaurés et rappellent le rôle de l'esclavage dans le fonctionnement de cette économie.

JALON 2 p. 322

- **D'anciens sites industriels sont reconvertis en espaces culturels.** Les anciens abattoirs de la Villette (Paris), la Manufacture des tabacs (Marseille) ou l'ancien site minier d'Oignies (Pas-de-Calais) sont devenus des lieux d'expositions et de spectacles.
- **Des vestiges industriels monumentaux, autrefois voués à la démolition sont conservés.** À Nantes, la grue Titan jaune est l'un des derniers témoins des anciens chantiers navals. Des outils (marteau-pilon au Creusot, 21 mètres de haut, presse à emboutir à Gennevilliers, 7 mètres) deviennent des hauts lieux du tourisme.

1 La grue jaune à Nantes

Elle témoigne du passé industriel de Nantes : les anciens chantiers navals Dubigeon.

2 Une sensibilisation croissante de la société

Choisi dans le cadre d'une émission télévisée apparue en 2014 et animée par Stéphane Bern, le label « Le monument préféré des Français » récompense des sites classés par le public. Le château de Sedan a atteint la finale du concours de l'année 2023.

OTC

Leçon 3 Faire vivre le patrimoine

➤ Comment les acteurs du patrimoine agissent-ils pour mettre en scène le patrimoine français ?

A Une ingénierie culturelle au service du patrimoine se développe

- **L'ingénierie culturelle invente de nouvelles manières de valoriser le patrimoine.** La mise en lumière des monuments s'est largement diffusée. La fête des Lumières à Lyon, d'origine religieuse, remonte à 1852. Mais depuis 1989, la municipalité, pionnière dans cette mise en valeur des monuments, en a fait un événement qui attire près de deux millions de visiteurs par an.
- **De nouvelles formes de médiation culturelle se développent.** Audioguides, applications mobiles et bornes interactives jalonnent aujourd'hui le parcours de nombreux sites culturels. Ils permettent de remettre en contexte des lieux ou des objets offrant aux visiteurs une accessibilité facilitée à leur connaissance.
- **Une approche « sensible » valorise des cultures populaires dans des territoires ruraux.** Il s'agit de mettre en scène des modes de vie d'autrefois et sur l'engagement du visiteur-spectateur. L'écomusée d'Alsace, ouvert en 1984, est organisé comme un village alsacien du début du XXe siècle, avec des maisons paysannes sauvées de la démolition.

B La valorisation du patrimoine passe aussi par une mixité des usages

- **Des événements culturels contribuent à faire vivre le patrimoine.** Des festivals artistiques de renommée internationale ont lieu dans des monuments historiques et contribuent à leur attractivité (art lyrique dans le théâtre antique d'Orange, jazz à Vienne, théâtre à Avignon).

JALON 1 p. 316

- **Les acteurs privés et publics trouvent de nouvelles sources de financement.** Des monuments historiques peuvent être loués par des entreprises ou des particuliers. C'est le cas de la maison de Victor Hugo ou du château de Versailles pour l'organisation d'événements privés (mariages, séminaires).
- **Des bâtiments réhabilités sont affectés à de nouveaux usages privés.** Certains sont transformés en hôtels (Relais & Châteaux). D'autres deviennent la vitrine d'entreprises qui en font leur siège social (ancienne chocolaterie Menier, siège de Nestlé France de 1978 à 2020, l'hôpital Laennec, siège du groupe de luxe Kering depuis 2016). D'anciens docks deviennent des centres commerciaux.

JALON 1 p. 316

C Le tourisme participe à faire vivre le patrimoine

- **La richesse et la diversité du patrimoine français contribuent à l'attractivité de la France.** Avec 52 sites inscrits au patrimoine mondial, plus de 45 000 monuments protégés, 8 000 musées, elle est le premier pôle touristique mondial (près de 90 millions de touristes en 2019, avant la pandémie de la Covid-19). Sa gastronomie participe à son rayonnement international.

JALON 3 p. 326

- **Le patrimoine privé s'ouvre de plus en plus au tourisme.** 44 % des monuments historiques appartiennent à des propriétaires privés qui mettent en place des visites et des animations. Ces activités marchandes participent au financement et à la sauvegarde du patrimoine.
- **Mais la fréquentation des sites patrimoniaux se concentre sur l'Île-de-France.** Sur les dix monuments nationaux les plus visités chaque année, six sont situés dans en région parisienne. Sur les 32 millions d'entrées des musées nationaux avant la pandémie, Paris en totalise 20 millions.

La fête des Lumières à Lyon

Vocabulaire

Ingénierie culturelle : ensemble d'actions dans le domaine de la culture utilisant les nouvelles technologies.

L'essentiel OTC > Leçons 1 à 3

RÉVISER EN SE TESTANT

Exercices interactifs
hachette-clic.fr/24hggt175

SCHÉMA BILAN

LA FRANCE ET LE PATRIMOINE

- **Des efforts importants pour la protection du patrimoine grâce à une politique volontariste**
  - Actions de l'État et des collectivités territoriales
  - Appui de l'Unesco (52 biens inscrits)
  - Actions des partenaires privés (financement participatif, mécénat)
- **Une valorisation constante du patrimoine**
  - Biens culturels (grotte de Lascaux, châteaux de la Loire)
  - Réhabilitation des sites industriels ou des quartiers urbains pour promouvoir le patrimoine local (bassin minier du Nord-Pas-de-Calais)
  - Mise en valeur du patrimoine naturel (parcs naturels) et immatériel (repas gastronomique des Français)

Schéma interactif
hachette-clic.fr/24hggt176

RÉVISER EN SE DOCUMENTANT

À voir

- « Patrimoine Unesco : quand le label devient encombrant », *France Télévisions*, 2022.
- *Les Saveurs du palais*, de Christian Vincent, 2012.
  Une jeune chef s'installe dans les cuisines de l'Élysée.
- « Wallers-Arenberg : préparation et repérages du film *Germinal* », INA, 18 janvier 1992.
  Une vidéo sur le tournage du film *Germinal* de Claude Berri à la fosse minière d'Arenberg alors en friche.

À lire

- *Le Modèle culinaire français*, de Bruno Lauriaux et Kilien Stengel, Presses universitaires François Rabelais, 2021.
  Une histoire de la gastronomie française dans le monde depuis le XVIIe siècle.
- *Sortir de terre*, de Xavier Bétaucourt et Jean-Luc Loyer, Éditions de la Gouttière, 2019.
  Une bande dessinée évoquant la métamorphose du bassin minier.

Sur le web

- Site de la mission Stéphane Bern.
- Site officiel de la Fondation du patrimoine.
- Série de podcasts sur le patrimoine immatériel de France (*France Culture*, 2023).

Sites Internet
hachette-clic.fr/24hggt177
hachette-clic.fr/24hggt178
hachette-clic.fr/24hggt179

Méthode BAC Dissertation

Capacité Rédiger le développement de la dissertation

Activité à télécharger hachette-clic.fr/24hggt180

SUJET La protection du patrimoine, entre valorisation et tensions

étape 1 Préparer la dissertation

1. Recopiez le sujet au centre d'une feuille de brouillon et identifiez les mots-clés. Méthode p. 88

2. Pourquoi la problématique suivante permet-elle de couvrir l'ensemble du sujet ?

Pourquoi la préservation du patrimoine peut-elle conduire à sa valorisation mais être également source de tensions ?

3. Complétez le plan proposé en hiérarchisant les informations proposées.

- *des politiques de protection à toutes les échelles ;*
- *le patrimoine, enjeu géopolitique ;*
- *des formes multiples de valorisation ;*
- *les enjeux de la protection du patrimoine ;*
- *la protection du patrimoine, au service de sa valorisation ;*
- *la valorisation du patrimoine, à l'origine de mutations territoriales ;*
- *des concurrences nombreuses autour du patrimoine ;*
- *les acteurs de la protection du patrimoine ;*
- *la protection du patrimoine, source de tensions.*

Pour organiser vos idées, identifiez les idées générales et les principaux arguments qui leur sont associés.

Aidez-vous des leçons p. 310 à 312 pour organiser vos idées.

Partie 1 : Des politiques de protection à toutes les échelles
A. Les enjeux de la protection du patrimoine
B. ...
Partie 2 : ...
A. ...
B. ...
Partie 3 : ...
A. ...
B. ...

étape 2 Rédiger la dissertation

4. À l'aide de la méthode p. 412, reconstituez l'introduction de la dissertation à partir de ces propositions à replacer dans l'ordre.

– Les enjeux de la préservation du patrimoine, qu'il soit matériel ou immatériel, sont non seulement économiques, mais également identitaires ou géopolitiques, et s'articulent à toutes les échelles, du local à l'international.
– La réponse à cette question conduit d'abord à présenter les différentes politiques de protection à toutes les échelles, avant de montrer que la préservation du patrimoine est aussi au service de sa valorisation économique et géopolitique, ce qui peut parfois conduire à des tensions.
– L'émoi international suscité en 2015 par la destruction de la cité antique de Palmyre par les forces de Daech en Syrie ou par l'incendie de Notre-Dame de Paris en 2019 témoigne de l'importance prise par le patrimoine et sa protection dans les sociétés contemporaines.
– Dès lors, il s'agira de s'interroger : Pourquoi la préservation du patrimoine peut-elle conduire à sa valorisation mais également être source de tensions ?

Afin de structurer l'introduction, respectez les sauts de ligne et les alinéas aux endroits adéquats.

5. **Rédigez les parties 2 et 3 de la dissertation en vous aidant du modèle proposé pour la partie 1.**

Point méthode

Rédiger le développement de la dissertation

- **Commencer chaque partie par une phrase indiquant l'idée générale.**
- **Construire chaque partie en paragraphes** organisés autour d'une idée générale, présentant des arguments qui s'enchaînent.
- **Utiliser des exemples précis** pour illustrer chaque argument.
- **Utiliser des mots de liaison** pour donner du sens à la démonstration.
- **Terminer chaque partie par une phrase de transition** avec la suivante.

À toutes les échelles, les politiques de protection du patrimoine répondent à des enjeux culturels, économiques ou géopolitiques, en mobilisant des acteurs divers.

En termes d'enjeux d'abord, les objectifs de la protection du patrimoine sont triples. Le premier objectif est d'assurer la conservation des traces du passé et des pratiques. Les monuments et les objets anciens sont inévitablement victimes de l'usure du temps et se dégradent irrémédiablement (ruines des châteaux cathares ou des temples cambodgiens, bris de poteries antiques...). De même, les pratiques immatérielles sont oubliées au profit de technologies plus avancées (danses, chants, pratiques artisanales...). Des politiques de préservation et de conservation sont donc initiées pour en conserver les traces. La valorisation économique du patrimoine constitue le second facteur de sa préservation. Dans certains pays, le tourisme est une activité économique majeure, porteuse de développement. Ainsi, l'économie de l'île indonésienne de Bali dépend largement du tourisme qui associe découvertes des rizières étagées, des temples et des plages tropicales. Protéger le patrimoine sert enfin les enjeux géopolitiques des États. La période coloniale a ainsi permis à la France ou au Royaume-Uni de constituer des trésors patrimoniaux aujourd'hui exposés dans les musées parisiens (musée du Louvre, musée du quai Branly-Jacques Chirac) ou londoniens (British Museum).

Quant aux acteurs de la protection du patrimoine, ils s'articulent à toutes les échelles. Les pouvoirs publics restent les principaux décideurs de la préservation du patrimoine. Les institutions internationales comme l'Unesco soutiennent des projets de préservation à l'échelle mondiale (la Riviera de Nice classée avec 34 autres biens en 2021). Mais les acteurs nationaux et locaux sont aussi efficaces, y compris à l'échelle internationale : l'Agence française de développement et la ville de Lille, dans le cadre d'opérations de coopération décentralisée, œuvrent conjointement pour la préservation du patrimoine architectural de Saint-Louis au Sénégal. À l'échelle nationale ou locale, les politiques patrimoniales prennent trois formes qui le plus souvent s'additionnent : subvention directe d'un projet, subvention indirecte (incitations fiscales, labellisation) et régulation (liste de biens protégés, interdiction d'exportation, normes de conservation, lutte contre les trafics illicites). En France, à partir de 1830, l'État identifie et classe les biens à sauvegarder. Avec la création de l'Inspection générale des monuments historiques, Prosper Mérimée, inspecteur général de 1834 à 1870, fait dresser la liste de monuments dont la restauration est prioritaire. Il confie ainsi la restauration de la cité de Carcassonne et du Mont-Saint-Michel à l'architecte Eugène Viollet-le-Duc. En Irak, le financement et les lois de protection adoptés par le gouvernement irakien ont permis la labellisation par l'Unesco des ruines de la ville de Babylone en 2019, assurant ainsi une protection du site à long terme. Enfin, les acteurs privés, jouent un rôle croissant dans la préservation du patrimoine. Les entreprises, par le biais de fondations, font de leur mécénat un outil de communication. La pratique est ancienne aux États-Unis où il n'existe pas de ministère de la Culture et où la recherche de financements, le fundraising, est devenue une spécialité universitaire depuis les années 1970. En France, il est plus récent mais augmente : le patrimoine représente le quart des dons (2e poste derrière les œuvres sociales). À travers des associations ou des opérations de financement participatif, les citoyens contribuent également aux efforts de préservation du patrimoine auquel ils sont attachés localement (patrimoine industriel, par exemple) ou mondialement (32000 donateurs étrangers pour la restauration de Notre-Dame de Paris après l'incendie en 2019). Des entreprises financent la restauration de sites prestigieux (maison de Victor Hugo à Guernesey par la Fondation Pinault, le Hameau de la Reine à Versailles par Dior).

Ainsi, la protection du patrimoine répond à de multiples enjeux portés par de nombreux acteurs à toutes les échelles, notamment dans le cadre de sa valorisation.

Introduisez la partie par une phrase indiquant l'idée générale.

Utilisez les exemples étudiés dans les jalons (frise du Parthénon, Versailles, Venise...).

Utilisez des mots de liaison pour faire progresser votre démonstration : en premier lieu ; de même ; enfin...

6. **À l'aide de la** méthode p. 489**, rédigez la conclusion de la dissertation.**

Méthode BAC Dissertation

Capacités Identifier les notions-clés pour cerner le sujet - Développer une notion-clé dans la rédaction

Activité à télécharger
hachette-clic.fr/24hggt181

SUJET ➡ Les enjeux de la protection et de la valorisation du patrimoine en France

étape 1 Analyser le sujet

1. **Complétez l'analyse du sujet en cherchant des synonymes et les définitions des notions-clés.**

Définition : ce qui est en jeu dans une situation donnée (la conservation d'un bien patrimonial ou d'une pratique, les menaces qui pèsent sur le patrimoine…).
Notions associées : défis, contraintes, atouts…

Définition : action de sauvegarder le patrimoine qui peut passer par des moyens variés (classement au patrimoine mondial, réhabilitation, limitation des nuisances comme le surtourisme).
Notions associées : conservation, préservation.

Les enjeux de la protection et de la valorisation du patrimoine en France

Définition : …
Notions associées : …

Définition : …
Notions associées : …

Point méthode

Identifier les notions-clés pour cerner le sujet

- **Repérer les notions-clés** du thème étudié.
- **Apporter une définition** précise de ces notions-clés en consultant votre cours et les pages leçon du manuel.
- **Mettre en relation les notions-clés** entre elles.

2. **Pourquoi la France est-elle un pays particulièrement adapté à l'étude des politiques de protection et de valorisation du patrimoine ?**

3. **Sélectionnez la problématique qui convient le mieux.** ➡ Méthode p. 89

Proposition 1 : *Quels sont les enjeux de la protection et de la valorisation du patrimoine en France ?*
Proposition 2 : *Comment la France gère-t-elle un patrimoine important et diversifié ?*
Proposition 3 : *Pourquoi la France a-t-elle un patrimoine unique ?*

Sélectionnez une problématique qui reformule le sujet tout en en gardant le sens.

Plan suggéré pour la dissertation
1 - L'histoire de la politique du patrimoine en France
2 - Les enjeux contemporains de la protection du patrimoine français
3 - Les enjeux de la valorisation du patrimoine en France

étape 2 Rédiger la dissertation

4. **Terminez la rédaction de l'introduction de la dissertation.** ➡ Méthode p. 412

En janvier 2023, l'ancienne ministre de la Culture Roselyne Bachelot laisse entendre que les « églises sans grand intérêt » pourraient être détruites. Cette prise de position a suscité de vives réactions dans la société.

Ces débats révèlent à la fois l'attachement des Français à leur patrimoine et la difficulté de concilier sa protection et sa valorisation. Mais ils posent également la question de la définition du patrimoine. En effet, cette définition s'est élargie en parallèle de l'affirmation d'une politique publique du patrimoine de plus en plus ambitieuse, laissant parfois penser que tout monument (en l'occurrence une église) est patrimonial. La question de la protection du patrimoine français s'impose donc comme un enjeu social, politique, culturel et économique, porté par de nombreux acteurs. Concilier valorisation et protection du patrimoine est donc un défi.

Ainsi, ……………………

Rédigez intégralement l'introduction et la conclusion au brouillon ; le reste de la dissertation est rédigé directement sur la copie à partir du plan détaillé construit au brouillon.

5. Repérez, dans la première partie de la dissertation rédigée, les notions, leur définition et les exemples qui leur sont associés.

La France est un des premiers pays à mettre en place une politique publique de gestion du patrimoine. Il s'agit d'une politique relevant de l'intervention de l'État ou d'un organisme public dans un domaine particulier (aménagement, protection, développement…). En France, cette politique publique patrimoniale apparaît à la fin du XVIIIe siècle, lors de la Révolution française. En effet, durant cette période troublée, une conscience patrimoniale émerge face au vandalisme de certains révolutionnaires qui souhaitent effacer toute trace de l'Ancien Régime. Pour preuve, l'abbé Grégoire dans un rapport rédigé en 1794 sur les destructions opérées par le vandalisme affirme : « Les barbares et les esclaves détestent les sciences, et détruisent les monuments des arts ; les hommes libres les aiment et les conservent ». En réaction, les biens patrimoniaux du clergé et de la noblesse, puis de la couronne, deviennent alors « biens nationaux ». D'ailleurs, une Commission des monuments est créée dès octobre 1790 pour inventorier les biens acquis. De même, un conservatoire national des Arts et Métiers est instauré en 1794.

Pourtant, ce n'est réellement qu'au XIXe siècle que l'État devient garant de la conservation du patrimoine. Avec la conservation, il ne s'agit plus seulement de préserver le patrimoine de destruction mais d'en assurer la pérennité à long terme. Dans cet objectif, à partir de 1830, l'État identifie et classe les biens à sauvegarder. Une Inspection générale des monuments historiques est créée en 1830 par François Guizot qui dresse la liste de monuments dont la restauration est prioritaire. Prosper Mérimée, qui y collabore à partir de 1834, confie la restauration de la cité de Carcassonne, du Mont-Saint-Michel et de Notre-Dame de Paris à l'architecte Eugène Viollet-le-Duc. En parallèle, des institutions sont créées pour former des professionnels du patrimoine. L'École des Chartes, par exemple, est fondée en 1821, pour former les conservateurs des Archives et l'École du Louvre est instituée en 1882 pour former les conservateurs des musées. Depuis 1946, le corps des Architectes des bâtiments de France assure la coordination des restaurations des bâtiments.

Ainsi la volonté de protéger le patrimoine français est ancienne. Elle devient aujourd'hui un enjeu politique et social.

Point méthode

Développer une notion-clé dans la rédaction

- **Associer une notion-clé à une partie** ou un paragraphe de la dissertation.
- **Apporter une définition** précise en lien avec le sujet.
- **Illustrer la notion-clé** par des arguments et des exemples.

Repérez le rôle des connecteurs logiques pour articuler notions et exemples.

6. À partir du travail précédent et sur le modèle amorcé, rédigez le reste de la dissertation (parties 2 et 3) en accordant une attention particulière à la définition des notions.

Depuis le XXe siècle, la politique de protection du patrimoine s'est renforcée, notamment grâce à un ensemble de lois. Par exemple, la loi de 1913 rend la propriété d'un bien immobilier public ou privé inaliénable (impossible à céder) et imprescriptible (impossible à supprimer dans le temps).
La loi Malraux quant à elle ……………………………………………………………………………

N'oubliez pas de présenter les limites des politiques de protection et de valorisation du patrimoine en France.

7. Repérez dans la conclusion rédigée les différentes parties et proposez une ouverture. ➡ Méthode p. 489

L'histoire de la protection du patrimoine français est ancienne et a élargi son champ d'action à des biens toujours plus nombreux et divers (monuments, paysages, patrimoine immatériel…). Portée par de multiples acteurs, la protection du patrimoine prend des formes variées et soulève de nombreux enjeux culturels, politiques et sociaux. Ce patrimoine exceptionnel apparaît également comme une ressource à valoriser dans une perspective de développement économique des territoires qu'il concerne. Mais des tensions et concurrences peuvent aussi émerger quant à la valorisation et la protection du patrimoine. En définitive, compte tenu de la place majeure qu'il occupe en France, le patrimoine reste donc un enjeu contemporain de premier plan.

Il est possible d'ouvrir la conclusion sur d'autres enjeux étudiés dans le programme et susceptibles de valoriser les territoires ou d'exacerber les tensions.

Méthode BAC Dissertation

Activité à télécharger
hachette-clic.fr/24hggt182

SUJET ➪ Utiliser le patrimoine à des fins politiques et sociales, un enjeu actuel ?

étape 1 Préparer la dissertation

1. En vous aidant de la méthode p. 88, analysez le sujet et formulez une problématique.

Point méthode

Construire et vérifier des hypothèses

✔ **Pourquoi construire des hypothèses ?**
- pour élaborer la problématique de la dissertation ;
- pour vérifier des généralités ou des idées reçues.

✔ **Comment construire et vérifier des hypothèses ?**
- partir d'une généralité ou d'une idée reçue et chercher des preuves, des limites et des contre-exemples ;
- partir d'une affirmation et vérifier sa véracité ;
- partir d'une théorie et en chercher les preuves et contradictions scientifiques.

2. Complétez le tableau en construisant et en vérifiant des hypothèses.

Hypothèses	Vérification
Le patrimoine a été utilisé pour montrer la grandeur de la France.	**Oui**, par exemple à Versailles où Louis XIV voit l'incarnation de son pouvoir absolu : la chambre du roi est au centre du château, la galerie centrale est tapissée de glaces, innovation qui impressionne ses visiteurs européens. Depuis, le château de Versailles a abrité de nombreuses réceptions officielles. Charles De Gaulle y accueille les présidents américains John F. Kennedy en 1961 et Richard Nixon en 1969, François Mitterrand invite Mikhaïl Gorbatchev en 1985 et Emmanuel Macron y reçoit le roi Charles III en 2023.
Le patrimoine doit attirer les touristes du monde entier.	**Non, les usages sociaux et politiques du patrimoine n'incluent pas nécessairement la dimension économique.** Au contraire, la valorisation du patrimoine dans un but touristique peut conduire à sa « disneylandisation ». Perçu d'abord comme créateur d'emplois et de retombées économiques, il peut être folklorisé et devenir le théâtre d'un tourisme de masse dénoncé par les populations locales ou les archéologues : manifestations contre les bateaux de croisière à Venise, contre le projet d'aéroport près du Machu Picchu. Un risque de ville-musée émerge. Dans les villes en développement (Mumbai, Rio de Janeiro), un tourisme de bidonville apparaît, dénoncé par de nombreuses ONG.
Les usages sociaux du patrimoine évoluent.	...
...	...

Pour présenter une hypothèse dans la dissertation, il est possible de partir d'une généralité, puis d'en mesurer les limites.

étape 2 Rédiger la dissertation

3. Rédigez l'introduction de la dissertation. ➪ Méthode p. 412

Faites appel à un fait d'actualité d'usage politique ou social du patrimoine pour amorcer la dissertation.

4. À l'aide de la méthode p. 168, complétez le plan proposé en intégrant les hypothèses émises dans la question 2.

Plan suggéré pour la dissertation
1 - Utiliser le patrimoine, une pratique politique très ancienne en France et dans le monde
2 - Protéger le patrimoine, un enjeu politique contemporain fort
3 - Protéger le patrimoine pour défendre la mémoire d'une société et renforcer la cohésion sociale

Pour traiter convenablement le sujet, ne vous limitez pas au patrimoine matériel.

5. Rédigez la conclusion de la dissertation. ➪ Méthode p. 489

Rappelez les apports de chaque grande partie à la réponse à la problématique.

Méthode BAC Étude critique de document(s)

SUJET ➪ Les enjeux du tourisme à Venise

Activité à télécharger
hachette-clic.fr/24hggt183

En analysant le document et en vous appuyant sur vos connaissances, montrez comment le dessin de presse présente les défis du tourisme à Venise.

Tjeerd Royaards (dessinateur néerlandais), 12 avril 2023.

Point méthode

Étudier un dessin de presse

- **Identifier le document :** auteur, date, source, destinataires.
- **Décrire le dessin de presse :**
  - Repérer les éléments de construction : scène représentée, personnages, lieux, objets symboliques, couleurs ;
  - Repérer les informations contenues dans le texte : titre, dialogue, ton employé.
- **Interpréter le dessin de presse :**
  - Utiliser les connaissances extraites du cours pour interpréter le dessin ;
  - Organiser les informations en grands thèmes.
- **Porter un regard critique du dessin :**
  - Identifier les exagérations dans le dessin pour comprendre les intentions de l'auteur ;
  - Identifier les informations que le dessin ne présente pas alors qu'elles seraient utiles au sujet.

1. Décrivez précisément le dessin en identifiant les éléments du décor et la représentation qui est proposée du tourisme à Venise.

2. Interprétez le dessin de presse en classant dans le plan les éléments de description listés dans la question 1.

Partie 1 : **Venise, un site exceptionnel attractif pour le tourisme**
- Des richesses architecturales reconnaissables sur le dessin : *Campanile de la place Saint-Marc (en rouge sur le dessin)*…
- Un site lacustre exceptionnel : …

Partie 2 : **Une ville menacée par le surtourisme**
- Des flux touristiques massifs : …
- Des nuisances multiples : …
- Un risque de « disneylandisation » : …

Définissez précisément les notions que vous utilisez.

Partie 3 : **Le regard critique à porter sur le dessin**
- Toutes les nuisances ne sont pas visibles sur le dessin : …
- Les menaces ne sont pas seulement liées au tourisme : …
- Le dessin ne montre pas que la municipalité mène des actions pour limiter le surtourisme : …

3. À partir du travail réalisé dans les questions 1 et 2, rédigez l'étude critique de document.

Méthode BAC Étude critique de document(s)

SUJET ➔ Les frises du Parthénon, un patrimoine au cœur de tensions géopolitiques

Activité à télécharger
hachette-clic.fr/24hggt184

En analysant les documents, en les confrontant et en vous appuyant sur vos connaissances, présentez les débats qui opposent Britanniques et Grecs autour de la restitution des frises du Parthénon.

1 Le refus des Britanniques de restituer les sculptures

Londres a annoncé maintenir les frises du Parthénon en exposition au sein du British Museum, douchant ainsi les espoirs d'Athènes, qui voulait tant le retour de ce trésor sur ses terres. « J'ai été très claire à ce sujet : je ne pense pas qu'elles devraient retourner en Grèce », a déclaré la ministre de la Culture Michele Donelan sur la BBC à propos de ce dossier épineux au cœur de tensions entre Londres et Athènes. Londres affirme que les sculptures ont été « acquises légalement » en 1802 par le diplomate britannique Lord Elgin, qui les a revendues au British Museum. Mais la Grèce soutient qu'elles ont été l'objet d'un « pillage » alors que le pays était sous occupation ottomane. La restitution des frises du Parthénon est un sujet hautement sensible en Grèce. Au musée de l'Acropole, un espace laissé vide est d'ailleurs réservé à cette frise.
« Nous ne devrions pas renvoyer les frises, et en fait elles appartiennent au Royaume-Uni où nous avons pris soin d'elles longtemps », a précisé la ministre de la Culture.
La pression s'est accentuée ces dernières années, dans le sillage des mouvements contre le racisme, pour que les musées occidentaux rendent des œuvres, notamment obtenues en période coloniale, à leur pays d'origine. La ministre britannique a d'ailleurs dit craindre qu'un retour des frises du Parthénon n'ouvre « la boîte de Pandore ». Un musée de Glasgow en Écosse a remis en 2022 à l'Inde sept objets d'art pillés dans des lieux sacrés pendant la colonisation au XIXe siècle, ce qui représentait une première pour une institution culturelle au Royaume-Uni. En revanche, des habitants de l'île de Pâques dans le Pacifique continuent de réclamer au British Museum la restitution du moaï Hoa Hakananai'a, un monolithe haut de 2,4 mètres et pesant quatre tonnes. Il avait été retiré de l'île sans autorisation en 1868 par le navigateur Richard Powell, qui l'avait offert à la reine Victoria.

Le Point, 11 janvier 2023.

2 La salle des Panathénées du musée de l'Acropole destinée à accueillir les sculptures à leur retour à Athènes

« L'enlèvement de ces sculptures n'est pas seulement une injustice pour les Grecs mais pour tout le monde, même pour les Britanniques, car cette œuvre a été conçue comme une continuité, quelque chose qui ne peut pas se réaliser alors que la moitié reste en otage au British Museum. » Antonis Samaras, ministre grec de la Culture le 20 juin 2009 à l'occasion de l'inauguration du musée de l'Acropole.

étape 1 Analyser le sujet et construire le plan

1. Identifiez et définissez les notions-clés du sujet.

Rappelez l'origine de ces sculptures. — De quel type de patrimoine s'agit-il ici ?

Les frises du Parthénon, un patrimoine au cœur de tensions géopolitiques

En analysant les documents, en les confrontant et en vous appuyant sur vos connaissances, présentez les débats qui opposent Britanniques et Grecs autour de la restitution de les frises du Parthénon.

Faites une recherche pour comprendre les relations anciennes que le Royaume-Uni et la Grèce entretiennent.

Citez des exemples de biens patrimoniaux restitués.

Listez les arguments britanniques et grecs en faveur ou contre la restitution des frises.

2. Choisissez parmi les propositions, un plan répondant au sujet et à la consigne. Justifiez votre choix.

Proposition 1

1. Les débats autour de la propriété des frises
2. Les débats autour des conditions de la conservation des frises
3. Les débats autour de l'universalité de ce patrimoine

Proposition 2

1. Les frises du Parthénon, un patrimoine universel
2. Les frises du Parthénon, un patrimoine appartenant à la Grèce

Proposition 3

1. Les arguments des Britanniques
2. Les arguments des Grecs

étape 2 Confronter les documents

Point méthode

Confronter deux documents

- **Confronter leur source** (auteur, date, provenance, public visé…).
- **Confronter leur nature** (forme, subjectivité/objectivité).
- **Confronter les informations** des documents qui peuvent…
  - être identiques : relever et expliquer les similitudes ;
  - se compléter : établir les relations entre les informations (explication, illustration…) ;
  - s'opposer : relever et expliquer les différences.

3. Sélectionnez les informations qui expliquent les similitudes et les différences entre les deux documents et complétez cette liste.

Utilisez les documents p. 282 à 285 pour comprendre le propos des documents.

– les documents sont de nature différente ;
– les documents s'accordent sur l'importance d'une conservation de qualité ;
– les documents s'accordent sur l'universalité du patrimoine de la frise ;
– les documents s'opposent sur la propriété de la frise ;
– les documents s'accordent sur les conditions d'arrivée de la frise à Londres ; ….

4. Classez les informations retenues dans le plan choisi à la question 2.

étape 3 Rédiger l'étude critique de documents

5. Rédigez l'introduction en confrontant la nature et la source des documents.

Dégagez l'intérêt de chaque document pour traiter le sujet.

6. Rédigez les parties du développement en vous aidant du travail préparatoire réalisé à la question 4.

7. Terminez la rédaction de la conclusion.

Accordez un soin particulier à l'utilisation des mots de liaison qui vous permettront d'opposer (en revanche, a contrario, par contre, …) ou de rapprocher (comme, à l'instar, de même que, …) les documents.

La confrontation des deux documents proposés à l'étude permet de comprendre les débats qui opposent Britanniques et Grecs au sujet de la restitution des frises du Parthénon. Ces tensions s'expliquent en effet ....

Méthode BAC Étude critique de document(s)

SUJET ➪ Le patrimoine, une notion en évolution

Activité à télécharger
hachette-clic.fr/24hggt185

En analysant le document, vous montrerez comment la politique publique du patrimoine en France a évolué. Utilisez des exemples extraits de vos connaissances pour illustrer cette évolution.

L'évolution de la politique du patrimoine en France : du Patrimoine aux patrimoines

Les grandes lois qui marquent les années 1960, les années Malraux, quoique novatrices, témoignent d'une conception assez classique du patrimoine, patrimoine muséal ou monumental assimilé aux chefs-d'œuvre de la France. Deux lois-programmes en 1962 et 1967 engagent ou achèvent la restauration des hauts lieux de l'histoire de France : Versailles, Le Louvre, Chambord, Vincennes ; les cathédrales de Reims, de Strasbourg, de Paris, en tout plus d'une centaine de monuments. La loi de 1962 sur les secteurs sauvegardés donne à l'État les moyens juridiques pour assurer la préservation et la mise en valeur des centres urbains anciens. Paris en bénéficiera, qui sera en outre le théâtre d'une importante campagne de nettoyage des monuments publics, transformant assez radicalement l'aspect d'une ville salie par la pollution automobile. Ces améliorations incontestables auront leur effet pervers, aujourd'hui dénoncé par un certain nombre d'observateurs : la muséification de Paris et d'un certain nombre de centres-villes en région, frappante en effet quand on compare la capitale française à ses homologues allemande ou britannique. […]

Des années 1970 aux années 1990 : la notion s'élargit. On passe du Patrimoine aux patrimoines. Différents indices de ce passage peuvent être mentionnés : 1) réhabilitation de l'architecture et de l'art du XIXe siècle, en réaction au modernisme des années 1960. Vers 1974-1975, le ministère de la Culture élargit la protection des édifices contemporains. 2) élargissement du sens du patrimoine en direction des objets et décors du quotidien [réouverture en 1972 du musée des Arts et Traditions populaires, charte des éco-musées en 1981…]. Les collectivités territoriales affirment leur intérêt pour un patrimoine local, source d'affirmation identitaire… et de revenus touristiques. […]. Une intense politique de communication se met en place en direction du grand public [« Journées portes ouvertes des monuments historiques » à partir de 1984, « année de l'archéologie » en 1989…].

Les années 1990 à aujourd'hui semblent caractérisées par une série de doutes et remises en cause liés au fait qu'en peu d'années, la notion de patrimoine avait connu une formidable extension : chronologique, incluant le temps récent et présent ; topographique, qui a conduit à la protection des sites, des centres-villes, des paysages [comme Bougival pour les impressionnistes ou la côte sauvage à Belle-Île] ; catégorielle, surtout, qui s'attache, parce qu'ils sont typiques d'un monde disparu, à tous les témoignages de la vie quotidienne : fermes, lavoirs, cinémas, boutiques, usines. D'où un changement de sens : la métamorphose de la notion de patrimoine a fait de lui le contraire de ce qu'il était : du plus élevé et du plus rare de la création, il est passé au quotidien le plus traditionnel.

Cette extension voire ce renversement du sens même de ce que l'on entendait autrefois par « patrimoine » se sont accompagnés d'une augmentation considérable des objets patrimoniaux, ce que l'on désigne parfois par le terme d'« inflation patrimoniale ». […] L'éclatement de la notion suscite donc des interrogations et des inquiétudes [instrumentalisation du patrimoine, risque d'un trop-plein patrimonial, financement…].

Laurent Martin, professeur à l'université Sorbonne Nouvelle,
« Les politiques du patrimoine depuis 1959 »,
Politiques de la culture, 29 juin 2015.

étape 1 Préparer l'étude critique du document

Point méthode

Étudier un texte

- **Identifier la source :**
  - auteur, date, provenance (ouvrage scientifique, article de presse).
- **Repérer l'idée générale** (notions-clés, espace concerné) et **l'organisation du texte** :
  - grandes parties, arguments (causes, conséquences) et exemples (preuves chiffrées, espaces).
- **Interpréter le texte :**
  - en utilisant les notions-clés ;
  - en expliquant les informations du texte à l'aide des connaissances ;
  - en illustrant les idées par des exemples.
- **Porter un regard critique sur le texte :**
  - en évaluant l'objectivité ou la subjectivité du texte ;
  - en identifiant les éléments que l'auteur ne présente pas alors qu'ils seraient utiles au sujet.

1. Complétez le tableau pour préparer l'étude du texte.

	Informations prélevées dans le document	Connaissances personnelles
1. Les origines de la protection du patrimoine en France	– Les années Malraux : lois de 1962 et 1967. – …	– La loi de 1962 sur les secteurs sauvegardés permet notamment de conserver le patrimoine du Marais (Paris) qui était menacé de destruction.
2. Du patrimoine aux patrimoines	– …	– …
3. Aujourd'hui, un excès de patrimonialisation ?	– …	– …

Comme la consigne le suggère, aidez-vous des connaissances extraites de l'axe 2 (p. 292 à 297) et de l'objet de travail conclusif (p. 314 à 333).

étape 2 Rédiger l'étude critique du document

Point méthode

Rédiger en articulant références au(x) document(s) et connaissances

- Une étude critique de document(s) est construite 2 ou 3 parties.
- La première phrase doit évoquer le thème de la partie.
- Des éléments prélevés dans les documents sont attendus (citations pour un texte, chiffres pour un graphique, éléments de description pour une image, localisations pour une carte).
- Les connaissances personnelles (facteurs explicatifs, notions-clés, exemples) sont utilisées pour éclairer les éléments prélevés dans les documents.
- L'utilisation des mots de liaison aide à comprendre l'évolution de la démonstration.

2. Analysez le début de la rédaction de l'étude en répondant aux questions.

D'abord, dans son texte, l'historien Laurent Martin présente les origines de la protection du patrimoine en France. Il fait notamment appel aux « années Malraux » et plus particulièrement aux « lois de 1962 et 1967 ». En effet, le premier ministre des Affaires culturelles, André Malraux, inaugure une politique de préservation des espaces urbains dont le patrimoine est menacé de destruction. Le quartier parisien du Marais, par exemple, est sauvé ....

Quel autre mot de liaison aurait pu être utilisé pour introduire la première idée ? la deuxième ? la dernière ?

Pourquoi la référence au document ou à son auteur est-elle valorisée ?

Pourquoi est-il nécessaire de rappeler le thème de la première partie dans la première phrase ?

Pourquoi la citation du texte évite-t-elle la paraphrase ?

3. Rédigez la suite de l'étude critique de documents en accordant un soin particulier à l'articulation des documents et des connaissances.

Sujet d'entraînement

Le repas gastronomique, un outil de la diplomatie française

En analysant les documents et en vous appuyant sur vos connaissances, présentez le rôle diplomatique du repas gastronomique.

À la fin du XVIe siècle, l'intérêt pour les stratégies diplomatiques devient une des principales préoccupations des hommes politiques. Tous s'accordent sur l'importance de la maîtrise de l'art de la table. Le premier à comprendre le poids de la gastronomie dans les relations diplomatiques est sans conteste Talleyrand. Avec Antonin Carême, surnommé « le roi des chefs et le chef des rois », ils partent à Vienne pour le Congrès qui suit la chute de Napoléon. Ce duo inattendu en 1814, le diplomate et le cuisinier, va rivaliser de moyens pour impressionner les représentants européens réunis. L'un et l'autre usent à merveille de la diplomatie culinaire et des messages non verbaux qu'elle diffuse auprès des puissants du monde d'alors : quantité et qualité des mets servis, service et atmosphère généreuse qui s'en dégage, inventivité des plats, précision de la technique. L'habilité de Talleyrand et le talent de Carême permettent à la France, malgré la défaite de Waterloo, de se ménager une place de choix à l'issue de négociations ardues. Aujourd'hui encore, pour le chef doublement étoilé Thierry Marx, la France, même dans des difficultés majeures, sait tirer son épingle du jeu et continue de rayonner grâce à l'alliance subtile de la diplomatie et de la gastronomie. Et cette tendance subsiste fort heureusement encore aujourd'hui.

« Le chef et le diplomate », *Géoéconomie*, janvier 2016.

À l'aide des documents p. 328-329, apportez une définition précise de la diplomatie culinaire.

Méthode BAC

Argumenter pour convaincre au Grand oral

Pour être convaincant, tout oral doit s'appuyer sur une argumentation précise et rigoureuse.
Aussi, pour réussir votre Grand oral, il faut :

- **vous documenter** pour trouver des arguments ;
- vous assurer de la **véracité** et de la **pertinence** des arguments avancés ;
- **expliquer** chaque argument en l'illustrant par un ou deux exemples précis, daté(s) et détaillé(s) ;
- **organiser** la réponse à la question en un ensemble clair et structuré.

Qu'est-ce qu'un argument ?

Un argument est une idée précise qui permet de répondre au sujet et d'en démontrer un aspect concret.

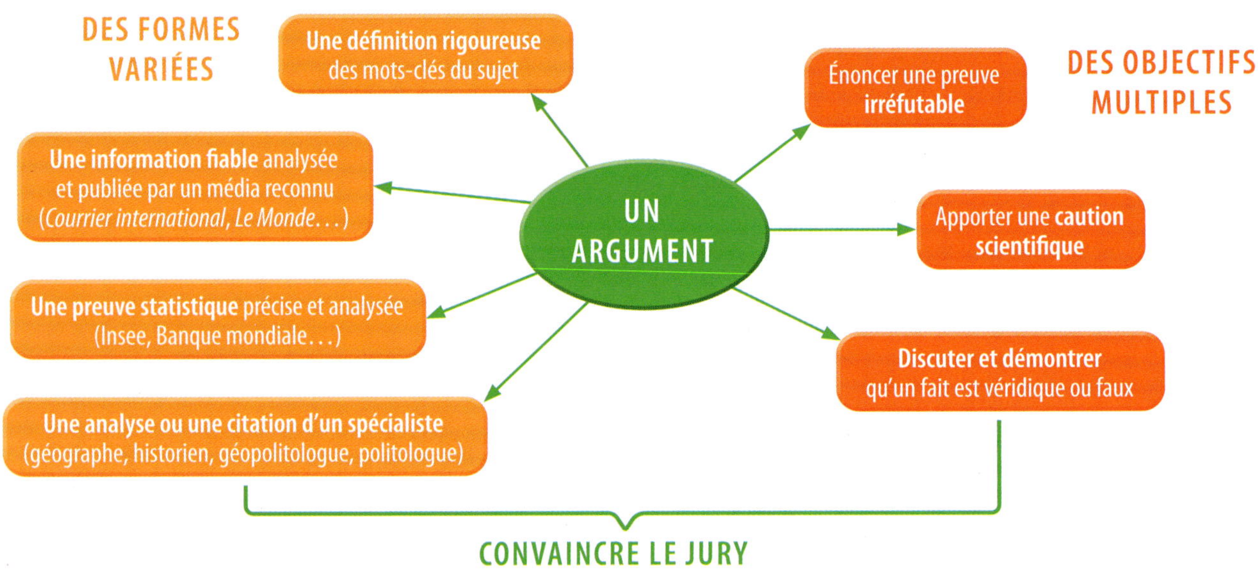

Comment illustrer l'argumentation ?

Pour donner du sens à vos arguments, il est essentiel de les justifier et de les illustrer par un exemple développé.
Un exemple peut prendre différentes formes :

- un événement
- une action d'un acteur
- une donnée chiffrée
- une mesure politique

Comment structurer l'argumentation ?

Je veux…	J'emploie le connecteur logique
… **introduire** le premier argument	tout d'abord ; pour commencer ; en premier lieu…
… **illustrer** un argument par un exemple	comme c'est le cas de ; par exemple ; tel que ; en effet…
… **ajouter** un argument	de plus ; ensuite ; puis ; dans un deuxième temps…
… **justifier** une idée, une information ou une thèse par un argument	car ; puisque ; en effet…
… **contredire** une idée, une information ou une thèse par un argument	au contraire ; malgré ; en réalité ; cependant, néanmoins ; pourtant…
… **conclure** la question	enfin ; en conclusion ; finalement ; pour conclure ; donc…

SUJET d'application ➪ Quels défis pose la fréquentation touristique sur le patrimoine de Barcelone ?

étape 1 Sélectionner des arguments

1. **Complétez la première ligne du tableau à l'aide de votre manuel pages 292 à 313.**

	Définition des mots-clés	Information fiable, analysée et publiée par un média reconnu	Preuve statistique précise et analysée	Analyse ou citation d'un(e) spécialiste
L'argument identifié	Patrimoine : ensemble de biens et de pratiques représentatifs de l'histoire passée des sociétés, chargés d'une valeur symbolique suffisamment forte pour exiger sa transmission aux générations suivantes.	La mairie informe les professionnels du tourisme et les touristes sur les comportements à suivre pour préserver le patrimoine de la ville.	De nombreuses pratiques liées au tourisme sont sources de pollutions et de dégradations du patrimoine.	…
L'exemple pour l'illustrer	…	En 2023 : un groupe hôtelier de Barcelone a lancé un défi à ses clients : prendre une douche en moins de 4 minutes pour éviter le gaspillage de l'eau.	En 2022 : 2,3 millions de touristes ont fait escale à Barcelone. Or, les paquebots provoquent l'érosion des côtes.	…

étape 2 Illustrer chaque argument par un exemple

2. **Complétez la seconde ligne du tableau afin d'illustrer chaque argument par un exemple précis et détaillé.**

étape 3 S'entraîner à structurer son argumentation

3. **Rédigez un paragraphe associant un argument à un ou deux exemples développés pour l'expliquer et l'illustrer, en utilisant des connecteurs logiques. Vous pouvez suivre ce modèle.**

De très nombreuses pratiques liées au tourisme sont sources de pollutions et de dégradations du patrimoine. Parmi elle, la venue de paquebots de croisière à Barcelone est particulièrement problématique. En effet, en 2022, 2,3 millions de touristes ont découvert la ville lors d'une escale. Or, ces paquebots provoquent une forte érosion des côtes et menacent ainsi le littoral. De plus, Barcelone a été classée comme le pire port européen de croisière pour la pollution de l'air par l'ONG Transport et Environnement. Cette pollution noircit les bâtiments de la ville et accélère leur dégradation.

argument
exemple
mot de liaison

Sujet d'entraînement

Documentez-vous sur l'une des questions suivantes afin de trouver des arguments et des exemples pertinents.

- Comment l'Unesco participe-t-elle à préserver le patrimoine en cas de conflit ?
- La reconnaissance du patrimoine par l'Unesco : chance ou fardeau ?
- Comment la ville de Nîmes valorise-t-elle son patrimoine ?
- Faut-il démolir le Foro Italico ?
- Pourquoi la restitution du patrimoine spolié par les Nazis est-elle à la fois difficile et essentielle ?
- Comment valoriser le patrimoine industriel ? L'exemple comparé de Roubaix et du Creusot.
- Tourisme et patrimoine, vrais ou faux amis ?
- Comment les îles du Pacifique valorisent-elles et préservent-elles leur patrimoine naturel ?
- Le savoir-faire de la verrerie de Murano, un patrimoine immatériel en danger ?
- Les musées sont-ils un outil efficace de préservation et de transmission du patrimoine ?
- Le mur de Berlin, un patrimoine valorisé ou menacé ?
- Pourquoi Palmyre est-elle devenue le modèle du patrimoine en danger ?
- Le patrimoine de Jérusalem, un objet de tensions ?

Révision

Identifier, protéger et valoriser le patrimoine : enjeux géopolitiques

Podcast de révision
hachette-clic.fr/24hggt186

A Réviser en autonomie

LE PATRIMOINE AU CŒUR DES USAGES SOCIAUX ET POLITIQUES	Au service de la cohésion sociale d'un pays	Une culture et une histoire commune (patrimoine matériel et immatériel)
		Lutte pour le retour d'œuvres considérées comme nationales mais conservées à l'étranger (Panathénées, œuvres africaines)
	Au service du pouvoir politique et/ou de la puissance d'un État	Revendiquer un message politique (grands évènements franco-allemands à Versailles)
		Diffuser l'image de la « grandeur » d'un pays (tourisme, richesse du patrimoine historique…)
LE PATRIMOINE ENTRE VALORISATION ET TENSIONS	Des acteurs nombreux	Acteurs publics nationaux (État, collectivités territoriales)
		Acteurs privés (fondations, mécénat d'entreprises, citoyens…)
		Institutions internationales (Unesco)
	Des politiques de préservation à toutes les échelles	Protection (monuments, traditions, paysages…)
		Valorisation (tourisme, transformation par des activités commerciales…) : Venise, anciens entrepôts portuaires
		Des conflits d'usages entre acteurs (surtourisme à Venise, cibles terroristes au Mali)
LE PATRIMOINE EN FRANCE : DES ACTIONS MAJEURES DE VALORISATION ET DE PROTECTION	Des actions de protection	Des politiques publiques (classement du repas gastronomique à l'Unesco, Grotte de Lascaux)
		Des lois (loi Malraux) et des labels (« Les plus beaux villages de France »)
	Des actions de valorisation	Des usages politiques : diplomatie culinaire
		Des usages économiques et sociaux (gastrodiplomatie, mise en valeur du bassin minier du Nord-Pas-de-Calais)

B Réviser en groupe

PARTICIPER À UN WORLD CAFÉ

étape 1 • Préparation

- La classe est divisée en 5 ateliers ; chaque atelier correspond à un sujet différent.
- Les élèves se répartissent dans les ateliers et désignent un « hôte » qui reste dans l'atelier.

Sujets possibles

- Le surtourisme
- Les usages politiques et économiques de Versailles
- Les différentes formes de protection du patrimoine
- La valorisation du patrimoine en France

étape 2 • Réalisation

5 min

- En 5 minutes, les participants à l'atelier regroupent leurs idées sur le sujet et les notent sur une feuille A3.
- Au terme des 5 minutes, les élèves changent d'atelier. L'« hôte » explicite les traces écrites au nouveau groupe qui les complètent.
- Lorsque les élèves sont passés dans tous les ateliers, les hôtes utilisent les idées écrites pour réaliser une synthèse orale à l'ensemble de la classe.

C Retour sur image

Le regard de l'expert

Vidéo

Didier Billion, Iris, 2024.
hachette-clic.fr/24hggt187

D Aller plus loin en étudiant un site Internet

En naviguant sur le site Internet de l'Unesco, répondez aux questions :

1. **Quelle est la mission principale de l'Unesco ?**
2. **Repérez quelques dates essentielles de l'histoire de l'Unesco (en orientant votre recherche sur le thème de la culture et du patrimoine).**
3. **Identifiez les étapes de la démarche d'inscription d'un site sur la liste du patrimoine mondial de l'Unesco en consultant la page « proposition d'inscription ».**
4. **À l'aide des informations du site, complétez le tableau.**

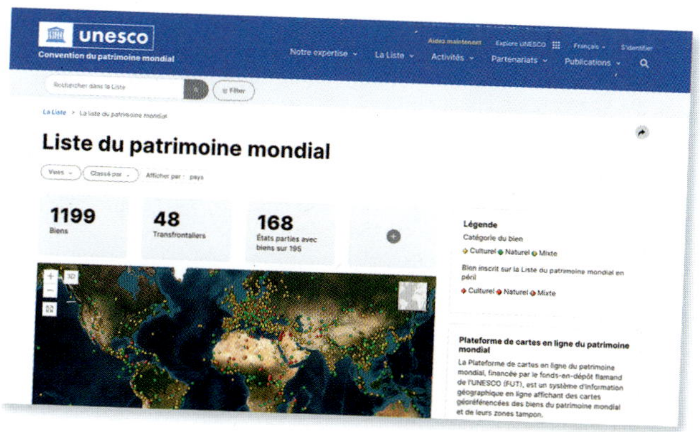

Site Internet
hachette-clic.fr/24hggt188

Nombre de sites inscrits au patrimoine mondial (et calcul du pourcentage)	**Biens culturels (et mixtes)**	**Biens naturels**
Amérique latine et Caraïbes		
Europe et Amérique du Nord		
Asie et Pacifique		
États arabes		
Afrique		
Total		

Site Internet
hachette-clic.fr/24hggt189

Engagement citoyen

Comment les jeunes peuvent-ils participer à la valorisation et la protection du patrimoine ?

À travers un service civique ou en participant à des chantiers de bénévoles, certaines associations (dont l'association Rempart) offrent aux jeunes volontaires la possibilité de se former à la restauration du patrimoine en France ou à l'étranger.

THÈME 5

L'environnement, entre exploitation et protection : un enjeu planétaire

Gros plan sur le thème 5

Lecture d'image
hachette-clic.fr/24hggt190

Les COP sur le climat réunissent chaque année les responsables des États, organisations internationales et ONG autour de discussions sur le changement climatique. Elles donnent lieu à des manifestations de l'opinion publique soucieuse de peser sur les décisions ou dénonçant l'inaction, comme ici au Bangladesh en amont de la COP27. Ce pays est en effet l'une des premières victimes du changement climatique par la montée du niveau de la mer et les inondations régulières qui l'affectent.

Repères

L'environnement, une notion en évolution

1 L'environnement : une relation entre des milieux naturels et des actions humaines

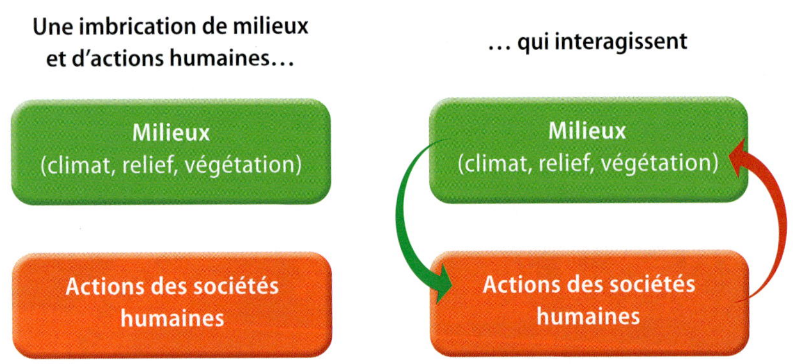

Source : J.-B. Bouron, *Géoconfluences*, 2020.

Ne pas confondre

Environnement : ensemble des relations entre les sociétés et les milieux à différentes échelles d'espace et de temps.

≠

Milieu naturel : ensemble des conditions naturelles dans un espace donné (milieu forestier, littoral, marin…).

2 Des indicateurs de l'empreinte humaine sur Terre

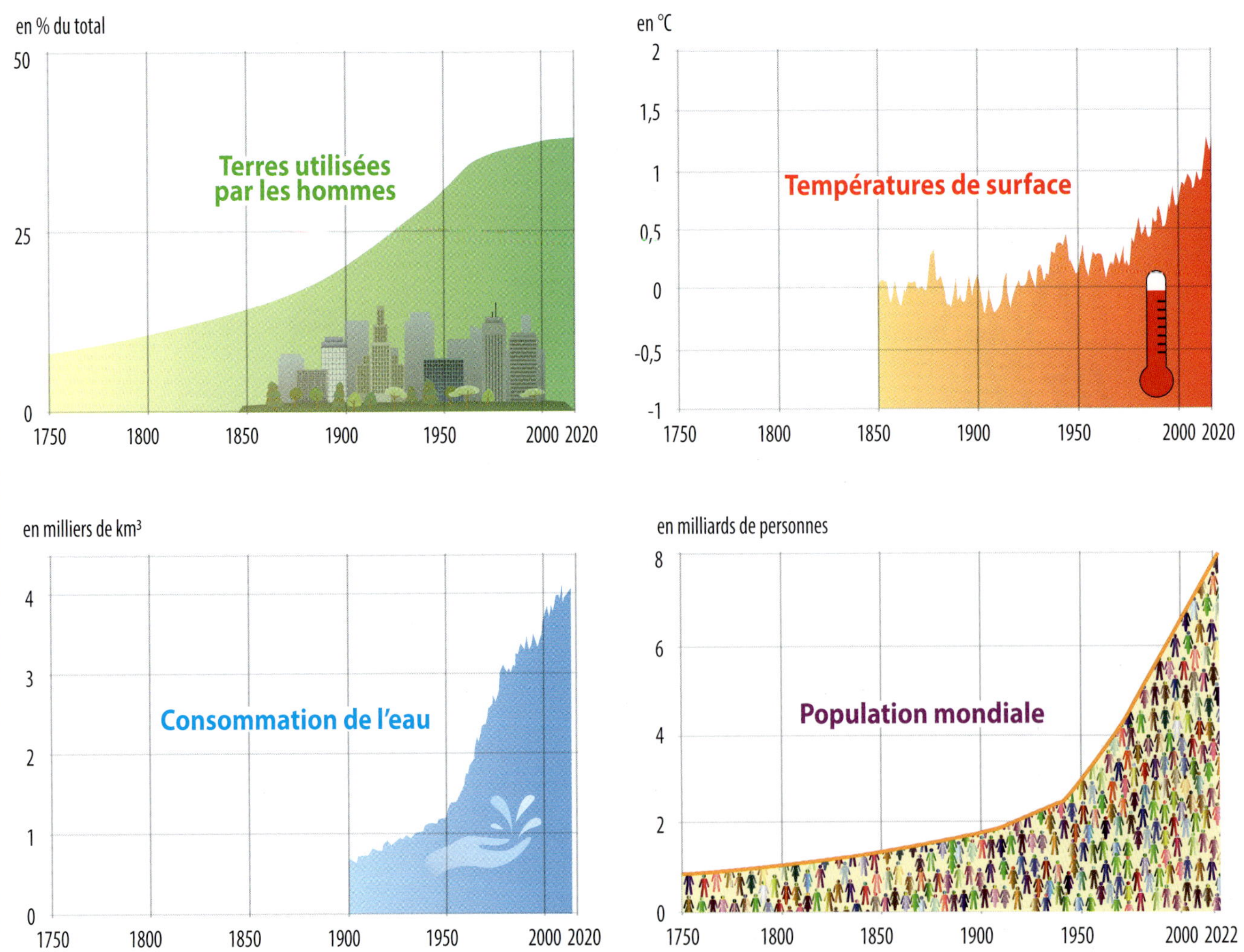

Sources : FAO, GIEC et ONU, 2024.

3 L'évolution de l'anthropisation des milieux

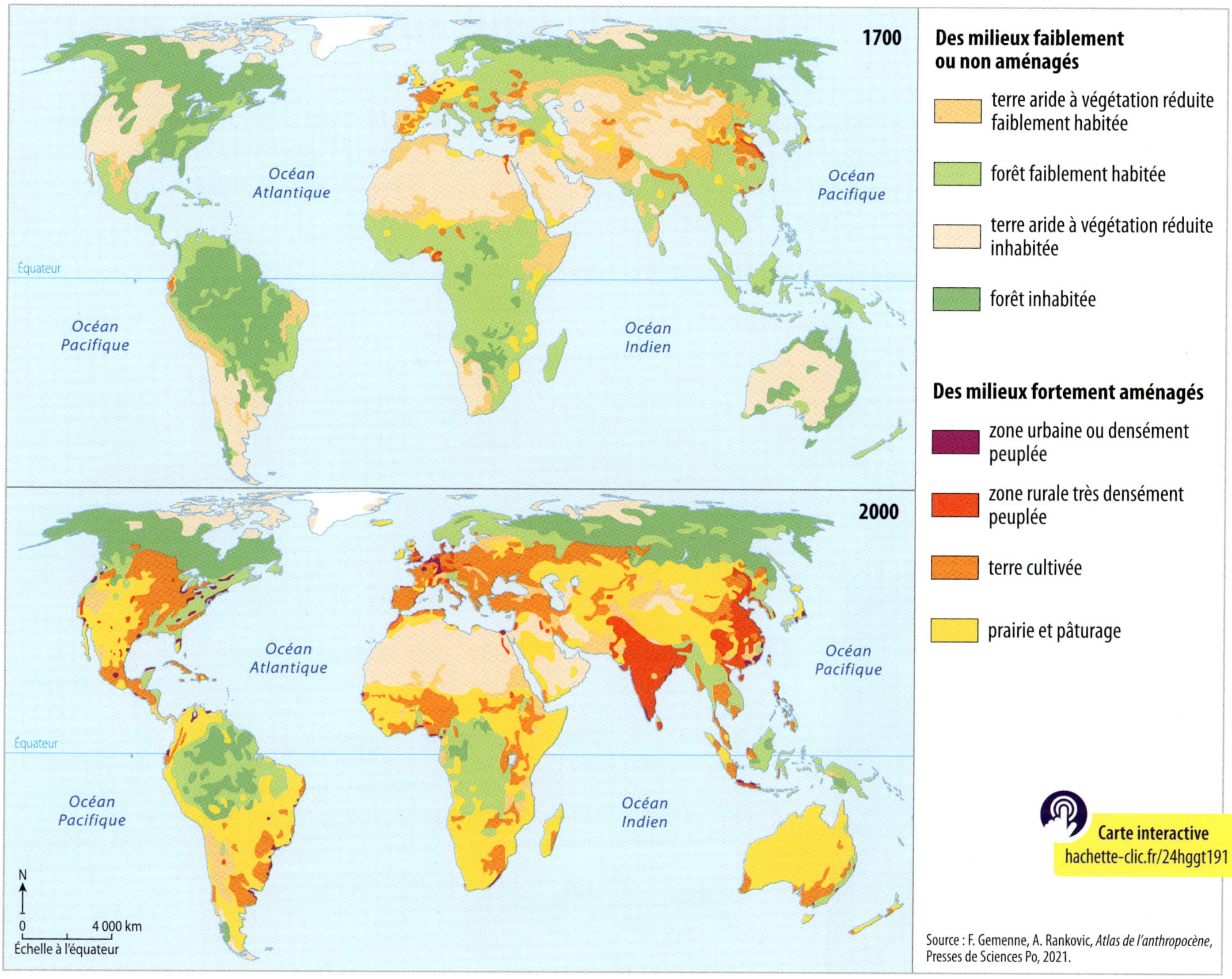

Source : F. Gemenne, A. Rankovic, *Atlas de l'anthropocène*, Presses de Sciences Po, 2021.

4 L'évolution de la superficie des espaces protégés dans le monde

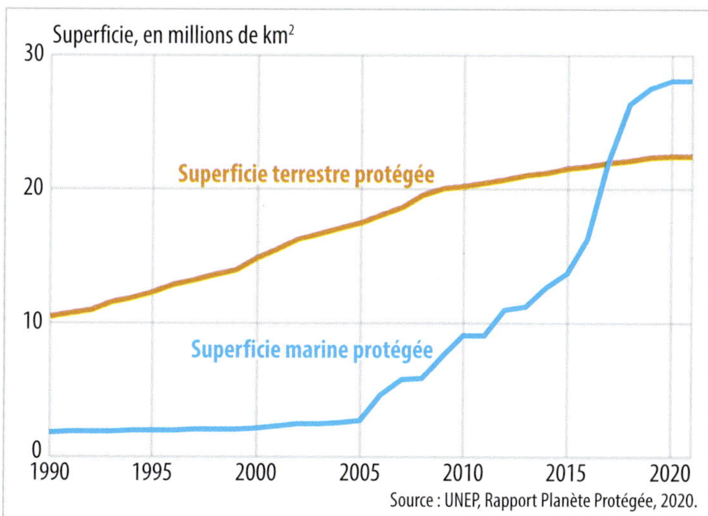

Source : UNEP, Rapport Planète Protégée, 2020.

Notion

Anthropisation : processus de transformation des milieux par les activités humaines.

POUR COMPRENDRE

1. En raison d'une anthropisation ancienne et d'un développement accéléré des sociétés depuis les années 1950, la transformation de certains milieux naturels est profonde et se poursuit à des rythmes différents selon les espaces.

> Comment les milieux naturels peuvent-ils influencer le fonctionnement des sociétés et inversement ? (doc. 1, 2 et 3)

2. Désormais, les activités humaines ont de fortes répercussions sur l'ensemble de l'environnement planétaire. La protection de la Terre et de ses ressources est ainsi devenue une priorité mondiale grâce notamment à la multiplication des espaces protégés.

> À partir de quelle période les indicateurs de l'empreinte humaine sur Terre ont-ils connu une réelle augmentation ? Justifiez votre réponse. (doc. 2 et 3)

> Montrez que les surfaces protégées augmentent dans le monde. (doc. 4)

Focus ① L'environnement, une notion qui évolue

Le terme environnement provient d'un anglicisme (*environment*) du XIXe siècle. C'est surtout à partir des années 1970 qu'il est popularisé, notamment par l'essor de mouvements écologistes aux États-Unis. Aujourd'hui, les représentations de l'environnement évoluent et les impacts des sociétés sur les milieux naturels sont une source de préoccupation majeure.

➤ Comment expliquer l'évolution du regard des sociétés sur leur environnement ?

1850 – 1880 – 1910 – 1940 – 1970 – 2000 – 2030

- **1872** Création du premier parc national (Yellowstone) aux États-Unis
- **1913** Première conférence internationale sur la protection de la nature à Berne
- **1948** Création de l'Union internationale pour la conservation de la nature
- **1960** Loi française sur les parcs nationaux
- **1972** Conférence des Nations unies sur l'environnement à Stockholm
- **1974** Première candidature écologiste à l'élection présidentielle en France (René Dumont)
- **1992** Sommet de la Terre à Rio
- **2015** COP21 Accord de Paris
- **2015** Première condamnation d'un État (Pays-Bas) pour inaction climatique
- **2022** Plans de transition écologique en France, aux États-Unis…

1 1972 : une année stratégique pour l'environnement

En 1972, la Conférence des Nations unies à Stockholm (Suède) est la première conférence mondiale qui fait de l'environnement une question majeure. Les participants y adoptent une série de principes pour la gestion de l'environnement (préservation des ressources, lutte contre la pollution…). Cette conférence a donné naissance au PNUE (Programme des Nations unies pour l'environnement). La même année, les membres du Club de Rome publient le rapport Meadows qui met en évidence les dangers de la croissance économique et démographique.

2 Une évolution des représentations de l'environnement des années 1950 à aujourd'hui

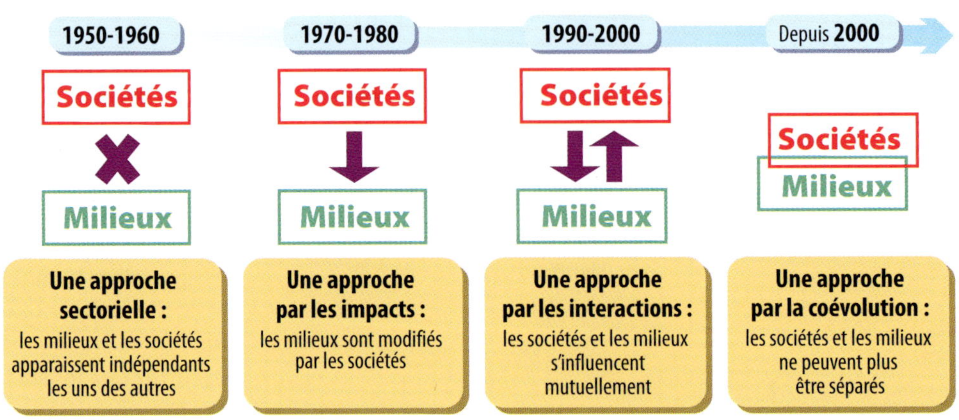

Source : C. Lévêque, B. Villalba (dir.), *Appropriations du développement durable*, Septentrion, 2009.

3 L'environnement, un objet politique

La parole des politologues

Il n'y a pas si longtemps, l'environnement n'était pas considéré comme un objet politique. Les premiers ministères dédiés ne sont apparus qu'au cours des années 1970. Les préoccupations environnementales pourtant ont grandi dès la fin de la Seconde Guerre mondiale. C'est sur la question des espèces en danger que se sont d'abord mobilisées les énergies. En 1948, le biologiste Julian Huxley, alors directeur de l'Unesco, œuvre à la création de l'Union internationale pour la conservation de la nature (UICN), une des premières organisations environnementales, toujours active dans la protection de la biodiversité. [...] Un droit international de l'environnement s'est alors peu à peu construit, de façon très fragmentée : chaque nouveau problème a donné lieu à un nouveau traité ou à un nouvel instrument légal. La construction de ce droit a été rythmée par une série de grands sommet internationaux : Stockholm 1972, Rio 1992, et bien sûr la COP21 de Paris en 2015. Qu'il s'agisse du changement climatique, de la destruction de la couche d'ozone ou de la désertification, la mondialisation des problèmes au cours des années 1980 a mis en évidence les limites des politiques nationales, et imposé la nécessité de passer à l'échelon supérieur : une gouvernance mondiale de l'environnement, structurée autour du concept de développement durable mis au point en 1986, et dont le sommet de la Terre de Rio a constitué l'apogée.

François Gemenne et Aleksandar Rankovic, *Atlas de l'anthropocène*, Presses de Sciences Po, 2021.

4 Manifestation du mouvement Extinction Rebellion à Londres en 2023

Extinction Rebellion est un mouvement écologiste international créé en 2018. Il milite pour une meilleure prise en compte des problèmes environnementaux par des moyens non violents.

Vocabulaire

Club de Rome : groupe de réflexion né en 1968 et réunissant des scientifiques et des chefs d'entreprise préoccupés par les enjeux soulevés par la mondialisation (environnement, démographie, développement...).

PNUE (Programme des Nations unies pour l'environnement) : organisation rattachée à l'ONU née en 1972 et chargée des questions environnementales. Son siège est à Nairobi (Kenya).

ACTIVITÉ

1. En croisant les **documents 1 et 2**, expliquez pourquoi l'environnement devient une priorité politique nationale et mondiale dans les années 1970.

2. Quels acteurs ont contribué à faire de l'environnement une préoccupation mondiale ? **(frise, doc. 1, 3 et 4)**

3. Quels rôles peuvent jouer les sociétés dans l'évolution du regard sur l'environnement ? **(doc. 3 et 4)**

Bilan

À partir de cette étude, répondez à la question suivante en quelques phrases : « **Comment expliquer l'évolution du regard des sociétés sur leur environnement ?** »

Focus 2 Le Rhône, une approche environnementale en mutation

Long de 812 km, le Rhône coule des Alpes suisses jusqu'à la mer Méditerranée. Source de danger et servant à de multiples usages pour l'homme, le Rhône a été fortement aménagé et modifié à partir du XIXe siècle. Depuis les années 1990, une nouvelle relation entre les sociétés et le fleuve s'est développée pour lui redonner une place inédite.

▸ Que nous apprend le Rhône sur l'évolution des relations entre les hommes et leurs milieux ?

1 Les inondations de Lyon en 1856 (vue sur l'actuel quai Jean-Moulin)

D'après un cliché de L. Froissart, archives municipales, Lyon.

Après cet événement qui entraîne de nombreux dégâts et la mort de 18 personnes à Lyon, les inondations du Rhône ne sont plus perçues comme une fatalité acceptée mais comme un phénomène à maîtriser. Pour la première fois, un plan de prévention est mis en place entraînant notamment l'élévation des quais à Lyon.

2 Le fleuve transformé par les aménagements humains

La vallée du Rhône, en particulier en aval de Lyon, constitue l'un des axes majeurs du développement économique de la France. Il en résulte une très forte accumulation d'agglomérations, de voies de communication, d'industries. Le fleuve lui-même représente un symbole de l'utilisation extrême d'un cours d'eau. Jusqu'ici entièrement tournés vers le développement économique, les acteurs de l'aménagement ont longtemps considéré les milieux naturels comme des espaces à conquérir. Ainsi, au cours des 200 dernières années, les activités humaines ont profondément changé le Rhône entre Lyon et la Camargue, mais aussi entre le lac Léman et Lyon. Des digues ont été construites au début des années 1800 afin de protéger les riverains contre les crues. Une seconde série d'endiguements fut ensuite érigée à partir de la seconde moitié du XIXe siècle afin d'améliorer les conditions de navigation. Enfin, ce fut la construction d'aménagements avec dérivations et la canalisation contemporaine du fleuve par la Compagnie nationale du Rhône, destinée à la production hydroélectrique, au développement de la navigation et de l'agriculture irriguée. L'eau du Rhône est également utilisée comme source de refroidissement de plusieurs centrales thermiques et nucléaires. Parallèlement, l'extension de villes telles que Lyon, Valence, Avignon et la présence d'importants complexes pétrochimiques, en particulier à l'aval de Lyon, ont fortement altéré la qualité de l'eau. Depuis quelques années, un certain renversement de tendance semble s'amorcer. Dans un premier temps, quelques sites ont été préservés pour leur intérêt écologique ou paysager ; la prise en compte du patrimoine naturel[1] tend à devenir l'un des éléments d'une politique plus globale de gestion du fleuve.

J.-F. Fruget et J. Dessaix, « Changements environnementaux, dérives biologiques et perspectives de restauration du Rhône français après 200 ans d'influences anthropiques », *VertigO*, 2003.

1. Dans les années 1970-1980, la préservation s'est concentrée sur certains sites avec notamment la création en 1970 du Parc naturel régional de Camargue dans le delta.

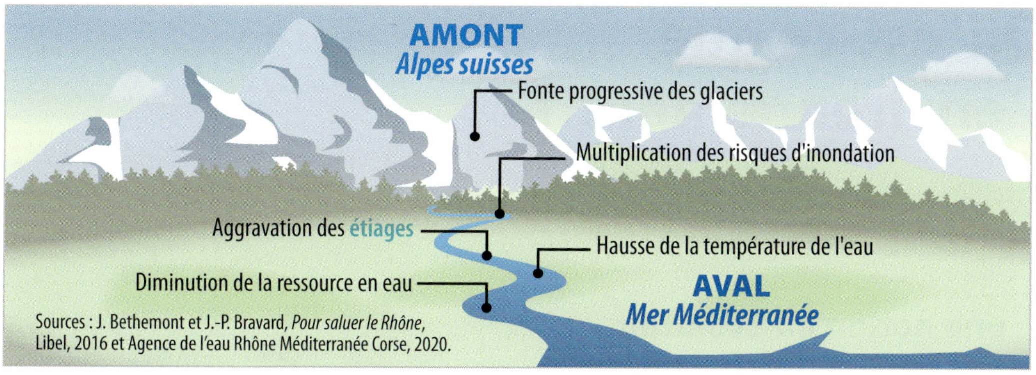

Sources : J. Bethemont et J.-P. Bravard, *Pour saluer le Rhône*, Libel, 2016 et Agence de l'eau Rhône Méditerranée Corse, 2020.

3 Les effets du changement climatique sur le Rhône

Vocabulaire

Étiage : période de l'année où le niveau d'un cours d'eau atteint son point le plus bas.

4 Vers une mutation des aménagements sur le Rhône suisse

Sources : G. Bender « Corriger le Rhône et les Valaisans : trois siècles de travaux et de débats », *Revue de géographie alpine*, 2004 et Canton de Vaud, 2020.

Vidéo
Canton du Valais, 2023.
hachette-clic.fr/24hggt192

La canalisation du Rhône et l'aménagement de terres agricoles dans la plaine du Valais entre 1863 et 1960 ont dégradé, voire supprimé, certains milieux (la superficie occupée par les forêts a fortement reculé au profit notamment de terres agricoles). Aujourd'hui, de nouveaux travaux ont été engagés pour lutter contre l'artificialisation des sols et les inondations, suscitant l'opposition des agriculteurs hostiles à la disparition de terres agricoles.

ACTIVITÉ ORAL

À l'aide des documents, préparez une présentation orale sur le sujet : « **Que nous apprend le Rhône sur l'évolution des relations entre les hommes et leurs milieux ?** »

Aide

Appuyez-vous sur le plan suivant :

1. Le Rhône, un cours d'eau utile pour l'homme mais une source de danger. **(doc. 1 et 2)**
2. Les transformations du Rhône à partir du XIXe siècle et ses conséquences pour les paysages actuels. **(doc. 4)**
3. L'artificialisation des sols contraint les sociétés à repenser l'aménagement du Rhône. **(doc. 3 et 4)**

Bilan

À partir de cette étude, montrez que l'évolution du regard des sociétés sur le fleuve du Rhône illustre un rapport différent à leur environnement.

Introduction

Leçon 1 Qu'est-ce que l'environnement ?

➤ Comment la définition et la place de l'environnement ont-elles évolué jusqu'à devenir un enjeu majeur pour les sociétés ?

A L'environnement : une notion en évolution

L'environnement est une notion scientifique ancienne. Au XIXe siècle, des savants, inspirés par les théories du naturaliste Darwin sur la sélection naturelle entre les espèces, réfléchissent à la place de l'homme face à la nature qui l'entoure. Au terme d'*environnement*, les géographes français comme Élisée Reclus (1830-1905) préfèrent alors celui de *milieu* : ils montrent que les éléments physiques (relief, climat, végétation) peuvent avoir une influence sur l'homme et ses activités.

Depuis les années 1970, l'environnement prend une dimension sociale et politique. Les activités humaines multiplient les impacts sur les milieux (pollution de l'air, marée noire). Cette sensibilité environnementale se traduit, en France, par la création du ministère de l'Environnement en 1971. Les premiers mouvements liés à l'écologie politique et les associations de protection comme Greenpeace (1971) se développent. Alors que la première conférence des Nations unies sur l'Environnement se tient à Stockholm en 1972, le développement durable fait son apparition en 1987.

Aujourd'hui, l'environnement est distingué de la « nature ». Celle-ci n'apparaît plus comme préexistante aux hommes. Les paysages ont été considérablement transformés par la multiplication des espaces agricoles et l'urbanisation. Avec l'ancienneté de l'anthropisation, la planète ne porte pas de milieux qui n'aient été, à des degrés divers, modifiés par les sociétés. Même dans la forêt amazonienne, souvent perçue comme un espace vierge, des études archéologiques prouvent que les hommes modifiaient déjà le milieu il y a 10 000 ans.

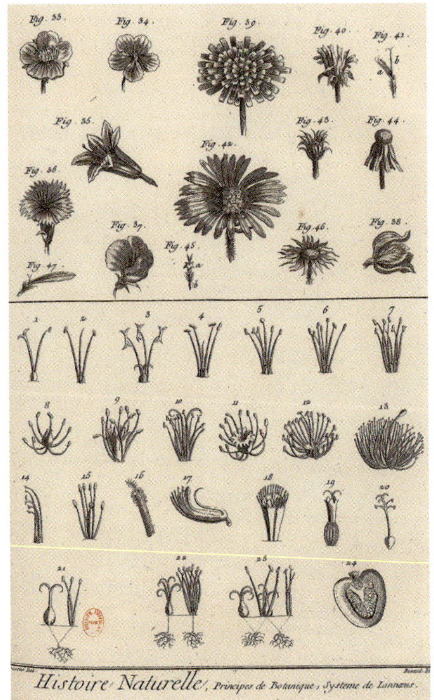

1 L'histoire naturelle vue par l'*Encyclopédie* de Diderot et d'Alembert au XVIIIe siècle

Au XVIIIe siècle, l'histoire naturelle est considérée comme une science qui décrit la « nature » grâce à l'observation (plantes, roches et animaux).

B L'environnement : un enjeu au cœur des préoccupations contemporaines

La géographie de l'environnement étudie de près les impacts de l'homme sur les milieux : exploitation des ressources naturelles (eau, pétrole), aménagements, gestion des risques et mesures de protection. En rappelant qu'un quart des Français vit dans une zone inondable, des géographes critiquent l'aspect « naturel » de certaines inondations et soulignent le rôle de l'homme dans l'imperméabilisation des sols. D'autres observent la rapidité des bouleversements à l'œuvre et décryptent la transformation radicale de l'habitabilité de la Terre.

L'environnement est abordé aujourd'hui de manière globale et planétaire. Avec le changement global, l'homme est devenu une force qui dérègle les équilibres à la fois locaux et globaux. Par exemple, les incendies de la forêt amazonienne ont des conséquences à l'échelle du Brésil mais ils accélèrent aussi le changement climatique à l'échelle mondiale en libérant une très grande quantité de CO_2. Ces impacts suscitent aujourd'hui des mobilisations.

La préservation de l'environnement devient un enjeu géopolitique à toutes les échelles. Les conférences de l'ONU ont montré la nécessité d'une action concertée à l'échelle internationale. Toutefois, la mise en place de mesures globales rencontre des oppositions. Ainsi, face à la pression notamment des pêcheurs et du gouvernement français, l'Union européenne a renoncé en 2023 à interdire le chalutage de fond dans les aires marines protégées d'ici à 2030. À l'échelle locale, aménageurs et écologistes ont des représentations différenciées de l'environnement.

Vocabulaire

Changement global : changement multiforme des milieux (changement climatique, urbanisation généralisée, déforestation) par l'action des sociétés.

Développement durable : développement qui permet de répondre aux besoins des générations actuelles sans compromettre la satisfaction des besoins des générations futures.

Écologie politique : ensemble de courants, largement diffusés depuis les années 1970, qui insistent sur la prise en compte des enjeux environnementaux dans l'action politique et dans l'organisation des sociétés.

Paysage : aspect visible d'un espace géographique. Il est le produit du milieu physique et des aménagements humains.

C L'environnement : une nouvelle place dans l'histoire des hommes ?

- **L'histoire environnementale écrit une cohistoire entre l'homme et son environnement.** Elle s'est constituée dans les années 1970 aux États-Unis dans un contexte de fortes dégradations des ressources. Elle vise à analyser les environnements (forestier, climatique, etc.) du passé et à étudier les mouvements et les institutions qui s'intéressent à l'environnement.
- **L'histoire environnementale souligne les paradoxes dans la prise de conscience des dégradations.** Des historiens ont montré que le lien entre déboisement et dégradation climatique faisait l'objet de travaux de réflexion dès la fin du XVIIIe siècle en France. La pollution était déjà une source de préoccupation à l'âge industriel mais les régulations appliquées au XIXe siècle ont surtout encouragé le développement de l'industrialisation plutôt que la limitation des pollutions. En effet, le progrès reste un objectif politique pour prolonger la croissance qui met pourtant en péril l'environnement.
- **Aujourd'hui, cette histoire participe à une nouvelle approche de l'environnement.** L'idée de donner des droits à la nature progresse. Ainsi, en 2017, le parlement néo-zélandais a doté la rivière Whanganui d'un statut juridique. À l'échelle mondiale, des acteurs militent pour que l'ONU adopte la Déclaration universelle des droits de la Terre mère pour renforcer la protection de l'environnement. Les scientifiques de l'environnement plaident pour une plus grande sévérité envers les entreprises polluantes, l'arrêt de l'agriculture industrielle ou la refonte les modes de transport et d'alimentation.

2 Manifestation organisée à l'appel de Scientifiques en rébellion, au Jardin des plantes, à Paris, le 4 mars 2023

Scientifiques en rébellion est un collectif de scientifiques mobilisés face à la crise climatique. Les participants à cette manifestation, organisée en même temps que le Salon de l'agriculture, affichent une banderole qui fait référence au livre *Printemps silencieux* de la biologiste nord-américaine Rachel Carson. Elle a été la première lanceuse d'alerte en 1962 sur la dangerosité des pesticides de synthèse.

Schéma interactif
hachette-clic.fr/24hggt193

SCHÉMA BILAN

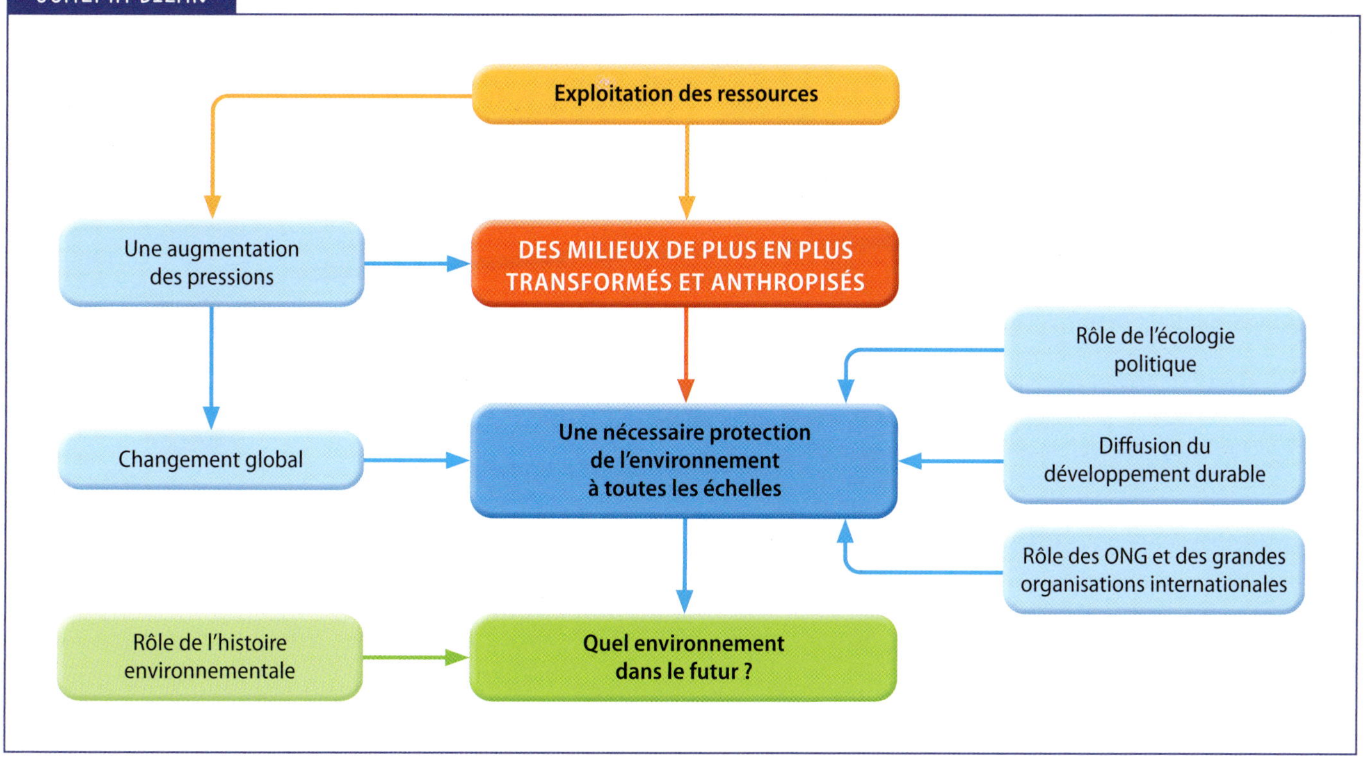

AXE 1

Exploiter, préserver et protéger

› Comment les sociétés peuvent-elles concilier exploitation et protection de leur environnement ?

1 Une mine de charbon à ciel ouvert à Garzweiler (Allemagne)

Le charbon est exploité dans des mines à ciel ouvert dont le sol est raclé par d'énormes excavatrices à godets. Il alimente des centrales situées à proximité qui le brûlent pour produire de l'électricité. La consommation mondiale de charbon s'élève à 8,5 milliards de tonnes en 2023 et est responsable de 40 % des émissions de CO_2.

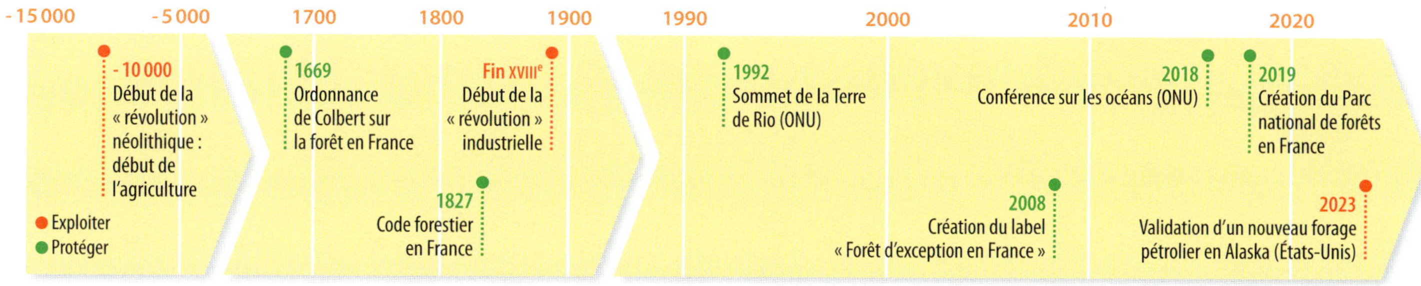

2 **Le parc national de Nairobi au Kenya**

Situé à 7 kilomètres de Nairobi, la capitale du Kenya, le plus ancien parc national du pays fondé en 1946 couvre une superficie de 117 km². Il abrite des espèces animales emblématiques du continent africain (girafe, léopard, lion...) et 400 espèces d'oiseaux. Par précaution, le parc est ceinturé d'un grillage électrique sur trois côtés mais la partie sud reste ouverte pour permettre aux animaux de migrer malgré l'extension urbaine.

QUESTIONS

1. Quelles sont les conséquences de l'exploitation du charbon sur l'environnement ? **(doc. 1)**

2. Quelles menaces pèsent sur les espaces naturels au Kenya ? Comment l'État kenyan y fait-il face ? **(doc. 2)**

p. 360 **> JALON ①**

Exploiter et protéger une ressource « naturelle » : la forêt française depuis Colbert

p. 366 **> JALON ②**

Le rôle des individus et des sociétés dans l'évolution des milieux : « révolution néolithique » et « révolution industrielle », deux ruptures ?

Repères

L'évolution de la forêt en France : entre exploitation et protection

1 L'évolution du couvert forestier en France hexagonale

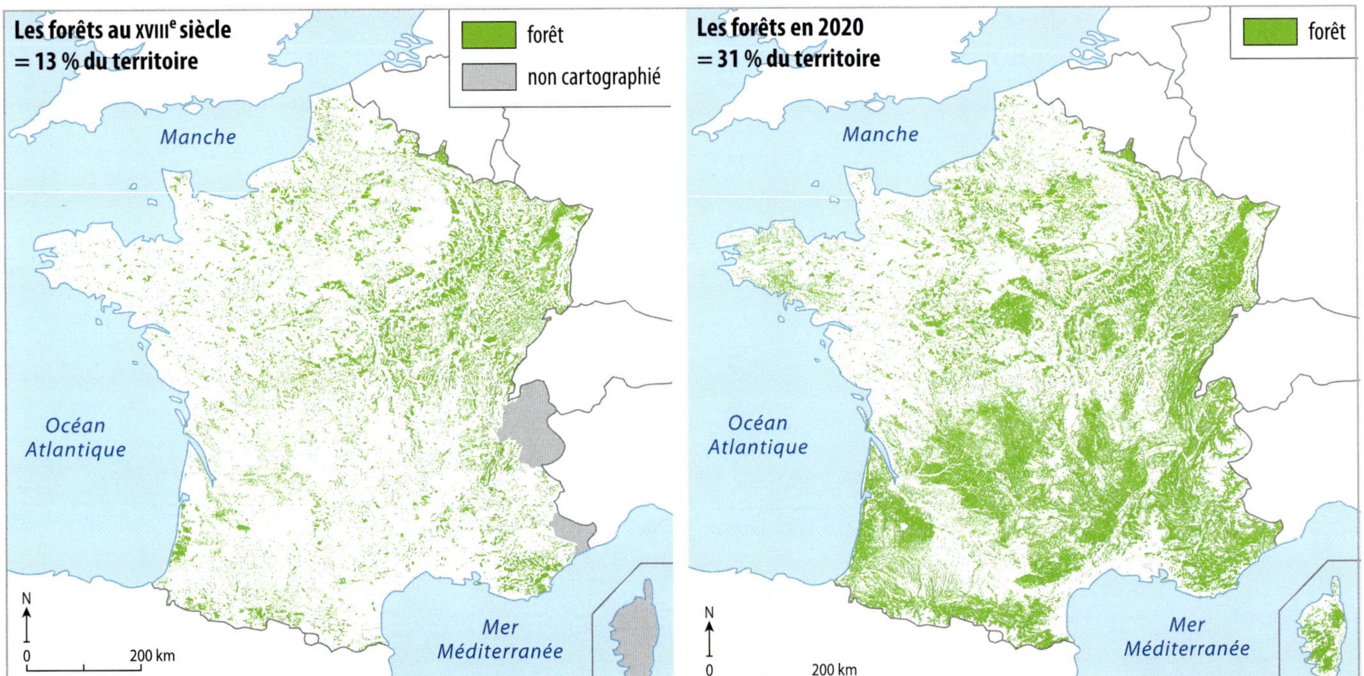

Source : V. Moriniaux, *La Forêt, France XVIIe-XXIe*, La Documentation photographique, 2023.

Site Internet
Le couvert forestier en Europe de 1900 à 2010.
hachette-clic.fr/24hggt194

2 Les forêts tropicales des territoires ultramarins français

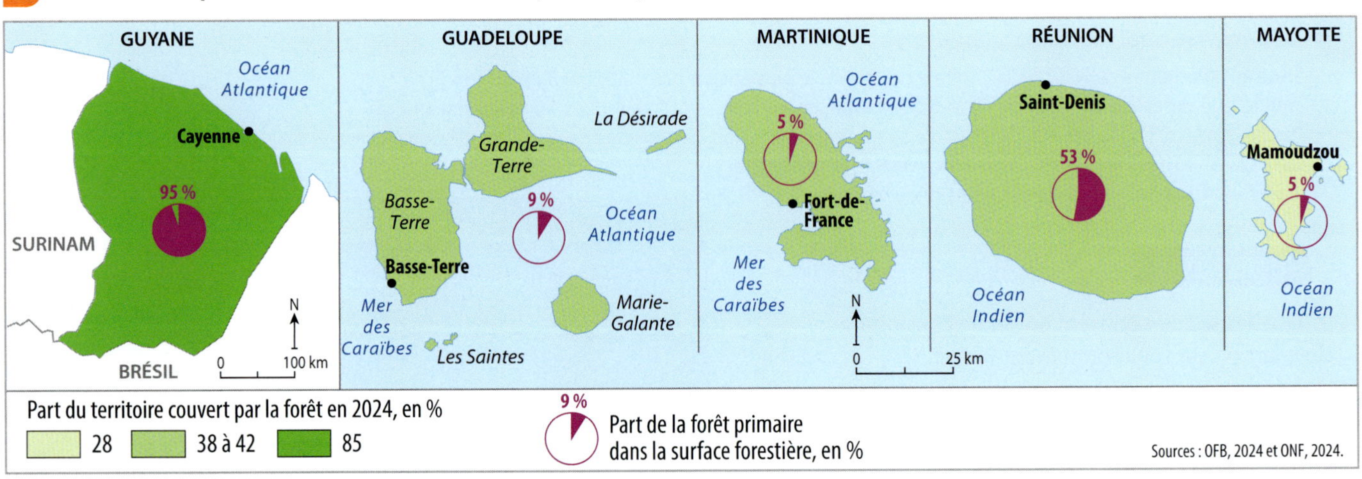

Sources : OFB, 2024 et ONF, 2024.

3 La production de bois en France hexagonale

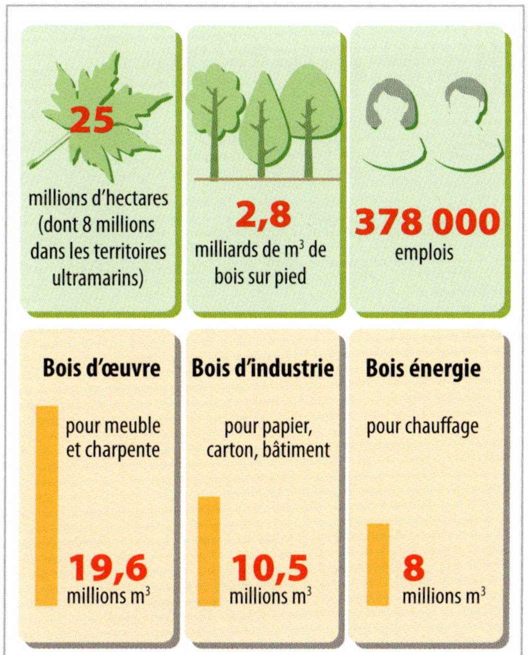

Source : Ministère de l'Agriculture et de la Souveraineté alimentaire, 2024.

4 La place de la forêt dans les espaces protégés en France

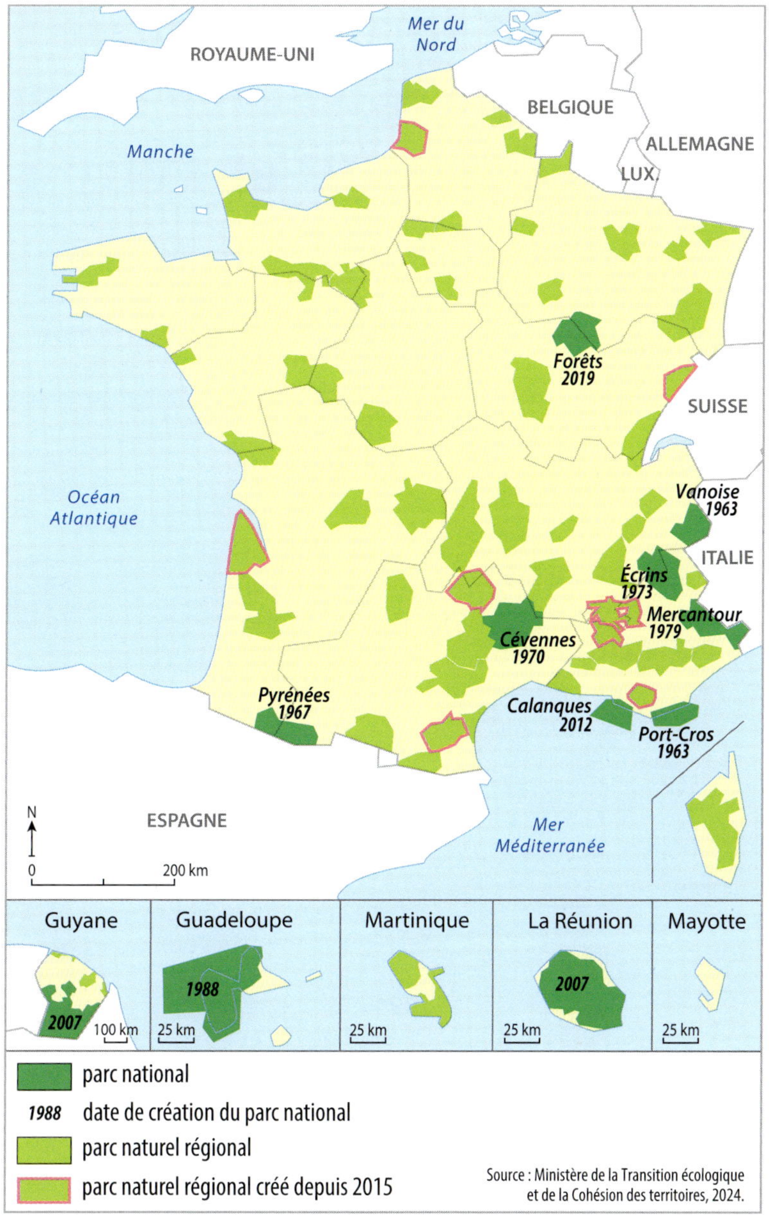

Source : Ministère de la Transition écologique et de la Cohésion des territoires, 2024.

Notion

Forêt : territoire d'au moins 5 000 m² occupé par un couvert boisé de plus de 10 %.

Ne pas confondre

Forêt primaire : forêt dont l'état d'origine n'a pas été modifié par l'homme et qui a donc gardé sa structure écologique d'origine.

≠

Forêt secondaire : forêt qui a repoussé naturellement ou par plantation à la suite de sa destruction et/ou son exploitation par l'homme.

POUR COMPRENDRE

1. Sous l'Ancien Régime, les besoins en bois d'œuvre et de chauffage ont entraîné un fort recul de la forêt en France. Aujourd'hui, la filière bois participe toujours à l'exploitation économique des forêts mais leur superficie est bien plus élevée. La forêt privée représente 75 % du couvert forestier français et appartient à plus de 3,3 millions de citoyens.

> Décrivez la répartition de la forêt en France et l'évolution du couvert forestier entre le XVIIe siècle et aujourd'hui. (doc. 1 et 2) Émettez des hypothèses pour expliquer cette évolution.

> Montrez que l'exploitation des ressources forestières a une place importante dans l'économie et la société en France. (doc. 3)

2. Des forêts primaires existent toujours dans les territoires ultramarins français, notamment en Guyane où plus de 150 espèces d'arbres peuvent se retrouver sur un même hectare (soit 10 fois plus qu'en forêt tempérée). Les espaces forestiers couvrent aujourd'hui entre 15 et 75 % de la superficie des parcs nationaux. Le Parc national des forêts, spécialement dédié à la protection des feuillus, a été créé en 2019.

> En confrontant les documents 1 et 4, montrez que l'intégration des forêts dans des espaces protégés est inégale en France.

Étude 1

La forêt française : une ressource essentielle à exploiter aux XVIIe et XVIIIe siècles

Au Moyen Âge, la société prend conscience que la forêt n'est pas une ressource inépuisable. Mais il faut attendre 1669 pour qu'une ordonnance engage une profonde réforme de la forêt française pour répondre aux demandes croissantes de bois, notamment pour la construction navale.

Comment la gestion de la forêt en France se développe-t-elle à partir du XVIIe siècle ?

1 Le rôle de l'État dans la gestion forestière

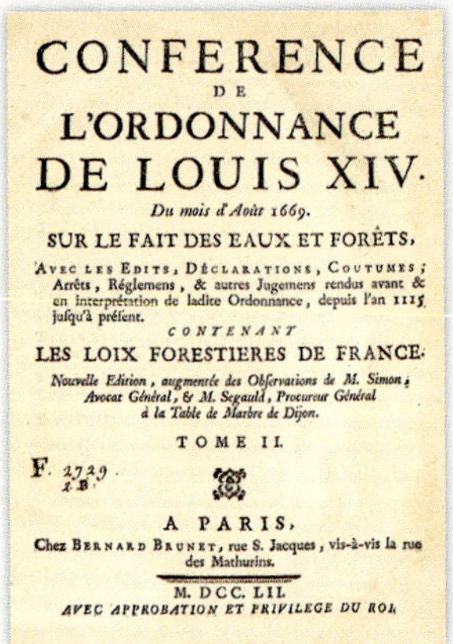
CONFERENCE DE L'ORDONNANCE DE LOUIS XIV.
Du mois d'Août 1669.
SUR LE FAIT DES EAUX ET FORÊTS,
Avec les Edits, Déclarations, Coutumes ; Arrêts, Réglemens, & autres Jugemens rendus avant & en interprétation de ladite Ordonnance, depuis l'an 1115 jusqu'à présent.
CONTENANT
LES LOIX FORESTIERES DE FRANCE.
Nouvelle Edition, augmentée des Observations de M. Simon, Avocat Général, & M. Segauld, Procureur Général à la Table de Marbre de Dijon.
TOME II.
A PARIS,
Chez Bernard Brunet, rue S. Jacques, vis-à-vis la rue des Mathurins.
M. DCC. LII.
AVEC APPROBATION ET PRIVILEGE DU ROI.

1669
Par une ordonnance, Colbert entreprend une grande réforme de l'administration forestière. Elle doit limiter le recul de la forêt et permettre sa gestion durable. Des espaces préservés sont ainsi délimités et l'abattage des arbres est réglementé.

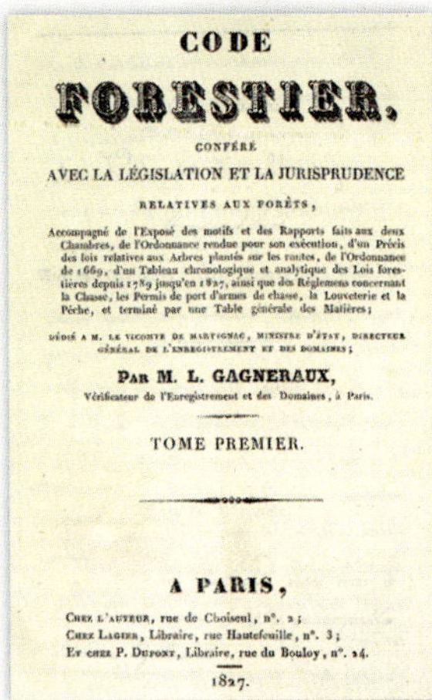
CODE FORESTIER,
CONFÉRÉ
AVEC LA LÉGISLATION ET LA JURISPRUDENCE
RELATIVES AUX FORÊTS,
Par M. L. GAGNERAUX,
TOME PREMIER.
A PARIS,
1827.

1824
L'École nationale des Eaux et Forêts est créée.

1827
Un code forestier tend à protéger et restaurer la forêt. Il restreint notamment le droit d'usage des paysans sur les forêts, ce qui entraîne des révoltes.

Office National des Forêts

1964 L'État met en place l'ONF, établissement chargé de la gestion des forêts publiques dont le rôle est d'assurer la production de bois, d'accueillir le public et d'assurer la protection du territoire et de la forêt.

2 Une exploitation réglementée dans les bois communaux de Lorraine au XVIIIe siècle

Cette carte des bois de la commune de Lay-Saint-Christophe (Meurthe-et-Moselle) de 1764 montre une division de la surface forestière. On distingue des parcelles régulièrement exploitées (chauffage) et un bloc forestier mis en réserve appelé « quart de réserve » afin de produire du bois pour la construction qui nécessite des arbres plus âgés.

Site Internet
La construction navale en bois sous l'Ancien Régime, musée de la Marine.
hachette-clic.fr/24hggt195

Vocabulaire

Code forestier : recueil de textes réglementaires concernant l'exploitation et la protection des forêts.

Gestion durable : planification pour une utilisation responsable d'espaces ou de ressources pour atteindre des objectifs environnementaux, économiques et sociaux spécifiques.

3 Une gestion durable des forêts pour répondre aux besoins de la marine

Au milieu du XVIIe siècle, la marine française est dans un piètre état […]. Seuls deux ou trois vaisseaux peuvent affronter la haute mer. La marine doit louer ou acheter des navires étrangers en cas de guerre. Colbert décide alors de réorganiser toute la filière, de la culture du chêne au chantier naval. La construction d'un grand vaisseau nécessite d'abattre jusqu'à 4 000 chênes centenaires. Or à cette époque, il n'existe pas de politique forestière digne de ce nom. Le défrichage et la surexploitation des forêts royales ont provoqué une baisse régulière de la surface boisée. La forêt s'étend alors sur environ 13 millions d'hectares. Le bois de chêne étant insuffisant, on en importe essentiellement d'Italie et d'Albanie. Le pin, utilisé pour le gréement[1], provient d'Europe du Nord. […] Mais toutes ces importations ne conviennent pas à Colbert. Aux yeux de cet homme d'État, la forêt constitue à la fois une source de richesse importante, « un trésor qu'il faut soigneusement conserver », et une ressource indispensable pour la construction de navires. […] L'ordonnance d'août 1669 scelle une reprise en main vigoureuse des forêts françaises. […] Dans la foulée, les chantiers navals sont réorganisés pour que la fabrication d'un navire prenne un rythme industriel. L'effort est considérable. En 1677, la marine est en possession de 300 vaisseaux et galères. […] C'est la Révolution qui porte un coup à cette politique. La liberté de coupe, restaurée par une loi de 1791, et l'anarchie ambiante livrent les futaies[2] au pillage. Le massif forestier s'en trouve réduit de 500 000 hectares.

Jacques-Marie Vaslin, « Les chênes français, le "trésor" de Colbert », *Le Monde*, 27 avril 2011.

1. Ensemble du matériel nécessaire à la manœuvre des navires à voiles.
2. Forêt composée d'arbres élevés.

5 Les forges de Tronçais (Allier)

Dans les années 1780, des forges sont installées au cœur de la forêt de Tronçais dans l'Allier. À cette époque, une grande partie de cette forêt fournit le charbon de bois utilisé pour produire la fonte et le fer. Avec la livraison de charbon de terre (houille) à partir des années 1840, les pressions sur la forêt tendent à baisser.

4 L'influence de l'ordonnance de 1669 — La parole de l'historien

Les forêts d'Ancien Régime, qu'elles soient la propriété des communautés villageoises, du roi, du clergé ou des seigneurs, [sont l'objet] de droits d'usage. L'utilisation prime sur la stricte propriété foncière. Elles sont vitales pour les communautés locales : ces dernières y récupèrent du bois pour se chauffer et cuire leurs aliments, pour construire, pour s'outiller, elles y font paître leurs bêtes, y glanent quelques fruits et champignons. En 1669, l'ordonnance sur les Eaux et Forêts, est le premier code forestier rassemblant tous les règlements particuliers du royaume. Afin de faire « cesser les abus », elle interdit d'accès des portions de forêts et organise une garde active sur les forêts communales. L'ordonnance allie des objectifs de conservation, de répression et de valorisation optimale des forêts sur le long terme. Pourtant, l'ordonnance n'est pas toujours strictement appliquée. Les disettes de 1709, 1762 ou 1766 conduisent même le gouvernement à encourager les défrichements des bois particuliers pour les mettre en culture.

Steve Hagimont, EHNE, 2024.

ACTIVITÉ ORAL

Constituez des groupes de quatre dans lesquels chacun choisit une hypothèse. À l'aide des documents, confirmez ou infirmez votre hypothèse en justifiant votre réponse. Confrontez ensuite vos conclusions avec celles des autres membres du groupe.

- *Hypothèse 1* : L'ordonnance de 1669 cherche à protéger la forêt pour des intérêts économiques et militaires.
- *Hypothèse 2* : L'État a eu un rôle mineur dans la mise en place d'une gestion durable de la forêt en France.
- *Hypothèse 3* : L'ordonnance de 1669 a fortement limité les pressions sur les forêts en France.
- *Hypothèse 4* : La gestion actuelle de la forêt en France doit beaucoup à l'ordonnance de 1669.

Vers le BAC — Grand oral

Préparez une présentation orale sur le sujet : « **Comment la gestion de la forêt en France se développe-t-elle à partir du XVIIe siècle ?** »

Aide

Répondez aux questions suivantes :

1. Présentez les objectifs et les principes de l'ordonnance de 1669. (doc. 1, 2 et 3)
2. Montrez que l'ordonnance de 1669 n'a pas empêché totalement l'augmentation des pressions sur la forêt. (doc. 3, 4 et 5)
3. Comment l'ordonnance de 1669 a-t-elle influencé durablement la gestion de la forêt en France ? (doc. 1 et 4)

Étude 2 L'extension forestière en France au XIXe siècle

Alors que le XVIIIe siècle et la Révolution française ont eu des conséquences dramatiques pour la forêt française, au XIXe siècle, la superficie forestière progresse rapidement.

Pourquoi la forêt française s'étend-elle au cours du XIXe siècle ?

1 Un cadre administratif favorable au développement de la forêt

La parole de l'historien

Pour optimiser la gestion forestière, le pouvoir entend restaurer une administration des Eaux et Forêts puissante. En 1824 est fondée l'École forestière de Nancy, dont la formation rayonne en Europe centrale et aux États-Unis. En 1827, l'adoption du Code forestier renforce les prérogatives de l'administration forestière. Le Code comporte trois points principaux : il impose la gestion directe par l'État des forêts domaniales[1], où les droits d'usage sont cantonnés sur de petites portions ; il met sous tutelle les bois des communes au profit de l'administration ; il impose un contrôle administratif sur les défrichements privés[2]. Même si le chauffage domestique au bois perdure, la pression sur les forêts diminue, d'autant que de grandes plantations ont lieu. En effet, en 1857, une loi accélère les plantations de pins maritimes dans les Landes et donne naissance à la plus grande forêt française. Les plantations avaient commencé au XVIIIe siècle pour enrayer la progression des dunes dans les terres, et se poursuivent alors pour répondre aux besoins en bois de construction, traverses de chemins de fer, poteaux télégraphiques, étais des mines. La résine sert par ailleurs à fabriquer des bougies, de l'essence de térébenthine ou de la colle. Au boisement des Landes (600 000 hectares) s'ajoutent ceux de la Champagne et de la Sologne.

Steve Hagimont, EHNE, 2021.

1. Qui appartiennent à l'État.
2. Ces mesures provoquent de nombreux troubles, particulièrement en montagne où la population accepte mal ces restrictions.

2 La naissance de la plus grande forêt française : les Landes de Gascogne

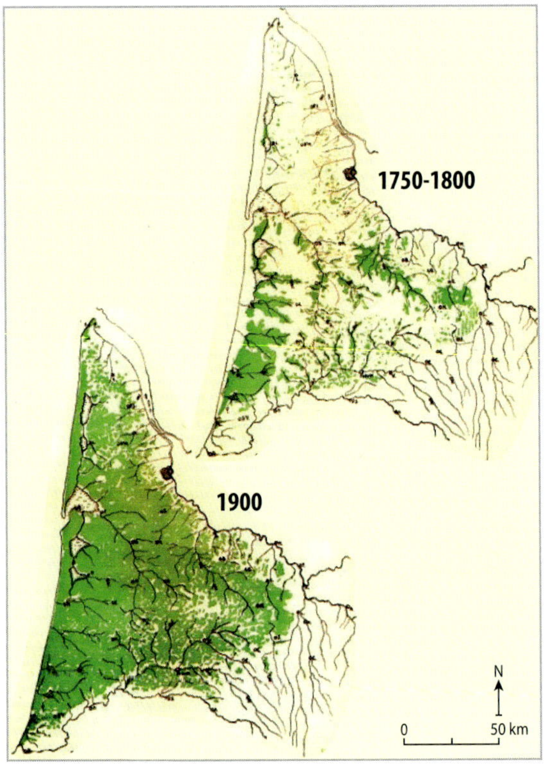

État du boisement de la forêt des Landes, ministère de l'Agriculture, 1948.

3 La récolte de résine dans les Landes au début du XXe siècle

ACTIVITÉ

1. Quels facteurs expliquent le développement de la forêt au XIXe siècle ? **(doc. 1 et 3)**
2. Comment la forêt transforme-t-elle la région des Landes de Gascogne ? **(doc. 1, 2 et 3)**

Vers le BAC Dissertation

À partir d'un élément prélevé dans les documents, rédigez l'amorce de l'introduction d'une dissertation ayant pour sujet : « **Concilier protection et exploitation de l'environnement.** »

JALON 1

Étude 3 L'exploitation des résineux en France au XXIe siècle, source de tensions

L'exploitation actuelle des forêts en France se concentre surtout sur les résineux utilisés notamment comme matériau de construction. Cette industrialisation des forêts françaises inquiète. Certains opposants dénoncent la transformation de massifs forestiers en « usines à bois » et souhaitent développer des alternatives.

➤ Pourquoi l'exploitation actuelle des résineux en France suscite-t-elle un débat ?

1 La promotion du pin Douglas par les professionnels du secteur

Dès les années 1970, le Douglas est devenu l'une des toutes premières essences de reboisement en France, qui détient un massif de 420 000 hectares ainsi que la place de premier producteur européen. Principalement introduite sur les territoires de moyenne montagne à la fin du XXe siècle, cette essence est progressivement devenue source de prospérité et de création d'emplois tout en assurant la transition énergétique avec un matériau de construction vertueux. Les services du ministère français de l'Agriculture ne lui trouvent d'ailleurs que des avantages, comme « sa capacité naturelle à repousser les insectes et autres champignons », les performances mécaniques de son bois et son aptitude au collage. Par ailleurs, le Douglas vert supporte les sécheresses modérées et participe directement à la lutte contre l'effet de serre en absorbant le gaz carbonique atmosphérique et en continuant à le stocker une fois mis en œuvre. Matériau renouvelable disposant à la fois d'excellentes propriétés de durabilité naturelle, le Douglas trouve sa place dans de nombreux domaines d'application : aménagements extérieurs, rénovation du bâti ancien et décoration intérieure. Il s'affirme comme l'un des produits de construction les plus prometteurs des prochaines décennies.

France Douglas (association des professionnels du Douglas), « Le Douglas : une essence vertueuse aux couleurs de la France », 2019.

2 Une manifestation contre la pratique des coupes rases

Manifestation contre les coupes rases dans le Morvant à Dun-les-Places (Nièvre), 2019.

Les opposants à la technique des coupes rases dénoncent ses conséquences environnementales : déclin de la biomasse vivant dans le sol (racines, champignons, insectes…), assèchement du sol en raison de l'impact important de la lumière et du passage répété de lourdes machines de récolte, augmentation du risque d'incendies par la monoculture des résineux et accélération du changement climatique par l'absence d'absorption des émissions de CO_2.

Vocabulaire

Coupe rase : opération qui consiste à abattre la totalité des arbres présents sur une parcelle forestière, en une seule fois, sans que les jeunes pousses ne soient encore installées.

ACTIVITÉ

À l'aide des documents, complétez la carte mentale.

L'exploitation des résineux

Avantages économiques …

Effets négatifs sur l'environnement …

Pour aller plus loin

À partir de cette vidéo, expliquez pourquoi des citoyens rachètent des forêts dans la région du Morvan.

Vidéo

Reportage, France 3 Bourgogne-Franche-Comté, 2018.

hachette-clic.fr/24hggt196

JALON 2 Le rôle des individus et des sociétés dans l'évolution des milieux : « révolution néolithique » et « révolution industrielle », deux ruptures ?

Repères

Deux étapes majeures dans l'histoire des hommes et de leur environnement

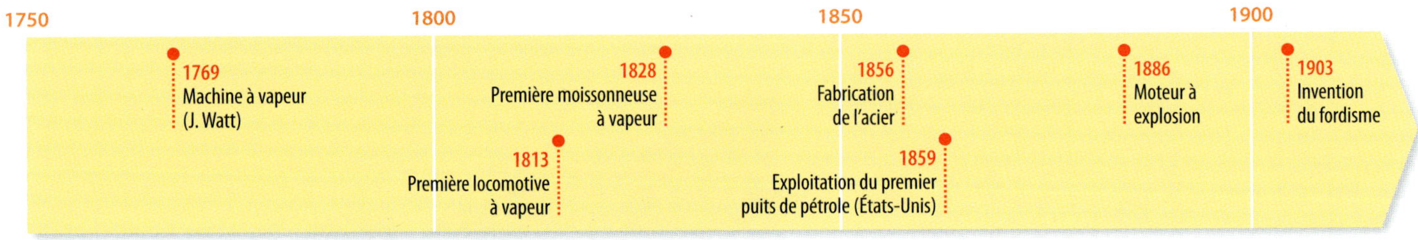

1 Les premières formes de l'anthropisation au néolithique

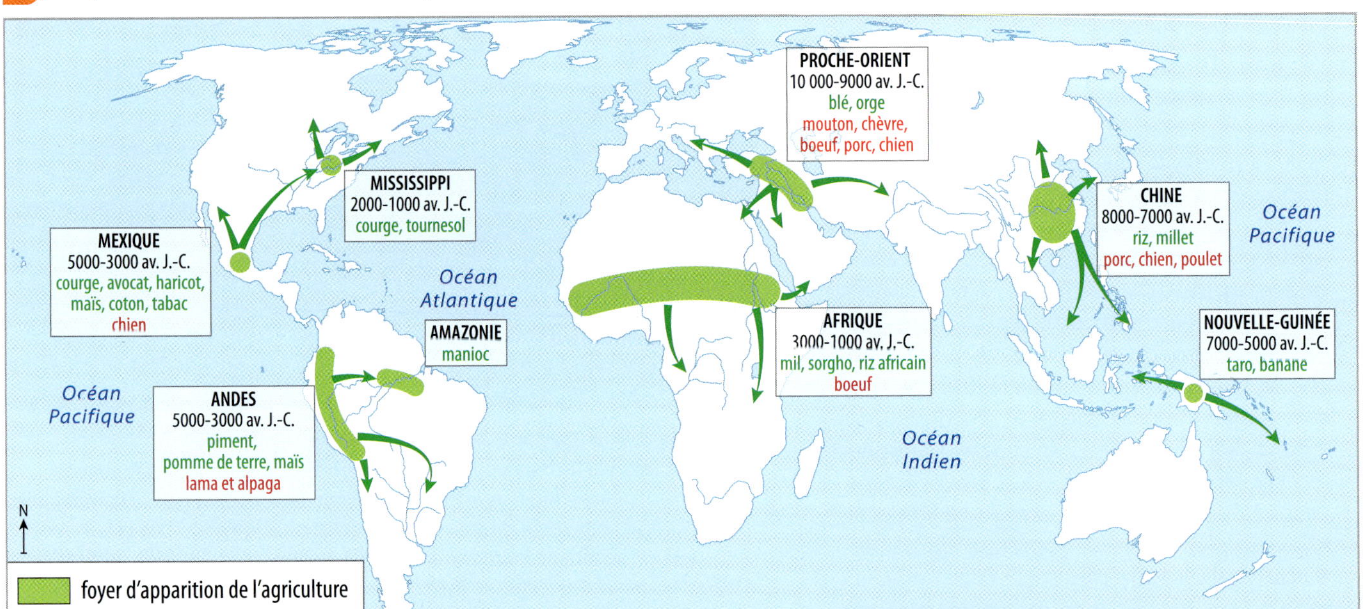

Source : Peter Bellwood, *First Farmers: The Origins of Agricultural Societies*, Blackwell, 2005.

2 L'évolution de la population sur la Terre depuis la Préhistoire

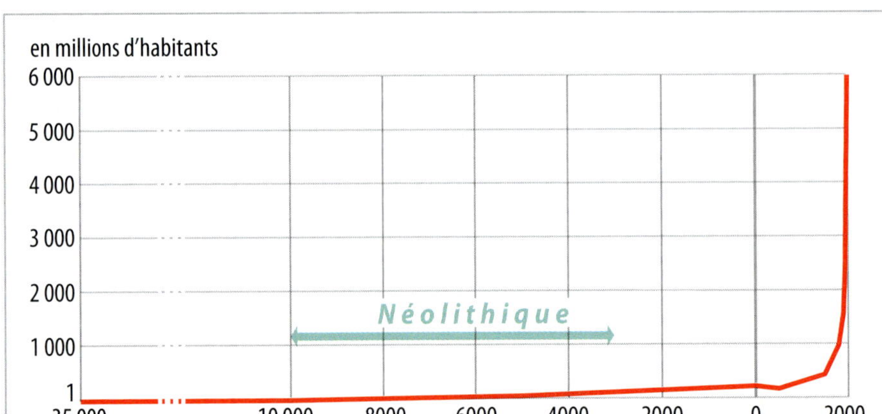

Source : Hérodote, 2024.

3 L'inégale industrialisation du monde à la fin du XIXe siècle

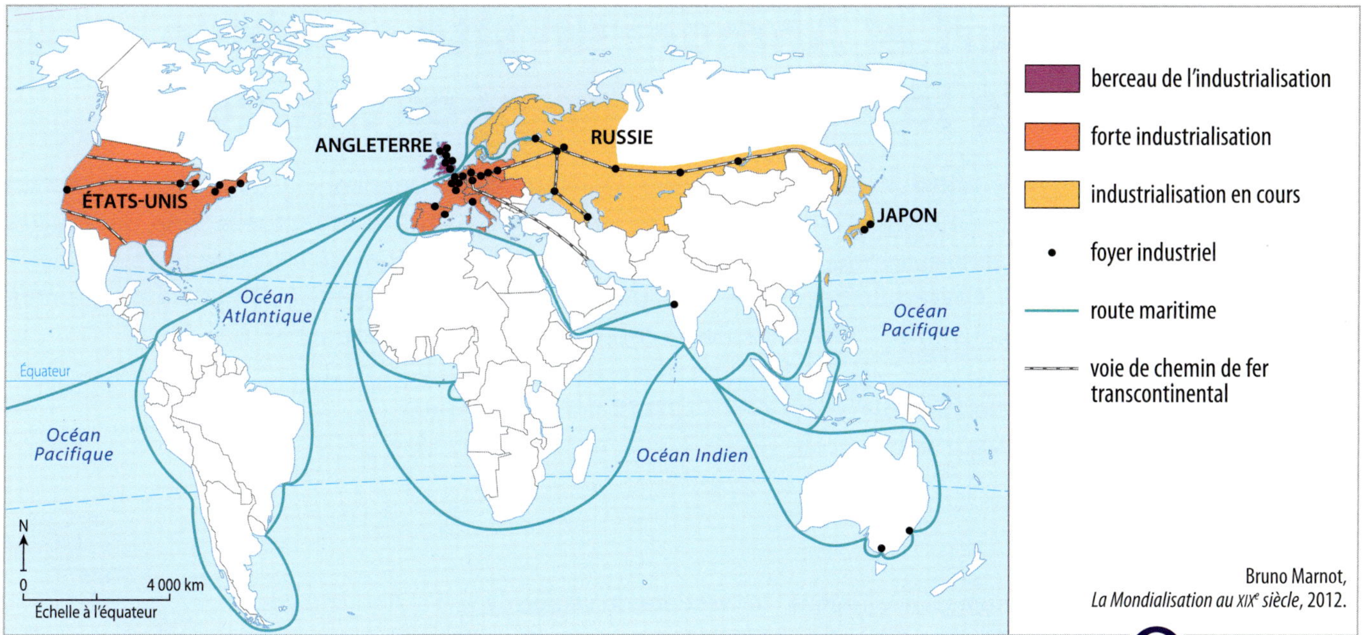

Bruno Marnot, *La Mondialisation au XIXe siècle*, 2012.

Carte interactive
hachette-clic.fr/24hggt197

4 L'évolution de la population depuis le XIXe siècle

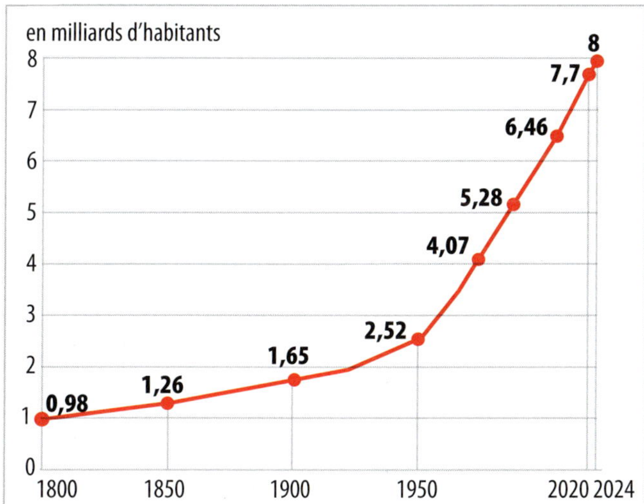

Source : ONU, 2024.

Notion

Révolution : processus de changements brusques qui affecte une société et entraîne une nouvelle organisation. Elle peut être politique, sociale, économique ou culturelle. Aujourd'hui, les chercheurs lui préfèrent le terme de transition.

Ne pas confondre

Anthropisation : processus de transformation des milieux par les activités humaines.

≠

Anthropocène : nouvelle période géologique, caractérisée par l'impact déterminant des activités humaines sur l'évolution géologique de la Terre. Ce terme fait débat dans la communauté scientifique (dates de début, mesures…).

POUR COMPRENDRE

1. Les « révolutions » néolithique et industrielle sont deux périodes majeures dans l'histoire de l'environnement. Pour certains chercheurs, elles pourraient marquer l'une comme l'autre le début de l'anthropocène.
La première est caractérisée par l'émergence des premières sociétés agricoles sédentaires, il y a environ 12 000 ans. Le terme « néolithique » signifie « pierre nouvelle » en grec. Il s'oppose au paléolithique (« pierre ancienne »), époque qui l'a précédé, où les sociétés humaines vivaient exclusivement de chasse, de pêche et de cueillette. Cette mutation a toutefois été très lente (7 000 ans) et sa chronologie diffère selon les différents foyers de néolithisation du monde.

> **Quels sont les changements des sociétés observés à l'époque néolithique ? (doc. 1 et 2)**

> **Quel lien établissez-vous entre la sédentarisation, l'essor de l'agriculture et la croissance démographique au néolithique ? (doc. 1 et 2)**

2. Le XIXe siècle est marqué par le basculement – de manière plus ou moins rapide selon les pays et les régions – d'une société à dominante agricole et artisanale vers une société commerciale et industrielle. Commencée en Angleterre dès 1780, cette industrialisation est caractérisée par l'utilisation d'énergies fossiles nouvelles (charbon, puis pétrole à partir de 1870) favorisant la mécanisation de la production (agriculture, textile, métallurgie, puis chimie et automobile à partir de 1880). Elle entraîne une très forte consommation de ressources naturelles et de nouvelles formes de pollution.

> **Identifiez les principaux changements socio-économiques qui ont marqué le XIXe siècle et les lieux concernés. (doc. 3)**

> **Pourquoi cela représente-t-il une révolution dans l'action des êtres humains sur l'environnement ? (doc. 3 et 4)**

Étude 1 GRAND FORMAT

Jerf el Ahmar : un site symbole de la « révolution néolithique » ?

Contexte ➔ Les fouilles archéologiques au Moyen-Orient ont façonné notre perception du néolithique. Dans le village de Jerf el Ahmar, situé dans l'actuelle Syrie, des fouilles organisées entre 1995 et 1999 ont exhumé des vestiges du IXe millénaire avant notre ère. Ces recherches ont été d'autant plus précieuses que le site a depuis été entièrement recouvert par les eaux après la construction d'un barrage sur l'Euphrate.

Dans quelle mesure le néolithique est-il une rupture dans l'histoire de l'impact des sociétés sur les milieux ?

La photographie

1 Un exemple de sédentarisation au néolithique : les vestiges du village de Jerf el Ahmar (Syrie)

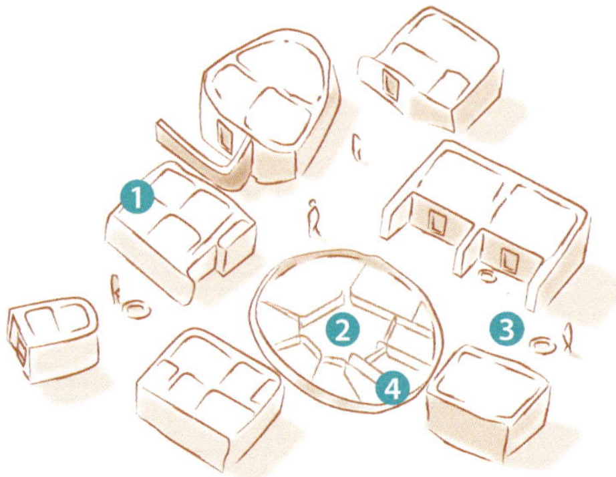

1. Maisons de plain-pied
2. Salle communautaire
3. Foyer collectif pour la cuisson des aliments
4. Salle de stockage des céréales

Vidéo
La « révolution néolithique », par Anne Lehoërff, APHG, 2023.
hachette-clic.fr/24hggt198

Mise en perspective

2 La domestication des animaux

Peinture rupestre dans le désert du Tassili N'Ajjer (Algérie).

La domestication des animaux et celle des plantes constituent les premières manipulations sur le vivant. Cependant, l'élevage engendre de nouveaux problèmes : déforestation et érosion des sols, essor des maladies transmissibles à l'homme, émissions de méthane et diminution des animaux sauvages (tels que les aurochs).

Vocabulaire

Anthropocène : nouvelle période géologique, caractérisée par l'impact déterminant des activités humaines sur l'évolution géologique de la Terre. Ce terme fait débat dans la communauté scientifique (dates de début, mesures…).

3 Le néolithique, une évolution ou une « révolution » dans les rapports hommes/milieux ?

La parole des spécialistes

a. Longtemps a dominé l'idée que les humains ont été contraints d'adopter l'agriculture sous la pression démographique ou du milieu […]. Nombre de théories reposent sur l'étude du Proche-Orient, région la plus intensément explorée. Or si les néolithisations se sont déroulées indépendamment dans de nombreux points du globe, elles ont suivi des scénarios différents. En Amérique du Nord ou centrale, les premières plantes cultivées (courges, piments, tabac, coton) ne sont pas des ressources alimentaires au départ. Les céréales servent aussi à produire de l'alcool ce dont témoignent les sites de Raqefet (Israël) ou Jiahu (Chine). La poterie peut apparaitre avant les domestications (Chine) ou après (Moyen-Orient). Certaines conditions communes se dessinent néanmoins : tout d'abord le changement climatique propice de la fin de la dernière grande glaciation ; ensuite des milieux naturellement riches qui permettent une croissance démographique ; pour finir la sédentarité et les formes déjà complexes d'organisation sociale. L'agriculture et la domestication ont été des processus très lents, se déroulant sur 2 000 ans. L'agriculture a d'abord concerné des espèces génétiquement sauvages. La sélection de variétés domestiques s'est certainement faite de manière non délibérée.

Christian Grataloup (dir.), *Atlas historique de la Terre*, Les Arènes, 2022.

b. Faut-il situer le début de l'anthropocène [à l'époque néolithique] comme le propose William Ruddiman, paléoclimatologue de l'université de Virginie (États-Unis) ? Celui-ci avance qu'il y a déjà 5 000 ans les humains pourraient avoir émis – par la déforestation, les rizières et l'élevage – suffisamment de gaz à effet de serre pour modifier la trajectoire climatique de la terre. […] Le problème de la thèse de Ruddiman est que, en se focalisant sur la (lente) montée des émissions de CO_2 et de méthane et sur les déforestations et les pratiques agricoles au néolithique, elle ne tient pas compte des changements d'échelle survenus depuis la révolution industrielle […]. C'est seulement depuis le XIXe siècle que les humains ont transformé la majorité des caractéristiques de la planète.

Christophe Bonneuil et Jean-Baptiste Fressoz, *L'Événement Anthropocène. La Terre, l'histoire et nous*, Seuil, 2013.

ACTIVITÉ

Préparer l'analyse de la photographie en se documentant

1. Situez le site de Jerf el Ahmar. **(doc.1, vidéo et doc. 1 p. 366)**

2. Présentez l'histoire de ce site archéologique en cherchant des informations supplémentaires au CDI ou sur Internet.

Analyser la photographie

3. Quels éléments de la photographie témoignent de la sédentarisation des sociétés et de la domestication des plantes et des animaux ? **(doc. 1)**

4. Faites des hypothèses pour établir des liens entre la naissance de l'agriculture et la sédentarisation des sociétés. **(doc.1 et 2)**

5. Quels effets ces changements ont-ils eu sur l'environnement ? **(doc. 2 et 3)**

Porter un regard critique sur la photographie

6. Dans quelle mesure ce site montre-t-il que la qualification de « révolution néolithique » est discutable ? **(doc. 3)**

Justifiez votre réponse à l'aide de la définition de « révolution » p. 367.

7. Pourquoi est-il nécessaire de comparer le site de Jerf el Ahmar à d'autres sites archéologiques pour comprendre l'action des êtres humains sur l'environnement au néolithique ? **(doc. 3)**

Étude 2 « Révolution industrielle » et changements environnementaux

La « révolution industrielle », fondée sur l'exploitation des **énergies fossiles**, a longtemps été perçue comme une période de progrès et d'enrichissement. Pourtant cette industrialisation et l'urbanisation qu'elle a engendrée ont profondément transformé l'environnement. Désormais, les historiens s'interrogent sur le rôle de la « révolution industrielle » dans la crise environnementale contemporaine.

La « révolution industrielle » représente-t-elle une rupture ou une continuité dans l'histoire de l'impact des hommes sur l'environnement ?

1 Les transformations du nord de Paris à la fin du XIXe siècle

Gare et usines à Saint-Denis, Maurice Falliés (1883-1965), huile sur toile, XXe siècle, château de Sceaux.

L'industrialisation est marquée par la naissance des banlieues industrielles et ouvrières. Cet étalement urbain entraîne une forte artificialisation des sols. À Paris, la dissociation entre le lieu de travail et le lieu de résidence devient fréquente, renforçant ainsi la nécessité, pour les ouvriers, d'emprunter la ligne de chemin de fer.

2 L'évolution des GES durant l'industrialisation

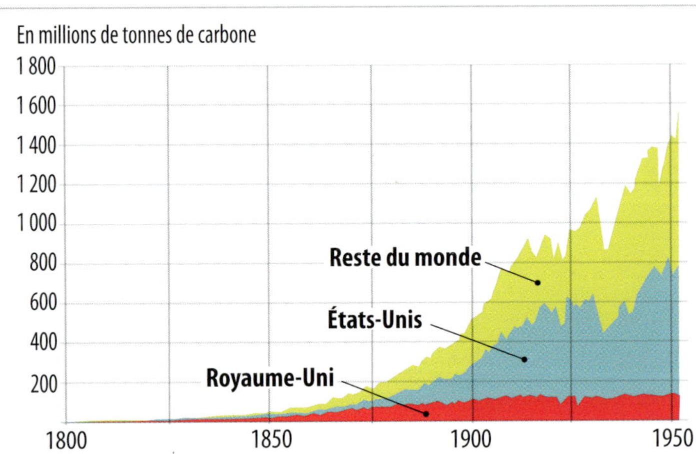

Source : Christophe Bonneuil et Jean-Baptiste Fressoz, *L'Événement anthropocène. La terre, l'histoire et nous*, Le Seuil, 2013.

3 Une certaine prise de conscience des pollutions

La parole de l'historien

On entend habituellement que ce n'est qu'au cours des dernières décennies que, sous l'égide des scientifiques, nous avons saisi le rôle de l'homme dans l'évolution du climat. Les premières études sur le réchauffement datent en effet des années 1960, l'importance du facteur humain sur cette évolution est prouvée dans les années 1970, et le consensus scientifique sur la question devient complet à partir des années 1990. Pourtant, ce récit d'une prise de conscience récente n'est pas tout à fait juste. À la fin du XVIIIe siècle et pendant les premières décennies du XIXe siècle, en Europe et en Amérique du Nord, on accorde une très grande attention au climat, car on considère que la déforestation de l'Europe a un impact direct sur les températures et les précipitations. Il faut bien imaginer que les modifications du climat sont capitales pour des sociétés qui sont encore très largement agricoles. D'un point de vue religieux, on a également très peur d'altérer la Création, dont l'ordre est voulu par Dieu. D'une manière plus générale, l'environnement est un sujet de préoccupation majeur à la fin du XVIIIe siècle. Dans le domaine médical, on établit des liens étroits entre l'état de santé des populations et les pollutions qu'elles peuvent subir. Néanmoins, tout cela tombe dans l'oubli au cours du XIXe siècle.

Entretien avec Jean-Baptiste Fressoz, « L'anthropocène, ou les apprentis sorciers du climat », propos recueillis par Cyprien Mycinski, *Histoire et civilisations*, mars 2021.

Vidéo
L'homme et son environnement dans la révolution industrielle, France Télévisions, 2015.
hachette-clic.fr/24hggt199

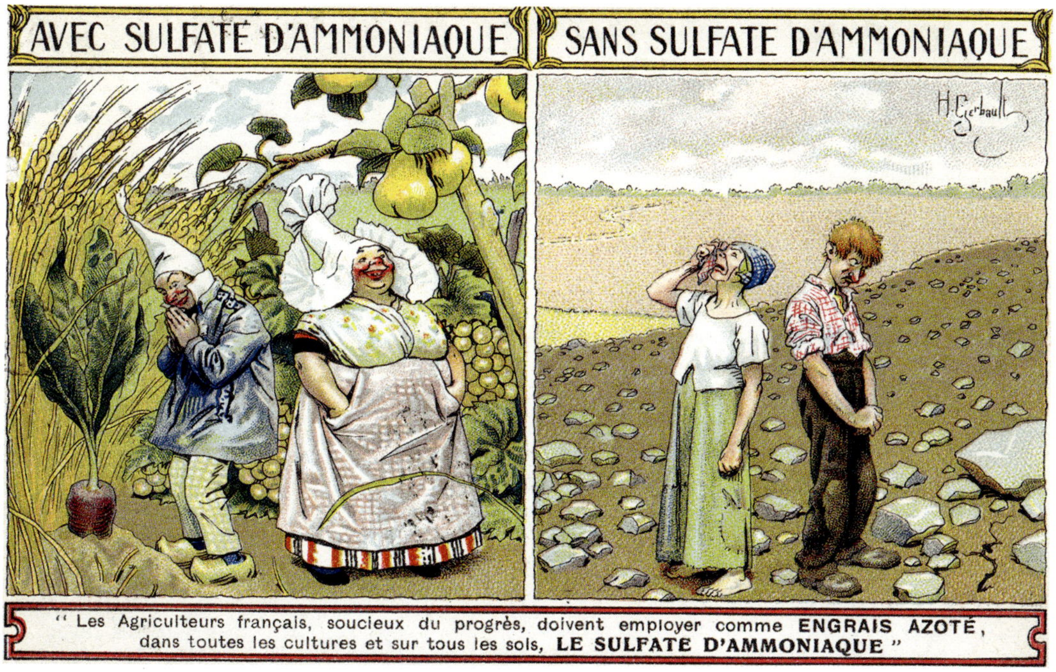

4 Un nouveau rapport à la terre

Affiche française de 1910.

La modernisation de l'agriculture au XIXe siècle se manifeste par la mécanisation, la sélection de semences et l'usage d'engrais artificiels (ici, le sulfate d'ammoniaque remplace le fumier). L'agriculture s'étend et participe à la simplification des paysages par la sélection des plantes et des animaux tout en favorisant l'érosion des sols.

5 Un impact limité de l'industrialisation du XIXe siècle ?

« De tous les candidats à une date de démarrage de l'anthropocène, le début de la grande accélération est de loin le plus convaincant du point de vue de la science du système terrestre », affirment Will Steffen[1] et ses collègues. La « grande accélération » ? Il s'agit d'un concept, formalisé au début des années 2000, pour rendre compte de l'impact de plus en plus fort des activités humaines sur le globe. [...] [Les chercheurs] ont mis en vis-à-vis deux groupes de douze indicateurs. Le premier décrit, de 1750 à 2010, les grandes « tendances socio-économiques » mondiales : population, croissance économique, consommation d'énergie primaire, urbanisation, usage de l'eau, construction de barrages, transports, télécommunications, tourisme international… Le second groupe s'attache, sur la même période, aux « tendances du système terrestre » : émissions de gaz à effet de serre (CO_2, méthane et protoxyde d'azote), ozone stratosphérique, hausse des températures, acidification des océans, pertes de forêts tropicales, érosion de la biodiversité, artificialisation des sols… Les résultats sont éloquents : pour la plupart de ces indicateurs, la courbe grimpe en flèche à partir des années 1950, ce qui établit une corrélation directe entre la pression des activités humaines – la production et la consommation de biens – et l'état de santé de la planète.

Pierre Le Hir « L'Homme a fait entrer la Terre dans une nouvelle époque géologique », *Le Monde*, 15 janvier 2015.

1. Chimiste d'origine américaine, membre du Programme International pour la Géosphère et la Biosphère (1987-2015) relatif au changement global.

ACTIVITÉ ORAL

En binôme, réalisez un exposé sur **la place de la « révolution industrielle » dans les rapports entre les êtres humains et leurs milieux.**

Aide

Vous présenterez l'action des êtres humains sur leur environnement **(doc. 1, 2 et 4)** et la prise de conscience des changements environnementaux par les contemporains **(doc. 3)**. Puis vous discuterez de la place de la « révolution industrielle » dans l'histoire de l'environnement planétaire **(doc. 2 et 5)**.

Vers le BAC – Étude critique de document

À partir de la description précise du **doc. 1**, expliquez **pourquoi l'industrialisation et l'urbanisation marquent un changement profond dans les relations entre les êtres humains et l'environnement au XIXe siècle.**

Appuyez-vous sur les informations de la page 367.

Vocabulaire

Énergie fossile : énergie non renouvelable produite à partir du pétrole, du gaz, du charbon ou de l'uranium contenus dans le sous-sol.

GES (gaz à effet de serre) : gaz (CO_2, méthane ou ozone) piégé dans l'atmosphère et contribuant au changement climatique.

Pour aller plus loin

Rédigez une synthèse de cette vidéo expliquant l'influence de la pollution atmosphérique sur les œuvres des peintres impressionnistes du XIXe siècle.

Vidéo

Comment la pollution a influencé l'impressionnisme, France Culture, 2023.
hachette-clic.fr/24hggt200

Axe 1

Leçon 1 Le rôle des individus et des sociétés dans l'évolution des milieux

➤ Comment l'impact des sociétés sur leurs milieux s'est-il renforcé depuis le néolithique ?

A Une augmentation continue des pressions sur les milieux depuis 10 000 ans

- **Les débuts de l'anthropisation remonteraient à l'époque néolithique avec l'invention de l'agriculture.** JALON 2 p. 366 Il y a environ dix millénaires, de petits groupes de chasseurs-cueilleurs commencent à domestiquer certains animaux (moutons, porcs, etc.) et certaines plantes (blé, riz, etc.). Cette évolution accélère les défrichements, élimine un grand nombre d'espèces biologiques et permet d'augmenter la population.
- **À partir du XVIIIe siècle, l'industrialisation diffuse un modèle de développement fondé sur les énergies fossiles.** JALON 2 p. 366 De 1750 à 1950, les émissions cumulées de GES de la Grande-Bretagne et des États-Unis représentent près de 55 % du total des émissions mondiales. Ce n'est qu'en 1980 que le reste du monde dépasse la part de ces deux seuls pays.
- **Mais c'est surtout à partir de 1945 que les pressions sur les milieux augmentent.** Cette « grande accélération » de l'activité humaine (industrialisation, modernisation de l'agriculture) est marquée par une forte consommation d'énergie et de matières premières (phosphate, uranium, etc.). Le pétrole s'impose comme une ressource stratégique dans le secteur du transport.

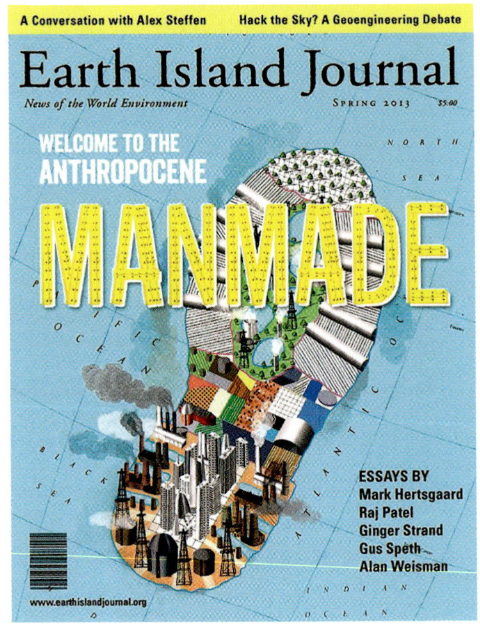

L'anthropocène vu par le *Earth Island Journal* (Californie), printemps 2013

B Les humains : principale force de changement ?

- **De nombreux géologues estiment que nous sommes entrés dans une nouvelle époque géologique : l'anthropocène.** Cette notion se caractérise par l'avènement des humains comme principal moteur des changements sur Terre, surpassant les forces géophysiques. De nombreux débats entourent cette notion et notamment la date de début de cette période.
- **L'anthropocène marque un bouleversement global.** Les désordres engendrés par les effets de l'activité humaine sont multiples (artificialisation des sols, acidification des océans). Les transformations imposées à l'environnement par l'homme sont largement irréversibles. Des indicateurs évaluant les impacts de l'activité humaine sont proposés et utilisés pour alerter la société sur les dégradations environnementales.

C Un rôle inégal des sociétés dans la transformation des milieux

- **La responsabilité de tous les humains dans ces pressions est à nuancer.** Le terme d'anthropocène est critiqué car il masque la responsabilité du capitalisme et du mode de vie occidental (États-Unis) dans les dégradations environnementales.
- **Portée par la demande dans les pays développés et émergents, la consommation mondiale d'hydrocarbures n'a jamais été aussi forte :** le record mondial de consommation de pétrole a été atteint en 2023 avec 102 millions de barils par jour et les investissements pour l'exploration et la production d'hydrocarbures sont estimés à 484 milliards d'euros. Les pays émergents tirent la demande, notamment la Chine, premier importateur mondial d'or noir. L'espèce humaine est ainsi confrontée à un nouveau défi qui est celui d'habiter durablement le monde et d'y poursuivre son développement.

Vocabulaire

Anthropisation : processus de transformation des milieux par les activités humaines.

Anthropocène : nouvelle période géologique, caractérisée par l'impact déterminant des activités humaines sur l'évolution géologique de la Terre. Ce terme fait débat dans la communauté scientifique (dates de début, mesures…).

Énergie fossile : énergie non renouvelable produite à partir du pétrole, du gaz, du charbon ou de l'uranium contenus dans le sous-sol.

GES (gaz à effet de serre) : gaz (CO_2, méthane ou ozone) piégé dans l'atmosphère contribuant au changement climatique.

Axe 1

Leçon 2

Exploiter et préserver les ressources

Comment les sociétés peuvent-elles concilier l'exploitation accrue des ressources et leur préservation ?

A Des ressources naturelles variées et de plus en plus exploitées

- **Les ressources naturelles désignent l'ensemble des richesses du sol et du sous-sol qui présentent une utilité pour les sociétés humaines.** La gamme des ressources renouvelables et non renouvelables nécessaires aux activités humaines est très large. Mais les besoins des sociétés évoluent dans le temps. Ainsi, l'usage actuel de nombreuses batteries (automobile, téléphonie) explique la forte demande mondiale en lithium, dont les deux tiers des réserves se trouvent au Chili, en Bolivie et en Argentine.
- **Grâce aux progrès scientifiques, des ressources naturelles jusque-là inaccessibles sont exploitées.** Depuis 2010, 75 % des découvertes de pétrole se font en mer et notamment dans des gisements situés à plus de 1 500 mètres de profondeur au large du Brésil ou de l'Afrique de l'Ouest. Cette course aux matières premières révèle les inégalités entre les États. Par exemple, concernant la pêche, les bateaux usines néerlandais peuvent avoir des rendements 1 000 fois supérieurs à ceux des Français.
- **L'épuisement et la dégradation de certaines ressources représentent un enjeu.** Dans un contexte de croissance démographique et économique mondiale, la fragilisation des sols liée à des pratiques agricoles intensives s'accentue. En 2022, 4,1 millions d'hectares de forêts primaires ont été supprimés dans le monde, soit l'équivalent du territoire de la Suisse. Ce recul se concentre principalement dans 24 fronts de déforestation situés en Amérique latine, en Afrique centrale et en Asie-Pacifique et s'explique surtout par l'extension des surfaces agricoles (soja, huile de palme…).

Une exploitation de lithium dans le désert d'Atacama (Chili)

Ce métal, de plus en plus convoité, sert à la production des batteries des voitures électriques.

B La nécessité d'une gestion durable des ressources

- **La gestion durable des ressources n'est pas récente mais ses objectifs ont évolué.** JALON 1 p. 360 L'ordonnance de 1669 mise en place par Colbert, ministre de Louis XIV, gère la forêt française par intérêt militaire et économique. Le bois est en effet une ressource indispensable pour la construction de navires. Au XIXe siècle, une politique de boisement favorise l'apparition de la forêt des Landes de Gascogne sur des terres pauvres du sud-ouest de la France. Avec de nouveaux objectifs liés au développement durable, les forêts sont également protégées pour leur écosystème fragile comme en témoigne la création du Parc national de forêts en France en 2019.
- **La conciliation entre exploitation et préservation des ressources est un défi majeur à toutes les échelles.** En 2015, l'ONU a adopté 17 Objectifs de développement durable (ODD). Cependant, dans certains territoires, ces principes sont difficiles à appliquer. En 2022, le commerce de bois de rose, un arbre tropical recherché, a été suspendu dans 16 pays d'Afrique pour donner un coup d'arrêt à un intense trafic qui sert notamment à fabriquer des meubles de luxe en Chine.
- **Les modèles actuels d'exploitation inquiètent et suscitent des débats.** Le développement de l'économie circulaire est encouragé pour réduire l'empreinte énergétique et environnementale (pollutions, déchets, etc.). Au contraire, d'autres acteurs considèrent que le modèle capitaliste et la société de consommation sont « par nature » incompatibles avec le respect de l'environnement et appellent à la décroissance pour sortir de la production infinie. Des citoyens appellent à la désobéissance civile pour lutter contre l'urgence écologique, comme l'organisation Extinction Rebellion née au Royaume-Uni en 2018.

Vocabulaire

Décroissance : concept (politique, économique et social) qui remet en cause l'idée selon laquelle l'augmentation des richesses produites conduit à l'augmentation du bien-être social.

Économie circulaire : système de production qui vise à utiliser plus efficacement les ressources pour éviter le gaspillage et diminuer les impacts sur l'environnement.

Ressource renouvelable : ressource fournie par la nature en quantité illimitée (soleil, vent, eau) ou se régénérant à l'échelle humaine (bois, agrocarburant).

Ressource non renouvelable : ressource dont les quantités sont limitées dans le temps.

Axe 1

Leçon 3 Protéger l'environnement

Pourquoi la protection de l'environnement représente-t-elle un véritable défi pour les sociétés ?

A Une diffusion de la préservation et de la protection de l'environnement

- **Deux visions de la protection cohabitent à partir du XIXe siècle.** Le premier parc national, créé à Yellowstone (États-Unis) en 1872, visait à sauvegarder une « nature » sauvage perçue comme originelle (la *wilderness*). Il relevait plutôt de la **préservation** qui implique de soustraire certains espaces à l'action des hommes. Toutefois, une autre vision de la protection s'est développée. Ainsi, la conservation tend plutôt vers un équilibre entre la protection et l'exploitation des milieux. Au Brésil, certains espaces protégés sont exploités par des communautés paysannes qui peuvent subvenir à leurs besoins dans un pays où la pauvreté est encore élevée. Au total, 17 % des espaces terrestres sont actuellement protégés dans le monde.
- **Les stratégies de protection de l'environnement cohabitent à toutes les échelles.** À l'échelle mondiale, l'ONU fixe des objectifs à travers les Objectifs de développement durable et les accords internationaux sur le climat (COP) mais ils n'ont pas de caractère contraignant. Des politiques sectorielles sont mises en œuvre (transition énergétique, protection de la biodiversité). Ainsi, plus de 37 000 espèces sauvages comme la girafe ou l'éléphant ont été ciblées par la Convention de Washington depuis 1973. Des espaces protégés aux réglementations spécifiques sont délimités (parc naturel, réserve de biosphère). À l'échelle nationale, les États relaient les orientations globales en fonction de leurs priorités économiques et sociales (démarche du haut vers le bas) : tourisme durable au Costa Rica, lutte contre le gaspillage alimentaire au Danemark. Les actions à l'échelle locale sont portées par les collectivités locales et l'**écocitoyenneté**. Ainsi à Surabaya en Indonésie, l'impulsion vient de citoyens ou d'ONG pour traiter les déchets (démarche du bas vers le haut).

Une forêt protégée dans le parc amazonien de Guyane (France)

B Les nouveaux enjeux liés à la protection de l'environnement

- **La protection de l'environnement peut être freinée par des choix politiques ou sociétaux.** Par exemple, le gouvernement indonésien a renoncé en 2019 à fermer l'île de Komodo pour protéger les lézards géants face aux oppositions du secteur touristique. Certains espaces protégés peuvent être fragilisés par des aménagements : le lac Turkana (Kenya) voit son niveau baisser en raison de la construction d'un barrage sur le fleuve Omo qui l'alimente en eau. Parfois, les populations locales remettent en cause la protection de certains espaces. Ainsi, en République démocratique du Congo, des populations pygmées pauvres sont revenues dans le parc naturel de Kahuzi-Biega pour exploiter le charbon de bois.
- **L'adaptation au changement global et son atténuation sont lentes à mettre en place.** Les États s'engagent dans diverses **transitions environnementales** (énergétique, agricole, etc.) qui visent des mutations. Les défenseurs de l'environnement en déplorent la lenteur ou leur détournement à des fins de communication. Certains acteurs politiques et économiques font de l'environnement le support de leurs publicités (***greenwashing***). La **gouvernance** environnementale divise : restreindre la consommation des ressources pour protéger l'environnement, ou mettre en valeur des ressources pour résoudre techniquement les questions environnementales. L'exploitation des gaz de schiste est un exemple de ce débat.

Vocabulaire

Écocitoyenneté : comportement individuel ou collectif respectant l'environnement.

Gouvernance : coordination de l'ensemble des acteurs et des règles qui constituent une autorité pour gérer les affaires publiques.

***Greenwashing* (ou écoblanchiment) :** pratique qui consiste à utiliser des arguments environnementaux parfois trompeurs pour vendre des produits ou défendre une politique.

Préservation : protection des espaces naturels qui vise à empêcher leur exploitation en excluant les sociétés.

Transition environnementale : transformations visant à remédier aux changements environnementaux et à en limiter les conséquences.

L'essentiel Axe 1 > Leçons 1 à 3

RÉVISER EN SE TESTANT

Exercices interactifs
hachette-clic.fr/24hggt201

SCHÉMA BILAN

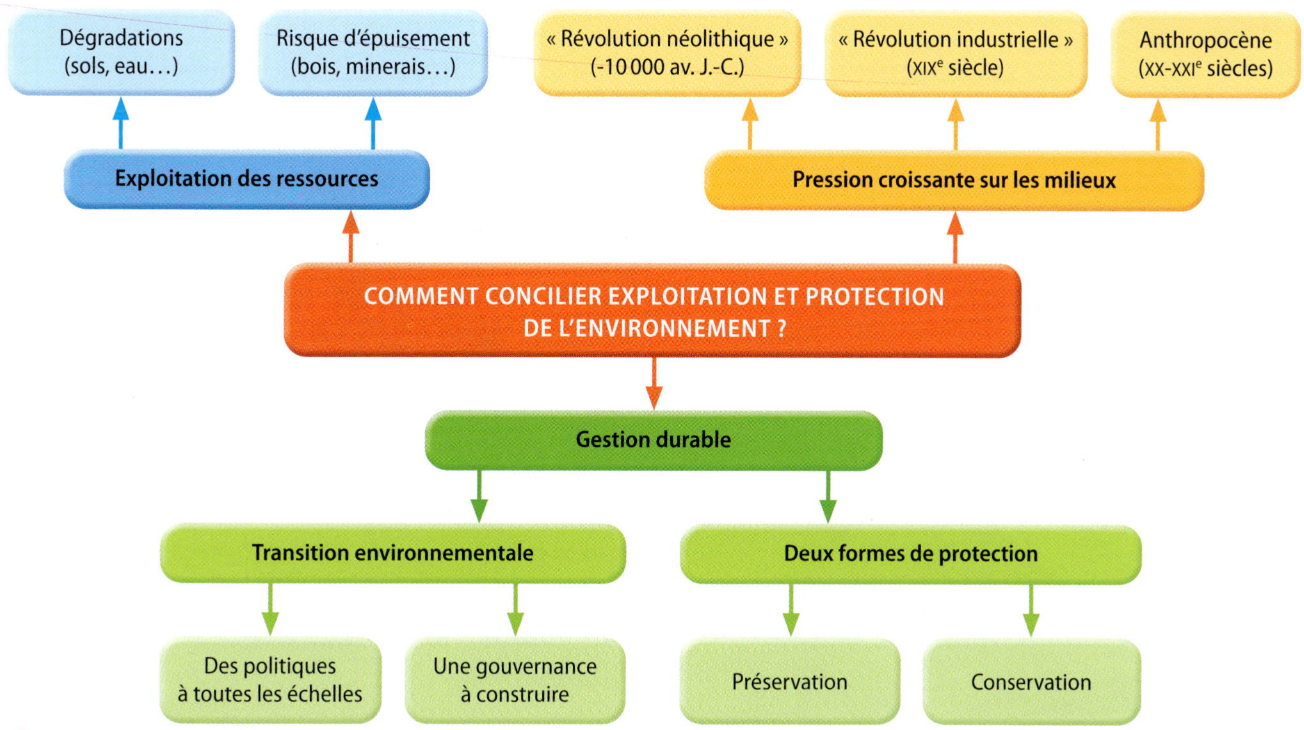

Schéma interactif
hachette-clic.fr/24hggt202

RÉVISER EN SE DOCUMENTANT

À voir

- *Les Algues vertes*, de Pierre Jolivet, 2023.
  Le film met en lumière la question des pollutions causées par le système agroalimentaire breton.
- *La Forêt amazonienne : notre terre*, d'Alex Pritz, 2022.
  Un documentaire qui porte sur le combat mené au Brésil par le peuple des Uru-Eu-Wau-Wau contre la surexploitation – illégale – de leurs terres.
- *Anthropocène, l'époque humaine*, d'Edward Burtynsky, 2019.
  Ce documentaire dénonce spectaculairement les atteintes à l'environnement.

À lire

- *Atlas de l'Anthropocène*, de François Gemenne, Aleksandar Rankovic et l'Atelier de cartographie de Sciences Po, Presses de Sciences Po, 2021.
  L'atlas aborde l'ensemble des questions liées à l'anthropocène.
- *Atlas des espaces protégés en France*, de Lionel Laslaz, Anne Cadoret et Johan Milian, Muséum national d'Histoire naturelle, 2020.
  Un atlas qui présente la diversité des outils mis en place pour protéger l'environnement en France.

Sur le web

- Site de l'IUCN (Union Internationale pour la conservation de la nature).
- Site des parcs nationaux de France.
- Site de l'ONF.
- Site du Groupe International d'experts sur les ressources créé en 2007 par l'ONU.
- Atlas des conflits pour la justice environnementale.

Sites Internet
hachette-clic.fr/24hggt203
hachette-clic.fr/24hggt204
hachette-clic.fr/24hggt205
hachette-clic.fr/24hggt206
hachette-clic.fr/24hggt207

AXE 2

Le changement climatique : approches historique et géopolitique

Pourquoi le changement climatique actuel inquiète-t-il davantage la communauté internationale que les variations climatiques précédentes ?

1 La Seine prise par les glaces en 1880

Alors que la deuxième moitié du XIXe siècle est marquée par un réchauffement des températures, l'hiver 1879-1880 enregistre 75 jours de températures négatives qui entraînent la prise de la glace sur la Seine. Ce phénomène assez fréquent au XIXe siècle ne s'est pas reproduit depuis 1956.

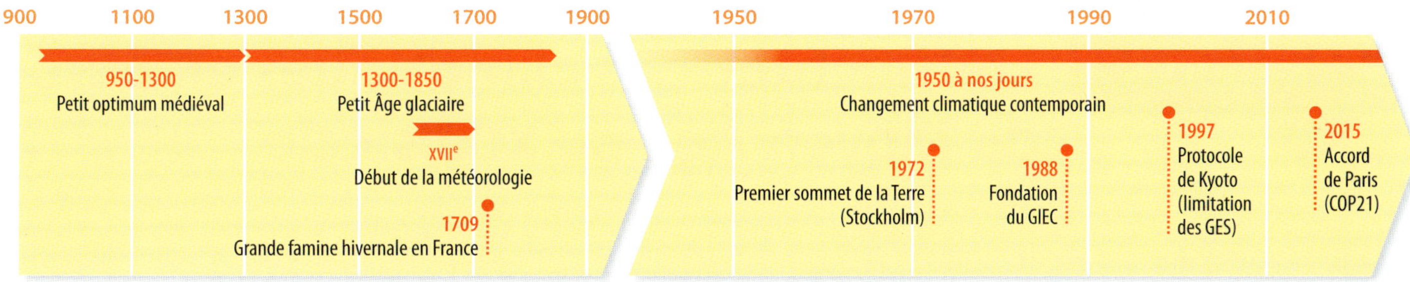

2 **Inondations au Bangladesh en mai 2022**

Le changement climatique contemporain s'accompagne de catastrophes naturelles plus nombreuses et plus sévères. Le Bangladesh fait partie des pays les plus impactés au monde. L'élévation du niveau de la mer devrait atteindre les 30 centimètres d'ici à 2050, ce qui entraînera le déplacement de 900 000 personnes.

QUESTIONS

1. Comment le changement climatique se traduit-il sur les milieux ? Sur les sociétés ? **(doc. 1 et 2)**

2. Montrez que le changement climatique se lit à toutes les échelles. **(doc. 1, 2 et frise)**

p. 378 **> JALON ①**

Les fluctuations climatiques et leurs effets : l'évolution du climat en Europe du Moyen Âge au XIXe siècle

p. 384 **> JALON ②**

Le climat, enjeu des relations internationales : les accords internationaux (Sommets de la Terre, COP…)

Repères

Les fluctuations climatiques en Europe du Moyen Âge au XIXe siècle

1 Les sources spécifiques[1] de l'historien du climat

Dendrochronologie	Étude de la croissance des arbres	Le nombre et l'épaisseur des anneaux des arbres renseignent sur la chaleur ou la fraîcheur.
Météorologie	Étude des séries de mesures de températures, de précipitations ou de pression	Les premières mesures se développent au XVIIIe siècle après la révolution scientifique du XVIIe siècle (invention du baromètre et du thermomètre). Elles permettent d'analyser précisément les variations saisonnières et l'intensité des événements extrêmes.
Phénologie	Étude des dates de maturité des plantes	Par exemple les dates des vendanges renseignent sur le climat du printemps et de l'été car elles dépendent des températures et des précipitations.
Palynologie	Étude des pollens fossilisés	L'étude des pollens donne des indications sur les milieux climatiques et leurs mutations.
Glaciologie	Étude des glaciers	Les poussées et reculs glaciaires sont de bons indicateurs des changements de températures sur le long terme.

Source : Emmanuel Le Roy Ladurie, *Abrégé d'histoire du climat du Moyen Âge à nos jours*, Fayard, 2007.

1. Ne sont pas retenus ici les témoignages ou les récits.

2 Les glaciers, témoins des fluctuations climatiques

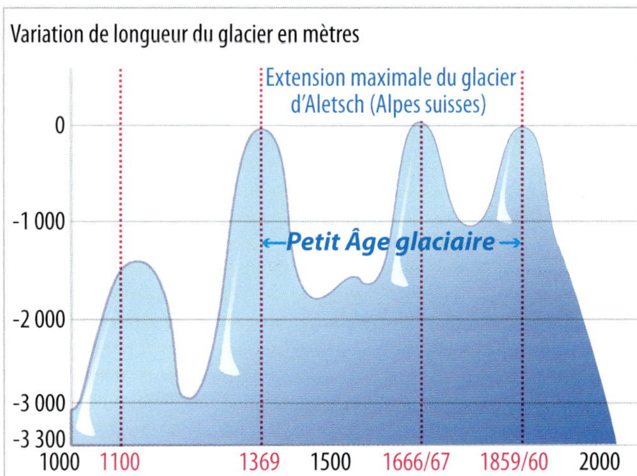

Source : H. Holzhauser, « Les variations des glaciers et des lacs en Europe occidentale et centrale au cours des 3 500 dernières années », revue *The Holocene*, 2005.

3 Les différences entre la météo et le climat

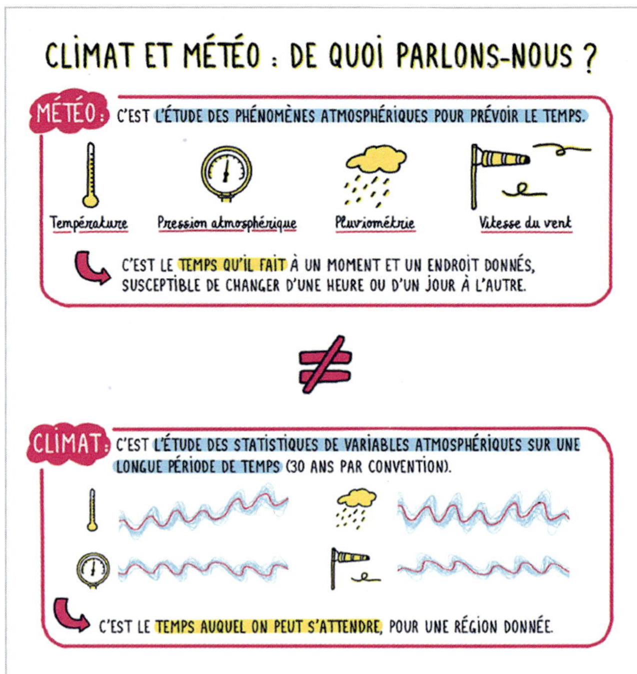

Source : BonPote, Anne Brès, Claire Marc, *Tout comprendre (ou presque) sur le climat*, CNRS Éditions, 2022.

Ne pas confondre

Petit optimum médiéval : période d'augmentation des températures de l'hémisphère nord favorable aux défrichements et à l'extension de l'agriculture de 950 à 1300.

≠

Petit Âge glaciaire : période de baisse des températures marquée par des hivers longs et froids et une extension des glaciers de 1300 à 1850.

4 L'évolution de la température en Europe depuis le Moyen Âge

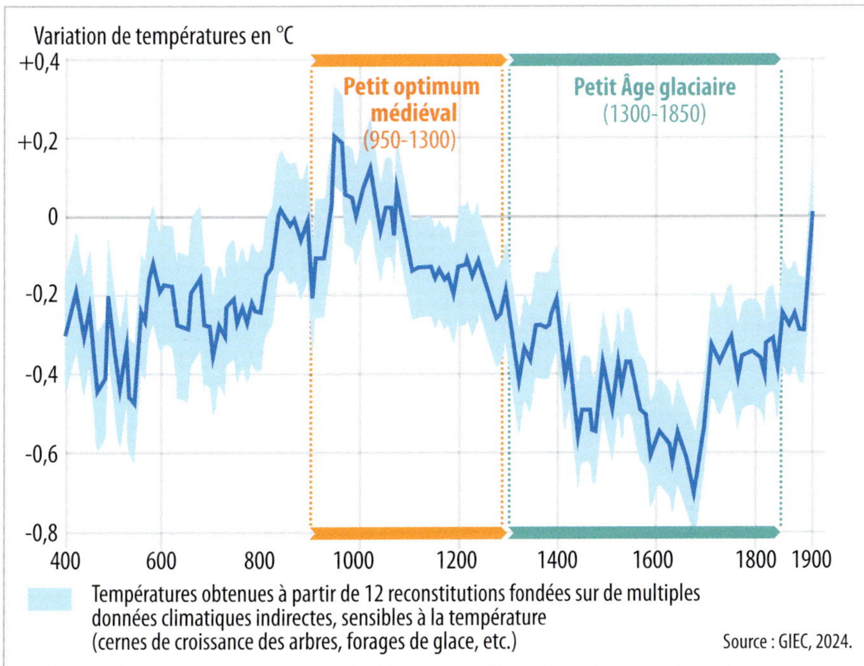

Source : GIEC, 2024.

Vidéo

Le Petit Âge Glaciaire a t-il existé ?, Nota Bene, 2023.

hachette-clic.fr/24hggt208

Notion

Fluctuation climatique : variation naturelle du climat observée sur plusieurs dizaines d'années ou sur plusieurs siècles. Elle se mesure en observant les écarts par rapport à la moyenne climatique (températures, pluviométrie…).

5 Des fluctuations climatiques expliquées par des phénomènes naturels

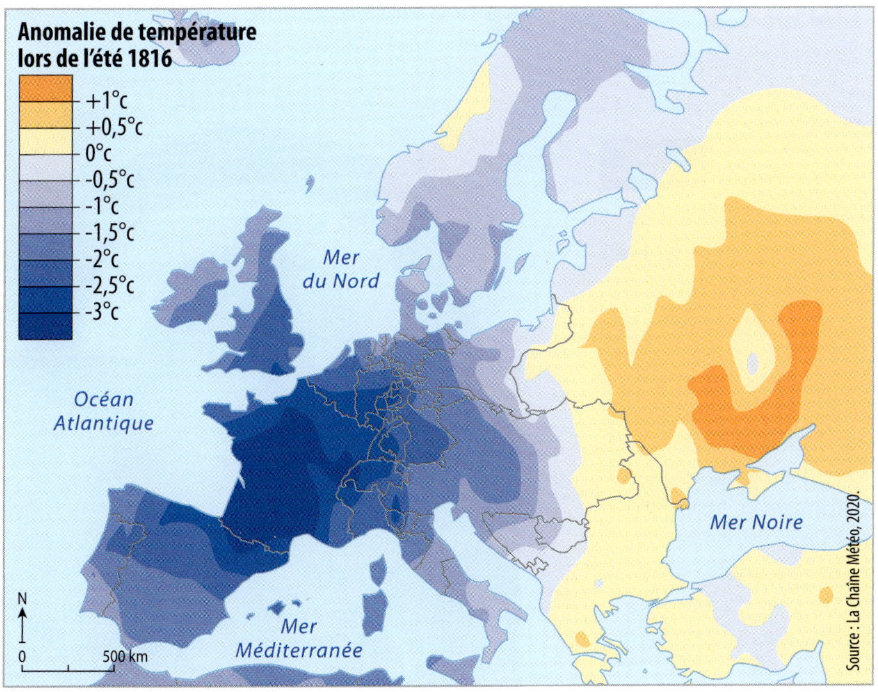

Source : La Chaîne Météo, 2020.

Le 10 avril 1815, le volcan géant de Tambora en Indonésie entre en éruption. Pendant des semaines, le nuage de cendres envoyé dans la stratosphère fait plusieurs fois le tour de la Terre affectant le système climatique mondial. En occultant le rayonnement solaire, il entraîne un refroidissement général. L'année 1816 en Europe fut surnommée « l'année sans été ».

POUR COMPRENDRE

1. L'histoire du climat est l'étude des liens entre les phénomènes climatiques et les périodes historiques. Elle nous renseigne sur l'évolution du climat et l'adaptation des sociétés. Elle peut nourrir une réflexion sur nos conditions climatiques actuelles.

> Pourquoi l'historien doit-il distinguer la météo du climat ? (doc. 3)

> Montrez la diversité des sources utilisées par les historiens du climat. (doc. 1, 2 et 3)

2. L'histoire du climat fait apparaître des événements climatiques exceptionnels (hivers rigoureux, tempêtes, sécheresses) mais aussi de grandes évolutions sur des dizaines d'années (réchauffement ou refroidissement).

> Comment caractériser les deux principales périodes climatiques présentées sur ces graphiques ? (doc. 2 et 4)

> Quelle cause naturelle est avancée pour expliquer les fluctuations climatiques du début du XIXe siècle ? (doc. 5)

Étude 1 Les fluctuations climatiques et leurs effets au Moyen Âge

Dans des sociétés médiévales où l'essentiel des ressources et de la richesse provient de la terre, les hommes sont très dépendants du climat. Les variations climatiques sont perçues essentiellement à travers le développement des plantes au rythme des saisons.

➤ Pourquoi les sociétés du Moyen Âge étaient-elles sensibles aux variations climatiques ?

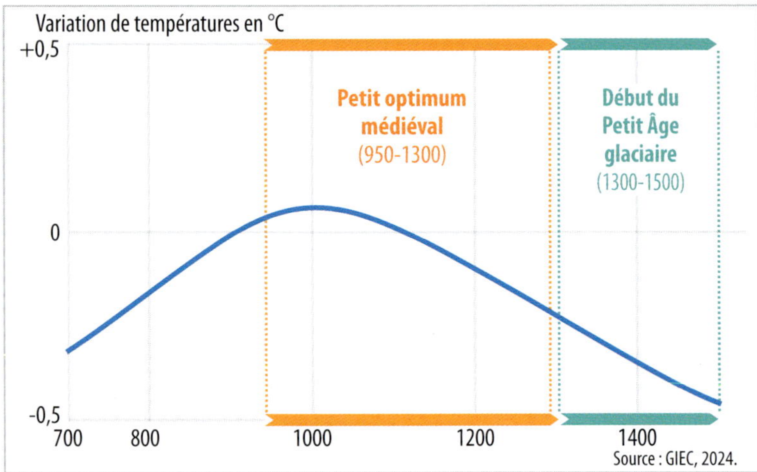

1 La variation des températures au Moyen Âge en Europe

2 Les effets du léger réchauffement climatique (Petit optimum médiéval)

La parole de l'historien

La Gaule mérovingienne puis carolingienne est loin d'être florissante : caractérisée par sa faible démographie, elle est en outre accablée de famines et d'épidémies. D'autres fléaux « naturels » sévissent : des inondations, des orages destructeurs de récoltes et des épidémies qui touchaient le bétail se succèdent jusqu'à la relative embellie du Xe siècle. Celle-ci est caractérisée par le réchauffement du climat, qui devient également un peu plus sec. Il y a des conséquences incalculables : les marécages et les forêts difficilement pénétrables qui se plaisent en climat froid et humide reculent. Au contraire, avec les nouvelles conditions climatiques, les feuillus (hêtres, chênes, noisetiers, charmes, ornes) gagnent du terrain. Plus pénétrables, malgré les sous-bois, les nouvelles forêts laissent entrer le bétail qui peut se repaître de glands, d'herbes et d'arbustes. Les inconvénients de l'humidité excessive tendent à s'estomper, ce qui est bon pour les céréales, les labours et les semailles. Dans ce contexte favorable, l'action des êtres humains cesse d'être entravée par le climat et elle bouleverse le paysage rural de la France. C'est l'époque des grands défrichements, qui commencent vers l'an 1050 : la surface cultivée aura progressé d'un tiers à la fin du XIIIe siècle. Une production agricole en augmentation, ce qui favorise une meilleure alimentation et, par endroits, une plus grande salubrité due à la régression des zones humides contribuent à l'augmentation notable de la population française. L'habitat rural se modifie également : l'accroissement de la population, le besoin de sécurité, les contraintes de la distribution commerciale conduisent à concentrer l'habitat. Dès le milieu XIe siècle, « des villes neuves » et des bourgs sont fondés en grand nombre dans le nord et le centre de la France.

Pascal Acot, *Histoire du climat*, Tempus, 2009.

3 Une représentation de l'opulence au mois d'août, après la moisson

Enluminure extraite des *Très riches heures du duc de Berry*, XVe siècle.

Cette enluminure représente une image de plein été. Derrière les nobles en promenade, des paysans moissonnent alors que d'autres profitent de la rivière pour se délasser.

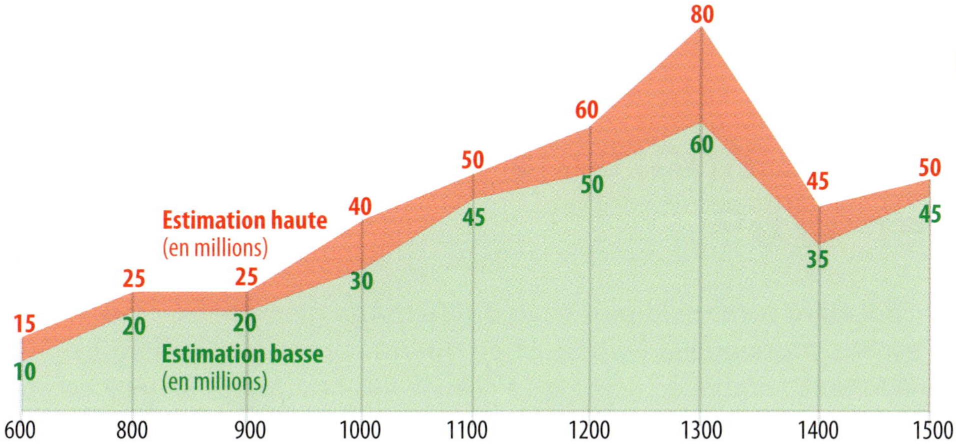

Source : Fabien Paquet, *L'Histoire*, octobre 2016.

4 L'évolution de la population européenne au Moyen Âge

À partir du XIVe siècle, la grande famine de 1315-1317, la peste noire et la guerre de Cent Ans participent à la mort de nombreux Européens.

5 Le faible rôle du climat dans l'épidémie de peste noire de 1348

La parole de l'historien

Un Petit Âge glaciaire devient évident à partir de 1303 et les hivers suivants. Il se caractérise par des hivers froids, mais aussi des étés pourris, et une poussée glaciaire. Cette première phase du Petit Âge glaciaire se prolonge jusque vers 1380 ; certes la peste noire de 1348 n'est en principe pas déclenchée par le climat, mais par une épidémie (qui vient des grands réservoirs de rats et de puces pesteuses d'Asie centrale) répandue sur la route mongole de la soie jusqu'en Russie du Sud et aux grands ports méditerranéens (Constantinople, Gênes, Venise, Marseille, Barcelone). Mais cette peste bubonique étant devenue pulmonaire en Europe, faut-il penser que ce déplacement du bacille de Yersin vers le poumon est en relation avec les étés pourris des années 1340 ? Le climat, ici comme ailleurs, a pu être un élément provocateur [sans en être à l'origine].

Emmanuel Le Roy Ladurie, *Abrégé d'histoire du climat du Moyen Âge à nos jours*, Fayard, 2007.

La Peste à Tournai en 1349, enluminure extraite d'un manuscrit flamand du XIVe siècle.

ACTIVITÉ

Rédigez une réponse argumentée au sujet suivant :
« **Quels effets les variations climatiques avaient-elles sur les sociétés au Moyen Âge ?** »

Aide

1. Décrivez les fluctuations climatiques du Moyen Âge. **(doc. 1 et 2)**

2. Caractérisez les effets sociaux du Petit optimum médiéval. **(doc. 2, 3 et 4)** Montrez comment le **document 3** idéalise cette période.

3. Décrivez les effets climatiques et sociaux du Petit Âge glaciaire médiéval. **(doc. 1, 4 et 5)**

4. Pourquoi faut-il nuancer le rôle direct des fluctuations climatiques dans l'évolution démographique du XIVe siècle ? **(doc. 4 et 5)**

Vers le BAC — Étude critique de documents

Montrez comment les **documents 2 et 3** rendent compte de l'influence des variations climatiques sur les sociétés médiévales.

Après avoir expliqué le sens général des documents, portez un regard critique pour montrer qu'ils ne permettent pas de traiter l'ensemble de la question.

Pour aller plus loin

Réalisez une biographie de l'historien Emmanuel Le Roy Ladurie en vous appuyant notamment sur la vidéo. Expliquez son rôle dans l'élaboration de l'histoire du climat européen.

Vidéo

Entretien avec E. Le Roy Ladurie, INA, 1982.
hachette-clic.fr/24hggt209

Étude 2 La perception du Petit Âge glaciaire par les contemporains : l'exemple de l'hiver 1709

Bien que l'hiver 1709 ne soit pas considéré comme le plus froid du Petit Âge glaciaire en France, il a particulièrement marqué les esprits. Alors que la France est en guerre contre le Saint-Empire romain germanique et la Grande-Bretagne, le nombre de décès liés à ce rude hiver est estimé à 600 000. 600 000 autres personnes périrent de maladies les années suivantes.

Pourquoi l'hiver 1709 est-il resté dans la mémoire collective comme un hiver de référence ?

1 Témoignage d'un contemporain de l'hiver 1709 dans les Ardennes (France)

Les semences étaient bien germées […] et à voir les blés aux environs de Noël, il y avait lieu d'espérer une récolte abondante en 1709 ; mais nos péchés ont tellement attiré sur nous la colère de Dieu, qu'il envoya l'ange évoqué dans l'Apocalypse, avec sa faux aiguë et tranchante pour moissonner cette belle campagne, vendanger ces vignes et jardins, car le sixième janvier de l'année 1709, il y tomba si grande quantité d'eau la nuit que la surface de la terre était remplie d'eau, et à peine cette pluie cessa, que l'on commença à sentir cette faux aiguë, je veux dire un froid terrible, avec une si grande gelée, que toute la surface de la terre n'était qu'une glace ; la gelée prit au point du jour, et avant midi on pouvait marcher sur certaine glace, et trois jours après on pouvait marcher sur celle de la rivière. […] Ce fâcheux hiver dura jusqu'environ le 8 ou le 10 mars, moment où le verglas fut entièrement fondu. […] Il y eut ordre du roi [Louis XIV] que chacun soit obligé de déclarer les grains qu'il possédait, au greffe de leur justice, sous peine de confiscation desdits grains. Il envoya des commissaires pour faire visiter des greniers, pour fournir les grandes villes, afin d'éviter les séditions et révoltes qui commençaient déjà à paraître.

D'après la « Chronique de Jean Taté, de Château-Porcien », publiée par H. Jadart, 1889.

2 Un hiver remarquable

Vidéo

Le pire hiver de l'histoire : 1709, L'Histoire nous le dira, 2020.
hachette-clic.fr/24hggt210

Activité à télécharger
hachette-clic.fr/24hggt211

3 D'Aguesseau sauve la France pendant la famine de 1709

Illustration de Sergent-Marceau, 1786-1792.

À la tête d'une commission spécialisée, Henri François d'Aguesseau, seigneur de Fresnes (1668-1751) et procureur au Parlement de Paris, apparaît comme l'un des premiers à prendre conscience de la gravité de la situation. Il prend des mesures d'urgence en veillant à l'alimentation des plus pauvres et à la santé des populations.

ACTIVITÉ

1. En quoi l'hiver de 1709 présente-t-il des conditions climatiques extrêmes ? **(doc. 1 et 2)**
2. Quelle cause est évoquée pour expliquer ce rigoureux hiver ? **(doc. 1 et 2)**
3. Montrez comment les autorités et les Français se sont adaptés à cette situation à la fois dans les campagnes et dans les villes. **(doc. 1 et 3)**

Pour aller plus loin

Comparez cette étude avec la façon dont cet épisode est présenté dans la BD *Hyver 1709*, de Nathalie Sergeef et Philippe Xavier (2016), éditions Glénat.

Étude 3 Événements climatiques et Révolution française

On a pu associer la Révolution française aux conditions climatiques qui l'ont précédée : quelques mois avant la prise de la Bastille, deux grands événements météorologiques ont en effet marqué la saison 1788-1789 : « l'orage du 13 juillet 1788 » et « le grand hiver » 1788-1789, alors que l'ensemble du XVIIIe siècle est encore marqué par le Petit Âge glaciaire.

Pourquoi faut-il largement nuancer le rôle des événements météorologiques dans le déclenchement de la Révolution française ?

1 L'orage du 13 juillet 1788

Cet orage fut terrible par ses effets dans différentes provinces de France, où, en moins d'un quart d'heure, il ôta tout espoir de récolte. Tous les pays affectés de cet orage n'offraient plus que le spectacle de pays totalement ruinés et détruits par la grêle. Tout fut enterré, haché, abîmé, déraciné ; les toits découverts, les vitres brisées, les vaches et les moutons tués ou blessés ; le gibier, la volaille périrent. Plusieurs habitants, hommes et femmes, reçurent de dangereuses contusions.

Charles-Joseph Messier, astronome, *Mémoires de mathématiques et de physique*, 1788.

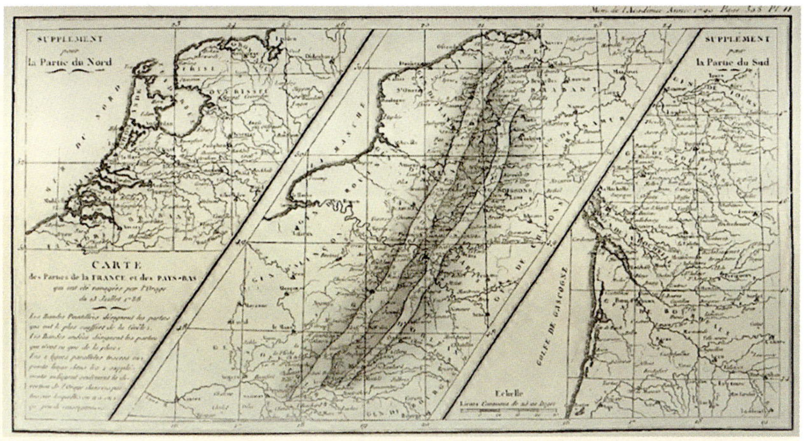

Carte de Buache, 1790 : il s'agit d'une des plus anciennes « cartes d'orage » du monde qui présente sa trajectoire des Landes jusqu'à la Belgique.

2 Le rôle des événements météorologiques dans le déclenchement de la Révolution

La parole de l'historien

En juillet 1788, la sécheresse est marquée par un déficit pluviométrique de l'ordre de 40 % dans le nord de la France et dépasse les 80 % dans le Sud-Est. Dès juin, les récoltes sont annoncées comme médiocres [...] (20 à 30 % de moins que la normale selon les régions). Il faut remonter à 1774 pour retrouver un tel déficit, qui avait alors été à l'origine de la « guerre des farines », une révolte consécutive à la hausse du prix du pain survenue au printemps 1775. Le 13 juillet 1788, un orage particulièrement violent traverse la France. Mais le plus difficile reste à venir. Le temps glacial qui s'installe sur le pays dès le 25 novembre 1788 se prolongera jusqu'à la mi-janvier 1789. [...] La surmortalité de janvier 1789 est estimée à 10000 morts. Le prix du pain s'envole et 58 émeutes frumentaires ont lieu en 1788, 239 sur les seuls quatre premiers mois de 1789 [...]. L'orage de 1788, et plus globalement les conditions météorologiques de 1788-1789, a joué un rôle de « gâchette » dans le déclenchement de la Révolution française, même si les origines en sont beaucoup plus profondes. En France, en 1788, le contexte politique est tendu. Louis XVI s'est résolu à convoquer les états généraux le 5 juillet 1788, sans annoncer cependant de date précise. Il n'identifie pas le risque de pénurie alimentaire [...]. Il faut attendre la nomination officielle de Necker, le 25 août 1788, pour que l'exportation des grains soit interdite et qu'un circuit d'importation depuis les États-Unis soit mis en place. [...] La question des impôts à payer après les récoltes détruites par l'orage du 13 juillet ou le gel de l'hiver et celle de la cherté du pain reviennent presque systématiquement dans les cahiers de doléances du tiers état. Les émeutes gagnent toute la France, en ville comme à la campagne. Elles se radicalisent. Le petit peuple devient révolutionnaire.

Entretien avec E. Le Roy Ladurie, « 13 juillet 1788 : un orage prérévolutionnaire », *Météo France*, 2018.

Vocabulaire

Émeute frumentaire : révolte causée par l'insuffisance des récoltes de blé et l'augmentation du prix de la farine.

Vers le BAC Grand oral

À l'aide des documents et en binôme, vous discuterez de la place des phénomènes météorologiques dans le déclenchement de la Révolution française :
- un élève montre le rôle des phénomènes météorologiques dans le déclenchement de la Révolution française ; **(doc. 1 et 2)**
- l'autre démontre que les événements météorologiques ne sont pas les seuls facteurs de la Révolution française. **(doc. 2)**

Repères

Le changement climatique contemporain et ses conséquences

1 Représenter le changement climatique : les *warming stripes*

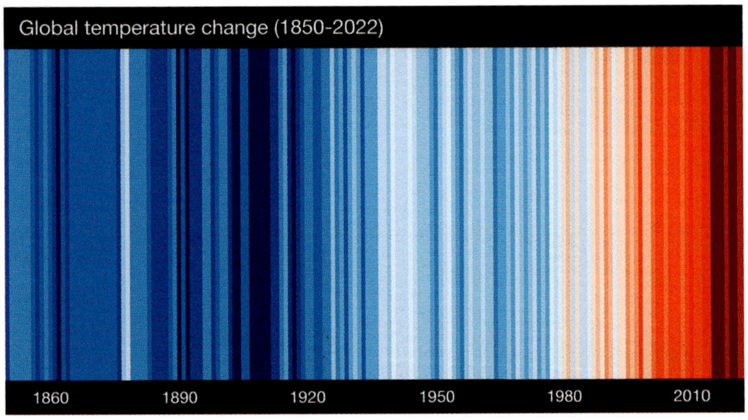

Créées par le climatologue Ed Hawkins en 2018, les *warming stripes* visent à rendre le changement climatique plus facile à représenter pour le grand public, en utilisant un code couleur intuitif.

Notion

Changement climatique contemporain : modification durable des caractéristiques climatiques (températures, précipitations, sécheresse, cyclones) à l'échelle de la planète. Il est dû à l'action des sociétés sur leur environnement.

2 Un facteur essentiel : l'action des hommes

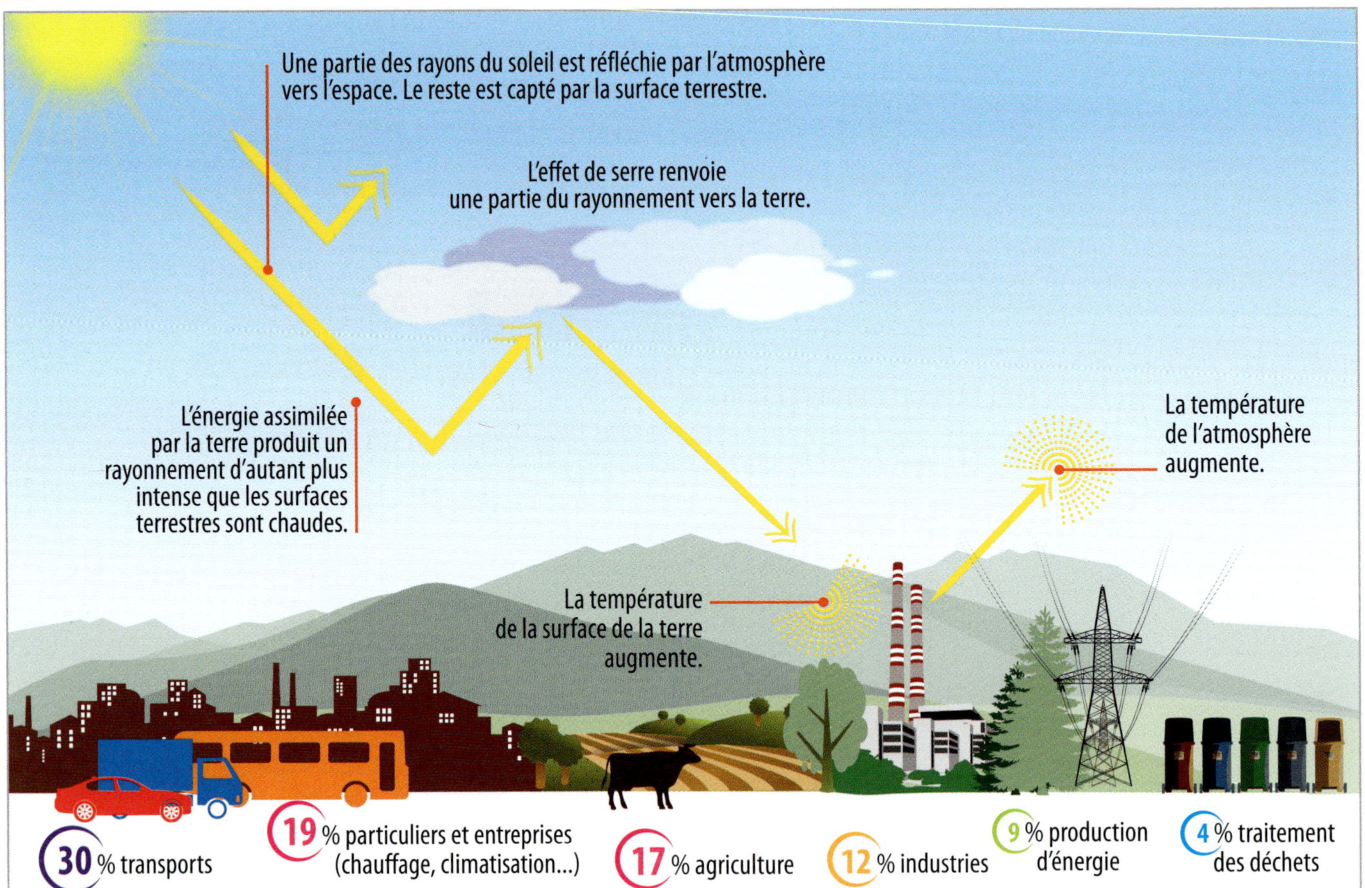

Répartition des émissions de gaz à effet de serre par secteur, en France en 2022

Source : Ministère de la Transition écologique, 2024.

Ne pas confondre

GIEC (Groupement intergouvernemental d'experts sur le climat) : organisme créé par l'ONU en 1988 pour étudier la responsabilité humaine dans le changement climatique.

≠

COP (Conférence des parties) : réunion annuelle des États pour fixer les objectifs climatiques mondiaux.

3 Diverses manifestations du changement climatique à l'échelle planétaire

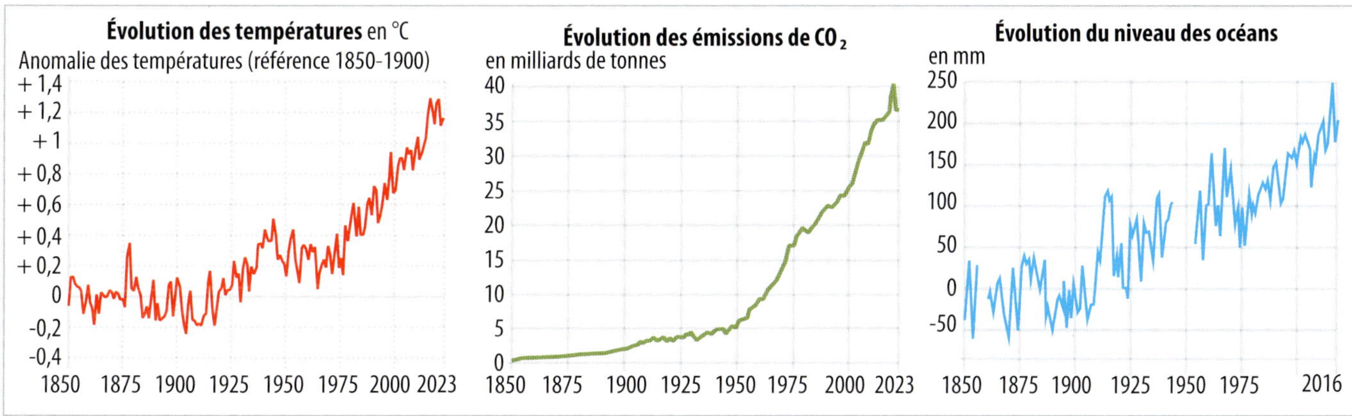

Source : François-Marie Bréon et Gilles Luneau, *Atlas du climat, face aux défis du réchauffement*, Autrement, 2021.

4 Les conséquences préoccupantes du changement climatique

Des conséquences sur l'environnement…

- Fonte des glaces et du pergélisol arctique (partie du sol gelée en permanence qui, en fondant, libère du CO_2 et du méthane)
- Événements météorologiques extrêmes plus fréquents et plus intenses (tempêtes, cyclones, canicules, inondations)
- Montée du niveau des mers
- Sécheresse
- Perte de biodiversité végétale et animale

… aux conséquences sur les sociétés

- Ouverture de nouvelles voies de communication
- Ouverture de nouveaux territoires de prospection d'énergies et de minéraux

mais

- Destructions liées aux catastrophes naturelles
- Migrations climatiques
- Sécurité alimentaire menacée
- Effets sur la santé (liés à la hausse des températures et de la pollution, à la transmission de maladies par les insectes)
- Coûts financiers de l'adaptation au changement climatique

Source : M. Maslin, *Le Changement climatique*, ECP Sciences, 2022.

5 Une lente mobilisation internationale

1970 – 1980 – 1990 – 2000 – 2010 – 2020

*Principales étapes de la **prise de conscience** internationale sur le changement climatique*

- 1972 **Premier sommet de la Terre, Stockholm**
- 1979 1re conférence mondiale sur le climat, Genève
- 1988 **Création du groupe intergouvernemental sur l'évolution du climat (GIEC)**
- 1990 1er rapport du GIEC : la Terre semble se réchauffer. Les activités humaines semblent en être responsables
- 1992 **2e sommet de la Terre, Rio de Janeiro**
- 1995 **1re COP, Berlin**
- 1997 **Conférence de Kyoto** diminution de 5 % des émissions
- 2005 16 février : entrée en vigueur du protocole de Kyoto
- 2013 5e rapport du GIEC : la responsabilité des activités humaines dans le changement climatique est prouvée
- 2015 **COP21 à Paris**
- 2023 **COP28 à Dubaï**

*Sélection de **conventions internationales** sur d'autres thématiques environnementales*

- 1971 Adoption de la convention de Ramsar sur les zones humides
- 1987 Adoption du protocole de Montréal sur la couche d'ozone
- 1992 Convention internationale sur la diversité biologique
- 1995 Convention internationale de lutte contre la désertification
- 2001 Convention de Stockholm sur les polluants organiques persistants
- 2018 Forum mondial de l'eau, Brasilia
- 2020 Forum mondial de la biodiversité, Davos

POUR COMPRENDRE

1. Les changements climatiques ont émaillé l'histoire de l'Europe. Mais au cours du XIXe siècle, une rupture s'opère à l'échelle mondiale. Les modifications climatiques, engendrées par les activités humaines, s'accélèrent à un rythme inédit.

> Pourquoi l'expression « réchauffement climatique » est-elle insuffisante pour rendre compte des modifications récentes du climat ? (doc. 2, 3 et 4)

> Montrez que le changement climatique contemporain est inédit et diffère des épisodes historiques survenus du Moyen Âge au XIXe siècle ? (doc. 1 et 2)

2. Le changement climatique contemporain est un risque global, aux formes et conséquences multiples, qui ne peut être appréhendé que de manière planétaire. La première conférence sur le climat en 1979 a inauguré une série de rencontres internationales qui témoignent des préoccupations grandissantes de la communauté internationale au sujet du climat.

> Comment la communauté internationale s'organise-t-elle face à ce défi ? (doc. 5)

Étude 1 Des accords internationaux sur le climat aux résultats inégaux

Depuis 1979, la communauté internationale se réunit régulièrement au sujet du climat. Mais c'est à partir des années 1990-2000 que le changement climatique inquiète réellement et que les différents acteurs cherchent, ensemble, des solutions alternatives.

➤ Pourquoi le bilan des accords internationaux sur le climat est-il mitigé ?

1 Des conférences aux nombreux acteurs

La parole des géographes

Les Sommets de la Terre réunis à l'instigation de l'ONU selon un rythme décennal ont pour objectif de résoudre les tensions entre développement et environnement, de promouvoir le développement durable. Aux Sommets de la Terre s'ajoutent les différentes Conférences des parties (COP) liées aux conventions : Convention Climat et Convention sur la diversité biologique, ainsi que les conférences sur la population, l'eau… Ces rencontres, destinées d'abord aux dirigeants mondiaux, mobilisent de nombreux acteurs de la société civile à partir de 1992 à Rio : entreprises, jeunes, peuples autochtones, communauté scientifique, femmes, syndicats, ONG dont le nombre n'a cessé de grandir. Si les conférences permettent d'attirer l'attention sur les questions environnementales, ces grandes réunions offrent des bilans assez minces : les résolutions qui en émanent peuvent ne pas être appliquées ou sont remises en question. Le rôle de la société civile semble aussi assez limité. Néanmoins, elles ont permis de stimuler la réflexion[1] et l'action en faveur du développement durable.

D'après Yvette Veyret et Paul Arnould, *Atlas du développement durable, un monde en transition*, Autrement, 2022.

1. Depuis 1990, le GIEC établit des rapports réguliers sur le climat. En 2001, son 3e rapport énonce les preuves scientifiques du réchauffement climatique et, en 2013, le 5e rapport établit le lien avec les activités humaines.

2 Les mesures encouragées par les accords internationaux

	Solutions proposées
Atténuation du changement climatique	Réduction des gaz à effet de serre.
	Transfert de technologies de la part des pays développés vers les pays en développement.
	Le protocole de Kyoto autorise les pays riches à acheter des droits à polluer aux pays en développement. L'accord de Paris vise à empêcher ces dysfonctionnements.
Adaptation au changement climatique	Modification du système énergétique mondial au profit des énergies renouvelables (accord de Paris de 2015 : 66 % en 2050 contre 19 % en 2015). Sortie des énergies fossiles annoncée en 2023 à la COP28 de Dubaï.
	Recherches pour la capture généralisée du CO_2.
	Efficacité énergétique : réduction de la consommation et du gaspillage énergétique (économie circulaire, habitat durable…).

Y. Veyret et P. Arnould, *Atlas du développement durable, un monde en transition*, Autrement, 2022.

3 Les COP, des forums d'échanges scientifiques et politiques

Vidéo

COP28 : la fin du pétrole !, C dans l'air, France 5, 2023.
hachette-clic.fr/24hggt212

Vocabulaire

GES (gaz à effet de serre) : gaz (CO_2, méthane ou ozone) piégé dans l'atmosphère et contribuant au changement climatique.

4 La lutte mondiale contre le changement climatique

Carte interactive
hachette-clic.fr/24hggt213

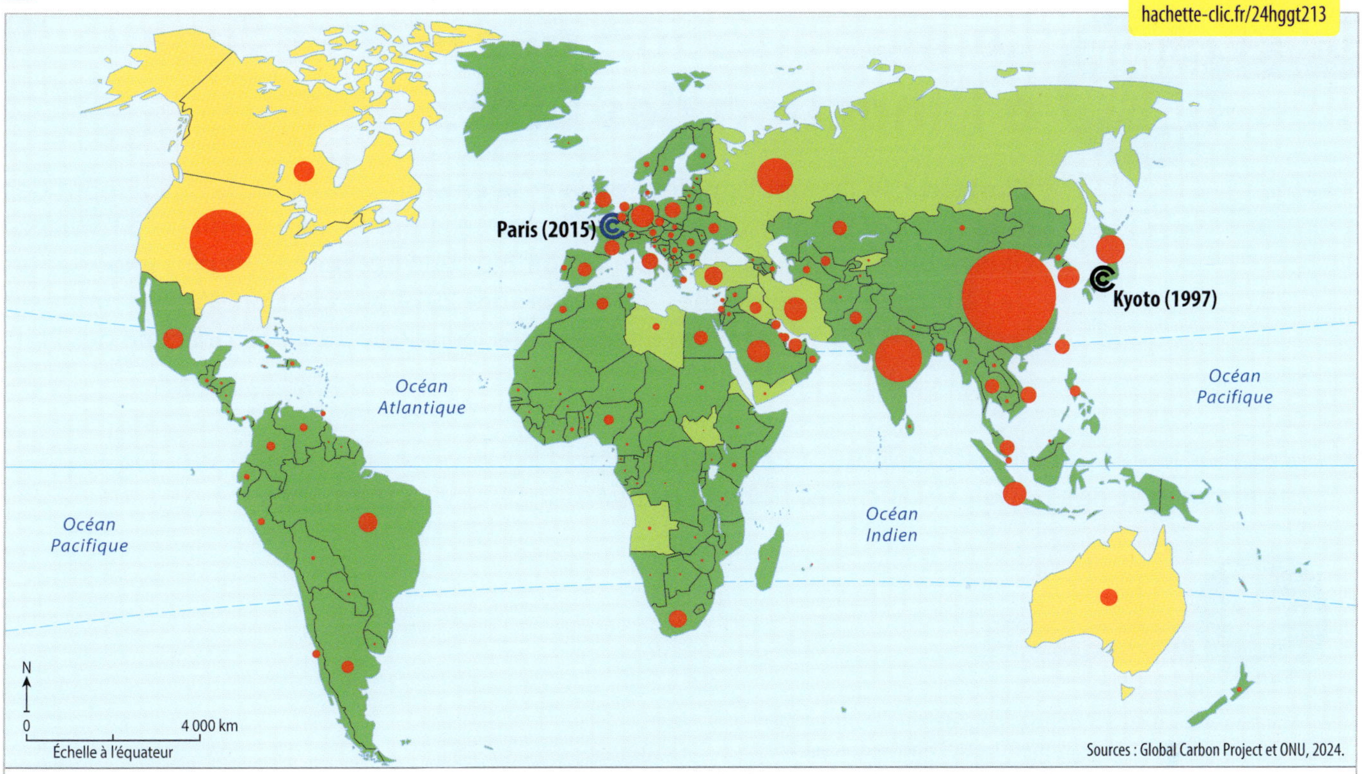

Sources : Global Carbon Project et ONU, 2024.

Des émissions de GES inégalement réparties

Émissions de CO_2 en 2022, en milliers de tonnes : 11 400 ; 5 000 ; 500 ; 10

Des efforts dans la lutte contre le changement climatique contrastés

- 1er protocole contraignant visant à encadrer les émissions de GES (-5 % en moins en 2020 par rapport à 1990)
- objectif de maintenir à +1,5 °C le réchauffement climatique par la réduction des GES
- État ayant ratifié[1] le protocole de Kyoto (1997) et l'accord de Paris (2015)
- État ayant ratifié le protocole de Kyoto et signataire de l'accord de Paris
- État retiré ou ayant refusé de ratifier le protocole de Kyoto ou l'accord de Paris

1. Pour qu'un pays intègre définitivement un accord, il faut qu'il ait été signé lors des négociations internationales, puis ratifié par son gouvernement.

5 La COP28 à Dubaï marquée par de forts paradoxes

Pitch Comment, pour Heidi.news, 1er décembre 2023.

En 2023, les Émirats arabes unis ont accueilli la COP28 à Dubaï. Elle s'est achevée sur un accord qualifié par l'ONU de « début de la fin de l'ère des combustibles fossiles », mais critiqué pour le manque de moyens et d'objectifs concrets par les organisations environnementales.

ACTIVITÉ

Rédigez un paragraphe d'une quinzaine de lignes sur le sujet : « **Quels sont les résultats des conférences internationales sur le climat ?** »
L'organisation de votre paragraphe peut suivre l'ordre des questions suivantes :

1. Montrez que les conférences sur le climat sont variées, tant dans leur nature que dans les acteurs qu'elles réunissent. **(doc. 1 et 3)**
2. En quoi l'accord de Paris prolonge-t-il le protocole de Kyoto ? **(doc. 2)**
3. Quelles sont les limites des accords internationaux sur le climat ? **(doc. 1, 4 et 5)**

Pour aller plus loin

Analysez la place de l'Union européenne dans les grandes conférences sur le changement climatique à partir du diaporama en ligne.

Site Internet
Touteleurope.eu, 2018.
hachette-clic.fr/24hggt214

Vers le BAC Grand oral

Constituez un groupe de quatre élèves.
En vous appuyant sur les documents, un binôme prépare un relevé des avancées des accords internationaux sur le climat ; le second élabore un argumentaire sur les limites de ces accords.
Puis, l'ensemble des élèves du groupe confronte les arguments lors d'un débat.

Étude 2 GRAND FORMAT La mobilisation des jeunes face à l'inaction des États

Contexte ➡ Devant l'ampleur de la crise environnementale, l'engagement des États paraît souvent insuffisant pour les populations les plus sensibles à l'urgence climatique. Greta Thunberg apparaît comme l'une des figures les plus importantes de l'engagement des jeunes. En septembre 2019, à l'occasion d'un sommet sur le climat à l'ONU, elle tient un discours dans lequel elle dénonce l'inaction des États devant l'urgence climatique.

► Comment le discours de Greta Thunberg devant l'ONU révèle-t-il le rôle de plus en plus important des populations civiles dans la gouvernance environnementale ?

Greta Thunberg

Née en 2003

Militante écologiste suédoise engagée dans la lutte contre le réchauffement climatique, Greta Thunberg s'est fait connaître par des grèves scolaires contre le climat avant de devenir une figure mondiale de la jeunesse face à l'inaction des États en matière environnementale.

Vidéo

Le discours de Greta Thunberg, Le Monde, 2019.
hachette-clic.fr/24hggt215

Le discours de Greta Thunberg

1 « Comment osez-vous ? »

Ce n'est pas normal. Je ne devrais pas être ici. Je devrais être en classe de l'autre côté de l'océan. Et pourtant vous venez tous nous demander d'espérer, à nous les jeunes. Comment osez-vous ?
Vous avez volé mes rêves et ma jeunesse avec vos mots creux. Et encore, je fais partie des plus chanceux ! Des gens souffrent, des gens meurent et des écosystèmes s'écroulent. Nous sommes au début d'une extinction de masse, et tout ce dont vous parlez c'est d'argent et de contes de fées racontant une croissance économique éternelle. Comment osez-vous ?
Depuis plus de 30 ans, la science est parfaitement claire. Comment osez-vous encore regarder ailleurs ? Vous venez ici pour dire que vous faites assez, alors que les politiques et les actions nécessaires sont inexistantes.
Vous dites que vous nous entendez et que vous savez que c'est urgent, mais peu importe que je sois triste ou énervée, je ne veux pas y croire. Car si vous comprenez vraiment la situation, tout en continuant d'échouer, c'est que vous êtes mauvais, et ça je refuse de le penser.
L'idée commune qui consister à réduire nos émissions de moitié dans dix ans ne nous donne que 50 % de chances de rester en-dessous des 1,5 °C de réchauffement, et du risque d'entraîner des réactions en chaîne irréversibles et incontrôlables. 50 %, c'est peut-être acceptable à vos yeux, mais ce nombre ne comprend ni les moments de bascule, ni les réactions en chaîne, ni le réchauffement supplémentaire caché par la pollution toxique de l'air ou les notions d'égalité et de justice climatique.
Ces chiffres reposent aussi sur l'idée que ma génération réussira à absorber des centaines de milliards de tonnes de CO_2, avec des technologies encore balbutiantes. Donc 50 % de risque de rester en-dessous des 1,5 °C de hausse des températures, ce n'est pas acceptable pour nous, qui devons vivre avec les conséquences. […]
Comment pouvez-vous prétendre que ceci peut être résolu en faisant comme d'habitude, avec quelques solutions techniques ?
Avec les niveaux d'émissions actuels, le budget CO_2 aura entièrement disparu en moins de huit ans et demi. Aucune solution, aucun plan ne sera présenté pour résoudre ce problème ici, car ces chiffres dérangent, et que vous n'êtes pas assez matures pour dire la vérité.
Vous nous laissez tomber. Mais les jeunes commencent à voir votre trahison. Les yeux de toutes les générations futures sont tournés vers vous. Et si vous décidez de nous laisser tomber, je vous le dis : nous ne vous pardonnerons jamais ! Nous ne vous laisserons pas vous en sortir. Nous mettons une limite, ici et maintenant : le monde se réveille et le changement arrive, que cela vous plaise ou non. Merci !

Discours de Greta Thunberg à l'ONU, 19 septembre 2019, traduction par Radio France.

Mise en perspective

2 Des États différemment engagés dans la protection du climat

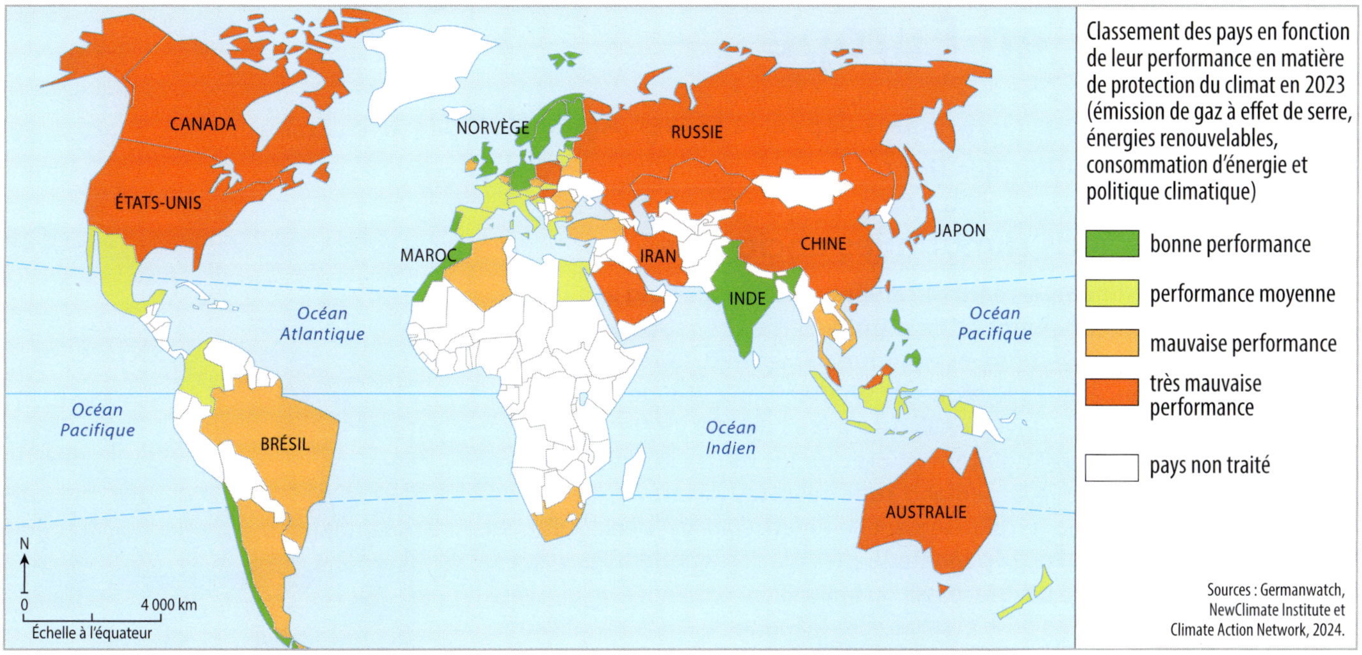

3 Des jeunes de plus en plus mobilisés devant l'inaction des États

Plus de 600 jeunes, dont la militante pour le climat Greta Thunberg, ont assigné vendredi l'État suédois pour ses mesures jugées insuffisantes face aux questions climatiques. […] Si l'initiative est une première devant la justice suédoise, la Suède avait déjà été assignée avec 32 autres pays devant la Cour européenne des droits de l'homme (CEDH) par six jeunes Portugais en 2020, là aussi pour attaquer son manque d'action supposé contre le réchauffement climatique. « Si nous gagnons, il y aura donc un jugement selon lequel l'État suédois est obligé de faire sa part dans le cadre des mesures mondiales nécessaires pour maintenir l'objectif des 1,5 degrés », a expliqué Ida Edling.

Ces dernières années, de plus en plus d'organisations et de citoyens se tournent vers la justice pour dénoncer ce qu'ils considèrent comme de l'inaction des gouvernements en matière climatique. Dans une affaire devenue emblématique, la Cour suprême des Pays-Bas avait ainsi ordonné en décembre 2019 au gouvernement de réduire ses émissions de gaz à effet de serre d'au moins 25 % d'ici fin 2020.

En France une affaire similaire, « l'Affaire du siècle », avait porté plus de deux millions de citoyens pour faire reconnaître la défaillance de l'État dans la lutte contre le réchauffement climatique. Dans un rapport […], l'Institut météorologique et hydrologique suédois (SMHI) a souligné que la température moyenne du pays avait augmenté de près de deux degrés depuis la fin du XIXe siècle, deux fois plus vite que la moyenne mondiale. La couverture neigeuse dure déjà deux semaines de moins, avec une hausse des précipitations dans le pays scandinave.

« Greta Thunberg et plus de 600 jeunes traînent la Suède en justice », *Europe 1*, 25 novembre 2022.

ACTIVITÉ

Préparer l'analyse du discours en se documentant

1. De qui Greta Thunberg se veut-elle la porte-parole ? **(doc. 1 et 3)**

2. Pourquoi peut-on dire que Greta Thunberg est une personnalité originale dans la vie politique ? **(doc. 1 et vidéo)**

Analyser le discours

3. Que dénonce Greta Thunberg dans son discours à l'ONU ? **(doc. 1 et 2)**

4. Pourquoi Greta Thunberg répète-t-elle à plusieurs reprises dans son discours : « Comment osez-vous ? ». **(doc. 1 et 2)**

> Listez les reproches concrets formulés par Greta Thunberg à l'encontre des responsables politiques mondiaux.

5. Comment le **document 3** illustre-t-il l'affirmation de Greta Thunberg : « Nous ne vous laisserons pas vous en sortir ».

Porter un regard critique sur le discours

6. Montrez que la jeunesse n'est pas le seul acteur de la société civile engagé dans la lutte contre le changement climatique. **(doc. 2 et 3)**

7. Utilisez la leçon p. 392 et votre cours pour discuter l'affirmation de Greta Thunberg : « le monde se réveille et le changement arrive ». **(doc. 1 et 2)**

Pour aller plus loin

À l'aide de cette vidéo, montrez comment les citoyens mènent des actions pour porter leurs revendications auprès des États.

Vidéo

« L'Affaire du siècle » : retour sur une affaire hors-norme, Brut, 2021.
hachette-clic.fr/24hggt216

Axe 2

Leçon 1 Les changements climatiques et leurs effets depuis le Moyen Âge en Europe

➤ En quoi les variations climatiques depuis le Moyen Âge diffèrent-elles du changement contemporain ?

A Des fluctuations climatiques anciennes

JALON 1 p. 378

- **Des fluctuations climatiques sont observées sur le temps long en Europe :** périodes de réchauffement et de refroidissement se succèdent. Alors que le début du Moyen Âge est marqué par le froid, le réchauffement médiéval commence après le règne de Charlemagne et s'étend jusqu'au XIIIe siècle. La vigne est cultivée en Écosse à plus de 400 mètres d'altitude et se répand partout en Angleterre, alors que les routes maritimes entre la Norvège, l'Islande et le Groenland sont ouvertes à la navigation. Puis une tendance globale au refroidissement commence au XIVe siècle. Les étés deviennent frais et pluvieux. En montagne, les glaciers gagnent les vallées, tel le glacier d'Argentière dans le massif du Mont-Blanc. Ce Petit Âge glaciaire connaît deux maxima, l'un au XVIIe siècle sous le règne de Louis XIV et l'autre au début du XIXe siècle. À partir de 1850, les étés plus chauds et les hivers moins neigeux contribuent à un réchauffement climatique partout en Europe.
- **Des variations climatiques s'observent également sur des temps courts.** En plus des tendances générales, des fluctuations plus rapides apparaissent. Le réchauffement de 900 à 1300 n'est pas uniforme : un refroidissement se fait ressentir vers 1100 par exemple. De même, la période surnommée le Petit Âge glaciaire est loin d'être homogène dans le temps : des années tièdes alternent avec des années plus fraîches. L'Europe de la fin du XVIIIe siècle est même marquée par de fortes vagues de chaleurs doublées de sécheresses mettant en péril les populations qui évoquent des « canicules ». De plus, ces variations climatiques ne touchent pas toutes les régions d'Europe en même temps. Alors que le Petit Âge glaciaire commence au XIIIe siècle au nord de l'Europe, il ne touche réellement le sud qu'au cours du siècle suivant.
- **Les contemporains perçoivent surtout les événements climatiques extrêmes** (neige, inondations, tempêtes, sécheresse) et les changements saisonniers. Cette perception du climat s'opère essentiellement à travers le développement des plantes et des cultures, et les signes visibles des variations climatiques (hauteurs d'un fleuve ou d'une couche de neige). Mais il n'existe pas réellement de mémoire collective de ces risques climatiques (espérance de vie plus limitée que les cycles climatiques, absence de relevés météorologiques). Au total, les fluctuations sur le temps long n'ont pas été perçues par les contemporains du début du Moyen Âge au XIXe siècle, car les écarts de températures sont relativement faibles (inférieurs à un demi-degré).

B Des phénomènes qui diffèrent du changement climatique contemporain

- **Les causes des variations climatiques jusqu'au XIXe siècle sont liées à des événements naturels.** Malgré les incertitudes, les historiens expliquent en partie les variations de températures par les modifications de l'activité solaire, notamment entre 1645 et 1715. Mais ce n'est pas le seul facteur d'explication des refroidissements. La piste du volcanisme est aussi explorée. Lors des grandes éruptions comme celles du Laki (Islande, 1783) ou de Tambora (Indonésie, 1815), les cendres volcaniques ont pu perturber le rayonnement solaire.

1 Procession pour faire cesser les fortes pluies sous le règne de Louis X (1315)

Gravure issue de *Histoire des Rois de France depuis Pharamond jusqu'à notre Auguste Monarque Louis Quinze*, 1722, British Library Board.

Vocabulaire

GES (gaz à effet de serre) : gaz (CO_2, méthane ou ozone) piégé dans l'atmosphère et contribuant au changement climatique.

GIEC (Groupement intergouvernemental d'experts sur le climat) : organisme créé par l'ONU en 1988 pour étudier la responsabilité humaine dans le changement climatique.

Procession : défilé religieux accompagné de chants et de prières.

Les effets sur les sociétés rurales et urbaines sont multiples. JALON 1 p. 378 Le plus souvent, les inondations ou les tempêtes plongent les populations dans le désarroi. Dans un contexte de forte christianisation, elles apparaissent comme une punition infligée aux chrétiens pour leurs péchés : ils multiplient prières, messes ou processions. Les sociétés rurales, qui vivent de l'agriculture, sont vulnérables aux aléas climatiques et à la famine (600 000 morts lors de l'hiver de 1709 en France). Les sociétés urbaines, nourries par les campagnes, le sont tout autant en raison des difficultés d'approvisionnement (infrastructures, circulation). Il existe donc en milieu urbain une forte dépendance du prix du blé aux variations climatiques. Sur le temps court, celles-ci ont pu jouer une fonction d'accélérateur dans des événements politiques (Fronde en 1648-1650, Révolution française en 1789).

2 Les débuts de la météorologie

Gravure parue dans *Les Merveilles de la science* par Louis Figuier, Librairie Furne, 1867-1891.

Florin Périer (1605-1672) faisant des mesures sur le sommet du Puy-de-Dôme.

L'adaptation des sociétés après la « catastrophe » climatique varie selon les époques. Avant le XVIIIe siècle, les populations sinistrées ne sont pas prises en charge (sauf par la charité chrétienne) et aucun gouvernement ne met en place de mesures spécifiques à l'exception de la baisse momentanée des impôts. Les premières mesures d'indemnisation de l'État au profit des sinistrés commencent à partir du XVIIIe siècle. Les aménagements se développent (construction de digues, marquages posés dans la ville pour évaluer les crues par exemple), ainsi que la météorologie. Cependant, si cette prise en compte est tardive, certains historiens montrent que c'est dès l'époque médiévale qu'un discours sur les bouleversements climatiques et son impact sur la « nature » s'est mis en place.

C Le changement climatique contemporain : une situation inédite

Le changement climatique en cours est inédit par son rythme, son ampleur et son étendue spatiale. Les climatologues ont démontré que la température moyenne s'élève depuis le milieu du XIXe siècle (+ 1,48 °C au cours de la période 1880-2023, dont plus de la moitié depuis les années 1970). Les vingt premières années du XXIe siècle constituent la période la plus chaude qu'ait connue l'hémisphère nord depuis au moins deux mille ans. Le réchauffement observé au cours du XXe siècle apparaît donc exceptionnel comparé aux fluctuations précédentes, de faible ampleur thermique et géographique.

Par rapport aux fluctuations naturelles antérieures, le changement climatique est spécifique par ses causes essentiellement humaines. JALON 2 p. 384 Les travaux du GIEC, créé en 1988 pour mesurer les mutations en cours, ont établi scientifiquement en 2013 le lien entre les activités humaines et le réchauffement climatique. L'usage des combustibles fossiles (charbon, pétrole, gaz naturel) touche directement ou indirectement toutes les activités économiques et domestiques : transformation industrielle, production agricole, transport des produits finis, construction, éclairage, chauffage, climatisation des locaux à usages productifs ou d'habitation, etc. La concentration des gaz à effet de serre qui en découle modifie le climat et les puissances économiques en sont les principales émettrices. La Chine et les États-Unis émettent respectivement 29 % et 11 % des gaz à effet de serre, mais c'est le Qatar qui en émet le plus par habitant.

Évolution entre 1990 et 2020	Gaz à effet de serre	Population
Chine	+ 403 %	+ 24 %
États-Unis	- 11 %	+ 33 %
Union européenne	- 31 %	+ 6 %
Monde	**+ 57 %**	**+ 48 %**

3 L'inégale contribution des États aux émissions de GES

Source : Banque mondiale, 2024.

Le réchauffement climatique a de multiples conséquences planétaires. L'environnement s'en trouve affecté : fonte des glaces, acidification et montée du niveau des océans, augmentation des événements météorologiques extrêmes (cyclones, inondations, sécheresse), perte de biodiversité. Si les sociétés peuvent y trouver quelques bénéfices (ouverture de nouvelles voies de communication et de nouveaux territoires de prospection minière), elles subissent aussi les conséquences de catastrophes plus nombreuses, la dégradation de leur milieu, et doivent parfois migrer. La Banque mondiale estime que 216 millions de personnes devront migrer pour raisons climatiques, essentiellement en Afrique subsaharienne et en Asie du Sud d'ici 2050.

Axe 2

Leçon 2 Le climat, enjeu des relations internationales contemporaines

Quels défis les négociations internationales sur le climat doivent-elles relever ?

A Une prise de conscience internationale progressive

- **Le rythme des conférences sur le climat s'accélère depuis les années 1970 :** Sommets de la Terre (Stockholm en 1972, Rio en 1992 et 2012), Conférences des parties (COP) annuelles depuis 1995. Certaines se sont consacrées à la seule question du changement climatique (Kyoto en 1997, Paris en 2015), mais d'autres intègrent la question climatique dans des débats plus larges (Sommets de la Terre, Forums mondiaux de l'eau...). Ces rencontres cherchent, sous l'impulsion de l'ONU, à stimuler les initiatives en faveur du développement durable.

Manifestation pour la reconnaissance de la « dette climatique »

Les ONG humanitaires comme ici Act!onaid soutiennent la cause de la « dette climatique » par des manifestations de rue ou par la pression lors des négociations internationales sur le climat (accord de Paris de 2015).

- **Les discussions internationales reflètent l'évolution géopolitique et scientifique.** Le multilatéralisme des années 1990 a permis le succès du protocole de Kyoto alors que l'unilatéralisme actuel constitue un frein (divisions au sein de l'Union européenne, hésitations états-unienne ou brésilienne). Les travaux du GIEC ont fait reculer le **climatoscepticisme**, notamment dans les pays en développement (conférence de Bali en 2007). Ils fixent aussi une hausse des températures de 2 °C à ne pas dépasser comme seuil de sécurité du développement humain.
- **Le leadership des négociations climatiques reflète le basculement du monde.** Alors que les États-Unis avaient joué un rôle majeur durant la guerre froide, l'Europe joue le rôle de locomotive des négociations de l'ONU jusqu'à la fin des années 2010. Elle s'efforce de mettre en œuvre des actions concrètes (contraintes sur les entreprises). À partir de 2007, les pays en développement deviennent une force du processus onusien. Ils défendent l'idée d'une prise en charge financière de l'adaptation des pays en développement par les pays riches, au nom de la « **dette climatique** ». Si l'effacement des États-Unis à partir de 2017 dans la lutte contre le changement climatique avait permis à la Chine de s'affirmer, Joe Biden renoue depuis 2021 avec le leadership climatique des États-Unis.

B Un bilan mitigé

- **Les engagements internationaux impliquent désormais tous les pays.** Si ceux du protocole de Kyoto (1997) ne concernaient que les pays développés, la question climatique s'est élargie à l'ensemble de la planète : l'accord de Paris de 2015 a été ratifié par 184 pays, mais les garanties et décisions sont inégales.
- **La gouvernance climatique reste cependant à construire.** La réticence, voire le refus, des plus grands pollueurs limite les efforts (États-Unis, Chine pour le protocole de Kyoto ; Russie pour l'accord de Paris). L'absence de sanctions en cas de non-respect des accords est aussi une limite, tout comme la lenteur de la mise en application. Les initiatives sont souvent plus nationales que planétaires : le sommet sur le climat de juin 2023 a réuni à Paris à l'initiative de la France une quarantaine d'États.
- **De nouveaux acteurs jouent un rôle croissant.** Lors des conférences, ONG, syndicats, communautés locales, peuples autochtones sont invités à participer aux débats. Les entreprises sont aussi de plus en plus mobilisées, voyant de nouvelles opportunités économiques à développer. Les citoyens surtout exercent une pression croissante sur les dirigeants : Marche du siècle en mars 2019, procès contre les États au nom de la **justice climatique** (condamnation des Pays-Bas en décembre 2019).

Vocabulaire

Climatoscepticisme : attitude de rejet des théories scientifiques sur le changement climatique en cours, au nom de convictions religieuses ou de la défense des intérêts économiques.

Dette climatique : concept défendu par des États ou des associations selon lequel les pays anciennement industrialisés seraient responsables du dérèglement climatique contemporain et auraient en conséquence une dette envers les pays en développement, qui en sont les premières victimes.

Gouvernance : coordination de l'ensemble des acteurs et des règles qui constituent une autorité pour gérer les affaires publiques.

Justice climatique : approche sociale et morale du changement climatique, désignant les acteurs publics et parfois les entreprises comme responsables de l'inaction, et les plus démunis comme victimes.

L'essentiel Axe 2 > Leçons 1 et 2

RÉVISER EN SE TESTANT

Exercices interactifs

hachette-clic.fr/24hggt217

SCHÉMA BILAN

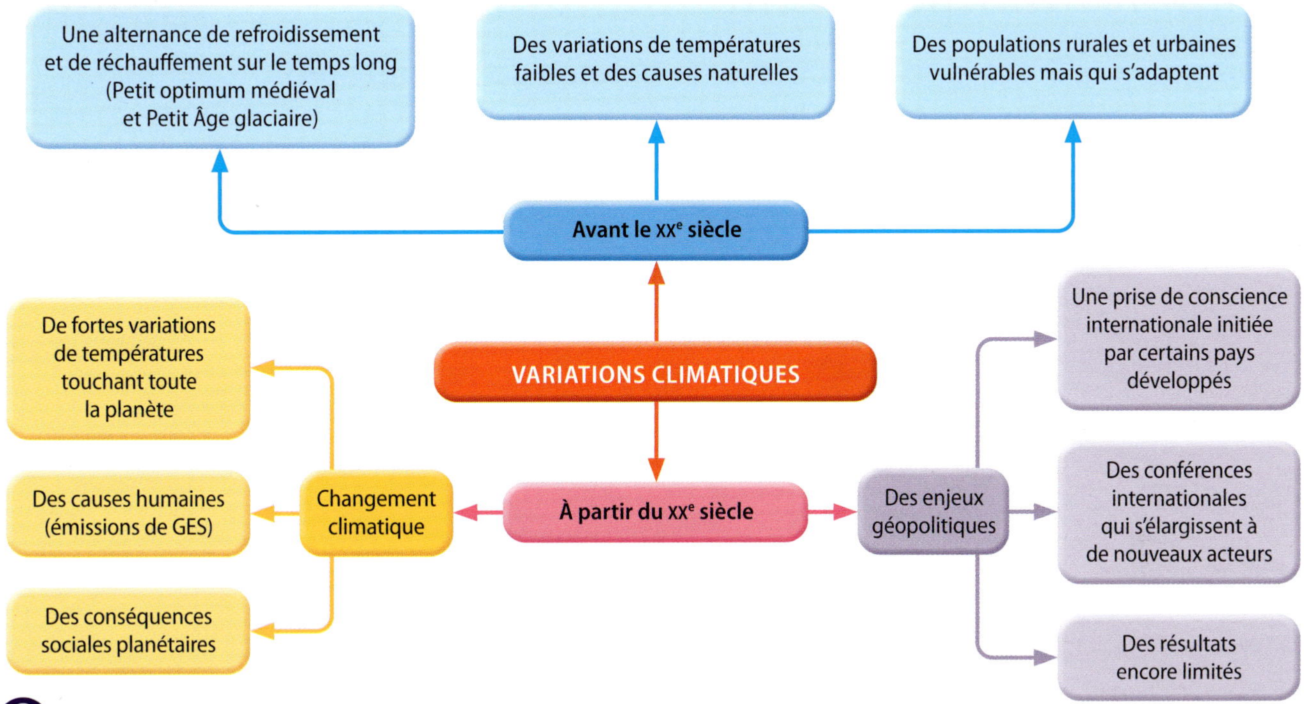

Schéma interactif
hachette-clic.fr/24hggt218

RÉVISER EN SE DOCUMENTANT

À voir

- *Extrapolations*, de Scott Z. Burns, 2023 : série qui relate les impacts sociaux et moraux du changement climatique sur les hommes à travers huit histoires.
- *Don't look up : Déni cosmique*, d'Adam McKay, 2021.
Dans ce film, deux astronomes réalisent une gigantesque tournée médiatique pour prévenir l'humanité qu'une comète se dirige vers la Terre et s'apprête à la détruire.

À lire

- « De la préhistoire à aujourd'hui, l'histoire du climat et des hommes », article dans *Dossiers d'Archéologie* n° 416, mars/avril 2023.
- *Le Changement climatique*, de Mark Maslin, ECP Sciences, 2022 : ouvrage synthétique qui présente le changement climatique (caractéristiques naturelles, conséquences humaines et géopolitiques).
- *Tout comprendre (ou presque) sur le climat*, de BonPote, Anne Brès, Claire Marc, CNRS édition, 2022 : livre édité par le CNRS vulgarisant en format bande dessinée l'état des connaissances sur le climat.
- *Le Monde sans fin*, de Jean-Marc Jancovici, Christophe Blain, Dargaud, 2021 : bande dessinée illustrant les impacts du changement climatique sur les sociétés.
- *2030*, de Philippe Djian, Flammarion, 2020 : roman mettant en scène des personnages en prise avec les questions écologiques en 2030.

Sur le web

Sites Internet
hachette-clic.fr/24hggt219
hachette-clic.fr/24hggt220
hachette-clic.fr/24hggt221

- Un article qui rend compte de l'étude des œuvres d'art pour comprendre les variations climatiques au XVIIe et XIXe siècle.
- Une histoire du climat réalisée en collaboration avec des historiens sur le site de Météo France.
- Le site du GIEC, qui présente les différents rapports et travaux du Groupement d'experts intergouvernemental sur l'évolution du climat.

OBJET DE TRAVAIL CONCLUSIF

Les États-Unis et la question environnementale : tensions et contrastes

➤ Pourquoi, aux États-Unis, les différents acteurs de la question environnementale s'opposent-ils ?

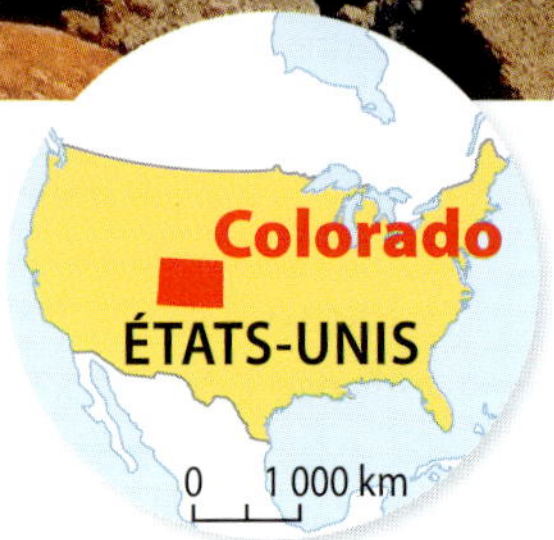

1 La mise en valeur touristique des grands parcs naturels : le Grand Canyon du Colorado

Créé en 1919, le parc national du Grand Canyon est classé au patrimoine mondial de l'Unesco depuis 1979. Son règlement s'efforce d'y concilier activité touristique et respect du milieu naturel.

1850 — 1900 — 1960 — 1980 — 2000 — 2020

- **1859** Premier forage pétrolier au monde (Pennsylvanie)
- **1872** Yellowstone, premier parc naturel au monde
- **1970** Naissance de l'Agence de protection de l'environnement (EPA), première au monde
- **1989** Premières théories climatosceptiques
- **1997** Refus de ratifier le protocole de Kyoto par le Sénat américain
- **2015** Signature de l'accord de Paris sur le climat par Barack Obama
- **2017-2020** Mandat de Donald Trump marqué par une politique climatosceptique
- **2022** Plan climat

2 **Marche de la jeunesse pour le climat, Washington, 25 mars 2022**

En mars 2022, de nombreux jeunes Américains ont mené une grève et multiplié les actions comme cette marche entre la Maison-Blanche et le Capitole pour réclamer une politique environnementale plus ambitieuse de la part de l'administration fédérale.

QUESTIONS

1. Quelles formes d'exploitation de l'environnement le **document 1** montre-t-il ?

2. Pourquoi la question environnementale est-elle au cœur des préoccupations sociales ? **(doc. 2)**

3. Montrez que la politique environnementale des États-Unis a des conséquences aux échelles locale, nationale et au-delà. **(doc. 1, 2 et frise)**

p. 396 **> JALON ①**
L'environnement aux États-Unis : entre protection de la nature, exploitation des ressources et transformation des milieux depuis le XIXe siècle

p. 402 **> JALON ②**
Les États-Unis et l'environnement à l'échelle internationale (États, firmes transnationales, ONG…)

Repères

L'environnement et ses acteurs aux États-Unis

1860 · 1880 · 1900 · 1960 · 1970 · 1980 · 1990 · 2000 · 2010 · 2020

- ● à l'échelle nationale
- ● à l'échelle mondiale

- **1859** Premier forage pétrolier au monde (Pennsylvanie)
- **1872** Yellowstone, premier parc naturel au monde
- **1970** Naissance de l'Agence de protection de l'environnement (EPA)
- **1972** Rapport Halte à la croissance ! édité par le MIT
- **Années 1970** Premières mesures écologiques en Californie (normes d'émissions de GES pour les voitures)
- **1989** Premières théories climato-sceptiques
- **1997** Refus de ratifier le protocole de Kyoto par le Sénat américain
- **2015** Signature de l'accord de Paris sur le climat par Barack Obama
- **2017-2020** Mandat de Donald Trump marqué par une politique climatosceptique
- **2022** Plan climat

1 Le poids des États-Unis dans l'environnement mondial

- **11** % des émissions de GES dans le monde (**2e rang** mondial)
- **4,2** % de la population mondiale
- **10e** réserve de pétrole prouvée au monde
- **5e** rang mondial pour les superficies en aires protégées (**13** % du territoire national)
- **1er** pays producteur de pétrole au monde
- **63** parcs naturels dont **27** classés à l'Unesco

Source : C. Montès et P. Nédélec, *Atlas des États-Unis*, Autrement, 2021.

Notion

Parc naturel : espace protégé soumis à une réglementation spécifique afin d'y préserver l'environnement tout en favorisant le développement économique (bois, tourisme). Il peut être régional ou national. Le premier parc naturel au monde (Yellowstone) a été créé aux États-Unis en 1872.

Ne pas confondre

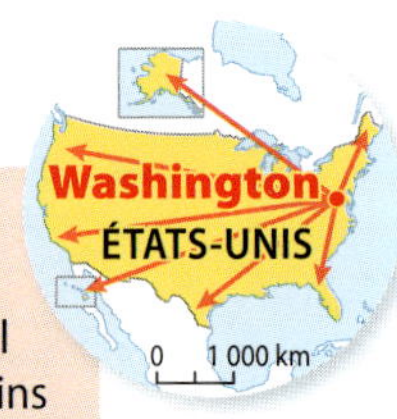

État fédéral des États-Unis : État composé d'unités autonomes (les États fédérés) où le gouvernement central (Washington DC) a autorité dans certains domaines (diplomatie, armée…).

≠

États fédérés des États-Unis : unités autonomes découpant l'État américain dotées de pouvoirs propres (justice, éducation, environnement…) sur leur territoire (Californie, Texas, Alaska…).

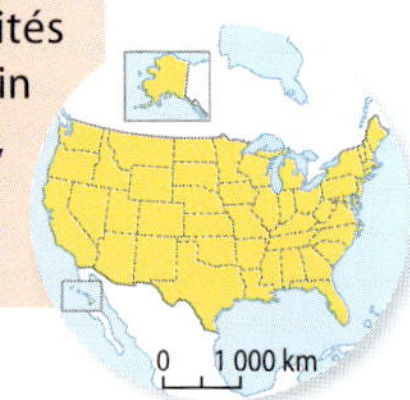

2 État fédéral et États fédérés face à la question environnementale

	État fédéral	50 États fédérés
Rôles à l'échelle des États-Unis	• Décisions sur l'exploitation des ressources • Gestion des parcs nationaux	• Possibilité de mettre en place des mesures de protection des ressources • Éducation à l'environnement • Gestion des parcs d'État
Positions à l'échelle internationale face au changement global	• Refus de ratifier les accords internationaux de lutte contre le changement climatique • 2021 : retour des États-Unis dans l'accord de Paris	• 10 États fédérés engagés en appliquant les décisions des accords internationaux • 40 États hostiles ou indifférents à toute contrainte internationale

Sources : Stéphanie Beucher, Marine Boyer et Pascale Nédélec, Festival de géopolitique de Grenoble, 25 mars 2018 et Convention des Nations unies sur le changement climatique, 2024.

3 Les espaces protégés aux États-Unis

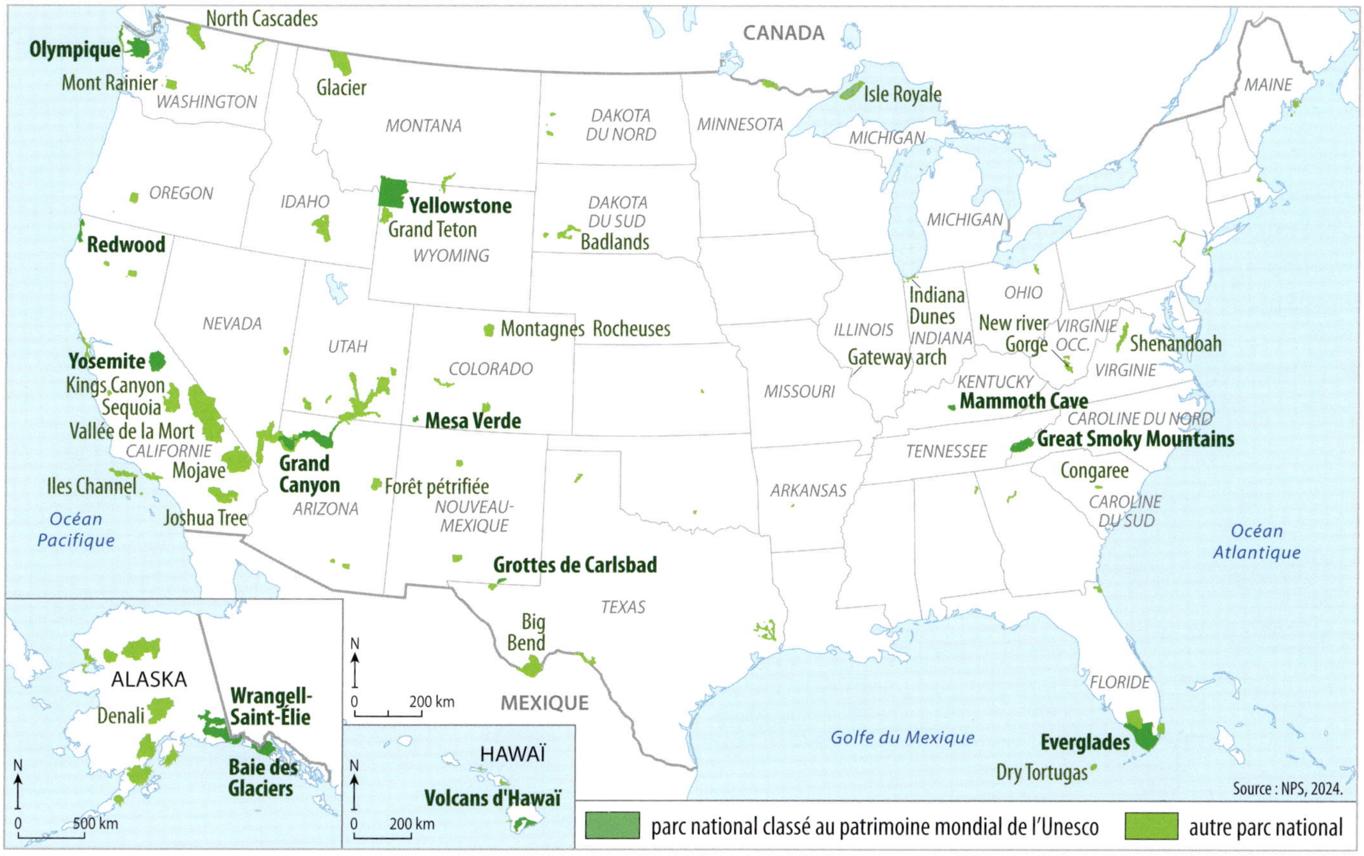

4 Les villes américaines dans le classement des villes les plus engagées pour l'environnement

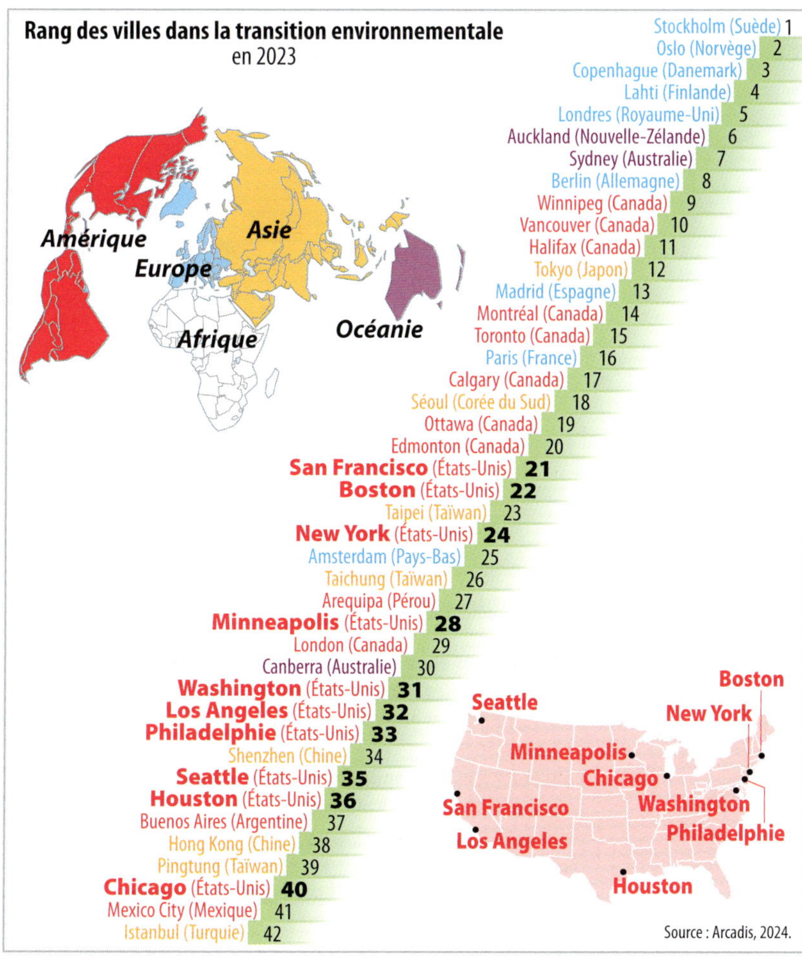

POUR COMPRENDRE

1. La protection des espaces naturels est une préoccupation ancienne et importante aux États-Unis. Pourtant, l'exploitation des ressources naturelles, et notamment des réserves en hydrocarbures, reste un facteur déterminant de la puissance économique des États-Unis.

> Montrez que l'exploitation des ressources naturelles et la protection de l'environnement sont deux constantes depuis le XIXe siècle. Pourquoi ces deux tendances sont-elles contradictoires ? **(frise, doc. 1 et 3)**

2. De nombreux acteurs publics participent à la politique environnementale des États-Unis, notamment l'État fédéral à travers des organismes publics comme l'Agence de protection de l'environnement. Mais les États fédérés sont également des acteurs engagés via des politiques diverses (transition énergétique, gestion des ressources…).

> Pourquoi peut-on affirmer que la politique environnementale états-unienne menée à l'échelle mondiale paraît parfois en contraction avec celle menée à l'échelle des États fédérés et des villes ? **(frise, doc. 2 et 4)**

Étude 1 L'exploitation pétrolière aux États-Unis depuis le XIXe siècle

Le pétrole a contribué à la seconde « révolution industrielle » de la fin du XIXe siècle qui a permis aux États-Unis d'assurer leur puissance économique et de devancer l'Europe. La dépendance du modèle économique à cette énergie explique les stratégies de production mises en œuvre et inquiète les défenseurs de l'environnement.

Comment l'exploitation du pétrole transforme-t-elle l'environnement aux États-Unis depuis le XIXe siècle ?

- **1859** Premier forage pétrolier au monde (Pennsylvanie)
- **1887** Premier forage *offshore* au monde (Californie)
- **1911** Première plateforme pétrolière *offshore* au monde (golfe du Mexique)
- **1949** Première fracturation hydraulique pour l'exploitation de gaz de schiste (Texas)
- **1960** Premier forage pétrolier en Alaska
- **Années 1980** Première exploration mondiale en eau profonde (golfe du Mexique)
- **2010** Plus vaste marée noire au monde liée à l'explosion de la plateforme Deepwater Horizon
- **2018** Exportations de gaz et pétrole supérieures aux importations
- **2020** La Californie interdit la vente de véhicules à essence à l'horizon 2035

1 Forage pétrolier en Pennsylvanie au XIXe siècle

Le pétrole est connu depuis l'Antiquité mais, c'est la technique du forage inaugurée en Pennsylvanie en 1859 qui ouvre l'ère industrielle de son exploitation. Celle-ci s'est traduite au XIXe siècle par une importante déforestation et la pollution massive des cours d'eau américains.

2 L'accident de la plateforme Deepwater Horizon (2010) : la plus vaste marée noire au monde

- explosion de la plate-forme pétrolière
- étendue approximative de la marée noire
- pétrole trouvé sur les côtes

Conséquences environnementales : entre 2 à 4 millions de barils de pétrole déversés ; nombreuses morts d'animaux marins ; impacts à long terme sur les écosystèmes.

Conséquences économiques : perte de 2,5 milliards de dollars pour la pêche ; perte de 3 milliards de dollars pour le tourisme ; perte de 14 milliards de dollars pour la compagnie pétrolière BP (lutte contre l'incendie et contre la fuite de pétrole, indemnités versées aux États américains touchés par la marée noire).

3 Une production pétrolière relancée

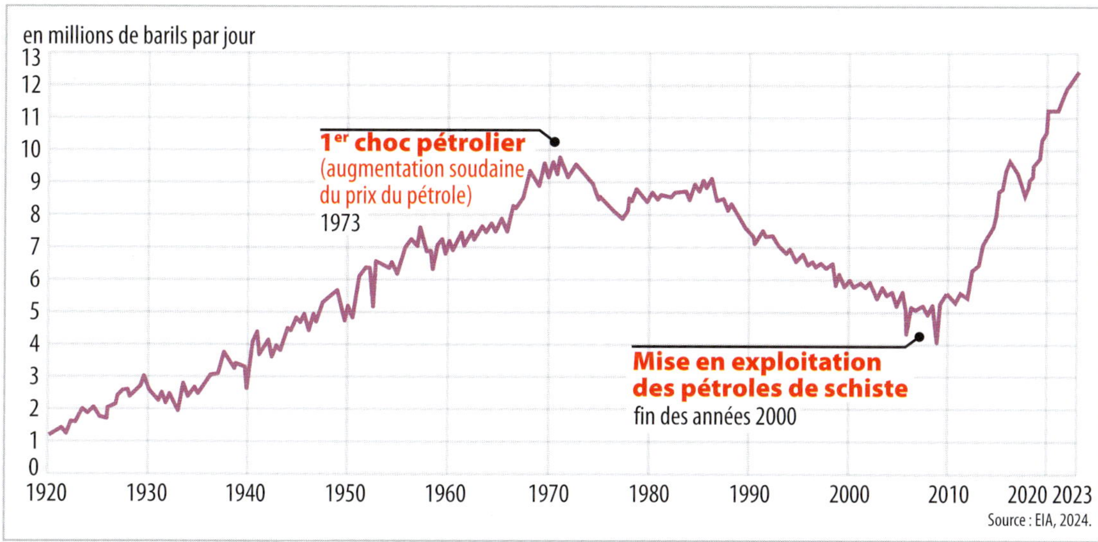

4 Une politique fédérale fluctuante et contestée

L'administration Biden a interdit toute nouvelle exploitation de gaz ou de pétrole dans une immense zone du nord de l'Alaska. Cette nouvelle mesure concerne plus de quatre millions d'hectares au sein d'un espace naturel vital pour des populations de grizzlys, d'ours polaires, de caribous et de centaines de milliers d'oiseaux migrateurs. « Alors que la crise climatique réchauffe l'Arctique plus de deux fois plus rapidement que le reste du globe, nous avons la responsabilité de protéger ces régions précieuses pour des siècles », a déclaré le président démocrate. Son gouvernement avait été très critiqué par les défenseurs de l'environnement pour sa décision, en mars, d'autoriser un vaste projet pétrolier du grand groupe industriel américain ConocoPhillips dans cette même réserve nationale de pétrole. Ce projet, appelé Willow, n'est d'ailleurs pas remis en cause. Les associations environnementales avaient dénoncé une catastrophe pour le climat, et certains voient dans la récente annonce un rattrapage de la part de l'administration Biden. Ces mesures « sont illégales, irréfléchies, défient le bon sens et sont les dernières preuves en date de l'incohérence de la politique énergétique du président Biden », a réagi la sénatrice républicaine d'Alaska, Lisa Murkowski, dénonçant un manque de consultation des communautés autochtones concernées.

« Joe Biden interdit toute nouvelle exploitation de gaz et de pétrole dans plusieurs zones du nord de l'Alaska », *Le Monde*, 7 septembre 2023.

5 Une société de plus en plus mobilisée

En septembre 2023, des marches pour réclamer la fin des énergies fossiles ont été organisées dans les grandes villes américaines, comme ici à New York.

ACTIVITÉ

Complétez le tableau suivant.

	Acteurs	Moyens mobilisés	Conséquences environnementales
Un État pionnier dans l'histoire de l'exploitation pétrolière (**frise et doc. 1**)			
La relance de la politique pétrolière depuis 2010 (**doc. 2, 3 et 4**)			
Une politique énergétique aujourd'hui critiquée (**doc. 2, 4 et 5**)			

Vers le BAC — Étude critique de document

En analysant le **document 4**, listez les paradoxes de la politique pétrolière des États-Unis.

Pour aller plus loin

Réalisez une fiche de lecture de la bande dessinée *Texaco : et pourtant nous vaincrons*, de Pablo Fajardo, Sophie Tardy-Joubert, et Damien Roudeau, Les Arènes BD, 2019.

Étude 2 GRAND FORMAT

Les États-Unis, un État avant-gardiste dans la protection de son environnement

Contexte ➜ Souvent présentés comme un acteur irresponsable en matière de respect de l'environnement, les États-Unis sont pourtant pionniers en matière de protection de la nature. Si la fin du XIXe siècle voit la naissance des premiers parcs naturels et les premières politiques de protection des ressources, les actions se poursuivent au XXe siècle, et notamment durant les années 1970 qui apparaissent comme l'âge d'or de l'action environnementale.

Pourquoi les États-Unis ont-ils longtemps fait figure de pionnier dans la protection de l'environnement ?

Les images

1 Timbres américains de 1970

Dans les années 1970, le mouvement hippie, mais également les rapports scientifiques, dénoncent les atteintes environnementales. La protection de l'environnement devient alors une préoccupation sociétale aux États-Unis, comme le montre l'émission de ces timbres, destinés à sensibiliser les citoyens à l'échelle nationale.

Mise en perspective

2 L'histoire de la protection de l'environnement des États-Unis

1870 – 1900 – 1960 – 1970 – 1980

- **1872** Yellowstone, premier parc naturel national
- **1891** *Forest Reserve Act* (loi de protection des forêts fédérales)
- **1963** *Clean Air Act* (loi sur la qualité de l'air)
- **1964** *Wilderness Act* (loi sur les espaces protégés)
- **1969** Création du CEQ (*Concil on Environmental Quality*, agence coordonnant les actions fédérales pour l'environnement)
- **1970** Création de l'EPA (Agence de protection de l'environnement) ; 1re journée de la Terre
- **1972** *Coastal Protection Act* (loi littoral) ; *Federal Pesticide Act* (loi sur les pesticides)
- **1977** *Clean Water Act* (loi sur la qualité de l'eau)
- **1979** Rapport Charney (démonstration du réchauffement climatique contemporain)

3 Une politique environnementale ancienne

La parole de l'historien

Les Américains ont apporté des contributions notables à la cause environnementaliste dès le XIXe siècle, à travers les œuvres de Henry David Thoreau[1] et la création des premiers parcs nationaux. Incarnées par Gifford Pinchot, premier directeur du Forest Service fondé en 1905 et proche conseiller du président Theodore Roosevelt, les premières actions environnementales entendent remédier au grand saccage provoqué par la conquête de l'Ouest, qui fut une indéniable réussite économique mais un désastre environnemental.

Au fil du XXe siècle, le développement rapide de l'appareil fédéral de protection de la nature accompagne la croissance de l'État moderne, notamment durant les présidences de Theodore et Franklin Roosevelt. Plusieurs agences fédérales voient le jour, qui consacrent l'idée encore inenvisageable au XIXe siècle d'une responsabilité de la puissance publique en matière de protection du vivant et d'usage rationnel des ressources naturelles.

Mais l'avènement de l'environnementalisme contemporain est l'une des nombreuses conséquences des Trente Glorieuses. Si la grande majorité de la population jouit alors des fruits de la croissance, celle-ci est aussi accompagnée de pollutions provoquées par le recours massif aux produits chimiques dans l'industrie et l'agriculture. En réaction, les années 1960 et plus encore les années 1970 constituent l'âge d'or de l'environnementalisme américain : de nombreuses lois de régulation environnementale sont votées conjointement par les deux grands partis, ce qui serait aujourd'hui totalement impensable. Symbole de cet âge d'or environnementaliste, la première Journée de la Terre (*Earth Day*) se tient en 1970 à l'initiative du sénateur démocrate Gaylord Nelson. Pourtant, l'élection à la présidence de Ronald Reagan en 1980 met brutalement fin à ce bref âge d'or. Le nouveau président républicain voit le récent foisonnement de règles et normes environnementales comme une entrave contre-productive au bon fonctionnement des mécanismes du marché.

D'après Jean-Daniel Collomb, *Le Mouvement environnementaliste aux États-Unis*, La Pensée, 2016.

1. Poète et naturaliste américain, Henry D. Thoreau contribue par ses écrits à mettre en avant l'importance de la nature et de sa protection.

Le premier *Earth Day* réunit le 22 avril 1970 environ 20 millions d'États-uniens, majoritairement étudiants, dans des manifestations sur l'ensemble du territoire des États-Unis. Le succès massif de cet événement entraîne la même année la création de l'EPA (Agence de protection de l'environnement) et, dès l'année suivante, l'institution par l'ONU d'un Jour de la Terre le 22 avril de chaque année.

Vocabulaire

Environnementalisme (ou écologisme) : courant de pensée qui vise au respect de l'environnement.

Mouvement hippie : courant de contre-culture de la jeunesse né dans les années 1960 aux États-Unis. Il dénonce la société de consommation et défend une approche nouvelle de la vie en société (vie en communauté, refus de la violence).

ACTIVITÉ

Préparer l'analyse des images

1. Situez les images dans leur contexte de création. **(doc. 1 et 2)**
2. Pourquoi peut-on dire que ces images ont bénéficié d'une forte diffusion dans la société américaine ?

Effectuez une recherche sur Internet pour comprendre le rôle des timbres dans la vie quotidienne des années 1970 (courrier, collections…).

Analyser les images

3. Qui est à l'origine de l'émission de ces timbres ? Quel rôle cet acteur joue-t-il dans la protection environnementale aux États-Unis ? **(doc. 1 et 2)**
4. Quels aspects de la protection environnementale sont mis en avant dans ces images ?
5. Comment ces préoccupations se concrétisent-elles dans la politique des États-Unis ? **(doc. 1 et 2)**

À l'aide des **documents 1 et 2**, justifiez la phrase du **document 3** : « *les années 1960 et plus encore les années 1970 constituent l'âge d'or de l'environnementalisme américain* ».

Porter un regard critique sur les images

6. Montrez que les préoccupations environnementales sont antérieures aux années 1970. **(doc. 3)**
7. Quels paradoxes de la politique environnementale des États-Unis le **document 3** fait-il émerger ?

Étude 1

PROJET DÉBAT

Les paradoxes de la politique environnementale des États-Unis à l'échelle mondiale

Souvent perçus comme responsables du changement climatique en raison de leur mode de vie et de leurs hésitations à adhérer à une politique internationale en matière d'environnement, les États-Unis constituent pourtant un acteur historique majeur dans l'action contre le changement climatique.

Quelles sont les contradictions de la politique environnementale des États-Unis à l'échelle internationale ?

1990 · 1995 · 2000 · 2005 · 2010 · 2015 · 2020

- **1989** Retrait du président George H. W. Bush du plan climat international de Noordwijk
- **1997** Refus à l'unanimité du Sénat américain de ratifier le protocole de Kyoto
- **2000** Tentative du président Bill Clinton de négocier une partie du protocole de Kyoto
- **2005** Refus définitif du président George W. Bush de ratifier le protocole de Kyoto
- **2015** Signature de l'accord de Paris et mise en place nationale du Plan climat par le président Barack Obama
- **2017-2020** Mandat de Donald Trump marqué par une politique climatosceptique
- **2021** Retour des États-Unis dans l'accord de Paris par le président Joe Biden

● Les efforts d'une politique climatique
● Les freins à la politique climatique

A La politique climatique des États-Unis : entre coopération internationale et oppositions

1 Une place fluctuante dans la gouvernance mondiale

a. En 1979, les scientifiques américains sont à la pointe de la question du réchauffement climatique et alertent le monde entier sur le danger qui guette. Entre la présidence de Jimmy Carter qui promeut l'utilisation de l'énergie solaire, la découverte du trou dans la couche d'ozone en 1985 et l'été le plus chaud de l'histoire des États-Unis en 1988, les planètes semblaient alignées pour mettre en place une politique énergétique contraignante. Les géants de l'industrie comme ExxonMobil dépensent des dizaines de milliers de dollars dans la recherche sur le sujet. Mieux, en 1988, Ronald Reagan et Mikhaïl Gorbatchev signent une déclaration commune incluant un volet sur la lutte contre le réchauffement climatique. En 1989, un accord international pour la baisse des émissions de CO_2 se prépare au sommet climatique de Noordwijk, aux Pays-Bas. Mais alors que le monde entier retient sa respiration, sous l'influence de son conseiller climatosceptique John Sununu, le président George H. Bush retire les États-Unis du plan établi par le GIEC qui contraignait les États à réduire leurs émissions de carbone.

Louis Chahuneau, « Quand les États-Unis étaient à la pointe de la lutte contre le réchauffement climatique », *Le Point*, 17 mai 2019.

b. Joe Biden, le président américain, a organisé en avril un sommet pour le climat pour réaffirmer la puissance des États-Unis sur les enjeux environnementaux. Une réunion censée marquer le retour des États-Unis en première ligne dans la lutte contre le changement climatique, après leur désengagement durant le mandat de Donald Trump, lequel avait retiré son pays de l'accord de Paris en 2017. Joe Biden avait d'ailleurs décidé dès son premier jour à la Maison Blanche en janvier 2021 de réintégrer son pays à cet accord. Il agit ainsi dans la continuité de Barack Obama qui avait fait du climat un véritable enjeu.

Youen Tanguy, « Joe Biden veut s'affirmer sur le climat pour réaffirmer le leadership américain » *Le Huffpost*, 22 avril 2021.

2 Un engagement climatique soumis aux enjeux économiques

Vidéo

Les États-Unis et le réchauffement climatique, France Culture, 2021.
hachette-clic.fr/24hggt222

Vocabulaire

Climatoscepticisme : attitude de rejet des théories scientifiques sur le changement climatique en cours, au nom de convictions religieuses ou de la défense des intérêts économiques.

3 Des ONG états-uniennes actives partout dans le monde

	Wildlife conservation society	The Nature conservancy	NatureServe
Date de création	1895	1951	1994
Nombre de membres	4 millions	Plus d'un million	1000 scientifiques
Exemples d'actions	Protection de la faune sauvage	• Protection de la faune et de la flore • Soutien à des activités durables (pêche, élevage…)	Recueil de données sur la biodiversité dans le monde (cartographie)
Zones d'intervention	14 régions prioritaires (Sahel, Arctique, vallée du Mékong…)	Plus de 70 États (Angola, Nouvelle-Zélande, Guatemala…)	Amérique du Nord ; partenariat dans 60 États (Madagascar, Argentine, Indonésie…)

4 Le climatoscepticisme aux États-Unis

La parole du politologue

Le climatoscepticisme trouve sa source dans des divisions raciales, religieuses et idéologiques face aux transformations culturelles, sociales et politiques des années 1960-1970. Le fait que des démocrates progressistes se soient attaqués très tôt au changement climatique et que les solutions proposées soient liées à des mesures étatiques (taxe carbone, économies d'énergie) n'a fait que politiser un peu plus le sujet. Déjà en 2001, le président républicain Bush sort du protocole de Kyoto qu'il juge « injuste et trop coûteux » à l'économie américaine. C'est dans ce contexte très polarisé que Donald Trump peut déclarer que le changement climatique est un « concept créé par les Chinois » pour rendre l'industrie américaine « non compétitive », sans entamer sa crédibilité. La méfiance historique des Américains envers l'État fédéral constitue un facteur important à prendre en compte ici, […] de même que la méfiance envers les institutions internationales. Cela constitue une terre fertile pour les groupes de pression qui sèment le doute dans l'esprit de conservateurs. […] Le président Trump a enfin beaucoup œuvré à attaquer les scientifiques de sa propre administration, censurant leurs résultats, supprimant des programmes de recherche, il fait référence à sa croyance en une nature pourvoyeuse de richesse, qui doit contribuer à la prospérité de l'Amérique. De l'Alaska au Minnesota, l'administration Trump se soucie de la nature dans l'objectif d'en exploiter les ressources.

Jérôme Viala-Gaudefroy, « Le climatoscepticisme progresse aux États-Unis », *Slate*, 12 janvier 2020.

Nawak, 2016.

5 Une première historique : la condamnation d'un État fédéré

En août 2023, à l'issue d'un procès intenté par 16 jeunes âgés de 5 à 22 ans, l'État du Montana a été reconnu coupable d'enfreindre le droit à vivre dans un « environnement propre et sain ».

ACTIVITÉ ORAL

À l'aide des documents, organisez une joute verbale dans laquelle l'un des élèves insiste sur les différents engagements des États-Unis dans la défense de l'environnement à l'échelle mondiale et l'autre en démontre les limites.

Vers le BAC Dissertation

En vous appuyant sur les documents, rédigez un paragraphe sur la place des États-Unis dans les conférences internationales pour le climat destiné à illustrer une dissertation dont le sujet serait : « **Le changement climatique, enjeu géopolitique majeur** ».

Organisez vos idées en montrant que la politique environnementale des États-Unis sur le climat a fluctué ; puis, montrez que des contre-pouvoirs émergent à l'intérieur même du pays.

B Des entreprises au cœur de la politique climatique des États-Unis

6 Tesla, une entreprise américaine portée par l'économie verte

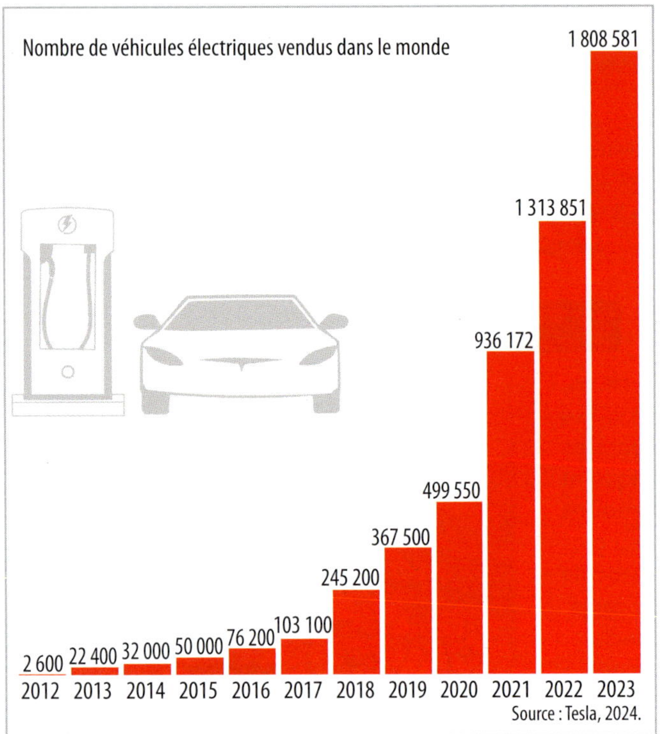

Source : Tesla, 2024.

7 Les conséquences internationales du Plan climat des États-Unis

Il y a un an, le président américain annonçait le lancement d'un projet pharaonique pour la transition énergétique : l'*Inflation Reduction Act* (IRA), qui veut encourager la production et le développement aux États-Unis des énergies propres via des réductions d'impôt accordées aux entreprises. L'IRA a également pour but de favoriser la réindustrialisation du pays, en attirant notamment des entreprises européennes. Et depuis un an, certaines ont en effet franchi l'Atlantique, ce qui fait grincer quelques dents sur le Vieux Continent. Un des objectifs de l'*Inflation Reduction Act* est de pousser les États-Unis à faire quelque chose pour atteindre les objectifs qu'ils s'étaient fixés lors des accords de Paris, en 2015. Un autre objectif extrêmement important est de diversifier les chaînes de production. Washington a peur de devenir dépendant de la Chine. Et il ne s'agit pas seulement de réindustrialiser les États-Unis, il faut aussi relocaliser les chaînes de production dans des pays qui sont alliés aux Américains. C'est pourquoi il est possible d'avoir accès aux crédits d'impôts prévus par l'IRA non seulement aux États-Unis, mais aussi dans des pays qui ont des traités de libre-échange avec les États-Unis.

D'après « L'IRA, le grand plan climat de Joe Biden qui fait grincer des dents en Europe », *RFI*, 16 août 2023.

8 L'engagement des firmes sur les accords internationaux : *greenwashing* ou nouveau modèle économique ?

Pitch Comment, *Heidi.news*, 5 novembre 2022.

ACTIVITÉ

À l'aide des documents, illustrez chaque idée de l'organigramme par des arguments et des exemples.

Les actions des entreprises pour le climat (doc. 6 et 7) + Le Plan climat au service des entreprises (doc. 7)

≠

Les limites aux efforts des entreprises (doc. 7 et 8)

Vocabulaire

Économie verte : ensemble des secteurs de l'économie engagés dans la transition environnementale.

***Greenwashing* (ou écoblanchiment) :** pratique qui consiste à utiliser des arguments environnementaux parfois trompeurs pour vendre des produits ou défendre une politique.

Transition énergétique : choix d'abandonner les énergies fossiles au profit d'une plus grande efficacité énergétique et des énergies renouvelables.

Vers le BAC Étude critique de document

Confrontez les **documents 6 et 8** pour montrer les paradoxes des politiques environnementales des entreprises états-uniennes.

➥ **Méthode p. 339 et 491**

PROJET Organiser un débat

Capacité S'approprier un questionnement et en exprimer clairement les enjeux à l'oral

MISSION ➜ À partir de vos réponses aux questions pages 403 et 404 et de vos recherches personnelles, menez un débat sur le sujet : « Les États-Unis sont-ils un leader de la politique environnementale à l'échelle internationale ? »

étape 1 Préparer le débat

Précisez le sujet en mobilisant des notions telles que *gouvernance environnementale, COP, politique fédérale…*

1. Analysez le sujet du débat afin d'en cerner les enjeux : « **Les États-Unis sont-ils un leader de la politique environnementale à l'échelle internationale ?** ».

2. Listez les informations qui répondent directement au sujet à partir des activités précédentes et classez-les en fonction du point de vue à défendre.

Point de vue 1 : OUI car les États-Unis multiplient les actions pour l'adaptation au changement climatique	**Point de vue 2 : NON** car les États-Unis ont freiné la gouvernance environnementale mondiale
- *Des scientifiques états-uniens à la pointe de la question sur le réchauffement climatique* - *Plan climat de Joe Biden* - …	- *Refus de ratifier le protocole de Kyoto* - *Priorité donnée à l'économie* - …

Dans votre manuel, au CDI, sur Internet, cherchez des exemples précis qui donneront du poids à votre démonstration (date d'adhésion à des accords internationaux, acteurs impliqués dans la prise de conscience environnementale…).

3. Appropriez-vous votre point de vue en complétant votre argumentaire par des recherches personnelles.

étape 2 Mener le débat

N'hésitez pas à relancer le débat sur un nouvel aspect. Cherchez à rebondir sur les arguments de l'adversaire. Restez cordial(e) !

4. Distribuez les rôles des participants au débat.

– **Les contradicteurs** exposent leur point de vue et cherchent à convaincre.

– **Le (la) président(e) de séance** anime le débat, distribue la parole et présente les règles :
- *respecter la prise de parole de l'autre,*
- *lever la main pour demander la parole,*
- *utiliser des arguments scientifiques.*

– **Le (la) secrétaire de séance** prend en note le contenu du débat et rédige une synthèse.

étape 3 Réaliser une trace écrite du débat

Utilisez un code couleur pour repérer les arguments. Soyez synthétique : ne transcrivez pas tout !

5. Le (la) secrétaire de séance prend en note le débat. Il (elle) peut aussi s'appuyer sur le document qui récapitule les arguments de chaque contradicteur. Il (elle) rédige la synthèse sous la forme d'une carte mentale, d'un tableau ou d'un texte rédigé.

6. Faites le bilan personnel de votre débat : quels arguments vous ont paru les plus convaincants ? Les contradicteurs sont-ils parvenus à vous rallier à leur position ? Quelle est votre opinion personnelle finale ?

OTC

Leçon 1 Les États-Unis et la question environnementale : tensions et contrastes

➤ Pourquoi la question environnementale est-elle source de contradictions aux États-Unis ?

A Un environnement riche en ressources et transformé

L'immensité du territoire états-unien offre une grande variété de milieux et de ressources naturels. Outre les ressources liées aux sols (agriculture) et aux richesses hydrauliques (fleuves et lacs), les réserves du sous-sol sont importantes. Excepté pour les terres rares, les États-Unis sont presque autosuffisants, notamment avec la mise en valeur des pétrole et gaz de schiste qui a réduit la dépendance aux hydrocarbures. Alors qu'ils importaient près des deux tiers de leur consommation pétrolière en 2005, ils n'en importent plus qu'un tiers aujourd'hui et sont devenus les premiers producteurs de pétrole au monde.

JALON 1 p. 396

En un peu plus d'un siècle, la conquête du territoire au XIXe siècle a profondément transformé l'environnement. Avant l'arrivée des Européens, la forêt couvrait près de la moitié du territoire, contre 30 % aujourd'hui dont les deux tiers sont exploités (papier, construction). La conquête de l'Ouest s'est accompagnée d'une mise en valeur intensive, suscitant déjà des inquiétudes au XIXe siècle (déforestation, pollution). En 1912, la construction de grands barrages hydrauliques en Californie provoque des tensions avec les États voisins, comme l'Arizona qui dénonce les risques sur la ressource en eau. La biodiversité est aussi affectée, comme le symbolise la disparition des bisons, considérés comme des obstacles à l'installation des pionniers. En une génération, la population de bisons passe de près de 30 millions à quelques centaines, bouleversant ainsi le mode de vie des Amérindiens.

Le sentiment d'abondance, entretenu par des ressources qui semblaient illimitées, a en effet longtemps prévalu, entraînant une dégradation de l'environnement. Les ressources ont été gaspillées : érosion accélérée des sols par les pratiques agricoles, appauvrissement des carrières et mines, déforestation sans reboisement. La priorité accordée à la prospérité économique et à la satisfaction du mode de vie américain explique les pollutions (sol, eau, air). Ainsi, les pollutions au dioxyde de soufre et à l'oxyde d'azote émises par les industries de la région des Grands Lacs jusque dans les années 1980 ont acidifié les précipitations et les cours d'eau des régions voisines, canadiennes incluses.

B Une politique de protection de l'environnement ancienne

JALON 1 p. 396

Les États-Unis sont pionniers de la protection de la nature mais elle s'est longtemps limitée à la préservation d'espaces naturels : les premiers parcs naturels créés aux États-Unis dès la fin du XIXe siècle sont devenus des espaces touristiques majeurs (Yellowstone, Colorado). Ainsi, en Californie, le naturaliste John Muir obtient le classement du Yosemite en parc national en 1890. Dans l'objectif de protéger l'ensemble de la Sierra Nevada californienne, il fonde le Sierra Club considéré comme une des plus anciennes organisations non gouvernementales de protection environnementale. Aujourd'hui, la mise en tourisme de la *wilderness* pose des problèmes de pollution et de surfréquentation des sites les plus visités (Grand Canyon, geysers du Yellowstone).

Production	Rang mondial en 2023
Hydrocarbures	1er
Charbon	5e
Cuivre	5e
Or	4e
Plomb	4e

1 Des ressources naturelles importantes

Sources : BP, 2024 et Statista, 2024.

Vocabulaire

Économie verte : ensemble des branches de l'économie engagée dans la transition environnementale.

Lanceur d'alerte : personne ou organisation qui, ayant connaissance d'un danger, risque ou scandale, interpelle l'opinion.

Terres rares : métaux non ferreux servant à la fabrication de produits électroniques de grande consommation (écrans plats, smartphones) et de technologie verte (moteurs hybrides, éoliennes).

***Wilderness* :** terme anglo-saxon désignant le caractère sauvage de la nature et, par extension, certains sites protégés.

JALON 1 p. 396

Les deux mandats présidentiels de Theodore Roosevelt (1901-1909) réorientent la politique nationale de gestion des ressources. Outre la création de 150 forêts protégées, 5 parcs nationaux et 51 réserves ornithologiques, Roosevelt inaugure un discours s'inquiétant du gaspillage des ressources (forêt, sols, pétrole) pour les générations futures. Face à l'industrialisation croissante des États-Unis et les conséquences de la mise en valeur intensive des ressources, il accroît le rôle de l'État fédéral dans la protection de l'environnement. Ainsi, la gestion de l'eau (construction de barrages, surveillance des cours d'eau) est confiée à une agence fédérale, le Reclamation Service, en lien avec l'institut d'études géologiques des États-Unis.

Theodore Roosevelt

(1858-1919)

Élu au nom du parti républicain, il est le 26e président des États-Unis entre 1901 et 1909. Grand chasseur et passionné par la nature, Theodore Roosevelt a contribué à la valorisation des parcs nationaux, et plus généralement à la protection de l'environnement.

Aujourd'hui, le gouvernement fédéral reste un acteur majeur de la gestion environnementale à l'échelle nationale. Il possède encore près du quart du territoire états-unien. L'EPA (Agence de protection de l'environnement) et le NSP (Service des parcs nationaux) ont une compétence nationale. Si les États peuvent mettre en place des mesures de protection, comme en Californie face aux pénuries d'eau, l'exploitation des ressources est gérée par Washington (pétrole de l'Alaska, terres rares en Californie). Les désaccords sont d'ailleurs croissants entre État fédéral et États fédérés qui revendiquent une plus grande décentralisation de la politique environnementale. Ainsi, les sénateurs des États de l'Ouest sont parvenus à bloquer l'ouverture des parcs naturels à l'exploitation pétrolière voulue par le président Trump en 2019.

C Une opinion publique de plus en plus mobilisée

JALON 1 p. 396

À l'issue des Trente Glorieuses, sous l'influence d'acteurs privés, la volonté de développer des pratiques plus respectueuses de l'environnement s'affirme. Les initiatives se multiplient (gestion des déchets et de l'eau, progrès de l'agriculture biologique), portées par des acteurs industriels qui investissent dans l'**économie verte** : énergie solaire et éolienne, habitat écoresponsable, transports doux… Dans la Silicon Valley californienne, de nombreuses start-up et des entreprises confirmées comme Google ou Tesla investissent dans les technologies innovantes de l'environnement. Des « hubs alimentaires régionaux », encouragés par les États, facilitent la mise en place de circuits courts : les 200 producteurs locaux de celui d'Oklahoma City alimentent 3 800 consommateurs réguliers.

2 Manifestation afro-américaine à New York pour la justice environnementale

Les manifestations pour réclamer une meilleure justice environnementale se multiplient aux États-Unis. Elles dénoncent les scandales écologiques dont les premières victimes sont les plus pauvres, notamment la communauté afro-américaine.

Les ONG de protection de l'environnement sont toujours très actives. L'institut de recherche environnementale Worldwatch édite chaque année un rapport de référence sur l'état de la planète. D'autres ONG états-uniennes sont spécialisées : Conservation International mène des actions pour préserver la biodiversité, Sierra Club vise à protéger les espaces sauvages et préservés de l'action humaine, 350.org lutte contre le changement climatique. L'association Surfrider foundation, créée par un groupe de surfeurs californiens dans les années 1980, a des antennes sur tous les continents dans le but de protéger les océans et les littoraux. Mais les États-Unis accueillent aussi des bureaux des principales ONG environnementales non américaines (WWF, Greenpeace).

Les citoyens se mobilisent et font pression pour une meilleure justice environnementale. Comme Erin Brockovich dans les années 1990 alertant sur la contamination au chlore de l'eau potable de la ville de Hinkley en Californie, des **lanceurs d'alerte** dénoncent les pratiques polluantes. Diverses communautés militent pour une meilleure justice environnementale : communauté noire dès les années 1990, marche des femmes en 2017. La victoire en justice des citoyens de la ville de Flint, majoritairement afro-américains, contre le gouvernement fédéral et l'État du Michigan en 2017, après la mort de 12 personnes empoisonnées au plomb, illustre cette mobilisation.

OTC

Leçon 2 Les États-Unis et l'environnement à l'échelle internationale

Quelles sont les contradictions de la politique environnementale des États-Unis à l'échelle internationale ?

Une production d'énergie solaire développée

Avec 8 des 12 plus puissantes centrales solaires des États-Unis, la Californie produit à elle seule plus du tiers de l'énergie solaire du pays. Le soleil contribue à fournir plus de 26 % de l'électricité de l'État californien.

A L'évolution de la politique environnementale de l'État fédéral

JALON 2 p. 402

- **Première économie mondiale, les États-Unis ont un poids majeur sur l'environnement à l'échelle planétaire.** Ils consomment 20 % de l'énergie (2e rang mondial) et émettent 11 % des émissions de GES (2e rang mondial). Comme tous les pays développés, en important 23 % des biens qu'ils consomment, ils contribuent à la pollution dans les pays producteurs, aux normes environnementales souvent limitées (Chine, Mexique). Selon l'ONG WWF, si tous les habitants du monde adoptaient le mode de vie américain (surconsommation énergétique, gaspillage alimentaire), il faudrait cumuler les ressources de 5 planètes Terre pour les satisfaire. La contribution des États-Unis à la lutte contre le réchauffement climatique est donc essentielle.
- **Jusque dans les années 1990, les États-Unis endossent la responsabilité morale de protéger la planète.** Dans les années 1960-1970, un consensus politique s'impose, incarné par la création de l'Agence de protection de l'environnement (EPA) en 1970 dont la mission est de protéger la santé humaine et de sauvegarder les éléments naturels essentiels à la vie. Si le parti écologiste reste minoritaire (0,7 % des voix en 1996, 0,26 % en 2020), les partis républicain et démocrate intègrent les questions environnementales à leur programme : en 1970, le président républicain Richard Nixon fait adopter le *Clean Air Act*, tandis que le démocrate Jimmy Carter entérine celui de la protection de l'Alaska en 1980.
- **Depuis la fin des années 1980, la participation des États-Unis à la gouvernance environnementale mondiale est fluctuante.** Les présidents républicains George W. Bush (2001-2009) et Donald Trump (2017-2021) ont freiné les actions internationales contre le changement climatique en refusant de participer aux accords mondiaux sur la limitation des gaz à effet de serre (protocole de Kyoto, accord de Paris). Ils sont soutenus par leurs électeurs empreints de **climatoscepticisme**. À l'inverse, les présidents démocrates Barack Obama (2009-2017) et Joe Biden (depuis 2021) ont pris la mesure de l'urgence climatique. Avec le plan Climat et les appels de Joe Biden à un sursaut mondial, les États-Unis ont repris le leadership climatique mondial depuis 2021.

B Une prise de conscience locale du risque global

JALON 2 p. 402

- **À l'échelle locale, la prise de conscience est réelle**, sous l'influence de leaders d'opinion comme Al Gore. Les actions locales se multiplient : de nombreuses villes sont engagées dans le réseau international C40 et mènent des politiques de prévention (mobilités douces à Seattle, toits verts à Chicago) et de **résilience** (nouvelles normes de construction dans les États exposés aux cyclones, création de zones réservoirs pour faire face aux risques de submersion à New York).
- **Les mesures fédérales en faveur de la transition écologique sont soutenues par de nombreux acteurs locaux.** Certains États fédérés sont particulièrement avancés dans ces objectifs, comme la Californie, État le plus peuplé, qui a fixé l'objectif zéro carbone d'ici 2045. Le budget des États fédérés consacré à l'environnement progresse. De nombreuses entreprises, villes, universités ou tribus amérindiennes ont signé l'engagement pour le climat et multiplient les actions pour limiter leur impact énergétique.

Vocabulaire

Climatoscepticisme : attitude de rejet des théories scientifiques sur le changement climatique en cours, au nom de convictions religieuses ou de la défense des intérêts économiques.

Résilience : capacité d'un individu ou d'une société à s'adapter ou à atténuer les effets d'un changement ou d'une catastrophe.

RÉVISER EN SE TESTANT

Exercices interactifs

hachette-clic.fr/24hggt223

SCHÉMA BILAN

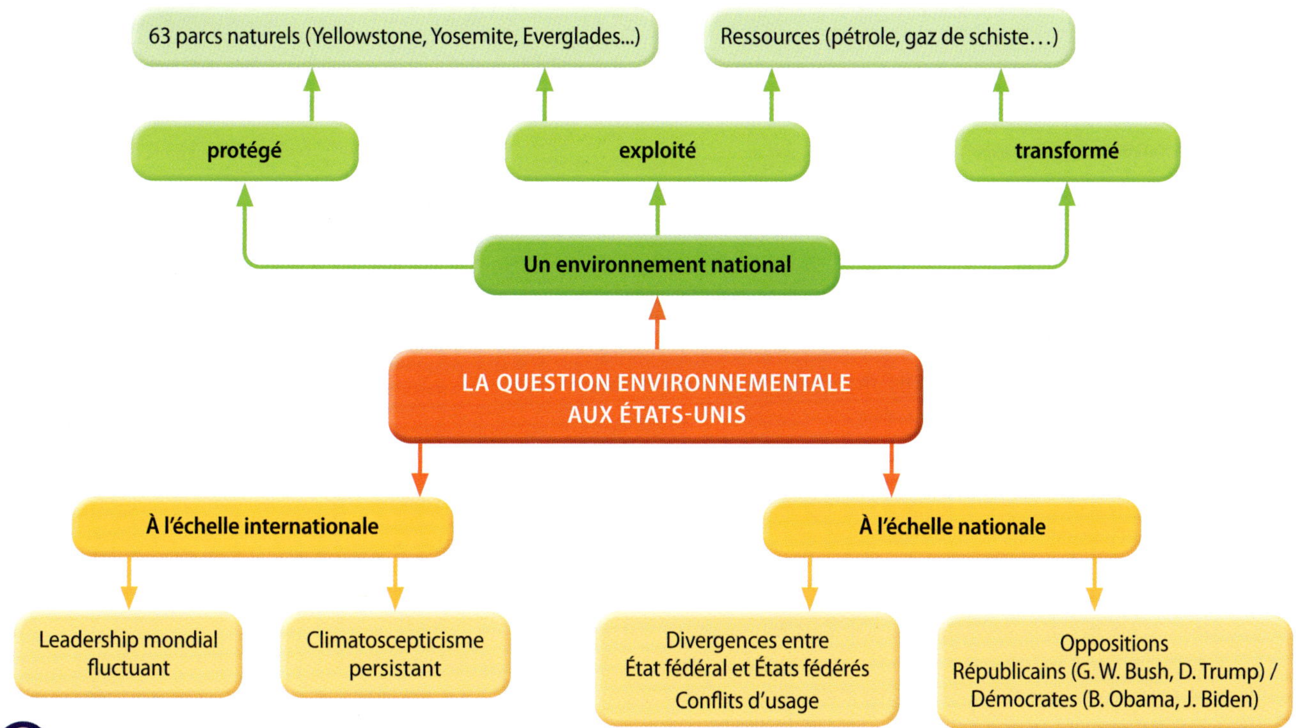

Schéma interactif
hachette-clic.fr/24hggt224

RÉVISER EN SE DOCUMENTANT

À voir

- *Climat, une guerre américaine*, de Cédric Tourbe, 2020.
  Documentaire présentant les paradoxes de la position américaine dans la lutte contre le changement climatique.
- *Dark Waters*, de Todd Haynes, 2019.
  D'après une histoire vraie, un avocat mène un combat pour dénoncer les atteintes environnementales du groupe industriel DuPont.
- *Into the wild*, de Sean Penn, 2008.
  Un jeune diplômé part à l'aventure et découvre la *wilderness* américaine.
- *Erin Brockovich, seule contre tous*, de Steven Soderbergh, 2000.
  D'après l'histoire vraie de cette lanceuse d'alerte qui, dans les années 1990, révèle un scandale d'empoisonnement de l'eau potable ayant affecté des centaines de victimes en Californie.

À lire

- *Atlas des États-Unis. Un colosse aux pieds d'argile*, de Christian Montès et Pascale Nédélec, Autrement, 2024.
- *Atlas historique des États-Unis*, de Lauric Henneton, Autrement, 2021.

Sur le web

- Le site du Service des parcs nationaux.
- Le site du réseau We are still in.

Sites Internet
hachette-clic.fr/24hggt225
hachette-clic.fr/24hggt226

Méthode BAC Dissertation

Capacité Rédiger des transitions entre les parties

Activité à télécharger
hachette-clic.fr/24hggt227

SUJET Les actions de l'homme sur l'environnement : des pressions croissantes

étape 1 Analyser le sujet et élaborer une problématique

1. **Définissez les mots-clés du sujet.** Méthode p. 16

2. **Parmi les propositions suivantes, choisissez la problématique qui convient le mieux au sujet. Justifiez votre choix.** Méthode p. 89

Proposition 1 : *Quelles sont les actions de l'homme sur l'environnement depuis la Préhistoire ?*
Proposition 2 : *Comment la pression de l'homme sur l'environnement conduit-elle à des transformations de plus en plus marquées ?*
Proposition 3 : *Quelles sont les interactions de l'homme et de son environnement ?*

étape 2 Construire le plan de la dissertation

3. **Complétez le plan suivant en listant les informations utiles au sujet.**

Partie 1 : Une pression croissante des actions humaines sur les milieux
A. L'anthropocène marque le début de l'empreinte humaine sur la Terre : anthropisation...
B. Une pression croissante sur les ressources : ...
C. Des conséquences sur les milieux à l'échelle locale : ...

Partie 2 : Des actions humaines aux conséquences globales
A. Un modèle de développement fondé sur les énergies fossiles : .....
B. Des conséquences environnementales à l'échelle globale : ....

Utilisez la leçon p. 372 pour compléter ces informations.

4. **Repérez dans la liste d'informations suivantes l'idée générale d'un paragraphe, les arguments et les exemples.**

Domestication de certains animaux et certaines plantes ; début de l'anthropisation (néolithique) ; croissance de la population ; défrichement ; anthropocène ; invention de l'agriculture ; élimination de nombreuses espèces biologiques.

5. **Replacez ce paragraphe reconstitué dans le plan proposé dans la question 3.**

étape 3 Rédiger la dissertation

6. **Rédigez l'introduction en intégrant la problématique sélectionnée dans la question 2.** Méthode p. 412

7. **Rédigez le développement en suivant le plan complété dans la question 3 et en accordant une attention particulière aux transitions.**

8. **Identifiez la partie du plan dont voici la conclusion, puis sur ce modèle, rédigez la conclusion de l'autre partie.**

Ainsi, dès le début de l'anthropisation de la Terre, les sociétés ont marqué de leur empreinte leur environnement à l'échelle locale en transformant leur milieu de vie et en exploitant les ressources.

Point méthode

Rédiger des transitions entre les parties

Les transitions permettent de faire progresser la réflexion et la réponse à la problématique. Les transitions prennent deux formes :

- **des phrases d'introduction et surtout de conclusion** de partie pour répondre à la problématique et faire le lien entre les parties.
- **des mots de liaison** entre chaque argument (de même, en conséquence, à l'inverse, enfin…).

9. **Rédigez la conclusion de la dissertation en vous aidant de la méthode p. 489.**

Rédigez la conclusion au brouillon avant de la recopier sur votre copie.

Méthode BAC Dissertation

Capacité Mettre en relation des faits de période et de localisation différentes

Activité à télécharger
hachette-clic.fr/24hggt228

SUJET ➡ Changement climatique et sociétés depuis le Moyen Âge

étape 1 Préparer la dissertation

1. Analysez le sujet puis choisissez parmi les propositions, la problématique qui le reformule tout en y restant fidèle. ➡ Méthode p. 89

Proposition 1 : *En quoi les variations climatiques depuis le Moyen Âge diffèrent-elles du changement climatique contemporain ?*
Proposition 2 : *Comment les transformations du climat influencent-elles les sociétés ?*
Proposition 3 : *Quelles sont les fluctuations du climat depuis le Moyen Âge et leurs effets sur les sociétés ?*
Proposition 4 : *Comment les fluctuations climatiques observées depuis le Moyen Âge s'observent-elles ?*

Éliminez les questions qui n'établissent pas de lien entre le changement climatique et l'évolution des sociétés.

Point méthode

Mettre en relation des faits de période et de localisation différentes

✔ **Mettre en évidence les permanences** historiques, malgré des contextes différents, ou au contraire les ruptures.

✔ **Mettre en évidence les points communs,** malgré une situation géographique différente, ou au contraire les différences.

2. Placez sur la frise chronologie les évènements suivants.

– *Petit optimum médiéval*
– *Peste noire*
– *Petit Âge glaciaire*
– *Premières mesures des températures et des précipitations à Paris*
– *Hiver marqué par une vague de froid très meurtrière*
– *Émeutes liées aux pénuries alimentaires de la Révolution française*
– *Prise de conscience d'un changement climatique inédit*

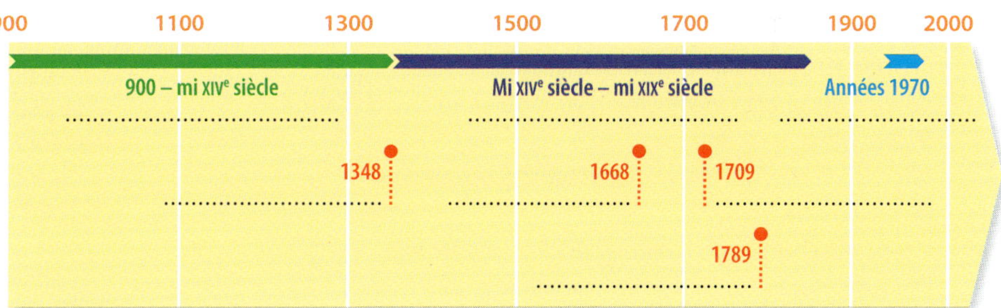

3. Sur le modèle proposé, mettez en relation des faits de période et de localisation différentes.

Petit Âge glaciaire ●	● États-Unis
COP13 de Bali (2007) ●	● Continent européen
Changement climatique contemporain ●	● Pays en développement
Petit optimum médiéval ●	● Ensemble du monde
Ambition de leadership environnemental ●	● Union européenne
	● Chine

étape 2 Rédiger la dissertation

4. Terminez la rédaction de l'introduction.
➡ Méthode p. 412

Les années 2020 cumulent les records de températures, illustrant un emballement des fluctuations climatiques. Or, même si les sociétés ont fait face à des changements météorologiques depuis le Moyen Âge, le changement contemporain apparaît comme inédit. ....

Reprenez la problématique sélectionnée dans la question 1.

5. Terminez la rédaction de la dissertation à l'aide de la méthode p. 17.

Sujet d'entraînement

Les acteurs de la question environnementale dans le monde : entre tensions et coopérations

Pour cerner le sujet, listez les acteurs publics et les acteurs privés de l'environnement aux États-Unis et ailleurs.

Méthode BAC Dissertation

Activité à télécharger
hachette-clic.fr/24hggt229

SUJET La protection de l'environnement aux États-Unis : objet de tensions et de coopérations entre différents acteurs à toutes les échelles

étape 1 Préparer la dissertation

1. **Analysez le sujet puis choisissez parmi les propositions, la problématique qui le reformule tout en y restant fidèle.** Méthode p. 89

Proposition 1 : *Pourquoi la question environnementale aux États-Unis est-elle une source de tensions ?*
Proposition 2 : *Quels sont les acteurs de la question environnementale aux États-Unis à toutes les échelles ?*
Proposition 3 : *Comment la question environnementale aux États-Unis divise-t-elle ou rapproche-t-elle les différents acteurs impliqués dans la protection de l'environnement à toutes les échelles ?*

Éliminez les questions qui adoptent d'emblée l'une ou l'autre des tendances (tensions et coopérations) sans les confronter.

2. **Classez les informations suivantes selon l'échelle qui convient (locale, nationale, internationale), puis classez vos idées pour construire le plan.**

- *une réticence à toute contrainte environnementale ;*
- *un rapport particulier à la* wilderness *;*
- *des acteurs publics inégalement engagés dans la lutte contre le changement climatique ;*
- *une exploitation intensive des ressources aux dépens de l'environnement ;*
- *des acteurs publics au rôle toujours très important ;*
- *des acteurs privés à l'influence croissante ;*
- *un leadership international perdu aujourd'hui réactivé ?*
- *une protection ancienne et pionnière de l'environnement ;*

Certaines informations peuvent s'inscrire dans plusieurs niveaux d'échelle différents.

Point méthode

Construire un plan multiscalaire

✔ **Le plan par échelle est adapté aux sujets invitant à traiter :**
- une typologie des espaces. *Exemple* : Des territoires inégaux face au changement climatique contemporain.
- une situation géographique qui peut se décliner à plusieurs échelles comme ici la protection de l'environnement aux États-Unis.

✔ **Il est possible d'aller du local au global, ou du global au local.** Cependant, il faut toujours commencer par l'échelle qui vous semble la plus importante (pour un sujet centré sur les États-Unis, il est préférable de commencer par l'échelle nationale).

étape 2 Rédiger la dissertation

3. **Classez les informations dans le tableau de la** page 413**.**

– La succession de décisions contradictoires sur la question climatique depuis la fin des années 1990 témoigne des paradoxes de la politique des États-Unis en matière environnementale, tant à l'échelle locale, nationale qu'internationale.
– En janvier 2021, le président Joe Biden annonçait le retour de son pays dans l'accord de Paris, signé en 2015 mais abandonné par son prédécesseur Donald Trump lors de son investiture en 2017.
– Le nombre important d'acteurs de la politique de protection de l'environnement aux États-Unis renforce le risque de tensions mais conduit également à des formes variées de collaboration à toutes les échelles.
– En septembre 2022, l'Ouest des États-Unis a été frappé par une vague de chaleur sans précédent, créant un « dôme de chaleur » dangereux pour la santé des habitants.

Point méthode

Introduire la dissertation

✔ **Amorcer la dissertation :** en partant d'un fait d'actualité, d'une citation, d'un exemple concret.

✔ **Apporter une définition précise** des notions-clés, délimiter les bornes spatio-temporelles, poser les enjeux (intérêt, originalité du sujet proposé).

✔ **Énoncer une problématique :** elle doit couvrir l'ensemble du sujet ; elle soulève une question qui sera le fil conducteur de la dissertation.

✔ **Annoncer l'idée principale de chaque partie** de la dissertation.

Une accroche possible pour mieux comprendre	– En janvier 2021, le président Joe Biden annonçait le retour de son pays dans l'accord de Paris, signé en 2015 mais abandonné par son prédécesseur Donald Trump lors de son investiture en 2017. – …
Un élément de définition du sujet	– …

Établissez un lien entre l'accroche et la définition du sujet, à l'aide d'une formule telle que : Cet exemple illustre …

4. Rédigez l'introduction en reprenant la problématique choisie dans la question 1 et en présentant le plan construit dans la question 2. ➥ Méthode p. 412

Pour annoncer le plan, utilisez une formule indirecte : « *Pour répondre à cette interrogation, il s'agira de montrer d'abord …* ».

5. Sur le modèle proposé pour la partie 1, rédigez la suite de la dissertation. ➥ Méthode p. 335

À l'échelle nationale, l'histoire de la protection de l'environnement des États-Unis oscille entre tensions et coopérations.

À l'origine de ce paradoxe américain réside un rapport particulier à la wilderness. En effet, le rapport des Américains à la nature est intimement lié à la conquête du territoire car à leur arrivée, les colons rencontrent une nature sauvage, la wilderness, perçue comme menaçante, qu'ils cherchent à maîtriser. Ils doivent donc surmonter les contraintes naturelles (grand froid du Nord et du Nord-Est, relief accidenté des Rocheuses) et affronter des aléas naturels destructeurs (séisme de San Francisco en 1906). En parallèle, une vision idéalisée de la nature émerge, portée par des intellectuels qui y voient une incarnation des valeurs fondatrices de l'Amérique. C'est le cas d'Henry David Thoreau qui voit dans la nature une œuvre divine tandis que Frederick Turner associe les valeurs de liberté et de courage des Américains à leur combat pour maîtriser la wilderness.

Sur le sous-continent américain, l'exploitation intensive des ressources se fait aux dépens de l'environnement. La nature est essentiellement perçue comme une ressource à exploiter de manière intensive pour assurer le développement économique du pays. Par exemple, lors de la conquête du territoire au XIXe siècle, les colons détruisent les forêts et massacrent les espèces jugées nuisibles, tels les bisons. Au XXe siècle, l'environnement des États-Unis a été fortement dégradé pour répondre aux besoins de l'American way of life. Les États-Unis restent aujourd'hui les premiers producteurs de pétrole au monde alors que les industries de la manufacturing belt ont pollué sols et eaux et que l'agriculture productiviste a contribué à l'érosion des sols.

Mais paradoxalement, les États-Unis inaugurent en parallèle une protection pionnière de l'environnement. Cela s'explique par le fait qu'au XIXe siècle, une partie de la société américaine développe un nouveau rapport à la nature. La préservation de l'environnement est incarnée par des personnages comme l'écrivain John Muir ou l'ingénieur Gifford Pinchot qui tente de concilier exploitation et préservation des forêts. Cette nouvelle représentation de l'environnement conduit les États-Unis à créer les premiers parcs nationaux au monde. Le parc de Yellowstone est ainsi inauguré en 1872.

Utilisez des exemples précis qui attestent de la précision de vos connaissances.

6. Repérez les différentes parties de la conclusion, en vous aidant de la **méthode p. 489****.**

Le territoire des États-Unis est un espace de ressources à exploiter, parfois aux dépens des milieux naturels fortement dégradés, mais aussi un territoire sauvage, une wilderness à protéger, ouvrant la voie à une politique de sanctuarisation pionnière dans le monde où les acteurs coopèrent autant qu'ils s'opposent. De même, à l'échelle mondiale, les États-Unis ont été les premiers à dénoncer le risque planétaire d'un réchauffement climatique, tout en refusant toute mesure contraignante pour leur mode de vie et leur économie. En définitive, entre exploitation et protection, défiance et engagement face au changement climatique, la politique environnementale des États-Unis est empreinte de contradictions. C'est d'ailleurs un point commun entre les politiques environnementales états-unienne et chinoise, même si les facteurs en sont fondamentalement différents.

Soyez attentif aux mots de liaison qui articulent les principaux arguments entre eux.

Capacités Porter un regard critique sur le contenu du document (critique interne) - Rédiger le développement

Méthode BAC Étude critique de document(s)

SUJET ➪ Le changement climatique : un défi global

Activité à télécharger
hachette-clic.fr/24hggt230

En analysant les documents, en les confrontant et en vous appuyant sur vos connaissances, vous montrerez que le changement climatique s'observe à l'échelle globale, puis qu'il conduit à une lente prise de conscience. Vous n'oublierez pas la dimension critique de cette étude.

1 L'évolution du changement de température depuis 1850

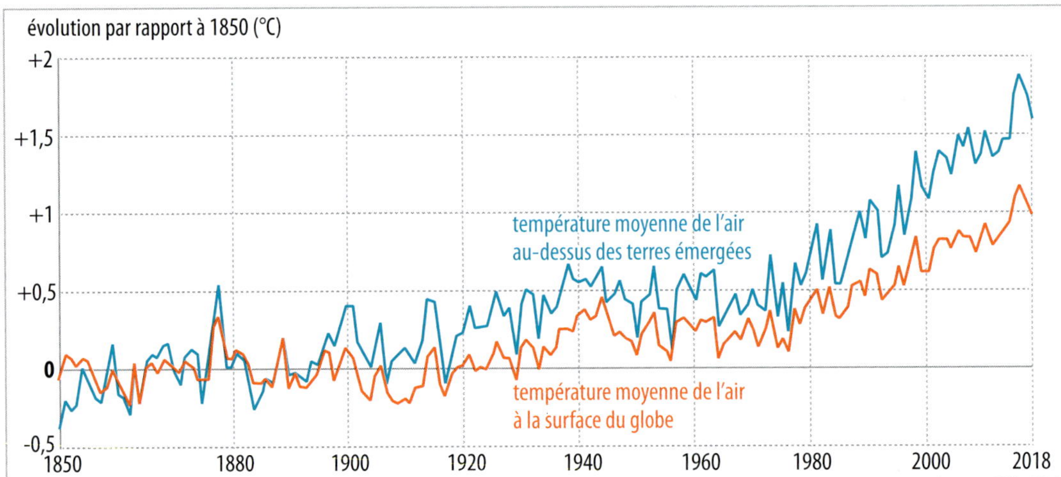

Source : GIEC, 2024.

2 La prise de conscience du changement climatique par les acteurs économiques

La prise de conscience du changement climatique est récente. Elle a émergé notamment dans le contexte de réunions placées sous l'égide de l'ONU et des rapports du Groupe intergouvernemental d'experts sur le climat (GIEC), qui ont reconnu la responsabilité de l'homme dans ce changement. Les Sommets de la Terre sont organisés tous les dix ans depuis 1972. Le premier Sommet a donné naissance au programme des Nations Unies pour l'environnement. Trois autres rencontres ont joué un rôle particulièrement important : le Sommet de la Terre de Rio, tenu en 1992 [...] ; la COP de Kyoto (1997) [...] ; la COP de Paris (2015) [...].

La question climatique est entrée plus tardivement dans la sphère économique et financière, notamment avec les premiers modèles d'évaluation des interactions entre climat et économie sont dues dans les années 1990. [...] La publication du rapport piloté par Nicholas Stern (2006) a marqué un véritable tournant. Il établit qu'en l'absence d'action immédiate, le changement climatique pourrait réduire de façon permanente le niveau du PIB mondial brut de 5 à 20 %. Il conclut à l'urgence de la mise en œuvre de politiques de réduction des émissions de GES, dont le coût à court terme compenserait très largement les dommages causés à l'économie en cas d'inaction. Ces travaux ont suscité de vifs débats, notamment au regard de ceux qui considéraient que les évolutions constatées ne semblaient pas correspondre aux trajectoires prévues par les scénarios extrêmes. Depuis, deux rapports particulièrement alarmants du GIEC publiés respectivement en 2018 et 2019 et montrant une accélération du réchauffement climatique plus rapide que prévu et un impact beaucoup plus sévère qu'anticipé sur les écosystèmes, ont joué un rôle très important dans la prise de conscience collective. Le GIEC mentionne en particulier les « risques systémiques dus à des phénomènes météorologiques extrêmes entraînant une défaillance des réseaux d'infrastructures et des services essentiels, tels que l'électricité, l'approvisionnement en eau, les services de santé et d'urgence ».

Cette prise de conscience a abouti à une mobilisation des banques centrales avec la création, en 2017, d'un réseau pour le verdissement du secteur financier. [...] Sous l'effet de la pression des autorités, des investisseurs et des clients, et afin de réduire leur risque de réputation, les établissements financiers ont multiplié, au cours de ces dernières années, leurs engagements dans la lutte contre le réchauffement climatique. Un rapport récent, montre une prise de conscience de la responsabilité du secteur financier dans la lutte contre le changement climatique et du rôle-clé de la finance pour accompagner les entreprises dans leur transition vers une activité moins carbonée. Pour autant, les stratégies des établissements financiers restent très largement définies sur un horizon de court terme. Or, comme l'indiquait H. de Castries (2015) lors de la COP21, « aucun acteur ne peut se protéger individuellement face à de tels risques. Nous n'avons pas le choix : un monde à + 2 °C pourrait encore être assurable, un monde à + 4 °C ne le serait certainement plus ».

Laurent Clerc[1], « Prise de conscience du risque climatique et de sa dimension systémique », *Annales des mines* n° 102, février 2021.

1. Directeur de l'Autorité de contrôle prudentiel et de résolution, organe associé à la Banque de France chargée de surveiller les activités des banques et assurances en France.

étape 1 Préparer l'étude critique de documents

Point méthode

Porter un regard critique sur le contenu du document (la critique interne)

Même lorsque cela n'apparaît pas explicitement dans la consigne, l'étude des documents doit systématiquement dégager l'intérêt et les limites d'un document. La critique interne analyse les informations, les idées, les valeurs et les intentions de l'auteur pour en déterminer la crédibilité et la pertinence.

- **Montrer l'exemplarité** (ou non) des situations présentées.
- **Mobiliser des connaissances** pour repérer des informations essentielles qui ne figurent pas dans le document et/ou des informations subjectives (parti pris).
- Selon le cas, **confronter les deux documents** pour montrer que les éléments fournis ne sont pas identiques.

1. **Complétez le tableau.** ➥ Méthode p. 261

	Informations prélevées dans le document	Connaissances personnelles	Regard critique
1. Le changement climatique s'observe à l'échelle globale	**A – Un changement inédit par son origine, son intensité et sa rapidité** – « *la responsabilité de l'homme dans ce changement.* » (doc. 2). B – …	– Le début de l'ère industrielle à partir de la moitié du XIXe siècle marque l'entrée de l'anthropocène, notamment en raison de l'usage des énergies fossiles. – …	Les documents ne mettent pas en évidence le rôle spécifique des pays développés dans cette augmentation globale et la vulnérabilité des pays en développement, premières victimes des effets du changement climatique.
2. Une lente prise de conscience	– …	– …	– …

étape 2 Rédiger l'étude critique de documents

2. **Terminez la rédaction de l'introduction.** ➥ Méthode p. 261

Les documents proposés à l'étude sont d'une part un graphique émanant du GIEC (Groupe d'experts intergouvernemental sur l'évolution du climat) mesurant l'évolution des températures depuis 1850 et, d'autre part un article scientifique de Laurent Clerc, responsable d'un organisme de surveillance des risques liés au secteur des banques et assurances. Par leur source, ces documents récents sont des supports fiables pour étudier le changement climatique contemporain et leurs conséquences.

3. **Sur le modèle proposé pour la partie 1 de l'étude critique de documents, rédigez la suite du développement.**

Tout d'abord, le changement climatique s'observe à l'échelle globale. Cette évolution du climat est inédite par son origine, son intensité et sa rapidité. Le graphique (doc. 1) montre par exemple qu'entre 1850 et 2018 les températures au-dessus des terres émergées ont augmenté de + 1,5 °C mais l'augmentation s'accélère surtout après 1960, tandis que le texte (doc. 2) reconnaît « la responsabilité de l'homme dans ce changement. » En effet, le début de l'ère industrielle à partir de la moitié du XIXe siècle marque l'entrée de l'anthropocène (période à partir de laquelle les humains deviennent le principal facteur de changement sur Terre), notamment en raison de l'usage des énergies fossiles (charbon, puis hydrocarbures) et de l'effet de serre qui en résulte. Les accélérations de l'augmentation des températures correspondent aux cycles économiques (Trente Glorieuses, mondialisation, ...).
Néanmoins, on peut regretter que les documents ne mettent pas en évidence le rôle spécifique des pays développés dans cette augmentation globale et la vulnérabilité des pays en développement, premières victimes des effets du changement climatique. Le changement climatique que connaissent les sociétés depuis un peu plus d'un siècle est donc inédit par son intensité, mais également par l'échelle des territoires concernés.

Phrase introduisant la partie
Prélèvement des informations dans les documents
Recours aux notions clés et connaissances pour analyser le document
Regard critique porté sur le document
Mot de liaison structurant la rédaction
Phrase concluant la partie

Point méthode

Rédiger le développement

- Commencer chaque partie par une phrase indiquant l'idée générale.
- Utiliser les informations des documents, complétées ou nuancées par les connaissances personnelles afin d'éviter la paraphrase.
- Utiliser des mots de liaison pour donner du sens à la démonstration.
- Terminer chaque partie par une phrase de transition avec la suivante.

4. **Rédigez la conclusion en rappelant les principaux éléments ayant fait l'objet d'une critique.**

Méthode BAC Étude critique de document(s)

SUJET ➪ Les paradoxes de la politique environnementale des États-Unis

Activité à télécharger hachette-clic.fr/24hggt231

En analysant le document et en vous appuyant sur vos connaissances, montrez que la politique environnementale des États-Unis présente des paradoxes à toutes les échelles.

La politique environnementale aux États-Unis

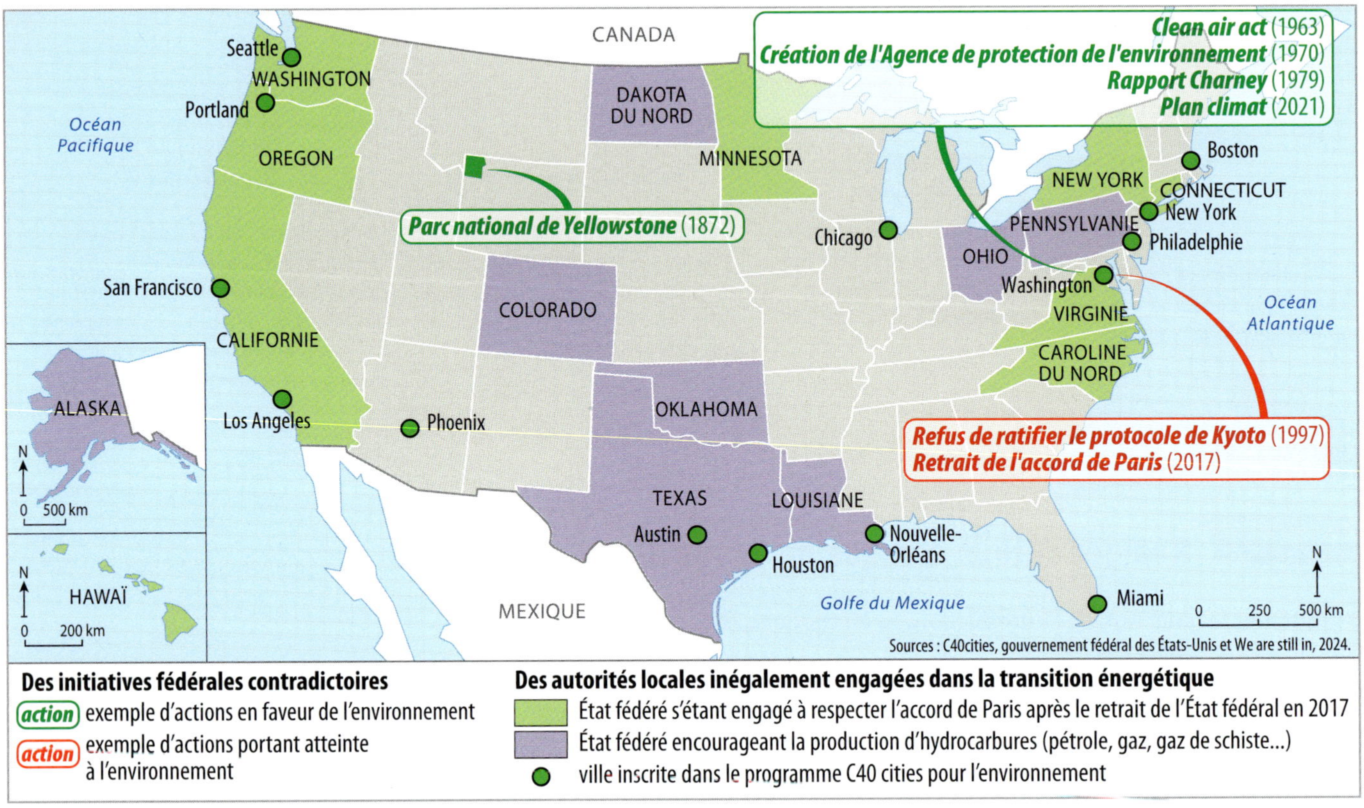

Point méthode

Étudier une carte

- **Identifier la source :** auteur, date, provenance des données chiffrées (Insee, Eurostat…).
- **Décrire la carte :**
  – pour les cartes d'informations statistiques : repérer les grands ensembles géographiques dessinés en fonction de l'information représentée ; identifier les exceptions au sein de chaque grand ensemble ;
  – pour les cartes d'informations qualitatives : repérer les grands espaces et les dynamiques.
- **Interpréter la carte :**
  – utiliser les connaissances extraites du cours pour expliquer les informations décrites ;
  – organiser les informations en lien avec les différentes parties de la consigne.
- **Porter un regard critique sur la carte :**
  – expliquer les choix du cartographe (projection, échelle, figurés…) ;
  – identifier les éléments que l'auteur ne cartographie pas alors qu'ils seraient utiles au sujet.

1. Complétez le tableau pour préparer l'étude de la carte.

	Informations prélevées dans le document	Connaissances personnelles
1. Les actions pour l'environnement	– 1872 : parc naturel du Yellowstone – …	Premier parc naturel au monde
2. Les actions qui portent atteinte à l'environnement	– …	– …

Appuyez-vous sur la légende pour identifier les types d'actions.

2. **Portez un regard critique sur la carte en sélectionnant dans la liste suivante les informations qui conviennent.** ➥ Méthode p. 415

- *l'échelle de la carte n'est pas adaptée au sujet ; la carte présente la totalité des actions états-uniennes liées à l'environnement ;*
- *la carte permet d'opposer les actions fédérales et fédérées ;*
- *la carte ne présente pas du tout la politique environnementale des États-Unis à l'échelle internationale ;*
- *les sources sont fiables ; les couleurs utilisées permettent une lecture immédiate des efforts ou des freins de la politique environnementale des États-Unis ;*
- *l'échelle de la carte est adaptée au sujet.*

3. **Rédigez l'étude critique de document en vous aidant de l'organisation construite dans la question 1 et en intégrant les éléments de regard critique sélectionnés dans la question 2.**

Sujet d'entraînement

L'impact des choix énergétiques sur les milieux

En analysant les documents, en les confrontant et en vous appuyant sur vos connaissances, vous montrerez comment les choix énergétiques des sociétés ont un impact sur les milieux. Vous discuterez plus particulièrement de la place des « révolutions » néolithique et industrielle dans ces impacts.

1 Une succession de transitions énergétiques

La première transition énergétique fut, il y a quelque quatre cent mille ans, la maîtrise du feu. Cette dernière donne un avantage considérable à l'espèce humaine vis-à-vis des autres espèces vivantes. Avec l'invention de l'énergie biomasse[1] par combustion de bois, les hommes prennent un avantage décisif pour leur alimentation, leur abri et leur système de défense.

La seconde transition énergétique fut la domestication des animaux, combinée à la sédentarisation des hommes et à l'irrigation, qui accroît les rendements agricoles et permet de nourrir les bêtes. Liée à la révolution néolithique au Moyen-Orient, cette transition permet d'augmenter fortement la puissance du travail, notamment pour la culture et les transports des récoltes. [...]. La troisième transition énergétique fait passer l'humanité de la biomasse et de la traction animale aux énergies fossiles et à la mécanisation. Durant cette transition, la première révolution industrielle se caractérise par une forte progression du charbon et une baisse de la biomasse dont le poids reste cependant très important au début du XXe siècle. La deuxième révolution industrielle fonctionne en trois temps ; expansion du pétrole et du gaz puis progression de l'hydroélectricité, et, enfin, progression de l'énergie nucléaire. Notons que si la première révolution industrielle se traduit par une forte consommation de l'énergie fossile, le charbon, et une forte baisse d'une énergie renouvelable, la biomasse, la deuxième révolution est plus diversifiée. Elle continue d'utiliser le charbon et s'appuie massivement sur la progression de deux nouvelles énergies fossiles, le pétrole et le gaz. Mais du fait que l'électricité est un des moteurs de la deuxième révolution industrielle, cette dernière invente deux nouvelles énergies, une énergie renouvelable, l'hydroélectricité et une énergie non renouvelable mais faiblement carbonée, l'énergie nucléaire. Par ailleurs, la part de la biomasse, énergie renouvelable, arrête de diminuer à partir des années 1970.

Jean Carassus, *Le Choc : Révolution industrielle, biosphère, société*, L'Aube, 2019.

1. Matière organique d'origine végétale ou animale utilisable comme source d'énergie.

Au brouillon, listez les grandes idées du texte.

2 Une prise de conscience contemporaine des impacts de l'humain sur le climat

Source : Jiho, Cartooningforpeace.org, 2017.

Relevez le paradoxe souligné par le dessin entre la taille des traces de pas et l'ampleur de l'empreinte carbone. ➥ Méthode p. 339

Méthode BAC Préparer le temps d'échange avec le jury du Grand oral

Qu'est-ce que le temps d'échange ?

Après la présentation de la question (10 minutes), vous devrez répondre aux questions du jury pendant 10 minutes. Ce temps d'échange vous permet de répondre à des questions variées. Il poursuit des objectifs précis.

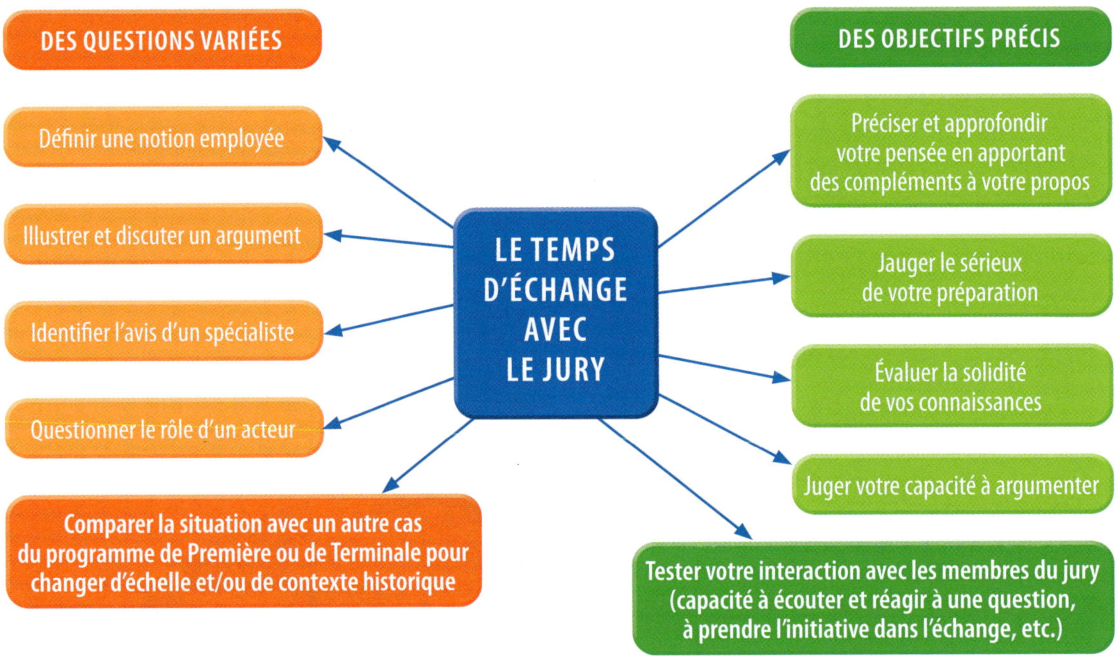

Comment préparer le temps d'échange ?

Au cours de l'année, il est tout aussi important de préparer le temps d'échange que votre question.

- en établissant les **liens** avec le programme et les notions de Première et/ou de Terminale pour maîtriser les connaissances attendues par le jury ;
- en vous **documentant** régulièrement pour affiner vos connaissances sur votre question ;
- en **révisant** votre cours et vos fiches de lecture pour prouver votre sérieux ;
- en vous **entraînant** pour interagir facilement aisément avec le jury et ne pas être paralysé par le stress ;
- en **sollicitant l'aide** de votre professeur, de vos camarades et de vos proches pour identifier des exemples de questions posées par un enseignant de HGGSP et/ou par un non spécialiste.

Le support, un outil pour préparer le temps d'échange ?

La réalisation d'un support durant les vingt minutes de préparation peut vous aider à réaliser votre Grand oral ou à préparer le temps d'échange. ➥ Méthode p. 21

Les formes possibles	Les utilisations possibles lors du temps d'échange
Une frise chronologique	Montrer l'évolution d'une situation dans le temps
Un graphique	Illustrer un argument par des chiffres clés
Un schéma	Présenter un cas précis
Une carte mentale	Préciser sa pensée
Un lexique	Définir les mots-clés employés

SUJET d'application ➔ Dans quelle mesure la *fast fashion* illustre-t-elle les difficultés de la préservation de l'environnement ?

étape 1 Délimiter le sujet et identifier les mots-clés

1. **À l'aide du lexique du manuel et de votre cours, listez les mots-clés et les notions en lien avec le sujet et sur lesquels le jury pourrait vous interroger.**

- *écocitoyenneté : comportement individuel ou collectif respectant l'environnement.*
- *économie verte : ensemble des secteurs de l'économie engagés dans la transition environnementale.*
- *décroissance : ...*
- *développement durable : ...*
- *greenwashing : ...*
- *mobilisation citoyenne : ...*
- *...*

étape 2 Identifier les liens avec le programme de Première ou de Terminale

2. **Dans quelle mesure le sujet de la *fast fashion* est-il pertinent dans le cadre du programme d'HGGSP de Terminale ? Justifiez votre réponse.**

3. **Cette question pourrait-elle être associée au thème 2 « Analyser les dynamiques des puissances internationales » d'HGGSP de Première ? Pourquoi ?**

étape 3 Préparer les questions du temps d'échange grâce à une recherche documentaire

4. **Lisez attentivement l'article et réalisez une fiche de lecture à l'aide de la** **méthode p. 496****.**

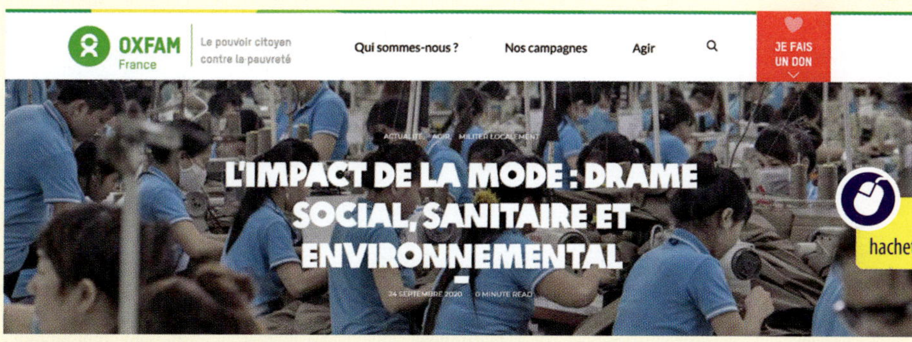

Site Internet
hachette-clic.fr/24hggt232

Sélectionnez les arguments et les exemples pour répondre aux questions du jury.

- **Question 1 :** Pourquoi l'utilisation du coton par la *fast fashion* représente-t-elle un risque pour l'environnement ?
- **Question 2 :** Comment les acteurs dénonçant la *fast fashion* alertent-ils l'opinion ?
- **Question 3 :** En tant que consommateurs, pouvons-nous être également des acteurs de la préservation de l'environnement ? Précisez votre réponse.

Sujet d'entraînement

Préparez le temps d'échange avec le jury à partir d'une des questions de Grand oral suivantes.

- Comment concilier l'exploitation et la protection des littoraux méditerranéens en France ?
- Pourquoi le Mississipi est-il un cas emblématique des relations et des tensions entre les sociétés et l'environnement ?
- Dans quelle mesure le Sahara illustre-t-il les tensions géopolitiques liées à l'environnement et à l'exploitation des ressources ?
- Comment évolue la protection de l'Amazonie depuis les années 2000 ?
- Quel est l'impact environnemental du cyberespace ?
- Les voitures électriques : une solution pour lutter contre le réchauffement climatique ?
- Comment l'exploitation du diamant transforme-t-elle l'environnement des pays d'Afrique australe ?
- Dans quelle mesure la COP28 illustre-t-elle les enjeux et les contradictions des COP ?
- Les entreprises de la Silicon Valley, des actrices de la protection de l'environnement ?
- La justice doit-elle reconnaître le crime d'écocide pour mieux protéger et préserver l'environnement ?

Révision

L'environnement, entre exploitation et protection : un enjeu planétaire

Podcast de révision
hachette-clic.fr/24hggt233

A Réviser en autonomie

	À L'ÉCHELLE MONDIALE	À L'ÉCHELLE DES ÉTATS-UNIS
EXPLOITER, PRÉSERVER ET PROTÉGER	**Des milieux transformés et inégalement protégés**	
	• Mise en valeur précoce (néolithique) et évolutive (industrialisation du XIXe siècle) • Des stratégies de protection de l'environnement à toutes les échelles • Des freins politiques et socio-économiques	• Mise en valeur tardive (Nouveau Monde) mais intensive (dégradations) • Une politique de préservation ancienne sous l'impulsion de l'État fédéral (parcs naturels) • Une opinion publique mobilisée pour davantage de justice environnementale
	Des ressources exploitées	
	• Ressources nombreuses • Besoins croissants • Gestion durable en essor (parfois précoce : forêts en France)	• Sentiment d'eldorado • Gaspillage des ressources (matières premières, sols…) • Pollutions
LE CHANGEMENT CLIMATIQUE	**Des changements climatiques antérieurs**	
	• Origine naturelle • Faible variation de températures • Des sociétés rurales et urbaines très vulnérables mais qui s'adaptent	
	Un changement climatique contemporain spécifique	
	• Origine humaine • Ampleur du changement • Nécessité d'une gouvernance mondiale • De nouveaux acteurs au rôle croissant (ONG, sociétés civiles…)	• Fortes émissions de GES • Un engagement ancien dans le leadership international • Un engagement fluctuant depuis les années 1980, entre refus de toute contrainte (climatoscepticisme, présidents Bush et Trump) et attitude volontariste (présidents Obama et Biden)

B Réviser en groupe

RÉDIGER DES PLANS DÉTAILLÉS DE DISSERTATION

étape 1 • Préparation (5 min)

- En binôme, listez des sujets de dissertation possibles sur le thème 5.
- Échangez avec votre partenaire sur la pertinence de ces sujets (trop restrictifs ? trop larges ?)

Sujets possibles :

- La forêt est-elle menacée partout dans le monde ?
- Le rôle des humains dans la transformation des milieux naturels depuis la Préhistoire
- Le changement climatique et ses enjeux mondiaux
- Les sociétés humaines face aux fluctuations du climat, d'hier à aujourd'hui
- La Californie, un modèle écologique à suivre ?
- …

étape 2 • Réalisation (15 min)

- Pour chaque sujet, réalisez des plans détaillés en 15 minutes en trouvant :
  – une problématique ;
  – des titres pour les 2 ou 3 parties du développement ;
  – 2 ou 3 arguments illustrés par des exemples pour chaque partie.
- Comparez avec vos camarades vos propositions. Prenez soin d'écarter tous les hors sujets et vérifiez que tous les aspects du thème sont abordés.

C Retour sur image

THÈME 5

L'environnement, entre exploitation et protection : un enjeu planétaire

> Introduction
Qu'est-ce que l'environnement ?

> Axe 1
Exploiter, préserver et protéger

> Axe 2
Le changement climatique : approches historique et géopolitique

> Objet de travail conclusif
Les États-Unis et la question environnementale : tensions et co

Les COP sur le climat réunissent chaque année les responsables des États, organisations internationales et ONG autour de discussions sur le changement climatique. Elles donnent lieu à des manifestations de l'opinion publique soucieuse de peser sur les décisions ou dénonçant l'inaction, comme ici au Bangladesh en amont de la COP27. Ce pays est en effet l'une des premières victimes du changement climatique par la montée du niveau de la mer et les inondations régulières qui l'affectent.

348 THÈME 5 • L'environnement, entre exploitation et protection : un enjeu planétaire

349

Le regard de l'experte

Vidéo

Marine de Guglielmo Weber, Iris, 2024.
hachette-clic.fr/24hggt234

D Aller plus loin en cartographiant une controverse

La cartographie des controverses est une méthode visuelle pour comprendre les débats qui opposent des acteurs dans une situation complexe.

1. **À l'aide de votre manuel et de votre cours, complétez la carte en positionnant les conceptions, les acteurs et les actions menées par les États-Unis face aux questions environnementales.**

Entre protection… | Entre leadership…

Protection de la wilderness

Theodore Roosevelt | *Richard Nixon*

À l'échelle nationale ← → *À l'échelle internationale*

Exploitation des gaz de schiste depuis 2010 | *Climatoscepticisme*

… et exploitation | … et frein aux mesures environnementales

2. **Appliquez cette méthode à d'autres débats sur les questions environnementales : notion d'anthropocène, rôle du climat dans les crises politiques, opposition sanctuarisation/valorisation, …**

Engagement citoyen

Comment les jeunes peuvent-ils participer à la sensibilisation au changement climatique ?

Participez et devenez animateur de la Fresque du climat. Cette activité, créée par Cédric Rigenbach en 2018, propose de réfléchir aux mécanismes du changement climatique et aux engagements citoyens possibles.

Site Internet
hachette-clic.fr/24hggt235

THÈME

6 L'enjeu de la connaissance

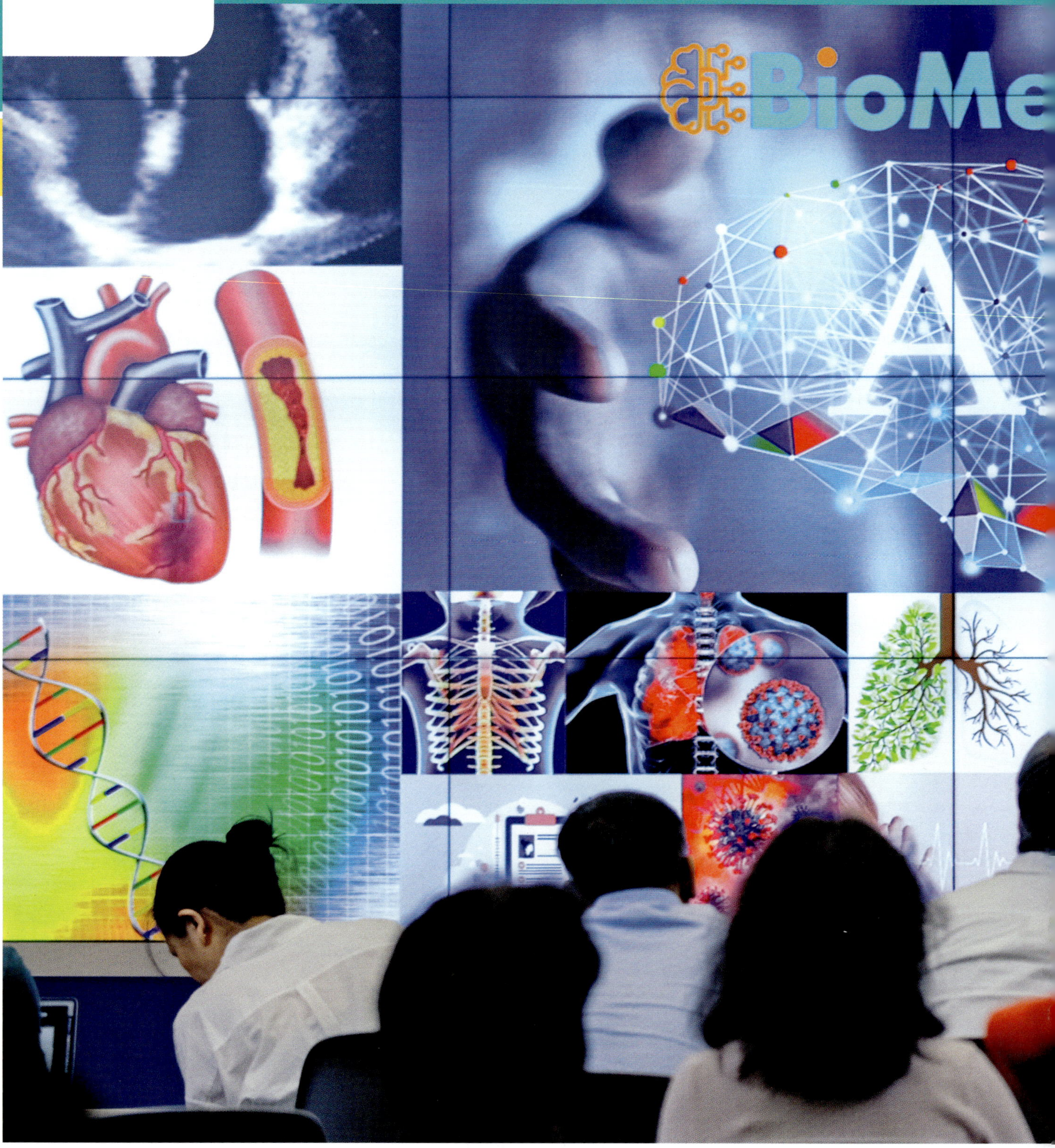

Gros plan sur le thème 6

Lecture d'image
hachette-clic.fr/24hggt236

Le 8 janvier 2024, le laboratoire de recherche Biomedia de l'Université Mohamed Bin Zayed d'Abu Dhabi, dédiée à l'Intelligence artificielle, a organisé une rencontre sur l'usage de ces nouvelles technologies au service de la médecine. Les pays émergents comme les Émirats arabes unis ambitionnent en effet de se positionner dans ce nouveau domaine qui révolutionne les enjeux de la connaissance.

Repères

Transmettre et partager la connaissance

1650 – 1750 – 1850 – 1900 – 1950 – 2000

Des communautés savantes…

- **1660** 1re Académie des sciences (Londres), qui s'intéresse spécifiquement aux mathématiques et à la physique
- **XVIIIe siècle** Époque des salons, dans lesquels les participants discutent des ouvrages littéraires ou scientifiques parus.
- **1869** Création de la revue *Nature*, revue scientifique généraliste de référence

… à la communauté scientifique

- **1901** Remise du 1er prix Nobel
- **1957-1958** Année géophysique internationale
- **1988** Création du GIEC, le « groupe d'experts intergouvernemental sur l'évolution du climat » qui rend des rapports sur les questions climatiques
- **1998** Lancement de l'ISS (station spatiale internationale)
- **2001** Naissance de Wikipédia

1 La connaissance, un enjeu scientifique, politique et géopolitique

Qu'est-ce que la connaissance ?
« Action, fait de comprendre, de connaître les propriétés, les caractéristiques, les traits spécifiques de quelque chose ; opération par laquelle l'esprit humain procède à l'analyse d'un objet, d'une réalité et en définit la nature. »
(Larousse, 2024)

Différentes approches de la connaissance dans la **recherche & développement**
- **Recherche fondamentale** (recherche théorique)
- **Recherche appliquée** (recherche en vue d'une application pratique)

Différents acteurs
- **Les États**
  - **Système scolaire** Diffusion de la connaissance
  - **Recherche publique** Universités et financement publics
- **Les acteurs privés**
  - **Laboratoires** Industries pharmaceutiques, nouvelles technologies
  - **Grandes entreprises** GAFAM, recherche & développement
  - **Fondations** (Téléthon…)

2 L'accès à Internet dans le monde

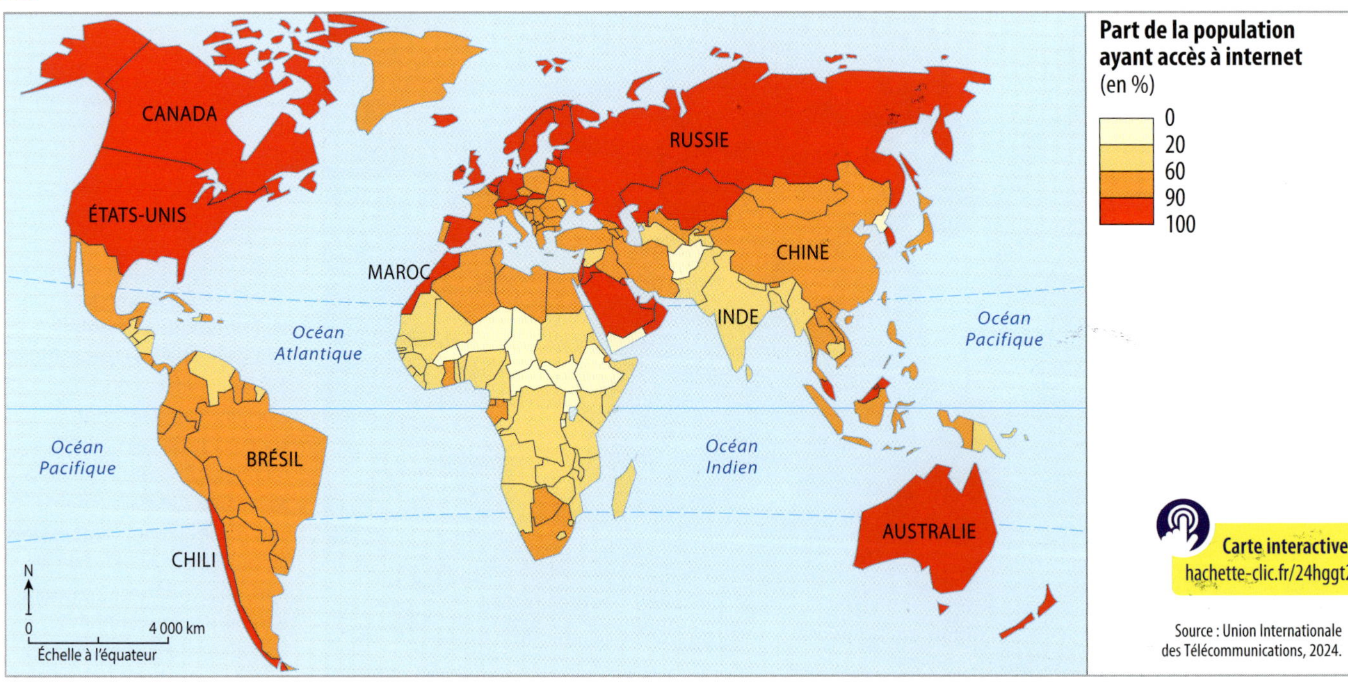

Carte interactive hachette-clic.fr/24hggt237

Source : Union Internationale des Télécommunications, 2024.

3 L'indice d'innovation globale

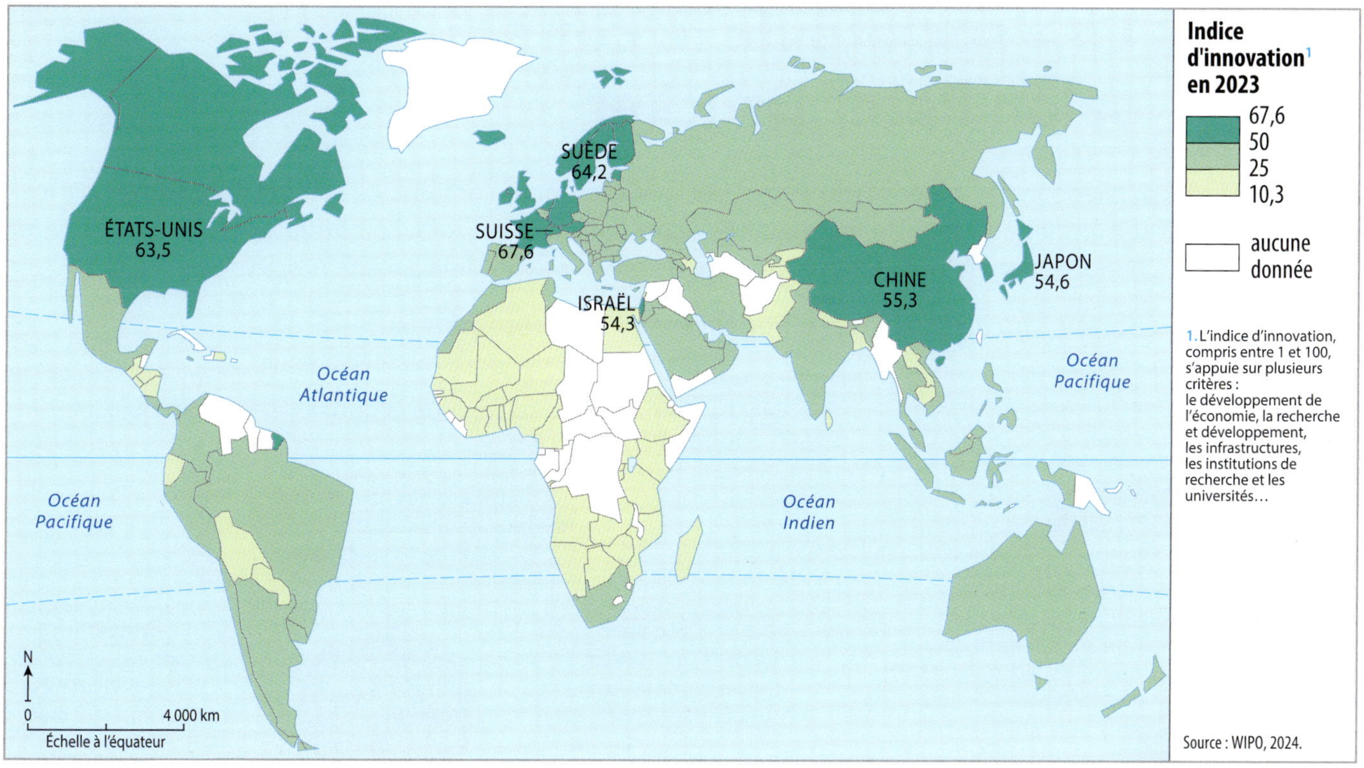

Source : WIPO, 2024.

Carte interactive hachette-clic.fr/24hggt238

4 Les 15 pays à avoir reçu le plus de prix Nobel depuis 1901

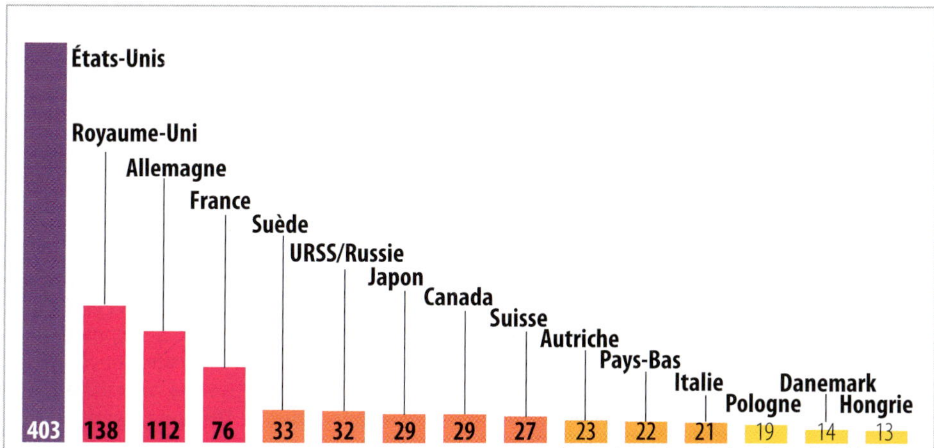

Source : Académie royale des sciences de Suède, 2024.

Notion

R & D (recherche et développement) : activité créatrice des entreprises et des laboratoires de recherche basée sur l'innovation scientifique et technologique. Elle englobe la recherche fondamentale, la recherche appliquée et le développement expérimental.

Ne pas confondre

Connaissance : ensemble des informations, des idées et des compétences acquises par une personne ou une société. Elle repose sur l'expérience, l'apprentissage et la compréhension du monde.

≠

Sciences : processus de construction et d'organisation des connaissances sous forme d'explication. Du latin *scientia*, la « connaissance » ou le « savoir », a pour objet de comprendre et d'expliquer le monde et ses phénomènes, dans le but d'en tirer des applications fonctionnelles. Elle se veut ouverte à la critique tant au niveau des connaissances que de la méthode scientifique utilisée.

POUR COMPRENDRE

1. La connaissance est une notion qui prend en compte de nombreux aspects, que ce soit celui de la recherche à proprement parler mais également celui de la diffusion des savoirs. Si la connaissance est au cœur du développement de toutes les sociétés humaines, les enjeux évoluent et sont différents selon les pays.

> Pourquoi la création et la diffusion de la connaissance sont-elles au cœur des sociétés modernes ? (doc. 1 et 2)

2. La connaissance est un enjeu de puissance central pour les États, tant d'un point de vue du *hard power* que du *soft power*. La recherche et les nouvelles technologies sont au cœur d'une compétition entre les différents États.

> Montrez que les nouvelles technologies sont source de compétition entre les États. (doc. 3 et 4)

FOCUS 1 La « société de la connaissance » selon Peter Drucker

Dans ses travaux publiés dans les années 1960, Peter Drucker développe la notion de « **société de la connaissance** », qui met le **capital humain** au cœur de la puissance économique des États. La connaissance est considérée comme une marchandise, dont la circulation est source de prospérité dans la société moderne.

▸ Pourquoi la connaissance est-elle un pilier essentiel de la puissance des États ?

Peter Drucker
(1909-1965)

Né en Autriche, Peter Drucker est un professeur de science politique et de management à New York. Il s'interroge sur l'impact de la connaissance et des nouvelles technologies sur le management des entreprises. Il a été le conseiller d'entreprises comme General Motors mais également du président américain Dwight Eisenhower (1953-1961).

1 La connaissance au cœur de la puissance économique, selon Peter Drucker

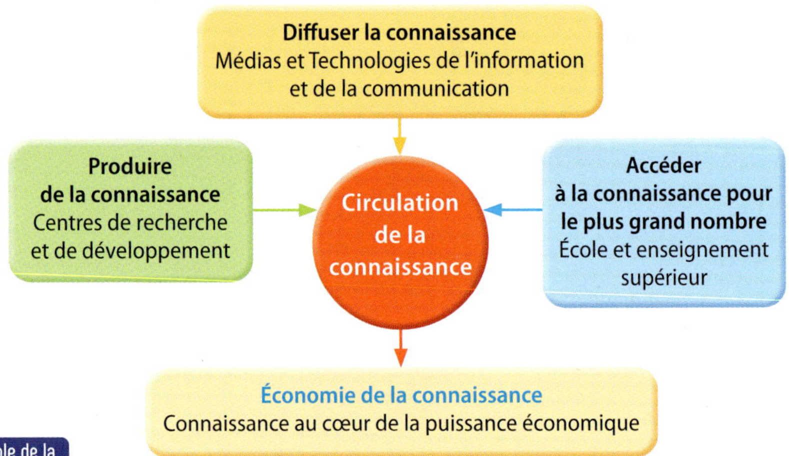

2 Portée et débats sur la connaissance

La parole de la géopolitologue

L'importance de la connaissance est flagrante à l'époque où les ressources naturelles comptent de moins en moins par rapport au capital humain. Du point de vue économique, on a assisté à la transition d'un système de production fondé sur la grande industrie à un système fondé sur l'innovation. En d'autres termes, l'importance de facteurs comme la force de travail et l'abondance de main-d'œuvre et de ressources naturelles à bas coût a graduellement diminué en faveur d'une centralité croissante du capital humain en tant que source de connaissance et de compétences techniques.
Les répercussions les plus évidentes du nouveau régime économique mondial se repèrent sur le marché du travail où s'observe une demande croissante de travailleurs qualifiés, en possession des compétences et savoir-faire professionnels nécessaires. Cela signifie que s'est instaurée une concurrence planétaire entre les pays les plus industrialisés dans lesquels on enregistre en même temps une baisse du personnel qualifié, beaucoup d'économies émergentes rivalisant pour acquérir et valoriser le capital humain en attirant les professionnels, les techniciens et les chercheurs les plus talentueux. Émerge donc un phénomène central : celui de la mobilité internationale du capital humain qui a durant les dernières cinquante années enregistré une croissance substantielle avec l'augmentation du nombre de migrants internationaux hautement qualifiés.

Antonietta Pagano, « La géopolitique de la connaissance », *Outre-Terre*, 2016.

Vocabulaire

Capital humain : ensemble des connaissances, qualifications, compétences et caractéristiques qui déterminent la productivité de l'individu.

Économie de la connaissance : nouveau mode de développement dans lequel la richesse réside désormais dans le savoir et les compétences. Elle correspond à une part croissante de l'immatériel dans l'économie et se caractérise par une accumulation des savoirs et une production de plus en plus collective des connaissances, grâce notamment aux Technologies de l'information et de la communication (TIC).

Société de la connaissance : expression forgée par Peter Drucker désignant un mode de développement des sociétés contemporaines autour des Technologies de l'information et de la communication. Elle insiste sur les gains de productivité orientés autour du capital humain.

ACTIVITÉ

1. Comment Peter Drucker place-t-il la connaissance au cœur de la puissance des États et des sociétés ? **(doc. 1)**

2. Quels sont les enjeux actuels de la connaissance dans nos sociétés ? **(doc. 2)**

Bilan

Montrez que la connaissance telle qu'elle a été théorisée par Peter Drucker est un moteur des sociétés contemporaines.

Focus 2 Les enjeux géopolitiques de l'intelligence artificielle

Si la réflexion autour de l'**intelligence artificielle** (IA) date des années 1950, elle a connu une profonde accélération depuis une vingtaine d'années. L'intelligence artificielle permet des progrès spectaculaires tant dans l'acquisition des connaissances que dans leur utilisation pratique. Elle devient un objet de compétition entre les grandes puissances.

Comment le développement de l'intelligence artificielle est-il devenu un enjeu de compétition entre les puissances ?

1 La concurrence mondiale de l'intelligence artificielle

La parole des spécialistes

La Chine et les États-Unis, forts de leurs plates-formes géantes, font la course en tête tandis que l'Europe essaie de retrouver une place de premier rang parmi d'autres acteurs comme la Russie ou la Corée. Les géants du net, les GAFAM aux États-Unis et les BATX en Chine, ont en effet une place prépondérante dans le paysage et disposent aujourd'hui d'une puissance et de capacités d'investissement jamais atteintes par des entités privées. [...] L'IA requiert des données certes, mais aussi de la technologie, et des chercheurs pour la créer, des ingénieurs pour la faire fonctionner. [...] Tous les pays souhaitent attirer et former des talents, des grandes universités américaines en tête des classements internationaux à la toute nouvelle première université du monde dédiée à l'intelligence artificielle, la Mohamed bin Zayed University of Artificial Intelligence d'Abu Dhabi, dont la création a été annoncée en 2019. Les GAFAM ne sont pas en reste et, si les salaires qu'ils proposent leur permettent d'attirer de nombreux excellents candidats, la petite taille du vivier et son manque de diversité les ont également fait se tourner vers des pays comme le Ghana, le Rwanda ou encore le Sénégal pour former et recruter de nouveaux talents.

Jamal Atif, Peter Burgess et Isabelle Ryl, *Géopolitique de l'IA*, Paris, Le Cavalier Bleu, 2022.

2 Les pays qui investissent le plus dans l'IA

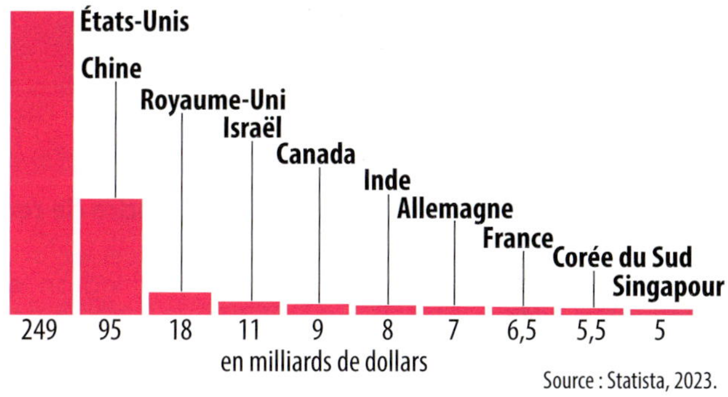

Source : Statista, 2023.

3 Les entreprises chinoises, des acteurs de premier plan dans l'IA

Nombre de brevets dans le domaine de l'IA détenus par société

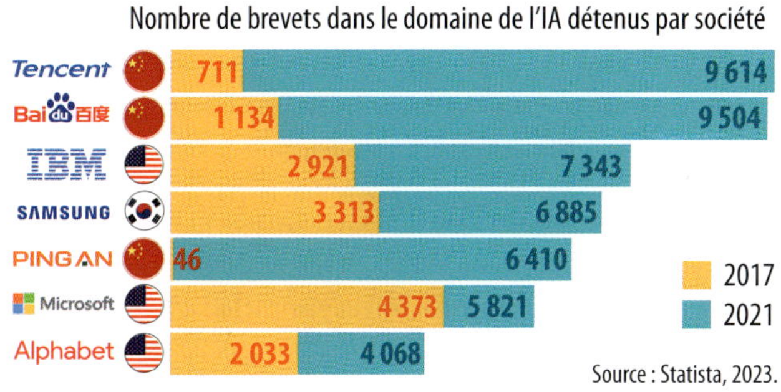

Source : Statista, 2023.

4 Les enjeux géopolitiques de l'intelligence artificielle

Vidéo

Comprendre le monde
Pascal Boniface, IRIS, 28 janvier 2021.
hachette-clic.fr/24hggt239

Vocabulaire

Intelligence artificielle : ensemble de théories et de techniques visant à réaliser des machines capables de simuler l'intelligence humaine.

ACTIVITÉ ORAL

À l'aide des documents, remplissez le schéma.

- Des acteurs variés …
- Des ressources inégalement réparties …

↓

Le développement de l'intelligence artificielle

↓

- Des applications économiques …
- Des enjeux de puissance …

Bilan

Préparez une présentation orale de 3 minutes pour montrer que l'intelligence artificielle est un enjeu central de puissance et de rivalité entre États.

Focus 3 Une coopération internationale en Antarctique

La communauté scientifique trouve un espace de collaboration hors du commun en Antarctique. Les stations scientifiques y sont très nombreuses et l'entraide y est essentielle en raison de la sévérité du climat. Surtout, c'est un cadre international inédit qui permet cette coopération.

➤ Comment l'Antarctique s'impose-t-il comme un espace commun de recherche internationale ?

- **1820** Première expédition qui atteint le littoral de l'Antarctique (Bellingshausen)
- **1840** Première expédition française en Terre Adélie (Dumont d'Urville)
- **1904** Première revendication territoriale (Argentine)
- **1924** Revendication territoriale de la France
- **1959** Traité sur l'Antarctique
- **1980** Convention sur la conservation de la faune et la flore marines de l'Antarctique
- **1991** Protocole de Madrid relatif à la protection de l'environnement et l'interdiction de l'exploitation minière
- **2005** Mise en service de la base franco-italienne Concordia
- **2017** Entrée en vigueur du code polaire sur la circulation maritime

1 Le traité sur l'Antarctique, un nouveau cadre de recherche internationale

Le Traité sur l'Antarctique a été signé à Washington le 1er décembre 1959 par les douze pays dont des scientifiques s'étaient livrés à des activités dans et autour de l'Antarctique. Depuis, un nombre élevé d'autres nations y ont adhéré pour porter à 56 aujourd'hui le nombre total des Parties.

Au nombre des dispositions importantes du Traité figurent les suivantes :

Seules les activités pacifiques sont autorisées dans l'Antarctique. [article premier].

La liberté de la recherche scientifique dans l'Antarctique et la coopération à cette fin se poursuivront [article II].

Les observations et les résultats scientifiques de l'Antarctique seront échangés et rendus librement disponibles [article III].

Parmi les signataires du Traité se trouvaient sept pays (Argentine, Australie, Chili, France, Norvège, Nouvelle-Zélande et Royaume-Uni) ayant des revendications territoriales qui se chevauchent parfois. D'autres pays ne reconnaissent aucune revendication. Toutes les positions sont explicitement protégées dans l'article IV qui préserve le statut quo :

Aucun acte ou activité intervenant pendant la durée du présent Traité ne constituera une base permettant de soutenir ou de contester une revendication de souveraineté territoriale dans l'Antarctique, ni ne créera des droits de souveraineté dans cette région. Aucune revendication nouvelle, ni aucune extension d'une revendication de souveraineté territoriale, ne devra être présentée pendant la durée du présent Traité.

Pour promouvoir les objectifs et assurer le respect des dispositions du Traité, « Toutes les régions de l'Antarctique, toutes les stations et installations, tout le matériel s'y trouvant [...] seront accessibles à tout moment à l'inspection » [article VII].

Secrétariat du Traité sur l'Atlantique, 2024.

2 Des revendications territoriales gelées depuis 1959

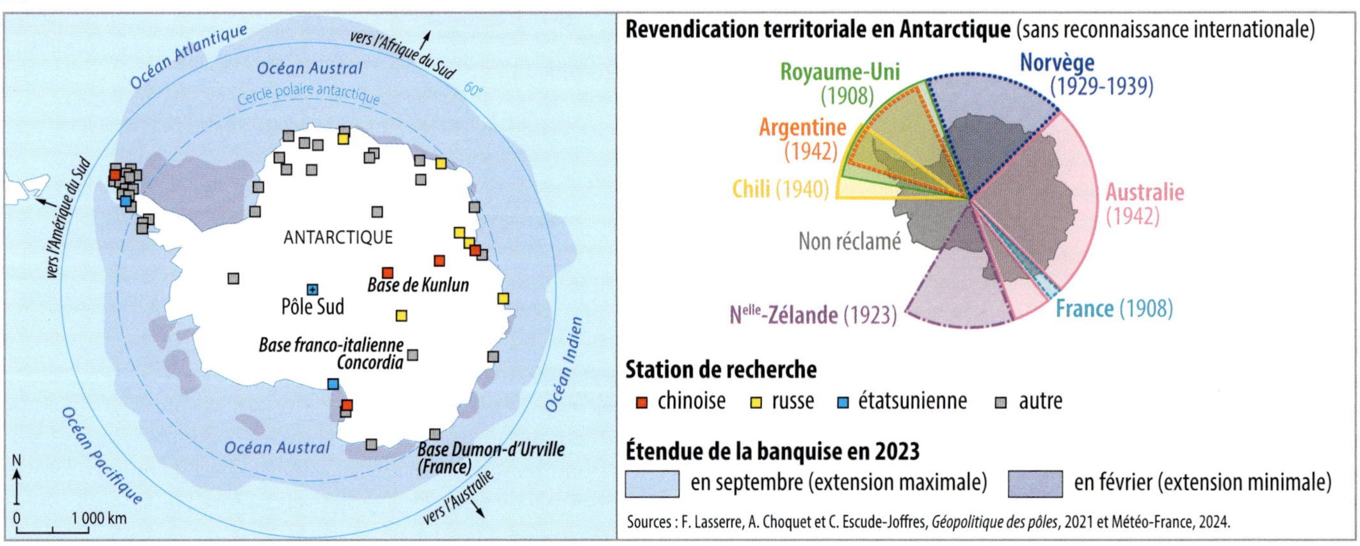

Sources : F. Lasserre, A. Choquet et C. Escude-Joffres, *Géopolitique des pôles*, 2021 et Météo-France, 2024.

3 Une communauté scientifique internationale

Panneaux posés par des scientifiques de passage sur la station de recherche francoitalienne permanente de Concordia, en Antarctique.

4 Une remise en cause prochaine du traité ?

La parole des géopolitologues

Si l'année 2048 est parfois associée à la révision du Traité sur l'Antarctique, il n'y a en fait aucune certitude. Le traité pourrait être revu en 2048 ou avant. Alors que le traité de 1959 a été adopté pour une durée infinie, le Protocole de Madrid est un protocole au traité. Le Traité sur l'Antarctique peut donc être modifié ou amendé à tout moment.

Aujourd'hui, la majorité des scientifiques s'accordent à dire que le Traité sur l'Antarctique et son protocole relatif à la protection de l'environnement ont toutes les chances d'être maintenus. On ne doit néanmoins pas négliger le fait qu'il est difficile de prévoir le comportement des États dans plus de vingt ans. Un besoin impérieux de ressources pourrait conduire des États à revoir leur position. [...]

Les principales ressources convoitées en Antarctique ne sont plus les ressources halieutiques comme autrefois, mais plutôt d'hypothétiques ressources minérales. Il est important de souligner que le potentiel économique du continent n'est pas connu précisément et reste la source de beaucoup de fantasmes : cuivre, or, argent. Certaines prédictions parient sur l'augmentation globale du prix des ressources et la raréfaction de certaines d'entre elles rendant viables voire rentables de nouvelles exploitations.

Cependant, de nombreux obstacles s'opposent à une exploitation minière du continent Antarctique. Les contraintes techniques tout d'abord restent encore très importantes en raison des caractéristiques climatiques extrêmes du continent le plus froid du monde. Mais ces contraintes sont encore et surtout politiques et juridiques.

Frédéric Lasserre, Anne Choquet et Camille Escude-Joffres, *Géopolitique des pôles*, 2021.

5 Le développement des bases scientifiques en Antarctique

La parole du géographe

Des recherches scientifiques variées se poursuivent activement en Antarctique, associant des spécialistes de diverses disciplines dans une collaboration internationale exemplaire. L'idée de faire de l'Antarctique une « terre de sciences » a été voulue par les scientifiques eux-mêmes. Le besoin de bases permanentes est apparu tant pour servir de tête de pont à des expéditions conduites sur le continent que pour permettre des observations scientifiques pérennes. Même si quelques stations étaient déjà en place, en particulier dans la péninsule Antarctique, 1959 a constitué le véritable point de départ de l'établissement de bases permanentes, dont celle du pôle Sud par les Américains et celle de Vostok par les Soviétiques. Il existe actuellement plus de quarante stations d'hivernage, dans lesquelles près de mille personnes vivent en permanence, cette population étant deux à trois fois plus importante durant les campagnes d'été.

Pierre Carrière, *Encyclopédia universalis*, 2024.

ACTIVITÉ

Complétez le tableau pour répondre à la question : « **Le traité de l'Antarctique protège-t-il efficacement la communauté scientifique et la production de savoirs sur ce continent ?** »

	Prélèvement des informations dans les documents	Compléments, critiques et nuances apportées par les documents
Le traité organise la coopération scientifique internationale		
Les États restent à la manœuvre pour faire valoir leurs intérêts, notamment économiques		

Pour aller plus loin

Site Internet
hachette-clic.fr/24hggt240

À l'aide de l'article, « Les enjeux stratégiques en Antarctique : la coopération à l'épreuve », paru dans *Diplomatie* le 5 juillet 2021, montrez que les stations scientifiques de l'Antarctique sont un enjeu de puissance.

Introduction

Leçon 1

Le développement d'une société de la connaissance

Quels sont les acteurs et les enjeux de la construction et de la diffusion de la connaissance ?

A Un savoir qui se construit autour de protecteurs et d'institutions

- **Si la connaissance en tant que compréhension du monde fait partie de la nature de l'homme, la méthode scientifique s'élabore dès l'Antiquité.** Les civilisations les plus anciennes ont développé des bibliothèques, comme celles d'Alexandrie en Égypte, ou des lieux de diffusion de ces savoirs comme l'Académie de Platon à Athènes. C'est au Moyen Âge et à la Renaissance que se développent les universités et les académies scientifiques, qui permettent de forger des réseaux à l'échelle internationale. À partir du XIXe siècle, ce processus s'accélère et permet de créer des disciplines spécialisées et autonomes, avec leur propre méthode scientifique. La Société de géographie apparaît en 1821, la Société chimique de France est créée en 1857 et la Société mathématique de France en 1872.
- **Le développement de la connaissance bénéficie le plus souvent de la protection et du financement des pouvoirs publics.** Ainsi, en 1667, Louis XIV crée l'Académie des Sciences afin de rassembler et de soutenir les plus grands scientifiques français de son temps. Au XIXe siècle, la multiplication des institutions et le soutien des financeurs privés permettent de stimuler la recherche. Ainsi, l'université de Chicago est fondée en 1890 par John Rockefeller, qui a fait fortune dans le raffinage du pétrole. À cette époque, le savant devient un véritable scientifique, spécialisé dans un domaine. Il forme alors avec ses pairs une communauté scientifique, composée de chercheurs d'une même discipline à l'échelle internationale.

1 Un salon parisien au XVIIIe siècle, lieu de transmission du savoir

Gabriel Lemonnier, *La lecture de la tragédie « L'orphelin de la Chine » de Voltaire dans le salon de Madame Geoffrin*, 1812, musée national du château de Malmaison, 129x196 cm.

B Une connaissance qui se diffuse au plus grand nombre

- **L'expression de « société de la connaissance » de Peter Drucker, dans *The Age of Discontinuity* (1969), désigne un mode de développement des sociétés contemporaines autour des technologies de l'information et de la communication.** Elle insiste sur les gains de productivité orientés autour du capital humain. Le développement d'Internet est sans aucun doute la plus importante révolution dans ce domaine, avec par exemple l'encyclopédie participative Wikipedia. Un logiciel comme ChatGPT, agent conversationnel utilisant l'intelligence artificielle, lancé en novembre 2022, ouvre également des perspectives nouvelles.
- **La société de la connaissance ne s'appuie pas seulement sur la communauté scientifique mais également sur l'ensemble des citoyens, qui mettent leurs compétences au service de la communauté.** Le *crowdsourcing* (qui autorise les anonymes à répondre à des questions), l'essor des réseaux sociaux (Facebook et ses 3 milliards d'utilisateurs actifs par mois en 2024, Instagram et son 1,4 milliard d'utilisateurs mensuels) ou les logiciels libres (Openoffice, Mozilla Firefox ou Linux) illustrent ce déploiement de la société de la connaissance.
- **L'accès à la connaissance devient un véritable enjeu économique et géopolitique.** Les formations en ligne, souvent payantes, attirant des nouveaux publics, se développent dans toutes les universités du monde. En France, la BnF a lancé dès 1997 le projet Gallica de numérisation de ses collections, et depuis 2004, Google numérise une partie importante des bibliothèques internationales. C'est un enjeu de puissance car ces projets permettent de mettre en valeur les recherches ou la culture de l'un ou l'autre pays, tout en posant la question du respect de la propriété intellectuelle.

Vocabulaire

Capital humain : ensemble des connaissances, qualifications, compétences et caractéristiques qui déterminent la productivité de l'individu.

Communauté scientifique : ensemble des chercheurs dont les travaux ont pour objet les sciences et la recherche scientifique. On réduit parfois cette expression à un domaine particulier, comme la communauté scientifique de la recherche nucléaire.

Fuite des cerveaux : flux migratoires de scientifiques et de chercheurs vers des pays qui leur offrent de meilleures conditions de vie, d'études ou de rémunérations.

Propriété intellectuelle : ensemble de règles de droit applicables aux créations intellectuelles ou immatérielles et qui visent à protéger les auteurs ou inventeurs.

C L'appropriation de la connaissance

Cette démultiplication des sources et des usages de l'information donne une importance primordiale à l'innovation. Dans les entreprises, les compétences sont valorisées et le capital humain (savoirs, savoir-faire et savoir être mobilisables dans la production) devient aussi important que les investissements matériels. Il en résulte de grandes transformations du travail (flexibilité, polyvalence, travail à domicile, etc.) et de l'emploi (intermittence, externalisation).

À l'échelle des États, transmettre et partager au plus grand nombre la connaissance devient un enjeu central pour rester ou devenir une puissance économique et être compétitif. Depuis les années 1990, certains économistes parlent d'entrée dans l'économie de la connaissance. La performance économique des pays dépend de plus en plus du savoir, de l'éducation, de l'information et de la technologie. Par exemple, l'OCDE publie chaque année le classement PISA qui compare les résultats des systèmes scolaires. Le classement de Shanghai classe les universités du monde entier en fonction de différents critères dont le nombre de publications et est souvent perçu comme un reflet de la compétitivité des universités et des États dans la diffusion du savoir.

Cependant, le développement de cette société de la connaissance est aussi source d'inégalités à différentes échelles. Tous les États n'ont pas des systèmes scolaires aussi performants ou les moyens de retenir leurs diplômés. La fuite des cerveaux vers les universités prestigieuses à l'échelle mondiale peut priver les États en développement de leurs élites mais constitue un atout pour les pays d'accueil. De même, le coût de la connaissance ne permet pas aux individus les plus pauvres d'accéder à l'Université ou à des formations poussées.

2 Les centres de recherche, cœur de la puissance des entreprises technologique

L'Apple Park, siège social d'Apple et centre de recherche inauguré en 2017 à Cupertino en Californie.

Schéma interactif
hachette-clic.fr/24hggt241

SCHÉMA BILAN

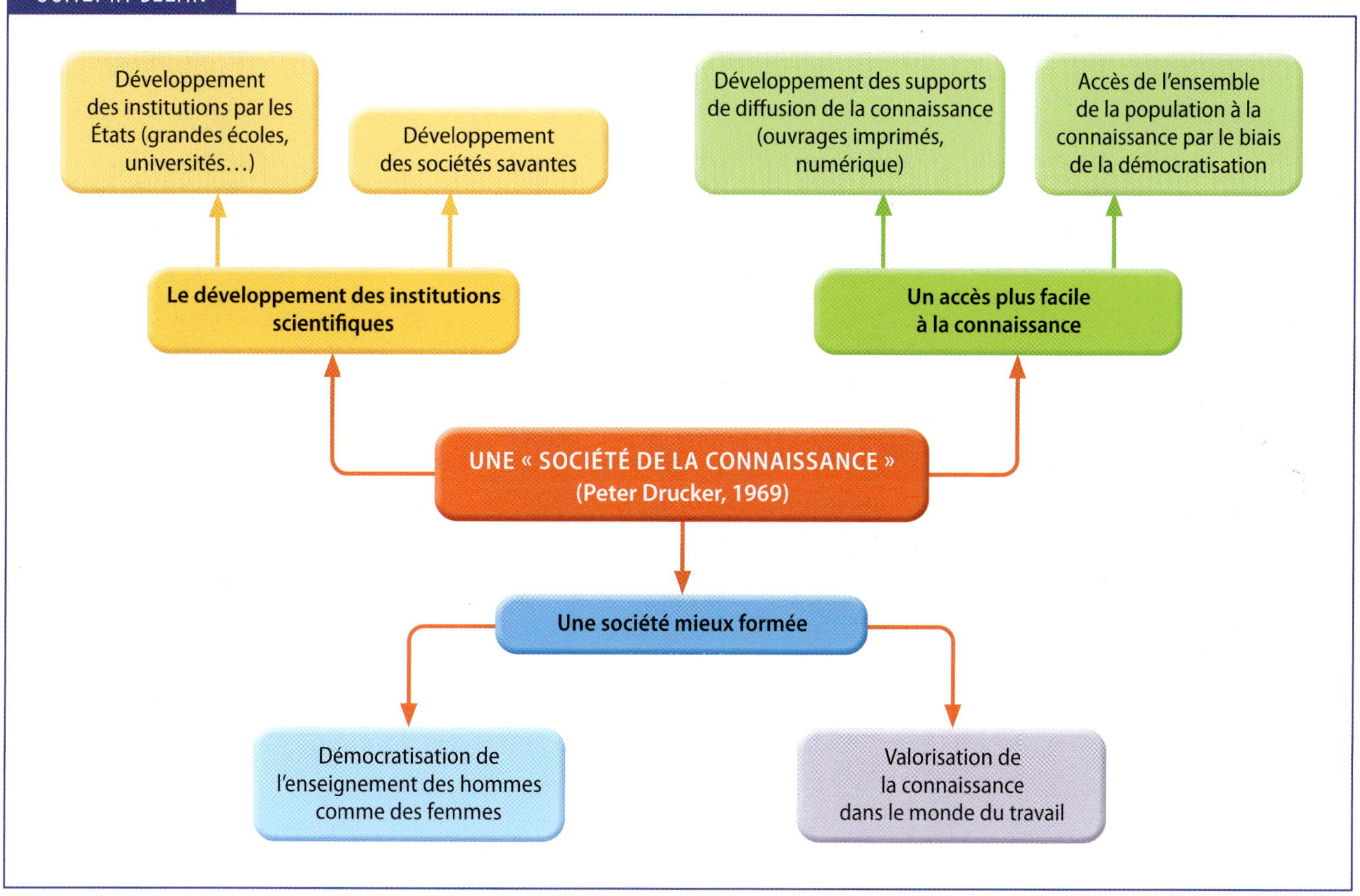

AXE 1

Produire et diffuser des connaissances

Comment la production et la diffusion des connaissances deviennent-elles des enjeux majeurs des sociétés contemporaines ?

1 L'alphabétisation des filles hors des écoles au XVIIIe siècle
Jean Siméon Chardin, *La maîtresse d'école*, vers 1736, National Gallery Londres.

1800 – 1850 – 1900 – 1950 – 2000

- **1828** Création d'un ministère de l'Instruction publique en France
- **1881-1882** Lois Ferry
- **1945** Fondation de l'Unesco
- **2014** Malala Yousafzai reçoit le prix Nobel de la paix

- **1896** Becquerel découvre le rayonnement naturel de l'uranium
- **1898** Marie et Pierre Curie découvrent le polonium et le radium
- **1921** Création de la Commission internationale de coopération intellectuelle de la SDN
- **1934** Découverte de la radioactivité artificielle par Frédéric et Irène Joliot-Curie
- **1942** Première pile atomique à Chicago (Enrico Fermi)
- **16 juillet 1945** Premier essai Trinity, première explosion nucléaire

2 Le président de la République Albert Lebrun lors de l'inauguration du Palais de la Découverte à Paris, le 21 juillet 1937

Charles-Victor Mauguin (à gauche), spécialiste des cristaux, explique à Albert Lebrun la reproduction en maquette d'un fragment de sel, grossi 400 millions de fois. À droite du président de la République, se trouve le scientifique Jean Perrin, un des fondateurs du Palais de la découverte.

QUESTIONS

1. Émettez des hypothèses pour expliquer pourquoi l'instruction des filles se fait hors de l'école au XVIIIe siècle. **(doc. 1)**

2. Quels sont les acteurs de la vulgarisation des sciences au cours du XXe siècle ? **(doc. 2)**

p. 434 **> JALON ①**

Donner accès à la connaissance : grandes étapes de l'alphabétisation des femmes du XVIe siècle à nos jours dans le monde

p. 442 **> JALON ②**

Produire de la connaissance scientifique : recherche et échanges des hommes et des femmes de science sur la question de la radioactivité de 1896 aux années 1950

JALON 1 Donner accès à la connaissance : grandes étapes de l'alphabétisation des femmes du XVIe siècle à nos jours dans le monde

Repères

La progression de l'alphabétisation des femmes depuis l'époque moderne

1 Les religions à l'époque moderne, un facteur de l'inégale alphabétisation des femmes en Europe

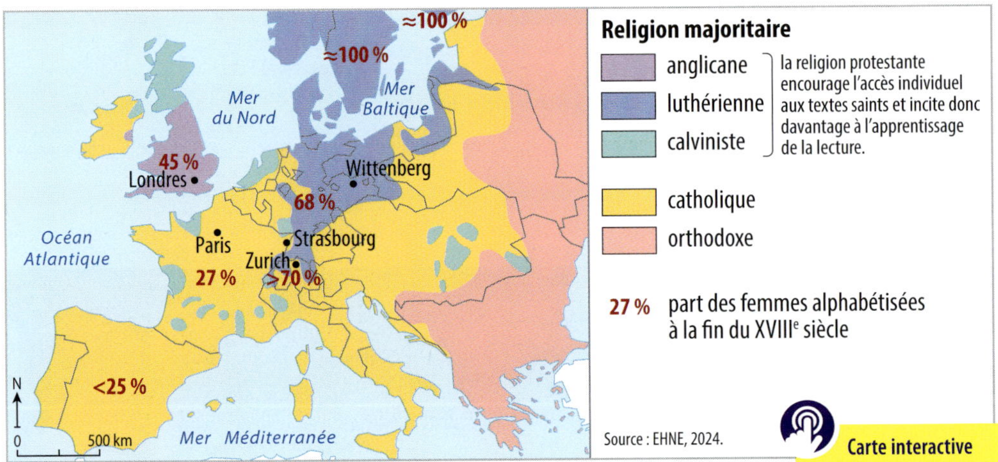

Carte interactive hachette-clic.fr/24hggt242

2 L'écriture chez les femmes à travers l'exemple des signatures

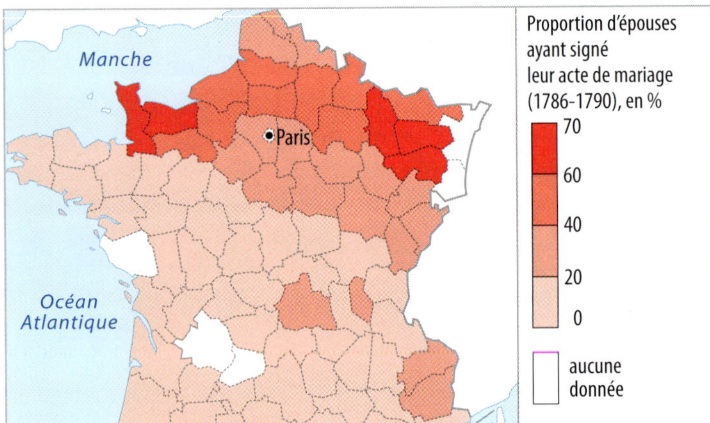

Source : F. Furet et J. Ozouf, *Lire et écrire, l'alphabétisation des Français de Calvin à Jules Ferry*, Paris, éditions de Minuit, 1977.

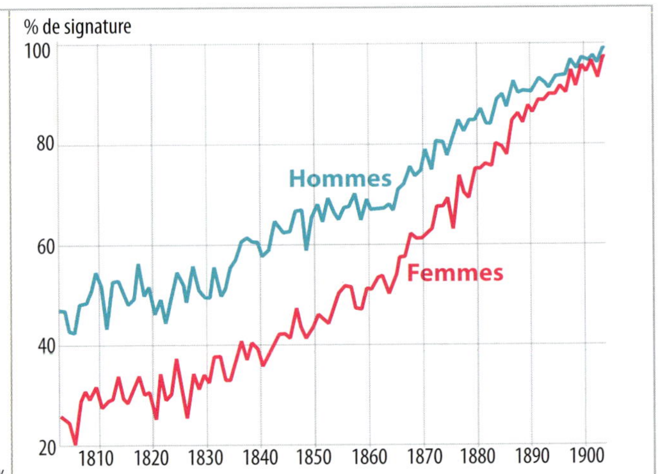

Source : J.-P. Pélissier et D. Rébaudo, « Une approche de l'illettrisme en France », *Histoire et mesure* 19, 2004.

3 L'évolution comparée de la scolarisation des filles dans trois pays depuis le XIXe siècle

1800 – 1850 – 1900 – 1950 – 2000

FRANCE
- **1833** Loi Guizot : obligation pour une commune de plus 500 habitants d'avoir une école de garçons
- **1850** Loi Falloux : toute commune de plus de 800 habitants doit avoir une école de filles
- **1861** Julie-Victoire Daubié, première femme reçue au baccalauréat
- **1881-1882** Lois Ferry : école gratuite, obligatoire et laïque pour tous entre 6 et 13 ans
- **1924** Programmes du lycée identiques pour les filles et les garçons
- **1976** Mixité obligatoire
- **2022** 99 % des femmes sont alphabétisées

JAPON
- **1871** Création d'un ministère de l'Éducation
- **1875** 50 % des garçons et 20 % des filles sont scolarisés
- **1907** Scolarité obligatoire qui dure 6 ans
- **Années 1920** 99 % des filles sont scolarisées
- **1946** Mixité favorisée sous influence de l'occupation américaine
- **2022** 99 % des femmes sont alphabétisées

ALGÉRIE
- **1883** Officiellement, application des lois Ferry dans les départements français d'Algérie
- **1962** Indépendance de l'Algérie, 30 % des enfants algériens non européens (20 % des filles seulement) ont été scolarisés contre 98 % des enfants d'origine européenne
- **1963** Scolarité obligatoire sans précision de durée
- **1973** 50 % des filles sont scolarisées
- **1992** 80 % des filles sont scolarisées
- **2018** 75 % des femmes sont alphabétisées (87 % des hommes)

Sources : Leïla Mansouri-Acherar, « *La scolarisation des filles en Algérie* », Recherches internationales, 1996, Rapport du Sénat, 2004, Jun Oba, « *L'organisation du système éducatif japonais* », Revue internationale d'éducation de Sèvres, 2006 et Banque mondiale, 2024.

4 La progression de l'alphabétisation dans le monde depuis 1870

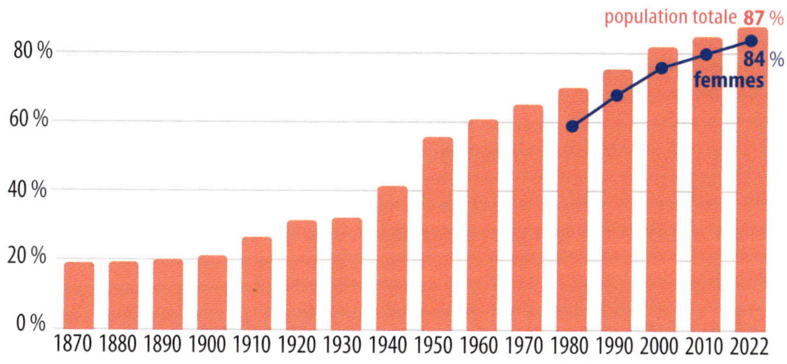

Sources : IOECD et Banque mondiale, 2024.

Ne pas confondre

Analphabétisme : fait de ne savoir ni lire, ni écrire, souvent parce que la personne n'a jamais été scolarisée. L'analphabétisme est important dans les régions où le système scolaire est défaillant.

≠

Illettrisme : phénomène qui veut que, malgré la fréquentation de l'école, la maîtrise de la lecture et de l'écriture ne soit pas suffisante pour permettre son utilisation de façon satisfaisante. L'illettrisme peut donc exister dans des pays développés où la scolarisation est importante.

5 Une alphabétisation inégale dans le monde en 2024

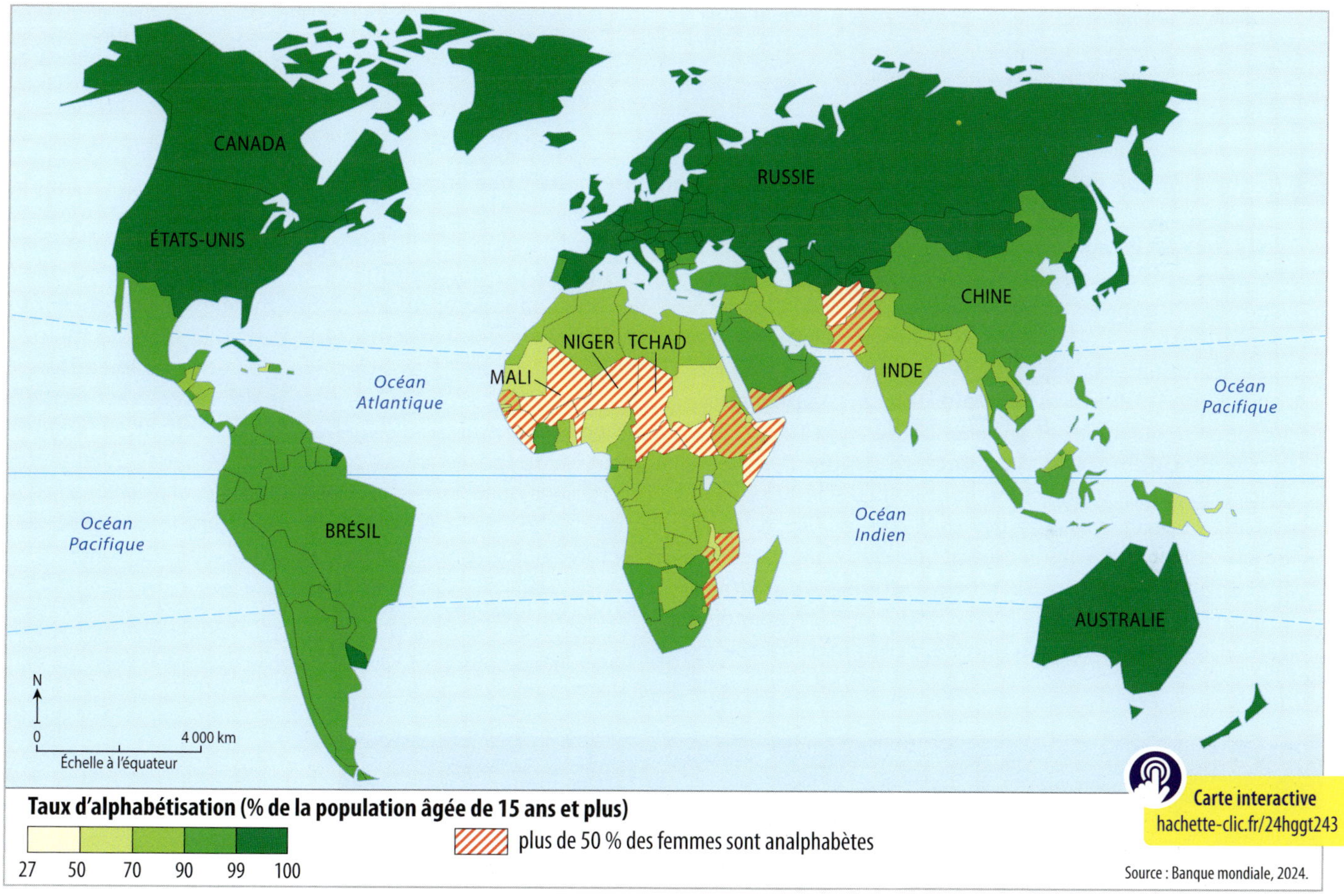

Source : Banque mondiale, 2024.

POUR COMPRENDRE

1. L'alphabétisation a connu un développement important depuis l'époque moderne. Elle se développe parallèlement à la scolarisation à partir du XIXe siècle, qui se diffuse partiellement à l'échelle mondiale, notamment par les colonisations européennes.

> **Quelle est la situation de l'alphabétisation des femmes en Europe et en France à la fin du XVIIIe siècle ? à la fin du XIXe siècle ?** (doc. 1, 2 et 3)

2. Cependant, l'alphabétisation comme la scolarisation ne sont pas des phénomènes homogènes et les progrès ne sont pas les mêmes partout. L'alphabétisation des filles rattrape celle des garçons mais de lourdes disparités existent toujours dans certaines régions du monde.

> **Comment l'alphabétisation des filles rattrape-t-elle celle des garçons ?** (doc. 2, 3 et 4)

> **Montrez que les progrès de l'alphabétisation sont récents et inégaux.** (doc. 3, 4 et 5)

Notions

Alphabétisation : action d'apprendre à lire et à écrire à une population donnée.

Scolarisation : action qui consiste à permettre à tous les enfants de fréquenter l'école.

JALON 1 Donner accès à la connaissance : grandes étapes de l'alphabétisation des femmes du XVIe siècle à nos jours dans le monde

Étude 1 La lente alphabétisation des femmes à l'époque moderne

À l'époque moderne, l'alphabétisation des filles, comme celle des garçons, et plus généralement leur **instruction**, est confiée aux Églises. Dans le cas des filles, il s'agit d'une préoccupation nouvelle, portée par l'**humanisme**. Cependant, leur alphabétisation accuse un certain retard lié au manque d'écoles, d'enseignants et à un enracinement des préjugés.

Pourquoi l'alphabétisation des filles reste-t-elle très partielle à l'époque moderne ?

1500 – 1550 – 1600 – 1650 – 1700 – 1750

- **1523** Jean-Louis Vivès publie *L'Instruction de la femme chrétienne*
- **1529** Érasme publie *De l'éducation des enfants*
- **1633** Fondation des Filles de la Charité par Vincent de Paul, dont la fonction est l'éducation des jeunes filles
- **1673** François Poullain de La Barre publie anonymement *De l'égalité des sexes*
- **1687** François Fénelon publie *De l'éducation des filles*
- **1762** Jean-Jacques Rousseau publie *Émile ou De l'éducation.* Le tome V évoque l'éducation des filles

1 L'éducation des jeunes filles nobles à la Renaissance : une première prise en compte

Lorsqu'elle est en âge d'accéder à la connaissance, la jeune fille se doit d'apprendre à orner son âme et à savoir comment organiser et gouverner sa maison. Certains, comme Aristote, Ératosthène[1] ou Chrysippe pensent que cela se produit vers sept ans. D'autres à quatre ou cinq, comme Quintilien. Je renvoie cela à l'appréciation des parents qui jugeront en fonction des qualités propres du développement et du caractère de leurs enfants. C'est une affaire de discernement [...] La fille apprendra plutôt à lire son livre d'heures qu'à danser. Elle étudiera les dix commandements plutôt que des chansons. Elle apprendra de plus le travail de l'aiguille au chanvre, au lin et à la laine qui est utile au ménage et à son économie dont il est important qu'elle soit curieuse. Inutile de poursuivre plus avant. Quel que soit son état, qu'elle soit princesse ou domestique, il ne serait pas sage qu'une femme soit ignorante des tâches manuelles qui touchent aux devoirs domestiques. Que peut-elle faire de mieux pour s'occuper ? Bavarder avec les unes et les autres, rester assise et rêvasser ? La pensée des femmes est vague, légère, inconstante et vagabonde. Cependant, la lecture peut lui donner le savoir qui permet de parler utilement. [...] Disons pour l'instant qu'il est bon de lire et je le conseille ; mais il n'est pas décent de voir une femme occupée de lecture tout le jour.

Jean-Louis Vivès, *L'Instruction de la femme chrétienne* (1523)
Livre premier Chapitre III, traduction de Pierre de Changy, L'Harmattan Paris 2010.

1. Mathématicien, géographe et astronome grec du IIIe siècle avant J.-C.

Anonyme autrichien, *Maître d'école avec ses élèves*, vers 1750, peinture, Wien Museum Karlsplatz, Vienne.

Les petites écoles sont des lieux d'instruction sommaire à destination des enfants des classes populaires. Les filles sont au second plan, derrière les garçons.

3 Fénelon défend l'éducation des filles

Rien n'est plus négligé que l'éducation des filles. La coutume et le caprice des mères y décident souvent de tout : on suppose qu'on doit donner à ce sexe peu d'instruction. L'éducation des garçons passe pour une des principales affaires par rapport au bien public ; et quoiqu'on n'y fasse guère moins de fautes que dans celle des filles, du moins on est persuadé qu'il faut beaucoup de lumières pour y réussir. Les plus habiles gens se sont appliqués à donner des règles dans cette matière. Combien voit-on de maîtres et de collèges ! Combien de dépenses pour des impressions de livres, pour des recherches de sciences, pour des méthodes d'apprendre les langues, pour le choix des professeurs ! Tous ces grands préparatifs ont souvent plus d'apparence que de solidité ; mais enfin ils marquent la haute idée qu'on a de l'éducation des garçons. Pour les filles, dit-on, il ne faut pas qu'elles soient savantes, la curiosité les rend vaines et précieuses ; il suffit qu'elles sachent gouverner un jour leurs ménages, et obéir à leurs maris sans raisonner. On ne manque pas de se servir de l'expérience qu'on a de beaucoup de femmes que la science a rendues ridicules : après quoi on se croit en droit d'abandonner aveuglément les filles à la conduite des mères ignorantes et indiscrètes. [...]

Le monde n'est point un fantôme ; c'est l'assemblage de toutes les familles : et qui est-ce qui peut les policer avec un soin plus exact que les femmes, qui, outre leur autorité naturelle et leur assiduité dans leur maison, ont encore l'avantage d'être nées soigneuses, attentives au détail, industrieuses, insinuantes et persuasives ?

Fénelon, *De l'éducation des filles*, chapitre premier, 1687.

4 L'inégal accès à l'écrit[1] en France à la veille de la Révolution

	Hommes	Femmes
Campagnes	42 %	21 %
Villes	65 %	43 %
France	47 %	27 %

Source : Pierre-Yves Beaurepaire, *La France des Lumières 1715-1789*, Éd. Belin, 2014.

1. Le calcul est réalisé sur la base des signatures des contrats de mariage. Il s'agit d'une estimation dans la mesure où la signature ne peut rendre compte d'une véritable maîtrise de l'écrit.

Vocabulaire

Instruction : ensemble des moyens mis en œuvre pour former et développer un être humain, en vue d'assurer son bonheur futur.

Humanisme : mouvement de pensée qui se fonde sur la redécouverte de l'Antiquité gréco-romaine, le retour aux textes originaux et dans la croyance en la perfectibilité de l'être humain.

5 Les acteurs de l'alphabétisation des femmes en Europe

La parole des historiennes

Jusqu'au XIXe siècle, l'alphabétisation se pratique souvent dans d'autres lieux que l'école : dans des cadres religieux, à la maison, ou dans des cours pour adultes. De plus, la division genrée des tâches confère aux femmes la responsabilité de l'éducation des enfants dans le cadre familial ; l'alphabétisation des femmes est donc organisée au prisme de ce rôle pédagogique. Elle est également plus tardive que celle des hommes. Jusqu'au XIXe siècle, les États ne scolarisent qu'une minorité de garçons destinés à exercer des fonctions politiques et administratives tandis que les Églises souhaitent accroître leur influence à travers l'éducation. Elles créent à cette fin différentes structures éducatives pour les enfants, qu'ils soient filles ou garçons, issus de familles nobles ou pauvres. Dès la fin du XVIIIe siècle en Angleterre, l'Église anglicane instaure les *Sunday Schools* destinées aux enfants ouvriers qui viennent, le dimanche, apprendre à lire la Bible. Les chances d'une jeune femme d'apprendre à lire dépendent donc en grande partie de la structuration du champ éducatif local en fonction des acteurs politiques et religieux, mais aussi de son statut social. Au sein d'une famille, l'éducation des filles est souvent considérée comme moins prioritaire que celle des garçons mais il existe des similitudes entre les deux : l'alphabétisation se concentre sur la lecture au détriment de l'écriture, et s'appuie presque uniquement sur des livres religieux. Elle peut avoir lieu dans le cadre familial, ou bien dans des institutions religieuses qui séparent généralement les filles des garçons, les familles riches des familles pauvres.

Maud Delebarre et Florence Wenzek, *EHNE*, 2024.

ACTIVITÉ

1. Quels sont les modes d'alphabétisation des filles à l'époque moderne ? **(doc. 1, 2 et 5)**

2. Quels sont les freins à l'instruction des jeunes filles ? **(doc. 1, 4 et 5)**

3. Pourquoi considère-t-on l'alphabétisation des filles comme importante à l'époque moderne ? **(doc. 1, 3 et 5)**

Vers le BAC — Grand oral

À l'aide des documents, préparez une présentation orale de trois minutes répondant au sujet « **Comment peut-on expliquer la lente alphabétisation des filles entre le XVIe et le XVIIIe siècle ?** »

Vous pouvez organiser vos idées à partir du tableau :

	Facteurs de l'alphabétisation des filles	Limites de l'alphabétisation
Place des femmes dans la société		
Moyens mis en place pour alphabétiser les filles		
Programmes d'éducation		
Résultats		

JALON 1 Donner accès à la connaissance : grandes étapes de l'alphabétisation des femmes du XVIe siècle à nos jours dans le monde

Étude 2 La scolarisation des filles en France et dans l'empire colonial (1850-1939)

Tout au long du XIXe siècle, dans le sillage de la Révolution de 1789, une véritable administration de l'enseignement primaire public émerge en France, qui se détache progressivement de la tutelle de l'Église. Les filles font également l'objet de cette politique de scolarisation et permettent à la France de rattraper son retard sur les pays d'Europe du Nord.

Comment le développement de l'instruction primaire a-t-il permis l'alphabétisation rapide des filles en France au cours du XIXe siècle ?

1820 – 1830 – 1840 – 1850 – 1860 – 1870 – 1880

- **1828** Création d'un ministère de l'Instruction publique séparé des affaires ecclésiastiques
- **1833** Loi Guizot : obligation de créer une école publique primaire de garçons dans toutes les communes de plus de 500 habitants
- **1850** Loi Falloux : toute commune de plus de 800 habitants doit avoir une école de filles (doc. 1)
- **1867** Loi Duruy : les communes de plus de 500 habitants doivent avoir une école primaire pour les filles
- **1881-1882** Lois Ferry : école gratuite et laïque, instruction obligatoire pour les enfants des deux sexes entre 6 et 13 ans

1 La législation sur l'accès à l'éducation des filles

a. La loi Falloux de 1850

Art. 48 – L'enseignement primaire dans les écoles de filles comprend, outre les matières de l'enseignement primaire, les travaux à l'aiguille.

Art. 49 – Les lettres d'obédience[1] tiendront lieu de brevet de capacité aux institutrices appartenant à des congrégations religieuses vouées à l'enseignement et reconnues par l'État. L'examen des institutrices n'aura point lieu publiquement.

Art. 51 – Toute commune de huit cents âmes population et au-dessus est tenue, si ses ressources lui en fournissent les moyens, d'avoir au moins une école de filles. Le conseil académique peut en obliger les communes d'une population inférieure à entretenir, si leurs ressources ordinaires le leur permettent, une école, et, en cas de réunion de plusieurs communes pour l'enseignement primaire, il peut, selon les circonstances, décider que l'école de garçons et l'école de filles seront dans deux communes différentes. Il prend l'avis du conseil municipal.

b. Loi Ferry de 1882

Art. 4 – L'instruction primaire est obligatoire pour les enfants des deux sexes âgés de six ans révolus à treize ans révolus ; elle peut être donnée soit dans les établissements d'instruction primaire ou secondaire, soit dans les écoles publiques ou libres, soit dans les familles, par le père de famille lui-même ou par toute autre personne qu'il aura choisie.

1. Lettre délivrée par un supérieur qui tenait lieu de capacité.

2 Une classe manuelle de filles en Bretagne (Finistère) au milieu du XIXe siècle

Richard Hall (1860-1942), *La classe manuelle. École de petites filles (Finistère)*, Musée des Beaux-arts de Rennes.

Vocabulaire

Congrégation : groupe de religieux obéissant à une règle particulière. Certaines s'occupent d'éducation des enfants.

3 Une critique de l'école laïque des filles au début du XXe siècle

Dessin de Lucien Emery-Chanteclair, « Laïcisation », *Le Réveil de l'Aisne*, 1904.

4 Ferdinand Buisson défend la mixité à l'école[1]

À l'origine, c'est la nécessité qui l'impose dans les endroits peu peuplés, là où les enfants sont trop peu nombreux pour qu'il soit possible d'avoir des écoles séparées. Là même où il n'y a pas nécessité absolue, le mélange des sexes permet soit de réaliser d'importantes économies, soit d'obtenir une meilleure distribution des enfants : par exemple, si une localité peut avoir un instituteur et une institutrice, on confiera au premier les enfants les plus avancés, à la seconde la classe enfantine, au lieu de les diviser en garçons et en filles. [...] Les objections morales seraient en France les plus sérieuses : elles sont presque nulles aux États-Unis. Au contraire, ce sont des raisons morales qu'on invoque pour défendre le régime de l'école mixte. Les Américains pensent qu'en apprenant à se connaître et à se voir de bonne heure, les enfants évitent les inconvénients que présente ailleurs le moment où ils entrent dans la vie : ils estiment que les jeunes gens gagnent ainsi en moralité, en douceur, en générosité, que les jeunes filles prennent plus de sérieux, de sang-froid, de raison, sans rien perdre – au contraire – en retenue et, en modestie. « Dans les campagnes surtout, disent-ils, où les élèves sont frères et sœurs, cousins ou voisins, les influences bienfaisantes de la famille se continuent à l'école ; les élèves plus forts ou plus âgés protègent et conseillent ceux qui sont plus jeunes ou plus faibles. Sous ce régime simple et salutaire, les garçons deviennent moins rudes et moins grossiers, les filles acquièrent plus de courage et de franchise. Les jeunes gens sont à l'école de cinq à six ans jusqu'à seize ans au moins, moment où commencent les devoirs de la vie active. »

Ferdinand Buisson, *Dictionnaire de pédagogie*, 1886.

1. La mixité devient obligatoire en France en 1976.

5 La scolarisation des filles dans les colonies françaises d'Afrique

La parole de l'historienne

Jusqu'au lendemain de la Première Guerre mondiale, le système éducatif organisé en Afrique occidentale française (AOF) visait essentiellement l'instruction des auxiliaires masculins nécessaires au fonctionnement de l'administration. La volonté d'exploitation économique au profit de la métropole l'emporte sur toute autre considération, et l'éducation des filles, laissée à la charge des institutions religieuses et surtout développées au Sénégal et au Dahomey, ne fait guère partie des secteurs privilégiés par le ministère des Colonies. Sur le plan quantitatif, une étude portant sur les effectifs scolaires de l'AOF montre qu'une fille pour cinq garçons est scolarisée en 1903. L'écart se creuse et atteint son maximum en 1919-1920 avec une fille scolarisée pour 45 garçons. Cette aggravation du décalage entre les sexes dans l'accès à l'éducation s'explique notamment par la réorganisation de l'enseignement en 1903 et par l'intensification de la scolarisation des garçons qui en découle. En 1937, l'écart n'est « plus » que d'une fille pour dix garçons.

La non-mixité des établissements d'enseignement public constitue toujours l'idéal à atteindre, mais celui-ci n'est accessible que si les filles sont suffisamment nombreuses pour que des classes, puis des écoles de filles, soient organisées. Une circulaire du gouverneur général de l'AOF en mai 1924 précise aux lieutenant-gouverneurs des différents territoires : « Chaque fois qu'une institutrice sera chargée d'une classe de garçons, vous essayez de transformer cette classe en un cours mixte en attendant que les filles soient assez nombreuses pour former une classe spéciale de filles. »

Pascale Barthélémy, *Instruction ou éducation ? La formation des Africaines à l'École normale d'institutrices de l'AOF de 1938 à 1958*, Cahier d'études africaines, 2003.

ACTIVITÉ

À l'aide des documents, complétez le schéma.

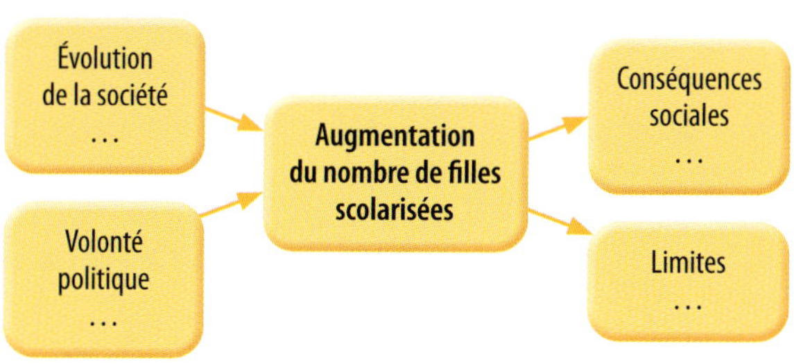

Vers le BAC Dissertation

À l'aide des documents et de vos réponses aux questions, rédigez un paragraphe de la dissertation organisée autour de la problématique : « **L'accès à la connaissance, un enjeu pour les sociétés et les États** ». Vous ne traiterez ici que du XIXe siècle.

Pour vous guider, organisez votre réponse autour du plan :

1. La mise en place d'une politique volontariste
2. Les critiques face à l'éducation des jeunes filles
3. Les résultats à la fin du XIXe siècle

Étude 3 GRAND FORMAT

Malala Yousafzai, un combat pour la scolarisation des filles

Contexte ➡ Malala Yousafzai est devenue un symbole international de la lutte pour l'éducation des filles après avoir été attaquée en 2012 par les **talibans**. Elle était menacée en raison de son opposition aux restrictions imposées concernant l'éducation au Pakistan. En 2013, Malala et son père ont créé le Fonds Malala pour sensibiliser le monde à l'impact social et économique de l'éducation des filles. En décembre 2014, elle est devenue la plus jeune lauréate à recevoir le prix Nobel de la paix.

▶ Comment Malala Yousafzai fait-elle de l'éducation des filles une priorité ?

Malala Yousafzai

(née en 1997)

Malala Yousafzai est une militante pakistanaise des droits des femmes. Autrice durant son enfance d'un blog sur l'éducation au Pakistan, elle a obtenu le prix Nobel de la Paix en 2014. Elle milite depuis pour un meilleur accès des femmes à l'éducation.

Le discours de Malala Yousafzai

1 « La plume est puissante que l'épée »

Chers amis, le 9 octobre 2012, les talibans m'ont tiré sur le côté gauche de mon visage. Ils ont tiré sur mes amis aussi. Ils pensaient que les balles allaient nous faire taire. Mais ils ont échoué. Et puis, sur ce silence, se sont élevées des milliers de voix. Les terroristes pensaient qu'ils pourraient nous faire changer d'objectifs et arrêter nos ambitions, mais cela n'a rien changé dans ma vie, sauf ceci : la faiblesse, la peur et le désespoir sont morts. La force, la puissance et le courage sont nés. Je suis la même Malala. Mes ambitions sont les mêmes. Mes espoirs sont les mêmes. Mes rêves sont les mêmes. […]

Chers frères et sœurs, c'est dans les ténèbres que nous nous rendons compte de l'importance de la lumière. Nous sommes conscients de l'importance de notre voix quand nous sommes réduits au silence. De la même manière, lorsque nous étions à Swat, dans le nord du Pakistan, nous avons réalisé l'importance des stylos et des livres quand nous avons vu les armes de guerre. Cette parole sage est vraie : « La plume est plus puissante que l'épée ». Les extrémistes ont peur des livres et des stylos. La puissance de l'éducation leur fait peur. Ils ont peur des femmes. La puissance de la voix des femmes leur fait peur. Et c'est pourquoi ils ont tué 14 étudiants en médecine innocents dans l'attentat récent de Quetta. Et c'est pourquoi ils ont tué de nombreuses enseignantes et de personnes luttant contre la polio à Khyber Pukhtoon Khwa et les zones tribales du Pakistan. C'est pourquoi ils dynamitent chaque jour des écoles. Parce qu'ils étaient et qu'ils ont encore peur du changement, peur de l'égalité que nous apporterons dans notre société. […]

Monsieur le Secrétaire général[1], la paix est nécessaire à l'éducation. Dans de nombreuses parties du monde, en particulier au Pakistan et en Afghanistan, les guerres et les conflits empêchent les enfants d'aller à l'école. Nous sommes vraiment fatigués de ces guerres. Les femmes et les enfants souffrent dans de nombreuses régions du monde à bien des égards. En Inde, des enfants innocents et pauvres sont victimes du travail des enfants. Beaucoup d'écoles ont été détruites au Nigeria. Les gens en Afghanistan ont été empêchés de vivre par l'extrémisme depuis des décennies. Les jeunes filles ont à faire du travail domestique et sont obligées de se marier à un âge précoce. La pauvreté, l'ignorance, l'injustice, le racisme et la privation des droits fondamentaux sont les principaux problèmes rencontrés par les hommes et les femmes. […]

Chers amis, aujourd'hui je me concentre sur les droits des femmes et l'éducation des filles parce que ce sont elles qui souffrent le plus. Il fut un temps où les femmes militantes ont demandé à des hommes de se lever pour défendre leurs droits. Mais, cette fois, nous allons le faire nous-mêmes. Je ne dis pas aux hommes d'arrêter de parler en faveur des droits des femmes, mais je me concentre sur cet objectif, que les femmes soient autonomes dans leurs propres combats. […]

Chers frères et sœurs, nous ne devons pas oublier que des millions de personnes souffrent de la pauvreté, de l'injustice et de l'ignorance. Nous ne devons pas oublier que des millions d'enfants ne vont pas à l'école. Nous ne devons pas oublier que nos frères et sœurs sont en attente d'un avenir pacifique et lumineux.

Alors, laissez-nous mener une lutte globale contre l'analphabétisme, la pauvreté et le terrorisme et nous prendrons en main nos livres et nos stylos. Ce sont nos armes les plus puissantes.

Un enfant, un enseignant, un stylo et un livre peuvent changer le monde.

L'éducation est la seule solution. *Education first.*

Discours de Malala Yousafzai devant l'ONU, 12 juillet 2013

1. Le secrétaire général des Nations Unies était alors le Sud-Coréen Ban Ki-moon.

Mise en perspective

2 Une inégale scolarisation des filles selon les régions du monde

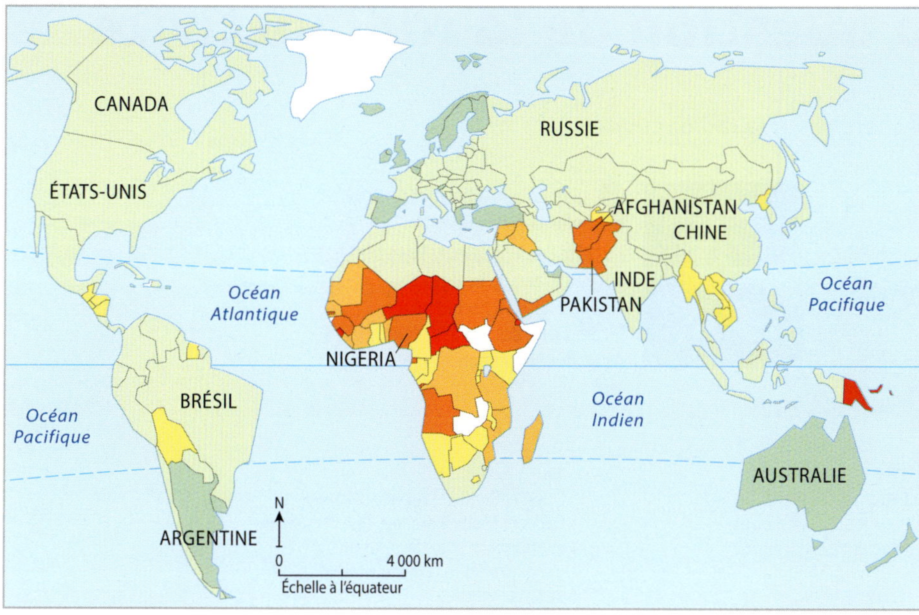

Vocabulaire

Taliban : membre d'un mouvement islamique intégriste et armé, en Afghanistan et au Pakistan.

Carte interactive hachette-clic.fr/24hggt244

3 L'enseignement en ligne, une alternative pour les femmes en Afghanistan ?

Zarghona Pamiri a dû renoncer à ses études en décembre lorsque les dirigeants talibans ont interdit aux femmes de fréquenter les universités. Elle a toutefois récemment trouvé un moyen de contourner cet obstacle, en s'inscrivant à des cours en ligne. Elles sont des milliers de femmes afghanes comme elle à avoir rejoint l'*Afghanistan Online University*, une nouvelle plateforme d'enseignement à distance qui propose des cours gratuits et des diplômes universitaires aux femmes. […]

Aujourd'hui, seules les petites filles de moins de 11 ans ont le droit d'aller à l'école. Les lycées ont été fermés aux jeunes filles en dépit de promesses répétées sur leur réouverture. Et le 20 décembre 2022, le gouvernement a interdit aux femmes l'accès aux universités. Motif invoqué : éviter la mixité à l'université. Les talibans ont également accusé les femmes de ne pas scrupuleusement respecter le code vestimentaire islamique.

Le site *Afghanistan Online University* a été créé par des chercheurs et professeurs afghans en exil en Europe. Rassemblant plus de 400 collaborateurs, il propose des diplômes dans toutes les disciplines – de la psychologie à l'économie en passant par l'informatique. […] Près de 6000 étudiantes se sont inscrites sur le site, sélectionnées parmi 15000 candidatures reçues après l'ouverture du campus virtuel en janvier 2023.

Le projet est toutefois confronté à un certain nombre de problèmes. Les coupures d'électricité fréquentes et la mauvaise qualité des connexions Internet en Afghanistan limitent sa portée.

Khujasta Kabiri, « En Afghanistan, les femmes se tournent vers l'université en ligne », *Courrier international*, 11 mars 2023.

ACTIVITÉ

Préparer l'analyse du discours en se documentant

1. Faites une recherche pour présenter Malala Yousafzai. — Précisez à quel âge elle prononce ce discours.

2. Pourquoi a-t-elle obtenu le prix Nobel de la Paix ?

Analyser le discours

3. Quels obstacles empêchent les filles d'avoir accès à l'éducation selon Malala Yousafzai ? **(doc. 1)**

4. Montrez le rôle que joue l'éducation dans le développement économique et social des pays les plus pauvres. **(doc. 1)**

5. Expliquez la phrase : « **La plume est plus puissante que l'épée.** » **(doc. 1)**

Porter un regard critique sur le discours

6. Comment le **document 2** montre-t-il que la question de l'accès à l'éducation dépasse les cas du Pakistan et de l'Afghanistan ? — Rappelez que la question de l'accès à l'éducation des filles n'est pas seulement le fait de régimes politiques mais également de développement économique.

7. Quelles limites à l'action de Malala Yousafzai au Pakistan et en Afghanistan le **document 3** soulève-t-il ? Comment les femmes les contournent-elles ?

Pour aller plus loin

Rédigez un paragraphe présentant le fonds Malala Yousafzai de l'Unesco (origine, actions, résultats).

Site Internet hachette-clic.fr/24hggt245

JALON 2 Produire de la connaissance scientifique : recherche et échanges des hommes et des femmes de science sur la question de la radioactivité de 1896 aux années 1950

Repères

La communauté scientifique autour de la question de la radioactivité

1 La communauté scientifique et la recherche sur la radioactivité

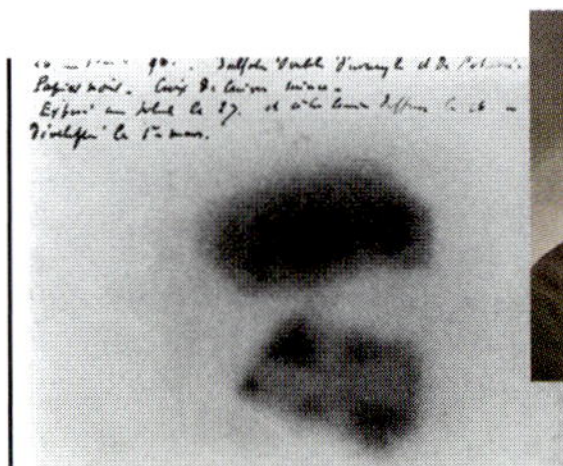

1 Henri Becquerel et la radioactivité naturelle de l'uranium

En 1896, Henri Becquerel s'intéresse à la découverte de Röntgen et découvre lui aussi par hasard les propriétés des sels d'uranium, naturellement phosphorescents.

1890

1900

1895
Découverte des rayons X par Wilhelm Röntgen (Allemagne)

1896
Découverte de la radioactivité naturelle de l'uranium par Henri Becquerel (France)

1898
Découverte du polonium et du radium par Pierre et Marie Curie (France/Pologne)

1902
Ernest Rutherford (Nouvelle-Zélande) et Frederick Soddy (Royaume-Uni) démontrent que le radium possède en lui-même une énergie et reste la seule source de rayonnement

1890

2 La découverte du polonium et du radium

En 1898, Marie Curie entame une thèse sur les rayonnements de l'uranium découverts par Henri Becquerel. Elle et son mari Pierre Curie nomment ce phénomène radioactivité, tout en découvrant le polonium et le radium.

1910

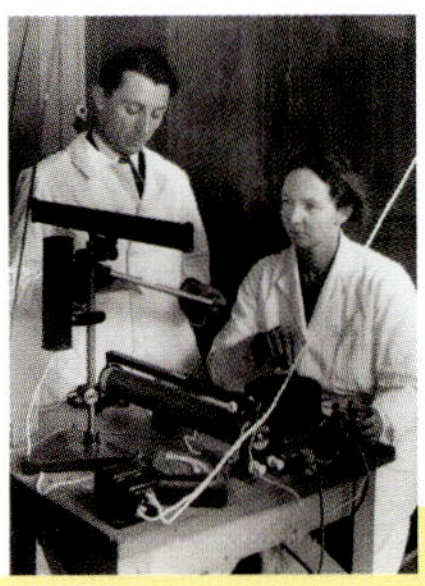

3 La radioactivité artificielle

En 1934, Irène Curie et son mari Frédéric Joliot découvrent la radioactivité artificielle. Plusieurs nouveaux éléments chimiques sont ainsi découverts. On peut créer des éléments artificiellement radioactifs.

1930

1934
Découverte de la radioactivité artificielle par Frédéric et Irène Joliot-Curie (France)

1933
Après les découvertes de James Chadwick (Royaume-Uni) et Werner Heisenberg (Allemagne), les scientifiques disposent d'un modèle véritable de la constitution d'un atome

1937
Accélérateur de particules dans le laboratoire de Joliot-Curie au Collège de France

1930

1938
Découverte de la fission du noyau d'uranium qui dégage de l'énergie

4 Le projet Manhattan

1939-1945 : dans le cadre du projet Manhattan, sous la direction de Robert Oppenheimer (États-Unis), Léo Szilard (Hongrie/États-Unis) a l'idée d'une réaction en chaîne dans la libération de l'énergie radioactive des atomes. Ses découvertes contribuent à la première explosion nucléaire dans le désert du Nevada le 16 juillet 1945.

1940

1940

1940
Découverte du plutonium par Glenn Theodore Seaborg (États-Unis)

1939-1945
Projet Manhattan

1950

1942
Première pile atomique par Enrico Fermi (Italie), à Chicago

16 juillet 1945
Première explosion nucléaire

1948
Frédéric et Irène Joliot-Curie créent Zoé, la première pile atomique française

1950

2 La radioactivité, le premier domaine à l'origine d'une communauté scientifique

Une communauté scientifique dynamique à la veille de la Première Guerre mondiale

- pays comptant des chercheurs dans le domaine de la radioactivité
- principal laboratoire de recherche en radioactivité
- congrès Solvay en 1911, première réunion internationale de chercheurs
- échanges scientifiques (correspondance, conférence, …)

Des femmes très actives dans le domaine

- laboratoire de recherche où la part des femmes est élevée (plus du quart des chercheurs)
- Berta Karlik : principale chercheuse dans le domaine de la radioactivité

Carte interactive
hachette-clic.fr/24hggt246

Sources : R-H. Stuewer, *The Age of Innocence : Nuclear Physics between the First and theSecond World War*, Oxford, 2018 et P. Verschueren, EHNE, 2021.

3 Les applications civiles et militaires de la radioactivité

La radioactivité artificielle, une découverte révolutionnaire

Les applications civiles
- Usages médicaux : radiothérapie pour soigner les cancers, radiologie…
- Énergie : développement de l'énergie nucléaire (premier réacteur nucléaire en 1951 aux États-Unis).
- Archéologie : carbone 14 permet de dater des objets de périodes très anciennes.

Les applications militaires
- Bombe A (dite atomique), à fission nucléaire (1945).
- Bombe H (dite à hydrogène), à fusion thermo-nucléaire (1952).

4 Le projet Manhattan[1], une recherche internationale au service des États-Unis

	Nationalité	Son apport dans le projet Manhattan
Robert Oppenheimer 	Américain	Directeur scientifique du projet Manhattan qu'il mène à terme, entouré de nombreux savants américains et européens.
Léo Szilard 	Hongrois, immigré aux États-Unis en 1937	Inventeur de la réaction nucléaire en chaîne en 1934 qu'il met en pratique dans le projet Manhattan ; pacifiste, il quitte le projet Manhattan en 1943.
Enrico Fermi 	Italien, immigré aux États-Unis depuis 1939	Inventeur de la première pile atomique (premier réacteur nucléaire) en 1942, dont la technique sera utilisée dans le projet Manhattan

1. Projet de recherche sur la réalisation de la première bombe atomique par les Américains durant la Seconde Guerre mondiale.

Notions

Communauté scientifique : ensemble des chercheurs dont les travaux ont pour objet les sciences et la recherche scientifique. On réduit parfois cette expression à un domaine particulier, comme la communauté scientifique de la recherche nucléaire.

Radioactivité : émission naturelle de rayonnement par des atomes. La majeure partie de la radioactivité à laquelle l'Homme est exposé est d'origine naturelle. Elle peut être aussi artificielle, provoquée par l'activité humaine, au moyen d'un accélérateur de particules ou d'un réacteur nucléaire.

POUR COMPRENDRE

1. La recherche sur la radioactivité est ancienne et commence par la découverte de la radioactivité naturelle par Henri Becquerel. Ses applications concernent à la fois les applications civiles et des applications militaires. Mais elle n'est pas le fruit d'un seul chercheur ou d'une seule puissance.

> Montrez que la recherche scientifique sur la radioactivité est le fruit de la recherche d'une communauté scientifique internationale. (doc. 1 et 2)

2. Le projet Manhattan s'est développé dans le contexte de la Seconde Guerre mondiale et de la nécessité pour les États-Unis de détenir une arme décisive pour la victoire finale. Le projet a demandé des moyens colossaux, d'un point de vue technique mais aussi scientifique.

> Quelles sont les différentes applications de la découverte de la radioactivité ? (doc. 3)

> Quels éléments font du projet Manhattan une coopération scientifique internationale ? (doc. 4)

Étude 1 Les Curie et la question de la radioactivité de la fin du XIXe siècle aux années 1930

En 1896, Henri Becquerel découvre par hasard le mystérieux rayonnement des sels d'uranium, sur une plaque photographique placée dans l'obscurité. En 1898, Marie et Pierre Curie découvrent des radiations plus grandes dans deux nouveaux éléments chimiques : le **polonium** et le **radium**. Ils nomment ces rayons « radioactivité ». Ces travaux sur la radioactivité sont largement poursuivis par une communauté de physiciens européens et américains, inaugurant ainsi plus d'un demi-siècle de découvertes.

➤ Comment Marie et Pierre Curie, puis leur fille Irène et son mari Frédéric Joliot, ont-ils permis le progrès de la connaissance dans le champ des recherches sur la radioactivité ?

Marie Curie (1867-1934)

Marie Skłodowska-Curie est une physicienne et chimiste d'origine polonaise, née à Varsovie, qui entreprend en 1897 une thèse sur les rayonnements de l'uranium. Après la découverte du radium et du polonium, elle reçoit une première fois le prix Nobel de physique avec son mari en 1903, puis une seconde fois, seule, le prix Nobel de chimie en 1911. Elle devient une gloire nationale mais ne parvient pas à se faire élire à l'Académie des sciences.

1890 – 1900 – 1910 – 1920 – 1930

- **1896** Becquerel découvre par hasard le rayonnement naturel de l'uranium
- **1898** Marie et Pierre Curie découvrent le polonium et du radium
- **1902** Rutherford et Soddy démontrent que le radium possède en lui-même une énergie
- **1905** Théorie de la relativité d'Albert Einstein
- **1933** Découvertes de Chadwick et Heisenberg sur l'atome
- **1934** Découverte de la radioactivité artificielle par Irène et Frédéric Joliot-Curie

1 Marie et Pierre Curie découvrent le radium

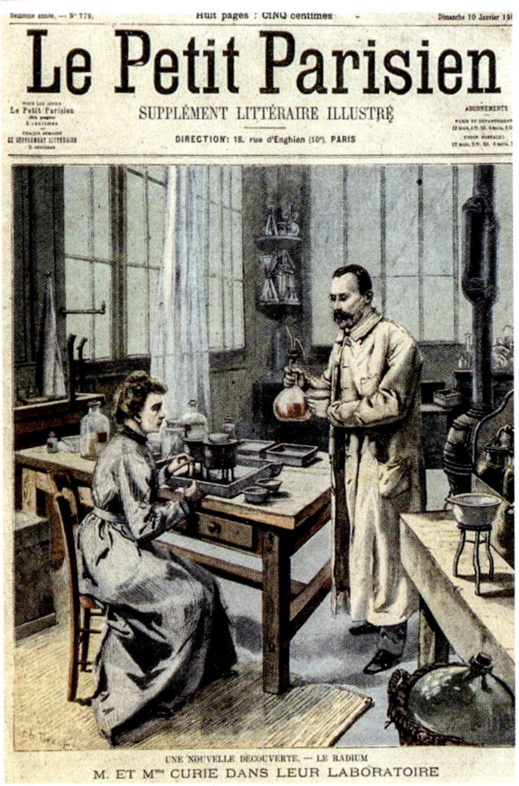

Marie et Pierre Curie dans leur laboratoire, une du *Petit Parisien*, le 10 janvier 1904.

2 La poursuite des travaux sur la radioactivité par la communauté internationale

J'ai à vous entretenir aujourd'hui des propriétés des corps radioactifs et en particulier de celles du radium. Il ne me sera pas possible de vous parler exclusivement de nos recherches personnelles. Au début de nos études sur ce sujet en 1898, nous étions seuls, avec Henri Becquerel, à nous occuper de cette question ; mais depuis, les travaux se sont multipliés et aujourd'hui on ne peut plus parler de radioactivité sans énoncer les résultats des recherches d'un grand nombre de physiciens tels que Rutherford, Debierne, Elster et Geitel, Giesel, Kauffmann, Crookes, Ramsay et Soddy, pour ne citer que quelques-uns de ceux qui ont fait faire des progrès importants à nos connaissances sur les propriétés radioactives. [...] Nous avons, Mme Curie et moi, recherché ces substances nouvelles hypothétiques dans un minerai d'urane, la pechblende. En effectuant l'analyse chimique de ce minéral et en essayant la radioactivité de chaque partie séparée dans le traitement, nous avons d'abord rencontré une première substance fortement radioactive voisine du bismuth par ses propriétés chimiques – que nous avons appelée polonium –, puis (en collaboration avec M. Bémont) une deuxième substance fortement radioactive voisine du baryum que nous avons appelée radium. [...] Enfin dans les sciences biologiques les rayons du radium et son émanation produisent des effets intéressants que l'on étudie actuellement. Les rayons du radium ont été utilisés dans le traitement de certaines maladies (lupus, cancer, maladies nerveuses).

Discours de Pierre Curie du 6 juin 1905 à Stockholm devant l'académie Nobel.

3 Le congrès Solvay de 1911

Il s'agit du premier congrès de physiciens réunis à Bruxelles, à l'initiative du chimiste et industriel belge Ernest Solvay ①. Des savants de 6 pays européens y participent dont Marie Curie ② et Albert Einstein ③.

4 Le succès du radium et son application commerciale dans les années 1920

5 Les craintes d'Irène Joliot-Curie sur la recherche atomique

Irène Juliot-Curie est récompensée, avec son mari Frédéric Joliot-Curie, pour la découverte de la radioactivité artificielle.

Ces expériences furent reprises et développées dans plusieurs pays. En Angleterre et aux États-Unis, où les physiciens disposent d'installations de très hautes tensions, divers éléments nouveaux furent préparés à l'aide des projectiles protons et deutons. En Italie, d'abord, et dans d'autres pays ensuite, les chercheurs, en particulier Fermi et ses collaborateurs utilisèrent les neutrons, projectiles de choix, pour provoquer les transmutations [...]. Si, tourné vers le passé, nous jetons un regard sur les progrès accomplis par la science à une allure toujours croissante, nous sommes en droit de penser que les chercheurs construisant ou brisant les éléments à volonté sauront réaliser des transmutations à caractère explosif, véritables réactions chimiques à chaînes. Si de telles transmutations arrivent à se propager dans la matière, on peut concevoir l'énorme libération d'énergie utilisable qui aura lieu. Mais hélas, si la contagion a lieu pour tous les éléments de notre planète, nous devons prévoir avec appréhension les conséquences du déclenchement d'un pareil cataclysme. Les astronomes observent parfois qu'une étoile d'éclat médiocre augmente brusquement de grandeur, une étoile invisible à l'œil nu peut devenir très brillante et visible sans instrument, c'est l'apparition d'une Novae. Ce brusque embrasement de l'étoile est peut-être provoqué par ces transmutations à caractère explosif, processus que les chercheurs s'efforceront sans doute de réaliser, en prenant, nous l'espérons, les précautions nécessaires.

Discours d'Irène Joliot-Curie à Stockholm pour la remise du prix Nobel en 1935.

Vocabulaire

Polonium et radium : éléments chimiques découverts en 1898 dans la Pechblende, une terre originaire d'Europe centrale riche en uranium.

ACTIVITÉ

1. Quelles sont les conséquences pratiques des découvertes de Marie et de Pierre Curie ? **(doc. 1, 2 et 4)**

2. Comment les travaux de Marie et de Pierre Curie s'inscrivent-ils dans une démarche de collaboration internationale ? **(doc. 3)**

3. Quelles sont les craintes des chercheurs des années 1930 dans les recherches sur la radioactivité ? **(doc. 5)**

Vers le BAC — Étude critique de document

À l'aide du **document 5**, montrez qu'Irène Joliot-Curie salue les progrès de la recherche internationale concernant la recherche atomique mais alerte également sur les dangers de telles recherches. ➥ **Méthode p. 342**

Pour aller plus loin

Rédigez un paragraphe expliquant que les travaux d'Henri Becquerel sont à l'origine de la recherche sur la radioactivité.

Vidéo

La découverte de la radioactivité, Cea.fr, 2014.
hachette-clic.fr/24hggt247

JALON 2 Produire de la connaissance scientifique : recherche et échanges des hommes et des femmes de science sur la question de la radioactivité de 1896 aux années 1950

Étude 2 GRAND FORMAT Oppenheimer, le père de la bombe atomique

Contexte Durant la Seconde Guerre mondiale, les États-Unis développent le **projet Manhattan**, dont l'objectif était de produire une bombe atomique qui puisse avoir un poids déterminant dans l'issue de la guerre. *Oppenheimer*, le **biopic** de Christopher Nolan, met en scène le rôle central de Robert Oppenheimer, directeur scientifique du projet, dans la mise au point et l'utilisation finale de la bombe, ainsi que toute la communauté scientifique mobilisée autour de lui.

Comment Oppenheimer de Christopher Nolan, en suivant le parcours du directeur du projet Manhattan, souligne la collaboration entre de nombreux chercheurs ?

L'affiche du film

1 ***Oppenheimer*, un biopic historique sur le rôle déterminant du scientifique**

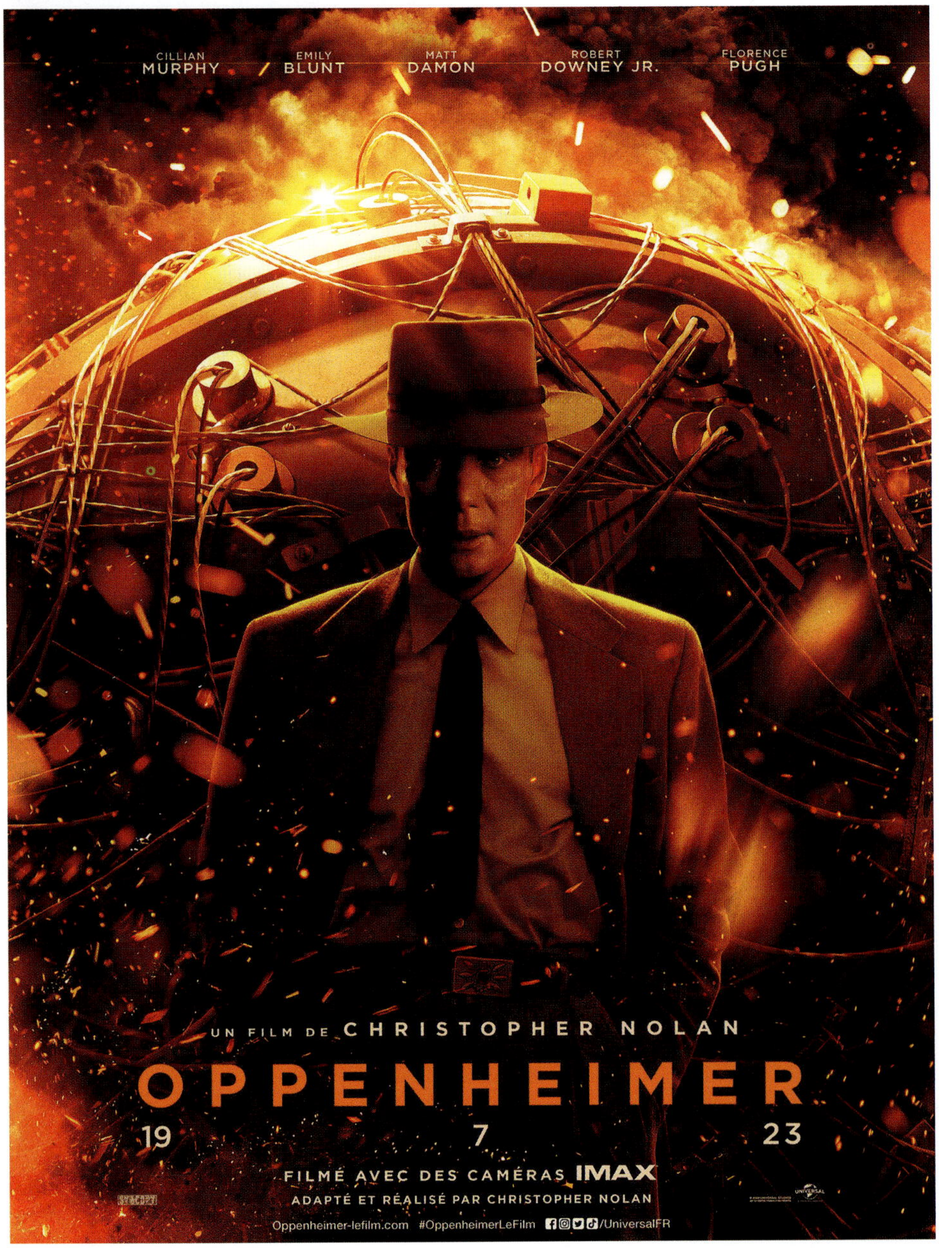

Robert Oppenheimer (1904-1967)

Physicien américain, il fait d'abord des études brillantes en physique à l'université de Harvard, avant de poursuivre des recherches avancées à l'université de Berkeley sur l'atome. En 1943, le général Groves le nomme directeur scientifique du projet Manhattan, qu'il mène à terme, entouré de nombreux savants américains et européens. Il est alors surnommé « le père de la bombe atomique ».

Vidéo

Bande annonce du film *Oppenheimer*, 2023.
hachette-clic.fr/24hggt248

Vocabulaire

Biopic : film retraçant la vie d'un personnage célèbre

Projet Manhattan : projet de recherche du gouvernement américain dont l'objectif était de produire une bombe atomique au cours de la Seconde Guerre mondiale. Il est mis en place en 1942 et permet la réalisation des deux bombes atomiques larguées sur Hiroshima et Nagasaki les 6 et 9 août 1945.

Mise en perspective

2 L'équipe de chercheurs autour d'Oppenheimer

Les militaires et physiciens engagés dans le projet Manhattan sur le site de l'explosion de la première bombe à fission nucléaire, dans le Nouveau Mexique, en juillet 1945.
De gauche à droite : Kenneth Bainbridge, Joseph Hoffman, Robert Oppenheimer, Louis Hempelman, Robert Bacher, Victor Weisskopf, Richard Dodson.

3 Un projet qui divise la communauté scientifique

a. La pétition Szilard

La pétition Szilard, rédigée par un des responsables du projet Manhattan, demande au président des États-Unis Harry Truman de ne pas utiliser la bombe contre le Japon mais de faire en premier lieu une démonstration de force pour intimider le Japon et le pousser à capituler. 70 membres du projet signent cette pétition mais pas Robert Oppenheimer.

« Nous, soussignés, demandons respectueusement : premièrement, que vous exerciez votre pouvoir en tant que commandant en chef, de décider que les États-Unis ne doivent pas recourir à l'utilisation de bombes atomiques dans cette guerre à moins que les conditions qui seront imposées au Japon soient rendues publiques dans le détail et que le Japon, connaissant ces conditions, refuse de se rendre ; deuxièmement, que dans un tel cas la question de savoir s'il faut ou pas utiliser les bombes atomiques soit décidée par vous, à la lumière des considérations présentées dans cette pétition ainsi que de toutes les autres responsabilités morales qui sont impliquées. »

Pétition Szilard, juillet 1945.

b. Les regrets d'Albert Einstein

Aux États-Unis, les savants émigrés (dont Léo Szilard) avaient persuadé Albert Einstein de signer, le 2 août 1939, la lettre qu'ils avaient rédigée pour convaincre le président Franklin Roosevelt des dangers de l'arme atomique. Mais après ce communiqué, Einstein ne joue plus aucun rôle dans le projet atomique bien qu'il découle de sa célèbre formule $E = mc^2$. Il est invité à se joindre aux membres de l'« Advisory Committee on Uranium » mais il décline la proposition. Pacifiste convaincu, Albert Einstein a bien conscience du potentiel de destruction que représente sa découverte si elle est employée pour la mise au point d'une bombe atomique et sa lettre à Roosevelt se voulait d'abord un avertissement sur un tel usage. Le physicien milite d'ailleurs après la guerre en faveur de la non-prolifération et pour le désarmement nucléaire. En 1947, il rapporte à la presse : « Si j'avais su que les Allemands ne réussiraient pas à développer une bombe atomique, je n'aurais rien fait ». Einstein déclarera par la suite, et jusqu'à la fin de sa vie, regretter la signature de la lettre qui a produit l'effet inverse de ce qu'il souhaitait.

Site Internet de la Coupole, centre d'histoire et planétarium de Saint-Omer, 2024.

ACTIVITÉ

Préparer l'analyse de l'affiche en se documentant

1. Faites une recherche pour présenter Robert Oppenheimer.

2. Qu'est-ce que le projet Manhattan ?

Analyser l'affiche

3. Décrivez l'affiche. **(doc. 1)**

Décrivez les trois plans de l'affiche :
– le personnage en premier plan ;
– l'objet en second plan ;
– le fond en dernier plan.

4. Pourquoi est-il considéré comme le père de la bombe atomique alors que le projet Manhattan mobilise des milliers de scientifiques ? **(doc. 1 et 2)**

5. Montrez à partir de l'affiche et de la bande annonce que Christopher Nolan axe son film autour de la personne de Robert Oppenheimer et sur l'enjeu de la Seconde Guerre mondiale. **(doc. 1)**

Porter un regard critique sur l'affiche

6. Comment les **documents 2 et 3** nuancent-ils la centralité d'Oppenheimer mise en avant sur l'affiche ?

7. Quelles oppositions le projet Manhattan a-t-il provoquées au sein de la communauté scientifique ? **(doc. 3)**

Pour aller plus loin

À l'aide de la vidéo, montrez que Robert Oppenheimer a exprimé des regrets sur l'utilisation de la bombe atomique après la guerre.

Vidéo
Les regrets d'Oppenheimer, le père de la bombe
France Culture, mai 2022.
hachette-clic.fr/24hggt249

Axe 1

Leçon 1 L'alphabétisation, le premier pas vers la diffusion du savoir

Comment les politiques en faveur de l'alphabétisation participent-elles à la diffusion de la connaissance ?

A Le développement de l'alphabétisation à l'époque moderne

- **Dans la deuxième moitié du XVe siècle, l'accès à la connaissance, longtemps réservé aux membres du clergé, devient plus facile** pour la noblesse et la bourgeoisie européenne. En effet, la technique de l'imprimerie mise au point par l'allemand Gutenberg se diffuse et permet d'imprimer des livres en plus grand nombre. Ainsi, vers 1500, plus de 10 millions d'ouvrages ont déjà été imprimés.
- **L'alphabétisation s'accélère à partir du XVIe siècle en Europe occidentale.** La multiplication des écoles paroissiales et des **congrégations** religieuses, comme celles de Mary Ward ou de François de Sales, soutiennent ce mouvement. Tout au long de l'époque moderne, l'alphabétisation progresse, y compris parmi les populations les plus pauvres.
- **L'alphabétisation des filles préoccupe également les élites politiques et religieuses,** avec le rôle de femmes influentes comme Jeanne de Chantal ou encore madame de Maintenon. Les filles sont davantage alphabétisées en Europe du Nord, où le protestantisme est majoritaire, qu'en l'Europe du Sud, catholique. Cependant, l'alphabétisation à domicile reste la norme et l'écart entre les hommes et les femmes demeure important.

JALON 1 p. 434

L'éducation des filles soutenue par l'UNICEF
Des filles étudient ensemble à l'école au Sénégal, soutenue par l'UNICEF, 2022.

B L'éducation et la transmission des savoirs

- **Cette volonté d'alphabétiser et d'éduquer va de pair avec une réflexion sur les modes de transmission du savoir.** Dès le XVIe siècle, les **Humanistes**, comme Montaigne, revendiquent une nouvelle **pédagogie** reposant sur la réflexion autonome des enfants. Au XVIIe siècle, Fénelon poursuit cette dynamique et publie *Les Aventures de Télémaque*. Au siècle suivant, dans le sillage de Rousseau et de son *Émile*, publié en 1762, nombreux sont ceux qui publient des traités de pédagogie, comme Jean-Pierre de Crousaz et son *Traité de l'éducation des enfants* en 1722, ou encore l'Abbé de l'Épée pour l'éducation des élèves sourds.
- **Au XIXe siècle, des systèmes scolaires universels apparaissent.** Aux États-Unis, dès 1800, l'école est financée par l'impôt et en 1834, la Pennsylvanie institue l'école gratuite pour tous. En France, différentes lois permettent la diffusion des écoles dans toutes les villes et villages (loi Guizot en 1833, loi Duruy en 1867). Les lois Ferry rendent l'école gratuite et laïque en 1881, puis obligatoire pour tous les enfants en 1882, mettant l'école au service de l'enracinement de la République. Au Royaume-Uni, l'enseignement primaire ne devient gratuit qu'en 1891. Les systèmes scolaires accompagnent la démocratisation et la libération des sociétés.

JALON 1 p. 434

C L'accès à l'éducation, un droit humain

- **Dans le monde actuel, l'accès à l'éducation est un droit humain fondamental.** Il est inscrit dans la Déclaration Universelle des Droits de l'Homme de 1948 et est au cœur d'une institution internationale comme l'Unesco. Le droit à l'éducation est un des principes clés du programme de l'ONU/Éducation 2030, car selon l'Unesco, plus de 250 millions d'enfants ne sont toujours pas scolarisés à l'échelle mondiale.
- **L'accès à l'éducation est un enjeu de développement pour les sociétés,** car elle détermine la formation des élites et l'intégration dans les sociétés modernes. L'accès aux techniques modernes et la diffusion des connaissances, par le biais notamment de l'informatique et du numérique, demandent une maîtrise minimale de la lecture et de l'écriture.

Vocabulaire

Congrégation : groupe de religieux obéissant à une règle particulière. Certaines s'occupent de l'éducation des enfants.

Humanisme : mouvement de pensée qui se fonde sur la redécouverte de l'Antiquité gréco-romaine, le retour aux textes originaux et dans la croyance en la perfectibilité de l'être humain.

Pédagogie : réflexions sur l'art d'enseigner et de transmettre les connaissances.

Leçon 2 La diffusion des savoirs

➤ Comment l'enseignement de masse permet-il le développement social et scientifique ?

A La Renaissance, un rapport nouveau au savoir

- **À la Renaissance, l'humanisme en Europe impose un nouveau rapport au savoir.** Si les sciences progressent peu, faute de méthode expérimentale valable, les études littéraires et la philologie s'améliorent grâce à la redécouverte des textes antiques, et une meilleure connaissance du grec et de l'hébreu.
- **Une nouvelle croyance en l'humain et en la connaissance se développe**, dans le contexte des réformes religieuses, protestante et catholique. Cette redécouverte de l'humain et de son corps, permet à la médecine et l'anatomie de progresser grâce aux premières dissections. Les médecins André Vésale et Michel Servet renouvellent un savoir qui n'avait pas évolué depuis l'Antiquité.

B Le développement de la méthode scientifique

- **Aux XVIIe et XVIIIe siècles, l'expérimentation s'améliore** grâce à la précision des matériels d'observation comme la lunette astronomique, ou encore le microscope. Désormais, on aboutit à une démarche scientifique rigoureuse fondée sur l'observation, l'analyse et la vérification des faits. La physique et la chimie s'épanouissent grâce à Newton en Angleterre et à Lavoisier en France. Les Lumières appuient ce mouvement de fond, en revendiquant l'émancipation de l'être humain des religions et de la superstition par la connaissance universelle, comme en témoigne la publication de *L'Encyclopédie* de Diderot et d'Alembert à partir de 1751.
- **Au XIXe siècle, on fonde de grands espoirs dans le progrès scientifiques et techniques.** Le positivisme d'Auguste Comte affirme que les sciences peuvent tout expliquer et que les croyances religieuses ont vocation à disparaître. Dans le même temps, de nouvelles disciplines apparaissent liées à une plus grande spécialisation du savoir. On voit apparaître ainsi les sciences humaines comme la sociologie, dans le sillage d'Émile Durkheim, mais aussi la psychologie, l'anthropologie, ou encore l'ethnologie.

C Une diffusion de plus en plus large des savoirs à l'époque contemporaine

- **À partir du XIX siècle, la diffusion des connaissances connaît une grande progression grâce aux progrès techniques :** les ouvrages scientifiques ou érudits sont très largement publiés et traduits, disponibles dans les bibliothèques du monde entier. Avec le développement de la radio et de la télévision, les progrès scientifiques sont médiatisés. Ainsi, le premier pas d'un homme sur la Lune, le 20 juillet 1969, est un événement retransmis à travers le monde par de nombreux médias.
- **Aujourd'hui, les médias numériques comme Internet permettent une diffusion presque instantanée des connaissances à travers le monde.** Cependant, certains domaines comme la recherche militaire ou spatiale restent encore très confidentiels pour des raisons stratégiques et géopolitiques.
- **Beaucoup de gouvernements et d'institutions internationales cherchent aujourd'hui à soutenir les carrières scientifiques chez les femmes.** Si ces dernières sont aujourd'hui majoritaires dans l'enseignement supérieur (55 % des étudiants du supérieur), elles sont sous-représentées dans les carrières scientifiques (40 %). C'est pourquoi l'ONU développe par exemple des réseaux de femmes scientifiques ou soutient l'enseignement scientifique chez les jeunes filles, comme au Kenya notamment.

JALON 2 p. 442

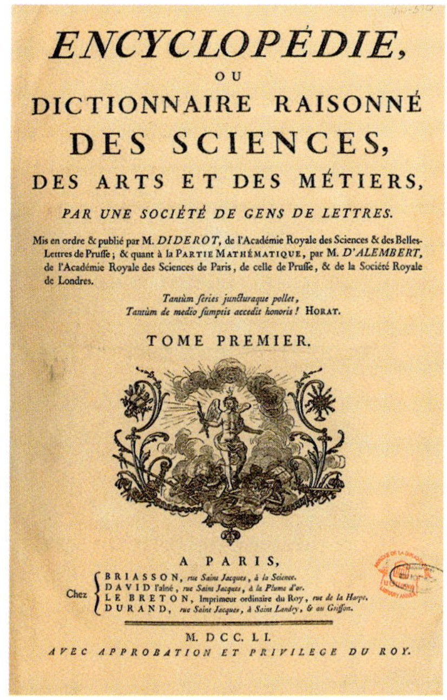

ENCYCLOPÉDIE,
OU
DICTIONNAIRE RAISONNÉ
DES SCIENCES,
DES ARTS ET DES MÉTIERS,
PAR UNE SOCIÉTÉ DE GENS DE LETTRES.
Mis en ordre & publié par M. DIDEROT, de l'Académie Royale des Sciences & des Belles-Lettres de Prusse ; & quant à la PARTIE MATHÉMATIQUE, par M. D'ALEMBERT, de l'Académie Royale des Sciences de Paris, de celle de Prusse, & de la Société Royale de Londres.
Tantùm series juncturaque pollet,
Tantùm de medio sumptis accedit honoris ! HORAT.
TOME PREMIER.
A PARIS,
Chez BRIASSON, rue Saint Jacques, à la Science.
DAVID l'aîné, rue Saint Jacques, à la Plume d'or.
LE BRETON, Imprimeur ordinaire du Roy, rue de la Harpe.
DURAND, rue Saint Jacques, à Saint Landry, & au Griffon.
M. DCC. LI.
AVEC APPROBATION ET PRIVILEGE DU ROY.

Page de titre du premier tome de *L'Encyclopédie*, 1751

Vocabulaire

Lumières : mouvement intellectuel européen fondé sur la raison, et ayant pour but le progrès humain, l'émancipation de l'individu et la recherche du bonheur.

Philologie : analyse historique et critique des textes.

Positivisme : doctrine d'Auguste Comte qui affirme que les sciences peuvent mener à la compréhension des faits.

Axe 1

Leçon 3 La collaboration scientifique à l'échelle mondiale

Comment la collaboration internationale permet-elle de stimuler les progrès scientifiques ?

A Un réseau scientifique international ancien

Les lieux de savoir se multiplient à partir du XVIIe siècle. Dans le sillage de l'Académie française, créée en 1635 par le cardinal de Richelieu afin de fixer la langue française, et de la Royal Society de Londres en 1662, l'Europe se couvre d'académies des sciences et de sociétés savantes. Ainsi, en 1666, Colbert crée à Paris l'Académie royale des sciences qui rassemble mathématiciens, physiciens, botanistes et chimistes. Ces académies, d'abord nationales, permettent d'organiser un véritable réseau européen de scientifiques qui échangent leurs recherches, s'inscrivant dans le mouvement des Lumières.

Avec la Révolution française, de grandes écoles sont instituées comme l'École normale (chargée de former les enseignants) et l'École polytechnique (chargée de former des ingénieurs) en 1795, pour promouvoir le progrès des connaissances. Parallèlement, pour recruter des étudiants de qualité, on développe tout un système scolaire secondaire, comme les lycées en France en 1808, les *Public School* au Royaume-Uni, en 1868, ou encore les *Realschulen* (enseignement secondaire scientifique) en Prusse.

La collaboration entre scientifiques et militaires

Au Nouveau-Mexique, avant les bombardements d'Hiroshima et Nagasaki, Robert Oppenheimer et le Général Leslie Groves (au centre).

B La recherche atomique, un exemple de collaboration internationale

Les découvertes techniques et scientifiques favorisent la constitution de communautés scientifiques. Les échanges sont ainsi facilités par les nouvelles revues scientifiques comme *Nature*, fondée en 1869, ou encore grâce à la multiplication des laboratoires et des facultés des sciences. La découverte des rayonnements naturels de l'uranium par Becquerel, puis la découverte du radium et du polonium par les époux Curie inaugurent un champ nouveau de recherche pour les physiciens et les chimistes, menant à la découverte de la nature réelle de l'atome. L'avancée des découvertes de la **recherche fondamentale**, enfin, est couronnée par la création des prix Nobel en 1901.

JALON 2 p. 442

Devant les enjeux des recherches sur l'atome, les collaborations internationales se multiplient. Ainsi, le projet Manhattan est un exemple tout à fait particulier d'une collaboration entre les plus éminents scientifiques mondiaux, Robert Oppenheimer, Léo Szilárd et Enrico Fermi, réunis aux États-Unis dans le contexte de la Seconde Guerre mondiale, et soutenus par l'administration américaine qui voit un intérêt militaire à la recherche atomique.

C Des institutions internationales qui se multiplient

Depuis la fin de la Seconde Guerre mondiale, si la science reste un enjeu de puissance pour les États, la collaboration internationale continue de se développer. En France, le CNRS (Centre national de la recherche scientifique), créé en 1939, oriente sa recherche autour de la collaboration internationale.

De même, sur des problèmes globaux, les scientifiques du monde entier se mobilisent afin d'apporter une expertise. C'est le cas du GIEC (Groupe d'experts intergouvernemental sur l'évolution du climat). Cependant la crise sanitaire et la recherche sur le vaccin contre la Covid-19 ont montré les limites de la collaboration internationale et la priorité donnée aux intérêts nationaux.

Vocabulaire

Recherche fondamentale : ensemble des travaux de recherche théorique dans le but d'élargir le champ des connaissances, sans finalité d'application spécifique.

L'essentiel Axe 1 > Leçons 1 à 3

RÉVISER EN SE TESTANT

Exercices interactifs

hachette-clic.fr/24hggt250

SCHÉMA BILAN

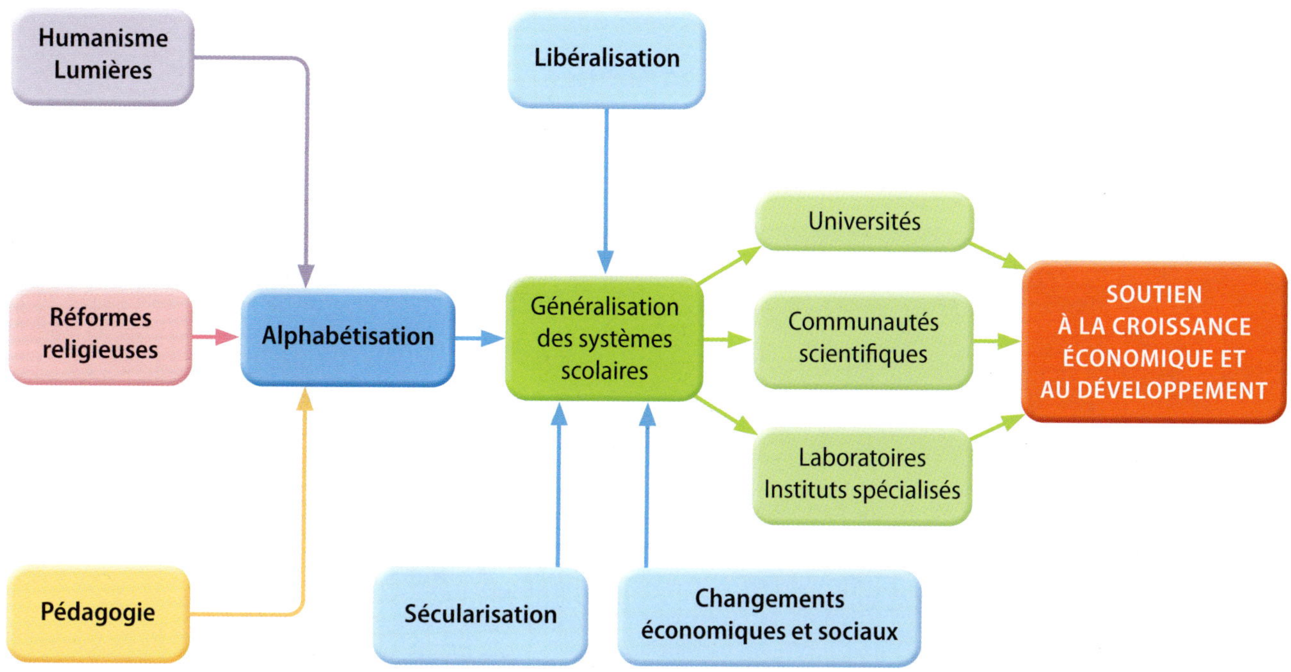

Schéma interactif
hachette-clic.fr/24hggt251

RÉVISER EN SE DOCUMENTANT

À voir

- *Il m'a appelée Malala*, de Davis Guggenheim, 2015.
  Un documentaire qui raconte l'histoire de Malala Yousafzai.
- *Oppenheimer*, de Christopher Nolan, 2023.
  Un biopic sur la vie de Robert Oppenheimer.
- *L'école des femmes*, IH2EF (Institut des hautes études de l'éducation et de la formation), 2020.
  Une vidéo centrée sur la place des femmes dans l'éducation nationale au fil des siècles.

Vidéo
IH2EF, 2020.
hachette-clic.fr/24hggt252

À lire

- *Histoire de la radioactivité. L'évolution d'un concept et de ses applications*, de René Bimbot, 2006.
  Une très bonne synthèse sur l'histoire de la recherche sur la radioactivité.
- *La Bombe*, de Alcante, Bollée, Rodier Editions Glénat, 2020.
  Une bande dessinée sur la course à la réalisation de la bombe atomique.
- *Les Bourgeoises au pensionnat, L'éducation féminine au XIXe siècle*, de Rebecca Rogers, PUR, 2015.

Sur le web

- Site du CNRS et de ses partenariats internationaux.
- Site de l'Unesco, et notamment de ses actions en faveur de l'éducation.

Sites internet
hachette-clic.fr/24hggt253
hachette-clic.fr/24hggt254

AXE 2

La connaissance, enjeu politique et géopolitique

Comment la connaissance s'impose-t-elle comme l'un des piliers de la puissance des États ?

1 Une station d'espionnage américaine au cœur de Berlin

Une des plus grandes stations de la NSA (agence de renseignement américaine chargée de surveiller les communications) se trouvait durant la guerre froide à Berlin, sur la colline de Teufelsberg.
Sa mission était d'écouter les signaux radio provenant de l'Est, en particulier de RDA et d'URSS.
Cette station a fermé à la fin de la guerre froide. Elle est désormais abandonnée.

1940 · 1950 · 1960 · 1970 · 1980 · 1990 · 2000 · 2010

- 1945 Naissance de l'Unesco
- 1947 Création de la CIA
- 1952 Création de la NSA
- 1954 Création du KGB
- 1965 1re journée internationale de l'alphabétisation
- 1968- 1974 Projet Azorian de la CIA
- 1982 Création de la DGSE, services de renseignement français
- 1987 Création du programme Erasmus
- 2003 Premier classement de Shanghai
- 2013 Révélations d'Edward Snowden sur les écoutes massives de la NSA

2 Le Réseau des étudiants Erasmus, un pilier de la mobilité étudiante en Europe

Congrès annuel du réseau des étudiants Erasmus (ESN en anglais) à Thessalonique (Grèce).
Ce réseau est le plus important dans le domaine des mobilités étudiantes au sein de l'Europe.
Il regroupe plus de 1 000 établissements au sein de plus de 40 pays.

QUESTIONS

1. Quel enjeu de puissance lié à la connaissance cette photographie souligne-t-elle ? **(doc. 1)**

2. Comment le réseau Erasmus contribue-t-il à l'unité des Européens ? **(doc. 2)**

3. Comment l'espionnage et les efforts pour développer l'enseignement supérieur peuvent-ils devenir des outils au service de la puissance des États ? **(doc. 1 et 2)**

p. 454 **> JALON ①**

Le renseignement au service des États : les services secrets soviétiques et américains durant la guerre froide

p. 460 **> JALON ②**

Circulation et formation des étudiants, transferts de technologie et puissance économique : l'exemple de l'Inde

Repères
La guerre froide du renseignement

- **1947** Création de la CIA
- **1952** Création de la NSA
- **1954** Création du KGB
- **1954** Opération Gold (Berlin)
- **1962** Crise de Cuba
- **1968** *Projet Azorian* (récupération d'une épave de sous-marin soviétique)
- **1982** Création de la DGSE (services de renseignement français)
- **1985** Échange de 25 espions occidentaux contre 4 espions du bloc de l'Est
- **1989** Chute du mur de Berlin
- **1991** Dislocation de l'URSS

1 Qu'est-ce que l'espionnage ?

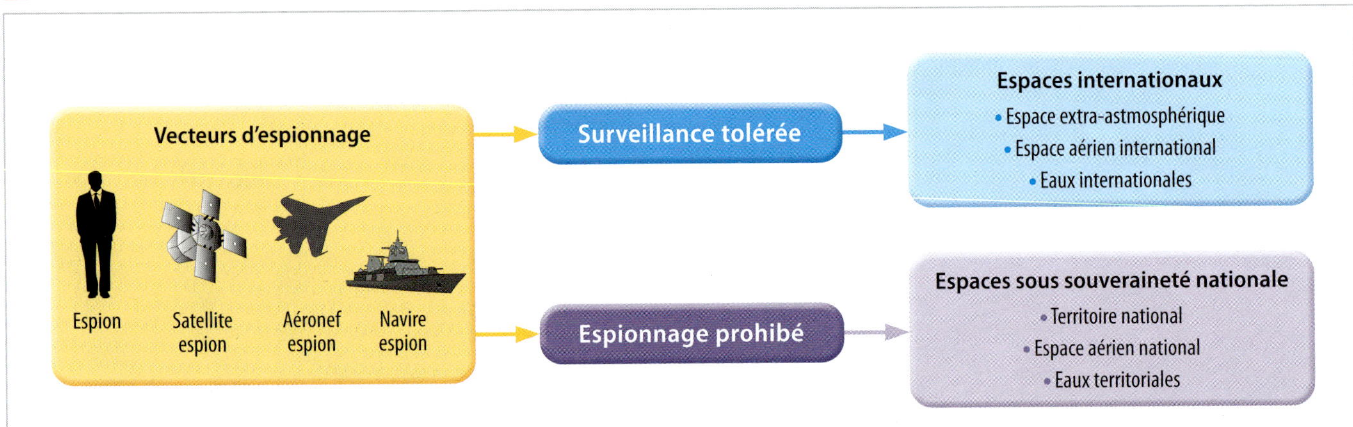

Source : Fabien Lafouasse, *L'espionnage dans le droit international*, Nouveau Monde éditions, 2012.

2 Le renseignement américain : une multitude d'institutions

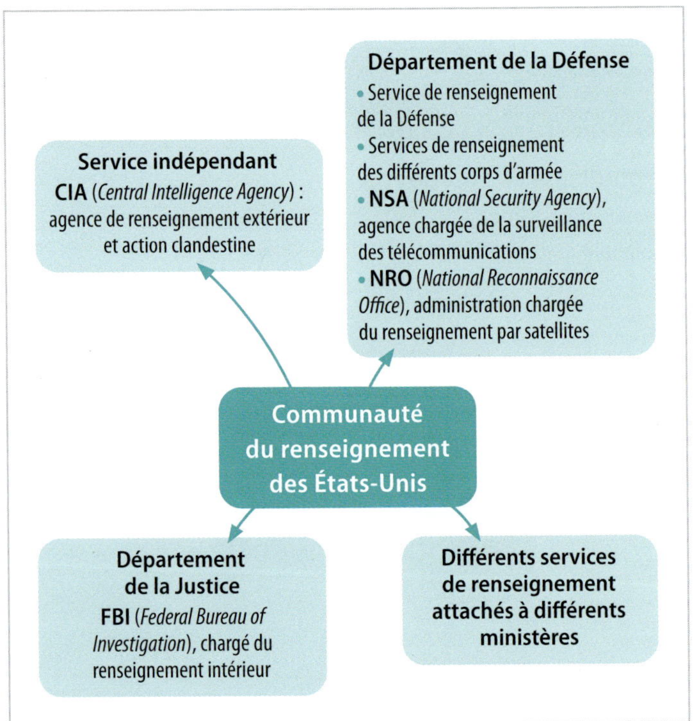

3 Le KGB, un service de renseignement complexe

4 Espionnage et guerre froide

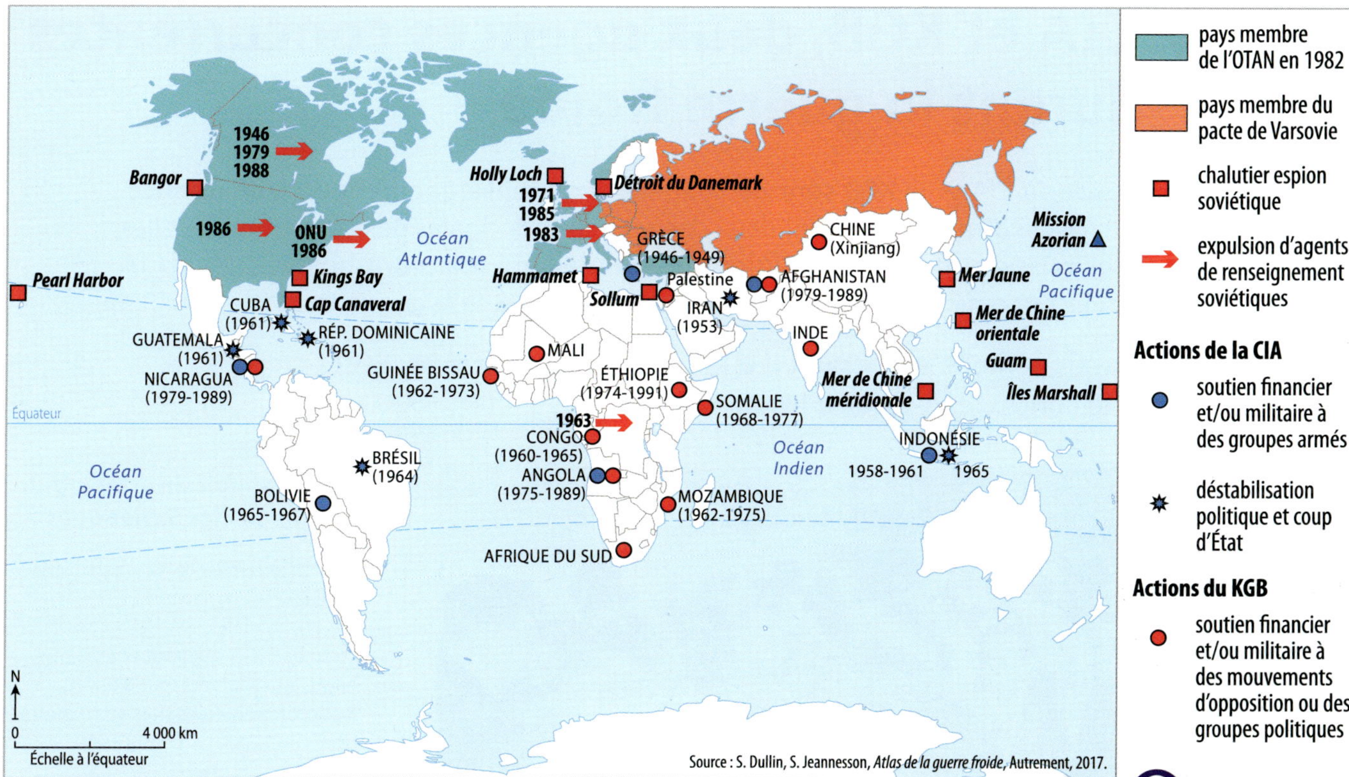

Source : S. Dullin, S. Jeannesson, *Atlas de la guerre froide*, Autrement, 2017.

Carte interactive
hachette-clic.fr/24hggt255

5 Le réseau ECHELON, une collaboration internationale de surveillance des communications

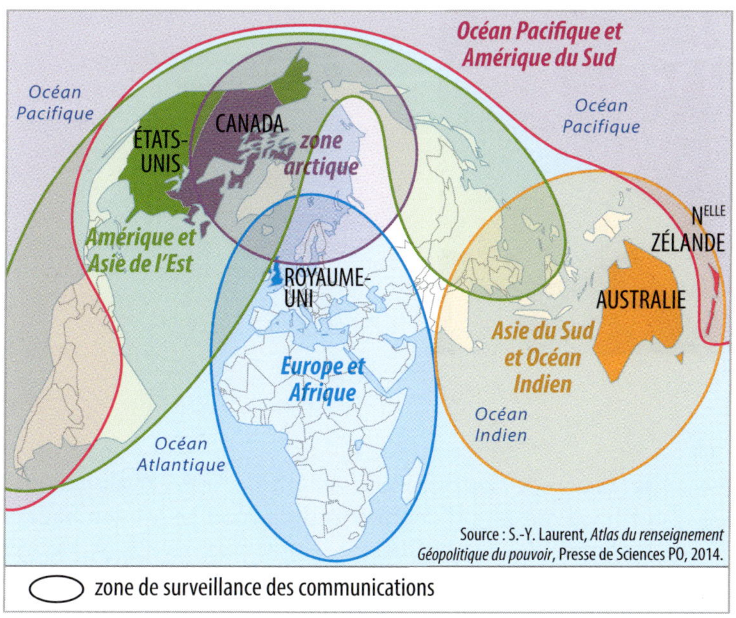

Source : S.-Y. Laurent, *Atlas du renseignement Géopolitique du pouvoir*, Presse de Sciences PO, 2014.

Notions

Renseignement : indication fournissant à quelqu'un les éléments de connaissance qu'il désire posséder sur une personne ou sur une chose.

Opération de déstabilisation : ensemble d'actions visant à remettre en cause la légitimité d'un régime politique, d'une institution, d'un parti, depuis les campagnes de désinformation, jusqu'au coup d'État.

Ne pas confondre

Surveillance : collecte d'informations sur des individus ou des groupes afin de contrôler leurs activités. Elle peut se faire dans un cadre légal, régi par des lois. Ainsi en France, la vidéosurveillance dans les lieux publics est légale à partir du moment où elle a reçu les autorisations des autorités compétentes.

≠

Espionnage : action de recueillir clandestinement des renseignements au profit d'une puissance étrangère. Ainsi, en France par exemple, l'espionnage est un crime qui peut être considéré comme une forme de trahison, avec des peines très lourdes.

POUR COMPRENDRE

1. Dans le contexte de la guerre froide, l'opposition entre les États-Unis et l'URSS passe notamment par une véritable compétition pour le renseignement, via des actions clandestines. Les superpuissances organisent leurs services de renseignement pour bénéficier de l'accès le plus étendu possible au renseignement sur l'adversaire.

> Comment sont organisés les services de renseignement américains et soviétiques durant la guerre froide ? (doc. 1 à 3)

2. Durant la guerre froide, les États-Unis et l'URSS s'opposent par le biais de leurs services secrets, que ce soit dans le domaine de l'espionnage mais également de la déstabilisation et de l'action politique clandestine.

> Montrez que ces actions clandestines se font à l'échelle mondiale. (doc. 1 et 4)

Étude 1 CIA et KGB, deux agences concurrentes durant la guerre froide

Durant la guerre froide, la CIA et le KGB sont deux agences de renseignement en concurrence. Si l'espionnage et la collecte d'information sont deux des activités principales de ces institutions, elles organisent aussi des missions de déstabilisation de régimes qui leur sont hostiles. Mais CIA et KGB ont aussi deux façons différentes d'agir dans le contexte troublé de la guerre froide.

Comment le renseignement participe-t-il à la compétition entre les États-Unis et l'URSS dans le contexte de guerre froide ?

1 L'avion américain espion U-2, capturé par les Soviétiques

Le 14 mai 1960, l'épave de l'avion espion américain U-2 abattu le 1er mai est exposée à Moscou.

Mis en circulation en 1955, l'avion Lockhead U-2, qui peut voler à très haute altitude, sert tout d'abord à photographier les sites stratégiques situés en URSS. Le 1er mai 1960, un U-2 est abattu par l'armée soviétique et son pilote est capturé. Les États-Unis doivent alors reconnaître publiquement leurs missions de surveillance.

Vocabulaire

Département d'État : nom du ministère des Affaires étrangères aux États-Unis.

National Security Agency (NSA) : organisme gouvernemental américain chargé de la surveillance et de la sécurité des systèmes d'information.

2 Le *projet Azorian*

Entre 1968 et 1974, le projet Azorian *(aussi appelé Jennifer) a consisté à tenter de récupérer un sous-marin soviétique coulé à plus de 5 km de profondeur au large d'Hawaï.*

En mars 1968, un sous-marin soviétique de modèle G-II a été perdu avec tout son équipement, à 5 500 mètres de fonds dans l'océan Pacifique. [...] Parce que le *projet Azorian* avait aussi une énorme dimension en termes de coûts, de risques et de valeur en matière de renseignement, il a parfois posé des problèmes difficiles aux fonctionnaires qui ont dû prendre des décisions importantes. Certaines questions restaient en suspens et ne pouvaient pas donner lieu à des réponses claires : la valeur en renseignement de la cible après six ans au fond de l'océan par exemple, ou la réponse politique ou physique des Russes s'ils apprenaient l'effort nécessaire pour récupérer l'épave. En raison de ces questions difficiles, il ne pouvait y avoir et n'y avait pas d'unanimité d'opinion parmi les hauts responsables de la CIA, de la Défense, de l'État, de la Maison Blanche et d'autres agences collectivement responsables d'*Azorian* et de la décision de procéder. Des divergences d'opinions ont été exprimées et débattues durant des réunions, à la fois avant et pendant le lancement de l'opération. [...] Pour conclure, nous pouvons trouver dans des projets comme *Azorian* que la profession du renseignement est dynamique et vivante, et suit les progrès rapides de la science et de la technologie. En appliquant un savant mélange entre expérience et avancées scientifiques, nous pouvons servir nos objectifs de fournir les informations dont ce pays a besoin.

Auteur inconnu, rapport de la CIA classé secret (entre 1975 et 1978), déclassifié le 4 février 2010.

3 L'échec d'une mission financée par la CIA, la baie des Cochons

En avril 1961, la CIA soutient le débarquement d'opposants anticastristes à Cuba, dans la baie des Cochons. Cependant, les erreurs d'analyse de la CIA, notamment sur la réaction de la population cubaine qui soutient le régime, provoque l'échec de l'opération et l'arrestation des anticastristes. Aucun agent de la CIA n'était présent lors le débarquement, le soutien étant essentiellement logistique.

4 Matériel d'écoute d'agents du KGB

Des objets originaux utilisés par les services de renseignement soviétiques exposés au nouveau musée du KGB de Manhattan (New York).

5 L'espion, principal vecteur de renseignement pour le KGB

La parole de l'historien

Le KGB conservait l'avantage en matière de pénétration. Parmi ses meilleures recrues, le Canadien Hugh Hambleton qui, à partir de 1951, allait lui communiquer de nombreux documents émanant de l'OTAN. [...] En 1955, les services est-allemands recrutaient Günter Guillaume. Ce membre de l'entourage de Willy Brandt provoqua la chute du chancelier, en 1974, lorsque l'affaire fut connue, ce qui, selon Markus Wolf, ancien dirigeant de ces services, fut leur « échec le plus grave ». À la fin des années 1950, le KGB était parvenu à enrôler pas moins de trois agents de la National Security Agency (NSA), créée en 1952, qui était pourtant l'une des agences les plus secrètes de la communauté du renseignement américaine.

À cause du manque d'informations disponibles, l'ampleur de la pénétration soviétique en Occident au cours de cette période demeure source de controverse. À ce jour, on sait que les autorités judiciaires américaines ont condamné pas moins de 139 personnes pour des activités d'espionnage ayant eu lieu entre 1940 et 1994. [...] L'origine de ces 139 personnes révèle, dans une certaine mesure, les cibles privilégiées de l'espionnage soviétique. 60 % d'entre elles appartenaient aux forces armées américaines. Parmi les 40 % de civils, on trouve 9 agents de la CIA, 3 fonctionnaires du Département d'État, ainsi que quelques membres de l'industrie américaine. Cette dernière, surtout à partir des années 1970, devint l'une des cibles privilégiées du renseignement soviétique. Ne pouvant acheter librement les technologies occidentales, l'URSS avait à cette époque un sérieux retard en la matière. Un effort considérable fut donc fait afin de recruter des agents travaillant dans le secteur industriel occidental, et les agents soviétiques furent à pied d'œuvre afin de recueillir des informations technologiques.

G. Le Voguer, « La guerre secrète du KGB », *L'Histoire*, n° 223, juillet-août 1998.

6 En 2024, la découverte tardive d'un espion du KGB en France

Vidéo

28 minutes, Arte, février 2024.
hachette-clic.fr/24hggt256

ACTIVITÉ

À l'aide des documents et par binôme présentez le renseignement durant la guerre froide.
L'un complète la colonne CIA, l'autre la colonne KGB.
Puis confrontez vos informations.

	CIA	KGB
Mode de collecte de renseignements		
Objectifs pour les différentes puissances		

Vers le BAC Dissertation

À partir des documents et de vos connaissances, rédigez un paragraphe à partir de la problématique : « **Comment la connaissance participe-t-elle à la puissance des États ?** » ➡ Méthode p. 166

Étude 2 Berlin, une ville au cœur du renseignement

Berlin-Ouest, durant la guerre froide, est un îlot occidental en plein cœur du camp soviétique, alors que Berlin-Est appartient à la RDA. C'est la raison pour laquelle c'est un véritable repère d'espions occidentaux et soviétiques qui utilisent cette proximité pour chercher à obtenir ou échanger des renseignements.

Comment Berlin s'affirme-t-elle durant la guerre froide comme un carrefour du renseignement ?

1 Berlin, au carrefour des agences de renseignements

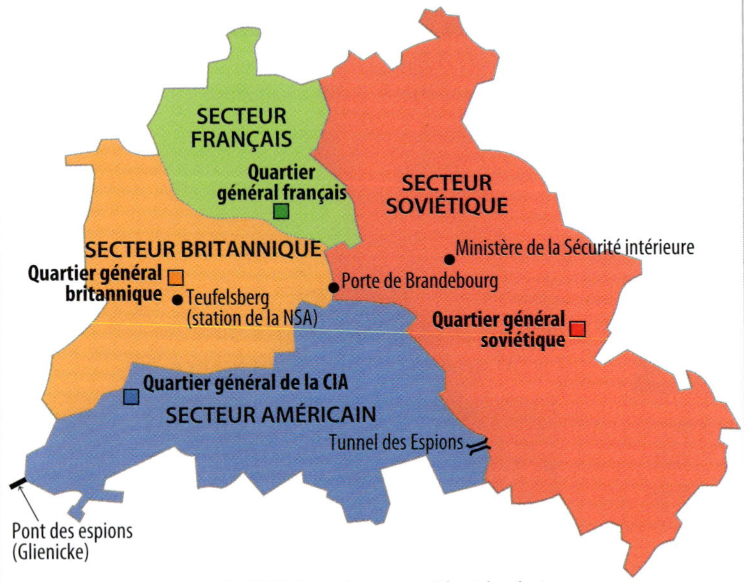

En 1949, les trois zones occidentales deviennent la RFA et la zone soviétique la RDA, mais les puissances occupantes restent dans la ville jusqu'en 1994.

Source : G. Bailey, S. Kondrashow, D. Murphy, *Die Unsichtbare Front*, 2000.

2 Un échange d'espions sur le pont de Glienicke

Le dissident soviétique Anatoli Chtcharanski a été libéré, mardi 11 février, sur le pont de Glienicke, entre le secteur américain de Berlin-Ouest et Potsdam. Il y a été accueilli quelques minutes avant 11 heures par l'ambassadeur des États-Unis à Bonn, M. Richard Burt. […] En même temps que Chtcharanski, Soviétiques et Américains ont procédé à l'échange de trois personnes détenues à l'Est pour espionnage et de cinq détenues à l'Ouest. L'échange proprement dit a eu lieu au milieu du pont de Glienicke, à l'abri des regards indiscrets. […]

L'échange des autres agents s'est ensuite prolongé pendant une demi-heure. Les trois personnes libérées par l'Est sont le ressortissant est-allemand Wolf-Georg Frohn, quarante et un ans, condamné à la prison à perpétuité en RDA ; le Tchécoslovaque Jaroslav Javorski, condamné à douze ans de prison, et l'Allemand de l'Ouest Dietrich Nistroy, condamné à la prison à vie. Trois hommes d'affaires ouest-allemands, arrêtés en Union soviétique sous l'accusation de corruption de fonctionnaires, avaient été, pour leur part, rapatriés dès samedi dernier vers l'Allemagne de l'Ouest.

Henri de Bresson, « Le dissident soviétique Chtcharanski a été libéré à Berlin, un spectacle ambigu », *Le Monde*, 12 février 1986.

3 Le « tunnel des espions »

Officier soviétique dans le tunnel après sa « découverte », 24 avril 1956.

Le « tunnel des espions » est creusé par la CIA à partir de 1954. L'objectif est d'espionner la partie Est de Berlin et d'écouter les communications (*Opération Gold*). Les Soviétiques apprennent par un agent double l'existence de ce tunnel.

ACTIVITÉ

1. Soulignez les différents enjeux que représente Berlin pour l'espionnage. **(doc. 1 et 3)**

2. Montrez qu'il existe aussi une forme de coopération dans l'espionnage entre Américains et Soviétiques. **(doc. 2)**

Pour aller plus loin

Le Pont des espions, de Steven Spielberg, 2015. Comment, dans ce film basé sur l'échange du pilote Francis Powers et l'espion soviétique William Fischer, Steven Spielberg présente-t-il Berlin pendant la guerre froide ?

Étude 3 Les « Cinq de Cambridge »

Les « Cinq de Cambridge » forment un groupe d'espionnage composé de cinq anciens étudiants britanniques de l'université de Cambridge (Kim Philby, Guy Burgess, Donald Maclean, Anthony Blunt et John Cairncross) recrutés par les services secrets soviétiques dans les années 1930 pour devenir agents doubles. Ils jouèrent un rôle important dans la transmission de secrets aux Soviétiques pendant les premières années de la guerre froide.

› Comment ce réseau d'agents doubles a-t-il servi les intérêts de l'URSS en leur fournissant du renseignement ?

1 Kim Philby, une carrière d'espion international

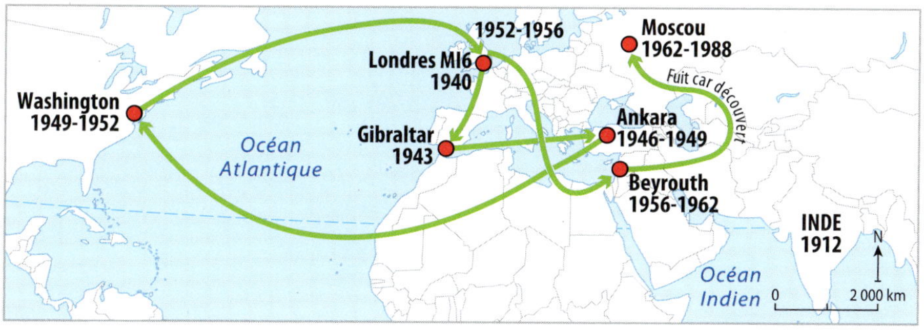

Vocabulaire

Agent double : personne qui travaille pour le compte de deux services de renseignement, à l'insu de l'un des deux.

Kim Philby (1912-1988)

Officier des services secrets britanniques (MI6), Kim Philby est resté célèbre pour avoir été un agent des services de renseignement soviétiques tout au long de sa carrière.

2 La révélation du rôle joué par Anthony Blunt, novembre 1979

Au début de la semaine dernière, le professeur Blunt a été publiquement identifié comme ayant été un agent soviétique. Cette révélation a naturellement suscité de vives inquiétudes. [...]

Le professeur Blunt a admis qu'il avait été recruté pour le renseignement russe à Cambridge avant la guerre. [...] Le professeur Blunt a déclaré qu'au cours de son séjour au sein du Security Service entre 1940 et 1945, il a régulièrement communiqué aux services de renseignement russes tout ce qui pouvait les intéresser. Nous ne savons pas exactement quelles informations il a transmises. Nous savons en revanche à quelles informations il avait accès en vertu de ses fonctions. Il ne fait aucun doute que ses activités ont porté gravement atteinte aux intérêts britanniques. Mais il est peu probable que des opérations militaires britanniques ou des vies britanniques aient été mises en danger. [...]

En mai 1951, une enquête qui se poursuivait depuis quelques années rattrapa Donald Maclean. C'est Philby qui avertit Burgess qu'il était sur le point d'être interrogé. Et c'est Burgess qui a utilisé Blunt comme contact avec un contrôleur aérien soviétique pour l'aider à organiser le vol de Maclean vers la Russie, un voyage auquel s'est joint Burgess.

Blunt admet qu'une fois entre 1951 et 1956, il a aidé Philby à entrer en contact avec les services de renseignements russes. Il a déclaré qu'il n'avait eu aucun contact avec les services de renseignements russes depuis lors.

Discours de Margaret Thatcher devant le Parlement, 21 novembre 1979.

3 Kim Philby, un agent double

Le 8 novembre 1955, alors que Guy Burgess et Donald Maclean viennent de passer à l'Est, Kim Philby dément toute relation avec des communistes. Sur le point d'être découvert, il s'enfuit en URSS en 1962.

ACTIVITÉ

1. Comment un homme comme Kim Philby peut-il servir les intérêts soviétiques ? **(doc. 1 et 3)**
2. Montrez comment les « Cinq de Cambridge » illustrent la guerre du renseignement pendant la guerre froide. **(doc. 2 et 3)**

Vers le BAC Étude critique de document

Montrez comment la présence d'agents doubles au sein des services de renseignement britannique peut profondément atteindre les intérêts du pays. **(doc. 2)**

Repères

La connaissance, un enjeu géopolitique pour l'Inde

1 Le système éducatif indien comparé aux autres puissances

	Taux d'alphabétisation, en % (dont femmes)	Part du PIB consacré à l'éducation, en %	Dépenses par étudiant dans l'enseignement supérieur, en % du PIB/hab.	Nombre d'étudiants à l'étranger (rang mondial de mobilité étudiante)	Nombre d'universités parmi les 500 premières mondiales
Chine	97 (96)	1,8	-	1 021 303 (1er)	100
États-Unis	99	5,4	-	102 961 (7e)	117
France	99	6	35	105 790 (6e)	27
Inde	74 (66)	4,6	49	508 174 (2e)	1
Royaume-Uni	99	5,2	38	39 651 (30e)	38

En 2023 (ou date la plus récente)

Sources : Banque mondiale, Classement de Shanghai et Unesco, 2024.

2 La mobilité étudiante de l'Inde

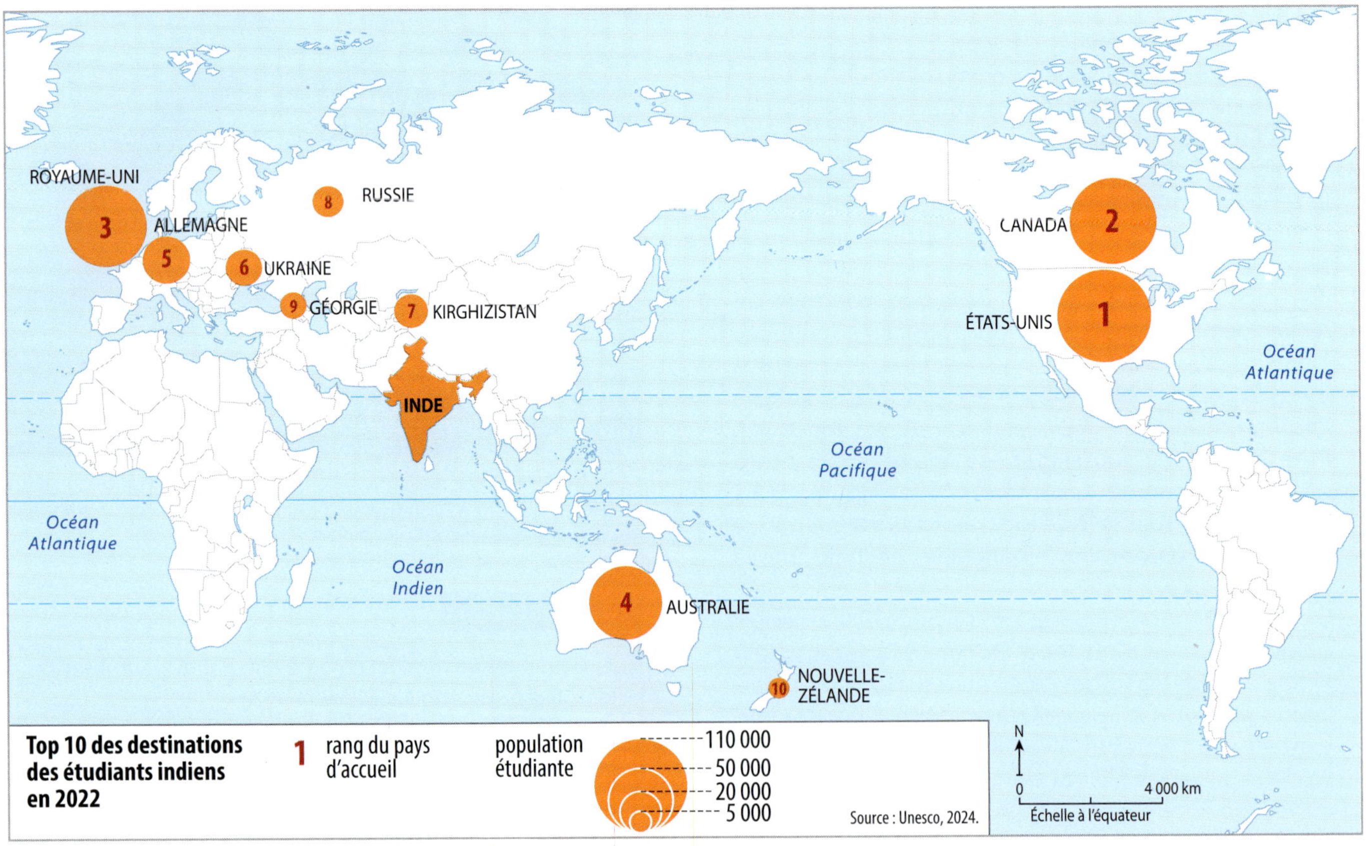

Ne pas confondre

***Brain drain* (drainage des cerveaux) :** migration des élites à la recherche de meilleures conditions de travail.

≠

***Brain gain* :** retour des élites ayant suivi un cursus d'études à l'étranger et encouragées à revenir dans leur pays natal pour y investir et y travailler.

3 Une mobilité étudiante en hausse

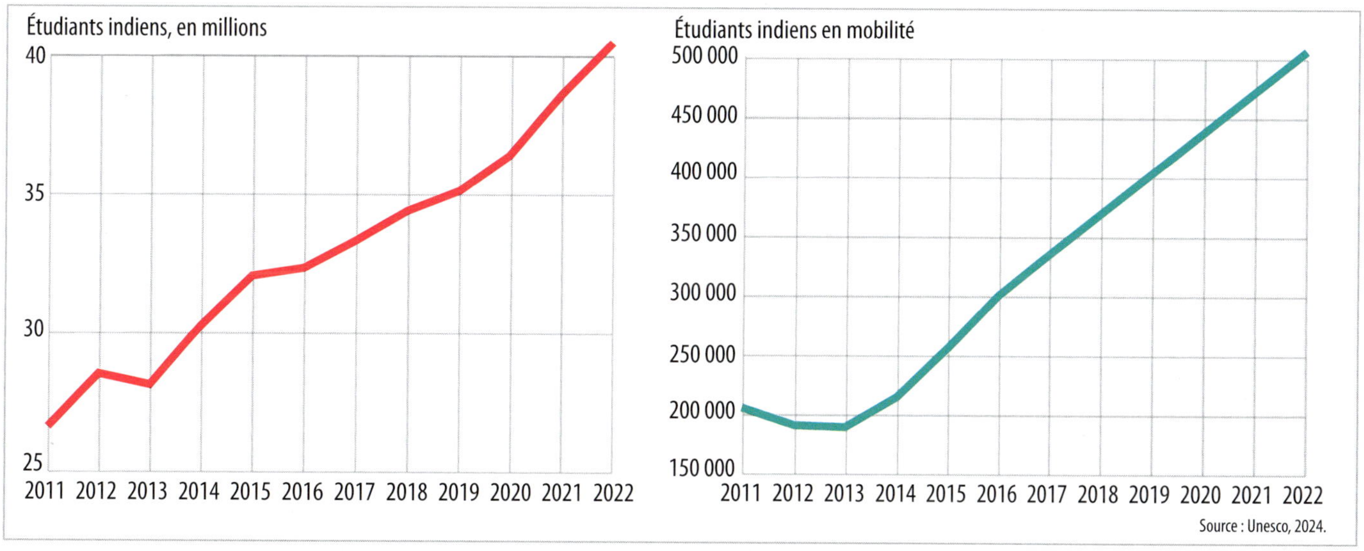

Source : Unesco, 2024.

4 Les transferts de technologie, au service de la puissance économique indienne

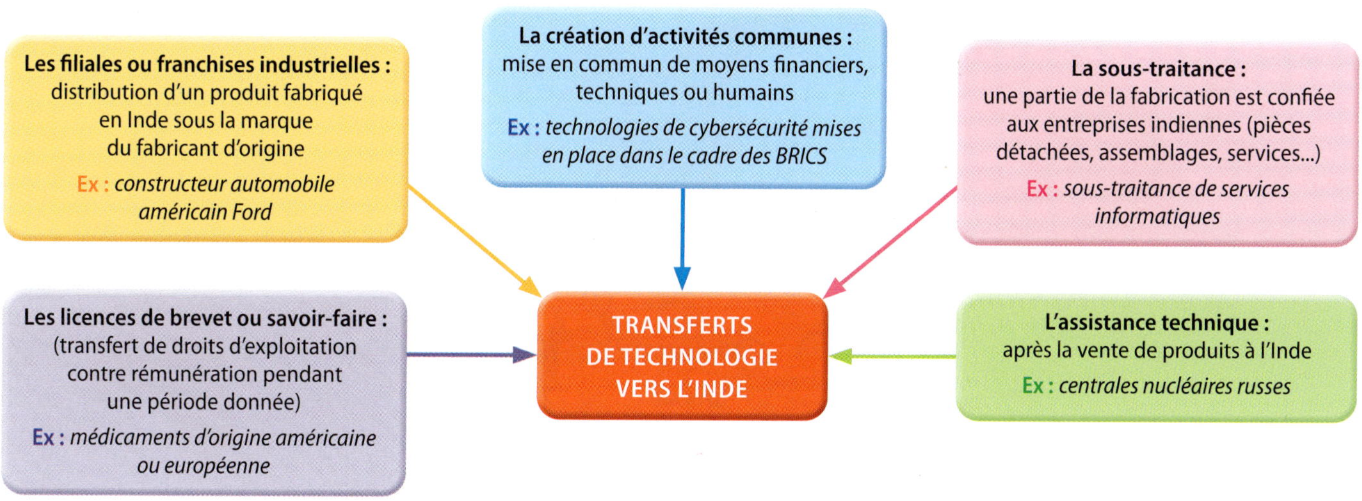

5 La connaissance, un outil dans la rivalité indo-chinoise ?

	Inde	Chine
Nombre d'étudiants (rang mondial)	40 millions (2e)	57 millions (1er)
Nombre d'étudiants étrangers inscrits dans les universités du pays	46 659	210 903
Nombre de brevets déposés en 2018	2 616	70 015

Sources : Organisation mondiale de la propriété intellectuelle et Unesco, 2024.

Notion

Transfert de technologie : transfert d'un pays à un autre de techniques de fabrication, par le biais d'implantation d'entreprises étrangères et/ou de contrats.

POUR COMPRENDRE

1. Calqué sur le modèle anglais, le système scolaire et universitaire indien est à la fois performant et inégalitaire. L'enseignement supérieur, soutenu par l'État, a permis à l'Inde de suivre une trajectoire originale, la hissant rapidement dans le peloton de tête dans certains secteurs comme l'informatique ou l'industrie pharmaceutique.

> Quels sont les atouts et les faiblesses du système éducatif indien ? (doc. 1, 2 et 3)

2. Les succès indiens ont aussi été portés par l'ouverture des Indiens au monde (*brain drain* depuis les années, *brain gain* aujourd'hui). Les transferts de technologies depuis les puissances technologiques alliées ont permis à l'Inde de monter en compétence. Ces transferts sont aussi facilités par la forte diaspora étudiante indienne. L'inde mise donc sur la connaissance pour asseoir sa puissance internationale.

> Par quels moyens l'Inde développe-t-elle la connaissance au service de sa puissance économique ? (doc. 1, 2 et 5)

> Quelles sont les limites du rayonnement de l'Inde dans le domaine de la connaissance ? (doc. 3 et 5)

Étude 1 GRAND FORMAT

Les étudiants au service de la puissance de l'Inde ?

Contexte ➪ L'Inde mise sur la connaissance pour asseoir sa puissance internationale. Avec le 2e rang mondial de mobilité étudiante, l'Inde encourage aujourd'hui le départ de ses étudiants vers l'étranger. Cette diaspora étudiante devient un atout pour la puissance économique de l'Inde mais peut également en constituer un frein.

La mobilité des étudiants est-elle une chance ou une limite pour la puissance de l'Inde ?

La carte

1 La mobilité étudiante de l'Inde

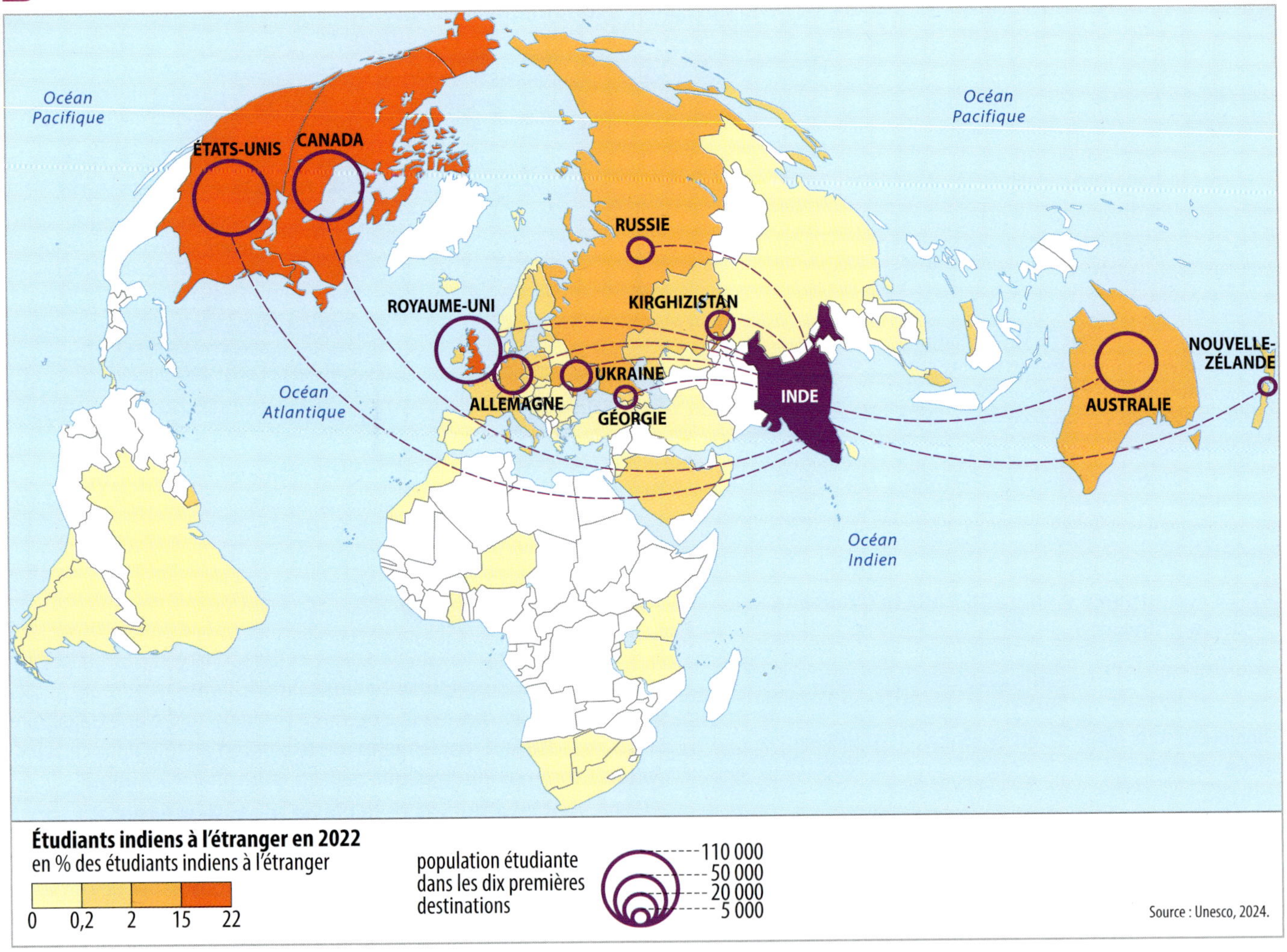

Vidéo

L'accueil des étudiants indiens en France à l'horizon 2027. Campus France, novembre 2022.
hachette-clic.fr/24hggt257

Mise en perspective

2 Une diaspora étudiante, frein pour la puissance de l'Inde ?

Le *brain drain* n'est nulle part plus important qu'en Inde. « En janvier 2021, plus d'un million d'étudiants étudiaient à l'étranger dans plus de 85 pays, dont plus de la moitié en Amérique du Nord. En 2024, le nombre d'étudiants indiens étudiant à l'étranger devrait atteindre 1,8 million, alertait l'entrepreneur Vaibhav Maloo dans le *Times of India* en 2022. Ce groupe motivé, éduqué et compétent emporte notre précieux capital humain ». Et le problème c'est que souvent ces jeunes restent dans le pays où ils ont étudié : « le taux d'installation des étudiants indiens est généralement plus élevé que celui de l'ensemble des étudiants internationaux », relève l'OCDE (Organisation de coopération et de développement économiques) dans un rapport de 2022. Deux raisons essentielles expliquent cette grande masse de départs : un système éducatif indien paralysé et élitiste et le manque de perspectives professionnelles. « L'économie indienne, bien qu'en forte croissance, ne crée pas assez d'emplois, en particulier pour les jeunes Indiens, dont beaucoup sont au chômage ou relégués à des tâches qui ne correspondent pas à leurs compétences », écrivait le *Financial Times* en mars 2023.

Courrier international, Hors-série, août-septembre 2023.

3 L'attractivité universitaire, un reflet de l'influence indienne

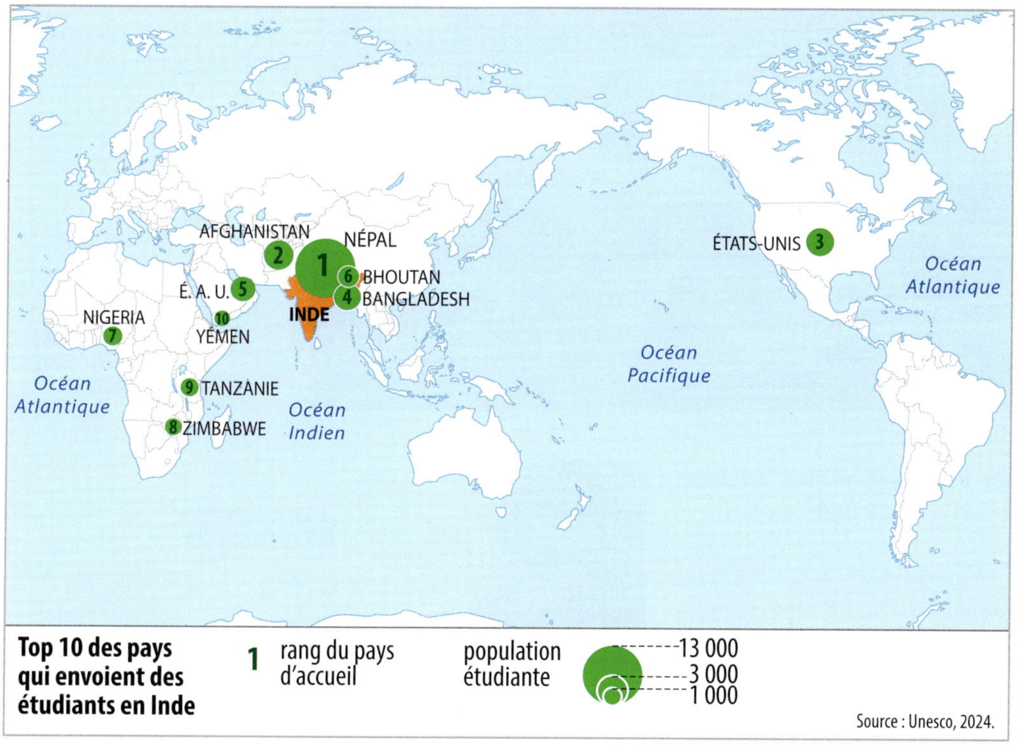

Vocabulaire

Diaspora : dispersion d'une communauté ethnique ou d'un peuple à travers le monde.

***Brain drain* (drainage des cerveaux) :** migration des élites à la recherche de meilleures conditions de travail.

ACTIVITÉ

Préparer l'analyse de la carte

1. Présentez l'Unesco et ses missions en vous aidant des pages 268-269 et d'une recherche sur le site Internet de cette organisation.

Site Internet hachette-clic.fr/24hggt258

Analyser la carte

2. Identifiez les informations représentées sur la carte et justifiez le choix des figurés utilisés.

Expliquez l'apport du figuré ponctuel (top 10 des pays recevant le plus d'étudiants indiens) pour une lecture plus fine du figuré de surface.

3. Quel pays reçoit le plus d'étudiants indiens ? Comment la carte met-elle en valeur cette localisation privilégiée ?

Analysez le choix des figurés utilisés : formes, couleurs.

4. Émettez des hypothèses pour expliquer le choix des destinations des étudiants indiens. **(doc. 1 et 2)**

Porter un regard critique sur la carte

5. Quels risques représente la mobilité étudiante indienne ? **(doc. 2)**

6. Montrez que le **document 1** ne permet de mesurer qu'un aspect de la mobilité étudiante de l'Inde. **(doc. 2 et 3)**

Étude 2 La maîtrise des savoirs informatiques, facteur de puissance en Inde ?

L'Inde doit son surnom de « bureau du monde » aux activités informatiques qui s'y sont développées. Pourtant, ces activités de pointe doivent aujourd'hui relever des défis pour se développer.

Pourquoi l'Inde peine-t-elle à faire de sa maîtrise de l'informatique un facteur de puissance ?

1 L'Intelligence artificielle, une nouvelle activité pour l'Inde

Les annotateurs de données travaillent dans d'immenses centres informatiques, essentiellement situés en Inde, pour nourrir les algorithmes, au fondement de l'Intelligence artificielle.

Vidéo

Dans l'ombre de l'intelligence artificielle : les petites mains du clic en Inde, TF1 INFO, novembre 2023.

hachette-clic.fr/24hggt259

2 Le parcours de Sundar Pichai (PDG de Google), symbole de la réussite des étudiants indiens aux États-Unis

Né en 1972 à Madras, fils d'un électricien, Sundar Pichai a grandi dans un milieu modeste. Après des études à l'Indian Institute of Technology (IIT) à Kharagpur, la voie royale pour prétendre faire carrière aux États-Unis, l'université de Stanford accorde une bourse au jeune homme. Parti en Californie, il entre en 2004 chez Google comme chef de produit. Un ingénieur parmi des centaines d'autres, mais il devient 10 ans plus tard chef de l'entreprise.

Sundar Pichai marche dans les pas d'Indiens ayant réussi dans la Silicon Valley depuis plusieurs décennies. Parmi la première raison de ces succès, au-delà de la culture indienne, vient l'éducation. L'Inde a été pionnière dans la formation d'ingénieurs de pointe, notamment avec la création des IIT qui ont reçu le soutien et l'enseignement en retour d'anciens étudiants revenus au pays après leur expérience aux États-Unis. Sundar Pichai a étudié dans la plus ancienne IIT du pays, au nord-est de l'Inde. Le décollage de la Silicon Valley fut largement alimenté par l'arrivée d'ingénieurs indiens hautement qualifiés : aujourd'hui, un tiers des ingénieurs d'Apple sont indiens. La plupart des start-up majeures en Inde sont nées sous l'impulsion d'Indiens qui sont d'abord venus étudier et travailler aux États-Unis. La reconnaissance de cet esprit entrepreneurial est couronnée par la nomination d'Indiens à la tête de multinationales comme Pepsi Co, MasterCard et d'entreprises technologiques comme Adobe, Nokia, Microsoft et donc Google.

Arnaud Auger, « #Inde : Sundar Pichai, CEO de Google, la victoire d'une nation et de sa diaspora. Pourquoi et comment ? », StartupBRICS, 2020.

ACTIVITÉ

En 2017, le Premier ministre Narendra Modi résumait les défis à venir pour l'Inde : « Technologie + informatique + talent indien = l'Inde du futur ». Rédigez un texte qui explique et nuance son optimisme.

Vers le BAC Grand oral

Sur le modèle de la biographie de Sundar Pichai présentée dans le **document 2**, préparez une présentation orale du portrait d'un autre entrepreneur indien installé à l'étranger : Indra Nooyi (Pepsi Co de 2006 à 2018), Satya Nadella (Microsoft depuis 2014), Rajeev Suri (Nokia de 2009 à 2020).

JALON 2

Étude 3 Les transferts de technologie, un enjeu de puissance pour l'Inde

L'émergence de l'Inde s'appuie sur une remontée de filière obtenue par transferts de technologie. Dans la compétition qui l'oppose à la Chine, ces transferts deviennent un outil géopolitique.

➤ En quoi les transferts de technologie constituent-ils un enjeu de puissance pour l'Inde ?

1 Bénéficier de transferts de technologie pour accroître sa puissance économique

Économiquement, l'Inde (qui a dépassé la Chine comme première puissance démographique mondiale) est en bonne posture pour attirer les investissements de sociétés étrangères dans les prochaines années : entraînés par la culture entrepreneuriale et une appétence pour la technologie, sans parler de la taille du marché, de nombreux investisseurs misent sur ce pays. Le géant américain General Electric s'est engagé à produire des moteurs d'avion avec le constructeur indien Hindustan Aeronautics. L'administration Biden a annoncé vouloir encourager le secteur des semi-conducteurs en Inde. Côté français, Renault et Stellantis ont tous les deux investi sur le marché indien, sans oublier les industriels de l'armement (Dassault, Naval Group) très présents. Pourtant, sur le long terme, l'Inde va devoir réaliser des réformes structurelles importantes pour tenter de rattraper une économie chinoise dotée, depuis trois décennies, d'infrastructures de premier plan. Les économistes s'interrogent sur les perspectives de long terme. Sur le plan technologique, les acteurs internationaux font face à des acteurs locaux qui leur mènent une concurrence acharnée.

Ouest-France, 27 juillet 2023.

2 Émettre des transferts de technologie pour accroître sa puissance géopolitique

Depuis 15 ans, l'Inde mène une vraie politique d'investissement sur le continent africain. « *L'Inde ne peut pas rivaliser avec la Chine en terme d'argent*, estime Rani Mullen, directrice de projet au Center for Policy Research, de New-Delhi. *Mais le pays a une plus longue histoire avec l'Afrique. L'Inde mise sur son soft-power (politique d'influence) pour se différencier de la Chine* ».

Là où la Chine inonde le marché africain de produits pas chers, de basse qualité (vêtements, chaussures), l'Inde est sur « *un marché de niches* ». Avec comme grands pôles : le pharmaceutique (avec notamment des médicaments à bas coût), l'industrie chimique, la consultance numérique et les télécommunications. Surtout, depuis les années 1960, l'Inde se pose en consultant pour le continent africain. En agriculture, en médecine, l'Inde est dans la formation et le transfert de technologie. « *Avec l'anglais, elle n'a pas le problème de la barrière de la langue* » explique Rani Mullen.

TV5 Monde, 24 décembre 2021.

3 Des transferts de technologie au service de la puissance militaire

Après la signature en 2021 d'un contrat entre Airbus et l'Indian Air Force pour la livraison de 56 avions de transport, le premier avion *Made in India* est attendu pour septembre 2026.

Vocabulaire

Remontée de filière : processus économique qui vise à fabriquer des produits de plus en plus innovants et élaborés.

Transfert de technologie : transfert d'un pays à un autre de techniques de fabrication, par le biais d'implantation d'entreprises étrangères et/ ou de contrats.

ACTIVITÉ

1. Comment les transferts de technologie contribuent-ils à l'émergence économique de l'Inde ? **(doc. 1)**

2. Montrez que ces transferts constituent aussi un enjeu géopolitique. **(doc. 2 et 3)**

Vers le BAC Étude critique de documents

En analysant les **documents 1 et 2**, montrez que les transferts de technologie sont un enjeu de puissance de l'Inde face à la Chine. ➥ Méthode p. 341

Axe 2

Leçon 1 Détenir la connaissance : un enjeu politique pour être une puissance

En quoi la maîtrise de la connaissance constitue-t-elle un élément central de la concurrence entre les États ?

A Les technologies, au service des puissances militaires des États

La technologie est dans les sociétés contemporaines un enjeu important de puissance pour les États. Durant la première moitié du XXe siècle, les deux guerres mondiales ont été des périodes de progrès technologiques majeurs, dans le domaine de l'armement mais aussi de la médecine : développement de la bombe atomique ou recherche sur la pénicilline pour soigner les blessés. Les scientifiques allemands développèrent durant toute la Seconde Guerre mondiale les premiers prototypes de missiles, les V2, qui permirent l'élaboration des premières fusées. Dans la seconde moitié du siècle, la conquête spatiale a fait l'objet d'une véritable rivalité entre Américains et Soviétiques, et aujourd'hui, la mise au point de drones militaires est une véritable révolution dans la façon de faire la guerre. La mise en orbite de satellites de surveillance permet aux grandes puissances de désormais surveiller l'ensemble du globe.

Les moyens de communication sont aujourd'hui un domaine majeur de la recherche scientifique. Dans la guerre moderne, la transmission des informations et leur protection est un élément absolument déterminant. Un des tournants de la Seconde Guerre mondiale a été le décryptage du code de chiffrement allemand, appelé Enigma, par une équipe de scientifiques autour d'Alan Turing. Dans la guerre dans le Pacifique, l'armée américaine codait ses messages en utilisant des traducteurs navajos (un peuple amérindien d'Amérique du Nord) afin que les Japonais ne puissent les comprendre. Le codage est un aspect important du secret, et beaucoup de services de renseignement cherchent à bénéficier des technologies les plus perfectionnées pour collecter ou transmettre des informations. Le développement des technologies numériques place l'informatique au cœur des enjeux militaires. C'est pourquoi, par exemple à l'échelle de l'Europe, les États collaborent entre eux pour bénéficier d'une avance technologique sur leurs concurrents.

1 L'appareil de décryptage Enigma, mis au point par Alan Turing en 1942

B Le renseignement, au service de la puissance politique des États

Toutes les grandes puissances ont organisé des services de renseignement. Mais c'est au XXe siècle que ceux-ci se structurent en de véritables administrations. Le Secret Intelligence Service britannique est créé en 1909, mais les États disposent souvent de plusieurs services de renseignement différents, intérieurs et extérieurs. Ainsi, aux États-Unis, il existe plus d'une dizaine d'administrations de renseignement, dépendant de différents ministères, mais seule la CIA, créée en 1946, est autonome et ne dépend que du président des États-Unis en personne. La fonction première de ces services est la collecte de renseignements de toute nature, qui sont ensuite vérifiés et analysés, puis éventuellement transmis aux dirigeants politiques en fonction de leur importance et de leur pertinence. La collecte d'informations peut être légale, mais aussi illégale, il s'agit alors d'espionnage.

JALON 1 p. 454

L'espionnage correspond à un aspect de la collecte d'informations, quand celle-ci se fait de façon clandestine. L'espionnage est une pratique extrêmement ancienne, mais elle se diversifie au XXe siècle. Une des pratiques les plus courantes reste l'intégration d'agents dans l'administration étrangère, voire dans les services de renseignement adverses, mais il est aussi possible de bénéficier d'informations par le biais de photographies aériennes (par exemple à l'origine de la crise des missiles à Cuba en 1962) ou par le vol de documents.

Vocabulaire

Archipel des savants : réseau de centres de recherche spécialisés, le plus souvent cachés, constitué lors de la guerre froide et réparti sur l'ensemble du territoire soviétique.

***Brain drain* (drainage des cerveaux) :** migration des élites à la recherche de meilleures conditions de travail.

Drone : petit avion sans équipage embarqué, télécommandé ou programmé.

Recherche appliquée : ensemble des travaux de recherche expérimentale, ciblant un domaine particulier, dans un objectif pratique déterminé.

Recherche fondamentale : ensemble des travaux de recherche théorique dans le but d'élargir le champ des connaissances, sans finalité d'application spécifique.

- **L'espionnage contemporain utilise massivement l'informatique et les moyens de communication modernes, comme Internet.** Ainsi, Edward Snowden a dénoncé en 2013 la vaste entreprise de surveillance des communications à l'échelle du monde que pratique la NSA. L'espionnage est au cœur de tensions géopolitiques : en 2023, l'armée américaine a accusé le gouvernement chinois d'intrusion dans les systèmes de télécommunication des bases aériennes américaines du Pacifique.

C L'innovation au service de la puissance économique des États

JALON 2 p. 460

- **La production du savoir est un facteur de puissance.** Facteur de compétitivité et de domination, la R&D (Recherche et développement) est polarisée : dix États réalisent 78 % de l'effort mondial. Si la **recherche fondamentale** est majoritairement portée par les capitaux publics (universités, centres de recherche), la **recherche appliquée** intéresse les centres R&D des entreprises. Cependant, la frontière entre les deux types de recherche est aujourd'hui plus floue, conduisant aux interactions des chercheurs. Pour attirer les cerveaux du monde entier, les États les plus puissants encouragent un ***brain drain*** à l'échelle des grandes écoles comme à celle l'échelle des entreprises. Les États-Unis, et dans une moindre mesure les autres pays développés, attirent les spécialistes du monde entier séduits par les conditions de travail et de rémunération proposées par les universités et centres de recherche. La Russie réactive aujourd'hui l'« **archipel des savants** » en favorisant l'immigration qualifiée.
- **La protection de la connaissance est aussi un défi.** Le contrôle de leurs innovations est un facteur déterminant pour les entreprises face à leurs concurrents. C'est la raison pour laquelle, malgré leur forte internationalisation, les FTN gardent leurs centres de recherche dans leur pays d'origine (Cupertino en Californie pour Apple, Minato-Ku au Japon pour Sony). Les pays développés et la Chine, qui à elle seule représente près de la moitié des demandes en 2022, protègent juridiquement leurs innovations en déposant leurs brevets. La contrainte peut aussi être utilisée : la réglementation ITAR interdit par exemple le transfert de toute technologie américaine vers la Chine. A contrario, le coût croissant de la recherche conduit également à des coopérations internationales (station spatiale internationale, projet Iter dans la fusion nucléaire).
- **La maîtrise du savoir est donc très polarisée.** Les États-Unis dominent largement cette compétition puisqu'ils disposent de la moitié du total mondial des chercheurs. Les autres économies avancées ne parviennent à concurrencer l'avance américaine que dans des domaines très spécialisés (robotique pour le Japon, aéronautique pour l'UE). Face aux pays développés, seules quatre puissances émergentes (Chine, Inde, Russie, Brésil) s'affirment en matière de R&D. En effet, sa mise en œuvre mobilise des capitaux et de conditions de valorisation exigeantes : savoir-faire technique, qualité des infrastructures.

2 Asimo, le robot humanoïde développé par la firme japonaise Honda Motor

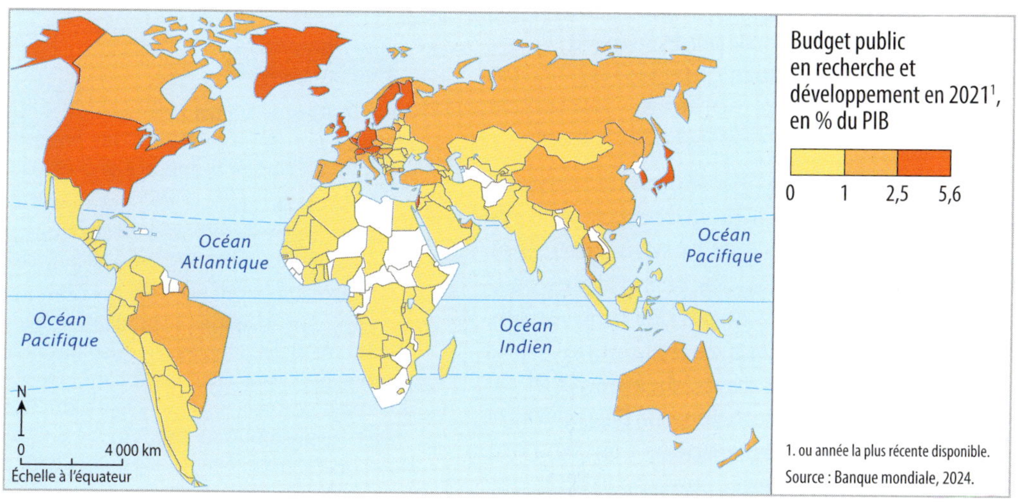

3 La recherche publique dans le monde

Axe 2

Leçon 2 Acquérir la connaissance : un enjeu pour devenir une puissance

➤ Par quels moyens les États peuvent-ils assurer la circulation et l'acquisition des connaissances ?

A Former sa société

Le financement de l'éducation est devenu une priorité à toutes les échelles. L'alphabétisation a progressé dans le monde pour atteindre 87 % de la population mondiale en 2022 (92 % pour les 15-25 ans). Mais l'effort fourni dans les systèmes éducatifs ne gomme pas les inégalités, notamment de genre (90 % d'hommes alphabétisés dans le monde, contre 83 % des femmes). Si en Asie de l'Est 96 % de la population sait lire et écrire, le taux chute à 67 % en Afrique subsaharienne. Les inégalités sont également intranationales. En Inde, de nombreux jeunes ne sont pas scolarisés, mais en proportion très variable selon les États : 96 % des hommes du Kerala et 92 % des femmes sont alphabétisés pour une moyenne nationale de 82 % et 66 %. Quant aux études supérieures, si elles ne se démocratisent pas partout, la population étudiante mondiale est passée de 146 millions en 2006 à 235 millions en 2022.

JALON 2 p. 460

De nombreux pays encouragent aujourd'hui la circulation étudiante, notamment ceux en développement vers les universités ou écoles des économies développées. La fuite des cerveaux est alors considérée non plus comme une perte définitive mais comme une source de dynamisme économique. En Inde ou en Chine, qui constituent les plus importantes diasporas étudiantes, les étudiants partis étudier à l'étranger entretiennent des liens forts avec leur pays d'origine, contribuant par leurs transferts financiers à l'apparition de pôles de développement et aux **transferts de technologies**. En Afrique, en revanche, la fuite des cerveaux continue à hypothéquer les efforts fournis pour la formation de leurs élites : le quart des médecins nés en Afrique n'y exerce pas. Une dizaine de pays africains ont plus de 40 % de leur main-d'œuvre hautement qualifiée en dehors de leurs frontières. Dans les pays développés, des programmes de soutien à la mobilité étudiante sont mis en place (Erasmus dans l'UE).

Cours d'informatique à l'école technique de Naivasha (Kenya)

B Acquérir des technologies de l'extérieur

Les transferts de technologie permettent à des pays ou entreprises d'acquérir légalement des connaissances. Ils prennent la forme d'achats de brevets (à 98 % aux pays développés) ou d'entrée dans le capital des entreprises. L'accueil de tâches de production peut aussi constituer un levier de **remontée de filière** pour les territoires, par le biais de filiales ou de sous-traitance d'une entreprise mère qui y développe ses techniques. Cette stratégie a permis le développement et la montée en gamme de l'Asie de l'Est **« vol d'oies sauvages »**.

L'acquisition illicite des technologies peut être une source de tensions entre les États. Le non-respect de la propriété industrielle par les pays émergents, en particulier asiatiques, inquiète : les États-Unis justifient notamment la guerre commerciale contre la Chine par ce motif. Les pays en développement légitiment la pratique de la copie des innovations par la nécessité de répondre aux besoins essentiels de leurs populations (ex. : dans le domaine de la santé où la copie de médicaments et de molécules est jugée indispensable dans la lutte contre le sida). L'espionnage industriel est également utilisé par les pays développés comme l'ont montré les informations divulguées en 2013 sur les écoutes de la NSA.

Vocabulaire

Remontée de filière : processus économique qui vise à fabriquer des produits de plus en plus innovants et élaborés.

Transfert de technologie : transfert d'un pays à un autre de techniques de fabrication, par le biais d'implantation d'entreprises étrangères et/ou de contrats.

« Vol d'oies sauvages » : modèle de développement par vagues d'industrialisation successives dans le temps et dans l'espace. Le pays se spécialise dans la production puis l'exportation de produits de plus en plus complexes (à haute valeur ajoutée).

L'essentiel Axe 2 > Leçons 1 et 2

RÉVISER EN SE TESTANT

Exercices interactifs
hachette-clic.fr/24hggt260

SCHÉMA BILAN

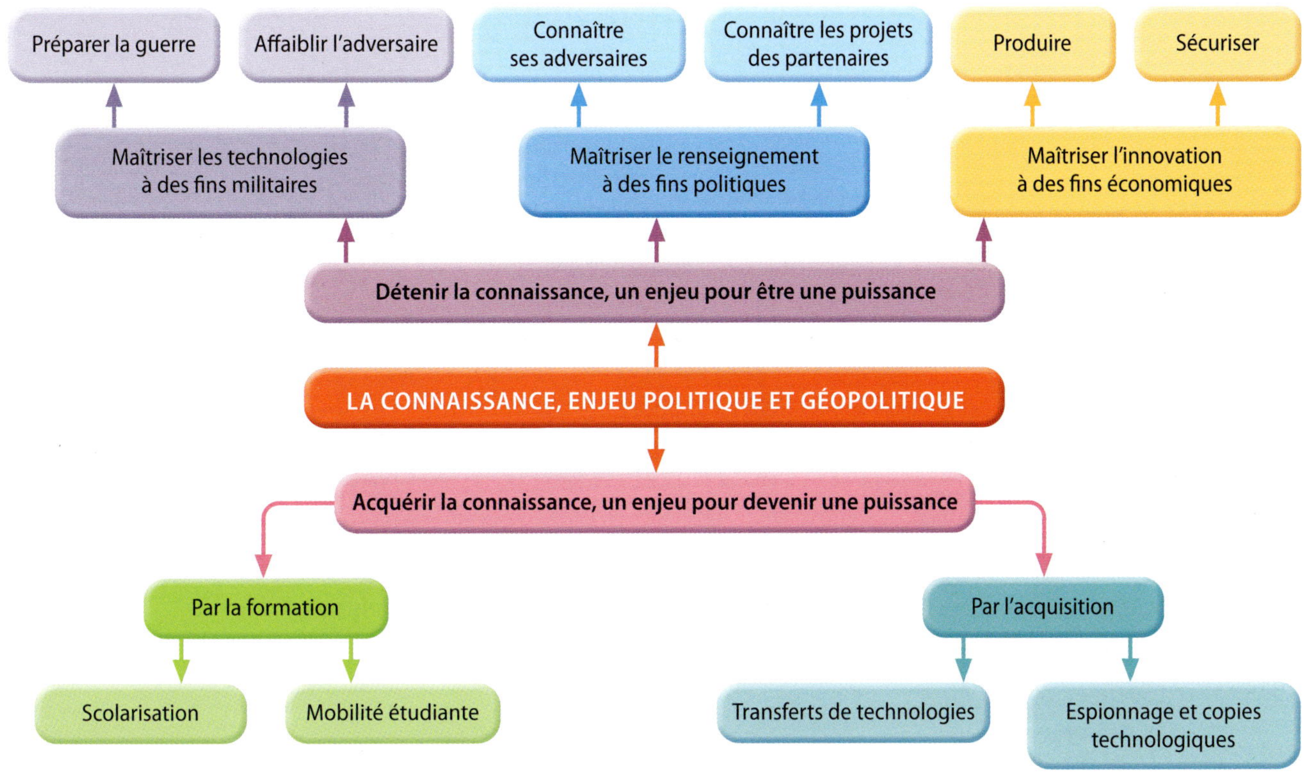

Schéma interactif
hachette-clic.fr/24hggt261

RÉVISER EN SE DOCUMENTANT

À voir

- Une présentation synthétique et illustrée de la mobilité étudiante indienne et de ses enjeux géopolitiques.

Vidéo
Formation des étudiants indiens : des enjeux géopolitiques, Lumni, février 2022.
hachette-clic.fr/24hggt262

À lire

- *Atlas secret du renseignement*, de Bruno Fulgini, Éd. Gründ, 2023. Une approche ludique de la question du renseignement dans le monde d'aujourd'hui.
- *Atlas du renseignement. Géopolitique du pouvoir*, de Sébastien-Yves Laurent, Les Presses de Sciences Po, 2014. Une approche simple et synthétique des questions de renseignement.
- *L'Archipel des savants*, de Kévin Limonier, Éd. B2, 2018. Un essai historique présentant le vaste réseau de centres de recherche de l'URSS pendant la guerre froide.
- *Atlas des migrations*, Hors-série de Courrier international, 2023. Une présentation des migrations par les cartes consacrant quelques planches au *brain drain* et aux mobilités étudiantes.

Sur le web

- Site de l'Organisation mondiale de la propriété intellectuelle, qui outre les données statistiques, propose des dossiers thématiques sur divers sujets liés aux innovations.
- Site de l'Unesco (Organisation des Nations unies pour l'éducation, la science et la culture) dont les ressources couvrent l'ensemble des champs liés à la formation, la circulation des étudiants et la connaissance.

Sites Internet
hachette-clic.fr/24hggt263
hachette-clic.fr/24hggt264

OBJET DE TRAVAIL CONCLUSIF

Le cyberespace : conflictualité et coopération entre les acteurs

Pourquoi le cyberespace est-il un terrain de coopération mais aussi de conflits ?

1970 – 1980 – 1990 – 2000 – 2010 – 2020

- **1969** Naissance du réseau Arpanet
- **1990** Création du world wide web
- **1998** Création de l'ICANN, chargé de l'attribution des noms et adresses sur Internet
- **2013** Affaire Snowden
- **2017** Cyberattaque Wannacry
- **2018** Scandale Facebook-Cambridge Analytica
- **2024** Démantèlement du puissant groupe de hackeurs LockBit

1 Les câbles sous-marins, des infrastructures essentielles pour le cyberespace

Aidés par le navire câblier *Teliri*, des salariés d'Orange Marine installent un câble sous-marin de fibre optique, reliant Singapour à la France. Ces câbles, longs de plusieurs milliers de kilomètres, sont enfouis au fond des mers et permettent d'interconnecter tous les pays de la planète. 99 % du trafic internet passe ainsi sous les mers et océans du globe.

2 Des GAFAM dont le pouvoir inquiète

L'acronyme GAFAM désigne les cinq « géants du Net », Google, Apple, Facebook, Amazon, et Microsoft. Ces entreprises dominent Internet et disposent d'un pouvoir économique et politique croissant. Leur capacité à contrôler la circulation de l'information et à influencer le débat politique inquiète de nombreux politologues.

QUESTIONS

1. Quels réseaux (matériels et immatériels) structurent le cyberespace ? **(doc. 1 et 2)**

2. Expliquez les risques et les tensions qui pèsent sur le cyberespace. **(doc. 1 et 2)**

p. 472 > **JALON 1**
Le cyberespace, entre réseaux et territoires (infrastructures, acteurs, liberté ou contrôle des données …)

p. 478 > **JALON 2**
Cyberdéfense, entre coopération européenne et souveraineté nationale : le cas français

Repères

Le cyberespace : acteurs et territoires

1 Le cyberespace : réseaux et infrastructures

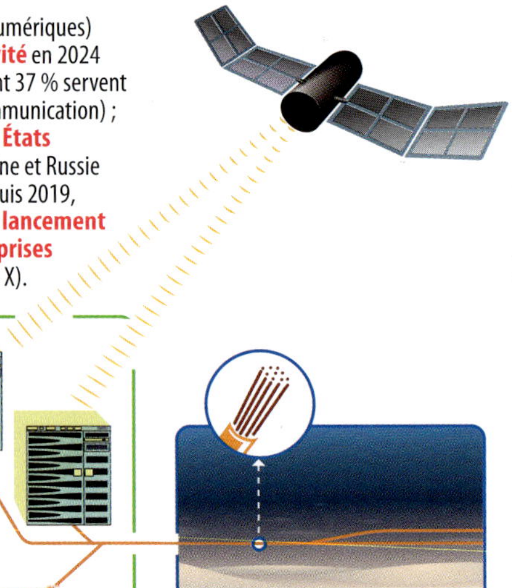

Satellites
(1 % des flux numériques)
6 079 en activité en 2024 (mais seulement 37 % servent aux flux de communication) ; **propriété des États** (États-Unis, Chine et Russie en tête) et, depuis 2019, **possibilité de lancement par des entreprises privées** (Space X).

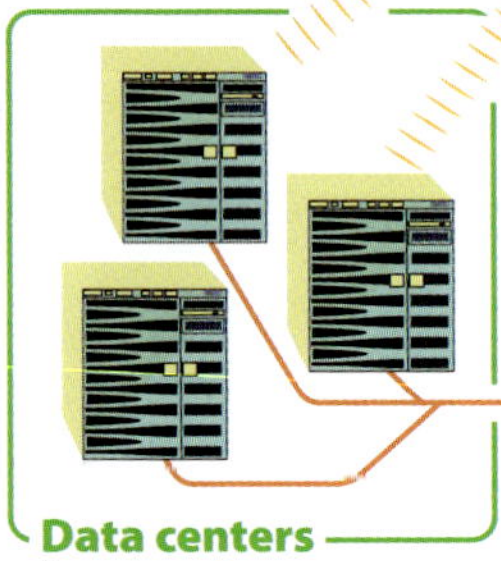

Data centers
lieux de stockage des données numériques qui regroupent des ordinateurs centraux, des serveurs, et toutes sortes d'équipements nécessaires à la distribution des flux numériques ;
5 000 data centers en 2024, dans 127 pays (dont près de la moitié aux États-Unis)

Câbles sous-marins
(99 % des flux numériques)
1,3 million de km
(32 fois le tour de la Terre) ;
propriété d'entreprises privées spécialisées (français Alcatel, américain TE SubCom, japonais NEC) et de plus en plus les géants du numérique (américains Gafam et Netflix, chinois Huawei, indien Tata).

2 Les acteurs du cyberespace

		Acteurs du fonctionnement du cyberespace et de sa sécurité	Acteurs de conflits dans le cyberespace
Acteurs publics		• **États** légiférant sur le cyberespace et organisant la sécurité dans les secteurs sensibles. • **Organisations régionales** (UE, OTAN) **ou internationales** (ONU) participant à la collaboration internationale.	Certains États (Chine, Russie, États-Unis, Israël, Iran…) utilisant le cyberespace pour l'**espionnage informatique** ou la **désorganisation** des autres puissances.
Acteurs privés	Entreprises	**GAFAM** (indispensables dans la navigation dans le cyberespace et de plus en plus dans les réseaux de câbles sous-marins)	
	Individus ou associations		• **Hacktivistes** (criminels du cyberespace) individus (hackers) ou associations (Anonymous) qui agissent illégalement pour défendre une cause. • **Opposants politiques** utilisant le cyberespace comme un lieu de protestation.

3 Des câbles sous-marins qui relient les continents

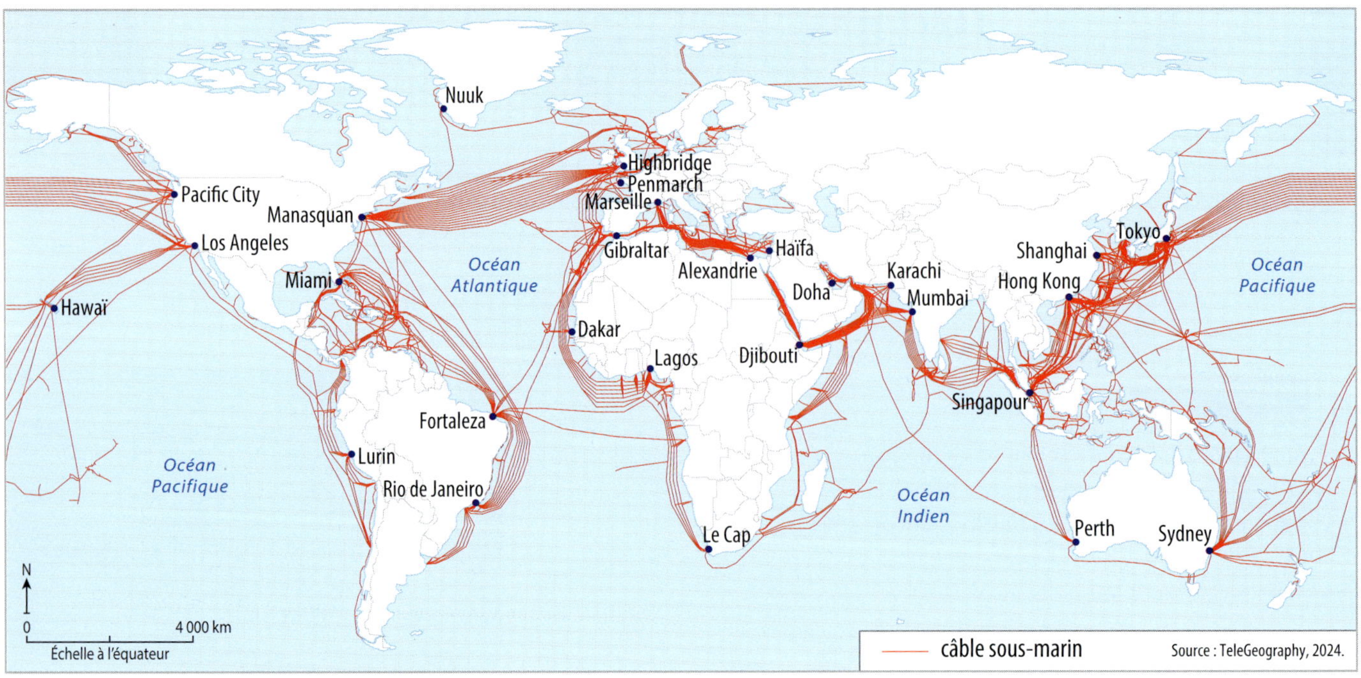

4 L'organisation du web

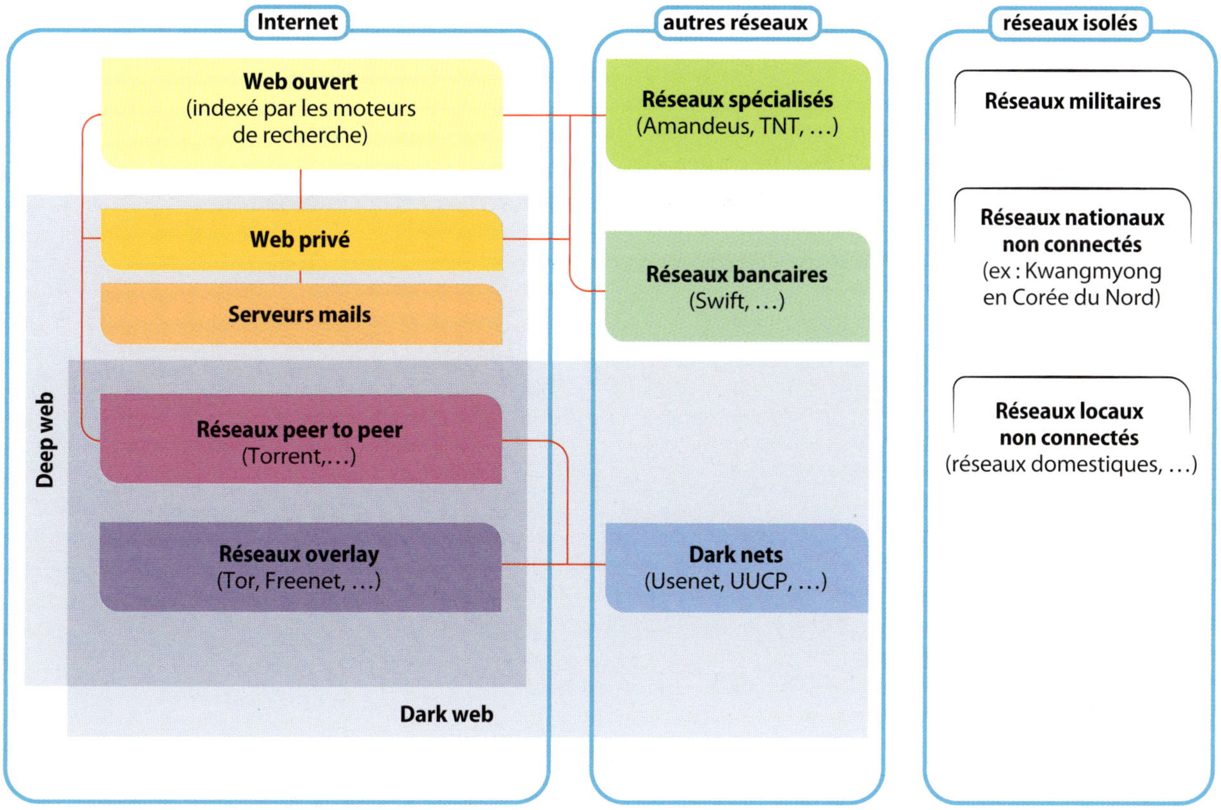

5 La cybersécurité dans le monde

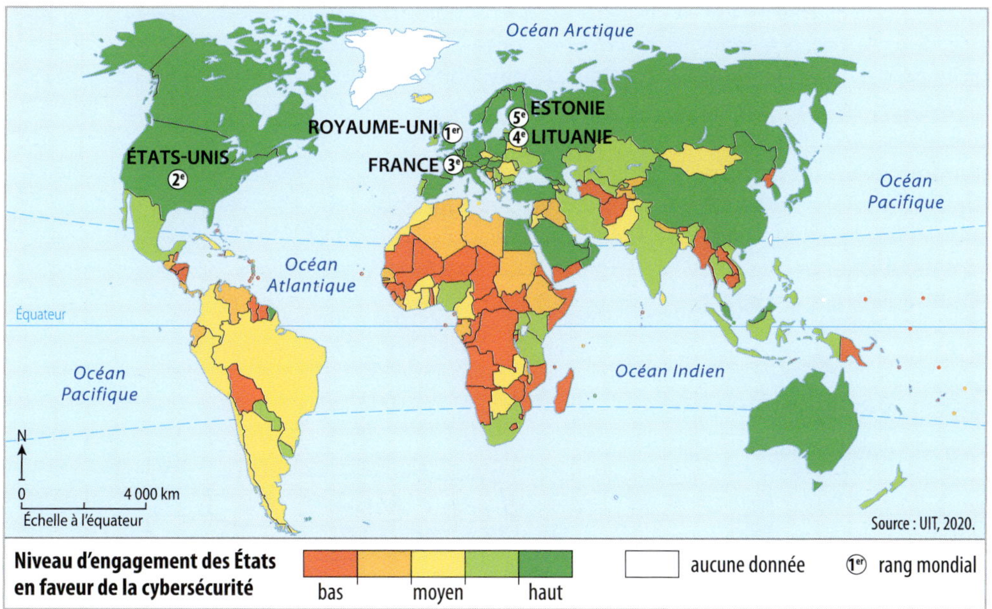

Ne pas confondre

Hameçonnage (*phishing*) : opération consistant à pousser l'internaute à transmettre ses coordonnées bancaires ou ses identifiants de connexion à des services financiers, afin de lui dérober de l'argent.

≠

Rançongiciel : attaque consistant à installer un logiciel malveillant exigeant une rançon pour retrouver l'accès à ses données.

POUR COMPRENDRE

1. Les informations numériques qui circulent dans le cyberespace empruntent des réseaux matériels, tant pour les flux que pour le stockage.

> **Comment s'organisent ces réseaux ? Quels territoires privilégient-ils ?** (doc. 1 et 3)

2. Mais le cyberespace est aussi un territoire immatériel dont les acteurs sont multiples.

> **Quels acteurs organisent les réseaux ?** (doc. 2 et 4)

> **Pourquoi peut-on dire que le cyberespace est un terrain de conflictualités ?** (doc. 2 et 5)

Notion

Cyberespace : espace de communication créé par l'interconnexion mondiale des ordinateurs par Internet.

Étude 1 Les États-Unis, un leader concurrencé ?

Tant par leur rôle historique joué dans la naissance d'Internet que par leur supériorité encore marquée dans les réseaux et les acteurs du secteur, les États-Unis apparaissent comme les leaders du cyberespace. Pourtant, des scandales récents et des aspirations concurrentes fragilisent aujourd'hui cette domination.

Comment la supériorité américaine sur Internet est-elle de plus en plus concurrencée ?

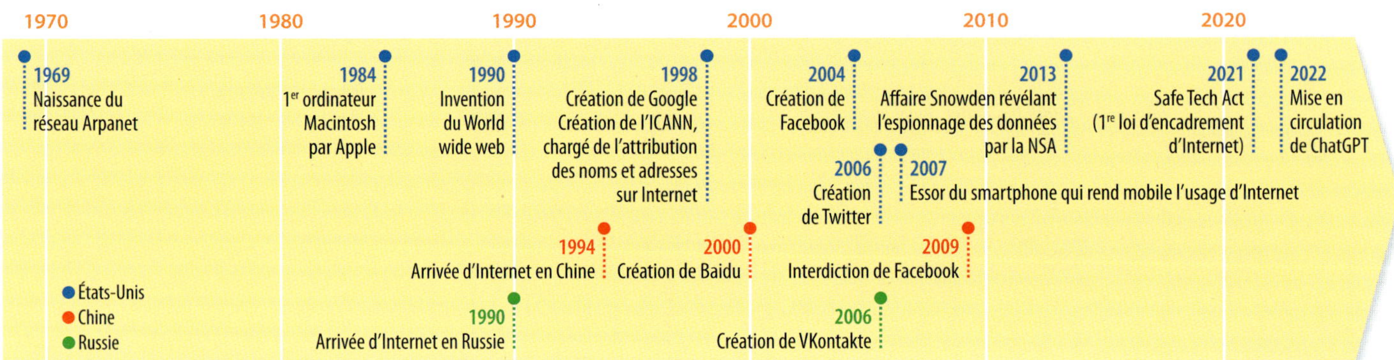

1 Le rôle essentiel des États-Unis dans les réseaux du cyberespace

La parole du géopolitologue

Les États-Unis constituent un nœud souvent incontournable dans l'ensemble des flux mondiaux de données. À titre d'exemple, seuls 3 % des échanges de données entre Europe et Asie font le trajet directement, sans passer par les États-Unis. Ce détour géostratégique n'en est d'ailleurs pas un d'un point de vue technique, puisque la qualité et le haut niveau de technicité des infrastructures américaines vont permettre un transfert des données souvent plus rapide que par un trajet direct. Cette suprématie technologique conforte la centralité des États-Unis puisqu'elle incite les routeurs, qui définissent automatiquement les trajectoires en fonction des délais les plus courts, à orienter les flux vers leur territoire. Dès lors, des tentatives apparaissent pour échapper à l'attraction américaine. Ainsi, des routes alternatives ont été développées ces dernières années, comme le câble Alba 1 reliant Cuba au Venezuela. D'autres projets sont en cours, comme le *South Atlantic interlink* qui devrait relier l'Amérique latine à l'Afrique, en s'affranchissant du passage par les nœuds américains. La prise de conscience qu'une surveillance était réalisée par la NSA en captant les données en transit a amené de nombreux pays à s'interroger sur la possibilité de routages nationaux, qui permettraient aux données envoyées de ne pas sortir du territoire lorsqu'elles n'en ont pas la nécessité.

Stéphane Taillat, *La cyberdéfense, politique de l'espace numérique*, Éditions A. Colin, 2018.

2 GAFAM/BATX, entre concurrence et supériorité mondiale

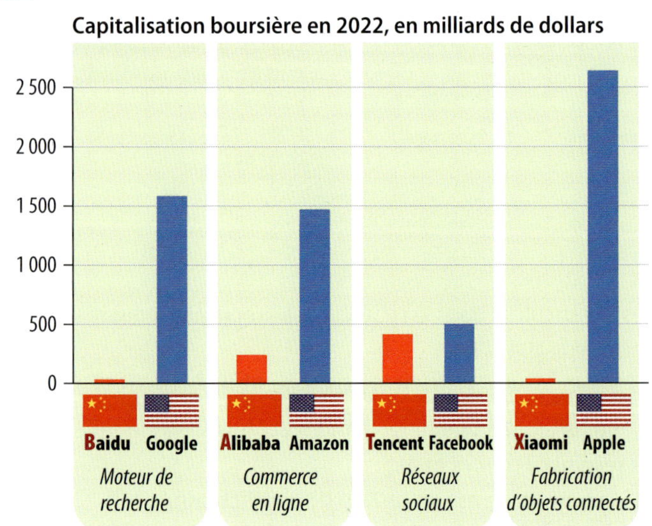

Source : « The Global 2000 », Forbes, 2022.

Source : Dessin de presse de Bridoulot, parut le 5 février 2021 dans « *L'éco: chaque vendredi, l'actualité économique vite et bien* », www.playbacpresse.fr.

3 Des plates-formes numériques inégalement puissantes

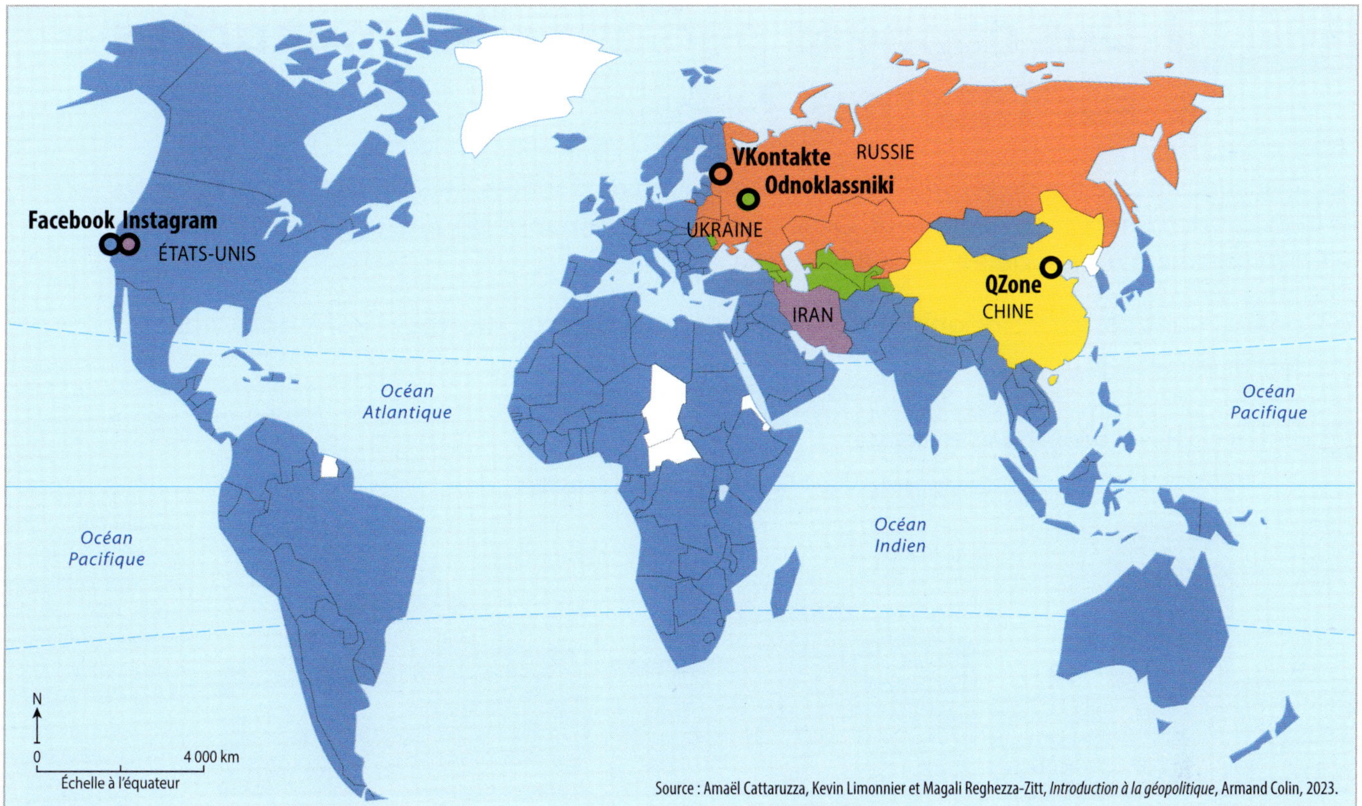

Source : Amaël Cattaruzza, Kevin Limonnier et Magali Reghezza-Zitt, *Introduction à la géopolitique*, Armand Colin, 2023.

Réseau social le plus utilisé en 2022

Facebook · QZone · VKontakte · Odnoklassniki · Instagram · absence de données · Siège social

4 Une suprématie américaine contestée ?

La parole des géographes

Si elle a longtemps été considérée comme constitutive du fonctionnement même d'Internet, la suprématie américaine sur le réseau est aujourd'hui remise en question par de très nombreux acteurs. C'est d'autant plus le cas depuis 2013 et les révélations d'Edward Snowden, cet ancien consultant de la NSA qui a rendu publique l'existence d'un vaste programme d'écoutes des internautes par le gouvernement américain. Or, depuis près d'une décennie maintenant, deux tendances s'affrontent quant à l'avenir de la gouvernance du Web et du cyberespace dans son ensemble :

– La première tendance, portée par les États-Unis et leurs alliés, considère qu'Internet échappe au contrôle des États et qu'il doit être régi par des instances spécifiques indépendantes des autorités politiques ;

– La seconde tendance est portée par des États tels que la Chine et la Russie, qui considèrent au contraire que les États devraient être les grands régulateurs d'Internet, notamment à travers le système des Nations unies et de l'Union internationale des télécoms.

La position sino-russe s'est considérablement renforcée depuis l'affaire Snowden, si bien que ces pays sont devenus les principaux promoteurs de l'idée d'un « Internet souverain ». Bien entendu, avec ces idées de souveraineté des États sur leur réseau, le risque est grand de voir se multiplier les initiatives de censure et de blocage de sites d'opposition.

Amaël Cattaruzza, Kevin Limonnier et Magali Reghezza-Zitt, *Introduction à la géopolitique*, Éd. A. Colin, 2023.

ACTIVITÉ

Complétez ce tableau.

	Les États-Unis, un leader du cyberespace	Des concurrents de plus en plus nombreux
Acteurs et objectifs		
Moyens mis en œuvre		
Limites à leur puissance		

Vers le BAC Dissertation

Rédigez un paragraphe d'une dissertation sur le cyberespace où vous discuterez de la supériorité américaine.

Aide

1. Présentez le rôle majeur joué par les États-Unis (historique, acteurs, moyens, rayonnement). **(doc. 1, 2 et 3)**

2. Puis nuancez votre propos en montrant que la supériorité américaine est de plus en plus concurrencée. **(doc. 2, 3 et 4)**

Étude 2 Des données personnelles menacées sur Internet ?

Les révélations des failles de sécurité liées à la divulgation de données personnelles par les grandes entreprises de l'Internet se multiplient. Or, le phénomène s'impose comme un enjeu crucial pour le fonctionnement de la société et de la démocratie.

Quelles menaces l'utilisation des données personnelles sur Internet représente-t-elle pour la société ?

1 Les principales cybermenaces en France

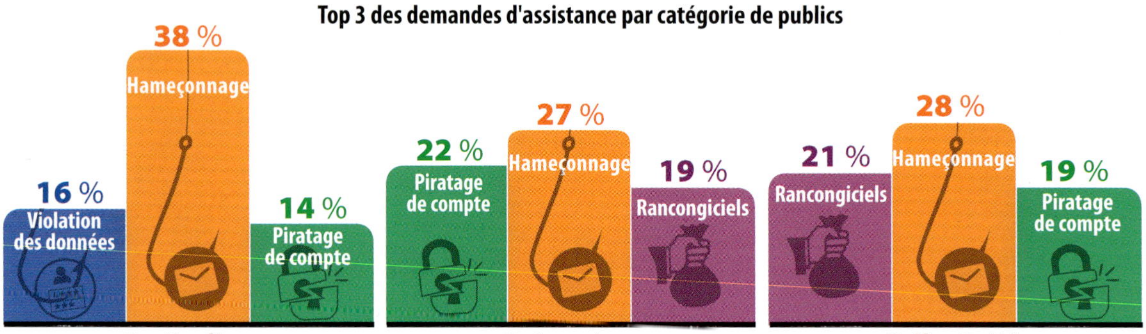

Si le nombre de rançongiciels a tendance à diminuer depuis 2021, celui des hameçonnages et de piratages de données est en nette augmentation (respectivement + 54 % et + 97 %).

Source : Cybermalveillance.gouv.fr, 2024.

2 L'intrusion de l'Intelligence artificielle dans la vie des démocraties

Dessin de presse de Pierre Kroll, 2018.

La récupération des données personnelles sur Internet donne lieu à des pratiques commerciales. Elle présente également un danger quant à la divulgation d'informations sensibles, dont les utilisateurs sont plus ou moins conscients.

3 Des données personnelles dispersées

La parole des géographes

Les data centers sont des infrastructures hautement stratégiques car ce sont les lieux où les données sont physiquement conservées et traitées. Ainsi, toutes les données accessibles sur Internet sont forcément inscrites physiquement quelque part : les éléments composant une page Web, les mails, les écritures financières.... Ces données et bien d'autres sont hébergées sur des serveurs situés dans des data centers.

Aujourd'hui, le développement du cloud complique quelque peu ce schéma simpliste : une donnée peut être stockée en des milliers d'endroits à la fois, comme elle peut être fractionnée et dispersée aux quatre coins du monde afin d'éviter sa perte irrémédiable en cas de défaillance physique d'un serveur. Cependant, la tendance est aujourd'hui à la relocalisation du stockage des données dans un certain nombre de pays, notamment pour des raisons juridiques et de sécurité.

Amaël Cattaruzza, Kevin Limonnier et Magali Reghezza-Zitt, *Introduction à la géopolitique*, Éd. A. Colin, 2023.

ACTIVITÉ

1. Pourquoi la confidentialité des données personnelles est-elle difficile à préserver sur Internet ? **(doc. 1 et 3)**

2. Quelles menaces pèsent sur les données ? **(doc. 1 et 2)**

3. Comment les États réagissent-ils face à ces menaces ? **(doc. 3)**

Pour aller plus loin

Site Internet hachette-clic.fr/24hggt265

Rendez-vous sur le site de la Cnil (cnil.fr) puis, par groupes de trois élèves, répartissez-vous les thématiques pour compléter le tableau.

	Que dit la loi ?	Quelle(s) démarche(s) pour préserver le droit sur les données personnelles ?
Banque – crédit		
Vie politique et citoyenne		
Travail		
…		

JALON 1

Étude 3 Internet, espace de liberté ou de contrôle ?

La liberté absolue d'expression qui prévalait à la naissance du Web est aujourd'hui remise en question. Les régimes autoritaires tentent d'en garder le contrôle, tandis que des débats émergent dans les démocraties sur les risques posés par une expression sans régulation.

Quelles sont les limites à la liberté de circulation des informations sur Internet ?

1 La cybercensure dans le monde

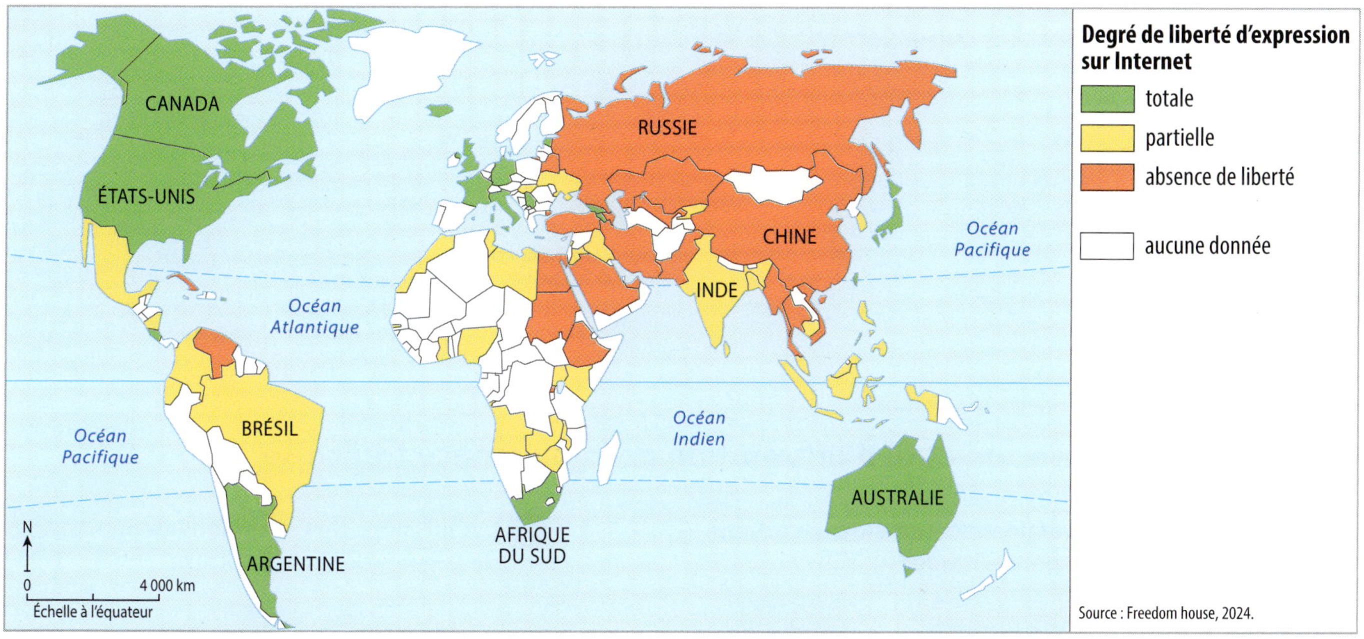

Source : Freedom house, 2024.

2 Liberté sur le Net et démocratie, des liens fragiles

La parole des géographes

Le cyberespace est un moyen permettant à des acteurs étatiques ou non de peser dans des rapports de force parfois fort éloignés de l'espace numérique. Il en va ainsi du contrôle physique des points stratégiques du réseau pour « écouter » les communications de l'adversaire (ou éventuellement, le priver de connexion), tout comme de la capacité d'un acteur à accéder aux données de certaines applications critiques. Edward Snowden a ainsi révélé que, malgré les garde-fous juridiques, des géants américains tels que Facebook ou Google peuvent être amenés à collaborer indirectement ou non avec les services de renseignement des États-Unis. De même, une bonne maîtrise des mécanismes de propagation d'un contenu sur les réseaux sociaux peut être à l'avantage d'un État ou d'une entreprise souhaitant promouvoir « sa » vision d'un fait ou d'une politique. La question de la modération des contenus qui circulent sur les grandes plates-formes s'avère un point aussi crucial que sensible en démocratie : comment concilier les impératifs de liberté d'expression, qui sont à la base du modèle démocratique, et la nécessité de lutter contre certains discours conspirationnistes ? On a, en effet, pu constater combien ces discours peuvent mener à des actions politiques violentes, comme a prise d'assaut du Capitole de Washington le 6 janvier 2021 par des groupes essentiellement organisés et radicalisés en ligne. Les entrepreneurs qui contrôlent ces réseaux acquièrent un rôle politique majeur, comme l'a montré le débat autour du rachat de Twitter par le milliardaire Elon Musk.

Amaël Cattaruzza, Kevin Limonnier et Magali Reghezza-Zitt, *Introduction à la géopolitique*, Éd. A. Colin, 2023.

3 Le contrôle d'Internet en Russie

Vidéo

Marie-Gabrielle Bertran, Le Blob, mai 2022.
hachette-clic.fr/24hggt266

ACTIVITÉ

1. Quel parallèle peut-on établir entre la liberté d'expression sur Internet et la démocratie ? **(doc. 1 et 3)**
2. Par quels moyens la Russie contrôle-t-elle ses internautes ? **(doc. 1 et 3)**
3. Comment la liberté d'expression sur Internet peut-elle présenter une menace pour la démocratie ? **(doc. 2)**

Étude 1

PROJET JEU de RÔLE

La cyberdéfense de la France, entre coopération européenne et souveraineté nationale

Puissance mondiale de premier ordre, la France est chaque jour victime d'attaques de ses systèmes d'information numériques à des fins d'espionnage ou de déstabilisation de ses administrations et institutions. Ces cyberattaques ont nécessité la mise en œuvre progressive d'une stratégie de cyberdéfense qui s'inscrit dans le cadre d'une coopération européenne.

Comment la stratégie de cyberdéfense de la France s'organise-t-elle ?

2005 – 2010 – 2015 – 2020

- **2006** 1er rapport parlementaire évoquant les risques de cyberattaques
- **2009** Création de l'Agence nationale de la sécurité des systèmes d'information (ANSSI)
- **2011** Mise en œuvre de la Lutte informatique défensive
- **2014** Création du Comité de cyberdéfense de l'OTAN
- **2017** Création du Commandement de la cyberdéfense
- **2018 : une année décisive à toutes les échelles**
  - Mise en œuvre de la Lutte informatique offensive
  - Lancement d'une politique commune de cyberdéfense par l'UE
  - Appel de Paris pour la Confiance et la sécurité dans le cyberespace à l'échelle mondiale
- **2021** Mise en œuvre de la Lutte informatique d'influence

A La cyberdéfense : un outil d'affirmation de la puissance française

1 Une stratégie de souveraineté nationale qui s'adapte aux nouveaux enjeux géopolitiques

L'affrontement dans le cyberespace est désormais une réalité. Le nombre et l'intensité des attaques ne cessent de croître, visant le profit financier, la captation de données, la déstabilisation des institutions par la manipulation des opinions ou la paralysie de systèmes étatiques et privés. Les Armées intègrent désormais le combat cybernétique comme un mode d'action à part entière. Enjeu et priorité stratégique, la cyberdéfense est garante de la souveraineté nationale. En lien avec de nombreux acteurs, le ministère des Armées participe activement à la protection, à la défense des systèmes d'information et des systèmes d'armes, ainsi qu'à la conduite d'opérations dans le cyberespace.

Site du ministère des Armées, 2023.

L'importance prise par les médias sociaux influe sur le déroulement des opérations militaires. Dans le cyberespace, tout individu, groupe ou État peut, par sa seule capacité de conviction, acquérir une légitimité au sein d'un réseau qu'il peut ensuite aisément influencer. Nos adversaires n'hésitent plus à utiliser cette arme contre nos opérations. Il importe donc de déjouer les attaques fomentées sur les réseaux sociaux, de tarir les recrutements des groupes armés terroristes et de promouvoir la crédibilité des forces engagées en opération afin de conserver le soutien des opinions publiques. La Lutte informatique d'influence (L2I) désigne les opérations militaires conduites dans la couche informationnelle du cyberespace pour détecter, caractériser et contrer les attaques informationnelles susceptibles de nuire à la réputation des armées ou d'entraver leur action.

Éléments publics de doctrine militaire de lutte informatique d'influence, ministère des Armées, 2021.

2 Les missions du Commandement de la cyberdéfense française

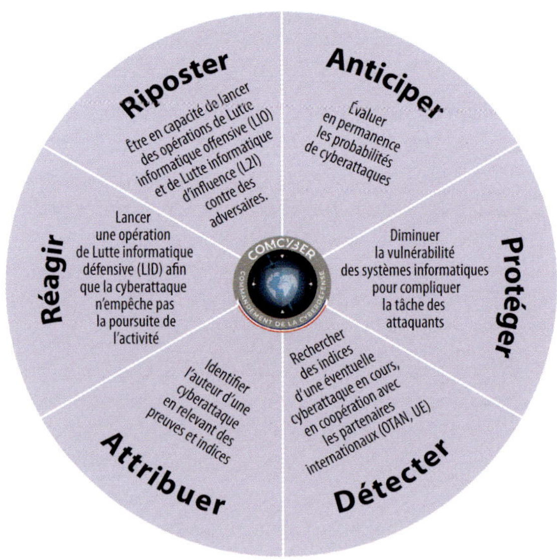

Source : ministère des Armées, 2024.

Vocabulaire

LID (Lutte informatique défensive) : politique française destinée à faire face à un risque, une menace ou à une cyberattaque réelle.

LIO (Lutte informatique offensive) : politique française destinée à mettre en difficulté les infrastructures numériques d'un adversaire.

L2I (Lutte informatique d'influence) : politique française destinée à repérer et lutter contre les fausses informations circulant dans le cyberespace.

3 Les hôpitaux français victimes de cyberattaques répétées

Caricature de Plantu, *Le Monde*, 16 février 2021.

Avec 500 cyberattaques par an, les hôpitaux français sont l'une des principales cibles des hackers qui pénètrent les systèmes d'information pour y voler des données médicales afin d'exiger d'importantes rançons.

4 Un Cybercampus, pour réunir les acteurs français de la cyberdéfense

OPÉRATIONS
Partage des données pour renforcer la capacité de chaque acteur à maitriser le risque numérique.

INNOVATION
Développement de l'innovation technologique par la collaboration entre acteurs publics et privés.

FORMATION
Aide à la formation pour une montée en compétence des acteurs de la cyberdéfense.

MOBILISATION
Organisation d'expositions et de conférences permettant les échanges entre professionnels.

CAMPUS CYBER

Source : CampusCyberFrance, 2024.

Inauguré en 2022 à La Défense près de Paris, le Cybercampus rassemble 160 acteurs de la cybersécurité : entreprises, services de l'État (ANSSI, services de renseignements, police, …), écoles, instituts de recherche et associations.

5 L'ambition française : devenir un leader de la cyberdéfense à l'échelle mondiale

Initié par la France en 2018, l'Appel de Paris pour la confiance et la cybersécurité dans le cyberespace est un appel à réagir ensemble face aux pratiques nouvelles et dangereuses qui s'y développent. Ces attaques peuvent émaner de groupes étatiques ou non-étatiques qui se jouent des frontières. Désormais soutenu par 80 États, plus de 700 entreprises et plus de 380 organisations de la société civile, cet appel invite tous les acteurs du cyberespace à collaborer et encourage les États à coopérer avec des partenaires du secteur privé, du monde de la recherche et de la société civile. Les signataires s'engagent à travailler ensemble afin d'adopter des comportements responsables et de mettre en œuvre dans le cyberespace les principes fondamentaux qui s'appliquent dans le monde physique. Lors son édition de novembre 2023, le Forum de Paris sur la Paix rassemblant les acteurs clés de la gouvernance mondiale a permis de faire le point sur les travaux menés dans les groupes de travail de l'Appel de Paris. Il est, notamment, question de finaliser, un texte régulant l'usage des cybermercenaires. Par ailleurs, au cours de la session plénière, INTERPOL[1] a annoncé rejoindre la coalition : cinq ans après son lancement, l'Appel de Paris est ainsi soutenu pour la première fois par une organisation internationale.

Paris peace forum, 2024.

1. Interpol est une organisation internationale qui permet la collaboration entre les polices du monde entier.

ACTIVITÉ

Complétez l'organigramme à l'aide des documents.

Des cyberattaques régulières : Qui ? Pourquoi ? **(doc. 1, 3 et 5)**
…

↓

Une stratégie de cyberdéfense essentielle pour la puissance française **(doc. 1, 4 et 5)**
…

↓

Les acteurs **(doc. 1, 2 et 4)**
…

↓

Objectifs des opérations de lutte informatique **(doc. 1, 2 et 3)**

Défensive	Offensive	d'influence **(doc. 1 et 2)**
…	…	…

≠

Limites de la stratégie de cyberdéfense de la France **(doc. 3 et 5)**
…

Vers le BAC — Dissertation

En vous appuyant sur les documents, rédigez une dissertation répondant au sujet suivant : « **La stratégie de cyberdéfense de la France : objectifs, moyens et limites.** »

Organisez vos idées au brouillon en complétant l'organigramme ci-dessus.

Pour aller plus loin

Élaborez une fiche de lecture du documentaire : présentation de la vidéo, plan, exemples à retenir…

Vidéo

Cyber, un combat virtuel bien réel (le Journal de la défense, La chaîne parlementaire, 2022).

hachette-clic.fr/24hggt267

B La France dans la coopération européenne de cyberdéfense

6 La France au cœur d'un réseau européen de cyber-acteurs

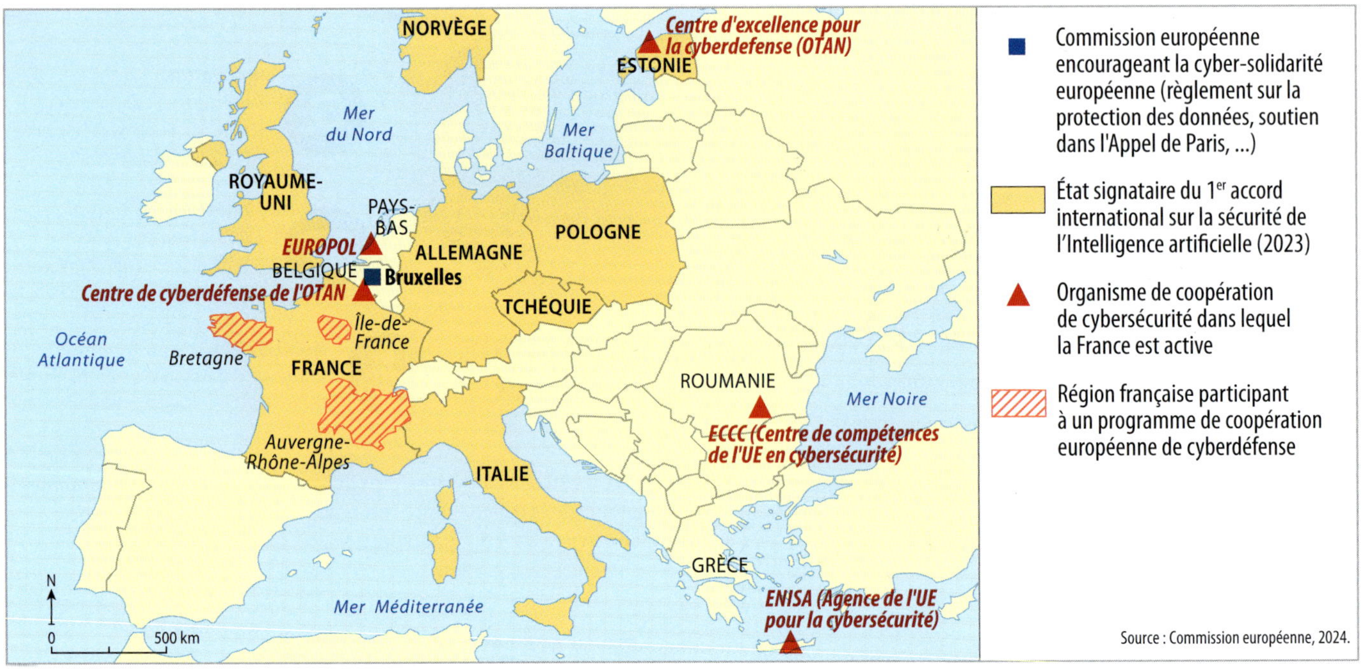

Source : Commission européenne, 2024.

7 Une coopération européenne qui reste à consolider

Avec la guerre en Ukraine, les cyberattaques ont bondi de 140 % estime la Commission européenne qui souhaite mettre en place un règlement nommé *Cyber Solidarity Act* visant à créer entre pays de l'UE, des centres opérationnels chargés de détecter les attaques, les atténuer et y réagir. À terme, il s'agirait de réunir au sein de plateformes transfrontières, les actuelles salles nationales de contrôle des risques cyber afin d'échanger plus de données et de se concerter quand une attaque vise plusieurs pays de l'UE.

Chercher à se coordonner au niveau européen est logique, légitime, vertueux mais comment va-t-on faire concrètement alors que 24 pays, dont la France et l'Allemagne, ont déjà fait savoir qu'ils n'étaient pas prêts à perdre le contrôle et leur capacité à surveiller et répondre aux cyber menaces locales. Clairement, quand il s'agit de se défendre, passer de l'échelon national à l'échelon européen n'a rien d'évident. Les États européens ont beau s'être mis d'accord pour évaluer ensemble ce qui les menace, «ils sont aussi de potentiels espions les uns pour les autres», selon un universitaire spécialisé en cybersécurité. En outre les pays de l'UE sont aussi concurrents pour attirer les cyber-talents alors qu'il manque 260 000 experts en cyber sécurité selon la commission.

« *Les nombreux défis de la cyber solidarité européenne* », France Culture, 22 avril 2023.

8 La participation de la France à programmes internationaux de cyberdéfense

Dans le cadre de l'*Opération Chronos* sous commandement britannique, la France a contribué au démantèlement en 2024 de LockBit, le plus puissant réseau de rançongiciels au monde.

ACTIVITÉ

1. Par quels moyens la stratégie de cyberdéfense française s'inscrit-elle dans un cadre européen ? **(doc. 6 et 8)**

2. Quelles sont les limites de la stratégie européenne de cyberdéfense ? **(doc. 6 et 7)**

Vers le BAC — Grand oral

En vous appuyant sur les documents et la frise chronologique p. 478, préparez une présentation orale sur « **la cyberdéfense de la France** » montrant que l'année 2018 est une année stratégique dans la politique de cyberdéfense de la France à toutes les échelles.

PROJET Participer à un jeu de rôle

Capacité S'exprimer à l'oral… en construisant une argumentation

MISSION ➜ À partir de vos réponses aux questions posées pages 479 et 480, participez à un jeu de rôle sur le sujet suivant : « **La France peut-elle faire face seule aux cybermenaces ?** » en imaginant une situation fictive d'attaque d'un hôpital.

étape 1 Préparer le jeu de rôle

1. Listez les informations qui répondent directement au sujet à partir des activités des pages 479 à 480.

2. Classez ces informations dans le tableau en les illustrant d'exemples précis.

Reprenez chaque document individuellement pour vous assurer de bien utiliser l'ensemble des informations qu'ils contiennent.

	La souveraineté de la France en matière de cyberdéfense	Une cyber coopération nécessaire avec les partenaires européens
Acteurs		
Objectifs		
Moyens d'action		
Réussites		
Limites		

3. Répartissez les rôles suivants entre les participants du jeu, puis complétez les listes si nécessaire.

Aidez-vous du manuel pour identifier des acteurs impliqués dans la cyberdéfense.

Personne défendant la thèse de la souveraineté de la France en matière de cyberdéfense :
représentant du ministère des Armées, directeur de l'ANSSI, officier membre de l'État-major du Comcyber, responsable de la communication du Cyber campus, directeur d'une entreprise française participant à la cyberdéfense française, directeur de l'hôpital victime de la cyberattaque …

Personne défendant la thèse de la nécessaire coopération de la France dans une politique européenne de cyberdéfense :
représentant du ministère de l'Europe et des Affaires étrangères, secrétaire général de l'Enisa, représentant de la Commission européenne, officier membre du centre de cyberdéfense de l'OTAN …

Vous pouvez vous appuyer sur l'exemple de l'attaque du site de l'hôpital de Nantes en 2024.

4. Réalisez une recherche d'arguments et d'exemples correspondant au rôle que vous jouez : faits historiques et exemples d'actions illustrant l'opinion adoptée ; craintes vis-à-vis de l'opinion adverse…

Exemple : *Si vous incarnez un représentant de l'État français, montrez que l'indépendance de la France dans le cyberespace est un élément de sa souveraineté sans nier qu'elle a également besoin de coopérer avec d'autres acteurs.*

La fiche récapitulative doit être organisée et présentée de manière lisible mais non rédigée ; vous pouvez par exemple la structurer sous forme de tableau, de carte mentale…

5. Réalisez une fiche récapitulative de vos arguments et exemples à consulter durant le jeu de rôle.

étape 2 Participer au jeu de rôle

Pour faciliter la tenue des débats, il est possible de désigner un modérateur (qui organise le débat) et un secrétaire (qui prend des notes afin d'établir un compte-rendu).

6. Positionnez les participants du jeu de rôle en cercle, en rapprochant les participants défendant le même point de vue, et déterminez un ordre de passage pour les premiers intervenants.

L'écoute et le respect des autres participants sont essentiels pour un jeu de rôle réussi.

7. Lors du jeu de rôle, adoptez une posture adaptée : écoute attentive des autres, réactivité face aux propos des autres participants, …

OTC

Leçon 1 Le cyberespace : un nouveau défi géopolitique

▶ Comment le cyberespace devient-il un nouveau terrain de conflits ?

A Le cyberespace : un enjeu majeur du monde contemporain

Le cyberespace, souvent assimilé à Internet, désigne l'environnement d'information créé par l'interconnexion planétaire des systèmes d'information et de communication. Des données numériques y sont créées, stockées et partagées entre utilisateurs. Il recouvre d'une part les infrastructures matérielles (*datacenters*, câbles, satellites) et logicielles (moteurs de recherche, applications des réseaux sociaux ou des sites d'achat en ligne) permettant l'Internet, et d'autre part l'espace immatériel où circulent les données.

JALON 1 p. 472

Le fonctionnement du cyberespace dépend d'un petit nombre d'acteurs, essentiellement américains. Au niveau matériel d'abord, les États-Unis occupent une place dominante par la concentration géographique des infrastructures : ils abritent 40 % des *data centers* mondiaux et la distribution des câbles sous-marins leur confère une position centrale : 97 % des données échangées par flux numériques entre l'Europe et l'Asie transitent par les États-Unis. Dans le domaine de la Recherche et développement permettant le fonctionnement d'Internet, les États-Unis restent en tête, bien que fortement concurrencés. Enfin, la dimension immatérielle d'Internet est quant à elle dominée par les GAFAM, dont la visibilité des contenus sur Internet est inégalée : en 2023, Google assure 91 % planétaires sur Internet (soit 100 milliards par mois). Pourtant, des concurrents, notamment les BATX chinois, se développent.

Le cyberespace s'impose comme un espace de souveraineté et de puissance des États. L'espace numérique étant intégré à un nombre toujours croissant d'activités économiques, politiques et sociales, la cybersécurité s'impose comme un défi stratégique. Les États s'efforcent donc de protéger le transit des données de toute ingérence extérieure, notamment suite aux scandales mis au jour dans les années 2010, comme les écoutes de la NSA révélées en 2013 par Edward Snowden, et l'utilisation des données de Facebook par Cambridge Analytica pour influencer les élections américaines et le vote en faveur du Brexit en 2018. À l'inverse, certains États comme la Chine exercent un contrôle des données par la censure (sujets interdits, condamnations) ou en imposant leurs propres outils numériques en 2022, (le moteur de recherche Baidu assure près de 70 % des recherches chinoises sur Internet contre 3 % pour Google).

B Des tensions et des menaces multiples

Le cyberespace introduit de nouvelles menaces sécuritaires. Initiées par des acteurs divers (États, entreprises, criminels, associations), les cyberattaques prennent trois formes : sabotage, espionnage (dont le but est de s'introduire dans un système pour dérober des données) et subversion (afin de ridiculiser l'adversaire ou de rallier des individus à sa cause). L'objectif des pirates peut être politique (écoutes clandestines, attaques en 2010 de sites officiels de pays exerçant la censure sur Internet par le groupe Anonymous), économique ou financier (logiciels exigeant une rançon, fraudes bancaires), moral (divulgation en 2015 des identités d'un site de rencontres extraconjugales). Mais les menaces sont aussi matérielles, car l'essentiel du réseau Internet repose sur des câbles sous-marins qui peuvent faire l'objet de coupures par sabotage (Crimée en 2014). Les États-Unis envisagent d'ailleurs une sécurisation de leurs câbles par barrières soniques.

Edward Snowden (né en 1983)

Informaticien employé par les agences de renseignement américaines, il révèle en 2013 l'existence d'un système d'espionnage organisé par les États-Unis. Considéré comme traître par les Américains, il vit désormais réfugié en Russie.

1 Candidats européens lors du *Locked Shields*

Organisée chaque année par le Centre d'excellence de cyberdéfense coopérative de l'OTAN, le *Locked Shields* est un exercice international unique de cyberdéfense réunissant plus de 1 200 experts en cyberdéfense des 23 États membres pour tester leur capacité à contrer des attaques informatiques.

Vocabulaire

BATX : équivalent chinois des GAFAM, avec les géants chinois du web (Baidu, Alibaba, Tencent et Xiaomi).

Cyberespace : espace de communication créé par l'interconnexion mondiale des ordinateurs par Internet.

GAFAM : acronyme désignant les firmes transnationales américaines dominant les technologies du numérique (Google, Apple, Facebook, Amazon, Microsoft).

- **Les opposants politiques utilisent également le cyberespace comme un terrain de résistance.** Il peut s'agir de consultation de sites interdits, d'expression à travers un blog ou d'actes de piratage. Créée par l'ONG Reporters sans frontières, une Journée mondiale pour la liberté sur Internet est célébrée chaque année le 12 mars pour dénoncer la cybercensure et la répression des internautes à travers le monde. Selon Amnesty International, la Chine compte le plus grand nombre de cyberdissidents au monde.

- **Le cyberespace peut offrir une arme géopolitique nouvelle pour les États :** surveillance, espionnage, manipulation de l'opinion via les réseaux sociaux de manière à influencer le résultat des scrutins électoraux. Selon l'ONG Freedom House, la propagande d'État concerne aujourd'hui trente gouvernements, Chine et Russie en tête, qui l'utilisent pour influencer l'opinion nationale ou internationale ou faire taire leur propre opinion publique. Le Soudan a par exemple institué des cyberdjihadistes dont la mission est d'infiltrer l'opposition sur Facebook et WhatsApp. Les conflits dits « classiques » ont aujourd'hui un prolongement dans le cyberespace : Daech a utilisé la propagande par vidéos sur les réseaux sociaux pour mondialiser un conflit à l'origine syrien.

JALON 1 p. 472

2 Un cyberespace chinois protégé

Source : Dessin de presse de Chappatte pour *International Herald Tribune*.

C Des stratégies de cyberdéfense en construction

- **Une cyberdéfense efficace reste à inventer car le droit international est limité.** En effet, les formes classiques de sécurité (dissuasion, riposte ou anticipation) ne sont pas transposables. La Cour internationale de justice ou le Conseil de sécurité de l'ONU reconnaissent aux États victimes de cyberattaques le droit de prendre des contre-mesures de légitime défense, uniquement dans les cas où la cyberattaque est considérée comme une agression armée. Or, la vaste majorité des cyberopérations n'atteint pas ce seuil.

JALON 2 p. 478

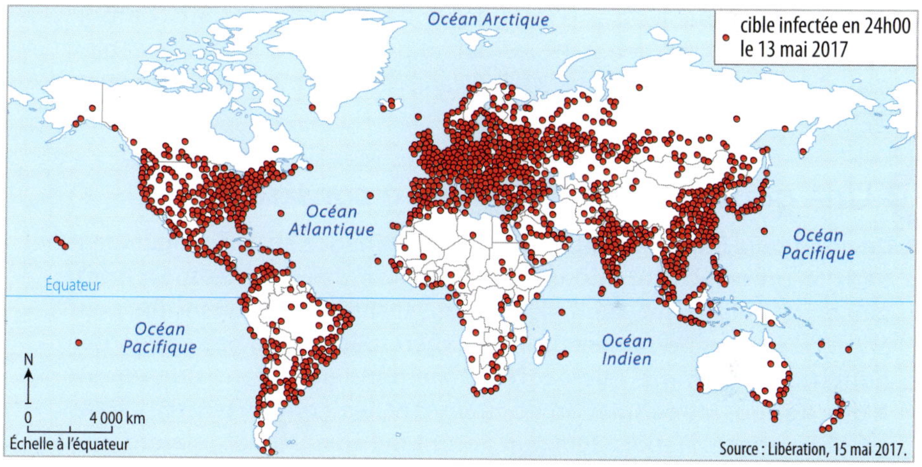

3 La diffusion du rançongiciel Wannacry

- **Il est de plus en plus difficile d'établir précisément l'identité et les motivations d'un cyberagresseur**, de même que les liens entre un donneur d'ordres étatique et les exécutants privés. Si Twitter a reconnu qu'il y a eu plus de 12 millions de tweets automatisés provenant de Russie durant la campagne électorale américaine, le procureur américain en charge du dossier n'a pas réussi à prouver la collusion entre le candidat Trump et la Russie. Lors de cyberattaques, les données permettant l'identification des criminels sont entre les mains des plateformes privées de réseaux sociaux (Twitter, Google), ce qui freine aussi les contrôles.

- **Les stratégies défensives et offensives se complètent.** En amont, la recherche se poursuit dans les techniques destinées à protéger les données et sécuriser les accès aux comptes, ou dans l'expertise des logiciels malveillants. La sensibilisation des utilisateurs apparaît également comme un enjeu majeur (stratégie française de l'ANSSI). En aval, il s'agit d'adapter le droit national pour intervenir en cas de cyberattaques et juger les activités criminelles. De nombreux pays comme la France, les États-Unis et le Royaume-Uni développent aussi des stratégies de riposte. En mai 2019, Israël a été le premier pays à utiliser un bombardement aérien contre une cyberattaque qu'il estimait provenir du territoire palestinien de Gaza.

OTC

Leçon 2 Une coopération indispensable entre les acteurs du cyberespace

➤ La coopération entre les acteurs peut-elle limiter les conflits du cyberespace ?

A Une coopération encore limitée

- **La plupart des États reconnaissent la nécessité d'un droit international du cyberespace.** Aujourd'hui, le droit des conflits n'est applicable dans le cyberespace que dans le cas où les cyberopérations interviennent dans le cadre d'un conflit armé « classique ». Il existe donc un vide juridique pour juger des hostilités se déroulant exclusivement dans le cyberespace. Mais les discussions internationales sont freinées par les approches contradictoires de la légalité dans l'espace numérique. L'Organisation de coopération de Shanghai (Chine, Russie, Kazakhstan) s'oppose à l'application du droit international dans le cyberespace.
- **La gouvernance du cyberespace est longtemps restée une chasse gardée américaine,** en raison du poids des géants du numérique et de l'Icann, organisation américaine chargée de la distribution des noms et adresses numériques (.com, .fr, .gouv). Si les Gafam conservent un poids considérable dans les flux d'informations et, de plus en plus, dans la maîtrise des réseaux (en 2019, les Gafam possédaient 50 % des câbles transatlantiques, contre 3 % en 2016), l'Icann est depuis 2016 indépendante de l'administration américaine.

JALON 2 p. 478

B Une gouvernance mondiale à construire

- **De nombreux États militent pour une gouvernance élargie,** notamment dans la cybersécurité et dans la protection des données. En effet, peu d'États disposent, seuls, des moyens techniques et financiers pour encadrer les comportements dans le cyberespace. Certaines entreprises numériques comme Microsoft ou Siemens appellent également à des normes de régulation contraignant les comportements dans le cyberespace. Depuis 2006, un Forum mondial sur la gouvernance d'Internet se tient chaque année sous la tutelle de l'ONU. Son objectif est d'encourager le dialogue dans le domaine.
- **Un premier pas a été franchi par l'ONU en 2015** avec l'adoption d'un rapport sur les comportements dans le cyberespace : coopération avec les États victimes, lutte contre la prolifération d'outils informatiques malveillants, respect des infrastructures stratégiques d'un autre État qui ne doivent pas être endommagées, partage des informations. En 2023, le Forum pour la gouvernance d'Internet qui se tenait à Kyoto a suscité la réflexion sur l'usage de l'Intelligence artificielle. Néanmoins, aucune mesure concrète n'y a été adoptée.
- **Des exemples de coopération efficaces se mettent en place à l'échelle régionale.** En 2023, l'Union européenne a adopté une loi pour encadrer les pratiques des géants du numérique en affirmant que ce qui est illégal hors ligne doit également l'être sur Internet. L'OTAN est précurseur dans la cybercoopération depuis la rédaction du manuel de Tallin en 2013 (proposition de transposition du droit international au cyberespace). En 2024, c'est la coopération de 7 pays (Royaume-Uni, États-Unis, France...) qui a permis le démantèlement du réseau de hackeurs LockBit, responsable de près d'un quart des rançongiciels depuis 2020. Enfin, des traités bilatéraux sont adoptés, comme le Cyberpacte de bonne conduite signé par les États-Unis et la Chine en 2015, qui vise à mettre fin à l'espionnage et aux cyberattaques.

Les tentatives de gouvernance du cyberespace

En l'absence d'une réelle gouvernance mondiale, plusieurs associations ont créé en 2005 la plate-forme IGF pour engager des discussions visant à organiser Internet à l'échelle mondiale. Elle facilite les échanges en matière de politiques publiques, notamment à travers des forums annuels, comme ici au Japon en 2023.

Vocabulaire

Gouvernance : coordination de l'ensemble des acteurs et des règles qui constituent une autorité pour gérer les affaires publiques.

Protection des données : garantie de la protection des données personnelles hébergées sur Internet (non-diffusion sans accord de l'intéressé) encadrée par une législation. En France, c'est la CNIL (Commission nationale de l'informatique et des libertés) qui est en responsable.

L'essentiel OTC > Leçons 1 et 2

RÉVISER EN SE TESTANT

Exercices interactifs

hachette-clic.fr/24hggt268

SCHÉMA BILAN

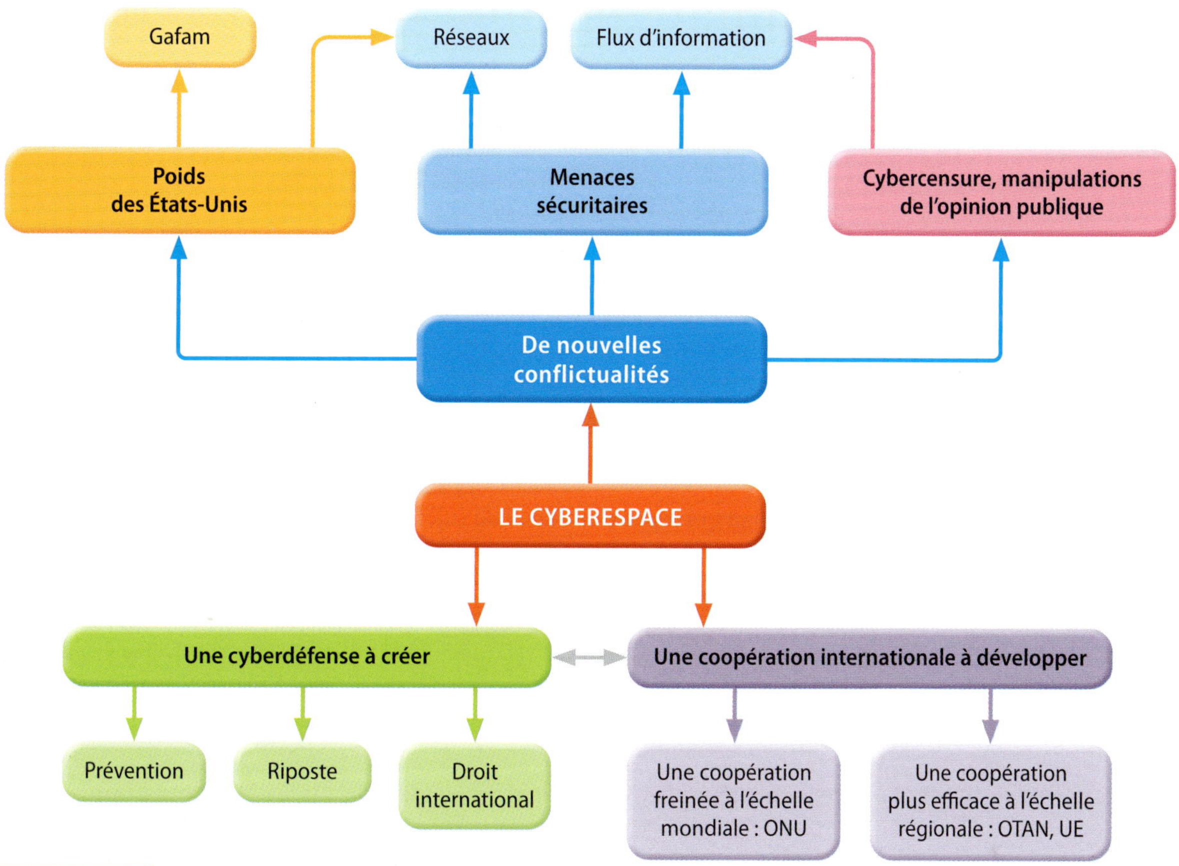

Schéma interactif
hachette-clic.fr/24hggt269

RÉVISER EN SE DOCUMENTANT

À voir

- *Dopamine (série : Facebook, Instagram…)*, de Léo Favier, Arte, 2019.
- *Snowden*, d'Oliver Stone, 2016.
  Un film retraçant la révélation d'une affaire de collecte illégale d'informations menée par la NSA au nom de la lutte antiterroriste.
- *Cybercriminalité, des attaques bien réelles*, Arte, 2023.
  Un documentaire sur les attaques sur le Net et les moyens mis en œuvre pour les contrer en France et en Allemagne.

Vidéo
Arte, mai 2023.
hachette-clic.fr/24hggt270

À lire

- *Dans le cyberespace personne ne vous entend crier*, de Gilles Fontaine, Éditions Jean-Claude Lattès, 2019.
- *Cybersécurité en 2023 : Les meilleures pratiques, outils et stratégies pour protéger vos données dans le paysage actuel des menaces*, de Joël Echoso, 2023.

Sur le web

Sites Internet
hachette-clic.fr/24hggt271
hachette-clic.fr/24hggt272
hachette-clic.fr/24hggt273

- Site de l'Observatoire du monde cybernétique.
- Site de l'ANSSI (Agence nationale de la sécurité des systèmes d'information).
- Site de l'Icann (Société pour l'attribution des noms de domaines et des adresses sur Internet).

Capacité Insérer un schéma dans une dissertation

Méthode BAC Dissertation

Activité à télécharger
hachette-clic.fr/24hggt274

SUJET ➪ La connaissance, un enjeu de puissance pour les États

étape 1 Préparer la dissertation

1. Répondez aux questions suivantes pour analyser le sujet. ➥ Méthode p. 88

Définissez ce terme en vous appuyant sur les pages 430-431. → connaissance

Souvent utilisé en géopolitique, histoire ou géographie, le terme « enjeu » désigne ce qui est « en jeu » dans une situation : atouts, risques, etc. → enjeu

La connaissance, un enjeu de puissance pour les États

Listez les éléments de connaissance qui renforcent le « *hard power* » et le « *soft power* » d'un État. → puissance

Interrogez-vous sur l'échelle pour traiter le sujet : nationale ? internationale ? → États

2. Pourquoi la problématique suivante permet-elle de répondre au sujet ?

Comment les États utilisent-ils la connaissance pour affirmer leur puissance ?

3. Sélectionnez parmi les trois propositions le plan qui répond le mieux au sujet et justifiez votre choix.

Proposition 1	Proposition 2	Proposition 3
1. Produire et diffuser des connaissances 2. La connaissance, un enjeu géopolitique	1. La connaissance, enjeu de puissance économique 2. La connaissance, enjeu de puissance géopolitique	1. La connaissance durant la guerre froide 2. La connaissance dans un monde multipolaire

Sélectionnez le plan qui prend le mieux en compte la notion de puissance.

4. Parmi ces propositions, sélectionnez celles qui répondent au sujet et organisez-les dans le plan choisi à la question 3.

- *acquérir la connaissance est un enjeu pour développer la puissance économique ;*
- *le développement de la société de la connaissance ;*
- *les technologies au service de la puissance militaire ;*
- *l'histoire de la radioactivité ;*
- *le cyberespace, nouveau territoire de la puissance des États ;*
- *la production de savoir, un facteur de puissance ;*
- *l'accès à la connaissance, un enjeu de développement des sociétés ;*
- *les grandes étapes de l'alphabétisation dans le monde ;*
- *une protection de la connaissance indispensable pour préserver la puissance économique ;*
- *le renseignement, au service de la puissance politique.*

Écartez les propositions qui adoptent une approche chronologique.

étape 2 Rédiger la dissertation

5. Rédigez l'introduction de la dissertation en intégrant la problématique justifiée dans la question 2.

Débutez la dissertation par un fait d'actualité ou une citation comme celle de Francis Bacon « La connaissance est en elle-même puissance ». Pensez à relier cette citation à la suite de l'introduction.

6. À l'aide de la méthode p. 16, rédigez la dissertation en suivant le plan sélectionné dans la question 3.

Point méthode

Insérer un schéma dans la dissertation

✔ **Le schéma permet d'illustrer un paragraphe ou une notion :** il reprend les notions du cours dans le titre ou la légende ; il peut être traité à différentes échelles.

✔ **Ce schéma doit être simple** par sa forme (usage de figurés géométriques), par le nombre d'informations (4 à 6 informations), par sa légende qui peut être organisée en parties ou non.

✔ **Le schéma n'est pas décrit** dans la dissertation mais il est introduit dans la rédaction (par une phrase comme : « comme le montre le schéma ci-contre, … »).

7. **Complétez le schéma illustrant l'enjeu des mobilités étudiantes au départ et vers l'Inde et intégrez-le dans la partie qui convient.**

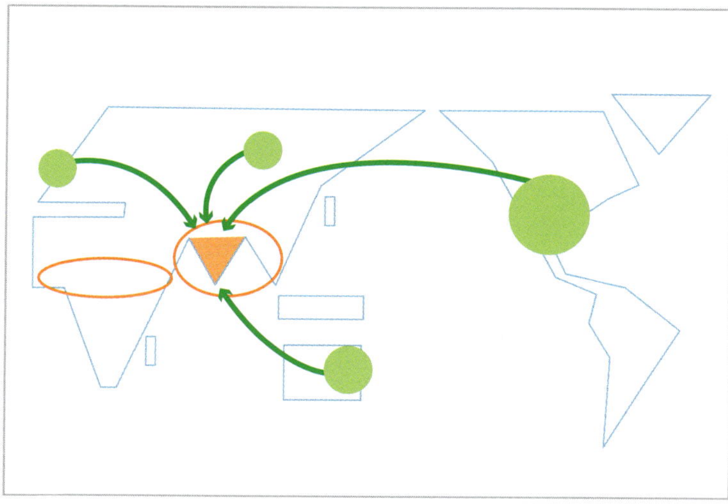

Titre : ....

Une mobilité étudiante reflet des relations géopolitiques de l'Inde

...... des pays d'accueil des étudiants indiens révélateurs des liens historiques et culturels de l'Inde

....

Des retombées positives pour la puissance indienne

....

Aidez-vous des documents des pages 460 à 465 pour compléter la légende et le schéma.

8. **En vous aidant du doc. 4 p. 455, transformez le texte en schéma simple.**

Durant la guerre froide, l'opposition entre le bloc de l'Ouest (centré autour des États-Unis) et le bloc de l'Est (autour de l'URSS) se concrétise par des pratiques diverses de renseignement et d'espionnage de l'adversaire. La CIA, dont le siège est à Langley en Virginie, apporte son soutien financier et/ou militaire à des groupes armés afin de soutenir l'opposition au communisme (Nicaragua, Indonésie, Afghanistan). Parfois, elle accompagne des opérations de déstabilisation politique et des coups d'État (Guatemala, Cuba, Iran). À partir de Moscou, le KGB soutient lui aussi financièrement ou militairement des mouvements d'opposition aux régimes libéraux (Palestine, Mozambique, Afrique du Sud).

Si les services secrets occidentaux utilisent la surveillance à grande échelle avec le vaste réseau « Échelon », l'URSS multiplie l'envoi d'agents sur le terrain dans les pays considérés comme ennemis.

9. **En vous aidant du doc. 5 p. 437, proposez un schéma pour illustrer le sujet d'un paragraphe : « l'inégale alphabétisation dans le monde, reflet des inégalités de puissance dans le monde ».**

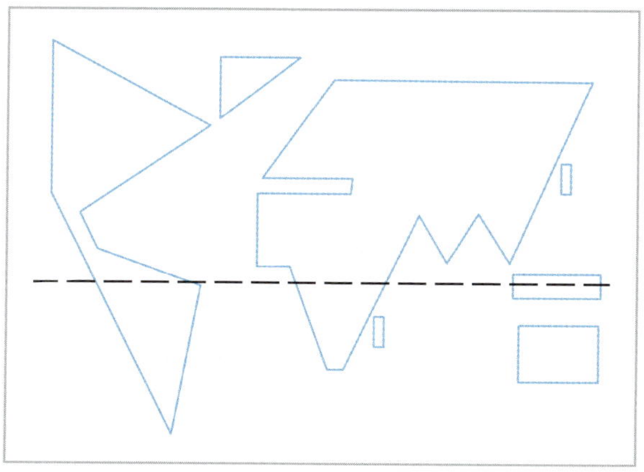

Proposez un titre problématisé en reformulant le sujet.

Sujet d'entraînement

Produire, diffuser et contrôler les connaissances, un enjeu économique et géopolitique renforcé depuis 1947

Pour énoncer une problématique reformulant le sujet, utilisez les notions de puissance et de guerre froide.

Pour ouvrir la conclusion de la dissertation, vous pouvez recourir à un fait d'actualité (intelligence artificielle, progrès médicaux, ...).

Capacités Construire un plan thématique - Conclure la dissertation

Méthode BAC Dissertation

Activité à télécharger
hachette-clic.fr/24hggt275

SUJET ➪ Le cyberespace, entre conflictualité et coopération

étape 1 Préparer la dissertation

1. Analysez le sujet pour en comprendre les enjeux. ➥ Méthode p. 88

Listez précisément les acteurs en jeu dans ce sujet.

Problématique suggérée :

Pourquoi le cyberespace est-il un territoire de coopération mais aussi de conflits ?

2. Parmi les plans proposés, pourquoi seul le premier utilise un plan thématique ? Justifiez votre réponse.

Plan 1
1. Le cyberespace, un territoire majeur du monde contemporain
2. Le cyberespace, un territoire de tensions et de menaces
3. Le cyberespace, un territoire de coopération

Plan 2
1. Le cyberespace, un territoire de projection de la puissance nationale
2. Le cyberespace, un territoire sans frontière et mondialisé
3. Un territoire de coopération et de tensions

Plan 3
1. Le cyberespace, de sa création aux années 2000
2. Le cyberespace depuis les années 2000

Point méthode

Construire un plan thématique

Le plan thématique est adapté pour les sujets invitant à traiter :
- ✔ **un thème général.** *Exemple* : Le cyberespace, entre conflictualité et coopération.
- ✔ **une situation géographique.** *Exemple* : L'Inde, de multiples stratégies pour acquérir la connaissance.
- ✔ **une comparaison.** *Exemple* : Les États-Unis et la Chine, deux acteurs majeurs du cyberespace.

3. Organisez ces arguments dans le plan retenu à la question 2.

- *les cyberattaques sont multiformes ;*
- *le cyberespace recouvre d'abord des infrastructures matérielles ;*
- *le cyberespace s'impose comme un espace de souveraineté et de puissance des États ;*
- *les GAFAM incarnent la supériorité étasunienne ;*
- *les motivations des pirates sont multiples ;*
- *les exemples de coopération sont plus efficaces à l'échelle régionale ;*
- *le cyberspace reflète les tensions géopolitiques internationales ;*
- *à l'inverse les opposants politiques utilisent également le cyberespace comme un terrain de résistance ;*
- *la gouvernance du cyberespace est longtemps restée une chasse gardée des États-Unis ;*
- *le droit international est limité ;*
- *les cyberagresseurs sont difficilement identifiables tout comme les liens entre donneurs d'ordres et exécutants ;*
- *aujourd'hui, d'autres acteurs émergent dans le cyberespace ;*
- *de nombreux États militent pour une gouvernance élargie ;*
- *les États-Unis occupent une place essentielle dans le cyberespace ;*
- *le cyberespace comprend aussi une couche immatérielle ;*
- *à l'échelle planétaire, de timides progrès dans la coopération ;*
- *le cyberespace est à l'origine de nouvelles formes de coopération.*

À l'intérieur de chaque partie, organisez dans un ordre logique les informations retenues.

4. Illustrez chaque argument de la question 3 par un exemple précis en complétant la liste :

- *les plates-formes privées de réseaux sociaux (X, ex-Twitter, Google) peinent à collaborer avec les autorités lors des enquêtes. Les darknets facilitent l'anonymat.*
- *il peut s'agir de consultation de sites interdits, d'expression à travers un blog ou d'actes de piratage.*
- *ils dominent les échanges dans le cyberespace (90 % des recherches planétaires sur Internet sont réalisées via Google) et peuvent exploiter commercialement les données du numérique.*
- *la société civile s'y mobilise pour dénoncer des comportements délictueux (#BlackLivesMatter, #MeToo) et organiser des pétitions en ligne.*
- …

Utilisez les exemples de la France et des États-Unis particulièrement étudiés en classe.

étape 2 Rédiger la dissertation

5. Repérez dans l'introduction l'amorce, la définition des termes et des enjeux du sujet, la problématique, et l'annonce du plan. ➥ Méthode p. 413

En avril 2023, l'Union européenne est la première instance politique mondiale à se doter d'un arsenal juridique permettant de sanctionner les délits de désinformation, haine en ligne ou contrefaçon dans le cyberespace. Cet événement met en évidence le retard pris par les États pour réguler ce nouveau territoire. Le cyberespace, souvent assimilé à Internet, désigne en effet l'environnement d'information créé par l'interconnexion planétaire des systèmes d'information et de communication. C'est un espace immatériel qui se développe dans les années 1990 et qui pose des défis inédits à relever. Terrain de jeu des criminels en tous genres, il devient également un lieu d'affirmation des puissances, à l'origine de tensions diverses. Mais il constitue en parallèle un laboratoire où les formes de coopérations restent à inventer.

Pourquoi le cyberespace est-il un territoire de coopérations mais aussi de conflits ? Tout d'abord, il s'agira de présenter le cyberespace et ses enjeux, avant d'étudier les différentes formes de conflictualité qui s'y expriment et, enfin, les tentatives de coopérations qui s'y expérimentent.

6. Sur le modèle rédigé de la partie 1, rédigez la suite de la dissertation. ➥ Méthode p. 335

Le cyberespace s'affirme comme un territoire majeur du monde contemporain qui exerce une emprise croissante sur le monde.

En effet, le cyberespace recouvre d'abord des infrastructures matérielles. L'ensemble du réseau physique comprend des terminaux (ordinateurs, tablettes), des data centers où sont stockées les données ainsi que des câbles et satellites qui véhiculent les flux de données. Mais le cyberespace comprend aussi une couche immatérielle où systèmes d'exploitation et logiciels d'application (moteurs de recherche, réseaux sociaux, ...) permettent la circulation des données.

Ce territoire est dominé par un petit nombre d'acteurs. Les États-Unis occupent une place essentielle dans le cyberespace. Ils possèdent la majorité des infrastructures (40 % des data centers, câbles sous-marins) et restent en tête dans la Recherche et développement. Les GAFAM incarnent d'ailleurs cette supériorité étasunienne. Ils dominent les échanges dans le cyberespace (90 % des recherches planétaires sur Internet sont réalisées via Google) et peuvent exploiter commercialement les données du numérique. Mais aujourd'hui, d'autres acteurs émergent dans le cyberespace. La Chine, par exemple, soutient les BATX pour contrôler Internet sur son territoire (censure, contrôle des informations) tandis que la Russie encourage la cybercriminalité qui fragilise ses adversaires.

Le cyberespace apparaît donc comme un espace immatériel complexe où un nombre croissant d'acteurs s'invite, ce qui n'est pas sans créer des tensions.

Accordez une place particulière aux transitions (mots de liaison, conclusion de partie, ...).

7. Repérez les grandes parties de la conclusion.

Le cyberespace apparaît donc comme un espace immatériel complexe où le nombre d'acteurs est limité mais s'accroît. Nouveau terrain d'affirmation des puissances et d'activités criminelles en tous genres, les rivalités y sont exacerbées. Ces nouvelles conflictualités appellent des formes de coopération inédites afin de réguler ce nouveau territoire. Timides à l'échelle planétaire, elles sont plus efficaces à l'échelle régionale. En définitive, le cyberespace reflète donc aujourd'hui les tensions planétaires mais constitue un laboratoire où s'inventent de nouvelles formes de coopération. Le développement récent de l'Intelligence artificielle ouverte au grand public est source de nouvelles inquiétudes dans le cyberespace et illustre à quel point une régulation globale devient nécessaire.

Ici l'ouverture est tournée vers l'Intelligence artificielle et son usage grand public, mais il serait également possible d'ouvrir sur les conséquences sociétales de la manipulation de l'information dans le cyberespace.

Point méthode

Conclure la dissertation

La conclusion laisse au lecteur la dernière impression sur le devoir. Elle ne doit pas être négligée et ne doit donc pas être réalisée à la va-vite à la fin de l'épreuve. Il faut prendre le temps de la rédiger entièrement au brouillon après avoir fini la rédaction du développement.

- ✔ **La conclusion apporte des éléments de réponse clairs à la problématique** posée dans l'introduction.
- ✔ **Elle fait le bilan de votre argumentation** en reprenant les points essentiels développés dans vos différentes parties en réponse à la problématique.
- ✔ **Elle peut finir sur une ouverture** qui ne doit pas être trop vague ni évidente (par exemple, sur un autre pays à étudier, une autre période, ...).

Méthode BAC Dissertation

Activité à télécharger
hachette-clic.fr/24hggt276

SUJET La connaissance, entre coopérations et tensions internationales

étape 1 Préparer la dissertation

1. **Aidez-vous de la question 1 p. 486 pour interroger le sujet.** ➥ Méthode p. 88

Recopiez le sujet au centre d'une feuille de brouillon pour interroger chaque mot comme dans une carte mentale.

2. **Évaluez les problématiques suivantes en écartant celles qui ne couvrent pas l'ensemble du sujet ou ne reprennent pas les enjeux du sujet.** ➥ Méthode p. 89

Proposition 1 : *Dans quelle mesure la connaissance est-elle un enjeu de puissance pour les acteurs publics et privés ?*
Proposition 2 : *Quelles sont les formes de coopération et de tensions autour de la connaissance ?*
Proposition 3 : *La coopération entre les acteurs de la connaissance peut-elle limiter les conflits internationaux ?*
Proposition 4 : *Entre rivalités et coopérations, comment la connaissance devient-elle un enjeu des relations internationales ?*
Proposition 5 : *Pourquoi le cyberespace est-il un territoire de coopération mais aussi de conflits ?*

3. **Complétez le tableau en apportant des informations précises.**

Parties de la dissertation	Arguments	Exemples
1. De multiples formes de coopération autour de la connaissance	– Un réseau scientifique international ancien ; – La multiplication des institutions internationales ; – …	> L'exemple de la recherche atomique (congrès de Solvay en 1911) ; > L'Unesco : …
2. Une connaissance parfois source de tensions	– … – … – …	> …

Entraînez-vous à développer les idées en rédigeant les paragraphes les plus complets possibles.

étape 2 Rédiger et évaluer la dissertation

Point méthode

Auto-évaluer la dissertation (voir grille d'évaluation p. 22)

✔ **Vérifier la qualité des connaissances :**
- en repassant mentalement les grandes lignes du cours pour repérer celles qui répondent au sujet ;
- en définissant les notions de manière précise ;
- en ayant recours à des exemples précis et variés.

✔ **Vérifier la cohérence du plan et de la démarche argumentée :**
- en énonçant une problématique qui couvre l'ensemble du sujet et soulève les enjeux du sujet ;
- en gardant comme fil directeur la problématique posée dans l'introduction ;
- en suivant un plan qui fait progresser la réflexion ;
- en utilisant des mots de liaison pour appuyer la démonstration.

✔ **Vérifier la maîtrise de la langue en relisant attentivement la dissertation.**

4. **Rédigez l'introduction et auto-évaluez-vous en utilisant la méthode p. 413.**

Faites une recherche pour amorcer votre introduction à partir d'un fait d'actualité récent ou d'une citation.

5. **Rédigez les grandes parties de la dissertation et auto-évaluez-vous en utilisant la méthode p. 335 et la grille d'évaluation p. 22.**

Soignez les transitions entre les paragraphes et entre les parties. Ce sont ces transitions qui construisent la démonstration et font avancer la réflexion.

6. **Rédigez la conclusion et auto-évaluez-vous en utilisant la méthode p. 493.**

Respectez les trois temps de la conclusion : apport de chaque partie à la réponse à la problématique ; réponse définitive au sujet ; ouverture.

Méthode BAC Étude critique de document(s)

SUJET La circulation des étudiants indiens dans le monde

Activité à télécharger hachette-clic.fr/24hggt277

En analysant les documents, en les confrontant et en vous appuyant sur vos connaissances, présentez les mobilités indiennes à l'étranger.

1 La répartition des étudiants indiens dans le monde

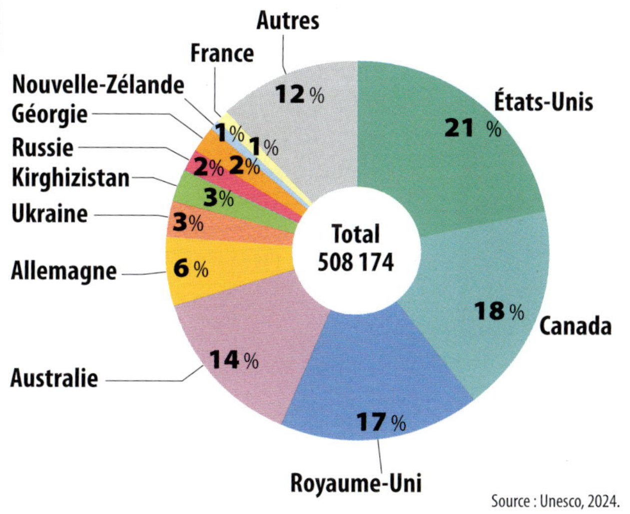

Source : Unesco, 2024.

2 L'évolution du nombre d'étudiants indiens

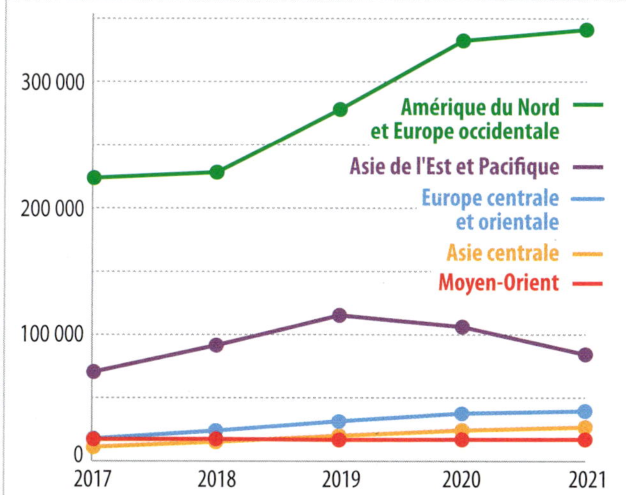

Source : Unesco, 2024.

Point méthode

Étudier un graphique

- **Identifier la source :** auteur, date, provenance des données chiffrées (OMC, FMI ...).
- **Décrire le graphique :**
  - repérer les éléments de construction : forme (circulaire, histogramme, courbe), axe et unité de mesure ;
  - repérer la tendance générale : augmentation ou diminution pour une courbe, équilibre ou déséquilibre des données pour les graphiques circulaires ou histogrammes ;
  - identifier les exceptions : irrégularité d'une courbe, faiblesse ou importance d'une donnée ; chiffres significatifs (ceux du début et fin de période, part la plus importante ;...).
- **Interpréter le graphique :**
  - utiliser les connaissances extraites du cours pour expliquer les grandes tendances et les exceptions ;
  - organiser les informations en lien avec les différentes parties de la consigne.
- **Porter un regard critique sur le graphique :**
  - expliquer les choix de l'auteur (construction, informations retenues ...) ;
  - identifier les informations que le graphique ne présente pas alors qu'elles seraient utiles au sujet.

1. Pour décrire les graphiques, répondez aux questions :

Document 1	Document 2
• Identifiez la source pour évaluer la fiabilité des données	
• Quels sont les principaux pays d'accueil des étudiants indiens ? • Calculez la part des pays anglophones.	• Calculez l'évolution du total des migrants étudiants des deux courbes les plus hautes. • Montrez que toutes les courbes ne présentent pas la même évolution. • Calculez l'écart entre la courbe du haut et la suivante.

2. Sélectionnez dans la liste, les notions indispensables à l'étude de ces graphiques, puis intégrez-les à la rédaction des paragraphes en suivant le plan proposé.

mondialisation ; ONG ; espaces de départ ; diaspora ; flux ; réseaux ; transferts financiers ; IDE ; réfugiés ; mafias ; mobilités touristiques ; espaces d'accueil ; mobilités ; transferts de technologies ; brain drain ; brain gain ; puissance ; innovation ; remontée de filière.

Plan proposé

Partie 1 : Une diaspora étudiante en augmentation
Partie 2 : Des flux migratoires polarisés
Partie 3 : Des documents qui présentent des limites

Méthode BAC Étude critique de document(s)

SUJET ➪ Le cyberespace, un terrain de tensions géopolitiques

En analysant les documents, en les confrontant et en vous appuyant sur vos connaissances, montrez les cyber-risques qui menacent l'équilibre géopolitique et les moyens mis en œuvre pour y faire face.

Activité à télécharger
hachette-clic.fr/24hggt278

1 **Les cybermenaces, un risque pour la démocratie**

Source : dessin de Paresh Nath, 29 juillet 2016.

Traduction : Allez ! Nous pouvons manipuler les élections américaines… ; suppression des e-mails de Clinton ; les liens entre Trump et la Russie ; les e-mails du Parti démocrate.

2 **Une cybersécurité française et européenne inégalement protectrice**

Les cyber-risques constituent une atteinte à des systèmes informatiques avec une portée malveillante, qui peuvent cibler des ordinateurs, des serveurs ou des équipements périphériques [imprimantes, appareils communicants, …]. Au total, quatre risques principaux peuvent être mis en avant : la cybercriminalité, l'espionnage, le sabotage et l'atteinte à l'image.

Face à ces risques, les législations françaises et européennes de protection des données sont considérées comme particulièrement protectrices. L'enjeu principal réside aujourd'hui plutôt en la sécurisation plus poussée des systèmes d'information et dans les réactions à mettre en place lorsqu'un système informatique est attaqué. Il s'agirait également d'agir et d'uniformiser les moyens d'action à l'échelle internationale [car, par définition, une cyberattaque ne se limite pas aux frontières d'un pays] : l'Organisation internationale de la police criminelle [Interpol], créée en 1923 et dont l'objectif est la promotion de la coopération policière internationale, tente d'organiser une collaboration étroite entre les partenaires publics privés pour lutter contre ces attaques. Interpol offre ainsi des plateformes sécurisées d'échange de données, des formations et des analyses pour réduire les cyber-risques. La cybersécurité prend en effet une ampleur géopolitique : l'introduction d'un État au sein des services liés à la cybersécurité d'un autre État constitue une clé majeure pour bénéficier d'informations privilégiées et précieuses sur l'État espionné.

Gilles Jaillot, Valérian Rabot et Éléonore Yidizhan, *Grands enjeux contemporains*, Ellipses, 2023.

étape 1 Préparer l'étude critique de documents

1. Analyser le sujet et la consigne.

À quelle échelle le sujet doit-il être traité ? Quels en sont les acteurs ?

Que signifie le préfixe « cyber » ?

Comment les deux documents se complètent-ils ?

Quelle partie du thème faut-il mobiliser pour étudier ces documents ?

Le cyberespace, un terrain de tensions géopolitiques

En analysant les documents, en les confrontant et en vous appuyant sur vos connaissances, montrez les cyber-risques qui menacent l'équilibre géopolitique et les moyens mis en œuvre pour y faire face.

Listez les moyens mis en œuvre par les États pour lutter contre les cyber-risques.

2. Complétez le tableau pour organiser l'étude des documents.

	Informations prélevées dans le document	Connaissances personnelles
1. Des cyber-risques multiformes	– cybercriminalité (doc. 2) – …	– hameçonnage, rançongiciel… – …
2. Des conséquences géopolitiques	– …	– …
3. Les moyens mis en œuvre pour sécuriser le cyberespace	– …	– …

étape 2 Rédiger l'étude critique de documents

3. Rédigez l'introduction de l'étude critique de documents, en vous appuyant sur le travail préparatoire réalisé dans la question 1. ➥ Méthode p. 261

Point méthode

Éviter la paraphrase

Pour éviter la paraphrase, il faut, pour chaque information prélevée d'un document :

✔ **citer précisément le document :** décrire la carte, extraire des citations d'un texte, des valeurs d'un graphique, des situations d'un dessin de presse, … .

✔ **mobiliser des connaissances personnelles** qui renvoient l'information prélevée à la notion clé, l'expliquent ou bien l'illustrent.

4. À l'aide du tableau complété dans la question 2, et sur le modèle proposé pour le premier paragraphe, rédigez les deux autres parties.

Tout d'abord, les documents permettent de constater que les cyber-risques relèvent de natures différentes. La « cybercriminalité » (doc. 2) peut se traduire par des techniques de hameçonnage, c'est-à-dire des opérations consistant à pousser l'internaute à transmettre ses coordonnées bancaires ou ses identifiants de connexion à des services financiers, afin de lui dérober de l'argent. Les rançongiciels, quant à eux, exigent une rançon pour retrouver l'accès à ses données. Mais le texte évoque aussi « l'espionnage, le sabotage et l'atteinte à l'image ». L'objectif des hacktivistes peut alors être politique : écoutes clandestines, attaques en 2010 de sites officiels de pays exerçant la censure sur Internet par le groupe Anonymous. C'est ainsi que la Russie utilise des pirates, aux ordres des autorités (l'ours est une représentation traditionnelle de la Russie – doc. 1), pour servir ses intérêts. Mais les buts peuvent également être moraux (divulgation en 2015 des identités d'un site de rencontres extraconjugales).

La rédaction cite précisément le document en relevant des extraits du texte et en décrivant le dessin.

La rédaction mobilise au fur et à mesure les notions-clés et les applique au document en s'appuyant sur leur définition.

L'idée générale du document peut être illustrée par un exemple précis tiré du cours.

Point méthode

Conclure l'étude critique de document(s)

✔ **Rappeler l'intérêt du(des) document(s)** pour traiter le sujet en mettant en évidence l'apport spécifique de chaque document.

✔ **Rappeler les limites du(des) document(s)** (oublis, subjectivité) pour traiter le sujet.

5. Reconstituez la conclusion de l'étude critique de documents en replaçant les phrases dans un ordre logique.

- *si celles-ci sont multiformes (cybercriminalité, espionnage, atteinte à l'image), leur usage peut conduire à des formes de déstabilisation géopolitique, notamment pour les démocraties.*
- *néanmoins, la gouvernance en matière de cyberespace est encore trop limitée pour œuvrer efficacement contre ses multiples dangers.*
- *pourtant, ces documents doivent être replacés dans leur contexte pour en mesurer à la fois l'intérêt mais également les carences pour traiter un sujet à l'évolution extrêmement rapide.*
- *les États tentent alors de se protéger en mettant en œuvre des politiques de cyberdéfense.*
- *l'étude des documents a permis de mettre en évidence la dimension géopolitique des cybermenaces.*

Méthode BAC Étude critique de document(s)

Sujet d'entraînement

Les grandes étapes de l'alphabétisation des femmes

En analysant les documents, en les confrontant et en vous appuyant sur vos connaissances, montrez que l'instruction des filles a été plus tardive que celle des hommes.

1 Une classe de filles à Troyes au début du xxᵉ siècle

Repérez l'élément de la photographie qui atteste du caractère confessionnel du Cours Fénelon.

2 Le retard de l'instruction des filles

L'accès de la population française à l'instruction a été une œuvre de longue haleine, une entreprise discontinue, une création collective. Premiers acteurs : les familles, y compris dans une partie des milieux populaires. Avant d'être instruits à l'extérieur, des enfants sont initiés chez eux à la lecture, parfois à l'écriture et à quelques gestes techniques. Selon les endroits, les Églises précèdent, poursuivent ou complètent ces initiatives. Si des écoles chrétiennes charitables existent déjà au Moyen Âge, l'élan décisif se produit à la faveur de la Réforme et de la Contre-Réforme, lorsque l'instruction du peuple devient un enjeu religieux. Comment permettre aux fidèles protestants de lire la Bible, sinon en les alphabétisant, sans distinction de milieu ou de sexe ? En réaction à cette offensive scolaire protestante, les prêtres sont incités à ouvrir des « petites écoles » paroissiales. Dans les campagnes comme dans les villes, des congrégations interviennent pour scolariser les garçons et les filles. À la fin de l'Ancien Régime, la capacité de signer son acte de mariage existe chez 37 % de l'ensemble des conjoints, contre 21 % cent ans plus tôt, mais l'écart entre les deux sexes s'est accru : 27 % des hommes et 14 % des femmes signent vers 1680, 47 % des premiers et 27 % des secondes, un siècle plus tard. La Révolution met à l'honneur les principes défendus par les philosophes qui approuvaient l'instruction du peuple. Avocat de l'égalité des sexes, Condorcet défend même, en vain, l'éducation commune des garçons et des filles dans des établissements mixtes. Au nom de leur prétendue infériorité naturelle et des rôles sociaux attribués à chaque sexe, les filles ont été pendant longtemps éduquées autrement que les garçons. Le rattrapage quantitatif de la scolarisation féminine s'est déroulé en plusieurs étapes : 1850-1880 pour l'école élémentaire, 1920-1939 pour le secondaire, 1960-1980 pour le supérieur. Mais ni l'essor de la scolarisation féminine, ni l'émancipation personnelle et la promotion professionnelle des femmes ne doivent masquer la persistance, au début du XXIᵉ siècle, des stéréotypes de genre et des inégalités sexuées de cursus et de carrière.

Jean-Noël Luc, Jean-François Condette et Yves Verneuil, *Histoire de l'enseignement en France : XIXᵉ-XXIᵉ siècle*, Armand Colin, 2020.

– Expliquez les différences de scolarisation des enfants entre l'Europe du Nord et l'Europe du Sud.
– Montrez que la première étape 1850-1880 n'est pas tout à fait adaptée pour qualifier l'évolution de l'enseignement élémentaire en France.

Sujet d'entraînement

Le renseignement durant la guerre froide.

En analysant le document et en vous appuyant sur vos connaissances, montrez les objectifs et les moyens mis en œuvre par les services de renseignement durant la guerre froide. Vous porterez un regard critique sur ce document.

Résumé destiné à l'État-major français, d'un article de la revue de la marine russe Krasnyi Flot, écrit par le major-général Nivikov le 12 juillet 1950

classer
Secret d'État

Krasny Flotte du 12 juillet 1950

Garder strictement le secret militaire et d'Etat

G. Novikov

Sous cette manchette le major-général de la Justice Novikov écrit notamment ce qui suit :

Les derniers événements ont démontré que les impérialistes avec en tête les monopolistes et la clique dirigeante des USA et de l'Angleterre accordent dans leurs projets d'une attaque contre l'URSS et les pays de la démocratie populaire une place en vue à la guerre secrète - à l'espionnage et aux actions de diversion. Les impérialistes anglo-américains veulent apprendre à tout prix nos secrets d'Etat et militaires. Ils s'intéressent notamment à l'armée et à la flotte de guerre soviétiques. Ils s'efforcent par l'espionnage et des actes de diversion à affaiblir la puissance économique et militaire de notre pays. Pour y parvenir, ils nous envoient un grand nombre de leurs agents.

I. BUCAR

Du livre de l'ancienne collaboratrice de l'Ambassade des USA à Moscou A. ~~Bouquard~~ " la vérité sur les diplomates américains " le lecteur a appris quelques unes des formes et méthodes de l'activité d'espionnage de l'ambassade américaine et des agents du service d'espionnage américain en URSS. Les représentants du département d'Etat à Moscou, couverts par leur immunité diplomatique, ont voyagé à travers l'URSS pour receuillir des informations en s'entretenant avec des gens soviétiques.

Il arrive souvent que de cette manière l'espion recoit des informations importantes dont il a besoin.

Tout détail et toute bagatelle ayant trait à notre défense nationale intéresse les agents étrangers.

Un bavard est une trouvaille pour l'ennemi. Il faut donc lutter contre les bavards.

Suivent des instructions comment les militaires soviétiques doivent se tenir pour ne pas divulguer des secrets militaires et autres.

Il faut être très prudent dans sa correspondance avec ses parents et connaissances ainsi qu'avec les diverses institutions. Le militaire n'a pas le droit de nommer dans ses lettres le véritable nom de son unité ou de son navire, indiquer où ils se trouvent des préparatifs de combat ou politiques, etc.

L'auteur indique ensuite que par décret du Conseil Suprême de l'URSS en date du 9 juin 1947 les coupables sont passibles d'une punition allant de 10 à 20 ans de travaux forcés.

Pour terminer, l'auteur donne des conseil comment les militaires et fonctionnaires soviétiques doivent se comporter pour assurer les secrets militaires et d'Etat.

F I N

Utilisez les conseils méthodologiques p. 342 pour étudier le texte.

Méthode BAC

Les techniques pour mémoriser son Grand oral

Le jour de l'épreuve, vous disposez de 20 minutes de préparation pour remémorer votre Grand oral, réorganiser vos idées et/ou réaliser votre support.

Pour réussir l'oral, il est indispensable d'avoir mémorisé :

- le **contenu de votre réponse** à la question pour le restituer durant dix minutes ;
- les **grandes lignes du programme** de l'année pour répondre aux questions du jury lors des dix minutes d'échanges.

Le jury évalue les connaissances et la fluidité de votre propos. L'objectif n'est donc pas de l'apprendre par cœur. Le risque serait d'être déstabilisé(e) par un trou de mémoire et de faire une récitation monotone.

Quel type de mémoire et comment la travailler ?

Il est essentiel de vous interroger sur la technique de mémorisation la plus appropriée et la plus efficace pour vous.

Mon profil	Ma mémoire	Des astuces pour mémoriser plus facilement
– Je répète facilement ce que j'ai entendu ; – J'aime la musique et je suis sensible aux sons.	Mémoire auditive	– Relire le cours à voix haute, s'enregistrer et réécouter ; – Réciter et expliciter ses leçons à une autre personne ; – Inventer une chanson avec les éléments à apprendre.
– Je visualise facilement les choses ; – J'aime les couleurs, les images et les graphiques	Mémoire visuelle	– Construire des schémas ou des cartes mentales ; – Utiliser des surligneurs et des dessins ; – Réaliser des diaporamas et des fiches de révision.
– J'ai besoin de faire les choses, de bouger ; – J'ai besoin d'un ressenti.	Mémoire kinesthésique	– Recopier le cours et faire des fiches de révision ; – Fabriquer un dossier sous forme d'images, de dessins, de tableaux que l'on peut ouvrir et déplier (un *lapbook*) ; – Marcher ou manipuler un objet pour apprendre.

Quels outils pour mémoriser mon Grand oral ?

Pour travailler la mémoire auditive

Enregistrez-vous en lisant à voix haute votre Grand oral et réécoutez-vous régulièrement chez vous ou lors de votre trajet. Utilisez l'application dictaphone de votre smartphone, le logiciel Audacity ou l'application Educadhoc sur votre ordinateur.

Pour travailler la mémoire visuelle

✔ La fiche de révision ou la carte mentale

Rendez l'oral plus visuel en indiquant les parties, les sous-parties et les mots-clés à aborder. Vous pouvez réaliser la fiche de révision sur papier et les cartes mentales sur l'ENT, sur Xmind ou sur MindMeister.

✔ La carte-mémoire

Apprenez seul(e) ou avec des camarades de classe et en vous amusant, en indiquant au recto une question, un mot-clé ou une date puis, au verso, la réponse correspondante.
Pour réaliser vos cartes-mémoire, vous pouvez utiliser les logiciels Quizlet ou Flippity.

✔ Les flashcards

Remplacez la question par un dessin, une icône ou un symbole. Vous pouvez utiliser les logiciels Canva, Anki ou Quizlet.

✔ Le QCM

Révisez et entraînez-vous en réalisant des QCM sur papier ou grâce aux applications Kahoot ou Plickers.

Pour travailler la mémoire kinesthésique

Multipliez les entraînements pour maîtriser progressivement votre propos et vous sentir à l'aise.
Cette mémorisation par l'action stimulera votre mémoire.

SUJET d'application ➔ Comment le parcours et l'engagement de Marie Curie ont-ils participé à l'accès aux connaissances scientifiques pour les filles ?

étape 1 Réaliser la recherche documentaire et préparer l'exposé

1. Mobilisez des connaissances et complétez-les par des recherches documentaires à l'aide de la méthode p. 176.
2. Construisez votre plan à l'aide de la méthode p. 262.

étape 2 Réaliser et utiliser un outil pour mémoriser l'oral

3. Selon votre profil, choisissez l'un de ces deux outils pour mémoriser.

Outil 1 ➔ Une fiche de révision

Comment le parcours et l'engagement de Marie Curie ont-ils participé à l'accès aux connaissances scientifiques pour les filles ?

Intro :

Marie Curie : physicienne et chimiste polonaise + Prix Nobel de physique en 1903 et de chimie en 1911

Déf. Accès aux connaissances : enjeu social et culturel – volonté de diffuser les savoirs auprès de toute la population malgré des obstacles

→ Comment le parcours et l'engagement de Marie Curie ont-ils participé à l'accès aux connaissances scientifiques pour les filles ?

I) Le parcours et les actions de Marie Curie pour la diffusion de la connaissance auprès des filles fin XIXe – début du XXe siècle

a) Une femme qui accède à la connaissance

Argument : En France, l'accès aux études universitaires pour les filles est possible... mais elles ne représentent que 3 % des effectifs.

Biographie : Les études supérieures sont interdites aux femmes en Pologne → Marie Curie vient en France et intègre la Faculté des Sciences (Université de Paris).

b) Une femme qui s'engage pour la diffusion de la connaissance

Argument : Au XIXe siècle, les savoirs transmis diffèrent selon le sexe.

Biographie : En 1907-1908, Marie Curie organise une coopérative d'enseignement mixte.

II) Les héritages de l'action de Marie Curie : la place des filles dans l'enseignement des sciences aujourd'hui

a) Un modèle pour l'enseignement des sciences et la transmission de la connaissance

- 360 écoles, collèges et lycées portent son nom
- ...

b) Une place des filles toujours fragile

- Seules 22 % des filles suivent un cursus en mathématiques à l'université ou 31 % en classes préparatoires scientifiques
- ...

Outil 2 ➔ Des cartes-mémoire

Justifier : « des acteurs se mobilisent pour encourager les filles à faire des études scientifiques ».

...

Qu'est-ce que la loi Duruy de 1867 ?

...

Deux actions de Marie Curie en faveur de l'éducation des filles ?

- Création d'une coopérative d'enseignement mixte en 1907-1908
- Organisation de conférences de physique à l'école normale supérieure d'enseignement secondaire des jeunes filles

Sujet d'entraînement

Préparez un exposé et l'outil pour le mémoriser sur l'une de ces questions de Grand oral :

- Comment les lois Ferry ont-elles transformé l'accès à la connaissance en France ?
- Pourquoi peut-on affirmer que la liberté de la presse est fondamentale dans l'accès à la connaissance ?
- Internet permet-il de diffuser la connaissance à tous, partout et librement ?
- Dans quelle mesure les nouvelles technologies bouleversent-elles la production et la diffusion des connaissances ?
- Pourquoi la Chine encourage-t-elle la formation de ses étudiants à l'étranger ?
- L'espionnage industriel, un outil de renseignement et rivalités ?
- Comment les services de renseignement contribuent-ils à la puissance française ?
- Les services de renseignement de l'ex-RDA, une arme de puissance ?
- Comment la rivalité sino-américaine se manifeste dans le cyberespace ?
- Comment le cinéma illustre-t-il les rivalités et tensions au sein du cyberespace ?

Méthode BAC Prendre la parole en public

Comment l'épreuve du Grand oral se déroule-t-elle ?

Les deux temps de l'épreuve	La forme de l'oral	Les éléments évalués par le jury
Présentation de la question (10 minutes)	Prise de parole en continu pour justifier le choix de la question et y répondre	– Capacités argumentatives : maîtrise des enjeux du sujet, démonstration appuyée par des arguments et des exemples pertinents. – Qualités oratoires : débit, fluidité, variations et nuances de la voix, vocabulaire précis et varié.
Échange avec le jury (10 minutes)	Prise de parole en interaction pour répondre aux questions du jury, préciser et approfondir sa pensée	– Solidité des connaissances : discours pertinent, connaissances précises et rigoureuses. – Capacités argumentatives : construction d'une pensée claire et raisonnée, réponses efficaces et pertinentes aux questions. – Qualités oratoires : discours fluide et efficace, utiliser le temps à profit pour développer sa pensée.

Quelles sont les règles de la prise de parole ?

La voix

- Le **volume** est important pour être bien entendu par le jury.
- La **diction** et l'**articulation** sont essentielles pour s'assurer de la bonne compréhension du propos.
- L'**intonation** est à varier pour éviter un propos monotone et pour souligner les éléments importants.
- Le **débit de parole** ne doit être ni trop lent, ni trop rapide pour permettre au jury de prendre des notes.

L'expression orale

- Le **vocabulaire** employé doit être riche et précis. Évitez le langage familier et les termes dont vous ne maîtrisez pas la définition.
- Les **structures de phrases** doivent garantir la clarté et la cohérence de votre propos.

La communication non verbale

- Les **silences** permettent de reprendre son souffle, de se calmer. Ils ont toute leur place dans un oral.
- La **posture**, le **regard** et la **gestuelle** jouent un rôle pour capter l'attention du jury.

Pour maîtriser ces règles, entraînez-vous régulièrement seul ou en groupe, en classe ou hors de la classe.

Quel est le rôle de la communication non verbale ?

	À adopter	À éviter
La posture	Tenez-vous bien droit, les pieds bien ancrés dans le sol.	Ne vous balancez pas de gauche à droite, ne gardez pas les mains dans les poches.
Le regard et les expressions du visage	Regardez le jury pour entrer en contact avec lui et souriez.	Ne regardez pas vos chaussures ou la fenêtre, ne restez pas le regard posé sur vos notes.
Les gestes	Pour appuyer votre discours, utilisez des gestes adaptés : – Levez le pouce, l'index et le majeur en annonçant « il y a trois idées à retenir » ; – Si vous comparez deux propositions, utilisez la main gauche pour parler d'une proposition et la main droite pour parler d'une autre proposition.	Évitez les gestes parasites liés au stress (jouer avec ses bijoux, craquer ses doigts…) et les tics de langage (« ben… », « du coup… », « en fait… »).

SUJET d'application ➪ Comment l'Affaire Dreyfus illustre-t-elle les processus et les enjeux du renseignement ?

étape 1 Sélectionner des informations

1. Cherchez les définitions des notions-clés suivantes : espionnage ; antisémitisme ; opinion publique ; presse ; dreyfusards et anti-dreyfusards. Aidez-vous du manuel.

2. Sélectionnez des informations sur l'Affaire Dreyfus dans un manuel d'histoire.

3. Construisez une biographie des acteurs suivants : Alfred Dreyfus, Émile Zola et le colonel Picquart.

étape 2 Préparer un support

4. Réalisez une frise chronologique sur le sujet en employant obligatoirement les dates suivantes : 1894, 1896, 13 janvier 1898, 1899 et 1906.

étape 3 Préparer la prise de parole

5. Entraînez-vous à la prise de parole en choisissant un des exercices suivants.

Enregistrez-vous

Utilisez votre smartphone, le logiciel *Audacity* ou l'application Educadhoc sur votre ordinateur.

Réécoutez-vous et repérez :

- la diction : avez-vous des tics de langage ? sont-ils fréquents ?
- l'intonation : votre parole est-elle monotone ? mettez-vous de l'effet dans votre voix quand vous posez une question ?
- le débit de parole : parlez-vous trop vite ?
- le vocabulaire employé : avez-vous défini les concepts employés ? employez-vous des termes trop familiers ?

Notez vos remarques sur une feuille et entraînez-vous plusieurs fois.

Filmez-vous

Utilisez votre smartphone, le logiciel *Youcam* ou *Freecam* sur votre ordinateur.

Regardez-vous plusieurs fois et repérez :

- la posture : êtes-vous droit(e) ou recroquevillé(e) ? êtes-vous en mouvement ?
- le visage : que regardez-vous ? souriez-vous ou avez-vous un visage fermé ?
- les gestes : que faites-vous de vos mains ? jouez-vous avec un objet ou non ?

Regardez la vidéo d'un des lauréats du Concours de l'éloquence ou de Ma thèse en 180 secondes. Analysez leur posture, leur regard et leur gestuelle et tentez de les reproduire.

Vidéo
hachette-clic.fr/24hggt279

Présentez votre oral à des camarades ou des proches

Testez votre prise de parole devant un auditoire.

Demandez à des proches et/ou des camarades de classe de jouer le jury. Ils ne sont pas là pour juger la qualité de vos connaissances, mais bien pour vous aider et vous conseiller dans votre prise de parole.

Sujet d'entraînement

Préparez l'une des questions de Grand oral suivante et entraînez-vous à prendre la parole :

- L'alphabétisation est-elle une condition pour la démocratie ?
- Peut-on réellement accéder à la connaissance par Internet ?
- L'intelligence artificielle est-elle un danger pour la connaissance ?
- Comment les régimes autoritaires contrôlent-ils la production et la diffusion des connaissances ?
- Dans quelle mesure Erasmus constitue-t-il un outil de formation pour la jeunesse ?
- Comment les mouvements terroristes utilisent-ils le cyberespace pour s'affirmer ?
- Comment les pays européens investissent-ils le cyberespace ?
- La Russie, une cyberpuissance ?
- Anonymous, des acteurs du cyberespace ?

Révision — L'enjeu de la connaissance

Podcast de révision
hachette-clic.fr/24hggt280

A Réviser en autonomie

	PRODUIRE LA CONNAISSANCE	DIFFUSER LA CONNAISSANCE
L'ÉMERGENCE DE LA CONNAISSANCE COMME ENJEU CENTRAL DES SOCIÉTÉS DEPUIS L'ÉPOQUE MODERNE	L'humanisme, un nouveau rapport à la connaissance	Développement de l'alphabétisation à l'époque moderne (enjeu de l'éducation des filles)
	Aux XVIIe et XVIIIe siècles, le développement de l'expérimentation	Au XIXe siècle, apparition des systèmes scolaires universels
	Les XIXe et XXe siècles, le développement de la connaissance scientifique et technique (radioactivité)	Au XXe siècle, l'accès à l'éducation devient un droit humain
UN ENJEU DE PUISSANCE CONTEMPORAIN	Les technologies, au service de la puissance militaire des États	La circulation des étudiants : du *brain drain* au *brain gain*
	Le renseignement, au service de la puissance politique des États	Les transferts de technologie : un outil de remontée de filière
	L'innovation, au service de la puissance économique des États	Une source de tensions géopolitiques : espionnage industriel, non respect de la propriété intellectuelle
LE CYBERESPACE : CONFLICTUALITÉ ET COOPÉRATION	Un petit nombre d'acteurs, essentiellement américains	Un élargissement du cyberespace
	Affirmation de nouveaux acteurs : pays émergents, pirates…	Des enjeux de contrôle du cyberespace : dictatures, poids des États face aux entreprises et pour une cyberdéfense
	L'émergence d'une volonté de gouvernance du cyberespace (Appel de Paris en 2018)	

B Réviser en groupe

RÉALISER UN PECHA KUCHA

Le Pecha kucha consiste à présenter à l'oral, en 7 minutes environ, un diaporama de 20 images sur un sujet donné.

étape 1 • Préparation (15 min)

- En binôme, choisissez un sujet en lien avec le thème 6.
- Analysez le sujet et identifiez les vingt informations-clés qui l'illustrent (évènements, contexte, lieux, acteurs, notions,...).
- Associez une image à chacune de ces informations-clés pour composer les diapositives.

Sujets possibles
- La notion de « société de connaissance »
- L'alphabétisation des femmes du XVIe siècle à nos jours
- Les services secrets soviétiques et américains durant la guerre froide
- La diaspora étudiante indienne
- La politique de cyberdéfense de la France
- …

étape 2 • Réalisation (7 min)

- Présentez votre diaporama en 7 minutes maximum au reste de la classe (20 secondes par diapositive).
- Ces 20 informations sont prises en note par les élèves qui écoutent. Deux d'entre eux sont désignés pour commenter la présentation (précision des informations, choix des images, ...).

C Retour sur image

Le regard de l'expert

Vidéo

Pascal Boniface, Iris, 2024.
hachette-clic.fr/24hggt281

D Aller plus loin en écoutant un podcast

1. **Après avoir écouté le podcast sur l'émergence du cyberespace, complétez la fiche de lecture.**

Présentation	Auteur(s) (Nom, prénom, spécialité) : Titre de l'émission : Date et contexte de diffusion :
Organisation du podcast	Problématique choisie : Plan choisi :
Apport sur la notion étudiée en classe : ici, le cyberespace	…
Synthèse	Apport du podcast résumé en quelques lignes : Citation intéressante pour une dissertation :

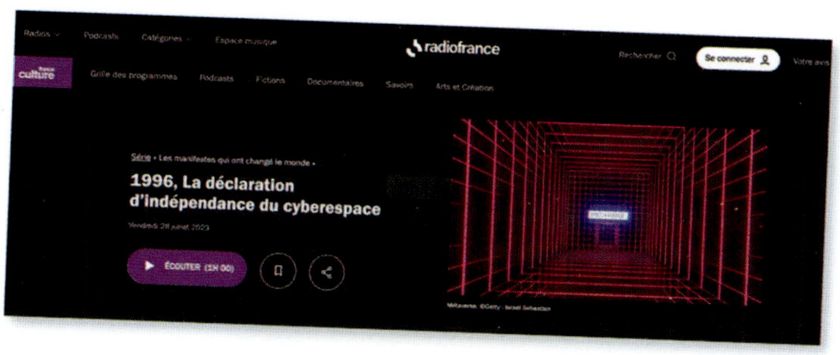

Podcast
1996, La déclaration d'indépendance du cyberespace, France Culture, juillet 2023.
hachette-clic.fr/24hggt282

2. **Au CDI, choisissez un livre présentant un des thèmes évoqués dans ce podcast et comparez-en l'analyse.**

Site Internet
hachette-clic.fr/24hggt283

Engagement citoyen

Comment les jeunes peuvent-ils participer à diffuser la connaissance ?

À l'aide d'une association d'aide au devoir (France bénévolat, Jeune bénévole, …), recherchez une structure de votre ville accueillant des heures d'aide au devoir et investissez-vous une à deux fois par semaine auprès d'enfants rencontrant des difficultés scolaires.

Les notions de Première aux épreuves de baccalauréat

Texte de référence relatif aux épreuves du baccalauréat :
L'épreuve porte sur le programme de l'enseignement de spécialité histoire-géographie, géopolitique et sciences politiques de la classe de Terminale en vigueur. Les notions rencontrées en classe de Première mais non approfondies en classe de Terminale, doivent être connues et mobilisables. Elles ne peuvent cependant pas constituer un ressort essentiel du sujet.
Le programme sur lequel peut porter l'épreuve orale de contrôle est identique au programme de l'épreuve écrite.

Fiche Eduscol à télécharger
hachette-clic.fr/24hggt284

Les épreuves de baccalauréat (écrit et oral) peuvent mobiliser les notions du programme de Première Histoire-Géographie Géopolitique Sciences Politiques et doivent donc être connues. Lors de l'entretien avec le jury, par exemple, vous pourrez être conduit(e) à définir ces notions et à les mettre en relation avec votre question. Voici un résumé de ce que vous devez maîtriser.

Introduction

La définition des disciplines de la spécialité :

- L'**HISTOIRE** se consacre à l'étude et à la compréhension du passé. L'historien reconstitue le passé grâce à des sources variées dont il confronte les informations pour analyser les contradictions ou les manques. L'historien cherche ainsi à établir la connaissance la plus objective possible du passé. Il étudie aussi les mémoires des sociétés, qui deviennent alors des objets d'histoire.
- La **GÉOGRAPHIE** étudie l'espace comme lieu de vie des populations. Le géographe s'interroge sur les acteurs, observe et décrit l'évolution des territoires et explique ces phénomènes à plusieurs échelles.
- La **GÉOPOLITIQUE** analyse les relations entre des acteurs sur et pour un territoire. Elle cherche à comprendre les causes et les enjeux des rapports de force à plusieurs échelles, en les replaçant dans leur contexte.
- Les **SCIENCES POLITIQUES** analysent les régimes politiques et leur mode de fonctionnement. L'analyse du politologue s'intéresse aux acteurs de la vie politique d'un État et à leurs moyens de mobilisation et d'actions. Il s'interroge ainsi sur les rapports de pouvoir au sein des sociétés et les débats qui les animent.

THÈME 1 – Comprendre un régime politique : la démocratie

Les notions :

- **Démocratie représentative :** régime dans lequel le pouvoir est attribué par le peuple à des représentants qui l'exercent en son nom.
- **Démocratie directe :** exercice direct de la souveraineté par le peuple.
- **Démocratie déléguée :** système politique dans lequel une partie de la souveraineté d'un État est transférée à une institution supranationale.

Les exemples étudiés :

→ la **démocratie américaine** vue par Benjamin Constant
→ la **démocratie à Athènes** au Ve siècle avant J.-C.
→ la « **tyrannie de la majorité** », une inquiétude de Tocqueville
→ La fin de la démocratie au **Chili** (1970-1973)
→ Le retour de la démocratie en **Espagne** et **Portugal** (1974-1982)
→ le fonctionnement de l'**Union européenne**

Ce qu'il faut retenir du thème :

- les différences entre démocratie directe et démocratie représentative ;
- les forces et les faiblesses de la démocratie à travers ses avancées et de ses reculs dans l'histoire.

THÈME 2 – Analyser les dynamiques des puissances internationales

Les notions

- ***Hard power* :** capacité d'un État à imposer par la force sa puissance militaire, stratégique, économique ou financière.
- ***Soft power* :** capacité d'un État à diffuser par la persuasion un modèle culturel, politique ou économique.
- **Multilatéralisme :** attitude d'un État qui cherche à obtenir la coopération d'un maximum d'autres pays qu'il traite comme des partenaires.
- **Unilatéralisme :** attitude d'un État qui agit sans chercher à obtenir l'assentiment ou la coopération des autres.

Les exemples étudiés

→ L'**Empire ottoman** de l'essor au déclin
→ La reconstruction de la puissance de la **Russie** depuis 1991
→ Les formes indirectes de la puissance : **langues, nouvelles technologies, nouvelles routes de la soie**
→ La puissance des **États-Unis** aujourd'hui

Ce qu'il faut retenir du thème :

- les puissances internationales connaissent des dynamiques contrastées, entre affirmation, domination et déclin ;
- les formes de la puissance sont à la fois directes et indirectes.

THÈME 3 – Étudier les divisions politiques du monde : les frontières

Les notions

- **Intangibilité des frontières :** principe selon lequel, pour éviter tout conflit, les frontières reconnues internationalement ne peuvent être modifiées.
- **Interface :** zone de contact entre deux espaces où la frontière est ouverte, permettant des échanges et des flux (humains, économiques).
- **ZEE** (Zone économique exclusive) : espace marin large de 200 milles nautiques (370 km) dans lequel l'État côtier dispose de droits exclusifs sur l'exploration et l'exploitation des ressources.
- **Espace Schengen :** espace de libre circulation des personnes entre les États signataires des accords de Schengen.

Les exemples étudiés

→ Le ***limes* rhénan**, une frontière pour se protéger
→ La conférence de Berlin et le **partage de l'Afrique** (1884-1885)
→ La frontière entre **les deux Corée**
→ La **frontière germano-polonaise** de 1939 à 1990
→ Le **droit de la mer**
→ Les frontières internes et externes de l'**Union européenne**

Ce qu'il faut retenir du thème :

- les raisons qui poussent les acteurs à tracer des frontières et les conséquences de leurs actions ;
- les affrontements, les débats et les négociations liés aux frontières.

THÈME 4 – S'informer : un regard critique sur les sources et modes de communication

Les notions

- **Information :** action de renseigner l'opinion publique et la tenir informée des évènements.
- ***Fake news* :** fausses informations visant à tromper ou à manipuler délibérément l'opinion publique dans des objectifs variés (diffamation, message politique).
- **Média de masse :** média qui cherche à atteindre et à influencer un public très large.

Les exemples étudiés

→ La naissance et la diffusion d'**Internet**
→ **L'affaire Dreyfus** et la presse
→ Le rôle des **agences de presse**
→ Les médias dans la **guerre du Vietnam** (1964-1975)
→ Les **lanceurs d'alerte**
→ Les **théories du complot**

Ce qu'il faut retenir du thème :

- Les progrès techniques ont renforcé depuis le XIXe siècle la place de l'information dans notre quotidien ;
- Les enjeux autour de l'information : liberté, contrôle, manipulation.

THÈME 5 – Analyser les relations entre États et religions

Les notions

- **Théocratie :** État dans lequel une autorité religieuse est à la tête du gouvernement et où les lois civiles et religieuses se confondent.
- **Laïcité :** principe de séparation de la société civile et de la société religieuse.
- **Sécularisation :** processus de perte d'influence de la religion dans la société se traduisant par une séparation croissante entre le domaine religieux et le domaine public.

Les exemples étudiés

→ Les liens entre pouvoir politique et pouvoir religieux au Moyen Âge : couronnement de **Charlemagne** (800) ; **calife** et **empereur byzantin** au IXe-Xe siècles
→ La laïcité en **Turquie** sous Mustafa Kemal
→ États et religions aux **États-Unis**
→ État et religions en **Inde**

Ce qu'il faut retenir du thème :

- Les interactions entre le religieux et le politique sont anciennes ;
- La sécularisation est un mouvement localisé d'intensité variable ;
- La religion demeure un enjeu géopolitique.

Biographies

Kofi Annan (1938-2018)

Diplomate ghanéen. Il commence à travailler en 1962 pour l'Organisation mondiale de la santé (OMS), puis dans divers organes de l'ONU. Il devient sous-secrétaire général de l'ONU en 1993 puis secrétaire général du 1er janvier 1997 au 31 décembre 2006. Durant son mandat, il doit notamment gérer l'intervention américaine en Irak en 2003. Il reçoit en 2001 le prix Nobel de la paix. **138**

Yasser Arafat (1929-2004)

Dirigeant de l'OLP dès les années 1960, Yasser Arafat négocie les accords d'Oslo (1993-1995) avec Yitzhak Rabin. À la suite de ces accords, il devient le premier président de l'Autorité nationale palestinienne jusqu'à sa mort en 2004. **155**

Abou Bakr al-Baghdadi (1971-2019)

Membre d'Al-Qaïda en Irak après le début de la guerre d'Irak en 2003, il est arrêté une première fois par l'armée américaine en 2004. Il devient en 2010 le chef du groupe terroriste État islamique d'Irak, qui rompt avec Al-Qaïda. Il est proclamé « calife » par Daech le 29 juin 2014. À partir de cette date, il dirige le territoire contrôlé par Daech. Il est tué par l'armée américaine le 27 octobre 2019. **123**

Fritz Bauer (1903-1968)

Juge et procureur allemand. Il est arrêté par la Gestapo en 1935 en raison de ses idées politiques socialistes et de ses origines juives. Libéré, il s'exile au Danemark mais revient en Allemagne après la guerre. Il est à l'origine du procès de Francfort, dit procès « d'Auschwitz ». **241**

David Ben Gourion (1886-1973)

Né en Pologne, il émigre en Palestine en 1906. Il proclame l'indépendance de l'État d'Israël en 1948 avant d'en devenir le Premier ministre. **152**

Oussama ben Laden (1957-2011)

Djihadiste né dans une famille proche de la famille royale saoudienne. Il participe dans les années 1980 à la guerre en Afghanistan contre l'invasion soviétique, puis en 1988 fonde Al-Qaïda. Il reste pendant près de 25 ans à la tête de l'organisation terroriste et revendique la responsabilité de très nombreux attentats. Il est tué le 2 mai 2011 par les forces spéciales américaines. **122**

Carl von Clausewitz (1780-1831)

Il est né dans une famille de la classe moyenne. Son père avait servi durant la guerre de Sept Ans. À l'âge de 13 ans, Clausewitz s'engage dans un régiment d'infanterie prussien. Il participe aux campagnes contre Napoléon. En 1812, suite à la conquête de la Prusse par les troupes de Napoléon, il refuse de collaborer militairement avec les Français et rejoint l'armée russe. Il participe à la bataille de Waterloo le 18 juin 1815. Son traité, *De la Guerre*, est publié après sa mort par sa femme. L'ouvrage, inachevé, reste sous forme de notes, mais devient un classique de la stratégie moderne. Dans cet ouvrage, il confronte la théorie de la guerre à la pratique et développe plusieurs idées restées célèbres jusqu'à aujourd'hui. **114**

Georges Clemenceau (1841-1929)

Homme politique français, républicain et radical, il est président du Conseil de 1906 à 1909 puis de 1917 à 1920, au moment de la fin de la guerre et des discussions sur les responsabilités de l'Allemagne dans le conflit. **206**

Marie Curie (1867-1934)

Physicienne et chimiste d'origine polonaise, née à Varsovie, qui entreprend en 1897 une thèse sur les rayonnements de l'uranium. Après la découverte du radium et du polonium, elle reçoit une première fois le prix Nobel de physique avec son mari en 1903, puis une seconde fois, seule, le prix Nobel de chimie en 1911. Elle devient une gloire nationale mais ne parvient pas à se faire élire à l'Académie des sciences. **444**

Peter Drucker (1909-1965)

Né en Autriche, il est un professeur de science politique et de management à New York. Il s'interroge sur l'impact de la connaissance et des nouvelles technologies sur le management des entreprises. Il a été le conseiller d'entreprises comme General Motors mais également du président américain Dwight Eisenhower (1953-1961). **426**

Adolf Eichmann (1906-1962)

Officier SS, il coordonne à partir de 1941 les déportations des Juifs d'Europe. Réfugié en Argentine, il est enlevé par les services secrets israéliens. Son procès se tient à Jérusalem en 1961. Il est condamné à la pendaison pour crime de guerre et crime contre l'humanité. **242**

Anouar el-Sadate (1918-1981)

Président de la République d'Égypte de 1970 à 1981. Il lance son pays dans la guerre du Kippour en 1973 afin de reprendre le désert du Sinaï. À partir de 1977, il initie un processus de paix avec Israël conclu par un traité en 1979. **153**

Fritz Fischer (1908-1999)

Professeur à l'Université de Hambourg, membre actif du parti nazi dans les années 1930 et pendant la guerre, il est pourtant à l'origine de controverses dans les années 1960 en soulignant la continuité d'une politique étrangère allemande expansionniste, à l'origine de la Première Guerre mondiale. **196**

Anne Frank (1929-1945)

Jeune fille juive d'origine allemande vivant à Amsterdam. Elle se cache à partir de 1942 avec sa famille pour échapper aux persécutions nazies. Elle tient un journal qu'elle écrit en néerlandais et où elle décrit sa vie quotidienne. Elle est arrêtée le 4 août 1944 avec toute sa famille. Après être passée par le camp d'Auschwitz, elle meurt du typhus au début de l'année 1945 dans le camp de Bergen-Belsen où elle avait été transférée par les Allemands en raison de l'avancée soviétique. **244**

Mohammed Harbi (né en 1933)

Militant du FLN et historien. Conseiller de Ben Bella, premier président algérien, il est arrêté en juin 1965 lors du coup d'État contre Ben Bella puis exilé en France. Son œuvre sur l'Algérie contemporaine est très importante : *Aux origines du FLN. Le populisme révolutionnaire en Algérie* (1975), 1954, *La guerre commence en Algérie* (1984), *La Guerre d'Algérie* (2004) avec Benjamin Stora. **203**

Georges-Eugène Haussmann (1809-1891)

Homme politique nommé préfet de la Seine de 1853 à 1870. Il est chargé par Napoléon III d'assainir et d'embellir Paris pour en faire une capitale moderne. De grandes avenues aérées sont percées, des immeubles réguliers sont construits, des parcs sont aménagés, etc. **296**

Raul Hilberg (1926-2007)

Historien et politologue américain d'origine autrichienne, il fuit Vienne à l'âge de 13 ans pour échapper aux persécutions antisémites et se réfugie, seul, aux États-Unis. Son ouvrage *La Destruction des Juifs d'Europe*, publié en 1961, devient une référence historiographique qui démontre l'ensemble du processus du génocide perpétré à l'encontre des Juifs durant la Seconde Guerre mondiale. **249**

Saddam Hussein (1937-2006)

Président à la tête du régime autoritaire irakien de 1979 à l'invasion irakienne, en 2003. Il envahit le Koweït en 1990 puis subit une défaite en 1991. Il perd le pouvoir à la suite de l'invasion américaine de 2003. Il est exécuté par les nouvelles autorités irakiennes en 2006. **156**

John Fitzgerald Kennedy (1917-1963)

Président des États-Unis à partir de 1961, il joue un rôle majeur dans les ambitions spatiales américaines en dépit de son court mandat (il est assassiné en 1963). **40**

Beate Klarsfeld (née en 1939)

Militante antinazie née en Allemagne. Elle mène de nombreuses actions et campagnes dans les médias contre plusieurs personnalités ayant échappé à la condamnation dans l'après-guerre. **243**

Serge Klarsfeld (né en 1937)

Historien et avocat, il milite contre l'impunité des anciens nazis, à travers un combat associatif, judiciaire et scientifique. Dans *Le Mémorial de la déportation des Juifs de France* il répertorie les 75 500 juifs déportés de France. **243**

Claude Lanzmann (1925-2018)

Journaliste, écrivain et cinéaste. Il est issu d'une famille juive d'Europe de l'Est et c'est un ancien résistant communiste français. Ayant grandi en dehors de la culture juive, il s'intéresse cependant à ses racines dans l'après-guerre. Il est le réalisateur d'un documentaire monumental (9 h 30 de film) sur la Shoah, dans lequel il prend le parti de n'utiliser aucune image d'archives. **246**

André Malraux (1901-1976)

Écrivain et homme politique français, il fut le premier ministre chargé des Affaires culturelles en France. Il est notamment à l'initiative d'une loi de mise en valeur et de protection du patrimoine historique en 1962. **319**

Melina Mercouri (1920-1994)

Devenue célèbre en Grèce et dans le monde entier pour sa carrière de chanteuse et d'actrice, elle a également exercé des responsabilités politiques en Grèce, en tant que députée puis ministre de la Culture. **284**

Prosper Mérimée (1803-1870)

Écrivain et historien français. Il est à l'origine de la construction du service des Monuments Historiques. C'est à son initiative qu'Eugène Viollet-le-Duc se voit confier la restauration de monuments majeurs tels que le Mont-Saint Michel, la cathédrale Notre-Dame de Paris, ou la cité de Carcassonne. **330**

Robert Oppenheimer (1904-1967)

Physicien américain, il fait d'abord des études brillantes en physique à l'université de Harvard, avant de poursuivre des recherches avancées à l'université de Berkeley sur l'atome. En 1943, le général Groves le nomme directeur scientifique du projet Manhattan, qu'il mène à terme, entouré de nombreux savants américains et européens. Il est alors surnommé « le père de la bombe atomique ». **446**

Théodore Roosevelt (1858-1919)

Élu au nom du parti républicain, il est le 26e président des États-Unis entre 1901 et 1909. Grand chasseur et passionné par la nature, il a contribué à la valorisation des parcs nationaux, et plus généralement à la protection de l'environnement. **407**

Edward Snowden (né en 1983)

Informaticien employé par les agences de renseignement américaines, il révèle en 2013 l'existence d'un système d'espionnage organisé par les États-Unis. Considéré comme traître par les Américains, il vit désormais réfugié en Russie. **482**

Greta Thunberg (née en 2003)

Militante écologiste suédoise engagée dans la lutte contre le réchauffement climatique, elle s'est fait connaître par des grèves scolaires contre le climat avant de devenir une figure mondiale de la jeunesse face à l'inaction des États en matière environnementale. **388**

Simone Veil (1927-2017)

Déportée à l'âge de 15 ans à Auschwitz-Birkenau, elle survit à la Shoah mais perd ses parents et son frère. Ministre de la Santé en 1974, elle défend le vote de la loi sur la légalisation de l'avortement. Elle est la première femme présidente du Parlement européen en 1979. **236**

Dominique de Villepin (né en 1953)

Ministre des Affaires Étrangères entre 2002 et 2004, puis ministre de l'Intérieur entre 2004 et 2005. Le président Jacques Chirac le nomme Premier ministre en 2005. Il reste à cette fonction jusqu'à la fin du mandat du Président, en 2007. **142**

Xi Jinping (né en 1953)

Il est secrétaire général du Parti communiste chinois depuis 2012, il devient président de la République populaire de Chine en 2013. Il est réélu pour un nouveau mandat en 2018. Sa présidence est marquée par la volonté de restaurer la grandeur de la Chine. **78**

Malala Yousafzai (née en 1997)

Militante pakistanaise des droits des femmes. Autrice durant son enfance d'un blog sur l'éducation au Pakistan, elle a obtenu le prix Nobel de la Paix en 2014. Elle milite depuis pour un meilleur accès des femmes à l'éducation. **440**

Zheng He (1371-1433)

Explorateur chinois du XVe siècle, il a effectué sept voyages jusqu'au Moyen-Orient et en Afrique de l'Est. Sa figure est aujourd'hui utilisée par le régime pour symboliser la puissance maritime chinoise. En 2017, Xi Jinping le décrit comme un « pionnier » et « un émissaire de l'amitié » lors de son discours de présentation des nouvelles routes de la soie qui empruntent les mêmes voies que Zheng He. **74**

Lexique

A

Abysses : ensemble des zones géographiques très profondes commençant entre 3 000 et 4 000 mètres de profondeur, qui se caractérisent par une absence totale de lumière, un grand froid et de très fortes pressions.

Agence spatiale : organisme qui coordonne les activités spatiales d'un pays ou d'un groupe de pays, comme la NASA pour les États-Unis.

Agent double : personne qui travaille pour le compte de deux services de renseignement, à l'insu de l'un des deux.

Alphabétisation : action d'apprendre à lire et à écrire à une population donnée.

Amnistie : décision qui met fin à toutes les poursuites juridiques contre une personne.

Analphabétisme : fait de ne savoir ni lire ni écrire, souvent parce que la personne n'a jamais été scolarisée. L'analphabétisme est important dans les régions où le système scolaire est défaillant.

Anthropisation : processus de transformation des milieux par les activités humaines.

Anthropocène : nouvelle période géologique, caractérisée par l'impact déterminant des activités humaines sur l'évolution géologique de la Terre. Ce terme fait débat dans la communauté scientifique (dates de début, mesures…).

Apartheid : régime de ségrégation systématique qui existait en Afrique du Sud jusqu'en 1991, entre les Blancs et les autres catégories raciales (Noirs, Asiatiques et « colored ») désignées par l'État.

Archipel des savants : réseau de centres de recherche spécialisés, le plus souvent cachés, constitué lors de la guerre froide et répartis sur l'ensemble du territoire soviétique.

Arme chimique : produit chimique, introduit dans des munitions, utilisé pour provoquer la mort ou d'autres dommages par son action toxique.

Armistice : arrêt des combats.

Art pariétal : ensemble des œuvres d'art réalisées par des hommes sur des parois de grottes ou d'abris sous-roche.

ASEAN (Association des nations de l'Asie de Sud-Est)**:** organisation politique, économique et culturelle fondée en 1967 et regroupant 10 États d'Asie du Sud-Est : Brunei, la Birmanie, le Cambodge, l'Indonésie, le Laos, la Malaisie, les Philippines, Singapour, la Thaïlande et le Vietnam.

Astronaute : être humain qui voyage au-delà de l'atmosphère terrestre (il reçoit un nom différent selon les cultures : spationaute pour la France, cosmonaute pour l'URSS/Russie, taïkonaute pour la Chine).

Atmosphère : enveloppe gazeuse entourant certains astres.

Autorité palestinienne : nom de l'institution gouvernementale qui administre les habitants arabes de Cisjordanie et de la bande de Gaza dans les zones A et B de Palestine définies par les accords d'Oslo. Elle a un président et une assemblée élue au suffrage universel, une police (mais pas d'armée) et des représentants dans plusieurs pays. Depuis 2007, elle n'a plus le contrôle de la bande de Gaza dirigée par le Hamas.

B

Balistique : relatif aux mouvements des projectiles, essentiellement des armes à feu.

Bassin minier : région regroupant un grand nombre de mines.

BATX : équivalent chinois des Gafam, avec les géants chinois du web (Baidu, Alibaba, Tencent et Xiaomi).

BBNJ (en français, Conférence intergouvernementale sur la biodiversité marine des zones ne relevant pas de la juridiction nationale) **:** cycle de réunions de l'ONU visant à assurer la protection de la biodiversité en haute-mer.

Belligérant : acteur qui prend part à une guerre.

Brain drain (drainage des cerveaux) **:** migration des élites à la recherche de meilleures conditions de travail.

***Brain gain* :** retour des élites ayant suivi un cursus d'études à l'étranger et encouragées à revenir dans leur pays natal pour y investir et y travailler.

Brouillard de guerre : absence ou flou des informations concernant les ressources ou les intentions de l'adversaire.

Brutalisation : concept forgé par l'historien états-unien Georges L. Mosse en 1990 désignant la banalisation de la violence après la Première Guerre mondiale qui tend à imprégner certaines sociétés, notamment en Allemagne, en Italie, en Hongrie.

C

Califat : territoire sous l'autorité d'un calife, dont le titre est fondé par les successeurs du prophète Mahomet. Le calife détient les pouvoirs politiques et religieux.

Camp de concentration : lieu de détention et de répression qui, dans un premier temps, vise les opposants politiques puis s'élargit à d'autres catégories : les « asociaux », les criminels, les témoins de Jéhovah, les homosexuels. Ils sont sous le contrôle des SS. Ils se trouvent en territoire allemand et se multiplient avec l'extension du Reich.

Capital humain : ensemble des connaissances, qualifications, compétences et caractéristiques qui déterminent la productivité de l'individu.

Capsule : engin spatial contenant des hommes ou du ravitaillement, lancé à l'aide d'une fusée.

Cartel de la drogue : organisation criminelle avec pour principal objectif de promouvoir et de contrôler les opérations de trafic de drogues.

Casques bleus : force militaire de l'ONU, dont la fonction est soit l'interposition dans un conflit ouvert, soit le maintien de la paix.

Causes de la guerre : ensemble des phénomènes qui ont pu être à l'origine des tensions menant à la guerre. Ainsi, pour la Première Guerre mondiale, de nombreuses raisons peuvent être invoquées, que ce soit le contexte international, la montée des nationalismes, la constitution des alliances ou l'assassinat de l'archiduc François-Ferdinand le 28 juin 1914.

Centre de mise à mort : site d'assassinats immédiats et systématiques des populations juives et tsiganes. C'est l'historien Raul Hilberg qui propose l'expression « centre de mise à mort » qui « qualifie plus justement la nature de ces lieux destinés à l'assassinat. »

Changement climatique contemporain : modification durable des caractéristiques climatiques (températures, précipitations, sécheresse, cyclones) à l'échelle de la planète. Il est dû à l'action des sociétés sur leur environnement.

Changement global : changement multiforme des milieux (changement climatique, urbanisation généralisée, déforestation) par l'action des sociétés.

Charte de Venise : ensemble de préconisations internationales adoptées en 1964 pour la préservation et la restauration du patrimoine.

Chiisme : branche minoritaire de l'islam, présente principalement en Iran et au nord de l'Irak, organisée autour d'un clergé, qui estime que l'autorité dans l'islam doit être aux mains des descendants du prophète Mahomet.

« Chocs pétroliers » : soudaine augmentation des prix du pétrole en 1973 et 1979 liée à des événements géopolitiques (guerre de Kippour en 1973 et révolution en Iran en 1979).

CIJ (Cour internationale de justice) **:** organe judiciaire de l'ONU chargé d'arbitrer les litiges entre les États. Elle siège à La Haye.

Cité minière : ensemble d'habitations conçues pour accueillir les mineurs. Il en existe de multiples formes : corons, cités-jardins, etc.

Climatoscepticisme : attitude de rejet des théories scientifiques sur le changement climatique en cours, au nom de convictions religieuses ou de la défense des intérêts économiques.

Club de Rome : groupe de réflexion né en 1968 et réunissant des scientifiques et des chefs d'entreprise préoccupés par les enjeux soulevés par la mondialisation (environnement, démographie, développement…).

Coalition : réunion momentanée (de puissances, de partis ou de personnes) dans la poursuite d'un intérêt commun.

Code forestier : recueil de textes réglementaires concernant l'exploitation et la protection des forêts.

Collier de perles : expression américaine utilisée dès 2004 par le Département de la Défense pour désigner le réseau chinois d'installations et de partenariats militaires et commerciaux le long de ses principales voies d'approvisionnement maritimes.

Colonies : communauté de citoyens israéliens établie depuis la guerre des Six Jours en 1967 dans les territoires occupés. Selon le droit international, elles sont illégales.

Colonisation : processus d'expansion territoriale qui se caractérise par l'occupation, la domination et l'exploitation d'un espace et de sa population.

Communauté scientifique : ensemble des chercheurs dont les travaux ont pour objet les sciences et la recherche scientifique. On réduit parfois cette expression à un domaine particulier, comme la communauté scientifique de la recherche nucléaire.

Compétence universelle : compétence exercée par un État qui poursuit les auteurs de certains crimes, quel que soit le lieu où le crime est commis, et sans égard à la nationalité des auteurs ou des victimes.

Comptoir : cité commerciale ou coloniale littorale favorisant les échanges commerciaux entre une puissance dominante et une région associée ou soumise.

Concile : assemblée des évêques de l'Église catholique.

Conduite : assemblage de tuyaux permettant le transport de matières premières ou énergétiques (aqueduc transportant l'eau, oléoduc transportant le pétrole, etc.).

Conflit : situation de tension, de contestation ou d'opposition, qu'elle soit politique, économique ou sociale, entre différents groupes ou États qui n'aboutit pas forcément à la lutte armée.

Congrégation : groupe de religieux obéissant à une règle particulière. Certaines s'occupent de l'éducation des enfants.

Congrès : réunion de l'ensemble des parlementaires français, députés et sénateurs, à Versailles pour adopter une réforme constitutionnelle ou écouter une déclaration présidentielle.

Connaissance : ensemble des informations, des idées et des compétences acquises par une personne ou une société. Elle repose sur l'expérience, l'apprentissage et la compréhension du monde.

Contumace : procès et condamnation dont la décision est prononcée en l'absence de la personne jugée.

COP (Conférence des parties) **:** réunion annuelle des États pour fixer les objectifs climatiques mondiaux.

Convention des Nations unies sur le droit de la mer (CNUDM), dite convention de Montego Bay **:** Convention des Nations unies signée en 1982 codifiant la liberté de circulation et l'appropriation des ressources dans les ZEE.

Coron : quartier de maisons ouvrières dans les sites miniers.

Couloir d'information spatial des nouvelles routes de la soie (BRISIC ou *Belt and Road Initiative Space Information Corridor*) **:** programme développé depuis 2016 au sein des Nouvelles routes de la soie. Il a pour objectif de renforcer l'autonomie et l'influence de la Chine dans les nouvelles technologies et de fournir des services d'information spatiale aux pays traversés par les nouvelles routes de la soie à partir des programmes nationaux chinois.

Coupe rase : opération qui consiste à abattre la totalité des arbres présents sur une parcelle forestière, en une seule fois, sans que les jeunes pousses ne soient encore installées.

Course à l'espace : compétition à laquelle se sont livrés les États-Unis et l'Union soviétique entre 1957 et 1975 dans différents domaines de l'exploration spatiale (envoi de satellites en orbite, envoi d'astronautes sur la Lune...).

Crime contre l'humanité : crime commis dans le cadre d'une attaque de grande ampleur visant des civils, quelle que soit leur nationalité, comprenant le meurtre, la torture, les violences sexuelles, l'esclavage, la persécution...

Crime de guerre : crime considéré comme une violation grave des Conventions de Genève sur le droit durant les conflits armés et le Statut de Rome de la Cour pénale internationale (CPI), comme l'assassinat intentionnel, l'attaque contre des civils, la torture...

Crime de masse : concept forgé pour désigner la mise à mort massive de populations décidée par des organisations gouvernementales ou liées à un État.

Crime nazi : crime commis par les Nazis et ceux qui les ont aidés pendant la Seconde Guerre mondiale.

Cyberespace : espace de communication créé par l'interconnexion mondiale des ordinateurs par Internet.

Cyberguerre : attaque électronique contre des systèmes d'information pour les utiliser comme moyen de propagande ou paralyser les activités de l'adversaire.

D

Débris spatiaux : ensemble des vieux satellites inactifs et des pièces issues des objets spatiaux qui demeurent en orbite.

Décolonisation : processus conduisant à l'indépendance d'une colonie.

Décroissance : concept (politique, économique et social) qui remet en cause l'idée selon laquelle l'augmentation des richesses produites conduit à l'augmentation du bien-être social.

Dénazification : processus mis en place par les Alliés à la fin de la guerre pour éradiquer le nazisme dans l'ensemble de la société et dans les domaines judiciaire, politique, économique et culturel.

Département d'État : nom du ministère des Affaires étrangères aux États-Unis.

Déshérence : absence d'héritiers pour recevoir une succession qui est donc conservée par l'État.

Détente : nom donné à la période 1962-1975 pendant laquelle les tensions entre les États-Unis et l'URSS s'apaisent, permettant un rapprochement dans différents domaines (militaire, commercial, etc.).

Dette climatique : concept défendu par des États ou des associations selon lequel les pays anciennement industrialisés seraient responsables du dérèglement climatique contemporain et auraient en conséquence une dette envers les pays en développement, qui en sont les premières victimes.

Développement durable : développement qui permet de répondre aux besoins des générations actuelles sans compromettre la satisfaction des besoins des générations futures.

Diaspora : dispersion d'une communauté ethnique ou d'un peuple à travers le monde.

***Diktat* :** mot allemand signifiant « chose imposée ». Ce terme est utilisé dès 1919 pour désigner le traité de Versailles que l'Allemagne n'a pas pu négocier. En Allemagne, il est dénoncé par toutes les forces politiques, de l'extrême droite aux pacifistes.

Diplomate : personne désignée par un État pour mener des discussions ou des négociations avec un ou plusieurs États ou avec des organisations internationales.

Diplomatie culinaire : utilisation des repas à des fins diplomatiques pour apaiser les tensions, négocier et/ou conclure des partenariats.

Disneylandisation : terme popularisé par la géographe Sylvie Brunel désignant la transformation des territoires et des sociétés locales pour répondre aux attentes des touristes.

Dissuasion nucléaire : capacité à faire peur à l'ennemi en se fondant sur le recours à l'arme nucléaire. La crainte de destructions massives dissuade ainsi l'ennemi d'agresser un pays doté d'armes nucléaires.

Division SS : organisation paramilitaire composée de membres du parti nazi.

Djihadisme : idéologie politique et religieuse, islamiste, qui prône l'utilisation de la violence pour développer l'islam ou lutter contre ses adversaires désignés.

Droit de la mer : droit public des espaces qui réglemente les relations interétatiques sur les espaces maritimes, et organise l'exercice des activités humaines sur la mer (pêche, recherche, ...).

Droit de veto à l'ONU : capacité pour un pays de refuser une résolution de l'ONU par sa seule opposition. Elle est réservée aux cinq membres permanents du Conseil de sécurité (Chine, États-Unis, France, Royaume-Uni et Russie).

Droit international : ensemble de règles et de lois qui définissent les relations entre États ou mises en place par des organisations internationales, telles l'ONU.

Droit maritime : droit privé (commercial) qui réglemente la navigation ainsi que les règles appliquées à bord des navires.

Drone : petit avion sans équipage embarqué, télécommandé ou programmé.

E

Écocitoyenneté : comportement individuel ou collectif respectant l'environnement.

Écologie politique : ensemble de courants, largement diffusés depuis les années 1970, qui insistent sur la prise en compte des enjeux environnementaux dans l'action politique et dans l'organisation des sociétés.

Économie circulaire : système de production qui vise à utiliser plus efficacement les ressources pour éviter le gaspillage et diminuer les impacts sur l'environnement.

Économie de la connaissance : nouveau monde de développement dans lequel la richesse réside désormais dans le savoir et les compétences. Elle correspond à une part croissante de l'immatériel dans l'économie et se caractérise par une accumulation des savoirs et une production de plus en plus collective des connaissances, grâce notamment aux Technologies de l'information et de la communication (TIC).

Économie verte : ensemble des secteurs de l'économie engagés dans la transition environnementale.

***Einsatzgruppen* :** « groupes d'intervention » composés de SS et de policiers qui, en arrière des troupes allemandes envahissant l'Europe de l'Est à partir de juin 1941, ont fusillé entre 500 000 et 800 000 juifs entre juin et décembre 1941.

Embargo : dans le domaine maritime, interdiction faite aux navires, généralement étrangers, de quitter ou de rejoindre un port sans autorisation.

Émeute frumentaire : révolte causée par l'insuffisance des récoltes de blé et l'augmentation du prix de la farine.

Empire : territoire dirigé par un souverain, l'empereur, pouvant imposer son autorité sur plusieurs territoires, dont des royaumes. C'est le cas du Saint-Empire romain germanique.

Empire du Mali : État africain médiéval fondé au XIIIe siècle par Soundiata Keita, qui connut son apogée au XIVe siècle avant son démembrement au début du XVIIe siècle. Il englobait des parties de plusieurs États actuels de l'Afrique de l'Ouest : Mali, Sénégal, Mauritanie... Sa capitale était Kangaba.

Énergie fossile : énergie non renouvelable produite à partir du pétrole, du gaz, du charbon ou de l'uranium contenus dans le sous-sol.

EMR (énergies marines renouvelables) **:** technologies permettant de produire de l'électricité à partir du milieu marin (vents, courants marins ...).

Environnement : ensemble des relations entre les sociétés et les milieux à différentes échelles d'espace et de temps.

Environnementalisme (ou écologisme) : courant de pensée qui vise au respect de l'environnement.

Épuration : action de juger et d'éliminer d'une administration, d'une entreprise, d'un parti politique les personnes ayant collaboré avec les nazis.

ESA (en français, Agence spatiale européenne) **:** agence distincte de l'Union européenne chargée de l'étude et des usages civils de l'espace. Elle regroupe 22 pays européens.

Esclavage : statut juridique privant un individu ou un groupe de toute liberté, en devenant la propriété d'un autre individu.

Espace (extra-atmosphérique) **:** région de l'Univers située au-delà de la partie de l'atmosphère terrestre où la densité de l'air permet l'équilibre des aéronefs. On admet généralement que sa limite inférieure se situe aux environs de 100 km au-dessus du niveau de la mer.

Espionnage : action de recueillir clandestinement des renseignements au profit d'une puissance étrangère. Ainsi, en France par exemple, l'espionnage est un crime qui peut être considéré comme une forme de trahison, avec des peines très lourdes.

État de Palestine : État souverain qui n'est reconnu que par 136 États dans le monde (ni par Israël ni par les États-Unis). Depuis 2012, il est admis à l'ONU en tant qu'État observateur non-membre.

Lexique

État du Mali : État d'Afrique de l'Ouest né en 1960, dans le cadre de la décolonisation de l'Empire colonial français. Sa capitale est Bamako.

État fédéral des États-Unis : État composé d'unités autonomes (les États fédérés) où le gouvernement central (Washington DC) a autorité dans certains domaines (diplomatie, armée...).

État fédéré des États-Unis : unité autonome découpant l'État américain dotée de pouvoirs propres (justice, éducation, environnement...) sur son territoire (Californie, Texas, Alaska...).

Étiage : période de l'année où le niveau d'un cours d'eau atteint son point le plus bas.

F

Financement participatif : mise en commun de capitaux pour soutenir un projet. Mis en œuvre hors des circuits traditionnels de financement, il s'opère le plus souvent par le biais d'une plateforme numérique et peut prendre la forme de don, prêt ou investissement en capital.

FLN (Front de libération nationale) : parti politique créé dans la clandestinité en octobre 1954 pour obtenir l'indépendance de l'Algérie. Il organise une armée : l'Armée de libération nationale (ALN).

Fluctuation climatique : variation naturelle du climat observée sur plusieurs dizaines d'années ou sur plusieurs siècles. Elle se mesure en observant les écarts par rapport à la moyenne climatique (températures, pluviométrie...).

Forêt : territoire d'au moins 5 000 m² occupé par un couvert boisé de plus de 10 %.

Forêt primaire : forêt dont l'état d'origine n'a pas été modifié par l'homme et qui a donc gardé sa structure écologique d'origine.

Forêt secondaire : forêt qui a repoussé naturellement ou par plantation à la suite de sa destruction et/ou son exploitation par l'homme.

Fuite des cerveaux : flux migratoires de scientifiques et de chercheurs vers des pays qui leur offrent de meilleures conditions de vie, d'études ou de rémunérations.

G

***Gacaca* :** cour de justice locale mise en place au Rwanda entre 2005 et 2012 pour juger les acteurs du génocide contre les Tutsi. L'idée de ces juridictions est que le procès soit pris en charge par la communauté villageoise pour des crimes commis dans cette même communauté. *Gacaca* (à prononcer gatchatcha) signifie « gazon » pour désigner cette justice « au ras du sol ».

GAFAM : acronyme désignant les firmes transnationales américaines dominant les technologies du numérique (Google, Apple, Facebook, Amazon, Microsoft).

Galerie des Glaces : large passage intérieur réalisé à Versailles par Jules Hardouin-Mansart de 1678 à 1684. Longue de 73 mètres et large de 13 mètres, la galerie tient son nom des 357 glaces qui la décorent, un record absolu à l'époque. Elle est aujourd'hui l'emblème du château de Versailles.

Gastrodiplomatie : promotion de la gastronomie par un État ou une collectivité territoriale pour renforcer son dynamisme économique (tourisme, vente de produits agroalimentaires) et son rayonnement culturel.

Génocide : crime défini comme l'intention de détruire, en tout ou partie, un groupe national, ethnique ou religieux.

Génocide de proximité : expression de l'historien Florent Piton, qui désigne un génocide commis par des membres d'une communauté au sein même de cette communauté, entre voisins voire membres d'une même famille.

Génocide des Roms et des Sinti (ou « Porajmos ») : assassinats des Roms et des Sinti par les nazis. Ils sont fusillés par les *Einsatzgruppen* ou déportés et assassinés dans les centres de mise à mort. La journée de commémoration de ce génocide est le 2 août, en mémoire de la liquidation du « camp des Tsiganes » à Birkenau. Les historiens estiment que ce génocide a fait entre 100 000 et 500 000 morts.

Gentrification : afflux d'une population aisée dans un quartier auparavant populaire, à la suite d'opérations immobilières.

GES (gaz à effet de serre) : gaz (CO_2, méthane ou ozone) piégé dans l'atmosphère et contribuant au changement climatique.

Gestion durable : planification pour une utilisation responsable d'espaces ou de ressources pour atteindre des objectifs environnementaux, économiques et sociaux spécifiques.

GIEC (Groupement intergouvernemental d'experts sur le climat) : organisme créé par l'ONU en 1988 pour étudier la responsabilité humaine dans le changement climatique.

Gouvernance : coordination de l'ensemble des acteurs et des règles qui constituent une autorité pour gérer les affaires publiques.

Grand Tour : voyage destiné à faire l'éducation des jeunes aristocrates d'Europe entre le XVIIe siècle et le début du XIXe siècle.

Grande muraille de sable : expression utilisée à partir de 2015 par le commandant de la flotte Pacifique de l'armée américaine pour désigner la poldérisation menée par la Chine en mer de Chine méridionale.

***Greenwashing* (ou écoblanchiment) :** pratique qui consiste à utiliser des arguments environnementaux parfois trompeurs pour vendre des produits ou défendre une politique.

Guérilla : terme utilisé pour décrire des formes de combats de petits groupes de combattants, pratiquant une guerre de harcèlement, d'embuscades, de coups de main, dans des territoires occupés par l'adversaire.

Guerre : situation d'opposition violente, armée, entre différents groupes ou États.

Guerre absolue : théorie de Clausewitz considérant que l'objectif de la guerre est l'anéantissement de l'adversaire grâce à un usage illimité de la force. C'est une définition absolue de la guerre mais qui reste purement théorique.

Guerre civile (ou intraétatique) : situation de guerre à l'intérieur d'un État, soit entre les groupes dirigeants et des groupes rebelles, soit entre deux ou plusieurs groupes qui s'affrontent au sein du même État.

Guerre conventionnelle : affrontement de groupes armés utilisant des armes et des tactiques classiques, comme l'infanterie, l'artillerie, des chars d'assaut ou des avions de chasse. Elles sont le fait de deux armées régulières.

« Guerre d'Algérie » : expression officielle des autorités françaises pour qualifier la période de conflit en Algérie entre 1954 et 1962 qui n'a été reconnue officiellement qu'en 1999, alors qu'elle était utilisée couramment par l'opinion publique française et en Algérie.

Guerre de masse : guerre qui mobilise une part importante de la population dans les combats.

Guerre hydride : stratégie militaire qui allie des opérations de guerre conventionnelle, de guerre irrégulière, de cyberguerre et d'autres outils non conventionnels tels que la désinformation.

Guerre interétatique : situation de guerre entre plusieurs États souverains.

Guerre irrégulière : guerre marquée par des pratiques qui ne font pas partie du droit de la guerre : guerres civiles, guérilla, terrorisme, de même que toutes les pratiques non conventionnelles de la guerre (cyberattaques, utilisation d'armes chimiques...).

Guerre non conventionnelle : affrontement de groupes armés utilisant des armes et des tactiques non traditionnelles, comme la guérilla, les armes chimiques, la cyberguerre... Elles sont souvent le fait de groupes armés paramilitaires ou terroristes.

Guerre réelle : concept développé par Clausewitz qui considère que celui qui mène la guerre peut utiliser de nombreux leviers, comme la puissance militaire mais aussi la négociation, la maîtrise de l'information. La fin de la guerre n'est pas tant l'anéantissement de l'adversaire que le moment où, en fonction du rapport de force, les belligérants ont intérêt à ce que la guerre cesse.

Guerre régulière : guerre encadrée par le droit de la guerre, c'est-à-dire l'ensemble des lois et des pratiques qui encadrent la guerre (protection des civils et des prisonniers de guerre...). Elle ne fonctionne que dans le cadre d'une guerre interétatique.

Guerre totale : conflit armé qui mobilise toutes les ressources disponibles d'un État, sa population, l'économie, la politique et la culture. Insurrection : soulèvement d'une partie de la population pour renverser le pouvoir en place.

H

Hamas : mouvement islamiste et nationaliste palestinien constitué d'une branche politique et d'une branche armée, créé en 1987, et qui a pris le contrôle de la bande de Gaza en 2007.

Hameçonnage (*phishing*) : opération consistant à pousser l'internaute à transmettre ses coordonnées bancaires ou ses identifiants de connexion à des services financiers, afin de lui dérober de l'argent.

Harkis : combattants supplétifs de l'Armée française recrutés parmi les Algériens. Ils jouent un rôle majeur dans les grandes opérations contre l'ALN en 1958-1959. Accusés de trahison par le FLN en 1962, ils subissent de violentes représailles.

Histoire : science humaine qui se consacre à l'étude des événements du passé. Elle cherche à respecter une certaine objectivité par l'application d'une méthode scientifique, notamment dans la critique et le croisement des sources.

Humanisme : mouvement de pensée qui se fonde sur la redécouverte de l'Antiquité gréco-romaine, le retour aux textes originaux et dans la croyance en la perfectibilité de l'être humain.

Hyperpatrimonialisation : expression péjorative désignant la multiplication abusive des labels et des biens patrimonialisés.

I

Illettrisme : phénomène qui veut que, malgré la fréquentation de l'école, la maîtrise de la lecture et de l'écriture ne soit pas suffisante pour permettre son utilisation de façon satisfaisante. L'illettrisme peut donc exister dans des pays développés où la scolarisation est importante.

Imprescriptibilité : terme qui, en droit, signifie qu'il n'y a pas de durée limite pour une action en justice et que toute personne peut être poursuivie pour ces crimes jusqu'à sa mort.

Inaliénabilité : impossibilité de céder un bien appartenant au domaine public.

Ingénierie culturelle : ensemble d'actions dans le domaine de la culture utilisant les nouvelles technologies.

Instruction : ensemble des moyens mis en œuvre pour former et développer un être humain, en vue d'assurer son bonheur futur.

Insurrection : soulèvement d'une partie de la population pour renverser le pouvoir en place.

Intelligence artificielle : ensemble de théories et de techniques visant à réaliser des machines capables de simuler l'intelligence humaine.

Intifada : soulèvement débuté en 1987, au cours duquel de nombreux Palestiniens, principalement des jeunes, affrontent les forces armées israéliennes au cours de violentes émeutes.

Invasion : action de pénétrer dans un pays souverain dans le but d'en prendre le contrôler ou d'agir politiquement ou militairement sur le pays. Ainsi, la première guerre d'Irak a consisté en une invasion du Koweït et de l'Irak par la coalition afin de libérer le Koweït de l'invasion irakienne.

Islamique : adjectif qui se rapporte à l'islam en tant que religion. Il est le synonyme de l'adjectif « musulman ».

Islamisme : doctrine politique qui fait de la charia, la loi islamique, l'unique source du droit et du fonctionnement de la société dans l'objectif d'instaurer un État musulman régi par les autorités religieuses. Un islamiste est une personne qui défend cette doctrine politique.

ISS (en anglais, *International Space Station*) : station spatiale internationale développée à la fin de la guerre froide par les États-Unis, avec l'aide de leurs alliés canadiens, européens et japonais et le savoir-faire de leur ancien ennemi russe.

J

Juridiction d'exception : juridiction qui n'est compétente que dans les cas strictement prévus par la loi dans le cadre d'un événement particulier.

Justes ou « Justes parmi les Nations » : plus haute distinction civile créée par l'État d'Israël et décernée aux personnes non juives ayant aidé les Juifs sous l'occupation nazie au péril de leur propre vie.

Justice climatique : approche sociale et morale du changement climatique, désignant les acteurs publics et parfois les entreprises comme responsables de l'inaction, et les plus démunis comme victimes.

Justice hybride : juge des crimes qui échappent à la compétence de la CPI. Ce sont des tribunaux spéciaux comme le Tribunal spécial pour le Sierra Leone (1996-2002), la Cour pénale spéciale en République centrafricaine (depuis 2015).

Justice transitionnelle : ensemble de mécanismes qui visent à rétablir la justice et la concorde dans un État qui a connu une crise grave et des violations des droits de l'Homme.

K

Khmers rouges : groupe politique communiste qui a voulu faire disparaître toute une partie de la population pour imposer son idéologie au Cambodge (1975-1979).

L

L2I (Lutte informatique d'influence) : politique française destinée à repérer et lutter contre les fausses informations circulant dans le cyberespace.

Lanceur d'alerte : personne ou organisation qui, ayant connaissance d'un danger, risque ou scandale, interpelle l'opinion.

LID (Lutte informatique défensive) : politique française destinée à faire face à un risque, une menace ou à une cyberattaque réelle.

Lieu saint : dans une religion, lieu ou ville qui jouit d'un statut particulier, d'une grande religiosité.

Ligne verte : ligne d'armistice établie en 1949 entre Israël et la Jordanie à l'issue de la première guerre israélo-arabe.

LIO (Lutte informatique offensive) : politique française destinée à mettre en difficulté les infrastructures numériques d'un adversaire.

Loi mémorielle : loi affirmant le point de vue officiel d'un État sur un événement historique.

Loi d'amnistie : loi offrant, de manière rétroactive, l'amnistie à un groupe de personnes, généralement des militaires, paramilitaires ou chefs de faction, les exemptant de toute poursuite judiciaire quant aux crimes qu'ils ont commis.

Lumières : mouvement intellectuel européen fondé sur la raison, et ayant pour but le progrès humain, l'émancipation de l'individu et la recherche du bonheur.

M

Mandat : autorité sur un territoire confiée à un État par une institution internationale (SDN puis ONU après 1945).

Maquisard : résistant réfugié dans un maquis, région peu peuplée servant de base arrière à la résistance.

Marketing territorial : campagne de communication (affiches, presse institutionnelle, site Internet) visant à renforcer l'image d'un territoire.

Mécanisme pour les Tribunaux pénaux internationaux (MTPI) : organe créé par l'ONU pour poursuivre l'action des Tribunaux pénaux internationaux après leur fermeture.

Mécénat : action d'un acteur (personne, entreprise, fondation) qui finance et encourage le développement des arts et des sciences.

Mégascience : science nécessitant de lourds investissements financiers, des équipes scientifiques nombreuses, des instruments et des laboratoires de grandes dimensions.

Mémoire : vécu et représentation d'événements personnels par des individus ou des groupes. Elle est nécessairement subjective et participe à l'identité des individus et des groupes.

Mémoire collective : souvenir ou ensemble de souvenirs d'une expérience vécue et/ou mythifiée par un groupe faisant partie intégrante de l'identité.

Milieu naturel : ensemble des conditions naturelles dans un espace donné (milieu forestier, littoral, marin…).

Monument : édifice choisi par une société pour constituer son patrimoine. Souvent ancien, il est perçu comme le témoin majeur du passé religieux, historique et politique d'une société.

Mouvement hippie : courant de contre-culture de la jeunesse né dans les années 1960 aux États-Unis. Il dénonce la société de consommation et défend une approche nouvelle de la vie en société (vie en communauté, refus de la violence).

Multilatéralisme : mode de relations interétatiques visant à établir des règles communes en matière de sécurité collective. Il implique l'adhésion à un projet politique commun fondé sur le respect d'un système de valeurs partagées. Par exemple la Cour Pénale Internationale créée en 1998 par l'ONU est une forme de multilatéralisme juridique.

Mur des Noms : monument situé sur le parvis du Mémorial de la Shoah sur lequel sont gravés les noms de 76 000 Juifs dont 11 400 enfants déportés depuis la France.

Muséalisation : action de mettre en valeur le patrimoine urbain comme dans un musée (éclairage nocturne, panneau explicatif…).

Lexique

Muséification : action de transformer un lieu de vie, le plus souvent urbain, en musée.

N

Nakba : « catastrophe » en arabe. Désigne pour les Palestiniens le déplacement des populations arabes lié à la création de l'État d'Israël en 1948.

NASA : agence spatiale américaine.

NSA (National Security Agency) : organisme gouvernemental américain chargé de la surveillance et de la sécurité des systèmes d'information.

Nationalisme : doctrine politique fondée sur la prédominance de l'intérêt national par rapport aux autres nations de communauté internationale.

Négationnisme : déni de certains génocides ou crimes majeurs, malgré la présence de preuves flagrantes rapportées par les historiens. La définition a été forgée après le déni de la Shoah par certains intellectuels.

New Space : terme désignant l'arrivée de nouveaux entrepreneurs privés, souvent issus de l'économie numérique, pour développer des technologies spatiales, en opposition au *Old Space* (États et institutions publiques comme la NASA).

Nouvelle frontière : idée de repousser les limites des connaissances sur de nouveaux terrains d'expérimentation géographiques et scientifiques (espace, mers et océans, cerveau humain, cyberespace…) au service du développement des sociétés.

Nouvelles routes de la soie (en anglais *Obor One belt, one road*) : programme chinois dévoilé en 2013 visant à développer les infrastructures de transport entre la Chine, l'Europe et l'Afrique grâce à des partenariats avec les États traversés. Il vise notamment à sécuriser l'approvisionnement énergétique chinois, faciliter ses exportations et renforcer son influence.

« Nouvel ordre mondial » : concept géopolitique qui décrit la situation internationale au lendemain de la guerre froide, dans laquelle l'ONU est l'institution responsable de la sécurité collective et que les États-Unis jouent le rôle de « gendarme du monde ».

O

Occupation : action de s'établir durablement dans un pays souverain pour influencer l'évolution de ce pays. Ainsi, la seconde guerre du Golfe a amené à une occupation de l'Irak pendant près d'une dizaine d'années afin d'assurer la transition politique après le renversement de Saddam Hussein.

Ocean grabbing (accaparement de l'océan) : pêche industrielle pratiquée par des flottes étrangères de manière parfois illégale dans des pays en développement. Cet accaparement met en péril la pêche artisanale locale et, par extension, le mode de vie et les moyens de subsistance de nombreuses communautés. Cette pratique est dénoncée par des ONG auprès de l'ONU.

Océanographie : étude scientifique des mers et océans, centrée sur la cartographie des fonds marins, la connaissance des courants marins et de la biodiversité.

Old Space : terme désignant les États et les institutions publiques comme la NASA en tant que pionniers de la conquête spatiale.

OLP (Organisation de libération de la Palestine) : fondée en 1964 et pratiquant la lutte armée et le terrorisme contre Israël. En 1988, l'OLP reconnaît le droit d'Israël à vivre « en paix et en sécurité » et déclare « renoncer totalement » au terrorisme.

Lexique

Opération de déstabilisation : ensemble d'actions visant à remettre en cause la légitimité d'un régime politique, d'une institution, d'un parti, depuis les campagnes de désinformation, jusqu'au coup d'État.

Orbite : trajectoire dessinée par les satellites autour de la Terre.

P

Pacification : fait de rétablir la paix après une période de conflits militaires.

Pacifisme : courant de pensée qui préconise la recherche de la paix internationale par la négociation, le désarmement et la non-violence.

Paix : absence de violence et de tension entre différents groupes ou États. Une paix durable passe également par des conditions socioéconomiques acceptables et une situation politique stable.

Paix durable : doctrine développée par l'ONU considérant que la paix ne peut être solide qu'à partir du moment où quatre éléments sont rassemblés : la capacité de l'État à assurer la sécurité et l'ordre public, le respect des droits de l'Homme, la démocratie et le développement économique et social.

Panathénées : frise réalisée au Vᵉ siècle avant J.-C. Elle ornait le temple du Parthénon sur l'Acropole d'Athènes.

Parc naturel : espace protégé soumis à une réglementation spécifique afin d'y préserver l'environnement tout en favorisant le développement économique (bois, tourisme). Il peut être régional ou national. Le premier parc naturel au monde (Yellowstone) a été créé aux États-Unis en 1872.

Patrimoine : ensemble de biens et de pratiques représentatifs de l'histoire passée des sociétés, chargés d'une valeur symbolique suffisamment forte pour exiger sa transmission aux générations suivantes.

Patrimoine immatériel : ensemble de pratiques et de savoirs hérités du passé et qu'une société s'efforce de faire vivre (traditions orales, arts du spectacle, savoir-faire artisanaux, cuisine…).

Patrimoine matériel : ensemble de biens culturels et/ou naturels ayant une valeur exceptionnelle du point de vue de l'histoire, de l'art, de la science… (châteaux, églises, parcs naturels).

Patrimoine mondial en péril : site naturel ou culturel que l'Unesco juge menacé et qui nécessite des actions de sauvegarde de grande ampleur. Les conflits armés, le surtourisme ou le changement climatique sont les principaux facteurs de menaces. 55 sites sont inscrits sur cette liste en 2024 dont 21 en Afrique.

Patrimonialisation : processus de reconnaissance attribué à des traces du passé qui en font un « bien commun » support d'une mémoire collective, exigeant sa conservation pour les générations futures.

Paysage : aspect visible d'un espace géographique. Il est le produit du milieu physique et des aménagements humains.

Paysage culturel : paysage représentatif des relations d'une société avec son environnement, inscrites dans un temps long.

Pédagogie : réflexions sur l'art d'enseigner et de transmettre les connaissances.

Petit Âge glaciaire : période de baisse des températures marquée par des hivers longs et froids et une extension des glaciers de 1300 à 1850.

Petit optimum médiéval : période d'augmentation des températures de l'hémisphère nord favorable aux défrichements et à l'extension de l'agriculture de 950 à 1300.

Philhellénisme : attachement à l'indépendance nationale de la Grèce au XIXᵉ siècle face à l'Empire ottoman et, plus généralement, à la culture et au passé grecs.

Philologie : analyse historique et critique des textes.

Pieds-noirs : expression à l'origine péjorative utilisée par les Arabes pour désigner les Européens présents en Algérie. Elle est reprise par les Européens d'Algérie voulant manifester leur appartenance à cette terre. Beaucoup d'entre eux quittent l'Algérie après l'indépendance en 1962.

Plénipotentiaire : diplomate qui possède les pleins pouvoirs pour négocier.

PNUE (Programme des Nations unies pour l'environnement) : organisation rattachée à l'ONU née en 1972 et chargée des questions environnementales. Son siège est à Nairobi (Kenya).

Poldérisation : action de gagner des terres sur la mer.

Politique publique : politique relevant de l'intervention de l'État ou d'un organisme public dans un domaine particulier (aménagement, protection, développement...).

Polonium et radium : éléments chimiques découverts en 1898 dans la Pechblende, une terre originaire d'Europe centrale riche en uranium.

Positivisme : doctrine d'Auguste Comte qui affirme que les sciences peuvent mener à la compréhension des faits.

Préservation (milieu naturel) : protection des espaces naturels qui vise à empêcher leur exploitation en excluant les sociétés.

Préservation : action de sauvegarder le patrimoine qui peut passer par des moyens variés (classement au patrimoine mondial, réhabilitation, limitation des nuisances comme le surtourisme).

Procédure d'appel : possibilité pour un condamné de faire revoir son jugement par d'autres juges.

Procession : défilé religieux accompagné de chants et de prières.

Projection de puissance : intervention militaire d'un État en dehors de ses frontières.

Projet Manhattan : projet de recherche du gouvernement américain dont l'objectif était de produire une bombe atomique au cours de la Seconde Guerre mondiale. Il est mis en place en 1942 et permet la réalisation des deux bombes atomiques larguées sur Hiroshima et Nagasaki les 6 et 9 août 1945.

Propriété intellectuelle : ensemble de règles de droit applicables aux créations intellectuelles ou immatérielles et qui vise à protéger les auteurs ou inventeurs.

Protection des données : garantie de la protection des données personnelles hébergées sur Internet (non-diffusion sans accord de l'intéressé) encadrée par une législation. En France, c'est la CNIL (Commission nationale de l'informatique et des libertés) qui est en responsable.

R

R & D (recherche et développement) : activité créatrice des entreprises et des laboratoires de recherche basée sur l'innovation scientifique et technologique. Elle englobe la recherche fondamentale, la recherche appliquée et le développement expérimental.

Radioactivité : émission naturelle de rayonnement par des atomes. La majeure partie de la radioactivité à laquelle l'Homme est exposé est d'origine naturelle. Elle peut être aussi artificielle, provoquée par l'activité humaine, au moyen d'un accélérateur de particules ou d'un réacteur nucléaire.

Rançongiciel : attaque consistant à installer un logiciel malveillant exigeant une rançon pour retrouver l'accès à ses données.

Ratification : étape qui suit la signature d'un traité durant laquelle les différents acteurs s'engagent à en respecter les clauses. Dès lors, le traité entre en vigueur.

RDA : République démocratique allemande créée le 7 octobre 1949 sur le territoire de la zone occupée par l'Armée rouge depuis la fin de la guerre.

RFA : République fédérale d'Allemagne créée le 23 mai 1949 sur un territoire regroupant les trois zones d'occupation américaine, française et britannique.

Réalité augmentée : technique qui superpose à la réalité une représentation numérique.

Recherche appliquée : ensemble des travaux de recherche expérimentale, ciblant un domaine particulier, dans un objectif pratique déterminé.

Recherche fondamentale : ensemble des travaux de recherche théorique dans le but d'élargir le champ des connaissances, sans finalité d'application spécifique.

Reconversion : changement d'usage en adaptant le site à de nouvelles fonctions.

Référendum : vote qui permet à des citoyens d'approuver ou de rejeter une mesure proposée par le gouvernement ou une organisation internationale.

***Regalia* :** ensemble des objets et symboles d'une royauté (vêtements, couronnes, sceptres, etc.).

Réhabilitation : réaménagement d'un quartier par la restauration et la modernisation des bâtiments.

Remontée de filière : processus économique qui vise à fabriquer des produits de plus en plus innovants et élaborés.

Rénovation : réaménagement d'un quartier par la destruction des bâtiments existants et la reconstruction de nouveaux.

Renseignement : indication fournissant à quelqu'un les éléments de connaissance qu'il désire posséder sur une personne ou sur une chose.

Repas gastronomique des Français : pratique sociale destinée à célébrer les moments les plus importants de la vie des individus et des groupes (naissances, mariages, anniversaires…) en pratiquant, pour l'occasion, l'art du « bien manger » et du « bien boire ».

Résilience : capacité d'un individu ou d'une société à s'adapter ou à atténuer les effets d'un changement ou d'une catastrophe.

Résistancialisme : terme et notion utilisés par l'historien Henry Rousso pour désigner le mythe d'une France massivement résistante pendant la guerre. Il est discuté par d'autres historiens.

Résolution : texte officiel adopté par un des organes de l'ONU.

Responsabilité de la guerre : fait pour un pays de porter seul la charge d'avoir été à l'origine de la guerre, ce qui implique en droit des réparations pour les pays qui en ont été victimes. Ainsi, le traité de Versailles fait peser sur l'Allemagne la responsabilité du déclenchement de la guerre, ce qui l'oblige à payer de lourdes réparations aux belligérants.

Responsabilité de protéger : principe reconnu par l'ONU en 2005 selon lequel la communauté internationale a le droit d'intervenir dans un pays en cas de défaillance d'un État à protéger sa propre population.

Ressource maritime génétique : ressource liée au potentiel génétique des organismes vivants présentant un intérêt pour l'élaboration de traitements médicaux.

Ressource non renouvelable : ressource dont les quantités sont limitées dans le temps.

Ressource renouvelable : ressource fournie par la nature en quantité illimitée (soleil, vent, eau) ou se régénérant à l'échelle humaine (bois, agrocarburant).

Restauration : rétablissement d'un bien dans son état ancien ou dans sa forme première.

« Rêve chinois » : slogan et politique développés en Chine depuis 2013 par le président Xi Jinping. Il repose sur la mise en valeur de la grandeur chinoise. Le « rêve chinois » est notamment un moteur de la stratégie d'affirmation de la puissance de la Chine sur les espaces maritimes et dans l'espace.

Révisionnisme : position qui tend à remettre en question ce qui est admis comme étant acquis.

Révolution : processus de changements brusques qui affecte une société et entraîne une nouvelle organisation. Elle peut être politique, sociale, économique ou culturelle. Aujourd'hui, les chercheurs lui préfèrent le terme de transition.

Roms et Sinti : Roms désigne les peuples tsiganes d'Europe centrale, orientale et scandinave, tandis que Sinti (ou Manouches) désigne ceux d'Europe occidentale et germanophone.

Royaume : État souverain dirigé par un roi ou une reine.

S

Salafisme : courant fondamentaliste de l'islam, qui prône un retour à la religion pure des anciens en recourant à une lecture littérale des sources.

Satellite : engin construit par l'homme, transporté dans l'espace par une fusée, et placé en orbite autour d'un astre, en particulier de la Terre.

Sciences : processus de construction et d'organisation des connaissances sous forme d'explication. Du latin *scientia*, la « connaissance » ou le « savoir », a pour objet de comprendre et d'expliquer le monde et ses phénomènes, dans le but d'en tirer des applications fonctionnelles. Elle se veut ouverte à la critique tant au niveau des connaissances comme de la méthode scientifique utilisée.

Scolarisation : action qui consiste à permettre à tous les enfants de fréquenter l'école.

***Sea power* (« pouvoir maritime ») :** expression américaine désignant la capacité des États-Unis à contrôler les mers par la puissance navale, le commerce océanique et l'industrie maritime. Par extension, elle est parfois utilisée pour d'autres États.

Sécurité collective : notion selon laquelle des États concluent un accord considérant que la sécurité de l'un d'entre eux est l'affaire de tous les autres. Ils répondent alors collectivement aux atteintes et aux menaces d'atteinte à la paix.

Shoah : terme qui signifie « catastrophe » en hébreu ancien. Employé dès 1942-1943 pour désigner l'assassinat de masse des Juifs, ce terme s'impose ensuite en France et dans une grande partie du monde occidental pour désigner le génocide des Juifs. Dans le monde anglo-saxon, c'est le terme Holocauste qui est utilisé pour désigner l'extermination des Juifs d'Europe par les nazis.

Sionisme : doctrine politique fondée par Theodor Herzl ayant pour objet l'implantation d'un foyer national juif en Palestine passant par la migration des Juifs vers la Palestine ottomane puis mandataire. Après 1948, les principaux partis politiques israéliens (Parti travailliste, Likoud...) se réclament tous du sionisme, mais leurs lectures divergent en fonction de leurs opinions politiques. Ainsi, le sionisme ne signifie pas systématiquement refus d'un État palestinien.

Société de la connaissance : expression forgée par Peter Drucker désignant un mode de développement des sociétés contemporaines autour des Technologies de l'information et de la communication. Elle insiste sur les gains de productivité orientés autour du capital humain.

« Solution finale à la question juive » : expression nazie désignant l'ensemble des politiques menées contre les Juifs avant de devenir une politique d'extermination systématique.

Sous-marin nucléaire d'attaque (SNA) : sous-marin qui n'est pas armé de charge nucléaire (seule la propulsion est nucléaire). Il est destiné à des missions de protection, de renseignement et de projection de puissance.

Sous-marin nucléaire lanceur d'engins (SNLE) : sous-marin équipé de missiles balistiques à charge nucléaire. Il est destiné à la seule dissuasion nucléaire.

Souveraineté : capacité d'un État à être autonome et reconnu comme tel par les autres États.

Souveraineté maritime : autorité exercée par un État côtier sur son domaine maritime (mer territoriale et ZEE) ; il est le seul à pouvoir y exploiter les ressources naturelles. Toutefois, ces espaces maritimes restent régis par le droit international notamment le droit de la mer.

***Space Act* :** loi américaine de 2015, première au monde à ouvrir la possibilité de prospecter et d'exploiter les ressources minières des corps célestes.

***Space power* (« pouvoir spatial ») :** capacité d'un État à se projeter dans l'espace pour satisfaire ses besoins en termes d'applications civiles (satellites de télécommunications) et/ou militaires (géolocalisation, envoi de missiles).

Spoliation : action de déposséder quelqu'un de ses biens.

Station spatiale : structure en orbite autour de la Terre, voire d'un autre corps céleste, permettant à des hommes de vivre de façon prolongée dans l'espace.

Sunnisme : branche majoritaire de l'islam (90 % des musulmans), qui interprète l'islam uniquement en fonction des actes du prophète Mahomet et de la tradition.

Supplétifs : combattants ne faisant pas partie des forces régulières françaises. Ils ne se limitent pas aux Harkis.

Surtourisme : processus qui se met en place lorsque la pression des visiteurs est telle qu'elle provoque des désagréments (pollutions sonores, visuelles, hausse des prix des logements...), entraînant le rejet du tourisme par les habitants du lieu visité.

Surveillance : collecte d'informations sur des individus ou des groupes afin de contrôler leurs activités. Elle peut se faire dans un cadre légal, régi par des lois. Ainsi en France, la vidéosurveillance dans les lieux publics est légale à partir du moment où elle a reçu les autorisations des autorités compétentes.

T

Taliban : membre d'un mouvement islamique intégriste et armé, en Afghanistan et au Pakistan.

Terres rares : métaux non ferreux servant à la fabrication de produits électroniques de grande consommation (écrans plats, smartphones) et de technologie verte (moteurs hybrides, éoliennes).

Thalassokrator (« maître de la mer ») : expression employée par l'historien Pierre Royer pour qualifier la capacité des États-Unis à entretenir une maîtrise permanente de tous les océans.

Traite : commerce d'êtres humains. La « traite négrière » correspond à la période entre le XVIe et le XIXe siècle durant laquelle les populations africaines ont été déportées en masse par des Européens vers le continent américain pour être réduites en esclavage.

Lexique

Traité de paix : document officiel proclamant la fin d'une guerre et contenant souvent les conditions de la paix entre les différents belligérants.

Transfert de technologie : transfert d'un pays à un autre de techniques de fabrication, par le biais d'implantation d'entreprises étrangères et/ou de contrats.

Transition énergétique : choix d'abandonner les énergies fossiles au profit d'une plus grande efficacité énergétique et des énergies renouvelables.

Transition environnementale : transformations visant à remédier aux changements environnementaux et à en limiter les conséquences.

Travail d'intérêt général (TIG) : possibilité pour un condamné d'effectuer une partie de sa peine sous la forme d'un travail bénéficiant à la communauté (entretien des routes, des terres, etc.).

Travail de mémoire : obligation morale de se souvenir d'un événement historique tragique et de ses victimes, afin de faire en sorte qu'un événement de ce type ne se reproduise pas.

TPIR (Tribunal pénal international pour le Rwanda) : instance judiciaire mise en place par l'ONU chargée de juger les responsables du génocide des Tutsi. Il s'est tenu à Arusha (Tanzanie) de 1994 à 2015.

Tribunal pénal international pour l'ex-Yougoslavie (TPIY) : instance judiciaire de l'ONU chargée de juger les auteurs de crimes de guerres commis pendant les conflits des années 1990 dans les Balkans. Il s'est tenu à La Haye (Pays-Bas) de 1993 à 2017.

U

Unesco : Organisation des Nations unies pour l'éducation, la science et la culture, dont le siège est à Paris.

Unicef (Fonds des Nations unies pour l'enfance) : agence de l'ONU consacrée à l'amélioration et à la promotion de la condition des enfants.

Unilatéralisme : attitude d'un pays qui agit sans chercher à obtenir l'assentiment ou la coopération des autres. Par exemple, l'invasion de l'Irak par les États-Unis en 2003 contre l'avis de l'ONU est une marque d'unilatéralisme.

Urbanisme : ensemble des arts et techniques permettant d'adapter l'espace urbain aux besoins de leurs habitants.

V

Valorisation : action de mettre en valeur le patrimoine pour en augmenter la valeur culturelle, sociale, économique ou politique.

Vandalisme : détérioration d'un bien public ou privé sans motif légitime.

« Vol d'oies sauvages » : modèle de développement par vagues d'industrialisation successives dans le temps et dans l'espace. Le pays se spécialise dans la production puis l'exportation de produits de plus en plus complexes (à haute valeur ajoutée).

W

***Wilderness* :** terme anglo-saxon désignant le caractère sauvage de la nature et par extension, certains sites protégés.

Z

ZEE (Zone économique exclusive) : espace marin large de 200 milles nautiques (370 km) dans lequel l'État côtier dispose de droits exclusifs sur l'exploration et l'exploitation des ressources.

Crédits

Couverture
fresque de Andrej Smolák, mur de Berlin : akg-images/Album/ Tolo Balagu, portrait de Marie Curie : Darchivio/opale.photo.

Intérieur
24 : Bloomberg via Getty Images (reprise p. 101) ; **26 :** CC0 1.0 Library of Congress ; **28HG :** Michael Seleznev/Alamy Stock Photo ; **28BG :** Panther Media GmbH/Alamy Stock Photo ; **28D :** Granger /Historical Picture Archive /Alamy Stock Photo ; **30G :** Photo12/imageBROKER /Olaf Kruger ; **30D :** Josse/ Bridgeman Images ; **32 :** NASA ; **34 :** akg-images/Science Photo Library ; **35 :** NATO ; **38 :** akg-images/Science Photo Library ; **39 :** NASA ; **40 :** Cecil Stoughton, White House Photographs. John F. Kennedy Presidential Library and Museum, Boston ; **42 :** Akshay Chander ; **49 :** SIPA/AP/Sergey Dolga ; **50H :** Sotheby's/akg-images ; **50B :** NASA ; **51 :** wikimedia commons ; **52H :** Library of Congress ; **52B :** Paul Hennessy/Nurphoto/Nurphoto via AFP ; **54 :** CNES/Citizen Press/Isabel Espanol ; **55 :** ONU United Nations ; **56 :** NASA ; **58 :** Montaigne © DARGAUD, 2020 ; **59 :** NASA ; **60 :** NASA ; **72 :** AP /SIPA ; **73 :** Qilai Shen/EPA /MaxPPP ; **74 :** Alamy Stock Photo ; **77 :** International Institute of Social History ; **78G :** Shutterstock/photocosmos1 ; **78B :** International Institute of Social History ; **80 :** Stefan Rousseau /AP /SIPA ; **83 :** Rodrigo de Matos /rodrigocartoon ; **84 :** CAM/Cagle Cartoons ; **85H et B :** DigitalGlobe via Getty Images ; **86 :** ingram pinn 2019/ Financial Times/FT.com ; **94 :** Droits Réservés ; **95 :** Deng Coy Miel/Cagle Cartoon ; **96 :** Xinhua/Xinhua via AFP ; **101H :** Bloomberg via Getty Images (reprise p. 24) ; **101M :** Sous l'océan, exposition-Cité des sciences et de l'industrie-Universcience ; **101B :** jagispourlanature.org ; **102 :** REUTERS/Gleb Garanich (reprise p. 179) ; **107 :** UPI/Newscom/SIPA ; **108H :** Ashraf shazly/AFP ; **108B :** Yasuyoshi Chiba/AFP ; **109 :** Dario/ Cagle cartoons ; **110 :** Finbarr O'Reilly/The New York Times/ REDUX/REA ; **111 :** Hector RetamaL/AFP ; **112 :** Bridgeman Images ; **113 :** Souleymane Ag Anara /AFP ; **114 :** Wikimedia commons ; **116 :** National Maritime Museum, Greenwich, London /Bridgeman Images ; **118 :** Bridgeman Images ; **119 :** akg images ; **121G et 122 :** AAR/SIPA ; **121D et 122 :** AP/Sipa ; **124 :** Le Nouvel Observateur-Une-13 septembre 2001 ; **125H :** Brandan Reynolds ; **125B :** Misam Saleh/AFP ; **126 :** Wikimedia commons ; **127 :** Bridgeman Images ; **128 :** Libkos/AP/SIPA ; **130 :** Siphiwe Sibeko /REUTERS ; **131 :** REUTERS/Pool/Heiko Junge ; **134 :** Rijksmuseum, Amsterdam, ; **136H :** akg-images ; **136B :** akg-images ; **137 :** Bridgeman images/DHM ; **138 :** Marco Okhuizen/HH-REA ; **140 :** ONU- United Nations Photo ; **141 :** Gado/Cartoonist & Writers Syndicates, Inc ; **142 :** Wikimedia commons ; **144 :** akg-images ; **145 :** Spencer Platt/ Getty Images via AFP ; **146 :** UNICEF/UN0781266/Al-Asadi ; **148 :** AP/Sipa ; **149 :** Yahya Arhab/EPA/Maxppp ; **152H :** Bildarchiv Pisarek/akg-images ; **152B :** Kluger Zoltan/The National Photo Collection Israël State Archive ; **153H :** Haas Alain/SIPA ; **153B :** Haas Alain /SIPA ; **154 :** Chip/Gamma ; **155 :** akg-images ; **156 :** Pierre Perrin/Gamma-Rapho, via Getty-images ; **158H :** Merillon/Gamma-Rapho ; **158B :** Elise Amendola/AP/SIPA ; **159 :** SFC Johancharles Van Boers ; **160 :** Adam Zyglis ; **162 :** akg-images/arcaid/Marcel Malherbe ; **163 :** PHC HOLMES, US Navy ; **164 :** hanohikinews/Alamy Stock Photo ; **172 :** AFP ;**179H :** REUTERS/Gleb Garanich (reprise p. 102) ; **180 :** National Heritage Project NPC/Long March to Freedom ; **184G :** Pierre Andrieu/AFP ; **184D :** Emily Marie Wilson /Alamy Stock Photo ; **186 :** NicolaS Tucat/AFP ; **187 :** Hildegard Titus/AFP ; **188 :** Peter Langer/Bridgeman Images ; **189 :** Bertrand Guay/POOL/AFP ; **190 :** Shutterstock/Jon Bilous ; **191 :** Photo12/Ann Ronan Picture Library ; **194 :** akg images ; **195 :** Coll dixmier/kharbine tapabor ; **196 :** AFP/DPA FILES/ Lothar Heidtmann ; **197 :** akg-images/ullstein Bild ; **200 :** Droits Réservés ; **201 :** Jean Roig/Photopqr/L'Independant/ Maxppp ; **202 :** Gamma Rapho/JM Turpin ; **203HG :** AFP Photo ; **203HD :** Lahcene Habib/Droits Réservés ; **203B :** Ahmed Ferrah ; **204 :** Collection Christophel © Agat Films ; **205 :** Droits Réservés ; **206H :** akg-images ; **206B :** Stefano Bianchetti / Bridgeman Images ; **207 :** Christophe Simon/AFP ; **208 :** Vincent Kessler/AP/SIPA; **210 :** International Criminal Court ; **211 :** Armin Durgut/AP/SIPA ; **214 :** Elisa Finocchiaro ; **216 :** Cyril Ndegeya/Chine Nouvelle/SIPA ; **217 :** Dessin de J. Beurk paru dans Billets d'Afrique n° 329, juin 2023, Creative Commons BY-NC-SA, ; **219 :** Ratko Mladic/Agencja Fotograficzna Caro/ Alamy Stock Photo ; **219 :** Biljana Plavsic : Andrej Isakovic/ AFP ; **219 :** Radovan Karadzic : Robin Van Lonkhuijsen/The New York Times-REDUX-REA ; **219 :** Vojislav Seselj : Toussaint kuilters/The New York Times-REDUX-REA; Ante ; **219 :** Ante Gotovina : Stringer/PIXSELL/AFP ; Milosevic : eurokinissi/Alamy Stock Photo ; **219 :** Milosevic : Allstar Picture Library/Alamy Stock Photo ; **219 :** Alija Izetbegovic : Rainer Unkel/REA ; **219 :** Franjo Tudjman : Filip Horvat/REA ; **219 :** Zeljko Raznatovic : Bozidar Milosevic/AFP ; **219 :** Pierre Crom/Getty Images ; **219 :** Andrej Isakovic/AFP ; **220 :** Chappatte dans Le Temps, Genève ; **221H :** Pierre Crom/Getty Images ; **221B :** Andrej Isakovic/ AFP ; **222 :** AP/SIPA ; **223 :** Robin Utrecht/ANP/AFP ; **224 :** Linton/Gett ; **225 :** REUTERS/A. Latiff ; **226 :** Simon Wohlfahrt/ AFP ; **228 :** Bridgeman Images ; **229 :** Paul Mannix /CC BY-SA 2.0 - https ://www.flickr.com/photos/paulmannix/345399113 ; **232 :** Dennis Jarvis/CC BY-SA 2.0 - https ://www.flickr.com/ photos/archer10/4189987779/ ; **235H :** OTFW, Berlin/CC BY-SA 3.0 ; **236H :** Jean-Pierre Rey/Gamma-Rapho ; **236B :** Pierre-Emmanuel Weck/Mémorial de la Shoah ; **237H :** Maud Charton/ Mémorial de la Shoah ; **237M :** Mémorial de la Shoah ; **237B :** Maud Charton/Mémorial de la Shoah ; **240G :** AP/SIPA ; **241H :** akg-images/picture-alliance/dpa ; **241B :** Jeff Darcy/Cagle Cartoons ; **242HD :** Universal History Archive/UIG/Bridgeman Images ; **242BG :** Werner Braun, Coll. Tom Hurwitz. ; **243HG :** Jose Giribas/ROPI-REA ; **243HD :** Stephane Audras/REA ; **243BD :** Sud-Ouest, 4 juillet 1987 ; **244BG :** Anne Frank House, Amsterdam ; **244BD :** Photo12/Heritage Images ; **245D :** Titus Productions - Collection Christophel ; **246H :** Imago/Bridgeman Images ; **248H et B :** Roissy Films - Anatole Dauman - Collection Christophel ; **249H :** Corbis/Ben Martin/Getty Images ; **249B :** akg-images/picture-alliance/dpa ; **250 :** Jacques Torregano/ Divergence ; **257G :** Mémorial de la Shoah/coll. Marc Olere ; **275D :** Mémorial de la Shoah/coll. Marc Olere ; **258 :** Gonzalo Fuentes/POOL/AFP ; **260 :** Dimitar Dilkoff/AFP ; **265H :** National Heritage Project NPC/Long March to Freedom ; **266 :** Burak Kara/Getty Images via AFP (reprise p. 347); **270 :** Marco BRIVIO/Shutterstock ; **272 :** LightRocket/Getty Images ; **273 :** Tupungato/Shutterstock ; **274 :** Danson Siminyu; **275 :** Aerial-motion/Shutterstock ; **276 :** © Historery - HistoPad du Château royal d'Amboise - Salle du Conseil ; **277 :** Thomas Garnier/ Chateau de Versailles ; **278G :** Jürgen Hollweg/musée Bismarck, Friedrichsruh ; **278D :** Universal History Archive/UIG/ Bridgeman Images ; **279G :** Assemblée nationale, 2018 ; **280 :** Niradj/Shutterstock ; **281G :** Marie Antoinette TV 2022, Collection Christophel © Canal + ; **282 :** Norto-photo/ Shutterstock ; **283H :** Corbis/Getty Images ; **283B :** Rob Welham/Camerapress/Gamma-Rapho ; **284 :** Laurent Maous/ Gamma-Rapho via Getty Images ; **286 :** Nataliya Derkach/ Shutterstock ; **287 :** Shutterstock/critterbiz ; **288 :** Shonagon/ Wikimedia Commons ; **290 :** Alex Cimbal/Shutterstock ; **291 :** Yann Arthus-Bertrand/Hemis.fr; **294 :** Florian Hulleu et Pawel Gau /Paris 2024; **295 :** Giovanni Simeone/Sime/Photononstop ; **296H :** Tallandier/Bridgeman Images ; **296B :** Neurdein/ Roger-Viollet ; **298HG :** Daniel Riffet/Photononstop ; **298HD :** Werner Forman Archive/Bridgeman Images ; **298BG :** Trevor Kit-Tely/Shutterstock ; **298BD :** Daniel Riffet/Photononstop ; **300 :** Chappatte, 3 juillet 2012,Le Temps, Suisse ; **301 :** Sébastien Rieussec/AFP ; **302H :** Luca Pistone/Notimex/ AFP ; **302B :** ogobagna.org/Droits Réservés ; **303H :** Hamdia Traore/Anadolu Agency/Anadolu via AFP; **303B :** Michele Cattani/AFP ; **304G :** Pani Garmyder/ShutterstocK; **304M :** Patrick Escudero/hemis.fr ; **304D :** Shutterstock/Ihor Serdyukov ; **306 :** Directorate-General for the Development and Promotion of Tourism -Ministero del Turismo - Republica Italiana ; **307 :** Mattia ATH/Shutterstock ; **308H :** Auerimages/ Shutterstock ; **308B :** Sybille Reuter/Shutterstock ; **309H :** Yannis Vlamos/SIPA ; **309B :** Lucie Tournebize ; **310 :** Mauricio Abreu/Alamy Stock Photo ; **311H :** Utsukushii-Mura Japan ; **311B :** Hethers/Shutterstock ; **312H :** Asahi Shimbun/Getty Images ; **312B :** Hadi Zaher HADI/Getty Images; **314 :** Liot Jean-Marie/hemis.fr ; **315 :** Bertrand Gardel/Hemis.fr; **316 :** Douai : Olivier Leclercq/Hemis.fr; Strasbourg : Boris Stroujko/ Shutterstock; Mont Saint-Michel : Saranya/Shutterstock; Bretagne : Jean-Sebastien Evrard/AFP; Martinique : T photography/Shutterstock ; Thiers : Le Murat ; Pyrenées : Jean-Paul Azam/Hemis.fr; Calanques : Boris Horvat/AFP ; **318G :** CCO MET Museum ; **318M :** Musée Carnavalet/Roger-Viollet ; **318D :** Amaury Cornu/Hans Lucas via AFP ; **319 :** Anastasiia, alaver, incomible, ID-EasyDoor, faveteart, hadeev, tatianastulbo, Ardea-studio et Pavel - Adobe Stock et Nathalie Gallet - Caisse des Dépôts ; **319D :** AGIP/Bridgeman Images ; **320 :** hipjang/ Shutterstock ; **322G :** FENAIN Mine de la fosse Agache/ Association Fenain et son Histoire ; **322D :** Xavier Testelin/ Gamma-Rapho/Getty Images ; **324H :** Emmanuel Watteau/ Centre Historique Minier ; **324B :** Louvre-Lens © SANAA, IMREY CULBERT, C. MOSBACH, © 2017 Amal-game, Guillaume Petranto ; **325H et B :** Antéale/Cité des Électriciens; **326H :** Erich Lessing/AKG-images; **326B :** Sylvain Sonnet/Hemis.fr/ AFP ; **327 :** Good France ; **328 :** Keystone-Gamma-Rapho ; **329 :** Saul Loeb/AFP; **330 :** CC0 Paris Musées/Musée Carnavalet; **331H :** Altitude Drone/Shutterstock ; **331B :** chateau-fort-sedan.fr - photo Pierre Holley-charleville-sedan-tourisme.fr « Monument préféré des Français » 2023 ; **314 :** Pierre Jean Durieu/Shutterstock ; **339 :** Tjeerd Royaards/Cartoon Movement ; **340 :** Photo12/Alamy/Hercule Milas ; **347H :** Burak Kara/Getty Images via AFP (reprise p. 266) ; **347B :** REMPART Mission Patrimoine ; **348 :** Suvra Kanti Das/Guardian/ eyevine/ABC/Andia.fr (reprise p. 421) ; **352 :** collection Ramouin; **353 :** Henry Nicholls /REUTERS ; **354 :** Photo Louis Froissart/Bibliothèque municipale de Lyon (P0546 S 0106) ; **355 :** Chris Rinckes/Alamy Stock ; **356 :** BNF ; **357 :** Stephane de Sakutin/AFP ; **358 :** Hans Blossey / Alamy Stock Photo ; **359 :** Caters News Agency/Sipa ; **362 :** BNF ; **363 :** Alexandre Bessard, Mémoire de Cérilly et ses environs» ; **364 :** API/ Gamma-Rapho ; 365 : Raphaël Bodin ; **368 :** Photo Danielle Stordeur. Mission archéologique El Kowm Mureybet du Ministère des Affaires Etrangères. France» ; **369 :** Bridgeman Images ; **370 :** Maurice Falliés/Musée du Domaine départemental de Sceaux ; **371 :** Akg images ; **372 :** Earth Island Journal ; **373 :** Mathieu COLIN/Hemis ; **374 :** Brusini Aurélien / hemis.fr **376 :** Coll. JeanVigne/Kharbine-Tapabor ; **377 :** Muhammad Amdad Hossain/ZUMA-REA ; **378 :** BonPote, Anne Brès, Claire Marc, Tout comprendre (ou presque) sur le climat, CNRS Éditions, 2022 ; **380 :** Musée Condé, Chantilly/ Bridgeman Images ; **381 :** Bridgeman Image ; **382G :** Granger collection/Bridgeman images ; **383 :** Wikimediacommons ; **384 :** UK Met Office/Ed Hawkins/University of Reading ; **386 :** Giuseppe Cacace/AFP ; **387 :** Pitch Comment ; **388 :** Johannes Eisele/AFP ; **390 :** British Library ; **391 :** PVDE/Bridgeman images ; **392 :** Keld Navntoft /Scanpix/AFP ; **394 :** Nootprapa/ Shutterstock ; **395 :** Allison Bailey / NurPhoto / NurPhoto via AFP ; **398 :** FLHC5/Alamy Stock Photo ; **399 :** VANESSA Carbalho/ Brazil Photo Press via AFP ; **400 :** Shutterstock / IgorGolovniov et Shutterstock / chrisdorney ; **401 :** Bill Ingraham/AP/SIPA ; **402 :** nobleIMAGES / Alamy Stock Photo ; **403HG :** Wildlife conservation society ; **403HM :** The Nature conservancy ; **403HD :** NatureServe ; **403M :** Nawak ; **403B :** Janie Osborne/NYT-REA ; **404 :** Pitch Comment ; **407H :** Underwood Archives/UIG/ Bridgeman Images ; **407B :** Pacific Press Media/ Alamy Stock Photo ; **417 :** Jiho/Iconovox ; **421H :** Suvra Kanti Das/Guardian/eyevine/ABC/Andia.fr (reprise de la p.348) ; **422 :** Mohamed bin Zayed University of Artificial Intelligence - mbzuai.ac.ae (reprise p.501) ; **426 :** Georges Rose/Getty Images ; **429 :** Bruno Jourdain/IPEV/LGGE/CNRS Photothèque ; **430 :** Bridgeman Images ; **431 :** Tayfun Coaykun/ Anadolu via AFP ; **432 :** Bridgeman Images ; 433 : Palais de la découverte ; **436 :** Imagno/Wien Museum/La Collection ; **438 :** Adélaïde Beaudoin/MBA, Rennes/Dist. RMN-Grand Palais ; **439 :** Coll. et Cliché Caricadoc/Droits réservés ; **440 :** Christopher Furlong/Getty Images via AFP ; **442HG : 416HG :** Science Source/BSIP ; **442HD : 416HD :** PhotoResearchers/ Science Source/Biosphoto ; **442MG :** akg-images / SPL ; **442MD :** akg-images/ SPL ; **442B :** AP/SIPA ; **443H :** akg-images/ picture-alliance/dpa ; **443M :** Science Source/BSIP ; **420B :** OE/Science Source/BSIP ; **443B :** akg-images / US Department of Energy/Science Photo Library ; **444H :** akg-images/ ClassicStock/H. Armstrong Roberts ; **444B :** akg-images / National Library of Medicine/Science Photo Library ; **445G :** Keystone-France/Gamma-Rapho ; **445D :** Musée Curie ; **446G :** Collection Christophel © Universal Pictures - Atlas Entertainment - Syncopy ; **446HD :** akg-images/picture-alliance/dpa ; **447 :** Science History Images/Alamy Stock Photo ; **448 :** UNICEF/UN0581280/Tremeau ; **449 :** collection https ://artfl-iiif.uchicago.edu ; **450 :** Corbis/Corbis via Getty Images ; **452 :** TeleMakro Fotografie/Alamy Stock Photo ; **453 :** Erasmus Student Network - Annual General Meeting, Thessaloniki 2019 ; **456 :** Tass/AFP ; **457G :** Miguel Vinas/ AFP ; **457D :** Timothy A. Clary/AFP ; **458 :** akg-images/ picture-alliance/dpa ; **459 :** Keystone/Hulton Archive/Getty Images ; **464b :** Kenzo Tribouillard/AFP ; **465 :** Make in India ; **466 :** NSA ; 467 : Photo12/Alamy/coward_lion ; **468 :** Photo12/ Alamy/Jake Lyell ; **470 :** Boris Horvat/AFP ; **471 :** Jules Xenard/ CC BY-SA-4.0 ; **474 :** L'éco : chaque vendredi, l'actualité économique vite et bien www.playbacpresse.fr ; **476 :** Pierre Kroll, 2018 ; **479D :** Plantu, dessin paru dans le Monde du 16 février 2021 ; **480 :** National Crime Agency/AFP ; **481H :** TheGuardian/EyePress News/AFP ; **481B :** Romain Lafabregue/AFP ; **483 :** P. Chappatte/Globe Cartoon ; **484 :** IGF ; **492 :** Paresh Nath/Cagle Cartoon ; **494 :** Collection IM/ Kharbine-Tapabor ; **495 :** https ://www.diplomatie.gouv.fr/ IMG/pdf/1._l_espionnage_une_menace_pour_les_deux_ camps_copie_cle098c1c.pdf ; **501H :** Mohamed bin Zayed University of Artificial Intelligence - mbzuai.ac.ae (reprise p. 422) ; **501B :** Steve Skjold/Alamy Stock Photo.